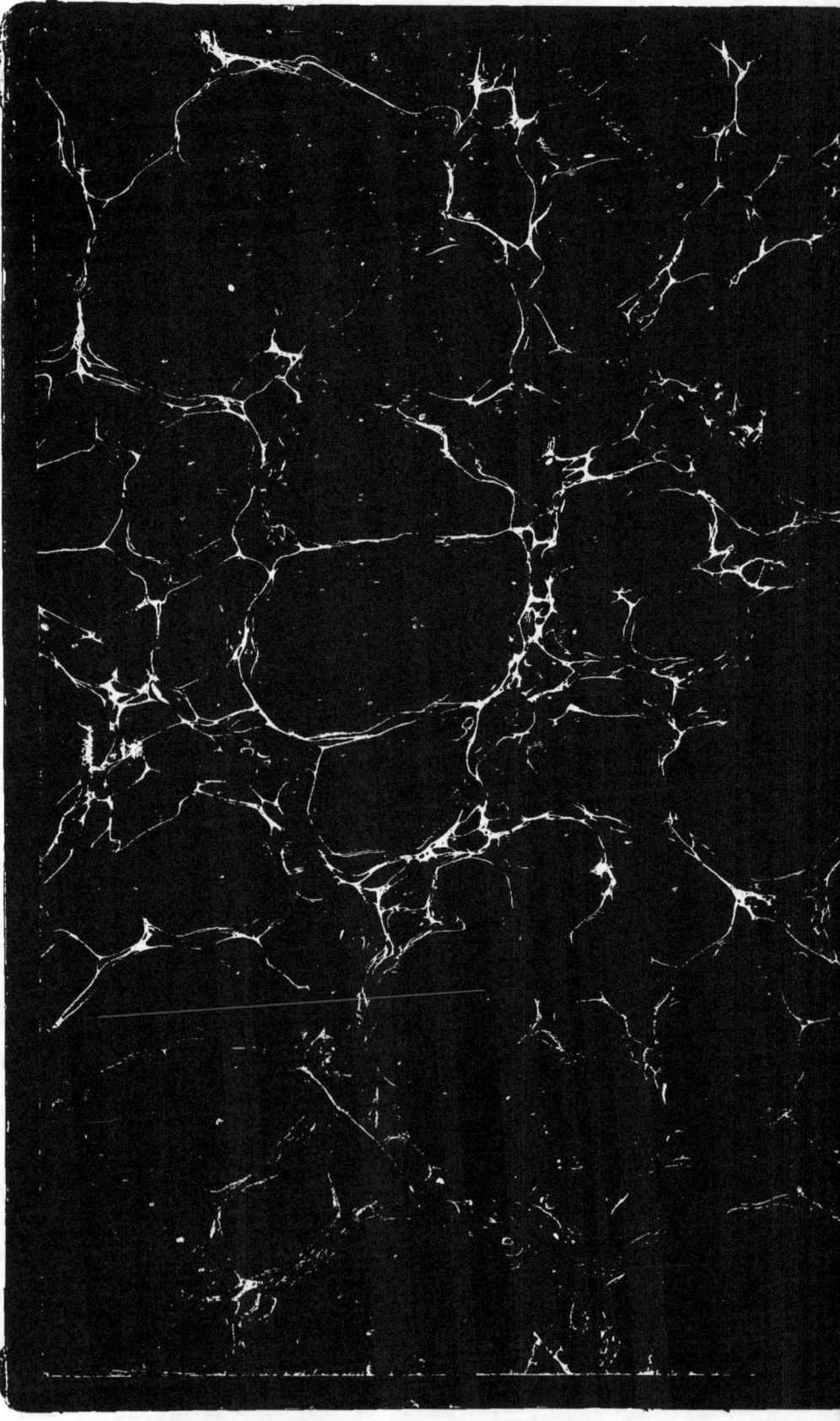

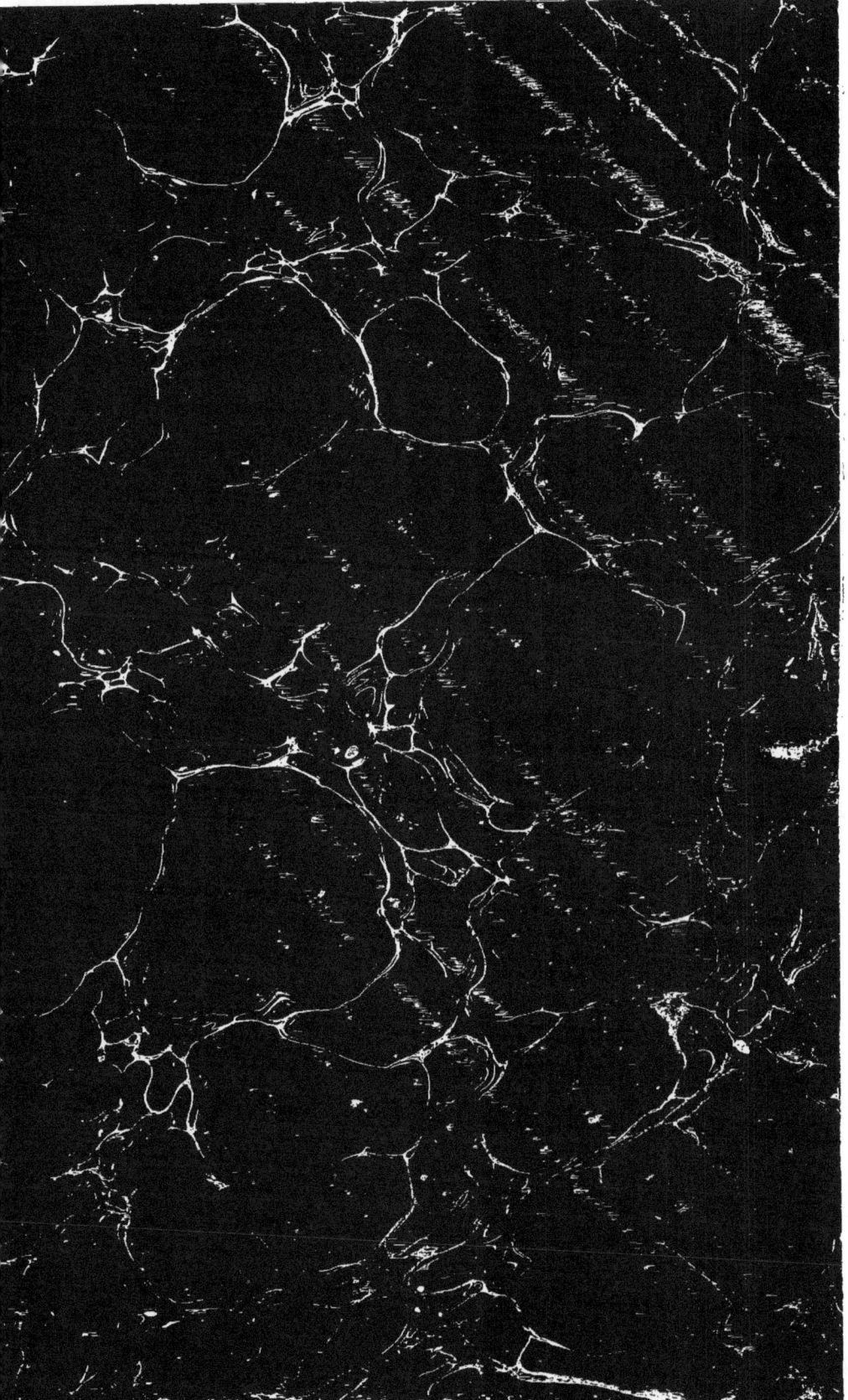

II

HISTOIRE

DE LA

LITTÉRATURE ESPAGNOLE

PUBLICATIONS DU MÊME

CHATILLON-SUR-SEINE. — IMPRIMERIE E. CORNILLA.

HISTOIRE

DE LA

LITTÉRATURE ESPAGNOLE

DE G. TICKNOR

DEUXIÈME PÉRIODE

DEPUIS L'AVÉNEMENT DE LA MAISON D'AUTRICHE JUSQU'A L'AVÉNEMENT
DE LA MAISON DE BOURBON

Traduite de l'anglais en français pour la première fois
AVEC LES NOTES ET ADDITIONS DES COMMENTATEURS ESPAGNOLS
D. PASCAL DE GAYANGOS ET D. HENRI DE VEDIA

PAR

J.-G. MAGNABAL

Agrégé de l'Université, membre correspondant des Académies royale espagnole,
Royale d'histoire, d'archéologie et de géographie de Madrid,
Chevalier de l'ordre impérial de la Légion d'honneur, de l'ordre royal de Charles III d'Espagne,
Officier de l'Instruction publique, commandeur de l'ordre d'Isabelle la Catholique.

PARIS

HACHETTE ET Cie, LIBRAIRES-ÉDITEURS
BOULEVARD SAINT-GERMAIN, 79

1870

HISTOIRE

DE LA

LITTÉRATURE ESPAGNOLE.

SECONDE PÉRIODE.

CHAPITRE Iᵉʳ.

Période de succès littéraire et de gloire nationale.— Charles-Quint.— Espérances
d'un empire universel. — Luther. — Lutte de l'Église romaine contre le protestantisme. — Livres protestants. — L'Inquisition. — Index expurgatoire. —
Destruction du protestantisme en Espagne. — Persécution. — État religieux
du pays et ses effets.

Dans chacun des pays qui ont jusqu'ici obtenu une place parmi les
nations dont la culture intellectuelle est la plus élevée, la période où s'est
produit l'ensemble durable de leur littérature a été l'époque de leur
gloire comme État. La raison en est évidente. C'est alors qu'il règne,
parmi les éléments constitutifs du caractère national, une animation et
une activité, qui se traduisent naturellement elles-mêmes par la poésie
et l'éloquence. Or cette poésie et cette éloquence, résultat de la condition
d'effervescence du peuple et portant son impression, deviennent, pour tous
les efforts futurs, le modèle et le type, dont on peut seulement approcher
quand le sentiment populaire est de nouveau surexcité par un enthousiasme semblable. C'est ainsi que le siècle de Périclès suivit naturellement la grande guerre contre les Perses ; que le siècle d'Auguste fut la
conséquence de la tranquillité universelle produite par une conquête universelle ; que le siècle de Molière et de La Fontaine fut celui où Louis XIV
poussa les avant-gardes de sa monarchie consolidée jusqu'au sein de l'Allemagne ; et que les siècles d'Élisabeth et d'Anne d'Angleterre coïncidèrent
avec les siècles de l'Invincible Armada, avec les victoires de Marlborough.

Pareille chose se passe en Espagne : le point central dans l'histoire espagnole, c'est la prise de Grenade. Durant près de huit siècles, avant cet événement décisif, les Chrétiens de la Péninsule avaient été occupés par des guerres domestiques qui développèrent graduellement leur énergie, au milieu des épreuves les plus dures et des combats les plus opiniâtres, jusqu'à ce que la contrée tout entière se remplît d'une exubérance de population et de puissance que l'on a rarement sentie jusqu'ici dans le reste de l'Europe. Mais la dernière forteresse des Maures ne fut pas plutôt renversée, que ces flots accumulés s'élancèrent des montagnes qui les avaient si longtemps contenus et menacèrent, en même temps, de couvrir entièrement les meilleures parties du monde civilisé. En moins de trente années, Charles-Quint, héritier non-seulement de l'Espagne, mais de Naples, de la Sicile et des Pays-Bas, et dont les trésors commençaient à recevoir les fabuleuses richesses des Indes, Charles-Quint fut élu empereur d'Allemagne et entreprit une série de conquêtes étrangères telles qu'on n'en avait pas conçu depuis l'époque de Charlemagne. En Europe, il étendit son empire jusqu'à ce qu'il refoulât en Turquie l'odieuse puissance de l'islamisme ; en Afrique, il mit une garnison dans Tunis et parcourut toute la côte de Barbarie ; en Amérique, Cortès et Pizarre furent ses sanglants lieutenants, et achevèrent pour lui des conquêtes plus vastes que celles qu'Alexandre avait entrevues dans ses rêves, pendant qu'au-delà des déserts du Pacifique, ils étendaient leurs découvertes jusqu'aux Philippines, et complétaient ainsi le tour du monde.

Telle était la brillante perspective que la fortune de son pays offrait à tout Espagnol intelligent et doué d'imagination, dans la première moitié du seizième siècle (1). Or, comme nous le savons, de tels hommes attendaient avec confiance le temps où l'Espagne devait être la tête d'un

---

(1) Les preuves de ce sentiment se trouvent en abondance dans la littérature espagnole, durant plus d'un siècle environ ; mais, nulle part peut-être, avec plus de simplicité et de bonne foi que dans un sonnet de Hernando de Acuña, soldat et poète très-aimé de Charles-Quint. Dans ce sonnet il annonce au monde « *para su gran consuelo prometido por el cielo* » pour sa grande consolation promise par le ciel, comme il le dit lui-même, un monarque, un empire et une épée.

Un monarca, un imperio y una espada.
(*Poesias*, Madrid, 1804, in-8, p. 214.)

Cristobal de Mesa peut être considéré comme d'une simplicité encore plus grande puisque, cinquante ans après, il annonce comme absolument complète la réalisation de cet empire catholique et universel par Philippe III. (*Restauracion de España*, Madrid, 1607, in-8, chant Ier, strophe 7.)

empire plus étendu que celui de Rome, et semblaient parfois compter qu'ils vivraient assez eux-mêmes pour voir et partager sa gloire. Mais leur calcul était faux. Il s'élevait un pouvoir moral, destiné à diviser de nouveau l'Europe et à placer la politique intérieure et les relations extérieures de ses principaux États sur des fondements extraordinaires. Le moine Luther était déjà devenu un contrepoids à la puissance militaire du maître de tant de royaumes ; et depuis 1552, année où Maurice de Saxe avait déserté l'étendard impérial et que la convention de Passau avait assuré aux protestants le libre exercice de leur religion, le clairvoyant conquérant avait dû comprendre lui-même que ses ambitieuses espérances d'un empire universel, dont le siége serait au midi de l'Europe et dont les fondements reposeraient sur la religion de l'Église romaine, devaient enfin s'évanouir.

Mais la question de savoir où devait se tirer la ligne de démarcation entre les grands partis qui se disputaient, fut longtemps le sujet de guerres sanglantes. La lutte commença par la publication des quatre-vingt-quinze propositions de Luther et par la destruction de la bulle du pape qu'il brûla à Wittemberg. Elle finit, si tant est qu'elle soit terminée, par la paix de Westphalie. Durant les cent trente ans écoulés entre ces deux événements, l'Espagne se trouva certainement bien loin des champs où se livraient les plus cruelles batailles des guerres de religion ; mais la profondeur de l'intérêt que le peuple espagnol apportait dans la lutte apparaît évidemment dans son acharnement à combattre les princes protestants d'Allemagne ; dans ses immenses efforts pour comprimer la révolte protestante des Pays-Bas ; dans son expédition de l'Armada contre l'Angleterre protestante ; par l'ingérence de Philippe II dans les affaires de Henri III et de Henri IV, lorsque, durant la Ligue, le protestantisme semblait gagner du terrain en France ; en un mot, on peut le voir par la présence de l'Espagne et de ses armées dans chaque partie de l'Europe où il était possible d'atteindre et d'attaquer le grand mouvement de la Réforme.

Ceux donc qui montraient tant d'ardeur pour contenir la puissance du protestantisme, lorsqu'il était loin d'eux, ne devaient pas rester dans l'inaction quand le danger approchait de leur propre demeure (1). La première alarme arriva, paraît-il, de Rome. Au mois de mars 1521 des

(1) Les faits du récit suivant sur les progrès et la suppression de la réforme protestante en Espagne sont tirés, en général de l'*Histoire critique de l'Inquisition d'Espagne*, par J.-A. Llorente (Paris, 1817, 1818, 4 vol. in-8°) et de l'*History of the Reformation in Spain*, par Thomas McCrie, Édimbourg, 1829, in-8°.

brefs du pape parvinrent en Espagne et avertirent le gouvernement espagnol de prévenir la plus indirecte introduction des livres écrits par
Luther et par ses sectateurs, livres qui avaient, à ce que l'on croyait, secrètement pénétré dans le pays depuis une année environ. Ces brefs, il
faut l'observer, étaient adressés à l'administration civile qui avait encore
conservé, pour la forme du moins, un entier contrôle sur de pareils sujets.
Mais il était plus naturel et plus conforme aux idées, dominantes dans
d'autres contrées aussi bien qu'en Espagne, de tourner les yeux vers le
pouvoir ecclésiastique pour trouver les remèdes à des maux si ratta-
chés à la religion; et la grande masse du peuple espagnol semble avoir
volontiers agi ainsi. En effet, en moins d'un mois, à partir de la date des
brefs en question, et peut-être même avant leur réception en Espagne, le
Grand-Inquisiteur adressa un ordre aux tribunaux soumis à sa juridiction, leur enjoignant de rechercher et de saisir tous les livres supposés contenir les doctrines de la nouvelle hérésie. Ce fut une mesure hardie, mais
qui fut couronnée du succès (1). Le gouvernement l'approuva avec joie,
parce que, sous quelque forme qu'apparût le protestantisme, il se présentait avec plus ou moins d'esprit de résistance à tous les projets favoris de l'Empereur; le peuple l'approuva, parce qu'à l'exception d'un
petit nombre d'individus épars, tous les vrais Espagnols regardaient difficilement Luther et ses sectateurs avec plus de faveur qu'ils n'en accordaient à Mahomet et aux Juifs.

Pendant ce temps, le Suprême Conseil, comme on appelait le corps
le plus élevé de l'Inquisition, procédait à son œuvre d'un pas ferme
et égal. Ses décrets successifs, publiés de 1521 à 1535, ordonnaient que

---

(1) Les Grands-Inquisiteurs ont toujours montré un désir instinctif d'obtenir une
juridiction sur les livres soit imprimés, soit manuscrits. Torquemada, le plus impitoyable, s'il ne fut pas tout à fait le premier d'entre eux, fit brûler à Séville, en
1490, un grand nombre de bibles hébraïques et d'autres manuscrits par le seul
motif que c'étaient des ouvrages des Juifs. Plus tard, à Salamanque, il détruisit, de
la même manière, plus de six mille volumes, sous prétexte que c'étaient des livres
de magie et de sorcellerie. Dans tout cela Torquemada procédait, non en vertu de
ses fonctions d'Inquisiteur, mais comme l'avait fait quarante ans avant Barrientos
par ordre exprès du roi (Voyez tom. Ier, pag. 326). Jusqu'en 1521, la presse resta
toutefois entre les mains de *oidores*, auditeurs, ou juges des plus hautes cours, et
d'autres personnes civiles et ecclésiastiques qui, depuis la première apparition de
la presse dans la Péninsule, et certainement jusqu'à vingt ans environ après l'époque ci-dessus, ont accordé, par une autorisation spéciale du souverain, toutes les
licences nécessaires à l'impression et à la circulation des livres. — Llorente, *Hist.
de l'Inquisition*, tom. I, pp. 281-456. — Mendez, *Typographia*, pp. 50, 331, 375.

toute personne conservant en sa possession des livres infectés des doctrines de Luther, et même toute personne qui manquerait de dénoncer de pareils possesseurs, fût excommuniée et sujette à des peines dégradantes. L'Inquisition s'arrogea ainsi le droit d'examiner le contenu et le caractère de tous les livres déjà imprimés. Ensuite elle s'attribua la faculté de déterminer quels livres on pouvait livrer à la presse ; élevant cette prétention graduellement et avec peu de bruit, mais d'une manière effective (1). Et si elle agit tout d'abord, sans une concession directe d'autorité de la part du Pape ou du roi d'Espagne, ce fut nécessairement avec l'assentiment tacite de l'un et l'autre, et généralement avec des moyens fournis par l'un ou par l'autre. Enfin on trouva un expédient sûr qui ne laissa aucun doute sur les mesures à employer et en laissa très-peu sur les résultats qui devaient suivre.

En 1539 Charles-Quint obtint une bulle du Pape, l'autorisant à se procurer de l'Université de Louvain, en Flandres, où la controverse luthérienne devait naturellement être mieux comprise qu'en Espagne, une liste des livres dangereux à introduire dans ses domaines. Cette liste s'imprima, en 1546, et forma le premier *Index expurgatoire* publié en Espagne, et le second dans le monde. L'Index fut ensuite soumis par l'Empereur au Suprême Conseil de l'Inquisition, sous l'autorité duquel on y fit des additions, après quoi il fut promulgué vers 1550. Ainsi se consomma l'établissement de la juridiction inquisitoriale sur le plus grand levier des progrès et de la civilisation modernes ; juridiction qui fut confirmée et renforcée, il faut le noter, par la plus terrible de toutes les pénalités humaines, lorsque Philippe II décréta, en 1558, les peines de mort et de confiscation contre toute personne qui vendrait, achèterait ou

---

(1) J'ai remarqué dans un petit nombre d'ouvrages imprimés avant 1550, que l'Inquisition, sans autorisation formelle, commençait tout doucement à prendre connaissance des œuvres et à contrôler les livres qui étaient sur le point de se publier. Ainsi, dans un curieux traité sur l'échange, *Tratado de cambios*, de Cristobal de Villalon, imprimé à Valladolid, en 1541, in-4°, la page du titre porte qu'il a été vu par les Inquisiteurs, *visto por los señores Inquisidores :* dans la *Silva de varia Leccion*, de Pero Mexia (Séville, 1543, in-fol.) quoique le titre porte la licence impériale pour l'impression, le colophon ajoute celle de l'Inquisiteur Apostolique. Il n'y avait de raison ni pour l'une ni pour l'autre, excepté l'inquiétude de l'auteur d'être à l'abri d'une autorité qui restait illégale, mais qu'on reconnaissait encore comme formidable. On peut faire une remarque semblable sur la *Théorica de virtudes* de Castilla qui reçut la licence formelle, en 1536, d'Alonzo Manrique l'Inquisiteur général, quoiqu'elle fût dédiée à l'empereur et qu'elle portât l'autorisation impériale d'imprimer.

conserverait en sa possession un livre prohibé par l'Index Expurgatoire de l'Inquisition (1).

Sous de tels auspices, la lutte contre le protestantisme fut, en Espagne, de courte durée. Elle commmença avec ardeur et acharnement vers 1559 et se termina réellement en 1570. Pendant un certain temps, la nouvelle doctrine fit quelques progrès dans les monastères et parmi le clergé; et si ces progrès n'eurent rien de formidable par le nombre des initiés, la plupart de ceux qui s'enrolèrent sous ses étendards se distinguaient par leur savoir, leur rang et leur intelligence générale. Mais plus leur caractère était élevé et brillant, plus il attirait les regards, plus sa poursuite était sûre. L'Inquisition comptait déjà soixante-dix ans d'existence, et se trouvait alors au plus haut point de sa puissance et de sa faveur. Le cardinal Ximenez, un des hommes d'Etat les plus résolus et les plus perspicaces, et l'un des religieux les plus austères que le monde ait jamais vus, réunit pendant longtemps dans sa propre personne les fonctions d'Administrateur Civil de l'Espagne et celles de Grand-Inquisiteur. Aussi usa-t-il des pouvoirs extraordinaires que lui donnait sa position pour confirmer l'Inquisition dans son pays et pour l'étendre dans tout le continent américain nouvellement découvert (2).

---

(1) Peignot, *Essai sur la liberté d'écrire*, Paris, 1832. in-8°, pp. 55 et 61. Baillet, *Jugement des savants*, Amsterdam, 1725, in-12, tom. II, part. I, pag. 43. Le remarquable récit de F. Paul Sarpi, *Histoire de l'origine de l'Inquisition et de l'Index expurgatoire de Venise*, le premier imprimé, *Opere*, Helmstadt, 1673, in-4°, tom. IV, pp. 1-67. Llorente, *Histoire de l'Inquisition*, tom. I, pp. 459-464 et 470. Vogt, *Catalogus librorum rariorum*, Hambourg, 1753, in-8°, pp. 367-369, voilà pour l'Europe. Au dehors ce fut encore pire. A partir de 1550, un certificat devait nécessairement accompagner *chaque* livre et déclarer que ce n'était pas un livre prohibé. Sans ce certificat aucun livre ne pouvait être *vendu* ou *lu* dans les colonies (Llorente, tom. I, p. 467). Jusqu'à ce moment l'Inquisition, en ce qui touche à l'Index expurgatoire, consultait les autorités civiles ou était spécialement autorisée par elles pour agir ainsi. Dès 1640, cette formalité ne fut plus observée. L'Index s'imprima par l'Inquisition seule, sans aucune commission du gouvernement civil. Du moment où le danger de l'hérésie de Luther devint plus général, aucun livre, provenant d'Allemagne ou de France, n'obtint le permis de circulation sans une licence spéciale. Voyez Bisbe y Vidal, *Tratado de comedias*, Barcelone, 1618, in-12, fol. 55.

(2) Le cardinal Ximenez était réellement à la hauteur de la position que lui donnaient ses fonctions extraordinaires. Il exerça sa grande autorité avec une sagacité, un zèle et une confiance dans les ressources de son propre génie qui semblèrent doubler sa puissance. Il ne faut pas oublier toutefois que, *sans lui*, l'Inquisition, au lieu de s'étendre, comme elle le fit, vingt ans après son établissement, aurait été contenue dans des limites comparativement étroites et qu'elle au-

Ximenez eut pour successeur le cardinal Adrien, le précepteur favori de Charles-Quint, qui remplit près de deux ans les fonctions de Grand-Inquisiteur et de Pape ; de sorte que, pour un temps, la plus haute autorité ecclésiastique était devenue l'auxiliaire de la puissance de l'Inquisition en Espagne, comme la plus haute autorité civile l'avait été auparavant (1). Plus tard, après un intervalle de vingt ans, le prudent, l'inflexible, le peu scrupuleux Philippe II arrive à la tête d'un empire dont les bornes ne voyaient, comme on le répétait alors, jamais le soleil se coucher. Ce monarque consacra toute l'énergie de son caractère et toutes les ressources de ses vastes domaines à l'objet principal de l'extirpation de toute forme d'hérésie dans les contrées soumises à son commandement, et à la fusion de toutes dans un seul et vaste empire religieux.

Néanmoins l'Inquisition, considérée comme le principal instrument pour bannir de l'Espagne les doctrines luthériennes n'aurait pas réussi dans l'achèvement de son œuvre, si le peuple et le Gouvernement n'avaient été ses ardents auxiliaires. En effet sur de pareils terrains, le courant espagnol a toujours pris, dès le principe, une même direction. Les Espagnols avaient lutté, pendant des siècles, contre les ennemis de leur foi avec une haine si implacable que l'esprit de toutes leurs luttes était

___

rait été même probablement bientôt détruite. En effet, en 1512, lorsque les embarras du trésor public portèrent Ferdinand à accepter des nouveaux convertis persécutés une forte somme d'argent nécessaire pour entreprendre la guerre contre la Navarre, don qu'ils offraient à la seule condition que les témoins cités devant l'Inquisition seraient interrogés *en public,* le cardinal Ximenez usa non-seulement de son influence auprès du roi pour prévenir l'acceptation de cette offrande, mais il lui procura les ressources rendant cette acceptation inutile. Plus tard, en 1517, lorsque Charles-Quint, jeune encore, et mû par de généreux sentiments, accepta, dans une condition tout à fait semblable, des mêmes chrétiens opprimés, une grande offrande d'argent pour défrayer les dépenses de sa prise de possession du royaume, même après avoir obtenu l'assurance de l'équité de la donation de la part des principales Universités et des hommes éclairés en Espagne et en Flandre, le cardinal Ximenez interposa de nouveau son immense influence et prévint une seconde fois, non sans avoir déguisé la vérité, l'acceptation de l'offre. C'est lui aussi qui organisa la juridiction des tribunaux de l'Inquisition dans les différentes provinces, en l'établissant sur des fondements plus profonds et plus solides. Enfin, il fut l'intelligence supérieure de ce temps qui porta le premier l'Inquisition hors des frontières de l'Espagne, qui l'établit à Oran, sa conquête, personnelle aux Canaries, à Cuba, où il introduisit ses prévoyantes mesures, en vertu desquelles l'institution s'étendit plus tard dans toute l'Amérique espagnole. Et cependant avant d'avoir en main le gouvernement de l'Inquisition, il s'était opposé à son établissement. (Llorente. *Hist.* chap. x, art. 5 et 7.)

(1) Llorente. *Hist.* tom. I, pag. 419.

devenu un des éléments de leur existence nationale ; et maintenant qu'ils avaient expulsé les Juifs, réduit les Maures à se soumettre, ils s'appliquaient, avec la même ferveur et le même zèle, à purifier le sol de leur patrie de tout ce qu'ils croyaient être une preuve des dernières traces de souillure hérétique. Pour achever cette grande entreprise, le pape Paul IV, en 1558, la même année que Philippe II décréta les peines civiles les plus odieuses et les plus terribles pour aider l'Inquisition, Paul IV expédia un bref confirmant toutes les précédentes dispositions de l'Église contre les hérétiques; autorisant et requérant les tribunaux de l'Inquisition pour procéder contre toute personne supposée infectée des croyances nouvelles, lors même que ces personnes seraient évêques, archevêques ou cardinaux, ducs, princes, rois ou empereurs : pouvoir qui, considéré dans tous ses rapports, était plus redoutable pour le progrès du développement intellectuel que celui qui avait été jusque-là accordé à aucune corporation, soit de l'ordre civil soit de l'ordre ecclésiastique (1).

Cette monstrueuse autorité ainsi concédée fut immédiatement exercée largement. Le premier auto-da-fé public de protestants fut célébré à Valladolid, en 1559; d'autres le suivirent, tant dans cette ville qu'ailleurs (2). La famille royale s'y trouva accidentellement présente : plusieurs personnes de haut rang souffrirent le dernier supplice : et en général la faveur populaire approuvait évidemment les horreurs qui s'y perpétraient. Le nombre des victimes ne fut pas grand si on le compare à celui des temps antérieurs. Rarement il excéda vingt personnes brûlées à la fois et cinquante ou soixante soumises à des peines cruelles et dégradantes, mais la plupart de ceux qui eurent à souffrir étaient comptés, comme l'explique la nature des crimes allégués contre eux, parmi les esprits les plus éclairés et les plus actifs de leur siècle. Les hommes instruits se voyaient particulièrement exposés aux soupçons, parce que la cause du protestantisme s'adressait directement au savoir pour son soutien. Sanchez, le meilleur écrivain classique de son temps, en Espagne ; Luis de Léon, le meilleur critique hebraïsant et le prédicateur le plus éloquent; Mariana, le meilleur des historiens espagnols, et d'autres lettrés, d'un nom et d'une réputation inférieure, furent sommés de comparaître devant les tribunaux de l'Inquisition pour confesser au moins leur soumission à leur autorité, s'ils n'étaient déjà pas sujets à leurs censures.

Les hommes de la vie la plus sainte et des mœurs les plus ascétiques

---

(1) Llorente, tom. II, pp. 183-184.
(2) *Ib.*, tom. II, chap. xx, xxi, xxiv.

n'échappaient pas à leurs soupçons et à leurs recherches, s'ils manifestaient seulement une tendance à l'investigation. C'est alors que Jean d'Avila, connu sous le titre de l'Apôtre de l'Andalousie, et Luis de Grenade, le religieux mystique avec Thérèse de Jésus et Jean de la Croix, l'un et l'autre canonisés depuis par l'Église de Rome, passèrent tous par leurs cachots ou furent, d'une manière ou d'une autre, soumis à leur discipline. Pareille chose arriva à des ecclésiastiques des plus distingués par leur rang et leur autorité. Carranza, archevêque de Tolède et primat d'Espagne, souffrit pendant dix-huit ans leurs persécutions et mourut enfin dans une honteuse soumission à leur pouvoir ; Cazella, l'aumônier favori de Charles-Quint, périt dans leurs bûchers. La foi même des principaux personnages du royaume fut l'objet de leur inquisition. Dans diverses circonstances, des procédures, suffisantes du moins pour affirmer leur autorité, furent instruites par rapport à don Juan d'Autriche et au redoutable duc d'Albe (1). Ces procédures doivent toutefois être plutôt regardées comme des sujets d'ostentation que de poursuites réelles : toute l'institution se rattachait, en effet, dès le principe, au gouvernement et devenait de plus en plus l'auxiliaire de la politique des chefs successifs de l'État, à mesure que ses tendances se développèrent sous les règnes suivants.

Le grand objet du Gouvernement et de l'Inquisition peut donc être considéré comme ayant été rempli, dans la dernière partie du règne de Philippe II, plus efficacement du moins qu'un pareil objet ne l'aurait jamais été dans tout autre pays chrétien, et plus efficacement qu'il ne le serait probablement de nouveau partout ailleurs. La nation espagnole était alors devenue, dans le sens que le peuple donnait lui-même à cette expression, la nation la plus entièrement religieuse de l'Europe ; fait démontré à ses propres yeux, d'une manière éclatante, quelques années plus tard, lorsqu'il lui parut désirable d'expulser de la péninsule les restes de la race maure ; et que six cent mille pacifiques et industrieux sujets furent, par un excès de zèle religieux, cruellement bannis de leur pays natal, au milieu des pieux transports de joie de tout le royaume. Cervantès, Lope de Vega et d'autres hommes de génie distingués, vivaient alors et partageaient l'allégresse générale (2). Dès ce moment la voix de la controverse religieuse ne se fit, on peut le dire, que difficilement entendre en Espagne, et l'Inquisition, jusqu'à sa suppression en 1808, devint principalement un instrument politique, s'occupant beaucoup

---

(1) Llorente, tom. II, chap. xix, xxv et ailleurs.
(2) Voyez la note du chap. xiv de cette Seconde Partie.

des sujets reliés à la politique de l'État, sous prétexte que c'étaient des cas d'hérésie et d'incrédulité. La majorité du peuple espagnol se réjouissait également de sa fidélité et de son orthodoxie, et le petit nombre de ceux qui, par leurs croyances, se séparaient de la masse des fidèles sujets, ou gardaient le silence par crainte ou bien disparaissaient de la surface de la société, du moment que leur dissentiment devenait suspect.

Les résultats de pareils traits extraordinaires dans le caractère national ne pouvaient manquer de laisser leur impression sur la littérature d'un pays; et particulièrement sur une littérature qui, comme celle de l'Espagne, a toujours été fortement marquée par le tempérament du peuple et par son originalité. Mais la période dont nous traitons n'était pas de celles où de pareils traits peuvent se produire avec des effets poétiques. L'ancienne loyauté, qui avait été un si généreux élément du caractère et de la culture espagnole, se trouvait maintenant infectée de l'ambition, rêvant un empire universel; elle se prodiguait à des princes et à des nobles qui, comme les derniers Philippe et leurs ministres, étaient indignes de ses hommages. De sorte que, chez les historiens et chez les poètes épiques de cette période et même chez les écrivains les plus populaires, tels que Quevedo et Calderon, nous trouvons une vaine gloire et une admiration de leur patrie, une pauvre flatterie de la royauté et de la noblesse, qui nous rappellent la vieille fierté et l'orgueil castillan, mais seulement pour nous montrer combien l'un et l'autre avaient perdu de leur dignité. Il en était de même des vieux sentiments religieux si unis à cette loyauté. L'esprit chrétien qui avait donné un air de devoir aux formes les plus grossières des entreprises à travers la Péninsule, durant la longue lutte contre la puissance des infidèles, était maintenant tombé dans un fanatisme abject et inquiet, féroce et intolérant, à l'égard de tout ce qui différait de sa propre croyance nettement définie; esprit si répandu et si populaire cependant que les romans, les contes de ce temps en sont tous imprégnés et que le théâtre national est devenu, sous plus d'une forme, son étrange et grotesque monument.

Par conséquent, la majeure partie de la poésie et de la prose espagnole, produite durant cet intervalle qui vit ses premières années constituer la période de la plus grande gloire dont l'Espagne ait jamais joui, se trouva malheureusement souillée par cette condition malsaine du caractère national. Cet esprit mâle et généreux, qui est l'expression de la vie intellectuelle d'un peuple fut comprimé et étouffé. Quelques genres de littérature, tels que l'éloquence du barreau et l'éloquence de la chaire, la poésie satirique et l'élégante prose didactique se montrèrent rarement. D'autres, tels que la poésie épique, furent étrangement pervertis et mal dirigés ; tandis que d'autres, tels que le drame, la ballade et les formes plus légères de la poésie lyrique, semblent s'être développés avec exubérance et sans frein par suite des restrictions imposées aux autres genres, restrictions qui, par le fait, engagèrent le génie poétique dans des voies où il aurait d'ailleurs fleuri avec beaucoup moins d'abondance et donné des résultats beaucoup moins luxuriants.

Les livres publiés durant toute la période où nous venons d'entrer, et même durant un siècle plus tard, portent partout des marques de la sujétion à laquelle la presse et tout ce qui s'écrivait pour elle étaient également réduits. Depuis les titres abjects et les dédicaces des auteurs eux-mêmes, depuis la multitude des certificats reçus de leurs amis pour établir l'orthodoxie d'ouvrages souvent sans le moindre rapport avec la religion, tels que des contes de fée, jusqu'au colophon, demandant pardon pour quelque négligence involontaire envers l'autorité de l'Église ou pour un trop libre usage de la mythologie classique, nous sommes continuellement accablés par les preuves évidentes non-seulement de la manière dont l'esprit humain fut asservi en Espagne, mais encore de la manière exécrable dont il fut brisé et criblé par les chaînes qu'il porta si longtemps.

Nous tomberions dans une grande erreur si l'examen de ces marques profondes et de ces étranges particularités de la littérature espagnole, nous faisait supposer qu'elles sont le produit de l'action directe soit de l'Inquisition, soit du gouvernement civil du pays comprimant, comme par une force physique, la masse entière de la société. Une telle exaction eût été impossible. Il n'y a pas de nature qui voulût s'y soumettre ; encore moins une nation d'un esprit aussi fier et aussi chevaleresque que l'Espagne, sous le règne de Charles-Quint et durant la plus grande partie du règne de Philippe II. Ce mal terrible remontait plus haut : il avait son fondement profond et solide dans le vieux caractère castillan. Il était le résultat de l'excès et de la fausse direction de ce zèle vraiment chrétien, qui combattit avec tant d'ardeur et de gloire l'intrusion du mahométisme en Europe, et de cette loyauté militaire qui soutint si sincèrement les princes espagnols, durant tout le temps de cette terrible lutte, sentiments élevés et nobles tous deux qui se sont gravés, en Espagne, dans le caractère du peuple plus que dans tout autre pays.

La soumission de l'Espagne à un despotisme indigne et le fanatisme espagnol ne sont donc point le résultat de l'Inquisition ni des modernes procédés d'une monarchie corrompue ; mais l'Inquisition et le despotisme furent plutôt les résultats d'une fausse direction de la vieille croyance religieuse et de l'antique fidélité. La civilisation qui avoua de pareils éléments présenta, sans doute, de nombreux côtés brillants, pittoresques et nobles, mais elle ne laissa pas d'avoir ses teintes plus sombres. Aussi ne sut-elle pas exciter et nourrir certaines qualités des plus élevées de notre commune nature; de ces qualités qui se produisent dans la vie domestique et qui résultent de la culture des arts de la paix.

A mesure que nous avancerons, nous trouverons donc, dans le développement complet du caractère et de la littérature Espagnole des contradictions apparentes qu'on ne peut expliquer qu'en reconnaissant les fondements sur lesquels elles reposent. Nous verrons l'Inquisition à l'apogée de sa puissance et un drame libre et immoral au plus haut point de sa popularité : Philippe II et ses deux successeurs immédiats gouvernant la nation par le despotisme le plus sévère et le plus jaloux, pendant que Quevedo écrivait ses mordantes et dangereuses satires, Cervantès son ingénieux et judicieux Don Quichotte. Mais plus on considère attentivement cet état des choses, plus on s'aperçoit que ce sont là des contradictions morales, entraînant après elles de graves conséquences morales. La nation espagnole et les hommes de génie qui illustrèrent ses plus beaux jours purent vivre joyeux, parce qu'ils ne s'aperçurent pas des limites dans lesquelles on les confinait ou parce qu'ils ne sentirent pas, pendant un certain temps, les restrictions qu'on leur imposait. Ce qu'ils abandonnèrent ils l'abandonnèrent de gaieté de cœur et non par sentiment de dégradation et de découragement : ils le firent suivant leur esprit de loyauté et par suite de la ferveur de leur zèle religieux, mais il n'en est pas moins vrai que ces rigoureuses barrières étaient là et qu'elles avaient pour conséquence ces grands sacrifices des meilleurs éléments du caractère national.

Le temps vint en fournir des preuves abondantes. Il s'était à peine écoulé seulement un peu plus d'un siècle que le gouvernement qui avait menacé le monde d'un empire universel n'était presque pas capable de repousser une invasion étrangère de son propre sol, ou de maintenir, en son royaume, ses propres sujets dans l'obéissance. La vie, la vie vigoureuse et poétique, qui avait animé toute la Péninsule dans ses siècles de malheur et d'adversité, s'était évidemment retirée de tout le caractère espagnol. En tant que peuple, après avoir été une puissance du premier ordre en Europe, l'Espagne descendit jusqu'au point de devenir une nation tout à fait inférieure, sans importance ni considération. Alors, orgueilleusement retirés derrière leurs montagnes, les Espagnols rejetèrent tout égal commerce avec le reste du monde, par un esprit aussi exclusif et intolérant que celui qui leur avait fait refuser précédemment tout commerce avec leurs conquérants arabes. Les énormes et immenses richesses qu'ils retirèrent de leurs possessions américaines soutinrent néanmoins, pendant encore un autre siècle, les formes d'une misérable existence politique dans leur gouvernement ; mais la foi ardente, la loyauté, la dignité du peuple espagnol étaient perdues ; il ne restait presque plus à leur place qu'une abjecte subordination à d'indignes chefs de l'État ; une méprisable et timide bigoterie en tout ce qui touchait à la religion. Le vieil enthousiasme, rarement dirigé avec sagesse dès le principe, et souvent mal dirigé plus tard, s'éteignit entièrement : et la poésie nationale, qui s'était toujours reposée sur l'état du sentiment populaire, plus que dans toute autre poésie des temps modernes, s'éteignit et disparut avec lui.

CHAPITRE II.

La décadence des lettres et du bon goût fut grande, en Espagne, c'est hors de doute, durant la dernière partie du règne agité de Jean II et durant toute la période encore plus troublée, lorsque son successeur, Henri IV, monta sur le trône de Castille. L'école provençale avait entièrement disparu, et ses imitations en castillan n'avaient pas eu de succès. Les primitives influences italiennes, moins fertiles en bons résultats qu'on avait pu l'espérer, étaient tout à fait oubliées. La mode de la Cour, en l'absence de toute autre impulsion meilleure ou plus puissante, commandait en toute chose; et une poésie monotone, pleine d'affèterie et d'artifice était tout ce que pouvait produire son propre caractère si peu naturel.

Le progrès ne fut pas grand sous le règne de Ferdinand et d'Isabelle. L'introduction de l'imprimerie et la renaissance du goût pour l'antiquité classique devinrent, pour la culture nationale, des bases telles qu'on n'en avait pas posé auparavant. La fondation, à la même époque, de l'Université d'Alcala par le cardinal Ximenez, la restauration de celle de Salamanque, les travaux d'érudits tels que Pierre Martyr, Lucio Marineo, Antonio de Lebrija et Arias Barbosa, ne purent manquer d'exercer une salutaire influence sur la culture intellectuelle de l'Espagne, sinon sur son goût poétique. Parfois, comme nous l'avons vu, des preuves de la vieille énergie apparaissent dans des œuvres telles que la *Célestine* et les *Coplas* de George Manrique. Les vieilles romances et d'autres formes de la poésie populaire primitive conservent aussi, sans doute, leur place dans le cœur du peuple. Mais on ne peut le dissimuler, parmi les classes cultivées, ainsi que le prouvent suffisamment les Cancioneros et presque tous les autres ouvrages sortis de la presse, sous le règne de Ferdinand et d'Isabelle, le bon goût était tombé dans une triste décadence.

Le premier mouvement vers un meilleur état de choses vint de l'Italie. A certains égards, ce fut une impulsion malheureuse, mais elle fut inévitable, on ne peut guère en douter. Les relations entre l'Italie et l'Espagne, immédiatement après l'avénement de Charles-Quint s'étaient considérablement développées, surtout par la conquête de Naples, mais en particulier par d'autres causes. L'une d'elles prit son origine dans les communications régulières entre le Saint-Siége et la cour de Ferdinand et d'Isabelle, au moyen des ambassadeurs dont l'un fut le fils du poétique Marquis de Santillane, et l'autre le frère de Garcilaso de la Vega. Les Universités d'Italie continuaient de recevoir un grand nombre d'étudiants espagnols, qui regardaient encore les moyens d'une noble éducation dans leur pays comme peu proportionnés à leurs besoins. Des poètes espagnols, parmi lesquels on trouve Jean de la Encina et Torres Naharro, les fréquentaient librement et vivaient avec considération soit à Rome soit à Naples. Dans cette dernière cité, la vieille famille espagnole des Davalos, dont un des membres était marié à Vittoria Colonna, poète qui avait ses œuvres au nombre des classiques italiens, les Davalos, dis-je, se placèrent parmi les premiers protecteurs des lettres durant cette époque, et maintinrent vivante l'union intellectuelle entre les deux pays qui les réclament également et sur lesquels ils ont reflété une égale splendeur (1).

Outre ces exemples individuels d'union entre l'Espagne et l'Italie, les plus graves événements vinrent mettre en contact les plus grands intérêts des masses des deux peuples dans chaque contrée, et fixer attentivement leur esprit l'un sur l'autre. Naples, après le traité de 1503 et les brillants succès de Gonzalve de Cordoue, fut livrée à l'Espagne pieds et poings liés, et gouvernée, pendant un siècle environ, par une succession de vice-rois espagnols, accompagnés chacun d'un cortége d'officiers et de serviteurs de leur nation, parmi lesquels nous rencontrons assez fréquemment des hommes de lettres, des poètes, tels qu'Argensolas et Quevedo. Quand Charles-Quint monta sur le trône, en 1516, il devint évident qu'il voudrait tenter un effort pour étendre sur l'Italie entière sa puissance politique et militaire. Les plaines séduisantes de la Lombardie devinrent, par conséquent, le théâtre de la première grande lutte européenne commencée par l'Espagne ; une grande arène où la plupart des destinées de l'Europe, comme celles de l'Italie, c'est prouvé, devaient être décidées

---

(1) Guinguené, *Hist. litt. d'Italie*, Paris, 1812, in-8°, tom. IV, pp. 87-90 ; et des détails plus étendus dans *l'Histoire de Don Hernando Davalos, marquis de Pescara*, Anvers, Juan Steelsio, 1558, in-12, livre curieux qui me semble avoir été écrit avant 1546 et être l'œuvre d'un Aragonais, Pedro Valles. Voyez Latassa, *Bibl. nueva de escritores aragoneses*, in-4°, 1798, Saragosse, tom. I, p. 289.

par deux monarques jeunes et passionnés, enflammés par une rivalité personnelle et par l'amour de la gloire. De cette manière, à partir de 1522, année où éclata la première guerre entre François Ier et Charles-Quint, jusqu'à la désastreuse bataille de Pavie, en 1525, nous pouvons affirmer que toutes les forces disponibles de l'Espagne furent transportées en Italie et soumises, à un degré remarquable, aux influences de la culture et de la civilisation italiennes.

Cette union entre les deux nations ne s'arrêta pas là. En 1527, Rome elle-même vint s'ajouter, un moment, aux conquêtes de la couronne espagnole : le Pape devint le prisonnier de l'Empereur, comme l'avait été auparavant le roi de France. En 1530, Charles-Quint apparut de nouveau en Italie, entouré d'une splendide cour espagnole et à la tête de forces militaires ne laissant aucun doute sur sa puissance. Il détruisit les libertés de Florence et rétablit le gouvernement aristocratique des Médicis. Par sa sagesse et sa modération il confirma ses relations amicales avec les autres États de l'Italie et, comme pour sceller tous ses succès, il vint lui-même, en présence de tout ce qu'il y avait de plus auguste dans l'un et l'autre pays, se faire solennellement couronner roi de Lombardie et empereur des Romains par le même Pape qu'il avait, trois ans auparavant, compté au nombre de ses captifs (1). Un tel état

---

(1) Le couronnement de Charles-Quint, à Bologne, comme la plus grande partie des autres événements frappants de l'Histoire espagnole, furent portés sur le théâtre espagnol. Celui-ci fut minutieusement représenté dans *Los dos Monarcas, de Europa*, de Bartholomé de Salazar y Luna (*Comedias escogidas*, Madrid, 1665, in-4, tom. XXII). Mais la pièce est trop extravagante dans ses prétentions, sous les deux points de vue de l'humiliation de l'Empereur et de la gloire du Pape, surtout si l'on considère que Clément VII avait été tout récemment prisonnier de l'Empereur. Quand la cérémonie est sur le point de commencer, une procession de prêtres entre, en chantant :

En hora dichosa venga	Qu'il vienne dans un moment heureux
El mas obediente hijo	Le fils le plus obéissant
De la catolica iglesia	De l'Église catholique,
A coronarse en sus ritos.	Recevoir la couronne suivant ses rites.

Et l'empereur répond :

Y en hora felix ostenta	Et c'est dans un moment heureux qu'il montre
Lo grande de su dominio	L'étendue de sa domination
Quien tiene à sus piés un rey	Celui qui tient à ses pieds un roi
Gozoso de estar rendido.	Joyeux d'y être soumis.

De pareils traits étaient communs en Espagne et tendaient à concilier au théâtre la faveur du clergé.

de choses impliquait nécessairement l'union la plus intime entre l'Espagne et l'Italie, union qui subsista jusqu'à l'abdication de l'Empereur, en 1555, et même longtemps après (1).

D'autre part, il faut rappeler que l'Italie se trouvait maintenant en état d'agir, par toute la puissance d'une civilisation et d'une finesse supérieures, sur tout ce grand nombre d'Espagnols, esprits les plus éclairés de l'Empire pour la plupart, que les guerres successives et les négociations avaient fait voyager en Italie, pendant un demi-siècle, et vivre à Gênes, à Milan, à Venise, à Florence, à Rome, à Naples. Le siècle de Laurent de Médicis s'était entièrement écoulé, laissant après lui les souvenirs de Politien, de Boiardo, de Pulci, de Léonard de Vinci. Les siècles de Léon X et de Clément VII duraient encore et répandaient l'influence bien plus efficace de Michel-Ange, de Raphaël et du Titien, de Machiavel, de Berni, de l'Arioste, de Bembo et de Sannazar. Ce dernier, fait qu'il n'est pas indigne de connaître, était lui-même un descendant d'une de ces familles espagnoles que les intérêts politiques des deux pays avaient primitivement amenées à Naples. C'était, donc, au moment où Rome et Naples, Florence et le nord de l'Italie se trouvaient dans toute la maturité de leur gloire, comme centres des arts et des lettres, qu'une partie considérable de ce qu'il y avait de plus noble et de plus cultivé en Espagne, était conduite à travers les Alpes et rendue sensible à la perception de formes et de créations de goût et de génie telles qu'on n'en avait jamais essayé de pareilles au delà des Pyrénées, telles qu'elles ne pouvaient manquer de produire entièrement leur effet sur des esprits, aussi excités que ceux de tout le peuple espagnol par les glorieux résultats de leur longue et violente lutte contre les Maures, par leurs magnifiques succès actuels en Amérique et en Europe.

Des traces visibles de l'influence de la littérature italienne purent donc, pour des causes générales, être bientôt aperçues dans la littérature espagnole; mais un événement fortuit nous les a fait connaître un peu plus tôt, peut-être, que nous aurions pu l'espérer. Jean Boscan, patricien de Barcelone, s'était consacré, comme il nous le raconte lui-même, dès sa jeunesse, au culte de la poésie. La cité à laquelle il appartenait s'était déjà distinguée par le nombre des troubadours provençaux et catalans qui avaient fleuri dans son sein. Mais Boscan préféra écrire en castillan, et la défection qu'il fit ainsi éprouver à son dialecte natal

_____

(1) P. de Sandoval, *Hist. de Carlos V*, Anvers, 1681, in-fol., du livre XII au livre XVIII et principalement le dernier livre.

marqua, en quelque sorte, le sceau de ses destinées. Ses premiers essais,
dont un petit nombre nous reste, sont écrits dans le style du siècle précédent. Plus tard, ainsi que nous avons pu le conclure de plusieurs récits
distincts, lorsqu'il eut atteint vingt-cinq ans environ ; qu'il eut, comme
il nous l'assure, été reçu à la cour, qu'il eut servi dans les armées, visité
les pays étrangers, il fut poussé, par un événement fortuit, à essayer les
mesures propres au vers italien, telles qu'elles se pratiquaient alors (1).

Boscan fit, à cette époque, connaissance avec André Navagiero qui fut
envoyé, en 1524, comme ambassadeur de Venise, auprès de Charles-Quint
et qui retourna dans sa patrie en 1528, emportant avec lui un aride mais
estimable itinéraire, publié plus tard comme une relation de ses voyages.
Navagiero était un érudit, un poète, un orateur, un homme d'État
d'une réputation peu ordinaire (2). Durant son séjour en Espagne, pendant l'année 1526, il passa six mois à Grenade (3). « J'étais un jour avec
« Navagiero, dit Boscan, et discourant avec lui sur les choses de l'esprit et
« sur les lettres, spécialement sur les différentes formes qu'elles prennent
« dans différentes langues, il me demanda pourquoi je n'essayais pas en
« castillan les sonnets et les autres formes de vers employées par les bons
« auteurs italiens. Il ne me parla pas seulement à la légère d'une pareille
« tentative, mais il me pressa beaucoup de m'y adonner. Peu de jours
« après je partis pour chez moi : soit longueur ou isolement de la route,
« je n'en sais rien, j'en vins à réfléchir sur différents projets dans mon
« esprit et je retombai souvent sur ce que Navagiero m'avait dit. Je
« commençai ainsi à m'exercer sur cette espèce de vers. Tout d'abord, je
« rencontrai quelque difficulté, parce que ce genre de poésie offre une
« construction pleine d'art et beaucoup de particularités différentes de
« la nôtre. Plus tard, il m'a semblé, par un effet peut-être de l'amour
« que nous portons naturellement à ce qui nous est propre, que je com-
« mençais à y réussir très-bien, et je m'y livrai, peu à peu, avec un zèle
« toujours croissant (4). »

---

(1) Le dictionnaire de Torres y Amat contient une courte mais suffisante biographie de Boscan. Dans Sedano, *Parnaso español*, Madrid, 1768-1778, in-12,
tom. VIII, pag. 21, on en trouve une autre un peu plus détaillée.

(2) Tiraboschi, *Storia della litt. Italiana*, Roma, 1784, in-4°, tom. VII, part. I,
pag. 242, part. II, pag. 294 et part. III, pp 228-230.

(3) Andrea Navagiero, *Il Viaggio fatto in Spagna, etc.* Vinegia, 1563, in-12,
ff. 18-30. Bayle donne un article sur la vie de Navagiero avec de remarquables
éloges sur son érudition et son talent.

(4) *Lettre à la duchesse de Soma*, en tête du second livre de *Las obras poeticas
de Boscan.*

Cet aveu est intéressant et important. Il est en effet très-rare qu'une seule personne soit ainsi capable d'exercer une influence sur la littérature d'une nation étrangère telle que l'a exercée Navagiero. Et c'est encore plus rare, peut-être même tout à fait ïnoui, dans les cas où le même fait s'est présenté, que la manière précise où elle s'est exercée ait reçu un développement aussi complet. Boscan ne nous raconte pas seulement ce qu'il fit, mais comment il le fit, comment il entreprit cette œuvre que nous le voyons dès ce moment continuer jusqu'à ce qu'il s'y consacre entièrement et qu'il écrive dans toutes les mesures et toutes les formes préférées des italiens, avec audace et succès. Il trouva de l'opposition, mais Garcilaso de la Vega le soutint, il nous le raconte. Ainsi donc, le fait accidentel d'une conversation fortuite, à Grenade, avec Navagiero, fit introduire, dans la poésie espagnole, une école nouvelle qui a toujours prévalu depuis, et qui a exercé une influence matérielle sur son caractère et sur ses destinées.

Boscan goûta son succès, ainsi qu'on peut le voir par ses propres paroles, mais il fit peu d'efforts pour en engager d'autres par son exemple. Il jouissait d'une fortune et d'une considération qui lui donnaient une existence heureuse, au sein de sa famille, dans Barcelone, et il se mettait peu en peine d'une renommée ou d'une influence populaire. On ne le vit que de temps en temps, nous dit-on, à la cour. A un certain moment il fut chargé de l'éducation de ce duc d'Albe dont le nom devint si redoutable sous le règne suivant. En général il préféra une vie retirée aux prix offerts à l'ambition.

Les lettres étaient un délassement pour lui. « Dans tout ce que j'ai « écrit, dit-il, jamais la pure composition n'a été mon objet : j'ai eu plutôt « en vue de divertir les facultés que j'ai et de passer moins péniblement « certains passages pénibles de ma vie (1). » L'étendue de ses études était plus vaste toutefois que cette remarque semble l'impliquer; plus vaste aussi que leur étendue commune en Espagne, au commencement du seizième siècle, même parmi les savants. Il avait traduit une tragédie d'Euripide qui avait obtenu la licence pour sa publication, mais qui ne fut jamais livrée à l'impression et qui se trouve perdue sans aucun doute (2). Sur le

---

(1) Lettre à la duchesse de Soma.

(2) Elle est mentionnée dans la permission de publier ses œuvres, accordée par Charles-Quint, le 18 février 1543, permis placé en tête d'une édition très-rare et très-importante de ses œuvres et de celles de son ami Garcilaso, publiées pour la première fois, la même année, à Barcelone, par Amoros, petit in-4º de 237 feuillets. Cette édition fut, dit-on, immédiatement contrefaite; elle fut certainement

modèle de *Léandre et Héros* de Musée, et suivant l'exemple de Bernardo Tasso il écrivit, en *versi sciolti* ou vers blancs des Italiens, un conte, long de trois mille .vers environ, qu'on peut encore lire avec plaisir pour la gentillesse et la suavité des passages qu'il renferme (1). En général dans toute sa poésie, Boscan montre que les classiques grecs et latins lui étaient familiers et qu'il était pénétré, à un degré considérable, de l'esprit de l'antiquité.

Son œuvre la plus longue fut une traduction de l'Italien, du *Cortesano* de Balthasar Castiglione, le meilleur livre d'éducation qui ait jamais été écrit, à ce qu'affirme, deux siècles plus tard, le docteur Johnson (2). Boscan, cependant, avoue franchement qu'il n'apprécie pas de même le travail de la traduction, travail qu'il regarde comme « une basse vanité convenant à des hommes de peu de savoir. » Mais Garcilaso de la Vega lui envoya un exemplaire de l'original immédiatement après sa publication, et Boscan en fit la version espagnole, comme il nous le raconte « sur

---

réimprimée, six fois au moins, avant 1546, trois ans après sa première apparition. En 1553, Alonso d'Ulloa, espagnol résidant à Venise, qui y publia plusieurs livres espagnols avec d'estimables préfaces écrites par lui-même, en imprima une édition, in-8º, très-jolie, et ajouta quelques poëmes à ceux qu'il avait trouvés dans la première édition ; un, en particulier, au commencement du volume, intitulé : *Conversion de Boscan*, religieux pour le sujet et national pour la forme. Vers la fin Ulloa a placé quelques pages de vers, attaquant les formes italiennes adoptées par Boscan et attribuant ces additions à un auteur incertain, alors qu'elles sont l'œuvre de Castillejo et se trouvent dans les *Obras de Castillejo*, Anvers, 1598, in-18, fol. 110, etc.

(1) Gongora dans les deux premières de ses romances burlesques (*Obras*, Madrid, 1654, in-4º, fol. 104, etc.), se rend lui-même plaisant aux dépens du *Léandre* de Boscan. Mais il prenait souvent la même liberté avec des œuvres meilleures. Le *Léandre* fut, je pense, la première tentative faite pour introduire le vers blanc. Elle fut essayée dans la poésie espagnole par Boscan, en 1543, et importée un peu plus tard, dans la poésie anglaise, des *versi sciolti* des italiens par Surrey, qui les appelait : *Un mètre étrange*. Hernando de Acuña suivit bientôt après Boscan, dans le dialecte castillan où l'on en trouve d'autres exemples. Mais les premiers vers blancs réellement bons que je connais en espagnol se trouvent dans l'églogue de *Tirso* par Francisco Figueroa, églogue écrite un demi-siècle après l'époque de Boscan et restée inédite jusqu'en 1626. La traduction d'une partie de l'Odyssée, par Gonzalo Perez, en 1553, et *la Sagrada Eratos*, d'Alonso Carillo Lasso de la Vega, paraphrase des psaumes, imprimée à Naples en 1657, in-fol., donnent de plus longs spécimens, généralement estimables. Du reste la rime pleine est si facile en espagnol, l'*assonance* est si aisée que le vers blanc, quoique usité depuis la moitié du seizième siècle, a été peu cultivé et peu favorisé.

(2) Voyez Boswell, *Vie de Johnson*, édit. Crosher, Londres, 1831, in-8º, tom. II. pag. 501.

les vives instances de son ami (1). » L'un ou l'autre pouvait avoir connu l'auteur, de la même manière que Boscan avait connu Navagiero. Castiglione avait été envoyé, comme ambassadeur de Clément VII, en Espagne, en 1525 ; il y avait vécu jusqu'à sa mort, arrivée, à Tolède, en 1529.

Quoi qu'il en soit, l'original italien du *Courtisan* fut préparé pour l'imprimerie en Espagne, et imprimé pour la première fois, en 1528 (2). Boscan fit bientôt après sa traduction, quoiqu'elle n'ait paru qu'en 1549. Comme version, cette traduction ne donne pas le sens bien strictement : Boscan avouait qu'il estimait une exacte fidélité indigne de lui (3) ; mais comme composition espagnole, elle est d'un style supérieurement aisé et fleuri. Garcilaso déclare qu'il l'a lue comme une œuvre originale (4), et l'historien Morales affirme que « le courtisan ne parle pas mieux en Italie où il est né qu'ici en Espagne où Boscan l'a si admirablement montré (5). » Peut être ne s'est-il rien écrit en prose castillane, d'une date antérieure, dans un style aussi classique et aussi parfait que cette traduction de Boscan.

Avec de semblables occupations Boscan remplit une vie sans ostentation. Il ne publia rien ou que très-peu de chose, et nous ne pouvons citer une simple date le concernant. D'après le petit nombre de faits que nous

---

(1) La première édition est en caractères gothiques, sans indication de l'année ni du lieu de l'impression, in-4° et de 140 feuillets. Une seconde édition parut vers 1553. Nicolas Antonio suppose qu'elle est la première. Le *Cortesano* est compris dans l'*Index expurgatoire* de 1667, pag. 241.

(2) Guinguené, *Hist. litt. d'Italie*, tom. VI, pp. 544-550.

(3) « *Yo no terné fin dice Boscan en su prologo en la traduccion deste libro a ser tan estrecho, que me apriete a sacallo palabra por palabra. Antes si alguna cosa en él se ofreciere que en su lingua parezca bien y en la nuestra mal, no dexaré de mudarla o de callarla* » édit. 1549, fol. 2. — Je n'irai pas être assez étroit dans la traduction de ce livre pour m'astreindre à le rendre mot pour mot. Loin de là, s'il s'y offre quelque chose qui paraisse bien dans sa langue et mal dans la nôtre, je ne laisserai pas de le changer ou de le passer sous silence.

(4) « Cada vez que me pongo a leer este libro (dit Garcilaso dans une lettre à « doña Jeronima Palova de Almogavar) no me parece que le ay escrito en otra len- « gua, y si alguna vez se me acuerda del que he visto y leido, luego al pensa- « miento se me buelve al que tengo entre manos. » — Chaque fois que je me mets à lire ce livre, il ne me semble pas qu'il y en ait d'écrit dans une autre langue, et si parfois je me rappelle celui que j'ai vu et lu, immédiatement ma pensée revient à celui que j'ai entre les mains. — Cette lettre de Garcilaso, qui se trouve dans toutes les éditions du *Cortesano*, est elle-même d'un style très-remarquable.

(5) Morales, *Discurso de la lengua castellana*, dans les œuvres d'Oliva, Madrid, 1787, in-8°, tom. I, p. 40.

avons pu réunir, il était probablement né avant 1500 et nous savons
qu'il mourut vers 1543. C'est dans cette année que ses œuvres furent
publiées, à Barcelone, par sa veuve, avec la permission de l'Empereur
Charles-Quint. Elles portent une préface où la veuve reconnaît que son
mari les avait en partie préparées pour l'impression, parce qu'il craignait
de les voir imprimer d'après quelqu'une des copies imparfaites qui circu-
laient sans son consentement.

Elles étaient divisées en quatre livres. Le premier se compose d'un
petit nombre de poésies du genre appelé *Coplas Españolas* et qu'il désigne lui-même ailleurs par la dénomination de *Hechas à la castellana*
(faites à la castillane.) Elles représentent ses premiers essais, avant
d'avoir fait connaissance avec Navagiero. Ce sont des *Villancicos* des
canciones et des *coplas* en petits vers espagnols, qui semblent extraites
des vieux cancioneros où se trouvent effectivement deux d'entre elles (1).
Leur mérite n'est pas grand ; mais au milieu de leurs conceptions ingénieuses elles offrent parfois un bonheur et une grâce d'expression rarement accordée aux poètes de la même école, soit dans ce siècle, soit dans
le siècle précédent.

Le second et le troisième livre, formant la plus grande partie du volume, sont entièrement composés de poésies sur la mesure italienne. Elles
consistent en quatre-vingt treize sonnets et neuf *canzones* ; le long poëme
sur Héro et Léandre, en vers blancs, déjà mentionné ; une élégie ; deux
épîtres en terza rima (tercets), et un poëme moitié narratif, moitié allégorique de cent trente-cinq stances de huit vers. Il n'est pas nécessaire
d'aller au delà de cette simple énumération du contenu de ces deux volumes, pour se convaincre qu'en ce qui concerne du moins les formes,
ils n'ont rien de commun avec la vieille poésie castillane nationale. Les
sonnets et les *canciones* sont en particulier de pures imitations de Pétrarque, ainsi qu'on peut le voir pour les deux qui commencent par « Gentil
señora mia » et par « Claros y frescos rios » qui sont incontestablement
dus aux deux plus beaux et plus connus *canzones* de l'amant de Laure (2).
Dans la plus grande partie de ces poésies cependant, et au milieu d'assez
fortes empreintes de rusticité, le ton et l'esprit espagnols sont sensibles,
et ce caractère les sauve considérablement du reproche de n'être que
des copies. Les couleurs de Boscan y sont aussi jetées d'une main plus

---

(1) *Cancionero* général, 1535, fol. 153.
(2) Petrarca, *Vita di ma donna Laura,* conc. 9 et 14. Les imitations de Boscan
sont gâtées par des pensées alambiquées. Quelques-uns de ses sonnets sont toutefois exempts de ce défaut et pleins de naturel et de tendresse.

vigoureuse que celles de son modèle italien, mais il manque aussi à ces compositions, tant pour la langue que pour le style, cette délicatesse, cette exactitude et ce fini, si charmants dans les modèles, mais impossibles, même dans les plus habiles imitations espagnoles.

L'élégie, simplement intitulée *Capitolo*, abonde en pointes et en érudition, plus que ne le comporte son sujet, et se rapproche de la première manière de Boscan plus qu'aucune autre de ses dernières poésies. Elle est adressée à la dame de ses pensées. Mais, malgré ses défauts, elle renferme des passages d'une tendresse et d'une beauté naturelle qui se feront toujours lire avec plaisir. Des deux épîtres, la première est faible et pleine d'affectation : celle qui s'adresse au vieil homme d'État, au poète et au soldat, Diego de Mendoza, est entièrement écrite dans le ton et le genre d'Horace : elle est fine, ingénieuse, philosophique.

La production de Boscan la plus agréable et la plus originale, c'est la dernière de toutes, la *Alegoria*. Elle commence par une magnifique description de la « Cour de l'Amour, » avec l'idée vraiment espagnole de lui faire correspondre et de lui opposer la « Cour de la Jalousie. » Presque tout le reste de la pièce consiste dans le récit de l'ambassade remplie par deux messagers de la première de ces cours auprès de deux dames de Barcelone qui avaient refusé de se ranger sous l'empire de l'Amour, et par le discours de l'ambassadeur voulant leur persuader de s'y soumettre, discours qui remplit presque la moitié du poëme et qui finit d'une manière un peu brusque. Toute cette poésie était, sans aucun doute, adressée comme un compliment aux deux dames. Voilà pourquoi la fable est peu importante. C'est un plaisant et léger badinage, où son auteur a parfois heureusement imité le ton de l'Arioste et qui d'autres fois nous rappelle l'Ile d'Amour des *Lusiades*, quoique Boscan ait précédé Camoens de plusieurs années. Parfois aussi il fait preuve d'une délicatesse morale plus raffinée que celle de Pétrarque, quoiqu'elle lui ait été suggérée peut-être par celle de ce grand poète italien. Cette délicatesse apparaît dans la stance suivante et dans les deux ou trois qui la précèdent et la suivent, par lesquelles l'ambassadeur de l'Amour exhorte les deux dames de Barcelone à se soumettre à son autorité, et les presse, en leur montrant le bonheur d'une union fondée sur une véritable sympathie de goûts et de sentiments :

> ¿ Y no es gusto tambien assi entenderos,
> Que podais siempre entrambos conformaros ;
> Entrambos en un punto entristeceros,
> Y en otro punto entrambos alegraros ;

Y juntos sin razon embraveceros,
Y sin razon tambien luego amansaros;
Y que os hagan, en fin, vuestros amores
Igualmente mudar de mil colores? (1)

Boscan aurait probablement pu faire plus qu'il ne fit pour la littérature de son pays. Son talent poétique n'était cependant pas de l'ordre le plus élevé; mais, voyant l'état de prostration où la poésie espagnole était tombée, il se persuada que l'unique moyen de la relever était de lui donner un caractère idéal et des formes classiques telles qu'elle n'en avait pas encore connu. Pour accomplir sa réforme, il adopta une règle peu fondée sur les caractères du génie national. Il prit pour modèles des maîtres étrangers qui, plus avancés que ceux qu'il aurait pu trouver dans son pays, n'avaient cependant pas encore imprimé leur supériorité sur aucune autre littérature que la leur, et ne pouvaient jamais servir de fondement solide pour élever une grande et permanente école de poésie espagnole. Il ne pouvait donc obtenir un succès complet. Boscan était capable d'introduire, en Espagne, le vers italien de onze syllabes et le vers iambique; le sonnet et la *canzone* telle que l'avait fixée Pétrarque, la terza rima du Dante (2), les octaves coulantes de Boccace et de l'Arioste : il pouvait faire toutes ces innovations avec plus de goût que tout autre, parmi les poètes de son temps et de son pays, ainsi que toutes les additions importantes aux formes de vers déjà connues en Espagne; mais il ne pouvait aller plus loin. L'esprit original et essentiel de la poésie italienne ne pouvait pas plus se transporter en Espagne ou en Catalogne qu'en Allemagne ou en Angleterre.

Quels que fussent ses projets et ses plans pour les progrès de la

(1) « Et n'est-ce pas aussi un plaisir que de vous entendre ainsi, — que de pouvoir toujours tous deux être du même avis, — tous deux sur un même point vous attrister, — et sur un autre point tous deux vous réjouir ;— sans raison, réunis, vous mettre en colère,— et sans raison, aussi bientôt vous radoucir; — et de voir enfin vos amours vous faire également changer de mille couleurs. » *Obras de Boscan*, Barcelone 1543, in-4°, fol. 160.

(2) Pedro Fernandez de Villegas, archidiacre de Burgos, qui publia, en 1515, une traduction de l'*Enfer de Dante* (voyez chap. XXI, note 3 du tom. I, p. 374) avoue, dans son introduction, qu'il avait commencé d'abord à la faire en *terza rima*, « manière, ajoute-t-il, qui n'est pas usitée parmi nous, et qui m'a paru une chose si désordonnée que je l'ai abandonnée. » C'était quinze ans avant que Boscan écrivit dans cette mesure avec succès : peut-être est-ce un peu avant, puisque la traduction de Dante est dédiée à doña Jeanne d'Aragon, fille de Ferdinand-le-Catholique, femme d'une culture littéraire très-soignée, et qui mourut avant la fin de la traduction.

littérature de son pays, Boscan vécut assez pour les voir réalisés, autant qu'ils étaient destinés à l'être. Il eut en effet un ami qui coopéra avec lui, dès le principe, pour la réalisation d'eux tous et qui, avec un génie plus heureux, le surpassa facilement et éleva les meilleures formes du vers italien à une hauteur qu'elles n'ont plus tard jamais pu atteindre dans la poésie espagnole. Cet ami, c'est Garcilaso de la Vega, mort si jeune que Boscan lui survécut plusieurs années.

Garcilaso descendait d'une ancienne famille du nord de l'Espagne, qui faisait remonter ses ancêtres aux temps du Cid et qui, de siècle en siècle, s'était distinguée par les plus hautes charges qu'elle avait occupées dans le gouvernement de Castille (1). Une tradition poétique raconte qu'un des devanciers de Garcilaso avait reçu le surnom de *la Vega* ou de la Plaine, et la devise de *l'Ave Maria*, pour ses armes de famille, dans la circonstance suivante. Durant un des siéges de Grenade, il avait tué de sa main, à la face des deux armées, un champion maure qui avait publiquement insulté la religion chrétienne, en traînant à la queue de son cheval une bannière avec cette inscription : *Ave Maria*, tradition fidèlement conservée dans une vieille romance très-belle et formant le dénouement d'une des comédies de Lope de Vega (2). Que cette tradition soit vraie ou non, Garcilaso portait un nom honoré dans les deux branches de sa maison : sa mère était fille et unique héritière de Fernan Perez de Guzman, et son père avait été ambassadeur des Rois Catholiques, à Rome, pour le réglement des embarrassantes affaires de Naples.

Garcilaso naquit à Tolède, en 1503, il y fut élevé jusqu'à ce qu'il eût

---

(1) La meilleure biographie de Garcilaso se trouve dans l'édition de ses œuvres publiées en 1580, in-8°, à Séville, par le poète Fernando de Herrera. Une comédie, comprenant une assez grande partie de ses aventures, fut représentée sur le théâtre de Madrid, en 1840. Elle avait été écrite par D. Gregorio Romero y Larrañaga.

(2) La relation de ce fait et la romance qui le rappelle se trouvent dans Hita, *Guerras civiles de Granada* (Barcelone, 1737, in-12, tom. I, chap. VII) et dans Lope de Vega, *Cerco de Santa fé* (Comedias, tom. I. Valladolid, 1604, in-4°). Mais cette tradition n'est pas, je crois, authentique. Oviedo la contredit formellement lorsqu'il donne la généalogie de la famille du père du poète, et, comme il la connaissait, son autorité est peut-être décisive. (Quinquagenas Batail. 1, quinq. 3, dialogue 43, ms.) En outre, lord Holland (*Vie de Lope de Vega*, Londres, 1807, in-8°, vol. I, p. 2) donne de bonnes raisons contre l'authenticité de cette histoire. Wiffen (*Works of Garcilaso*, Londres, 1823, in-8°, pp. 100 et 384) lui répond comme il peut, mais pas par des preuves effectives. Il est réellement pénible qu'on ne puisse pas mieux démontrer la vérité d'un fait si propre à la poésie.

atteint l'âge de porter les armes. Alors et comme il convenait à son rang et à ses prétentions, il fut envoyé à la cour et reçut sa place dans les armées, qui gagnaient déjà tant de gloire pour leur patrie. Lorsqu'il eut atteint sa vingt-septième année, il se maria à une dame aragonaise, attachée à la cour d'Éléonore, veuve du roi de Portugal, et qui, en 1530, se trouvait en Espagne, sur le point de devenir reine de France. Depuis cette époque, Garcilaso semble avoir constamment pris part aux guerres que l'Empereur portait dans toutes les directions, et avoir mérité toute sa confiance, malgré son frère aîné, Pedro de la Vega, impliqué dans les troubles des *Communidades* et obligé de s'enfuir d'Espagne comme un rebelle et un proscrit (1).

En 1532, Garcilaso se trouvait à Vienne et se distinguait dans la défaite de l'armée turque que Soliman, le grand sultan, avait conduite jusqu'aux portes de la ville. Pendant son séjour, il se trouva engagé dans une mauvaise affaire. Il avait entrepris de pousser le mariage d'un de ses neveux avec une dame de la maison de l'Empereur, et il poursuivait l'exécution de son projet, malgré la volonté de l'Impératrice. Aussi non-seulement il ne réussit pas, mais il fut enfermé prisonnier dans une île du Danube. C'est là qu'il écrivit ces vers mélancoliques où il dépeint sa profonde affliction, en même temps que la beauté du pays qui l'environne, description qui passe pour la troisième *cancion* dans ses œuvres (2). La marche des événements n'amena pas seulement bientôt sa délivrance, mais l'éleva plus que jamais dans la faveur du monarque. En 1535, il se trouvait au siége de Tunis, alors que Charles-Quint essayait d'abattre d'un seul coup la puissance de Barbarie. Il y reçut deux graves blessures, l'une à la tête, l'autre au bras (3). Son retour en Espagne est raconté dans une élégie écrite aux pieds du mont Etna, et faisant entendre qu'il revint par la voie de Naples, cité qu'il avait déjà visitée, comme on peut le conclure d'une autre poésie adressée à Boscan (4). Quoi qu'il en soit et quoique sa visite actuelle à l'Italie ait été de courte durée, nous savons qu'il y resta, dans une autre époque, assez longtemps pour se concilier l'estime personnelle et l'amitié de Bembo et de Tansillo (5).

L'année d'après, la dernière de sa courte vie, nous le trouvons encore

(1) Sandoval, *Hist. del Emperador Carlos V*, liv. V. — Oviedo, dialogue cité dans la dernière note.
(2) *Obras de Garcilaso*, édit. Herrera, 1580, p. 234, et p. 239 note.
(3) Sonnet 33 et note, édit. Herrera.
(4) Élégie 11 et l'Épître, édit. Herrera, p. 378.
(5) *Obras*, édit. Herrera, p. 18.

à la cour de l'Empereur et le servant dans sa désastreuse expédition en Provence. L'armée avait déjà triomphé des difficultés et des dangers du siége de Marseille ; elle était assez heureuse pour n'être plus poursuivie par le prudent Connétable de Montmorency. Mais aux approches de la ville de Fréjus, un petit château fort, situé sur une élévation qui la commande et défendu seulement par cinquante paysans des alentours, présenta de sérieux embarras pour passer plus avant. L'Empereur ordonna d'enlever ce léger obstacle de son chemin. Garcilaso, qui avait en ce moment un commandement considérable, s'avança volontiers pour exécuter l'ordre de Sa Majesté. Il savait que les yeux de l'Empereur et même ceux de toute l'armée, se portaient sur lui, et dans un esprit vraiment chevaleresque, il monta le premier sur le rempart, Mais une pierre bien dirigée le précipita dans le fossé. Le coup qui l'avait frappé à la tête devint mortel et Garcilaso succomba, peu de jours après, à Nice, en 1536, à peine âgée de trente-trois ans. Sa mort nous est racontée par Mariana, par Sandoval et par d'autres historiens espagnols comme un des plus graves événements de ce temps. L'Empereur se vengea, dit-on, cruellement, en faisant mettre à mort tous ceux des cinquante paysans qui avaient survécu et qui n'avaient commis d'autre crime que de défendre bravement leurs foyers contre l'invasion étrangère (1).

Dans une vie si courte, si pleine de soucis et d'aventures nous pourrions difficilement nous attendre à trouver des loisirs pour la poésie. Cependant, comme il nous le dit lui-même dans sa troisième églogue, Garcilaso semble avoir parcouru le monde.

Tomando ora la espada, ora la pluma (2).

De sorte qu'il nous a encore laissé une petite collection de poésies que la veuve fidèle de Boscan trouva parmi les papiers de son mari ; qu'elle publia à la fin de ses œuvres, comme un quatrième livre ; sauvant

---

(1) *Obras*, édit. Herrera, p. 15. — Sandoval, *Hist. de Carlos V*, liv. XXIII, § 12. — Mariana, *Historia*. Zapata, dans son *Carlos famoso* (Valence, 1565, in-4°, chant 41) établit que le nombre des paysans qui défendaient la tour était de treize, et dit que don Luis de la Cueva, qui exécuta l'ordre de l'Empereur pour les mettre à mort, voulut les sauver, à l'exception d'un ou d'eux. Il ajoute que Garcilaso était sans armure lorsqu'il escalada la muraille de la citadelle, et que ses amis firent leurs efforts pour arrêter sa témérité.

(2) Prenant tantôt l'épée, tantôt la plume. — Ce vers fut plus tard emprunté par Ercilla, et inséré dans son *Araucana*. Il peut s'appliquer également aux deux poètes.

ainsi des compositions qui auraient été de toute autre manière probablement perdues. Leur caractère est singulier, si l'on considère les circonstances dans lesquelles elles ont été écrites ; au lieu d'accuser l'esprit qui
gouvernait le cours principal de la vie aventurière de leur auteur et le
portait surtout vers le genre grave, elles se distinguent par leur douceur
et leur mélancolie. La plus grande partie appartient au genre pastoral et
leur ton respire la suavité des temps fabuleux de l'Arcadie. Nous n'avons
pas les moyens de déterminer avec exactitude le moment où la plupart
d'entre elles ont été écrites. Nous pouvons cependant affirmer qu'à l'exception de trois ou quatre badinages qui semblent mêlés à d'autres badinages semblables, dans le premier livre des œuvres de Boscan, toutes
les poésies de Garcilaso sont composées dans la forme italienne, adoptée,
nous le savons, pour la première fois, avec sa coopération, en 1526. De
sorte que nous pouvons, en quelque façon, les placer dans les dix
années écoulées entre cette date et sa mort.

Ces œuvres se composent de : trente-sept sonnets, cinq canciones, deux
élégies, une épître en vers blancs d'un caractère moins grave que le reste
de sa poésie, et trois pastorales qui, à elles seules, constituent plus de la
moitié de tous les vers qu'il a écrits. Leur physionomie est tout à fait italienne. Il imite Pétrarque, Bembo, l'Arioste et particulièrement Sannazar, à qui il est une ou deux fois redevable de pages entières. Il
revient, cependant, de temps en temps, avec le plus grand respect, aux
grands maîtres de l'antiquité, Virgile et Théocrite, et reconnaît leur supériorité. Si le ton italien l'emporte, alors il perd une partie de ce souffle
poétique qui aurait dû le soutenir. Malgré tout, Garcilaso est un poète
d'un génie peu commun. Nous le voyons parfois, même dans ses plus
serviles imitations. Mais il le révèle d'une manière bien plus distincte,
lorsque prenant, comme il le fait dans sa première églogue, pour auxiliaires, les maîtres à qui il s'était dans d'autres temps dévoué lui-même,
il écrit comme un véritable espagnol, échauffé par l'esprit national
caractéristique de sa patrie.

La première églogue est en vérité la meilleure de toutes ses œuvres.
Elle est belle par la simplicité de sa structure ; elle est belle par son
exécution poétique. Elle fut probablement écrite à Naples. Elle commence par une invocation au père du fameux duc d'Albe, alors vice-roi
de cette principauté, l'invitant, de la manière la plus ingénue à écouter
les plaintes de deux bergers, déplorant, le premier l'infidélité de son
amante ; l'autre, la mort de sa bien-aimée. Salicio, qui représente Garcilaso, commence alors son récit : et quand il l'a entièrement terminé,
mais non avant, il lui est répondu par Nemoroso, nom indiquant qu'il

représente Boscan (1). L'églogue finit par une naturelle et gracieuse description de l'arrivée du soir. A proprement parler, ce n'est pas plus un dialogue que la huitième églogue de Virgile. Au contraire, excepté les vers du commencement et de la fin, elle peut être, avec plus de raison, considérée comme deux elégies distinctes où le ton pastoral s'est admirablement conservé et offrant, chacune par ses divisions et ses dispositions, une composition semblable à une *canzone* italienne. Une air de fraicheur et même d'originalité. respire aussi dans sa structure entièrement pastorale, tandis qu'en même temps la mélancolie et la passion ardente qu'elle exhale partout la rendent éminemment poétique.

Dans la première partie où Salicio déplore l'infidélité de son amante, Garcilaso a heureusement conservé le ton de la vie pastorale, par une allusion constante, sans être forcée, aux scènes de la nature et aux objets champêtres, comme dans le passage suivant :

> Por ti el silencio de la vida umbrosa
> Por ti la esquividad y apartamiento
> Del solitario monte me agradaba;
> Por ti la verde hierba, el fresco viento,
> El blanco lirio, y colorada rosa
> Y dulce primavera deseaba.
> ¡Ay! quanto me engañaba,
> ¡Ay! quan diferente era,
> Y quan de otra manera.
> Lo que en tu falso pecho se escondia (2)

L'autre partie de l'églogue contient des passages qui nous rappellent

---

(1) Je sais bien que Herrera, dans ses notes aux poésies de Garcilaso, prétend que sous le nom de Nemoroso, Garcilaso voulut représenter don Antonio de Fonseca. Mais presque tous les autres écrivains que je connais supposent qu'il voulait signifier Boscan, en faisant venir le nom de *Bosque* et *Nemus* (bois). C'est une idée toute simple. Cervantès est du reste de cette opinion *(D. Quichotte*, partie II, chap. LXVII).

(2) Pour toi, j'aimais le silence de la vie des bois ; — pour toi, la retraite et l'éloignement — dans les monts solitaires me plaisait ; — pour toi, l'herbe et sa verdure, le vent et sa fraîcheur ; —

Le lis et sa blancheur, la rose et ses couleurs, — Le printemps et sa douceur faisaient l'objet de mes désirs. — Hélas ! quelle était mon erreur ! — Hélas ! qu'ils étaient différents et de tout autre nature —

Les sentiments que la fausseté de ton cœur comprimait.

Obras de Garcilaso de la Vega, édit. Azara, Madrid, 1765, in-12, p. 5. Nous trouvons quelques traits de la même idée et le même tour de phrase dans une épître de Mendoza à Boscan, dont nous parlerons plus loin.

à la fois la *Licydas* de Milton et les auteurs anciens que Milton a imités. Ainsi, dans les vers suivants dont l'idée primitive est empruntée d'un passage bien connu de l'Odyssée, la fin n'est pas indigne de la pensée qui les précède, et elle ajoute un nouveau charme à une description que tant d'autres poétes, depuis Homère, ont rendu familière (1).

> Qual suele el ruyseñor con triste canto
> Quexarse, entre las hojas escondido,
> Del duro laborador que cautamente
> Le despojo su caro y dulce nido
>
> De los tiernos hijuelos, entre tanto
> Que del amado ramo estaua ausente;
> Y aquel dolor que siente,
> Con diferencia tanta,
> Por la dulce garganta
> Despide, y a su canto el ayre suena;
>
> Y la callada noche no refrena
> Su lamentable oficio y sus querellas,
> Trayendo de su pena
> El cielo por testigos y las estrellas;
>
> Desta manera suelto yo la rienda
> A mi dolor, y anxi me quexo en vano
> De la dureza de la muerte ayrada;
> Ella en mi coraçon metyo la mano,
>
> Y dálli me llevó mi dulçe prenda,
> Que aquel era su ñido y su morada. (2)

---

(1) *Odyssée*, T. 518-524. Elle se trouve aussi dans Moschus et dans Virgile ; mais ce qui convient le mieux à notre objet, c'est de dire qu'elle se trouve également dans le *Léandre* de Boscan.

(2) Tel le rossignol, dans ses tristes accents, — se plaint caché, dans le feuillage, — du cruel laboureur qui, furtivement, — le dépouille de son nid si doux et si cher ;

De ses tendres petits, pendant qu'il — était éloigné de la branche aimée ; — et la douleur qu'il ressent, — avec une différence si grande, — de son doux gosier — s'exhale, et l'air répond à ses chants, — et le calme de la nuit ne comprime pas —

Sa douleur lamentable et ses plaintes, — en donnant à ses peines — le ciel et les étoiles pour témoins, —

Tel, moi-même, je donne libre cours — à ma douleur, et je me plains ainsi vainement de la dureté de la mort cruelle ; — c'est elle qui a porté sa main sur mon cœur —

Et m'en a enlevé l'objet tendrement aimé. —C'était là qu'étaient son nid et sa demeure. — *Obras de Garcilaso de la Vega*. Edit. Araza, 1765, pag. 14.

La versification de Garcilaso est extrêmement douce et entièrement conforme au caractère tendre et mélancolique de sa poésie. Dans la seconde églogue il tenta la singulière expérience de faire rimer souvent entr'eux, non pas la fin des deux vers, mais la fin de l'un avec le milieu du précédent. Cette tentative n'eut pas de succès. Cervantès l'imita, ainsi qu'un ou deux autres; mais partout où la rime est facile, l'effet n'est pas heureux, et, lorsqu'elle est peu perceptible, les vers prennent plus facilement le caractère de vers blancs (1). En général l'harmonie de Garcilaso peut difficilement se perfectionner, du moins sans préjudice pour sa versification, dans des parties encore plus importantes.

Ses poésies eurent un grand succès au moment de leur apparition. Il y régnait une grâce et une élégance dont Boscan peut en partie avoir fourni le modèle, mais que Boscan ne fut jamais capable d'atteindre. Les Espagnols, à leur retour de Rome et de Naples, étaient charmés de trouver, dans leur patrie, des poésies qui les avaient enchantés dans leurs campagnes et dans leurs voyages en Italie. Aussi les œuvres de Garcilaso furent-elles réimprimées avec luxe toutes les fois que l'Espagne étendit ses armes et son influence. Ce poète reçut aussi d'autres honneurs. En moins d'un demi-siècle, après la première publication, Francisco Sanchez, vulgairement appelé « El Brocense » le plus savant espagnol de son temps, y ajouta un commentaire fort estimé même aujourd'hui. Un peu plus tard, Herrera, le poète lyrique, en fit une édition, avec une série de notes encore

---

(1) Par exemple :

> Albanio, si tu mal communic*aras*
> Con otro que pens*aras*, que tu pén*a*
> Juzgara como ag*ena*, o que este fuego, etc.

Je ne connais pas d'autre exemple antérieur de cette rime affectée, tout à fait différente des rimes irrégulières que présentent parfois les vers des Minnesingers et des troubadours. Cervantès en fit usage un siècle plus tard dans sa *Cancion de Crisostomo* (*D. Quichotte*, p. 1, chap. XIV.) et Pellicer, dans son commentaire sur ce passage, en regarde Cervantès comme l'inventeur. Peut-être cette manière de rimer de Garcilaso avait-elle échappé à la connaissance des autres, puisqu'elle n'est l'objet d'aucune remarque de la part de ses érudits commentateurs. En anglais, on ne trouve qu'accidentellement des exemples de cette particularité au milieu des débris déréglés des rimes, dans le *Curse of Kehama* de Southey, et, en Italien, que dans le *Saul* d'Alfieri (act. III, scèn. IV). Je ne me rappelle pas d'en avoir retrouvé en Espagne, excepté dans quelques *decimas*, dizains, de Pedro de Salas, imprimées en 1638, et dans la seconde *jornada* du *Pretendiente al Reves* de Tirso de Molina, 1634. On en rencontre sans doute ailleurs, mais ces exemples sont, je crois, très-rares.

plus étendues, où l'on trouve, au milieu d'un grand nombre de faits inutiles, d'intéressants détails dus à Puerto Carrero, gendre du poète. Plus
récemment dans le dernier siècle, Tamayo de Vargas répandit aussi sur
tout l'ouvrage une érudition immense et superflue (1). De pareilles distinctions, seraient-elles même récentes, constituent toutefois fort peu la
gloire réelle de Garcilaso, qui reste basée sur les fondements plus solides
d'une naturelle et générale considération. Sa poésie se grava profondément, dès le principe, dans les cœurs de ses compatriotes. Partout on entendit ses sonnets; et ses églogues furent représentées comme des drames
populaires (2). Les plus grands génies de sa nation montrèrent pour lui
un respect qu'ils n'avaient accordé à aucun de ses prédécesseurs. Lope de
Vega l'imita par tous les moyens possibles. Cervantès le loua plus qu'il
n'avait loué tout autre poète et le cita plus souvent (3). De sorte que Gar-

---

(1) Francisco Sanchez, surnommé en Espagne *El Brocense*, parce qu'il était né
à Las Brozas, dans l'Estramadure, connu au dehors, sous le nom de *Sanctius*,
auteur de la *Minerva*, et d'autres ouvrages d'érudition, publia une édition de
Garcilaso, à Salamanque, en 1574, in-18, œuvre modeste qui a été souvent
réimprimée depuis. Cette édition fut suivie de celle que donna, en 1580, à Séville,
Herrera, in-8º, très-soignée, de sept cents pages environ. Elle est augmentée de
commentaires tellement diffus qu'elle n'a jamais été réimprimée, quoiqu'elle contienne une multitude de détails importants, soit pour l'histoire de Garcilaso, soit
pour élucider la littérature primitive de l'Espagne. Aucun de ces travaux n'avait
satisfait Tamayo de Vargas, qui publia son commentaire, à Madrid, en 1622, glose
qui a peu de valeur. La plus agréable édition de Garcilaso est peut-être celle que
publia, sans nom d'éditeur, le chevalier Joseph Nicolas de Azara, longtemps
ambassadeur à Rome, et à la tête de ce qu'il y avait de distingué dans la société
intellectuelle de cette capitale. Garcilaso fut connu en Angleterre par J.-H. Wiffen,
qui publia à Londres, en 1823, in-8º, une traduction de toutes ses œuvres précédée d'une vie du poète et d'un essai sur la poésie espagnole. Mais la traduction
est forcée et manque autant d'harmonie qu'on en trouve dans l'original. La dissertation est lourde et pesante, et n'est pas toujours exacte dans l'allégation des
faits.

(2) Don Quichotte (part. II, ch. LVIII), après avoir laissé le duc et la duchesse,
rencontre une compagnie allant représenter une des églogues de Garcilaso à une
petite *fête champêtre*.

(3) J'ai remarqué que les allusions de Cervantès à Garcilaso se trouvent principalement dans la dernière partie de sa vie; et spécialement dans la seconde
partie de son D. Quichotte, dans ses Comédies, dans ses Nouvelles, dans *Persiles
et Sigismonde*, comme si son admiration était le résultat de la maturité de so
jugement. Plus d'une fois Cervantès appelle Garcilaso « le prince des poètes espagnols. » Mais ce titre qu'il faut faire remonter jusqu'à Herrera et qui lui a été
continué jusqu'à nos jours, n'a été, peut-être, que rarement pris dans sa véritable
signification.

cilaso est arrivé jusqu'à nous, en jouissant d'une admiration nationale et générale telle qu'il n'en a été rarement accordé à tout autre poète espagnol, ni à aucun de ceux qui avaient vécu avant son époque.

Garcilaso aurait bien mieux encore travaillé pour lui et pour la littérature de son pays, s'il avait tiré davantage des éléments du vieux caractère national et s'il avait moins imité les grands maîtres italiens qu'il admirait avec raison; ce n'est pas douteux. Il aurait donné un mouvement plus vrai et plus généreux à son génie poétique; il se serait fourni un genre d'idées, des formes de composition qu'il s'est interdits lui-même, en rejetant l'exemple des poètes nationaux qui l'avaient précédé (1). Mais Garcilaso en avait résolument décidé autrement; et son immense succès, joint à celui de Boscan, fit introduire en Espagne une école de poésie italienne qui s'est toujours arrogé depuis une part importante dans la littérature espagnole (2).

---

(1) Jusqu'à quel point Garcilaso rejeta-t-il résolument la poésie espagnole écrite avant lui, c'est ce qu'on peut voir, non-seulement par son propre exemple, mais encore par sa lettre à doña Jeronima Palova de Almogavar, placée en tête de la traduction du *Cortesano* de Castiglione par Boscan, où après avoir dit qu'il reconnaît, comme un grand avantage pour la langue espagnole, d'y voir traduire des ouvrages réellement dignes d'être lus, il ajoute : « Je ne sais, en effet, quel a été « toujours notre malheur; personne n'a presque écrit dans notre langue, excepté « ce dont on aurait pu fort bien s'en dispenser. » Remarquons d'autre part qu'il n'y a presque pas un mot, pas une phrase employée par Garcilaso, qui ait cessé d'être considérée comme du pur castillan; observation qui ne peut pas s'étendre, je crois, à des auteurs aussi anciens que lui. Sa langue survit donc comme lui, et à un degré assez élevé, parce que son succès l'avait consacrée. Le mot *desbañar*, dans la seconde églogue, est peut-être la seule exception à cette remarque.

(2) Onze ans après la publication des œuvres de Boscan et de Garcilaso, Hernando de Hozes, dans la préface à sa traduction des *Triumfos* de *Petrarca* (Medina del Campo, 1554, in-4°), dit avec beaucoup de raison : « Après l'introduc-« tion de la mesure des vers toscans, par Garcilaso de la Vega et Jean Boscan, « toutes les choses, écrites ou traduites, dans un genre de vers quelconque, de « l'espèce de ceux qui s'employaient auparavant en Espagne, ont tellement perdu « leur réputation, qu'il n'y a presque plus personne qui veuille les lire, quoique « plusieurs soient d'un grand mérite, comme c'est notoire. » Si cette opinion avait continué de prévaloir, la littérature espagnole ne serait pas devenue ce qu'elle est aujourd'hui.

CHAPITRE III.

Imitation du genre italien. — Acuña. — Cetina. — Opposition à cette école. — Antonio de Villegas. — Silvestre. — Disputes à ce sujet. — Argote de Molina. — Montalvo. — Lope de Vega. — Succès définitif de cette école.

L'exemple donné par Boscan et Garcilaso était tellement conforme à l'esprit et au besoins du siècle qu'il devint autant de mode, à la cour de Charles-Quint, d'écrire dans le genre italien, que de voyager en Italie ou d'y faire une campagne militaire. Parmi les poètes qui adoptèrent des premiers les formes du vers italien nous trouvons Fernando de Acuña, gentilhomme appartenant à une noble famille portugaise, mais né à Madrid et n'écrivant qu'en Espagnol. Il avait servi en Flandres, en Italie, et en Afrique; après la conquête de Tunis, en 1535, une sédition éclata dans la garnison de cette place et Acuña y fut envoyé par l'Empereur, avec une autorité illimitée, pour punir ou pardonner tous ceux qui s'y trouveraient impliqués : mission difficile, dont il remplit les devoirs avec la plus grande discrétion et la générosité la plus honorable.

Sous d'autres points de vue, Acuña fut traité avec une confiance toute particulière. Charles-Quint, ainsi que nous l'apprend la correspondance familière de Van Male, savant pauvre, et gentilhomme qui dormit souvent dans la chambre à coucher de l'Empereur et le soigna dans ses maladies, Charles-Quint calmait l'irritabilité d'une vieillesse prématurée qui aigrissait constamment son âme altière, en traduisant en prose espagnole un poëme français, objet de la faveur et de la vogue de ce temps, le « Chevalier Délibéré. » Son auteur, Olivier de La Marche, avait été longtemps attaché au service de Marie de Bourgogne, grand'mère de l'Empereur, et avait présenté, dans le Chevalier Délibéré, une description allégorique des événements de la vie de son père, Philippe le Beau, tellement flatteuse qu'il avait rendu cette peinture un objet d'admiration générale à l'époque où Charles-Quint était élevé dans sa brillante cour de Bourgogne(1). Mais le grand Empereur, tout en préparant la version en

(1) Goujet, Bibliothèque française, Paris, 1745, in-12, tom. IX, pp. 372-380.

prose d'un livre dont la lecture l'avait amusé pendant sa jeunesse, avec plus de soin et de succès, dit-on, qu'on ne pouvait le concevoir, d'après une éducation imparfaite pour une entreprise de ce genre, comprit qu'il était incapable de lui donner l'aisance et la beauté qu'il désirait pour le traduire en vers castillans. Ce travail, il le recommanda, dans la plénitude de sa puissance, à Fernando de Acuña; lui confia le manuscrit qu'il avait préparé dans le plus profond secret, et le chargea de lui donner une forme plus propre et plus agréable.

Acuña était fort bien l'homme qu'il fallait pour la tâche délicate qu'on lui avait confiée. Courtisan, connaissant par expérience le caractère du palais, il omit certains passages qui auraient pu être peu intéressants pour son maître; en ajouta d'autres qui devaient être plus de son goût, et en particulier ceux qui avaient trait à Ferdinand et à Isabelle, à l'archiduc Philippe, père de Charles-Quint. Poëte, il mit la prose de l'Empereur en vieilles *quintillas* doubles avec une pureté et une richesse de langue rares dans cette période de la littérature espagnole; diction dont le mérite a été en partie attribué, justement peut-être, par Van Male, à la traduction de l'Empereur sur laquelle les vers d'Acuña avaient été faits. Le poëme ainsi préparé, composé de trois cent soixante-dix-neuf stances de dix petits vers chacune ou quintillas doubles, fut secrètement donné par Charles-Quint, comme un présent digne de sa munificence souveraine, à Van Male, le pauvre serviteur qui raconte les faits relatifs à ce don. En même temps l'Empereur en ordonna, avec la défense expresse de ne pas parler de lui dans la préface, une édition si considérable, que le pauvre homme de lettres trembla à la pensée des risques pécuniaires qu'il allait courir pour raconter la bonté dont il avait été l'objet. Le *Cavallero Déterminado* titre de l'ouvrage dans la version d'Acuña, eut cependant plus de succès que ne le supposait Van Male. Soit à cause de l'intérêt que le souverain de tant de royaumes dût trouver dans un livre où sa part secrète était si considérable; soit à cause de la simplicité de l'allégorie, qui est due en général à La Marche; soit à cause de la limpidité et de la grâce de la versification, qui est entièrement l'œuvre d'Acuña, le livre devint très-populaire : on en tira sept éditions dans l'intervalle d'un demi- siècle (1).

_____

(1) Il ressemble en quelque sorte au poëme allemand bien connu, *Theuerdank*, consacré à la description des aventures de Maximilien Ier, jusqu'au moment où il épousa Marie de Bourgogne. Comme lui, il doit une partie de sa réputation aux gravures qui ont orné ses éditions successives. Une des meilleures du *Cavallero Determinado*, est l'édition Plantiniana, Anvers, 1591, in-8°. Le récit de la part prise

Malgré le succès du *Cavallero Determinado*, Acuña n'écrivit presque plus rien dans l'ancien mètre et dans le style national. Ses poésies plus courtes composent un petit volume, sauf une ou deux exceptions peu importantes, dans le mètre italien, et semblent quelquefois des imitations directes de Boscan et de Garcilaso. Elles sont toutes écrites avec bon goût et avec une pureté classique, en particulier la *Contienda de Ajax y de Ulysses*, la dispute d'Ajax et d'Ulysse, où Acuña imite, en vers blancs passables, la sévère simplicité d'Homère. Il fut aussi très-connu en Italie; et sa traduction d'une partie de *l'Orlando Innamorato* de Boiardo lui

---

par l'Empereur dans la composition du *Cavallero Determinado*, fait jusqu'ici inconnu, se trouve aux pages 15 et 16 des *Lettres sur la vie intérieure de l'Empereur Charles-Quint*, par Guillaume Van Male, gentilhomme de sa Chambre, publiées pour la première fois par le baron de Reiffenberg, Bruxelles, Société des Bibliophiles belges, 1843, in-4°. C'est une collection extrêmement curieuse de trente-une lettres en latin, contenant souvent d'étranges détails sur les maladies de l'Empereur, de 1550 à 1555. Leur auteur, Guillaume Van Male, appelé Malinœus en latin, Malinez en espagnol, était un de ces flamands nécessiteux qui cherchaient la faveur à la cour de Charles-Quint. Il fut maltraité par le duc d'Albe, d'abord son premier patron; par Avila y Zuñiga, dont il traduisit les *Commentaires* en latin pour se concilier sa faveur, et par l'Empereur à qui il avait rendu de nombreux et véritables services. Comme beaucoup d'autres qui étaient venus en Espagne, avec les mêmes espérances, il fut obligé de retourner en Flandre, aussi pauvre qu'il y était venu. Il mourut en 1560. C'était un humaniste accompli et d'une grande simplicité de caractère. Il méritait une meilleure récompense pour son dévouement aux caprices de l'Empereur que le présent du manuscrit d'Acuña, qu'Avila assura malicieusement au prince, « valoir cinq cents couronnes d'or « pour un homme de lettres nécessiteux, » observation à laquelle Charles-Quint répondit : « Bono jure fructus ille ad Gulielmum redeat; ut qui plurimum in illo « opere sudârit. » C'est à bon droit que ce gain doit revenir à Guillaume Van Male, puisqu'il a le plus travaillé à cet ouvrage. Quant à la part que l'Empereur lui-même prit à la version de *Chevalier Délibéré*, Van Male s'exprime ainsi (janvier 13 1550) : « Cæsar maturat editionem libri cui titulus erat Gallicus : Le *Chevalier Délibéré*. « Hunc per otium *a seipso traductum* tradidit Fernando Acunæ, Saxonis « custodi, ut ab eo aptaretur ad numeros rithmi hispanici; quæ res cecidit felicis-« sime. Cœsari, sine dubio, debetur primaria traductionis industria. Cum non « solum linguam, sed et carmen et vocum significantiam mire expressit, etc. » (Epist. VI.) César hâte l'édition d'un livre ayant pour titre, en français, Le *Chevalier Délibéré*. Il la traduisit lui-même pendant ses loisirs, et la transmit à Fernando de Acuña, pour qu'il l'adaptât à la mesure du rhythme espagnol. L'entreprise a été des plus heureuses. Mais c'est à César, sans aucun doute, qu'est dû le premier travail de traduction, puisqu'il a rendu d'une manière admirable, non-seulement la langue, mais le sujet et la signification des mots. — Il existe aussi une autre traduction du *Chevalier Délibéré*, par Geronimo de Urrea, imprimée en 1555. Je n'ai pu la voir.

valut des éloges. Ses mélanges et ses sonnets trouvèrent plus de faveur
en Espagne. Acuña mourut, paraît-il, à Grenade, en 1580, pendant
qu'il y poursuivait la réclamation d'un titre espagnol dont il avait hérité.
Ses poésies ne furent pas imprimées avant 1591, où, comme les poésies
de Boscan avec lesquelles elles pourraient être très-bien placées, elles
furent publiées par les soins pieux de sa veuve (1).

Gutierre de Cetina fut à cet égard moins heureux qu'Acuña. C'était un
autre espagnol de la même époque et de la même école. On n'a jamais
encore essayé de former une collection de ses poésies. Le peu qui nous en
est parvenu, madrigaux, sonnets et autres compositions légères ont cependant un grand mérite. La plupart respirent un air anacréontique ; mais
les meilleurs spécimens se distinguent plutôt par la douceur, comme le
madrigal suivant :

> Ojos claros, serenos,
> Si de dulce mirar sois alabados,
> ¿Porqué, si me mirais, mirais airados?
>
> Si quando mas piadosos,
> Mas bellos pareceis à quien os mira,
> ¿Porqué à mi solo me'mirais con ira?
>
> Ojos claros, serenos,
> Ya que asi me mirais, miradme al menos. (2)

Comme beaucoup d'autres de ses compatriotes, Cetina fut soldat et
combattit bravement en Italie; il visita ensuite le Mexique où il avait un
frère occupant un poste important dans les fonctions publiques ; il mourut
enfin à Séville, sa ville natale, vers l'année 1560. Ce fut un imitateur
de Garcilaso plutôt que des Italiens qui avaient servi de modèles à
Garcilaso (3).

---

(1) La seconde édition des poésies d'Acuña fut donnée à Madrid, en 1804, in-12.
Sa biographie se trouve dans Baena, *Hijos de Madrid*. Tom. II, pp. 387; tom. IV,
pp. 403.

(2) Yeux clairs, yeux sereins, — si pour votre doux regard vous êtes tant van-
tés, — pourquoi, si vous me regardez, me regardez-vous courroucés ? = Si les
plus compatissants, — les plus beaux vous paraissez à qui vous regarde, — pourquoi me regardez-vous, moi seul, avec colère ? = Yeux clairs, yeux sereins, —
puisque vous regardez ainsi, au moins regardez-moi ? — Sedano, *Parnaso español*, tom. VII, p. 75.

(3) Un petit nombre de poésies de Cetina furent insérées par Herrera dans ses
notes sur Garcilaso, 1580, pp. 77, 92, 190, 204, 216; d'autres, par Sedano, dans le
Parnaso español, tom. VII, pp. 75-370; tom. VIII, pp. 16-216 ; tom. IX, p. 134.

L'école italienne ne s'introduisit pas dans la littérature espagnole sans aucune lutte. Nous ne pouvons, peut-être, indiquer celui qui le premier ouvrit l'attaque contre elle, comme une innovation inutile et condamnable, mais Cristobal de Castillejo, gentilhomme de Cuidad Rodrigo, fut le plus fortuné de ses premiers adversaires. Dès l'âge de quinze ans, il avait été attaché à la personne de Ferdinand, le frère cadet de Charles-Quint, et depuis Empereur d'Allemagne. Il avait passé la plus grande partie de sa vie en Autriche, comme secrétaire de ce prince. et il la termina dans un âge extrêmement avancé, moine chartreux, au couvent de Val de Iglesias, près de Tolède. Partout où il vécut, Castillejo écrivit des vers et manifesta la plus grande défaveur pour la nouvelle école. Il l'attaqua par plusieurs moyens, principalement par l'imitation des vieux maîtres dans leurs *villancios, canciones, glosas;* dans les autres formes et mètres qu'ils avaient adoptés, mais dans un style plus pur, avec un goût meilleur que celui qu'ils avaient généralement montré.

Plusieurs de ses poésies furent écrites vers les années 1540 et 1541. Si vous exceptez la partie religieuse qui remplit la dernière partie du troisième et dernier des trois livres dans lesquels ses œuvres sont réparties, il y règne généralement un grand air de jeunesse et de fraîcheur. La facilité, la gaieté, sont peut-être, leurs caractères les plus saillants, quoiqu'ils ne soient certainement pas les plus élevés. Plusieurs de ses poésies amoureuses se font remarquer par leur tendresse et leur grâce, surtout celles qui sont adressées à Anna. Mais il montre plutôt la force et la flexibilité de son talent lorsqu'il s'attache à la vie domestique, comme il le fait dans la piquante discussion sur *La vida de corte,* dans le *Dialogo entre él y su pluma ;* dans le poème sur *Las condiciones de las mujeres* et dans une épître à son ami, lui demandant conseil sur une affaire d'amour; compositions toutes pleines d'esquisses vivantes des mœurs et des sentiments de la nation. Immédiatement après viennent, peut-être, d'autres pièces des plus capricieuses qui, comme celle du *Borracho que se volvio mosquito,*

Le peu que nous savons de lui peut se lire dans Sismondi (*Littérature espagnole,* Séville, 1841, tom. I, p. 381). Il mourut jeune probablement (*Conde Lucanor,* 1575, ff. 93-94). Les poésies de Cetina existaient manuscrites, en 1776, dans la bibliothèque du duc d'Arcos, à Madrid (*Obras sueltas* de Lope de Vega, Madrid, 1776, in-4º, tom. I, prologue, p. 11, note). Il serait bien à désirer qu'on les en retirât et qu'on les publiât. Dans un sonnet où Castillejo attaque les partisans de l'école italienne (*Obras,* 1598, fol. 111), il est question de Luis de Haro, comme un des quatre poètes qui contribuèrent le plus à introduire ce genre. Je n'ai jamais vu, je l'avoue, des poésies de cet auteur.

l'Ivrogne changé en moucheron, caractérisent le plus son humeur joyeuse.

Toutes les fois qu'il en trouve l'occasion, ou qu'il peut la faire naître, il attaque les imitateurs des italiens qu'il appelle avec dédain « Pétrarquistes ». Une fois, il leur consacra une satire en forme, qu'il adressa *contra los que dejan los metros castellanos y siguen los italianos*, à ceux qui abandonnent les mètres castillans et suivent les italiens; il appela Boscan, Garcilaso, par leur nom, et somma Juan de Mena, Sanchez de Badajoz, Naharro et d'autres vieux poètes de venir se divertir avec lui aux dépens des innovateurs. Presque toujours Castillejo montre une nature des plus enjouées et se laisse aller parfois lui-même à son génie sur un ton plus libre qu'il ne convenait au temps où il vivait. Voilà pourquoi ses poésies, quoique très-répandues en manuscrits, furent prohibées par l'Inquisition. De sorte que tout ce que nous en possédons maintenant n'est qu'un choix qui, par une faveur spéciale, fut dispensé de la censure et obtint le permis d'imprimer, en 1573 (1).

Un autre qui maintint les doctrines de la vieille école et écrivit dans les mètres qu'elle adoptait, ce fut Antonio de Villegas, dont les poésies composées avant 1551, ne furent imprimées qu'en 1565. Le prologue, adressé à son livre, avec des instructions sur là manière dont il doit se comporter dans le monde, nous rappelle parfois la *Mission del alma*, mais il est plus facile et moins poétique. Les meilleures poésies de ce volume sont, il est vrai, de cette classe, légères et enjouées ; elles roulent plutôt sur de jolies subtilités qu'elles ne donnent des marques d'un sentiment profond. Les plus longues, comme la fable de Pyrame et de Thisbé, ou la dispute entre Ajax et Ulysse, sont les moins intéressantes. Les pièces les plus courtes sont réellement agréables. L'une, adressée au duc de Sesa, descendant de Gonzalve de Cordoue, au moment où il allait se rendre en Italie, pour l'expédition où Cervantès servit sous ses ordres,

---

(1) Le peu que nous savons de Castillejo se trouve dans ses Poésies que Juan Lopez de Velasco fut le premier autorisé à imprimer et à publier. Nicolas Antonio dit que Castillejo mourut vers 1596. Dans ce cas il devait être bien vieux, surtout, si comme le pense Moratin, il était né en 1494. Mais tous les faits rapportés sur Castillejo sont remplis d'incertitude, à l'exception de ce qu'il raconte lui-même dans ses œuvres (L. P. Moratin. *Obras*, tom. I, part. 1, pp. 154-156). Ses œuvres furent réimprimées, à Anvers, par Bellero, en 1598, in-18 ; à Madrid, par Sanchez, en 1600, in-18. Elles forment le douzième et treizième volume de la collection de Fernandez, Madrid, 1792, in-12. J'ai vu en outre citer des éditions de 1582 et 1615. Ses drames sont perdus, jusqu'à la *Costanza* que Moratin vit à l'Escurial. On ne pût l'y découvrir en 1844, où j'ai fait faire des recherches pour la trouver.

est des plus heureuses, par les allusions que le poète y fait à son illustre ancêtre. Elle commence ainsi :

> Id à Italia, gran señor
> Que es vuestra tierra hadada ;
> Que de hazañas y valor
> La dejó toda sembrada
> Aquel sabio sembrador.
> Que si en ella dais un vuelo,
> Hareis levantar el suelo ;
> Lucireis mas que mil soles
> Con solos los arreboles
> Del resplandor del abuelo (1).

Les dix-huit *decimas*, ou poésies de dix vers, sont encore plus caractéristiques, parce qu'elles sont moins héroïques et moins graves. Il les appelle *Comparaciones*, parce que chacune d'elles finit par une comparaison ; elles sont toutes précédées d'une composition plus longue, dans le même style, et adressées toutes à la dame de ses pensées. La suivante peut servir de spécimen pour le genre et le mètre dans lesquels elles sont écrites.

COMPARAISON.

> Señora, estan ya tan diestras
> En serviros mis porfias,
> Que acuden como à sus muestras,
> Sola à vos mis alegrías,
> Y mis sañas à las vuestras.
> Y aunque en parte se destempla
> Mi estado de vuestro estado,
> Mi ser al vuestro contempla
> Como instrumento templado
> Al otro con quien se templa (2).

---

(1) Allez en Italie, grand seigneur, — c'est votre terre prédestinée : — De hauts faits et de valeurs — l'a laissée toute parsemée, — ce savant semeur. — Si sur elle vous dirigez votre vol, — vous ferez relever le sol ; — vous brillerez plus que mille soleils — par les seuls reflets — de la splendeur de votre aïeul.

(2) Señora, si habiles sont déjà — pour vous servir mes efforts, — qu'à vous seule, comme à leur preuve, — s'adressent mes joies, — et mes colères, aux vôtres. — Et quoique en partie se trouble — mon état de votre état, — mon être sur le vôtre s'accorde, — comme un instrument accordé — sur l'autre avec lequel il s'accorde.

Ces poésies se trouvent dans un petit volume de mélanges publié à Medina del Campo, et intitulé : *Inventorio de obras*, par Antonio de Villegas, Vezino de la villa de Medina del Campo, 1565, in-4°. L'exemplaire qui m'a servi est d'une autre

Grégorio Silvestre, Portugais, qui vint en Espagne pendant son enfance et qui y mourut en 1570, fut un autre des poètes qui se conformèrent, dans leurs écrits, aux modes primitifs de la composition. C'était un ami de Torres de Naharro, de Garci Sanchez de Badajoz, de Juan Fernandez de Heredia ; et, pendant, quelque temps, il imita Castillejo, en parlant légèrement de Boscan et de Garcilaso. Mais, comme la manière italienne prévalait de plus en plus, il se laissa convertir au goût du jour et dans ses dernières années il composa des sonnets, des stances en *octava* et *terza rima* ; il ajouta à ces formes une pureté et un fini qui ne furent pas alors assez appréciés en Espagne (1). Toutes ses poésies, malgré la circonstance de sa naissance à l'étranger, sont écrites dans le castillan le plus naturel et le plus pur. Mais les meilleures sont les compositions dans le vieux style, les *rimas antiguas*, comme il les appelle, et où il se donne apparemment plus de liberté qu'il ne le fait dans les compositions du genre qu'il adopta postérieurement. Ses Gloses semblent avoir été fort estimées soit par lui soit par ses amis. Si la nature de la composition avait plus d'élévation par elle-même, elles pourraient mériter encore les éloges qu'elles reçurent dès le principe, puisqu'elles manifestent, dans leur structure, une grande facilité et une grande ingénuité (2).

Ses poésies descriptives plus longues, telles que la fable de Daphné et d'Apollon, de Pyrame et de Thisbé et le poëme intitulé : *Residencia de Amor*, ne manquent pas de mérite, quoiqu'elles doivent être classées parmi les moins heureux de ses efforts. Ses *canciones* doivent être placées parmi ce qui s'est écrit de plus pur en castillan ; elles sont remplies de cette vieille et franche simplicité de sentiment qui ne manque pas d'un certain artifice dans la tournure et l'expression et qui, loin de choquer par

---

édition et, je crois, la seule autre qui ait été faite à Medina del Campo, 1577, in-12. Comme les autres poètes conceptistes, Villegas se répète parfois lui-même, parce qu'il est grand admirateur de ses propres pensées. Ainsi l'idée exprimée dans la *decima* que nous venons de citer se trouve aussi dans une pastorale moitié en prose, moitié en vers, du même volume : « Assi como dos instrumentos bien templados tocando las cuerdas del uno se tocan e suenan las del otro ellas mismas ; assi en viendo este triste, me assonè con el, etc. (fol. 14 b). » Nous devons avertir que le permis d'imprimer mis en tête de l'*Inventorio* est daté de 1551, et prouve que les poésies avaient été déjà composées vers cette époque.

(1) Dans une épître en vers de Luis de Barahona de Soto, imprimée avec les œuvres de Silvestre (Grenade, 1599, in-12, fol. 330), on fait un grand éloge de lui sous ce rapport.

(2) Les meilleures sont les Gloses sur le *Pater noster* (fol. 284) et sur l'*Ave Maria* (folio 289).

la pointe et l'effet, contribue à l'un et à l'autre. Telle est celle qui
commence par les vers suivants :

> Señora, vuestros cabellos
> De oro son,
> Y de acero el corazon
> Que no se muere por ellos (1).

Un peu plus loin le poète donne à la même idée une tournure affectée
dans une réponse, comme il se plaisait à le faire.

> No quieren ser de oro, no,
> Señora, vuestros cabellos
> Qu'el oro quiere ser dellos (2).

Chaque *copla* est suivie d'une espèce de glose ou variation sur l'air
original qui n'est pas encore sans un mérite propre et particulier.

Silvestre était très-lié avec les poètes de ce temps, non seulement ceux
qui appartenaient à la vieille école, mais encore ceux qui faisaient partie
de l'école italienne tels que Diego de Mendoza, Hernando de Acuña,
George de Montemayor et Luis Barahona de Soto. Leurs poésies se
trouvent effectivement mêlées parfois aux siennes, et leur esprit, nous le
savons, a exercé une certaine influence sur le sien. A-t-il, en échange,
produit lui-même beaucoup d'effet sur eux ou sur son temps, on peut en
douter. Il passa, paraît-il, tranquillement sa vie à Grenade, où il fut
maître de chapelle dans la célèbre cathédrale, et où il fut très-estimé,
comme membre de la société, par son esprit et sa bonté naturelle. Quand
il mourut, à l'âge de cinquante ans, ses poésies n'étaient connues qu'en
manuscrit. Douze-ans après elles furent réunies et publiées par son ami
Pedro de Caceres et ne produisirent qu'une faible sensation. Silvestre
appartenait, il est vrai, à deux écoles et ne fut par conséquent admiré
complétement ni par l'une ni par l'autre (3).

---

(1) Señora, vos cheveux — sont d'or, — et d'acier le cœur — qui ne meurt pour
eux.

(2) Ils ne veulent pas être d'or, non — Señora, vos cheveux — parce que l'or
veut venir d'eux.

(3) Il y a eu trois éditions des poésies de Silvestre ; deux de Grenade, en 1582 et
en 1599 ; une de Lisbonne en 1592, avec une très-bonne biographie du poète par
son éditeur Pedro de Caceres. Cette biographie a reçu des additions de la part de
Barbosa, qui néanmoins l'a abrégée (*Bibl. Lusit.* tom. II, p, 419). Luis Barahona
de Soto, l'ami de Silvestre, parle de lui avec éloge dans plusieurs de ses épîtres
poétiques, et Lope de Vega le vante dans la seconde Sylva de son *Laurel de*

La lutte entre les deux écoles prit, cependant, bientôt un caractère formel. Argote de Molina en traita naturellement, en 1575, dans son *Discurso de la poesia española* (1) ; Montalvo l'introduit dans sa Pastorale où elle convient peu, mais où, sous des noms supposés, Cervantès, Ercilla, Castillejo, Silvestre et Montalvo lui-même (2) déclarent leur opinion en faveur de la vieille école. C'était en 1582. En 1599, Lope de Vega défendit la même cause dans la préface de son *San Isidro* (3). Mais la question était alors essentiellement résolue. Cinq ou six longs poëmes épiques, y compris *l'Araucana* avaient été composés en *ottava rima* italienne ; des pastorales, à l'imitation de Sannazar ; des milliers de vers en forme de sonnets, de canzoni et d'autres formes de poésie italienne, dont la plus grande partie avait été accueillie avec faveur. Lope de Vega même, qui reste résolument dans son opinion et qui écrit son poème de *San Isidro*, suivant la vieille poésie populaire, en *redondillas*, se conforme au goût dominant, de telle sorte que nul ne contribua, peut-être, plus que lui, à confirmer l'usage de la versification et du genre italien. Depuis ce moment, on peut cependant considérer comme certain et comme consolidé le triomphe de la nouvelle école, école qui n'a jamais été déplacée depuis, ni remplacée, en tant que division importante de la littérature espagnole.

Apolo. Ses poésies se divisent en quatre livres et remplissent 387 feuillets dans l'édition in-18 de 1599. Il écrivit ainsi quelques drames sacrés pour la cathédrale de Grenade ; ils se sont perdus. Dans l'*Index Expurgatoire* de 1667 (p. 465), on ne relève qu'un seul mot à corriger dans ses œuvres.

(1) Ce discours se trouve à la fin de la première édition du *Comte Lucanor* de 1575, et il est fort énergique, en faveur de la vieille versification espagnole. Argote de Molina composa aussi lui-même des poésies, mais à en juger par le spécimen qu'il nous donne dans sa *Nobleza de Andalucia*, elle ont peu de valeur.

(2) *Pastor de Filida*, part. 4 et 6.

(3) *Obras Sueltas*, Madrid, 1777, tom. XI, pp. XXVIII-XXX.

CHAPITRE IV.

Diego Hurtado de Mendoza. — Sa famille. — Son Lazarillo de Tórmes; imitations diverses de ce livre. — Ses emplois publics et ses études privées. — Sa retraite des affaires. — Ses poésies et ses mélanges. — Son histoire de la guerre de Grenade. — Sa mort. — Son caractère.

Parmi ceux qui contribuèrent le plus à résoudre la question en faveur de l'introduction et de l'établissement de la versification italienne dans la littérature espagnole, il se trouve une personne à qui son rang, sa position sociale donnèrent une grande autorité ; que son génie, sa culture et ses aventures rattachent tant à la période que nous venons de parcourir qu'à celle où nous allons entrer maintenant. Cette personne n'est autre que Diego Hurtado de Mendoza, érudit et soldat, poète et diplomate, homme d'État et historien, et qui s'est acquis une grande considération dans tout ce qu'il a entrepris, personnage enfin qui n'était pas d'un tempérament à se contenter d'un succès médiocre dans les entreprises qu'il choisissait pour but de ses efforts (1).

Mendoza naquit à Grenade, en 1503; ses ancêtres étaient, peut-être, les plus illustres de l'Espagne, si l'on excepte les descendants de ces familles qui avaient élevé des trônes dans ses différents royaumes. Lope de Vega qui met de côté, dans une de ses comédies, la vanité de tant d'illustrations, ajoute que, de son temps, les Mendoza comptaient vingt-trois générations célèbres par leur noblesse et par les services rendus à la chose publique (2). Mais ce qu'il nous importe plus de connaître

_____

(1) *La vie de Mendoza* se trouve dans Nicolas Antonio, *Bibliotheca Nova*, et dans l'édition de la *Guerra de Granada*, publiée à Valence, en 1776, in-4º. — Cette dernière a été écrite par Iñigo Lopez de Ayala, le savant professeur de poésie à Madrid. Cerda y Rico, *in Vossii Rethorices*, Madrid, 1781, in-8º, append., p. 189, note.

(2)

Toma	Elle comprend
Veinte y tres generaciones ,	Vingt-trois générations
La prosapia de Mendoça.	La famille des Mendoza.
No hay linage en toda España	Il n'y a pas de lignage dans toute l'Espagne
De quien conozca	Dont je connaisse

pour notre but actuel, c'est que les trois ancêtres immédiats de l'homme d'État distingué que nous avons sous les yeux, ont pu lui servir d'exemple pour former son jeune caractère. Mendoza est en effet le troisième descendant direct du Marquis de Santillane, le poète et le génie de la cour de Jean II : son grand-père était l'habile ambassadeur de Ferdinand et d'Isabelle auprès de la cour de Rome, pour le règlement des embarrassantes affaires de Naples : son père, le fameux comte de Tendilla, après avoir commandé avec honneur et distinction dans la dernière grande défaite des Maures, avait été nommé gouverneur de la ville agitée de Grenade, peu de temps après sa reddition.

Diego de Mendoza avait cinq frères plus âgés que lui. Malgré la puissance de sa famille, il fut primitivement destiné à l'Église, afin de lui donner plus facilement la position et le revenu qui lui permettraient de soutenir l'éclat de son nom avec une dignité convenable. Mais son caractère ne le poussait pas dans cette direction. Il acquit cependant de grandes connaissances en rapport avec son futur avancement ecclésiastique, tant à Grenade, où il apprit à parler l'arabe avec facilité, qu'à Salamanque où il étudia avec succès le latin, le grec, la philosophie, le droit civil et le droit canon. Il est évident toutefois qu'il s'adonna avec une préférence marquée aux sciences qui avaient un rapport plus intime avec la politique et la littérature. S'il écrivit, comme on le suppose, pendant sa vie universitaire ou immédiatement après, son *Lazarillo de Tórmes*, il est également manifeste qu'il préféra ce genre de littérature qui n'a rien de commun avec la théologie ou l'Église.

Tan notable antiguedad.	Une si remarquable antiquité.
De padre á hijos se nombran,	De père en fils ils se nomment
Sin interrumpir la linea,	Sans interrompre la ligne,
Tan excelentes personas,	Personnes si excellentes
Y de tanta calidad,	Et de tant de qualités,
Que fuera nombrarlas todas	Que les énumérer toutes
Contar estrellas al cielo,	Serait compter les étoiles du ciel,
Y a la mar arenas y ondas :	Le sable et les vagues de la mer :
Desde el señor de Vizcaya,	Du seigneur de Biscaye,
Llamado Zuria, consta	Appelé Zuria, c'est constant,
Que tiene origin su sangre.	Leur sang tire son origine.

Arauco Domado, acte III, *Comedias*. Tom XX, in-4°, 1629, fol. 95.

Gaspar de Avila dans le premier acte de son *Gobernador Prudente*, (*Comedias Escogidas*, Madrid, in-4°, tom XXI, 1664,) donne des Mendoza une généalogie plus détaillée que Lope de Vega. Ils furent donc aussi célèbres dans la poésie que dans l'histoire.

Le Lazarillo est un ouvrage de beaucoup d'esprit, sans aucun trait de
ressemblance avec ceux qui l'ont précédé. C'est la biographie d'un enfant,
le petit Lazaro, né dans un moulin, sur les bords du Tormes, près de
Salamanque, enfant qu'une mère dénaturée et brutale donne pour
guide à un mendiant aveugle, dernier échelon de la condition sociale
qui pouvait se trouver alors peut-être en Espagne. Tel qu'il est, Lazarillo se rend meilleur ou pire. Avec un fonds inépuisable de bonne humeur et une grande vivacité d'esprit, il apprend de suite les ruses et la
perversité, qui lui permettront de commettre encore de plus grandes
fraudes, une plus large série d'aventures et de crimes, en entrant successivement au service d'un prêtre, d'un gentilhomme mourant de faim par
sa propre vanité, d'un moine, d'un marchand d'indulgences, d'un chapelain, d'un alguazil; jusqu'à ce qu'enfin, par des motifs fort peu honorables, il s'établit et se marie. A ce moment l'histoire se termine sans tendre
à une conclusion particulière, et sans indiquer si elle aura une suite.

L'objet du livre est de donner, sous le caractère d'un serviteur doué
d'une perspicacité qui ne lui fait jamais défaut, et si dépourvu d'honnêteté et de véracité que ni l'une ni l'autre ne l'arrêtent jamais dans la
voie de ses succès, de donner, dis-je, une piquante satire de toutes les
classes de la société, dont Lazarillo nous dépeint fort bien la condition,
parce qu'il les a vues, pour ainsi dire, en deshabillé et dans les coulisses.
Le livre est écrit dans un style plein de cette énergie, de cette richesse et
de cette pureté castillane qui nous rappelle la « Célestine. » Plusieurs
de ses passages peuvent être placés au nombre des morceaux les plus
frais et les plus vigoureux qui se trouvent dans toute la classe des romans
en prose; passages tellement vigoureux et tellement libres que deux
d'entre eux, celui du moine et celui du marchand de dispenses, tombèrent immédiatement sous la juridiction de l'Église et furent effacés des
éditions portant le permis d'imprimer sous son autorité. L'ouvrage entier
est peu étendu, mais le ton en est facile et enjoué; c'est une composition
heureusement adaptée à la vie et aux mœurs des Espagnols. Le contraste
que forment la vivacité, la bonne humeur et l'audace flexible de Lazarillo
lui-même, personnage d'une parfaite conception originale, avec la solennelle et inflexible dignité du vieux caractère castillan, lui donnèrent tout
d'abord une grande popularité. A partir de 1553, année où parut la
première édition dont nous ayons connaissance, il fut souvent réimprimé,
tant en Espagne qu'au dehors : il a été plus ou moins en vogue dans
toutes les langues jusqu'à nos jours, et il est devenu le principe d'un
genre de fictions essentiellement national, sous le nom de *gusto picaresco*
ou style de fripons, genre bien connu dans une autre partie de la litté-

rature espagnole, et que le *Gil Blas* de Le Sage a rendu célèbre dàns le monde (1).

Comme d'autres livres qui ont joui d'une grande réputation, le Lazarillo provoqua de nombreuses imitations. Il en parut bientôt une continuatión sous le titre de *Segunda parte del Lazarillo de Tórmes*, plus longue que l'original et commençant où finit la fiction de Mendoza. Mais elle n'a aucun mérite, si l'on excepte quelques bons mots de temps en temps et une certaine élégance. Elle représente Lazarillo faisant partie de l'expédition entreprise par Charles-Quint contre Alger, en 1541, et monté sur l'un des vaisseaux engloutis par la tempête qui fit échouer toute cette tentative. Dès ce moment, l'histoire de Lazarillo devient un tissu d'absurdités. Il est entraîné au fond de l'Océan ; il entre en rampant dans une grotte où il est métamorphosé en thon ; et la plus grande partie de l'ouvrage consiste dans le récit de sa gloire et de son bonheur dans le royaume des thonŝ. Enfin, il est pris dans un filet et, au milieu de l'agonie que lui cause la crainte de la mort, il retrouve, par un suprême effort de sa volonté, la forme humaine. Alors il reprend le chemin de Salamanque, où il vit au moment même où il prépare cet étrange récit de ses aventures (2).

Une imitation nouvelle, plutôt qu'une continuation proprement dite, sous le nom de *El Lazarillo del Manzanares*, et où l'état de la société madrilène était livré à la satire, fut entreprise par Juan Cortès de Tolosa et imprimée pour la première fois en 1620. Mais elle ne produisit aucun effet à cette époque, et elle est depuis longtemps oubliée. Une

---

(1) Le nombre des éditions de Lazarillo publiées, durant le seizième siècle, dans les Pays-Bas, en Italie et en Espagne. est très-grand. Les éditions espagnoles, à commencer par celles de Madrid, 1573, in-18, sont expurgées par ordre de l'Inquisition, des passages très-offensants pour le clergé. Cet ordre se renouvelle dans l'Index expurgatoire de 1667. En effet, je ne comprends pas comment le chapitre sur la vente des indulgences pût être écrit par un autre qu'un protestant, après la réforme qui faisait alors de si rapides progrès. Mendoza ne s'est jamais reconnu, paraît-il, pour l'auteur du *Lazarillo de Tórmes* qui a été effectivement attribué parfois à Fray Juan de Ortega, moine de l'ordre de Saint-Jérôme. La traduction du Lazarillo en anglais, citée par Lowndes (art. Lazarillo), comme l'œuvre de David Rowland, 1586, et probablement la même qui est si vantée dans la *Revue Rétrospective*, vol. II, page 133, a été publiée à vingt éditions connues. Je possède un exemplaire de la traduction de James Blakeston qui me paraît la meilleure et qui est datée de Londres, 1670, in-8°.

(2) Cette continuation s'imprima à Anvers, en 1555, comme la *Segunda parte del Lazarillo de Tórmes*, mais elle parut probablement avant, en Espagne.

meilleure destinée n'était pas réservée à une autre *Segunda parte del Lazarillo* composée par Juan de Luna, professeur d'espagnol à Paris. et qui se publia la même année que le *Lazarillo del Manzanares* parut à Madrid. Elle rentre cependant mieux dans l'esprit de l'œuvre originale. Juan de Luna nous montre Lazarillo servant encore différentes espèces de maîtres, comme écuyer d'une grande dame pauvre et vaniteuse. Ensuite il se retire du monde, se fait ermite et il écrit le récit de sa vie, récit qui, sans égaler les esquisses vigoureuses et hardies du livre qu'il se propose de compléter, n'est cependant pas sans mérite, surtout pour son style (1).

L'auteur du Lazarillo de Tórmes qui prenait, nous dit-on, pour ses compagnons de voyage et ses livres de lecture (2) l'*Amadis de Gaule* et la *Célestine*, n'était pas, nous l'avons indiqué, homme à se consacrer lui-même au service de l'Église ; aussi apprenons-nous qu'il servait, comme soldat, dans les grandes armées espagnoles en Italie, circonstance à laquelle il fait allusion dans sa vieillesse, avec un plaisir et une satisfaction véritables. C'est alors que, pendant l'inaction des troupes, il suivait avec empressement les leçons des fameux professeurs de Bologne, de Padoue et de Rome, et augmentait encore largement le fonds déjà immense de ses connaissances littéraires.

Un caractère si fortement marqué devait attirer l'attention d'un monarque aussi vigilant et aussi perspicace que Charles-Quint. Aussi, vers 1538, Mendoza était-il nommé ambassadeur près la République de Venise, qui était alors une des premières puissances de l'Europe. Mais là encore, et quoique absorbé par de graves négociations, il aima le commerce des gens de lettres. Les Alde, qui se trouvaient alors à l'apogée de leur réputation, reçurent de lui aide et protection. Paul Manuce lui dédia une édition des œuvres philosophiques de Cicéron, reconnaissant sa sagacité, comme critique, et vantant sa latinité, bien qu'à cette même époque Mendoza exhortât plutôt, dit-il, la jeunesse à étudier la philosophie et les sciences dans leur langue maternelle ; preuve d'un libéralisme rare, dans un siècle où l'admiration pour les anciens portait un grand nombre d'érudits classiques à traiter avec mépris tout ce qui était

---

(1) Nicolas Antonio dans sa *Bibl. Nova*, tom 1, pp. 680 et 728. Jean de Luna est appelé *H. de Luna* dans le titre de son Lazarillo. — Je n'ai pu en comprendre le pourquoi.

(2) Francisco de Portugal, dans son *Arte de Galanteria* [Lisboa, 1670, in-4°, p. 49], dit que, lorsque Mendoza se rendit comme ambassadeur à Rome, il ne portait avec lui d'autres livres que l'*Amadis de Gaule* et la *Célestine*.

moderne et en langue vulgaire. A une certaine époque de sa vie, il s'a-
donna lui-même à l'étude de la littérature grecque et latine avec le même
zèle que Pétrarque avait déployé longtemps avant lui. Il envoya en Thes-
salie et dans le célèbre couvent du Mont Athos, pour recueillir des manuscrits grecs. Josèphe fut imprimé pour la première fois d'une manière
complète sur un manuscrit de sa bibliothèque, il en fut de même de
quelques pères de l'Église. Dans une certaine circonstance, il avait rendu
un si grand service au sultan Soliman que celui-ci l'invita à lui demander en retour quelque témoignage de la gratitude du monarque. Le seul
souvenir que Mendoza consentit à recevoir pour lui, ce fut un présent
de manuscrits grecs qui, disait-il, récompenseraient amplement tous ses
services.

Du milieu d'études si conformes à son goût et à son caractère, l'Empereur l'appela à des devoirs plus importants. Il le nomma gouverneur de
Sienne et lui ordonna de tenir en échec le Pape et les Florentins, mission
qu'il remplit parfaitement, quoiqu'elle ne fût pas sans danger pour sa
vie. Un peu plus tard il fut envoyé au grand concile de Trente, si célèbre, autant comme réunion politique qu'assemblée ecclésiastique, pour
y soutenir les intérêts de l'empire. Il y réussit à un tel point par le degré de
fermeté, de sagacité et d'éloquence qu'il déploya, que cette circonstance
seule aurait suffi pour en faire un des hommes les plus considérables de
la monarchie espagnole. Durant le concile cependant, et vu l'urgence des
affaires, il fut envoyé à Rome, en 1547, avec le caractère spécial de ministre plénipotentiaire de l'Empereur pour l'audacieuse mission d'attaquer le Pape de front et de l'intimider dans sa propre capitale. Il réussit
aussi dans cette entreprise. Il réprimanda Jules III en plein concile et
établit sa considération personnelle et celle qu'on devait à son pays sur
une base telle que, durant les six années qui suivirent, il fut regardé
comme le chef du parti impérial dans toute l'Italie et presque comme un
vice-roi, gouvernant cette contrée entière ou une grande partie, au nom
de l'Empereur, par ses talents et sa fermeté. A la fin il se fatigua d'un si
grand travail et de tant de responsabilité, et l'Empereur lui-même,
ayant changé son système et résolu de se concilier l'Europe avant son
abdication, Mendoza retourna en Espagne en 1554 (1).

(1) Le succès de Mendoza, comme ambassadeur, devint proverbial. Près d'un
siècle après lui, Salas Barbadillo, dans un de ses contes, dit, en parlant d'un *chevalier d'industrie* : « Il fut par lui-même, en ces temps, ambassadeur à Rome,
aussi distingué que l'avait été, à son époque, l'illustre chevalier don Diego de
Mendoza. » *Cavallero puntual, segunda parte,* Madrid, 1619, fol. 5.)

L'année d'après, Philippe II monta sur le trône ; sa politique ressembla
fort peu à celle de son père et Mendoza n'était pas de ceux qui pouvaient s'accommoder de ce changement d'état dans les affaires. Aussi ne
vint-il que rarement à la cour et ne fut-il que très-peu favorisé par le
maître sévère qui le traitait maintenant, comme il traitait tous les autres
grands hommes de son royaume, avec une dure et inquiète tyrannie (1).
Voici une preuve suffisamment remarquable du déplaisir avec lequel
Philippe II voyait Mendoza et de la dureté de traitement qui le suivit.
L'ambassadeur, malgré son âge de soixante-quatre ans, lorsque l'événement arriva, avait très-peu perdu du feu de sa jeunesse. Il s'agit d'une
dispute passionnée qui s'était élevée entre lui et un courtisan dans le
palais royal même. Ce dernier tire sa dague, Mendoza la lui arrache et
la jette par-dessus le balcon où ils se trouvaient ; certains récits ajoutent
qu'il jeta ensuite le courtisan lui-même. Une querelle pareille eût certainement été réputée partout ailleurs un affront à la dignité royale. Mais
aux yeux du formaliste et sévère Philippe II, c'était une mortelle offense.
Il aima mieux considérer Mendoza comme un insensé et, en cette qualité,
il l'exila de sa cour, acte injuste contre lequel le vieux politique lutta
en vain pendant quelque temps et auquel il se soumit avec une noble
dignité.

Sa principale distraction, durant une partie de son exil, consistait à
composer des vers, singulier passe-temps pour un homme si âgé (2)
Cette occupation lui était depuis longtemps familière. En effet, dans la
première édition des œuvres de Boscan, nous trouvons une épître de Mendoza à ce poète, épître qui dut évidemment être composée pendant sa
jeunesse. Ajoutons que plusieurs de ses poésies légères contiennent des
preuves intrinsèques d'avoir été composées en Italie. Mais. malgré son
long séjour à Venise et à Rome, malgré le fait de compter Boscan parmi
ses premiers et meilleurs amis, Mendoza ne s'adonna pas entièrement à
l'école poétique italienne. Il imita bien souvent et sanctionna entièrement la métrique importée d'Italie, mais il composa souvent aussi en
vieilles *redondillas* et en *quintillas*, en leur donnant le ton du sentiment

---

(1) Mendoza semble avoir été traité avec dureté par Philippe II, à propos de
certains comptes de dépenses relatifs à la reconstruction du château fort de
Sienne, pendant qu'il en était le gouverneur. (Navarrete, *Vie de Cervantès*,
Madrid, 1819, in-8°, p. 441.)

(2) Une de ses épîtres en *redondillas* a été composée après son arrestation.
(*Obras*, 1610, fol. 72.)

national et les reflets propres à cette ancienne forme de versification castillane (1).

La vérité est que Mendoza avait étudié les anciens avec zèle et succès,
qu'il avait tellement imbu son esprit de leur caractère et de leur nature
qu'il put, jusqu'à un certain point, s'empêcher de subir entièrement
l'excès des influences modernes. La première partie de l'épître à Boscan,
à laquelle nous avons déjà fait allusion, quoique écrite avec facilité en
terza rima, ressemble presque à la traduction de l'épître d'Horace à
Numicius, sans être encore une imitation servile; tandis que la dernière
partie est absolument espagnole et donne une telle description de la vie
domestique, qu'elle n'a jamais dû entrer dans l'imagination d'un poète
de l'antiquité (2). Son hymne en l'honneur du cardinal Espinosa, une
de ses poésies les plus parfaites, fut composé, dit-on, après une lecture
de Pindare, pendant cinq jours consécutifs; mais il n'en est pas moins
rempli du vieil esprit castillan (3), et sa seconde cancion, tout écrite en
mètres italiens, montre plutôt la tournure d'Horace que celle de Pétrarque (4). Néanmoins on ne peut dissimuler que Mendoza contribua,
par l'influence décisive de son exemple, à l'adoption des nouvelles formes
introduites par Boscan et par Garcilaso. C'est un fait qui reste évident
par la manière dont cet exemple est invoqué par plusieurs poètes de

---

(1) Il n'existe qu'une édition des poésies de Mendoza. Elle fut publiée par Juan
Diaz, hidalgo de Mendoza, à Madrid, et précédée d'un sonnet de Cervantès, en
1610, in-4°. C'est un livre rare et précieux. Dans l'*Avis* au lecteur, il est raconté
que ses poésies légères ne se publièrent point à cause de l'inconvenance qu'il en
serait résulté pour sa dignité. Si nous devons considérer le sonnet imprimé pour
la première fois par Sedano (*Parnaso espagnol*, tom. VIII, p. 120), comme un
spécimen de ceux qui ont été supprimés, nous n'avons aucun motif de nous
plaindre.

Il existe à la bibliothèque impériale de Paris (*Manusc.* n° 8293) une collection
des poésies de Mendoza qui contient, suppose-t-on, des notes de sa main sur
ses propres écrits, ouvrage plus étendu que le volume qui en a été publié (Ochoa,
catalogue, Paris, 1844, in-4°, p. 582.)

(2) Cette épître fut imprimée durant la vie de Mendoza, dans la première édition
des œuvres de Boscan (édit. 1543, fol. 129). Elle se trouve aussi dans les *Poesias*
de Mendoza lui-même (fol. 9), dans Sedano, Faber, etc. La poésie la plus ancienne
de Mendoza, que j'ai vue *imprimée*, c'est une *cancion* dans le *Cancionero* général
de 1535, fol. 99, verso.)

(3) L'*Hymne au cardinal d'Espinosa* se trouve dans les œuvres poétiques de
Mendoza, fol. 143. Voyez aussi Sedano, tom. IV (Indice, pag. ii), le motif de sa
composition.

(4) *Obras*, fol. 99.

cette époque, et spécialement par Gregorio Silvestre et par Cristobal de
Mesa (1). Quoi qu'il en soit, Mendoza se distingua dans l'un et l'autre
genre. Il y a peut-être plus de richesse de pensée dans les spécimens qu'il
nous a donnés en mètres italiens que dans d'autres, mais il n'est pas
permis de douter que ses affections ne se reportent sur les compositions
suivant la vieille poésie populaire. Quelques-unes de ses *letrillas*, comme
nous les appelons aujourd'hui et qui portent différents noms de son temps,
sont vraiment charmantes (2). Dans quelques parties de la seconde division de ses poésies, division plus longue que la première consacrée aux
compositions sur le mètre italien, il règne une légèreté d'humeur et un
abandon extrêmement appropriés aux sujets, et tels qu'on pouvait les
attendre de l'auteur du *Lazarillo de Tórmes* plutôt que du représentant
de l'Empereur au concile de Trente et à la cour du Pape. Il y a même
des vers tellement libres qu'on ne crut pas opportun de les livrer à l'impression.

Le même esprit se manifeste dans deux lettres en prose ou plutôt dans
deux essais en forme de lettres. La première déclare venir d'une personne qui poursuit un emploi à la cour et nous donne la description de
toute cette classe de *catariberas* ou vils courtisans qui, avec de sales habits,
des manières basses et flatteuses, assiégeaient chaque jour les escaliers
et les antichambres du président du conseil de Castille, pour solliciter
un de cette multitude d'humbles offices dont il était le dispensateur.
L'autre est adressée à Pedro de Salazar : c'est une critique amère d'un
livre que ce dernier avait publié sur les guerres de l'Empereur, en Allemagne. Mendoza y déclare que l'auteur s'attribue un mérite personnel
plus grand qu'il ne lui convient. Les deux lettres sont écrites avec une
originalité particulière, une légèreté naturelle et une gaieté d'esprit qui

---

(1) Voyez le sonnet de Mendoza dans les *Poésies* de Silvestre (1599, fol. 333)
où il dit :

De vuestro ingenio y invencion	De votre génie et de votre invention
Piensa hacer industria por do pueda	Il espère faire preuve, par où pourra
Subir la tosca rima a perfeccion.	La rime italienne s'élever à la perfection.

Dans l'*Épitre de Mesa au comte de Castro* (Mesa, *Rimas*, Madrid, 1611, in-8°,
fol. 158) nous trouvons :

| Acompañó á Boscan y Garcilasso | Il accompagna Boscan et Garilasso, |
| El inclito don Diego de Mendoza. | L'illustre don Diego de Mendoza. |

(2) Celle qu'il appelle *Villancico* (*Obras*, fol. 117) est un spécimen de ses meilleures *Letrillas* dans le genre enjoué.

semble avoir constitué le fond de son caractère, et qui s'est manifestée, de temps en temps, dans le cours de sa vie, malgré la gravité des fonctions qui, durant tant d'années, remplirent et occupèrent ses pensées (1).

La tendance de son esprit cependant, et à mesure qu'il avançait en âge, le portait naturellement vers des sujets plus graves. N'entrevoyant pas l'espoir d'être rappelé à la cour, il s'établit lui-même dans une modeste retraite à Grenade, sa ville natale. Mais son âme n'était pas de celles qui peuvent aisément se livrer à l'inactivité, et, s'il en était ainsi, il n'avait pas choisi le séjour qui pouvait l'entretenir dans une pareille disposition. Grenade était une terre non-seulement remplie de glorieux souvenirs, mais rappelant encore la gloire à laquelle sa propre famille était intimement associée; une ville où il avait passé une grande partie de sa jeunesse; où il s'était familiarisé avec ces restes et ces ruines de la puissance des Maures, attestant aux siècles que la plaine de Grenade avait été le siège de l'empire d'une des plus opulentes et des plus splendides dynasties mahométanes. Alors il revint naturellement aux études primitives de son éducation à demi-arabe, et, composant sa bibliothèque de curieux manuscrits maures, il se consacra à la littérature et à l'histoire de sa ville natale, jusqu'à ce que, faute apparemment de toute autre occupation, il se détermina à écrire une partie de ses annales.

La période qu'il choisit était toute récente, c'était celle de la révolte fomentée par les Morisques, entre 1568 et 1570, au moment où ils ne pouvaient endurer plus longtemps l'oppression de Philippe II. Cette histoire fait un très-grand honneur à Mendoza; malgré son entière sympathie pour l'Espagne, il rend généreusement justice aux ennemis abhorrés de son peuple et de sa religion, à tel point que son livre ne put être publié

---

(1) Ces deux lettres sont imprimées dans la grossière et indigeste collection intitulée *Semanario erudito*, Madrid, 1789, in-4°. La première, dans le tom. XVIII; la seconde dans le tom. XXIV. Pellicer prétend que la dernière est prise sur une copie fautive (édit. *Don Quichotte*, part. I, chap. I, note); et les extraits de Clemencin (édit. *Don Quichotte*, tom. I, pag. 5) me portent à conclure que la seconde lui ressemble. Elles passent dans le *ms* sous le titre de *Cartas del Bachiller de Arcadia*. Les *Catariberas* que Mendoza attaque si violemment dans la première semblent être tombées encore plus bas après lui et être devenues une espèce de chacals pour les légistes. Voyez le *Soldado Pindaro* de Gonçalo de Cespedes y Meneses (Lisbonne, 1626, in-4°, fol. 37, verso) où ils sont traités avec une satire des plus cruelles. J'ai lu la supposition que Diego de Mendoza n'était pas l'auteur de la dernière des deux lettres, mais je ne sais pas sur quel fait on s'appuie.

que plusieurs années après sa mort, et lorsque les infortunés Morisques
eurent été eux-mêmes définitivement expulsés de l'Espagne. Mendoza
eut pour composer un pareil ouvrage des ressources remarquables. Son
père avait été, comme nous l'avons indiqué, général dans l'armée con-
quérante, en 1492, et l'histoire de la révolte des Morisques remonte
souvent et nécessairement à cette expédition; plus tard il avait été
nommé gouverneur de Grenade. Un de ses neveux avait commandé des
troupes dans cette même guerre. Et maintenant, après le rétablissement
de la paix par la soumission des rebelles, le vieil homme d'État, placé au
milieu des trophées et des ruines du combat, apprit bientôt par des
témoins oculaires et des personnes qui avaient pris part à la lutte, tout
ce qu'il était arrivé d'intéressant de part et d'autre et qu'il n'avait pas
vu par lui-même. C'est ainsi que, familiarisé avec chaque chose dont il
parle, il donne une originalité et une puissance telles à ses tableaux
qu'il nous transporte immédiatement au milieu des scènes et des événements qu'il décrit et qu'il nous fait sympathiser avec des détails trop
minutieux pour être toujours intéressants, s'ils n'étaient toujours marqués au sceau d'une vivante réalité (1).

Mais quoique cette histoire soit une production vigoureuse du sol même
auquel elle se rattache, c'est une imitation exacte et sûre des anciens
maîtres, entièrement différente de l'esprit des chroniques de l'époque
précédente. Le génie de l'antiquité s'annonce, en effet, dès la première
phrase.

« Mi proposito es de escribir la guerra que el rey catholico de Es-
« paña, D. Felipe el secundo, hijo del nunca vencido emperador D. Car-
« los, tuvo en el reino de Grenada contra los reveldes nuevamente con-
« vertidos; parte de lo cual yo vi, e parte entendi de personas que en
« ella pusieron las manos y el entendimiento (2). »

Salluste fut sans aucun doute le modèle de Mendoza. Comme le récit
de la guerre de Catilina, la *Guerra de los Moriscos* est un livre de
peu d'étendue, et, comme lui aussi, il brille généralement par un style

---

(1) La première édition de la *Guerre de Grenade* est de 1610, in-4°; mais
elle est incomplète. La première édition complète est celle de Montfort (Valence,
1776, in-4°), dont on a fait ensuite plusieurs autres éditions.

(2) « Mon but, dit le vieux soldat, c'est de raconter la guerre que le roi catho-
» lique d'Espagne D. Philippe II, fils de l'invincible Empereur D. Carlos, soutint
» dans le royaume de Grenade contre les rebelles nouvellement convertis, évé-
» nements que j'ai vus en partie, que j'ai appris, en partie, de personnes qui y
» avaient donné les mains et leur esprit »

riche et hardi. Parfois, cependant, de longs passages sont évidemment imités de Tacite ; le savant diplomate semble approcher de sa vigueur et de sa concision aussi près qu'il atteint la diction la plus exubérante de son puissant modèle. Plusieurs de ces imitations sont aussi heureuses peut-être qu'aucune de celles qui peuvent être produites dans le genre auquel elles appartiennent : en effet, elles ne sont pas souvent moins libres que si elles étaient tout à fait originales. Prenons, par exemple, le passage suivant, souvent cité pour l'animation et le sentiment qui le caractérisent et qui est en partie une traduction du récit que Tacite, dans son style si pittoresque et si concis, nous donne de la visite que Germanicus et son armée firent aux lieux où gisaient, sans sépulture, dans les forêts de la Germanie, les restes des trois légions de Varus, et des honneurs funèbres que l'armée rendit à la mémoire de leurs infortunés et presque oubliés compatriotes. La circonstance décrite par l'historien espagnol, ressemble d'une manière si frappante à celle que nous retracent les annales de Tacite que l'imitation est parfaitement naturelle (1).

Durant une révolte des Morisques, entre 1500 et 1501, on jugea convenable de détruire un fort situé sur les montagnes qui s'étendent vers Malaga. L'entreprise était dangereuse et personne ne se présentait pour l'exécuter jusqu'à ce que Alonso de Aguilar, un des principaux nobles au service de Ferdinand et d'Isabelle, s'offrit pour réaliser ce projet. Sa tentative ne réussit pas, ainsi qu'on l'avait prévu, et il survécut à peine un homme pour raconter les détails du désastre. Mais l'enthousiasme et le dévouement d'Aguilar produisirent dans son temps une immense sensation, et furent mentionnés par la suite dans un grand nombre de vieilles romances nationales (2).

Au moment où Mendoza dépeint cette malheureuse défaite, il s'était presque écoulé soixante-dix ans, et les ossements des Espagnols et des Morisques étaient encore abandonnés et blanchissants, à l'endroit même où ils étaient tombés. La guerre entre les deux races venait encore de se renouveler par l'insurrection des vaincus : une expédition militaire était encore entreprise dans les mêmes montagnes. Le duc d'Arcos, son chef, descendait en ligne directe d'un des chevaliers qui y avait péri et était

_____

(1) Le passage de Tacite se trouve dans les *Annales*, liv. I, chap. 61-62 et l'imitation dans *Mendoza*, liv. IV., édit. 1776, pp. 300-302.

(2) Mariana, *Hist. de España*, liv. 27, chap. v. — Hita, *Guerres civiles de Grenade.* Ce dernier écrivain insère deux des romances composées à cette occasion.

intimement lié avec la famille d'Alonso de Aguilar lui-même. Pendant
que les troupes se réunissaient pour cette expédition, le duc, par un sentiment naturel de curiosité et d'intérêt pour une chose qui le touchait de
si près, prit une poignée de soldats et visita le triste théâtre de la catastrophe.

« Salió de Casares, dice, descubriendo i asegurando los pasos de la
« montaña : provision necessaria por la poca seguridad en acontecimientos
« de guerra, e poca certeza de la fortuna. Comenzaron à subir à la sierra,
« donde se decia que los cuerpos habian quedado sin sepultura : triste
« y aborrecible vista y memoria (1) : havia entre los que miravan nietos
« i descendientes de los muertos, o personas que por oidas conocian ya
« los lugares desdichados. Lo primero dieron en la parte donde paró la
« vanguardia con su capitan por la escuridad de la noche, lugar harto
« estendido i sin mas fortificacion que la natural, entre el piè de la mon-
« taña i el alojamiento de los Moros : blanqueavan calaveras de hombres y
« huesos de cavallos amontonados, desparcidos, segun, como, i donde
« havian parado ; pedazos de armas, frenos, despojos de jaezes (2) ; vieron
« mas adelante el fuerte de los enemigos, cuyas señales parecian pocas,
« i bajas, i aportilladas ; ivan señalando los pláticos de la tierra donde
« havian caido oficiales, capitanes i gente particular : referian como y
« donde se salvaron el conde de Ureña, y D. Pedro de Aguilar, hijo
« mayor de D. Alonso, en que lugar y donde se retrajo D. Alonso i se
« defendia entre dos peñas : la herida que el Feri, cabeza de los moros,
« le dió primero en la cabeza y depues en el pecho, con que cayo ; las
« palabras que le dijo andando à brazos : *Yo soi D. Alonso* ; las que el
« Ferí le respondió quando le hería : *Tu eres D. Alonso* ; *mas yo soi el*
« *Feri de Benestepar* : i que no fueron tan desdichadas las heridas que
« dió D. Alonso como las que recibió. Lloraronle amigos i enemigos, i
« en aquel punto renovaron los soldados el sentimiento ; gente desgra-
« ciada, sino en lagrimas. Mandò el Géneral hacer memoria para los
« muertos, i rogaron los soldados que estavan presentes que reposasen
« en paz, enciertos si rogaban pour deudos ò por estraños, i esto les
« acrecentó la ira i el deseo de hallar gente contra quien tomar
« venganza (3).

(1) « Incedunt, dit Tacite, mœstos locos, visuque ac memoriâ deformes. »
(2) « Medio campi albentia ossa, ut fugerant, ut restiterant, disjecta vel aggerata :
adjacebant fragmina telorum, equorumque artus, simul truncis arborum antefixa
ora. »
(3) « Il partit de Casares, dit-il, en découvrant et assurant les passages de la

Il y a plusieurs passages analogues au précédent dans le cours de l'ouvrage qui nous montrent avec quel plaisir Mendoza se laissait aller à l'épisode et se complaisait à orner convenablement son sujet. Mais le fil principal de son histoire n'est jamais détourné d'une manière peu naturelle; et partout où il va, il est presque toujours vigoureux et expressif. Je n'en veux pour exemple que la harangue suivante de Fernando de Valor, El Zaguer, l'un des principaux conspirateurs, excitant ses compatriotes à commencer la révolte, par l'exposé de la longue série d'affronts et de cruautés qu'ils avaient soufferts de la part des espagnols, leurs oppresseurs. Ce morceau nous rappelle les discours des chefs Carthaginois indignés que nous lisons dans Tite Live.

« Este viendo que la grandeza del hecho traia miedo, dilacion, diver-
« sidad de casos, mudanza de pareceres, los juntó en casa de Zinzan, en

---

» montagne, précaution nécessaire vu le peu de sécurité dans les événements de
» la guerre et le peu de constance de la fortune. On commence à gravir la sierra
» où les corps étaient, disait-on, restés sans sépulture; spectacle et souvenirs pleins
» de tristesse et d'horreur; parmi ceux qui regardaient il y avait des petits-fils, des
» descendants des soldats morts, ou des personnes qui, par ouï-dire, connaissaient
» déjà ces lieux infortunés. D'abord ils rencontrèrent la partie où l'obscurité de la
» nuit fit arrêter l'avant-garde et son capitaine, endroit assez étendu et sans autres
» fortifications que celles de la nature, entre le pied de la montagne et le camp des
» Mores. On voyait blanchir des crânes d'hommes, des os de cheval entassés, épars,
» selon qu'ils s'étaient arrêtés et selon leur attitude; des fragments d'armes, des
» freins, des dépouilles de harnais. Plus loin ils virent le fort des ennemis dont
» les vestiges paraissaient peu nombreux, bas et rompus. Ceux qui connaissaient le
» terrain s'avançaient et signalaient la place où étaient tombés officiers, capitaines,
» simples soldats; ils racontaient où et comment se sauvèrent le comte d'Ureña et
» D. Pedro de Aguilar, le fils aîné de D. Alonso; en quel endroit se retira D. Alonso
» et comment il se défendait entre deux roches. Ils disaient la blessure que le
» Feri, le chef des Mores, lui fit d'abord à la tête et puis à la poitrine, coup qui le
» renversa; les paroles qu'il prononçait lorsqu'il en vint aux mains : *Je suis*
» *D. Alonzo*, paroles auxquelles le Feri répondit en le frappant : *Tu es D. Alonso*,
» *mais je suis le Feri de Benestepar;* et que les blessures que lui fit D. Alonso
» furent moins mortelles que celles qu'il en reçut. Amis et ennemis le pleurèrent
» et, à ce moment, les soldats renouvelèrent leurs regrets. Troupe infortunée, ex-
» cepté par les larmes. Le général ordonna de consacrer un souvenir aux morts,
» et les soldats présents prièrent pour qu'ils reposassent en paix, incertains s'ils
» priaient pour des parents ou pour des étrangers, circonstance qui augmenta leur
» colère et leur désir de trouver un ennemi sur qui pouvoir se venger. »

« Igitur Romanus qui aderat, exercitus sextum post cladis annum, trium legio-
» num ossa, nullo noscente alienas reliquias an suorum humo tegeret, omnes ut
» conjunctos, ut consanguineos, aucta in hostem ira, mœsti simul et infensi con-
» debant. »

« el Albaicin y los habló. Poniéndoles delante la opresion en que esta-
« ban, sugetos a hombres públicos i particulares, no menos esclavos que
« si lo fuesen : mujeres, hijos, haciendas i sus proprias personas en
« poder i arbitrios de enemigos, sin esperanza en muchos siglos de verse
« fuera de tal servidumbre ; sufriendo tantos tiranos como vecinos, nue-
« vas imposiciones, nuevos tributos, i privados del refugio de los lugares
« de señorio, donde los culpados puesto que por accidentes ò por ven-
« ganzas (esta es la causa entre ellos mas justificada) se aseguran ;
« echados de la immunidad i franqueza de las Iglesias, donde por otra
« parte los mandaban asistir à los oficios divinos con penas de dinero :
« hechos sujetos de enriquecer clerigos, no tener acogida à Dios ni à los
« hombres, tratado i tenidos como Moros entre los christianos para ser
« menospreciados, i como christianos entre los moros, para no ser crei-
« dos y ayudados ; excluidos de la vida i conservacion de personas ;
« mándannos que no hablemos nuestra lengua ; no entendemos la cas-
« tellana ; ¿ en que lengua habemos de comunicar los conceptos, i pedir
« ò dar las cosas sin que no puede estar el trato de los hombres? Aun à
« los animales no se vedan los voces humanas. ¿ Quien quita que el
« hombre de lengua castellana ne pueda tener la lei del Profeto ? i el de
« la lengua morisca la lei de Jesus ? Llaman à nuestros hijos à sus congre-
« gaciones i casas de letras, enseñanles las artes que nuestros mayores
« prohibieron aprenderse, porque nose confundiese la puridad, i se
« hiciese litigiosa la verdad de la lei. Cada hora nos amenazan quitarlos
« de los brazos de sus madres, i de la crianza de sus padres, y pasar-
« los à tierras agenas, donde olviden nuestra manera de vida y aprendan
« à ser enemigos de los padres que los engendramos y de los madres
« que los parieron. Mándannos dejar nuestro habito, vestir el castel-
« lano : vístense entre ellos los tudescos de una manera, los Franceses
« de otra, los Griegos de otra, los frailes de otra, los moros de otra, i
« de otra los viejos. Cada nacion, cada profesion i cada estado usa su
« manera de vestido, i todos son christianos ; i nosotros Moros, porque
« vestimos à la morisca, como si truxésemos la lei en el vestido, i no
« en el corazon (1). »

« (1) Ce dernier voyant que la grandeur de l'entreprise inspirait craintes,
» délais, diversité de sentiments, changement d'avis, réunit les conjurés dans la
» maison de Zinzan, dans l'Albaicin et les harangua. Il leur mit sous les yeux
» l'oppression où ils vivaient, sous la sujétion d'hommes privés et publics ; non
» moins esclaves que s'ils l'étaient réellement ; avec femmes, enfants, propriétés
» et leurs personnes mêmes, au pouvoir et à l'arbitre d'ennemis, sans espérance de

C'est là certainement un morceau très-pittoresque ; la plus grande partie de toute l'histoire brille des mêmes qualités tant par la nature du sujet que par la manière dont il est traité. Elle ne manque pas non plus de dignité ni d'élévation. Son style est hardi et saccadé, mais conforme en cela au génie de la langue ; le cours de la pensée est fort, profond et il emporte facilement le lecteur dans ses flots. Rien ne peut lui être opposé dans le genre des vieilles chroniques de l'époque antérieure, et il n'y a que peu d'écrits de la période postérieure qui puissent l'égaler en noblesse, en vigueur et en vérité (1).

La guerre de Grenade est le dernier travail littéraire qu'entreprit son auteur. Il était âgé de soixante-dix ans environ lorsqu'il le termina. Pour donner à entendre peut-être qu'il retournait à la carrière des lettres,

---

» se voir dans une longue suite de siècles hors d'une pareille servitude ; souffrant
» autant de tyrans que d'habitants, supportant de nouveaux impôts, de nouveaux
» tributs, privés du droit d'asile dans les localités seigneuriales où les coupables,
» soit par accident, soit par vengeance, c'est le motif qui se justifie le mieux entre eux,
» où les coupables trouvent sécurité ; dépouillés des immunités et des franchises de
» l'Église, où d'autre part on leur ordonne d'aller pour assister aux offices divins,
» sous des peines pécuniaires ; assujetis à enrichir le clergé, sans accueil ni de
» Dieu ni des hommes ; traités et regardés comme Mores parmi les chrétiens, pour
» être un objet de mépris, et comme chrétiens parmi les Mores, pour n'être ni
» crus ni secourus ; dépouillés du droit de vie et de conservation des personnes ; avec
» ordre de ne point parler dans notre langue. Nous ne comprenons pas la langue
» castillane, dans quelle langue nous faut-il communiquer nos pensées, demander
» et donner les choses sans lesquelles il ne peut exister de commerce entre les
» hommes. On ne défend pas la voix humaine aux animaux. Qui empêche que
» l'homme qui parle le castillan ne puisse suivre la loi du Prophète, et que celui
» qui parle la langue des Mores ne suive la loi de Jésus ? Ils appellent nos enfants
» à leurs réunions et à leurs écoles ; ils leur enseignent les sciences que nos an-
» cêtres défendirent d'apprendre pour que la pureté de la loi ne pût s'altérer et
» que sa vérité ne fût pas mise en question. A toute heure ils nous menacent de les
» enlever des bras de leur mère, aux soins de leur père et de les transporter sur
» des terres étrangères, où ils oublieront notre genre de vie, où ils apprendront à deve-
» nir les ennemis des pères qui les ont engendrés, des mères qui les ont enfantés.
» On nous ordonne de quitter nos vêtements et de nous habiller à la castillane.
» Parmi eux les Allemands s'habillent d'une manière, les Français d'une autre,
» les Grecs d'une autre, les moines d'une autre, les Mores d'une autre, les vieux
» d'une autre. Chaque nation, chaque profession, chaque état a sa manière de se
» vêtir et tous sont chrétiens ; et nous autres Mores, parce que nous nous habillons
» comme des Mores, comme si nous portions la loi sur l'habit et non dans le cœur. »
Cette harangue du Zaguar se trouve dans le premier livre de son histoire.

(1) Garces, (*Vigor y elegancia de la lengua castillana*, Madrid, 1771, in-4°, tom. II), fait, dans la préface, quelques remarques très-fines sur le style de Mendoza.

il réunit sa bibliothèque composée des livres classiques et des manuscrits qu'il avait acquis avec tant de peine en Italie et en Grèce, et des curieux manuscrits arabes qu'il avait trouvés à Grenade. Il l'offrit alors tout entière au sévère monarque, pour sa bibliothèque favorite de l'Escurial, où, parmi des trésors inconnus, ils occupent encore une place distinguée. Quoi qu'il en soit, après ce fait, nous n'entendons plus parler du vieil homme d'État si ce n'est que, pour une raison ou une autre, Philippe II lui permit de revenir à la cour et, quelques jours après son arrivée à Madrid, il fut attaqué par une maladie violente dont il mourut, le 15 avril 1575, à l'âge de soixante-douze ans (1).

Sous quelque aspect que nous considérions le caractère de Mendoza, nous voyons positivement qu'il fût un homme extraordinaire, mais la combinaison de ses facultés est après tout ce qui doit le plus étonner. Dans toutes, cependant, et spécialement dans l'union de la vie d'aventures militaires et d'intérêt actif pour les affaires, avec un amour sincère pour la science et la littérature, Mendoza se montra un véritable espagnol. Les éléments de grandeur que les conditions de sa fortune si variée firent développer en lui se trouvent tous dans la poésie et l'éloquence

---

(1) On trouvera des traits charmants sur les occupations et le caractère de Mendoza, durant les deux dernières années de sa vie, dans des lettres qu'il écrivit à l'historien Zurita et qui ont été conservées par Dormer, *Progresos de la Historia de Aragon*, (Saragosse, 1680, in-fol., pp. 501, etc.). La manière dont il annonce son intention de donner ses livres à la Bibliothèque de l'Escurial, dans une lettre, datée de Grenade le premier décembre 1573, est très-caractéristique. « Yo ando, dit-il, juntando mis libros y enviandolos á Alcalá, porque el señor doctor Velasco (que haya gloria) me escribió que su Majestad se queria servir de ellos, y mandarlos ver para ponellos en el Escurial; y paréceme que tiene razon porque aquella es la mas sumptuosa libreria del mundo. » Dans une autre lettre du 18 novembre 1574, il ajoute « Ando desempolvorando mis libros y viendo si estan ratonados, y estoy contento de que los hallo bien tratados; extraños autores hay entre ellos, de que yo no tenia ninguna noticia. Estoy maravillado de los muchos que halló leidos, habiendo aprendido tan poco dellos. » — « Je suis à réunir mes livres et à les envoyer à Alcala, parce que le Sr. docteur Velasco (qu'il soit plein de gloire) m'a écrit que Sa Majesté voulait s'en servir et les faire voir pour les placer dans l'Escurial. Il me semble que Sa Majesté a raison, l'Escurial est la construction ancienne et moderne la plus sompteuse que j'ai vue, et il me semble qu'il ne lui manque d'ailleurs que d'y placer la bibliothèque la plus sompteuse du monde. » — « Je suis à enlever la poussière de mes livres et à voir s'ils sont dévorés par les souris. Je suis très-content de les trouver bien conservés : il y a d'étranges auteurs dans le nombre et dont je n'avais aucune connaissance. Je suis émerveillé du grand nombre que je me trouve avoir lus en ayant appris d'eux si peu de chose. »

espagnoles, dans leur meilleur temps et dans leur développement le plus fécond. Ce vieil et loyal champion doit donc être placé parmi ceux qui les premiers, dans l'ordre des temps, aussi bien que du mérite, ont constitué cette école définitive de la littérature espagnole, école qui est établie sur les solides fondements du génie et du caractère national et que ne pourront jamais ébranler ni les flots, ni les convulsions des siècles à venir.

CHAPITRE V.

Poésie didactique. — Luis de Escobar. — Corelas. — Torres. — Prose didactique.
— Villalobos. — Oliva. — Sedeño. — Salazar. — Luis Mexia. — Pedro Mexia. —
Navarra. — Urrea. — Palacios Rubios. — Vanegas. — Juan de Avila. — Antonio
de Guevara. — Dialogue des langues. — Progrès de la langue castillane, du
règne de D. Juan II jusqu'à l'époque de Charles-Quint.

Quand l'esprit italien ou, du moins, l'adoption des formes italiennes
commença à prévaloir d'une manière si décidée sur la poésie lyrique et
la poésie pastorale espagnoles, tout ce qui appartenait au genre didactique, soit en prose soit en vers, suivit une direction un peu différente.

Dans la poésie didactique, avec d'autres formes, le vieil usage de
questions et réponses, *preguntas y respuestas*, si connu depuis le siècle de
Jean de Mena ; que l'on trouve dans les Cancioneros, jusqu'à l'époque de
Garci de Badajoz, continua à jouir d'une grande faveur. Dans l'origine, de
pareilles questions semblent n'avoir été que des énigmes et des pointes :
mais, au seizième siècle, elles tendent graduellement vers un caractère
plus grave, finissent par prendre une direction absolument didactique et
constituer un genre qui produisit deux livres remarquables d'une poésie
légère et facile. Le premier de ces livres a pour titre : *Las cuatrocientas
respuestas à otras tantas preguntas que el Illmo. Sr. Don Fadrique Enriquez
almirante de Castilla, y otras personnas enviaron à preguntar en diversas
veces al autor* (1). On l'imprima trois fois en 1545, l'année de sa première
apparition et il eut incontestablement un grand succès dans la classe de
la société à qui il était adressé, et dont il nous dépeint si vivement les
mœurs et les opinions. Il contient au moins vingt mille vers ; il fut suivi,
en 1552, d'une autre volume du même genre, partie en prose et promettant un troisième livre qui n'a jamais été publié. Excepté cinq cents *proverbes*, ainsi appelés par une dénomination assez impropre, à la fin du
premier volume, et cinquante *gloses* de la fin du second, l'ensemble de
l'ouvrage consiste en questions ingénieuses telles qu'un gentilhomme dis-

---

(1) « Les quatre cents réponses à autant de demandes que l'Illme. Sr. Don Fa-
» drique Enriquez, almirante de Castille et d'autres personnes envoyèrent diffé-
» rentes fois demander à l'auteur. »

tingué du règne de Charles-Quint et ses amis pouvaient en imaginer, pour trouver dans la solution leur amusement ou leur instruction. Elles roulent sur les sujets les plus variés possibles, la religion, la morale, l'histoire, la magie, en un mot, tout ce qui peut se présenter à des esprits désœuvrés et investigateurs. Toutes ces questions furent envoyées à un frère mineur, doué d'une grande perspicacité et de beaucoup de bonne humeur, Luis de Escobar qui, retenu dans son lit, par la goutte et d'autres graves maladies, ne trouva rien de mieux à faire que d'en composer les réponses.

Ses réponses forment le corps de l'ouvrage. Les unes sont ingénieuses, d'autres puériles, celles-ci savantes, celles-là absurdes; mais elles portent toutes le caractère de leur siècle. Une fois nous avons une longue épître de conseils pour vivre saintement, adressée à l'almirante, et qui convenait sans doute fort bien dans ce cas. Plus souvent nous entendons les plaintes du vieux moine lui-même sur ses souffrances, et les récits de ses actions : de sorte que des différentes parties de ces deux volumes, il serait possible de composer une peinture variée et passable des passe-temps, sinon des occupations, de la société à la cour de Charles-Quint, vers l'époque où ils furent écrits. Leur poésie ressemble, sous plusieurs rapports, à celle du poète anglais Tusser contemporain d'Escobar, à la différence que la versification est meilleure et plus animée (1).

---

(1) Escobar se plaint de ce que plusieurs des questions qui lui sont adressées sont en mauvais vers, ce qui lui coûte un grand effort de travail pour les rétablir dans leur forme propre : ce qui peut bien faire admettre que demandes et réponses se lisent généralement comme si elles venaient de la même main. Parfois l'on rencontre une longue dissertation morale, spécialement dans la prose du second volume, mais les réponses sont rarement ennuyeuses par leur longueur. Celles du premier volume sont les meilleures; les numéros 280, 281, 282 sont très-curieux par les détails qu'ils contiennent sur le poète lui-même, qui dut mourir en 1552. Dans la préface du premier volume, il dit que l'almirante mourut en 1538. Si l'ouvrage s'était terminé selon la pensée de l'auteur, le tout complet aurait contenu mille questions et mille réponses. Comme spécimen nous prendrons le n° 10 (*Quatrocientas Preguntas*, Çaragoça, 1545, in-fol.), c'est un des plus ridicules. L'almirante demande combien de clefs le Christ a données à Saint-Pierre. Le n° 190 est une des plus ingénieuses. L'almirante demande s'il est indispensable et obligatoire pour le pénitent de se mettre à genoux devant le prêtre qui reçoit sa confession, alors que le pénitent est réellement malade dans cette posture. Le vieux moine lui fait une réponse très-convenable et charmante :

> El penitente que tiene dolor,
> Estar de rodillas no ay necessidad ;
> Mas tenga verguença y gran humildad
> Y amor y obediencia, que es mucho mejor.

Le second livre de demandes et réponses *preguntas y respuestas*, auquel nous avons fait allusion, est plus grave que le premier. Il fut imprimé l'année qui suivit le grand succès de l'ouvrage d'Escobar avec ce titre : *Trescientas cuestiones naturales, con sus respuestas*, par Alonso Lopez de Corelas. C'était un médecin plus érudit peut-être que le moine qu'il imite, mais moins amusant, et écrivant en vers qui ne sont ni aussi bien composés, ni aussi agréables (1).

Vinrent encore d'autres auteurs tels que Gonzalo ¦de la Torre qui, en 1590, dédia à l'héritier présomptif du trône d'Espagne un volume d'énigmes religieuses, aussi fastidieux qu'il aurait été un objet d'admiration un siècle plus tôt (2). Mais aucun de ceux qui écrivirent dans ce genre particulier de poésie didactique n'égale Escobar : aussi ont ils bien vite échappé à la connaissance et à l'appréciation générale (3).

En prose, il devint de mode, vers ce même temps, d'imiter les prosateurs didactiques latins, comme ces derniers écrivains l'avaient été par Castiglione, Bembo, Giovanni della Casa et d'autres en Italie. L'impulsion semble avoir été évidemment communiquée à l'Espagne plutôt par les modernes que par les anciens. Et ce fait résulte de ce que les italiens suivirent la voie de l'imitation latine, et non de ce que l'exemple de Cicéron et de Sénèque aurait pu, par lui-même, constituer une école de prosateurs quelconque au delà des Pyrénées (4). La mode n'eut pas toutefois l'importance et l'influence de l'innovation introduite dans la poésie

---

La cinquième partie du premier volume se compose tout entière d'énigmes dans le style ancien. C'était, ajoute Escobar, véritablement de vieilles énigmes ; si vieilles que tout le monde les connaissait généralement. Le second volume fut imprimé en 1552, à Valladolid, in-folio.

(1) Le volume de Corelas, *Trezientas Preguntas* (Valladolid, 1546, in-4º), est accompagné d'un savant commentaire en prose, dans un style didactique remarquable.

(2) *Doscientas Preguntas*, par Juan Gonzalez de la Torre, Madrid, 1590, in-4º.

(3) J'aurais pu dire, peut-être, que ces *Preguntas* furent restreintes aux sociétés élégantes et aux académies de ce temps, telles que nous les voyons finement dépeintes dans la première *jornada* du *Secreto à Voces* de Calderon de la Barca.

(4) La tendance générale et le ton des écrivains en prose didactique du règne de Charles-Quint, prouve ce fait ; mais le discours de Morales, l'historien, placé en tête des œuvres de son oncle, Fernan Perez de Oliva, montre la manière dont s'opéra le changement. Plusieurs Espagnols, c'est évident d'après ce curieux document, étaient honteux d'écrire plus longtemps en latin, comme si leur propre langue n'était pas apte à être mise en pratique dans des matières d'une grave importance, quand ils avaient sous les yeux, en italien, des exemples d'une entière réussite. (*Obras de Oliva*, Madrid, 1787, in-12, tom. I, pp. XVI-XLVII.)

nationale. Néanmoins elle mérite d'être connue tant pour ses résultats, durant le règne de Charles-Quint, que pour l'effet plus ou moins direct qu'elle causa plus tard sur la prose espagnole.

Le plus ancien parmi les écrivains éminents que produisit cet état de choses, c'est Francisco de Villalobos, écrivain dont on ne sait presque rien, si ce n'est qu'il appartient à une famille se consacrant depuis plusieurs générations successives, à l'art de la médecine ; qu'il avait été médecin lui-même, et le premier médecin de Ferdinand le Catholique (1) ; qu'il l'était alors de Charles-Quint : qu'il avait publié, vers 1438, un poëme sur sa propre science, de cinq cents strophes, poëme qui se trouve dans *les Règles d'Avicenne* (2) ; qu'il a continué d'être connu comme un auteur, principalement sur des sujets relatifs à sa profession, jusqu'en 1543 ; qu'avant cette époque il s'était dégoûté de la cour et avait cherché volontairement une retraite, dans laquelle il était mort, à l'âge de soixante-dix ans (3). Sa traduction de *l'Amphitryon* de Plaute appartient plutôt au théâtre ; mais, comme celle d'Oliva que nous mentionnerons bientôt, elle n'exerça aucune influence et ne demande, pas plus que ses traités scientifiques, une analyse spéciale. Le reste de ses œuvres, y compris toutes celles qui appartiennent au genre littéraire proprement dit, est contenu dans un livre d'un volume ordinaire, dédié à l'Infant Don Luis de Portugal.

L'œuvre principale est intitulée : *El libro de los problemas*, et divisée en deux traités. Le premier qui est fort court traite du soleil, des planètes, des quatre éléments et du Paradis terrestre : le second qui est plus long roule sur l'homme et sur les mœurs ; il commence par un essai sur Satan et finit par un autre sur la flatterie et les flatteurs ; il est spécialement adressé à l'héritier présomptif de la couronne d'Espagne, celui qui fut plus tard Philippe II. Chacune des subdivisions est précédée, dans chaque traité, de huit vers, selon l'ancienne versification espagnole :

_____

(1) Il existe une lettre de Villalobos, datée de Catalayud, 6 octobre 1515, où il dit qu'il a été retenu dans cette cité par une grave maladie du roi (*Obras*, Çaragoça, 1544, in-folio, fol. 71, 6). C'est de cette maladie que mourut Ferdinand, quatre mois après.

(2) Mendez, *Typographia*, p. 249. Nicolas Antonio, *Bibliotheca vetus*, édit. Boyer, tom. II, p. 344, note.

(3) Il semble, d'après la lettre que nous venons de citer, qu'il était mécontent de sa position, vers 1515 ; mais il dut continuer de vivre à la cour encore plus de vingt ans environ, après lesquels il la quitta, pauvre et affligé (*Obras*, fol. 45). Un passage, qu'on peut lire, deux feuilles plus loin, donne à penser qu'il la quitta, en 1539, après la mort de l'Impératrice.

ils constituent le problème ou texte, tandis que la discussion en prose qui les suit, en est la glose, et constitue la substance du livre. L'ensemble offre un caractère tout à fait varié : la plus grande partie est d'un style grave, comme le *Discurso de los caballeros y de los perlados* ; *Discours des chevaliers et des prélats* ; d'autres passages sont très-amusants, tels que celui du *Vieillard qui se marie, El viejo que se casa* (1). Les meilleurs morceaux sont ceux où règne une verve satirique, tels que ceux où sont exposés le ridicule des vieux plaideurs et celui des vieux qui emploient le fard (2).

Un dialogue sur *las febres interpoladas*, les fièvres intermittentes ; un autre sur la chaleur naturelle du corps, *el calor natural del cuerpo* ; un autre entre le Docteur et un Duc de Castille, son malade, sur les symptômes et les causes de la fièvre quarte, *acerca de los sintomas y causas de la febre cuartana*, sont tout à fait écrits dans le style des discussions didactiques contemporaines des italiens, excepté que le dernier contient des passages pleins de gaieté et d'enjouement qui le rapprochent presque de la comédie ou plutôt de la farce (3). Le traité qui suit intitulé : *De las tres grandes* (4), *à saber : de la gran parleria, de la gran porfia y de la gran risa* ; et un autre plus grave : dissertation *acerca del amor*, terminent le volume, et sont tout ce qui nous reste de l'auteur et tout ce qui mérite d'être connu. Ces œuvres présentent le même caractère général que ses autres Mélanges, *Miscelaneas*. Le style de plusieurs morceaux se distingue par une pureté plus rare, par une prétention à la dignité plus grande qu'on ne la trouve dans les premiers traités didactiques en prose ; leur caractère spécial consiste surtout en plus de clarté et plus d'exactitude dans l'expression. Parfois aussi nous rencontrons des passages écrits dans un style familier avec une franchise, un naturel plein d'attraits, qui nous récompensent en partie des absurdités sur les doctrines surannées et oubliées en histoire naturelle et en médecine, doctrines que Villalobos cherche à inculquer. parce que c'étaient les théories reçues de son temps.

---

(1) Si le badinage de Poggio, intitulé : *An Seni sit Uxor ducenda*, avait été *publié* lorsque Villalobos écrivit, je ne douterais pas qu'il ne l'eût vu. Quoi qu'il en soit, la coïncidence peut bien ne pas être accidentelle. Poggio mourut en 1449, et son *Dialogue* n'a été, je crois, imprimé que dans le siècle actuel.

(2) Les *Problèmes* constituent la première partie des *Obras de Villalobos*, 1544, et remplissent les trente-quatre premiers feuillets.

(3) *Obras*, fol. 35.

(4) Villalobos intitule son livre *Les trois grandes....*, laissant le titre, comme il dit, inachevé, afin que chacun l'achève à sa volonté savoir : *Du grandement parler, Du grandement disputer, Du grandement rire.*

L'auteur du même genre qui vient ensuite et, en un mot, celui qui mérite le plus de considération, c'est Fernan Perez de Oliva, de Cordoue où il naquit vers 1492, et qui mourut encore jeune, en 1530. Son père était un ami des lettres ; et le fils fut élevé, ainsi qu'il nous l'apprend lui-même, avec le plus grand soin, dès sa plus tendre enfance. A l'âge de douze ans, il était déjà étudiant à l'Université de Salamanque ; de là il vint d'abord à Alcala, au moment où commençait sa gloire ; puis à Paris, dont l'Université attira longtemps des étudiants de toutes les parties de l'Europe ; enfin, à Rome où, sous la protection d'un oncle attaché à la cour de Léon X, il put jouir de tous les avantages que lui offrait la capitale la plus civilisée du monde chrétien.

A la mort de son oncle, on lui proposa de remplir les emplois que cet événement laissait vacants ; mais il préféra les lettres aux honneurs de la cour et revint à Paris, où il resta comme élève ou professeur à son Université pendant trois ans. Un autre pape, Adrien VI, occupait maintenant le trône pontifical : il entendit parler des succès d'Oliva et fit de nouveaux efforts pour le ramener à Rome. Mais l'amour de la patrie et des lettres continuant d'être plus fort que l'amour d'une dignité ecclésiastique, Oliva retourna à Salamanque, devint un des premiers membres du riche *Collége de l'Archevêque* fondé en 1528 : et fut successivement choisi pour professeur de morale et pour recteur de l'Université. Il venait à peine d'être élevé à cette suprême distinction qu'il mourut subitement, au moment où l'on fondait sur lui les plus belles espérances. Sa mort fut considérée, dans toute l'Espagne, comme une perte irréparable pour la cause des lettres (1).

Les études d'Oliva, à Rome, lui avaient appris comment les écrivains latins avaient été successivement imités par les Italiens, et lui inspirèrent le désir ardent de les voir aussi l'objet des imitations non moins successives des Espagnols. Il regarda comme un affront pour sa langue maternelle d'écrire, en Espagne, toutes les discussions sérieuses plutôt en prose latine qu'en langue espagnole (2). Prenant alors exemple sur le *Cortesano*

---

(1) La plus longue biographie d'Oliva se trouve dans Rezabal y Ugarte, *Biblioteca de los escritores que han sido individuos de los seis colegios Mayores*, Madrid, 1805, in-4°, pp. 239, etc.). Mais tout ce que nous savons de lui, offrant un intérêt réel, se trouve dans l'exposé qu'il fit de ses mérites et de ses services dans le concours public pour la chaire de philosophie morale à Salamanque (*Obras*, 1787, tom. II, pp. 26-51). Il nous dit qu'il avait fait plus de trois mille lieues, en Espagne et au dehors, à la recherche de la science.

(2) *Obras*, tom. I, pag. XXIII.

de Castiglione, et, contenant le courant de l'opinion parmi les hommes érudits avec qui il avait vécu et agi, il se mit à composer un dialogue didactique sur la *Dignidad del hombre*, et le défendit formellement comme une œuvre écrite en langue espagnole par un espagnol. En outre il écrivit plusieurs autres dissertations didactiques traitant l'une des facultés de l'âme et de leur usage, *De las potencias del alma y del buen uso de ellas ;* et une autre pressant Cordoue, sa ville natale, d'améliorer la navigation du Guadalquivir et d'obtenir ainsi une partie du riche commerce des Indes, dont Séville avait alors le monopole ; une troisième enfin prononcée à Salamanque, lors de sa candidature à la chaire de philosophie morale. Dans toutes, dit son neveu, l'historien Ambrosio de Morales, « empleó « la lengua castellana con proposito de enriquecerla con lo mas excelente « que en todo género de doctrina se halla (1). »

La pensée de donner plus de dignité à sa langue maternelle, en l'employant au lieu du latin dans tous les principaux objets de l'investigation humaine, fut certainement une des pensées les plus heureuses d'Oliva, et il trouva bientôt des imitateurs .Juan de Sedeño, publia, en 1536, deux dialogues en prose, l'un sur l'Amour, *de Amores ;* l'autre sur le Bonheur, *de Bienaventuranza ;* le premier, sur un ton de galanterie des plus gracieux ; le second, dans un esprit plus philosophique et avec plus d'élégance de manières qu'il ne convient à cette époque (2). Francisco Cervantès de

---

(1) « J'emploie la langue castillane dans le dessein de l'enrichir de ce qu'il y a de plus excellent dans toute espèce de doctrine. » Les œuvres d'Oliva ont été publiées au moins deux fois ; la première par son neveu Ambrosio de Morales, in-4°, à Cordoue, en 1585 ; la seconde à Madrid, en 1787, 2 vol. in-8°. Dans l'*Index expurgatoire* de 1667 (p. 424), il est fait défense de les lire *jusqu'après correction*, phrase qui semble avoir laissé chaque copie à la discrétion du directeur spirituel de leur possesseur. Dans l'édition de 1787, une feuille a été supprimée pour faire disparaître une note de Mórales. Voyez l'*Index* de 1790.

Dans le même volume, avec les œuvres de second ordre d'Oliva, Morales a publié quinze de ses discours moraux et un de Pedro Valles, de Cordoue. Aucun n'a une grande valeur littéraire ; quelques-uns pourtant, tels que celui qui traite des avantages d'enseigner avec douceur et celui sur la *Différence entre le génie et la raison*, sont marqués au coin d'un excellent bon sens. Le discours de Pedro Valles roule sur *la Crainte de la mort, l'amour et le désir de la vie.*

(2) *Siguense dos coloquios de amores y otro de Bienaventuranza*, etc., par Juan de Sedeño, Vezino de Arevalo, 1536, in-4°, sans indication d'éditeur, ni de lieu, et de seize pages. C'est le même Sedeño qui traduisit en vers la *Célestine*, en 1540, et qui écrivit la *Suma de Varones ilustres* (Arevalo, 1551 et Tolède 1590, in-folio), dictionnaire biographique d'un faible mérite, contenant les vies de deux cents personnes illustres environ, disposées par ordre alphabétique et commençant par Adam. Sedeño avait été soldat ; il avait servi en Italie.

Salazar, écrivain d'une vaste érudition, termina le *Dialogue sur la Dignité de l'homme*, qu'Oliva avait laissé incomplet, le dédia à Fernand Cortès et le publia en 1546 (1), avec une longue fable en prose de Luis Mexia sur l'oisiveté et le travail. *De la ociosidad y el trabajo*, écrite dans un style pur et élevé, quoique trop redevable à la *Vision deleitable* du bachelier Alfonso de la Torre (2). En 1567, Pedro de Navarra publia quarante dialogues moraux, résultant en partie d'entretiens tenus dans une *Académie* par des personnes distinguées, qui se réunissaient de temps en temps dans la maison de Fernand Cortès (3). Pedro Mexia, le chroniqueur, écrivit une *Silva de Varia leccion, ó miscelanea erudita*, divisée, dans les dernières éditions, en six livres, subdivisés eux-mêmes en une multitude de petits essais distincts sur des points d'histoire ou de morale. Il déclare que c'est le premier livre de ce genre écrit en espagnol, langue qu'il considère, dit-il, aussi propre que l'italien pour de semblables discussions (4).

---

(1) Le dialogue entier, tant la partie composée par Oliva que la partie écrite par Francisco Cervantès, fut publié à Madrid, in-4°, 1772, dans une nouvelle édition, par Cerdá y Rico, avec ses préfaces et annotations ordinaires et abondantes, mais indigestes.

(2) Elle fut réimprimée dans le volume mentionné par la note ci-dessus; mais nous ne savons rien de son auteur.

(3) *Dialogos muy sutiles y notables*, etc., par D. Pedro de Navarra, évêque de Comenge, Saragosse, 1567, in-8°, 118 feuillets. Les cinq premiers dialogues roulent sur le caractère d'un chroniqueur royal ; les quatre suivants, sur les différences de la vie champêtre et la vie de la cour, et les trente-un restants, sur la préparation à la mort. Tous sont écrits dans un castillan simple et pur, mais avec peu de nouveauté ou de force dans la pensée. Leur auteur rapporte qu'un des statuts de l'*Académie* voulait que la personne qui arriverait la dernière à la réunion fournît le sujet de la discussion et indiquât un autre membre obligé d'écrire les remarques qu'on avait faites sur lui. Le cardinal Poggio, Juan de Estuñiga, grand commandeur de Castille et d'autres personnes de distinction faisaient partie de cette société. Navarra ajoute qu'il avait écrit deux cents dialogues, traitant de presque toutes les matières qui avaient été soumises à la discussion de cette académie ; il remarque spécialement que le sujet de la *Préparation à la mort* avait été discuté après le décès de Cobos, le ministre confident de Charles-Quint, et qu'à cette occasion, il avait rempli lui-même les fonctions de secrétaire. Il y a cependant rarement des traces de quelque événement contemporain dans les quarante dialogues qu'il a imprimés ; excepté le fait important que j'ai noté relativement à Charles V, et à sa retraite à Saint-Just, retraite que le bon évêque considère comme un abandon sincère et de toute pensée et de toute passion mondaine. Je n'y ai rien trouvé non plus qui jetât du jour sur le caractère de Cortès, excepté le fait que ces réunions se tenaient dans sa maison.

(4) *Silva de varia leccion*, par Pedro Mejia. La première édition (Séville, 1543, in-fol., lettre gothique, de 144 feuillets) se compose seulement de trois parties.

A ce livre qu'on peut regarder comme une imitation de Macrobe ou d'Athénée, et qui s'imprima en 1543, Mexia ajouta, en 1547, six dialogues didactiques, curieux, mais de peu de valeur. Dans le premier, les avantages ou les inconvénients d'avoir un médecin spécialement attaché et régulier sont agréablement discutés avec une élégance et une pureté de style auxquelles on devait difficilement s'attendre (1). Enfin, pour compléter la courte liste d'écrivains de ce genre, Pedro de Urrea, un des officiers les plus aimés de l'Empereur, et pendant quelque temps, son vice-roi dans la Pouille, la même personne qui fit la pauvre traduction de l'Arioste mentionné dans le *Quichotte*, Pedro de Urrea publia, en 1566, un *Dialago de la verdadera honra militar*. Ce dialogue est écrit dans un style enjoué et facile ; il contient, mêlées aux idées d'un personnage qui prétend s'être formé lui-même à la gloire par la lecture des romans de chevalerie, une assez grande quantité d'anecdotes amusantes, de récits de duels et d'aventures militaires (2).

Les deux livres de Pedro Mexia et principalement sa *Silva de varia*

Une autre édition, que je possède aussi, est de Madrid, 1669, en six livres, remplissant sept cents pages grossièrement imprimées. Ce fut un livre très-longtemps populaire ; on en fit plusieurs éditions, outre des traductions en italien, en allemand, en français, en flamand, en anglais. Thomas Fortescue en fit paraître une version anglaise, en 1571 (*Warton's Engl. poetry.* Londres, 1824, tom. IV, p. 312). Une autre édition qui est anonyme porte pour titre : *Le Trésor du temps ancien et moderne*, etc., traduit de ce digne gentilhomme espagnol, Pedro Mejia et Mr. Francisco Sansovino, l'italien, etc. (Londres, 1613, in-fol.). C'est un curieux mélange de discussions semblables par différents auteurs espagnols, italiens et français. La partie de Mejia commence au livre I, chap. VIII.

(1) La première édition des *Dialogues* est, je crois, celle de Séville, 1547, in-8°. L'édition dont je me suis servi est in-12, imprimée aussi à Séville, en 1562, caractères gothiques, 167 feuillets. Le second dialogue, sur l'invitation à dîner, est très-amusant ; mais le dernier, roulant sur des questions de physique telles que la cause *des nuages, des pluies, des neiges, de la grêle, du brouillard, de la glace, de la rosée, du tonnerre, des éclairs, de la foudre*, etc., est aujourd'hui curieux ou ridicule. A la fin de ces *Dialogues* et quelquefois à la fin des vieilles éditions de la *Silva*, se trouve une traduction libre de la *Parenesis* ou exhortation à la vertu d'Isocrate, faite sur la version latine d'Agricola, parce que Mejia ne connaissait pas le grec. Elle n'a pas de valeur.

(2) *Dialogo de la verdadera Honra militar*, par Jeromino Ximenez de Urrea. Il existe des éditions de 1566, 1575, 1661, etc. (Latassa, *Bibl. arag. Nueva*, tom. I, pag. 264). La mienne est un petit volume in-4° de Zaragosse, 1642. Un des passages les plus amusants du *Dialogue d'Urrea* est celui de la première partie où il décrit avec beaucoup de détails toutes les conditions du duel proposé par François Ier à Charles-Quint, et accepté par ce dernier.

leccion, jouirent d'une assez grande popularité, durant le seizième et le dix-septième siècles ; et, quant au style, ils ne sont certainement pas sans mérite. Mais aucune production d'un des auteurs que nous venons de mentionner n'a ni la vigueur, ni le caractère de la première partie du *Dialogue sur la dignité de l'homme.* Oliva cependant n'était pas un homme d'un génie supérieur. Son imagination ne s'éleva jamais jusqu'à la poésie ; son esprit d'invention n'a jamais cette force créatrice qui donne aux sujets des aspects nouveaux et saisissants ; son système pour l'imitation des classiques latins et italiens tend plutôt à affaiblir qu'à fortifier son raisonnement. Mais il règne dans tout ce qu'il dit un tel sentiment de raison et de sagesse, que souvent il nous touche et nous satisfait. Joignez à ces qualités un style parfois déclamatoire, mais en général pur et solide ; l'heureuse idée de défendre et d'employer le castillan qui réclamait alors ses droits comme langue vivante, et vous aurez la véritable cause qui lui a donné une réputation plus durable que celle d'aucun autre prosateur espagnol de son temps (1).

La même tendance générale vers un style de discussion plus sérieux et plus élégant se remarque dans d'autres écrivains de morale et de religion, appartenant au règne de Charles V et qu'on peut encore citer. Ce sont Palacios Rubios qui composa un discours *del esfuerzo bélico heroïco* pour l'instruction de son fils (2) ; Alejo Vanegas qui, sous le titre de : *Agonia del transito de la muerte,* écrivit une dissertation ressemblant plutôt à un traité ascétique sur la manière de vivre saintement (3) : Juan de Avila, surnommé parfois l'apôtre de l'Andalousie,

---

(1) Jusqu'en 1592, année où la *Conversion de la Madeleine,* par Pedro Malon de Chaide, fut publiée, l'opposition à l'emploi du castillan, pour des sujets graves, fut maintenue. Pedro dit, dans son prologue, que le peuple le taxait de *sacrilège* pour discuter de pareilles matières autrement qu'en latin (folio 15). Mais il réplique, comme un véritable Espagnol, que pour de tels sujets le castillan est meilleur que le latin ou le grec, et qu'il espère le voir, avant longtemps, aussi généralisé et répandu que les armes et la gloire de sa patrie (folio 17).

(2) Une notice très-étendue sur Juan Lopez de Vivero Palacios Rubios, homme jouissant d'une grande considération en son temps, et qui travailla à la fameuse compilation des lois espagnoles intitulée : *Leyes de Toro,* se trouve dans *Rezabal y Ugarte (Bibliot.* pp. ?66-271). Ses œuvres en latin sont nombreuses ; en espagnol, il ne publia que son traité *Del esfuerzo belico heroico,* imprimé pour la première fois, à Salamanque, en 1524, in-folio, mais dont il existe aussi une très-belle édition publiée à Madrid, en 1793, in-folio, avec des notes par Francisco Morales.

(1) Antonio, *Bibl. Nov.* tom. I, p. 8. Il florissait entre 1531 et 1545. Son *Agonia del Transito de la Muerte,* avec un glosaire par son auteur, porte la date de 1543, mais ne fut imprimée, pour la première fois, sur son manuscrit corrigé que plu-

dont les lettres sont de ferventes exhortations à la vertu et à la religion, écrites avec soin et souvent même avec éloquence, si elles ne le sont pas toujours avec une entière pureté de style (1).

L'auteur qui a exercé dans ce genre et durant sa vie la plus grande influence, c'est Antonio de Guevara, un des chroniqueurs officiels de Charles V. Biscaïen de naissance, il avait passé ses premières années à la cour de la reine Isabelle. En 1528, il se fit moine de Saint-François; mais, jouissant de la faveur de l'Empereur, il semble s'être transformé en un courtisan parfait. Il accompagna son maître dans ses voyages, dans ses séjours en Italie et dans d'autres contrées de l'Europe. Avec ce royal patronage, il s'éleva successivement aux fonctions de prédicateur de la cour, d'historiographe impérial, d'évêque de Guadix, d'évêque de Mondoñedo. Il mourut en 1545 (2).

Ses ouvrages ne sont pas nombreux, mais ils sentent l'atmosphère où ils se sont produits : ils jouirent bientôt d'une grande popularité. Son *Relox de principes* ou *Marco Aurelio*, publié pour la première fois en 1529, et fruit de onze années de travail (3), d'après ce qu'il nous raconte, fut non-seulement reimprimé souvent en espagnol, mais encore traduit en latin, en italien, en français et en anglais. Dans chacune de ces dernières langues, il fut édité plusieurs fois, avant la fin du seizième

---

sieurs années plus tard. Mon exemplaire qui semble appartenir à la première édition est daté d'Alcala, 1574, et in-8°. Le traité intitulé *Diferencias de libros que ay en el Universo*, par le même auteur, quoiqu'il écrive ici son nom Venegas, fut terminé en 1539 et imprimé à Tolède en 1540, in-4°. Le style en est bon, quoiqu'on y trouve des pensées alambiquées et des phrases amphigouriques. Ce n'est pas, comme semble l'indiquer le titre, une critique des livres des auteurs, mais l'opinion de Vanegas lui-même, sur la manière dont il faut étudier les grands livres de Dieu : la *nature*, l'*homme*, le *christianisme*. Son but est de détourner de la lecture des livres alors à la mode qu'il estime mauvais.

(1) Il mourut en 1569. En 1534 il fut jeté dans les prisons de l'Inquisition, et, en 1559, un de ses livres fut compris dans l'*Index expurgatoire*. Néanmoins il fut regardé comme une espèce de saint (Llorente, *Histoire de l'Inquisition*, tom. II, pp. 7 et 423). Ses *Cartas spirituales* ne s'imprimèrent pas, je crois, avant l'année de sa mort (Nicol. Antonio, *Bibl. Nova*, tom. I, pp. 639-642). Ses traités sur la *Connaissance de soi-même*, sur la *Prière* et sur d'autres sujets religieux sont également bien écrits, dans le même style et avec la même éloquence. Une longue biographie ou plutôt un éloge a été mis en tête du premier volume de ses œuvres par Juan Diaz (Madrid, 1595, in-4°).

(2) La biographie de Guevara précède l'édition de ses lettres (Madrid, 1673, in-4°). Nous avons aussi une excellente notice sur lui, faite par lui-même, dans la préface de son *Menosprecio de la corte*.

(3) Voyez l'argument à la *Decada de los Césares*.

siècle (1). C'est une espèce de roman fondé sur la vie et le caractère de Marc-Aurèle et ressemblant par plusieurs points à la *Cyropédie de Xéno-phon.* Son objet est de placer sous les yeux de l'Empereur Charles V le modèle d'un prince plus parfait qu'aucun autre de l'antiquité par sa sagesse et sa vertu. L'évêque de Mondoñedo s'aventura au-delà de toute permission. Il prétendit que sa *Vida de Marco Aurélio* était une histoire véritable, se rapporta à un manuscrit de Florence qui n'a jamais existé, comme s'il n'en avait fait qu'une traduction. En conséquence de ces assertions, Pedro de Rua, professeur d'humanités au collége de Soria lui adressa, en 1540, une lettre où il dénonçait la fraude. Cette lettre fut suivie de deux autres écrites avec une facilité et une pureté de style qu'on ne trouve dans aucun des autres ouvrages de l'évêque lui-même, et qui ne lui laissaient pas une raison plausible à laquelle il pût s'arrêter (2). Guevara se défendit, toutefois, le mieux qu'il pût; d'abord avec prudence, mais plus tard, quand il se vit assailli de plus près, il se renferma dans une position tout à fait insoutenable, en prétendant que toute l'histoire de l'antiquité profane n'était pas plus vraie que son roman de Marc-Aurèle et qu'il avait autant de droit à inventer, dans ses propres conceptions, qu'en avait eu Hérodote ou Tite-Live. Dès ce moment les attaques devinrent plus rudes, plus qu'elles ne l'auraient été, peut-être, si les grossières impostures d'Amiens de Viterbe n'avaient alors été aussi récentes. Quoi qu'il en soit, les critiques tombèrent avec une telle acrimonie qu'elles forment un singulier contraste avec les applaudissements accordés, en France, vers le dix-huitième siècle, à un livre semblable composé par Thomas sur le même sujet (3).

---

(1) Watt dans sa *Bibliotheca britannica,* Brunet dans son *Manuel du libraire* donnent une liste extrêmement curieuse des différentes éditions et des traductions des œuvres de Guevara et prouvant son immense popularité dans toute l'Europe. En France, le nombre de ses traductions pendant le seizième siècle est extraordinaire. Voyez La Croix du Maine et du Verdier, *Bibliothèques* (Paris, 1772, in-4°, tom. III, p. 123) et les articles cités.

(2) Les éditions des lettres du bachelier Rua sont de Burgos, 1549, in-4°, et de Madrid, 1736, in-4°. Sa vie a été écrite par Bayle (*Dictionnaire historique,* Amsterdam, 1740, in-folio, tom. IV, p. 95). Les lettres de Rua ou Rhua, comme ce nom est souvent écrit, sont remarquables par leur style, quoique leur esprit critique ne soit autre que celui de l'époque et du pays où elles étaient écrites. La courte réplique de Guevara, qui suit la seconde des lettres de Rua, ne lui fait pas honneur.

(3) Nicol. Antonio, dans son article sur Guevara (*Bibl. Nova.,* tom. I, p. 125) est très-sévère; mais son ton est très-doux, comparé à celui de Bayle (*Dict. Hist.,*

Après tout, le *Relox de principes* est peu digne du mouvement qu'il a occasionné : il est rempli de lettres, de discours mal conçus, inopportuns et écrits dans un style maniéré et ampoulé. Peut-être lui sommes-nous aujourd'hui seulement redevables du bel apologue du *Paysan du Danube*, évidemment inspiré à La Fontaine par une de ces harangues à l'aide desquelles Guevara s'efforce de donner de la vie et de la réalité à ses fictions (2).

C'est dans le même esprit, mais avec moins d'audace, que Guevara écrivit sa *Decada de los Cesares*, ouvrage qu'il dédia, comme son *Relox de principes*, à l'empereur Charles V. En général il y suit les autorités sur lesquelles il prétend appuyer sa narration, telles que Dion Cassius et les petits historiens latins, tout en manifestant en même temps un désir marqué d'imiter Plutarque et Suétone, qu'il annonce comme ses modèles. Il n'a pas été cependant capable de résister entièrement à la tentation d'insérer des lettres futiles et même des récits fabuleux, donnant ainsi des vues fausses, sinon des faits historiques, du moins des caractères qu'il retrace. Son style, tout en manquant encore de pureté et de pro-

---

tom. II, p. 631), qui se plait à montrer les défauts qu'il peut trouver dans le caractère des prêtres et des moines. Il y a des éditions du *Relox de Principes* de 1529, 1532, 1637, etc.

(2) La Fontaine, *Fables*, liv. XI, fable 7 et Guevara, *Relox*, liv. III, chap. III. Le discours que l'évêque espagnol, le véritable inventeur de cette heureuse fiction met dans la bouche de son *Rustico de Germania*, est certainement trop long, mais il fut très-populaire. Tirso de Molina décrit plus tard un paysan qui approche de Xerxès, de la même manière :

Y despues que quanto pudo	Lo que la piel no ocultaba
Mostró á Xerges cada qual	De una onza que llevaba
Su ánimo liberal,	Por ropa : en fin, al villano
Llegó un pastor tosco y rudo,	Que habló al senado romano,
Velloso el cuerpo y desnudo,	Al vivo representaba,

Cigarrales de Toledo, Madrid, 1624, in-4º. *Loa du Vergonzoso en Palacio.*

La Fontaine s'inquiéta peu de l'original espagnol et de sa popularité. Il prit le beau sujet de sa fable d'une vieille traduction française, faite par un gentilhomme venu à Madrid, en 1526, avec le cardinal de Grammont, au sujet de l'emprisonnement de François Iᵉʳ. Cette version est écrite dans le riche vieux français de cette période, et La Fontaine adopta souvent, avec son habileté ordinaire, sa phraséologie pittoresque. Cette traduction est, je le suppose, une de celles que Brunet cite comme appartenant à René Bertaut, et dont il y a plusieurs éditions. La mienne est de Gaillot du Pré, Paris, 1540, in-fol., et porte pour titre *Lorloge des Princes*, traduit Despaignol en langaige françois ; mais elle ne donne pas le nom du traducteur.

priété, est cependant meilleur et plus simple que celui de son roman de Marc-Aurèle (1).

Les mêmes défauts caractérisent une longue collection de lettres qu'il fit imprimer vers 1539. Plusieurs d'entre elles sont adressées à des personnes jouissant d'une grande considération à son époque : le marquis de Pescara, le duc d'Albe, D. Iñigo de Velasco, grand connétable de Castille et le grand almirante D. Fadrique Enriquez. D'autres ne parvinrent évidemment jamais à l'adresse des personnes, telles que la lettre pleine de loyauté à Jean de Padilla, le chef des *Comuneros*, et les deux lettres remplies d'impertinence au gouverneur Luis Bravo, devenu follement amoureux, malgré son grand âge. Les unes sont de pures fictions. Dans ce nombre il faut ranger une correspondance entre l'empereur Trajan, Plutarque et le sénat romain, que Guevara protesta vainement avoir traduite du grec, sans dire où il avait trouvé l'original (2) : une longue lettre sur Laïs et d'autres courtisanes de l'antiquité, où il donne les détails de leurs conversations, comme s'il les avait lui-même entendues. La plus grande partie de ces lettres, sous la dénomination de *Epistolas familiares*, sont purement des essais ou des dissertations ; quelques-unes sont de vrais sermons en forme, avec l'annonce de l'occasion et du temps où ils furent prêchés. Aucune n'a cet air aisé et naturel d'une véritable correspondance. Elles furent en effet, c'est hors de doute, expressément préparées, toutes, pour la publication et pour l'effet : et malgré leur affectation et leur recherche, elles furent l'objet d'une grande admiration. Souvent imprimées en Espagne, elles ont été traduites dans toutes les principales langues d'Europe. Pour exprimer le prix qu'on y attachait, elles furent généralement désignées par le titre de *Las epistolas de oro*. Toutefois, malgré leur succès primitif, elles ont été longtemps dédaignées et aujourd'hui on n'en peut lire avec intérêt ou plaisir que quelques passages relatifs aux événements du temps ou à la vie de l'Empereur (3).

---

(1) La *Decada de los Cesares*, avec les autres traités de Guevara dont il a été parlé, les lettres exceptées, se trouve dans une collection de ses œuvres imprimées pour la première fois à Valladolid, en 1539. Mon exemplaire est de la seconde édition, Valladolid, 1545, in-fol., caractère gothique, 214 feuillets.

(2) Ces mêmes lettres ont été jugées dignes d'être traduites en Anglais par sir Geoffrey Fenton, et font partie d'une curieuse collection (ff. 66, 67) prise de divers auteurs et publiée à Londres, en 1575, in-4°, caractère gothique, sous le titre de *Golden epistles* ou Lettres d'or. Edward Hellowes avait déjà traduit toutes les épîtres de Guevara, en 1574. Elles le furent encore, mais dans une version qui n'est pas excellente, par Savage, en 1657.

(3) *Epistolas familiares* de D. Antonio de Guevara, Madrid, 1673, in-4°, p. 12

Outre ces ouvrages, Guevara a écrit divers traités spéciaux. Deux sont strictement théologiques (1). Un troisième roule sur *La aguja de marear y de sus inventores*, sujet qu'on devrait penser étranger à un évêque, mais avec lequel il s'était rendu familier, nous raconte-t-il, parce qu'il avait été longtemps sur mer et qu'il avait visité plusieurs ports de la Méditerranée (2). Des deux autres traités constituent tout ce qu'il en reste à connaître ; l'un est intitulé : *Menosprecio de Corte y alabanza de Aldea*, Mépris de la ville et éloge de la campagne ; l'autre *Aviso de privados y doctrina de courtisanos*, Avis aux favoris et doctrine des courtisans. Tous deux sont des discours moraux inspirés par le *Courtisan* de Castiglione, livre qui était alors au plus haut point de sa popularité. Ils sont écrits avec une grande correction, dans un style maniéré et affecté, et ont avec la vérité et la sagesse, les mêmes rapports que les pastorales d'Arcadie avec la nature (3).

Toutes les œuvres de Guevara portent l'empreinte de leur époque et révèlent la position de leur auteur à la cour de Charles V. Elles sont toutes surchargées d'érudition, prouvant que l'auteur ne manquait pas d'expérience des choses du monde. Souvent elles manifestent un grand bon sens ; mais elles sont monotones par la dignité solennelle que Guevara a cru nécessaire d'apporter dans ses narrations, et par les ornements de rhétorique par lesquels il espère les recommander à l'attention de ses lecteurs. Telles qu'elles sont, cependant, elles confirment par leur exemple, plus réellement peut-être qu'aucun autre ouvrage de leur temps, le style des écrits le plus en faveur à la cour de Charles V, principalement durant la dernière partie du règne de ce monarque.

Mais l'ouvrage en prose didactique qui est de beaucoup le meilleur

---

et ailleurs. Cervantès, en passant, attaque la *Lettre de Guevara sur Laïs*, dans la préface de la première partie de son *D. Quichotte*.

(1) Un de ses traités religieux est intitulé *Monte calvario*, 1542, et a été traduit en anglais en 1595 ; l'autre : *Oratorio de Religiosos*, 1543, contient une série de petites exhortations ou homélies avec un texte en tête de chacune. Le premier est soumis à l'expurgation de l'*Index* de 1667 (pag. 67) ; tous les deux sont censurés dans celui de 1790.

(2) Hellowes les a aussi traduits et fait imprimer en 1578 (Sir E. Brydges, *Censura literaria*, tom. III, 1807, pag. 200). C'est un sujet qui n'offre rien de bon dans aucune langue ; dans l'original cependant, Guevara a su montrer une certaine plaisanterie et un style plus aisé qu'à son ordinaire.

(3) Ces deux traités ont été traduits en anglais ; le premier par sir Francis Briant, en 1548 (Ame, Typog. *Antiquités*, édit. Dibdin, Londres, 1810, in-4°, tom. III, pag. 460).

dans cette période, livre resté inconnu et sans publication, pendant près de deux siècles, c'est celui qui est ordinairement cité sous le simple titre de *Dialogo de las lenguas*, livre fort remarquable, en tout temps, par la simplicité naturelle et la pureté de son style, mais particulièrement à une époque d'éloquence maniérée et travaillée. « Escribo, dit l'auteur, como « hablo; solamente tengo cuydado de usar vocablos que signifiquen bien « lo que quiero dezir; y digolo quanto mas llanamente me et possible; « porque à mi parecer, en ninguna lengua esta bien la afectacion (1). » Quel est celui qui exprimait ainsi une opinion si vraie, mais si peu commune dans son temps, c'est ce qu'on ne sait pas avec certitude. C'est probablement Juan Valdès, personnage qui se distingua pour avoir le premier embrassé les opinions de la Réforme et pour avoir le premier fait des efforts afin de les propager. Il avait été élevé à l'Université d'Alcala et, durant une partie de sa vie, il jouit d'une assez grande importance politique, puisqu'il se trouva souvent auprès de la personne de l'Empereur et qu'il fut envoyé par lui, pour lui servir de guide, en tant que secrétaire et conseiller, à Dom Garcia de Tolède, le grand vice-roi de Naples. On ne sait pas ce qu'il devint ensuite : il mourut, en 1540, six ans avant que Charles V eût tenté d'établir l'Inquisition à Naples : il n'est pas vraisemblable qu'il ait été sérieusement tourmenté par elle, tant qu'il occupa son emploi (2).

Le *Dialogue des langues* est supposé avoir lieu entre deux Espagnols et deux Italiens, dans une maison de campagne, sur les bords de la mer, près de Naples. C'est une dissertation remplie de finesse sur l'origine et le caractère de l'idiome castillan. Il y a des passages très-savants, mais où l'auteur tombe parfois dans l'erreur (3) : il y en a d'autres qui sont pleins de vie et de charme; d'autres enfin qui respirent un grand bon

---

(1) « J'écris comme je parle; seulement j'ai bien soin de n'employer que des » mots signifiant bien ce que je veux dire , et je dis le plus simplement possible, » parce qu'à mon avis, l'affectation ne sied bien dans aucune langue. »

(2) Llorente (*Hist. de l'Inquisition*, tom. II, pp. 281 et 478) commet plusieurs erreurs sur Valdès; les meilleurs détails se trouvent dans McCrie, *Histoire des progrès de la Réforme en Italie* (Édimbourg, 1827, in-8°, pp. 106 et 121) et dans ses *Progrès de la Réforme en Espagne* (Édimbourg, 1829, in-8°, pp. 140-146). Valdès est supposé avoir été anti-trinitaire, mais McCrie n'admet pas cette hypothèse.

(3) Son erreur principale consiste en ce qu'il croit que la langue grecque domina généralement en Espagne et constitua la base de l'ancienne langue espagnole, langue qui s'est répandue, pense-t-il, sur toute la surface de la Péninsule, avant l'arrivée des Romains dans ce pays.

sens et une raison critique profonde. Le principal personnage, le seul qui donne des instructions et des explications, s'appelle Valdés. Cette circonstance, autant que certains indices tirés du Dialogue lui-même, a fait induire que le réformiste espagnol en était l'auteur et qu'il l'avait écrit avant l'année 1536 (1). Si ce point pouvait ainsi s'établir, il expliquerait la suppression du manuscrit, comme œuvre d'un adhérent aux doctrines de Luther. Quoi qu'il en soit, le *Dialogo de las lenguas* ne s'imprima qu'en 1737 : par conséquent, comme spécimen d'un style pur et facile, il fut perdu pour l'époque qui l'avait produit (2).

Pour nous c'est une œuvre importante, parce qu'elle nous montre plus distinctement que tout autre monument littéraire de son temps, quel était l'état de la langue espagnole sous le règne de l'empereur Charles-Quint : circonstance d'une grande conséquence pour l'état de la littérature et sur laquelle nous revenons avec le plus vif intérêt.

Comme nous devons nous y attendre, en reportant nos regards en arrière, nous trouvons que la langue de la littérature avait fait en Espagne des progrès réels, depuis que nous en avons parlé sous le règne de Juan II. L'exemple de Jean de Mena avait été suivi et le *Vocabulaire national* avait été enrichi par une série de poètes, durant l'espace d'un siècle, des mots tirés des langues de l'antiquité classique. D'autres sources y avaient aussi conduit par d'autres canaux d'importantes contributions. L'Amérique et son commerce y avaient introduit les noms des

---

(1) Les indices qui le font croire sont que le Valdés du *Dialogue* avait vécu à Rome ; que c'était un personnage d'une certaine autorité ; qu'il avait longtemps vécu à Naples et dans d'autres parties de l'Italie. Il parle de Garcilaso de la Vega, comme s'il vivait encore ; or Garcilaso mourut en 1536. Llorente, dans le passage que nous avons cité ci-dessus, appelle Valdés l'auteur du *Dialogue des langues*. Clémencin, autorité compétente, dit la même chose dans les notes de son édition de *D. Quichotte* (tom. IV, pag. 285), quoiqu'il parle, dans d'autres notes, comme si l'auteur était inconnu.

(2) Le *Dialogue des langues* ne s'imprima pas avant que Mayans y Siscar eût fait paraître ses *Origines de la langue espagnole* (Madrid, 1737, deux volumes in-8°). Il remplit la première moitié du second volume et forme la partie la meilleure de la collection. Le manuscrit resta probablement caché, comme l'œuvre d'un hérétique bien connu. Mayans affirme qu'il appartenait à l'historien Zurita ; qu'en 1736 il fut acheté par la Bibliothèque Royale dont Mayans, lui-même, était le bibliothécaire. Il manque un feuillet qui a peut-être été remplacé. Il croit bien que Valdés est l'auteur du *Dialogue*, mais il évite de le dire, dans l'intention, peut-être, de né pas attirer l'attention de l'Inquisition sur l'ouvrage (*Origines*, tom. I, pp. 173-180). Iriarte, dans l'*approbation* de la collection, traite le *Dialogue* comme s'il appartenait à un auteur tout-à-fait inconnu.

productions qu'un demi-siècle de communications avaient importées en Espagne, et avaient rendu familiers des termes, en nombre restreint, mais d'un usage quotidien (1). L'Allemagne et les Pays-Bas en importèrent encore un plus grand nombre, résultats de l'avénement de Charles-Quint au trône d'Espagne (2). Charles-Quint en effet, au grand déplaisir de ses sujets espagnols, arriva dans la Péninsule, entouré de courtisans étrangers et parlant, avec un accent étrange, la langue du pays qu'il était appelé à gouverner (3). Un petit nombre de mots arrivèrent aussi accidentellement de France : plus tard, sous le règne de Philippe II, le vocabulaire en admet une multitude, infusion la plus considérable que la langue ait reçue, depuis le temps des Arabes, par suite des rapports intimes entre l'Italie et l'Espagne et de l'influence toujours croissante de la littérature et de la civilisation italiennes (4).

Nous devons donc considérer que la langue espagnole est non-seulement formée à cette époque, mais qu'elle a encore réellement atteint la plénitude de ses proportions et qu'elle a reçu tous les caractères essentiels qui la distinguent. En effet, depuis près d'un demi-siècle, elle était régulièrement travaillée et cultivée. Alonso de Palencia, qui avait été longtemps au service de son pays, comme ambassadeur, et qui avait été ensuite le chroniqueur de Henri IV, publia, en 1490, un *Dictionnaire latin-espagnol*, le plus ancien que l'on connaisse, avec un vocabulaire castillan (5). Ce dictionnaire fut suivi deux ans après, en 1492, de la première grammaire castillane, œuvre d'Antonio de Lebrija, qui avait

---

(1) Mayans y Siscar (*Origines*, tom. I. p. 97.)

(2) *Ibid.* p. 98.

(3) Sandoval affirme que Charles-Quint baissa grandement dans l'opinion des Espagnols, lors de sa première venue en Espagne, parce que ne sachant pas parler espagnol, on avait très-peu de communication directe avec lui. « C'était, ajoutet-il, comme si on ne pouvait parler avec lui. » (*Historia*, Anvers, 1681, in-fol., tom. I, p. 141.)

(4) Mayans y Siscar (*Origines*, tom. II, pp. 127-133). L'auteur du *Dialogue* cite l'introduction d'un nombre considérable de mots tirés de l'italien tels que *discurso*, *facilitar*, *fantasia*, *novela*, etc., qui ont été longtemps après adoptés et sanctionnés par l'*Académie*. Diego de Mendoza, quoique partisan de l'école italienne, s'opposa au mot *centinella* comme un italianisme peu nécessaire, et cependant il fut pleinement admis dans la langue (*Guerra de Granada*, édit. 1776, liv. III, chap. VII, pag. 176). Peu de temps après, Luis Velez de Guevara, dans son *Diablo cojuelo*, tranco 10, refuse le droit de cité à *fulgor*, *purpurear*, *pompa*, et à beaucoup d'autres mots, aujourd'hui bien usités.

(5) Mendez, *Typographia*, pag. 175. Nicolas Antonio, *Bibl. Vetus*, édit. Bayer, tom. II, pag. 333.

auparavant publié une grammaire latine en latin, et qu'il avait traduite ensuite, suivant ce qu'il nous raconte, à l'usage des dames de la Cour (1). Il se fit une autre tentative du même genre et avec un égal succès. Antonio de Lebrija fit paraître, en 1492, son *Dictionnaire* purement espagnol, publication que suivit, en 1499, le *Vocabulaire ecclésiastique*, en latin et en espagnol, par Santaella : ouvrages souvent réimprimés tous deux et longtemps considérés comme autorités classiques (2). Tous ces travaux, si importants pour la consolidation de la langue castillane et tellement bien construits qu'on n'en trouve pas de pareils plus tard pendant un siècle (3), s'exécutèrent, il faut bien l'observer, sous le patronage direct et personnel de la reine Isabelle. Cette reine donna ainsi sur sur ce point, comme dans beaucoup d'autres branches du gouvernement, des preuves de sa sagacité pour les affaires de l'État, en même temps que de son bon goût et de ses préférences pour tout ce qui touchait au développement intellectuel de ses sujets (4).

La langue ainsi formée se répandit maintenant d'une manière rapide dans tout le royaume et déplaça des dialectes dont plusieurs, aussi anciens qu'elle, avaient semblé destinés, un moment, à la surpasser en culture et par leur emploi général. Le *vieux galicien*, idiome maternel d'Alphonse le Sage et dans lequel il avait composé quelques écrits, n'était maintenant connu, comme une langue polie, qu'en Portugal. Il s'y était élevé à un tel degré d'indépendance du tronc d'où il était sorti qu'il désavouait presque son origine, Le Valencien et le Catalan, ces deux dialectes nés de la race provençale dont l'influence s'était fait sentir dans toute la Péninsule, durant le treizième siècle, ne réclamaient, à l'époque dont nous parlons, quelque chose de leur dignité primitive qu'aux pieds des derniers rangs des montagnes sur les côtes de la Méditerranée. Seul le basque, immuable comme les monts qui le protègent, conservait encore le même caractère distinct qu'il avait reçu dès les premières lueurs de la tradition, caractère qui s'est maintenu essentiellement le même jusqu'à nos jours.

---

(1) Mendez, *Typog.*, pp. 237-246. Pour connaître les immenses services rendus par Antonio de Lebija à la langue espagnole, il faut lire le *Specimen Bibliothecæ Hispano-Mayansianæ ex Museo D. Clementis*, Hannovericæ, 1753, in-4°, pp. 4-39.

(2) Mendez, pp. 212 et 243 ; Nicolas Antonio, *Bibl. Nova*, tom. II, pag. 266.

(3) La grammaire de Juan de Navidad, 1567, ne constitue pas une exception à cette remarque, puisqu'elle a été écrite dans l'intention d'enseigner l'espagnol aux Italiens et non pas aux Espagnols eux-mêmes.

(4) Clemencin, *Mémoires de l'Académie Royale d'Histoire*, tom. VI, pag. 472, notes.

Mais quoique le *castillan* s'avançât avec toute l'autorité du gouvernement qui ne parlait pas, à cette époque, d'autre langue au peuple de toute l'Espagne ; qu'il fût entendu et reconnu, dans toute la Péninsule, comme la langue officielle de l'État et de tout pouvoir politique ; les coutumes populaires, les habitudes locales de quatre siècles ne pouvaient être ainsi, d'un seul coup, entièrement effacées. Le *galicien*, le *valencien*, le *catalan* continuèrent de se parler durant le règne de Charles V ; ils sont parlés encore aujourd'hui, par la masse du peuple, dans leurs provinces respectives, et, jusqu'à un certain point, par la société polie de chacune d'elles. L'*Andalousie* et l'*Aragon* ne se sont pas encore complètement émancipés de leurs idiomes primitifs : et il en est de même de chacune des autres grandes divisions de la Péninsule, dont plusieurs formèrent, en d'autres temps, des royaumes indépendants, et qui se distinguent encore, comme l'*Estramadoure* et la *Manche*, par certaines particularités de phraséologie et de prononciation (1).

Seule la Castille, et spécialement la Vieille-Castille, réclame comme un droit héréditaire, depuis le commencement du quinzième siècle, la prérogative de parler absolument le pur espagnol. Villalobos, qui a toujours été un flatteur de l'autorité royale, insiste, c'est vrai, et affirme que cette prérogative fut toujours attachée à la résidence du souverain et de la cour (2) ; mais l'opinion la meilleure est celle qui prétend qu'on doit rechercher la forme la plus pure du castillan dans Tolède, dans l'impériale Tolède, comme on l'appelait, la cité particulièrement favorisée, lorsqu'elle était la capitale politique de l'ancienne monarchie, du temps des Goths. Tolède de nouveau consacrée, comme la capitale ecclésiastique de toute l'Espagne chrétienne, au moment où elle fut rachetée des mains des Maures (3). On a même dit que la suprématie de cette vénérable cité, pour la pureté de son dialecte, était si pleinement établie, depuis la première apparition du castillan comme langue officielle, au treizième

(1) Une observation curieuse c'est que l'auteur du *Dialogue des langues* (*Origines*, tom. II, pag. 34) qui écrivait vers 1535 ; que Mayans (*Origines*, tom. I, p. 8), qui écrivait en 1737 ; et Sarmiento (*Memorias*, p. 94), en 1760, s'expriment tous dans les mêmes termes sur le caractère du castillan et sur sa supériorité sur les autres dialectes.

(2) *De las fiebres interpoladas*, Metro 1, *Obras*, 1543, fol. 27.

(3) Voyez Mariana dans son chapitre sur les gloires de Tolède, *Histoire*, livre XVI, chap. XV et ailleurs. Le savant jésuite était natif du royaume de Tolède, et il parle souvent de ses illustrations. Cervantès, dans son *D. Quichotte*, partie II, ch. IX, donne à entendre que le castillan de Tolède était le plus pur espagnol de son temps. Il en est encore de même aujourd'hui.

siècle, qu'Alphonse le Sage, dans des Cortès qu'on y tint, ordonna que le sens de tout mot, mis en discussion, serait fixé par son usage à Tolède (1). Mais quoi qu'il en soit, un point qui ne fait plus question, c'est que depuis les temps de Charles-Quint jusqu'à nos jours, le castillan de Tolède a été généralement considéré comme la forme normale de la langue nationale; et que, depuis la même époque, le dialecte castillan s'est arrogé pour lui-même une suprématie absolue sur tous les autres dialectes de la monarchie, et a été le seul reconnu comme la langue de la poésie classique et de la prose dans toute la Péninsule.

---

(1) « Assi mesmo ordenó en las mismas cortés el mismo Rey Don Alonso de- « cimo que si de alli adelante en alguna parte de su regno huviesse diferencia en el « entendimiento de algun vocablo castellano antiguo, que recurriessen con él á esta « ciudad, como á metro de la lengua castellana; y que passassen por el entendi- « miento y declaracion que al tal vocablo aqui se le diesse, por tener en ella « nuestra lengua mas perfeccion que en otra porte. » — « Dans ces mêmes Cortès, « le même roi, D. Alphonse X, ordonna aussi que, si dorénavant, il s'élevait, dans « quelque partie du royaume, une différence sur le sens d'un mot ancien de la « langue castillane, on accourût avec lui à cette cité, comme à la règle de la « langue castillane; qu'on en passât par le sens et par l'explication qu'on y donne- « rait à ce mot, parce que notre langue y avait là plus de perfection que partout « ailleurs. » (Pisa. *Description de la cité impériale de Tolède*, édit. Thomas Tamaio de Vargas, Tolède, 1617, in-folio, liv. I, chap. XXXVI, fol. 56. Les Cortès où D. Alphonse le Sage prescrivit cette ordonnance, se tinrent à Tolède, en 1253, année que la *Chronique d'Alphonse X* (Valladolid, 1554, in-fol., chap. II) signale comme celle du séjour de ce Roi dans ladite cité.

CHAPITRE VI.

Le temps des Chroniques disparaît. — Charles-Quint. — Guevara. — Ocampo. — Sepulveda. — Mexia. — Relations du Nouveau-Monde. — Cortès. — Gomara. — Bernal Diaz del Castillo — Oviedo. — Las Casas. — Cabeza de Vaca. — Jerez. — Zarate.

Au commencement du seizième siècle, c'est un fait évident, le temps des chroniques était passé en Espagne. On croyait cependant encore utile à la dignité de la monarchie de conserver à l'autorité publique, sur ce point comme sur d'autres, les formes majestueuses de l'ancien temps. Charles-Quint eut, par conséquent, plusieurs chroniqueurs officiels. hommes d'une grande considération et d'un profond savoir, comme si ses projets ambitieux de conquérant pouvaient trouver un contre-poids dans ses dispositions pour rappeler ses succès. Mais sur le cadran solaire, l'ombre ne peut reculer au commandement royal. Le plus grand monarque de son temps peut appointer des chroniqueurs, il ne peut leur donner l'esprit d'un siècle qui s'en va. Les chroniques qu'il demanda à leur plume ne furent jamais entreprises ou ne se terminèrent jamais. Antonio de Guevara, une des personnes à qui des fonctions pareilles furent confiées, semble avoir été singulièrement consciencieux dans l'emploi de son temps pour l'accomplissement de ses devoirs. Par suite de sa volonté expresse, à ce qu'on nous raconte, il ordonna que le salaire d'une année pendant laquelle il n'avait rien composé de sa tâche, fît retour au trésor impérial. Ce qui ne veut pas dire qu'il fût un brillant chroniqueur (1). Tout ce qu'il écrivit ne parut pas digne de publication à ses contemporains, et il n'aurait pas été jugé plus favorablement par la génération présente, s'il n'avait pas montré plus de respect pour la vérité historique, ni un style meilleur que celui qu'on trouve dans ses dissertations sur la vie et le caractère de l'empereur Marc-Aurèle (2).

---

(1) Nicolas Antonio. *Bibl. Nova*, tom. I, pag. 127, et la préface aux *Epistolas familiares* de Guevara, édition de 1673.
(2) Voyez l'article où Bayle *dénigre* Guevara.

Florian de Ocampo, autre chroniqueur des plus distingués, montre une ambition démesurée dans le plan qu'il se propose, en commençant la chronique de Charles-Quint à l'époque du déluge de Noé. Comme on aurait pu le prévoir, il vécut seulement assez de temps pour terminer un léger fragment de sa vaste entreprise, le quart à peine de la première de ses quatre grandes divisions (1). Mais cette portion nous suffit largement pour nous démontrer de la manière la plus complète que le temps était entièrement passé pour de semblables écrits (2). Non que la crédulité manque à Ocampo, il en a plus qu'il n'en faut. Ce n'est pas toutefois la crédulité poétique de ses prédécesseurs, se fiant aux vieilles traditions nationales, mais une foi aveugle, croyant les fictions absurdes qu'on appelle œuvres de Berose et de Manethon (3), œuvres tombées en discrédit dès leur première apparition, un demi-siècle auparavant et mises maintenant à contribution par Ocampo comme si elles donnaient l'unique relation probable, sinon suffisante, d'une série non interrompue de rois espagnols, depuis Tubal, petit-fils de Noé. Une crédulité semblable ne présente aucun charme. En outre, l'œuvre d'Ocampo est dans sa structure, froide et absurde; elle est écrite dans un style prétentieux et lourd qui en rend la lecture impossible. Florian de Ocampo mourut en 1555, l'année même de l'abdication de l'Empereur, sans nous laisser la moindre occasion de regretter qu'il n'ait pas poussé le récit des annales de l'Espagne plus loin que l'époque des Scipions.

Juan Ginez de Sepulvéda fut aussi spécialement chargé par l'Empereur du soin de raconter les événements de son règne (4), ainsi que Pero Mexia (5). Mais leurs histoires ne se publièrent jamais, quoique celle de

---

(1) La meilleure biographie d'Ocampo se trouve dans la *Biblioteca de los escritores que han sido individuos de los seis colegios mayores* par D. Josef de Rezabal y Ugarte (pp. 233-238). Il y en a une autre en tête de l'édition de sa *Cronica* publiée en 1791.

(2) La première édition du premier des quatre livres de la *Chronique d'Ocampo* fut publiée à Zamora en 1544, dans un beau volume in-folio, en caractères gothiques. Elle fut suivie d'une autre édition complète publiée à Medina del campo, en 1553, in-folio. La meilleure, à ce que je présume, est l'édition de Madrid, 1791, en deux volumes in-4º.

(3) Sur ces misérables impostures lisez Nicéron (*Hommes illustres*, Paris, 1730, tom. XI, pp. 1-11; tom. XX, 1732, pp. 1-6). Sur la simplicité d'Ocampo d'y ajouter foi, voyez le dernier chapitre de son premier livre et tous les passages où il cite Juan de Viterbe et son *Berose*.

(4) Pero Mejia dans les dernières lignes de son *Historia impérial y Cesarea*.

(5) Capmany, *Eloquencia española*, tom. II, pag. 295.

Mexia écrite, à ce qu'il paraît, peu de temps avant sa mort (1), survenue en 1552, soit conduite jusqu'au couronnement de l'Empereur à Bologne. Une autre histoire plus étendue du même auteur se compose des vies de tous les empereurs romains, depuis Jules César jusqu'à Maximilien d'Autriche, le prédécesseur de Charles-Quint. Elle fut plusieurs fois imprimée et annoncée comme une introduction à sa chronique. Malgré les imperfections de son style, elle montre que l'objet de son auteur fut d'écrire une histoire authentique et bien distribuée, puisqu'il cite généralement, dans chaque règne, les autorités auxquelles il s'est rapporté (2).

De pareils ouvrages nous prouvent que nous avons atteint la dernière limite du vieux style des chroniques et que nous devons maintenant apercevoir, dans la littérature espagnole, l'apparition des différentes formes d'une composition historique plus régulière. Avant d'en approcher, il faut nous arrêter un moment sur un petit nombre d'histoires et de relations du Nouveau-Monde qui, durant le règne de Charles-Quint, eurent plus d'importance que les chroniques imparfaites que nous venons de faire connaître sur l'empire espagnol en Europe. Dès que les aventuriers qui suivaient Christophe Colomb mirent pied à terre sur les côtes occidentales de l'océan Atlantique, nous commençons à trouver des descriptions plus ou moins étendues de leurs découvertes et de leurs établissements : quelques-unes sont écrites avec feu et distinguées même par leur bon goût; d'autres ont un style peu attrayant : presque toutes sont intéressantes par leur sujet et leurs matières, si elles ne le sont pas par autre chose.

Sur le premier plan de ce groupe pittoresque se détache, comme la

---

(1) Je dis, *à ce qu'il paraît*, parce que dans son *Histoire impériale et césarienne*, il déclare, en parlant des exploits de Charles V, « qu'il n'aura jamais assez de présomption pour se croire capable de les rapporter. » C'était en 1545, et il ne fut nommé historiographe qu'en 1548. Voyez les détails sur lui par Pacheco dans le *Semanario Pintoresco*, 1844, pag. 406.

Depuis le temps de Charles-Quint, il semble qu'il y a eu généralement des chroniqueurs du royaume et des chroniqueurs pour l'histoire particulière des Rois. C'est ainsi que l'Empereur eut Ocampo et Garibay pour le premier objet ; et Guevara, Sepulvéda et Mejia pour le second. Lorenço de Padilla, archidiacre de Malaga, est aussi mentionné comme un des chroniqueurs de Charles-Quint (Dormen, *Progresos*, liv. II, ch. II). Il ne me semble pas facile de déterminer combien il y en eut qui jouirent de l'honneur d'un titre pareil.

(2) La première édition parut en 1545. L'exemplaire dont je me suis servi est de l'édition d'Anvers, 1561, in-folio. Mais la meilleure notice sur la vie de Pero Mejia est l'article qui lui est consacré dans la *Biographie universelle*.

plus brillante de ses figures, Fernand Cortès, appelé par excellence, *El Conquistador*, le conquérant. Il était né de parents nobles et avait été élevé avec beaucoup de soin. La fierté de son esprit l'avait fait sortir de Salamanque, avant que son éducation fût complète et l'avait porté au Nouveau-Monde, en 1504, alors qu'il était à peine âgé de dix-neuf ans (1). L'éducation de sa jeunesse, bien meilleure que celle de la plupart des autres aventuriers américains, apparaît néanmoins dans ses documents, dans ses lettres, dans toutes ses œuvres, tant publiées qu'inédites. Parmi ces pièces, les plus remarquables sont, on ne peut en douter, cinq longs et minutieux rapports à l'Empereur sur les affaires du Mexique. Le premier et probablement le plus curieux, à la date de 1519, semble perdu, et le dernier appartenant, selon toute probabilité, à l'année 1527, n'existe qu'en manuscrit (2). Les quatre qui nous restent sont bien écrits et portent un certain air de préoccupation, en même temps que leur clarté et leur bon goût nous rappellent parfois, quoique rarement, les *Relazioni* de Machiavel et les *Commentaires* de Jules César. Ses lettres sont d'un autre côté plus ornées. Dans une d'elles encore inédite, écrite vers 1533, au moment où sa fortune s'évanouissait, il expose ses services et ses outrages, et se plaît à raconter à l'Empereur qu'il « conserve deux lettres de S. M. comme si c'étaient des reliques sacrées, » *conserva dos cartas de S. M. como si fueran sagradas reliquias*, et il ajoute que « les faveurs de S. M. à son égard ont été trop grandes pour un vase si petit » *que los favores de S. M. para con èl habian sido demasiado grandes para vaso tan pequeño*. Phrases de courtisan et pleines de grâce que nous ne trou-

(1) Cortès quitta Salamanque deux ou trois ans avant de passer au Nouveau-Monde. Le vieux Bernal Diaz, qui le connaissait bien, dit de lui : « c'était un savant et j'ai entendu dire qu'il était bachelier en droit; que, lorsqu'il parlait avec des légistes ou des érudits, il leur répondait en latin. Il était aussi un peu poète et il a écrit des couplets en vers et en prose.» (*En metro y en prosa.*) Il serait intéressant de voir des poésies de Cortès et en particulier ce que le vieux chroniqueur appelle *coplas en prosa*. Cortès aima toujours la société des esprits cultivés. C'est dans sa maison, à Madrid, (voy. pag. 69, note,) qu'à son retour d'Amérique, se tenaient ces *Académies* fondées alors à l'imitation de l'Italie.

(2) Les *Relaciones* de Cortès, qui ont été imprimées, se trouvent dans Barcia, *Historiadores primitivos de las Indias Occidentales*, (Madrid, 1769, 3 vol. in-fol.) collection imprimée après la mort de l'éditeur, et très-mal ordonnée. Barcia était un littérateur très-distingué, très-versé dans les affaires d'État et un des fondateurs de l'*Académie espagnole*. Il mourut en 1743. (Baena, édit. de Madrid, tom. 1, pag. 106.) La dernière *Relacion* de Cortès, qui n'a jamais été imprimée, et ses lettres inédites, m'ont été communiquées par mon ami M. Prescott, qui en a fait un si bon usage dans son *Histoire de la conquête du Mexique*.

vons plus dans les écrits de ses dernières années, alors que désappointé, dégoûté des affaires et de la Cour, il se retire dans une triste solitude où il meurt en 1554, ne trouvant qu'une faible consolation dans son rang, dans ses richesses et dans sa gloire.

Les merveilleux exploits de Cortès au Mexique furent toutefois retracés d'une manière plus ample, sinon avec plus de soin, par Francisco Lopez de Gomara, le plus ancien des véritables historiens du Nouveau-Monde (1). Gomara était né à Séville, en 1510, et avait été pendant quelque temps professeur de rhétorique à l'université d'Alcala. Il avait passé les premières années de sa vie dans le grand marché des aventuriers américains, circonstance qui lui inspira pour eux un tel intérêt et lui donna une telle connaissance de leurs affaires qu'il pût écrire leur histoire. Les ouvrages qu'il composa, outre un ou deux de moindre importance sont, le premier, l'Histoire des Indes, *Historia de las Indias*, qui, suivant l'usage espagnol, commence avec la création du monde et finit par les gloires de l'Espagne, quoique principalement consacré à Christophe Colomb, à la découverte et à la conquête du Pérou : le second, sa Chronique de la Nouvelle-Espagne, *Cronica de la Nueva España*, qui n'est, en fait, que l'Histoire et la vie de Fernand Cortès, *Historia y vida de Hernando Cortès*, titre beaucoup plus propre, sous lequel elle a été réimprimée par Bustamente, à Mexico, en 1826 (2). Comme relations les plus anciennes publiées sur des affaires qui avaient agité toute la chrétienté, ces ouvrages jouirent immédiatement d'un grand succès, eurent deux éditions presque successives et furent bientôt traduits en français et en italien.

Mais quoique le style de Gomara soit facile et coulant, tant dans le récit simple que dans les parties de ses œuvres où il décrit si amplement les ressources des contrées nouvellement découvertes, il ne réussit pas à produire un travail d'une autorité solide et permanente. Gomara était secrétaire de Fernand Cortès et il fut trompé par les indications qu'il reçut de lui et d'autres personnes ayant pris une trop grande part aux événements qu'elles entreprenaient de rapporter, pour les raconter dans

---

(1) « Le premier ouvrage digne réellement de ce titre, » dit Muñoz, *Historia del Nuevo Mundo,* Madrid, 1793, in-fol., pag. XVIII.

(2) Les deux ouvrages de Gomara peuvent se lire dans Barcia , *Historiadores primitivos,* etc. Ils remplissent le deuxième volume. Ils furent imprimés pour la première fois en 1553, et quoique Nicolas Antonio prétende (*Bibl. Nova*, tom. I, p. 437), qu'on en défendit la réimpression ,ou la lecture, il en parut quatre éditions avant la fin de ce siècle.

toute leur vérité (1). Ses erreurs sont, par conséquent, grandes et fréquentes, et sont exposées avec beaucoup de zèle par Bernal Diaz, un vieux soldat, qui avait fait déjà le voyage du Nouveau-Monde, et qui accompagna Cortès à Mexico, en 1519, (2) combattit avec lui si souvent et si longtemps, que, plusieurs années après, il déclarait ne pouvoir dormir tranquille que revêtu de son armure (3). A peine eut-il lu la relation de Gomara qu'il se mit brusquement à l'œuvre pour lui répondre et il termina sa tâche en 1558 (4). Le livre qui en résulta est écrit avec beaucoup de vanité personnelle; il roule, dans un style assez rude, sur de fastidieux détails, mais il est plein du zèle et de l'honorable sentiment naturel des vieilles chroniques : de sorte qu'en le lisant nous nous sentons reportés vers les siècles passés, et placés encore au milieu d'une espèce de ferveur et de foi qui, dans des auteurs tels que Gomara et Cortès, nous apparaissent sûrement laissées bien loin de nous.

Parmi les personnes qui passèrent des premières en Amérique et qui nous ont laissé des relations importantes de leurs aventures et de leurs temps, une des plus considérables c'est Gonzalo Fernandez de Oviedo. Il était né à Madrid, en 1478 (5), et avait été élevé avec soin à la cour de

---

(1) Sur ce premier départ de Cortès comme chef de l'expédition, l'ecclésiastique Gomara raconte dans son histoire plusieurs faits grossièrement contraires à la vérité. On devait s'y attendre de la part d'une personne qui n'en savait que ce qu'elle avait entendu dire à cet égard par Fernand Cortès, et ce qu'il lui en avait fait écrire. Gomara devint le chapelain et le serviteur de Cortès après que ce dernier eût été fait marquis, et après son dernier retour en Espagne. Las Casas, (Historia de las Indias, part. III, chap. CXIII, MS.) est un témoin intéressé, si l'on veut, mais sur un fait qui était de sa connaissance personnelle, il est le seul qu'on puisse croire.

(2) Voyez *Historia verdadera de la Conquista de la Nueva España*, por el capitan Bernal Diaz del Castillo, uno de los conquistadores, Madrid, 1632, in-fol., chap. CCXI.

(3) Il dit qu'il assista à cent dix-neuf batailles (fol. 254, d.) ; ce sont, je suppose, des combats de toute espèce.

(4) Son livre ne s'imprima que longtemps après; il fut dédié à Philippe IV. Il y a des détails tout à fait ridicules. Il donne même une liste de tous les chevaux dont on se servit pour l'expédition de Cortès. Souvent les qualités particulières d'une monture favorite sont décrites avec autant de soin que celles du cavalier.

(5) « Je suis né en 1478, » dit-il, dans ses *Quinquagenas* en parlant de Pedro Fernandez de Cordoba; et, dans plusieurs autres endroits, il parle plusieurs fois de lui comme natif de Madrid. Il dit expressément qu'il assista à la prise de Grenade, et qu'il connut Colomb à Barcelone, à son premier retour de l'Amérique, en 1493. (*Quinquagenas*. MS.)

Ferdinand et d'Isabelle, comme un des pages du prince D. Juan. En 1513, il fut envoyé comme inspecteur des fonderies de l'or à l'île de Saint Domingue (1), où, à part quelques voyages accidentels en Espagne et dans différentes possessions espagnoles en Amérique, il vécut pendant presque quarante années, exclusivement consacré aux affaires du Nouveau-Monde. Dès sa jeunesse, Oviedo semble avoir été pris d'une passion pour écrire. Outre plusieurs autres ouvrages moins considérables au nombre desquels il faut placer les chroniques incomplètes de Ferdinand et d'Isabelle, de Charles-Quint, la Vie du Cardinal Ximenez (2), il prépara deux autres livres qui n'ont pas peu de valeur.

Le plus important des deux est l'Histoire Naturelle et générale des Indes, la *Natural y general historia de las Indias*, composée de cinquante livres dont la première partie, comprenant les vingt-un premiers, se publia en 1535, tandis que les vingt-neuf restants ne se trouvent encore qu'en manuscrit. Vers 1525, pendant qu'il était à Tolède et qu'il offrait à Charles-Quint le sommaire de son *Histoire de l'île Hespaniola*, il lui exprima le désir de voir son plus grand ouvrage imprimé. Mais il paraît, du commencement du trente-troisième livre à la fin du trente-quatrième, qu'il y travaillait encore en 1547 et 1548 : il n'est donc pas invraisemblable, d'après les mots par lesquels il termine le trente-septième, qu'il ait laissé chacune des grandes divisions de son œuvre entr'ouverte, pour ainsi dire, et qu'il ait continué d'y faire des additions presque jusqu'au moment de sa mort (3).

---

(1) *Veedor de las fondiciones de Oro*, c'est le titre qu'il se donne lui-même dans le préambule de son ouvrage adressé à Charles-Quint, en 1525 (Barcia, tom. I.) ; longtemps après, au commencement du livre XLVII de ses histoires, MS., il parle encore de lui comme remplissant les mêmes fonctions.

(2) Je ne suis pas très-sûr que Nicolas Antonio ne soit pas dans l'erreur en attribuant à Oviedo une vie à *part* du cardinal Ximenez, parce que celle que contiennent les *Quinquagenas* est très-longue. Quant aux chroniques de Ferdinand et d'Isabelle et de Charles-Quint, il n'y a pas de doute qu'il les écrivit, puisque Oviedo lui-même y fait allusion dans le préambule adressé à Charles-Quint. Ni l'une ni l'autre n'ont été encore imprimées.

(3) Dans sa lettre à l'Empereur, insérée à la fin du *Sumario*, 1525, il l'intitule : *La General y Natural historia de las Indias que de mi mano tengo escrita*. Dans l'introduction au livre XXXIII, il dit : « Depuis les trente-quatre ans qu'il y a que je suis dans ces contrées. » Au chapitre IX et dernier du livre XXXIV, il nous rappelle un événement à la date de 1548 : de sorte qu'il s'occupa, plus ou moins, pendant vingt-trois ans, de la composition de son grand ouvrage. A la fin du livre XXXVII : « En voilà assez, quant à ce court livre du numéro trente-sept, jusqu'à ce que « le temps nous avise d'autres choses qui pourront l'augmenter. » D'où je conclus

Oviedo nous raconte qu'il avait été autorisé par l'Empereur à demander aux différents gouverneurs de l'Amérique espagnole les documents dont il aurait besoin pour son œuvre (1), et, comme les divisions du sujet sont les mêmes que celles qui résultent naturellement de la géographie du Nouveau-Monde, il semble avoir consciencieusement rempli sa tâche. Mais les matériaux qu'il employa étaient d'une nature trop informe pour être maniés avec facilité, et le sujet était dans son ensemble trop vaste et trop varié pour ses facultés. Il se laissa aller à un style décousu et vague, au lieu de viser à la condensation philosophique. A la place d'un abrégé tel qu'aurait dû être son œuvre, il nous donne des récits de chroniques,. des narrations avec commentaires d'une immense étendue, sur les contrées nouvellement découvertes et sur les événements extraordinaires qui s'y sont passés, récits parfois trop courts et trop superficiels pour intéresser, parfois trop détaillés pour la patience des lecteurs. Oviedo était évidemment un homme érudit, il entretint une correspondance avec Ramusio, le géographe italien, correspondance qui ne put manquer d'être utile à l'un et à l'autre (2). Il était très-désireux d'écrire dans un style propre et éloquent, et il y réussit parfois. En somme Oviedo a composé une série de relations sur la condition naturelle du Nouveau-Monde, sur ses habitants primitifs, sur l'administration politique des affaires dans les vastes possessions espagnoles de l'Amérique. Il s'est arrêté au milieu du seizième siècle et son œuvre, d'une grande valeur, peut être considérée comme un vaste répertoire de faits, qui n'est pas

---

qu'il laissait chaque livre ou chaque grande division de son ouvrage ouverte aux additions, tant qu'il aurait vécu et que certaines parties ont pu être écrites, par conséquent, en 1557.

(1) « En outre je dis que j'ai des ordres du roi pour que les gouverneurs m'en « voient une relation de ce qui touche à l'histoire dans leurs gouvernements, pour « ces histoires » (liv. XXXIII, introd. MS.). Je soupçonne qu'Oviedo a été le premier chroniqueur titulaire du Nouveau-Monde, fonction qui fut un moment mieux rétribuée qu'aucun autre emploi de ce genre dans le royaume, et qui fut remplie à différentes époques par Herrera, Tamayo, Solis et d'autres écrivains de distinction. Cet emploi disparut, je crois, avec la création de l'Académie royale d'Histoire.

(2) « Nous devons beaucoup à celui qui nous a donné des détails sur ce que « nous n'avions ni vu ni connu par nous-même. Ainsi je suis, pour ma part, aujour-« d'hui beaucoup redevable à un homme distingué et savant, de l'illustre Sénat de « Venise, appelé le secrétaire Jean-Baptiste Ramusio. Il avait entendu dire que « je m'occupais des sujets dont je traite, et alors, sans me connaître personnelle-« ment, il s'est adressé à moi par des amis pour communiquer avec moi par let-« tres, et m'a envoyé une nouvelle géographie. » (Liv. XXXVIII, MS.)

entièrement sans mérite sous le rapport de la composition littéraire (1).

L'autre ouvrage considérable d'Oviedo, le fruit de sa vieillesse, est consacré aux souvenirs aimés de son pays natal et des hommes distingués qu'il y a connus. Il a pour titre : *Las Quinquagenas*, et consiste dans une série de dialogues où, avec peu d'ordre et de méthode, il nous donne d'intéressants détails sur les principales familles qui ont figuré en Espagne, sous les règnes de Ferdinand et d'Isabelle et de l'Empereur Charles-Quint. Là se mêlent anecdotes et réminiscences, autant que la mémoire d'une vie aussi longue et aussi occupée que la sienne put lui en fournir, avec un étalage assez candide de sa propre vanité. Le dialogue sur le cardinal Ximenez et d'autres passages nous apprennent qu'il travaillait à ses *Quinquagenas* en 1545 (2). L'année 1550 revient cependant plus fréquemment parmi les dates de ses conversations imaginaires (3) et, vers la fin de son œuvre, il déclare très-distinctement qu'il la termina le 23 mai 1556, alors qu'il était âgé de soixante-dix-neuf ans. Oviedo mourut à Valladolid l'année suivante.

---

(1) Comme spécimen de son style, nous donnerons le récit suivant sur Almagro, un des premiers conquérants du Pérou, que les Pizarres mirent à mort à Cuzco, après y avoir obtenu un pouvoir sans contrôle. « Pues oyd, ó leed todos los autores « que quisieredes, e cotejad todo lo que todos han dado, uno a uno (que reyes no « ayan seydo) , e veres como este ombre no tuvo para en lo que es dicho, ni hal- « larés quien se le compare, como digo, no seyendo principe : porque los Reyes « saben e pueden dar, quando les plaze, cibdades e estados e señorios, e otras cosas « grandes; pero un ombre que le vimos ayer pobre, e quanto tenia era muy poco, « bastarle el animo ó lo que tengo dicho, tengolo en tanto que no sé cosa seme- « jante en nuestros tiempos ni otros que se le yguale. Por cierto yo vi quando « Pizarro, su compañero, vino de España, e truxo aquella compañia a Panama de « aquellos trezientos ombres, que si Almagro no los acojera e ospedara con tanto « liberalidad e obra, segun la tierra estava enferma e falta de mantenimientos, que « la hanega del mahiz valia dos o tres pesos, e el arroba del vino seys o siete de « oro, que pocos o ninguno de ellos escapara. A todos era padre y hermano y « compañero , y abrigo y socorro de las necessitados. (*Genéral y natural historia* « *de las Indias*. Lib. XLVII, MS.) » Une grande partie est, comme le passage ci-dessus , écrite dans le vrai style et suivant la manière détaillée et moralisatrice des vieilles chroniques.

(2) *En este en que estamos*, de 1545. Quinquagenas MS., El cardinal Cisneros.

(3) Comme dans le dialogue sur Juan de Silva, comte de Cifuentes, il dit : *En este año en que estamos*, 1550. « Dans le dialogue sur Mendoza, il use des mêmes mots, ainsi que dans celui sur Pedro Fernandez de Cordova. On trouve une excellente note sur Oviedo dans le vol. I, p. 112 de l'édition américaine de *Ferdinand et d'Isabelle* de mon ami Prescott, à qui je dois tant pour le manuscrit des Quinquagenas et de l'*Historia general, etc.* »

Soit durant sa vie, soit après sa mort, Oviedo rencontra un adversaire formidable qui, suivant à peu près le même cours d'investigations sur le Nouveau-Monde, arriva presque constamment à des conclusions tout à fait opposées. Ce rival n'est rien moins que Bartolomé de las Casas ou Casaus, l'apôtre et le défenseur des Indiens d'Amérique, homme qui aurait été remarquable dans un siècle quelconque du monde et qui ne semble pas encore avoir recueilli toute la moisson d'honneurs qui lui est due. Il était né à Séville, probablement en 1474; et, en 1502, après avoir suivi le cours des études à Salamanque, il s'embarqua pour les Indes où son père qui s'y était rendu avec Colomb, neuf ans auparavant, avait déjà ramassé une honnête fortune.

L'attention du jeune Las Casas se porta presque immédiatement vers l'étude de la condition des naturels du pays : ce penchant était dû à la circonstance d'avoir eu l'un d'entre eux donné par Colomb à son père, et attaché comme esclave à sa propre personne, pendant qu'il suivait encore les cours à l'Université de Salamanque. En arrivant à l'île espagnole, il n'avait pas tardé à apprendre que leur douce nature et leur délicate constitution avaient été déjà soumises, dans les mines et dans d'autres espèces de travaux, à une servitude si dure que les habitants primitifs de l'île commençaient à disparaître devant la sévérité et la continuité des fatigues. Dès ce moment il consacra sa vie à leur émancipation. En 1510 il prit les ordres sacrés; alors il continua, comme prêtre et pendant un court espace de temps comme évêque de Chiapa, durant près de quarante ans, d'instruire, de fortifier et de consoler le troupeau désolé qu'on avait confié à ses soins. Six fois au moins, il traversa l'océan Atlantique pour persuader au gouvernement de Charles-Quint d'améliorer la condition des Indiens, et il fit toujours ces voyages avec plus ou moins de succès. Enfin, mais pas avant 1547, alors qu'il avait environ soixante-dix ans, il vint s'établir à Valladolid, en Espagne, où il passa le reste de sa paisible vieillesse, s'adonnant sans réserve à la grande cause à laquelle il avait consacré toute la fraîcheur de sa jeunesse. Il mourut à Madrid, pendant une visite pour affaires, en 1566, à l'âge avancé de quatre-vingt-douze ans, comme on le suppose communément (1).

---

(1) On peut lire une excellente biographie de Las Casas dans Quintana, *Vidas de Españoles celebres*, Madrid, 1833, in-12, tom. III, pp. 255-510. Le septième article de l'Appendice, relatif aux rapports de Las Casas, sur le trafic des esclaves, pourra se lire avec un intérêt tout particulier. Il est prouvé par des documents inédits d'une authenticité incontestable, il est démontré d'une manière certaine que si Las Casas favorisa un moment ce qui était primitivement établi, à savoir : le

Parmi les personnes qui s'opposèrent à ses dispositions bienveillantes, on compte Sepulvéda, un des littérateurs les plus érudits, un des casuistes les plus distingués de l'Espagne à cette époque, et Oviedo qui, par ses rapports avec les mines et sa participation au gouvernement des diverses provinces dans les pays nouvellement découverts, avait un intérêt directement opposé à celui que défendait Las Casas. Ces deux personnages, avec d'immenses ressources et une influence considérable pour se soutenir, intriguèrent, écrivirent, travaillèrent contre lui par tous les moyens en leur pouvoir. Mais Las Casas n'était pas un esprit capable de se laisser abattre par l'opposition ou tromper par le sophisme et l'intrigue. Aussi, lorsqu'en 1519, dans une discussion avec Sepulvéda relative aux Indiens, il fut mis en présence du jeune et orgueilleux empereur Charles-Quint, il n'hésita pas à dire : « Porque es cierto, y hablando con todo acatamiento y « reverencia que se debe a tan alto rey y Señor, que de aqui a aquel « rincon no me moviera por servir à S. M., salva la fidelidad y obe« diencia que como subdito le debo, si no pensase y creyese de hacer « à Dios gran servicio (1). » En s'exprimant ainsi, il traduisait le sentiment qui avait réellement dirigé sa vie et constitué la base du grand pouvoir qu'il avait exercé. Tous ses écrits en sont pénétrés. Le premier d'entre eux intitulé : *Brevissima relacion de la destruccion de las Indias*, fut composé en 1542 (2), et dédié au prince qui fut plus tard Philippe II. C'est un traité où les souffrances et les outrages des

_____

transport des nègres aux Indes-Occidentales, pour soulager les Indiens, système que d'autres hommes bienveillants avaient favorisé de son temps, il le faisait sous l'impression que, d'après le droit des gens, les nègres ainsi importés en Amérique étaient des prisonniers de guerre des Portugais et rigoureusement esclaves. Plus tard il changéa de manière de voir à ce sujet. Il déclara *ser tan injusto el cautiverio de los negros como el de los Indios :* que l'esclavage des nègres était aussi injuste que celui des Indiens, et il exprima même la crainte qu'après être tombé dans l'erreur en favorisant l'importation en Amérique des esclaves noirs, par ignorance et par un bon sentiment, il n'eût à s'en excuser devant la justice divine. (Quintana, tom. III, p. 471.)

(1) « Parce qu'il est certain que, parlant avec tout le respect et toute la révé« rence qu'on doit avoir pour un si haut, si puissant roi et seigneur, je ne me por« terais pas d'ici à coin pour servir S. M., sauf la fidélité et l'obéissance que je « lui dois comme sujet, si je ne pensais et croyais rendre un grand service à « Dieu. » (Quintana, *Espagnols célèbres*, tom. III. pag. 321.)

(2) Quintana (pag. 413, note) doute de l'époque où ce fameux traité fut écrit. Las Casas dit lui-même au commencement de sa *Brevissima relacion*, qu'il fut composé en 1542.

Indiens sont, sans aucun doute, fort exagérés par le zèle indigné de l'auteur, mais dont l'exposé se fonde encore sur la vérité et qui, par son énergie, réveilla dans toute l'Europe le sentiment de l'injustice qu'il mettait au jour. Il fut suivi d'autres petits traités écrits dans un même esprit et avec une égale vigueur, particulièrement ceux où il répond à Sepulvéda ; mais aucun d'eux n'a été aussi souvent réimprimé que le premier, soit en Espagne, soit au dehors (1) : aucun d'eux n'a jamais produit dans le monde un effet aussi profond, aussi solennel. Ils furent tous réunis et publiés en 1552 : et indépendamment des traductions faites à cette époque, dans diverses langues, une édition espagnole et une version française de tout l'ouvrage, avec deux traités de plus que n'en contenait la première collection de Séville, ont été publiées à Paris. en 1822, par les soins de Llorente.

Le grand ouvrage de Las Casas reste encore inédit ; c'est son *Historia general de las Indias desde el año* 1492 *hasta el de* 1520, commencée en 1527 et finie en 1561. Il avait prescrit, c'est vrai, de n'en publier aucune partie dans les quarante années qui suivraient sa mort. Comme ses autres ouvrages, cette histoire porte des marques de précipitation et de négligence ; elle est écrite dans un style décousu, mais elle a encore un grand mérite, malgré son zèle trop ardent pour les Indiens. Las Casas avait eu des relations personnelles avec plusieurs de ceux qui les premiers avaient découvert et conquis le Nouveau-Monde ; il avait un moment possédé les papiers de Christophe Colomb et une quantité considérable d'autres documents importants qui sont aujourd'hui perdus. Il avait, dit-il, connu Cortès « tan pobre y de condicion tan humilde, que buscaba el favor hasta de los ultimos criados de Diego Velasquez. » Il le connut

---

(1) Cet important traité continua longtemps à être imprimé séparément, tant en Espagne qu'au dehors. L'exemplaire dont je me sers a deux colonnes, l'une en espagnol, l'autre en italien, Venise, 1643, in-8°. Mais, comme le reste, la *Brevissima Relacion* doit être lue dans l'édition des œuvres de Las Casas par Llorente, publiée à Paris (1822, 2 vol. in-8°), en espagnol, presqu'en même temps que la traduction française. Il faut observer peut-être que la version de Llorente n'est pas toujours exacte et qu'il n'est pas prouvé que les deux nouveaux traités qu'il attribue à Las Casas, ainsi que celui qui roule sur l'autorité des rois, soient de lui.

La traduction dont nous venons de parler parut en effet la même année, accompagnée, à la fin, de l'*Apologie de Las Casas*, par Grégoire, avec des lettres de Funes y Mier et des notes de Llorente défendant Las Casas au sujet du trafic des esclaves. Mais Quintana alla, comme nous l'avons vu, aux documents originaux et ne laissa pas de doute que Las Casas ne l'ait d'abord favorisée et n'ait plus tard changé d'idée.

plus tard, à ce qu'il nous raconte, quand, dans l'orgueil de la place qu'il occupait à la cour de l'Empereur, il osait se moquer du beau rôle de corsaire qu'il avait joué dans l'affaire de Montezuma (1). Il connut aussi Gomara et Oviedo, et il donne longuement ses raisons pour être d'une opinion différente de la leur. En un mot, son livre, divisé en trois parties, est un immense magasin où Herrera et après lui tous les historiens des Indes sont allés puiser leurs matériaux, et sans lequel l'histoire de la première période des établissements espagnols en Amérique ne peut, même de nos jours, être écrite convenablement (2).

Il n'est pas nécessaire de pousser plus loin l'examen des vieilles relations sur la découverte et la conquête de l'Amérique espagnole. Il y en a certainement beaucoup qui sont comme les œuvres que nous avons déjà considérées, partie des livres de voyage à travers des contrées pleines de merveilleux; partie des chroniques d'aventures aussi étranges que celles des romans; roulant fréquemment sur des détails oiseux et inutiles, fréquemment aussi se distinguant par la fraîcheur, le pittoresque, la vigueur du ton et du coloris; presque toujours curieux par les faits qu'ils rappellent, par la lumière qu'ils projettent sur les mœurs et les caractères. On pourrait ajouter à ces œuvres les récits qu'Alvar Nuñez Cabeza de Vaca nous donne de son naufrage, de ses dix années de captivité dans la Floride, de 1527 à 1537, et de son gouvernement postérieur du Rio de la Plata, pendant trois ans (3) : la courte narration de la conquête du Pérou, écrite par Francisco de Xérès (4) : une autre relation plus étendue des mêmes remarquables exploits, qu'Augustin de Zarate

---

(1) « Todo esto me dixo el mismo Cortès con otras cosas cerca dello, despues « de Marques, en la villa de Monçon, estando alli celebrando Cortès el Im- « perador, año de mil y Quinientos y quarenta y dos, riendo y mofando con « estas formales palabras, a la mi fé andubé por alli como un gentil corsario. » (Hist. general de las Indias, liv. III, chap. 115, Ms.). Un fait digne de remarque, c'est qu'en 1542, l'année même où Cortès tenait un langage si scandaleux, est l'année ou Las Casas écrivait sa Brevissima Relacion.

(2) Pour connaître la liste de tous les ouvrages de Las Casas, lisez Quintana, Vidas, etc., tom. III, pp. 507-510.

(3) Les deux ouvrages d'Alvar Nuñez Cabeza de Vaca intitulés : Naufragios et Comentarios y sucesos de su Gobierno en el Rio de la Plata, s'imprimèrent pour la première fois en 1555, et se trouvent dans Barcia, Historiadores primitivos, tom. I.

(4) Le livre de Francisco de Xerez, Conquista de Peru, composé par ordre de Pizarre, fut imprimé pour la première fois en 1547. Il se trouve dans Ramusio (Venezia, édit. Giunti, in-fol., tom. III; dans la Collection de Barcia, tom. III.). Il se termine par quelques mauvais vers pour sa propre défense.

commença sur les lieux mêmes et qu'un officier de Gonzalo Pizarre l'empêcha de terminer, jusqu'après son retour dans sa patrie (1). Mais tous ces écrits peuvent être passés sous silence : ils sont moins importants que ceux que nous avons fait connaître, suffisant complètement pour donner une idée, tant de la nature de leur genre que du cours qu'ils suivaient. Quant au genre, ils ressemblent beaucoup aux vieilles chroniques, mais ils annoncent aussi l'approche de ces formes plus régulières de l'histoire à laquelle ils fournirent d'abondants matériaux.

(1) *Historia del descubrimiento y conquista del Peru*, imprimée pour la première fois en 1555 et éditée plusieurs fois depuis. Elle a été insérée dans la *Collection de Barcia*, tom. III, et traduite en italien par Ulloa. Zarate fut envoyé au Pérou par Charles-Quint pour examiner l'état des revenus du Pérou, et sa relation comprend depuis la conquête jusqu'à la déposition de Gonzalo Pizarre. Voyez une excellente notice sur Zarate et sur son œuvre, à la fin du dernier chapitre de la *Conquête du Pérou*, par M. Prescott.

CHAPITRE VII.

Le théâtre. — Influence de l'Église et de l'Inquisition. — Les mystères, Autos. — Castillejo. — Oliva, Juan de Paris et autres. — Goût populaire pour la poésie dramatique. — Lope de Rueda. — Sa vie, ses comédies, ses coloquios, pasos et dialogues en vers. — Son caractère, comme père du drame populaire en Espagne. — Juan de Timoneda.

Le théâtre, en Espagne, comme dans la plus grande partie des pays de l'Europe moderne, eut, dès l'origine, à lutter contre de formidables difficultés. Les représentations scéniques y avaient été, plus que partout ailleurs, pendant des siècles, entre les mains de l'Église; et l'Église ne voulait pas les abandonner, surtout pour leur laisser donner cette direction séculière et irréligieuse que nous avons vue apparaître dans les drames de *Torres Naharro*. C'est pourquoi l'Inquisition, s'arrogeant déjà des pouvoirs que l'État ne lui accordait point, mais que lui concédait une espèce de consentement général, l'Inquisition, dis-je, intervint de bonne heure. Après la publication, à Séville, de l'édition de la « *Propaladia* » en 1520, mais je ne sais combien de temps après, la représentation des drames de *Torres Naharro* fut défendue, et l'interdiction fut maintenue jusqu'en 1573 (1). Le petit nombre de pièces écrites dans la première partie du règne de Charles-Quint, se virent, toutes, à l'exception des drames roulant strictement sur des sujets religieux, mises au ban de l'Église. Plusieurs, telles que l'*Orfea* de 1534, la *Custodia* de 1541, ne sont arrivées à notre connaissance que parce que leurs noms nous ont apparu dans l'Index expurgatoire (2). D'autres, comme l'*Ama-*

---

(1) Dans l'édition de Madrid, 1573, in-18, il est dit que : *La Propaladia estaba prohivida en estos reinos años havia;* et Martinez de la Rosa (*Obras*, Paris, in-12, 1827, tom. II, pag. 382), ajoute que cette interdiction fut décrétée peu après 1520 et ne fut levée qu'au mois d'août 1573. L'époque est importante. Mais je soupçonne que l'autorité de Martinez de la Rosa s'appuie seulement sur le permis d'imprimer une édition, permis daté du 21 août 1573. Or, cette édition fut après tout expurgée avec la plus grande rigueur.

(2) Elles sont citées toutes deux dans le *Catalogo de L.* F. Moratin, nos 57 et 63. *Obras*, Madrid 1830, in-8o, tom. I, part. I.

dis de Gaula de Gil Vicente ont bien été publiées et imprimées, mais la représentation en a été ensuite défendue (1).

Le vieux drame religieux était cependant encore protégé par le pouvoir ecclésiastique. J'en ai une preuve suffisante dans les titres des autos ou mystères qui se représentaient de temps en temps, et dans le fait bien connu qu'à l'occasion du baptême de l'infant, héritier présomptif de la couronne, et qui fut plus tard Philippe II, baptême célébré avec toute la magnificence de la cour de Charles-Quint, à Valladolid, en 1527, cinq drames religieux, dont un avait pour sujet le *Baptême de Saint-Jean*, constituèrent une partie de cette magnifique cérémonie (2). Toutefois, de pareilles compositions n'avançaient en rien le drame, quoique plusieurs d'entre elles, comme la pièce de Pedro de Altamira sur *La Cena de Emaus*, ne manquent pas d'un certain mérite poétique (3). Au contraire, leur tendance a eu surtout pour effet de contenir les représentations théâtrales dans la pensée et les limites des primitifs sujets religieux (4).

---

(1) La destinée du long drame héroïque et romantique de Gil Vicente, en Espagne, est tout à fait singulière. Il fut interdit, nous dit-on, par l'Inquisition qui l'inséra dans l'*Index expurgatoire* de 1549 (1559?). L'auto de l'*Amadis de Gaula* ne s'imprima qu'en 1562, et séparément qu'en 1586. L'Index de Lisbonne (1624) en permit l'impression, si elle était expurgée, et nous en avons une édition de cette année publiée à Lisbonne. Il n'a jamais été imprimé en Espagne ; l'interdiction dont nous avons parlé portait principalement sur sa représentation. (Barbosa. *Bibl. Lusitana*, tom. II, pag. 384.)

(2) Le récit de cette cérémonie et les faits concernant les drames en question sont donnés par Sandoval (*Historia de Carlos V.* Anvers, 1681, tom. I, pag. 619. Liv. XVI, § 13.). Ils sont d'une certaine importance pour l'histoire du drame espagnol.

(3) Elle fut imprimée en 1523 et l'on en trouve un extrait suffisant dans Moratin, *Catalogo*, nº 36.

(4) On peut voir un spécimen des *autos* ou mystères représentés du temps de Charles-Quint dans un volume excessivement rare intitulé, suivant les trois parties qui le divisent : « *Triaca del alma*, *Triaca de amor*, *Triaca de tristes*. » Son auteur fut Marcelo de Lebrija, fils du célèbre humaniste Antonio de Lebrija. La dédicace et la fin de la première partie font induire qu'il le composa à l'âge de quarante ans, après la mort de son père, arrivée en 1522, et durant le règne de l'Empereur, règne qui finit en 1556. La première partie, à laquelle nous faisons principalement allusion, roule sur le Mystère de l'Incarnation, pendant huit mille petits vers. Elle n'a d'autre action que la présentation de l'ange Gabriel à la Vierge, emmenant avec lui la Raison, sous la figure d'une femme, et suivi d'un autre ange qui conduit les Sept Vertus. Toute la pièce se compose de leurs discours successifs et de leurs exhortations et finit par une espèce de sommaire de la Raison et de l'auteur, en faveur de la vie dévote. Il est certain qu'une structure

Les efforts tentés pour pousser le théâtre dans un autre direction ne furent pas non plus marqués au coin d'un bon jugement, ni favorisés par un succés constant. Nous passons sous silence la *Constanza* de Castillejo, qui semble avoir été composée dans le style de Torres Naharro, à laquelle on assigne pour date l'année 1522 (1), dont l'indécence empêcha la publication, et qui est probablement perdue aujourd'hui : nous laissons de côté les versions libres, faites, vers 1530, par Fernan Perez de Oliva, Recteur de l'Université de Salamanque, de l'*Amphitryon* de Plaute; de l'*Électre* de Sophocle et de l'*Hécube* d'Euripide. Elles n'eurent, à cette époque, aucune influence sur les premiers essais du théâtre national, qui n'a rien de commun avec l'esprit de l'antiquité (2). Une seule pièce, imprimée en 1536, mérite d'être citée pour montrer avec quelle lenteur le drame faisait des progrès en Espagne.

Elle est intitulée *Églogue*, et composée par Juan de Paris, en vers de *arte mayor*, c'est-à-dire en vers longs, divisés en stances de huit vers chacune, dont la construction soignée révèle beaucoup d'art et de travail (3).

---

si simple, des vers d'un mérite si faible ne pouvaient guère faire avancer le drame au seizième siècle. Il était toutefois destiné à la représentation. « Je l'ai écrit, dit « l'auteur, en l'honneur et pour la solennité de la fête de l'Incarnation de Notre- « Dame, et pour que des religieuses dévotes puissent la jouer comme une farce, « la puedan por farça representar, dans leurs couvents, à cette fin, il n'y inter- « vient aucune figure d'homme, mais seulement des anges et des jeunes filles. » — La seconde partie de ce volume si singulier, plus poétique que la première, est contre l'amour profane, en faveur de l'amour divin; et la troisième, qui est fort longue, consiste dans une série de consolations jugées convenables pour les diffé- rentes formes de peines et de chagrins humains. Ces deux dernières parties ont nécessairement un caractère didactique. Chacune des trois est adressée à un membre de l'illustre famille d'Albe à laquelle l'auteur semble avoir été attaché. Le tout est intitulé : *Triaca*, mot qui signifie : *Thériaque, Antidote*, mais Lebrija affirme l'avoir employé dans le sens de *Ensalada*, miscellanées, mélanges. Le livre pris dans son ensemble est fortement marqué de l'esprit du temps qui l'a produit, en tant que contemporain des *Cancioneros generales* auxquels il ressemble assez par son mérite et sa forme poétique.

(1) Moratin. Catalogo nº 35. Voy. aussi ci-dessus pag. 39, note.

(2) Oliva mourut en 1533, mais ses traductions ne s'imprimèrent pas avant 1585.

(3) Ce drame extrêmement curieux, dont je ne connais d'autre exemplaire que celui qui m'a été gracieusement communiqué par M. H. Ternaux-Compans, de Paris, est intitulé : « *Egloga nuevamente*, composta por Juan de Paris, en la qual se introducen cinco personas : un Escudero llamado Estacio, y un Hermitaño, y una Moça, y un Diablo, y dos Pastores, uno llamado Vicente y el otro Cremon (1536). » Il est imprimé en caractères gothiques, petit in-4º, 12 feuillets sans nom de lieu, ni d'imprimeur; il a été édité, je suppose, à Saragosse ou à Medina del Campo.

Il y a cinq interlocuteurs : un écuyer, un ermite, une jeune fille, un diable et deux bergers. L'ermite entre en scène le premier. Il semble être au milieu d'une prairie et méditer sur la vanité de la vie humaine ; et après avoir prié dévotement, il se détermine à aller visiter un autre ermite. Il est retenu par l'écuyer qui arrive en pleurant et se plaint du mauvais traitement que lui fait subir Cupidon, dont il dépeint le cruel caractère par sa conduite dans les malheurs de Médée, dans la chute de Troie, dans l'histoire de Priam, de David, d'Hercule. L'écuyer termine son récit en annonçant la résolution d'abandonner le monde et de vivre dans un coin ignoré d'un monastère. Il s'approche de l'ermite qui lui parle des folies de l'amour et lui conseille de prendre la religion et les œuvres de dévotion pour remède à ses maux. Le jeune homme se détermine à suivre des conseils aussi sages, et ils se dirigent l'un et l'autre vers l'ermitage. Mais à peine se mettent-ils en marche, que le diable apparaît, se plaignant amèrement de ce que l'écuyer va lui échapper, et résolu d'employer toute sa puissance pour prévenir cette perte. Un des bergers, du nom de Vicente, arrive, et il est fortement frappé par l'éclair de l'esprit, qui le saisit en se retirant, esprit qui, d'après sa description et d'après la figure qui en est gravée sur la page du titre, semble avoir été un personnage vraiment fantastique et hideux. Aussi Vicente se cache. La jeune fille, l'amante de l'écuyer entre, le retire de sa cachette et entreprend avec lui un dialogue métaphysique sur l'amour. L'autre berger Crémon, interrompt la discussion sur ce sujet difficultueux ; il s'élève une querelle violente entre lui et Vicente, querelle que calme la jeune fille, et lorsque Crémon lui dit où sont l'ermite et son amant, elle va voir où ils se trouvent. Tous se rendent à l'ermitage : l'écuyer, plein de joie, reçoit son amante à bras ouverts et s'écrie :

> Agora reniego de mala fraylia
> No quiero hermitaño ni frayle mas ser (1).

L'ermite les marie et se détermine à se rendre chez eux à la ville. Le drame finit alors d'une manière assez étrange par un *Villancico* dont voici le refrain :

> Huyamos de ser vassallos
> Del Amor ;
> Pues por premio dá dolor. (2)

---

(1) Maintenant je renie cette triste moinerie, — Je ne veux plus être davantage ni ermite ni moine.

(2) « Évitons d'être vassaux — De l'amour ; — Puisque pour prix il donne la douleur.

Cette composition est curieuse, parce qu'elle nous offre un singulier mélange de l'esprit des vieux mystères, de l'esprit des églogues de Juan de l'Encina et des comédies de Torres de Naharro, en même temps qu'elle nous montre par quels moyens maladroits elle cherchait à se concilier l'Église et à divertir aussi un public qui avait peu de sympathie pour les moines et les ermites. Elle n'a presque pas de poésie, et très-peu de mouvement dramatique. La première stance nous donne un spécimen tout à fait exact de son style et de sa versification, L'ermite entre en scène en disant :

> La vida penosa que nos los mortales
> En aqueste mundo terreno passamos,
> Si con buen sentido la consideramos ,
> Fallar la hemos llena de muy duros males ,
> De tantos tormentos, tan grandes y tales
> Que aver de contallos es cuenta infinita ;
> Y allende de aquesto, tan presto es marchita
> Como la rosa que esta en los rosales. (1)

Cette tentative fut suivie de quelques autres pièces qui parurent presque en même temps et se rapprochèrent encore plus de l'exemple donné par Torres Naharro. Une de ces poésies porte pour titre : *La Vidriana*, par Jaume de Huete ; elle retrace les amours d'un gentilhomme et d'une dame d'Aragon, qui avaient demandé à l'auteur de les représenter sur la scène (2). Une autre composition du même écrivain intitulée : *La*

---

(1) La vie pénible que nous, les mortels, — Nous passons dans ce monde terrestre, — Si nous la considérons avec bon sens, — Nous devons la trouver pleine de maux fort durs, — De tant de tourments, si grands et tels — Que les calculer c'est un compte infini ; — Et hors de là, elle est aussitôt flétrie — Que la rose des rosiers. »

Comme il est très-difficile, je crois, sauf par un accident des plus rares, qu'on trouve un autre exemplaire de cette comédie, nous avons cité cette stance avec l'orthographe de l'original.

« *Una farça a manera de tragedia*, en prose et du genre pastoral, fut imprimée à Valence en 1537, anonyme. Elle a quelque ressemblance, du moins dans quelques détails avec celle que nous venons d'analyser. Arribau la mentionne dans sa Biblioteca de autores españoles, 1846, tom. II, pag. 193, note.

(2) *Comedia llamada Vidriana, compuesta por Jaume de Huete agora nuevamente*, etc., petit in-4°, 18 feuillets, caractères gothiques, sans indication d'année, de lieu, ni d'imprimeur. Il y a dix interlocuteurs et elle se termine par une apologie en latin où l'auteur s'excuse de ne pouvoir l'écrire, comme Mena, en faisant allusion, je suppose, à Juan de Mena, quoique je ne puisse m'expliquer pourquoi il choisit Juan de Mena, alors que le drame est évidemment dans le genre de ceux de Torres Naharro.

Tesorina, fut interdite plus tard par l'Inquisition (1). Cette dernière est
une imitation directe de Torres Naharro : elle a un *introito*, se divise en
cinq *jornadas*, et est écrite en petits vers. A la fin Naharro est cité par son
nom, ce qui implique une grande admiration de la part de l'auteur, aragonais, comme il se dit lui-même dans le titre, et dont nous ne savons
pas autre chose. Finalement nous avons une comédie en cinq actes, dans
le même style, avec un *introito* au commencement, et un *Villancico* à la
fin, par Agustin Ortiz (2) ; nous n'avons ainsi plus de doutes, le genre
et le système de Naharro ont enfin trouvé des imitateurs en Espagne et
ils y ont été véritablement reconnus et acceptés.

Mais la veine populaire n'avait pas encore été touchée. Excepté les
représentations dramatiques d'un caractère religieux et données sous les
auspices de l'autorité ecclésiastique, il n'avait été fait aucune tentative où le peuple eût une part. L'essai allait cependant être maintenant
expérimenté et même avec succès. L'auteur était un artisan de Séville,
Lope de Rueda, batteur d'or de son métier, et qui par des motifs

---

(1) C'est un autre drame, du même volume que les deux derniers. Moratin
(Catalogo no 47), qui le trouve cité dans l'Index expurgatoire de Valladolid, en
1559, lui assigne à l'aventure l'année 1531, mais il ne l'a jamais vu. Voici son
titre : *Comedia intitulada Tesorina, la materia de la qual es unos amores de un
penado por una señora y otras personas adherentes : hecha nuevamente por
Jaume de Huete. Pero si por ser su natural lengua aragonesa no fuese por muy
cendrados terminos, quanto a ese merece perdon*, in-4o ; caractères gothiques ,
15 feuillets sans indication d'année, ni de lieu, ni d'imprimeur. Il y a dix interlocuteurs ; c'est une entière imitation de Torres Naharro, qui est mentionnée dans
quelques vers latins de la fin où l'auteur exprime l'espoir de voir sa muse favorablement accueillie. « Quamvis non Torres digna Naharro venit.»

(2) *Comedia intitulada Radiana compuesta por Agostin Ortiz*, petit in-4o ;
12 feuillets sans indication d'année, de lieu, ni d'imprimeur. Elle est divisée en
cinq *jornadas* ; elle a dix interlocuteurs, nombre favori, selon toute apparence ,
elle fait partie du volume que nous avons cité plus haut, et qui contient en outre :
1o Une médiocre histoire en prose, mêlée de dialogues sur la fable de Mirrha
tirée principalement d'Ovide ; elle a pour titre : *Tragedia de Mirrha ;* son auteur
est le bachelier Villalon. Elle fut imprimée à Medina del Campo, en 1536, par
Pedro Toraus, petit in-4o, caractères gothiques ; 2o une églogue à la manière de
Juan de l'Encina pour une naissance avec la dénomination de *Farsa*, « El farsa
siguiente hizo Pedro Lopez Rangel, etc. », elle n'a que quatre feuillets et contient
trois *Villancicos* ; sur le titre est gravé une crèche avec Bethléem dans le lointain ;
3o une farce courte et sans grâce, intitulée : *Jacinta*, mais différente de la *Jacinta* de Naharro. Ces trois compositions et les quatre dont nous avons déjà parlé,
ne sont, je crois, connues que par l'exemplaire dont nous nous sommes servis et
qui appartient à la bibliothèque de M. H. Ternaux-Compans.

aujourd'hui tout à fait inconnus, se fit acteur et écrivain dramatique. L'époque où il florissait est comprise, suppose-t-on, entre 1544 et 1567, année où l'on parle de sa mort. Le théâtre de ses exploits s'étendit, à ce que l'on croit, à Séville, Cordoue, Valence, Ségovie et probablement à d'autres cités, où ses comédies et ses farces se représentèrent avec avantage. A Ségovie, il joua, nous le savons, dans la nouvelle cathédrale, pendant la semaine de sa consécration, en 1558 : Cervantès et l'infortuné Antonio Perez, parlent l'un et l'autre avec admiration de ses talents comme acteur. Le premier devait avoir vingt ans, en 1567, date communément assignée à la mort de Lope de Rueda (1), et le second dix-huit. Par conséquent, la réputation de Rueda, même durant sa vie, semble avoir été remarquable; et à sa mort, quoiqu'il eût appartenu à la profession méprisée et repoussée du théâtre, il fut enterré avec honneur, au milieu des nombreux piliers, dans la nef de la grande cathédrale de Cordoue (2).

Après sa mort, ses œuvres furent recueillies par son ami Juan de Timoneda, et publiées en différentes éditions, entre 1567 et 1588 (3). Elles consistent en quatre comédies, deux entretiens de bergers, dix

---

(1) On sait positivement qu'il était mort cette année-là, puisque l'édition de ses « Comedias », publiée alors à Valence par son ami Juan de Timoneda, contient, à la fin de « los Engañados », un sonnet sur sa mort, par Francisco Ledesma. La dernière et presque la seule date que nous ayons de lui, est celle de sa représenta - tion dans la cathédrale de Ségovie, en 1558, fait dont nous avons une relation exacte dans la savante et consciencieuse Histoire de Ségovie, par Diego de Colmenares (Ségovie, 1627, in-fol., pag. 516), où il dit que « en un teatro levantado entre « los dos coros representó Lope de Rueda, famoso comediante de aquella edad, una gustosa comedia », sur un théâtre élevé entre les deux chœurs, Lope de Rueda, célèbre comédien de ce temps, représenta une comédie divertissante.

(2) Le passage bien connu sur Lope de Rueda, dans Cervantès, prologue de ses « Comedias », est ce que nous avons de plus important dans tout ce qui nous reste relativement à lui. Tous ces détails sont recueillis dans Navarrette, *Vida de Cervantes;* pp. 255-60; dans Casiano Pellicer, *Origen de la comedia y del Histrionismo, en España.* Madrid, 1804, in-12, tom. II, pp. 72-84.

(3) *Las quatro Comedias y dos coloquios pastorales del excelente poeta y gracioso representante, Lope de Rueda, etc. impresas en Sevilla,* 1576, in-8°, contient ses principaux ouvrages avec le *Dialogo sobre la invencion de las calzas que se usan agora.* D'après l'épître que Juan de Timoneda met en tête, j'en déduis qu'il a fait quelques changements, probablement sans grande importance, aux manuscrits que lui avait laissés Lope de Rueda. Quant au *Deleytoso,* imprimé à Valence, en 1577, je n'ai jamais pu en connaître autre chose que les nombreux extraits donnés par Moratin, formant six *pasos* et un *coloquio.* La première édition des *Quatro Comedias,* etc., est de 1567, Valence; et la dernière de 1588, Logroño.

Pasos ou dialogues en prose, et deux autres en vers. Toutes ces compositions étaient évidemment écrites pour être représentées, et furent incontestablement jouées devant un public composé du peuple, par la compagnie ambulante que dirigeait Lope de Rueda lui-même.

Les quatre comédies sont simplement divisées en scènes et de la même étendue que les farces ordinaires, de l'esprit desquelles elles participent généralement. La première est intitulée : *Los Engañados*; c'est l'histoire de Lélia, fille de Virginius, qui s'est échappée du couvent où elle avait été placée pour son éducation, et qui sert de page à Marcelo, autrefois son amant, et qui l'avait quittée parce qu'il se croyait maltraité par elle. Clavela, dame à qui Marcelo rend maintenant hommage, s'éprend du gracieux page, comme Olivia dans le *Jour des Rois*, *Twelfth Night* de Shakspeare, erreur qui produit des scènes et des situations pleines de mouvement. Un frère jumeau du jeune page, de Lélia, rentre chez lui, après une longue absence; il lui ressemble tellement, qu'il devient un autre Sosie et cause d'abord la plus grande confusion et le plus grand trouble. Il finit par épouser Clavela et laisse sa sœur à son premier amant. Telle est du moins l'intrigue : dans les détails et dans le dialogue, il y a des parties très-ingénieuses, disposées avec une habileté des plus dramatiques.

La comédie suivante, la *Médora*, ne manque pas non plus d'un certain sentiment de ce qui appartient à la composition scénique et à l'effet théâtral. L'intérêt de l'action repose à un haut degré, sur la confusion produite par la ressemblance qui existe entre une jeune fille volée, tout enfant, par des Gitanos, et l'héroïne qui est sa sœur jumelle. Il y a là des caractères fort bien tracés et merveilleusement mis en relief : deux principalement, Gargullo, le *miles gloriosus* ou le Capitaine Boabdil du conte. Par une admirable étude de la nature, ce personnage nous est dépeint vantant toujours son courage, qu'il soit tout à fait seul, qu'il soit en compagnie. Le second caractère est celui de la Gitana qui le trompe et le vole au moment même où Gargullo veut la tromper et la voler (1).

Le sujet de l'*Eufemia* n'est pas sans ressemblance avec celui de la *calumniada Imógenes*, et le caractère de Melchior Ortiz est presque exactement le même que celui du bouffon dans le vieux drame anglais; c'est un mélange agréable et bien soutenu de simplicité et de finesse.

_____

(1) C'est le *Rufian* des vieux drames et des romans espagnols, moitié vaurien, moitié fanfaron et entièrement fripon, personnage tout à fait distinct du Rufian des temps modernes, qui n'est autre que le vieil *Alcahuete*.

Armelina, la quatrième et la dernière des longues pièces de Lope de Rueda, est plus hardie dans ses incidents dramatiques qu'aucune des autres (1). L'héroïne, enfant abandonnée de la Hongrie, est laissée, après une série d'incidents étranges, dans un village d'Espagne où elle est tendrement et même délicatement élevée par le forgeron du village. Pendant ce temps, son père, pour la remplacer, a élevé, en Hongrie, d'une manière non moins tendre, un fils naturel de ce même forgeron, que son indigne mère avait emmené dans ce pays. Le père de la jeune fille a eu quelque connaissance du pays où elle se trouvait; il vient en Espagne, amène avec lui son fils adoptif et gagne le village. Là il consulte un nécromancien maure sur les moyens à employer pour retrouver l'enfant qu'il a perdue. Le Maure, par de terribles enchantements, invoque Médée qui, sortant des régions infernales, apparaît immédiatement sur la scène et lui révèle que sa fille vit dans le village même, où ils se trouvent tous. Pendant ce temps, la jeune fille a vu le jeune homme arrivé de Hongrie, et tous deux ils se sont épris réciproquement l'un de l'autre. Le forgeron a décidé en même temps de la forcer, avec l'aide de sa femme, à épouser un cordonnier à qui il l'a déjà promise. De là, par conséquent, le trouble et le désespoir. La jeune fille se résout à y couper court immédiatement, en se précipitant dans la mer, mais elle en est empêchée par Neptune, qui la porte tranquillement dans sa demeure au fond de l'Océan, et qui la ramène au moment opportun pour résoudre toutes les difficultés, expliquer les relations de parenté, et le drame finit par un mariage et un bal. Tout cela est, sans aucun doute, disparate et extravagant, particulièrement la partie relative à l'évocation et le rôle joué par Neptune; mais, après tout, le dialogue est agréable, facile; le style est naturel et animé.

Les deux Entretiens des bergers, *Coloquios pastoriles*, diffèrent des quatre comédies, en ce qu'ils témoignent de moins de soins dans la disposition du plan, et qu'ils affectent, dans les parties les plus bucoliques, un air grave et pédantesque, qui n'est rien moins qu'agréable. Ils appartiennent, cependant, substantiellement à la même classe de drames, et ils ont reçu peut-être un nom différent, par cette circonstance seule que le ton pastoral a toujours été populaire dans la poésie espagnole et que, depuis le temps de Juan de l'Encina, il a été particulièrement regardé

---

(1) Un fait digne d'être connu, c'est que l'*Armelina* et l'*Eufemia* commencent toutes deux par des scènes où l'on appelle un jeune paresseux pour le faire lever du lit, de bon matin, comme dans la première scène des *Nuées d'Aristophane*.

comme propre à la représentation publique. La partie comique des entretiens est le seul endroit où ils ont quelque mérite, et le passage suivant de celui de *Timbria* caractérise la manière naturelle et légère de Lope de Rueda mieux, peut-être, que tout autre qu'on pourrait choisir sur ce qui nous reste de ses drames. C'est une discussion entre Leno, l'adroit bouffon de la pièce, et Troico, femme déguisée en homme, discussion où Leno cherche ingénieusement à se disculper de tout blâme pour avoir dévoré un excellent gâteau que Timbria, l'amante de Troico, lui avait envoyé par ce messager infidèle et glouton.

LENO.   ! Ah Troico! ¿estás acá?

TROICO.   Sí, hermano; ¿tu no lo ves?

LEN.   Mas valiera que no.

TRO.   ¿Por qué, Leno?

LEN.   Porque no supieras una desgracia que ha sucedido harto poco há.

TRO.   Y ¿que ha sido la desgracia?

LEN.   ¿Que es hoy?

TRO.   Jueves.

LEN.   ¡Jueves! ¿Cuánto le falta por ser mártes?

TRO.   Antes le sobran dos dias.

LEN.   ¡Mucho es eso! Mas dime, ¿suele haber dias aciágos, asi como los mártes? (a)

TRO.   ¿Por qué lo dices?

LEN.   Pregunto, porque tambien habrá hojaldres desgraciadas, pues hay jueves desgraciados.

TRO.   ¡Creo que si! (1)

---

(1) LENO. Ah! Troico, es-tu là? — TROICO. Oui, frère, tu ne le vois pas? — LEN. Il vaudrait mieux que tu n'y fusses pas. — TRO. Pourquoi, Leno? — LEN. Parce que tu n'apprendrais pas un malheur qui vient d'arriver il y a peu. — TRO. Et quel est ce malheur? — LEN. Quel jour est-ce aujourd'hui? — TRO. Jeudi. — LEN. Jeudi! combien s'en faut-il de jours pour qu'il soit mardi? — TRO. Il y en a deux d'écoulés depuis. — LEN. C'est beaucoup! Mais dis-moi, y a-t-il d'ordinaire des jours malheureux comme les mardis? — TRO. Pourquoi cette question? — LEN. Je le demande, parce qu'il y aura aussi des tourtes malheureuses, puisqu'il y a des jeudis malheureux. — TRO. Je crois que oui.

(a) Cette superstition relative aux mardis, considérés comme des jours néfastes, est assez fréquente dans l'ancien drame espagnol :

Está escrito
El Mártés es dia aciago,

Lope de Vega, *El Cuerdo en su casa*, act. II. *Comedias.* Madrid, 1615, in-4°, tom. VI, fol. 112.

LEN.   Y ven acá : si te la hubiesen comido á ti una en jueves, ¿en quien habria caido la desgracia, en la hojaldre ó en ti ?

TRO.   No hoy dudo sino que en mi.

LEN.   Pues, hermano Troico, aconortáos y comenzad à sufrir, y ser paciente, que por los hombres, como dicen, suelen venir las desgracias, y estas son cosas de Dios, en fin ; y tambien segun orden de los dias os podriades vos morir, y, como dicen, ya seria recomplida y allegada la hora postrimera ; rescibildo con paciencia, y acordaos que mañana somos, y hoy no.

TRO.   !Válame Dios, Leno ! ¿Es muerto alguno en casa, ó como me consuelas asi?

LEN.   ¡ Ojalá, Troico !

TRO.   Pues ¿que fue? ¿No lo diras sin tantos circunloquios ? ¿ Para qué es tanto preámbulo ?

LEN.   Cuando mi madre murió, para decirmelo el que me llevó la nueva me trajo mas rodeos que tiene vueltas Pisuerga ò Zapardiel (α).

TRO.   Pues yo no tengo madre ni la conosci, ni te entiendo.

LEN.   Huele ese pañizuelo.

TRO.   ¿Y bien? Ya está olido.

LEN.   ¿A que huele?

TRO.   A cosa de manteca.

LEN.   Pues bien puedes decir : aqui hué Troya.

TRO.   ¿Como, Leno ?

LEN.   Para tí me la habian dado, para ti la enviàba revestida de piñon e, la Sra, Timbria ; pero como yo soy, y lo sabe Dios y todo el mundos allegado à lo bueno, en viéndola asi, se me vinieron los ojos tras ella, como milano tras de pollera.

LEN. Viens ici ; si on te l'avait mangée un jeudi, sur qui serait tombé le malheur, sur la tourte ou sur toi? — TRO. Il n'y a pas à en douter, il serait tombé sur moi. — LEN. Donc, frère Troico, réconfortez-vous et commencez à souffrir et à prendre patience, parce que c'est des hommes, comme on dit, que viennent d'ordinaire les malheurs, et ceux-ci sont des choses de Dieu, enfin ; et selon l'ordre des jours aussi vous pourriez mourir, vous ; et comme l'on dit, déjà serait accomplie et arrivée l'heure dernière ; recevez-le avec patience et souvenez-vous qu'un matin nous sommes, et un jour non. — TRO. Que Dieu me protége, Leno! Y a-t-il quelqu'un de mort dans la maison, ou pourquoi me consoler ainsi? — LEN. Plût à Dieu, Troico. — TRO. Mais qu'y a-t-il donc! Ne le diras-tu pas sans tant de circonlocutions? A quoi bon tant de préambule? — LEN. Lorsque ma mère mourut, pour me le dire, celui qui m'en apporta la nouvelle prit plus de détours que n'en fait le Pisuerga ou le Zapardiel. — TRO. Mais je n'ai pas de mère, je ñe l'ai pas connue, le ne te comprends pas. — LEN. Sens ce petit mouchoir. — TRO. Eh bien! je j'ai senti. — LEN. Que sent-il? — TRO. Une espèce de graisse. — LEN. Tu peux bien le dire : c'est là que fut Troie. — TRO. Comment, Leno? — LEN. C'est pour toi qu'on me l'avait donnée, c'est pour toi que me l'envoyait couverte de pignons la Sra. Timbria : mais, comme je suis, Dieu le sait ainsi que tout le monde, amou-

TRO.   ¿Tras quien, traidor? ¿ tras Timbria?

LEN.   Que no ¡ Válame Dios, qué empapada la enviaba de manteca de azucar!

TRO.   ¿ La qué?

LEN.   La hojaldre : ¿no lo entiendes?

TRO.   Y ¿quien me la enviaba?

LEN.   La Sra. Timbria.

TRO.   Pues ¿ que la hiciste?

LEN.   Consumióse.

TRO.   ¿De que?

LEN.   De ojo.

TRO.   ¿ Quien la ojeó?

LEN.   Yo ¡mal punto!

TRO.   ¿De qué manera?

LEN.   Asentéme en el camino.

TRO.   Y ¿que mas?

LEN.   Toméla en la mano.

TRO.   ¿ Y luego?

LEN.   Probé à qué sabia, y como por una banda y por otra estaba de dar y tomar, cuando por ella acordé, ya no habia memoria.

TRO.   En fin ¿ te la comiste?

LEN.   Podria ser.

TRO.   Por cierto que eres hombre de buen recado.

LEN.   ¿A fé? ¿que te parezco? de aqui adelante, si trujere dos, me las comeré juntas, para hacello mejor.

TRO.   Bueno va el negocio.

LEN.   Y buen regido y con poca costa, y a me contento. Mas ven acá, si quies que riamos un rato con Timbria.

---

reux de tout ce qui est bon, en la voyant ainsi, mes yeux se sont portés sur elle, comme le milan sur le poussin.

TRO. Sur qui, traître? sur Timbria? — LEN. Mais non, que Dieu me protége, elle l'envoyait toute pétrie de graisse et de sucre. — TRO. Quoi? — LEN. La tourte, tu ne l'entends pas? — TRO. Et qui me l'envoyait? — LEN. La Sra. Timbria. — TRO. Qu'en as-tu donc fait? — LEN. Elle s'est consommée. — TRO. De quoi? — LEN. De l'œil. — TRO. Qui l'a guignée? — LEN. Moi, bien mal à propos? · TRO. De quelle manière? — LEN. Je me suis assis sur le chemin. — TRO. Quoi de plus? — LEN. Je l'ai prise dans la main. — TRO. Et puis? — LEN. Je cherchai quel goût elle avait ; et comme il fallait aller et venir, tantôt par une bande tantôt par une autre, quand je me rappelai d'elle, il n'en restait déjà plus le souvenir.— TRO. Enfin tu l'as mangée? — LEN. Cela pourrait bien être. — TRO. Certainement, tu es un homme qui fait bien les commissions! — LEN. Vraiment? que t'en semble? Dorénavant, si l'on m'en donne deux, je les mangerai ensemble, pour les mieux faire. — TRO. L'affaire va bien. — LEN. Et bien conduite et à peu de frais, et à ma satisfaction. Mais viens ici, si tu veux que nous riions un peu avec Timbria.

(a) Rivières au nord de l'Espagne, souvent citées dans la poésie espagnole, surtout la première.

TRO.   ¿De que suerte?

LEN.   Puédes le hacer encreyente que la comiste tú, y como ella piense que es verdad, podrémos despues tú y yo reir acá de la burla ¡que reventarás riyendo! ¿Qué mas quies?

TRO.   Bien me aconsejas.

LEN.   Agora bien, ¡Dios bendiga los hombres acogidos à razon! Pero díme, Troico, ¿sabras disimular con ella sin reirte?

TRO.   Yo ¿ de qué me habia de reir?

LEN.   ¿No te parece que es manera de reir hacelle encreyente que tú te la comiste, habiéndosela comido tu amigo Leno?

TRO.   Dices sabiamente; mas calla, véte en buen hora, etc. (1).

Les dix *Pasos* ressemblent beaucoup à ces dialogues. Courts, animés sans intrigue ni dénoûment, ils ont tout purement pour but d'amuser, quelques moments, un public désœuvré. Deux d'entre eux roulent sur des fourberies de gloutons, comme celle que pratique Leno; d'autres ont lieu entre des fripons et des lâches, mais tous sont tirés de la vie commune et écrits avec esprit. Quelques-uns d'entre eux sont extraits, c'est possible, de compositions dramatiques plus longues et plus régulières que l'éditeur ne jugea pas dignes d'imprimer en entier (2).

Les deux dialogues en vers sont très-curieux, comme l'unique spécimen qui nous reste de la poésie de Lope de Rueda, si l'on excepte quelques romances et un fragment conservé par Cervantès (3). L'un

---

TRO. De quelle façon? — LEN. Tu peux lui faire accroire que c'est toi qui l'as mangée, et comme elle pensera que c'est la vérité, nous pourrons ensuite, toi et moi, rire ici de la plaisanterie; tu crèveras de rire! que veux-tu de plus? — TRO. Tu me conseilles bien. — LEN. Allons, bon, Dieu bénisse les hommes qui se rendent à la raison! Mais, dis-moi, Troico, sauras-tu dissimuler sans rire devant-elle? — TRO. Moi? et de quoi aurai-je à rire? — LEN. Ne te semble-t-il pas que c'est un bon sujet de rire que de lui faire accroire que tu l'as mangée, alors que c'est ton ami Leno qui l'a mangée? — TRO. Tu parles comme un sage; mais tais-toi et va-t-en au diable, etc.

(1) *Las quatro Comedias*, etc., de Lope de Rueda. Séville, 1576, in-8º.

(2) C'est ce que l'on déduit de ce qu'à la fin de l'édition des *Comedias y coloquios*, 1576, il y a une *Tabla de los pasos graciosos que se pueden sacar de las presentes comedias y coloquios y poner en otras obras*. *Paso* peut-être veut dire *passage*. Les *pasos* furent néanmoins, ce n'est pas douteux, écrits quelquefois comme œuvres séparées par Lope de Rueda, mais ils ne s'appelèrent *entremeses* qu'avec Timoneda qui leur donna ce nom. Peut-être aussi dès l'origine furent-ils employés, comme des prologues pour des drames plus longs.

(3) Il y a une *glose* imprimée à la fin des *Comedias*. Elle n'a pas un grand mérite. Le passage conservé par Cervantès se trouve dans ses *Baños de Argel* vers la fin.

de ces dialogues est intitulé : *Prendas de amor*. gages d'amour. C'est
une espèce de discussion pastorale entre deux bergers, sur la question de
savoir quel est le plus favorisé des deux, de celui qui a reçu en cadeau
une bague, ou de celui qui a reçu une boucle d'oreilles. Il est écrit en
quintillas faciles et coulantes, et n'est pas plus long qu'un des petits
dialogues en prose. L'autre est intitulé : *Dialogo sobre la invencion de las
calzas que se usan agora* : dialogue sur l'invention des chausses qu'on
porte maintenant; il est écrit dans le même genre de versification facile,
mais il participe encore plus de l'esprit particulier et du genre de
l'auteur. Il s'établit entre deux laquais et commence brusquement de la
manière suivante :

PERALTA.	Señor Fuentes, ¿que mudança
	Haveys hecho en el calçado
	Con que andays tan abultado?
FUENTES.	Señor, calças á la usança.
PERAL.	Pensé qu'era verdugado.
FUENT.	Pues yo dellas no me corro ;
	¿Que han de ser como las vuessas?
	Hermano ya no usan d'esas
PERAL.	Mas ¿que les echays de aforro, .
	Que aun se paran tan tiesas?
FUENT.	D'eso un poco; un sayo viejo
	Y toda una ruyn capa,
	Que á esta calça no escapa.
PERAL.	Pues si van á mi consejo
	Echarán una gualdrapa.
FUENT.	Y aun otros mandan poner
	Copia de pajo y esparto,
	Porque les abulten harto.
PERAL.	Essos deben de tener
	De bestias quiça algun quarto.
FUENT.	Pondráse qualquier alaja (1)

(1) PERALTA. Señor Fuentes, quel changement — avez-vous apporté dans les
chausses — qui vous donnent un si gros volume? — FUENTES. Señor, ce sont des
chausses à la mode. — PERAL. Je pensais que c'étaient des vertugadins. — FUENT.
Pour moi, je n'en rougis pas. — Pourquoi les avoir comme les vôtres? — Mon
ami, on n'en porte déjà plus. — PERAL. Mais que leur mettez-vous pour doublure
— qu'elles se tiennent ainsi si fermes? — FUENT. Quant à cela peu de chose, un
vieux sayon — et tout un manteau ruiné, — car il n'y a pas de chausse qui y
échappe. — PERALT. Si l'on suit mon conseil, — on y mettra une chabraque. — FUENT.
D'autres encore y font mettre — quantité de paille et de spart — pour les grossir
encore plus. — PERAL. Ceux-là doivent y avoir — peut-être quelque logement pour
des bêtes. — FUENT. On y mettra quelque bijou — pour porter des chausses su-

Por traer calça gallarda.
PERAL.　　Cierto, yo no sé qué aguarda,
　　　　　Quien va vestido de paja,
　　　　　De hacerse alguna albarda (1).

Dans toutes les formes du drame essayées par Lope de Rueda, le but principal est évidemment d'amuser le public populaire. Pour cet effet, les ressources théâtrales étaient bien pauvres et bien mesquines « En « tiempo deste famoso español, (dice Cervantes recordando los alegres « dias de su mocedad), todos los aparatos de un autor de comedias se « encerraban en un costal, y se cifraban en cuatro pellicos blancos « guarnecidos de guadameci dorado, y en quatro barbas y cabelleras y « quatro cayados poco mas de menos, porque todos los personages que se « introducieran eran pastores : los paños del vestuario eran dos mantas « que en donde quiera se tendian sobre un cordel, y se entretegian en la « egloga dos otres entremeses, ya de negro, ya de rufian, ya de bobo, « ya de vizcaino : que estas quatro figuras y otras muchas hacia el tal « Lope con la mayor excelencia y propiedad que pudiera imaginarse. No « havia en aquel tiempo tramoyas, ni de safios de moros y christianos á « piè ni á caballo. No havia figura que saliese ó pareciese salir del « centro de la tierra, por lo hueco del teatro, al qual componian quatro « bancos en quadro y quatro ó seis tablas encima, con que se levantava « del suelo quatro palmos; ni menos bajaban del cielo nubes con ángeles « ó con almas (2). »

---

perbes. — PERAL. Certes, je ne sais ce qu'attend, — celui qui va vêtu de paille, — pour se faire faire un bât.

(1) Je ne crois pas que ce dialogue soit imprimé ailleurs qu'à la fin des *Comédies* 1576. Il se rapporte évidemment à ces chausses vides avec soufflets qui commençaient d'être alors à la mode; comme celles que la fille de Sancho Panza voulut lui voir porter, dans sa vanité, lorsqu'elle entendit que son père était gouverneur de Barataria : comme celles que portait le prince D. Carlos, d'après le récit de Thou et dont il se servait pour cacher dans cette étrange cachette les pistolets qui inquiétaient Philippe II. *Caligis, quæ amplissimæ de more gentis in usu sunt.* Elles furent défendues par une ordonnance royale, en 1623. (Voy. D. Quichotte, part. II, chap. L, et les deux histoires amusantes que Pellicer nous raconte dans ses notes. Voyez de Thou, *Historiarum*, lib. XLI, au commencement.)

(2) « Au temps de ce fameux espagnol, dit Cervantès en se rappelant les jours » joyeux de sa jeunesse, tout l'appareil d'un auteur de comédies, se renfermait » dans un grand sac et se composait de quatre jaquettes blanches, garnies de cuir » doré, de quatre barbes et chevelures et de quatre houlettes, tantôt plus tantôt » moins, parce que tous les personnages introduits sur la scène étaient des ber-

Le lieu où s'élevait ordinairement ce théâtre grossier était une place publique, et les représentations commençaient, quand les spectateurs étaient réunis, avant et après midi apparemment, puisque à la fin d'une de ses comédies, Lope de Rueda dit : « Auditores, no hagais sino comer, y dad vuelta à la plaza (1) : » et semble annoncer ainsi une autre représentation.

Ses quatre drames plus longs ressemblent à certaines parties du théâtre anglais primitif, qui commençait précisément à poindre dans cette même époque par des pièces telles que *Ralph Royster Doyster* et *Gammer Curton's Needle*. Ils sont divisés en ce qu'on appelle scènes : les plus courts en ont six et les plus longs dix : dans ces scènes, le lieu change parfois, et les personnes souvent, circonstance fort peu importante, puisque l'ensemble de la disposition théâtrale ne visait pas réellement à l'illusion scénique (2). Une grande partie du succès dépendait du rôle rempli par le bouffon, ou le *niais*, personnage fort important dans le plus grand nombre de ces drames et presque constamment en scène (3). Ce qui y contribuait aussi, c'étaient les équivoques de langue, résultant de l'ignorance du vulgaire ou du mélange du castillan avec des dialectes étrangers, tels que le langage des nègres ou des maures. Chaque pièce commence par un court prologue, exposé du sujet, et finit par une plaisanterie et un compliment au public. Naturel dans la pensée, facilité excessive, expressions et tournures dans le castillan le plus pur, bonne humeur, franche gaieté, sentiment profond du ridicule, imitation heureuse des mœurs et du genre de vie du peuple, tels sont les plus saillants

---

» gers ; les habits du vestiaire se composaient de deux manteaux tendus sur une
» corde, en quelque lieu qu'on se trouvât. On entremêlait dans l'églogue deux ou
» trois intermèdes, où paraissait soit un nègre, soit un rufian, soit un bouffon, soit
» un biscaïen. Ces quatre rôles et beaucoup d'autres, Lope de Rueda les rendait
» avec la plus grande perfection et avec le plus grand naturel qu'on puisse ima-
» giner. Dans ce temps-là, il n'y avait pas de coulisses, pas de défis de mores et
» de chrétiens, à pied ni à cheval. Il n'y avait pas de spectre qui sortît ou semblât
» sortir du centre de la terre, par le trou du théâtre, que composaient quatre
» bancs en carré, avec quatre ou six planches dessus, surélevé sur le sol à une
» hauteur de quatre palmes. On ne voyait pas non plus descendre du ciel, des
» nuages avec des anges ou avec des âmes. » Cervantes, *Comedias*, prologue.

(1) Spectateurs, ne faites que manger et revenez prendre vos places.

(2) Dans la scène cinquième de l'*Eufémia*, la place change quand arrive Valiano. Lope de Rueda ignorait évidemment le sens du mot *scène*, ou ne l'employait pas bien.

(3) La première trace de ces *naïfs* convertis plus tard en *graciosos* se trouve dans les *Parvos* de Gil Vicente.

caractères de ces quatre comédies, caractères par lesquels se distinguent aussi toutes ses autres tentatives moins étendues. Lope de Rueda marchait, par conséquent, dans la droite voie, aussi fut-il plus tard justement considéré par Cervantès et par Lope de Vega, comme le véritable fondateur du théâtre national et populaire (1).

Le premier qui marcha sur les traces de Lope de Rueda fut son ami et son éditeur, Juan de Timoneda, libraire de Valence, qui dut certainement fleurir pendant la seconde moitié ou la dernière partie du seizième siècle, et qui mourut probablement dans une extrême vieillesse, dès le commencement de 1597 (2). Ses treize ou quatorze pièces qu'il fit imprimer, portent divers noms et se distinguent par une considérable variété de caractères : les meilleures sont celles qui sont écrites dans le ton le plus populaire. Quatre d'entre elles sont intitulées *Pasos*; quatre *Farsas*, quoiqu'elles soient tout à fait semblables aux autres. Deux portent le nom de *Comédies*; l'une, *Aurelia*, écrite en petits vers, se divise en cinq *jornadas*, avec un *intróito*, à la manière de Torres Naharro; l'autre *Cornelia*, se divise purement en sept scènes, et est écrite en prose, dans le genre de Lope de Rueda. Outre ces compositions, nous avons ce qui, dans le sens actuel du mot, fut tout d'abord appelé *Entrémes*; une tragi-comédie, mélange de mythologie et d'histoire moderne ; un auto religieux, sur le sujet de la Brebis perdue; une traduction ou plutôt une imitation des Ménechmes de Plaute. Dans toutes ces compositions, Juan de Timoneda semble avoir espéré le succès par un dialogue animé, spirituel, piquant, comme celui de Lope de Rueda : toutes aussi, ce n'est pas douteux, sont écrites pour être représentées sur des places publiques, représentations auxquelles il fait plus d'une fois des allusions (3).

---

(1) Cervantès, dans le Prologue déjà cité, l'appelle le *grand* Lope de Rueda; et quand il parle des comédies espagnoles, il le considère comme « el primero que « en España las sacó de mantillas y las pusó en toldo y vestio de gala y aparien- « cia. » C'était en 1615, Cervantès parle d'après ses propres connaissances et ses propres souvenirs. En 1620, dans le Prologue du treizième volume de ses comédies (Madrid, in-4°), Lope de Vega s'exprime ainsi : « Las comedias no eran mas « antiguas que Rueda, a quien oyeron muchos que hoy viven. »

(2) Ximeno, *Escritores de Valencia* (tom. I, pag. 72), et Fuster, *Biblioteca Valenciana* (tom. I, pag. 161).

(3) Dans le Prologue à la *Cornelia*, un des auteurs dit qu'un des principaux personnages de la pièce vit à Valence : *en esta casa que estais viendo*, ajoute-t-il en s'adressant pittoresquement aux spectateurs, et avec un certain effet comique, puisque tous pouvaient voir la maison. Une plaisanterie semblable est répétée un peu plus loin pour un autre personnage.

La *Cornelia*, imprimée, pour la première fois, en 1559, présente assez de confusion dans son histoire. Nous y trouvons une jeune femme, enlevée, dès son enfance par les Maures ; rendue, lorsqu'elle a grandi, au pays de ses parents, sans que l'on connaisse qui elle est ; un fou trompé par sa femme, mais avec assez d'adresse pour amuser encore beaucoup ; un pasquin, tantôt docteur charlatan, tantôt magicien, mais fripon fieffé ; personnages qui, avec cinq ou six autres caractères, donnent plus que surabondamment des matériaux pour un drame si court et si réduit. Quelques dialogues sont pleins de vie : deux ou trois caractères sont bien tracés et bien développés, en particulier celui de Cornélia, le niais. Mais le personnage le plus saillant peut-être, le magicien, est considérablement emprunté du *Nigromante* de l'Arioste, qui fut représenté à Ferrare, trente ans plus tôt ; preuve que Juan de Timoneda n'était pas sans instruction, s'il n'était pas toujours purement original (1).

La comédie des *Ménechmes*, publiée la même année que la *Cornelia*, est encore une preuve de son érudition. Elle est en prose et tirée de Plaute, mais avec de nombreux changements. L'action se passe à Séville : la pièce se divise en quatorze scènes, à l'exemple de Lope de Rueda ; les mœurs sont du reste entièrement espagnoles. Il y est même question du Lazarillo de Tormes, dans un moment où l'on parle d'un jeune serviteur sans foi ni loi (2). Timoneda y montre fréquemment le même naturel, la même liberté, dans le dialogue, emprunté à la vie commune, que l'on trouve dans les drames de son maître. On peut la lire avec plaisir comme une refonte agréable et amusante (3).

Le *Paso de dos ciegos y un mozo, muy gracioso para la noche de Navidad*, le Paso des deux aveugles et d'un garçon, très-gracieux pour la nuit de Noël, est, comme ses autres compositions courtes, la pièce qui caractérise le mieux et l'auteur et la petite école à laquelle il appartient. Il est écrit en petits vers familiers et commence par le discours que le garçon Palillos adresse au public. Palillos recherche une occupation, et il fait l'éloge de ses excellentes qualités qu'il vante, en montrant par

---

(1) Con privilegio. Comedia llamada *Cornelia*, nuevamente compuesta por Juan de Timoneda. Es muy sentida, graciosa y regozijada. Año 1559. In-8°.

(2) C'est dans la scène XII : *es el mas agudo rapaz del mundo y es hermano del Lazarillo de Tórmes, el que tuvo trezientos y cincuenta amos :* « c'est le plus fin voleur du monde, le frère du Lazarillo de Tormes, celui qui a eu trois cent cinquante maîtres. »

(3) Con privilegio. La comedia de los *Menecmos*, traduzida por Juan de Timoneda y puesta en graciose estylo y elegantes sentencias. Año de 1559. In-8°.

quels ingénieux moyens il a volé un aveugle qui a été son maître. A ce moment, Martin Alvarez, l'aveugle en question, arrive par un côté de la place où la scène se passe, en chantant ses prières, comme c'est encore la coutume de cette classe de gens dans les rues des villes espagnoles. En même temps, et par l'autre côté de la même place, s'avance un autre aveugle, Pero Gomez, employé à la même chose. L'un et l'autre offrent leurs prières en échange de leurs aumônes, et renchérissent particulièrement sur la nécessité d'obtenir leur tribut, parce que c'est la veille de la Nativité. Martin Alvarez commence ainsi :

> Devotos christianos, ¿ quien
> Manda rezar
> Una oracion singular,
> Nueva de Nostra Señora? (1)

En entendant cette voix bien connue, le garçon Palillos s'alarme et cherche d'abord à s'échapper ; mais, réfléchissant qu'il n'a pas besoin de fuir puisque le mendiant est aveugle, il s'arrête tout simplement, et son ancien maître continue :

> Mandad me rezar, pues que es
> Noche santa,
> La oracion, segun se canta,
> Del nacimiento de Cristo.

Mais comme personne ne lui donne l'aumône, il s'écrie encore :

> ¡ Jesus! nunca tal he visto,
> Cosa es esta que me espànta ;
> Seca tengo la garganta
> De pregones
> Que voy dando por cantones ;
> Y nada no me aprovecha :
> Es la gente tan estrecha
> Que no cuida de oraciones (3).

Arrive alors l'autre aveugle Pero Gomez ; il chante les vers suivants :

> ¿ Quien manda sus devociones,
> Noble gente,
> Que rece devotamente
> Los salmos de penitencia,

---

(1) Chrétiens pieux, qui de vous — Me fait réciter — Une prière singulière, — Nouvelle, en l'honneur de Notre-Dame ?

(2) Faites-moi réciter, puisque c'est — La Nativité, — La prière telle qu'on la chante, — De la naissance du Christ.

(3) Jésus! je n'ai jamais rien vu de tel ; — C'est une chose qui m'épouvante : — J'ai mon gosier sec — Des prières — Que je récite dans mes chants : — Et rien ne me profite. — Les gens sont-ils donc si mesquins — Qu'ils ne s'inquiètent pas des prières ?

> Por los cuales indulgencia
> Otorgó el papa Clemente?
>
> . . . .
>
> ¿ La oracion del nacimiento
> De Cristo? (1)

Les deux aveugles, en s'entendant l'un l'autre, entrent en conversation ; et, se croyant seuls, Martin Alvarez raconte comment il a été volé par son fripon de guide ; Pero Gomez explique comment il a évité pareille mésaventure en portant toujours les ducats de ses aumônes cousus dans sa casquette. Palillos, qui l'apprend, peu satisfait du caractère qu'on vient de tracer de lui, s'approche tout doucement de Pero Gomez, lui fait tomber sa casquette, la ramasse et s'échappe. Gomez pense que c'est son compagnon qui lui a joué ce tour, et il lui demande poliment de lui rendre sa casquette. Alvarez nie conséquemment de rien savoir : Gomez insiste, et le dialogue finit, comme finissent plusieurs du même genre, par une querelle et une bataille, au grand amusement, sans aucun doute, de l'auditoire, qui se réunissait sur les places publiques de Valence ou de Séville (2).

---

(1) Qui me confie ses dévotions, — Nobles gens, — Afin que je récite dévotement — Les psaumes de la pénitence, — Pour lesquels une indulgence — A été accordée par le pape Clément ? . . . . — La prière de la naissance — Du Christ. L. F. Moratin (*Obras*, Madrid, 1830, in-8º, tom. I, page 648).

(2) Ce *paso* dépeint les véritables mœurs du temps, comme on peut le voir par une scène semblable du *Diablo Cojuelo*, tramo. 6. Il fut réimprimé par L. F. Moratin (*Obras*, in-8º, Madrid, 1830, tom. I, part. II, page 644). Dans le *Catalogo* (part. I, nᵒˢ 95, 96, pp. 106-118), il donne des notices excellentes sur toutes les œuvres de Timoneda. La coutume de chanter, dans les rues, des romances et des chansons populaires, est fort ancienne en Espagne ; elle s'est perpétuée depuis l'époque de l'archiprêtre de Hita (copla 1688) jusqu'à nos jours. J'en ai souvent entendu et je possède plusieurs romances et d'autres vers payés encore par une aumône, comme dans ce *paso* de Timoneda.

Dans une des comédies de Cervantès, *Pedro de Urdemalas*, le héros est introduit en jouant le rôle d'un aveugle et s'annonce par ses chants absolument comme le mendiant de Timoneda :

Sé la del anima sola,	Je sais (la prière) de l'âme solitaire,
Y sé la de san Pancracio,	Je sais celle de saint Pancrace,
La de san Quirce y Acacio,	Celle de saint Quirce et Acacio,
Sé la de los sabañones,	Je sais celle des engelures,
La de curar la tericia	Celle qui guérit la jaunisse,
Y resolver lamparones.	Celle qui guérit les écrouelles.

Comedias, Madrid, 1615, in-4º, fol. 207.

CHAPITRE VIII.

Théâtre. — Imitateurs de Lope de Rueda. — Alonso de la Vega. — Cisneros. — Séville. — Malara. — Cueva. — Cepeda. — Valence. — Virués. — Traductions et imitations de l'ancien drame classique. — Villalobos. — Oliva. — Boscan. — Abril. — Bermudez. — Argensola. — État du théâtre.

Deux personnes attachées à la compagnie de Lope de Rueda furent, comme lui, auteurs et acteurs. L'une d'elles est Alonso de la Vega, mort à Valence, en 1566, année où trois de ses drames, tout en prose et dont l'un était une imitation directe de son maître, furent publiés par Juan de Timoneda (1). L'autre, Antonio Cisneros, vécut jusqu'en 1579, mais nous n'avons rien de certain sur l'existence actuelle d'aucune de ses œuvres dramatiques (2). Ni l'un ni l'autre ne peuvent se comparer à Lope de Rueda, ni à Juan de Timoneda : mais tous les quatre réunis exercèrent sur le goût de leur temps pour le théâtre, une influence telle qu'on ne l'a jamais depuis ni oubliée ni perdue, circonstance dont les courtes compositions dramatiques, qui ont toujours été favorablement accueillies sur la scène espagnole, nous fournissent une preuve évidente et décisive.

Mais les représentations dramatiques données, en Espagne, entre 1560 et 1590, ne se bornèrent aucunement aux pièces écrites par Lope de Rueda, par ses amis et par la compagnie d'acteurs ambulants. Il se fit d'autres efforts, sur d'autres points divers, avec d'autres principes, tantôt avec plus de succès, tantôt avec moins de résultats. Séville, surtout, semble s'être distinguée ; et il est probable que les comédies de Juan de Malara, né dans cette cité, y furent représentées à cette époque. Elles sont aujourd'hui entièrement perdues (3). Celles de Juan de la Cueva, au contraire, ont été conservées en partie ; elles méritent d'être connues par

---

(1) C. Pellicer, *Origen de la Comedia*, tom. I, pag. 111, tom. II, pag. 18; L. F. Moratin. *Obras*, tom. I, part. II, pag. 638, et *Catalogo*, nos 100, 104, 105.

(2) C. Pellicer, *Origen de la Comedia*, tom. I, pag. 116; tom. II, pag. 30.

(3) Navarrete, *Vida de Cervantès*, pag. 410.

plusieurs raisons, mais surtout parce que plusieurs d'entre elles sont historiques. Ces comédies, le petit nombre du moins qui nous reste, furent représentées, en 1579 et les années suivantes, mais elles ne furent imprimées qu'en 1588, et il n'en parut qu'un seul volume (1). Chacune d'elles se divise en quatre *jornadas*, ou actes ; leur versification varie ; elles renferment des *terza rima*, des vers blancs, des sonnets mais principalement des *redondillas* et des stances de huit vers. Plusieurs d'entre elles roulent sur un sujet d'histoire nationale comme *Los siete infantes de Lara*, *Bernardo del Carpio*, *El cerco de Zamora* ; d'autres, sur les sujets tirés de l'histoire ancienne, tels que *Ajax*, *Virginia*, *Mucio Scévola* ; d'autres, sur des sujets de pure invention, tels que *El Viejo enamorado*, *El degollado*, qui est basé sur une aventure moresque. Une dernière a pour sujet un événement d'une époque récente, *El saco de Roma por el condestable Borbon*. Toutes sont d'une construction indigeste et d'une exécution inégale. Le *Sac de Rome*, par exemple, n'est qu'une simple succession de dialogues, jetés ensemble de la manière la plus décousue, pour montrer les progrès des armes impériales, depuis le siége de Rome, en mai 1527, jusqu'au couronnement de Charles-Quint, à Bologne, en février 1530. Si la peinture des désordres commis dans Rome ne manque pas d'un certain air de vérité, cette vérité fait défaut sur d'autres points, les Espagnols s'attribuant toute la gloire (2).

El Infamador, le Calomniateur, rapporte, sur un ton différent, l'histoire d'une jeune dame qui refuse l'amour d'un jeune homme corrompu et dissolu, et qui, pour se venger de ce refus, l'accuse d'assassinat et d'autres crimes. Elle est condamnée à mort, mais elle est sauvée par une puissance surnaturelle, et son accusateur est puni à sa place. Tout ce drame est d'une peinture révoltante : les parents du héros et de l'héroïne désirent chacun la mort de leur propre enfant, et l'ensemble de la pièce est rendu encore plus absurde par le mélange, alors ordinaire, de la mythologie païenne avec les mœurs modernes. Quant à la poésie que l'on peut accidentellement trouver dans les autres drames de la Cueva, il n'y en a pas de trace dans cette comédie : elle est du reste composée avec si peu de soin que les actes n'y sont pas même divisés en

---

(1) L. F. Moratin. *Obras*, tom. I, Part. I. *Catalogo*, Nᵒˢ 132-139, 142-145, 147 et 150. Martinez de la Rosa. *Obras*, Paris, 1827, in-12, tom. II, pp. 167 et suivantes.

(2) *El Saco de Roma* fut réimprimé par D. Eug. de Ochoa ; *Teatro español*, Paris, 1838, in-8°, tom. I, pag. 231.

scènes (1). Aussi paraît-il difficile de comprendre que plusieurs de ces douze ou quatorze drames aient pu être mis en œuvre et entièrement représentés. Il est probable qu'ils étaient purement lus, comme des dialogues consécutifs, pour présenter au public les histoires qu'ils contenaient, sans aucune tentative pour produire d'illusion théâtrale. Cette conjecture reçoit sa confirmation du fait que presque tous annoncent, par leur titre, qu'ils ont été représentés dans le jardin d'une certaine doña Elvire qui demeurait à Séville (2).

Les deux comédies de Joaquin Romero de Cepeda, de Badajoz, imprimées à Séville, en 1582, sont bien différentes de celles de Juan de la Cueva. L'une, intitulée : *Metamorfosea*, est du genre des anciennes pastorales dramatiques, quoique divisée en trois petites *jornadas* ou actes. C'est une joûte d'esprit et d'amour entre trois bergers et trois bergères, constamment en désaccord l'un avec l'autre, mais qui se réconcilient et s'unissent à la fin, à l'exception d'un berger qui a primitivement refusé tout amour, et d'une bergère nommée Belisène, qui après s'être montrée cruelle envers un de ses amants et avoir été dédaignée par un autre, est finalement l'objet des refus de tous. L'autre comédie intitulée : *La Comedia Salvaje*, est tirée, pour les deux premiers actes, du fameux roman dramatique, la *Célestine*. Le troisième et dernier acte est rempli d'atrocités, de l'invention propre de Cepeda. Cette pièce reçoit son nom des sauvages ou hommes farouches qui y figurent, personnages qui remplissent les vieux romans de la chevalerie et le vieux drame anglais. Elle est aussi étrange et grossière que l'implique son titre. Toutefois aucune de ces pièces ne semble avoir produit aucun effet important pour le développement du drame à Séville, quoique chacune d'elles contienne des passages d'une versification facile et coulante, et parfois des tours et des pensées qui méritent l'épithète de gracieuses (3).

A la même époque se produisait à Valence, comme à Séville, un mou-

---

(1) *El Infamador* fut aussi réimprimée par Ochoa, en 1838, tom. I. pag. 264.

(2) Une de ces comédies ne fut pas représentée dans les jardins de doña Elvira, mais bien dans la cour de Don Juan, *en el corral de Don Juan*. Une autre le fut dans les *atarazanas*, arsenal ou hangar. Aucune ne fut, à ce que je suppose, jouée sur un théâtre public.

(3) Ces deux pièces se trouvent dans les *Obras de Joachim Romero de Zepeda, vecino de Badajoz*. Séville, 1582, in-4°, fol. 118 et 130. Elles ont été réimprimées par Ochoa. Le commencement de la seconde *jornada* de la *Metamorfosea* peut être cité comme un morceau de poésie piquante et gracieuse, poésie lyrique plutôt que dramatique, et entièrement dans le style du vieux temps. D'autres auteurs

vement poétique, où le drame eut sa part, et auquel participa peut-être aussi Lope de Vega, exilé pendant plusieurs années, à Valence, vers 1585. Quoi qu'il en soit, Cristobal de Virués, son ami, dont il parle souvent, et qui y était né en 1550, fut un de ceux qui donnèrent alors une grande impulsion au goût dramatique de sa ville natale. Il prétend avoir le premier divisé le drame espagnol en trois *jornadas* ou actes, et Lope de Vega lui concède cette prétention. Mais ils sont l'un et l'autre dans l'erreur, puisque nous savons aujourd'hui que cette division fut opérée par Francisco de Avendaño, pas avant 1553, alors que Virués n'avait que trois ans (1).

Les cinq comédies de Virués, toutes en vers, nous ont été conservées. On les suppose écrites de 1579 à 1581, mais elles n'ont été imprimées qu'en 1609, alors que Lope de Vega avait donné tout son caractère et son plein développement au théâtre populaire. De sorte qu'il n'est pas impossible que les drames de Virués n'aient été, à l'impression, plus ou moins altérés ou accommodés au modèle, considéré alors comme fixé par le génie de son ami. Deux d'entre eux, la *Cassandra* et la *Marcela*, sont des sujets appartenant, selon toute apparence, à l'invention propre du poète valencien; ils sont extrêmement sauvages et extravagants. Dans l'*Atila furioso*, cinquante personnes meurent tout d'abord, sans compter l'équipage d'une galère qui périt dans les flammes pour le plaisir du tyran et de ses compagnons. Dans la *Sémiramis*, l'action dure vingt ou trente années. Toutes ces pièces sont absurdes.

L'*Elisa Dido* est meilleure et peut être regardée comme un effort pour élever le drame. Elle est divisée en cinq actes, et observe les unités, quoique Virués ait à peine compris ce que l'on a entendu plus tard par la signification technique de ce mot. L'intrigue, dont l'invention lui est propre et présente peu de relation avec le récit qu'on peut lire dans Virgile ou dans les vieilles chroniques espagnoles, suppose que la reine de

---

vivant à Séville, dans cette même époque, sont mentionnés par la Cueva, dans son *Exemplar poetico* (Sedano. *Parnaso español*, tom. VIII, pag. 60) :

> Los Sevillanos comicos, Guevara,
> Gutierre de Cetina, Cozar, Fuentes,
> El ingenioso Ortiz : —

auxquels il faut en ajouter d'autres en plus grand nombre, *otros muchos*, qui sont entièrement perdus. Plusieurs d'entre eux, d'après ce qu'il dit, écrivirent à la manière des anciens. Peut-être est-il question de Malara et de Mejia.

(1) Voyez L. F. Moratin, *Catalogo*, N° 84.

Carthage s'est donnée la mort de sa propre main, par un sincère attachement à la mémoire de Sichée, et pour éviter son mariage avec Iarbas. Elle n'est pas divisée en scènes et chaque acte est surchargé d'un chœur ; en un mot, c'est une imitation des anciens maîtres de la Grèce, et tant dans la partie lyrique que dans certains passages du dialogue, elle n'offre rien d'indigne du talent de l'auteur du *Monserrate*, c'est-à-dire qu'elle est une composition remarquable pour l'époque où elle parut. Mais elle manque de caractères bien développés, de vie et de chaleur poétique dans l'action : c'est effectivement une tentative pour conduire le drame espagnol dans une direction exactement opposée à celle que lui marquait sa destinée, tentative qui ne réussit point (1).

Une expérience pareille devait toutefois se répéter plus d'une fois : le temps lui était certainement favorable, le théâtre ancien était maintenant connu en Espagne. Les traductions déjà mentionnées de Villalobos en 1515, et d'Oliva avant 1536, avaient été suivies, en 1543, d'une traduction d'Euripide par Boscan (2) ; de deux comédies de Plaute, œuvre d'un auteur inconnu (3); du *Plutus* d'Aristophane, de la *Médée* d'Euripide, des six comédies de Térence par Pedro Simon de Abril, de 1570 à 1577 (4). Les efforts de Timoneda dans ses *Menecmos*; de Virués, dans son *Élisa Dido*, sont les conséquences de l'état des esprits, et furent suivis d'autres tentatives du même genre dont deux méritent d'être connues.

La première est celle de Jéromino Bermudez, natif de la Galice, né, suppose-t-on, vers 1530, et ayant vécu jusqu'en 1589. C'était un savant professeur de théologie à l'Université de Salamanque, et il avait publié, en 1577, à Madrid, deux drames qu'il avait intitulés avec une certaine audace : *Primeras Tragedias españolas* (5). L'une et l'autre ont pour sujet Inès de Castro : elles ont cinq actes ; une versification variée et des

---

(1) L. F. Moratin. *Catalogo*, n°° 140, 141, 146, 148, 149. Martinez de la Rosa. *Obras*, tom. II, pp. 153-167. La comédie d'Andrès Rey de Artieda sur les *Amantes de Teruel*, 1581, appartient à cette époque et à la même ville de Valence. Ximeno, tom. I, pag. 263. Fuster, *Biblioteca*, tom. I, pag. 212.

(2) La traduction d'Euripide par Boscan ne fut jamais publiée à part, quoiqu'elle soit, d'après le permis d'imprimer les œuvres du poète donné à la veuve par l'empereur Charles V, le 18 février 1543, mise en tête de la première édition qui parut cette année-là à Barcelone.

(3) Moratin, *Catalogo*, n°° 86 et 87.

(4) Pellicer, *Biblioteca de traductores españoles*, tom. II, pp. 145 et suivantes.

(5) Le *Parnaso español* de Sedano (tom. VI, 1772) contient les deux drames de Bermudez avec des détails sur sa vie.

chœurs à la manière des anciens. Mais il y a une grande différence dans leur mérite respectif. La première, *Nise Lastimosa*, Nise étant un assez mauvais anagramme d'Inès, n'est presque autre chose qu'une bonne traduction de la tragédie portugaise d'*Inès de Castro* par Ferreira et qui, malgré de considérables défauts dans sa structure, est pleine de tendresse et de beauté poétiques. La seconde, *Nise Lauréada*, ou Inès triomphante, reprend la tradition historique où l'avait laissée la première pièce, après la mort violente et cruelle de cette princesse, et nous donne le récit du couronnement de ses tristes restes, vingt ans environ après leur inhumation, et du renouvellement du mariage du Prince avec eux. La scène de la fin nous représentant l'exécution des assassins avec grossièreté, tant dans les incidents que dans le langage, est aussi révoltante qu'on peut le concevoir. Aucune des deux pièces ne produisit probablement un effet sensible sur le drame espagnol. La *Nise Lastimosa* contient cependant des passages d'une véritable valeur poétique, tels que le beau chœur sur l'Amour, à la fin du premier acte ; le songe d'Inès, au troisième ; le dialogue d'un caractère vraiment grec entre la princesse et les femmes de Coïmbre : quoique, pour les deux derniers, Bermudez les ait directement empruntés à Ferreira (1).

Trois tragédies de Lupercio Leonardo de Argensola, l'éminent poète lyrique dont nous parlerons plus tard et plus longuement, produisirent une sensation bien plus grande lors de leur apparition, quoiqu'elles aient été ensuite aussi négligées que celles de leur prédécesseur. Argensola les composa lorsqu'il était à peine âgé de vingt ans et elles furent représentées vers l'année 1585. « ¿ Os acordais, dice el canónigo en el Don Quijote,
« que ha pocos años que se representaron en España tres tragedias, que
‹ composo un famoso poeta de estos reinos, las cuales fueron tales que
« admiraron, alegraron y sorprindiéron a cuantos las oyeron, asi simples
« como prudentes, asi del vulgo como de los escogidos ; y dieron mas
‹ dineros à los representantes ellas tres solas que treinta de las mejores
« que despues acá se han hecho ? — ¿ sin duda, respondió el actor,
« que digo, que debe de decir vuesa merced por la *Isabela*, la *Filis y*
« *la Alejandra ?* — Por esas digo (1) ».

_____

(1) La *Castro* de Fereira, une des plus pures et des plus belles compositions de la langue portugaise, se trouve dans ses *Poemas* (Lisbonne, 1771, in-12, tom. I, pp. 123 et suivantes). Son auteur mourut de la peste, à Lisbonne, en 1569, à l'âge de quarante-un ans.

(1) « Vous rappelez-vous, dit le chanoine, dans *Don Quichotte*, qu'il y a peu
« d'années, on représenta en Espagne trois tragédies composées par un fameux

Ce jugement de Cervantès est certainement extraordinaire, il l'est beaucoup plus placé ainsi dans la bouche du savant chanoine de Tolède. Mais, malgré la rapidité du succès immédiat qu'il implique, toute trace de ces comédies se perdit bientôt d'une manière si complète que, pendant longtemps, le nom du célèbre poëte dont parlait Cervantès resta inconnu. Cervantès lui-même fut soupçonné d'avoir voulu faire son propre éloge. Enfin, entre 1760 et 1770 on découvrit accidentellement deux de ces comédies, *Alejandra* et *Isabela,* et toute espèce de doute disparut. Elles furent reconnues comme œuvres de Lupercio Léonardo de Argensola (1).

Malheureusement elles ne répondirent pas à l'attente qu'avaient excitée les généreux éloges de Cervantès. Leur versification est variée, coulante et pure, mais leur composition révèle la pensée d'imiter le style de la tragédie grecque, pensée suscitée peut-être par la récente tentative de Bermudez. Chacune d'elles se divise en trois actes : les chœurs, primitivement préparés pour eux, ne s'y trouvent plus. L'*Alejandra* est la moins bonne des deux. La scène se passe en Égypte et le sujet, tout à fait fictif, est rempli d'horreurs épouvantables. Chacun des personnages, excepté peut-être un messager, périt dans le cours de l'action : des têtes d'enfants sont coupées sur la scène et jetées aux pieds de leurs parents. La fausse reine, invitée à laver ses mains dans le sang de l'homme à qui elle est si indignement unie, se mord la langue et la crache à la figure de son monstrueux époux. Trahison et rébellion, tels sont les incidents qui ressortent le plus dans une peinture composée principalement de pareilles atrocités.

L'*Isabela* est meilleure, quoiqu'elle ne mérite pas encore de grands éloges. Le sujet se rattache à un des premiers rois maures de Saragosse qui exile les chrétiens de son royaume et cherche vainement à s'emparer d'Isabela, jeune chrétienne, dont il est éperdument amoureux, tandis qu'Isabela est elle-même déjà éprise d'un noble maure qu'elle a converti

---

« poète de ces royaumes, et qui furent telles qu'elles excitèrent l'admiration, la « joie, la surprise de tous ceux qui les entendirent, tant simples que sages, tant « du peuple que de la société d'élite; et qni donnèrent, à elles seules, aux auteurs « qui les représentèrent, plus d'argent que trente des meilleures pièces qui se sont « représentées depuis? — Sans doute, répondit l'acteur, je dis que Votre Grâce « doit vouloir parler de l'*Isabela*, de la *Filis* et de l'*Alejandra?* — C'est d'elles « que je parle. » *D. Quichotte*, Part. I, chap. XLVIII.

(1) La première fois qu'elles parurent, ce fut dans le *Parnaso español* de Sedano (tom. VI, pag. 772). On peut lire aussi ces explications plus détaillées dans Sedano, Moratin et Martinez de la Rosa. La *Filis* n'a pas été trouvée encore.

au christianisme et avec lequel elle finit par recevoir la couronne du martyre. Les incidents sont nombreux et plusieurs bien imaginés, mais on ne voit aucune preuve d'habileté dramatique dans leur agencement et leur combinaison : le dialogue est trop peu naturel et trop peu animé pour produire de l'effet. Comme l'*Alejandra*, elle est remplie d'horreurs. Les neuf principaux personnages meurent tout d'abord, et les corps ou du moins les têtes de la majeure partie d'entre eux sont apportées sur la scène, quoique vers la fin l'auteur témoigne quelque hésitation à commettre un suicide inutile devant les spectateurs. La Renommée ouvre la pièce par un prologue où elle déplore le triste état du théâtre, et l'ombre d'Isabela, morte récemment, revient à la fin prononcer un épilogue insipide et entièrement inutile.

Au milieu de tout cela, on rencontre çà et là quelques passages d'éloquence poétique plutôt que de poésie réelle, dans les longs et fastidieux discours dont la pièce se compose principalement. Une ou deux fois on remarque une touche de passion vraiment tragique. C'est dans la discussion entre Isabela et sa famille sur l'exil qui les menace et sur la ruine de toute leur race, dans la scène entre Adulce, son amant, et Aja la sœur du roi qui aime Adulce avec désintéressement, quoiqu'elle connaisse sa passion pour sa rivale, la belle chrétienne. Mais il semble encore incompréhensible qu'une pareille pièce ait pu produire sur le peuple l'effet dramatique qu'on lui attribue, à moins de supposer que les Espagnols aient eu, dès le principe, une passion pour les représentations théâtrales, représentations, si imparfaitement données jusqu'à cette époque, que toute œuvre dramatique, produite sous des circonstances favorables, fut ensuite acceptée et admirée.

Les drames d'Argensola, par leur date, sinon par leur caractère et leur esprit, nous conduisent immédiatement à la période qui s'ouvre par les noms illustres et imposants de Cervantès et de Lope de Vega. Ils marquent, par conséquent, l'extrême limite de l'histoire du théâtre espagnol primitif. Si nous portons nos regards en arrière, si nous considérons sa condition et son caractère, durant la longue période que nous venons de parcourir, nous pourrons aisément en déduire trois conclusions d'une grande importance (1).

_____

(1) Il semble fort probable qu'un grand nombre de drames appartenant à la période qui s'étend de Lope de Rueda à Lope de Vega, c'est-à-dire entre 1560 et 1590, et dont les noms n'ont pas encore été donnés au public, pourraient être maintenant recueillis ; mais il ne l'est pas moins qu'ils n'ajouteraient rien à ce que nous savons sur le vrai caractère ou sur le progrès du drame dans ce temps. Arribau, *Biblioteca*, tom. II, pp. 163-225, notes.

La première c'est que les tentatives pour créer et développer le drame national en Espagne ont été faibles et rares. Durant les deux siècles qui suivirent sa première apparition, à partir de 1250, nous ne pouvons voir distinctement d'autre entreprise que de grossières représentations de pantomimes. Rien d'invraisemblable néanmoins qu'on y ait ajouté parfois des dialogues, tels que nous en trouvons dans les spectacles religieux les plus imparfaits qui se représentaient, à la même époque, en France et en Angleterre. Durant le siècle suivant, qui nous porte jusqu'au temps de Lope de Rueda, nous n'avons rien de meilleur que *Mingo Revulgo*, qui est plutôt une spirituelle satire politique qu'un véritable drame; les églogues dramatiques de Juan de l'Encina et de Gil Vicente, la *Propaladia* de Torres Naharro qui est une composition plus dramatique; quelques traductions des anciens peu souvent citées ou peu connues. Durant le demi-siècle qui s'ouvre par la tentative de Lope de Rueda pour créer le drame populaire, nous n'avons obtenu qu'un petit nombre de farces, tant de Lope que de ses imitateurs, que le peu d'efforts qui se firent à Séville et à Valence, et les importantes tragédies de Bermudez et d'Argensola qui cherchèrent, sans aucun doute, à suivre ce qu'ils considéraient comme les traces les plus sûres et les plus respectables des anciens maîtres de la Grèce. Trois siècles et demi ou quatre siècles fournirent donc à l'Espagne moins de littérature dramatique que le dernier demi-siècle de la même période de temps n'en avait donné à la France et à l'Italie. Vers la fin de cette période, c'est-à-dire vers 1585, le génie national n'était pas, à ce qu'il semble, plus tourné vers le drame dans la péninsule ibérique qu'il ne l'était à la même époque, en Angleterre où Greene et Peele préparaient déjà la voie à Marlowe et à Shakspeare.

En second lieu, tout l'appareil scénique, y compris les décors, les costumes, était très-imparfait. Durant la plus grande partie de l'époque que nous venons de parcourir, les représentations dramatiques en Espagne n'étaient que des pantomimes religieuses, célébrées dans les églises, pour l'amusement du peuple, ou des divertissements particuliers donnés à la Cour ou dans le palais des grands. Lope de Rueda le premier transporta ces représentations sur les places publiques, et les adapta à l'intelligence, au goût, à l'humeur de la multitude. Mais il n'existe nulle part de théâtre permanent; ses farces ingénieuses furent représentées sur des tréteaux provisoires par sa compagnie de comédiens ambulants, qui ne s'établissaient que pour peu de jours, même dans les cités les plus grandes, et elles ne furent principalement recherchées que par les plus basses classes du peuple.

La première connaissance que nous ayons de quelque chose qui approche d'un établissement régulier, et cet établissement est encore loin de ce que cette phrase implique généralement, date de 1568, lorsqu'il se fit entre l'Église et le théâtre un arrangement ou un compromis dont il a existé des traces, tant à Madrid qu'ailleurs, jusqu'à nos jours. Se rappelant, sans doute, les origines des représentations dramatiques en Espagne, données pour l'édification religieuse, le gouvernement ordonna formellement que des acteurs ne pourraient se permettre des représentations, à Madrid, que dans le local déterminé par deux confréries religieuses désignées dans le décret, et moyennant une rente qu'on leur paierait. Une ordonnance vient, après 1583, joindre, à ces deux corporations, l'hôpital général de la ville (1). Conformément à cette ordonnance, et comme il avait été fait dès l'origine, nous trouvons des comédies représentées dès 1568, mais seulement dans des patios ou basses-cours, sans abri, sans siéges, sans autre appareil que celui que nous décrit Cervantès d'une manière si piquante, et qu'il nous dit pouvant être empaqueté, avec tout le vestiaire de la compagnie, dans quelques grands sacs.

Le théâtre continua dans cet état de choses pendant quelques années. On ne connut que des compagnies d'acteurs ambulants et qui ne s'arrêtèrent que peu de jours, même à Madrid. Il n'y avait pas de place fixe préparée pour les recevoir. Les pieuses confréries leur donnaient tantôt une cour, tantôt une autre. Ils jouaient pendant le jour, le dimanche où les jours de fête, et seulement lorsque le temps permettait la représentation à ciel ouvert. Les femmes étaient séparées des hommes (2), l'auditoire tout entier était si peu nombreux que le profit abandonné aux confréries et à l'hôpital ne s'élevait qu'à quarante ou cinquante francs par représentation (3). Enfin en 1576 et en 1583 deux basses-cours leur furent attribuées d'une manière permanente, dépendantes de maisons situées dans les rues du *Principe* et de la *Cruz*. Il y avait bien une espèce de scène grossière, des banquettes furent bien placées dans chacune d'elles, mais l'abri ou la tente manquait encore. Les spectateurs étaient tous assis en plein air où placés aux fenêtres de la maison à laquelle appartenait la cour où se donnaient les représentations ; les acteurs jouaient sous une

---

(1) Les deux confréries étaient *la Cofradia de la Sagrada Pasion*, établie en 1565, et la *Cofradia de la Soledad*, établie en 1567. Les détails sur les premiers commencements du théâtre à Madrid sont donnés d'une manière assez indigeste par C. Pellicer, dans son *Origen de la Comedia en España* ; mais on ne peut les trouver meilleurs ailleurs. Voyez tom. I, pp. 43-77.

(2) C. Pellicer, *Origen*, etc., tom. I, pag. 83.

(3) *Ibid., ibid.*, tome I, pag. 56.

espèce de tente mince et pauvre, sans avoir rien de ce qui est nécessaire à ce qu'on appelle une scène. Par conséquent, les théâtres de Madrid, jusqu'en 1586, ne se trouvaient pas, on peut l'avouer, dans une condition matérielle capable de seconder les efforts tentés pour produire un drame national respectable.

Enfin, les pièces qui s'étaient composées n'avaient pas d'ordinaire ce caractère décidé, tranché, sur lequel le drame national pouvait commodément s'appuyer, lors même qu'elles auraient été plus nombreuses. Les églogues de Juan de l'Encina, premières compositions dramatiques, représentées en Espagne, par des acteurs qui n'étaient ni clercs ni chevaliers, ne furent réellement que ce que signifie leur titre, malgré les modifications apportées à leur caractère bucolique par les idées et les événements politiques et religieux. Deux ou trois comédies de Torres Naharro, quelques-unes de Juan de la Cueva nous offrent des indices plus certains de l'intrigue et du caractère historique du théâtre, quoique l'effet des comédies du premier fut retardé dans la Péninsule, et qu'elles n'aient été pendant longtemps publiées qu'en Italie. Les traductions du théâtre de l'antiquité données par Villalobos, Fernan Perez de Oliva et Pedro Simon Abril et par d'autres, paraissent difficilement avoir été faites dans le but d'être représentées, et elles ne l'étaient certainement pas pour produire un effet sur le peuple. Bermudez, avec une de ses pièces empruntée aux Portugais et l'autre qui lui appartient en propre et si pleine d'horreurs, fut, c'est évident, peu apprécié dès sa première apparition et bientôt complètement oublié.

Par conséquent, avant 1586, nous ne voyons que deux personnes sur lesquelles il soit possible de porter nos regards pour l'établissement d'un drame populaire permanent. La première, c'est Argensola, dont les trois tragédies obtinrent un succès inconnu jusqu'alors; mais elles étaient conçues dans un esprit si peu national qu'elles furent bientôt négligemment regardées et ensuite complètement oubliées. L'autre, c'est Lope de Rueda, acteur et auteur en même temps, qui composa ces farces qui lui servirent pour amuser un auditoire composé de spectateurs vulgaires; Lope, qui créa ainsi une école suivie par d'autres acteurs, tels que Alonso de la Vega et Cisneros. Ces disciples composèrent des farces du même genre, principalement en prose, et pour un effet si complètement temporaire qu'aucune d'elles n'est à peine parvenue jusqu'à nous. Par conséquent, le petit nombre de rares efforts tentés, avant 1586, pour créer le drame en Espagne, ont été faits sous des principes si divers et si contradictoires, qu'on ne pouvait les combiner pour constituer les solides fondements du théâtre national.

Quoique ces fondements ne fussent pas encore jetés, tout tendait vers ce but, tout les préparait. La scène, toute grossière qu'elle était, jouissait encore du grand avantage d'être établie en deux endroits qui, fait digne de remarque, ont continué d'être, jusqu'aujourd'hui, la place des deux principaux théâtres de Madrid. Le nombre des auteurs, quoique faible, avait encore suffi pour faire naître le goût général des représen- tations théâtrales ; de sorte que Lopez Pinciano, homme instruit, d'un tem- pérament peu propre à se contenter d'un drame grossier, disait : « En « viendo los rotulos de Cisneros o Galvez, me pierdo por los oir, y « mientras estoy en el teatro, ni el invierno me enfria, ni el estio me « da calor (1). » Finalement le public, qui accourait aux divertissements si imparfaits qu'on lui offrait, n'avait pas, il est vrai, déterminé quelle espèce de drame pouvait devenir national, mais il avait déjà décidé que le drame national devait être formé et qu'il devait être fondé sur le caractère et les mœurs de la nation.

---

(1) « En voyant les affiches de Cisneros ou de Galvez, je me ruine pour les en- tendre, et, pendant que je suis au théâtre, ni l'hiver ne me refroidit, ni l'été ne me donne chaud. »

Philosophia antigua poetica de A. L. Pinciano, Madrid 1596, in-4°, pag. 128. Cisneros était un fameux acteur du temps de Philippe II, pour lequel le prince D. Carlos eut une querelle assez vive avec le cardinal Espinosa. Cabrera, *Felipe II*, Madrid, 1619, in-fol., pag. 470. Il florissait de 1579 à 1586. C. Pellicer, *Origen*, tom. I, pp. 60-61.

CHAPITRE IX.

Fr. Luis de Léon. — Sa jeunesse. — Ses persécutions. — Traduction du *Cantique des Cantiques*. — Ses *Nombres de Cristo*. — Sa *Perfecta casada* et ses autres œuvres en prose. — Sa mort. — Ses poésies. — Son caractère.

Il ne faut pas oublier que, lorsque nous avons traité de l'origine de l'école italienne et de l'existence du théâtre actuel, nous avons eu peu souvent l'occasion de faire connaître un des éléments distinctifs du caractère espagnol, qui se présente encore presque constamment dans la grande masse de la littérature nationale : je veux dire l'élément religieux. Un respect pour l'Église, ou plus proprement pour la religion de l'Église, et un profond sentiment de dévotion erronée pour les formes qu'il revêtit ou pour la direction qu'il prit, se sont développés dans le vieux caractère castillan par suite des guerres contre les Maures, autant que l'esprit de loyauté et de chevalerie ; et ils ont tout d'abord trouvé des formes d'expression non moins poétiques et non moins convenables. Que ce sentiment ne se soit pas altéré, durant le seizième siècle, c'est un fait dont nous trouvons une preuve frappante dans le caractère d'un noble espagnol, né, suivant Pacheco, dans la cité de Grenade, environ vingt ans après D. Diego de Mendoza, personne dont la nature plus douce et plus grave prit aisément la direction que ce dernier chevalier se refusa décidément à suivre.

Luis Ponce de Léon, appelé, par suite de ses rapports primitifs et non interrompus avec l'Église, « Fray Luis de Léon » était né à Belmonte, en 1528, et avait joui des avantages d'une éducation presque exclusivement réservée, de son temps, aux enfants des familles nobles et distinguées. Il fut d'abord envoyé à Salamanque et là, à peine âgé de seize ans, il entra volontairement dans l'ordre de Saint-Augustin. Dès ce moment sa vie prit une direction définitive. Il ne cessa jamais d'être moine ; il ne cessa jamais d'être attaché à l'Université où il avait été élevé. En 1560 il se fit recevoir licencié en théologie et immédiatement après il fut reçu docteur dans la même faculté. L'année suivante, à l'âge de trente-quatre ans, il obtenait la chaire de Saint-Thomas-d'Aquin, qu'il occupa après un concours public entre plusieurs candidats, dont quatre étaient déjà professeurs. A ces honneurs il ajouta, dix ans après, ceux de la chaire de littérature sacrée.

Pendant ce temps, son influence et ses succès lui avaient attiré une multitude d'ennemis qui trouvèrent bientôt les moyens de troubler sa paix (1). Un ami qui ne comprenait pas les langues anciennes, lui exprima le désir de le voir traduire en castillan le *Cantique des Cantiques de Salomon*, et d'expliquer son caractère et sa pensée. Fr. Luis de Léon le fit, et sa version est ordinairement regardée comme le premier ou un de ses premiers ouvrages connus. Mais en traduisant, tout le poëme lui avait paru une églogue pastorale où les différents personnages conversent ensemble comme des bergers (2). Cette opinion n'était pas, par conséquent, conforme aux doctrines de l'Église et à ses principes d'interprétation. Mais le travail de Fr. Luis ne devait être jugé que comme un acte d'amitié particulière, et il s'était donné quelque peine pour ne faire connaître sa version que de la personne à la demande de laquelle il l'avait entreprise. Malgré tout, son manuscrit fut copié et divulgué par la trahison d'un de ses serviteurs. Une des copies, ainsi obtenue, tomba entre les mains d'un de ses ennemis, et l'auteur fut cité, en 1572, devant l'Inquisition de Salamanque, accusé de luthéranisme et du crime d'avoir traduit en langue vulgaire un livre des saintes Écritures, contrairement aux décrets du Concile de Trente. Il était aisé de répondre à la première partie de la plainte : Luis de Léon n'était pas protestant; mais il n'était pas possible de donner une réponse suffisante pour le reste. Il eut néanmoins des amis puissants et par leur influence il échappa finalement aux terreurs de l'Inquisition ; il n'en fut pas moins, en attendant,

---

(1) *Obras* del M. F. Luis de Leon (Madrid 1804-16, 6 vol. in-8°, tom. V, pag. 292). En écrivant sur son emprisonnement, il parle « de ceux qui, dans le « ministère d'un tribunal si saint, ont assouvi sur moi la vengeance de leurs pro- « pres passions. » Il répète ailleurs la même accusation contre ses ennemis. Dans la riche et importante collection de documents inédits pour l'*Histoire d'Espagne* de D. Miguel Salvá et D. Pedro Sainz de Baranda, tom. X et XI (Madrid, 1847-48, in-8°), se trouve inséré le procès de Fray Luis de Léon, extrait des archives de l'Inquisition de Valladolid et existant aujourd'hui dans la Bibliothèque nationale de Madrid. Ces documents divers et curieux remplissent neuf cents pages. L'on peut y observer la sagacité des usurpations ecclésiastiques, les moyens artificieux et subtils employés par l'Inquisition pour détruire la liberté intellectuelle et les progrès chez tout un peuple. Quant à l'inimitié des Frères Dominicains de Salamanque contre Fray Luis de Léon et à la jalousie de ses compétiteurs, voyez les documents déjà cités, tom. X, pp. 100 et suivantes.

(2) *Obras*, tom. V, pp. 1 et 5.

jeté, pendant près de cinq ans, dans une prison si étroite qu'elle dut sérieusement compromettre sa santé et abattre son âme (1).

L'Université de Salamanque lui resta toujours fidèle. Il fut réinstallé dans ses fonctions, le 30 décembre 1576, avec les marques du respect le plus sincère. Et un trait des plus beaux, relatif à son rétablissement, c'est que, la première fois qu'il remonta dans sa chaire, devant un nombreux auditoire avide d'entendre les allusions qu'il ferait à ses persécutions, il commença tout simplement par ces mots : « como deciamos ayer » comme nous disions hier etc., et il continua comme si les cinq amères années de son emprisonnement, s'étaient effacées de sa mémoire, sans laisser un souvenir du cruel traitement qu'il avait souffert (2).

Il semble, toutefois, que l'on jugea opportun de venger sa réputation des soupçons qui étaient tombés sur elle. C'est pourquoi en 1580, à la prière de ses amis, il publia en latin un commentaire très-étendu du *Cantique des Cantiques*, interprétant chaque partie sous trois points de vue différents : directement, symboliquement et mystiquement ; donnant à l'ensemble un caractère aussi théologique et aussi obscur que pouvait le désirer l'esprit le plus orthodoxe, tout en ne déguisant pas encore son opinion primitive que cette composition était une églogue pastorale.

Un autre ouvrage sur le même sujet, mais écrit en espagnol et semblable, à plusieurs égards, au livre qui avait causé son emprisonnement, fut aussi préparé par lui et trouvé parmi ses manuscrits après sa mort. Mais on ne jugea pas prudent de l'imprimer jusqu'en 1798. Une version du *Cantique des Cantiques*, en octaves espagnoles, comme une églogue destinée à l'accompagner dans l'origine, n'y fut pas ajoutée et ne parut qu'en 1806. C'est une magnifique traduction qui nous découvre non-seulement les facultés de l'auteur comme poète, mais encore la remarquable liberté de ses recherches théologiques, dans un pays où une pareille liberté n'était pas, à cette époque, tolérée un seul instant (3). Le fragment d'une défense

---

(1) La version en vers du Cantique de Salomon fut faite peu de temps après par Arias Montano. Quand se publia-t-elle ? c'est ce que je n'ai pu savoir. Elle se trouve dans la *Floresta* de Faber, n° 717. Il y a des parties très-belles. Arias Montano mourut en 1598.

(2) Villanueva (Vida, Londres 1825, in-8°, tom. I, pag. 340) rapporte que tous les papiers relatifs au procès de l'Inquisition contre Fray Luis de Léon, contiennent d'admirables réponses de l'accusé, et se trouvaient, en 1807, dans les archives de ce tribunal, à Valladolid, mais n'avaient pu s'imprimer faute de moyens. Ce sont de curieux documents. Voyez à ce sujet la fin de la note ci-dessus, pag. 130.

(3) Luis de Léon, *Obras*, tom. V, pp. 258-280.

de cette version ou de certaines de ses parties est daté de sa prison, en 1573, « en los carceles de la Inquisition » et ne fut trouvé que long-temps après, parmi les papiers d'État du royaume, dans les archives de Simancas(1).

Durant sa prison il prépara un long ouvrage en prose qu'il intitula : *Nombres de Cristo*. C'est tout à la fois un singulier spécimen d'érudition théologique, d'éloquence et de dévotion. Il en publia trois livres, de 1583 à 1585, mais il ne le termina jamais (2). Il est composé en forme de dialogue, comme les *Tusculanes* de Cicéron qu'il cherche probablement à imiter, et son objet consiste, au moyen d'une série de discussions succes-sives des caractères du Sauveur, qu'il décrit sous les noms de Fils, Prince, Berger, Roi, à exciter les sentiments religieux de ceux qui le lisent. La forme n'est pas toutefois conservée avec la plus grande exactitude. Le dialogue, au lieu d'être une discussion, n'est, en réalité, qu'une série de discours : et, une fois du moins, nous avons un sermon régulier dont le mérite égale, peut-être, celui de tout autre sermon pour le langage (3); de sorte que, pris dans l'ensemble, l'ouvrage entier peut être considéré comme une série de déclamations sur le caractère du Christ, tel que le contemplait la plus grande partie pieuse de l'Église espagnole, à l'époque de l'auteur. Plusieurs morceaux sont éloquents, et leur éloquence est fréquemment animée par le coloris qui caractérise la littérature espa-gnole primitive. Tel est, par exemple, le passage suivant qui illustre le nom de Christ, comme Prince de la Paix, et prouve la beauté de toute l'harmonie du monde moral par les analogies avec le monde physique.

« Quando la razon no lo demostrara, ni por otro camino se pudiera
« entender quán amable cosa sea la paz, esta vista hermosa del cielo
« que se nos descubre agora, y el concierto que tienen entre si aquestos
« resplandores que lucen en él, nos dan dello suficiente testimonio.
« Porque¿ qué otra cosa es sino paz ó ciertamente una imagen perfecta
« de paz esto que agora vemos en el cielo y que con tanto deleyte se nos
« viene a los ojos? Que si la paz es, como San Agustin breve y sosega-
« damente concluye, una orden sosegada, ó contener sosiego y firmeza
« en lo que pide el buen orden, eso mismo es lo que nos descubre agora
« esta imagen. Adonde el exercito de las estrellas, puesto como en or-

---

(1) Luis de Léon, *Obras*, tom. V, pag. 281.
(2)   *Ibid.,*   *ibid.,* tom. III et IV.
(3) Ce sermon se trouve dans le premier livre du Traité. *Obras*, tom. III, pp. 160-214.

« denanza y como concertado por sus hileras, luce hermosísimo, y
« adonde cada una de ellas inviolablemente guarda su puesto, adonde
« no usurpa ninguna el lugar de su vecina ni la turba en su oficio,
« ni menos, olvidada del suyo, rompe jamás la ley eterna y santa que
« le puso la Providencia; antes, como hermanadas todas y como mi-
« rándose entre si y communicándose sus luces las mayores con las
« menores, se hacen muestra de amor, y como en cierta manera se reve-
« rencian unas á otras, y todas juntas templan á veces sus rayos y sus vir-
« tudes, reduciéndolas á una pacifica unidad de virtud, de partes y as-
« pectos diferentes compuesta, universal y poderosa sobre toda manera.
« Y si ansí se puede decir no solo son un dechado de paz clarísimo y
« bello, sino un pregon y un loor que con voces manifiestas y encarecidas
« nos notifica quán excelentes bienes son los que la paz en sí contiene
« y los que hace en todas las cosas (1). »

L'éloquent traité sur les *Nombres de Cristo* n'est pas toutefois le plus
populaire des livres en prose de Fr. Luis de Léon. Cette distinction appartient à la *Perfecta Casada*, la femme parfaite, œuvre qu'il composa

---

(1) « Quand même la raison ne le démontrerait pas, quand même on ne pour-
« rait comprendre par une autre voie combien la paix est une chose aimable, cette
« vue si belle du ciel qui se découvre maintenant à nous, l'harmonie qui règne
« parmi ces astres resplendissants qui y brillent, nous en donnent un témoignage
« suffisant. Qu'est-ce autre chose que paix, ou certainement image de paix que
« ce que nous voyons maintenant dans le ciel et qui s'offre à nos yeux avec tant
« de charme! Si la paix est, comme le conclut si brièvement et si tranquillement
« saint Augustin, un ordre paisible, ou si elle renferme le calme et la fermeté que
« réclame le bon ordre, n'est-ce pas là ce que nous découvre maintenant cette
« image! Cette image, où l'armée des étoiles, disposée en ordre et comme rangée
« en files, brille si belle ; où chaque étoile conserve inviolablement son rang, sans
« usurper la place de sa voisine, sans la troubler dans ses fonctions, sans oublier
« encore moins la sienne, et ne transgresse jamais la loi sainte et éternelle que
« lui a donnée la Providence. Loin de là, fraternisant toutes, pour ainsi dire, et
« se communiquant leurs lumières, les plus grandes aux plus petites, elles se
« donnent des preuves d'amour, se respectent les unes les autres jusqu'à un cer-
« tain point. Toutes ensemble, elles modèrent parfois leurs rayons et leurs feux,
« les réduisent à une magnifique unité de vertu, composée de parties et d'aspects
« différents, universelle et puissante par-dessus tout. Elles forment, si l'on peut
« s'exprimer ainsi, non-seulement un miroir de paix des plus purs et des plus
« beaux, mais encore elles témoignent et chantent, par des voix éclatantes et ma-
« nifestes, elles proclament l'excellence des biens que renferme la paix et ceux
« qu'elle produit en toutes choses. » *Obras*, tom. III, pp. 342-343. Ce magnifique
passage peut être comparé à l'ode encore plus belle intitulée : *Noche serena*, avec
laquelle il a une ressemblance sensible.

sous forme de commentaire à quelques parties des *Proverbes* de Salomon, et à l'usage d'une dame nouvellement mariée. Il fut imprimé pour la première fois en 1583 (1). Mais il n'est pas nécessaire de mentionner spécialement ce traité, ni son Exposition de Job, en deux volumes, accompagnée d'une traduction en vers qu'il commença pour sa propre consolation, dans les prisons du Saint-Office ; qu'il termina l'année de sa mort et que personne ne s'aventura de publier avant 1779 (2). L'une et l'autre brillent par la même humilité de foi, la même force d'enthousiasme, la même richesse d'éloquence qui paraissent, de temps en temps, dans le traité sur les *Nombres de Cristo*. Le dernier qui a reçu les soins et les corrections de son auteur dans toute la maturité de son génie, montre une force et une vigueur d'esprit plus grandes que dans aucun autre ouvrage. Mais les caractères de ses compositions en prose, même de celles qui, par leur nature, sont plus sévèrement didactiques, ces caractères, dis-je, sont partout les mêmes. Quant à la richesse du langage, les images du passage déjà cité nous offrent un véritable spécimen du style vers lequel Fr. Luis de Léon a constamment dirigé ses efforts.

La santé de Fr. Luis de Léon ne se remit jamais des atteintes qu'elle avait supportées dans les cachots de l'Inquisition. Il vécut néanmoins près de quatorze ans après sa mise en liberté. La plus grande partie de ses ouvrages, soit en castillan soit en latin, fut écrite avant ou durant son emprisonnement. Ceux qu'il entreprit postérieurement, tels que la *Vida de santa Teresa* et d'autres, ne se terminèrent jamais. Sa vie fut toujours et par goût retirée ; ses mœurs austères s'annoncèrent par son silence et sa réserve habituelle. Dans la lettre qu'il adresse avec ses poésies à son ami, D. Pedro Puerto Carrero, homme d'État de la Cour de Philipe II et membre du conseil suprême de l'Inquisition, il avoue que dans le royaume de la Vieille Castille où il a passé sa vie, depuis sa jeunesse, il a à peine des relations familières avec dix personnes (3). Aujourd'hui sa réputation est étendue et son nom est tenu en grande estime. Dans la dernière partie de sa vie particulièrement, ses talents et ses souffrances, sa patience religieuse et sa foi sincère, lui concilièrent la considération de tout le monde, tant amis qu'ennemis. Rien de ce qui a rapport à l'ordre monastique dont il était membre, ou à ce qui touchait à l'Université où il était professeur, ne se faisait sans son concours, sans ses conseils. Quand

---

(1) *Obras*, tom. IV.
(2) *Ibid.*, tom. I et II.
(3) *Ibid.*, tom. VI, p. 2.

il mourut, en 1591, son influence suivait la marche d'une progression constamment croissante . il venait d'être élu le provincial de son ordre, et il était engagé dans la préparation de nouvelles règles pour sa réforme (1).

Outre le caractère sous lequel nous l'avons considéré jusqu'ici, Fr. Luis de Léon était un poète et un poète d'un génie peu commun. Il semble, c'est vrai, avoir eu peu conscience, ou du moins peu de souci de son talent poétique : il fit à peine des efforts pour le cultiver et ne s'inquiéta de l'impression d'aucune œuvre poétique pour prouver au monde l'existence de sa faculté. Peut-être aussi, témoigna-t-il plus de déférence qu'elle n'en méritait, à l'opinion de plusieurs personnes de son temps qui regardaient la poésie comme une occupation peu convenable à sa position. C'est pourquoi, dans la préface des *Salmos*, il dit sur le ton de l'excuse : « Y nadie debe tener por nuevos o por ajenos de la Sagrada
« Escriptura los versos, porque antes le son muy propios, y tan antiguos
« que desde el principio de la Iglesia hasta hoy los han usado en ella
« muchos hombres grandes en letras y santidad, que nombrara aqui si
« no temiera ser muy prolijo. Y pluguiera à Dios que reinase esta sola
« poesia en nuestros oidos, y que solo este cantar nos fuese dulce, y que
« en las calles y en las plazas de noche no sonasen otros cantares, y que
« en esto soltase la lengua el niño, y la doncella recogida se solazase
« con esto, y el oficial que trabaja aleviase su tribajo aqua. Mas ha
« llegado la perdicion del nombre cristiano à tanta des vergüenza y
« soltura, que hacemos musica de nuestras vicios, y no contentos con lo
« secreto de ellos, cantamos con voces alegres nuestra confusion. »

---

(1) Les matériaux pour une biographie de Fr. Luis de Léon peuvent se prendre dans les notices que contiennent les curieux manuscrits de Pacheco, publiés dans le *Semanario Pintoresco* 1844, pag. 374; dans Nicolas Antonio, *Bibl. Nova*, au mot F. Luis de Léon ; dans Sedano, *Parnaso español*, tom. V; dans la préface de la Collection de ses poésies, publiées à Valence par Mayans y Siscar, 1761 et qui se trouve aussi dans Mayans y Siscar, *Cartas de varios Autores*, (Valence, 1773, in-12, tom. IV, pp. 398 et suivantes). Le lieu de sa naissance a été, d'après certains, Belmonte, dans la Manche, ou Madrid. Pacheco, qui est une autorité assez grande, accorde cet honneur à Grenade, et place la date de la naissance de Fr. Luis de Leon, en 1528, quoique, plus communément, on l'assigne à l'année 1526 ou 1527. Il ajoute une description de sa personne, avec ce détail particulier, non connu d'ailleurs, que Fr. Luis de Léon aimait l'art de la peinture et avait réussi à bien faire son propre portrait.

(2) « Et personne ne doit considérer les vers comme chose nouvelle et étrangère
« aux Écritures saintes. Loin de là, ils lui sont très-propres et remontent si hau

Mais quels qu'aient été ses propres sentiments sur la convenance d'une occupation pareille par rapport à sa profession, il est certain que la plus grande partie des poésies qu'il nous a laissées, ont été composées dans sa jeunesse; qu'il ne les a réunies que dans la dernière partie de sa vie, et encore pour satisfaire à l'amitié particulière d'un ami, qui n'avait jamais eu la pensée de les publier. De sorte qu'elles ne s'imprimèrent que quarante ans après sa mort, lorsque Quevedo les donna au public, dans l'espérance qu'elles pourraient contribuer à corriger le goût corrompu de l'époque. Dès ce moment il en a été donné plusieurs éditions, quoiqu'elles n'aient jamais paru proprement collationnées et coordonnées qu'en 1816, dans l'édition du père Merino, moine profès du même ordre de Saint-Augustin (1).

Ces poésies sont d'un grand mérite. Elles consistent dans la traduction de toutes les *Églogues* et de deux *Géorgiques* de Virgile, de trente odes d'Horace, de quarante psaumes, de quelques fragments de poètes grecs ou italiens. Mais elles sont faites toutes avec hardiesse et vivacité, et toutes dans un style vraiment castillan. Ses traductions semblent, toutefois, porter le caractère d'exercices et d'amusements; mais bien qu'il eût acquis une grande facilité et une grande exactitude dans sa versification, F. Luis de Léon écrivit peu. Ses poésies originales ne remplissent pas plus de cent pages, mais il n'y a pas une ligne qui n'ait sa valeur et leur ensemble vient se placer en tête de la poésie lyrique espagnole. Elles sont principalement religieuses et l'on ne peut se méprendre sur la source de leur inspiration. Fr. Luis de Léon avait l'âme entièrement hébraïque et il puise presque toujours son enthousiasme dans les Écritures juives, tout en conservant inaltéré son esprit national. Presque toutes les meilleures de ses compositions poétiques sont des odes écrites dans l'ancien mètre

_____

« que, depuis l'origine de l'Église jusqu'à nos jours, des hommes remarquables « par leur savoir et leur sainteté y en ont fait usage, et je donnerais ici leurs noms « sans la crainte d'être trop prolixe. Plût à Dieu que cette poésie se fît seule en- « tendre à nos oreilles; que ces chants fussent les seuls qui eussent de la douceur « pour nous; que dans les rues et sur les places, la nuit, il n'en résonnât pas « d'autres; que par ces chants se déliât la langue de l'enfant; que la jeune fille, « dans son recueillement, y trouvât sa consolation, et l'ouvrier qui travaille, un « soulagement à sa peine! Mais la perdition du nom chrétien en est venue à ce « point d'impudence et de légèreté, que nous composons notre musique sur nos « vices, et, non contents de nous en affliger en secret, nous chantons notre con- « fusion d'une voix vive et alerte. »

(1) Les poésies de Fr. Luis de Léon remplissent le dernier volume de ses œuvres; mais il y en a parmi elles qui ne lui appartiennent certainement pas.

castillan, avec une pureté classique et une exactitude rigoureuse, inconnues avant lui dans la poésie espagnole et rarement atteintes depuis (1).

Ce sont là les qualités éminentes qui ont fait estimer aux Espagnols la meilleure de ses œuvres poétiques, son ode qui a pour titre : *Profecia del Tago*, prophétie du Tage, où le dieu du fleuve prédit à D. Rodrigue la conquête de son pays par les Maures, pour le punir de la violence que ce monarque a faite à la Cava, fille d'un des plus grands seigneurs de royaume. C'est une imitation de l'ode d'Horace où Nerée s'élève du sein des flots et prédit la ruine de Troie à Pâris qui, dans des circonstances non absolument différentes, transporte l'épouse qu'il a enlevée à Ménélas sur le théâtre d'une lutte terrible entre les deux nations. L'ode de Fr. Luis de Léon est composée en vieilles *quintillas* espagnoles, sa mesure favorite ; et elle a le naturel, la fraîcheur et le charme d'une vieille romance nationale (2). Les étrangers moins intéressés à ce qui touche si particulièrement l'Espagne, à ce qui est rempli de tant d'allusions à son histoire, lui préfèrent, parfois, l'ode plus sereine sur la *Vida retirada*, ou celle sur l'*Immortalidad*, ou peut-être l'ode encore plus belle sur la *Noche serena*, écrites toutes avec la même pureté et la même élévation d'esprit, et toutes dans la même mesure et sous la même inspiration nationale.

Le spécimen le plus vrai de son éminente intonation lyrique et même de son talent, dans tout ce qu'il a écrit, se trouve peut-être dans son

---

(1) Tout en qualifiant d'hébraïque l'âme de Fr. Luis de Léon, je me rappelle un de ses contemporains, doué, à certains égards, d'un esprit semblable, et dont la destinée fut bien plus étrange et plus malheureuse. Je veux parler de Juan Pinto Delgado, juif portugais, qui vécut longtemps en Espagne, embrassa la religion chrétienne, rentra dans la foi de ses pères et s'enfuit, par crainte de l'Inquisition, en France, où il mourut vers l'année 1590. En 1627, un volume de ses œuvres, contenant un poème descriptif sur la reine Esther et sur Ruth, une version libre des lamentations de Jérémie, en *quintillas*, des sonnets et d'autres poésies légères, généralement versifiées à la manière italienne, fut publié à Rouen, en France, et dédié au cardinal Richelieu, alors ministre tout-puissant de Louis XIII. Toutes ces poésies respirent les sentiments amers et tristes de l'exil. Il y a des parties écrites non-seulement avec tendresse, mais dans une versification des plus suaves et des plus pures. L'esprit hébraïque de l'auteur, dont le nom propre était Moseh Delgado, donne constamment tout ce qu'on pouvait en attendre (Barbosa, *Biblioteca*, tom. II, pag. 722.) — (Amador de los Rios, *Judios de España*, Madrid 1848, in-8º, pag. 500 ; traduit en français par J.-G. Magnabal, Paris, 1860.)

(2) C'est l'ode onzième de Fr. Luis de Léon ; on peut la comparer avec celle d'Horace (Liv. I, Od. xv), qui l'a inspirée.

hymne : *A la Ascencion,* dont l'idée principale est aussi originale que naturelle et simple. Elle exprime le désappointement et les sentiments des apôtres à la vue de leur Maître qui les quitte et qui plane sur leur tête, au milieu des cieux entr'ouverts.

> ¿ Y dejas, Pastor santo,
> Tu grey en este valle, hondo, escuro,
> Con soledad y llanto?
> Y tu, rompiendo el puro
> Aire, te vas al immortal seguro?
>   Los antes bien hadados
> Y los agora tristes y afiligidos
> A tus pechos criados,
> De te deposeidos,
> ¿ A do convertiran ya sus sentidos ? (1)

Par conséquent, pour bien comprendre le génie de Fr. Luis de Léon, il faut étudier non-seulement ses poésies lyriques, mais encore ses écrits en prose. En effet, si ses odes religieuses et ses hymnes, d'une remarquable beauté pour la sévérité et l'exactitude de leur style, le placent avant Klopstock et Filicaja, sa prose, plus riche et non moins pure, le fait ranger parmi les plus grands maîtres de l'éloquence dans sa langue maternelle, dans le castillan (2).

---

(1) Tu laisses, saint pasteur, — Ton troupeau dans cette vallée profonde, obscure, — Dans l'isolement et les pleurs? — Et toi, fendant la pureté — Des airs, tu vas dans l'immortel séjour !

Ceux qui autrefois étaient si heureux — Et ceux qui sont à présent tristes et affligés, — Élevés dans ton sein, — Dépossédés de toi, — Où pourront-ils tourner leur âme?

Obras de Fr. Luis de Léon. Madrid 1816, tom. VI, pag. 42.

(2) En 1837, D. José de Castro y Orozco produisit sur la scène de Madrid un drame intitulé *Fray Luis de Leon.* Le héros dont elle porte le nom est représenté renonçant au monde et s'enfermant dans un cloître par suite d'un amour malheureux. Diego de Mendoza est aussi un des principaux personnages du même drame, qui est écrit dans un style agréable ; qui n'est pas sans mérite poétique, mais dont le sujet et l'intrigue n'ont rien d'heureux.

———∞◦⦂◉⦂◦∞———

CHAPITRE X.

Cervantès. — Sa famille. — Son éducation. — Ses premiers vers. — Sa vie en Italie. — Soldat à la bataille de Lépante. — Sa captivité à Alger. — Son retour dans sa patrie. — Ses services en Portugal. — Sa vie à Madrid. — Sa *Galatée* et son caractère. — Son mariage. — Il écrit pour le théâtre. — Ses *Tratos de Argel*. — Sa *Numancia*. — Tendances poétiques de ses œuvres dramatiques.

La famille de Cervantès était originaire de la Galice, et quand Cervantès naquit, elle comptait non-seulement cinq cents ans de noblesse et de services publics, mais elle était encore répandue dans toute l'Espagne, et s'était étendue jusqu'au Mexique et dans d'autres parties de l'Amérique (1). La branche castillane qui, au quinzième siècle, s'était

---

(1) On a écrit plusieurs biographies de Cervantès, dont quatre seulement méritent d'être mentionnées : 1o celle de Gregorio Mayans y Siscar, placée d'abord en tête de l'édition de *D. Quichotte*, dans l'original, publiée, à Londres, en 1738, 4 vol. in-4o, sous les auspices de lord Carteret, et reproduite plus tard dans plusieurs autres éditions. C'est une œuvre d'érudition, c'est la première tentative faite pour réunir les matériaux d'une vie de Cervantès ; mais ces matériaux sont mal coordonnés, la biographie est mal écrite ; elle a peu de valeur aujourd'hui, excepté pour quelques questions incidentes. — 2o La *Vie de Cervantès* et l'analyse de son *D. Quichotte* par Vicente de los Rios, mise en tête de la magnifique édition de *D. Quichotte* par l'Académie Royale espagnole, et souvent réimprimée depuis. (Madrid 1780, 4 vol. in-fol.) Mieux écrite que la précédente, elle contient quelques faits nouveaux, mais sa critique est pleine de pédantisme et d'éloges extravagants. — 3o *Noticias para la Vida de Miguel de Cervantès Saavedra*, par J. Ant. Pellicer, imprimées, la première fois, dans son *Essai d'une Bibliothèque de traducteurs espagnols*, 1778; fort augmentées plus tard et mises en tête de son édition de *D. Quichotte* (Madrid 1797-1798, 5 vol. in-8o); travail pauvrement digéré, contenant une grande quantité de notices extraordinaires et curieuses parfois, et plus complet qu'aucune des biographies qui l'ont précédé. — 4o *Vida de Miguel*, etc., par D. Martin Fernandez de Navarete, publiée par l'Académie Royale espagnole (Madrid 1819, in-8o). C'est la meilleure de toutes, et sans contredit l'œuvre biographique la plus judicieuse et la mieux comprise de toutes celles qui se sont publiées dans aucun pays. Navarete a profité avec une grande habileté d'un grand nombre de documents nouveaux, et en particulier, de la volumineuse collection

unie par le mariage à la famille des Saavedras semble avoir déchu de sa fortune, vers le commencement du seizième siècle. Les parents de Michel qui donna à sa race une nouvelle splendeur et sauva son antique noblesse de l'oubli, étaient, nous le savons, de pauvres habitants d'Alcala de Hénarès, petite, mais florissante cité, à vingt milles environ de Madrid. C'est là que naquit Michel, le plus jeune de quatre enfants, dans les premiers jours du mois d'octobre 1547 (1).

Il reçut, ce n'est pas douteux, sa première éducation au lieu de sa naissance, alors qu'Alcala de Hénarès était portée au comble de sa prospérité et de sa réputation par les succès de l'Université qu'y avait fondée, cinquante ans avant, le cardinal Ximenez. Quoi qu'il en soit, comme beaucoup d'autres esprits distingués, il prit un sensible plaisir à rappeler les jours de son enfance, dans différentes parties de ses œuvres. Ainsi, dans Don Quichotte, il fait allusion à la mort et aux enchantements du fameux maure Musaraque sur la grande colline de Zulema (2), qu'il avait probablement entendu raconter dans des contes d'enfants ; dans sa pastorale en prose, sa *Galatée*, il place la scène des aventures les plus gracieuses sur les rives du fameux Hénarès, comme il l'appelle, « en las riberas del « famoso Hénarès (3). » Nous ne connaissons de sa jeunesse que ce qu'il nous en raconte accidentellement lui-même : à savoir qu'il prenait un grand plaisir à assister aux représentations dramatiques de Lope de Rueda (4) :

de pièces existant dans les archives des Indes, à Séville, en 1808, et comprenant l'immense *Informacion* présentée à Philippe II, en 1590, par Cervantès lui-même, qui demandait un emploi dans les colonies d'Amérique ; masse énorme de certificats authentiques, de dépositions qui témoignent des labeurs et des souffrances de l'auteur du *D. Quichotte*, depuis le moment où il entra au service de son pays, en 1571 ; sa captivité à Alger et jusqu'à son arrivée aux Açores, en 1582. Cette vie complète et soignée a été habilement abrégée par L. Viardot, dans sa traduction française du *D. Quichotte* (Paris 1836, 2 vol. in-8°, et elle forme la base de la *Vie et des Écrits de Michel Cervantès Saavedra*, par Thomas Roscoe (Londres 1839 in-8°).

Pour les notices qui accompagnent le texte, j'ai basé mes assertions sur l'œuvre de Navarrete lorsque je n'ai pas cité d'autre autorité. Quant à la critique littéraire, Navarrete offre peu de secours, il ne s'en occupe presque pas.

(1) La date du baptême de Cervantès est du 9 octobre 1547. Or, comme il est d'usage, dans l'église catholique, d'administrer ce sacrement peu de jours après la naissance, on peut présumer avec assez de probabilité que Cervantès était né ce jour-là ou la veille.

(2) D. Quichotte, part. I, chap. XXIX.

(3) Sur les rives du fameux Henares, *Galatea*. Madrid, 1784, in-8°, tom. I, pag. 66. Ailleurs, il parle de *nuestro Henares* ; du *famoso compluto*, pag. 21 ; de *nuestro fresco Henares*, pap. 105.

(4) *Comedias*. Madrid, 1749, 4 vol., tom. 1, prologue.

que tout jeune il composa des vers (1) : qu'il lisait toujours tout ce qui lui tombait sous la main, et même les morceaux de papier déchirés qu'il ramassait dans les rues et sur les places publiques (2).

On a conjecturé qu'il avait en partie continué ses études à Madrid ; et il est même probable que, malgré l'état de pauvreté de sa famille, il a passé deux ans à l'Université de Salamanque. Ce qu'il y a de certain, c'est qu'à peine âgé de vingt-deux ans, il reçut de la part de ses maîtres un témoignage public, une marque de considération et de respect. Lope de Hoyos publia, par ordre, en 1569, sur la mort de l'infortunée Isabelle de Valois ou de la Paix, épouse de Philippe II, un volume de vers ; et entre autres pièces par lesquelles ses élèves y contribuèrent, il se trouve six petites poésies de Cervantès que Hoyos appelle « mon cher et bien-aimé disciple » « mi muy caro y amado discipulo ». C'est là, sans aucun doute, le premier travail imprimé de Cervantès, ses premiers débuts comme auteur. Il n'y a dans ces compositions qu'une faible preuve de son talent poétique, mais les paroles affectueuses de son maître qui accompagnent ses vers et la circonstance d'avoir écrit une de ses élégies au nom de toute la classe, démontrent assez qu'il jouissait de l'estime de son maître et de la sympathie de ses condisciples. (3).

L'année suivante, en 1570, nous le trouvons, sans en connaître la

---

(1) *Galatea*, tom. I, pag. x, prologue, et dans le fameux chapitre v du *Voyage au Parnasse* (Madrid, 1784, in-8º, pag. 33), il dit :

Desde mis tiernos años amé el arte	Dès mes plus tendres années j'ai aimé l'art
Dulce de la agradable poesia	Si doux de l'agréable poésie
Y en ella procuré siempre agradarte	Et par elle j'ai toujours cherché à te plaire.

(2) « Como soy aficionado à leer aunque sean los papeles rotos de las calles, lle-« vado destè mi natural inclinacion toma un cartapacio, etc. » (*D. Quichotte*, part. I, chap. IX, édition de Clémencin. Madrid, 1833, in-4º, tom. I, pag. 198), où il raconte comment en achetant de vieux papiers dans la maison d'un brocanteur, il trouva parmi eux, à ce qu'il prétend, la Vie de Don Quichotte, en arabe.

(3) Ces vers de Cervantès se trouvent en partie dans Rios, *Pruebas de la Vida de Cervantes*, édition de l'Académie, num. 2-5, et partie dans Navarrete, *Vida*, pp. 261, 263. Ils sont assez pauvres, et l'unique circonstance qui les rend dignes d'attention, c'est que Hoyos, professeur de belles-lettres, appelle constamment Cervantès, *caro discipulo*, *amado discipulo*, et il dit que l'*Elégie* est écrite « en nombre de *todo el estudio.* » Ces poésies, ainsi que d'autres mélanges poétiques de Cervantès, ont été réunies, pour la première fois, dans le premier volume de la *Bibliothèque d'auteurs espagnols*, par Aribau. (Madrid, 1846, in-8º, pp. 612-620.) Elles prouvent les agréables relations de Cervantès avec les principaux poètes de son temps, tels que Padilla, Maldonado, Barros, Yague de Salas, Hernando de Herrera, etc.

cause, éloigné de toutes ses liaisons primitives et servant, à Rome, en qualité de chambellan, dans la maison de Monseigneur Aquaviva, qui devint plus tard cardinal. C'est le même personnage qui avait été envoyé, en 1538, avec une mission spéciale du Pape à Philippe II, et qui semble, par considération pour la littérature et pour les hommes de lettres, avoir pris, à son retour en Italie, Cervantès avec lui, par suite de l'intérêt qu'il portait à ses talents. La durée du service de notre jeune homme ne semble pas avoir été fort longue. Il avait peut-être le caractère trop espagnol, un esprit trop altier pour rester longtemps dans une position si équivoque, surtout à une époque où le monde était rempli de sollicitations et d'attraits pour les aventures de la gloire militaire.

Quel qu'en ait été le motif, Cervantès abandonna bientôt Rome et sa Cour. En 1571, le Pape, Philippe II et la République de Venise avaient conclu contre les Turcs l'alliance appelée la « sainte ligue » et mis sur pied une flotte sous le commandement du chevaleresque D. Juan d'Autriche, fils naturel de Charles-Quint. La tentation que faisait naître une expédition aussi romanesque qu'imposante contre les anciens oppresseurs de tout ce qui était espagnol, contre les ennemis formidables de toute la chrétienté, triompha de la résistance que pouvait opposer Cervantès, jeune homme de vingt-trois ans seulement. Aussi la première chose que nous apprenons de lui, c'est qu'il est engagé volontaire dans cette expédition comme simple soldat. Il avait toujours observé, dit-il, dans un livre écrit peu de temps avant sa mort, que : « no hay mejores soldados » que los que se transplantan de la tierra de los estudios a los campos de » la guerra; ninguno salío de estudiante para soldado, que no lo fuese » por extremo (1). » Animé de cet esprit, il entre au service de son pays, dans les troupes dont l'Espagne remplissait alors une grande partie de l'Italie, et il y resta jusqu'à ce qu'il en fût honorablement déchargé, en 1575.

Durant ces quatre ou cinq années, il reçut les plus fortes leçons de la vie. Il assista au combat naval de Lépante, le sept octobre 1571. Malgré les douleurs que la fièvre lui faisait souffrir à ce moment, il insista pour prendre sa part dans cette grande bataille qui, la première, arrêta d'une manière décisive l'intrusion des Turcs dans l'occident de l'Europe. La galère sur laquelle il servait se trouva au plus fort de la mêlée et il em-

---

(1) « Il n'y a pas de meilleurs soldats que ceux qui se transplantent du terrain des études aux champs de la guerre : nul n'est devenu d'étudiant soldat, qui ne l'ait été à l'excès. » *Persile et Sigismonde*, liv. III, chap. x. Madrid, 1802, in-8°, tom. II, pag. 128.

porta, jusqu'au tombeau, une noble et douloureuse preuve qu'il avait
payé sa dette à la patrie et à la chrétienté. En effet, outre deux autres
blessures, il en reçut une qui le priva, le reste de sa vie, de l'usage de
la main et du bras gauche. Transporté avec d'autres blessés dans le combat, à l'hôpital de Messine, il y resta jusqu'au mois d'avril 1572 ; alors
il prit part à l'expédition du levant, sous le commandement de Marco
Antonio Colonna, expédition à laquelle il fait allusion avec tant de
plaisir, dans sa dédicace de la *Galatée*, et qu'il décrit si bien dans l'histoire du Captif de son Don Quichotte.

L'année suivante, en 1573, il se trouvait à l'affaire de la Goulette de
Tunis, sous les ordres de D. Juan d'Autriche. Plus tard, avec le régiment auquel il appartenait (1), il retourna en Sicile et en Italie, dont il
semble avoir visité plusieurs parties, dans différents voyages ou dans
diverses expéditions : il resta même un moment, durant une année environ, à Naples (2). Cette époque de sa vie est bien marquée par de nombreuses souffrances, mais elle ne semble pas avoir été jamais l'objet de ses
regrets. Au contraire, quarante ans après, plein d'un noble orgueil de
toutes ses souffrances, il déclarait que, si on lui offrait encore l'alternative,
il estimerait ses blessures un échange à bon marché pour la gloire d'avoir
été présent dans une si grande entreprise (3).

Quand il fut congédié, en 1575, il se munit de lettres du duc de Sesa
et de D. Juan d'Autriche, le recommandant particulièrement au Roi,
et il s'embarqua pour l'Espagne. Mais, le 26 septembre, il fut capturé et

---

(1) Le régiment dans lequel il servait était un des plus renommés de l'armée
espagnole, dans les armées de Philippe II, c'était le « bataillon de Flandres »,
commandé par Lope de Figueroa qui joue un rôle distingué dans deux comédies
de Caldéron : *Amor despues de la muerte* et *El alcalde de Zalamea*. Cervantès
rejoignit probablement son régiment favori, lorsqu'il s'engagea, comme nous
pouvons le voir, dans l'expédition du Portugal, en 1581, puisque nous savons non-
seulement qu'il s'y trouva cette année-là, mais aussi que le régiment de Flandres
y vint aussi.

(2) Toutes ses œuvres contiennent des allusions aux événements de sa vie et en
particulier à ses voyages. Dans son imaginaire Voyage au Parnasse, il voit Naples
(chap. VIII, pag. 126) et il s'écrie :

Esta ciudad es Napoles la illustre	Cette cité, c'est Naples, la célèbre
Que yo pisé sus ruas mas de un año	Dont j'ai parcouru les rues plus d'une année.

(3) « Si ahora me propusieran y facilitarian un imposible, dit Cervantès répondant aux grossières personnalités d'Avellaneda, qui siera antes haberme hallado
en aquella faccion prodigiosa, que sano ahora de mis heridas, sin haberme hallado
en ella. » (Prologue de *D. Quichotte*, deuxième Partie, 1615.)

emmené à Alger où il passa cinq années plus désastreuses et plus remplies d'aventures que les cinq années précédentes. Il servit successivement trois maîtres cruels, un grec, un vénitien, tous deux rénégats, et le Dey ou roi d'Alger lui-même. Les deux premiers le tourmentèrent avec cette haine particulière contre les chrétiens, caractérisant naturellement les personnes qui, par d'indignes motifs, se joignent aux ennemis de la chrétienté. Le dernier. le Dey, le réclama pour son esclave et le traita avec la plus grande sévérité, parce qu'il s'était enfui de chez son maître et qu'il s'était rendu redoutable par la série d'efforts qu'il avait faits pour obtenir sa liberté et celle de ses compagnons d'esclavage.

Il est évident que l'âme de Cervantès, loin d'avoir été brisée par sa cruelle captivité, y puisa, au contraire, plus de force et d'élévation. Dans une circonstance, il tenta de s'échapper par terre jusqu'à Oran, établissement espagnol sur la côte, mais il fut abandonné par son guide et obligé de retourner. Dans un autre, il cacha treize compagnons de souffrances dans une grotte sur les bords de la mer où, au péril constant de sa propre vie, il pourvut durant plusieurs semaines à leurs besoins quotidiens, en attendant le moment favorable de s'échapper par mer ; enfin après s'être joint à eux, il fut bassement trahi, mais alors il prit noblement sur lui-même tout le châtiment que méritait la conspiration. Une fois il demanda du secours afin de se délivrer par la violence, sa lettre fut interceptée ; une autre, il avait mûri un plan pour s'échapper avec soixante de ses compatriotes, plan qui fut découvert par trahison et dont il se déclara de nouveau le seul auteur et la victime volontaire. Enfin il avait conçu un grand projet d'insurrection de la part de tous les chrétiens esclaves en Algérie, projet qui aurait vraisemblablement pu réussir, puisque leur nombre s'élevait à plus de vingt-cinq mille, projet qui alarma certainement le Dey, à tel point qu'il déclarait que « si on lui gardait bien le manchot espagnol, il considérerait sa capitale, ses esclaves et ses galères en sûreté (1). » Dans chacune de ces occasions on lui infligea des châti-

---

(1) Une des sources les plus authentiques et les plus curieuses pour cette partie de la vie de Cervantès, c'est l'*Histoire et Typographie d'Alger* par Diego de Haedo (Valladolid, 1602, in-fol.) où Cervantès est souvent mentionné, ouvrage qui semble avoir été négligé dans toutes les recherches se rapportant à lui, jusqu'à ce que Sarmiento le rencontre, en 1752. C'est là que se trouvent les paroles citées dans le texte et qui prouvent la terreur que Cervantès avait fini par inspirer au Dey. « Decia Asan Baja, rey de Argel, que como el tuviese guardado al estropeado español tenia seguros sus cristianos, sus baxeles y aun toda la ciudad » (fol. 185). Et immédiatement avant ces mots, rapportant le hardi projet de Cervantès, de

ments sévères, mais non infâmants (1). Quatre fois il attendit le moment de la mort, sous la forme terrible de l'empalement ou du bûcher : une dernière fois la corde lui était entièrement passée autour du cou, dans le vain espoir d'extorquer à une âme si fidèle les noms de ses complices.

Enfin l'heure de la délivrance arriva. Son frère aîné, capturé avec lui, avait été racheté trois ans avant : et maintenant sa mère, veuve, était obligée de sacrifier, pour la liberté de son plus jeune fils, tout ce qu'il lui restait de ressources au monde, y compris la dot de ses sœurs. Le tout n'était même pas encore suffisant, et ce qui manquait aux pauvres cinq cents couronnes exigées pour le prix de cette liberté se compléta, partie par de faibles emprunts, partie par les contributions de la charité religieuse (2). De cette manière, Cervantès fut racheté le 19 septembre 1580, juste au moment où il allait s'embarquer avec le Dey, son maître, pour Constantinople, d'où sa rançon aurait certainement été sans

faire soulever toute la ville par les esclaves, Haedo ajoute : « Y si à su animo, in-« dustria y trazas, correspondiera la ventura, hoy fuera el dia, que Argel fuera de « cristianos; porque no aspiraban à menos sus intentos. » Et si la fortune avait répondu à son courage, à son activité, à ses desseins, aujourd'hui Alger aurait appartenu aux chrétiens; ses projets n'aspiraient à rien moins qu'à ce résultat.— Tous ces détails, il faut bien se le rappeler, se publièrent quatre ans avant la mort de Cervantès. Tout le livre contenant non-seulement l'histoire, mais, à la fin, des dialogues sur les souffrances et le martyre des chrétiens en Algérie, est des plus curieux, et répand une vive lumière sur divers passages de la littérature espagnole du seizième et du dix-septième siècles, où il est fait si souvent allusion aux Maures et à leurs esclaves chrétiens sur les côtes de Barbarie.

(1) C'est avec un véritable orgueil espagnol que Cervantès fait allusion à lui-même dans l'histoire de sa captivité (*D. Quichotte*, Part. I, chap. XL) et dit du Dey « Solo libró bien con él un soldao español llamado tal de Saavedra, al cual « con haber hecho cosas que quedazan en la memoria de aquellas gentes por mu-« chos años, y todas por alcanzar libertad, *jamas le dió palo*, ni se lo mando dar, « le dixo mala palabra, y por la menor cosa de muchas que hizo, temiamos todos « que habia de ser empalado, *y asi lo temió él mas de una vez.* » « Seulement il délivra bien avec lui un soldat espagnol du nom de Saavedra ; à ce dernier, pour avoir fait des choses qui resteront longtemps dans la mémoire de ces nations, et toutes, pour obtenir la liberté, *jamais il ne donna le pal*, ni n'ordonna de le lui donner, ni ne lui dit une méchante parole : cependant pour la moindre des nombreuses choses qu'il fit, nous avions peur de le voir empalé, *comme il le craignit aussi lui-même plus d'une fois.* »

(2) Cervantès paie un magnifique tribut dans son conte de *l'Espagnole anglaise* (*Novelas*, Madrid, 1783, in-8°, tom. I, pp. 358 et 359), au zèle et au désintéressement de ces pauvres prêtres et religieux qui allaient, parfois au risque de leur propre vie, racheter les chrétiens à Alger, et dont un y resta, quatre ans, en otage pour garantie de quatre mille ducats qu'il avait empruntés, afin de renvoyer des

la moindre espérance. Peu de temps après, il abandonna Alger, et nous avons de nombreuses preuves que son désintéressement, son courage, sa fidélité, lui avaient concilié, à un degré extraordinaire, l'affection et le respect de la multitude de chrétiens captifs qui remplissait alors cette ville d'anathèmes (1).

Quoique Cervantès rentrât alors dans sa maison et dans sa patrie, quoique ses premiers sentiments aient eu cette fraîcheur et ce bonheur qu'il nous a si éloquemment exprimés plus d'une fois, lorsqu'il parle des joies de la liberté (2), nous devons nous rappeler encore qu'il revient après une absence de dix ans, commençant à une époque de sa vie où il pouvait à peine avoir pris racine dans la société, ou s'être fait pour lui-même, au milieu d'une lutte d'intérêts, une place qui ne serait pas remplie aussitôt qu'il l'abandonnerait. Son père était mort; sa famille, déjà pauvre, avait été réduite à une pauvreté plus triste encore, par sa propre rançon et par celle de son frère. Sans amis, sans connaissances, il devait naturellement et profondément souffrir un chagrin et un désappointement qu'il n'avait jamais éprouvés, ni comme soldat, ni comme esclave. Par conséquent, il n'y a rien d'extraordinaire à le voir entrer de nouveau au service de son pays, rejoindre son frère, probablement dans le même régiment dont il avait

---

captifs dans leur patrie. Dans le *Trato de Arjel*, Cervantès parle expressément du P. Juan Gil qui l'avait racheté de l'esclavage.

Un fraile trinitario cristianisimo.	Un frère de la Trinité des plus chrétiens,
Amigo de hacer bien, y conocido	Aimant à faire le bien et connu [contrée
Porque ha estado otra vez en esta tierra	Parce qu'il est venu d'autres fois dans cette
Rescatando cristianos, y dió ejemplo	Racheter des chrétiens, donna l'exemple
De una gran cristiandad y gran prudencia;	De grands sentiments chrétiens et d'une grande
Su nombre es Fray Juan Gil.	Son nom, c'est Frère Juan Gil. [prudence ;

(Jornada V.)

(1) Cervantès était évidemment une personne d'une grande noblesse et d'une grande générosité d'âme, mais il ne put jamais se dépouiller d'un profond sentiment de haine contre les Maures, haine qu'il avait hérité de ses ancêtres et que sa propre captivité avait augmentée. Ces sentiments se révèlent dans deux comédies écrites, en des temps divers, sur le sujet de sa vie en Algérie, dans le chapitre LIV de son *D. Quichotte*, seconde partie et ailleurs. Mais à l'exception de ces passages, de quelques traits accidentels de satire contre les femmes, à l'égard desquelles Quevedo et Luis Velez de Guevara se montrèrent aussi sévères que lui, et d'un peu de fiel contre les ecclésiastiques qui exerçaient une influence pernicieuse dans les maisons des grands, je ne connais rien, dans tous ses ouvrages, qui vienne contredire l'idée que l'on a de son caractère généralement bon. (Voyez *D. Quichotte*, édit. Clémencin, vol. 5 pag. 138, note, et pag. 269, note.

(2) Pour le passage sur la liberté, voyez *D. Quichotte*, part. II, chap. LVIII, au commencement.

déjà, fait partie et envoyé, en ce moment, pour maintenir l'autorité espagnole dans le royaume de Portugal nouvellement conquis. On ne sait pas avec certitude combien de temps il y resta. Mais nous le trouvons à Lisbonne, et il prend part, sous les ordres du marquis de Santa Cruz, à l'expédition de 1581, ainsi qu'à l'expédition plus importante entreprise, l'année suivante, pour réduire les Açores qui résistaient encore aux armes de Philippe II. A partir de cette époque, nous pouvons dater la profonde connaissance qu'il montre fréquemment de la littérature portugaise et ce violent amour pour le Portugal qu'il étale dans le troisième livre de *Persiles et Sigismonde* et dans plusieurs autres parties de ses œuvres, avec une ardeur et une générosité remarquables chez un Espagnol de quelque époque que ce soit et particulièrement chez un Espagnol du temps de Philippe II (1).

Rien d'invraisemblable que cette circonstance ait exercé une certaine influence sur la première direction vers de plus sérieux efforts, comme auteur, efforts qui aboutirent, immédiatement après son retour en Espagne, au roman pastoral de *Galatea*. La pastorale en prose a été la forme favorite de la fiction en Portugal, depuis l'époque de la *Menina e Moça* (2) jusqu'à nos jours ; elle avait été introduite déjà dans la littérature espagnole par George de Montemayor, poète d'une grande réputation, dont la *Diana enamorada* et sa continuation par Gil Polo étaient, nous le savons, les livres aimés de Cervantès.

Quelle qu'en soit la cause, Cervantès écrivait maintenant tout ce qui a été publié de sa *Galatée*, dont le permis d'imprimer date du 1er février 1584, et qui parut en décembre suivant. Il l'appelle lui-même *Egloga*, et il la dédie comme « primicias de su corto ingenio » (3) au fils de ce Colonna, sous l'étendard de qui il avait servi, douze ans avant, dans le Levant. C'est en effet une pastorale dans le style de Gil Polo, et comme le

----

(1) « Well doth the Spanish hind the difference know
« Twixt him and Lusian slave, the lowest of the low. »

Une opinion que Child Harold trouva en Espagne, lorsqu'il y alla et qu'il aurait pu y trouver deux cents ans plus tôt.

(2) *Menina e Moça* : c'est un gracieux fragment d'une pastorale en prose, par Bernardino Ribeyro, dont la date remonte vers 1500 environ, qui a toujours été admiré et qui mérite toujours de l'être. Il tire son nom des deux mots par lesquels il commence : *pequeña y joven*, petite et jeune ; c'est là une circonstance singulière qui prouve son extrême popularité parmi les classes peu habituées à désigner leurs livres par leur titre formel.

(3) Comme « prémices de son faible génie. » Dédicace.

dit Cervantès dans la préface « muchos de los disfrazados pastores della lo eran solo en el habito (1). » Voilà pourquoi on a toujours compris que Galatée, l'héroïne, était la dame avec laquelle se maria plus tard Cervantès; qu'il est lui-même Elicio, le héros de la pastorale, et que plusieurs autres lettrés de ses amis, en particulier Luis Barahona de Soto, qu'il semble avoir toujours prisé comme poète, Francisco de Figueroa, Pedro Lainez et plusieurs autres, sont déguisés sous les noms de Lauso, Tirsis, Damon, et d'autres noms semblables de bergers. Ces personnages de sa fable parlent avec tant de grâce et de science, que Cervantès jugea nécessaire de se disculper de la trop grande élégance de leur entretien (2).

Comme beaucoup d'autres ouvrages de la même espèce, *la Galatée* est fondée sur un principe d'affectation qui ne peut jamais avoir du succès, et qui, dans l'exemple actuel, se trouve, par une accumulation insensée et une complication d'histoires dans sa fable, par les pensées métaphysiques et alambiquées qui la défigurent, par la triste poésie qui y est répandue à profusion, se trouve, dis-je, plus malheureuse qu'à l'ordinaire. *La Galatée* porte cependant en différents endroits des traces de son expérience de la vie et de son talent. Plusieurs de ses contes tels que celui de *Silène*, aux livres deux et trois, sont pleins d'intérêt. D'autres, tels que *la Capture de Timbrio par les Maures*, au livre cinq, nous rappellent les aventures de l'auteur et ses souffrances, tandis qu'un autre épisode, celui du moins de Grisaldo et de Rosaura, au livre quatre, est entièrement dégagé de toute pensée pastorale et de toute peinture maniérée. En général, nous y trouvons des passages remarquables par la richesse et l'abondance d'un style qui n'est jamais peut-être le style qui caractérise le génie particulier de Cervantès. Le manque d'art dans la contexture de l'ensemble, la confusion de la mythologie païenne et de la religion chrétienne, confusion inévitable peut-être dans un pareil sujet, sont les défauts les plus sensibles. Mais il n'y en a peut-être pas de plus choquant que la représentation de ce sévère et vieux soldat, de ce grave

---

(1) « Un grand nombre de bergers déguisés qui s'y trouvent ne l'étaient qu'en habit. »

(2) *Cuyas razones y argumentos mas parecen de ingenios entre libros y aulas criados, que no de aquellos que entre pajizas cabañas son crecidos.* » Dont es raisons et les arguments me semblent plutôt appartenir à des génies élevés au milieu des livres et des cours qu'à des esprits qui se développent sous les cabanes de chaume (Liv. IV, tom. II, pag. 90). C'était, sans aucun doute, en même temps un compliment adressé à Figueroa et à ses autres amis.

homme d'État, Diego de Mendoza, sous la figure d'un berger, mort tout récemment (1).

En parlant ainsi sévèrement de *la Galatée*, nous devons rappeler que, malgré son étendue en deux volumes, l'ouvrage n'est pas terminé : que des passages, qui nous semblent hors de proportion ou inintelligibles, pouvaient avoir leur signification, pouvaient être appropriés, si la seconde partie, que Cervantès avait peut-être écrite et dont il ne cessa de parler comme devant se publier, même peu de jours avant sa mort (2), était venue à s'éditer. Il est certain que, pour former notre jugement sur son mérite, nous avons besoin de nous remettre en mémoire les touchantes paroles de Cervantès, quand il suppose que le Barbier et le Curé trouvent *la Galatée* dans la bibliothèque de Don Quichotte. « Pero ¿ qué libro es
« ese que está junto á el? *La Galatea* de Miguel de Cervantes, dijo el
« barbero. Muchos años ha que es grande amigo mio ese Cervantes, y
« sé que es mas versado en desdichas que en versos; su libro tiene algo
« de buena invencion, propone algo y no concluye nada; es menester
« esperar la segunda parte que promete; quizá con la enmienda alcanzará
« del todo la misericordia que ahora se le niega; y entre tanto que esto
« se ve, tenelde recluso en vuestra posada, señor compadre (3). »

Si l'histoire est vraie que Cervantès composa sa *Galatée* pour se concilier la faveur de sa dame, le succès semble avoir été le motif qui le rendit moins intéressé à la finir. En effet, presque immédiatement après l'apparition de la première partie, il se maria, le 12 décembre 1584,

---

(1) Les principaux personnages de *la Galatée* visitent la tombe de Mendoza, au sixième livre, guidés par un sage et bienveillant prêtre chrétien. Quand ils y arrivent, ils voient l'étrange apparition de Calliope qui prononce un long et fastidieux éloge en vers sur le nombre immense des poètes espagnols contemporains dont la plupart sont oubliés aujourd'hui. *La Galatée* fut abrégée par Florian, vers la fin du dix-huitième siècle. Elle fut reproduite, avec une conclusion appropriée, dans une pastorale en prose, fréquemment réimprimée, à l'époque où Gessner était si populaire. Sous cette forme elle ne manque aucunement de grâce.

(2) Dans la dédicace de *Persiles et Sigismonde*, 9 avril 1616, quatre jours seulement avant sa mort.

(3) « Mais quel est ce livre qui est à côté de lui? *La Galatée* de Michel de Cervantès, répondit le barbier. Depuis longues années ce Cervantès est mon ami,
« et je sais qu'il est plus versé dans le malheur que dans l'art des vers ; son livre
« a une invention assez bonne, il propose et il ne conclut rien. Il est nécessaire
« d'attendre la seconde partie qu'il promet : peut-être, à la correction, obtiendra-
« t-il entièrement la miséricorde qu'on lui refuse en ce moment, et en attendant
« qu'on la voie, gardez-le renfermé chez vous, mon cher compère » (Première partie, chap. VI).

à une dame d'une excellente famille d'Esquivias, village près de Madrid (1). Les arrangements pécuniaires relatifs au mariage, qui ont été publiés (2), prouvent que les deux parties étaient pauvres, et *la Galatée* nous apprend que Cervantès eut un rival redoutable dans un Portugais qui réussit presque, un moment, à lui enlever sa fiancée (3). Mais que le cours de sa vie amoureuse ait été tout uni avant son mariage ou non, sa vie de marié semble avoir été heureuse, pendant trente années environ ; et, après sa mort, sa veuve manifesta le désir d'être enterrée à côté de lui.

Pour supporter les charges de sa famille, il vécut probablement beaucoup à Madrid où il fréquenta, nous le savons, plusieurs poètes contemporains, tels que Juan Rufo, Pedro de Padilla et d'autres, dont il fait constamment l'éloge dans ses derniers ouvrages, et souvent d'une manière peu raisonnable, par suite de la bonté inhérente à sa nature. C'est aussi le même motif, et peut-être encore la conséquence de ces connaissances, qui le firent, maintenant, entreprendre de gagner une partie de ce qui était nécessaire à sa subsistance par le métier d'auteur, et se détourner de la vie d'aventures vers laquelle il avait été primitivement attiré.

Ses premiers efforts dans cette voie se portèrent sur le théâtre, présentant naturellement un grand attrait à un homme déjà passionné pour les représentations dramatiques et qui avait un besoin sérieux et réel d'un profit immédiat, tel que le théâtre en procure quelquefois. A l'époque de Cervantès, le drame était rude et grossier. Il nous raconte, comme nous l'avons déjà remarqué, qu'il avait vu ses commencements, du temps de Lope de Rueda et de Torres Naharro (4), avant son voyage en Italie. Sa description des costumes et de l'appareil scénique nous démontre clairement que le théâtre n'était pas alors mieux établi et disposé que ne l'est actuellement celui des compagnies ambulantes et des joueurs

---

(1) Dans toutes ses œuvres Cervantès ne fait, je crois, que deux fois allusion à Esquivias, et deux fois pour vanter ses vins. La première dans la *Cueva de Salamanca* (*Comedias*, 1749, tom. II, pag. 313) ; et la seconde, dans le *Prologue de Persiles et Sigismonde*, où il parle aussi de ses *ilustres linajes*.

(2) Voyez la fin de la vie de Cervantès que Pellicer mit en tête de son édition de *D. Quichotte* (tom. I, pag. ccv). Il semble qu'il y ait eu primitivement des relations entre la famille de Cervantès et celle de sa femme. En effet la mère de cette dernière fut nommée exécutrice des volontés de son père, mort pendant que Cervantès lui-même était prisonnier en Algérie.

(3) A la fin du livre sixième.

(4) Prologue au lecteur en tête de ses huit comédies et de ses huit *entremeses*, Madrid, 1615, in-4°.

de marionnettes. Cette humble condition que les efforts tentés par Bermudez et Argensola, Viruès, La Cueva et leurs contemporains n'avaient pas beaucoup améliorée, Cervantès entreprit de la relever. Il y réussit à tel point que, trente ans après, il considéra son succès comme lui donnant des droits suffisants pour se glorifier sincèrement de son entreprise (1).

Rien de plus curieux que de voir quelle méthode il jugea convenable d'adopter pour un but pareil. Il réduisit, dit-il, le nombre des actes de cinq à trois : mais c'était là une innovation peu importante, introduite longtemps avant lui par Avendaño, fait que Cervantès semble avoir ignoré. Il se vante aussi d'avoir été le premier à introduire sur la scène, des fantômes, produits de l'imagination, ou des personnages allégoriques tels que la Guerre, la Peste, la Famine; mais, outre que Juan de la Cueva l'avait déjà imaginé, Cervantès ne faisait pas en cela autre chose que faire revivre les formes des vieilles représentations religieuses. Enfin, bien que ce ne soit pas une des bases sur lesquelles il fonde lui-même son principal mérite dramatique, il semble s'être appliqué, tant dans ses comédies que dans ses autres ouvrages, à nous donner le récit de ses voyages et de ses souffrances personnelles, et s'être fait ainsi, sans en avoir conscience, l'imitateur de ceux qui sont placés parmi les inventeurs primitifs de ces représentations dans l'Europe moderne.

Mais, avec un génie tel que celui de Cervantès, ces changements et ces tentatives, tout imparfaites qu'elles étaient, ne laissaient pas de produire des résultats. Il composa, nous raconte-t-il avec l'abandon qui le caractérise, vingt ou trente pièces, accueillies avec applaudissement, nombre bien supérieur à celui qu'on peut certainement attribuer à aucun des auteurs espagnols qui l'avaient précédé, et succès absolument inconnu jusqu'à son époque. Aucune de ses pièces ne s'imprima de son temps : il nous a laissé les titres de neuf d'entre elles, dont deux ont été découvertes en 1782, et qui ont été imprimées, pour la première fois, en 1784 (2). Les autres, c'est à craindre, sont irrévocablement perdues. Parmi elles se trouve *la Confusa*, pièce que Cervantès déclare avec amour être encore l'une des meilleures du genre auquel elle appartient, même longtemps après que Lope de Vega eut donné le caractère définitif au drame

---

(1) Addition au *Parnasse*, imprimée pour la première fois en 1614; et le Prologue cité ci-dessus.

(2) Elles sont dans le même volume que le *Voyage au Parnasse* (Madrid‘ 1784, in-8º).

national (1). Ce jugement, le siècle actuel l'aurait peut-être confirmé si
les proportions et le fini du drame que Cervantès préférait, égalaient
la vigueur et l'originalité des deux qui ont été sauvés de l'oubli.

Le premier des deux est *el Trato de Argel*, ou comme il l'appelle ailleurs, *los Tratos de Argel*, titre qu'on peut traduire par *la Vie ou les Mœurs
à Alger*. C'est un drame dont l'intrigue est si simple, le dialogue si imparfait qu'à plusieurs égards il ne vaut guère mieux que plusieurs de ces
vieilles églogues sur lesquelles repose le théâtre primitif. Il semble n'a-
voir eu d'autre objet que d'exposer tout simplement, devant un public
espagnol, une peinture des souffrances des chrétiens captifs à Alger,
telles que sa propre expérience pouvait le justifier, et de réveiller par là
la sympathie dans un pays qui avait fourni un nombre déplorable de
victimes. Cervantès s'inquiéta peu, par conséquent, de la construction
régulière du drame, quoiqu'il n'ignorât pas, après tout, ce qu'une pareille
intrigue avait d'important. Au lieu de cela, il nous donne une histoire
amoureuse, affectée et peu naturelle, moyen qu'il jugea assez bon pour
l'employer encore dans une de ses comédies postérieures et dans un
de ses contes (2), se confiant pour le succès entier de la pièce sur les
incidents épisodiques.

Quant à ces incidents, il y en a de très-remarquables. Le premier nous
offre une scène entre Cervantès lui-même et deux de ses compagnons de
captivité, raillés comme des esclaves et des chrétiens par les Maures, et
nous donne le récit du martyre d'un prêtre espagnol à Alger, martyre
qui servit plus tard de sujet à Lope de Vega pour un de ses drames. Un
autre nous représente la tentative de Pedro Alvarez pour se réfugier à
Oran, idée empruntée. sans aucun doute, à une semblable tentative de
Cervantès, et peinture qui respire toute l'animation de la vie réelle. En
différentes occasions, nous avons deux ou trois scènes douloureuses de
vente publique d'esclaves et spécialement de petits enfants, scènes qu'il
avait souvent vues de ses propres yeux et que Lope de Vega jugea dignes
d'emprunter lorsqu'il « s'éleva, comme le dit Cervantès, avec la monarchie comique » *cuando se alzó con la monarquia cómica* (3). La comédie

---

(1) *Adjunta al Parnaso*, pag. 139, édit. de 1784.
(2) Dans les *Baños de Argel* et l'*Amante liberal*.
(3) Les *Esclavos en Argel* de Lope de Vega se trouvent dans le tom. XXV de
de ses *Comedias* (Saragosse, 1647, in-4°, pp. 231-260). Ils prouvent qu'il emprunta, avec la plus grande liberté, de la comédie de Cervantès tout ce qui lui
semblait bon. Il ne faut pas oublier que cette comédie n'était pas imprimée et que
Lope dut par conséquent se servir du manuscrit. Les scènes de la vente des en-

entière se divise en cinq actes ou *jornadas ;* elle est écrite en octaves, redondillas, tercets, vers blancs et presque tous les autres mètres connus
de la poésie espagnole. Parmi les personnages du drame se trouvent
étrangement mêlés, des acteurs principaux et allégoriques tels que la
Nécessité, l'Occasion, un Lion, un Démon.

Malgré toute cette confusion et le défaut de soin qu'elle implique,
el Trato de Argel offre des passages extrêmement poétiques. Aurelio, le
héros chrétien captif, fiancé à une autre captive du nom de Sylvia, est
aimé par Zara, femme maure, dont la confidente Fatime se livre à de farouches enchantements pour obtenir les moyens d'assurer à l'amour de
sa maîtresse la satisfaction de ses désirs. Le résultat de ces évocations
est l'apparition du démon qui met en son pouvoir la Nécessité et l'Occasion. Ces deux agents immatériels sont amenés par elle sur la scène, et,
invisibles pour Aurelio lui-même, mais visibles pour les spectateurs, le
tentent par de mauvaises pensées, pour le faire succomber aux séductions
de la belle infidèle (1). Quand ils sont partis, Aurelio explique, dans un
soliloque, ses sentiments, à l'idée d'avoir été sur le point de succomber.

> Aurelio, ¿ donde vas ? ¿ Para do mueves
> El vagoroso paso ? ¿ Quien te guia?
> Con tan poco temor de Dios te atreves
> A contentar tu loca fantasia..., etc. (2).

La pensée de ce passage et celle de la scène qui le précède n'ont cer-

---

fants chrétiens (pp. 149 et 150), la scène entre ces mêmes enfants et l'un d'eux
qui s'était fait mahométan, telles qu'elles sont dans Lope, sont prises des scènes
correspondantes dans Cervantès (pp. 312-323, 364-366, édit. 1784). Une grande
partie du sujet et beaucoup d'autres passages du drame lui sont également empruntés Le martyre du prêtre valencien décrit par Cervantès (pp. 198-205) forme
la base et le principal point dramatique du troisième acte de la comédie de Lope,
où l'exécution est mise sur la scène sous une forme des plus révoltantes (pag. 263).

(1) Cervantès, ce n'est pas douteux, était très-satisfait de la présence de ces
êtres immatériels, introduction qui devint après lui si commune sur la scène.
Calderón, dans son *Gran principe de Paz* (*Comedias*, Madrid, 1760. in-4º,
tom. III, pag. 389), en explique ainsi deux qu'il a introduits dans des termes qui
pourraient bien s'appliquer à ceux de Cervantès :

Representando los dos	Représentant les deux
De su buen Genio y mal Genio	De son bon et de son mauvais Génie
Exteriormente la lid	Extérieurement la lutte
Que arde interior en su pecho.	Qui brûle intérieurement dans son âme.

(2) Aurelio, où vas-tu? où portes-tu —Tes pas errants ? Qui te guide? — C'est dans
une si faible crainte de Dieu que tu oses —Contenter ta folle fantaisie (Jornada V).

tainement rien de dramatique, quoiqu'elle soit une de celles dont Cervantès lui-même se faisait honneur, à cause de l'introduction d'agents spirituels dans ses comédies; ni l'une ni l'autre ne manquent cependant pas de poésie. Ainsi que le reste de la pièce, elles présentent un mélange de sentiments personnels et de fantaisies, luttant contre l'ignorance des vrais principes du drame, et contre les éléments grossiers du théâtre, au temps de Cervantès. Cervantès appelle le tout une *Comédie*, mais il ne mérite pas ce nom. Comme les vieux mystères, c'est plutôt une tentative pour montrer, par une représentation vivante, une série d'incidents sans aucune liaison. Ce n'est pas à proprement parler la structure d'un drame, et comme l'auteur l'avoue ensuite avec la plus grande candeur, la conclusion n'est pas des plus convenables (1).

L'autre comédie de Cervantès, qui nous est parvenue depuis cette époque de sa vie, repose sur l'événement tragique de Numance, qui fut réduite par la famine, après avoir résisté, pendant quatorze années (2) aux armées romaines. Les forces de Rome s'élevaient à quatre-vingt mille assiégeants et celles de Numance, inférieures à quatre mille hommes, dont pas un ne fut trouvé vivant, quand le conquérant entra dans la ville (3). Cervantès choisit probablement ce sujet par suite des souvenirs patriotiques qu'il rappelait et qu'il continue de rappeler encore dans l'esprit de ses compatriotes. C'est la même raison qui lui fit surtout remplir son drame de toutes les horreurs auxquelles donne lieu en public et en particulier le dévouement des Numantins.

Cette comédie se divise en quatre *jornadas*, et, comme *el Trato de Argel*, elle est écrite avec une grande variété de mètres : l'ancienne *redondilla* est préférée dans les parties où l'action domine. Le nombre des personnages du drame, *dramatis personnæ*, ne s'élève pas à moins de quarante, parmi lesquels on compte : l'Espagne, le fleuve Duero, un Corps mort, la Guerre, la Peste, la Famine, la Renommée qui se présente pour débiter

---

(1) Y aquí da este trato fin — Que no lo tiene el de Argel. C'est par ce jeu de mots que se termine son autre comédie sur le même sujet, imprimée trente ans avant la représentation du drame dont nous parlons.

(2) Cervantès fait dire à Scipion, à propos du siége : Diez y seis años son y mas, pasados.— Seize ans, et plus, sont écoulés.— Or la lutte contre Numance dura quatorze ans, et le siége quatorze mois, ainsi que l'affirment les historiens romains.

(3) Il faut lire, avec la *Numance* de Cervantès, le récit de Florus (Epit. 11, 18) et en particulier celui de *Mariana* (Liv. III, chap. 6, 10), excellente version espagnole du premier.

le prologue. L'action commence à l'arrivée de Scipion. Ce général reproche aux armées romaines de n'avoir pas pu, depuis si longtemps,
triompher d'un si faible corps d'Espagnols, nom que Cervantès donne
toujours patriotiquement aux Numantins, et il annonce alors qu'il faut
les réduire par la famine. L'Espagne s'avance, comme une belle matrone,
et, sensible aux malheurs qui attendent sa cité fidèle, elle invoque le
Duero dans les deux poétiques octaves suivantes :

> Duero gentil, que con torcidas vueltas
> Humedeces gran parte de mi seno.
> Ansi en sus aguas siempre veas envueltas
> Arenas de oro, cual el Tajo ameno,
> Y ansi las ninfas fugitivas sueltas,
> De que está el verde prado y bosque lleno,
> Vengan humildes á tus aguas claras,
> Y en prestarte favor no sean avaras.

> Que prestes á mis ásperos lamentos
> Atento oido, ó que á escucharlos vengas,
> Y aunque dejes un rato tus contentos,
> Suplicote que en nada te detengas :
> Si tú con tus continuos crecimientos
> Destos fieros romanos no te vengas,
> Cerrado veo ya cualquier camino
> A la salud del pueblo numantino (1)

Le fleuve lui répond en personne, accompagné de ses trois rivières
tributaires. Il ne donne aucune espérance à Numance, mais il lui prédit
que les Goths, le connétable de Bourbon et le duc d'Albe vengeront un
jour sa destinée sur les Romains. Là finit le premier acte.

Les autres trois sont remplis des horreurs du siége endurées par les

---

(1) Duero gentil dont les sinueux contours — Mouillent une grande partie de
mon sein, — Puisses-tu voir ainsi toujours enveloppés dans tes eaux — Des sables
d'or, comme le Tage tranquille;— Que les nymphes fugitives et vagabondes, —
Lorsque la prairie est verdoyante et le bois couvert de feuillage,— viennent, tout
humbles, vers tes eaux limpides,— Et ne soient point avares pour te donner leur
faveur.

Prête à mes tristes gémissements — Une oreille attentive, ou viens les écouter. —
Laisserais-tu un moment tes sujets? — Je t'en supplie, que rien ne t'arrête. — Si
par des crues continuelles — Tu ne te venges pas de ces fiers Romains, — Je vois
déjà tout chemin fermé — Au salut du peuple de Numance. (Journée I, scène II.)

Il faut ajouter que ces deux stances se trouvent à la fin d'un monologue assez
fastidieux composé de neuf ou dix autres, toutes de huit vers, quoiqu'elles n'aient
pas été imprimées comme telles.

infortunés Numantins; des pronostics de leur ruine, de leurs sacrifices et de leurs prières pour la conjurer; des évocations profanes, ranimant le cadavre qui vient prédire l'avenir; des cruelles souffrances des jeunes gens et des vieillards, de tout ce qu'il y a d'aimé et d'aimable, jusqu'à l'innocence des enfants, sur lesquels s'accomplissent les destinées inflexibles de la cité. Le tout se termine par l'immolation volontaire de tout ce qui restait vivant parmi ces habitants affamés, et par la mort d'un jeune homme tenant en main les clefs des portes, et qui se précipite lui-même, en présence du général romain, du haut d'une des tours de la ville, dernière victime de ce dévouement patriotique.

Dans un tableau pareil il n'y pas d'intrigue, ni de développement propre à quoi que ce soit qui s'appelle une action dramatique. Mais la peinture de la vie réelle a été rarement montrée sur la scène avec une vérité aussi sanglante. Plus rarement encore, lorsqu'elle nous a été montrée, elle a produit des effets aussi poétiques par des incidents purement individuels. Dans une scène du second acte, Marquino, le magicien, après plusieurs vaines tentatives pour contraindre une âme à rentrer dans le corps qu'elle venait d'abandonner sur le champ de bataille, afin d'obtenir d'elle la révélation des destinées futures de Numance, Marquino éclate en indignation et s'écrie :

> Alma rebelde, vuelve al aposento
> Que pocas horas ha desocupaste (1) .

L'âme obéit, rentre dans le corps et lui répond :

> Cesa la furia del rigor violento
> Tuyo, Marquino; baste, triste, baste,
> La que yo paso en la region escura,
> Sin que tú crezcas mas mi desventura.
> Engañaste si piensas que recibo
> Contento de volver á esta penosa,
> Misera y corta vida que ahora vivo,
> Que ya me va faltando presurosa;
> Antes me causas un dolor esquivo,
> Pues otra vez la muerte rigurosa
> Triunfará de mi vida y de mi alma :
> Mi enemigo tendrá doblada palma,
> El cual con otros del escuro bando
> De los que son sujetos á aguardarte,
> Está con rabia en torno aqui esperando
> A que acabe, Marquino, de informarte

---

(1) Ame rebelle, rentre dans la demeure — Que tu as cessé d'occuper il y quelques heures.

Del lamentable fin, del mal nefando
Que de Numancia puedo asegurarte (1).

Il n'y a certainement pas autant de dignité dans les évocations du
Faust de Marlowe, qui appartient à la période contemporaine du théâtre
anglais. Shakspeare lui-même n'excite pas en nous une sympathie aussi
étrange par cette tête de mort, qui se relève avec répugnance pour répondre à la demande criminelle de Macbeth, que le fait Cervantès, en
nous faisant sentir les tourments de cette âme, rappelée à la vie pour
souffrir une seconde fois les douleurs de la dissolution et de la mort.

Les scènes particulières d'afflictions domestiques, résultant des malheurs de la famine, sont parfois reproduites avec un effet inattendu : une
notamment, entre une mère et son enfant, et la scène suivante entre Morandro, l'amant, et Lira, son amante, qu'il rencontre défigurée, exténuée
par la faim et pleurant sur la désolation universelle. Lira cherche à lui
cacher ses souffrances et Morandro lui dit avec tendresse :

No vayas tan de corrida.
Lira ; déjame gozar
Del bién que me puede dar
En la muerte alegre vida :
Deja que miren mis ojos
Un rato tu hermosura,
Pues tanto mi desventura
Se entretiene en mis enojos.
¡ Oh dulce Lira, que suenas
Con contino en mi fantasia
Con tan suave armonia,
Que vuelve en gloria mis penas !

(1) Comprime la furie de ta violente rigueur,— Marquino ; c'est assez, c'est
assez de la souffrance — Que je viens d'éprouver dans les régions obscures, —
Sans que tu augmentes encore mon malheur. — Tu te trompes si tu penses que
je reçois — Avec satisfaction de rentrer dans cette pénible — Misérable et
courte vie que je vis maintenant — Et qui va déjà me manquer dans sa rapidité.
— Tu me causes au contraire une douleur amère — Puisqu'une seconde fois la
mort dans ses rigueurs — Triomphera de ma vie et de mon âme ; — Mon ennemi
remportera une double palme ;— Cet ennemi, avec d'autres de la bande obscure —
De ceux qui sont sujets à t'attendre,— Est là tout autour, avec rage, attendant ici
— Que je vienne, Marquino, l'informer — De la fin lamentable, des maux horribles
Que, je peux t'assurer, éprouve Numance. (Journée II, scène II.)
(1) Ne cours pas si vite, — Lira ; laisse-moi jouir — Du bien que peut me donner
— Dans la mort une vie joyeuse : — Laisse mes yeux admirer — Un instant ta
beauté, — Puisque mon malheur — S'entretient tant dans mes ennuis. — Oh !
douce Lira, comme tu résonnes — Continuellement dans mon imagination — Par
une harmonie si suave — Qu'elle change en gloire mes peines !

¿ Que tienes? ¿ Que estàs pensando,
Gloria de mi pensamiento?

LIRA.   Pienso cómo mi contento
Y el tuyo se va acabando,
Y no será su homicida
El cerco de nuestra tierra :
Que primero que la guerra
Se me acabará la vida.

MORANDRO.   ¿ Qué dices, bien de mi alma?

LIRA.   Que me tiene tal la hambre,
Que de me vital estambre
Llevará presto la palma.
¿ Qué tálamo has de esperar
De quien está en tal extremo,
Que te aseguro que temo
Antes de una hora espirar?
Mi hermano ayer espiró
De la hambre fatigado,
Y mi madre ya ha acabado
Que la hambre la acabó.
Y si la hambre y su fuerza
No ha rendido mi salud,
Es porque la juventud
Contra su rigor se esfuerza.
Pero como há tantos dias
Que no le hago defensa,
No pueden contra su ofensa
Las debiles fuerzas mias.

MORANDRO.   Enjuga, Lira, los ojos;
Deja que los tristes mios
Se vuelvan corrientes rios
Nacidos de tus enojos :

Que fais-tu? Que penses-tu, — Gloire de ma pensée? — LIRA. Je pense comment ma joie — Et la tienne vont finir, — Et que ce qui la tuera ne sera pas — Le siége de notre patrie, — Parce qu'avant la guerre — Ma vie se terminera. — MORANDRE. Que dis-tu, bonheur de mon âme? — LIRA. Que j'éprouve une telle faim — Que du fil de ma vie — Bientôt elle emportera la palme. — Quelle union peux-tu espérer — De celle qui se trouve dans une extrémité telle — Qu'elle craint, je t'assure, — D'expirer avant une heure? — Mon frère, hier, a succombé — Par la faim tant tourmenté, — Et ma mère vient de finir — Et c'est la faim qui l'a fait périr. — Et si la faim et ses tortures — N'ont pas triomphé de ma santé, — C'est que ma jeunesse — Lutte contre ses rigueurs. — Mais tant de jours se sont écoulés, — Depuis que je ne me défends point contre elle, — Que contre ses attaques — Mes faibles forces ne peuvent rien. — MORANDRE. Lira, essuie tes larmes; — Laisse mes tristes yeux — Se changer en ruisseaux — Nés de tes ennuis.

Y aunque la hambre ofendida
Te tenga tan sin compás,
De hambre no morirás
Mientras yo tuviere vida.
Yo me ofrezco de saltar
El foso y el muro fuerte,
Y entrar por la misma muerte
Para la tua excusar.
El pan que el romano toca
Sin que el temor me destruya,
Lo quitaré de la suya,
Para ponerlo en tu boca.
Con me brazo haré carrera
A tu vida y á mi muerte,
Porque mas me mata el verte,
Señora, de esta man era
Yo te traeré de comer,
A pesar de los romanos
Si ya son estas mis manós
Las mismas que solian ser.

LIRA.   Hablas como enamorado
Morandro; pero no es justo
Que ya tome gusto el gusto
Con tu peligro comprado.
Poco podrá sustentarme
Cualquier robo que harás,
Aunque mas cierto hallarás
El perderte que ganarme.
Goza de tu mocedad
En fresca edad y crecida;
Que mas importa tu vida
Que la mia á la ciudad.

La faim horrible — Peut t'opprimer sans mesure, — De faim tu ne mourras pas, — Tant que la vie me restera. — Je m'offre pour franchir — Le fossé et la forte muraille. — Pénétrer à travers la mort même — Afin d'éviter la tienne. — Le pain que tient le Romain, — Sans que la crainte me détourne, — Je l'arracherai de sa bouche — Pour le porter à la tienne. — Mon bras s'ouvrira un chemin — Pour ta vie et pour ma mort, — Parce que rien ne me tue plus que de te voir, — Mon âme, dans cette affreuse situation. — Je t'apporterai de la nourriture — Malgré tous les Romains — Si ces mains sont encore — Ce qu'elles étaient d'ordinaire. — LIRA. Tu parles comme un amoureux, — Morandre; mais ce n'est pas juste — Que je prenne goût au goût — Acheté au prix de tes dangers. — Peu pourra me soutenir, — Quel que soit le vol que tu commettes; — Mais il y aura plus de certitude — De te perdre que de me conserver. — Jouis de ta jeunesse, — De la fraicheur de l'âge qui se développe, — Ta vie importe plus — Que la mienne à la cité.

Tú podrás bien defendella
De la enemiga asechanza,
Que no la flaca pujanza
De esta tan triste doncella.
Ansi que, mi dulce amor,
Despide ese pensamiento :
Que yo no quiero sustento
Ganado con tu sudor.
Que aunque puedes alargar
Mi muerte por algun dia,
Esta hambre que porfia
En fin nos ha de acabar

MORANDRE.   En vano trabajas, Lira
De impedirme ese camino,
Do mi voluntad y sino
Allá me convida y tira.
Tú rogarás entre tanto
A los dioses que me vuelvan
Con despojos, y que resuelvan
Tu miseria y mi quebranto.

LIRA.   Morandro, mi dulce amigo,
No vayas : que se me antoja
Que de tu sangre veo roja
La espada del enemigo.
No hagas esa jornada,
Morandro, bien de mi vida;
Que si es mala la salida,
Es muy peor la tornada (1).
(Jornada III, escena II.)

Morandre persiste; accompagné d'un ami fidèle, il pénètre dans le camp romain et parvient à saisir du pain. Il est blessé dans le combat :

Tu pourras bien la défendre — Contre les attaques ennemies — Mieux que la faible vigueur — D'une si triste jeune fille. — Aussi, mon doux amour, — Bannis cette pensée ; — Je ne veux point d'un aliment — Gagné par tes sueurs. — Tu peux bien retarder — Ma mort de quelques jours, — Mais cette faim qui nous travaille — Doit enfin nous achever. — MORANDRE. En vain tu travailleras, Lira, — A me fermer cette voie, — Où ma volonté et ma destinée — M'invitent et m'entraînent. — Tu prieras en attendant — Les Dieux de me ramener — Avec des dépouilles, et de résoudre — Ta misère et ma douleur. — LIRA. Morandre, mon doux ami, — Ne pars pas, il me semble — Que je vois rougie de ton sang — L'épée de l'ennemi. — N'entreprends pas ce voyage, — Morandre, bonheur de ma vie ; — Si le départ est triste, — Plus triste est le retour. (Journée III, scène I.)

Il règne dans cette scène un ton charmant qui brise le cœur par le dévouement de Lira, réveillant un cruel désespoir chez son amant. Rien n'est plus naturel. Les dernières paroles de Lira sont d'une très-grande beauté dans l'original.

mais il force le passage, rentre dans Numance, par la pure énergie du désespoir : il apporte à Lira la nourriture qu'il a obtenue, arrosée de son propre sang, et il tombe mort à ses pieds.

Une autorité hautement placée dans la critique dramatique, parle de la *Numancia* non-seulement comme d'un des essais les plus remarquables de l'ancien théâtre espagnol, mais encore comme d'une représentation des plus saisissantes de la poésie moderne (1). Il n'est pas probable que cette opinion puisse prévaloir. Cependant, l'ensemble de la pièce a le mérite de l'originalité, et, dans plusieurs endroits, elle réussit à réveiller de fortes émotions : de sorte que, malgré le défaut de connaissances dramatiques et de convenances scéniques, cette comédie sera toujours citée comme une preuve du talent poétique de son auteur et comme un effort des plus hardis pour relever le théâtre espagnol de la condition où il se trouvait lorsqu'elle a été écrite.

---

(1) A. W. Schlegel , *Discours sur le genre dramatique et sur la littérature*; Heidelberg, 1811, tom. II, chap. II, pag. 345.

CHAPITRE XI.

Cervantès est négligé. — Son séjour à Séville. — Ses disgrâces. — Il demande un emploi en Amérique. — Il vient à Valladolid. — Ses tourments. — Il publie la première partie du *Don Quichotte*. — Il se transporte à Madrid. — Sa vie dans la capitale. — Ses relations avec Lope de Vega. — Ses *Nouvelles* et leur caractère. — Son *Voyage au Parnasse* et la défense de ses drames. — Il publie ses comédies et ses intermèdes. — Leur caractère. — Deuxième partie de *Don Quichotte*. — Mort de Cervantès.

L'état déplorable du théâtre dans son temps fut pour Cervantès un malheur réel. Il l'empêcha d'obtenir, comme auteur dramatique, la récompense due à ses efforts, quoiqu'ils eussent réussi, nous raconte-t-il lui-même, à gagner la faveur du public. Si vous ajoutez à cette cause qu'il était maintenant marié, qu'une de ses sœurs dépendait de lui et était à sa charge, que sa personne était estropiée et négligée, il ne paraîtra pas étonnant qu'après avoir lutté, pendant trois ans, à Esquivias et à Madrid, il se soit vu obligé de chercher ailleurs les moyens d'existence. C'est pourquoi, il passe, en 1588, à Séville, grand entrepôt alors des immenses richesses qui arrivaient d'Amérique, asile des pauvres et refuge des malheureux, comme il l'appelle plus tard « amparo de pobres y « refugio de desdichados (1). » Là il travailla quelque temps comme un des agents d'Antonio de Guevara, commissaire royal des flottes du Nouveau-Monde, et plus tard comme percepteur des sommes dues au gouvernement et aux individus, emploi humble certainement et plein de soucis, mais qui lui donnait encore le pain qu'il avait vainement cherché par d'autres moyens.

Le principal avantage, peut-être, d'un emploi pareil pour un génie tel que celui de Cervantès, ce fut de lui faire parcourir, pendant plus de dix ans, les différentes parties des provinces de l'Andalousie et de Grenade, et de le familiariser avec la vie et les mœurs de ces contrées pittoresques

---

(1) *Volvi me à Sevilla*, dit Berganza dans le *Coloquio de los Perros*. *Novelas*, Madrid 1783, in-8°, tom. II, pag. 362.

de son pays natal. Durant la dernière partie de ce temps, soit faute d'une personne aux soins de laquelle il avait confié une certaine quantité de l'argent qu'il avait reçu; soit, ce qui est à craindre, par suite de sa propre négligence, il devint débiteur envers le gouvernement, et il fut emprisonné, à Séville, comme un concussionnaire, pour une somme si minime qu'elle semble marquer encore plus l'extrême degré de pauvreté qu'il avait eu à souffrir. Il adressa un énergique recours au gouvernement, et fut relaxé de sa prison par suite d'une ordonnance royale du 1er décembre 1597, après y avoir été probablement incarcéré pendant trois mois environ. Mais les réclamations du trésor public à son égard ne se terminèrent qu'en 1608, sans que nous ayons encore pu connaître quel fut le résultat final relatif à sa négligence, sinon qu'à partir de cette date, il ne semble pas avoir jamais été molesté à ce sujet.

Durant son séjour à Séville, qui s'étendit, avec quelques interruptions, de 1588 à 1598, ou peut-être un peu plus loin, Cervantès adressa au roi une supplique sans effet pour obtenir un emploi en Amérique. Il établissait par des documents exacts, constituant aujourd'hui les matériaux les plus estimables pour sa biographie, la relation générale de ses aventures, de ses services et de ses souffrances pendant qu'il était soldat dans le Levant, et des misères de son existence durant son esclavage à Alger (1). C'était en 1590. Mais il ne semble pas qu'on ait donné à la demande d'autre suite qu'une réponse pure et simple. Toute cette affaire nous porte seulement à induire l'abîme de sa misère qui le pousse à considérer, comme un allégement, l'exil dans une colonie dont il a parlé ailleurs comme d'un repaire de vagabonds (2).

---

(1) Cette extraordinaire collection de documents se conserve aux archives des Indes. Ces pièces sont admirablement coordonnées dans le vieil et magnifique édifice de la casa de Contratacion, construit par Herrera, à Séville, lorsque Séville était le grand entrepôt du commerce entre l'Espagne et ses colonies. Les papiers relatifs à Cervantès se trouvent dans l'Estante 11, cajon 5, legajo 1, où les découvrit le vénérable Céan Bermudez, en 1808. Les plus importants d'entre eux ont été publiés entièrement ; le reste a été l'objet de bons extraits dans la *Vie de Cervantès* par Navarrete (pp. 311-388). Cervantès demanda une des quatre places suivantes : la charge d'auditeur des comptes de la Nouvelle-Grenade ; celle des galères de Carthagène des Indes ; le gouvernement de la province de Soconuzco ou celle de corrégidor de la ville de la Paz.

(2) « Viendose pues tan falto de dinero, y aun no con muchos amigos, se acogió « al remedio a que otros muchos perdidos en aquella ciudad (Sevilla) se acogen, que « es el pasarse á las Indias, refugio y amparo de los desesperados de España, igle- « sia de los alzados, salvo-conducto de los homicidas, pala y cubierta de los juga- « dores, añagaza general de mugeres libres, engaño comun de muchos, y remedio

Comme auteur, son séjour à Séville nous a laissé peu de traces distinctes de lui. En 1595, il envoie quelques vers badins à Saragosse, vers qui gagnèrent un des prix offerts pour la joûte de la canonisation de Saint-Jacinthe (1). En 1596, il composa un sonnet burlesque sur la grande preuve de courage montré en Andalousie, après que tout danger était passé, que les Anglais avaient évacué Cadix, ville qu'ils avaient occupée un instant sous le commandement du comte d'Essex, favori de la reine Élisabeth (2). Cervantès composa un autre sonnet burlesque, en 1598, sur l'inconvenante querelle qui éclata dans la cathédrale de Séville, pour une pitoyable jalousie entre la Municipalité et l'Inquisition, à l'occasion des cérémonies religieuses qui s'y célébrèrent après la mort de Philippe II (3). Mais, excepté ces badinages, nous ne savons rien sur ses compositions, durant cette période active de sa vie, à moins de lui assigner quelques-uns de ses contes, tels que *la Española inglesa* qui a tant de rapports avec les événements contemporains bien connus, ou *Rinconete y Cortadillo*, respirant un tel parfum de mœurs sévillanaises qu'il semble impossible qu'ils aient pu être composés ailleurs qu'à Séville.

Sur la période suivante de sa vie, période si importante puisqu'elle précède immédiatement la publication de la première partie du *Don Quichotte*, nous en savons encore moins que ce que nous venons de dire. Cependant une tradition uniforme et constante assure qu'il fut employé par le grand Prieur de l'Ordre de Saint-Jean, dans la Manche, à recouvrer les rentes dues à son monastère, dans le village d'Argamasilla; qu'il se rendit dans cette humble agence et commença ses fonctions, mais que les débiteurs refusèrent de payer, le persécutèrent de différentes

---

« particular de pocos. » Se voyant donc si dépourvu d'argent, et de plus, sans beaucoup d'amis, il eut recours au remède auquel recouraient beaucoup d'autres perdus dans cette cité de Séville, et qui consiste à passer aux Indes, refuge et asile de tous les désespérés d'Espagne, église des banqueroutiers, sauf-conduit des homicides, battoir et couverture des joueurs, appât général pour les femmes libres, illusion commune du grand nombre, remède particulier pour un petit nombre. — *El Zeloso Estremeño, Novelas,* tom. II, pag. 1.

(1) Ces vers se trouvent dans Navarrete. *Vie,* pp. 444-445.

(2) Pellicer, *Vie,* édition de *Don Quichotte* (Madrid, 1797, in-8°, tom. I, pag. LXXXV) donne le sonnet.

(3) Sedano, *Parnasse espagnol,* tom. IX, pag. 193. Dans le *Voyage au Parnasse,* chap. II, il appelle ce sonnet l'honneur principal de ses écrits : *Honra principal de mis escritos.* C'était par erreur ou par plaisanterie. — Je crois plutôt à la dernière. — Dans le *Semanario pintoresco* (Madrid, 1842, pag. 177), on trouve la relation du fait qui donna lieu au sonnet de Cervantès et qui l'explique complètement.

manières et finirent par le jeter en prison; que là, dans un sentiment
d'indignation et par esprit de vengeance, il commença à écrire le *Don
Quichotte*, fit son héros natif du village qui l'avait si mal traité, et plaça
dans la Manche la scène des premières aventures du chevalier. Toute
cette conjecture est possible, et même probable; nous n'en avons cependant aucune preuve directe. Cervantès di●●en, dans la préface de la
première partie, que son *Don Quichotte* à été commencé en prison (1);
mais cette assertion peut se rapporter à son premier emprisonnement à
Séville, ou à son emprisonnement postérieur à Valladolid. Tout ce qu'il
y a néanmoins de certain, c'est que Ce●●●ntès eut des amis et des relations
dans la Manche; qu'à une certaine●●●e de sa vie, il dut profiter d'une
occasion favorable pour acquéri●●●●●●naissance profonde de la population, des antiquités, de la topog●●●hie que nous dépeint *Don Quichotte*;
que toute cette étude ne peut avoir été commencée qu'entre la fin de 1598,
année où nous perdons toute trace de Cervantès, à Séville, et le commencement de 1603, année où nous le trouvons établi à Valladolid.

Cervantès vint à Valladolid apparemment parce que la cour s'y était
transportée par suite d'un caprice de Philippe III et des intérêts de son
favori, le duc de Lerme; mais comme partout ailleurs, il y était aussi
négligé et abandonné dans sa pauvreté. Nous saurions à peine son séjour
à Valladolid, avant la publication de la première partie de son *Don
Quichotte*, sans deux circonstances bien tristes. La première est un récit
écrit de sa propre main, nous donnant les travaux de couture faits par
sa sœur, qui sacrifia tout ce qu'elle avait pour le racheter de sa captivité, vécut dans sa dépendance, durant son veuvage, et mourut dans sa
famille. L'autre est un de ces tapages nocturnes, si communs parmi les
galanteries de la cour d'Espagne, dans lequel un étranger fut tué près
de la maison où vivait Cervantès, en conséquence de quoi et par suite
de quelques soupçons qui tombèrent sur la famille, Cervantès, conformément aux sévères et dures dispositions de la loi espagnole, fut arrêté
avec les autres principaux témoins, jusqu'à ce que les recherches eussent
été faites (2).

Au milieu de sa pauvreté et de ses embarras, pendant qu'il remplissait

---

(1) « Se engendró en una carcel. » Avellaneda dit la même chose dans sa préface; mais il ajoute avec mépris : « l'ero disculpan los yerros de su primera parte
« en esta materia el haberse escrito entre *los* de una carcel, etc. » Insinuation
basse et misérable que semble expliquer l'équivoque résultant de l'emploi du
relatif pronom *los*.

(2) Pellicer. *Vie de Cervantès*, pp. CXVI-CXXXI.

ses humbles fonctions d'agent général et d'écrivain public pour tous ceux qui avaient besoin de ses services (1), Cervantès préparait pour la presse la première partie de son *Don Quichotte*, dont la licence fut concédée à Valladolid, en 1604, et qui fut imprimée, à Madrid, en 1605. Cette publication fut reçue avec une telle faveur qu'avant la fin de l'année on en fit une nouvelle édition à Madrid et deux ailleurs, circonstance qui, après tant de découragement, à la suite d'autres tentatives pour se procurer les moyens d'existence, tourna naturellement ses pensées vers les lettres plus qu'elles ne l'avaient été à aucune autre époque antérieure de sa vie.

En 1606, la Cour rentra à Madrid. Cervantès l'y suivit et il y passa le reste de ses jours, changeant sa résidence dans les différents quartiers de la ville, sept fois au moins en l'espace de dix ans, suivant que ses besoins et ses embarras le portaient ici ou là. En 1609, il entra dans la confrérie du Saint-Sacrement, une de ces associations religieuses alors à la mode et dont étaient membres Quevedo, Lope de Vega et des hommes de lettres distingués de son temps. Vers cette même époque il semble aussi avoir fait connaissance tant avec ces personnes qu'avec d'autres poètes des plus favorisés à la Cour et parmi lesquels nous trouvons Espinel et les deux Argensola. Quel était le genre de relations qui le rattachaient à eux, c'est ce que nous ne pouvons savoir, puisque nous ne les connaissons que par les vers élogieux qu'ils mettaient en tête de chacun de leurs ouvrages.

Quant à ses relations avec Lope de Vega, il s'est élevé de nombreuses discussions sur un si faible sujet : Cervantès, c'est certain, a souvent vanté cette grande idole littéraire de son siècle, et Lope de Vega est descendu quatre ou cinq fois du piédestal de sa gloire, et a complimenté Cervantès, sans jamais dépasser la mesure de l'éloge qu'il accordait à plusieurs de ceux qui avaient un esprit grandement inférieur. Dans son vol altier, Lope de Vega s'éleva beaucoup au-dessus de l'auteur du *Don Quichotte*, c'est évident; il semble même éviter soigneusement de rendre à ses qualités éminentes tout l'hommage qu'elles méritent (2); mais quoique je ne trouve aucune raison suffisante pour supposer leurs relations entachées de quelque jalousie personnelle ou de mauvaise volonté, ainsi qu'on l'a parfois supposé, je ne trouve cependant aucune preuve de leur caractère intime et franc. Au contraire quand nous considérons l'excellente nature de Cervantès, lui faisant louer jusqu'à l'excès presque tous les autres

(1) Un des témoins qui déposent dans la procédure criminelle dit que Cervantès recevait des visites de diverses personnes, parce que c'était un homme qui écrit et qui traite des affaires : « por ser hombre que escribe y trata negocios. »
(2) *Laurel de Apolo*, silva 8, où l'on ne fait son éloge que comme poète.

écrivains contemporains autant que le plus grand entre eux tous; quand nous réfléchissons sur l'emploi si fréquent de l'hyperbole dans les éloges de ce temps, qui les empêche d'être ce qu'ils voudraient être maintenant, nous sentons une espèce de froideur dans sa manière de s'exprimer lorsqu'il parle de Lope, froideur qui nous montre que, sans exagérer ses propres mérites ni ses droits, il n'était pas insensible à la différence de leurs positions respectives ni à l'injustice que cette différence même impliquait contre sa personne. Néanmoins, son ton général, toutes les fois qu'il parle de Lope de Vega, semble marqué au coin de la dignité personnelle et empreint d'une singulière délicatesse qui l'honore (1).

(1) La plus grande partie des matériaux nécessaires pour se former un jugement sur cette question et pour comprendre le caractère de Cervantès, se trouvent dans Navarrete (*Vida*, pp. 457-475). Navarrete soutient que Cervantès et Lope furent des amis sincères. Ils sont aussi dans Huerta (*Leccion critica*, Madrid, 1786, in-12, pp. 33-47), qui affirme que Cervantès était un rival jaloux de Lope. Comme je ne puis adopter ni l'une ni l'autre de ces deux opinions, et que la dernière me paraît particulièrement injuste, je vais me permettre d'ajouter une ou deux considérations.

Lope avait quinze ans de moins que Cervantès, et il avait quarante-trois ans quand la première partie du *Don Quichotte* se publia. Depuis cette époque jusqu'à la mort de Cervantès, pendant un espace de onze ans, il ne fit pas même, que je sache, une seule allusion à ce poète. Les cinq passages, dans l'immense quantité des œuvres de Lope, où il parle, autant que nous pouvons le reconnaître, de Cervantès, sont : 1° dans la *Dorotea*, en 1598, deux fois sommairement et sans louange aucune; 2° dans la préface de ses *Nouvelles*, 1621, plus légèrement encore et même, il me semble, avec plus de froideur; 3° dans le *Laurel de Apolo*, 1630, où se trouve un éloge assez violent et forcé, quatorze ans après sa mort ; 4° dans sa comédie: *el premio de bien hablar*, imprimée, à Madrid, en 1635, où Cervantès est seulement nommé (*Comedias*, tom. XXI in-4°, fol. 162); et 5° dans : *Amor sin saber à quien* (*Comedias*, Madrid, tom. XXII, 1635). C'est là que Léonarda, une des principales dames, gourmande sa servante (*Jornada primera*), parce qu'elle vient de lui citer la romance de *Audalla et Jarifa*.

Después que das en leer	Puisque tu te permets de lire,
Inés, en el Romancero,	Inès, dans le Romancero,
Lo que à aquel pobre escudero,	Ce qui est arrivé à ce pauvre écuyer,
Te podria suceder.	Pourrait bien l'arriver.

Inès interrompt sa maîtresse et lui répond :

Don Quijote de la Mancha,	Don Quichotte de la Manche,
Perdone Dios à Cervantes,	Que Dieu pardonne à Cervantès,
Fué de los extravagantes	Fut un des extravagants
Que la crónica ensancha, etc.	Que la chronique vante, etc.

Il y a là une grande réserve. Mais si nous ajoutons que Lope eut des occasions innombrables de faire agréablement connaître le mérite de Cervantès, mérite qui n'avait jamais dû le trouver insensible, surtout après avoir fait un si libre usage de son *Trato de Argel*, dans sa pièce les *Esclavos en Argel*, en l'introduisant sous

Cervantès publia, en 1613, ses *Novelas exemplares*, contes instructifs ou moraux (1), au nombre de douze et formant un volume. Quelques-uns avaient été composés plusieurs années avant, tels que le *Curioso impertinente*, inséré dans la première partie du *Don Quichotte* (2), et celui de *Rinconete y Cortadillo* qui s'y trouve aussi mentionné, preuve qu'ils étaient

---

son nom sur la scène, lui donnant une part importante dans l'action (*Comedias*, Çaragoça, 1647, in-4º, tom. XXV, pp. 245, 251, 257, 262, 277), sans lui témoigner aucun de ces sentiments d'affection et de respect qui se manifestent si aisément et si communément pour les a███ ███ur la scène espagnole, sentiments que Calderon, par exemple, témoigne si ████t à Cervantès (*Casa con dos Puertas*, jornada 1, etc.), on ne peut douter ████pe n'ait volontairement négligé et dédaigné Cervantès, du moins depuis le ████ent de l'apparition de la première partie du *Don Quichotte*, en 1605, jusqu'après sa mort, en 1616.

D'un autre côté, Cervantès, depuis la date de la publication du *Canto de Calliope*, dans la *Galatea*, 1584, époque à laquelle Lope n'avait que vingt-deux ans, jusqu'à la date de la préface de la seconde partie du *Don Quichotte*, en 1615, un an seulement avant sa mort, donna constamment à Lope les éloges dus à l'auteur qui, au-dessus de tout doute *contemporain*, et de toute rivalité, s'était placé à la tête de la littérature espagnole ; et, entre autres preuves de ces sentiments nobles et élevés, il inséra en tête de la *Dragontea* de Lope un sonnet élogieux. Mais, en même temps qu'il agissait aussi librement et aussi sincèrement, il manifestait avec dignité une réserve et une prudence dans ses remarques sur Lope, et montrait qu'il n'était poussé par aucun enthousiasme, par aucune considération personnelle : prudence et réserve si évidentes qu'Avellaneda, dans la préface à son *D. Quichotte*, les met malicieusement sur le compte de l'envie.

Par conséquent, il me semble difficile de ne pas admettre la conclusion que les relations entre les deux grands auteurs espagnols de cette époque ne furent pas ce qu'elles devaient être, alors que l'un était, à un degré si extraordinaire, l'idole de son temps, et l'autre un homme pauvre, souffrant et oublié. La chose la plus agréable dans ce sujet, c'est la justice que Cervantès ne manqua jamais de rendre généreusement au mérite de Lope.

(1) Il explique, dans sa préface, la pensée qui lui fit désirer de leur donner le nom d'*exemplares* : « Heles dado el nombre de *exemplares* : si bien lo miras, « no hay ninguna de quien no se puede sacar algun exemplo provechoso. » Je leur ai donné le nom d'*exemplaires*, et si vous y faites bien attention, il n'en est aucune dont on ne puisse tirer un exemple avantageux. Le mot *exemplo*, du temps de l'archiprêtre de Hita et de D. Juan Manoel, avait eu le sens d'*instruction* ou d'*histoire instructive*.

(2) Le *Curioso impertinente*, imprimé pour la première fois en 1605, dans la première partie du *Don Quichotte*, s'imprima séparément à Paris, en 1608, cinq ans avant que la collection des *Nouvelles* parût à Madrid, par les soins de César Oudin, professeur d'espagnol à la cour de France. Ce même Oudin fut cause que plusieurs autres livres espagnols s'imprimèrent à Paris où la langue castillane était en grande faveur, grâce aux fréquents mariages entre les couronnes de France et d'Espagne.

l'un et l'autre déjà composés en 1604. D'autres portent le cachet d'évidence intrinsèque du moment de leur composition, comme *la Española inglesa*, qui semble avoir été écrite, en 1611. Tous ces récits sont originaux, ainsi que Cervantès l'indique dans leur préface, et la majeure partie a l'air d'être le fruit de son expérience personnelle et de sa propre observation.

Leur mérite diffère suivant les points de vue différents qui les ont fait écrire, et on y remarque une variété de style et de genre plus grande que partout ailleurs. Plusieurs portent la touche de ce que le talent de l'auteur a de particulier ; ils sont pleins de cette riche éloquence, de ces descriptions charmantes des tableaux de la nature qui coulent toujours de sa plume d'une manière si facile. Les *Novelas* de Cervantès n'ont rien de commun avec la grâce des contes spirituels de Boccace et de ses imitateurs ; encore moins avec le ton pratique et sévère des contes de don Juan Manoel, et, à l'exception du *Curioso impertinente*, ils n'approchent pas, d'un autre côté, de cette classe de courts récits si fréquents et si répandus dans d'autres contrées. pendant le dernier siècle. Par conséquent, plus nous les examinons, plus nous trouvons qu'ils sont originaux dans leur composition et dans leur ton général ; qu'ils sont aussi fortement marqués au coin du génie individuel de leur auteur que des traits les plus distinctifs du caractère national. Ces qualités les ont fait favorablement accueillir toujours en Espagne, ce n'est pas douteux, et les ont fait estimer moins qu'ils ne méritent au dehors. Comme œuvres d'invention, ils prennent rang parmi les productions de l'auteur, immédiatement après *Don Quichotte*, mais ils se placent avant lui pour la grâce et la correction du style.

Le premier, dans la série de ces contes, est *la Gitanilla*, histoire d'une charmante créature, Preciosa, issue d'une famille illustre, enlevée tout enfant et élevée au milieu d'une sauvage tribu de Gitanos, cette race mystérieuse et dégradée qui, jusqu'à ces cinquante dernières années, s'est toujours développée, en Espagne, depuis sa première apparition au quinzième siècle. Il règne dans ce petit récit une vérité et une animation qu'on ne peut négliger. La description de Preciosa, lorsqu'elle parut pour la première fois à Madrid, pendant les fêtes d'une grande cérémonie religieuse ; l'effet produit par ses danses et ses chants dans les rues ; ses visites dans les maisons où elle est appelée pour l'amusement des riches ; les conversations, les compliments, les genres de divertissements, tout est admirable et ne laisse aucun doute sur son caractère de vérité et de réalité. Il y a cependant d'autres passages qui, se méprenant à certains égards sur le véritable caractère des Gitanos, semblent plutôt empruntés à des imitations telles que la « *Life of Bampfylde Moore Carew* » que pris sur la vie

familière et intime avec les Gitanos eux-mêmes, tels qu'ils existaient en
Espagne (1).

Le second de ces contes est entièrement différent, mais n'en porte pas
moins le cachet de l'expérience personnelle de Cervantès lui-même. Il a
pour titre : *el Amante generoso*; ses incidents sont presque les mêmes
que ceux d'un épisode inséré dans son *Trato de Argel*. La scène se passe
à Chypre, deux ans après la conquête de cette île par les Turcs, en 1570.
C'est de ses propres aventures, à Alger, qu'il a tiré les incidents et le
coloris de tout ce qu'il y a de turc dans cette histoire, et la vivacité de ses
descriptions démontre bien tout ce qu'il y a de réel dans l'un et l'autre.

Le troisième conte, *Rinconete y Cortadillo*, est encore plus différent des
autres. C'est l'histoire de deux jeunes vagabonds qui ne manquent ni de
sagacité ni d'esprit et qui s'affilient, à Séville, en 1569, à une de ces
confréries organisées de voleurs et de mendiants qui reviennent si souvent dans l'histoire des mœurs et de la société espagnoles, durant les trois
derniers siècles. Le royaume de Monipodio, leur chef, nous rappelle l'Al-
sace dans le *Nigel* de Walter Scott : et la ressemblance devient encore
plus frappante plus tard, quand dans le *Coloquio de los perros*, nous trouvons le même Monipodio en rapports intimes et secrets avec les ministres
de la justice. Un seul trait nous montre, toutefois, avec quelle fidélité
Cervantès a copié la nature. Les membres de cette association, qui me-
naient la vie la plus dissolue et la plus déréglée, y sont représentés
comme des superstitieux, portant leurs images, faisant dire leurs messes,
payant leurs contributions pour des œuvres pieuses de charité, comme si le
vol constituait une vocation respectable et établie, dont l'impôt devait être
consacré en partie à des destinations religieuses pour sanctifier le reste ;
illusion qui, sous des formes alternativement ridicules et révoltantes, a
existé, en Espagne, depuis les temps les plus reculés jusqu'à nos jours (2).

---

(1) Ce sujet a été souvent mis sous la forme dramatique, tant en Espagne
qu'ailleurs. Voyez plus bas la note sur la *Gitanilla* de Solis, chap. xxv.

(2) Il y a un trait admirable de raillerie, lorsque *Rinconete* entre pour la première fois en relation avec un de ces fripons et qu'il lui demande : ¿ Es vuestra
merced por ventura Ladron?— Votre grâce est-elle par hasard un voleur? et que
l'autre lui répond : *Si para servir á Dios y á la buena gente*, oui pour servir Dieu et les
bonnes gens. (*Novelas*, tom. I, pag. 235). Dans la scène (pp. 242-247) où *Rinconete*
et *Cortadillo* sont admis parmi les voleurs, dans celle (pp. 254-255,) où deux espèces de femmes perdues s'inquiètent de trouver des cierges pour les allumer, en
offrande de dévotion, devant l'image de leurs saints patrons, les tableaux sont admirablement peints, et tout à fait conformes aux caractères qu'ils représentent. Cette
nouvelle et plusieurs des *Entremeses* de Cervantès nous démontrent d'une manière
évidente combien Cervantès était familier avec la vie des fripons de son temps.

Il serait facile de démontrer comment le reste de ces contes porte des traits semblables de vérité et de naturel, par exemple, l'histoire basée sur les aventures d'une jeune fille espagnole emmenée en Angleterre, après le sac de Cadix, en 1596 : *el Celoso extremeño* et *el Casamiento engañoso* qui les deux derniers témoignent par une évidence intrinsèque qu'ils sont fondés sur la réalité ; et même *la Tia fingida* qu'il ne fit pas imprimer lui-même, probablement à cause de sa grossièreté et qu'on ne devrait pas même mettre au nombre de ses ouvrages, est après tout le récit d'une aventure réellement arrivée à Salamanque, en 1575 (1). Tous ces contes respirent une fraîcheur puisée au sol vigoureux du caractère national, tel que ce caractère se développe dans l'Andalousie ; ils sont tous écrits avec une richesse de langue, une vigueur et une grâce telles

---

Fermin Caballero, dans un charmant traité sur les connaissances géographiques de Cervantès (*Pericia geogràfica de Cervantès*, Madrid, 1840, in-12), observe l'exactitude avec laquelle Cervantès fait allusion aux différentes localités qui, dans les grandes cités d'Espagne, constituaient le rendez-vous de cette population de vagabonds (pag. 75). Séville se distinguait par-dessus toutes. Guevara dépeignant une confrérie du genre de celle de Monipodio, la place, comme l'avait fait Cervantès, dans Séville (*Diablo Cojuelo*, tranco IX).

(1) Malgré sa liberté, *la Tia Fingida* se trouve avec *Rinconcte y Cortadillo* et plusieurs autres contes et mélanges, dans une collection manuscrite d'histoires et de bagatelles, réunies, de 1606-1610, pour l'amusement de D. Fernando Niño de Guevara, archevêque de Séville ; volume conservé avec soin longtemps après, par les Jésuites, dans la bibliothèque du collége de Saint-Hermenigilde. Un exemplaire expurgé fut imprimé par Arrieta, dans son *Esprit de Michel de Cervantès* (*Espiritu de Miguel de Cervantès*) (Madrid 1814, in-12). L'ambassadeur de Prusse en Espagne, si je ne me trompe, obtint un exemplaire entier, et l'envoya à Berlin. Là il fut publié par le célèbre helléniste F. A. Wolf, d'abord dans un des journaux de Berlin, et ensuite dans une brochure à part (voyez sa préface à *la Tia fingida*, novela inedita, de Miguel de Cervantès Saavedra, Berlin, 1818, in-8°). Elle a été imprimée depuis, en Espagne, avec d'autres contes de Cervantès.

Plusieurs des nouvelles de Cervantès se traduisirent en anglais vers 1640. Elles ne se traduisirent pas en français, je crois, jusqu'en 1768, et la traduction dans cette langue fut-elle encore mauvaise jusqu'à ce que Viardot publia la sienne (Paris, 1838, in-8°). Viardot lui-même ne s'aventura pas à traduire les pointes obscures et les jeux de mots du *Licenciado Vidriera*, fiction dont Moreto s'est servi pour sa comédie du même titre, en représentant toutefois le Licencié, feignant la folie, sans être réellement fou, et offrant peu du charme de la conception originale (*Comedias escogidas*, Madrid, in-4°, tom. V. 1653). Sous le titre de *Léocadie*, nous avons un pauvre abrégé de la *Fuerza de la sangre*, la *Force du sang*, par Florian. La vieille traduction anglaise par Mabbe (Londres 1640, in fol.), est regardée par Godwin, comme le plus parfait modèle de traduction dans cette langue (*Vies de E. et de J. Philips*, Londres. 1815, in-4°, pag. 246.) L'éloge est excessif ; mais, il est certain que la traduction est bien faite. Il est à regretter qu'elle ne comprenne que six nouvelles.

que, tout en étant les contes les plus anciens de ce genre en Espagne, ils sont toujours restés sans rivaux pour leur succès.

En 1614, un an après la publication des *Novelas*, Cervantès imprima son *Viaje al Parnaso*, satire en *terza rima*, divisée en huit petits chapitres, écrite à l'imitation d'une satire italienne par Cesare Caporali sur le même sujet et avec le même mètre (1). Le poëme de Cervantès n'a pas un grand mérite. C'est le récit d'une convocation faite par Apollon, requérant tous les bons poètes de venir à son aide pour expulser tous les mauvais poètes du Parnasse. En conséquence de cet appel, Mercure part sur une galère royale, allégoriquement construite et gouvernée par différentes espèces de vers, pour aller trouver Cervantès qui est confidentiellement consulté sur les poètes qu'on peut prendre pour alliés dans cette guerre contre le mauvais goût, et qui saisit l'occasion favorable d'exprimer son opinion sur tout ce qui a rapport à la poésie de son temps.

La partie qui offre le plus d'intérêt, c'est le quatrième chapitre où il donne des notices sommaires sur les ouvrages qu'il a composés lui-même (2) ; où il se plaint, avec une gaieté prouvant du moins sa bonne humeur, de la pauvreté et de la négligence qui les ont récompensés (3).

---

(1) La première édition est un petit in-12 (Madrid, 1614), de quatre-vingts feuillets. Elle est mieux imprimée, je crois, qu'aucune autre de ses œuvres publiées par ses soins. Le commencement seul est imité du *Viaggio in Parnaso* de César Caporali qui n'a guère en étendue que le cinquième du poëme de Cervantès.

(2) Il parle entre autres de plusieurs romances qu'il a composées :

Yo he compuesto romances infinitos	J'ai composé une infinité de romances.
Y el de los Zelos es aquel que estimo	Celle de la Jalousie est celle que j'estime
Entre otros que los tengo por malditos (Ch.4.)	Par-dessus les autres, que je regarde comme [maudites.

Toutes se sont perdues à l'exception de celles qui sont répandues dans ses œuvres, et plusieurs de celles que l'on soupçonne lui appartenir dans le Romancero general. Clemencin, *Notes* à son édit. de *D. Quichotte*, tom. III, pp. 156. 214.— *Coleccion de Poesias* de D. Ramon Fernandez. Madrid, 1796, in-8º, tom. XVI, pag. 177. — Mayans. *Vida de Cervantès*. Numéro 164.

(3) Apollon lui dit (*Voyage*, édit. 1784, pag. 55.) :

« Mas si quieres salir de tu querella,	« Mais si tu veux sortir de ta querelle
Alegre, y no confuso, y consolado,	Joyeux et non confus, et consolé,
Dobla tu capa y sientate sobre ella.	Double ton manteau et assieds-toi dessus.
Que tal vez suele un venturoso estado,	Parfois une condition heureuse,
Cuando le niega sin razon la suerte	Quand le sort le refuse sans raison
Honrar mas merecido que alcanzado. »	Honore plus parce qu'on la mérite, que parce [qu'on l'obtient. »
« Bien parece, señor, que no se advierte,	« On le voit bien, seigneur, vous ne remar- [quez pas,
La respondi, que yo no tengo capa. »	Lui répondis je, que je n'ai pas de manteau. »
El dijo: « Aunque sea asi, gusto de verte. »	Il me dit : « Quoiqu'il en soit ainsi, j'aime à [te voir. »

C'est une difficulté, peut-être, de tirer une ligne de démarcation entre les sentiments que Cervantès exprime ici si énergiquement et les sentiments analogues de vanité et de présomption ; mais si l'on considère son génie, ses besoins, ses luttes si courageuses contre les maux les plus graves de la vie ; si à ces considérations l'on ajoute la gaieté et la simplicité avec laquelle il parle toujours de lui-même et l'indulgence qu'il montre toujours pour les autres, peu de personnes se plaindront de le voir réclamer avec quelque chaleur des honneurs qui lui ont été froidement refusés et auxquels il croyait avoir quelques titres.

Cervantès a ajouté à la fin de son *Viaje al Parnaso*, un piquant dialogue en prose qu'il appelle *Adjunta al Parnaso*, où il défend ses drames et attaque les acteurs qui ont refusé de les jouer. Il a préparé, dit-il, six grandes comédies et six Entremeses ou farces, mais le théâtre a ses poètes privilégiés et on ne fait pas attention à lui. L'année suivante cependant, quand leur nombre se fut élevé à huit comédies et à huit Entremeses, il trouva un éditeur, mais non sans difficulté. Le libraire, comme il le rapporte dans la préface, avait été averti par un noble auteur, que de la prose de Cervantès on pouvait espérer beaucoup, mais de sa poésie rien du tout. En vérité, sa position relativement au théâtre n'avait rien de désirable. Trente ans s'étaient écoulés depuis qu'il écrivait avec succès pour la scène, et les vingt pièces ou plus qu'il a produites et dont il mentionne parfois quelques titres avec la plus grande complaisance (1), étaient, sans doute, depuis longtemps oubliées. Dans l'intervalle, à

---

(1) *La Confusa* est évidemment sa pièce favorite parmi ces premières pièces; il en parle ainsi dans son voyage.

Soy por quien *la Confusa*, nada fea, Je suis pour celui à qui *la Confusa*, qui n'a rien de laid.
Pareció en los theatros admirable. Parut au théâtre admirable.

Il dit dans l'*Adjunta* : « De la que mas me precio fué y es, de una llamada *la Confusa*, » la qual, con paz sea dicho, de quantas comedias de capa y espada hasta hoy se han representado, bien puede tener lugar señalado por buena entre las mejores. » « Celle que j'apprécie le plus, et dont le prix est effectivement le plus grand, c'est une pièce intitulée : *la Confuse*. Cette pièce avec la permission de toutes les comédies de cape et d'épée, représentées jusqu'à ce jour, peut bien obtenir une place distinguée et être regardée comme bonne parmi les meilleures. » Cette réclame, il faut bien se le rappeler, était faite en 1614, alors que Cervantès avait imprimé la première partie de son *Don Quichotte*; que Lope et son école étaient à l'apogée de leur gloire. Il est toutefois probable que nous serions aujourd'hui plus curieux de voir sa *Batalla naval*, qui, d'après son titre, contiendrait, je pense, ses aventures personnelles, à la bataille de Lépante, et son *Trato de Argel* qui nous représenterait ses souffrances, durant sa captivité dans cette ville.

ce qu'il nous raconte lui-même : « Tuve otras cosas en que ocuparme;
« dexe la pluma y las comedias, y entró luego el monstruo de natura-
« leza, el gran Lope de Vega, y alzóse con la monarquia comica :
« avasalló y pusó debaxo de su jurisdiccion à todos los farsantes,
« llenó el mundo de comedias. propias. felices y bien razonadas; y
« tantas que pasan de diez mil pliegos los que tiene escritos, y todas,
« que es una de las mayores cosas que puede decirse. las ha visto repre-
« sentar, ù oido decir, por lo menos. que se han representado; y si algu-
« nos, que hay muchos, han querido entrar à la parte y gloria de sus
« trabajos, todos juntos no llegan en lo que han escrito à la mitad de
« lo que él solo, etc. (1). »

Le nombre des écrivains dramatiques était fort considérable, en 1615,
comme l'indique Cervantès; et quand il énumère, parmi ceux qui ont
le plus de succès, Mira de Mescua, Guillen de Castro, Aguilar, Luis
Velez de Guevara, Gaspar de Avila, et plusieurs autres, nous sentons
immédiatement que la direction essentielle et le caractère principal du
drame espagnol étaient enfin déterminés. Par conséquent, le champ
libre qui lui était ouvert, lorsqu'il composait les comédies de sa jeunesse, lui était maintenant fermé : et, comme il écrivait pressé par le
besoin, il ne put s'aventurer à composer que d'après les modèles triom-
phalement proposés par Lope de Vega et ses imitateurs.

Les huit drames ou *Comedias* qu'il publia dès lors sont tous composés
sur le style et dans la forme de versification à la mode déjà acceptée
et fixée. Leurs sujets sont aussi variés que ceux de ses contes. L'une
d'elles est un *rifacimento*, une refonte de son *Trato de Argel*. C'est une
comédie curieuse, parce qu'elle contient quelques-uns des matériaux,
et parfois la même phraséologie, que l'histoire du *Captif* dans Don Quichotte, et parce que Lope de Vega jugea convenable plus tard de s'en

---

(1) Après avoir fait allusion à ses premières tentatives dramatiques, Cervantès,
dans son Prologue, revient à ses comédies nouvelles : « J'eus à m'occuper d'autres
« choses : je laissai la plume et les comédies; arriva bientôt le monstre de la nature,
« le grand Lope de Vega, il s'éleva par la monarchie comique : il subjugua et pla-
« ça sous sa juridiction tous les dramaturges : il remplit le monde de ses propres
« comédies, comédies heureuses et bien raisonnées: elles sont si nombreuses que
« les feuilles qu'il a écrites dépassent dix mille : et toutes ces comédies, chose
« des plus extraordinaires qu'on puisse dire, il les a vu représenter, ou il a du
« moins entendu dire qu'elles l'avaient été. Si quelques autres personnes, et le
« nombre en est grand, ont voulu venir partager la gloire de ses travaux, toutes
« ensemble, avec tout ce qu'elles ont écrit, n'arrivent pas à la moitié de ce qu'il a
« écrit lui seul. etc.

servir, avec la plus grande liberté pour la composition de ses *Esclavos en Argel* (1). La majeure partie des événements semblent fondés sur la réalité ; entre autres, le déplorable martyre d'un enfant, au troisième acte, la représentation d'un des *coloquios* ou farces de Lope de Rueda par les esclaves dans la cour de la prison.

Une autre comédie, dont l'histoire repose aussi, dit-on, sur un fait véritable, est intitulée : *el Gallardo español* (2). Son héros, nommé Saavedra, peut-être de cette antique famille à laquelle celle de Cervantès s'était depuis longtemps alliée, passe un certain temps chez les Maures

---

(1) Cette comédie que Cervantès intitule : *Los Baños de Argel* (*Comedias*, 1749 tom. I. pag. 125) commence par la descente d'un corsaire maure sur les côtes de Valence : elle donne le récit des souffrances des captifs enlevés dans cette descente ainsi que des autres souffrances qu'ils ont eu a subir plus tard. Elle se termine par le mariage d'un maure, et le martyre d'une chrétienne. Cervantès dit en parlant de ce fait :

No de la imaginacion	Ce n'est pas de l'imagination
Este trato scio.	Que s'est tiré ce traitement.
Que la verdad lo frague	La vérité l'a forgé
Bien lejos de la ficcion.	Bien loin de la fiction. (P. 186.)

Les ressemblances verbales entre la comédie et l'histoire du captif se trouvent principalement dans la première *Jornada* de la pièce : comparez avec *Don Quichotte*, partie I, chap. XL.

(2) La partie que l'on supposerait le moins volontiers être vraie, c'est celle d'un soldat fripon et fanfaron qui gagne ignominieusement sa subsistance en demandant pour les âmes du purgatoire, et qui dépense pour sa propre gloutonnerie les aumônes qu'il reçoit. Ce fait est particulièrement reconnu par Cervantès, « Esto de pedir para las animas es cuento verdadero, que *yo lo vi*, ce fait de demander pour les âmes est bien vrai, *je l'ai vu*.» Comment a-t-on pu représenter sur la scène un personnage si indécent ? c'est ce qui étonne. Un moment ce soldat court un grand danger, alors il prie, comme s'il avait lu les *Nuées* d'Aristophane.

¡ Animas de Purgatorio !	Ames du purgatoire !
Favoreced me, señoras !	Protégez-moi, señoras !
Que mi peligro es notorio,	Mon danger est notoire,
Si ya 'no estais en estas horas	Si déjà vous n'êtes pas à cette heure
Durmiendo en el dormitorio.	Dormant dans le dortoir.
	(Tom. 1. p. 34.)

A la fin, Cervantès avoue que son intention a été de

Mezclar verdades	Mêler des vérités
Con fabulosos intentos.	A de fabuleux projets.

La morale espagnole de la comédie, tout pour l'amour et la gloire, est fort bien exprimée dans les deux vers suivants de la seconde jornada

Que por reinar y por amor no hay culpa	Pour régner et pour aimer il n'est point de faute,
Que no tenga perdon, y halle disculpa,	Qui n'obtienne pardon, et ne trouve d'excuse.

par suite d'un point d'honneur à l'égard d'une dame, mais il se conduit, comme un véritable Espagnol, en tout et principalement pour l'exagération de sa galanterie. *La Sultana* repose sur l'histoire d'une captive espagnole, s'élevant à un si haut point dans la faveur du Grand-Turc, que le poète la représente, dans sa comédie, devenant non-seulement une favorite, mais absolument la Sultane, tout en continuant de rester chrétienne. Cette histoire était facilement crue en Espagne, quoique la première partie seulement fût vraie : et Cervantès pouvait le savoir puisqu'il était contemporain de l'héroïne, Catherine d'Oviedo (1). *El Rufian dichoso* est un don Juan pour la dissolution et le crime; il se convertit et devient d'une sainteté si extraordinaire que, pour racheter l'âme d'une pécheresse mourante, doña Ana de Trevino, il lui cède formellement ses vertus et ses bonnes œuvres, assume ses péchés, et recommence, à travers d'incroyables souffrances, la carrière de la pénitence et de la résipiscence. Tout cet ensemble, ou du moins ce qu'il présente de plus grossier et de plus révoltant, est basé sur la réalité, d'après ce que déclare Cervantès, comme témoin oculaire (2).

Les quatre comédies qui restent n'offrent pas moins de variété dans leurs sujets, ni moins d'abandon dans la manière de les traiter. Toutes les huit se divisent en trois *jornadas*, mot que Cervantès emploie comme exactement synonyme d'actes (3). Toutes conservent le rôle du bouffon ou *gracioso* qui, dans l'une d'elles, porte sur un ecclésiastique (4); toutes

---

(1)   Se vino a Constantinopla,   Il s'en vint à Constantinople,
       Creo el año de seiscientos   Je crois vers l'an seize cent.
                                         (Jornada III.)

(2) Les prières de l'Église sur la scène dans cette comédie et particulièrement dans la Jornada III, l'espèce de contrat légal employé pour transférer les mérites d'un saint bien portant, à un pécheur malade, sont au nombre de ces révoltantes représentations du drame espagnol qui paraissent au premier abord inexplicables, mais qui, une fois lues, se comprennent aisément. Cervantès, dans plusieurs endroits de cette étrange comédie, affirme la vérité de ce qu'il met en scène en disant : « Todo esto fué verdad; » « Todo esto fué asi; » « asi se cuenta en su historia, » etc.

(3) Il emploie ces mots comme synonymes. Tom. I. pp. 21-22. Tom. II, pag. 25, etc.

(4) Dans les *Baños de Argel* où il manque parfois au décorum. C'est ainsi que (tom. 1. pag. 151.) donnant aux Maures les raisons pour lesquelles son vieux général D. Juan d'Autriche ne vient pas conquérir Alger, il dit :

   Sin duda, que, en el cielo,   Sans doute que, dans le ciel,
   Debia dé haber gran guerra,   Il devait y avoir une grande guerre
   Do el general faltaba,   Où le général manquait,
   Y á Don Juan se llévaron para serlo. Et l'on a enlevé don Juan, pour l'être.

s'étendent le temps et l'espace jugés convenables à l'action. Le *Rufian dichoso*, par exemple, commence à Séville et à Tolède, durant la jeunesse du héros, et finit à Mexico, pendant sa vieillesse. Les personnages représentés sont aussi extravagants que nombreux. Ils s'élèvent parfois à trente. Parmi eux, indépendamment de la variété de l'espèce humaine, se trouvent des Démons, des Ames du Purgatoire, Lucifer, la Terreur, le Désespoir, la Jalousie et d'autres figures également idéales. La vérité est que Cervantès avait renoncé à tous les principes du drame dont il avait, dix ans auparavant, exposé si gravement les savantes règles, dans la première partie du *Don Quichotte*. Maintenant, soit consentement volontaire, soit effet seul de sa pauvreté, nous ne pouvons le dire, nous le voyons, non-seulement dans les comédies mêmes, mais encore dans une espèce d'introduction au second acte du *Rufian dichoso*, il a pleinement et en connaissance de cause adopté les théories dramatiques de l'école de Lope de Vega.

Ses huit *Entremeses* sont meilleurs que ses huit longues comédies. Ce sont de petites farces, généralement en prose, avec une action des plus simples et souvent même sans aucune intrigue, dans la pure intention d'amuser les spectateurs durant les entr'actes des pièces plus longues. *El Teatro de las Maravillas*, par exemple, n'est autre chose qu'une série de plaisanteries pratiques, pour effrayer les personnes qui attendent une représentation de marionnettes et leur persuader que ce qu'elles vont voir sur la scène n'a rien de réel. *La Guarda Cuidadosa* nous intéresse, parce qu'elle semble nous dépeindre le caractère du soldat d'après l'auteur lui-même; et la date de 1611 que porte cet intermède, nous indique le temps où il a été composé. *El Viejo celoso* est une reproduction du conte qui a pour titre : *El Celoso extremeño*, mais avec une conclusion différente et plus spirituelle. *La Cueva de Salamanca* est une de ces plaisanteries aux dépens des maris, si commune sur le théâtre espagnol, et dont le sujet devait sans aucun doute être également commun dans la vie et les mœurs espagnoles. Tous ces intermèdes ont un air de vérité et de réalité que l'auteur s'est évidemment proposé de leur donner, que leur sujet soit ou non fondé sur des faits réels et positifs.

Mais il existait une difficulté insurmontable dans la voie des efforts que faisait Cervantès pour le théâtre. Il n'avait pas de talent dramatique, pas plus qu'une idée claire des moyens de produire les effets sur la scène. Depuis le moment où il composa son *Trato de Argel*, tableau des souffrances qu'il avait vues et éprouvées lui-même à Alger, il semble supposer que tout ce qui est absolument vrai, absolument saisissant, pouvait être produit avec succès sur le théâtre. Il confondait ainsi le champ du roman, de la fiction, du conte historique avec la représentation théâtrale. Il s'appuyait souvent sur des incidents pleins de trivialité, sur un langage humble, pour des effets qui pouvaient uniquement résulter d'une élévation idéale et d'incidents tellement combinés par le talent dramatique qu'ils produisent seulement alors un intérêt dramatique.

Cet insuccès était probablement dû, partie à la direction diverse de son génie original, partie à la condition du théâtre. Ce dernier se trouvait, pendant la jeunesse de Cervantès, ouvert à toute espèce d'expériences et ne reposait réellement sur aucun fondement. Mais quelle qu'ait été la cause de son insuccès, l'insuccès lui-même a été une énorme pierre d'achoppement pour les critiques espagnols qui ont recouru aux moyens les plus violents, afin de délivrer la réputation de Cervantès du poids qui surchargeait par là sa mémoire. Ainsi, Blas de Nasarre, bibliothécaire du roi, qui publia, en 1749, la première édition de ces drames infortunés, donnée depuis leur première impression cent ans plus tôt, veut nous persuader, dans sa préface, qu'ils ont été composés par Cervantès pour parodier, pour caricaturer le théâtre de Lope de Vega (1). Et cependant, abstraction faite de tout ce qu'il présente

---

(1) Voyez la première partie du « *Prologo del que hace imprimir* », « Prologue de celui qui fait imprimer ». Je ne suis pas certain que Blas de Nasarre était parfaitement sincère en tout ceci. Il imprima, en 1732, une édition de la continuation de *D. Quichotte* par Avellaneda. Dans la préface, il avance que le caractère du Sancho d'Avellaneda est, selon lui, plus naturel que le Sancho de Cervantès; que la seconde partie du *D. Quichotte* de Cervantès est prise d'Avellaneda; et que, pour ces qualités essentielles, l'œuvre d'Avellaneda est égale à celle de Cervantès. « On ne peut contester, dit-il, la gloire de l'invention de Cervantès, quoique celle de l'imitation d'Avellaneda ne lui soit pas inférieure. » Il ajoute plus loin « Il est certain qu'il faut plus d'effort de génie pour ajouter aux premières inventions que pour les concevoir. » (Voyez Avellaneda, *D. Quichotte*, Madrid, 1805, in-12, tom. I, pag. 34.) Le *Juicio* ou préface d'où sont tirées ces opinions et qui est réellement l'œuvre de Nasarre est annoncé par lui, non comme son travail propre, mais comme celui d'un ami anonyme, n'osant, pour ainsi dire, pas avouer volontiers de pareilles opinions et les autoriser de son nom. (Pellicer, *Vie de Cervantès*, édit. de *D. Quichotte*, tom. I, pag. CLXVI.) Aussi n'accorde-t-on qu'un regard de mépris à ces assertions qui ne sont que des absurdités, ainsi qu'à la réimpression des plus pauvres drames de Cervantès et au Prologue que leur mit Nasarre, pour rabaisser la réputation d'un génie qu'il ne pouvait comprendre.

Il faut remarquer qu'un pamphlet anonyme intitulé : *Examen critico del tomo*

lui-même sur les relations personnelles des deux partis, rien n'est plus
sérieux que l'intérêt porté par Cervantès aux destinées de ses comédies,
et la confiance qu'il exprima sur leur valeur dramatique, sans qu'on
puisse jamais citer en même temps, dans aucune d'elles, un seul vers
dénotant une parodie (1).

Cette position était insoutenable ; aussi l'abbé Lampillas qui, dans
la dernière partie du dernier siècle, écrivit une longue défense de
la littérature espagnole contre les attaques de Tiraboschi et de Betti-
nelli, en Italie, soutient gravement que Cervantès envoya effectivement
huit comédies et huit entremeses au libraire, mais que le libraire
prit la liberté de les changer, et en imprima huit autres avec les titres
et la préface de Cervantès. Il ne faut pas cependant oublier que Cervantès prépara l'impression de deux de ses ouvrages après celle de
ses comédies, et, si une pareille insulte lui avait été faite, la nation,
à n'en juger que par la manière dont il avait traité l'offense moins
injurieuse d'Avellaneda, aurait retenti de ses reproches et de ses remontrances (2).

---

primero del anti-Quixote (Madrid, 1806, in-12), affirme que Nasarre, comme
Aragonais, avait des sympathies pour Avellaneda. Ce pamphlet étant attribué
généralement à J. A. Pellicer, l'éditeur de *D. Quichotte*, le fait mérite d'être
noté. Il faut ajouter que Nasarre appartenait à l'école française du dix-huitième siècle, en Espagne, école qui accordait peu de valeur au vieux drame
espagnol.

(1) L'opinion extravagante que Cervantès composa ces comédies pour discréditer celles de Lope qui étaient alors à la mode sur la scène, de même qu'il avait écrit
son *D. Quichotte* pour ridiculiser les livres de chevalerie, ne passa pas à ce moment sans être contredite. L'année de la réimpression de Nasarre, parut une brochure intitulée : *la Sinrazon impugnada y beata de Lavapies, coloquio critico apun-
tado al disparato prólogo que sirve de delantal* (segun nos dice su autor) *à las
comedias de Miguel de Cervantès, compuesto por D. José Carillo.* (Madrid, 1750, in-4º,
pag. 25.) C'est un spirituel petit traité, principalement consacré à la défense de
Lope et de Calderon, sans oublier aussi Cervantès (pp. 13-15).

La même année parut un ouvrage plus formidable dans le même sens, intitulé :
*Discurso critico sobre el origen, calidad, y estado présente de las comedias de España
contra el dictamen que las supone corrompidas, etc., por un ingenio de esta corte*
(Madrid, 1750, in-4º, pag. 285). L'auteur était un avocat de Madrid, D. Tomas
Zavaleta. Il a composé son travail avec peu de philosophie et de jugement, comme
tous les autres critiques espagnols de son temps, mais il traite Blas de Nasarre,
avec peu d'égards.

(2) *Ensayo historico, apologéetico de la literatura española* (Madrid, 1789, in-8º,
tom. VI, pp. 177, etc.), *Suprimiendo las que verdaderamente eran de èl*, sont les
mots hardis du critique.

Il ne reste donc plus rien qu'à faire l'aveu, entièrement incontestable à ce qu'il paraît, que Cervantès composa plusieurs comédies reconnues sérieusement inférieures aux espérances qu'on avait conçues de lui. On peut néanmoins trouver des passages où son génie s'affirme lui-même. *El Laberinto de amor*, par exemple, a un air et une action chevaleresques qui le rendent plein d'intérêt. L'intermède : *el fingido Vizcaino* contient des morceaux d'un sel particulier auquel s'associe toujours le nom de Cervantès. Mais il est aussi très-probable qu'il avait fait, dans son esprit, au goût populaire, le sacrifice de ses propres opinions sur le drame. Si la contrainte, agissant ainsi sur lui, est une des causes de son insuccès, c'est pour nous une raison de plus de nous intéresser à la destinée d'un homme dont toute l'existence et la carrière ont été si profondément l'objet de l'infortune et du malheur (1).

La vie de Cervantès, au milieu de tant de troubles et de souffrances, marchait rapidement vers son terme. Dans le mois d'octobre de la même année 1615, il publia la seconde partie du *Don Quichotte*. Et dans sa dédicace au comte de Lemos (2) qui l'avait quelque temps favorisé, il fait allusion à sa santé qui s'affaiblit, et il annonce qu'il pourra difficilement voir sa vie se continuer au-delà de quelques mois. Son esprit, qui avait résisté à ses souffrances dans le Levant, à Alger, dans les prisons de l'Espagne, et qui, approchant de la soixante-dixième année, avait été capable de produire une œuvre comme la seconde partie de *Don Quichotte*, ne l'abandonna pas, même quand sa force physique succombait sous l'influence de la maladie et de la vieillesse. Au contraire, avec une énergie que rien n'affaiblissait, il pressa la fin de son roman *Persiles y Sigismunda*; son unique inquiétude était de savoir s'il lui serait accordé assez de vie pour le finir, afin d'offrir ce dernier témoignage de sa gratitude à son généreux patron. Au printemps, il vint à Esquivias où se trouvait un petit bien qu'il avait reçu comme dot de sa femme. A son

---

(1) Il ne peut y avoir, je pense, de doute à cet égard, si l'on compare les opinions exprimées par le chanoine sur le sujet du drame, dans le XLVIIIᵉ chap. de la première partie du *D. Quichotte*, 1605, et les opinions émises du commencement de la troisième *jornada* des *Baños de Argel*, 1615.

(2) Il a été généralement accordé que le comte de Lemos et l'archevêque de Tolède avaient protégé et assisté Cervantès. La preuve la plus acceptable se trouve dans la dédicace de la seconde partie du *D. Quichotte*. Je crains toutefois que leur faveur ne ressemblât trop à une aumône. En effet elle est appelée *aumône* l'unique fois qu'elle est mentionnée par un auteur contemporain de Cervantès. Voyez Salas Barbadillo, dans la dédicace de l'*Estafeta del Dios Momo*. (Madrid, 1627, in-12.)

retour il écrivit pour son roman inédit, une préface pleine de grâces et
de fines plaisanteries. Il y raconte une aventure piquante qui lui arriva
en revenant à Madrid ; il fut reconnu par un élève en médecine en qui lui
donna d'excellents conseils sur l'hydropisie dont il souffrait. Cervantès
lui répondit que son pouls l'avertissait déjà qu'il ne vivrait pas au-
delà du dimanche suivant. Et il termine par ces mots sa remarquable
préface : « Adios. burlas ; adios, gracias ; adios, amigos alegres ; que
« ya me voy muriendo, sin mas deseos que los de veros felices en la
« otra vida (1). »

C'est avec cette tranquillité d'âme qu'il se prépara à recevoir la mort,
comme avaient coutume de le faire en ce temps les catholiques chez lesquels l'impression religieuse était profonde (2). Le 2 avril, il entra
dans l'ordre des frères franciscains dont il avait pris l'habit trois ans
auparavant, à Alcala. Dans ces moments, ses sentiments d'auteur, sa vivacité et sa reconnaissance personnelle ne l'abandonnèrent point. Il reçut
l'Extrême-Onction, le 18 avril, et, le lendemain, il écrivit une dédicace de son *Persiles y Sigismunda* au comte de Lemos, dédicace respirant,
à un degré extraordinaire, sa bonne humeur naturelle et les pensées
solennelles si propres à sa situation (3). Le dernier acte connu de sa
vie prouve qu'il conservait encore toutes ses facultés et une sérénité
parfaite. Quatre jours après, le 23 avril 1616, il mourut à l'âge de
soixante-huit ans (4). Il fut enterré, comme il l'avait probablement
désiré, dans le couvent des Religieuses de la Trinité. Quelques années
après, ce couvent fut transporté dans une autre partie de la ville, et
cette translation est cause que le lieu où reposent les cendres du plus

---

(1) Adieu, plaisanteries, adieu, grâces, adieu, amis joyeux ; je vais mourir, sans
autres désirs que de vous voir heureux dans l'autre vie.

(2) Who, to be sure of paradise,   Qui, pour être sûr du paradis,
Dying put on the weeds of dominic,   Revêtit, mourant, l'habit d'un dominicain,
Or in franciscan, think to pass desguised. Ou le froc d'un franciscain, pour passer
                                                     [ainsi déguisé.

(3) Le seul exemple que j'aie pu recueillir, comparable à ces paroles de Cervantès,
c'est la dédicace si tendre d'Addisson, envoyant ses œuvres à son ami et successeur, le secrétaire d'État Craggs, le 4 Juin 1719, trente jours avant sa mort. Mais
la dédicace de Cervantès est beaucoup plus naturelle et plus sentimentale.

(4) Bowle dit, dans ses annotations au *D. Quichotte* (*Salisbury*, 1781, *Prolog*. IX,
note), que Cervantès mourut le même jour que Shakspeare ; mais c'est une erreur. Les changements du calendrier n'ont pas eu alors d'effet en Angleterre. Il
y a par conséquent une différence de dix jours, entre le calendrier anglais et le
calendrier espagnol.

grand génie de l'Espagne est resté, depuis ce temps, entièrement inconnu (1).

---

(1) Il n'y a pas eu, en Espagne, de monument élevé à Cervantès, jusqu'en 1835, année où l'on éleva sur la place de l'Estamento, aujourd'hui des Cortès, une statue en bronze d'une grandeur un peu plus que naturelle, fondue à Rome par Solá, sculpteur de Barcelone. (Voyez el *Artista,* journal publié à Madrid, 1834-35, tom. I, pag. 205; tom. II, pag. 12; le *Semanario Pintoresco,* 1836, pag. 249.) Avant cette statue rien n'approchait, je crois, d'un monument, en l'honneur de Cervantès, dans le monde, si l'on excepte une simple médaille, frappée en 1818, à Paris, dans une longue série d'hommes illustres, et qui, sans elle, aurait été absurdement incomplète; et un petit médaillon ou buste placé, en 1834, aux frais d'un particulier, sur la porte de la maison où mourut Cervantès dans la rue de los Francos. (Voir pour connaître ce *particulier* qui n'était autre que le roi Ferdinand VII, Ramon Mesonero, *Romanos, Escenas matritenses, la Casa de Cervantès,* Madrid, 1842, in-8°, tom. I. Voir aussi un article de D. Jose Güell y Rente, intitulé : la *Statue de Cervantès,* dans son volume qui a pour titre : *Considérations politiques et littéraires,* Paris, 1868, in-8°). J'ajouterai, et je ne sais si c'est un éloge ou un blâme, que la statue de Cervantès est, je crois, la première que l'Espagne ait élevée en l'honneur de la science ou des lettres.

CHAPITRE XII.

Six mois après la mort de Cervantès (1), la licence de publier *Persiles y
Sigismunda* était accordée à sa veuve, et le livre s'imprimait en 1617 (2).
Son objet semble avoir été d'écrire un roman sérieux, qui serait à ce
genre de composition ce qu'était *Don Quichotte* par rapport au roman

---

(1) Au moment de sa mort, Cervantès avait, paraît-il, les ouvrages suivants plus
ou moins préparés pour l'impression : *las Semanas del Jardin*, annoncées déjà dès
1613 ; la seconde partie de *Galatea*, annoncée en 1615 ; le *Bernardo*, mentionné
dans la dédicace du *Persiles*, peu de temps avant sa mort, et plusieurs comédies
auxquelles il est fait allusion dans la préface des pièces qu'il avait publiées et dans
l'appendice du *Voyage au Parnasse*. Toutes ces œuvres sont probablement perdues
aujourd'hui.

(2) La première édition de *Persiles et Sigismonde* s'imprima sous le titre suivant :
*los Trabajos de Persiles y Sigismunda, historia setentrional, par M. de Cervantès
Saavedra, dirigida*, etc., Madrid, 1617, in-8°., par Juan de la Cuesta. Ce livre se
réimprima la même année, à Valence, à Pamplona, à Barcelone, à Bruxelles. Nous
avons un exemplaire de cette première édition, mais la meilleure est celle de Madrid, 1802, in-8°, 2 vol. Il en existe une traduction, en anglais, publiée, en 1619, par
M. L. Je ne l'ai jamais vue, mais c'est d'elle, sans aucun doute, que Fletcher
prit les matériaux pour la partie de *Persiles* dont il usa ou plutôt abusa, dans sa
comédie *Custom of the country, Mœurs de la campagne*, représentée en 1628, et imprimée seulement en 1647. Les noms des personnages sont parfois les mêmes.
Voyez *Persiles*, etc. liv. I, chap. XII et XIII; comparez le liv. II, chap. IV, avec la
comédie anglaise, act. IV, scène III, et le liv. III, chap. VI avec l'acte II scène IV, etc.
Parfois la traduction est presque littérale comme dans le passage suivant : « Sois
« castellano? » Me preguntó en su lengua portuguesa. « No señora, le respondi yo,
« sino forastero y bien lejos de esta tierra. » « Pues aunque fuerades mil veces castel-
« lano, replico ella, os librara yo, si pudiera, y os libraré si puedo; subid por cima
« deste lecho, y entraos debaxo de este tapiz, y entraos en un hueco que aqui hal-
« lareis, y no os movais, que si la justicia viniere me tendrá respecto, y creerá lo

comique. C'est là, du moins, ce que l'on peut induire de la manière dont il en parle lui-même, ainsi que ses amis. En effet, dans la dédicace de la seconde partie de *Don Quichotte*, il dit : « Je veux qu'il soit l'œuvre ou le « livre de divertissement le meilleur qui se soit écrit dans aucune langue », et il ajoute que ses amis le trouvent admirable. Valdivielso, dans l'approbation qu'il lui donna, après la mort de Cervantès, déclare ce livre égal ou supérieur à tous ses précédents efforts en ce genre (1).

Mais la fiction romantique sérieuse, particulièrement fruit de la civilisation moderne, n'était pas encore assez développée pour permettre à un esprit tel que Cervantès d'obtenir le triomphe à un si haut degré, surtout alors que l'inclination naturelle de son génie le portait vers le genre enjoué et badin. Les voyages imaginaires de Lucien, trois ou quatre romans grecs, les romans de chevalerie, tels sont les uniques modèles qui pouvaient lui servir de guides. En effet, on n'avait encore rien imaginé qui approchât de plus près du roman moderne proprement dit, à l'exception de quelques contes de Cervantès lui-même. Peut-être son premier mouvement fut-il d'écrire un roman de chevalerie, modifié par l'esprit de son siècle et dégagé des absurdités qui abondent dans les

---

« que yo quisiere decirles. » Persiles, liv. III, chap. vi. — Voici l'imitation de Fletcher.

    Guiomar. Are you a Castillan ?
    Rutilio. No, Madam ; Italy clams my birth.
    Guiomar. I ask not
            With purpose to betray you. If you were
            Ten thousand times a Spaniard, the nation
            We Portugals most hate, I yet would save you,
            If it lay in my power. Lift up these hangings ;
            Behind my bed's head there's a hollow place,
            Into wich enter.
                         (Rutilio retires behind the bed.)
               So ; — but from this stir not.
            If the officers come, as yo expect they will do,
            I know they owe such reverence to my lodgings,
            That they will easily give credit to me
            And search no further.
                    (Acte II, scène iv.)

On peut continuer le parallèle sur d'autres passages. Il ne faut pas oublier toutefois qu'il y a entre les deux ouvrages une différence frappante. Le *Persiles* est un livre d'une grande pureté de pensées et de sentiments, tandis que *the Custom of the country*, est un des drames les plus deshonnêtes qu'on puisse lire. Il est même tellement peu décent que, selon Dryden, c'est une œuvre pire que toutes ses comédies ensemble. (Dryden, *Œuvres*, édition de Scott, Londres 1808, in-8°, tom. XI, pag. 239.

(1) Dans l'approbation, à la date du 9 septembre 1616, édit 1802, tom. I, pag. vii.

romans composés avant son temps (1). Mais s'il a eu une pensée pareille, le succès de son *Don Quichotte* dut nécessairement l'empêcher d'essayer de la mettre à exécution. Il dut porter plutôt les yeux sur les romans grecs et, s'il en a pris un pour modèle, c'est sans doute *Théagenes et Chariclée* d'Héliodore (2). Cervantès intitule sa production nouvelle : *Historia setentrional*, et le récit principal consiste dans les souffrances de Persiles et de Sigismonde : le premier est le fils d'un roi d'Islande et la seconde, la fille d'un roi de Friesland; le lieu de la scène est placé, pour la première partie de la fiction, dans le nord de l'Europe : pour la seconde, dans le midi. Il y a des idées confuses sur les rois des mers, sur les pirates de l'océan septentrional, et de très-faibles notions géographiques sur les contrées qui les produisent; quant aux populations sauvages, aux îles de glaces, aux aventures étranges et singulières qu'il imagine s'y être passées, rien n'est plus fantastique, ni plus incroyable.

C'est le Portugal, l'Espagne et l'Italie que traversent le héros et l'héroïne, déguisés, depuis le commencement jusqu'à la fin, sous les noms de Périandre et d'Auristela, pour faire un pèlerinage à Rome; et cette narration est débarrassée de la plus grande partie des extravagances qui déparent la première partie du roman. Tout le récit consiste en un labyrinthe de contes, démontrant une imagination tout à fait surprenante, chez un vieillard tel que Cervantès, qui avait déjà passé sa grande année climatérique ; chez un homme qu'on doit aussi supposer brisé par des malheurs sans nombre et par une maladie incurable. C'est de ce labyrinthe que nous sortons avec plaisir, que nous nous sentons délivrés, quand les

---

(1) C'est ce que l'on peut conclure du commencement du quarante-huitième chapitre de la première partie du *Don Quichotte*.

(2) Une fois il donne à entendre que c'est une traduction, mais il ne dit pas de quelle langue (voyez le commencement du livr. II). Un fin et élégant critique de nos jours dit : « Des naufrages, des déserts, des descentes par mer, et des ravissements, c'est donc toujours plus ou moins l'ancien roman d'Héliodore. » (Sainte-Beuve, *critiques*, Paris, 1839, in-8°. tom. IV, pag. 173.) Ces paroles caractérisent la moitié du *Persiles*. Deux imitations de cette nouvelle ou plutôt du roman grec, modèle principal du *Persiles*, parurent bientôt après en Espagne. La première a pour titre : *Historia de Hipolito y Aminta*, par Francisco de Quintana (Madrid 1627, in-4°,) divisée en huit livres, avec de nombreuses poésies intercalées dans le texte. La seconde est intitulée : *Eustorgio y Clorilene, historia moscovica*, par Enrique Suarez de Mendoza y Figueroa (1629) en treize livres, et la promesse d'une continuation qui ne fut jamais donnée. Mon exemplaire est de l'édition de Saragosse, 1665, in-4°. Ces deux ouvrages sont écrits dans le plus mauvais goût et ont peu de valeur comme fictions. La dernière semble avoir été évidemment inspirée par le *Persiles y Sigismunda*.

fatigues et les dangers de Persiles et de Sigismonde sont terminés, que
les obstacles opposés à leur amour sont aplanis, et qu'ils sont heureusement unis à Rome. Parmi cette multitude d'histoires distinctes qui abondent dans ce livre étrange, plusieurs, c'est hors de doute, sont des plus
gracieuses, d'autres des plus intéressantes, parce qu'elles contiennent
les traces de l'expérience qu'avait Cervantès de la vie et du monde (1).
Son style est ici, dans l'ensemble, plus fini et plus soigné peut-être que
dans aucun autre de ses ouvrages. Mais après tout le roman de *Persiles
et Sigismonde* est bien loin d'être ce que Cervantès et ses amis se l'ima-
ginent : un modèle de ce genre particulier de fictions et le meilleur
de ses ouvrages.

Cet honneur, si nous nous en rapportons au témoignage unanime de
deux siècles, appartient, sans conteste, à son *Don Quichotte*, livre qui,
plus que tous les autres non-seulement de son époque, mais de tous les
temps modernes, porte plus profondément imprimé le cachet du caractère
national qu'il représente : livre qui a par conséquent joui, en retour,
de la faveur nationale à un degré et dans une étendue qui n'avaient jamais
été accordés à aucun autre (2). Quand Cervantès commença-t-il à
l'écrire? c'est un point tout à fait incertain. En effet, vingt ans avant l'apparition de la première partie, il ne fit rien imprimer (3). Le peu que

(1) Dès le commencement du livre III, nous trouvons que l'action de *Persiles
et Sigismonde* se passe sous le règne de Philippe II ou de Philippe III, alors qu'il
y avait un vice-roi espagnol à Lisbonne. Les voyages du héros et de l'héroïne dans
le midi de l'Espagne et de l'Italie, semblent n'être, en réalité, qu'une réminiscence
des voyages que Cervantès lui-même fit, pendant sa jeunesse, dans les mêmes contrées; tandis que les chapitres X et XI du livre III, retracent les souvenirs amers
de sa captivité en Algérie. Il faut aussi observer, dans tout l'ouvrage, sa connaissance du Portugal. Nous trouvons fréquemment dans ce roman, comme dans
tous les autres livres qu'il a écrits, des indications et des passages sur sa propre vie.

(2) Ma connaissance personnelle de l'Espagne vient corroborer entièrement la
conjecture d'Ingles, dans son livre si amusant (*Rambles in the Footsteps of D.
Quixote*, Londres, 1827, in-8º, pag. 26.) lorsqu'il dit : qu'il n'y a pas un Espagnol qui ne connaisse Cervantès.—Je n'ai pas en effet questionné sur ce sujet une
seule personne, et j'en ai interrogé un grand nombre dans toutes les classes de la
société, qui m'ait paru entièrement ignorante du genre de personnages qu'étaient
Don Quichotte et Sancho Panza.

(3) Il indique lui-même cet intervalle mélancolique de sa vie, lorsqu'il dit dans
son prologue : « Al cabo de tantos años como ha que duermo en el silencio del
« olvido, » etc. Au bout de tant d'années que je dors dans le silence de l'oubli, etc.
En effet, de 1584 à 1605, il ne fit rien imprimer, excepté quelques légères poésies
de peu de valeur : et il semble s'être entièrement occupé à de pénibles travaux
pour assurer son existence.

nous sachions de lui, durant cette longue et pénible période de sa vie, prouve seulement qu'il gagnait une faible subsistance pour lui et sa famille par le travail ordinaire des agences, occupations généralement d'une importance médiocre, nous avons nos motifs pour le supposer, et qui, nous en sommes sûrs, eurent parfois les conséquences les plus douloureuses. Toutefois la tradition de ses persécutions dans la Manche et sa propre affirmation que le *Don Quichotte* fut conçu dans une prison « se engendró en una carcel » sont toutes les données que nous avons reçues sur les circonstances qui en ont fait naître l'idée primitive. Que de pareilles circonstances aient tendu a un résultat pareil, c'est là un fait frappant dans l'histoire, non-seulement de Cervantès, mais encore dans l'histoire de l'esprit humain, et qui prouve combien le caractère et le tempérament de Cervantès étaient différents de ceux qu'on trouve communément chez les hommes de génie.

Son objet, en écrivant le *Don Quichotte*, a été parfois augmenté par la subtilité d'une critique raffinée. On lui a fait embrasser l'infini contraste entre la partie poétique et la partie prosaïque de notre nature; entre l'héroisme et la générosité d'un côté, comme si c'étaient de pures illusions, et le froid égoisme de l'autre, comme si c'était en lui que consistaient la vérité et la réalité de la vie (1). Mais c'est là une conclusion métaphysique, tirée sur des études de l'ouvrage, tout à fait imparfaite et exagérée; conclusion contraire à l'esprit du siècle qui n'était pas porté vers une satire aussi philosophique, ni aussi générale : conclusion contraire au caractère de Cervantès lui-même tel que nous pouvons le suivre, depuis l'époque où il se fit soldat pour la première fois, à travers tous ses dangers, à Alger, jusqu'au moment où son cœur généreux et fidèle dictait la dédicace de *Persiles et Sigismonde* au comte de Lemos. Son âme entière semble, en effet, avoir été plutôt remplie par une joyeuse confiance dans la vertu humaine, et tout son genre de vie semble avoir été une contradiction flagrante avec ce mépris décourageant et mélancolique pour tout ce qui est élevé et généreux, mépris qu'une pareille interprétation de *Don Quichotte* implique nécessairement (2).

---

(1) Cette idée se trouve en partie développée par Bouterwek (*Histoire de la littérature*, etc. Goettingue, 1803, in-8°, tom. IV, pag. 335-337), puis exprimée et défendue, avec son éloquence accoutumée, par Sismondi (*Littérature du midi de l'Europe*, Paris, 1813, in-8°, tom, III, pp. 339-343).

(2) On a donné d'autres interprétations du *D. Quichotte*. Une des plus absurdes est celle de Daniel de Foe qui déclare que cet ouvrage « est une œuvre allégorique, une juste satire du duc de Medina Sidonia, illustre personnage de ce

Cervantès lui-même ne nous permet pas de donner à son roman une pareille intention secrète. En effet, dès le commencement du livre, il annonce que « No mira à mas que à deshacer la autoridad y cabida que « en el mundo y en el vulgo tienen los libras de coballerias (1); » et à la fin de l'ouvrage, il déclare de nouveau de sa propre personne que « No ha sido otro mi desco que poner en aborrecimiento de los hombres « las fingidas y disparatadas historias de los libras de caballerias que « por las de mi verdadero « Don Quijote » van ya tropezando, y han de « caer del todo sin duda alguna. — Vale. » Il se réjouit de son succès comme d'un exploit d'une importance non médiocre, et en réalité c'en était un. Nous avons des preuves abondantes que ce fanatisme pour les romans de chevalerie était si grand en Espagne, durant le seizième siècle, qu'il était devenu un sujet d'alarmes pour les esprits les plus judicieux. Plusieurs auteurs contemporains des plus distingués parlent du préjudice qu'ils causaient; entre autres le vénérable Luis de Grenade et Malon de Chaide, qui composa l'éloquente *Conversion de la Magdelena* (2). Guevara, le savant et fortuné courtisan de Charles-Quint, déclare que « les hommes « ne lisent autre chose de son temps que des livres indignes, tels que

---

temps, en Espagne » Wilson, *Vie de Daniel de Foe*, Londres, 1830, in-8°, vol. III, pag. 437, note. — Le *Buscapie*, si une pareille publication a jamais existé, n'est, dit-on, autre chose que la relation « des entreprises et des galanteries de l'empereur Charles-Quint. » Voyez l'Appendice G.

(1) Il dit, dans le Prologue de la première partie : « Il ne tend *à rien moins* qu'à détruire l'autorité, et la place qu'occupent dans le monde et dans *le peuple* les livres de chevalerie ». Et dans la seconde partie, publiée dix ans après, il finit par ces mots remarquables : « *Je n'ai pas eu d'autres désirs* que de faire détester des hommes, les histoires fictives et disparates des livres de chevalerie, que les histoires de mon véritable *Don Quichotte* ébranlent déjà, et qui tomberont totalement sans aucun doute. Adieu » — Il semble réellement impossible que la parole d'honneur d'un grand homme puisse être ainsi mise en question par l'esprit d'une critique raffinée, deux siècles après sa mort. D. Vicente Salvà a décliné en partie, mais non entièrement, cette difficulté, dans un essai piquant et ingénieux sur cette question : *D. Quichotte* a-t-il été bien jugé selon ses mérites? Il soutient que Cervantès n'avait nullement l'intention d'attaquer la substance et l'essence des livres de chevalerie, mais seulement de les purger de leurs absurdités et de leurs extravagances. Il ajoute qu'après tout Cervantès ne nous a donné qu'un autre roman de la même espèce, qui a ruiné la fortune de tous ceux qui l'avaient précédé par l'immense supériorité qu'il avait sur eux tous. *(Ochoa, a puntes para una Biblioteca*, Paris, 1842, in-8°, tom. II, pp. 723-740.)

(2) *Simbolo de la Fe*, partie II, chap. XVII, vers la fin. — *Conversion de la Madeleine*, 1592, prologue au lecteur. — Tous deux sont très-rigoureux dans leurs critiques.

« *Amadis de Gaule, Tristan, Primaléon* et d'autres du même genre (1). »
Le spirituel auteur du *Dialogo de las lenguas* avoue qu'il a passé « dix
« ans à la cour se consumant dans l'étude de *Florisandro, Lisuarte, el*
« *Caballero de la Cruz*, et d'autres livres pareils, plus qu'il ne peut en
nommer » (2). Et par d'autres sources différentes nous savons, en. effet,
ce que nous pouvons recueillir de Cervantès lui-même, que plusieurs
de ceux qui lisaient ces fictions les prenaient pour des histoires véritables (3). Enfin ils devinrent si profondément nuisibles, qu'en 1553,
une loi en prohiba l'impression ou la vente dans les colonies d'Amérique ;
qu'en 1555, la même défense et la destruction par le feu de tous les
exemplaires qui existaient en Espagne. étaient instamment sollicitées par
les Cortès (4). Le mal était, effectivement, devenu redoutable, et il était
sage d'y donner son attention.

Détruire une passion qui avait poussé de si profondes racines dans le
caractère de toutes les classes de la société, (5) faire disparaître la seule

---

(1) Vemos que ya no se ocupan los hombres sino en leer libros que es affrenta
nombrarlos, como son *Amadis de Gaule, Tristan de Leonis, Primaléon*, etc., Argumento al·« aviso de los Privados. » *(Obras* de D. Antonio de Guevara, Valladolid,
1545, fol. CLVIII. vto.

(2) Le passage est trop long pour être cité ici, il est en outre très-sévère. (Voyez
Mayans y Siscar (*Origines*, tom. II, pp. 157-158.)

(3) Voyez volume I, pp. 229-234. Mais, indépendamment de ce que nous y avons dit,
Francisco de Portugal, qui mourut en 1632, raconte dans son *Arte de galanteria*
(Lisbonne, 1670, in-4º, p. LXLVI) que Simon de Silveira (le poëte portugais, je
suppose, qui vivait vers 1500; Barbosa, tom. III, p. 722), jura, dans une circonstance, sur les saints Évangiles, qu'il croyait que tout le récit d'*Amadis de Gaule*
était une histoire véritable.

(4) Clémencin, dans sa *Préface* à l'édition de D. Quichotte, tom. I, pp. XI-XVI,
cite beaucoup d'autres preuves de la passion pour les livres de.chevalerie, à cette
époque en Espagne. Il se rapporte à la *Recopilacion de leyes de las Indias*, liv. 1,
titre XXIV, loi IV; il mentionne la loi de 1553, et il imprime à la fin le texte entier
d'une pétition des plus curieuses, adressée aux Cortès de 1555, pétition que je n'ai
jamais vue ailleurs et qui aurait probablement produit la loi demandée, si l'abdication de l'Empereur, dans cette même année, n'eût prévenu toute discussion sur
cette matière.

(5) Des allusions au fanatisme des plus basses classes pour les livres de chevalerie sont heureusement introduites dans *D. Quichotte*, part. I, chap. XXXII et
ailleurs. Cette passion régna aussi chez d'autres classes mieux instruites et mieux
élevées. Francisco de Portugal, dans son *Arte de galanteria*, ouvrage cité dans une
note précédente et composé avant 1632, raconte l'anecdote suivante : « Un cheva-
« lier, rentrant un jour chez lui, au retour de la chasse, trouve son épouse, ses
« filles et leurs femmes tout éplorées. Surpris et attristé, il leur demande s'il

lecture qui pouvait être. a cette époque. considérée comme entièrement
à la mode et populaire (1), était certainement une entreprise hardie.
une entreprise qui ne témoignait pas d'un esprit dédaigneux ou brisé.
ni d'un manque de foi en ce qu'il y a de plus estimable dans la nature
humaine. Le plus grand prodige c'est que Cervantès y a réussi : qu'a-t-il
fait? ce n'est pas là la question. Pas un livre de chevalerie ne s'est écrit,
après l'apparition du *Don Quichotte*, en 1605. A partir de cette même
date, les livres de ce genre. qui jouissaient encore de la plus grande
faveur cessèrent d'être imprimés, à l'exception d'un ou deux romans
de peu d'importance (2). De telle sorte que, depuis cette époque jusqu'à nos jours, ils ont constamment disparu, au point d'être maintenant parmi les plus rares objets de curiosités littéraires. Singulier
exemple de la puissance du génie pour détruire, d'un seul coup bien
calculé, une branche entière de la littérature, branche la plus florissante
et la plus favorisée dans la littérature d'une nation grande et altière.

Le plan général que Cervantès adopta pour accomplir son œuvre, sans
prévoir, peut-être, l'ensemble de sa marche, et moins encore tous ses

---

« leur était mort un enfant ou un parent? Non, répondirent-elles, étouffées par
« les sanglots. — Pourquoi donc pleurez-vous ainsi? reprit-il encore plus étonné?
« Señor, répondirent-elles, Amadis est mort. — Elles avaient lu jusque-là. »
(Page 96.)

(1) Cervantès lui-même, comme le prouve amplement *D. Quichotte*, dut à une
certaine époque de sa vie avoir été un lecteur passionné des romans de chevalerie.
Que la connaissance qu'il en avait était minutieuse et exacte, c'est ce que manifestent beaucoup d'autres passages et surtout la fin du vingtième chapitre de la première partie. Là, en parlant de Gasabal, écuyer de Galaor, il observe que son
nom n'est mentionné *qu'une fois* dans tout le roman d'*Amadis;* l'infatigable
M. Bowle prit la peine de vérifier ce fait en lisant tout cet ouvrage volumineux.
(voir sa lettre au Dr Percy sur une nouvelle édition classique de *D. Quichotte*,
Londres, 1777, in-4°, pag. 25.)

(2) Clémencin, dans sa *Préface*, cite le *D. Policisne de Boecia*, imprimé en
1602, comme le *dernier livre* de chevalerie écrit en Espagne, et il ajoute qu'a-
près 1605, *il ne se publia* aucun nouveau livre de chevalerie, *qu'on cessa* de
réimprimer les livres antérieurs (p. XXI). Cette remarque de Clémencin souffre
toutefois quelques exceptions. En effet, *La Genealogia de la Toledana discreta,*
primera parte, par Eugenio Martinez, fiction chevaleresque, en stances de huit
vers, se réimprima en 1608; *el Caballero del Febo* et *Claridiano,* son fils, existent
encore dans des éditions de 1617. L'époque de la passion espagnole pour de pareils livres peut s'étudier dans le *Catalogo Bibliografico ;* dans les *notes* sur les
livres de chevalerie publiées par Salvà, dans le *Repertorio americano.* (Londres,
1827, tom. IV. pp. 29-74.) On verra là que le seizième siècle les aima par-dessus
tout.

résultats, fut aussi simple qu'original. En 1605 (1), il publia la première partie de *Don Quichotte*, où un noble gentilhomme de la Manche, plein du point d'honneur et de l'enthousiasme castillans, d'un caractère affable et digne, chéri de ses amis, aimé de ses serviteurs, est représenté dans un degré de folie si complète par une longue lecture des plus fameux livres de chevalerie qu'il les croit véridiques, et qu'il pense être appelé lui-même à devenir l'impossible chevalier errant dont ils donnent la description. Bien plus, il sort immédiatement pour parcourir le monde, défendre les opprimés, venger les injures, comme les héros de ces romans.

Afin de compléter son équipement de chevalier qu'il a commencé en s'ajustant un assortiment d'armure étrange pour son siècle, Don Quichotte prend pour écuyer un de ses voisins, paysan entre deux âges, ignorant et crédule à l'excès, mais d'une bonne nature : glouton et fripon, égoïste et grossier, quoique attaché à son maître : assez spirituel parfois pour reconnaître la folie de leur position, mais toujours amusant, quelquefois même malicieux dans les interprétations qu'il en fait. Ces deux personnages sortent du village qui les a vus naître, à la recherche d'aventures; et, l'imagination surexcitée du chevalier, transformant des moulins à vent en géants, des auberges solitaires en châteaux, et des galériens en chevaliers opprimés, lui en fait trouver en abondance partout où il va. Pendant ce temps, l'écuyer traduit tous ces faits dans la prose claire et pure de la vérité avec une simplicité admirable, sans la moindre pensée de mauvaise humeur, circonstance qui le rend encore plus frappant par son contraste avec la noble et courtoise dignité, avec les magnifiques illusions de son maître. De pareilles aventures ne pouvaient avoir par conséquent qu'une fin analogue. Le chevalier et l'écuyer souffrent une série de contre-temps ridicules, et sont enfin conduits chez eux dans leur village natal, comme des insensés; Cervantès les y laisse, en nous insinuant que l'histoire de leurs aventures n'est pas encore terminée.

A partir de cette époque nous n'apprenons que peu de chose de Cervantès et rien du tout sur son héros, jusqu'à la huitième année d'après, c'est-à-dire, au mois de juillet 1613, où il écrit la préface de ses contes et où il annonce distinctement la seconde partie de *Don Quichotte*. Mais avant que cette seconde partie fût publiée, avant même qu'elle fût finie, une personne qui s'appelle elle-même Alonso Fernandez de Avellaneda, paraissant un Aragonais, par les idiotismes provinciaux de son style, et soupçonné d'être un moine dominicain, par d'autres motifs d'évidence

---

(1) Voyez l'Appendice H.

intrinsèque, publia, au printemps de 1614, un livre qu'elle eut l'impertinence d'intituler : *Segundo tomo del ingenioso caballero Don Quijote de la Mancha* (1).

Il y a deux choses à remarquer par rapport à ce livre. La première c'est que, malgré la presque impossibilité de voir le nom de l'auteur inconnu à un grand nombre de personnes et particulièrement à Cervantès lui-même, ce n'est que sur des conjectures fort vagues qu'on l'a parfois attribué à Luis de Aliaga, confesseur du roi, personnage contre qui on ne jugea pas convenable de commencer l'attaque, à cause de son influence à la cour. Parfois aussi on en fit l'œuvre de Juan Blanco de Paz, frère dominicain qui avait été l'ennemi de Cervantès, à Alger. La seconde, c'est que l'auteur semble avoir eu connaissance du plan que Cervantès développait dans sa seconde partie, encore non terminée, et qu'il en a abusé d'une manière indigne, spécialement en faisant jouer en substance à don Alvaro Tarfe le même rôle que jouent le duc et la duchesse, à l'égard de Don Quichotte, et en amenant le chevalier dans une auberge où se passe son aventure avec des acteurs ambulants qui représentent un des drames de Lope de Vega, aventure entièrement semblable à celle du joueur de marionnettes, Maese Pedro, si admirablement imaginée par Cervantès (2).

C'est là tout ce qui peut nous intéresser dans ce livre, qui n'est pas sans mérite à certains égards, mais qui est généralement plat et pesant, et qui serait maintenant oublié, s'il ne se rattachait à la renommée du *Don Quichotte*. Dans la préface, Cervantès est traité avec la plus basse indignité, avec le plus grand dédain pour son âge, ses souffrances et même pour ses honorables blessures (3). Dans le corps du livre, le carac-

---

(1) Cervantès reproche à Avellaneda d'être un Aragonais, parce qu'il omet parfois l'article dans des phrases où le Castillan l'emploie (*D. Quichotte*, part. II, ch. LIX.) Le reste de la discussion à ce sujet se trouve dans Pellicer, *Vida*, pp. CLVI-CLXV ; dans Navarrete, *Vie*, pp. 144-151 ; dans Clémencin. *D. Quichotte*, part. II, ch. LIX; notes, et dans Adolfo de Castro, *le Comte Duc d'Olivares*, Cadix, 1846, in-8° pp. 11, etc. Cet Avellaneda, quel qu'il fut, intitula son livre : *Segundo Tomo del Ingenioso hidalgo Don Quixote de la Mancha*, etc. (Tarragone, 1614, in-12.) Il l'imprima ainsi pour qu'il concordât avec l'édition de Valence de la première partie du véritable *D. Quichotte*, en 1605. Je possède les deux ouvrages. L'Avellaneda s'est réimprimé deux fois, à Madrid, en 1732 et en 1805. En 1704, Lesage le traduisit, suivant sa manière de traduire, changeant ou allongeant l'œuvre originale sans trop de cérémonie, ni de bonne foi. L'édition de 1805 en deux volumes in-12 est expurgée.

(2) Voyez Avellaneda, chap. XXVI.

(3) « Tiéne mas lengua que manos. » Il a plus de langue que de mains, dit grossièrement Avellaneda.

tère de Don Quichotte apparaît comme celui d'un fou vulgaire s'imaginant être un Achille, ou tout autre personnage qui se présente à l'esprit de l'auteur (1). Il manque si complètement de dignité et de consistance, que l'écrivain ne possédait pas, on le voit clairement, la faculté de comprendre le génie qu'il a si bassement injurié et qu'il a si pauvrement tenté de supplanter. Les meilleures parties du livre sont celles où Sancho est amené : les plus mauvaises, celles où sont racontées les indécentes histoires et les aventures de Barbara, espèce de caricature grossière de la gracieuse Dorothée, que le chevalier prend par erreur pour la reine Zénobie (2). L'ensemble de cette composition est parfaitement ennuyeux, et elle en arrive à cette triste conclusion de confiner Don Quichotte dans une maison de fous (3).

Cervantès ne dut évidemment connaître cette production insultante que lorsqu'il était assez avancé dans la composition de la seconde partie. Ce n'est en effet que dans le cinquante-neuvième chapitre, écrit apparemment au moment où ce livre tombe pour la première fois entre ses mains, qu'il s'emporte contre lui. Dès cet instant il ne cesse jamais de le poursuivre, sous toutes les formes de torture que son génie lui fournit, jusqu'à ce que, dans le soixante-quatorzième chapitre, il arrive à la conclusion de son œuvre. Sancho même, avec son humeur et sa simplicité habituelles, est lancé sur l'infortuné Aragonais. Il entend dire par hasard à un voyageur qui le premier avait porté le livre à leur connaissance, que sa femme y est appelée Marie Gutierrez au lieu de Teresa Panza et alors il s'écrie : « Donosa cosa de historiador por « cierto : bien debe estar en el cuento de nuestros sucesos, pues llama à

---

(1) Chap. VIII ; comme lorsqu'il fait que D. Quichotte s'imagine qu'un pauvre paysan rencontré dans une melonnière est Orlando Furioso (ch. VI) ; qu'un petit village est Rome (ch. VII) ; qu'un bon prêtre est alternativement Lirgando et l'archevêque Turpin. La comparaison la plus simple et la plus belle qui puisse s'établir entre les deux D. Quichotte est celle qui porte sur le conte des chèvres, raconté par Sancho, au vingtième chapitre de la première partie de Cervantès, et l'histoire des oies, également rapportée par Sancho, au vingt-unième chapitre d'Avellaneda. Cette dernière prétend améliorer son modèle, mais l'insuccès est assez évident.

(2) Toute l'histoire de Barbara, commençant au chapitre vingt-deux et se prolongeant jusqu'à la fin de l'ouvrage, est misérable, fastidieuse et pesante.

(3) En 1824, il se fit une curieuse tentative, probablement par quelque ingénieux Allemand, celle d'ajouter deux chapitres de plus au D. Quichotte, comme s'ils avaient été supprimés lors de la publication de la seconde partie. Mais l'Académie espagnole ne les jugea pas dignes d'être imprimés avec l'ouvrage principal. (Voyez D. Quichotte, édit. Clémencin, tom. VI, p. 296.)

« Teresa Panza, mi mujer, Mari-Gutierrez. Torne à tomar el libro,
« señor, y mire si ando yo por ahí, y si me ha mudado el nombre.
« Por lo que os he oído hablar, amigo, dijo Don Jerónimo, sin duda
« habeis de ser Sancho Panza, el escudero del señor Don Quijote. Si soy
« respondió Sancho, y me preció de ello. Pues à fe, dijo, el caballero, que
« no os trato este autor moderno con la limpieza que en vuestra persona
« se muestra : pintaos comedor y simple, y no nada gracioso, y muy
« otro del Sancho que en la primera parte de la historia de vuestro
« amo se describe. Dios se lo pardone, dijo Sancho : déjárame en mi
« rincon sin acordarse de mí, porque quien las sabe las tañe, y bien se
« está San Pedro en Roma » (1). Stimulé par l'apparition de cette
œuvre rivale, autant qu'offensé de ses personnalités, Cervantès presse
son travail et, si nous en jugeons par un certain air de précipitation, il
le termina plus tôt qu'il n'en avait la pensée (2). Quoi qu'il en soit, il
l'avait fini, en février 1615, et il le publia à l'automne de la même année.
On n'entendit plus parler d'Avellaneda, quoiqu'il eût annoncé son projet
de nous montrer Don Quichotte dans une autre série d'aventures à Avila,
à Valladolid, à Salamanque (3). Cervantès prit quelques soins de le
prévenir. En effet, outre un léger changement de plan, il évita les joûtes
de Saragosse, parce qu'Avellaneda y avait conduit son héros (4) : finalement il rend à Don Quichotte, par une maladie grave, la rectitude de
son esprit, le fait renoncer à toutes les folies de la chevalerie errante, et

---

(1) « Charmante affaire d'historien certainement; comme il doit être bien au
« fait pour raconter nos événements, puisqu'il appelle Teresa Panza, ma femme,
« Marie Gutierrez. Qu'il reprenne le livre, señor, qu'il regarde si je me trouve
« par là, s'il m'a aussi changé mon nom. D'après ce que je vous ai entendu dire,
« mon ami, répond D. Jeronime, vous devez être sans doute Sancho Panza, l'é-
« cuyer du seigneur D. Quichotte. Oui, je le suis, répliqua Sancho, et je m'en
« vante. Sur ma foi, reprit le caballero, cet auteur moderne ne vous traite pas
« avec toute la pureté qu'on distingue sur votre personne : il vous dépeint comme
« un être gourmand et simple, sans rien de gracieux, et fort différend du Sancho
« décrit dans la première partie de l'histoire de votre maître. Que Dieu le lui
« pardonne, dit Sancho ; il aurait mieux fait de me laisser dans un coin sans se
« souvenir de moi. Que celui qui sait en jouer en joue, et saint Pierre est fort bien
« dans Rome. » Part. II, ch. LIX.
(2) Voir l'Appendice H.
(3) A la fin du chapitre XXXVI.
(4) Quand D. Quichotte comprend qu'Avellaneda a donné le récit de son séjour
dans Saragosse, il s'écrie : « Je ne mettrai pas les pieds dans Saragosse et j'expo-
« serai ainsi à la face du monde le mensonge de cet historien moderne. » (Part. II,
chap. L.)

mourir paisiblement en chrétien dans son lit. Il coupe court ainsi à la possibilité d'une autre continuation avec les prétentions de la première.

Cette seconde partie de *Don Quichotte* est en contradiction avec le proverbe que Cervantès y cite que, « les secondes parties n'ont jamais été bonnes» *nunca segundas partes fueron buenas* ; en réalité, elle est meilleure que la première. Elle montre plus de liberté et de vigueur, et, si la caricature dépasse parfois les bornes permises, l'invention, les pensées, le style et même les matériaux, tout est plus riche, l'exécution est plus finie. Le caractère de Samson Carrasco, par exemple (1), est, quoique un peu hardi, une très-heureuse addition au personnage original du drame; les aventures, dans le château du duc et de la duchesse, où Don Quichotte est joué à cause de l'excès de sa folie ; les dispositions de Sancho comme gouverneur de son île Barataria : les visions et les rêves de la grotte de Montesinos : les scènes avec Roque Guinart le pirate; avec Gines de Pasamonte le galérien, et le joueur de marionnettes: la burlesque et chevaleresque hospitalité de don Antonio Moreno, à Barcelone, et la défaite finale du chevalier dans cette ville; tout y est admirable. Réellement, dans cette seconde partie, chaque détail, mais spécialement et en général les contours et le ton, prouvent que le temps et un succès qu'il n'avait pas connu jusquelà, avaient mûri et perfectionné ce vigoureux bon sens et cette profonde connaissance de la nature humaine, manifestés partout dans les ouvrages de Cervantès, qualités qui ont effectivement constitué la partie principale de son génie dont les bases avaient été jetées fortes et profondes, au milieu des souffrances et des dangers de sa vie agitée.

C'est bien dans les deux parties que Cervantès montre l'impulsion et l'instinct d'un génie original, mais il le fait plus distinctement dans le développement des caractères de Don Quichotte et de Sancho ; caractères dont le contraste et l'opposition cachent tout ce que la fécondité de son esprit renferme de grâce particulière, et une partie assez considérable des traits qui caractérisent le plus la fiction entière. Ce sont les deux principaux personnages; ce sont eux, par conséquent, que Cervantès aime

---

(1) *D. Quichotte*, Part. II, chap. iv. Le style des deux parties du véritable *Don Quichotte* est, comme on peut s'en convaincre, caractérisé par sa franchise, sa fraîcheur, sa pureté, son naturel conforme au caractère de l'auteur ; les beautés du langage y abondent, mais il n'est nullement sans tache. Garcés, dans son livre : *Fuerza y vigor de la lengua castellana*, tom. II, prologue, et dans tout cet excellent ouvrage, lui donne peut-être plus d'éloges qu'il ne mérite. Clémencin, dans ses notes, est plus rigoureux et il ne pardonne pas à des défauts accidentels.

à placer, autant que possible, sur le devant de la scène. Ils gagnent visiblement sa faveur, à mesure qu'il avance, et la tendresse de son affection pour eux, les lui fait constamment produire dans des situations et des rapports aussi peu prévus par lui que par ses lecteurs. Le chevalier qui semble n'avoir été connu, dès l'origine, que pour parodier l'Amadis de Gaule, devient graduellement un personnage à part, distinct, tout à fait indépendant; chez qui la nature a infusé tout ce qu'elle a de générosité et d'élévation, de noblesse et de délicatesse, de pureté de sentiment pour l'honneur, de chaleur et d'amour pour tout ce qui est noble et bon, à tel point que nous éprouvons presque pour lui le même attachement que le curé et le barbier, et que nous sommes presque disposés, autant que sa famille, à déplorer sa mort.

Ce qui arrive pour Sancho est tout à fait analogue; c'est peut-être plus fort, à certains égards. Tout d'abord, Cervantès le présente comme l'opposé de Don Quichotte; il s'en sert purement pour mettre en relief, d'une manière plus saisissante, les singularités de son maître. Ce n'est que lorsque nous arrivons presque à la moitié de la première partie qu'il exprime un de ces proverbes qui forment ensuite le fond de sa conversation et de son caractère; ce n'est qu'au commencement de la seconde partie qu'il montre tout ce mélange de finesse et de crédulité, comme gouverneur de l'île Barataria, par lequel se développe ce caractère, et qu'il se complète par la pleine mesure de ses grotesques mais convenables proportions.

Cervantès finit, en vérité, par aimer ces créations de son merveilleux génie, comme si c'étaient des personnages réels, des êtres familiers; il en parle, il les traite avec une chaleur et un intérêt qui tend extraordinairement à faire illusion à ses lecteurs. Don Quichotte et Sancho nous sont présentés comme de telles réalités vivantes qu'en ce moment même la figure de ce chevalier maigre, élancé, noble; la figure de cet écuyer rebondi, égoïste et fort amusant, restent plus fortement gravées dans les imaginations des hommes, de quelque condition qu'ils soient dans la chrétienté, qu'aucune autre des créations du génie humain. Les plus illustres des grands poètes, Homère, Dante, Shakspeare, Milton, sont parvenus, ce n'est pas douteux, à une plus haute élévation, et se sont mis dans des rapports plus imposants avec les plus nobles attributs de notre nature ; mais Cervantès, écrivant toujours sous la libre impulsion de son propre génie, et concentrant instinctivement dans sa fiction tous les traits particuliers au caractère de sa nation, s'est montré l'écrivain de tous les pays et de tous les temps; des intelligences les plus humbles et des plus cultivées. Aussi a-t-il reçu, en récompense, plus que tous les autres écrivains, un tribut de sympathie et d'admiration de la part de tout ce qu'il y a d'esprit dans l'humanité.

Il est difficile de croire qu'après avoir terminé un pareil livre, Cervantès fut insensible à la beauté de son œuvre. En effet, on lit dans *Don Quichotte*, des passages prouvant que l'auteur avait conscience de son propre génie, de ses aspirations et de sa puissance (1). D'un autre côté, les négligences, les faiblesses, les contradictions sont tellement répandues dans tout l'ouvrage que Cervantès semble se montrer presque indifférent, tant aux succès contemporains qu'a la renommée posthume. Son plan, modifié, paraît-il, plus d'une fois, pendant qu'il était engagé dans la composition de l'œuvre, est vague et incohérent ; son style, rempli des plus riches beautés de l'idiome castillan, abonde en incorrections ; les faits et les incidents, constituant le fond de sa fiction, sont pleins d'anachronismes que Los Rios, Pellicer et Eximeno ont en vain essayé de concilier, soit avec le cours principal de la narration même, soit avec tout autre sujet (2). C'est ainsi que, dans la première partie, Don Quichotte est

---

(1) Le morceau de la fin de l'ouvrage est effectivement sur ce ton : il en est de même de ceux où il critique Avellaneda. Mais je ne peux donner le même sens au passage de la deuxième partie, ch. XVI, où Don Quichotte s'écrie : qu'il s'est imprimé trente mille exemplaires de la première partie et qu'il va s'en imprimer plus de trente autres mille. C'est une fanfaronnade de la folie du héros. Toutefois je confesse que Cervantès est plus piquant, lorsqu'il représente Sancho disant à son maître : « Je parierais qu'avant peu, il n'y aura ni bouchon, ni taverne, ni auberge, ni boutique de barbier, où ne se voie peinte l'histoire de nos exploits. » (Part. II, chap. LXXI.)

(2) D. Vicente de Los Rios, dans son « *Analyse* » qui précède l'édition de l'Académie de 1780, entreprend la défense de Cervantès, sur l'autorité des anciens, comme si le *D. Quichotte* était un poëme écrit à l'imitation de l'*Odyssée*. Pellicer, dans la quatrième section de son « *discours préliminaire* » de son édition de *D. Quichotte*, 1797, suit la même voie. De plus, il donne à la fin du cinquième volume ce qu'il appelle gravement *la Description géographico-historique des Voyages de D. Quichotte*, accompagnée d'une carte, comme si la moitié de la géographie de Cervantès n'était pas impossible, et si la moitié des localités se trouvaient ailleurs que dans l'imagination des lecteurs. Sur ces irrégularités géographiques et sur d'autres défauts également absurdes, Nicolas Perez, de Valence, attaqua Cervantès dans l'*Anti-Quixote*, dont le premier volume, publié en 1805, ne fut jamais suivi des cinq autres qui devaient le compléter. Cette attaque reçut une réponse très-satisfaisante, mais plus sévère qu'il ne fallait, dans un pamphlet publié sans nom, à Madrid, en 1806, in-12, par J. A. Pellicer et intitulé : *Examen critico del tomo primero de el Anti-Quixote*. Finalement, don Antonio Eximeno, dans son *Apologia de Miguel de Cervantès* (Madrid, 1806, in-12), excuse ou défend tout le *D. Quichotte;* il nous donne un nouveau plan

généralement représenté comme appartenant à un siècle reculé, et son histoire est supposée écrite par un ancien auteur arabe, tandis que (1), dans
l'examen de sa bibliothèque, il est évidemment contemporain de Cervantès
lui-même, et, après ses défaites, il est, de l'aveu de tout le monde, porté
dans sa maison, en l'année 1604. Pour ajouter encore à cette confusion,
quand nous lisons la seconde partie, commençant seulement un mois
après la conclusion de la première et ne se continuant que quelques
semaines, nous avons, à côté de la même prétention d'un ancien auteur
arabe, une conversation sur l'expulsion des Maures (2), commencée après
1609, et une critique d'Avellaneda dont l'ouvrage se publia en 1614 (3).

Ce n'est pas tout. Comme si Cervantès cherchait encore à entasser
contradictions et inconvenances, les détails mêmes de son histoire qu'il
a inventés, se trouvent les uns avec les autres dans un bizarre conflit,
de même que les événements historiques auxquels il fait allusion. C'est
ainsi que, dans une circonstance, les scènes qu'il décrit avoir eu lieu
dans le cours d'une soirée et de la matinée suivante, sont dites avoir
occupé deux journées (4). Une autre fois, il parle d'une compagnie
soupant fort longuement, et après des conversations et des histoires qui

---

chronologique (p. 60), des calculs astronomiques exacts (p. 129); il soutient, entre
autres points judicieux, que Cervantès a représenté *avec intention*, D. Quichotte
vivant dans des temps, soit anciens, soit présents, pour confondre les lecteurs curieux et pour ne fixer après tout qu'une période imaginaire aux exploits de son
héros (p. 19, etc.). Tout cela est éminemment absurde, mais c'est la conséquence
de l'aveugle admiration avec laquelle on idolâtrait Cervantès, en Espagne, durant
la dernière moitié du dernier siècle et le commencement du siècle présent. C'est
en partie le résultat de la froideur avec laquelle le négligèrent les érudits de son
pays, pendant le siècle qui précéda cette époque. (*D. Quichotte*, Madrid, 1819,
in-8°. *Prologo de la Academia*, p. 3.)

(1) Condé, le savant auteur de la *Domination des Arabes en Espagne*, entreprit,
dans un pamphlet écrit en collaboration avec J. A. Pellicer, de démontrer que le
nom de ce prétendu auteur arabe *Cid Hamete Benengeli* n'était qu'une combinaison de mots arabes, signifiant *noble, satirique, malheureux*, (*Carta en Castellano*, etc., Madrid, 1800, in-12, pp. 16-27). C'est possible, mais il n'entrait pas dans le
caractère de Cervantès de rechercher de pareils raffinements, ni de faire un pareil
étalage de son peu de savoir, savoir qui ne s'étendait pas au-delà, paraît-il, de
l'arabe vulgaire parlé en Barbarie, du latin, de l'italien et du portugais. Comme
Shakspeare, Cervantès avait lu et se rappelait presque tout ce qui s'était imprimé
dans sa propre langue, et il faisait les plus heureuses allusions aux connaissances
étendues qu'il possédait.

(2) *D. Quichotte*, part. II, ch. LIV.

(3) La critique d'Avellaneda commence, avons-nous dit, part. II, ch. LIX.

(4) Part. I, ch. XLVI.

ont dû les occuper presque toute la nuit, il dit : la nuit commençait à arriver « Llegaba y a la noche » (1). En différents endroits, il appelle la même personne par des noms différents; et ce qui est plus amusant, il reproche à Avellaneda une erreur qui, après tout, était la sienne (2). Finalement, après avoir découvert l'inconséquence d'avoir dit maintes fois, que Sancho chevauchait sur son âne que Ginès de Pasamonte lui avait déjà volé, il prit la peine, dans la seule édition de la première partie qu'il a révisée, de corriger deux de ces bévues et négligea nonchalamment le reste. Quand il publia la seconde partie, il se moqua de bon cœur des erreurs, des incorrections et de tout, comme de choses fort peu importantes soit pour lui, soit pour tout autre (3).

Ce roman, que Cervantès jette avec tant d'indifférence, qu'il regarde, j'en suis persuadé, plutôt comme un effort hardi pour détourner le goût absurde de son temps des tableaux fantastiques de la chevalerie, que comme une œuvre d'une plus sérieuse importance, ce roman s'est depuis posé, par un succès non interrompu, et, pour mieux dire, irrécusable, comme un des plus anciens modèles classiques de la fiction romantique, et comme un des plus remarquables monuments du génie moderne. Mais, quoique ce soit là un résultat suffisant pour remplir la mesure de la renommée et de la gloire chez les hommes, ce n'est pas là tout le mérite auquel Cervantès a des titres. En effet, si nous voulons lui rendre la justice qui aurait été la plus agréable à son cœur; si nous voulons, nousmêmes, pleinement comprendre et goûter tout son *Don Quichotte*, nous devons nous rappeler, en le lisant, que ce délicieux roman ne fut pas le fruit d'une exubérante jeunesse de sentiments, ni d'une heureuse condi-

---

(1) « La nuit arrivait déjà » dit-il dans le chap. XLII de la première partie, quand tout ce qu'il rapporte, à partir de la moitié du chapitre XXXVII, était arrivé après qu'on s'était mis à table pour souper.

(2) Cervantès donne trois ou quatre noms à la femme de Sancho (Partie I, ch. VII et LII; partie II, ch. V et LIX). Avellaneda l'ayant imité jusqu'à un certain point, Cervantès le couvre très-plaisamment de confusion, sans faire attention que l'erreur qu'il relève était la sienne propre.

(3) Les faits que nous rapportons sont les suivants : Ginès de Pasamonte, dans le vingt-troisième chapitre de la première partie (édit. 1605, fol. 108), vole à Sancho son âne. Trois feuillets plus loin, dans la même édition, nous trouvons Sancho revenant, selon son habitude, monté sur la pauvre bête, et il reparaît encore six autres fois, hors de tout propos. Dans l'édition de 1608, Cervantès corrigea deux de ces négligences, aux feuillets 109 et 112. Il laissa les *cinq* autres telles qu'elles se trouvaient précédemment. Dans les chapitres III et XXVII de la IIe partie (édit. 1615), il plaisante sur toute cette matière, mais il ne se montre pas disposé à pousser plus loin les corrections.

tion d'existence; qu'il ne fut pas composé dans ses meilleures années, quand l'auteur pouvait concevoir des pensées riantes, des espérances des plus hautes; mais qu'avec toute son inextinguible et irrésistible bonne humeur, avec ses peintures brillantes du monde, cette confiance enjouée pour la bonté et la vertu, il a été écrit dans un âge avancé, à la fin d'une vie dont presque chaque étape avait été marquée par des espérances déçues, des luttes décourageantes, des calamités douloureuses; qu'il avait été commencé dans une prison et fini quand l'auteur sentait la main de la mort pesante et glaciale presser son cœur. Si nous nous rappelons ces considérations, pendant sa lecture, nous sentirons, comme nous devons le sentir, que l'admiration et le respect sont dus non-seulement à la puissance vivante de *Don Quichotte*, mais encore au caractère et au génie de Cervantès. Si nous les oublions, ou si nous ne les apprécions pas, nous sommes injustes envers l'un et l'autre (1).

(1) Après avoir exprimé si énergiquement notre opinion sur les mérites de Cervantès, nous ne pouvons nous refuser le plaisir de citer les paroles du savant et modeste sir William Temple. Il parle des ouvrages satiriques, blâme Rabelais de ses indécences et de ses grossièretés, et il ajoute : « L'incomparable auteur de « *Don Quichotte* est beaucoup plus digne d'admiration, il a fait une excellente « composition satirique et pleine de ridicule, sans aucun de ces ingrédients, et il « semble être arrivé à la hauteur que personne n'a atteinte et ne pourra jamais « atteindre dans ce genre. » (*Œuvres*, Londres, 1814, in-8°, tom. III, pag. 436). Voyez l'Appendice H.

CHAPITRE XIII.

Lope de Vega. — Ses premières années. — Il est soldat. — Il écrit *la Arcadia*. — Il se marie. — Il a un duel. — Il fuit à Valence. — Mort de sa femme. — Il sert dans l'Invincible Armada.— Il revient à Madrid.— Il convole à de secondes noces.— Mort de ses enfants.— Il se fait religieux.— Sa position comme homme de lettres.— Son *San Isidro*.— *La Hermosura de Angélica*.— *La Dragontea*. — *El Peregrino en su patria*. — *La Jerusalem conquistada*.

Il est impossible de parler de Cervantès, comme du grand génie de la nation espagnole, sans rappeler Lope de Vega, ce rival qui lui a été si supérieur en popularité contemporaine; qui, durant la vie de l'un et de l'autre, s'est élevé à un tel degré de réputation qu'aucun Espagnol n'a pu l'atteindre depuis, et qu'un petit nombre d'hommes illustres dans d'autres pays ont pu obtenir. Par conséquent, l'examen des titres de ce grand homme, qui étend son influence sur presque chaque branche de la littérature nationale, arrive naturellement à son tour, après l'examen des titres de l'auteur du *Don Quichotte*.

Lope Felix de Vega Carpio est né le 25 novembre 1562, à Madrid, où son père, accidentellement peut-être, venait de se retirer. Il descendait de l'ancienne famille de la Vega établie dans la pittoresque vallée de Carriedo (1). Dès ses premières années, il montra des disposi-

---

(1) Il existe une *Vie de Lope de Vega*, publiée pour la première fois en un volume par le troisième lord Holland, en 1806, et réimprimée depuis avec une *Vie de Guillen de Castro*, en deux vol. in-8°. (Londres, 1817.) C'est un livre agréable, contenant d'excellentes notices sur les deux auteurs et des critiques fort judicieuses sur leurs œuvres. Il n'est pas moins intéressant par les détails qu'il nous donne sur la délicatesse de cœur et la générosité d'âme de son auteur, qui passa une partie de sa jeunesse, en Espagne, alors qu'il était âgé de trente ans environ, et qui ne cessa depuis de prendre un vif intérêt aux affaires et à la littérature de ce pays. Il était très-lié avec Jovellanos, Blanco, Withe et beaucoup d'autres Espagnols distingués. A l'époque des désastres qui éclatèrent dans la Péninsule, durant l'invasion française et sous le triste gouvernement de Ferdinand VII qui la suivit, un assez grand nombre d'entre eux jouirent d'une hospitalité princière dans la maison de

tions extraordinaires. A l'âge de cinq ans, son ami Montalvan nous l'assure, il pouvait non-seulement lire le latin comme l'espagnol, mais il avait encore une passion telle pour la poésie qu'il payait ses condisciples plus avancés, d'une partie de son goûter, pour lui écrire les vers qu'il leur

---

lord Holland, où le caractère bienveillant et la franchise de ce noble maître répandaient un charme et une grâce inexprimables sur tout ce qu'il y avait de plus intelligent et de plus élevé dans la société européenne.

Le récit que nous donne Lope lui-même de son origine et de sa naissance, dans une épître en vers adressée à une dame péruvienne, sous le nom d'*Amaryllis*, est un récit très-curieux. Cette correspondance se trouve dans ses *Obras sueltas* (Madrid, 1776-1779, in-4°, épîtres 15-16). Elle avait été imprimée, si je ne me trompe, par Lope lui-même, en 1624. Nous en citerons les vers suivants :

> Tiene su silla en la bordada alfombra
> De Castilla el valor de la montaña,
> Que el valle de Carriedo España nombra.
>   Alli otro tiempo se cifraba España :
> Alli tuve principio ; mas ¿que importa
> Nacer laurel y ser humilde caña?
>   Falta dinero alli, la tierra es corta :
> Vino mi padre del solar de Vega :
> Asi a los pobres la nobleza exhorta ;
>   Siguióle hasta Madrid, de celos ciega,
> Su amorosa muger, porque él queria,
> Una española Helena, entonces griega.
>   Hicieron amistades, y aquel dia
> Fué piedra en mi primero fondamento,
> La paz de su celosa fantasia.
>   Enfin, por celos soy ; que nacimiento !
> Imaginalde vos, que haber nacido
> De tan inquieta causa fué portento. *

* Elle tient sa place sur le bordé tapis – De Castille, la valeur de la montagne, – Que l'Espagne nomme la vallée de Carriedo. = C'est là qu'en d'autres temps se réduisait l'Espagne ; – C'est là qu'elle prit naissance ; mais qu'importe – De naître laurier et d'être humble roseau ? = Là l'argent manque, la terre est peu étendue ; – Mon père vint du sol de la Vega : – Car la noblesse exhorte ainsi les pauvres. = Jusqu'à Madrid le suivit, aveuglée par la jalousie, – Son amoureuse femme, parce qu'il aimait – Une Hélène espagnole, autrefois grecque.= Ils renouèrent leurs amitiés, et ce jour – Devint la pierre de mon premier fondement, – La paix de leur jalouse fantaisie. = Enfin, par la jalousie j'existe ; quelle naissance ! – Imaginez-vous, que d'être né – D'une cause si singulière, c'est un prodige.

Il raconte gracieusement comment il faisait des vers presque dès qu'il put parler ; sa passion pour Raymond Lulle le docteur et métaphysicien si à la mode alors ; ses études ; sa famille. Lope aimait beaucoup à parler de son origine dans les montagnes. Il y fait allusion dans son *Laurel de Apollo* (silva VIII). Dans deux autres de ses comédies, ses héros se vantent de venir de cette partie de l'Espagne où il avait lui-même pris naissance. Ainsi, dans la *Venganza venturosa* (Come-

dictait, avant d'avoir appris à les écrire lui-même (1). Son père qui était aussi un poète (2), à ce qu'il nous apprend, et qui s'était entièrement consacré à des œuvres de charité, dans les dernières années de sa vie, mourut pendant que Lope était encore fort jeune, et laissa, avec lui, un autre fils qui périt dans l'expédition de l'Invincible Armada, en 1588, et une sœur qui mourut, en 1601. Dans la période qui suivit immédiatement la mort du père, la famille semble s'être divisée par suite de sa pauvreté et, durant cet intervalle, Lope vécut probablement avec son oncle, l'Inquisiteur don Miguel de Carpio, dont il a parlé longtemps après avec le plus grand respect (3).

Quoique la fortune de sa maison fût anéantie, son éducation ne fut pas négligée. Lope fut placé au collège impérial de Madrid. Il y fit, en deux ans, des progrès extraordinaires dans la philosophie morale et dans les humanités; mais il avait, nous raconte-t-il, une profonde aversion

---

dias, in-4º, Madrid, 1620, tom. X, fol. 33), Feliciano, un généreux et noble chevalier, dit :

El noble solar que heredo,	Le noble sol dont j'ai hérité
No lo daré à rico infame,	Je ne le donnerai pas à un riche infâme.
Porque nadie me lo llame	Pour que personne ne me le proclame
En el valle de Carriedo.	Dans la vallée de Carriedo.

Puis, au commencement du *Premio del bien hablar* (*Comedias*, in-4º, Madrid 1635, tom. XXI, fol. 159), il semble avoir décrit son caractère et sa propre histoire :

Naci en Madrid, aunque son	Je suis né à Madrid, bien que soient
En Galicia los solares	En Galice les foyers
De mi nacimiento noble,	De ma noble naissance,
De mis abuelos y padres.	De mes aïeux et de mes pères.
Para noble nacimiento,	Pour une noble naissance,
Ay en España tres partes,	Il y a en Espagne trois contrées,
Galicia, Viscaya, Asturias,	Galice, Biscaye, Asturie,
O ya montañas le llaman.	Que l'on appelle les montagnes.

Cette vallée de Carriedo est, dit-on, une des plus belles, et Miñano, dans son *Dictionnaire géographique* (Madrid, in-8º, 1826, tom. II, p. 40) décrit la Vega comme occupant une position charmante sur les bords du Sandoñana.

(1) Avant qu'il sût écrire, dit Montalvan, son ami et son exécuteur testamentaire, il aimait tellement les vers qu'il partageait son déjeuner avec ses compagnons plus âgés, pour qu'ils lui écrivissent les vers qu'il leur dictait. (*Fama postuma*, *Obras sueltas*, tom XX, pag. 28).

(2) Dans le *Laurel de Apollo*, il raconte que, parmi les papiers de son père, il trouva des brouillons de vers qui lui semblaient meilleurs que les siens.

(3) Voyez la dédicace de la *Hermosa Ester*, dans les *Comedias* (Madrid in-4º, tom. XV, 1621).

pour les mathématiques, qu'il trouvait peu en rapport avec son goût, sinon avec ses dispositions naturelles. Il compléta aussi son instruction par l'escrime, la danse, la musique. Il avançait dans la voie de satisfaire aux vœux de ses amis, quand, à l'âge de quatorze ans, un ardent et capricieux désir de voir le monde s'empara de lui, et, accompagné d'un de ses condisciples, il s'échappa du collége. D'abord ils marchèrent à pied deux ou trois jours : ils achetèrent ensuite un mauvais cheval et cheminèrent vers Astorga, dans la partie nord-ouest de l'Espagne, non loin de l'ancien fief de la famille de Vega. Là, voyant s'augmenter la fatigue de leur voyage, et les commodités de la vie auxquelles ils étaient accoutumés leur manquant plus sérieusement qu'ils ne l'avaient pensé, ils résolurent de rentrer chez eux. A Ségovie, ils essayèrent d'échanger pour de la petite monnaie, dans la boutique d'un orfèvre, quelques doublons et une chaîne en or, mais ils furent suspectés d'être des voleurs et arrêtés. Toutefois, le magistrat devant qui on les conduisit, se contenta de ne les trouver coupables d'autre crime que d'une folie et les relaxa. Mais voulant donner à leurs amis et à eux-mêmes une preuve de son obligeance, il les fit accompagner par un officier de la justice, pour les conduire en sûreté jusqu'à Madrid (1).

A l'âge de quinze ans, suivant ce qu'il nous raconte dans une de ses épîtres poétiques, il servait comme simple soldat contre les Portugais à Terceira. (2) Peu de temps après, nous le savons, il remplit une place

---

(1) Voyez la *Fama postuma de Lope*, etc., par Montalvan.

(2) Ce curieux passage se trouve dans l'Épître ou mètre lyrique adressée à D. Luis de Haro (*Obras sueltas*, tom. IX, pag. 379) :

> Ni mi fortuna manda
> Ver entres lustros de mi edad primera
> Con la espada desnuda
> Al bravo Portugues en la Tercera,
> Ni despues en las naves Españolas
> Del mar Ingles los puertos y las olas.

Je ne puis comprendre comment cela pouvait avoir eu lieu en 1577 ; toutefois l'assertion est formelle. Schack (*Histoire de la Littérature dramatique en Espagne*, Berlin, 1845, in-8°, tom. II, p. 164), pense que les quinze années dont il est ici question se rapportent aux quinze années *de la vie de soldat*, qui courent de la onzième à la vingt-sixième, de 1573-1588. Mais cette erreur de Schack provient d'une autre qu'il a commise précédemment lui-même, en supposant que la dédicace da la *Gatomachie* est adressée à Lope, tandis qu'elle l'est à son fils, également appelé Lope, qui servit, à l'âge de *quinze ans*, sous le marquis de Santa-Cruz, comme nous le verrons plus tard. Le *Cupido armado*, cité dans cette dédicace, ne saurait prouver ce que Schack veut qu'il prouve, et laisse la question des *quinze années* dans la même obscurité (Voy. Schack, pag. 157).

auprès de la personne de Jéronimo Manrique, évêque d'Avila, à la faveur duquel il reconnaît lui-même devoir beaucoup ; en l'honneur de qui il composa plusieurs églogues et insèra un long passage dans sa *Jérusalem* (1). C'est probablement sous le patronage de Jéronimo Manrique qu'il fut envoyé à l'Université d'Alcala. Il y étudia certainement pendant quelque temps, et y prit non-seulement le grade de bachelier, mais fut sur le point de se soumettre lui-même à la tonsure irrévocable de la prêtrise (2).

A ce moment, il nous l'apprend par ses propres aveux, il devint amoureux. Et si nous ajoutons foi aux contes qu'il rapporte sur ses propres aventures dans sa *Dorotea*, composée dans sa jeunesse et imprimée avec la sanction de sa vieillesse, cette passion de son âge de dix-sept ans le fit extrêmement souffrir. Plusieurs histoires de ce remarquable roman dramatique, où Lope de Vega figure sous le nom de Fernando, sont, il faut l'espérer, des fictions (3). Mais il faut bien admettre que d'autres, telles que la scène entre le héros et Dorothée, au premier acte, le récit de ses larmes derrière la porte avec Marfisa, le jour où elle va être mariée à un autre, et la plus grande partie des narrations du quatrième acte, respirent un air de réalité permettant difficilement de douter qu'elles ne soient l'expression de la vérité (4). Dans leur

---

(1) Ce sont les premiers ouvrages de Lope mentionnés par ses panégyristes et ses biographes. Il dut les composer vers 1582 ou 1583. La pastorale de *Jacinto* se trouve dans le tome XVII des *Comédies*, mais elle ne s'imprima qu'en 1623.

(2) Dans une épître à D. Gregorio de Angulo (*Obras sueltas*, tom. I, pag. 420), il dit :

> Crió me, D. Jerónimo Manrique,
> Estudié en Alcalà, bachilleréme
> Y aun estuve de ser clérigo á pique;
>   Cegóme una muger, aficionéme,
> Perdoneselo Dios, ya estoy casado ;
> Quien tiene tanto mal, ninguno teme.

Dans ses autres ouvrages, il parle encore avec plus de chaleur des obligations qu'il devait à Manrique. Voyez sa dédicace de *Pobreza no es vileza*, (*Comedias* in-4º, tom. XX, Madrid, 1629), où son langage est des plus énergiques.

(3) Voyez *Dorotea*, act. Ier, scène VI, où, après avoir pris froidement la résolution d'abandonner Marfise, il vient la voir et prétend qu'il a assassiné un homme, qu'il en a blessé un autre la nuit, dans une dispute; il obtient par cet odieux mensonge les bijoux de cette infortunée jeune fille, il s'en sert pour payer ses dépenses, tandis qu'elle les lui avait donnés dans l'entraînement de son amour.

(4) L'acte Ier, scène V, et l'acte IV, scène Ire, respirent un grand air de vérité. Mais d'autres passages, tels que ceux des réflexions et des troubles que produit la remise d'une lettre à une personne autre que celle à qui la lettre était destinée,

ensemble, elles nous font cependant peu croire que Lope ait été un jeune homme d'honneur et un galant chevalier.

D'Alcala, Lope de Vega vint à Madrid et s'attacha au duc d'Albe, non pas, comme on l'a généralement supposé, au duc d'Albe, l'inexorable favori de Philippe II, mais à don Antonio, le petit-fils du grand duc, qui avait succédé à son aïeul dans ses biens, sans hériter de son esprit redoutable (1). Lope se fit grandement aimer de son nouveau patron, et parvint à être son secrétaire intime. Il vivait avec lui, soit dans la capitale, soit dans sa retraite d'Albe, où les lettres semblent avoir pris, pendant quelque temps, la place des armes et des affaires. A la persuasion du duc, Lope composa son *Arcadia*, roman pastoral, formant un livre d'une grosseur considérable, écrit principalement en prose, mais librement mélangé de poésies d'espèces diverses. De pareilles compositions étaient déjà, nous l'avons vu, en faveur dans toute l'Espagne : la dernière d'entre elles, la *Galatea* de Cervantès, publiée en 1584, fournit peut-être l'occasion à l'*Arcadia*, qui semble avoir été écrite immédiatement après. La plus grande partie de ces romans offrent une singularité frappante, c'est de cacher, sous les formes de la vie pastorale des anciens temps, des aventures réellement arrivées durant les temps de leurs auteurs respectifs. Le duc d'Albe désirait figurer parmi ces bergers et ces bergères, en quelque sorte fantastiques, et par conséquent il

sont tout à fait invraisemblables et ressemblent trop aux inventions de ses autres comédies. (Acte V, scène III, etc.) Toutefois M. Fauriel, dont l'opinion en cette matière doit être toujours respectée, regarde toute l'histoire comme réelle et positive, *Revue des Deux-Mondes*, sept., I, 1839.

(1) Lord Holland parle de lui comme si c'était le *vieux* duc *(Vie de Lope de Vega*, Londres, 1807, 2 vol. in-8°) et Southey, *(Quarterly Review*, 1817, vol. XVIII, p. 2), entreprend de démontrer que ce ne peut être un autre. Nicolas Antonio *(Bibl. Nov.*, tom. II, p. 74), est dans le doute et semble incliné à penser que c'est le grand duc. Mais il ne peut y avoir de doute à cet égard. Lope parle fréquemment d'Antonio, le *petit-fils*, comme de son protecteur. Dans son épître à l'évêque d'Oviedo, il dit : « Y yo del duque *Antonio* dexé el alba. » *(Obras sueltas*, tom. I, p. 289.) Dans les livres II, III et V de l'*Arcadia* il fait de grands éloges du vieux duc ; il raconte sa mort et les gloires de son petit-fils qu'il donne encore comme son protecteur. Le fait est donc bien simple, et ce qu'il y a de plus singulier, c'est qu'il ait besoin d'explication. L'idée de faire du duc d'Albe, le ministre de Philippe II, un berger, ressemble à un ridicule et à une absurdité ou aux deux à la fois. C'est toutefois l'impression commune ; elle a été soutenue dans le *Semanario pintoresco*, 1839, p. 18. Le duc Antonio au contraire aimait les lettres, et, si je ne me trompe, le *Cancionero general* de 1573, fol. 178, doit contenir une Cancion dont il est l'auteur.

engagea Lope à écrire l'*Arcadia*, à l'en faire son héros, et lui fournit quelques-unes de ses propres aventures comme matériaux pour son œuvre. Telle était, du moins, la manière dont l'affaire était comprise, tant en Espagne qu'en France, lorsque l'*Arcadia* fut publiée, en 1598. En outre, Lope lui-même nous dit expressément, quelques années plus tard, dans la préface à une collection de poésies diverses : l'*Arcadia* est une histoire véritable, *la Arcadia es una historia verdadera* (1).

Qu'elle soit une histoire véritable ou non, c'est une œuvre d'un mérite peu satisfaisant. Elle est communément regardée comme l'imitation d'une composition populaire du même nom, l'*Arcadia* de Sannazar, dont la traduction espagnole avait paru en 1547. Mais elle a une plus grande ressemblance avec les livres analogues de Montemayor et de Cervantès, tant pour le sujet que pour le style. Comme dans la *Diana* et la *Galatea*, la métaphysique et la magie s'y trouvent étrangement mêlées avec les peintures de la vie pastorale; comme dans ces deux romans, nous écoutons avec peu d'intérêt les infortunes et les chagrins d'un amant qui, se méprenant sur les sentiments de son amante, la traite d'une façon telle qu'elle en épouse un autre ; qui, par une série d'enchantements, se sauve des effets de son propre désespoir, et dont l'âme est purifiée d'une manière si nette qu'il n'y reste, comme dans le cœur d'Orlando, aucune tache d'amour. Tout ce travail est, par conséquent, peu naturel ; en effet les personnages qui s'y trouvent représentés sont tels qu'ils ne peuvent jamais avoir existé ; ils parlent un langage guindé, sur un ton qui convient peu à la prose : il y règne une entière négligence pour la propriété des costumes et des mœurs : l'érudition y est si fortement répandue qu'il a fallu placer un dictionnaire à la fin pour le rendre intelligible, Sa longueur nous paraît aussi, maintenant, véritablement absurde, bien que les éditions qui en ont été tirées nous démontrent qu'il n'était pas trop long pour le goût de son époque. Il est juste toutefois d'ajouter que l'*Arcadia* offre parfois d'heureux spécimens d'une chaleureuse éloquence déclama-

(1) La vérité de quelques-unes, mais non de toutes les narrations de *l'Arcadie*, peut se déduire d'une indication mystérieuse de Lope, dans le prologue de la première édition de l'*Églogue à Claudio*, et de la préface de ses *Rimas* (1602), sous forme de lettre, à Juan de Argúijo. Quintana, dans la dédicace à Lope de ses *Experiencias de Amor y Fortuna*, parle aussi de *l'Arcadie* et dit que « sous cette « rude écorce se cachent des âmes nobles, des faits réellement arrivés. » (Voy. Lope lui-même, *Obras sueltas*, tom. II, pag. 456.) En France, on avait la même croyance, et ce qui le prouve bien, c'est la préface de la traduction de Lancelot le Vieux, sous le titre de *Délices de la Vie pastorale* (1624). Il est important de fixer ce fait, parce que nous aurons à y revenir plus loin.

toire et que, dans les descriptions des scènes de la nature, on y trouve souvent un grand bonheur d'images et de peintures (1).

Dans le temps·où Lope composait son *Arcadia* il épousa doña Isabel de Urbina, fille d'un roi d'armes de Philippe II et de Philippe III, dame grandement aimée et admirée, nous raconte-t-on, dans la haute société à laquelle elle appartenait (2). Son bonheur domestique fut bientôt interrompu. Lope se prit de querelle avec un gentilhomme qui ne jouissait pas d'une bonne réputation, et l'attaqua dans une romance satirique. Provoqué en duel, il blessa son adversaire ; en conséquence de tous ces méfaits et pour d'autres folies de sa jeunesse que l'on fit maintenant revivre contre lui, à ce qu'il paraît, il fut jeté en prison (3). Il ne fut cependant pas abandonné sans un ami véritable. Claudio Condé, qui, en plus d'une circonstance, avait donné à la personne de Lope des preuves d'un sincère attachement, l'accompagna dans sa prison, et lorsqu'il fut remis en liberté, il vint avec lui à Valence. Là, Lope lui-même se vit traiter avec une bienveillance et une considération extraordinaires, quoiqu'il y fût exposé, nous dit-il, par moment, à des dangers aussi grands que les périls qu'il avait soufferts en si grand nombre à Madrid (4).

---

(1) *L'Arcadie* remplit le sixième volume des *Obras sueltas* de Lope. Les diverses éditions qui en ont été faites en 1599, 1601, 1602 deux fois, 1603, 1605, 1612, 1615, 1617 et postérieurement, prouvent son immense popularité.

(2) Son père, Diego de Urbina, était un personnage d'une certaine importance, et mérita de figurer dans les *Hijos de Madrid* de Baena, comme un des enfants de la capitale des plus distingués.

(3) Montalvan, nous devons le remarquer, semble glisser volontiers sur ces « rigueurs de la fortune, résultats de la jeunesse, aggravées par ses ennemis.» Mais Lope leur attribue son exil en disant qu'elles vinrent de

Amor en tierna edad, cuyos trofeos   Amour du jeune âge dont les trophées
O paran en destierros o en tragedias.   Se terminent par des exils ou par des tragédies.
(*Epist. primera* à D. Antonio de Mendoza.)

Il les attribue aussi aux faux amis, dans la belle romance où il se suppose contempler les ruines de Sagonte et méditer sur son propre exil. « De méchants « amis, dit-il, m'ont conduit ici. » (*Obras sueltas*, tom. XVII, pag. 444, et *Romancero général*, 1602, fol. 108.) Il y revient dans la seconde partie de sa *Philomena*, 1621 (*Obras sueltas*, tom. II, pag. 452.) Il y attribue ses infortunes à ses aventures de jeunesse. « L'amour, dit-il, se changea en haine, et la vengeance amoureuse, « déguisée sous le manteau de la justice, me fit exiler. »

(4) Lope lui-même nous fait connaître ses relations avec Claudio, « ce véritable ami » comme il l'appelle lui-même dans la dédicace de sa comédie célèbre : *Buscar su propria desdicha*, chercher son propre malheur, « titre, ajoute-t-il, bien

L'exil de Lope dura plusieurs années qu'il passa principalement à Valence, ville dont la réputation littéraire venait immédiatement après celle de Madrid, parmi les cités de l'Espagne. Il ne semble pas avoir négligé les avantages que Valence lui offrait. Ce fut en effet, il n'y a pas à en douter, durant le séjour qu'il y fit, qu'il se lia d'amitié avec Gaspar de Aguilar et Guillen de Castro, relations dont on trouve des traces dans ses ouvrages. D'un autre côté, il n'est peut-être pas déraisonnable de supposer que le théâtre, qui, justement à cette époque, commençait à prendre sa forme dans Valence, n'ait dû aux talents naissants de Lope une impulsion qu'il n'a depuis jamais perdue. Quoi qu'il en soit, nous savons que Lope eut des relations intimes avec les poètes valenciens, et que, peu de temps après, ils se trouvèrent parmi ses principaux imitateurs dans le drame. Mais son exil n'en était pas moins un exil, exil amer et pénible pour lui ; aussi retourna-t-il avec joie à Madrid, dès qu'il put y rentrer en toute sûreté.

Sa maison, cependant, avait bientôt cessé d'être ce qu'elle avait été. Sa jeune femme mourut moins d'un an après son retour ; un de ses amis, Pedro de Medinilla s'associa à sa douleur, dans une églogue à sa mémoire, églogue dédiée au protecteur de Lope, Antonio, duc d'Albe (1). Cette composition a peu de valeur et rend moins justice aux sentiments de Lope que la plupart des vers nombreux que ce dernier consacra à la même dame, sous le nom de Bélise, vers répandus dans ses propres ouvrages et insérés dans les vieux Romanceros (2).

« approprié à ses aventures, lorsqu'il m'accompagna avec tant d'affection à la pri-
« son, d'où nous allâmes à Valence ; à Valence, où nous courûmes non moins de
« dangers qu'à Madrid et où je te payai, en te délivrant de ta prison de la tour de
« Serranos, et de la dure sentence que tu allais subir, etc. » (*Comedias*, tom. XV,
Madrid, 1621, fol. 26.)

(1) *Obras sueltas*, tom. IV, pp. 430-443. *Bélardo*, nom que Lope porte dans cette églogue, est le nom qu'il s'est donné lui-même dans *l'Arcadie*, comme on le voit dans le sonnet mis en tête de cette pastorale par Amphryso ou Antonio, duc d'Albe. Lope porta ce nom poétique jusqu'à sa mort. Voyez en effet le commencement du troisième acte de la comédie, écrite pour honorer sa mémoire, (*Obras sueltas*, tom. XX, pag. 494). Sa péruvienne Amaryllis le connaissait aussi, et c'est sous ce nom qu'elle lui adressait l'épître en vers dont nous avons déjà parlé. Il faut bien se rappeler que ce nom de Belardo est l'appellation poétique qui servait à désigner Lope, toutes les fois qu'on lit les poésies de son temps où ce nom se rencontre si fréquemment.

(2) *Belisa* est l'anagramme d'Isabela, nom de sa femme, ainsi que le déclare un

Il faut admettre cependant qu'il règne bien quelque confusion sur ce sujet. Les romances témoignent de la jalousie d'Isabela par rapport aux relations de Lope avec une autre belle dame, désignée sous le nom de Filis, jalousie qui semble lui avoir causé d'assez grands embarras. D'un autre côté, dans plusieurs de ses poésies, Lope déclare ces soupçons sans fondement, dans d'autres il les admet et les justifie (1). Or, ces soupçons devaient être fondés, puisque, peu de temps après la mort d'Isabela, notre auteur ne fait plus un secret de sa passion pour la rivale qui avait troublé la paix de sa maison. Pour une raison ou pour une autre, cette dame repoussa ses avances. Lope en fut au désespoir, comme le prouvent ses romances. Malgré tout, ce désespoir ne dura pas longtemps. Moins d'un an après la mort d'Isabela, notre poète avait tout oublié, et, pour amuser et distraire son esprit, il avait encore pris le moyen naturel des espagnols, il s'était fait soldat.

Le moment où s'opéra ce changement décisif dans sa vie était celui où l'esprit d'aventures militaires pouvait sans invraisemblance prendre possession d'une nature recherchant toujours la surexcitation. C'était le moment où Philippe II préparait cette formidable Armada par laquelle il espérait ruiner, d'un seul coup, la puissance d'Élisabeth et ramener une nation d'hérétiques au sein de l'Église. Lope, par conséquent, ainsi qu'il nous le raconte dans une de ses églogues, trouvant la dame de ses pensées peu gracieuse pour lui, prit le mousquet sur ses épaules, au milieu de l'enthousiasme universel de 1588, et se dirigea sur Lisbonne. Accompagné de son ami fidèle, Claudio Condé, il s'embarqua sur la magnifique escadre destinée contre l'Angleterre, et sur laquelle, nous dit-il, il

---

sonnet composé sur la mort de sa mère, doña Teodora de Urbina, où il dit en parlant d'elle (*Obras sueltas*, tom. IV, pag. 278) :

Retrato celestial de mi Belisa	Portrait céleste de ma Bélisa
Que en mudas voces y con dulce risa,	Qui, par des paroles muettes, par un doux sourire,
Mi consuelo y destierro hiciste iguales.	Avez rendu égaux ma consolation et mon exil.

Dans le *Romancero general*, on peut lire diverses romances relatives à Bélisa. Une des plus belles est insérée dans sa Nouvelle troisième, écrite sans aucun doute lorsqu'il était avec le duc d'Albe (*Obras*, tom. VIII, p. 148).

(1) Par exemple, dans la belle romance qui commence par ces mots : « Lleno de lagrimas tristes » (*Romancero* de 1602, fol. 47), il dit à Bélisa :

El cielo me condene a eterno lloro	Que le ciel me condamne à des pleurs éternels
Si no aborrezco á Filis y a te adoro.	Si je n'abhorre pas Filis, et si je ne t'adore.

Vers qui s'accommodent mal avec ceux de la romance à Filis commençant ainsi : « Amada, pastora mia », et six ou huit autres pièces plus ou moins tendres.

employa, comme bourres de son mousquet, les vers qu'il avait composés
à la louange de sa dame (1).

Une succession de désastres suivit cette plaisanterie peu galante. Son
frère, dont il avait été longtemps séparé et qu'il rencontra lieutenant
du vaisseau le *San Juan*, sur lequel il servait lui-même, mourut dans
ses bras des suites d'une blessure qu'il avait reçue dans un combat contre les Hollandais. D'autres grands troubles succédèrent à ce
premier; la tempête dispersa cette flotte immense : des calamités de
toute espèce confondirent toute cette perspective naguère si pleine de
gloire, et Lope de Vega dut s'estimer très-heureux d'avoir pu gagner
en sûreté, après la dispersion et la destruction de l'Invincible Armada, d'abord Cadix, puis Tolède et Madrid, où il arriva probablement
en 1590. Un fait toutefois fort remarquable de son histoire personnelle, c'est qu'au milieu des terreurs et des souffrances de cette désastreuse expédition, il trouva le loisir et la quiétude d'esprit nécessaires
pour composer la plus grande partie de son long poëme intitulé :
la Hermosura de Angelica, où il se proposa de continuer l'*Orlando
furioso* (2).

Lope de Vega ne put revenir d'une pareille expédition sans éprouver
quelque chose de ce sentiment de désappointement qui, dans la nation
entière, accompagna son insuccès. Peut-être est-ce à cette déception que
nous devons de le voir entrer encore dans cette triste condition d'existence dont il avait déjà fait l'expérience avec le duc d'Albe, et devenir
secrétaire d'abord du marquis de Malpica, ensuite du généreux marquis
de Sarria qui, comte de Lemos, devint, un peu plus tard, le protecteur
de Cervantès et des Argensola. Il était encore au service de ce dernier
gentilhomme si distingué; il était déjà connu comme poète dramatique,
lorsqu'il s'éprit de doña Juana de Guardia, dame d'une noble famille
de Madrid, qu'il épousa en 1597. Peu après, il quitta le comte de Lemos

---

(1) Volando en tacos del cañon violento   Volant en bourres du canon violent
     Los papeles de Filis por el viento.   Les papiers de Filis emportés par le vent.
                    (*Églogue à Claudio, Obras*, tom. IX, p. 356.)

(2) Un de ses panégyristes poétiques dit, après sa mort, en parlant de l'*Armada*,
« C'est là et à Cadix qu'il écrivit son *Angélique* » *Obras*, tom. XX, pag. 448. Les
restes de l'*Armada* rentrèrent à Cadix, au mois de septembre 1588. L'*Armada*
était partie de Lisbonne, au mois de mai de la même année, de sorte que Lope
resta probablement quatre mois en mer. Dans le troisième acte de sa *Corona tragica*, et dans le second de la *Philomena*, on trouve de plus longs détails sur les
services en mer de Lope de Vega.

et n'eut jamais d'autres protecteurs que ceux qui lui procurait sa réputation littéraire, tels que le duc de Sesa (1).

Lope avait maintenant atteint l'âge de trente-cinq ans, et semblait
avoir joui de quelques années de bonheur auxquelles il fait souvent allusion, et qu'il nous décrit, dans deux épîtres poétiques, avec beaucoup de
grâce et de gentillesse (2). Cette félicité ne fut pas de longue durée. Son
fils, Carlos, qu'il aimait tendrement, ne vécut que jusqu'à l'âge de sept
ans (3) ; sa mère, brisée par la douleur d'une si grande perte, mourut
aussi en donnant naissance en même temps à Feliciana (4), mariée plus
tard à don Luis de Usategui, l'éditeur de plusieurs œuvres posthumes de
son beau-père. Lope semble avoir amèrement senti son état désolé, après
la mort de sa femme et de son fils, perte dont il parle avec une sensibilité profonde, dans une poésie adressée à son ami fidèle, Claudio
Condé (5). Cependant il lui naquit, en 1605, une fille illégitime qu'il
appela Marcela, la même à qui il dédia, en 1620, une de ses comédies,
avec une expression extraordinaire d'affection et d'admiration (6) ; la

---

(1) Don Pedro Fernandez de Castro, comte de Lemos et marquis de Sarria, né
à Madrid, vers 1576, marié à une fille du duc de Lerme, favori régnant et ministre dans ce temps. Il s'éleva avec sa fortune et tomba avec lui. L'époque de ses
plus brillants honneurs fut lorsque, en 1610, il fut nommé vice-roi de Naples, où il
s'entoura d'une cour littéraire d'une assez vive splendeur, à la tête de laquelle ils
trouvaient les deux Argensola, et à laquelle se rattacha un moment Quevedo. Le comte
mourut à Madrid, en 1622. Les relations de Lope avec lui datent de sa jeunesse,
alors qu'il n'avait pas encore reçu le titre de comte de Lemos. Lope rappelle qu'il
était « secrétaire du marquis de Sarria », et se donne cette qualification dans un
sonnet qui précède le *Peregrino indiano* de Saavedra, 1599; dans le titre de *san
Isidro*, imprimé la même année. De plus, il écrit longtemps après au comte et ie
lui dit : « Vous savez déjà combien je vous aime et je vous respecte, et que j'ai
« couché à vos pieds comme un chien » : *ya sabeis cuanto os amo y reverenció,
y que he dormido a vuestros piés como un perro. (Obras sueltas*, tom. XII,
pag. 403; Clémencin, *D. Quijote*, pag. 11, note de la dédicace.)

(2) *Epistola* al doctor Mathias de Porras et *Epistola* à Amaryllis. Ajoutez
l'épître charmante à Francisco de Rioja où il décrit son jardin et les amis qu'il
y reçoit.

(3) Sur la mort de son fils; voyez *Obras*, tom. I, p. 472; la *cancion* si tendre
sur sa mort, tom. XIII, pag. 365, et la belle dédicace des *Pastores de Belen*,
tom. XVI, p. 11.

(4) *Obras*, tom. I, pag. 472 et tom. XX, pag. 34.

(5) *Obras*, tom. IX, pag. 355.

(6) *El Remedio de la desdicha*, *le Remède du malheur*, comédie dont le sujet
est tiré de *la Diane* de Montemayor (*Comedias*, tom. XIII, Madrid, 1620). Dans
la préface, il supplie sa fille de la lire et de la corriger ; il prie le ciel de la rendre

même qui prit le voile et se retira du monde, eñ 1621, renouvelant des douleurs que, dans ses sentiments religieux, Lope désirait plutôt supporter avec patience, et même avec orgueil (1). En 1606, la même dame, doña Maria de Luxan, mère de Marcela, lui donna un fils qu'il nomma Lope et qui, à l'âge de quatorze ans, figure parmi les poètes qui écrivirent sur la canonisation de saint Isidro (2). La tendresse paternelle le destinait à la carrière des lettres, mais le jeune Lope insista pour être soldat : après avoir servi sous le marquis de Santa-Cruz, combattu les Turcs et les Hollandais, il périt, à l'âge de quinze ans seulement, sur un vaisseau qui se perdit totalement en mer avec tout l'équipage (3). Lope exhala sa douleur dans une églogue maritime, respirant moins de sensibilité que les vers où il décrit la prise du voile par Marcela (4).

Depuis la naissance de ces deux enfants, nous n'apprenons plus rien sur leur mère. En effet Lope, bientôt après, non loin d'un âge où les passions ne pouvaient plus le séduire, commença suivant la coutume de son temps et de son pays, à tourner sérieusement ses pensées vers la religion. Il se consacra lui-même à des œuvres pieuses, comme l'avait fait son père, visita régulièrement les hôpitaux, fréquenta tous les jours une église particulière, entra dans une congrégation religieuse séculière; finalement, à Tolède, en 1609, il reçut la tonsure et se fit prêtre. L'année suivante, il entra dans la même confrérie dont Cervantès fut plus tard un des membres (5). En 1625, il se fit admettre dans la congrégation des prêtres natifs de Madrid, et il fut si fidèle et si exact dans l'accomplissement de ses devoirs qu'il mérita d'être élu, en 1628, son archi-aumônier. On peut donc le considérer, pendant les vingt-six dernières années de

---

heureuse, malgré ses perfections qui rendent la félicité presque impossible sur la terre. Marcela survécut longtemps à son père, et mourut fort respectée par sa piété, en 1688.

(1) La peinture de sa douleur et de ses sentiments religieux, lorsque sa fille prit le voile, est grave et solennelle ; mais il s'étend avec un peu trop de complaisance sur la splendeur de la cérémonie donnée, à cette occasion, par le roi et son protecteur, le duc de Sesa, désireux d'honorer un poète célèbre et populaire. (*Obras*, tom. I, pp. 313-316.)

(2) *Obras*, tom. XI, pp. 495 et 596, où son père dit quelques bons mots sur la composition, qui était une *glose*. L'auteur s'appelle Lope de Vega, *el mozo*, le jeune, et il ajoute qu'il n'avait pas accompli sa quatorzième année.

(3) *Obras*, tom. I, pp. 316 et 472.

(4) Dans l'églogue (*Obras*, tom. X, pag. 362), il s'appelle, après son père et sa mère, don Lope Félix del Carpio y Luxan.

(5) Pellicer, édit. de *D. Quichotte*, tom. I, pag. cxcix.

sa longue vie, comme étroitement lié à l'Église espagnole et comme consacrant à son service quotidien une grande partie de son temps.

Il ne faut pas cependant nous méprendre sur la position que ces relations avaient donnée à Lope, ni exagérer les sacrifices qu'elles exigeaient de lui. De pareils rapports avec l'Église n'impliquaient nullement, dans son temps, l'abandon du monde, et difficilement l'abandon de ses plaisirs. Au contraire, ils étaient plutôt considérés comme un des moyens de s'assurer le loisir convenable à la carrière des lettres et à la commodité sociale. Lope en usa ainsi, c'est incontestable ; en effet, durant la longue suite d'années où il fut prêtre et pendant lesquelles il consacra régulièrement une partie de son temps aux exercices de dévotion et de charité, il s'élevait comme poète au plus haut point de la faveur et de la mode. Et, ce qui nous paraîtra encore plus étrange, c'est durant cette même période qu'il produisit le plus grand nombre de ses drames dont un assez grand nombre de scènes offensent les préceptes incontestables de la morale chrétienne, tandis que, dans les titres, dans les dédicaces, ils étalent, en même temps, avec le plus grand soin, les distinctions ecclésiastiques, en donnant particulièrement une place proéminente au titre de Familier ou serviteur du Saint-Office de l'Inquisition (1).

Toutefois, c'est durant la plus heureuse période de sa vie de marié qu'il jeta les fondements de son immense popularité comme poète. Son sujet était bien choisi, c'était la grande renommée et la gloire de *San Isidro el Labrador*. Ce remarquable personnage, qui joue un rôle si distingué dans l'histoire ecclésiastique de Madrid, naquit à ce que l'on suppose au douzième siècle, dans un endroit qui est devenu l'assiette de cette ville. Il y mena une vie si éminemment pieuse que les anges descendaient du ciel et labouraient ses champs pour lui, champs que le saint homme négligeait pour consacrer son temps aux devoirs religieux. Depuis cette époque primitive, il a joui, par conséquent, d'une grande considération et a été regardé comme le patron et le protecteur tant de tout le territoire que de la ville de Madrid elle-même. Mais ses grands honneurs datent surtout de l'année 1598. Dans cette année, Philippe III

---

(1) Nous connaissons son titre de Familier du Saint-Office, Familiar de. Santo-Oficio, dès 1609, dans sa *Jerusalem conquistada*. Plus tard, dans ses *Comédies*, tom. II, VI, IX, etc., il n'ajoute pas d'autres titres à son nom, comme si celui-là suffisait à sa gloire. Dans son temps, *Familiar* signifiait une personne qui pouvait, à tout moment, être appelée au service de l'Inquisition, mais qui n'avait pas de fonctions spéciales, ni de devoirs jusqu'à ce qu'elle fût appelée. (*Covarrubias*, à ce mot.)

se trouva dangereusement malade, dans un village voisin : la ville envoya les reliques d'Isidro en procession pour détourner le malheur qui la menaçait : le roi recouvra la santé et, pour la première fois, le saint homme devint au loin célèbre et à la mode.

Lope saisit l'occasion et composa un long poëme sur *San Isidro el labrador*, ainsi nommé pour le distinguer du saint et savant évêque de Séville qui porte le même nom. Ce poëme se compose de dix mille vers, exactement divisés en dix livres, finis en l'espace d'une année et publiés en 1599. Il n'a pas un très-haut mérite poétique. Lope n'y aspirait effectivement pas; son but était d'écrire une œuvre populaire, il y a réussi. Il est écrit en vieilles stances nationales de cinq vers, *quintillas*, rimées partout avec beaucoup de soin : et, malgré l'apparente difficulté de la mesure, il manifeste partout une preuve non équivoque de cette facilité et de cette abondance de versification qui rendirent plus tard Lope si célèbre. Le ton, pour traiter les matières les plus sublimes de la religion, est si familier que nous le considérerions maintenant comme une indécence, s'il n'était pas, on ne peut en douter, dans un accord parfait avec l'esprit du temps et ne constituait pas par là la cause principale de son succès. Ainsi, dans le chant troisième, quand les anges se présentent à Isidro et à sa femme, Maria de la Cabeza, trop pauvres pour leur donner l'hospitalité, Lope décrit la scène, qui doit être aussi importante que toute autre dans le poëme, puisqu'elle contient les faits d'après lesquels les droits d'Isidro à la canonisation sont immédiatement admis, Lope, dis-je, la décrit dans les vers suivants, vers faciles, qui peuvent servir de spécimen pour la mesure et le style de toute la composition.

> Tres angeles à Abraham
> Una vez aparecieron
> Que à verle à Mambre venieron,
> Bien que à este numero dan
> El que en figura trujeron.
>
> Seis vienen à Isidro à ver :
> ¡ Oh gran Dios ! ¿ que puede ser ?
> ¿ Donde los ha de albergar ?
> Mas vienen à consolar :
> Que no vienen à comer (1).

(1) Trois anges à Abraham — Une fois apparurent.— Ils vinrent le voir à Mambre. — C'est bien par ce nombre qu'on désigne — Celui qu'ils représentaient en figure.= Six sont venus voir Isidore : — Grands dieux ! qu'est-ce que cela peut être! — Où pourra-t-il les héberger? — Mais ils viennent pour consoler — Et ils ne viennent pas pour manger.

Si, como Sara, Maria
Cocer luego pan pudiera,
Y el, como Abraham, trujera
El cordero que pacia,
Y la miel entre la cera,

Yo sè que los convidara;
Mas cuando lo que no ara
Le dicen que ha de pagar,
¿ Como podrá convidar
A seis de tan buena cara?

Disculpado puede estar,
Puesto que no los convide,
Pues su probeza lo impide,
Isidro, aunque puede dar
Muy bien lo que Dios le pide,

Vaya Abraham al ganado,
Y en el suelo humilde echado,
Dadle el alma, Isidro, vos;
Que nunca desprecia Dios,
El corazon humillado.

No queria el sacrificio
De Isaac, sino la obediencia
De Abraham . . . . (1)

On ne peut en douter, il y a dans le poëme beaucoup de détails inventés pour la circonstance, quoiqu'il se trouve à la marge un grand étalage d'autorités pour chaque chose presque, coutume fort commune à cette époque, coutume à laquelle Lope de Vega ne s'est ensuite conformé qu'une ou deux fois. Mais, quelle que soit notre opinion sur le poëme de *San Isidro*, il s'imprima quatre fois en moins de neuf ans ; et s'adressant au sentiment national et populaire plus que ne le faisait l'*Arcadia*, il devint la base de la réputation de son auteur, comme le poète favori de toute la nation.

_____

(1) Si, comme Sara, Marie — Pouvait cuire immédiatement du pain, — Et si lui, comme Abraham, pouvait — Avoir le mouton qui paissait, — Extraire le miel de la cire,= Je sais qu'il les inviterait;— Mais lorsque, ce qu'il ne laboure pas,— il devra, lui dit-on, le payer, — Comment pouvoir inviter — Six personnes de si bonne mine ? = Il peut bien être excusé — De ne pas les inviter, — Puisque sa pauvreté l'empêche.— Isidore, quoiqu'il puisse bien donner— Tout ce que Dieu lui demande. = Qu'Abraham cherche le bélier,— Et sur l'humble sol prosterné, — Vous, Isidore, donnez votre âme.—Jamais Dieu ne dédaigne — Le cœur qui s'humilie. = Il ne voulait pas le sacrifice — D'Isaac, mais l'obéissance— D'Abraham .... (*Obras sueltas*, tom. XI, pag. 69.)

A cette époque, Lope commençait à s'occuper tellement du théâtre et avec tant de succès qu'il avait peu de loisir pour d'autres compositions. Il ne publia rien de considérable (1), jusqu'en 1602, année où parut son *Hermosura de Angelica*, poëme que nous avons déjà mentionné comme composé surtout pendant que son auteur servait en mer sur l'infortunée Invincible Armada. Lope prétendait présomptueusement en faire une continuation de *l'Orlando Furioso* ; il s'étend pendant vingt chants, comprenant environ onze mille vers, en octaves. Dans la préface, notre poète dit qu'il l'écrivit *sous les vergues du galion San Juan et sous les bannières du Roi Catholique* et que *lui et le généralisme de l'expédition finirent ensemble leur travail.* Cette observation ne doit pas être prise non plus à la lettre, puisque le treizième et le vingtième chant contiennent des passages relatifs aux événements du règne de Philippe III. Dans la dédicace, il raconte encore à son protecteur qu'il a gardé tout le poëme pendant longtemps, faute de loisirs pour le corriger ; et ailleurs il ajoute qu'il le laisse inachevé pour qu'il soit complété par un génie plus heureux.

Rien d'invraisemblable que Lope ait été conduit à composer son *Angelica* par le succès de plusieurs poëmes qui l'avaient précédé dans le même genre de fictions, et spécialement par la faveur témoignée à l'un d'eux publié, deux ans auparavant, dans le même style. Je veux dire *l'Angelica* de Luis Barahona de Soto, cité avec des louanges extraordinaires, dans l'examen de la bibliothèque du chevalier de la Manche, ainsi qu'à la fin du *Don Quichotte*, où l'on paie un tardif hommage à cette œuvre de Lope. Les deux poëmes sont des imitations évidentes de l'Arioste, et, si la composition de Barahona de Soto est l'objet des plus grands éloges, c'est qu'elle est aussi bien supérieure au travail de Lope. Dans *la Beauté d'Angélique, la Hermosura de Angelica*, l'auteur doit être estimé d'avoir occupé un champ entièrement conforme à son génie ; en effet la liberté illimitée que lui laissait un sujet rempli des fantastiques aventures de chevalerie le détachait, nécessairement, en partie, de l'obligation de poursuivre un plan constant et uniforme ; et l'exemple de l'Arioste, autant que celui de Barahona de Soto, nous fait en même temps supposer qu'ils l'ont complètement lancé sur la mer ouverte d'une imagination effrénée, sans crainte des écueils ni des abîmes.

Cette liberté est peut-être une des principales causes de son insuccès ; le sujet est au plus haut degré désordonné et extravagant, et se rattache

_____

(1) Les *Fiestas de Denia*, poëme en deux petits chants sur la réception de Philippe II à Denia, près de Valence, en 1598, immédiatement après son mariage, s'imprima en 1599. Il a peu d'importance.

par le fil le plus léger possible à la gracieuse fiction de l'Arioste (1).
Un roi d'Andalousie laisse, suppose-t-il, son royaume par testament à
l'homme le plus beau ou à la femme la plus belle qu'on pourra trouver (2).
Tout le monde accourt pour obtenir un si riche prix ; et une des parties
les plus amusantes de tout le poëme est celle où l'auteur nous décrit la
multitude de vieux et de laids qui, sous de pareilles conditions, se croient
encore capables d'être compétiteurs. Mais, dès le cinquième chant, les
deux amants, Medoro et Angélique, laissés dans l'Inde par l'auteur italien,
ont déjà obtenu le trône, et grâce à la beauté incomparable de la dame,
ils sont couronnés roi et reine, à Séville.

Si le poëme avait un plan régulier, il devrait finir ici, mais nous
sommes maintenant engagés dans une série de désastres et de guerres,
soulevés par le mécontentement des rivaux éconduits, et qui menacent
de ne prendre jamais fin. Suivent des épreuves de toute espèce. Visions,
enchantements, conjurations, épisodes, sans rapport aucun avec le sujet
lui-même, entrecoupés par les plus malencontreuses interruptions : tout
se mêle, sans qu'on puisse aisément connaître le comment et le pourquoi.
Enfin quand le couple heureux s'assied sur le trône si péniblement gagné,
nous sommes aussi ennuyés de la dépense excessive d'imagination dans
laquelle Lope lui-même s'est complu, que nous l'aurions été peut-être de
la monotonie produite par le défaut de puissance inventive. Les meilleures parties du poëme sont celles qui renferment des descriptions de
personnes ou de paysages (3). Les plus mauvaises sont les passages où
Lope déploie son érudition, qui lui a fait parfois remplir des stances
entières par une simple énumération de noms propres. La versification
est du reste extraordinairement harmonieuse (4).

La Hermosura de Angelica a été composée sur l'infortunée Invincible
Armada ; elle exprime donc accidentellement les sentiments patriotiques
et religieux de l'auteur, tels que la situation les lui suggérait naturellement. Mais dans le même volume, il publia primitivement un autre

---

(1) Le point où commence la fiction de *la Beauté d'Angélique* est la seizième
stance du trentième chant de l'*Orlando furioso*.

(2) *La Angelica*, chant III.

(3) Chants VI et VII.

(4) *La Hermosura de Angelica* s'imprima pour la première fois, en 1604, dit
l'éditeur des *Obras*, dans le tome II. Mais Salvà mentionne une édition de 1602. Il
en parut une autre, c'est certain, à Barcelone, en 1605. Les stances où les noms
propres sont si fréquemment accumulés qu'ils prouvent l'affectation dont se rendit
coupable Lope de Vega, se trouvent dans les *Obras*, tom. II, pp. 27, 55, 233,
236, etc.

poëme où ces mêmes sentiments sont consignés avec plus d'énergie et de franchise, poëme qui n'est, en effet, consacré à aucun autre sujet. Il a pour titre : *la Dragontea*, et il roule sur la dernière expédition et la mort de Francis Drake. On ne trouverait peut-être pas un autre exemple d'un grave poëme épique, consacré aux injures personnelles contre un individu en particulier, et l'explication de ce poëme peut nous rappeler le long espace de temps pendant lequel le nom de Sir Francis Drake avait été commun et redoutable, en Espagne.

Drake avait commencé sa carrière, comme un brillant pirate dans l'Amérique du Sud, environ trente ans auparavant : il avait inquiété toute l'Espagne, en ravageant ses côtes et occupant Cadix, et lui faisant partout une espèce de guerre intermittente, ce que l'intrépide marin avait coutume d'appeler, suivant lord Bacon, « flamber la barbe du roi « d'Espagne » (1). Il s'éleva à un si haut point de gloire que, commandant en second sur la grande flotte qui détruisit l'Invincible Armada, un des plus grands vaisseaux de cette dernière se rendit, nous le savons, à la terreur de son nom seul. En Espagne, où il était aussi craint que détesté, il était principalement regardé comme un pirate hardi et heureux, et sa triste fin, à Panama, en 1596, fut considérée comme un juste châtiment de la vengeance divine pour toutes ses pirateries : sentiment dont la littérature populaire de la Péninsule et même les romances nous apportent d'abondantes preuves (2).

---

(1) *Considérations sur la guerre avec l'Espagne*, dédiées au prince Charles, en 1624, curieux spécimen des discussions politiques du temps. Voyez les *Œuvres de Bacon*, Londres, 1810, tom. III, pag. 517.

(2) Mariana (*Historia*, année 1596), appelle simplement Francis Drake : « Un corsaire anglais. » Dans une romance anonyme, fort gracieuse, imitée par une autre plus gracieuse encore de Gongora, nous trouvons une peinture véritable du sentiment populaire. La romance en question commence par ces mots : « *Hermano Perico* » ; elle est insérée dans le *Romancero general* de 1602, fol. 34. Elle contient les vers suivants très-significatifs :

Mi hermano Bartolo	Mon frère Bartolo
Se va á Inglaterra	S'en va en Angleterre
A matar al Draque	Pour tuer Drake
Y á prender la Reina	Et prendre la Reine
Y á los luteranos	Et les luthériens
De la Bandomessa ;	De la Bandemesse ;
Tiene de traerme	Il doit m'apporter,
A mi, de la guerra,	A moi, de la guerre,
Un luteranico	Un petit luthérien
Con una cadena,	Avec une chaîne,
Y una luterana	Et une luthérienne
A señora agüela.	Pour ma bonne aïeule.

Toutefois, *la Dragontea*, dont les dix chants, en strophes de huit vers, sont consacrés à l'expression de cette haine nationale, peut être regardée comme le monument principal de notre poète. C'est une composition étrange. Elle commence par les prières de la chrétienté, sous la figure d'une belle femme qui présente l'Espagne, l'Italie et l'Amérique à la Cour céleste, et supplie Dieu de les protéger contre celui que Lope appelle : « Le pirate écossais et protestant » (1). Elle se termine par les réjouissances de Panama parce que le « Dragon », comme il appelle Drake, dans tout le poëme, était mort empoisonné par son propre peuple; et par les actions de grâces de la chrétienté de ce que ses prières ont été entendues; de ce que la *mujer babilonica vestida de purpura*, c'est-à-dire la reine Élisabeth, avait été enfin vaincue. La substance du poëme ressemble au commencement et à la fin; c'est partout violences et grossièretés. Mais, quoiqu'il fasse constamment appel aux préjugés nationaux qui prévalaient avec tant d'intensité, au temps de l'auteur, le poëme ne fut pas accueilli avec faveur. Il fut écrit, en 1597, immédiatement après l'accomplissement du plus grand nombre des événements auxquels il fait allusion ; mais il ne fut publié qu'en 1602, et il n'a été imprimé depuis, que dans la *Coleccion de las obras sueltas de Lope*, en 1776 (2).

Dans la même année où Lope avait fait paraître *la Dragontea*, il publia aussi un roman en prose intitulé, *el Peregrino en su patria*, dédié au marquis de Priego, daté des derniers jours de 1603 et de Séville. C'est l'histoire de deux amants qui, après diverses aventures, en Espagne et en Portugal, sont emmenés en captivité chez les Maures et qui rentrent, en pèlerins, en Espagne, en passant par l'Italie. Nous les trouvons pour la première fois à Barcelone, après leur naufrage, et les principales scènes se passent dans cette cité, dans Valence et dans Saragosse. Le dénoûment a lieu dans la ville de Tolède, où les deux amants se marient avec l'assentiment de leurs amis (3). Plusieurs épisodes sont ingénieusement entremêlés au texte principal de la narration, et outre quelques poésies, écrites principalement, ce n'est pas douteux, pour d'autres occasions,

---

(1) Drake était effectivement natif du Devonshire. Voy. Fuller, *Hommes illustres et éminents*.

(2) Il existe un curieux poëme en anglais, par Charles Fitzgeffrey, sur la vie et la mort de Drake. Il fut imprimé pour la première fois, en 1596, et peut se comparer avec *la Dragontea* dont il est l'opposé. Il fut mieux accueilli, dans son temps, en Angleterre, que ne le fut, en Espagne, le poëme de Lope (Voy. Wood, *Athenæ*, Londres, 1815, in-4°, vol. II, pag. 607.)

(3) L'époque de l'événement est tout à fait incertaine.

plusieurs drames y sont insérés, drames qui semblent avoir été assurément représentés dans les circonstances décrites (1).

Le roman entier se divise en cinq livres, soigneusement composés et finis. Plusieurs des aventures, éprouvées par Lope lui-même à Valence et ailleurs, ont évidemment servi de matériaux. Une teinte poétique se répand de tout l'ouvrage, et, à part quelques détails sur la ville, quelques descriptions des scènes de la nature, nous sentons rarement une vérité absolue dans tout ce que nous lisons (2). Le sujet, considéré surtout sous le point de vue choisi par l'auteur, est plein d'intérêt : c'est non-seulement un des premiers spécimens du genre auquel il appartient dans la littérature espagnole, mais encore un des meilleurs (3).

Passons pour le moment sous silence quelques-unes de ses poésies légères et son *Arte nuevo de hacer Comedias* que nous aurons une meilleure occation de faire connaître plus tard, et arrivons à un autre des plus grands efforts de Lope, à sa *Jerusalem conquistada*, qui parut en 1609, et se réimprima deux fois dans le cours des dix années suivantes. Lope l'a intitulée : *Epopeya tragica*, divisée en vingt livres par stances de huit vers, qui pris ensemble s'élèvent au nombre d'environ vingt-deux mille. La tentative était certainement audacieuse, puisque, sous son vrai point de vue, elle ne tendait, nous le savons, à rien moins qu'à rivaliser avec le Tasse sur un terrain où les succès du grand poète italien avaient été si brillants.

Comme on pouvait le prévoir, Lope échoua. Le choix de son sujet n'est pas heureux ; ce n'est pas en effet la conquête de Jérusalem par les chrétiens, mais l'insuccès de Richard Cœur-de-Lion pour délivrer cette cité des mains des infidèles, à la fin du douzième siècle : thème évidemment peu propre pour une épopée chrétienne. Tout ce que le poète aurait

---

(1) A la fin, il est dit que, durant les huit nuits qui suivront la noce, on représentera huit autres comédies dont les noms sont donnés. Deux d'entre elles, *el Perseguido* et *el Galan agradecido*, ne se trouvent pas parmi les pièces imprimées de Lope, du moins sous ce titre.

(2) Les passages qui respirent l'air le plus vif de réalité sont ceux qui se rapportent aux drames représentés dans différentes localités, ceux qui contiennent des descriptions de Monserrat et des environs de Valence, dans le premier et le second livres. Il y a aussi, dans le livre V, une histoire de fées qui semble fondée sur un fait réel et positif.

(3) La première édition du *Peregrino en su Patria* est celle de Madrid, 1604, in-4°. Elle fut bientôt rééditée. Mais la meilleure est celle que contient le cinquième volume des *Obras sueltas*, 1776. Un anonyme en a publié un fort mauvais abrégé à Londres, en 1738.

pu faire, aurait été de prendre les séries d'événements telles que l'histoire les lui offrait, d'y ajouter les épisodes et les ornements que lui fournissait son propre génie, et de donner à l'ensemble tout ce qu'il pouvait comporter de formes, de dignité et de beauté épique. Lope n'y parvint même pas. Il a tout simplement écrit une longue narration poétique dont Richard est le héros : et il compte, pour le succès, à un assez haut degré, sur l'introduction d'une autre espèce de héros rival, dans la personne d'Alphonse VIII de Castille, qui vient avec ses chevaliers occuper, sur le premier plan, après le quatrième livre, l'espace d'une action tout à fait disproportionnée et absurde, puisqu'il est certain qu'Alphonse VIII n'alla jamais en Palestine (1). Un autre défaut de convenance, c'est que le sujet réel du poëme finit au dix-huitième livre, par le retour de Richard et d'Alphonse dans leur patrie : le dix-neuvième est rempli par l'histoire des rois d'Espagne, successeurs d'Alphonse ; le vingtième, par l'emprisonnement de Richard et la mort paisible de Saladin, tranquille possesseur de Jérusalem : conclusion si brusque et si peu satisfaisante qu'il semble difficile que son auteur l'ait primitivement imaginée.

Si l'on excepte tout ce qui se rapporte aux aventuriers apocryphes espagnols, la série des événemens historiques, dans cette brillante croisade, est suivie avec un certain respect de la vérité des faits, mais il y a tant de confusion semée par les visions, par les personnages allégoriques qui se mêlent dans le récit, par la multitude des épisodes, des aventures amoureuses qui l'entrecoupent, qu'il est absolument impossible de lire une portion considérable du poëme de suite et avec attention. La facilité et la grâce de versification de Lope s'y retrouvent cependant comme dans presque toute sa poésie ; mais même dans la terre sainte de la chevalerie, à Chypre, à Ptolémaïs, à Tyr, sa narration a beaucoup moins de mouvement et de vie qu'on ne pouvait en réclamer du sujet, et, presque partout ailleurs, elle est froide et languissante. Quant au plan, aux proportions ou à l'habile juxta-position des diverses parties pour

---

(1) Lope insiste, dans toutes les occasions, sur le fait du voyage d'Alphonse et son départ pour les croisades. Dans la *Boba para los otros* (*Comedias*, tom. XXI, Madrid 1635, fol. 60), il dit : « A cette croisade se rendirent les forces de France « et d'Angleterre et celles de notre roi Alphonse. » Malgré tout, ce n'est là qu'une pure fiction du siècle qui suivit le règne d'Alphonse. Aussi Navarrete, dans son ingénieux *Essai sur la part que prirent les Espagnols dans les croisades*, critique-t-il justement Lope (*Memorias de la Academia de la Historia*, tom V, 1817, in-4°, pag. 87).

constituer un tout épique, il ne faut pas y penser. Cependant Lope nous déclare que son poëme fut composé avec soin et corrigé quelque temps avant d'être publié (1) : il le dédie à son roi sur un ton qui indique qu'il ne le regarde nullement comme indigne de la faveur royale.

---

(1) Voyez le Prologue. Tout le poëme est inséré dans les *Obras sueltas*, tom. XIV et XV.

CHAPITRE XIV.

Au moment même de la publication de la *Jerusalem conquistada*, Lope de Vega commençait à porter le costume de son Église. En effet, c'est sur le titre de ce poëme qu'il s'annonce pour la première fois comme un Familier du Saint-Office, *Familiar del Santo Oficio*. Les preuves de ce changement d'existence apparaissent bientôt dans ses œuvres. En 1612, il publia ses *Pastores de Belen*, longue pastorale en prose et en vers, divisée en cinq livres. Elle contient l'histoire sacrée, conformément aux traditions les plus populaires de l'Église de l'auteur, depuis la naissance de Marie, mère du Sauveur, jusqu'à l'arrivée de la sainte Famille en Égypte. Le tout est supposé raconté ou représenté par des bergers, dans les environs de Bethléem, à l'époque où les événements ont eu lieu.

Comme les autres pastorales en prose composées à cette même époque, celle-ci est pleine des mêmes défauts : les poésies sont, en particulier, tout à fait impropres et du plus mauvais goût qu'on puisse concevoir. Comment trois ou quatre joûtes poétiques pour des éloges, et plusieurs jeux vulgaires de l'Espagne y sont-ils introduits ? c'est ce qu'il n'est pas aisé d'imaginer, surtout quand de pareilles digressions s'y permettent, avec des conditions d'une théorie poétique impossible pour de pareilles fictions. Toutefois, il faut l'avouer, il règne, d'une autre part, dans toute la composition, un air d'aménité et de douceur tout à fait convenable au sujet et au but du poëme. Plusieurs histoires sont extraites de l'Ancien Testament avec une grâce parfaite : les traductions des Psaumes et d'autres morceaux des Écritures Saintes y produisent un effet des plus heureux. La plus grande partie des vers originaux peuvent être rangés parmi les meilleures des compositions moins importantes de Lope. Tel est le petit cantique suivant, qui est supposé avoir été chanté dans un bois de palmiers par la Vierge à son enfant endormi. Il est plein des plus tendres sentiments de dévotion catholique, et ressemble aux peintures de Murillo sur le même sujet.

> Pues andais en las palmas,
> Angeles santos,
> Que se duerme mi niño,
> Tened los ramos.
>
> Palmas de Belen,
> Que mueven airados
> Los furiosos vientos,
> Que suenan tanto,
> No le hagais ruido,
> Corred mas paso;
> Que se duerme mi niño,
> Tened los ramos.
>
> El niño divino,
> Que está cansado
> De llorar en la tierra,
> Por su descanso,
> Sosegar quiere un poco
> Del tierno llanto;
> Que se duerme mi niño,
> Tened los ramos.
>
> Rigurosos hielos
> Le están cercando;
> Ya veis que no tengo
> Con que guardarlo;
> Angeles divinos
> Que vais volando,
> Que se duerme mi niño,
> Tened los ramos. (1)

Toute cette composition est dédiée, avec la plus grande tendresse et en quelques mots bien simples, à son fils Carlos, jeune enfant qui mourut avant d'avoir accompli la septième année, et dont Lope parle toujours

---

(1) Puisque vous marchez dans les palmiers, — Anges saints, — Pour que mon enfant s'endorme, — Retenez les branches. = Palmiers de Bethléem, — Qu'agitent courroucés — Les vents furieux — Qui résonnent si fort, — Ne faites point de bruit, — Marchez plus lentement; — Pour que mon enfant s'endorme, — Retenez les branches. = Le divin enfant, — Qui est fatigué — De pleurer sur la terre, — Pour son repos, — Veut cesser un peu — Ses tendres pleurs; — Pour que mon enfant s'endorme, — Retenez les branches. = Des frimas rigoureux — Partout l'environnent; — Vous le voyez, déjà je n'ai plus — De quoi le protéger. — Anges divins — Qui volez sur vos ailes, — Pour que mon enfant s'endorme, — Retenez les branches. (*Obras sueltas*, tom. XVI, p. 332.)

avec tant d'amour. Elle se termine brusquement et ne fut jamais finie. Pourquoi? c'est ce qu'il n'est pas facile de dire ; en effet elle fut favorablement accueillie puisqu'elle se réimprima quatre fois dans un égal nombre d'années.

En 1612, l'année même de la publication de cette pastorale, Lope fit imprimer quelques romances religieuses et diverses pensées en prose, *pensamientos en prosa*, qu'il prétendait avoir traduites de l'original latin de Gabriel Padecopeo, anagramme imparfait de son propre nom. En 1614, il édita un volume contenant, premièrement, une collection de ses courtes poésies sacrées, auxquelles il ajouta plus tard quatre solennels et saisissants soliloques poétiques, composés pendant qu'il était à genoux devant la croix, le jour où il fut reçu dans la confrérie des Pénitents ; deux discours contemplatifs, écrits sur la demande de ses confrères de la même confrérie ; enfin un petit romancero spirituel et un chemin de la croix, *Via Crucis* ou *Meditaciones sobre el Salvador, cuando fué levado desde el tribunal de Pilatos al monte Calvario*, Méditations sur le Sauveur, lorsqu'il fut conduit du tribunal de Pilate sur la montagne du Calvaire (1).

La plupart de ces poésies sont remplies d'une dévotion solennelle et profonde (2) ; d'autres sont étrangement grossières et libres (3) ; certaines sont purement capricieuses et frivoles (4). Les plus religieuses de ces romances sont chantées encore, dans les rues de Madrid, par les mendiants aveugles ; témoignage irrécusable des sentiments de dévotion qui enflammaient, accidentellement du moins, l'âme de l'auteur, et qu'il ne faut pas négliger. Ces poésies et une narration du martyre d'un nombre considérable de chrétiens, au Japon, en 1614, narration imprimée quatre ans après (5), constituent tous les volumes de mélanges publiés par Lope, entre 1612 et 1620; le reste de son temps, durant cette période, avait été empli, selon toute apparence, par ses brillants succès dans le drame ant sacré que profane.

En 1620 et en 1622, Lope eut l'occasion de se montrer à la masse du peuple et à la cour de Madrid, sous un aspect dramatique et religieux à

---

(1) *Obras,* tom. XIII.

(2) Par exemple le sonnet commençant par « Yo dormiré en el polvo » ; je dormirai dans la poussière. *Obras*, tom. XIII, pag. 186.

(3) Voyez la composition « *Gertrudis siendo Dios tan amoroso* ». *Obras,* tom. XIII, pag. 223.

(4) D'autres sont fastidieuses, telles que le sonnet « Quando en tu alcazar de Sion. » *Obras,* tom. XIII, pag. 225.

(5) *Triumfos de la Fe en los reynos de Japon. Obras,* tom. XVII.

la fois, et par conséquent admirablement proportionné à son talent et à son goût. Je veux parler de la double circonstance de la béatification et de la canonisation de saint Isidore, en l'honneur duquel, vingt ans avant, Lope avait composé un de ses plus heureux essais pour se rendre populaire ; long intervalle, c'est vrai, mais durant lequel les droits du saint n'avaient été nullement négligés. Loin de là, le roi, depuis le moment où il avait recouvré la santé, avait constamment sollicité les honneurs de l'Église pour la personne dont la miraculeuse intervention lui avait, croyait-il, procuré ce bienfait. Il les obtint enfin, et le 19 mai 1620 fut le jour désigné pour célébrer la béatification du pieux laboureur de Madrid, *labrador de Madrid.*

A cette époque les principales cités d'Espagne saisissaient de pareilles occasions, comme des moyens propres à montrer le talent de leurs poètes, à amuser et à intéresser la multitude. L'Église contribuait avec plaisir de son autorité pour substituer, autant que possible, une espèce de tournoi poétique, célébré sous ses propres auspices, aux tournois de la chevalerie qui avaient exercé, pendant des siècles, dans toute l'Europe, une influence si grande et si irréligieuse. Ces concours littéraires, où s'offraient des honneurs et des prix de diverses espèces, s'appelèrent « joûtes poétiques », *justas poéticas*, et devinrent bientôt l'amusement favori du peuple. Nous avons déjà fait connaître de pareilles fêtes, au commencement et à la fin du quinzième siècle, outre le prix gagné, nous l'avons vu, par Cervantès, à Saragosse en mai 1595 (1). Lope en gagna un autre, à Tolède, en juin 1608 (2). En septembre 1614, il était juge d'un concours poétique en l'honneur de la béatification de sainte Thérèse, à Madrid, où la riche et harmonieuse intonation de sa voix et sa gracieuse manière de lire captivèrent grandement l'admiration (3).

La béatification du saint qui préside aux destinées de Madrid avait,

---

(1) Voy. vol. I, pag. 297 et ci-dessus, vol. II, pag. 164.

(2) Le poëme qui remporta le prix est une romance burlesque d'un très-faible mérite (*Obras sueltas*, tom. XXI, pp. 171-177).

(3) On trouve un récit des joûtes poétiques de ce temps dans Navarrete, *Vie de Cervantès*, § 162, et les notes, pag. 486. Un excellent éclaircissement sur la manière dont on les célébrait peut se lire dans la *Justa Poetica*, en l'honneur de Notre-Dame du Pilar, à Saragosse, recueillie par Juan Bautista Felices de Caceres (Çaragoça, 1629, in-4º), dans laquelle figurèrent Joseph de Valdivielso et Vargas Machuca. De pareilles joûtes devinrent si fréquentes qu'elles finirent par être ridicules. Dans le *Caballero descortes* de Salas Barbadillo (Madrid, 1621, in-12, fol. 99, etc.), il y a un *certamen* pour célébrer un chapeau perdu et retrouvé. C'est la caricature du genre.

toutefois, une importance plus solennelle qu'aucune de celles qui l'avaient précédée. Les habitants de toute classe de cette « héroïque ville » comme elle s'appelle encore, y prenaient un vif intérêt, parce qu'ils croyaient qu'elle contribuait au bien-être de tous (1). L'Église de Saint-André, où reposait le corps du digne laboureur, s'orna avec une splendeur extraordinaire. Les marchands de la cité couvrirent complètement ses autels de lames d'argent pur ; les orfèvres placèrent le corps du saint que cinq siècles n'avaient point altéré, dans un sarcophage du même métal artistement travaillé. Les autres classes apportèrent d'autres offrandes ; tout se distinguait par ces splendides richesses que les mines du Pérou et du Mexique faisaient couler au milieu des classes privilégiées de la société espagnole. A la façade de l'église on éleva une magnifique estrade du haut de laquelle devaient se lire les poésies envoyées pour le prix, et cette partie de la cérémonie était présidée par Lope.

Comme prologue, on produisit d'abord quelques pétitions satiriques, dans le but d'exciter la gaieté, et qui obtinrent, sans aucun doute, un plein succès. Immédiatement après, Lope ouvrit l'ordre littéraire de la fête en prononçant un discours poétique de sept cents vers environ en l'honneur de saint Isidore. Ce discours fut suivi de la lecture des programmes pour les neuf prix offerts par les neuf Muses, et des règles selon lesquelles les honneurs devaient être accordés ; venaient ensuite les poésies elles-mêmes. Au nombre des compétiteurs se trouvaient plusieurs des hommes de lettres les plus distingués de ce temps : Zarate, Guillen de Castro, Jauregui, Espinel, Montalvan, Pantaléon, Silvéira, le jeune Caldéron de la Barca, Lope lui-même, son fils, qui portait le même nom et qui était encore un enfant. Tout cela, ou presque tout, se fit avec gravité, et avec les bienséances propres à la gravité de la circonstance. Mais à la fin de la liste des compétiteurs pour chaque prix, apparut une espèce

---

(1) Les détails de la fête et les poésies composées à cette occasion s'imprimèrent également à Madrid, en 1620, petit in-4°, fol. 140. Elles remplissent environ trois cents pages, dans le tom. XI des Œuvres de Lope. Le nombre des poésies présentées fut grand, mais bien inférieur au nombre de celles que produisaient ordinairement de pareilles luttes. Figueroa dit, dans son *Pasagero* (Madrid, 1617, in-12, fol. 118), que, dans une fête célébrée peu de temps avant, en l'honneur de saint Antoine de Padoue, on avait présenté cinq mille poëmes de genres différents. Quand les meilleurs eurent été suspendus dans l'église et les cloîtres des religieux qui avaient les premiers proposé le prix, le reste se distribua dans les autres monastères de l'Ordre. Cette coutume passa en Amérique. En 1585, Balbuena gagna, à Mexico, un prix sur trois cents compétiteurs. Voyez sa *Vie*, en tête de l'édition du *Siglo de Oro*, par l'Académie (Madrid 1821, in-8°).

de masque qui, sous le nom supposé de Master Burguillos, assaisonna dit-on, la fête, de la manière la plus piquante, *sazonó sabrosísimamente la funcion*, par ses vers amusants ; caricaturant tout, jouant le rôle du *gracioso* du théâtre populaire, et servant comme d'intermède après chaque division du drame le plus régulier.

Lope prit à peine le soin de cacher que cette piquante partie de la fête lui appartenait entièrement : tant ses instincts dramatiques lui avaient indiqué la gaieté et le relief que son introduction donnerait à la majesté et à la solennité de la cérémonie (1). Toutes les diverses compositions furent lues par lui avec le plus grand effet ; à la fin il donna, dans la mesure des vieilles romances populaires, une légère et plaisante récapitulation de tout ce qui venait de se passer, après quoi les juges prononcèrent les noms des compétiteurs couronnés. Nous ne savons pas quels ils furent. Quant aux ouvrages, tant des heureux que des malheureux, Lope les publia sans le moindre retard.

Une joie plus grande éclata, deux ans après, lorsqu'au commencement du règne de Philippe IV, les négociations de son gracieux prédécesseur furent couronnées d'un succès dont il ne lui fut pas permis d'être témoin. Saint Isidore et trois autres pieux espagnols furent admis par le chef de l'Église, à Rome, dans la pleine gloire du saint navire, par une canonisation formelle. Le peuple de Madrid fit peu d'attention à la bulle du Pape, excepté en ce qui concernait particulièrement son saint et son protecteur, à qui il rendait les honneurs les plus grands (2). La fête instituée à cette occasion dura neuf jours. Huit obélisques, d'environ soixante-dix pieds de haut, s'élevèrent sur différents points de la ville, ainsi que neuf magnifiques autels, un château, un riche jardin et un théâtre temporaire. Toutes les maisons de la classe la plus distinguée étaient tendues de splendides tapisseries : des processions religieuses, où la noblesse principale occupait les places les plus humbles, parcouraient les rues : des combats de taureaux, divertissement toujours éminemment populaire en Espagne, vinrent s'y ajouter, et dans ces combats deux mille de ces

(1) « Que le lecteur veuille bien remarquer, dit Lope, que les vers de maître Bur- « guillos doivent être supposés, puisqu'il ne se présenta pas lui-même à la joûte, « et que tout ce qu'il écrivit fut plaisant et rendit la fête des plus piquantes. » Or, comme personne ne le vit concourir pour le prix, on pensa généralement que Burguillos était un personnage imaginaire introduit par Lope lui-même (*Obras*, tom. XI, pag. 401. Voy. aussi pag. 598).

(2) Les cérémonies, les détails et les poésies de cette seconde grande fête s'imprimèrent immédiatement, à Madrid, en un volume in-4°, 1622, fol. 156, et ils remplissent le tom. XII des *Obras sueltas*.

fiers animaux furent sacrifiés dans les amphithéâtres ou sur d'autres places publiques disposées à cet effet.

Comme partie de la fête, on célébra un grand concours ou joûte littéraire, le 19 mai, exactement deux ans après celui qui avait eu lieu pour la béatification. Lope apparut encore sur l'estrade élevée devant la façade de l'église de Saint-André; et, dans des cérémonies semblables, avec un égal mélange de la farce burlesque de Tomé de Burguillos, le plus grand nombre des principaux poëtes du temps se réunirent pour rendre un universel hommage. Lope enleva les premiers prix. D'autres furent accordés à Zarate, Calderón, Montalvan et Guillen de Castro. Deux comédies, l'une sur l'enfance et l'autre sur la jeunesse de saint Isidore, expressément commandées à Lope par la ville, furent représentées sur deux scènes mobiles, devant le roi, la cour et la multitude. Leur auteur joue le principal rôle en cette fête qui, dans le sens bien entendu et rigoureux, va jusqu'à expliquer l'esprit du temps et les sentiments religieux dont dépendait toute cette cérémonie. La relation de toute la fête, comprenant les poésies présentées dans cette circonstance et même ses deux comédies, se publia par les soins de Lope avant la fin de l'année.

Ses succès dans ces deux solennités étaient, sans aucun doute, très-flatteurs pour lui. L'acte avait été des plus publics : le sujet, un des plus populaires, et la cérémonie contribua, peut-être, à graver encore plus son nom dans les esprits et les cœurs de la grande masse du peuple, à lui donner une part plus active dans les intérêts de l'époque, que ses succès même au théâtre. Les caricatures de Tomé de Burguillos, en particulier, quoique grossières parfois, semblent avoir été reçues avec une faveur extraordinaire. Aussi cette faveur l'engagea-t-il plus tard à écrire un plus grand nombre de vers dans le même style. En 1634, il publia un volume composé presque entièrement de poésies humoristiques et burlesques, sous le même déguisement. La plus grande partie des pièces qu'il contient sont des sonnets et d'autres petits poëmes, la plupart mordants et satiriques, presque tous d'une versification facile et heureuse. L'un deux a une longueur plus considérable et mérite une mention particulière.

C'est un poëme héroï-comique, en vers irréguliers, divisé en six *silvas* ou chants et intitulé : la *Gatomaquia* ou le combat des chats, parce qu'il dépeint la lutte de deux chats pour l'amour d'une chatte. Comme presque tous les poëmes du genre auquel il appartient, depuis la *Batrachomyomachie*, il est trop long. Il se compose d'environ deux mille cinq cents vers de différentes mesures. Mais, s'il n'est pas le premier en langue espagnole, dans l'ordre des temps, il l'est incontestablement pour le mérite. Les deux dernières *silvas* en particulier sont écrites avec une grande légèreté et une grande finesse d'esprit. Tantôt c'est la parodie de l'Arioste et des poètes épiques, tantôt c'est celle des vieilles romances, avec un succès des plus enjoués. Aussi dès sa première apparition fut-il accueilli avec la plus grande faveur, en Espagne, et encore aujourd'hui il est probablement lu plus qu'aucun autre des ouvrages particuliers de l'auteur. Une édition imprimée en 1794 prétend, plutôt qu'elle ne cherche à prouver, que Tomé de Burguillos était un personnage réel : mais peu de personnes ont partagé cette opinion. En effet, quoique lors de la première apparition, Lope y ait mis une de ces préfaces concernant son auteur prétendu, préface qui ne trompa personne, il a encore, comme il l'avait déjà fait pour la première fête en l'honneur de saint Isidore, déclaré presque directement que Master Burguillos était un pur déguisement de lui-même, et un moyen d'ajouter de l'intérêt à la circonstance, fait entièrement reconnu par Quevedo dans l'approbation mise en tête du volume, et par Coronel dans les vers qui suivent immédiatement (1).

En 1621, dans l'intervalle des deux fêtes dont nous venons de parler, Lope publia un volume contenant la *Filomena*, poëme dont le premier chant nous donne l'histoire mythologique de Térée et de Philomèle ; le second, une défense de Lope lui-même sous l'allégorique défense du rossignol contre le tourde envieux, *Defensa del ruiseñor contra el tordo envioso*. Dans le même volume on peut lire la *Tapada*, description, en octaves, d'une maison de campagne du duc de Bragance en Portugal : la *Andromeda*, histoire mythologique comme la *Filomena* ; les *Fortunas de Diana*, premier conte en prose qu'il a imprimé : plusieurs épîtres poétiques et de petits poëmes ; une correspondance sur ce qu'on appelait la *Nueva poesia*, lettres où il attaque avec hardiesse l'école de Gongora, alors au plus haut

---

(1) L'édition où, pour la première fois, on veut donner à Burguillos une existence réelle et distincte de Lope, se trouve dans le XVIIᵉ volume des *Poesias castellanas*, collectionnées par D. Ramon Fernandez et d'autres. Mais, outre les passages de Lope lui-même cités dans une note précédente, Quevedo, dans son *Approbation* au volume dont nous parlons, dit que « le style est celui qu'on distingue seulement dans les écrits de Lope. » Coronel, dans des *Décimas* placées en tête de ce même volume, ajoute « que ces vers sont des brouillons de la plume « du phénix espagnol, » indications que Lope lui-même n'aurait pas vu publier sans honte, si les poésies ne lui avaient appartenu réellement. Les vers de Burguillos sont réimprimés dans le tome XIX des *Obras sueltas*, tels que Lope les publia lui-même en 1634. Il existe une traduction allemande de la *Gatomaquia* pleine de feu et d'animation, dans le *Magasin de Littérature espagnole et portugaise de Bertuch*. Dessau, 1781, in-8º, tom. I.

point de sa faveur (1). L'ensemble du volume n'ajouta rien à la réputation déjà établie de son auteur : toutefois certaines parties et spécialement divers fragments des épîtres et de la *Filomena* offrent le plus vif intérêt, par suite des allusions qu'ils renferment à l'histoire personnelle de Lope.

Un autre volume, peu différent de ce dernier, le suivit en 1624. Il se compose de trois poëmes, en octaves, qui sont *Circe*, amplification peu heureuse de l'épisode bien connu qui se trouve dans *l'Odyssée* ; la *Mañana de San Juan*, la *Matinée de la Saint-Jean*, peinture de la gracieuse fête populaire, telle qu'on la célébrait au temps de Lope; et un apologue sur l'origine de la *Rosa blanca*. Ajoutez-y diverses lettres, en prose et en vers, et trois Nouvelles en prose qui, avec le conte que nous avons déjà mentionné, constituent toutes les courtes fictions en prose que Lope a publiées (2).

La meilleure partie de ce volume est, sans aucun doute, dans les trois Nouvelles. Ce qui engagea probablement Lope à les écrire, ce fut le succès de celles de Cervantès, publiées onze ans avant, et déjà connues dans toute l'Europe. Toutefois le talent de Lope ne semble pas avoir été plus propre à cette forme de composition que celui de l'auteur du *Don Quichotte* ne l'a été à la composition dramatique. C'est ce que Lope ne paraît pas avoir ignoré lui-même, puisque, dans la première Nouvelle, il dit qu'il l'a écrite pour complaire à une dame, dans un genre littéraire où il n'aurait jamais pensé à s'aventurer; les trois autres sont dédiées à la même personne et semblent avoir été composées sous l'influence des mêmes sentiments (3). Aucune d'elles n'excita une grande attention, au moment de leur apparition; mais, vingt ans après, elles furent réimprimées, avec quatre autres, empruntées en apparence d'une série d'histoires semblables, et qui n'étaient certainement pas l'œuvre de Lope. La dernière des huit est la meilleure de la collection, quoiqu'elle se termine maladroitement et en donnant à connaître qu'une autre va la suivre.

---

(1) Ces poésies sont insérées dans le tome II des *Obras sueltas*. La discussion sur la poésie nouvelle se trouve dans le tom IV, pp. 459-482. On peut y ajouter quelques plaisanteries du même genre répandues dans ses œuvres, et particulièrement le sonnet : *Boscan, tarde llegamos*, qu'il réimprima ensuite dans le *Laurel de Apolo* (1630, fol. 123); preuve que s'il écrivait parfois dans un style plein d'affectation, alors à la mode, pour plaire au goût du peuple, il n'en continua pas moins de le désapprouver. La Nouvelle se trouve au tome VIII de ses œuvres.

(2) Les trois poëmes remplissent le tome III ; les épîtres se trouvent dans le tome I, pp. 279 et suivantes; les trois contes dans le tome VIII.

(3) *Obras sueltas*, tom. VIII, pag. 2, et tom. III, préface.

Elles sont comprises toutes ensemble dans l'édition complète des œuvres détachées de Lope, quoiqu'elles ne puissent avoir la prétention de lui être attribuées, à l'exception des quatre premières (1).

Dans l'année qui précéda l'apparition des contes, Lope se montre à nous sous un caractère entièrement nouveau. Un pauvre malheureux, un moine franciscain, originaire de la Catalogne, fut soupçonné d'hérésie et le soupçon retomba d'autant plus fortement sur lui que sa mère appartenait à la religion juive. En conséquence, il fut successivement expulsé de deux communautés dont il était membre, sa tête se troubla et il devint si furieux qu'un jour il entra dans une église ouverte où l'on célébrait la messe, saisit l'hostie consacrée dans les mains du prêtre qui officiait, et la mit en morceaux avec violence. Arrêté immédiatement, il fut livré à l'Inquisition; l'Inquisition le trouvant obstiné le déclara luthérien et calviniste, et, ajoutant à ce crime le crime de descendre de juifs, elle le relaxa au bras séculier pour le châtiment. Il fut, comme dans presque tous les cas ordinaires, condamné à être brûlé vif : la sentence s'exécuta littéralement au mois de janvier 1623, en dehors de la porte d'Alcala, à Madrid. L'enthousiasme fut grand, comme toujours, dans de pareilles circonstances. Un immense concours de peuple se réunit pour être témoin d'un spectacle si édifiant : la cour était présente, les théâtres et les représentations publiques se suspendirent pendant quinze jours, et Lope de Vega qui, dans certains passages de sa *Dragontea*, témoigne d'un esprit peu indigne d'un pareil office, fut, nous raconte-t-on, un de ceux qui présidèrent à cet horrible sacrifice et dirigèrent tout le cérémonial (2).

Son fanatisme ne diminuait cependant en rien son zèle pour la poésie. En 1625, il publia les *Triunfos divinos*, poëme en cinq chants, à la manière de Pétrarque et dans le même mètre, commençant par les triomphes du *divino Pan*, et finissant par ceux de la *Religion* et de la *Crux* (3).

---

(1) Il existe des éditions complètes des huit nouvelles, de Saragosse 1648, de Barcelone 1650, etc. Il règne une certaine confusion relativement aux poésies primitivement publiées avec ces contes et qu'on retrouve parmi les œuvres de Francisco Lopez de Zarate (Alcalà, 1651, in-4°; Voy. Lope, *Obras*, tom. III, p. iij). Mais de pareils faits ne sont pas rares dans la littérature espagnole; nous les reverrons quand nous parlerons de Zarate.

(2) Le récit se trouve dans une *Histoire de Madrid* par Léon Pinelo, manuscrit de la Bibliothèque nationale. Dans cette histoire, est insérée aussi une notice sur Lope de Vega lui-même, de l'année où il mourut. Don Casiano Pellicer la cita et en fit un extrait dans son ouvrage intitulé : *Origen de las Comedias* (Madrid, 1804, in-12, tom. I, pp. 104-105).

(3) *Obras sueltas*, tom. XIII.

L'œuvre n'eut point de succès, et la cause principale, c'est que le titre la met en opposition directe avec les *Trionfi* du grand maître italien. Ce poëme se trouvait accompagné, dans le même volume, d'une petite collection de poésies sacrées qui s'augmenta dans les éditions postérieures, de manière à former un tout assez long. Plusieurs de ces poésies sont vraiment pleines de tendresse et de magnificence, telles que le chant sur la mort de son fils, Carlos Félix (1), le sonnet sur sa propre mort, commençant ainsi : « Yo dormiré en el polvo » « Je dormirai dans la poussière », tandis que d'autres, comme les *Villancicos* pour le saint Sacrement, sont écrites avec une légèreté inconcevable et sont même parfois grossières et sensuelles (2). Toutes sont néanmoins des preuves de ce que les espagnols respectables et éclairés appelaient religion dans ce siècle.

Nous pouvons faire une remarque semblable sur sa *Corona tragica, la Couronne tragique*, poëme que Lope publia en 1627. Il roule sur l'histoire et la destinée de l'infortunée Marie Stuart, reine d'Écosse, qui avait péri exactement quarante ans auparavant (3). Dans son but la composition devait être un poëme épique religieux, mais les cinq livres qu'il remplit par des stances de huit vers, ne sont en fait qu'un spécimen d'une controverse intolérante. Marie Stuart y est représentée comme une pure et glorieuse martyre de la religion catholique, pendant qu'Élisabeth y est alternativement appelée, une Jézabel, une Athalie que Philippe II a le contestable mérite d'avoir épargné, lorsqu'il avait sa vie en son pouvoir comme roi consort d'Angleterre (4). Sous d'autres points de vue le poëme est fastidieux : il commence par le récit préalable de l'histoire de Marie Stuart telle qu'elle est racontée par elle-même à ses dames dans sa prison, et finit par sa mort. Tout l'ouvrage respire la sympathie de l'auteur pour les sentiments religieux de son siècle et de son pays, sentiments qui firent, il faut bien se le rappeler, l'Inquisition ce qu'elle devint à cette époque.

La *Corona tragica* fut peut-être par ce motif jugée digne d'être dédiée au pape Urbain VIII, qui avait composé lui-même une épitaphe sur l'infortunée Marie d'Écosse, ce que Lope déclare courtoisement : la béatifier en

---

(1) « A la muerte de Carlos Felix, » *Obras*, tom. XIII, pag. 365.
(2) Voyez particulièrement les deux premières, pages 413, 423.
(3) *Obras sueltas*, tom. IV.
(4) Cet atroce passage est à la page 5. Dans une épître à Ovando, envoyé de Malte, et publiée à la fin de son *Laurel de Apolo* (Madrid, 1630, in-4°, fol. 118), il nous parle de ce poëme et nous dit qu'il a été composé à la campagne « où l'âme « travaille dans la solitude avec plus de facilité et de douceur. »

prophétie, *beatificarla en profecia*. La flatterie fut très-bien accueillie. Urbain VIII envoya en retour au poëte une lettre d'affectueux compliments, lui conféra le grade de docteur en théologie, lui donna la croix de l'ordre de Saint-Jean, et des appointements pour les places honoraires de Fiscal à la chambre apostolique et au notariat de la chancellerie romaine. La mesure des honneurs ecclésiastiques était à son comble.

Lope publia, en 1630, le *Laurel de Apolo, le Laurier d'Apollon*, poëme assez semblable au *Viage al Parnaso* de Cervantès, mais plus long, plus travaillé et moins satisfaisant. Il y dépeint une fête donnée, à ce qu'il suppose, par le Dieu de la Poésie sur le mont Hélicon, en avril 1628, et il rappelle les honneurs alors accordés à près de trois cents poètes espagnols. Ce nombre est si grand qu'il rend l'ensemble de la description monotone et presque sans valeur, partie par l'impossibilité de peindre avec exactitude ou vérité, tant de caractères si peu saillants, partie par l'excès d'éloges qu'il accorde à presque tous. Le poëme se divise en dix *silvas*, et se compose d'environ sept mille vers de mètres différents. A la fin, outre quelques petites poésies et quelques mélanges, Lope ajoute une églogue, en sept scènes, qui avait été précédemment représentée devant le roi et la cour avec une magnificence somptueuse sur un théâtre, et avec une splendeur de décorations montrant du moins combien était grande la faveur dont jouissait le poète, puisqu'on autorisait de pareilles dépenses, avec un tel luxe royal, pour une œuvre aussi légère (1).

Le dernier travail considérable publié par Lope de Vega, c'est sa *Dorotea*, long roman en prose dialoguée (2). Il avait été écrit dans sa jeunesse, ce qui a suggéré la pensée qu'il y entrait un plus ou moins grand nombre de ses aventures et des sentiments de son jeune temps. Qu'il en soit ainsi ou non, *Dorotea* n'en était pas moins son œuvre de prédilection : il l'appelle la plus chère de ses œuvres, *la mas querida de sus obras*. Il la revit avec soin et y fit plusieurs additions dans sa vieillesse (3), et l'imprima, pour la première fois, en 1632. Une quantité de

---

(1) Il n'est pas aisé de dire pourquoi ces dernières productions de Lope ont été insérées dans le tome Ier de ses *Obras sueltas* (1776-79); mais la chose est ainsi. Cette collection est l'œuvre de Cerdá y Rico, homme érudit mais sans bon goût, sans jugement profond.

(2) Il remplit tout le VIIe volume de ses *Obras sueltas*.

(3) Pòstuma de mis obras, *Dorotea.*	Posthume dans mes œuvres, *Dorothée,*
Y por dicha, de mi la mas querida,	Et par bonheur celle que j'aime le plus;
Ultima de mi vida,	La dernière de ma vie,
Pública luz desea.	Elle désire la lumière publique.

(*Églog. à Claudio*, tom. X, p. 367.)

vers assez modérés s'y trouvent répandus, et il règne, dans plusieurs passages, une fraîcheur et une vérité qui nous rappellent constamment la vie de l'auteur, ayant son service, comme soldat, sur l'Invincible Armada.

Le héros, Fernando, est un poète comme Lope, qui, après avoir été plus d'une fois amoureux et marié, refuse Dorothée, l'objet de son premier attachement et se fait religieux. C'est un plan faible, sans consistance, sans but final dans la plus grande partie des nombreuses scènes qui se déroulent pendant cinq longs actes. Aujourd'hui, on ne le lit que pour la richesse et la limpidité de sa prose, pour le jour qu'il semble jeter sur la vie de l'auteur, pour un petit nombre de poésies, dont la plupart furent probablement écrites dans des occasions peu différentes de celles auxquelles ces vers s'appliquent.

Le dernier ouvrage qu'il imprima fut une églogue en l'honneur d'une dame portugaise; et les dernières compositions qu'il écrivit, quelques jours seulement avant d'être saisi par sa maladie mortelle, sont un petit poëme sur le Siècle d'or, el Siglo de oro, remarquable par sa vigueur et son harmonie, et un sonnet sur la mort d'un ami (1). Elles ont été insérées toutes dans une collection formée principalement de quelques drames, et publiée par son gendre Louis de Usategui, deux ans après la mort de Lope.

A mesure que la vie marchait vers sa fin, ses sentiments religieux, mêlés à un fanatisme mélancolique, prédominaient de plus en plus. Un grand nombre de ses poésies composées à cette époque en sont l'expression; et ces sentiments finirent par s'élever à un tel degré d'exaltation que Lope était presque constamment dans un état d'excitation mélancolique, ou, comme on commençait à l'appeler alors, dans un état hypocondriaque (2). Au commencement du mois d'août, il se sentit extrêmement faible et il souffrit plus que jamais de ce sentiment de découragement qui brisait ses moyens et ses forces. Ses pensées, toutefois, étaient si exclusivement occupées de sa condition spirituelle que, même dans l'état où il était réduit, il continuait le jeûne, et que, dans une circonstance, il se donna en particulier une discipline si cruelle que les murailles de la

_____

(1) Ces trois compositions curieuses, parce qu'elles sont ses trois derniers travaux littéraires, se trouvent dans le tom. X, pag. 193, et dans le tom. IX, pp. 2 et 10.

(2) « Una pasion continua y melancolica que empiezan ahora à llamar hypocondria, » dit Montalvan, lorsqu'il décrit son mal. Ensuite, il raconte ses derniers moments. (Obras, tom. XX, pp. 37, etc. — Baena, Hijos de Madrid, tom. III, pp. 360-363.)

chambre où le fait se passa, furent trouvées plus tard aspergées de son sang. Dès ce moment il ne recouvra jamais la santé. Il tomba malade la même nuit, et, après avoir rempli les devoirs prescrits par l'Église, avec la plus humble dévotion, déplorant le temps qu'il avait passé dans des occupations qui n'étaient pas exclusivement religieuses, il mourut le 25 août, 1635, à l'âge d'environ soixante-treize ans.

La sensation produite par sa mort fut telle qu'on en a vu rarement une de pareille, même dans le cas où l'on perd un de ces personnages de qui dépend la destinée des nations. Le duc de Sesa, son protecteur spécial, et à qui Lope avait laissé ses manuscrits, pourvut à ses funérailles d'une manière convenable à ses richesses et à son rang. Elles durèrent neuf jours. Trois évêques officièrent, et les premiers nobles de l'Espagne y assistèrent pour former le deuil. De tous côtés on vit pleuvoir éloges et poëmes en nombre incroyable. Ceux qui se composèrent, en Espagne, forment un volume considérable et se terminent par une comédie où l'apothéose de Lope est représentée sur la scène. Ceux qui s'écrivirent en Italie ne sont pas moins nombreux et remplissent un autre volume (1). Mais ce qu'il y eut de plus touchant que tous ces vers, ce fut la prière de sa fille chérie, séparée du monde depuis quatorze ans, demandant que le long cortège funèbre passât devant son couvent et lui permît de voir pour la dernière fois le visage si tendrement vénéré de son père : ce qu'il y eut encore de plus solennel, ce furent les pleurs de la multitude dont la masse condensée fit éclater ses sanglots lorsqu'elle vit descendre lentement sous ses yeux les restes de Lope dans la demeure réservée à toute créature vivante (2).

---

(1) Voyez *Obras sueltas*, tom. XIX, XXI, où elles ont été réimprimées. Il y a des compositions en espagnol, en latin, en français, en italien et en portugais. Les espagnoles, réunies par Montalvan, et précédées de la *Fama póstuma de Lope de Vega*, peuvent être regardées comme une espèce de joûte poétique en l'honneur du grand poète, et à laquelle prirent part environ cent cinquante poètes contemporains.

(2) *Obras sueltas*, tom. XX, pag. 42. Voyez le *Quarterly Revew* de Londres, n° 35, 1818. Il s'y trouve une excellente et intéressante dissertation sur les œuvres mêlées de Lope, et à laquelle j'ai dû beaucoup pour la composition de ce chapitre. L'article est de Southey.

CHAPITRE XV.

Les œuvres de Lope de Vega que nous avons examinées, en traçant
sa longue et brillante carrière, sont loin d'être suffisantes pour expliquer
le degré d'admiration populaire qui, presque dès le principe, s'attacha à
son nom. Elles manifestent bien un grand talent original, une puissance
d'invention encore plus grande et une étonnante facilité de versification ;
mais elles sont rarement empreintes de cet esprit profond et ardent d'une
poésie véritable. Elles ont généralement un air de négligence et manquent de fini : dans presque toutes, se fait sentir cette absence de physionomie et de caractère national où réside, après tout, à un si haut
point, la puissance effective du génie sur un peuple.

La vérité est que, dans ce que nous avons appelé œuvres mélangées,
Lope a rarement suivi le chemin qui conduit au succès définitif. Il en a
été détourné par un esprit qui, s'il n'était pas celui du peuple entier,
était l'esprit de la cour et des plus hautes classes de la société castillane.
Boscan et Garcilaso, qui ne l'avaient précédé que d'un demi-siècle,
s'étaient rendus célèbres en introduisant les formes plus légères du mètre
italien, spécialement celles du sonnet et de la cancion. Lope qui vit ces for-
tunés poètes, les idoles de son temps, au moment où se formait son propre
caractère, pensa qu'en suivant leurs traces brillantes, il s'ouvrirait les
meilleures chances de succès. Ses aspirations s'étendaient toutefois bien
au-delà des leurs. Lope sentit en lui une puissance tout autre et plus
élevée, et il se lança hardiment dans la lutte non-seulement contre Sannazar et Bembo, comme ils l'avaient fait, mais encore contre l'Arioste,
le Tasse et Pétrarque. Onze de ses longs poëmes épiques narratifs et
descriptifs sont écrits dans la magnifique *octava rima* de ces grands

maîtres. Il nous a laissé en outre deux longues pastorales dans le genre de l'*Arcadia*, plusieurs tentatives hasardées en *terza rima* : des spécimens sans nombre de toutes les variétés des lyriques italiens, y compris près de sept cents sonnets.

Dans toutes ces compositions, il y a peu de chose qui soit vraiment na·tional, peu de chose qui porte l'empreinte du vieil esprit castillan. Si c'était là tout ce que Lope nous a donné, sa réputation ne se trouverait pas à la hauteur où nous la voyons maintenant. Ses pastorales en prose et ses romans valent mieux que ses poëmes épiques : ses poësies didactiques, ses épîtres et ses élégies sont parfois excellentes : mais ce n'est que lorsqu'il touche fermement et pleinement le sol de son pays ; ce n'est que dans ses *glosas*, ses *letrillas*, ses romances, ses chansons légères, ses rondelets, qu'il montre cette richesse et cette grâce qui l'ont toujours accompagné. Nous sentons alors, lorsque nous le rencontrons dans cette voie, qu'il s'est placé sur un terrain qu'il n'aurait jamais dû quitter, parce que sur ce terrain il aurait pu aisément avec ses facultés extraordinaires y ériger un monument éternel à sa propre réputation. Lope se détermina d'une autre manière. Non qu'il approuvât entièrement les innovations de Boscan et de Garcilaso, puisqu'il nous dit dans la *Filomena* que leurs imitations de l'italien en avaient fini avec la grâce native et la véritable gloire du génie espagnol (1). Les théories et la mode de son temps égarèrent par conséquent, si elles ne purent le tromper, un esprit qui leur aurait été supérieur, et eurent pour résultat de faire trouver un petit nombre de poësies marquées du vieux génie castillan dans le nombre considérable des œuvres de Lope que nous avons soumises à l'examen. Pour expliquer son succès constant et sa merveilleuse popularité, nous devons alors nous retourner vers un autre genre, vers un genre tout à fait distinct, celui du drame, dans lequel il s'abandonne aux impulsions de l'esprit national aussi complètement que s'il n'avait, ce semble, mis ailleurs aucun soin à l'éviter. Alors il obtient une nature et un degré de renommée qu'il n'aurait jamais atteints par d'autres moyens.

Il n'est pas possible de déterminer l'année où Lope commença d'écrire, la première fois, pour la scène publique. Ce fut toutefois à une époque où le théâtre se trouvait encore dans une condition humble et informe. Qu'il ait eu du goût dès l'origine pour ce genre de compositions, sans intention peut-être de les faire jouer, c'est ce que nous savons par sa propre autorité. En effet, dans le piquant poëme didactique sur l'*Arte*

_____

(1) *Filomena*, deuxième Partie, *Obras sueltas*, tom. II, pag. 458.

nuevo de hacer comedias, publié en 1609, mais lu plusieurs années avant dans une société de gens de goût à Madrid, il dit expressément :

> El capitan Virués, insigne ingenio,
> Pusó en tres actos la comedia, que antes
> Andaba en cuatro como pies de niño ;
> Que eran entonces niñas las comedias ;
> Y yo las escribí de once y doce años,
> De á cuatros actos y de á cuatro pliegos,
> Porque cada acto un pliego contenia :
> Y era que entonces en las tres distancias
> Se hacian tres pequeños entremeses. (1)

C'était vers l'année 1574. Peu de temps après, c'est-à-dire, vers 1580, alors que le poète n'avait que dix-huit ans, il attira, par une pastorale, l'attention de son premier patron, Manrique, évêque d'Avila. Viennent ensuite ses études à Alcala, ses services dans la maison du jeune duc d'Albe, son mariage, son exil pendant plusieurs années ; et nous nous trouvons ainsi portés jusqu'en 1588, époque où il servait dans l'Invincible Armada. Toutefois il revint à Madrid en 1590, si ce n'est pas un an plus tôt, et il ne nous paraît pas déraisonnable de supposer qu'il commença bientôt après à se faire connaître dans la capitale, comme auteur dramatique, alors qu'il avait vingt-huit ans d'âge.

C'est durant le temps de son exil qu'il semble avoir réellement commencé sa carrière dramatique publique, et s'être préparé lui-même, dans une certaine mesure, à la popularité plus générale qui devait le suivre. Lope passa la plus grande partie de cette période à Valence, et, à Valence, le théâtre était connu depuis longtemps (2). Dès 1526,

---

(1) « Le capitaine Viruès, illustre génie, — Mit en trois actes la comédie, qui auparavant — Marchait en quatre, comme des pieds d'enfant ; — Les comédies étaient jeunes alors. — Je les écrivis de onze à douze ans, — De quatre actes et de quatre feuilles ; — Une feuille contenait chaque acte ; — Et alors, dans les trois intervalles, — On jouait trois petits intermèdes ». *Obras sueltas,* tom. IV, pag. 412.

(2) On a parlé de certains divertissements dramatiques, donnés à Valence, dans le quatorzième siècle. En 1394, se représenta, nous dit-on, au palais, une tragédie intitulée : *L'Hom enamorat et la fembra satisfeta,* de Mossen Domingo Maspons, conseiller de Jean Ier. Ce fut, sans aucun doute, l'œuvre d'un troubadour. Peut-être que les *Entremeses* exécutés dans la même ville, en 1412, 1413, et 1415 appartinrent au même genre. Quoi qu'il en soit, ils semblent avoir appartenu aux fêtes de la Cour, comme ceux du connétable D. Alvaro de Luna, que nous avons déjà mentionnés (vol. I, pag. 237). Voyez Aribau, *Biblioteca de autores españoles,* tom. II, pag. 178, et l'excellent article de F. Wolf sur l'ancien théâtre espagnol, dans le *Blatter für literarische Unterhaltung,* 1848, pag. 1287, note.

l'hôpital recevait de lui une contribution par un compromis semblable à celui qui longtemps après vit les hôpitaux de Madrid prélever sur le théâtre une contribution pour leur entretien (1). Le capitaine Viruès, un ami de Lope de Vega et souvent cité par lui, écrivit des pièces pour ce théâtre, comme le fit Timoneda, l'éditeur de Lope de Rueda. Les œuvres de l'un et de l'autre s'imprimèrent enfin, à Valence, vers 1570. Ces drames valenciens n'avaient cependant, à l'exception des pièces de Lope de Rueda, qu'une importance et une valeur médiocres. Les essais tentés à Séville par Juan de la Cueva et ses disciples, vers 1580, n'en avaient pas davantage; pas plus que les efforts faits à Madrid par Cervantès, un peu plus tard et d'une importance plus réelle, ne peuvent être regardés comme les fondements d'un théâtre national.

Si nous considérons tout ce qui peut être réclamé pour le drame espagnol, depuis le temps des églogues de Juan de l'Encina, en 1492, jusqu'à l'apparition de Lope de Rueda, vers 1544, et même encore depuis cette époque jusqu'à celle de Lope de Vega, nous trouverons que le nombre des pièces est non-seulement faible, mais qu'elles ont été écrites dans des formes si différentes et souvent si opposées l'une à l'autre qu'elles offrent peu de consistance ou d'autorité, et qu'elles ne donnent pas une indication suffisante du courant que la littérature dramatique de l'Espagne était enfin destinée à suivre. Nous pourrions même affirmer qu'à l'exception de Lope de Rueda, il n'y a pas d'auteur dramatique qui ait encore joui d'une popularité permanente. Comme il y avait plus de vingt ans qu'il était mort, Lope de Vega, nous pouvons l'admettre, a eu un champ vaste et libre ouvert devant lui.

Malheureusement nous ne possédons qu'un petit nombre de ses premières tentatives. Il semble, toutefois, avoir commencé par les vieilles bases des églogues et des moralités que l'air et le ton religieux recommandaient à cette tolérance ecclésiastique, sans laquelle rien ne pouvait réussir en Espagne (2). Une églogue, annoncée comme ayant été représentée, et qui semble avoir été réellement arrangée pour la scène, se trouve dans le troisième livre de l'*Arcadia*, la première production publiée de Lope et qu'il avait écrite avant son exil (3). On rencontre ailleurs de sem-

---

(1) Jovellanos, *Diversiones publicas*, pag. 47.

(2) Dans une de ses premières tentatives, il dit : « Las leyes las ayudan poco ; » (*Obras*, tom. V, p. 346.) Mais nous en parlerons plus tard.

(3) Il est probable, par l'évidence intrinsèque de cette églogue, qu'elle était, comme bien d'autres de son espèce appartenant au même roman, représentée

blables tentatives, mais si rudes, si pieuses qu'elles semblent appartenir presque au siècle de Juan de l'Encina et de Gil Vicente ; d'autres pièces du même caractère sont aussi répandues dans d'autres parties de ses nombreux ouvrages (1).

Quant à ses comédies plus régulières, les deux plus anciennes, insérées postérieurement dans la collection imprimée, ne sont pas sans porter des indications semblables de leur origine. L'une et l'autre sont des pastorales. La première est intitulée : *El Verdadero amante* ; Lope l'écrivit à l'âge de quatorze ans, mais il dut la changer et la corriger avant de la publier, lorsqu'il en avait cinquante-huit. C'est l'histoire d'un berger qui refuse d'épouser une bergère, quoiqu'elle le mette en danger de perdre la vie, en l'accusant d'avoir assassiné son mari, mort, comme elle le savait parfaitement, de mort naturelle, et dont l'assassin supposé pouvait être arraché à sa condamnation, sur sa réquisition seule, comme proche parent de la prétendue victime. Par ce procès elle espérait obtenir un pouvoir absolu sur l'esprit du berger et le forcer à l'épouser, comme Chimène avait épousé le Cid, par ordre du roi. Lope reconnaît que c'est une œuvre grossière, mais elle se distingue par cette douceur de versification qu'il semble avoir eue en partage dans toutes les époques de sa carrière littéraire (2).

L'autre composition que nous avons mentionnée ci-dessus, c'est *La pastoral de Jacinto*, la première comédie de Lope écrite en trois actes, selon Montalvan, et composée lorsqu'il était attaché à la personne de l'évêque d'Avila. Elle dut l'être par conséquent vers l'année 1580. Mais, comme *La pastoral de Jacinto* ne s'imprima que trente-sept ans après, elle dut peut-être souffrir de grands changements avant d'être offerte au public, dont les exigences s'étaient augmentées dans l'intervalle, non moins que les progrès dans la situation du théâtre. Lope nous avoue, dans la dédicace, qu'elle avait été composée dans sa jeunesse. Elle repose sur la donnée artificielle d'un berger rendu vraiment jaloux de lui-même par

---

devant le duc d'Albe, D. Antonio. Nous savons du moins que de semblables représentations étaient fort communes du temps de Cervantès et de Lope ; qu'elles eurent lieu avant et qu'elles se conservèrent après.

(1) On trouve de pareils drames dans les *Pastores de Belen*, liv. III et ailleurs.

(2) *El Verdadero amante*, inséré dans la Partie XIV de ses Comédies imprimées, à Madrid, en 1620, est dédié à son fils Lope, mort l'année d'après, à peine âgé de quinze ans. Son père lui dit : « J'ai écrit cette comédie lorsque j'avais à « peu près le même âge que toi » : *Escribi esta comedia cuando tenia poco mas o ménos tu misma edad.*

les stratagèmes d'un autre berger qui espère obtenir ainsi la main de la
bergère qu'ils aiment tous deux ; berger qui se fait passer quelque temps
lui-même pour un autre *Jacinto*, et comme le seul à qui la bergère est
réellement attachée. Cette pastorale brille par la même facilité de versification que *El Verdadero amante ;* mais comme drame elle n'est pas d'un
mérite supérieur à cette pièce qui dut la précéder à peine de deux ou
trois ans (1).

Des moralités, écrites avec assez d'esprit et d'animation, et portant une
évidence intrinsèque manifeste d'avoir été publiquement représentées, se
rencontrent aussi, çà et là, et parfois même lorsque nous y pensons le
moins. Nous en trouvons quatre dans *El Peregrino en su patria*, nouvelle qui n'est pas sans contenir, rappelons-le, des allusions à l'exil de
l'auteur, et qui semble raconter plusieurs de ses aventures personnelles
à Valence. Une de ces comédies allégoriques, *La Salvacion del hombre*, a
été représentée, d'après la déclaration qui y est faite, devant la façade de
la vénérable cathédrale de la Seo, à Saragosse. Elle est un des spécimens
les plus curieux de ce genre de divertissements, parce qu'elle est accompagnée d'explications sur la manière dont les églises se disposaient
pour ces représentations scéniques, et qu'elle finit par une description
de l'exposition de l'Hostie, comme une conclusion appropriée à un drame
si religieux (2).

Une autre est intitulée : *El Viage del alma*, on la cite comme ayant été
représentée sur une place publique de Barcelone (3). Elle commence par
une romance que chantent trois personnes. Vient ensuite, premièrement,
un prologue rempli d'une érudition indigeste ; secondement, une autre
romance chantée et dansée, nous dit la relation, « avec beaucoup de
grâce et d'habileté » ; après tous ces détails préparatoires on arrive à la
Moralité elle-même, à l'*auto moral*. L'Ame s'avance, vêtue de blanc,
forme sous laquelle on figurait aux yeux des spectateurs l'esprit dégagé

---

(1) Montalvan dit, « Lope plut considérablement à l'évêque d'Avila, Manrique,
« en composant certaines églogues qu'il écrivit pour lui, et le drame de la pasto-
« rale de *Jacinthe*, le premier qu'il fit en trois actes. » (*Obras*, tom. XX, pag. 30.)
Il fut imprimé, pour la première fois, à Madrid, en 1617, in-4°, par Sanchez, dans
un volume intitulé : *Quatro comedias famosas de D. Luis de Gongora y Lope
de Vega Carpio*, etc. ; puis dans le dix-huitième volume des *Comédies* de Lope,
Madrid, 1623. Il fut aussi imprimé séparément, sous le double titre de : *La Selva
de Albania* et *El Celoso de si mismo*.

(2) Il remplit presque cinquante pages dans le troisième livre du *Peregrino*.

(3) Le premier livre est intitulé *Representacion moral del viage del alma*, ou
en d'autres termes, *Moralidad*.

de son enveloppe naturelle. Un gracioso, le bouffon de la pièce, représentant la Volonté humaine, el Albedrio, et un gaillard jeune homme. allégorie de la Mémoire. arrivent sur la scène en même temps. L'un de ces personnages presse l'Ame d'entreprendre le voyage du salut, l'autre s'efforce de la détourner d'un but si pieux. Au moment critique apparaît Satan, sous la figure d'un capitaine de vaisseau, revêtu d'un costume noir, orné de flammes : il est accompagné par l'Amour-propre, l'Appétit et d'autres vices, ses matelots. Il offre à l'Ame de la conduire dans son voyage, et tous ensemble ils chantent avec joie :

> Hoy la nave del deleite
> Se quiere hacer à la mar :
> ¿ Hay quien se quiere embarcar ?
> Hoy la nave del contento,
> Con viento en popa de gusto.
> Donde jamas hay digusto,
> Penitencia, ni tormento,
> Viendo que hay prospero viento
> Se quiere hacer à la mar !
> ¿ Hay quien se quiera embarcar ? (1)

Un nouveau monde est annoncé comme lieu de leur destination, et la Volonté, el Albedrio, demande si c'est le monde récemment découvert par Christophe Colomb. A ces questions et à d'autres semblables Satan répond d'une manière évasive et déclare qu'il est un pilote des mers plus grand que Magellan ou Drake, et qu'il peut assurer à tous ceux qui s'embarqueront avec lui un voyage heureux et prospère. La Mémoire s'oppose au projet, mais elle est endormie, après quelque résistance. L'Entendement qui suit, sous la figure d'un vieillard à barbe grise, doué d'une grande sagesse de conseil, vient trop tard. Les aventuriers sont déjà partis. Il les appelle du rivage et il continue ses admonitions. jusqu'à ce qu'arrive la galère de la Pénitence, avec le Sauveur pour pilote, une Croix pour mât, et plusieurs Saints pour matelots. Ils interpellent l'Ame de nouveau; l'Ame, surprise et embarrassée de sa situation, passe avec son embarcation sur le vaisseau sacré, et la pièce se termine au milieu des feux de joie, au

---

(1) Aujourd'hui, la nacelle du plaisir — Veut se lancer à la mer : — Y a-t-il quelqu'un qui veuille s'embarquer? — Aujourd'hui la barque du contentement, — Vent en poupe et avec joie, — Là où il n'y a jamais dégoût, — Ni repentir, ni tourment, — Voyant qu'il règne un heureux vent, — Veut se lancer à la mer : — Y a-t-il quelqu'un qui veuille s'embarquer? (*El Peregrino en su patria*, Sevilla, 1604, in-4°, fol. 36, b.)

milieu des cris des spectateurs enthousiasmés, qu'une pareille représentation avait, on peut le supposer, bien édifiés (1).

Un troisième de ces drames étranges a pour base la parabole de l'Enfant prodigue. Il fut représenté, dit-on, à Perpignan, alors forteresse espagnole, par une compagnie de soldats. L'un des acteurs y est mentionné par son nom dans un prologue long et érudit jusqu'à l'absurde. Au nombre des interlocuteurs figurent l'Envie, la Jeunesse, le Repentir, le bon Conseil. Entre autres morceaux extraordinaires, il contient une harmonieuse paraphrase du *Beatus ille* d'Horace que débite le respectable propriétaire des pourceaux confiés à la garde du malheureux fils prodigue.

La quatrième Moralité insérée dans la Nouvelle, *El Peregrino*, est intitulée : *Las bodas del Alma con el Amor divino*. Elle fut représentée, suppose-t-on, sur une des places publiques de Valence, à l'occasion du mariage de Philippe III avec Marguerite d'Autriche, mariage qui se célébra dans cette cité. Dans cette circonstance Lope lui-même, nous raconte-t-on, s'offre sous le rôle d'un bouffon (2). Et c'est pour cette solennité qu'il appropria soigneusement son drame, écrit, à ce qu'il paraît, bien avant (3). Le Monde, le Péché, la Cité de Jérusalem, la Foi revêtue du costume de capitaine général espagnol, jouent leur rôle dans la pièce. Dans la première scène, l'Envie apparaît comme sortant des régions infernales, vomissant des flammes par la bouche : à la dernière, l'Amour est représenté étendu sur une croix, et épousant une belle demoiselle qui figure l'Ame de l'homme. Il y a dans ce drame des parties vraiment choquantes, particulièrement les passages où Marguerite d'Autriche, avec les attributs célestes, est représentée arrivant sur la galère de la Foi, et le passage où l'entrée de Philippe III dans Valence est littéralement décrite telle qu'elle a eu lieu, mais en substituant le Sauveur à la place du Roi ; les prophètes, les martyrs, les autres hiérarchies célestes à la place des nobles espagnols et du clergé qui apparut réellement dans cette circonstance (4).

_____

(1) Livre IV. Les compliments adressés à l'acteur prouvent que la pièce fut représentée. On peut encore le déduire de tout le prologue. (*Obras*, tom. V, p. 347.)

(2) Miñana, dans la continuation de *Mariana* (Liv. X. chap. xv, édit. de Madrid 1804, fol., pag. 589), dit, en parlant du mariage de Philippe III, à Valence : « Entre autres divertissements nombreux, il y eut de grandes fêtes, de grandes mascarades où Lope de Vega joua le rôle de *gracioso*.

(3) Liv. II.

(4) Lope se vante d'avoir inventé cette transformation comme d'un grand mérite. « C'est ainsi littéralement que S. M. le Roi, D. Philippe III, entra dans Valence. » (*Obras*, tom. V, pag. 187.)

Tels sont, probablement, les premiers et peu solides essais par lesquels Lope commença sa carrière sur le théâtre public, durant son exil à Valence et immédiatement après. Leur structure est certainement assez grossière, leur sentiment est parfois peu délicat ; ils ne valent cependant pas moins, sous l'un et l'autre aspect, que les mystères et les farces allégoriques analogues, représentés précisément à la même époque, en France et en Angleterre, et ils leur sont bien supérieurs par le ton général et le style. Ce que nous ne savons pas, c'est si Lope continua longtemps à en écrire, ni combien il en a composé. Il n'y en eut qu'un petit nombre d'insérés dans la collection de ses drames, commencée seulement en 1604, bien qu'un esprit allégorique soit accidentellement visible dans plusieurs de ses comédies qui, sous d'autres aspects, sont tout à fait dans le style du théâtre profane. Mais que Lope ait primitivement écrit des drames religieux, qu'il en ait écrit même un grand nombre, c'est un fait incontestable.

S'il trouva peu d'obstacles dans Madrid, il n'y trouva aussi que peu de secours ; à l'exception de deux mauvais théâtres, ou plutôt deux basses-cours, autorisées pour la représentation des comédies, et d'un goût dramatique formé ou se formant sur le caractère du peuple. Ces conditions suffisaient pour un esprit comme celui de Lope. Son succès fut immédiat et complet ; sa popularité mirobolante. Cervantès, nous l'avons vu, le déclare un monstre de la nature, *monstruo de naturaleza*. ; et tout en recherchant lui-même la renommée et le profit d'auteur dramatique, il reconnaît généreusement son grand rival pour le seul monarque du théâtre (1).

Il s'écoula cependant plusieurs années avant que Lope publiât même un seul volume des comédies qui avaient ainsi fait le charme du public de Madrid, et établi la forme définitive du drame national. Ce fait est dû, sans aucun doute, en partie à l'habitude, qui semble avoir prévalu,

---

(1) Voyez ce qui a été dit précédemment et les *Comedias*, Madrid, 1615, in-4°, Prologue. L'expression *monstruo de la naturaleza*, dans ce passage, implique, suppose-t-on, une satire de Cervantès contre Lope, mais c'est une erreur. C'est une phrase fréquemment employée, prise parfois en mauvaise part, comme lorsque D. Quichotte (Part. I, chap. xlvi) dit à Sancho : « Vete de mi presencia, monstruo « de la naturaleza »; elle est généralement adressée comme un compliment. Voyez, en effet, la *Hermosa Ester* de Lope ; vers la fin du premier acte, Assuérus admire la beauté d'Esther et il s'écrie : « Tanta belleza ! — Monstruo sera de la naturaleza. » Cervantès employa ces mots pour reprocher à Lope, ce n'est pas douteux, sa prodigieuse fécondité.

en Espagne, dès la première apparition du théâtre, de considérer ce genre de littérature comme peu propre à la publication; en partie, à la circonstance que, lorsque des comédies étaient produites sur la scène, l'auteur perdait ordinairement ses droits sur elles, sinon entièrement, du moins pour ne pouvoir les publier sans le consentement des acteurs. Toutefois, quelle qu'en ait été la cause, il est certain qu'une infinité des comédies de Lope ont été représentées avant qu'il en publiât une seule, et qu'aujourd'hui même la presse ne nous a pas conservé le quart de toutes celles qu'il a composées (1).

Leur nombre peut encore avoir été un obstacle à leur publication. En effet les détails les plus modérés et les plus certains sur ce point prennent presque un air de fable, tant ils semblent extravagants. En 1603, Lope nous donne les titres de trois cent quarante-une pièces qu'il avait déjà composées (2); en 1609 leur nombre s'était, dit-il, élevé à quatre cent quatre-vingt-trois (3); en 1618, il était, nous dit-il encore, de huit cents (4): en 1619, il le porte de nouveau à neuf cents, en

---

(1) Lope dut écrire pour le théâtre, à partir de 1586 ou 1587, et il devint un auteur populaire en 1590. Toutefois, nous ne savons pas qu'aucune de ses comédies se soit imprimée de son consentement avant le volume qui parut à Valence, en 1604. Dans la préface de son *Peregrino en su Patria*, dont le permis d'imprimer est de 1603, il nous donne une liste de trois cent quarante-une comédies qu'il reconnaît et réclame pour siennes. En 1618, il avoue (*Comedias*, tom. XI. Barcelona, 1618, Prologo), qu'il en a composé huit cents, mais qu'il n'a fait imprimer que cent trente-quatre drames et quelques intermèdes. Finalement, des huit cents pièces que Montalvan et d'autres lui attribuent, après sa mort, en 1635 (*Obras sueltas*, tom. XX, pp. 49), on n'en trouve guère plus de trois cent vingt ou trois cent trente, dans les volumes de la collection générale. En comptant les *autos* et les autres compositions de ce genre qui éleveraient le nombre des pièces de Lope à deux mille au moins, selon Montalvan, lord Holland n'a trouvé que cinq ou six cents drames de Lope. (*Vie de Lope*, Londres, 1817, in-8°, vol. II, pp. 158-180.)

(2) Cette liste si curieuse, et la préface où elle est insérée, méritent d'être lues avec le plus grand soin. Elles contiennent en effet des indications précieuses pour l'histoire des progrès du génie de Lope. La liste est pour la vie dramatique de cet écrivain ce qu'est le *Catalogue* de Meres pour Shakspeare. Elle se trouve dans les *Obras sueltas*, tom. V.

(3) Dans son *Arte nuevo de hacer comedias*, avec une comédie que je viens de finir cette semaine, j'ai déjà écrit quatre cent quatre-vingt-trois pièces. Lope fit imprimer son *Arte*, pour la première fois, en 1609 : il pouvait bien l'avoir écrit trois ou quatre ans plus tôt, et ajouter ces dernières lignes au moment de l'envoyer à l'impression. (*Obras sueltas*, tom. IV, pag. 417.)

(4) Dans la Préface de ses *Comédies* (tom. XI, Barcelone, 1618), se trouve une spirituelle adresse aux lecteurs.

nombre rond (1), et en 1624, à mille soixante-dix (2). Après sa mort, en 1635, Perez de Montalvan, son ami intime et son exécuteur testamentaire, qui avait déclaré, trois ans auparavant, que le nombre des drames de Lope était de cinq cents, sans y comprendre les pièces moins importantes, élève à huit cents le nombre des comédies et à quatre cents celui de ses *autos* (3). Ces nombres ont été répétés de confiance par Nicolas Antonio, dans sa notice sur Lope (4), et par l'Italien Franchi qui avait beaucoup connu Lope, à Madrid, et qui avait écrit un des nombreux éloges composés sur notre poète après sa mort (5). La prodigieuse facilité qu'impliquent ces nombres est en outre confirmée par le témoignage qu'en porte l'auteur lui-même, dans le prologue d'une de ses comédies, où il affirme qu'elle a été écrite et jouée en cinq jours (6) ; et par les anecdotes de Montalvan, rapportant qu'il avait composé cinq longs drames, à Tolède, en quinze jours, et un acte d'un autre, en quelques heures, dans la matinée, sans paraître avoir fait le moindre effort dans l'un et l'autre cas (7).

De cette quantité énorme, il n'a guère été publié plus de cinq cents

---

(1) *Comedias,* tom. XIV, Madrid, 1620. Dédicace à son fils de l'*Amante Verdadero.*

(2) *Comedias*, tom. XX, Madrid, 1629. Préface où il dit « Les âmes candides « espéreront qu'ayant assez vécu pour composer dix-sept cents comédies, j'aurai « aussi une vie assez longue pour les imprimer. » La licence et le privilége de ce volume datent de 1624-25.

(3) Dans l'*Indice de los Ingenios de Madrid,* que Montalvan mit en appendice à son *Para todos* et qu'il imprima en 1632, il dit que Lope avait déjà imprimé vingt volumes de ses comédies, et que les pièces représentées, sans compter les *autos,* s'élevaient à quinze cents. Lope en dit autant dans son *Egloga à Claudio,* imprimée en 1632, quoique composée bien avant, puisqu'il y parle de la *Dorotea,* publiée dans la même année, comme s'il annonçait qu'elle allait paraître bientôt. (Voyez aussi *Fama postuma, Obras suellas,* tom. XX, pag. 19.

(4) *Art. Lupus Félix de Vega.*

(5) *Obras suellas,* tom. XXI, pp. 3, 19.

(6) « Étudiées ou écrites toutes en cinq jours. » (*Comedias,* tom. XXI, Madrid, 1635, fol. 72, v.)

(7) *Obras suellas,* tom. XX, pp. 51-52. On peut comprendre avec quelle ardeur les acteurs recherchaient, et avec quelle facilité le public de Madrid recevait les pièces de Lope, par le fait qu'il mentionne lui-même dans son *Églogue à Claudius,* à savoir que plus de cent se représentèrent vingt-quatre heures seulement après leur composition :

> Y mas de ciento en horas veinte y cuatro
> Pasaron de las musas al teatro.
> (*Obras suellas,* tom. IX, pag. 368.

drames, à ce qu'il semble, dans différentes époques ; la plus grande
partie, dans les vingt-cinq, ou pour mieux dire, dans les vingt-huit
volumes imprimés, en divers endroits, entre 1604 et 1647, et dont il
est presque impossible de réunir maintenant une collection complète.
Dans ces volumes, et quant à ce qui concerne certaines règles de l'art
dramatique, il est évident que Lope prit le théâtre dans l'état où il le
trouva ; qu'au lieu de chercher à l'adapter à une théorie préconçue ou à
quelques modèles déjà existants, soit anciens, soit modernes, il n'eut
pour unique objet que de satisfaire le public et les spectateurs de son
temps (1). Cet objet, il l'avoue si distinctement, dans son *Arte nuevo de
hacer comedias* (2) et dans sa préface du vingtième volume de son théâtre,
qu'il n'y a pas le moindre doute que ce ne soit là la pensée dominante
qui l'a fait travailler pour le théâtre. Pour un but pareil, Lope parut
certainement dans un moment favorable ; et, doué d'un génie non moins
heureux, il devint capable de fonder le théâtre national espagnol,
théâtre qui depuis ce temps est substantiellement resté sur les bases où
il l'avait élevé, où il l'avait laissé.

Ce système, si nous devons appeler système ce qui nous paraît plutôt
un instinct, suppose presque nécessairement que Lope flattait le goût de
son auditoire par une grande variété de formes dramatiques. Voilà
pourquoi nous trouvons, dans ses comédies, une si grande diversité
d'esprit, de ton, de structure : diversité qui avait évidemment pour but
de satisfaire aux désirs inconstants du goût populaire, et qui, nous le
savons, obtenait un plein succès. Lope a-t-il pris la peine de considérer
en quelles différentes classes ses drames pouvaient être divisés, c'est ce
qui ne paraît pas certain. Assurément il n'est fait aucun essai d'arrangement technique dans la collection imprimée, excepté que, dans le
premier et le troisième volume, quelques *entremeses* ou farces, généralement en prose, sont placés à la fin de chacun d'eux comme une
sorte d'appendice. Tout le reste des pièces qu'ils contiennent sont en
vers et sont intitulées *comedias*, mot qu'il ne faut pas traduire par

---

(1) Dès 1603, Lope affirmait cette doctrine dans la préface de son *Peregrino en
su patria*. On la retrouve fréquemment dans différentes parties de ses ouvrages ;
dans le prologue de sa comédie : *Castigo sin venganza*. Il la laisse comme un legs,
dans son *Egloga à Claudio*, imprimée après sa mort. Son *Arte nuevo de hacer
comedias*, en 1609, est formellement explicite sur ce sujet, et il exprime sans aucun
doute la ferme proposition de l'auteur, proposition dont il ne s'est jamais départi,
ce semble, dans toute sa carrière dramatique.

(2) *Art nouveau d'écrire les comédies.*

comédies, mais par *drames*, puisque aucune autre dénomination n'a assez d'étendue et de compréhension pour exprimer leur infinie variété, et qu'elles sont toutes divisées en trois *jornadas* ou actes.

Quant au reste, il semble que leur diversité ne va pas finir. Si l'on considère les sujets, ils roulent de la tragédie la plus sublime jusqu'à la farce la plus libre ; des mystères les plus solennels de la religion jusqu'aux folies les plus burlesques de la vie commune : si nous regardons leur style, il embrasse chaque changement, chaque mesure connue de la langue poétique du pays. Dans toute cette infinie multitude des drames de Lope, fait digne de remarque, un genre se mêle insensiblement à l'autre, le sacré au profane, le tragique au comique, l'action héroïque à l'acte de la vie vulgaire, de telle sorte qu'aucun d'eux ne semble avoir, parfois, de forme déterminée, ni des attributs distincts.

C'est toutefois un fait moins réel qu'il ne le paraît tout d'abord. Lope, sans doute, ne connut pas toujours ou s'inquiéta peu de savoir dans quelle forme particulière était jeté le sujet de son drame : il n'en est pas moins vrai que certaines formes et certains attributs ont été inventés par son propre génie, ou lui ont été indiqués par les succès de ses prédécesseurs, par les exigences de son époque, exigences auxquelles chacun de ses drames répond plus ou moins. Quelques-unes de ses comédies touchent en effet de si près aux limites séparant les différentes classes qu'il est difficile de les assigner strictement à l'une ou à l'autre. Mais dans toutes, même dans les plus extravagantes et les plus irrégulières, on voit apparents les éléments distinctifs de l'une des classes, pendant qu'elles manifestent toutes, par l'esprit naturel qui les anime particulièrement, la source d'où elles émanent, la direction qu'elles sont destinées à suivre.

La première classe de comédies que Lope semble avoir inventées, la classe où son génie semble le plus s'être complu et qui reste encore un genre plus populaire en Espagne que partout ailleurs, consiste dans celles qu'on appelle *comedias de capa y espada*, comédies de cape et d'épée. Elles tirent leur nom de la circonstance que leurs principaux personnages appartenaient à la partie distinguée de la société, accoutumée, au temps de Lope, à porter le pittoresque costume national de la cape et de l'épée, genre excluant, d'un côté, les drames où apparaissent des personnes royales, et d'un autre, tout ce qui appartenait à la vie commune et aux humbles classes de la société. Leur ressort important, leur principal mobile était la galanterie, une galanterie telle qu'elle existait au temps de leur auteur. Le sujet est presque toujours embrouillé et compliqué, et presque toujours accompagné d'une contre-intrigue et d'une

parodie des caractères et des principaux rôles, reproduits par les caractères des serviteurs et des autres personnages subalternes.

Leurs titres visent à l'attrait et sont fréquemment tirés des vieux proverbes rimés, toujours populaires, et paraissant parfois avoir inspiré le
sujet du drame lui-même. Leur étendue uniforme a la longueur des
pièces régulières du théâtre, fixée maintenant à trois *jornadas* ou actes.
chacun desquels devant avoir son action, d'après Lope, renfermée dans
les limites d'une journée, quoiqu'il ait été lui-même rarement assez
scrupuleux pour suivre sa propre recommandation. Ces compositions ne
sont pas à proprement parler des comédies, rien en effet n'y est plus
fréquent que duels, meurtres, assassinats. Ce ne sont pas non plus des
tragédies : outre leur dénoûment heureux, elles sont généralement
composées de dialogues pleins de sensibilité et d'enjouement, et leur
action est conduite principalement par des amants romanesques ou
par des personnages d'un caractère inférieur dont l'esprit se mêle à
la bouffonnerie. Tous ces traits, il faut bien le comprendre, étaient
entièrement neufs sur la scène espagnole ; et si quelques éléments
ont été fournis par portions individuelles, depuis Torres Naharro, leur
combinaison du moins, ainsi que les manières, le ton et les costumes,
est entièrement nouvelle.

Lope écrivit un grand nombre de comédies de ce genre : plusieurs
centaines au moins. Son génie, riche, libre, et éminemment créateur, s'a-
daptant admirablement à ce genre de compositions, il donna, dans la
plupart d'entre elles, de grandes preuves de tact et de talent dramatique. Parmi les meilleures on cite *La hermosa fea* (1), *Dineros son calidad* (2), *Las bizarrias de Belisa* (3) qui a accidentellement le mérite de
rentrer strictement dans les règles classiques : *La esclava de su galan* (4)
où il a sondé la profondeur de la tendresse d'une femme ; et *El perro
del hortelano*, où il a presque également bien sondé la profondeur de la

(1) *La Belle laide, Comedias*, tom. XXIV. Saragosse, 1641, in-4°, fol. 22. etc.
(2) *L'Argent est une qualité.* Nous n'avons vu cette comédie que parmi les pièces
détachées de Lope. Elle doit cependant lui appartenir, puisqu'elle est insérée dans
le tom. XXIV, imprimé à Saragosse, en 1632, qui contient des comédies différentes
de celles qui constituent un autre tome XXIV, publié dans la même ville, en 1632.
Il existe en outre un troisième tome XXIV, imprimé à Madrid, en 1638. Il
suffit, toutefois, de lire la pièce, pour être convaincu qu'elle est de lui.
(3) *Comedias,* tom. IX, Barcelone, 1618, fol. 277, souvent réimprimée sous le
titre de *la Melindrosa.*
(4) *Comedias,* tom. XXV, Çaragoça, 1647, fol. 1, etc.

vanité égoïste (1). Mais il y a encore peut-être d'autres pièces qui, mieux même que celles dont nous venons de parler, peuvent montrer le caractère particulier de ce genre de drames de Lope et son principal mérite par rapport à elles. Nous allons donc revenir par conséquent sur deux ou trois.

« *El acero de Madrid* » une de ces pièces, est aussi une des premières que Lope composa pour la scène (2). Elle tire son nom des préparations de l'acier pour les besoins de la médecine, préparations d'un usage fort à la mode, au temps de Lope. Le sujet roule sur la conduite d'une jeune fille étourdie qui trompe son père, et spécialement une vieille tante hypocrite, en se prétendant malade et recevant des médicaments où entre l'acier d'un feint docteur. Ce docteur est en effet l'ami de son amoureux ; il lui prescrit les promenades et d'autres règles d'un genre de vie assez libre pour lui fournir les occasions favorables de recevoir les hommages de son adorateur.

Nous trouvons, sans aucun doute, dans cette comédie, quelques-uns des éléments du « *Médecin malgré lui* » : quoique le plein succès du talent original de Molière soit incontestable, les morceaux les plus heureux de sa comédie ne peuvent qu'entrer en juste compétition avec certains passages de la pièce de Lope. Le caractère de l'héroïne, par exemple, est traité avec plus d'animation dans le drame espagnol que dans la comédie française. Celui de la tante dévote, qui joue en qualité de sa duègne, et dont l'hypocrisie ressort encore plus lorsqu'elle devient elle-même amoureuse, est un de ceux que Molière aurait pu envier, quoiqu'il soit trop exclusivement espagnol pour être toléré au milieu des conventions de cour qui venaient l'assujettir et le restreindre.

Tout le drame est plein de vie et de gaieté; il y règne une réalité et une vérité fort rares au théâtre. Son début est à la fois une preuve de ce fait, en même temps qu'un spécimen caractéristique du moyen employé par l'auteur pour saisir son auditoire par un mouvement décisif, au fort de la scène et au milieu des personnages qu'il voulait représenter. Lisardo, le héros, et Riselo, son ami, apparaissent, en observation, à la porte d'une

---

(1) *Comedias*, tom. XI, Barcelone, 1618, fol. 1, etc. La préface de ce volume est curieuse. Lope s'y plaint amèrement des libraires. Il dit que la publication clandestine de ses comédies faisait beaucoup de tort au genre dramatique lui-même. Il donne à entendre qu'il n'y avait rien d'extraordinaire de voir une de ses comédies représentée soixante-dix fois.

(2) *El acero de Madrid*, écrit dès 1603, a été souvent imprimé séparément ; il se trouve aussi dans la collection, tom. XI, Barcelone, 1618, fol. 27, etc.

église des plus fréquentées de Madrid, à la fin du service divin, pour voir
la dame dont Lisardo est épris. Ils se morfondaient à attendre, pendant
que la foule s'écoulait, lorsque Riselo déclare à la fin qu'il ne veut
pas demeurer plus longtemps pour le caprice de son ami. A cet instant
apparaît Bélisa, la dame en question, surveillée par sa tante Théodora.
portant un habit de béate avec la plus grande affectation, et lui faisant
la leçon en ces termes :

TEOD.	Lleva cordura y modestia :
	Cordura en andar despacio,
	Modestia en que sola veas
	La misma tierra que pisas.
BEL.	Yo hago lo que me enseñas.
TEOD.	¿Cómo miraste aquel hombre?
BEL.	No me dijiste que viera
	Sola la tierra? Pues dime
	¿Aquel hombre no es de tierra?
TEOD.	Yo la que pisas te digo.
BEL.	La que piso va cubierta
	De la saya y los chapines.
TEOD.	¡Qué palabras de doncella!
	¡Por el siglo de tu madre
	Que yo te quite esas tretas!
	¿Otra vez le miras?
BEL.	¿Yo?
TEOD.	¿Luego no le hicistes señas?
BEL.	Fui à caer, como me turbas
	Con demandas y respuestas,
	Y miré quien me tuviese.
RIS.	¡Cayó! Llegad à tenerla!
LIS.	Perdone, vuesa merced,
	El guante. (1)

---

(1) TEOD. Ayez de la sagesse et de la modestie ; — De la sagesse pour marcher
tranquillement, — De la modestie, pour ne voir seulement — Que la terre que
foulent vos pieds. — BEL. Je fais ce que vous m'enseignez. — TEOD. Comment
vous avez regardé cet homme ? — BEL. Ne m'avez-vous pas dit de ne regarder —
Que la terre? Eh bien! dites-moi, — Cet homme n'est-il pas de terre? — TEOD.
Je t'ai dit celle que tu foules. — BEL. Celle que je foule est couverte — par la jupe
et les claques. — TEOD. Quelles paroles de jeune fille! — Par les mânes de ta
mère, — Je t'enlèverai bien toutes ces ruses! — Tu le regardes une autre
fois? BEL. Moi? — TEOD. Donc tu ne lui as pas fait des signes? — BEL. J'allais
tomber; comme vous me troublez — Par vos demandes et vos réponses, — J'ai
regardé qui me retenait. — RIS. Je comprends! venez la retenir. — LIS. Que
Votre Grâce me pardonne! — Votre gant.

TEOD.   ¿Hay cosa como esta?

BEL.   Bésoos las manos, señor;
Que si no es por vos, cayera.

LIS.   Cayera un ángel, señora,
Y cayeran las estrellas
A quien da mas lumbre el sol.

TEOD.   Y yo cayera en la cuenta.
¡ Id, caballero, con Dios!

LIS.   ¡ El os guarde, y me defienda
De condicion tan extraña !

TEOD.   Ya caiste; irás contenta
De que te dieron la mano.

BEL.   Y tú lo irás de que tengas
Con que pudrirme seis dias.

TEOD.   ¿ A que vuelves la cabeza?

BEL.   ¿ Pues no te parece que es
Advertencia muy discreta
Mirar adonde cai,
Para que otra vez no vuelva
A tropezar en lo mismo?

TEOD.   ¡ Ay ! mala pascua te venga,
Y como entiendo tus mañas.
Otra vez ; ¿ y diras que esta
No miraste al mancebito?

BEL.   Es verdad.

TEOD.   ¿ Y lo confiesas?

BEL.   Si me diò la mano allí,
¿No quieres que lo agradezca?

TEOD.   Anda, que entrarás en casa.

BEL.   ¡Oh! lo que harás de quimeras. (1)

---

(1) TEOD. A-t-on jamais vu chose pareille? — BEL. Monsieur, je vous remercie;
— Sans vous, je serais tombée. — LIS. Ce serait un ange, Madame, qui
tomberait ; — Ce seraient les étoiles, — A qui le soleil donne plus d'é-
clat. — TEOD. Et moi, je tomberais dans le piége! — Allez, monsieur, que
Dieu soit avec vous! — LIS. Et qu'il vous garde et qu'il me défende — D'une si
étrange situation ! — TEOD. Vous voilà tombée; vous voilà contente — De ce
qu'ils vous ont donné la main! — BEL. Et vous, vous le serez d'avoir — De
quoi me tourmenter pendant six jours. — TEOD. Pourquoi retournez-vous la
tête? — BEL. Comment ! il ne vous semble pas que c'est — Une précaution fort
sage — De regarder le lieu où je suis tombée, — Pour qu'une autre fois il ne m'arrive pas — De glisser au même endroit? — TEOD. Ah! tout cela est bien inutile,
— Je comprends votre stratagème. — Encore; et vous direz que cette fois — Vous
n'avez pas regardé ce jeune homme? — BEL. C'est vrai. TEOD. Et vous l'avouez?
— BEL. Puisqu'il m'a tendu la main, là, — Ne voulez-vous pas que je l'en remercie?
— TEOD. Allons, rentrez à la maison. — BEL. Oh! que de disputes vous allez
me faire! (*Comédies de Lope de Vega*, tom. XI, Barcelone, 1618, fol. 27.)

Il y a d'autres passages également animés et non moins castillans. Au commencement du second acte, la scène entre Octavio, un autre amoureux de Bélisa, et son serviteur se moquant de la passion de son maître, ainsi que la scène suivante avec le feint docteur, sont admirables dans leur genre, et durent produire un grand effet sur le public de Madrid, qui voyait avec quelle vérité étaient retracées les mœurs du temps.

Tous les drames de Lope ne se composèrent pas pour les théâtres publics de la capitale. Il fut, dans son siècle, le poète de la cour non moins que le poète national. Nous avons déjà fait connaître une comédie pleine de la verve de sa jeunesse, empreinte du caractère du peuple à qui elle s'adressait; nous allons examiner maintenant une composition non moins animée, non moins attrayante, écrite dans sa vieillesse, et expressément préparée pour une fête royale. Cette pièce intitulée : *La mañana de San Juan*, prouve que son genre était le même, soit qu'il dût être jugé par la foule turbulente, entassée dans une des basses-cours de la capitale, soit par un petit nombre de personnes choisies parmi ce qu'il y avait de plus distingué et de plus brillant dans le royaume.

L'occasion pour laquelle la pièce fut préparée et les dispositions prises pour sa représentation prouvent la magnificence des théâtres royaux, sous le règne de Philippe IV, et la considération dont jouissait leur poète favori (1). Le drame lui-même avait été expressément commandé par le comte-duc d'Olivarès, pour un somptueux divertissement qu'il désirait offrir à son souverain dans un de ses jardins, à Madrid, la veille de la St. Jean, au mois de juin 1631. Aucune dépense ne fut épargnée par ce favori dissolu pour plaire à son maître indulgent. Le marquis Juan Bautista Crescencio, le même artiste à qui nous devons le sombre panthéon de l'Escurial, dirigea les constructions architecturales, composées de magnifiques berceaux pour le roi et pour ses courtisans, d'un splendide

(1) Les observations relatives à cette comédie sont tirées de la comédie elle-même (*Comedias*, tom. XXI, Madrid, 1635, fol. 686); de Pellicer (*Origen de la comedia*, Madrid, 1804, in-12, tom. I, pp. 174-181.) Un divertissement semblable fut donné par la reine à Philippe IV, pour le jour de sa naissance, en 1622, dans le beau site d'Aranjuez. L'infortuné comte de Villamediana composa la poésie, et Fontana, architecte italien distingué, construisit un théâtre de la plus grande magnificence. Le drame, fort ressemblant aux mascarades du théâtre anglais, fut joué par la reine et par ses dames, et se trouve dans les œuvres du comte de Villamediana (Çaragoça, 1629, in-4°, pp. 1-55). La description de la fête nous est donnée par Antonio de Mendoza (*Obras*, Lisbonne, 1690, in-4°, pp. 426-464). C'était un luxe effréné et une profusion extravagante.

théâtre en face d'eux, et sur lequel, à la flamme des torches, les deux plus
célèbres compagnies d'artistes du temps représentèrent successivement
deux comédies ; l'une écrite par les talents réunis de Francisco de Quevedo et d'Antonio de Mendoza, et l'autre, le couronnement gracieux de
la fête, par Lope de Vega.

Le sujet de la comédie de Lope est heureusement tiré des plaisanteries
propres à la nuit où elle était représentée, nuit à laquelle il est fait de
fréquentes allusions dans les vieilles histoires et les vieilles romances
espagnoles, nuit consacrée, tant par les Maures que par les chrétiens, à
des superstitions plus joyeuses, à des aventures plus variées qu'il ne
convient à toute autre nuit des vieilles fêtes nationales (1). La pièce
jouée par conséquent dans cette circonstance offre un intérêt particulier
pour sa convenance tant au lieu qu'au temps de sa représentation.

Léonora, l'héroïne, apparaît la première sur la scène et confesse son
attachement pour don Juan de Hurtado, gentilhomme riche, récemment
arrivé des Indes. Elle donne une légère esquisse de la manière dont il
recherchait son amour par toutes les formes de l'admiration nationale,
à l'Église, pendant le jour, et le soir, devant la grille de son balcon. Don
Luis, son frère, ignorant toute cette situation, se lie volontiers avec l'a-
moureux qu'il intéresse à son propre mariage avec doña Blanca, sœur
de Bernardo, ami intime de don Juan. Empressé d'obliger le frère de la
dame qu'il aime, don Juan recherche Bernardo, et dans le cours de leur
conversation, il lui décrit ingénieusement une visite qu'il vient justement de faire, afin de voir tous les préparatifs pour la fête du soir qui
doit se célébrer devant la cour, et il mentionne même la comédie de
Lope. Il réclame ainsi bizarrement de l'auditoire la croyance que l'action
représentée sous leurs yeux sur la scène, dans le jardin, se passe, au
même moment, derrière eux, et se développe par la vie réelle dans les
rues de Madrid. Le passage où il adresse des compliments au roi, au
comte-duc, à Quevedo et à Mendoza, dut être d'un effet des plus brillants
qu'on puisse imaginer. Mais quand don Juan vient exposer sa mission
relative à doña Blanca, quoiqu'il trouve un parfait consentement de la
part de son frère Bernardo, il demeure stupéfait à la pensée que ce frère.

---

(1) Lope publia lui-même, en 1624, un poëme sur le même sujet. Il remplit
trente pages du troisième volume de ses œuvres ; mais une description des réjouissances de la Saint-Jean, plus propre à faire comprendre la comédie de Lope et
tout ce qu'on a écrit sur les nuits de la Saint-Jean, dans la poésie espagnole, peut
se lire dans les *Cartas de Doblodo* (1822, p. 309), ouvrage rempli des esquisses
les plus exactes sur le caractère et les mœurs des espagnols.

son ami le plus intime, désire conclure une double alliance et épouser lui-même Léonora.

Maintenant commencent, par exemple, les intrigues et les difficultés. Don Juan, sentant ce qu'il doit à son ami, se défend d'élever des droits sur Léonora, et déclare qu'il ne lui reste autre chose à faire qu'à prendre la fuite. En même temps, il se découvre que doña Blanca est déjà éprise d'une autre personne, d'un noble caballero, nommé don Pedro : elle ne veut, par conséquent, aucunement épouser don Luis, si elle peut éviter ce mariage. Le cours du véritable amour ne coule pas facilement dans l'un et l'autre cas. Mais les deux dames avouent leur détermination de rester constamment fidèles à leurs amants, quoique Léonora, à la suite de quelques symptômes imaginaires de froideur chez don Juan, symptômes naissant de son excessive sensibilité sur le point d'honneur, se désespère à la seule pensée qu'il peut, après tout, la trahir.

Ainsi finit le premier acte. Le second commence par la description que nous donne doña Blanca de son amant, de son état, de la manière dont elle l'a connu dans un jardin public, traits entièrement conformes aux mœurs nationales. Mais au moment même où elle est sur le point de prendre la fuite et de se marier secrètement avec lui, son frère, don Bernardo, arrive et lui propose de faire une première visite à Léonora pour lui faire agréer ses propres hommages. Pendant ce temps la pauvre Léonora, au désespoir, sort dans la rue avec sa suivante : elle rencontre le domestique de son amant, le gracioso ou le scapin de la pièce, qui lui raconte que son maître, incapable d'endurer plus longtemps ses souffrances, est sur le point de quitter Madrid. Don Juan, son maître, entre effectivement avec chaleur et précipitation et tout botté pour son voyage. Léonora s'évanouit. Quand elle revient à elle, ils se livrent à des explications, et se déterminent à se marier immédiatement; de sorte que nous avons maintenant, à la fois sur le tapis, deux mariages particuliers, environnés de difficultés. Mais les rues sont remplies d'une multitude folâtre, s'adonnant à une espèce de liberté de carnaval, durant cette fête populaire. L'étourdi serviteur de don Juan se prend de querelle avec quelques jeunes gens assez gais, trop impertinents pour son maître et pour la tremblante Léonora. On tire les épées : don Juan est arrêté et emmené par les agents de la justice : Léonora, dans sa frayeur, se réfugie dans une maison qui se trouve être par hasard la maison de don Pedro. Don Pedro est absent et à la recherche de son amante doña Blanca. Quand il rentre, il se fraye avec difficulté un chemin à travers la populace en révolte, et promet, dans les limites de l'honneur castillan, de protéger Léonora délaissée et inconnue, Léonora qu'il trouve sur son balcon, observant avec timidité les mouvements de la multitude dans la rue, dans l'espérance d'entrevoir son amant.

Dans le troisième acte, nous apprenons que don Juan s'est aisément dégagé par des présents des mains des officiers de justice, et qu'il est encore, dans les rues gaies et bruyantes, à la recherche de Léonora. Il rencontre don Pedro qu'il n'avait encore jamais vu. Mais don Pedro le prend, d'après ses questions, pour le frère aux yeux duquel Léonora est si inquiète de se cacher, et il évite avec soin de la lui découvrir. Par malheur, arrive en ce moment doña Blanca que la confusion qui régnait dans les rues avait empêchée de venir plus tôt. Don Pedro se hâte de la conduire dans sa maison pour la cacher jusqu'à ce que la cérémonie du mariage puisse être célébrée. Doña Blanca en sort aussi avec non moins de précipitation, en y trouvant une autre femme déjà cachée : circonstance qu'elle prend pour une preuve directe de la fausseté de son amant. Léonora la suit, et une explication commence : au milieu d'elles arrivent soudainement les deux frères, à la recherche, eux aussi, de leurs deux sœurs égarées. Il en résulte une scène de la plus grande confusion et de récriminations réciproques. Alors toutes les erreurs sont reconnues, tous les attachements sont approuvés ; le bonheur des deux dames et de leurs deux amants est complet, et la toile tombe. A la fin, le poète, en son propre nom, déclare que l'art lui permettait bien d'étendre son action au-delà de vingt-quatre heures, mais que dans le cas présent il s'est renfermé dans les règles, puisqu'il l'a ramenée à moins de dix.

Comme spécimen des comédies fondées sur les mœurs espagnoles, il y en a peu de plus heureuses que *la Noche de San Juan*. Les scènes d'amour sont toutes pleines de délicatesse et de passion : les scènes entre les caballeros et le peuple respirent la rudesse et la gaieté : les scènes où apparaît le domestique, au langage libre et pétulant, qui joue le rôle du gracioso, sont toutes excellentes et entièrement conformes au caractère national. Cette pièce fut reçue avec les plus grands applaudissements et constitua le couronnement de la fête magnifique du comte duc, fête qui, par sa musique, ses danses, ses intermèdes et ses rafraîchissements, dura toute la nuit, de neuf heures du soir jusqu'à l'aurore du lendemain.

Une autre comédie de Lope, appartenant à cette division des comédies de cape et d'épée, et qui se rapproche du drame héroïque, c'est *La boba para los otros y sabia para si misma* (1). Elle est d'un caractère plus léger et

(1) *Folle pour les autres et sage pour elle-même.* Comedias, tom. XXI, Madrid, 1635, fol. 45, etc.

plus agréable que la plus grande partie des pièces du même genre. Diane, élevée dans la condition simple de bergère, ignorant entièrement qu'elle est la fille et l'héritière de duc d'Urbino, est tout à coup appelée, par la mort de son père, à remplir sa place. Elle est entourée d'ennemis intrigants, mais elle en triomphe en affectant une simplicité rustique dans tout ce qu'elle dit et tout ce qu'elle fait. En même temps, elle administre tout autour d'elle ; elle noue une intrigue amoureuse avec le duc Alexandre Farnèse, avec qui elle finit par se marier.

Le piquant de la pièce repose sur l'habileté que l'héroïne est capable de déguiser sous une apparente rusticité. Dès le début, par exemple, elle s'informe secrètement du véritable état des affaires et détermine la voie qu'elle veut suivre : les ambassadeurs d'Urbino arrivent et lui disent avec toute la solennité appropriée à la circonstance :

> CAMILO.   Señora, el Duque es muerto.

Diane leur répond :

> ¿ Pues que se me da á mi ? Pero si es cierto,
> Enterralde, señores,
> Que yo no soy el cura. (1)

Ce ton se conserve jusqu'à la fin de la pièce, toutes les fois que l'héroïne apparaît : et ce caractère fournit à Lope l'occasion de produire de nombreux exemples de cette grâce harmonieuse et légère que son esprit possédait en si grande abondance.

Peu semblable à toutes les pièces que nous avons déjà fait connaître, mais appartenant encore à la même classe est *El premio de bien hablar* (2), comédie charmante où les détails sur la naissance et la condition primitive du héros sont une description si absolue de l'auteur qu'il est presque hors de doute que Lope n'ait eu la pensée de calquer son caractère sur le sien propre. Don Juan, le héros, se tient avec quelques galants oisifs à la porte d'une église de Séville, pour voir sortir les dames. Il défend, sans la connaître, l'une d'elles dont on parle très-légèrement. Une querelle s'ensuit. Il blesse son adversaire ; on le poursuit, et il a la chance de se réfugier dans la maison de la dame dont il soutenait si galamment

---

(1) CAMILLE. Madame, le Duc est mort. — DIANE. Qu'est-ce que cela peut me faire ? Si sa mort est certaine, — Enterrez-le, Messieurs, — Pour moi, je ne suis pas le curé. (*Comedias*, tom. XXI, Madrid, 1635, fol. 47, etc.)

(2) *La Récompense du bien parler.* (*Comedias*, tom. XXI, Madrid, 1635, fol. 158, etc.)

l'honneur quelques instants avant. Par reconnaissance, la dame le cache, et la comédie finit par un mariage, mais non sans qu'il y ait régné une parfaite confusion d'intrigues et de contre-intrigues, d'imbroglios, de cachettes qui remplissent si souvent les trois actes des drames de Lope.

On pourrait ajouter à ces comédies un grand nombre d'autres pièces, manifestant, par la diversité de leur ton et de leur caractère, la diversité de talents de l'homme extraordinaire qui les a inventées et qui les a remplies d'une versification si variée, si facile. Parmi elles nous citerons : *Por la puente Juana* (1) ; *El Anzuelo de Fenisa* (2) ; *El Ruyseñor de Sevilla* (3), et *Porfiar hasta morir* (4). Cette dernière est basée sur l'histoire de *Macias el enamorado*, sujet favori des vieux poètes espagnols et des poètes provençaux. Mais il n'y a ni nécessité, ni possibilité d'aller plus loin. Nous en avons dit assez pour montrer le caractère général de ce genre, et nous devons maintenant passer à un autre.

---

(1) *Par le pont Jeanne. Comedias*, tom. XXI, Madrid, 1635, fol. 243, etc. Elle a été souvent imprimée séparément, et une fois à Londres.

(2) L'*Hameçon de Fenise. Comedias*, tom. VIII, Madrid, 1617, Elle a été souvent aussi imprimée séparément. Elle est remarquable par sa gaieté et sa vivacité.

(3) *Le Rossignol de Séville. Comedias*, tom. XVII, Madrid, 1621, fol. 187, etc.

(4) *Lutter jusqu'à la mort. Comedias*, tom. XXIII, Madrid, 1638, fol. 96, etc.

CHAPITRE XVI.

Continuation de Lope de Vega. — Ses drames héroïques et leurs traits caractéristiques. — Pièces en grand nombre sur des sujets de l'histoire espagnole, et
d'autres sur des événements contemporains.

Les drames de Lope de Vega appartenant à la classe qui suit immédiatement ont reçu le nom de *Comedias heroicas* ou *Comedias historiales*.
La principale différence qui existe, entre ces pièces et les dernières que
nous venons d'examiner, c'est qu'elles mettent en scène des personnages
d'un haut rang dans la société, des rois et des princes : qu'elles ont
généralement un fondement historique, ou qu'elles emploient, au moins,
des noms historiques, comme si elles prétendaient l'avoir ; que leur ton
prédominant est un ton grave, imposant et même tragique. Elles ont,
cependant, en général, les mêmes intrigues, les mêmes imbroglios, les
mêmes épisodes, le même jeu de jalousie et de point d'honneur sensible
à l'excès, les mêmes caricatures ridicules et comiques pour adoucir
les parties graves et sérieuses ; enfin, toutes les mêmes ressources qui se
trouvent dans les drames de cape et d'épée. Philippe II désapprouva
ce genre de pièces, dans la pensée qu'elles tendaient à diminuer la
dignité royale, circonstance qui nous dépeint bien l'état des mœurs de
ce temps et l'influence attribuée au théâtre (1).

Lope composa un grand nombre de pièces dans la forme du drame
héroïque qu'il avait substantiellement inventée : autant peut-être qu'il en
avait écrit dans tout autre genre. Tout événement historique semble,
en effet, lui avoir fourni un sujet, depuis les annales primitives du
monde jusqu'aux événements de son temps : mais ses matériaux favoris
sont empruntés aux souvenirs de la Grèce et de Rome, et surtout aux
chroniques et aux romances de l'Espagne.

Nous pouvons prendre pour preuve de la manière dont il profitait de
l'histoire ancienne sa *Roma abrasada*, *Rome incendiée*, quoiqu'elle soit

---

(1) Lope de Vega, *Obras sueltas*, tom. IV, pag. 410.

certainement un des spécimens les moins favorables du genre auquel elle appartient (1). Les faits sur lesquels cette pièce se base sont puisés aux sources les plus communes ouvertes à son auteur, et tirés principalement de la *Cronica général*. Mais ils n'y sont pas disposés sur un plan bien construit, ni même ingénieux (2). Ils ne constituent que la relation de tout ce qui s'est passé dans les vingt années écoulées entre la mort de Messaline, sous le règne de Claude, et la mort de Néron qui est non-seulement le héros, mais le *gracioso*, ou le bouffon de la pièce.

Le premier acte qui dure jusqu'à l'assassinat de Claude par Néron et Agrippine, contient la vieille plaisanterie de l'empereur demandant pourquoi sa femme ne vient pas dîner, après l'avoir lui-même mise à mort. Pour produire également un effet sur le peuple, il ajoute de fréquents éloges de l'Espagne, de Lucain, de Sénèque, qu'il réclame l'un et l'autre comme espagnols, et il fait du dernier un astrologue autant qu'un moraliste. Le second acte montre Néron commençant son règne avec la plus grande bienveillance, d'après Suétone et la vieille *chronique générale*, se faisant un crime de savoir écrire, parce que, dans le cas contraire, il n'aurait pas été requis de signer un ordre pour une juste exécution judiciaire. L'immédiate transformation violente dans la conduite de Néron n'est expliquée, ni motivée d'aucune manière. Elle est tout simplement exposée aux spectateurs comme un fait, et dès ce moment commence le cours impétueux de ses crimes.

Une scène curieuse, purement espagnole, est une de celles où s'annonce premièrement ce changement de caractère. Néron devient amoureux d'Éta, mais nullement à la mode romaine. Il la visite, la nuit, à sa fenêtre, lui chante un sonnet, est interrompu par quatre hommes déguisés, tue l'un deux, échappe avec difficulté aux poursuites des officiers de la justice. Tout se passe comme s'il était un parfait chevalier errant du temps de Philippe III (3). Vient ensuite son amour plus historique pour Poppée, la choquante entrevue entre Néron et sa mère, dont le résultat

---

(1) *Comedias*, tom. XX, Madrid, 1629, fol. 177, etc. Elle est intitulée : *Tragedia famosa.*

(2) La narration de Suétone (Liv. V et VI), la *Chronique générale* (Part. I, chap. cx et cxi) méritent d'être comparées avec les passages correspondants de la *Roma abrasada*. Dans un passage de l'acte III, Lope insère une romance dont les premiers vers se trouvent dans l'acte premier de la *Célestine*.

(3) Cette scène appartient au second acte et fait partie de la comédie où Néron joue le rôle du *gracioso*.

fut l'ordre qu'il donna de la faire mourir immédiatement. L'exécution de cet ordre et l'horrible exposition du cadavre terminent l'acte qui, tout grossier qu'il est, ne diminue pas les atrocités révoltantes de la vieille chronique dont il est principalement tiré.

Le troisième acte est disposé de manière à flatter en partie la vanité nationale et à se concilier en partie l'influence de l'Église pour laquelle Lope, comme ses contemporains, professait toujours un profond respect. Aussi introduit-il maintenant quelques chrétiens pieux, et nous avons une profession de foi édifiante, embrassant l'histoire générale du monde, depuis la création jusqu'au crucifiement, et un récit de tout ce que les historiens espagnols regardent comme la première des douze persécutions. Viennent ensuite la mort de Sénèque, celle de Lucain, l'incendie de Rome, incendie qui, constituant la partie la plus essentielle du spectacle et sur lequel on comptait pour produire un grand effet sur la scène, est réservé pour la fin, en dehors de l'ordre propre de l'histoire et après la construction du somptueux palais de Néron, de l'*aurea domus* qui fut réellement construite sur l'emplacement laissé désert par le feu. Les spectateurs sont égayés, pendant ce temps, par une scène qui se passe en Espagne, où se trame une conspiration pour renverser la puissance de l'Empereur. Le drame finit par la mort de Poppée, racontée d'une manière moins crue que dans la narration de la chronique ; par la mort de Néron et la proclamation de Galba comme son successeur ; événements entassés dans un espace disproportionné et trop étroit pour des incidents si importants.

Lope n'a cependant pas souvent écrit d'une manière si mauvaise, ni si grossière. Dans les sujets modernes, et spécialement dans les sujets nationaux, il est presque toujours plus heureux, parfois il est même puissant et imposant. Dans ce genre et comme un spécimen caractéristique de son succès, bien qu'il ne lui soit pas remarquablement favorable, on peut citer : *El Principe perfecto* (1), drame où Lope cherche à donner une idée d'un prince parfait, sous le caractère de don Juan de Portugal, fils d'Alphonse V, et contemporain de Ferdinand et d'Isabelle la Catholique (2). Son magnifique portrait mis dans la bouche de son ami et de son confident, au commencement du second acte, nous est donné avec une telle minutie de détails, qu'il ne nous laisse aucun doute sur les qualités qui constituèrent la valeur des princes, à l'époque des Philippe,

---

(1) *Le Prince parfait.*
(2) *Comedias*, tom. XI, Barcelone, 1618, fol. 121, etc,

si elles ne sont pas les qualités qui la constitueraient maintenant.

Dans un autre endroit de la pièce, D. Juan est représenté après s'être battu bravement à la désastreuse bataille de Toro, et avoir volontairement restauré le trône de son père qui, après son abdication en sa faveur, vient de nouveau réclamer le pouvoir suprême. Courage personnel et stricte justice, telles sont les qualités sur lesquelles on s'appuie pour le montrer comme un prince parfait. Il donne des preuves du premier en tuant un homme pour sa propre défense, et en entrant dans un combat de taureaux dans des circonstances les plus périlleuses ; de la seconde, c'est-à-dire, de son amour pour la justice, on en produit plusieurs exemples sur la scène. On cite entre autres la protection qu'il accorda à Colomb, après le retour d'Amérique de ce grand navigateur, tout en n'ignorant pas combien ses découvertes avaient fait rejaillir d'honneur sur une nation rivale, ni combien son erreur avait été grande, en n'en obtenant pas le bénéfice pour le Portugal. Mais le plus remarquable de ces exemples de justice se rapporte à l'histoire privée et personnelle du prince, et forme le sujet principal du drame qui est le suivant :

Don Juan de Sosa, favori du Roi, est envoyé deux fois en Espagne, avec des missions importantes : pendant sa résidence, il vit dans la famille d'un gentilhomme, uni à lui par les liens du sang, dont il rend éprise de lui sa fille, Léonora, qui lui donne son affection.

Mais chaque fois que don Juan retourne en Portugal, il oublie la foi qu'il a jurée et laisse Léonora languir dans l'affliction. Elle vient enfin avec son père à Lisbonne, dans la suite de la princesse espagnole, Isabelle, qui arrive pour épouser le fils du Roi. Là encore le mauvais chevalier refuse de reconnaître ses obligations. Poussée par son désespoir, Léonora se présente au Roi et lui explique sa situation dans la conversation suivante, spécimen avantageux de cette narration facile et harmonieuse qui constitue à un si haut degré le charme principal du drame de Lope. Léonora entre et s'écrie :

> LEONORA.   ¡ Principe, qu'en paz y en guerra
>   Te llama perfeto el mundo,
>   Oye una mujer !
> REY.   Comienza.
> LEON.   Del gobernador Fadrique
>   De Lara soy hija. (1)

---

(1) LÉONORA. Prince, que dans la paix et dans la guerre — Le monde appelle parfait, — Écoutez une femme ! LE ROI. Commence. — LÉONORA. Du gouverneur Fadrique — De Lara, je suis la fille.

REY.   Espera.
    Perdona al no conocerte
    La cortesia, que es deuda
    Digna á tu padre y á ti.

LEON. Esa es gala y gentileza
    Digna de tu ingenio claro
    Que el mundo admira y celebra
    Por dos veces à Castilla
    Fué un fidalgo desta tierra,
    Que quiero encubrir el nombre
    Hasta que su engaño sepas :
    Porque le quieres de modo,
    Que temiera que mis quejas
    No hallaran justicia en ti
    Si otro que tú mismo fueras.
    Posó entrambos en mi casa,
    Solicitó la primera
    Mi voluntad.

REY.   Di adelante
    Y no te oprima vergüenza ;
    Que tambien con los jueces
    Las personas se confiesan.

LEON. Agradecí sus engaños;
    Partióse, lloré su ausencia :
    Que las partes deste hidalgo,
    Cuando él se parte, ellas quedan.
    Volvió otra vez y volvió;
    Mas dulcemente sirena,
    Con la voz no vi el engaño.
    ¡Ay Dios! señor, si nacieran
    Las mujeres sin oidos,
    Ya que los hombres con lenguas. (1)

---

(1) LE ROI. Attends.—Pardonne-moi si, sans te connaître,—J'ai manqué de cette courtoisie que je dois — Dignement à ton père et à toi. — LÉONORA. C'est une galanterie et une gentillesse — Digne de votre brillant génie — Que le monde admire et vante. — Par deux fois en Castille, — S'en alla un hidalgo de cette terre. — Je veux en cacher le nom —, Jusqu'à ce que vous connaissiez sa fourberie. — Parce que vous l'aimez de telle manière — Que je craindrais de voir mes plaintes — Ne pas trouver justice en vous — Si vous étiez un autre que vous-même. — Les deux fois, il devint l'hôte de ma maison — Et il réveilla, la première — Mon premier amour. LE ROI. Parle, continue. — Que la honte n'opprime pas ton cœur! — C'est aussi aux juges — Que les âmes peuvent se confesser. — LÉONORA. Je fus sensible à ses tromperies. — Il partit, je pleurai son absence. — Les souvenirs de cet hidalgo — Restent lorsqu'il s'en va. — Il revint une autre fois et il revint encore. — Mais douce sirène, — De la voix, je ne distinguai pas l'erreur... — Grands Dieux! seigneur, — Si les femmes naissaient sans oreilles,— Puisque les hommes ont tant de langue.

Llamóme al fin, como suele
A la perdiz la cautela
Del cazador engañoso,
Los redes entre la yerba.
Resistime ; mas ¿ qué importa
Si la mayor fortaleza
No contradice el amor,
Que es hijo de las estrellas?
Una cédula me hizo
De ser mi marido, y esta
Debió ser con intencion
De no conocer la deuda
En estando en Portugal,
Como si el cielo no fuera
Cielo sobre todo el mundo,
Y su justicia suprema.
Al fin, señor, él se fué
Ufano con las banderas
De una mujer ya rendida :
Que donde hay amor, no hay fuerza.
Despojos trajó à su patria,
Como si de Africa fueran,
De los Moros que en Arcila
Vinciste en tu edad primera,
O de los remotos mares
De cuyas blancas arenas
Te traen negros esclavos
Tus armadas portuguesas.
Nunca mas vi letra suya ;
Lloró mi amor sus obsequias,
Hice el túmulo del llanto,
Y de amor las hachas muertas. (1)

---

(1) Il m'appela enfin, ainsi que d'ordinaire — Appelle la perdrix, la ruse — Du chasseur trompeur — Dans les filets cachés sous l'herbe. — Je résistai ; mais qu'importe ? — La plus grande forteresse — Ne peut résister à l'amour, — A l'amour, fils des étoiles. — Il m'écrivit un billet, — Me promettant d'être mon mari, promesse, — Avec l'intention sans doute — De ne pas reconnaître la dette, — Puisqu'il était en Portugal ; — Comme si le ciel n'était pas — Le ciel sur tout l'univers, — Et si sa justice n'était pas la justice suprême. — Enfin, seigneur, il s'en alla — Tout fier, avec les drapeaux — D'une femme déjà rendue ;— Car là où il y a de l'amour, il n'y a plus de force. — Il emporta ses dépouilles dans sa patrie, — Comme si elles venaient d'Afrique, — Des Maures qu'à Arcilla — Tu as vaincus, dans ta première jeunesse, — Ou de ces mers lointaines, — Aux sables blancs,— Qui t'envoient de noirs esclaves — Sur tes flottes portugaises. — Jamais je ne vis de ses lettres. — Mon amour pleura ses funérailles. — Je fis des pleurs le tombeau — Et j'éteignis les feux de l'amour.

Casó el Principe tu hijo
Con nuestra infanta, que será
Parabien de entrambos reinos.
Vinó mi padre con ella,
Vine con él à Lisboa,
Donde este fidalgo niega
Tan justas obligaciones,
Y de suerte me desprecia,
Que me ha de quitar la vida
Si tu Alteza no remedia
De una mujer la desdicha.

REY.   ¿ Vive la cédula?
LEON.   Fuera
Error no haberla guardado.
REY.   Yo conoceré la letra,
Si es criado de mi casa.
LEON.   Señor, la cédula es esta.
REY.   ¡ La firma dice : *D. Juan
De Sosa!* No lo creyera,
A no conocer la firma,
De su virtud y prudencia (1).

Le *dénoûment* consiste naturellement dans le mariage qui devient ainsi un acte de la parfaite justice du Roi.

Colomb figure, comme nous l'avons dit, dans cette pièce. Il y est introduit avec peu d'habileté, mais la dignité de ses prétentions n'y est nullement oubliée. Dans un autre drame consacré à la découverte de l'Amérique, *El Nuevo Mundo de Cristobal Colon*, son caractère est mieux tracé et développé d'une manière plus vraie. La composition elle-même embrasse les événements de la vie du grand almirante, depuis ses premiers et vains

---

(1) Le prince, votre fils, se maria—Avec notre infante, Qui deviendra—La félicité des deux royaumes. — Mon père vint avec elle. — J'allai avec lui à Lisbonne — Où cet hidalgo nie — De si justes obligations. — Il me méprise de telle sorte — Que je vais m'arracher la vie, — Si Votre Altesse ne remédie — A l'infortune d'une femme. — LE ROI. Le billet existe-t-il? LÉONORA. Ç'eût été — Une grave erreur de ne pas l'avoir conservé. — LE ROI. Je reconnaitrai l'écriture, — Si c'est un serviteur de ma maison. — LÉONORA. Seigneur, ce billet, le voilà. — LE ROI. Il est signé : *D. Juan — De Souza!* Jamais je ne l'aurais cru, — Si je n'avais connu la signature, — De sa vertu, de sa prudence.
Comedias de Lope de Vega, tom. XI, Barcelone, 1618, fol. 143, 144. Ce passage est à la fin de la pièce et il conduit au dénoûment par une de ces narrations élégantes, semblables aux narrations des nouvelles italiennes. Lope employait fréquemment ce ressort, lorsque l'intrigue et la fable de la composition dramatique s'étaient assez étendues pour remplir les trois actes indispensables.

efforts pour obtenir une protection en Portugal, jusqu'à sa présentation triomphante des dépouilles du Nouveau-Monde à Ferdinand et à Isabelle, dans Barcelone, période qui embrasse environ quatorze années (1).

C'est une des tentatives les plus déréglées et les plus extravagantes de Lope; elle n'en porte pas moins les marques de son talent particulier; elle résume pleinement les sentiments de la nation espagnole par rapport à l'Amérique, comme un monde racheté sur le paganisme. Plusieurs scènes se passent en Portugal : les unes dans la plaine de Grenade, au moment de sa chute; les autres sur la caravelle de Colomb, pendant une révolte de l'équipage; d'autres enfin dans les Indes Occidentales et devant les Rois Catholiques, à son retour en Espagne.

Parmi les personnages de la pièce, outre ceux qu'on peut raisonnablement entrevoir dans le cours du drame, nous trouvons Gonzalve de Cordoue, plusieurs Maures, plusieurs Indiens d'Amérique, plusieurs figures allégoriques, telles que la Providence, le Christianisme et l'Idolâtrie. Cette dernière combat, avec la plus grande véhémence, l'introduction des Espagnols et de leur religion dans le Nouveau-Monde; et, dans des passages tels que le morceau suivant, elle semble courir le risque d'exposer le meilleur des arguments :

> No permitas, Providencia.
> Hacerme esta sin justicia,
> Pues los lleva la codicia
> A hacer esta diligencia :
> So color de religion,
> Van à buscar plata y oro
> Del encubierto tesoro. (2)

La plus grande partie de l'action et les meilleurs passages se trouvent dans le Nouveau-Monde. Mais il est difficile d'imaginer rien de plus extravagant que l'ensemble de la fable : la propriété dramatique y est constamment méprisée. Les Indiens, avant l'apparition des Européens parmi eux, chantent des hymnes à Phœbus et à Diane : dès l'abord ils

---

(1) *Comedias*, tom. IV, Madrid, 1614, et aussi l'*Appendice au théâtre choisi de Lope de Vega*, publié par Ochoa (Paris, 1838, in-8°). Fernando de Zarate mit à profit plusieurs passages de cette comédie pour écrire sa *Conquista de Mejico, Comedias escogidas*, tom. XXX, Madrid 1668, comme on peut le voir par le commencement de la *Jornada* II.

(2) Ne permettez pas, Providence, — Que l'on me fasse cette injustice. — C'est l'avarice qui les pousse — A toute cette entreprise. — Sous le prétexte de la religion, — Ils vont chercher de l'or et de l'argent — Dans ce trésor caché. (*El Nuevo Mundo*, Jornada I.)

ne parlent qu'espagnol, ensuite, après l'arrivée des Espagnols, ils prétendent fréquemment être incapables d'entendre un mot de leur langage. La scène où l'Idolâtrie plaide sa cause contre le Christianisme devant la divine Providence, les scènes avec le Démon, celles qui touchent à la conversion des païens pourraient se présenter dans les plus informes et les plus rudes des vieilles moralités. Au contraire, les scènes qui expriment des sentiments naturels, qui peignent les jalousies de ces indigènes simples et ignorants, celles où apparaît Colomb, sont toujours pleines de noblesse et de dignité, et ne manquent pas de mérite. Il y en a peu, toutefois, qu'on puisse réellement qualifier de bonnes et de poétiques ; mais même dans les plus mauvaises, on sent une espèce d'intérêt et de poésie, et l'histoire qu'elles comprennent se suit jusqu'à la fin avec une ardente curiosité.

On répète dans cette comédie la tradition vulgaire que Colomb était né à Nervi ; qu'il avait reçu, à Madère, d'un pilote mourant, les cartes qui le conduisirent à sa grande découverte. Mais, circonstance singulière, c'est en contradiction avec toutes ces données que, dans d'autres parties de la comédie, Lope a hasardé la conjecture que Christophe Colomb avait été mu par une inspiration divine. Le moine le déclare expressément, dans la scène de la révolte ; Colomb lui-même, dans son entretien avec son frère Bartholomée, quand il voit leur situation tout à fait désespérée, y fait évidemment allusion, en disant les vers suivants :

> Una secreta deidad
> A que lo intente me impele,
> Diciendome que es verdad,
> Que en fin, que duerma ò que vele,
> Persigue mi voluntad.
> ¿Que es esto que ha entrado en mi ?
> ¿Quién me lleva ó mueve á mi ?
> ¿Donde voy, donde camino ?
> ¿Qué derrota, qué destino
> Sigo ó me conduce aqui ?
> Un hombre pobre y aun roto
> Que aun lo puedo decir,
> Y que vive de piloto,
> Quiere á este mundo añadir
> Otro mundo tan remoto ! (1)

---

(1) Une divinité secrète, — A l'entreprendre me pousse, — En me disant que c'est une vérité. — Enfin, dans mon sommeil ou dans mes veilles, — Que je poursuive ma volonté. — Qu'est-ce qui est entré dans mon âme ? — Qui m'emporte, qui remue tout mon être ? — Où vais-je, quel chemin me dirige ? — Quelle voie,

La conception du caractère est bonne sous ce point de vue particulier; elle repose, comme nous le savons, sur les convictions personnelles de Colomb, et aurait pu être développée d'une manière plus complète et avec plus d'effet poétique. Mais l'occasion est négligée, et, comme en beaucoup d'autres circonstances favorables au succès, Lope la laisse échapper par incurie ou par précipitation.

Un autre drame de ce genre, *El Castigo sin Venganza*, est important par la manière dont le sujet est traité, et intéressant par le fait que l'histoire s'y trouve plus exactement tracée que dans aucune autre composition de Lope. Il repose sur le récit d'un événement terrible et cruel, rapporté par les annales de Ferrare, durant le quinzième siècle, événement que lord Byron a trouvé dans les *Antiquités de la Maison de Brunswick* par Gibbon, et dont il a fait le texte de sa *Parisina* (1). Lope a suivi les vieilles chroniques du duché et a présenté l'histoire sous un point de vue un peu différent, en la revêtant, avec une assez grande habileté, de la forme dramatique.

Dans cette tragédie, le duc de Ferrare est un personnage de distinction et d'esprit, commandant les forces papales; un prince ayant l'expérience et les vertus d'un grand homme d'État. Il se marie après avoir déjà passé la moitié des années de sa vie, et il envoie son fils naturel, Frédéric, recevoir sa belle et nouvelle épouse, la fille du duc de Mantoue, et la conduire à Ferrare. Avant d'arriver à Mantoue, Frédéric la rencontre par hasard sur la route, et dans sa première entrevue avec sa belle-mère, il la sauve au moment où elle allait se noyer. Dès ce moment, ils s'attachent peu à peu et de plus en plus l'un à l'autre, jusqu'à ce que leur attachement finisse par le crime, soit sous la violente impulsion de leur propre nature, soit par suite de la froideur et de l'infidélité du duc pour sa femme, si jeune et si passionnée.

En rentrant chez lui, après une campagne heureuse, le duc découvre l'intrigue. Il s'ensuit une lutte violente entre son affection pour son fils et l'aiguillon piquant de son propre déshonneur. Il se détermine à punir les coupables, mais de manière à couvrir les motifs de l'offense. A cet

---

quelle destinée vais-je suivre? — Ou me conduit ici? — Un homme pauvre et même brisé, — Car on peut ainsi le dire, — Qui vit de la vie de pilote, — Veut à ce monde ajouter — Un autre monde si éloigné! (*El Nuevo Mundo*, Jornada (I.)

(1) Cette histoire était très-connue avec tous ses horribles détails, bien qu'elle fût arrivée en 1405, plus de deux siècles avant la date de la comédie. Lope dit dans la préface qu'elle existait écrite en latin, en français, en allemand, en italien et en castillan.

effet, il confine sa femme dans une pièce obscure où sa personne est tellement cachée et gardée qu'elle ne peut se remuer, ni parler, ni être vue. Alors il envoie son fils coupable, en prétextant que, sous le manteau qui le cache, se trouve un traître qu'il doit mettre à mort pour protéger la vie de son père, et quand le jeune homme désespéré s'élance hors de la chambre en ignorant quelle a été sa victime, il est à l'instant même assassiné par les gens du duc qui le guettent, sur les cris de son père, affirmant que Frédéric vient de tuer sa belle-mère dont le sang souille, en effet, visiblement ses mains.

Lope termina cette comédie, le 1ᵉʳ août, 1631 à l'âge d'environ soixante-neuf ans. Peu de drames du genre auquel elle appartient sont empreints d'une plus grande force poétique; aucun n'a une versification plus légère et plus variée (1). Les caractères, ceux du père et du fils principalement, sont mieux définis et mieux soutenus que d'ordinaire. L'ensemble de la composition est écrit avec plus de soin : elle porte en effet de longues et fréquentes variantes, des corrections de mots minutieuses, dans l'original manuscrit qui existe encore.

La licence pour la représentation ne fut accordée que le 9 mai 1632, par suite apparemment de la répugnance bien connue de la Cour de voir des personnages du rang du duc de Ferrare mis en scène sous un point de vue si odieux. Quoi qu'il en soit, quand la permission tardive fut accordée, elle était accompagnée d'un certificat constatant que le duc était traité *con decoro debido à su persona*, avec le respect dû à sa personne. Malgré cette assurance, elle ne fut représentée qu'une fois, quoiqu'elle ait produit une impression profonde à cette époque, et qu'elle ait été jouée par la compagnie de Figueroa qui avait le plus de succès dans ce temps. Arius, acteur dont Montalvan fait les plus grands éloges, remplit le rôle du fils. Lope la fit imprimer, en 1634, à Barcelone, avec un soin plus qu'ordinaire, la dédia à son grand protecteur le duc de Sesa, « *à cuya servidumbre pertenecia*, » au service duquel il était attaché. L'année qui suivit immédiatement sa mort, elle parut de nouveau sans dédicace, dans le vingt-unième volume de la collection de ses comédies, qu'il avait lui-même préparé nouvellement pour l'impression et qui fut publié par sa fille Feliciana (2).

---

(1) Cette comédie contient toutes les variétés de mètres ordinairement employés : redondillas, tercets, sonnets, etc. Dans le premier acte se trouve une silva facile et des plus belles.

(2) Je possède le manuscrit original, entièrement de la main de Lope, avec les changements, les corrections et les interlignes adoptés par lui-même. Elle est pré-

D'autres drames de ce genre sont, comme *El Castigo sin Venganza*, empreints de l'esprit tragique le plus élevé. Tel est, par exemple, celui qui a pour titre : *Los caballeros comendadores de Cordoba* (1). Le sujet va de pair avec l'histoire d'Égisthe et de Clytemnestre pour l'horreur, excepté que le mari, au lieu de subir la destinée d'Agamemnon, met à mort, non-seulement sa femme coupable, mais encore tous ses serviteurs et tout ce qui a vie dans cette famille, pour satisfaire un sauvage sentiment d'honneur. Il y a des scènes qui ne manquent pas de poésie, mais les atrocités du reste permettent à peine de la sentir.

La Estrella de Sevilla, d'autre part, drame beaucoup plus réellement tragique, n'est pas exposé à la même objection (2). Sous certains rapports,

---

parée pour la représentation et elle porte la licence donnée par Pedro de Vargas Machuca, poète aussi et ami de Lope, fort souvent chargé de la censure des pièces dramatiques. Il figurait aussi dans les *Joûtes poétiques de saint Isidore*, publiées par Lope, en 1620 et 1622, dans la *Joûte* en l'honneur de la Vierge du Pilar, publiée par Caceres, en 1629. Dans aucune d'elles, ses poésies ne donnent une preuve de son grand talent poétique qui le fit jouir d'une si grande popularité parmi ses contemporains (Baena, *Hijos de Madrid*, tom. IV, pag. 199). En tête de chaque page du manuscrit de Lope de Vega, il y a une croix avec les noms ou chiffres de *Jesus, Maria, Josephus, Christus*; et à la fin : *Laus Deo et Mariæ Virgini*, avec la date du jour où elle fut terminée et la signature de l'auteur. Il n'est pas possible de savoir si Lope chercha ou non à déguiser la profonde immoralité du drame sous ces symboles religieux. Si telle a été sa pensée, il s'est conformé au caractère ou à l'esprit de son temps. On mettait ordinairement une croix en tête des lettres espagnoles, pratique à laquelle Lope fait allusion dans son *Perro del hortelano* (Jornada II), usage qui a dû fréquemment produire des anomalies semblables à celle dont nous venons de parler.

(1) *Comedias*, tom. II, Madrid, 1609. C'est dans trois occasions, pour le moins, celle-ci d'abord, puis dans la *Fuente ovejuna*, et ensuite dans la *Peribañez*, que Lope représente les commandeurs des ordres militaires de son pays sous les couleurs les plus odieuses, remplis de l'orgueil le plus insupportable et des passions les plus grossières, et rappelant le Front-de-Bœuf d'Ivanhoë.

(2) Les vieux exemplaires de cette comédie sont excessivement rares. Il y a quelques années, nous avons pu obtenir une copie manuscrite qui s'est imprimée deux fois aux États-Unis, par M. F. Sales, dans ses *Obras maestras dramaticas* (Boston, 1828, 1840); la dernière, avec des corrections dues à l'amabilité de D. A. Durand, de Madrid; fait curieux dans la bibliographie espagnole, et que nous citons à l'honneur de M. Sales, dont les diverses publications ont si fortement répandu l'amour de la littérature espagnole dans les États-Unis, et à qui je suis moi-même redevable d'une grande partie de ce que je sais en cette matière. Cette même comédie est bien connue sur le théâtre espagnol moderne. Elle a été réimprimée tant à Madrid qu'à Londres avec de nombreux changements, sous le titre de *Sancho Ortiz de las Roelas*. Dans la *Vie de Lope* par lord Holland (tom. 1, pp. 155-200),

il ressemble au *Cid* de Corneille. Sur l'ordre de son roi et par une sublime fidélité, un chevalier de Séville tue son ami, frère de la femme qu'il est sur le point d'épouser. Le roi s'efforce ensuite de le rendre innocent du crime ; mais les juges royaux refusent d'interrompre en sa faveur le cours des lois, et le brave chevalier n'est sauvé de la mort que par l'aveu complet de son criminel souverain. C'est une pièce de Lope du petit nombre de celles où il ne se trouve aucun incident comique et qui se sépare de l'action. Il y a un assez grand nombre de scènes admirables ; en particulier celle où le roi presse le chevalier de tuer son ami ; celle où l'aimante et innocente créature que le chevalier est sur le point d'épouser reçoit, au milieu des sincères et délicieuses expressions de son bonheur, le cadavre de son frère tué par son amant ; celle où les alcades refusent solennellement de violenter la loi pour obéir aux ordres du roi. Le dénoûment est meilleur que celui de la tragédie de Corneille : l'héroïne de *la Estrella* abandonne le monde et se retire dans un couvent.

Il nous faut mentionner quelques-uns du grand nombre des drames héroïques de Lope, roulant sur des sujets nationaux, pour montrer la direction qu'il donna à cette subdivision de son théâtre. L'un n'est, par exemple, que la *Historia de Wamba*, tiré de la charrue pour être fait roi d'Espagne (1) ; un autre, *El ultimo Godo*, se fonde sur la tradition populaire de la perte de l'Espagne par Rodrigue (2). La première pièce est comprise dans les premières comédies que Lope a publiées (3), et la seconde ne s'imprima que douze ans après sa mort ; l'une et l'autre sont écrites dans le même esprit et dans le même système. Lope composa plusieurs drames sur l'attrayant sujet de Bernard del Carpio. L'un est intitulé : *las Mocedades de Bernardo ;* il y raconte ses exploits jusqu'au moment où il découvre le secret de sa naissance. Un autre porte pour titre : *Bernardo en Francia*, et nous décrit l'histoire de cette partie de sa vie sur laquelle les

---

il y en a un excellent extrait et des morceaux bien traduits. C'est de ce travail et non de l'original espagnol que le baron de Zedlitz composa son *Étoile de Séville,* comédie qui n'est pas sans mérite, imprimée, à Stuttgard, en 1830, et souvent représentée sur divers points de l'Allemagne.

(1) *Comedias*, tom. 1, Valladolid, 1604, fol. 91, etc., où Lope a suivi avec beaucoup de génie la tradition monastique, abandonnant entièrement la *Cronica general* (Part. II, chap. LI) et la narration plus modérée et plus sobre de Mariana (*Historia*, liv. V, chap. XII).

(2) *Comedias*, tom. XXV, Saragosse, 1647, fol. 369 et suivants. Elle est intitulée : *Tragi-comédie.*

(3) La première édition du premier volume des comédies de Lope est de 1604, Valladolid. Voy. Brunet, *Manuel du libraire.*

romances et les chroniques ne donnent que de légères esquisses. Un troisième : *El casamiento en la muerte*, dépeint la triste conduite du roi Alphonse, et la scène déchirante où le cadavre du père de Bernard est livré au héros, qui a tout sacrifié à la piété filiale, et qui se trouve maintenant lui-même opprimé et ruiné par elle (1). *Los siete infantes de Lara* ne sont pas non plus passés sous silence, comme nous le voyons dans le drame qui porte leur nom, et dans un autre, encore plus saisissant, sur l'histoire de Mudarra, intitulé : *El bastardo Mudarra* (2). Il ne semble pas, en effet, y avoir un fait pittoresque dans les annales nationales qui ait été négligé par Lope (3). Après avoir mis sur la scène les grands événements de l'histoire et de la tradition espagnoles, depuis les origines jusqu'à son temps, il regarde de tous côtés autour de lui pour choisir des sujets, en Espagne ou dehors. Il en tire un de l'usurpation de Boris Godunow, à Moscou, en 1606 (4): un autre, de la conquête d'Arauco, en 1560 (5): un troisième, de la grande ligue qui se termina par la bataille de Lépante, en 1571. Dans cette dernière pièce, pour éviter la difficulté d'un combat naval sur la scène, il se rend coupable d'une maladresse plus grande, en introduisant sur le théâtre le personnage allégorique de l'Espagne décrivant la bataille aux spectateurs, à Madrid, au moment même où elle est supposée se livrer sur les côtes de la Grèce (6).

---

(1) La première de ces deux comédies ne se trouve pas dans la collection, mais elle a été souvent imprimée séparément. La seconde ne se trouve que dans le tome premier des *Comédies* (Valladolid, 1604), et dans les réimpressions qui en ont été faites. Lope en la composant usa librement des vieilles romances de Belerma et de Durandarte.

(2) *Los siete infantes de Lara* est dans la collection des *Comedias*, tom. V, Madrid, 1615, et *El bastardo Mudarra* dans le tom. XXIV, Saragosse, 1641.

(3) Ainsi, le sujet si attrayant : *El mejor alcalde el Rey* est, comme le dit Lope lui-même à la fin, emprunté de la *Cronica general*, part. IV.

(4) *El gran Duque de Moscovia*, *Comedias*, tom. VII. Madrid, 1617.

(5) *Arauco Domado*, *Comedias*, tom. XX. Madrid, 1629. L'action se passe vers 1560 ; mais la comédie est une espèce d'éloge pour le fils encore vivant du conquérant. Dans la dédicace, Lope affirme que tout est historique ; or, il y a beaucoup d'invention, spécialement dans les parties en honneur des Espagnols. Parmi les personnages apparaît l'auteur de l'*Araucana*, Alonso de Ercilla, qui arrive sur la scène, en battant le tambour. On peut comparer avec l'*Arauco* plusieurs autres des premières pièces de Lope, telles que *los Guanches de Tenerife* (*Comedias*, tom. X. Madrid, 1620, fol. 128), c'est un sujet analogue sur la conquête des îles Canaries, au temps de Ferdinand et d'Isabelle, et où, comme dans l'*Arauco Domado*, les indigènes jouent un grand rôle.

(6) *La Santa Liga* (*Comedias*, tom. XV. Madrid, 1621).

Toute cette classe de drames héroïques et historiques ne réclame pas, il faut bien se le rappeler, la scrupuleuse exactitude de l'histoire. Une intrigue amoureuse, composée, selon la coutume, de méprises légères, de querelles de jalousie, de questions d'honneur, fait presque toujours la base de chacun d'eux. Si, dans certains cas, nous pouvons ajouter foi à la vérité des faits placés sous nos yeux, comme dans *El valiente Cespedes*, où le poète déclare gravement qu'à l'exception des aventures amoureuses, tout est strictement vrai, dans aucun on ne peut prétendre qu'on ait respecté les mœurs des temps primitifs ou des nations étrangères, ni qu'on doive regarder comme fidèle le coloris général de la représentation (1). C'est ainsi que, dans une pièce, nous voyons Néron parcourant les rues de Rome, comme un galant Espagnol, une guitare à la main, et faisant l'amour à sa maîtresse, aux barreaux de sa fenêtre (2). Dans une autre, Bélisaire, aux jours de sa gloire, est choisi pour jouer le rôle de Pyrame, dans une fête célébrée devant l'empereur Justinien, comme s'il appartenait à une compagnie ambulante, et, après qu'il a les yeux crevés, on le charge de faire l'amoureux auprès de l'Impératrice (3). Dans une troisième comédie, Cyrus le Grand, après s'être assis sur son trône, épouse une bergère (4). Là ne se terminent pas les absurdités pareilles dans les compositions de Lope, mais leur explication est simple : on n'y trouvait rien d'absurde dans son temps. La vérité, la sincérité, sous le rapport des actions, des mœurs et des costumes, on ne les supposait pas plus importantes pour le drame, à l'époque de Lope, que l'observation des unités. On ne les pensait pas plus importantes qu'on ne les supposait, un siècle plus tard en France, dans les interminables romans de la Cal-

---

(1) *El valiente Cespedes* (*Comedias*, tom. XX. Madrid, 1629). Lope prend soin d'avertir ainsi le lecteur, par respect pour la réputation de doña Maria de Cespedes, qui n'apparaît pas dans la comédie avec toute la dignité que les descendants de cette femme étaient en droit d'exiger dans ce temps.

(2) Dans *Roma abrasada*, act. II, fol. 89, dont nous avons déjà parlé.

(3) Jornada II de l'*Ejemplo mayor de la desdicha y capitan Belisario*, qui ne se trouve pas dans la collection, mais qui a été souvent imprimée séparément comme appartenant à Lope ; cette pièce figure dans le catalogue de Lord Holland et a été comprise dans la curieuse collection intitulée : *Comedias de diferentes autores* (in-4°, tom. XXV, Saragosse, 1633), comme œuvre de Montalvan, pendant que ce dernier et Lope vivaient encore.

(4) *Contra valor no hay desdicha ;* comme la précédente, elle s'est réimprimée plusieurs fois. Elle commence par la relation fabuleuse de Cyrus exposé à la mort, par suite du songe qu'avait eu son père, et se termine par la grande bataille et la victoire qu'il remporta sur Astyage et sur tous ses ennemis.

prenède et de Scudéry ; pas plus importantes qu'on ne les juge encore aujourd'hui dans un opéra italien. Tant est profonde la pensée du plus grand de tous les maîtres du drame historique : « les meilleurs dans ce « genre ne sont que des ombres ; les plus mauvais n'ont rien de pire, si « l'imagination les corrige. »

CHAPITRE XVII.

Continuation de Lope de Vega. — Drames fondés sur la vie commune. — *El Sabio en su casa.* — *La doncella Teodora.* — *Los cautivos en Argel.* — Influence de l'Église sur le drame. — Comédies de Lope tirées de l'Écriture. — *El Nacimiento de Christo.* — *La Créacion del mundo.* — Comédies de Lope sur les vies des saints. — *San Isidro de Madrid.* — Autos sacramentels de Lope pour les solennités de la Fête-Dieu. — Leurs prologues. — Leurs intermèdes. — Les autos eux-mêmes.

Le drame historique de Lope de Vega ne fut qu'une déviation du genre plus véritablement national, connu sous le type de *comédie de cape et d'épée* ; déviation produite par des noms historiques, donnés aux principaux personnages, au lieu des noms qui appartiennent à la vie élégante et chevaleresque. Cette altération ne fut pas cependant la seule qu'il apporta (1). Il alla parfois aussi loin que possible dans l'autre sens, et il créa une variété ou subdivision du théâtre, basée sur la *vie commune*, subdivision dont les principaux personnages, comme ceux de *La Esclava de su galan* et de *La Moza de cantaro* appartiennent aux dernières classes de la société (2). Dans ce genre, Lope ne nous a laissé que quelques drames, mais ils sont tous intéressants.

Le meilleur spécimen est peut-être la pièce qui a pour titre : *El Sabio en su casa*, dont le héros, si on peut l'appeler ainsi, est Mendo, le fils

---

(1) Nous rencontrons parfois les expressions *comedias de ruido* (*comédies de bruit*) ; mais ce n'est pas un genre de comédies séparé des autres par des règles différentes de composition. Ces mots se rapportent aux machines employées dans leur représentation. De sorte que les *comédies de cape et d'épée* et, en particulier, les *comédies de saints*, qui exigeaient souvent un grand apparat, n'étaient d'ordinaire que des *comedias de ruido*. De même les *comedias de apariencias* étaient celles qui demandaient une grande mise en scène et beaucoup de changements de décors.

(2) *La Moza de cantaro* (la *Fille à la cruche*) et *la Esclava de su galan* (*l'Esclave de son amant*), ont continué de jouir de leur faveur jusqu'à nos jours. La première s'est imprimée, à Londres, il n'y a pas longtemps, et la dernière, à Paris, dans la collection d'Ochoa (1838, in-8°), et, à Bielefeld, dans celle de Schütz (1840, in-8°).

d'un pauvre charbonnier (1). Mendo a épousé l'unique fille d'un respectable fermier; il vit dans une condition d'existence aisée, avec la voie
ouverte devant lui pour une situation plus élevée, ou du moins pour une
vie plus gaie. Mais il préfère rester où il est. Il rejette les sollicitations
d'un voisin, avocat ou clerc, engagé dans les affaires publiques, qui voudrait pousser l'honnête Mendo à prendre des airs d'*hidalgo* et de *caballero*. Or, spécialement dans ce qui constituait le point principal de la vie
privée, c'est-à-dire, ses relations avec sa jeune et jolie femme, Mendo
manifeste sa prudence et son bon sens, pendant que son ami, plus
ambitieux, s'engage dans de sérieux embarras, finit par être obligé de
recourir à lui, et lui demande aide et conseils.

La morale de la pièce est parfaitement expliquée par la réponse
suivante de Mendo à son ami qui le presse de mener un genre de vie plus
splendide et de rehausser la condition inférieure de son père :

> El que nació para humilde
> Mal puede ser caballero;
> Mi padre quiere morir,
> Leonardo, como nació;
> Carbonero me engendró :
> Labrador quiero morir;
> Y al fin es un grado mas :
> Haya quien are y quien cave,
> Siempre el vaso al licor sabe (2).

Le sujet est moins important que dans aucun autre des drames de
Lope, mais les exquisses de la vie domestique sont parfois très-animées.
Telle est la scène où Mendo décrit comment il a vu la première fois sa
future femme, occupée aux soins de la maison; celle où il dépeint le
baptême de son premier enfant (3). Les caractères sont, d'un autre

---

(1) *Comedias*, tom. VI, Madrid, 1615, fol. 101, etc. Un fait digne de remarque c'est
que le caractère de Mendo ressemble à celui de Camacho el Rico de la deuxième
partie de *Don Quichotte*, imprimée la même année 1615. La ressemblance n'est
pas toutefois très-forte et je n'hésite pas à dire qu'elle est tout à fait accidentelle.

(2) Celui qui est né pour être humble — Peut mal être un chevalier; — Mon père
veut mourir, — Léonard, comme il est né; — Charbonnier, il m'a engendré; —
Laboureur je veux mourir; — C'est enfin un degré de plus. — Il faut qu'il y ait
quelqu'un qui laboure, quelqu'un qui bêche; — Le vase prend toujours le goût de
la liqueur. (*Comedias*, tom. VI, Madrid, 1615, fol. 117.)

(3) Il y a dans ces passages un peu de ce style exagéré et faux, alors en faveur
sous le nom de *estilo culto* ou *culteranismo*; Lope s'y livrait parfois pour plaire à
la partie la plus élégante de son public, tandis que dans d'autres occasions, il porta
contre lui un témoignage formel.

côté, mieux définis, mieux développés qu'ils ne le sont généralement : celui de Mendo, homme positif, pratique et sage, se soutient, du commencement à la fin, avec une consistance et une habileté qui produisent un excellent effet dramatique (1).

Une autre de ces pièces plus domestiques, pour ainsi dire, est intitulée : *La doncella Teodor*. Elle montre avec quelle grâce et quelle ingénuité Lope savait s'emparer des histoires, ayant cours dans son temps, pour les accommoder à la narration dramatique. Le conte dont il s'est servi porte le même nom que le drame, il est extrêmement simple dans sa structure et fut écrit par un Aragonais, dont on ne sait qu'une chose, c'est qu'il s'appelait Alfonso (2). Dans la fiction originale, la doncella Theodora est une esclave de Tunis, appartenant à un marchand hongrois, vivant dans cette ville et qui a perdu toute sa fortune. D'après ses insinuations, elle est offerte par son maître au roi de Tunis, tellement frappé de sa beauté et de la somme de ses connaissances, qu'il l'achète à un prix qui restaure la condition de son maître. L'objet principal de tout le drame consiste, dans l'exposé de ses connaissances, par des discussions avec des savants : mais les sujets roulent, pour la plus grande partie, sur les questions les plus vulgaires, et le mérite de l'histoire est tout à fait insignifiant, moindre même que celui de *Fr. Bacon*, livre anglais auquel on peut la comparer sous certains rapports (3).

(1) Cette comédie inspira, je crois, à Caldéron, son *Alcalde de Zalamea*, où le caractère du campagnard Pedro Crespo est tracé avec une distinction plus qu'ordinaire. C'est la dernière pièce de la collection commune des comédies de Calderón, et presque tous les caractères sont heureusement touchés.
(2) C'est un des contes les plus curieux, parmi les vieux contes populaires de l'Espagne. Nicolas Antonio *(Biblioteca nova*, tom. I, pag. 9) n'indique ni le temps où vivait l'auteur, ni la date de la publication du livre. Denis. dans ses *Chroniques de l'Espagne*, etc. (Paris, 1839, in-8°, tom. I, pag. 285), n'ajoute pas une plus grande lumière, mais dans une de ses notes, il traite ses idées sur l'histoire naturelle, comme celles du *moyen-âge.* Toutefois il ressort d'une évidence intrinsèque, que l'ouvrage se composa après la prise de Grenade. Brunet (*Table num.* 17,572) en indique une édition de 1607. L'exemplaire dont je me suis servi est de 1726, preuve que le livre était en faveur dans le dix-huitième siècle. J'en possède un autre à l'usage du peuple, imprimé en 1845. Nous y trouvons d'anciennes allusions à la donzella Teodor comme à un personnage bien connu. En effet, dans *el Vergonzoso en palacio*, de Tirso de Molina, un des personnages parle d'une dame qu'il admire et il s'écrie : « Que Donzella Teodor ! » (*Cigarrales de Toledo*, Madrid, 1624, in-4°, pag. 158).
(3) L'histoire populaire anglaise de *Fr. Bacon* arrive à peine à la fin du seizième siècle, quoique la plupart de ses matériaux soient tirés des *Gesta Romanorum*. La

Mais Lope connaissait son public et il eut du succès en adaptant ce vieux conte à son goût. La doncella Théodora, dont il a arrangé le caractère pour le théâtre, est la fille d'un professeur de Tolède, élevée et instruite dans toute la science des cours de son père. Toutefois, elle ne sait pas s'élever au-dessus des influences d'une passion tendre ; elle s'enfuit avec son amant. Elle est capturée par un corsaire sur les côtes de Barbarie et emmenée en esclavage successivement à Oran, à Constantinople, et finalement en Perse. Là le sultan l'achète, une somme énorme, sur la nouvelle de ses rares connaissances, connaissances qu'elle déploye, au dernier acte de la comédie, dans des termes semblables à ceux du conte original d'Alfonso, et parfois avec les mêmes mots. L'intrigue amoureuse, avec une multitude d'incidents de jalousie et mille autres aventures, remplit toute la pièce. Le sultan finit par comprendre les relations de toutes les parties étrangement assemblées devant lui : il donne pour dot à Théodora le prix qu'il a payé pour elle, et la marie à son amant qui se trouve être celui avec lequel elle s'est primitivement enfuie de Tolède. La principale donnée comique, tant dans le drame que dans le conte d'Alfonso, c'est celle d'un savant docteur qui, vaincu par Théodora, dans un concours public d'esprit, est tenu, par les termes du contrat, de se laisser exposer tout nu, et qui se rachète d'une pareille ignominie par une somme considérable, servant encore à augmenter la fortune de la dame, au grand contentement de son mari (1).

La dernière comédie de Lope que nous ferons connaître, parmi celles qui roulent sur des sujets tirés de la vie commune, est, peut-être plus que toute autre de ce genre, un appel direct aux sentiments du peuple. C'est celle qui porte pour titre : *Los cautivos de Argel* (2). Nous y avons déjà fait allusion comme étant empruntée en partie d'une comédie de Cervantès. Dans la première scène, un Morisque de Valence abandonne le pays où sa race a si cruellement souffert. Après s'être établi lui-même à Alger, au milieu de ses coréligionnaires, il revient, une nuit, en corsaire ; la connaissance particulière qu'il a des côtes d'Espagne, où il est né, le favorise singulièrement pour emmener captifs un grand nombre de chrétiens. La destinée de ces victimes, celle des autres captifs retenus à

comédie de Robert Greene sur le même sujet s'imprima en 1594. L'une et l'autre peuvent être considérées comme un parallèle à faire avec l'histoire et la comédie de *la donzella Teodor*. Si l'on compare le drame anglais au drame espagnol, l'avantage reste à ce dernier

(1) *Comedias*, tom. IX, Barcelone, 1618, fol. 27. etc.
(2) *Comedias*, tom. XXV, Çaragoça, 1647, fol. 231, etc.

Alger, y compris un amant et sa maîtresse, forment le sujet du drame. Dans son développement, nous voyons des scènes où des chrétiens espagnols sont publiquement vendus sur le marché aux esclaves; des enfants chrétiens sont enlevés à leurs parents et choyés pour les détourner de leur foi (1); un gentilhomme chrétien souffre pour sa religion la plus cruelle torture du martyre; en un mot, nous avons sous les yeux le spectacle le plus énergique et le plus puissant pour exciter l'intérêt et la sympathie d'un public espagnol, au moment où une multitude innombrable de familles espagnoles déplorent la captivité de leurs enfants et de leurs amis (2). La pièce finit par le récit d'une comédie que vont jouer des esclaves chrétiens, dans une de leurs vastes prisons, pour célébrer le récent mariage de Philippe III. Cette circonstance et l'allusion aux fêtes magnifiques qui suivirent ce mariage, à Denia, fêtes auxquelles Lope prit part, comme nous le savons, nous donnent la certitude que *Los cautivos de Argel* se composèrent vers 1598, ou peu de temps après (3).

Une histoire amoureuse unit ces matériaux un peu hétérogènes pour en former une espèce de tout complet. La partie que nous lisons avec le plus d'intérêt est le rôle assigné à Cervantès, qui paraît sous son nom de famille, de Saavedra, sans déguisement, comme aussi sans aucune marque de respect (4). Si l'on considère que Lope lui emprunta les meilleurs matériaux pour sa pièce, si l'on songe à l'héroïsme et aux souffrances de Cervantès, à Alger, souffrances qui durent nécessairement se présenter à la pensée de Lope, lorsqu'il composait son drame, nous ne croyons pas commettre une grande injustice, en ajoutant qu'il aurait dû donner à Cervantès un rôle plus digne, faire allusion à sa personne avec plus de tendresse et de respect, ou s'abstenir entièrement de l'introduire dans sa composition.

Les trois formes du drame de Lope que nous avons considérées jus-

---

(1) Dans ces passages, Lope doit trop au *Trato de Argel*, de Cervantès.

(2) Voyez Haedo, *Historia de Argel* (Madrid, 1612, in-fol.). Il compte le nombre des captifs chrétiens, principalement espagnols, à Alger, et il le fait monter à vingt-cinq mille.

(3) Lope, *Obras sueltas*, tom. III, pag. 377 Nous sommes tout disposé à croire que la comédie dont il s'agit, comme représentée dans les prisons d'Alger, est la comédie morale de Lope, *Casamiento del alma con el amor divino*, insérée dans le second livre du *Peregrino en su patria*.

(4) Les passages où Cervantès paraît se trouvent aux fol. 245-251, et particulièrement aux fol. 262-277. *Comedias*, tom. XXV.

qu'ici, et que nous trouvons si intimement liées l'une à l'autre (1), sont, sans aucun doute, les productions spontanées de son propre génie, modifiées, toutefois, par ce qui existait déjà, par le goût et le caprice du public pour lequel elles étaient écrites, mais elles restent encore essentiellement propres. S'il avait été abandonné à lui-même et aux seules influences du théâtre, Lope n'aurait probablement écrit de préférence d'autres drames que ceux qui seraient naturellement rentrés dans une de ces trois divisions. Or, ni lui, ni son public ne pouvaient se permettre de décider entièrement cette question. L'Église, toujours puissante en Espagne, mais jamais aussi influente que dans la dernière partie du règne de Philippe II, moment où Lope commençait précisément à être connu, l'Église s'offensait des drames en si grande faveur alors, et ce n'était pas sans raison. Leurs aventures amoureuses, pleines de licence; leurs duels, et même leurs idées générales sur la vie domestique, sur les caractères personnels, n'avaient rien du ton chrétien, c'est incontestable (2). Il s'éleva donc tout naturelle-

---

(1) La fusion des trois genres se voit d'un coup d'œil dans la belle comédie de Lope, *El mejor alcalde el Rey* (*Comedias*, tom. XXI, Madrid, 1635), drame fondé sur un passage de la quatrième partie de la *Cronica general* (édit. de 1604, f. 327). Le héros et l'héroïne appartiennent à la classe des laboureurs : la personne qui les poursuit est leur seigneur féodal. Dès la fin du second acte, le roi et deux ou trois des principaux personnages de la cour remplissent leurs rôles. A proprement parler, elle mérite d'être mise au rang des *comédies héroïques*. Les scènes les meilleures et les plus importantes sont celles qui appartiennent à la vie commune, tandis que d'autres également intéressantes se placeraient mieux dans la classe des comédies de *cape et d'épée*.

(2) Comment doit-on apprécier le théâtre espagnol tel qu'il existait au temps de Philippe IV? C'est ce que nous permettront de juger les remarques suivantes sur la manière dont les drames continuaient à s'y représenter, vers la fin du dix-huitième siècle ; remarques lues, en 1796, à l'Académie royale d'histoire de Madrid, par D. Gaspar Melchor de Jovellanos, personnage que nous ferons connaître plus tard, lorsque nous parlerons du temps où il vivait.

« Pour ce qui me regarde, dit cet illustre et savant magistrat, je suis persuadé « qu'il n'y a pas de preuve plus décisive de la corruption de notre goût et de la « dépravation de nos idées, que la froide indifférence avec laquelle nous laissons « représenter certains drames où la pudeur, la charité, la bonne foi, la fidélité, le « décorum et toutes les vertus, tous les principes de saine morale, et toutes les « maximes de bonne et noble éducation, sont ouvertement foulés aux pieds. Croit- « on par hasard que l'enfance et son innocence, la jeunesse et son ardeur, la no- « blesse avec son oisiveté et sa délicatesse, le vulgaire et son ignorance, puissent « voir sans danger tant d'exemples d'impudence et de grossièreté, de sot point « d'honneur, de violation de la justice et des lois, d'infidélité à toutes les obligations « publiques et domestiques, mises en action, peintes avec les couleurs les plus

ment une controverse sur leur légitimité, et cette controverse se continua jusqu'en 1598, année où une ordonnance royale défendit entièrement dans Madrid la représentation de comédies profanes, et les théâtres ordinaires se fermèrent pendant deux ans environ (1).

Lope se vit donc obligé de se conformer à ce nouvel état de choses, et il semble s'y être soumis avec son aisance et son habileté ordinaires. Il avait déjà, nous l'avons vu, composé des *comédies religieuses, dramas sagrados*, semblables aux anciens mystères et aux moralités. Il entreprend maintenant d'infuser leur esprit, sous la forme plus attrayante du drame profane : il produit ainsi un divertissement, pouvant satisfaire un

---

« vives, animées par le charme de l'illusion et par les grâces de la poésie et de la « musique? Avouons-le de bonne foi : un théâtre pareil est une peste publique, et « le gouvernement n'a pas d'autre alternative que de le réformer ou de le pro- « scrire à jamais. » *(Mémoires de l'Académie*, tom. V, pag. 397.)

Dans un autre endroit de cet excellent discours, ce même écrivain montre qu'il n'est nullement insensible aux beautés poétiques du vieux théâtre dont il veut conjurer l'influence morale.

« Je serai toujours le premier, dit-il, à confesser ses beautés inimitables, la « nouveauté de son invention, la richesse de son style, le coulant et le naturel de « son dialogue, l'artifice merveilleux de ses intrigues, la facilité de ses dénoû- « ments, le feu, l'intérêt, le piquant, le sel comique qui brillent à chaque pas. « Mais qu'importe si ces mêmes drames, vus à la lumière des préceptes, et prin- « cipalement à la lumière de la saine raison, sont remplis de vices et de défauts « que la morale et la politique ne peuvent tolérer? » *(Ibid.*, pag. 413.)

(1) Pellicer, *Origen del teatro*, Madrid, 1804, in-12, tom. I, pp. 142-148. Les comédies furent interdites, à Barcelone, par l'évêque, en 1591 ; la défense ne fut pas longtemps respectée puisqu'elle fut renouvelée, en 1597, avec un redoublement de rigueur. Voyez Bisbe y Vidal, *Tratado de las comedias*, Barcelone, 1618, in-12, fol. 94, ouvrage curieux, attaquant le théâtre espagnol avec plus de discrétion qu'aucun autre des vieux traités que j'ai lus contre lui, mais sans beaucoup d'effet. L'auteur veut que toutes les comédies soient examinées et expurgées soigneuse- ment, avant que l'autorisation leur soit accordée ; il veut qu'on en permette alors la représentation, non à des acteurs de profession, mais à des personnes apparte- nant à la localité où la représentation se donne, reconnues comme des hommes respectables, des jeunes gens décents : « Si les choses se passaient ainsi, ajoute-t-il, « d'ici à cent ans, on ne verrait pas le désordre et les excès que nous voyons se « commettre aujourd'hui en cette matière. » (fol. 106.) Bisbe y Vidal est le pseudo- nyme de Juan Ferrer, grand maître d'une immense confrérie religieuse de Barce- lone, homme pieux, tellement scandalisé par l'état du théâtre en son temps qu'il publia cette attaque contre lui, au bénéfice de la confrérie dont il était le chef spi- rituel. (*Torres y amat, Biblioteca, art. Ferrer*). Ce livre est rempli d'érudition théologique, mais moins encore que beaucoup d'autres ouvrages semblables de ce temps.

auditoire populaire, sans s'exposer aux censures de l'Église. Son triomphe fut aussi complet qu'auparavant, et les nouvelles variétés de forme sur lesquelles se portait maintenant son génie ne furent pas moins frappantes.

Les Saintes Écritures lui fournirent les ressources les plus naturelles. C'est à elles qu'on avait eu recours, pendant plus de quatre siècles, afin d'en tirer des sujets dramatiques pour les plus grandes solennités religieuses de l'Église espagnole. La puissance ecclésiastique ne pouvait présenter maintenant. avec bonne grâce, la moindre objection. Aussi Lope en usa-t-il librement ; il en tira parfois des drames qu'on pouvait bien prendre par erreur pour de vieux Mystères, excepté pour leur caractère poétique, drames approchant parfois de si près de ses propres comédies d'intrigues qu'à l'exception des parties religieuses, ils semblent appartenir au véritable théâtre profane, au théâtre à la mode qu'on venait précisément d'interdire.

Un des spécimens de ce premier genre, ou genre plus religieux, c'est *El Nacimiénto de Christo* (1) divisé en trois actes et commençant dans le Paradis, immédiatement après la Création. Dans la première scène figurent Satan, l'Orgueil, la Beauté, l'Envie. Satan apparaît avec des ailes de dragon, une épaisse perruque et une tête de serpent au dessus : l'Envie tient un cœur dans sa main et porte des serpents dans sa chevelure. Après une légère discussion sur la création, Adam et Ève s'avancent avec tout le caractère d'un roi et d'une reine. L'Innocence qui est le personnage gracioso et spirituel de la pièce, et la Grâce, vêtue de blanc, arrivent en même temps. Satan et ses compagnons se cachent dans l'épais-

---

(1) *Comedias*, tom. XXIV, Saragosse, 1641, fol. 110, etc. Ces comédies se représentaient souvent à la Noël et finirent par prendre le nom de *Nacimientos*. C'était un reste des vieux drames, mentionnés dans les *Partidas*, et écrits sous des formes diverses, après l'époque de Jean de l'Encina et de Gil Vicente. Certaines indications du *Viage entretenido*, de Rojas, 1602, et d'autres, semblent faire comprendre qu'elles se jouaient dans des maisons particulières, dans les églises, sur la scène publique, dans les rues, suivant que les circonstances l'exigeaient. Ce n'était pas exactement des *autos*, mais elles y ressemblaient beaucoup, comme on peut le voir par le *Nacimiento de Christo*, de Lope de Vega, contenu dans un curieux volume intitulé : *Navidad y corpus Christi festejados* (Madrid, 1664, ... fol. 346), drame tout à fait différent de celui que nous avons examiné et qui porte le même nom : fort différent aussi d'un autre *Nacimiento de Christo*, du même volume (fol. 93), attribué à Lope et intitulé : *Auto del Nacimiento de Cristo nuestro Señor*. Il y a en outre dans ce volume d'autres *Nacimientos*, attribués un à Cubillo (fol. 375), et un autre à Valdivielso (fol. 369).

seur du bois, et les quatre derniers personnages entament le dialogue suivant qu'on peut regarder comme le dialogue caractéristique non-seulement de ce drame particulier, mais encore de tout le genre auquel il appartient.

ADAM. Aqui, Reina, en esta alfombra
De yerba y flores te asienta.

INNOC. Eso à la fé me contenta;
Reina y señora la nombra.

GRAC. ¿Pues no ves que es su mujer,
Carne de su carne, y hueso
De sus huesos?

INNOC.   Y aun por esto,
Porque es como ser su ser,
Lindos requiebros se dicen.

GRAC. Dos en una carne son.

INNOC. Dure mil años la union,
Y en esta paz se eternicen.

GRAC. Por la Reina dejará
El Rey à su padre y madre.

INNOC. Ninguno nació con padre,
Poco en dejarlos hará;
Y à la fé señor Adan,
Que aunque de gracia bizarro,
Que los principes del barro
Notable pena me dan.
Bravo artificio tenia
Vuestro soberano dueño
Cuando un mundo, aunque pequeño,
Hizo de barro en un dia.

GRAC. Quien los dos mundos mayores
Pudo hacer con su palabra, (1)

(1) ADAM. Ici, Reine, sur ce tapis — D'herbe et de fleurs, asseyez-vous. — INNOCENCE. Sur ma foi, ces paroles me contentent : — Il l'appelle Reine et maîtresse. — GRACE. Ne vois-tu pas qu'il parle de sa femme, — Chair de sa chair, et os — De ses os. INNOC. Et c'est encore pour ce motif, — Parce qu'elle est l'être de son être, — Que de si belles paroles d'amour se disent. — GRAC. Ils sont deux en une seule chair. — INNOC. Qu'elle dure mille ans cette union, — Et qu'au milieu de cette paix, ils s'éternisent. — GRAC. Pour la Reine, le Roi — Laissera et son père et sa mère. — INNOC. — Il n'a point eu de père à sa naissance, — Il aura peu de peine à les quitter. — Et sur ma foi, Seigneur Adam, — Quoique tout de grâce rempli, — Les princes de boue pétrie — Me donnent une assez grande peine. — C'est un travail considérable qu'avait — Votre souverain Maître, — Lorsqu'un monde, même petit, — De boue en un jour il pétrit. — GRAC. Lui qui, les deux mondes plus grands, — Aurait pu faire par sa seule parole,

> ¿Que mucho que rompa y obra
> En la tierra estas labores?
> ¿No ves las lamparas bellas
> Que de los cielos colgó?
> INNOC.   Como de flores sembió
> La tierra, el cielo de estrellas (1).

Immédiatement après la chute, et par conséquent, d'après la supputation ordinaire des Écritures, environ quatre mille ans avant sa naissance, la Vierge apparaît et précipite elle-même Satan dans l'abîme de la perdition, pendant qu'un Ange expulse, en même temps, Adam et Ève du Paradis. Le Prince Divin et l'Empereur Céleste, noms respectifs du Sauveur et de la Divinité Suprême, entrent alors sur la scène qui est vide, et dans une conversation remplie de subtilités théologiques, ils arrangent le système de la rédemption de l'homme. Gabriel, sur l'ordre de Dieu,

> Baja esclareciendo el aire
> Con ejércitos de estrellas (2) :

arrive à Galilée et annonce que cette rédemption va s'accomplir par la naissance du Messie. Là finit le premier acte.

Le second commence par la joie du Serpent, du Péché et de la Mort, dans la confiance que le Monde leur est maintenant de bonne foi abandonné. Mais leurs joies sont de courte durée. Les trompettes sonnent, la Divine Grâce apparaît sur le haut du théâtre, et expulse tout d'abord cette troupe coupable de ses magnifiques possessions : ensuite elle explique au Monde, qui se présente maintenant comme un personnage du drame, que la Sainte Famille vient apporter immédiatement le salut aux hommes.

Le Monde lui répond avec feu :

> Gracia santa, ya los veo :
> Voy à hacer que aquesta noche,
> Aunque la defienda el hielo,
> Borden la escarcha las flores (3),

---

(1) Qu'a-t-il besoin d'entreprendre et d'exécuter—Sur la terre tous ces travaux? — Ne vois-tu pas les belles lampes—Qu'au ciel il a suspendues?—INNOC. Comme de fleurs il a semé — La terre, de même il a persemé le ciel d'étoiles. (*Comedias* de Lope, tom. XXIV, Saragosse, 1641, f. 111.)

(2) Il descend en illuminant les airs — Par une armée d'étoiles.

(3) Grâce sainte, je les vois : — Je vais faire que cette nuit, — Quoique la gelée le défende, — Les fleurs bordent le givre,

Salgan los pimpollos tiernos
De las encogidas ramas,
Y de los montes soberbios
Bajen los arroyos mansos,
Liquido cristal vertiendo.
Haré que las fuentes manen
Cándida leche, y los fresnos
Pura miel, diluvios dulces
Que aneguen nostras deseos. (1)

La scène suivante se passe à Bethléem où apparaissent Joseph et Marie, demandant l'hospitalité dans une auberge qui est tellement pleine qu'ils se réfugient dans une étable située immédiatement aux portes de la ville. Dans les champs contigus, des bergers et des bergères souffrent, on le voit, du froid de la nuit, mais ils jouent et chantent des chants rudes et informes. Au milieu de leur trouble et de leur douleur, un Ange apparaît sur un nuage et leur annonce la naissance du Sauveur. Le second acte se termine alors par la résolution qu'ils prennent tous d'aller le voir et de lui offrir leurs joyeuses salutations.

Le dernier acte est principalement rempli par des discussions sur le même sujet de la part des mêmes bergers et des mêmes bergères, et par le récit de la visite faite à la mère et à l'enfant. Il y a des passages qui ne manquent pas d'un certain mérite poétique. Cet acte finit par l'apparition des trois Rois Mages, précédés des danses de gitanos et de nègres, par l'adoration et les offrandes qu'ils portent au Sauveur, tout nouvellement venu au monde.

Cette espèce de drames ne semble pas avoir été l'objet d'une grande prédilection de la part de Lope; ils n'ont peut-être pas trouvé plus de faveur auprès du public. Du moins ne nous en reste-t-il qu'un petit nombre parmi ses œuvres imprimées. Celui que nous venons d'analyser et celui qui a pour titre: *La créacion del Mundo y el primer pecado del hombre*, sont les plus remarquables et les plus curieux (2). La pièce sur l'expiation intitulée: *La prenda redimida*, est la plus impropre et la plus extravagante. Lope puisa plus souvent aux propres histoires de l'Écriture Sainte et il le fit avec un talent tout particulier. C'est ainsi que nous avons ses

(1) Que les tendres boutons — Sortent des tiges qui les enferment, — Que des monts superbes, — Descendent de doux ruisseaux, — En versant un limpide cristal. — Je ferai que des sources émane — Un lait blanc, et des frênes — Un miel pur, doux déluges — Qui inondent nos désirs. (*Comedias*, tom. XXIV, Saragosse, 1641, fol. 116.)

(2) Il est dans le tome XXIV des *Comedias* de Lope, Madrid, 1632. C'est une du petit nombre des comédies sacrées qui ont été accidentellement réimprimées.

longues comédies sur l'histoire de Tobie et sur la femme sept fois mariée (1); sur la belle Esther et Assuérus (2) ; sur le sujet un peu inconvenant de l'enlèvement de Dina, fille de Jacob, tel qu'il est raconté dans le livre de *la Genèse* (3). Dans tout ce genre de compositions et dans le reste de la classe qui lui appartient, les mœurs et les idées espagnoles, plutôt que les juives, donnent leur couleur à la scène. Le sujet dont la substance est ainsi empruntée aux souvenirs hébreux est rendu plus attrayant, pour l'objet de sa représentation à Madrid, que s'il avait été joué dans sa simplicité primitive. C'est ainsi que, dans *La Ester*, une intrigue comique, entre une bergère coquette et son amant, se rattache au sujet principal pour que l'ensemble produise plus d'effet sur le peuple (4).

---

(1) *Historia de Tobias, Comedias,* tom. XV, Madrid, 1621, fol. 231, etc.

(2) *La Hermosa Ester (ibid.,* fol. 151).

(3) *El Robo de Dina, Comedias,* tom. XXIII, Madrid, 1638, fol. 118, etc. On peut en ajouter une de meilleure, tom. XXII, Madrid, 1635, *Los Trabajos de Jacob,* dont le sujet est l'histoire si belle de Joseph et de ses frères.

(4) L'intrigue a peu de rapport avec l'histoire principale d'Esther, elle ne s'y rattache que par la proclamation du roi Assuérus, appelant devant lui toutes les beautés de son empire. Cette nouvelle arrive aux oreilles de Silena, la bergère, qui abandonne son amant, Selvagio, pour éprouver à la cour la fortune de sa beauté. Elle ne réussit pas, et, à son retour, elle est repoussée par Selvagio. Elle n'en conserve pas moins à l'égard de ce dernier son air de coquetterie; elle sort en répétant ou chantant, aussi gaiement que si elles appartenaient à une romance, les paroles suivantes :

Por el buytre que volaba	Pour le vautour qui volait
Mi pajarillo dexé ;	Mon petit oiseau j'ai délaissé ;
Pero yo le ablandaré	Mais je lui adoucirai
La condicion fiera y brava.	Sa nature fière et sauvage.

La meilleure partie de cette comédie est la partie religieuse, telles que les prières d'Esther, dans la première et la dernière journée, et les romances chantées à la fête triomphale, lorsqu'Assuérus se rend aux charmes de sa beauté. Mais l'ensemble du drame, ainsi qu'il arrive dans d'autres comédies de la même espèce, indique l'intention de déguiser, sous le voile de la religion, le but de servir le théâtre profane. Un des exemples les plus piquants de l'inconvenance de Lope, et le nombre n'en est pas petit, se trouve dans la première *jornada* des *Trabajos de Jacob.* C'est le moment où Joseph échappe à la femme de Putiphar en laissant son manteau entre ses mains et s'écrie dans un soliloque :

Y assi harás en esa capa	Et tu feras ainsi dans ce manteau
Con venganza de muger	Pour te venger de la femme,
Lo que el toro suele hacer	Ce que le taureau sait faire
En la del hombre que se escapa.	Dans celui de l'homme qui s'échappe.

Quelque absurde que ce passage nous paraisse pour son inconvenance, il était, sans aucun doute, fortement applaudi par un public pensant plus à un combat de taureaux qu'aux règles du drame.

Toutefois, ces drames n'étaient pas même capables de satisfaire un public accoutumé à l'esprit plus national des comédies basées sur la vie du temps, sur les aventures et les intrigues. Aussi Lope prit un chemin plus large. Il choisit ce qu'il y avait de plus saisissant dans les événements religieux de toute espèce, en particulier dans tous ceux qu'on trouve dans la *Vie des Saints*. Sur les miracles et les souffrances des saints, il bâtit d'ingénieuses histoires, souvent aussi intéressantes que les intrigues de la galanterie espagnole, ou les exploits des héros de le vieille Espagne, et qui, parfois, ne sont pas moins singulières, ni moins extravagantes. Saint Jérôme, sous le nom de *El Cardenal de Belen*, est mis sur la scène dans une de ces pièces, d'abord comme un joyeux galant, puis comme un saint fouetté par des anges et triomphant de Satan dans une lutte ouverte (1). Dans une autre pièce, saint Diego d'Alcalá s'élève de serviteur d'un pauvre ermite au grade de général, avec un commandement militaire. Après avoir commis aux îles Fortunées toutes les atrocités de la licence soldatesque, il rentre dans sa patrie où il meurt en odeur de sainteté (2). Dans d'autres compositions, Lope prend des sujets historiques offrant un caractère religieux, tels que l'histoire de saint Wamba tiré de la charrue, au septième siècle. et devenu, par un ordre miraculeux, roi d'Espagne (3); tels que la vie du prince mahométan du Maroc, converti au christianisme, en 1593, publiquement baptisé, en présence de Philippe II, et ayant pour parrain l'héritier du trône (4).

Tous ces drames et beaucoup d'autres semblables se représentaient avec le consentement de l'autorité ecclésiastique, parfois même dans des couvents et d'autres maisons religieuses, mais plus souvent en public, et toujours sous des auspices non moins évidemment religieux (5). Les matériaux de prédilection pour de pareils drames sont du moins tirés, d'une manière exclusive, de la vie des saints populaires. Le nombre des comédies ainsi remplies d'histoires et de miracles devint si grand,

---

(1) *El Cardenal de Belen*, *Comedias*, tom. XIII, Madrid, 1620.

(2) Cette pièce ne se trouve pas dans la collection des comédies de Lope, mais elle fait partie de la liste de Lord Holland. Notre exemplaire est vieux, sans date et a été imprimé, à Valence, à l'usage du peuple.

(3) *Comedias*, tom. I, Valladolid, 1604, fol. 91, etc.

(4) *Bautismo del principe de Marruecos*. Il y a près de soixante personnages. *Comedias*, tom. XI, Barcelone, 1618, fol. 269, et C. Pellicer, *Origen del teatro*, tom. I, pag. 86.

(5) C. Pellicer, *Origen del teatro*, tom. I, pag. 153.

immédiatement après 1600, qu'elles finirent par constituer une classe propre, sous le nom de *Comedias de Santos*. Lope en composa beaucoup. Outre celles que nous avons déjà mentionnées, nous devons à son talent dramatique des pièces sur les vies de saint François, de saint Pierre de Nolasque, de saint Thomas d'Aquin, de saint Julien, de saint Nicolas de Tolentino, de sainte Thérèse, trois sur saint Isidore de Madrid, et sur d'autres, en assez grand nombre. Plusieurs d'entre elles, comme celle sur saint Nicolas de Tolentino (1), sont véritablement étranges et extravagantes : mais aucune ne nous donnera peut-être une idée plus vraie de cette classe tout entière que la première qu'il écrivit sur le saint patron de sa propre cité, sur saint Isidore de Madrid (2).

Cette composition semble réunir toutes les variétés d'intérêt et de caractère appartenant aux divisions du drame profane espagnol. Il y a des scènes émouvantes entre des guerriers récemment revenus à Madrid, d'une heureuse expédition contre les Maures : des scènes gaies, avec danses et joies champêtres, pour le mariage de saint Isidore et la naissance de son fils : des scènes d'une farce grossière, où le sacristain se plaint que, grâce au pouvoir de saint Isidore dans le ciel, il ne gagne plus

---

(1) *San Nicolas Tolentino, Comedias*, tom. XXIV, Saragosse, 1641, ff. 167, etc. Chaque acte, ainsi qu'il arrive souvent, dans le vieux théâtre espagnol, est une espèce de comédie séparée et portant en tête sa liste de personnages distincts. Le premier acte a vingt-un acteurs; parmi eux figurent Dieu, la Vierge, la Pitié, la Justice, Satan, etc. Il commence par une mascarade assez animée sur une place publique. Immédiatement après nous passons à une scène, dans le ciel, où se prononce un jugement de Dieu sur l'âme d'un homme mort en péché mortel. Vient ensuite une autre scène, pleine d'animation, sur une place publique, au milieu de personnes oisives, avec un sermon que prêche un moine fervent et fanatique ; puis d'autres scènes entre Nicolas, poussé à entrer au couvent par ce sermon, et sa famille qui ne consent qu'avec peine à sa résolution. L'acte se termine par un dialogue d'une plaisanterie assez grossière entre un serviteur de Nicolas, qui est le bouffon de la pièce, et une servante à qui il avait promis le mariage, mais qu'il abandonne maintenant, déterminé qu'il est à suivre son maître, dans sa retraite religieuse, qu'il ridiculise par ses bons mots et ses plaisanteries. Tel est le premier acte, les deux autres ne se distinguent pas de lui.

(2) Cette comédie n'est ni l'une ni l'autre des deux que la ville de Madrid ordonna de représenter en plein air, en l'année 1622, en l'honneur de la canonisation de saint Isidore, et qui se trouvent dans le tom. XII des *Obras sueltas* de Lope de Vega. Toutefois en les comparant à cette dernière, on voit qu'il l'avait sous les yeux lorsqu'il les composa. En effet elle fut imprimée cinq ans avant, dans le septième volume des comédies de Lope, Madrid, 1617. Elle se maintint longtemps en faveur près du public, puisqu'elle se réimprima dans la partie XXVIII des *Comedias escogidas de los Mejores Ingénios*, Madrid, 1667, in-4°.

honoraires pour les funérailles, et semble croire que la Mort est allée vre ailleurs. A travers tout cet ensemble se distingue le caractère mable et religieux du saint lui-même, caractère qui donne à la pièce ne sorte d'unité poétique. Les anges viennent labourer pour lui, afin qu'il n'ait pas à encourir plus longtemps le reproche de négliger son labour pour assister à la messe : un coup de son aiguillon fait jaillir une source d'eau pure, regardée encore aujourd'hui avec respect, et qui sourd au milieu des terres brûlantes, pour rafraîchir ses maîtres injustes. Pendant temps, des chants et des poésies populaires (1) ; une parodie de la eille romance morisque : *Rio verde, rio verde* (2) ; des allusions à sainte image de la Almudena et à l'église de Saint-André, donnent de vie au dialogue, à mesure qu'il se développe ; peintures toutes familières et domestiques pour les habitants de Madrid ; peintures frappantes, cordes vibrant encore dans tous les cœurs, lors de la première présentation de ce drame. A la fin, le corps du saint, après sa mort, exposé devant l'autel bien connu de son église de prédilection : lors, suivant les vieilles traditions, son ancien maître et la reine viennent l'adorer, et, par de pieux sacriléges, ils s'efforcent d'emporter de sa personne des reliques qui les protègent eux-mêmes. Mais un miracle les punit à l'instant même, et ce miracle sert de preuve finale, couronne la série des témoignages attestant les divins mérites du saint et forme un dénoûment approprié à la pièce.

Il n'y a pas de doute, un pareil drame, embrassant quarante ou cinquante années, avec une multitude si variée de personnages, au nombre desquels figurent Anges, Démons, l'Envie, le Mensonge, le Manzanares,

---

(1) A la fête du saint, on chante, en dansant, une romance très-vive et très-populaire, qui commence ainsi :

La cebolla con el pan,	L'ognon et le pain
Al villano se la dan	On les donne au villageois :
Mira que el tosco villano,	Voyez que le grossier villageois,
Quando quiera alborear,	Lorsque le jour veut poindre,
Salga con su par de bueyes	Sorte avec sa paire de bœufs
Y su arado otro qué tal.	Et sa charrue pareille
Le dan pan, le dan cebolla.	On lui donne le pain, on lui donne l'ognon
Y vino tambien le dan, etc.	Et le vin aussi on lui donne, etc.

Comedias, tom. XXII, pag. 54.

Rio verde, rio verde,	Fleuve vert, fleuve vert,
Mas negro vas que la tinta	Tu coules plus noir que l'encre,
De sangre de los christianos	Par le sang des chrétiens,
Que no de la Moreria	Mais non par celui des Maures.

Comedias, tom. XXII, pag. 60.

serait considéré aujourd'hui comme grotesque et irrévérencieux, plus que toute autre chose. Mais au temps de Lope, le public apportait une foi ardente à ces représentations, accueillait encore avec plaisir l'exposition des miracles se rapportant au saint, objet de sa vénération, et rattachait ses vertus bienfaisantes à l'époque où il vivait et à son bien-être personnel (1). Si vous ajoutez à ces considérations les restrictions imposées au théâtre, la facilité extraordinaire de Lope, sa grâce, son génie qui ne manqua jamais de consulter et de féconder le goût populaire, nous aurons tous les éléments nécessaires pour expliquer le grand nombre de drames religieux qu'il a composés, en les tirant soit des Mystères, soit des Écritures Sacrées, soit des vies des saints; et ces drames appartiennent à l'époque et au pays où il les a donnés.

Lope se hasarda avec succès dans un autre genre de drames, non-seulement plus grotesque que le genre de ses longues comédies religieuses, mais plus directement destiné à l'édification du peuple. Je veux parler de ses *Autos sacramentales*, espèce de comédies religieuses, représentées dans les rues, alors qu'une foule pleine d'enthousiasme les remplissait, durant les splendides cérémonies du *Corpus Christi*, de la Fête-Dieu (2). Il n'y a pas, en Espagne, de forme de drame plus ancienne, qui ait régné si longtemps, ni qui ait, pendant toute sa durée, conservé une place si large dans la faveur générale. Ces représentations, nous l'avons déjà vu, se trouvent parmi les premiers éléments de la littérature nationale, et nous apprendrons plus tard la difficulté que l'autorité royale rencontra pour leur suppression, dans la seconde moitié du dix-huitième siècle. Au temps de Lope et dans le siècle immédiatement suivant, ces *autos* arrivèrent à l'apogée de leur succès : ils devinrent une partie importante des cérémonies religieuses, préparées pour la fête solennelle à laquelle ils étaient consacrés, non-seulement à Madrid, mais

_____

(1) On peut voir en mille endroits la persuasion où était le public, que ces drames étaient réellement et véritablement religieux. Cette persuasion est mentionnée, entre autres circonstances, par madame d'Aulnoy, racontant, en 1679, que lorsque *San Antonio* répétait son *confiteor*, sur la scène, tout le public tombait à genoux, se frappait la poitrine et s'écriait *meá culpá*. (*Voyage d'Espagne à La Haye*, 1693, in-18, tom. !, pag. 56.)

(2) *Auto* fut dans son origine et est encore aujourd'hui un terme de barreau dérivé du mot latin *actus*, qui est la résolution ou la sentence d'un tribunal. Il s'appliqua ensuite à ces compositions dramatiques religieuses, qui s'appelèrent *autos sacramentales* ou *autos del corpus Christi*, et aussi *autos defe* de l'Inquisition, parce que tous les deux se considéraient comme *actos* solennels et de dévotion. Covarrubias, *Tesoro de la lengua castellana*, au mot *auto*.]

encore dans toute l'Espagne. Tous les théâtres se fermaient, pendant un mois, pour faire place à ces pièces, et leur céder l'honneur de la représentation (1).

Malgré leur intention religieuse, ces drames apparaissent encore à notre esprit, comme tout à fait grossiers et irrévérencieux. Les circonstances mêmes au milieu desquelles ils étaient représentés sembleraient prouver qu'ils n'étaient pas considérés comme œuvres réellement pieuses et solennelles. Une espèce de masque informe qui n'avait certainement rien de grave, les précédait, à mesure qu'ils avançaient dans les rues où se pressait la foule, et où fenêtres et balcons de toutes les maisons les meilleures, étaient tendus de soieries et de tapisseries en leur honneur. Pour la première fois, dans cette procession extraordinaire, apparut la figure d'un monstre marin hideux, appelé la *Tarasca*, au corps moitié serpent, conduit par des hommes cachés dans son énorme enflure, et surmonté d'une autre figure représentant la femme de Babylone. Tout cet ensemble était disposé de manière à remplir d'étonnement et d'effroi les pauvres gens du peuple qui l'environnaient, dont les casquettes et les chapeaux généralement enlevés par la grimaçante bête, étaient considérés comme le butin légitime de ceux qui la conduisaient (2).

Suivait une troupe de jolis enfants, portant des guirlandes sur leurs têtes, chantant les hymnes et les litanies de l'Église. C'étaient parfois des quadrilles d'hommes et de femmes avec des castagnettes, dansant des danses nationales. Deux ou trois grands Maures ou géants noirs, vulgairement appelés *Gigantones* faits en carton, venaient ensuite, bondissant d'une manière grotesque, au grand effroi de la partie la moins expérimentée de la multitude, et pour le plus grand amusement du reste. Alors, au milieu de la plus grande pompe et d'une musique suave, apparaissaient les prêtres portant l'Hostie sous un dais splendide. Une

_____

(1) Depuis les temps les plus reculés jusqu'à nos jours on a déployé la plus grande splendeur, en Espagne, pour les processions du *Corpus Christi*. On peut en juger par les descriptions des processions de Valence, de Séville, de Tolède, dans le *Semanario pintoresco*, 1839, pag. 167; 1840, pag. 187; et 1841, pag. 177. Dans les fêtes de Tolède, Lope de Rueda fut, à ce que l'on raconte, employé aux divertissements dramatiques qui s'y rattachaient, en 1561. Après lui vinrent Alonso Cisnéros, Cristobal Navarro et d'autres écrivains célèbres, se distinguant sur la rude scène populaire de ce temps. Successeurs de Lope de Rueda, ils ouvrirent la voie à Lope de Vega et à Calderon.

(2) Pellicer, *Notes à D. Quichotte*, tom. IV, pag. 105, 106. Covarrubias. *Tesoro de la lengua castellana*, au mot *Tarasca*. La populace de Tolède appelait la femme qui montait sur la Tarasca, Ana Bolena, *Anne de Boulen*. (*Semanario pintoresco*, 1841, pag. 177.)

longue et dévote procession se déroulait à la suite : à Madrid, on pouvait
y voir le Roi, un cierge à la main, comme le dernier de ses sujets, avec
les grands officiers de la cour et les ambassadeurs étrangers, tous réunis
pour rehausser l'éclat de la scène (1). Finalement s'avancaient de
magnifiques chars, pleins d'acteurs des théâtres publics qui devaient
figurer dans cette représentation et ajouter à l'attrait, sinon à la solennité, personnages constituant une partie si importante de la fête du
jour, que toute cette cérémonie s'appela souvent, suivant l'expression
populaire, *la Fiesta de los Carros* (2).

Cette procession n'avait cependant pas dans les villes et villages de
province la même magnificence que dans la capitale, mais elle était
toujours imposante et proportionnée aux ressources de la localité où
elle devait avoir lieu. De temps en temps elle s'arrêtait sous des tentes,
en face de la maison de quelque personnage distingué; peut-être, celle
du Président du Conseil de Castille, à Madrid; au village, peut-être
devant celle de l'Alcade. Là elle attendait avec révérence que certains
offices religieux eussent été célébrés par les ecclésiastiques, offices durant
lesquels la multitude se tenait à genoux, comme dans l'Église. Dès que
ces devoirs étaient remplis, ou vers la dernière heure du jour, les
acteurs des chars apparaissaient sur une scène voisine, à l'air libre, et
représentaient, conformément aux règles de leur service, *l'auto* sacramentel, préparé pour la circonstance, et à laquelle il faisait toujours
directement allusion. Nous savons, de source certaine, que Lope a écrit
environ quatre cents de ces *autos* (3), quoiqu'on n'en conserve aujourd'hui
de ce nombre que douze ou treize. Ces derniers se publièrent, suivant
ce qu'on nous raconte, seulement pour que les villes et villages de l'intérieur pussent jouir des mêmes plaisirs dévots que la cour et la capitale.
Tant était devenu universel le fanatisme pour cette étrange ferm-

---

(1) La description la plus animée que nous ayons vue de cette procession est
celle que contient la *loa* de la première fête et *auto* de Lope (*Obras sueltas*
tom. XVIII, pp. 1-7). Quand nous arriverons à Calderon, nous trouverons une autre
description de cette fête, comme elle se célébrait de 1655 à 1665. Dans le texte
nous l'avons dépeinte telle qu'elle se faisait du temps de Lope. Si l'on veut voir
le tableau idéal de celle de 1623, qu'on le cherche dans le *Semanario pintoresco*
de 1846, pag. 185. La *loa* de Lope nous paraît le témoignage le plus authentique
qu'on puisse désirer.

(2) Dans le *D. Quichotte* (part. II, chap. II) on peut voir une peinture exacte de
ce que contenaient ces *carros*, par la description que le héros en donne, en revenant
de Toboso.

(3) Montalvan, *Fama postuma*.

d'amusement, tant il s'était profondement enraciné dans le caractère du peuple (1).

Dans une période antérieure, et peut-être jusqu'au moment de la première apparition de Lope, cette partie de la fête consistait en une représentation des plus simples, accompagnée de chants rustiques, d'é-glogues, de danses, telle que nous la trouvons dans une grande collec-tion d'*autos* manuscrits. Les deux qui en ont été publiés sont si pauvres et si informes dans leur structure et leur dialogue, qu'ils semblent dater d'une époque antérieure à celle de Lope (2). Mais, durant la vie de ce poète et principalement sous son influence, ce genre prit le caractère

---

(1) Préface de Joseph Ortiz de Villena aux *autos* (*Obras sueltas*, tom. XVIII). Ils ne s'imprimèrent qu'en 1644, neuf ans après la mort de Lope, et parurent à Saragosse. Un autre *auto* attribué à Lope, *El Tirano castigado*, se trouve dans un volume curieux intitulé : *Navidad y corpus Christi festejados*, collection d'Isidro de Robles, que nous avons déjà citée.

(2) La collection manuscrite, dont nous parlons dans le texte, fut acquise par la Bibliothèque nationale de Madrid, en 1844. Elle remplit 468 feuillets in-folio et contient quatre-vingt-quinze pièces dramatiques. Toutes sont anonymes, à l'ex-ception d'une seule appartenant, dit-on, à Maestro Ferraz, sur le sujet de Caïn et Abel. Toutes, excepté une, semblent appartenir au genre religieux. Cette der-nière est intitulée : *Entremes de las Esteras*. Elle est la seule avec ce titre. Les autres se désignent par *coloquios, farsas, autos*. Presque toutes celles qui sont in-titulées *autos* ou *farsas del sacramento*, expression qui semble avoir été regardée comme synonyme, n'ont point de date. La seule qui en porte une a pour titre : *Auto de la Resurreccion de Christo*; la licence pour la représentation est du 28 mars 1568. Deux ont été publiées dans le *Museo literario*, en 1844, par D. Eug. de Tapia, de la Bibliothèque royale de Madrid, un des écrivains et des savants espagnols les plus distingués de ce siècle. Le premier est intitulé : *Auto de los Desposorios de Moisen*, c'est une fable simple en prose, excepté le prologue ou ar-gument qui est en vers. Le second a pour titre : *Auto de la Residencia del hombre*, il n'est pas meilleur, mais il est tout en vers. Dans le numéro suivant, Eug. de Tapia publia une liste complète des titres avec les *figures* ou personnages qui paraissent dans chaque pièce. Il serait bien à désirer qu'on fit une bonne édition de tout ce manuscrit. Nous savons qu'on intercalait des *saynetes* entre les diverses parties des actes ou journées de la pièce; que les personnages allégoriques y abondaient; que le *Bobo* s'y trouvait toujours. Plusieurs de ces compositions sont probablement antérieures au temps de Lope de Vega; peut-être appartiennent-elles à l'époque de Lope de Rueda, qui, comme nous l'avons dit dans la note 1 de ce chapitre, pag. 293, prépara des *autos* de ce genre, en 1561, pour la ville de Tolède. Mais la langue et la versification des deux pièces imprimées, l'air général des fictions et des allégories des autres, autant qu'on peut en juger par l'échantillon publié, indiquent une époque sinon contemporaine du moins très-rapprochée de celle de Lope de Vega.

d'un divertissement populaire en forme et bien défini; il se divisa en trois parties, ayant chacune son caractère tout à fait distinct l'une de l'autre, et présentant un ensemble dramatique.

La première partie de toutes, dans la condition la plus complète, c'est la *loa*. Elle participe toujours de la nature d'un prologue; mais parfois elle est, dans la forme, un dialogue entre deux ou plusieurs acteurs. Une des meilleures de Lope appartient à ce genre. Il nous y dépeint les embarras d'un paysan venu à Madrid pour voir ces représentations, et qui a perdu sa femme dans la foule. Mais, juste au moment où il s'était tout à fait consolé, où il avait satisfait à sa conscience par la détermination de la faire crier une ou deux fois, et alors de la considérer comme une perte heureuse et d'en prendre une autre, la femme arrive et raconte avec beaucoup d'esprit l'étonnement que lui a causé la procession qu'elle vient de voir et qui est précisément celle que les spectateurs eux-mêmes ont vue aussi. Elle donne ainsi, sous la forme de prologue, une introduction des plus amusantes et des plus propres au drame qui va suivre (1). Une autre des *loas* de Lope roule sur une discussion entre un joyeux galant et un campagnard qui traite, dans son dialecte rustique, le sujet de la doctrine de la transubstantiation (2). Une troisième repose sur le caractère d'un Morisque, c'est un monologue dans le dialecte de l'orateur, sur les avantages et les désavantages de se convertir sérieusement au christianisme, après avoir mené, pendant quelque temps, une vie mendiante et mensongère, et avoir pris le caractère d'un pèlerin chrétien (3). Toutes ces *loas* sont charmantes, malgré leur ton burlesque, mais plusieurs d'entre elles ne sont rien moins que religieuses.

Après la *loa* vient un *entremes*. Tout ce qui nous reste des *entremeses* de Lope sont de pures farces, semblables aux intermèdes employés chaque jour dans les théâtres profanes. Il fait, par exemple, un *entremes* d'une satire contre les avocats, où un membre de la confrérie de la ruse, comme dans le vieux français *Maistre Pathelin*, est dupé et volé par un paysan simple en apparence, lequel se rend d'abord extrêmement ridicule, puis s'échappe sous le déguisement d'un aveugle chanteur de romances, chante et danse en l'honneur de la fête: conclusion qui nous paraît singulièrement irrévérente pour cette circonstance particulière (4). Dans une autre, il couvre de ridicule les poètes de son temps, en mettant

----

(1) C'est la première de toutes les *loas* du volume et la meilleure.
(2) *Obras sueltas*, tom. XVIII, pag: 367.
(2) *Ib.*, pag. 107.
(4) *Ib.*, pag. 8, *Entremes del letrado.*

sur la scène une femme qui prétend arriver de l'Inde. avec une fortune, tout exprès pour épouser un poète, et qui réussit dans son projet. Mais les deux époux sont réciproquement déçus : la dame, en effet, n'a d'autre apport que ce qu'elle gagne avec sa paire de castagnettes, et son mari redevient un chanteur de romances. Toutefois l'un et l'autre ont assez de bon sens pour être contents l'un de l'autre, et pour s'accorder à parcourir le monde, en dansant et chantant des romances, chants et danses dont ils donnent un spécimen à la foule, comme dénoûment de l'*entremes* (1). Une autre des plus heureuses tentatives de Lope dans ce genre, c'est un inter- mède contenant en lui-même la représentation d'une comédie sur l'his- toire d'Hélène, et qui nous rappelle le divertissement semblable de Pyrame et Thisbé, dans *le Songe d'une nuit d'été*. L'intermède de Lope est coupé par le milieu. L'acteur qui joue le rôle de Pâris s'échappe tout de bon avec l'actrice qui remplit le rôle d'Hélène, et la pièce finit par une scène burlesque de confusions et de réconciliations (2). Finalement, un autre *entremes* est une parodie de la procession elle-même avec ses géants, ses chars, tout enfin : déversant sur l'ensemble le ridicule le plus amusant (3).

Jusqu'ici tout a été franchement comique dans les représentations théâtrales de ces fêtes religieuses. Mais les *autos* ou actes sacramentels qui les terminaient, et dont tout ce qui les précédait n'était qu'une simple introduction, réclamaient quelque chose de plus grave dans leur ton général, quoique dans certains cas, dans les prologues et les intermèdes, certaines parties soient trop grotesques et trop extravagantes pour être amusantes. C'est à cette classe qu'appartient *El puente del mundo* (4). Il représente le Prince des ténèbres plaçant le géant Léviathan sur le pont du monde, pour en défendre le passage à tous les arrivants qui n'avoueront pas la suprématie de sa puissance. Adam et Ève qui, d'a- près les instructions aux acteurs, apparaissent, vêtus très-élégamment à la française, *salen vestidos de franceses muy galanes*, sont naturellement les premiers qui se présentent. Ils souscrivent à la dure condition et passent le pont à la vue des spectateurs. De la même manière passent, à ce que nous apprend le dialogue, les patriarches, Moïse, David, Salomon. Enfin le Chevalier de la Croix, *el celestial Amadis de Grecia*, comme il s'appelle, vient en personne, détruit les prétentions du Prince des

----

(1) *Obras sueltas*, tom. XVIII, pag. 114, *Entremes del Poeta*.
(2) *Ib.*, pag. 168, *El Robo de Helena*.
(3) *Ib.*, pag. 373, *Muestra de los carros*.
(4) C'est le dernier dans la collection, et, quant à la poésie, un des meilleurs sur les douze, sinon le meilleur.

ténèbres et conduit l'Ame de l'Homme en triomphe, à travers ce fatal passage. Tout cela n'est en réalité qu'une parodie de la vieille histoire du Géant défendant le pont de Mantible (1). Si vous y ajoutez les parodies de la romance du comte de Claros, appliquée à Adam (2), et d'autres vieilles romances se rapportant au Sauveur (3), la confusion de l'allégorie et de la farce, de la religion et de la folie, semble être complète.

Il y a d'autres *autos* plus uniformément graves. *La Siega, la Moisson,* est une version animée de la parabole de saint Matthieu sur le champ qui doit être ensemencé avec du bon blé et de l'ivraie (4). Ce sujet est développé avec assez de solennité. La malheureuse ivraie, menacée d'être coupée et jetée au feu, ne se compose de rien moins que du judaïsme, de l'idolâtrie et de toutes les sectes, arrachées à leur destinée par la pitié du Maître de la Moisson et par sa belle épouse, l'Église. Malgré toutes les absurdités et les singularités de cette allégorie, à part les compliments déplacés à la famille royale alors régnante en Espagne, cette composition est une des meilleures du genre auquel elle appartient, une des plus solennelles. Une autre de ces pièces, moins sujette aux reproches qu'on leur adresse d'ordinaire, c'est *La Vuelta de Egypto* (5). Avec ses bergers et ses gitanos, elle a toute la grâce d'une églogue; avec ses romances et ses chants populaires, elle a quelque chose du charme des drames profanes de Lope. Ces deux *autos* et celui qui a pour titre: *El Pastor lobo* (6), allégorie sur le diable revêtant le caractère d'un véritable berger avec son troupeau, constituent les plus beaux spécimens, ou plutôt les plus agréables types du véritable *auto* espagnol qu'on puisse trouver dans la vieille école. Tous les autres s'appuient sur les plus grossières superstitions religieuses prédominantes;

---

(1) Voyez *Historia del emperador Carlos Magno,* chap. XXVI-XXX, etc.

(2) Se rapportant à la tentation, le géant dit à Adam:

Yerros, Adan, por amores

Dignos son de perdonar, etc.

Vers tirés de la belle et célèbre romance du *Conde Claros,* commençant par ces mots: *Pesame de vos Conde,* dont nous avons déjà parlé, vol. I, pag. 115. La phrase devait être très-familière à plusieurs personnes de l'auditoire de Lope, bien que nous ne puissions nous expliquer comment son irrévérence ne choquait pas.

(3) Le refrain de la musique, *Si dormis principe mio,* se rapporte à la romance sur ceux dont les dames avaient été emmenées en esclavage chez les Maures.

(4) *La Siega* (*Obras sueltas,* tom. XVIII, pag. 328). Il en existe une excellente traduction dans l'ouvrage de Dobru, *Spanische dramen,* Berlin, 1841, in-8°, tom. I.

(5) *La Vuelta de Egypto* (*Obras,* tom. XVIII, pag. 435).

(6) *El Pastor lobo y Cabaña celestial. Le Pasteur-loup et le Troupeau céleste* (*Obras sueltas,* tom. XVIII, pag 381).

tous font appel, par tous les moyens possibles, légers ou sérieux, aux sentiments et aux préjugés du peuple. Un certain nombre respirent l'esprit de la vieille poésie nationale. Ce sont ces derniers, pris ensemble, qui ont servi de base pour établir le succès du genre, succès qui a été, si nous considérons l'objet religieux de la fête, d'une étendue et d'une durée incontestablement extraordinaires.

Mais les *entremeses* ou intermèdes, employés pour animer la partie dramatique de cette grossière mais splendide cérémonie, ne se bornaient nullement à elle. Ils se jouaient, comme nous l'avons vu, sur les théâtres publics où, depuis l'époque de l'introduction des comédies en forme, ils avaient été insérés, entre les différentes divisions ou actes, pour apporter une légère diversion au public. Lope avait écrit beaucoup de ces intermèdes, nous n'en savons pas le nombre. Leur caractère léger n'en a fait guère conserver plus de trente. Ils nous suffisent pour démontrer que, dans ce genre, comme dans toutes les autres classes du drame, Lope a principalement recherché l'effet populaire ; que là, comme partout ailleurs, la flexibilité de son génie s'est manifestée par la variété des formes qui traduisent ses facultés puissantes. Généralement parlant, les entremeses que nous possédons sont écrits en prose, fort courts, et sans intrigue : ce sont purement des dialogues roulant sur des farces empruntées à la vie commune ou vulgaire.

Il faut, toutefois, excepter de cette classification celui qui a pour titre : *Melisendra*, un des premiers qu'il publia. Il est entièrement composé en vers, divisé en actes, et précédé d'une *loa* pour prologue. En un mot c'est, pour la forme, la parodie d'une comédie régulière, basée sur les aventures de D. Gaiferos et de Melisendra, héros des vieilles ballades (1). *El Padre engañado, le Père trompé*, que Holcroft a mis sur la scène anglaise sous le titre de *the Father outwilled*, constitue une autre exception. C'est une farce pleine d'animation, en huit ou dix pages, sur les angoisses ridicules d'un père qui livre sa propre fille déguisée, précisément à l'amant dont il se suppose prudemment débarrassé (2). La plus grande partie de ces intermèdes tels que *El indio, La cuna, Los ladrones burlados*, prennent à peine plus de quinze minutes chacun pour leur représentation.

---

(1) Primera parte de Entremeses, *Entremes primero de Melisendra, Comedias*, tom. I, Valladolid, 1604, in-4°, ff. 333, etc. Cette composition se base sur les gracieuses romances du vieux *Romancero* de 1550-1555, *Assentado está Gayferos*, etc., la même que Maese Pedro expliquait dans l'hôtellerie devant D. Quichotte, part. II, chap. XXVI.

(2) *Comedias*, Valladolid, 1604, tom. I, pag. 337.

Ce sont des dialogues légers sur de grosses farces, qui se continuent aussi longtemps que le permet l'intervalle des entr'actes, et qui se terminent brusquement pour céder la place au drame principal (1). Une vigoureuse animation, une humeur populaire et rude, leur font rarement défaut.

Toutes les fois qu'il a écrit pour le théâtre, Lope semble s'être souvenu de ses anciennes bases, et avoir manifesté la tendance d'élever su. elles, autant que possible, ses compositions dramatiques. Cette tendance ressort encore dans les *entremeses* que nous venons de faire connaître. Ils ont été dessinés d'après Lope de Rueda, dont les farces sont courtes et de la même nature, et ont été employés de la même manière, après l'introduction des drames en trois actes (2). Elle est encore apparente, comme nous l'avons vu, dans ses comédies morales et allégoriques, dans ses *autos* sacramentels; dans ses drames tirés des Écritures Sacrées et de la vie des saints, compositions ayant toutes pour bases les vieux mystères et les moralités. Nous trouvons encore la même tendance dans une autre classe, celle des églogues et des pastorales, forme dramatique déjà connue du temps de Juan de l'Encina (3). Lope de Vega a écrit un grand nombre de compositions de ce genre; il nous en reste encore plus de vingt. Plusieurs d'entre elles portent également les marques distinctives de leur origine, dans ce singulier mélange du ton bucolique et religieux qui apparaît dès les premiers commencements du théâtre public en Espagne.

Plusieurs des églogues de Lope furent, nous le savons, mises sur la scène : telle est, par exemple, *la Selva sin Amor*, représentée avec une pompe coûteuse et un apparat magnifique, devant le roi et la famille

---

(1) Toutes ces trois pièces se trouvent dans le même volume.

(2) *Lope de Rueda*, dit Lope de Vega, fut un exemple de ces préceptes en Espagne; c'est de lui qu'est venue l'habitude d'appeler les comédies anciennes *Entremeses* (*Obras sueltas*, tom. IV, pag. 407). Une scène isolée, mise en action et constituant par elle-même un *entremes*, s'appelait *paso* ou *passage*. Nous avons déjà parlé des compositions que Lope de Rueda écrivit sous ce titre et qui figurent dans ses œuvres. Voyez ci-dessus, chap. VII, p. 104.

(3) Parmi les imitateurs de Juan de l'Encina, il faut mentionner Lucas Fernandez, natif de Salamanque, qui publia dans la dite ville, en 1514, un léger volume in-fol. intitulé : *Farsas y eglogas al modo y estilo pastoril y castellano*. Si nous en jugeons par le titre, elles sont tout à fait dans le genre et le style des églogues et des farces de ses prédécesseurs. Une d'elles s'appelle *comedia*, chacune des deux autres, *farsa* ou *quasi comedia*, un autre *auto* ou *farsa*. Il y en a six en tout. Je n'ai jamais vu le livre, mais les notions que j'ai de son contenu prouvent qu'il est évidemment une imitation des tentatives dramatiques des auteurs ses compatriotes, et qu'il n'a probablement pas un grand mérite poétique.

royale (1). Sept ou huit autres compositions insérées dans ses *Pastores de Belen*, une publiée sous le nom de *Tomé de Burguillos*, arrangées toutes pour le jour de Noël ou pour différentes fêtes religieuses, ressemblent tellement aux spectacles que nous savons avoir été réellement donnés dans ces occasions, qu'elles ont dû être jouées, sans aucun doute, comme celles que nous venons de mentionner (2); tandis que d'autres pièces telles que la première qui se publia dans ce genre et qui est intitulée : *La Amorosa;* la dernière, adressée à Philis : une sur la mort de sa femme; une autre sur la mort de son fils, ne sont probablement destinées qu'à la lecture (3). Toutes cependant pouvaient se représenter, si l'on en juge par les habitudes du temps; nous savons, en effet, qu'on jouait, sur le théâtre, des églogues nullement destinées à la scène, et comme si elles avaient été expressément écrites pour elle (4). Quoi qu'il en soit, toutes les compositions de Lope dans ce genre démontrent avec quelle joie, avec quelle liberté son génie se répandait sur les formes les plus éloignées du drame, formes que son temps reconnaissait ou autorisait.

---

(1) *Obras*, tom. I, pag. 225.

(2) *Obras*, tom. XVI, passim, et tom. XIX, pag. 278.

(3) *Obras*, tom. III, pag. 463; tom. X, pag. 193; tom. IV, pag. 430; et tom. X, pag. 362. Le dernier passage contient presque tout ce que nous savons sur son fils, Lope Felix.

(4) Voyez dans la seconde partie de *Don Quichotte*, la scène où dames et caballeros, pour se divertir à la campagne, se disposent à représenter les *Églogues* de Garcilaso et de Camoens. De la même manière, nous pensons que la fameuse églogue que Lope dédie au duc d'Albe, Antonio (*Obras*, tom. IV, pag. 295); l'*Églogue à Amaryllis,* la plus longue qu'il ait jamais écrite (tom. X, pag. 147); celle au prince Esquilache (tom. I, pag. 352); la plus grande partie de celles que contient son *Arcadia* (tom. VI), ont été jouées ou ont été écrites pour l'être. Je n'ai jamais pu comprendre pourquoi Lope intitule *Églogue,* le poëme dédié à son ami Claudio (tom. IX, pag. 355), qui n'est en réalité qu'un récit de plusieurs circonstances de sa propre vie, sans rien de bucolique, ni dans le ton, ni dans la forme. Je ne veux pas non plus chercher à classer dans un genre particulier, le *Dialogo militar en honor del Marques de Espinola* (tom. X, pag. 337), quoique je le considère comme une œuvre dramatique dans la forme, et qu'il ait été probablement représenté dans maintes occasions importantes devant le marquis lui-même.

CHAPITRE XVIII.

Continuation de Lope de Vega. — Son caractère comme écrivain dramatique. — Sujets, personnages et dialogues. — Son abandon des règles, de la vérité historique et de la propriété morale. — Ses intrigues comiques. — Son *gracioso*. — Son style et ses tournures poétiques. — Sa finesse pour se concilier la faveur du public. — Ses succès, son sort, le grand nombre de ses œuvres.

L'extraordinaire variété des caractères dans les drames de Lope est aussi remarquable que leur nombre. Elle n'a pas peu contribué à en faire le monarque de la scène durant sa vie, et le grand maître du théâtre national après sa mort. Mais, quoique cette immense variété et cette fécondité inépuisable constituent, pour ainsi dire, les deux grandes assises sur lesquelles s'est bâti son succès, il y a en outre d'autres circonstances qu'on ne doit pas négliger, dans l'examen non-seulement des résultats eux-mêmes si surprenants, mais encore des moyens par lesquels ils ont été obtenus.

Le premier de ses moyens est le principe qu'on peut considérer comme principe dominant dans l'ensemble de ses œuvres dramatiques, et qui consiste à subordonner tous les autres intérêts à l'intérêt du sujet. Ainsi les caractères ont évidemment pour lui moins d'importance : de sorte que l'idée d'exposer une passion véhémente, imprimant une direction constante à toute l'énergie d'une volonté forte, comme dans le drame de *Richard III* ou comme dans *Macbeth*, en faisant abstraction de tout, avec non moins d'opiniâtreté, cette idée ne se présente jamais dans aucun genre de ses drames. Parfois, c'est vrai, mais rarement, comme dans *Sancho Ortiz*, Lope peint avec des traits caractéristiques une âme forte et généreuse, mais dans aucun cas cette peinture n'est l'objet principal, dans aucun cas il ne la fait avec l'apparence d'une étude artistique ou d'une intention directe ou marquée. Au contraire, la grande majorité de ses caractères ont constamment l'aspect d'un masque, tels que Pantalon sur la scène vénitienne, ou Scapin sur la scène française. Le *premier galant*, ou le héros, est tout amour, tout honneur et jalousie ; la *dame*, ou l'héroïne, n'est pas moins amoureuse, moins jalouse, elle est encore plus violente et plus audacieuse : le frère, ou, s'il n'y a pas de frère, la *barbe*, qui est le père ou un vieillard, toujours prêt à ensanglanter la scène, si l'amant vient à être seulement aperçu dans la maison de l'héroïne, telles sont les ressources constantes, servant non-seulement dans les pièces profanes, mais encore dans les comédies religieuses, comme des points fixes autour desquels tournent leurs actions différentes et leurs incidents divers.

De la même manière, le dialogue ne servait principalement qu'à expliquer la marche du drame et nullement à retracer les caractères. C'est ce qui ressort de ces longs discours, composés parfois de deux ou trois cents vers, aussi purement narratifs qu'une *novella* italienne et souvent plus qu'elle. C'est ce que l'on voit aussi dans l'imbroglio des incidents qui constituent l'action, incidents qui pèchent fréquemment, faute d'un espace suffisant pour développer toutes leurs ingénieuses évolutions, et deviennent aisément inintelligibles; difficulté dont Lope avertissait fort bien son auditoire, en lui disant, au début de la pièce, de ne pas perdre une syllabe de la première explication, ou qu'il ne pourrait certainement pas comprendre la curieuse intrigue qui allait suivre dans la représentation.

Obéissant au même principe, Lope sacrifie la convenance et la régularité du sujet pourvu qu'il puisse le rendre intéressant. Ses grandes comédies sont cependant régulièrement divisées en trois *jornadas* ou actes, mais il a beau réclamer cette division comme un mérite, cette disposition n'est pas de son invention, c'est purement une manière arbitraire et conventionnelle de fournir des repos nécessaires à la convenance des acteurs et des spectateurs, pauses qui, dans le théâtre de Lope, n'ont trop souvent aucun rapport avec la structure et les proportions de la pièce elle-même (1). Quant aux six comédies qu'il écrivit, à ce qu'il nous apprend, conformément aux règles classiques, la critique espagnole les a vainement cherchées (2). Il n'en existe probablement aucune aujourd'hui, si elles ont jamais existé, à moins que *La Melinárosa, la Prude*, en soit une. Lope lui-même avoue, avec beaucoup de franchise, qu'il regarde ce

(1) Cette division remonte à une comédie de Francisco de Avendaño, imprimée en 1553. (L. F. Moratin, *Obras*, 1830, tom. I, part I, pag. 182.)

(2) « Excepté six, dit Lope à la fin de son *Arte nuevo*, toutes mes quatre cent « quatre-vingt-trois comédies pèchent contre les règles de l'art. » Voyez Montiano y Luyando, *Discursos sobre las tragedias españolas* (Madrid, 1750, in-12, pag. 47), Huerta, dans la préface de son *Teatro español*, pour la difficulté de trouver même ces six pièces.

genre de règles comme un obstacle au succès ; et il dit dans son *Arte nuevo de hacer comedias* :

> Y cuando he de escribir una comedia
> Encierro los preceptos con seis llaves ;
> Saco à Terencio y Plauto de mi estudio,
> Para que no me den voces ; que suele
> Dar gritos la verdad en libros mudos :
> Y escribo por el arte que inventaron
> Los que el vulgar aplauso pretendieron ;
> Porque como los paga el vulgo, es justo
> Hablarle en necio para darle gusto. (1)

Le degré d'étendue à laquelle Lope, en suivant ce principe, porta le sacrifice dramatique des probabilités, de la géographie, de l'histoire et de la convenance morale, ne peut proprement se comprendre que par la lecture d'un grand nombre de ses pièces. Mais quelques exemples particuliers prouveront notre assertion. Dans son drame intitulé : *El primer Rey de Castilla*, les événements remplissent trente-six années du milieu du onzième siècle, et un Gitano est mis en scène, quatre cents ans avant que la race des Gitanos fût connue en Europe (2). Toute l'histoire romantique des sept infants de Lara est introduite dans la comédie de *Mudarra* (3) ; dans la *Limpieza no manchada*, Job, David, Jérémie, saint Jean-Baptiste et l'Université de Salamanque figurent ensemble (4) *El Nacimiento de Christo* présente les deux extrêmes, la Création du Monde et la Naissance du Sauveur (5). Voilà pour l'histoire. La géographie n'est pas mieux traitée ; lorsque Constantinople est déclarée située à quatre mille lieues de Madrid (6), ou qu'on voit des Espagnols sortir

---

(1) Et lorsque je dois écrire une comédie, — J'enferme les préceptes sous six clés ; — Je fais sortir Térence et Plaute de mon étude, — Pour qu'ils n'élèvent pas de clameurs contre moi ; d'ordinaire, — La vérité pousse des cris dans des livres muets ; — Et j'écris suivant l'art qu'inventèrent.— Ceux qui élevèrent des prétentions aux applaudissements du peuple.— Comme c'est le peuple qui les paie, il est juste — De lui parler folie pour lui complaire. (*Arte nuevo de hacer comedias. Obras*, tom. IV, pag. 406.)

(2) *El primer Rey de Castilla. Comedias*, tom. XVII, Madrid, 1621, folio 114, etc.

(3) *El Bastardo Mudarra. Comedias*, tom. XXIV, Saragosse, 1641.

(4) *La Limpieza no manchada. Comedias*, tom. XIX, Madrid, 1623.

(5) *El Nacimiento de Christo.* Tom. XXIV, Sarragosse, 1641.

(6) C'est la savante Théodora, personne représentée comme capable de confondre les plus célèbres professeurs, venus pour argumenter contre elle, qui déclare Constantinople, à quatre mille lieues de Madrid. (*La Donzella Téodor*, à la fin du second acte.)

d'un vaisseau sur les côtes de la Hongrie (1). Quant à la morale, il n'est pas aisé de dire comment Lope conciliait ses opinions avec la pratique. Dans la préface du vingtième volume de son théâtre, déclare, en parlant de sa *Venganza prudente*, que ce titre est absurde parce que toute vengeance est imprudente et illégitime, et cependant il semble que la moitié de ses comédies tende à le justifier. Dans le *San Isidro*, on fait un mérite au saint de ce qu'il vole le grain de son maître pour le donner aux oiseaux mourant de faim (2). Les prières de saint Nicolas de Tolentino sont dites suffisantes pour le salut d'un parent qui, après une vie dissolue, est mort en péché mortel (3), et la conquête cruelle et atroce de la vallée d'Arauco est réclamée comme un honneur pour une noble famille, et comme un ornement pour l'écusson national (4).

Toutes ces infractions à la vérité des faits, aux règles les plus élémentaires de la morale chrétienne, dont personne n'était mieux instruit que celui qui les commettait, étaient négligées par Lope lui-même et par son public dans l'intérêt général du drame. Lope se proposa de donner à ses comédies la forme d'une nouvelle dramatique, et il réussit à établir ce principe comme la base fondamentale du théâtre espagnol. « Les nouvelles, disait-il, ont les mêmes règles que les comédies ; leur but est de donner par leur auteur contentement et plaisir au peuple, même en

---

(1) Cet extraordinaire débarquement se trouve dans *El Animal de Hungria*. (*Comedias*, tom. IX, Barcelone, 1618, feuillets 137-138.) Il nous rappelle naturellement le *Conte d'hiver*, *Winter's tale* de Shakspeare. Ce qu'il y a de curieux, c'est que le duc de Luynes, ministre d'État et favori de Louis XIII, commet précisément la même erreur, vers la même époque, dans une lettre écrite à lord Herbert de Cherbury, alors ambassadeur en France (1619-21). Lope connaissait certainement la vérité du fait ; je doute que Shakspeare ne le sût pas ; reste l'ignorance de l'homme d'État français. (*Vie d'Herbert* par lui-même. Londres, 1809, in-8°, pag. 217.)

(2) Voyez *San Isidro labrador*. *Comedias escogidas*, tom. XXVIII, Madrid, 1667. fol. 66.

(3) *San Nicolas Tolentino*. *Comedias*, tom. XXIV, Saragosse, 1641, fol. 171.

(4) *Arauco domado*. *Comedias*, tom. XX, Madrid 1629. Après avoir lu de pareilles absurdités, nous sommes moins étonnés que Cervantès, qui en a lui-même commis de semblables en assez grande quantité. fasse dire à maître Pierre : « Ne se représente-t-il pas d'ordinaire par ici des comédies remplies d'inconvenances et d'ab- « surdités et qui, malgré tout, parcourent fort heureusement leur carrière et sont « écoutées non-seulement avec des applaudissements, mais même avec admira- « tion ? » *D. Quichotte*, Part. II, ch. XXVI.

étranglant l'art (1). » Dans son *Arte nuevo* il ajoute, en défendant la
même opinion :

> Yo hallo que si allí se ha de dar gusto,
> Con lo que se consigue es lo mas justo. (2)

Personne ne l'avait dit avant lui : on trouve bien quelques traces
de comédies d'intrigue dès le temps de Torres de Naharro, mais personne
n'avait pensé à compter sur elles, pour arriver au succès par cette voie
jusqu'à ce que Lope ait donné l'exemple que toute son école a si fidèlement suivi.

Un autre élément qu'il introduisit dans le drame espagnol, ce fu
l'intrigue comique. Toutes ses comédies, à l'exception de *La Estrella de
Sevilla* et de quelques autres moins remarquables, ont cette intrigue
quelquefois sous la forme pastorale, plus généralement comme un simple
mélange de farce. Les caractères, contenus dans ces parties de chacun de
ses drames, sont autant de copies des caractères développés dans la partie
plus grave. Ils nous sont parfaitement connus sous le nom de *graciosos* e
graciosas, comiques, auxquels on ajouta plus tard le *vegete*, écuyer vieux
et pétulant, qui parle toujours de sa descendance, et qui s'emploie souvent
pour faire enrager le *gracioso*. Dans le plus grand nombre de cas, ils
parodient le dialogue et les aventures du héros et de l'héroïne, comme
Sancho est en partie la parodie de Don Quichotte. Dans la plupart, ils
sont les serviteurs respectifs du héros ou de l'héroïne. Les hommes
sont pleins de bonne humeur, lâches et gloutons : les femmes mali-
cieuses et coquettes; les uns et les autres, remplis d'esprit, de malice,
sous un apparente simplicité. Nous trouvons quelques légères traces de
pareils caractères, sur la scène espagnole, en remontant aux serviteurs
de *La Serafina* de Torres de Naharro : vers le milieu du seizième siècle,
dans le *bobo* ou le fou, qui figure sans contrainte dans les farces de Lope
de Rueda, comme le *simple* avait paru auparavant dans celles de Juan
de l'Encina. Mais la piquante variété du *gracioso*, la parodie personnifiée

---

(1) « Tienen las novelas los mismos preceptos que las comedias, cuyo fin es
« haber dado su autor contento y gusto al pueblo, aunque se ahorque el arte. »
(*Obras sueltas*, tom. VIII, pag. 70.)

(2) « Et je trouve que si c'est là qu'on doit plaire; — Par ce que l'on obtient,
c'est le plus juste. ». — *Arte nuevo*. (*Obras*, tom. IV, pag. 412.) D'après un manuscrit
autographe de Lope, manuscrit encore existant, il résulte qu'il composait parfois
ses comédies sous la forme de petits contes, *pequeñas novelas*. (*Semánario pintoresco*, 1839, pag. 19.)

des caractères héroïques de la pièce, le *picaro* dramatique, c'est l'œuvre de Lope de Vega. Le premier il l'a introduit dans sa *Francesilla*, où le plus vieux de la tribu, sous le nom de Tristan, fut représenté par Rios, célèbre acteur de son temps, et produisit un grand effet (1). Cet événement que Lope nous raconte, dans la dédicace du drame lui-même, en 1620, à son ami Montalvan, eut lieu avant la naissance de cet ami, et par conséquent avant l'année 1602.

Depuis cette époque, le *gracioso* se trouve dans presque toutes ses comédies, et dans presque chacune des autres comédies qui se produisirent sur la scène espagnole. De cette scène il a passé d'abord en France, puis dans tous les autres théâtres modernes. On peut voir d'excellents modèles du genre dans le sacristain de *Los cautivos de Argel*, dans les serviteurs de *La noche de San Juan*, dans ceux de *La hermosa fea*. Dans toutes ces pièces, comme dans beaucoup d'autres, le *gracioso* est présenté avec la plus grande habileté pour ridiculiser en partie les héroïques extravagances et les rodomontades des principaux personnages; en partie, pour excuser l'auteur lui-même de tout reproche, avec enjouement, en avouant, pour lui, qu'il savait fort bien qu'il les méritait. Nous pouvons dire d'eux tous ce que dit Don Quichotte, lorsqu'il parle de toute cette classe, au Bachelier Samson Carrasco, ce sont les rôles les plus spirituels dans leurs comédies respectives. Quant aux autres dont l'esprit malavisé se montre par une boutade inopportune, avec leurs plaisanteries et leurs babioles, au milieu des scènes les plus graves et les plus tragiques,

---

(1) Voyez la dédicace de *Francesilla* à Juan Perez de Montalvan. *Comedias*, tom. XIII, Madrid, 1620, où nous trouvons le passage suivant : « Et remarquez en passant que c'est ici la première comédie où l'on a vu le *gracioso*, qui s'est depuis si souvent répété. Rios, homme unique dans sa profession, le représente et il mérite ce souvenir. Je supplie votre Grâce de la lire comme une pièce nouvelle; en effet, lorsque je l'écrivis, vous n'étiez pas né. » Le *gracioso* était généralement distingué par son nom propre sur la scène espagnole, comme il le fut plus tard sur la scène française. C'est ainsi que Caldéron appelle souvent son *gracioso*, Clarin ou Trompette, comme Molière appelle le sien Sganarelle. Le *simple*, qui, nous l'avons dit, remonte à Juan de l'Encina, et qui était, sans aucun doute, le même que le *bobo*, est mentionné comme un vrai succès, en 1596, par Lopez Pinciano qui, dans sa *Philosofia antiqua Poética* (1596, pag. 402), s'exprime ainsi : « Ce sont des caractères qui, d'ordinaire, amusent beaucoup plus qu'aucun des autres mis en scène dans les comédies. » Le *gracioso* de Lope de Vega, comme le reste de son théâtre, se basa sur ce qui avait existé avant lui. Toutefois, ce caractère prit un plus grand développement, et reçut un nouveau nom. (*D. Quichotte*, Clémencin, Part. II, ch. III. Note.)

comme dans : *El casamiento en la muerte*, il nous faut bien avouer que, s'ils étaient demandés par le goût du siècle, rien ne peut dans aucun temps les justifier.

La dernière des circonstances qu'on ne doit pas négliger dans l'étude des moyens qui ont donné à Lope un si grand succès, c'est celle qui a trait à son style poétique, au mètre qu'il adopta, et en particulier à l'usage qu'il fit de la vieille poésie nationale. Sous tous ces points de vue, il mérite des éloges ; excepté toutefois dans les occasions où, pour obtenir des applaudissements universels, il se permet de faire usage de ce style obscur et affecté, style qui plaisait tant à la partie de son auditoire composée des gens de la cour, et qu'il condamne et ridiculise lui-même ailleurs (1).

Ce n'est pas douteux, la plus grande partie de son influence sur la masse du peuple de son temps est due au charme de sa versification, incorrecte parfois, mais presque toujours fraîche, coulante, énergique. Rien n'est aussi plus remarquable que sa variété. Aucun des mètres admis dans la langue ne lui échappa. L'octave italienne remplit fréquemment ses stances, la *terza rima*, quoique plus sobrement employée, s'y rencontre souvent, et il n'y a presque pas de comédie sans un ou plusieurs sonnets. Toute cette variété n'avait d'autre objet que de plaire à la partie plus élégante et plus cultivée de son auditoire, entièrement éprise alors de tout ce qui était italien. Quoiqu'une bonne partie de ces tentatives fut assez malheureuse, comme les sonnets avec écho, la poésie n'en était pas moins toujours facile et harmonieuse (2).

Quant à ce qui concerne la versification, outre les *silvas* ou quantité de vers irréguliers, les *quintillas* ou stances de cinq vers et les *liras* de six,

(1) Les preuves de son mauvais goût sont trop fréquentes. Voyez *El cuerdo en su casa* (*Comedias*, tom. VI, Madrid, 1615, fol. 105, etc.), *La Niña de Plata* (*Comedias*, tom. IX, Barcelona, 1618, fol. 125, etc.), *Los cautivos de Argel* (*Comedias*, tom. XXV, Saragossa, 1647, pag. 241) et beaucoup d'autres. En échange voyez aussi sa critique contre cet abus, dans ses *Obras sueltas*, tom. IV, pp. 439-452; ses plaisanteries, à ce sujet, dans son *Amistad y Obligacion*, et dans ses *Melindres de Belisa*. (*Comedias*, tom. IX, Barcelone, 1618.)

(2) Les sonnets semblent avoir été une espèce de morceau délicat réservé à la partie élégante et raffinée de l'auditoire. En général, il ne s'en trouve qu'un ou deux dans chaque comédie, quoiqu'il y en ait cinq dans la *Discreta Venganza* (*Comedias*, tom. XX, Madrid, 1629). Dans *Los palacios de Galiana* (*Comedias*, tom. XXIII, Madrid, 1638, fol. 256), il y en a un fort mauvais avec écho, et un autre dans son *Historia de Tobias* (*Comedias*, tom. XV, Madrid, 1621, fol. 244). Le sonnet ridiculisant les sonnets peut se lire dans la *Niña de Plata*. (*Comedias*, tom. XI, Barcelone, 1618, fol. 124); il est ingénieux et il a été imité en français et en anglais.

Lope se fixa par-dessus tout sur la vieille mesure des romances nationales, romances propres, avec *assonnances*, *redondillas* où riment le premier et le quatrième vers, le second et le troisième. Il y avait en cela un
droit incontestable. Les premiers essais de représentation dramatique,
en Espagne, avaient eu quelque chose de lyrique dans leur ton, et les
formes de vers plus artistiques par conséquent, les formes surtout où de
petits vers s'interposent à des intervalles réguliers, avaient été employées
par Juan de l'Encina, par Torres de Naharro et par d'autres. En cette
matière, comme en beaucoup d'autres, il régnait cependant une assez
grande confusion dans la poésie dramatique espagnole. Mais Lope, composant son drame dans un genre plus narratif qu'il ne l'était avant, le
fixa tout d'abord et définitivement sur la base du véritable mètre
national. Il alla même plus loin. Il y introduisit un grand nombre de
vieilles romances et plusieurs romances particulières de sa propre composition. Ainsi, dans *El sol parado*, le maître de Santiago égaré dans sa
route, s'arrête et chante une romance (1). Dans *La pobreza no es villeza*,
il en insère une autre commençant par les vers suivants :

> Señor español,
> ¿No vais à la guerra?
> La trompeta os llama,
> La vitoria os lleva. (2)

Il est probable que Lope produisait encore plus d'effet lorsqu'il insé-
rait des passages des vieilles romances, des romances bien connues
plutôt que des siennes, ou qu'il leur faisait allusion. Ses comédies sont
pleines de ces réminiscences. Par exemple *El Sol parado* et la *Envidia
de la Nobleza* respirent un parfum des romances morisques, si admirées
de son temps : la première donne celles qui se rapportent aux amours
de Gazul et de Zayda (3); la seconde, celles qui ont trait aux *Guerras
civiles de Granada*, et peignent les sanglantes querelles des Zegris et des

---

(1) *El sol parado*, *Le soleil arrêté*, *Comedias*, tom. XVII, Madrid, 1621, pp. 218,
219. Cette comédie nous rappelle une des plus gracieuses *serranillas* du marquis
de Santillane commençant par ces mots : *Moza tan formosa*. (Voyez vol. 1,
pag. 338.)

(2) Seigneur espagnol, — Vous n'allez pas à la guerre? — La trompette vous
appelle. — La victoire vous enlève. — *Pobreza no es vileza*, *Comedias*, tom. XX.
Madrid, 1629, fol. 61.

(3) Il eut même la hardiesse de prendre la romance si célèbre et si belle : *Sale
la estrella de Venus*, qui est dans le *Romancero général* ; et celle : *En las Guerras
civiles de Granada*, et d'autres endroits pour les mettre en dialogue. — *El sol
parado*. *Comedias*, tom. XVII, Madrid, 1621, fol. 223, 224.

Abencerrages (1). On ne voit pas d'une manière moins évidente l'usage qu'il fit des vieilles romances sur le roi Don Rodrigue, dans *El ultimo godo* (2) ; de celles qui concernent les infants de Lara, dans plusieurs de ses comédies relatives à leur tragique histoire (3) ; de celles sur Bernard del Carpio, dans *El casamiento en la muerte* (4). A certains moments, l'effet produit par l'introduction de ces souvenirs dut être très-grand. C'est ainsi que dans son drame de *Santa Fé*, rempli des exploits de Hernan Perez del Pulgar, de Garcilaso de la Vega, et de tout ce qui s'était passé de plus glorieux et de plus pittoresque au siége de Grenade, un des personnages débite avec une légère variante cette romance si connue et si sublime, commençant par ces vers :

> Cercada está Santa-Fe
> Con mucho lienzo encerrado ;
> Al rededor muchas tiendas
> De seda, oro y brocardo. (5)

paroles qui durent émouvoir son auditoire, comme le son d'une trompette.

---

(1) Il s'empara de la même manière de la vieille romance *Reduan, bien se te acuerda*, et la plaça dans *Envidia de la Nobleza. Comedias*, tom. XXIII, Madrid 1638, fol. 192.

(2) Par exemple, la romance qui, dans le *Romancero* de 1555, commence par *Despues que el rey Rodrigo*, se trouve à la fin de l'acte II dans *El Ultimo godo. Comedias*, tom. XXV, Saragosse, 1647.

(3) Comparez *El Bastardo de Mudarra* (*Comedias*, tom. XXIV, Saragosse, 1641, fol. 75,76), avec les romances *Ruy Valasquez el de Lara*, et *Llegados son los infantes*. et dans la même pièce, le dialogue entre Mudarra et sa mère (fol. 83) et la romance *Sentados à un ajedrez*.

(4) *Le Mariage dans la Mort, Comedias*, tom. I, Valladolid, 1604, fol. 198, etc., où les romances suivantes, si célèbres, sont citées avec une entière liberté : *O Belerma, o Belerma; No tiene heredero alguno; Al pié de un tumulo negro; Bañando está las prisiones*, et d'autres.

(5) « Santa Fé est entourée ; — Elle est dans de nombreuses courtines enfermée. — Tout autour, de nombreuses tentes — De soie, d'or et de brocart. » — La romance se trouve dans le dernier chapitre des *Guerres civiles de Grenade*. Mais Lope y a introduit un léger changement, en disant au dernier vers de velours et de damas, *de terciopelo y damasco*. — Cette romance se trouve dans toutes les collections, et elle est basée sur ce fait. Une espèce de village, composé de riches tentes, s'éleva près de Grenade. Un incendie les dévora accidentellement et alors on transforma le camp en une ville de Santa Fé, qui existe encore. C'est dans l'enceinte de ses retranchements que se signèrent et la commission de Colomb pour la découverte du Nouveau-Monde et la capitulation de Grenade. L'imitation de cette romance par Lope se trouve dans son *Cerco de Santa Fe, Comedias*, tom. I, Valladolid, 1604, fol. 99.

Sous tous les rapports, Lope comprit parfaitement comment on se concilie la faveur générale, comment il pouvait établir et consolider sa magnifique position de premier poète dramatique de son temps. Les anciens fondements du théâtre, tel qu'il existait quand il apparut, il les dérangea fort peu ; il poussa, dit-il, en avant, le drame, tel qu'il l'avait trouvé, sans s'aventurer à observer les règles de l'art, parce que s'il l'avait fait, le public ne l'aurait jamais écouté (1). Des éléments qui flottaient autour de lui, informes et désunis, il en usa en toute liberté, mais seulement en tant qu'ils se rapportaient à son plan général. La division en trois actes, si peu connue qu'il l'attribue lui-même à Viruès, bien qu'elle soit de beaucoup antérieure ; le mètre des romances, timidement employé par Tarraga et deux ou trois autres, mais auquel personne ne se fiait ; l'intrigue principale et l'amusante intrigue secondaire, dont les légères traces existant dans les drames de Torres de Naharro, s'étaient depuis longtemps perdues ; tous ces éléments, Lope les saisit avec l'instinct de son génie ; avec eux, avec les riches et abondantes inventions de son imagination fertile, il constitua un drame. Dans son ensemble ce drame ne ressemble à rien de tout ce qui l'a précédé ; il est, d'un autre côté, si vraiment national, si véritablement appuyé sur la tradition espagnole que rien n'a jamais pu depuis le troubler dans sa possession, à moins de faire disparaître avec lui toute la littérature dont il forme une partie si brillante.

Les rapides succès de Lope de Vega furent, comme nous l'avons vu, proportionnés à ses rares talents et aux circonstances favorables où il parut. Pendant longtemps on ne voulut entendre personne autre sur la scène, et durant un espace de quarante ou cinquante années où il écrivit pour le théâtre, personne n'approcha même de sa popularité. Ses comédies et ses farces sans nombre, dans toutes les formes que demandait le goût de l'époque ou que l'autorité religieuse permettait, remplissaient les théâtres de la capitale et des provinces. L'impulsion qu'il donna aux représentations dramatiques fut si extraordinaire qu'il n'y avait, lorsqu'il commença à écrire, que deux compagnies ambulantes à Madrid, et qu'à l'époque de sa mort, on n'en comptait pas moins de quarante, composées d'environ mille personnes (2).

---

(1) Il tient ce langage apparemment comme une espèce d'apologie, auprès des étrangers, dans la préface de son *Peregrino en su patria*, 1603, où il donne une liste des comédies qu'il avait écrites à cette date.

(2) Voyez les faits curieux recueillis sur ce sujet, dans les notes de Pellicer. *D. Quichotte*, édit. 1798, Part. II, tom. I, pp. 109-111.

Au dehors, sa renommée n'était pas moins remarquable. A Rome, à Naples, à Milan, ses drames se représentèrent dans leur langue maternelle. En France, en Italie, on annonçait son nom pour remplir les théâtres, lors même que ce n'était pas une de ses comédies qu'on représentait (1). Une fois même et probablement plus souvent, un de ses drames se joua dans le sérail, à Constantinople (2). Mais ni toute cette popularité; ni la foule qui le suivait dans les rues et qui se pressait aux balcons pour le contempler lorsqu'il passait (3); ni le nom de Lope donné à tout ce qui était estimé singulièrement bon dans son espèce (4), ne sont peut-être une preuve aussi frappante de ses succès dramatiques que le fait dont il se plaint si souvent lui et ses amis. Une multitude de ses comédies s'écrivaient subrepticement pendant qu'on les représentait, et s'imprimaient ensuite sans profit, dans toute l'Espagne. Une multitude d'autres pièces paraissaient sous son nom, se jouaient dans les provinces, et il n'en avait jamais même entendu parler, avant leur publication et leur représentation (5).

Une fortune considérable dut être la conséquence naturelle d'une telle popularité; les comédies de Lope lui étaient largement payées par les acteurs (6). Il avait aussi des protecteurs d'une munificence inconnue de

---

(1) C'est ce qu'affirme le célèbre poète italien, Marini, dans son *Éloge de Lope* (*Obras sueltas*, tom. XXI, pag. 19.)

(2) *Obras sueltas*, tom. VIII, pp. 94, 96, et Pellicer, *note sur D. Quichotte*, Partie I, tom. III, pag. 93.

(3) C'est dit dans un discours prononcé en son honneur sur ses restes mortels dans la paroisse de San Sebastian. *Obras sueltas*, tom. XIX, pag. 329.

(4) « Fray Lope Felix de Vega, dont le nom est devenu synonyme de tout ce qui est bon » dit Quevedo dans son approbation du *Tome de Burguillos* (*Obras sueltas* de Lope, tom. XIX, pag. XIX.) C'était une phrase commune pour faire l'éloge d'une chose, de dire c'est *un Lope*, de sorte que bijoux, diamants, peintures augmentaient en estime par l'addition de ce nom. (Montalvan, *Obras sueltas*, tom. XX, pag. 53). Cervantès assure le même fait dans son *entremes : La Guarda cuidadosa*.

(5) Les plaintes à ce sujet commencèrent, dès 1603, avant qu'il eût commencé de publier lui-même aucune comédie. (*Obras sueltas*, tom. V, pag. XVII.) Il le renouvelle dans l'*Églogue à Claudio* (ibid., tom. IX, pag. 369), imprimée après sa mort. Il en parle encore dans les préfaces de ses *Comédies* (tom. IX, XI, XV, XX et ailleurs). C'est un sujet qui semble avoir toujours jeté du trouble dans son esprit.

(6) Montalvan fixe le prix de chaque comédie à cinq cents réaux, et calcule que Lope de Vega reçut par là, durant sa vie, quatre-vingt mille ducats (*Obras*, tom. XX pag. 47).

nos jours, et toujours peu désirable (1). Mais notre poète était généreux et dépensier : charitable à l'excès et prodigue dans l'hospitalité pour ses amis, aussi se trouva-t-il presque toujours dans l'embarras. A la fin de sa *Jerusalem*, imprimée vers 1609, il se plaint de la mauvaise situation de ses affaires domestiques (2). Dans sa vieillesse, il adresse des vers, sous forme de pétition, à un dissipateur encore plus grand, à Philippe IV, lui demandant des moyens d'existence pour lui et pour sa fille (3). Après sa mort, son exécuteur testamentaire reconnut pleinement sa pauvreté, et cependant, si l'on considère la valeur relative de l'argent, jamais poète n'a peut-être reçu une rémunération aussi large de ses œuvres.

Il faut toutefois se rappeler qu'aucun autre poète n'a jamais écrit autant, avec un succès si populaire. En effet, à commencer par ses compositions dramatiques, les meilleurs de ses travaux, et descendant jusqu'aux poésies épiques, en général les plus pauvres (4), nous trouverons que la somme totale de ses écrits favorablement accueillis, à mesure qu'ils sortaient de la presse, est, sans contredit, incomparable. Et si, à cette quantité d'ouvrages imprimés, nous sommes obligés d'ajouter, ce dont il nous assure lui-même immédiatement après sa mort, que la plus grande partie de ses œuvres est restée manuscrite (5), nous serons frappés d'étonnement. Avant de croire un fait pareil, nous demanderons une explication qui nous le rende croyable; une explication, la chose la plus importante, parce qu'elle nous donne la clef de beaucoup de traits de son caractère personnel et même de ses succès poétiques. Cette explication, la voici : Aucun poète d'une réputation considérable n'a jamais eu un génie aussi

---

(1) Le duc de Sesa seul lui donna, entre autres nombreux bienfaits, en des circonstances diverses, vingt-quatre mille dncats, et une sinécure de plus de trois cents ducats par an (*Obras*, tom. XX, pag. 47).

(2) *Jerusalem*, liv. XX, les trois dernières stances.

(3) « J'ai une fille, dit-il, et je suis vieux; les muses me donnent de l'honneur, « mais non des rentes, » etc. (*Obras*, tom. XVII, pag. 40). Le *Semanario pintoresco* de 1839, pag. 19, donne nn extrait de son testament. Il en résulte que Philippe IV avait promis un emploi à la personne qui épouserait sa fille. Cette dernière se maria, mais le roi négligea de remplir sa promesse.

(4) Comme beaucoup d'autres auteurs distingués, Lope était porté à diminuer la valeur de ses compositions les meilleures. et à leur en préférer d'autres moins dignes de cette préférence. Ainsi, dans la préface de ses *Comédies*, tom. XV, Madrid, 1621, il assure qu'il préférait ses poésies à ses comédies, comédies qui ne sont, dit-ii, que des fleurs agrestes du champ de son génie, naissant et croissant sans soin, ni culture, *flores silvestres del campo de su genio, que nacen y crecen sin esmero ni culturo*.

(5) Ceci se déduit de la *Fama postuma* que publia Montalvan. Toutefois, Lope

fortement doué des qualités de l'improvisateur, ou n'a jamais abandonné son génie aussi librement à l'esprit d'improvisation. Ce talent a toujours existé dans les contrées méridionales de l'Europe; en Espagne, il a tout d'abord produit, dans des voies différentes, les résultats les plus extraordinaires. C'est à lui que nous devons l'invention et la perfection des vieilles romances, primitivement improvisées et conservées depuis par la tradition : c'est à lui que devons les *seguidillas*, les *boleros* et toutes les autres formes de poésie populaire existant encore en Espagne, poésies que multiplie tous les jours l'ardente imagination des classes peu cultivées du peuple qui les chante sur la musique nationale, poésies qui semblent remplir l'air, la nuit, comme les rayons du soleil l'éclairent, pendant le jour.

Au temps de Lope de Vega, la passion pour de pareilles improvisations s'était élevée à un degré qu'elle n'avait jamais atteint auparavant, si elle ne s'était pas étendue plus loin. Les acteurs durent parfois s'attendre à improviser sur des thèmes fournis par le public (1). Des drames sans préparation, composés avec toutes les variétés de vers que demandait le goût du théâtre, n'étaient pas une production rare. Philippe IV, le protecteur de Lope, en avait fait jouer de pareils en sa présence, et y avait pris part lui-même (2). Le fameux comte de Lemos, le vice-roi de Naples, à la bienveillance duquel Cervantès fut si redevable, avait, comme un *apanage* de sa vice-royauté, une cour de poètes dont les deux Argensola formaient le principal ornement, et où des comédies improvisées se jouèrent avec un brillant succès (3).

lui-même le déclare dans son *Églogue à Claudio*. (*Obras sueltas*, tom. IX, p. 369), où il dit :

Pero puedo sin propria
Alabanza decirte
Que no es minima parte, aunque es excesso,
De lo que está por imprimir, lo impreso.

Mais je peux, sans personnelle — Flatterie, te dire — Que ce qui est imprimé, quelque excessif que ce soit — Ne présente pas la minime partie de ce qui reste à imprimer.

En effet, nous possédons à peine le quart de ses comédies; de ses quatre cents *autos*, il ne nous en reste que douze, et nous n'avons que vingt ou trente des *entremeses del numero infinito*, intermèdes sans nombre qu'on lui attribue.

(1) Bisbe y Vidal, *Tratado de comedias* (1618, pag. 102), parle des gloses que les acteurs improvisaient au théâtre sur les vers qu'on leur donnait.

(2) Viardot, *Études sur la Littérature en Espagne*, Paris, 1838, in-8°, pag. 339.

(3) Pellicer, *Biblioteca de traductores españoles* (Madrid, 1778, in-4°, tom. I, pp. 89-91), où se trouve une relation curieuse donnée par Diégo, duc d'Estrada,

Le talent de Lope de Vega fut incontestablement d'une nature analogue au génie de l'improvisation : par un procédé semblable et avec
un même esprit, il produisit des résultats extraordinaires. Ce poète
dictait, à ce qu'on nous raconte, les vers avec facilité, et plus rapidement que ne pouvait les écrire le secrétaire (1). En deux jours, il composa
une comédie entière, et le copiste ne put que difficilement la transcrire
pendant le même laps de temps. Ce n'était pas un improvisateur,
dans le sens absolu du mot; son éducation, sa position le firent naturellement se consacrer à la composition écrite, mais il se tenait continuellement sur les bords de tout ce qui appartient au domaine particulier de l'improvisateur. Il démontrait continuellement que qualités
et défauts, facilité, grâce, ressources imprévues, bizarrerie et extravagances, versification heureuse, abondance prodigue d'images, jointes
chez lui à un peu plus de liberté, à un peu plus d'indulgence pour son
imagination et ses sentiments, auraient fait, à la fois et entièrement,
non pas seulememt un improvisateur, mais encore l'improvisateur le
plus remarquable de tous ceux qui ont existé.

_____

racontant un de ces divertissements dans lequel une comédie burlesque, sur le sujet
d'Orphée et d'Eurydice, avait été représentée devant le vice-roi et sa cour.
(1) *Obras sueltas*, tom. XX, pp. 50-52.

CHAPITRE XIX.

Quevedo. — Sa vie, ses services publics et ses persécutions. — Ses œuvres publiées et inédites. — Ses poésies. — Le bachelier Francisco de la Torre. — Ses œuvres en prose, ses écrits religieux et didactiques. — Son *Grand Tacaño*. — Ses satires en prose, ses *Visions*. — Son caractère.

Francisco Gomez de Quevedo y Villegas, contemporain de Lope de Vega et de Cervantès, était né à Madrid, en 1588 (1). Sa famille descendait de cette région montagneuse du nord-ouest à laquelle il se complaisait, comme d'autres espagnols, à faire remonter son origine (2). Son père remplissait une charge d'une certaine dignité, à la cour de Philippe II, charge qui lui permit de résider dans la capitale, au moment de la naissance de son fils. Cette circonstance exerça sans aucun doute une favorable influence sur le développement des talents du jeune Quevedo. Mais quelles qu'aient été ces circonstances favorables, nous savons qu'à peine âgé de quinze ans, il prit ses grades en théologie à l'Université d'Alcalà, où il se rendit maître, non-seulement des langues anciennes et modernes qui pouvaient lui être le plus utiles, mais qu'il étendit ses études sur le droit civil, le droit canon, les mathématiques, la médecine, la politique et sur diverses autres branches des connaissances humaines, ma-

---

(1) Une biographie diffuse de Quevedo a été publiée, à Madrid, en 1663, par Pablo Antonio de Tarsia. Elle est insérée dans le dixième volume de la meilleure édition des œuvres de Quevedo, celle de Sanchez (Madrid, 1791-94, 2 vol. in-8°). Une autre plus courte, et en général plus satisfaisante, se trouve dans Baena (*Hijos de Madrid*, tom. II, pp. 137-154).

(2) Dans ses *Grandes Anales de quince dias*, il dit, en parlant du président Acevedo, homme d'une grande puissance et d'une grande influence : « Porque siendo « yo montañés, nunca le fui à regalar la ambicion que tenia de mostrarse, por su « calidad, superior à los que en aquellos solares no reconocemos à nàdie. » « Parce « que, étant montagnard, moi, je ne suis jamais allé flatter l'ambition qu'il avait de « se montrer, par sa position, supérieur à ceux qui, dans ces lieux, ne reconnais- « sent personne de supérieur. » *Obras*, tom. XI, pag. 63.

nifestant ainsi, dès le principe, qu'il était possédé de l'ambition de devenir un étudiant universel. Ce qu'il accumula, en effet, de savoir dans sa tête, est immense, ainsi que le prouve surabondamment l'érudition répandue dans ses ouvrages, érudition qui sert de témoignage pour établir non moins son travail infatigable que les qualités extraordinaires dont la nature l'avait doué.

A son retour à Madrid, Quevedo semble s'être lié avec les savants les plus distingués et les jeunes gens les plus à la mode du temps. Une aventure à laquelle il se trouva accidentellement mêlé, comme homme d'honneur, fut sur le point de devenir fatale à ses brillantes aspirations. Une dame d'une apparence respectable était à faire ses dévotions dans une des églises paroissiales de Madrid, durant la semaine sainte, lorsqu'elle fut grossièrement insultée, en sa présence. Quevedo la défendit, bien que l'insulteur et l'insultée lui fussent tout à fait inconnus. Un duel suivit l'offense, et il se trouva finalement qu'il avait tué une personne de marque. Par conséquent il s'enfuit de Madrid, et alla chercher un asile en Sicile. Là, il fut invité à la cour splendide qu'y tenait le duc d'Ossuna, vice-roi de Philippe III, qui l'employa bientôt après pour d'importantes affaires d'État, et dans des affaires qui, au dire de son neveu, exigeaient un courage personnel et impliquaient le péril de la vie.

Quand arriva le terme de l'administration du duc d'Ossuna, en Sicile, Quevedo fut envoyé, à Madrid, en 1615, comme une espèce de plénipotentiaire pour confirmer à la couronne tous les droits antérieurs sur les revenus de l'île et pour offrir encore de plus grands subsides. Un messager qui portait de si bonnes nouvelles ne pouvait être désagréablement reçu. Son offense passée fut oubliée, on lui accorda une pension de quatre cents ducats, et il revint, comblé d'honneurs, auprès du duc son protecteur, qui avait été déjà transféré au poste plus important et plus agréable de la vice-royauté de Naples.

Quevedo devient maintenant ministre des finances, à Naples, et il remplit les devoirs de sa place avec une habileté et une honnêteté telles que, sans augmenter les charges du peuple, il ajoute aux revenus de l'État. Une négociation importante avec Rome fut aussi confiée à ses soins. En 1617, il vint encore à Madrid, et il fut reçu avec une telle faveur par le roi qu'il le fit chevalier de l'ordre de Santiago. A son retour à Naples, ou, du moins, durant les neuf années pendant lesquelles il fut absent d'Espagne, il conclut des traités avec Venise, avec la maison de Savoie, avec le Pape, et se trouva presque constamment occupé à résoudre des difficultés et des affaires délicates, se rattachant à l'administration du duc d'Ossuna.

En 1620, toute la scène était changée. Le duc était tombé du pouvoir, et tous ceux qui avaient été ses ministres partageaient sa destinée. Quevedo fut exilé dans ses terres patrimoniales de la Torre de Juan Abad, où il endura un emprisonnement ou une détention de trois ans et demi, après lesquels il fut mis en liberté, sans procès, sans qu'on ait mis à sa charge aucune espèce d'offense déterminée. Ces événements le guérirent toutefois de tout désir des honneurs publics ou de la faveur royale. Il refusa la place de secrétaire d'État, le poste d'ambassadeur à Genève, qui lui furent l'un et l'autre offerts, et il accepta tout simplement le titre de secrétaire du roi. Il avait résolu de se consacrer désormais à la culture des lettres, et il s'y adonna effectivement le restant de ses jours.

Quevedo s'était marié en 1634 : mais sa femme était bientôt morte, le laissant seul pour lutter contre les agitations d'une vie qui le poursuivaient encore. En 1639, des vers satiriques furent glissés sous la serviette du roi, à l'heure de son dîner, et, sans la moindre recherche, on les attribua à notre poète. En conséquence, il fut saisi, à une heure avancée de la nuit, avec la plus grande célérité et le plus grand secret, au palais du duc de Medina Celi, transporté et confiné avec une extrême rigueur dans le couvent royal de Saint-Marc de Léon. Là, dans une cellule humide et malsaine, sa santé s'altéra bientôt par des douleurs qui ne lui permirent jamais de la recouvrer. Le peu qui lui restait de son patrimoine fut bientôt dévoré, et il se vit obligé de recourir à la charité pour se sustenter. Le favori effronté de ce temps, le comte-duc d'Olivares, semble n'avoir pas été étranger à toutes ces cruautés, et la colère qu'elles excitèrent dans l'âme de Quevedo trouve son explication naturelle dans deux écrits contre ce ministre, écrits qui ont été généralement attribués à notre auteur, et qui sont pleins de fiel et d'amertume personnelle (1).

Une lettre déchirante qu'il écrivit aussi, après deux ans de prison, au duc d'Olivares, peut entrer encore en ligne de compte ; il fait vainement appel aux sentiments de justice de son persécuteur ; il l'apostrophe, dans son désespoir, en lui disant : « *Ni la clemencia puede añadir muchos años à mi vida, ni el rigor quitarla muchos.* » « La clémence ne peut ajouter beaucoup d'années à ma vie, ni la rigueur lui en enlever beaucoup (2). » Enfin

_____

(1) Le premier est un écrit vraiment curieux, intitulé *Caida de su privanza y muerte del conde duque de Olivares*, dans le *Semanario erudito*. (Madrid, 1787, in-4°, tom. III). Le second a pour titre : *Memorial de D. Francisco Quevedo contra el conde duque de Olivares*. Même collection, tom. XV.

(2) Cette lettre, souvent réimprimée, peut se lire dans Mayans y Siscar, *Cartas morales*, etc., Valence, 1773, in-12, tom. I, pag. 151. Une autre lettre à son ami

l'heure de la disgrâce du favori arriva, et, au milieu de l'allégresse universelle de Madrid, il fut envoyé en exil. La liberté de Quevedo s'ensuivit, comme une chose toute naturelle, surtout depuis qu'il était admis
qu'un autre avait composé les vers (1), pour lesquels Quevedo avait été
puni par quatre années des plus injustes souffrances.

Mais la justice arriva trop tard. Quevedo resta bien quelque temps à
Madrid, au milieu de ses amis, s'efforçant de recouvrer une partie de ses
biens perdus ; mais, ne réussissant pas dans son entreprise et ne pouvant
subsister dans la capitale, il se retira dans les montagnes d'où sa famille
était descendue. Ses infirmités le suivaient toutefois partout où il allait.
Son énergie succomba sous tant d'infortunes et de chagrins, et il mourut,
fatigué de la vie, en 1645 (2).

Considéré comme homme de lettres, Quevedo chercha le succès dans
un grand nombre de genres, depuis la théologie et la métaphysique,
jusqu'aux récits de la vie commune, jusqu'aux romances des Gitanos. Plusieurs de ses manuscrits lui furent enlevés, dans les deux fois que le gouvernement fit saisir ses papiers : plusieurs autres semblent s'être accidentellement perdus, dans le cours d'une vie pleine de changement et
d'aventures. Aussi son ami, Antonio de Tarsia, nous dit-il que la plus
grande partie des œuvres de Quevedo ne put être publiée, et nous savons
que plusieurs ouvrages, écrits de sa main, se trouvent encore à la bibliothèque nationale de Madrid, et dans d'autres collections publiques et particulières (3). Ses œuvres imprimées remplissent onze gros volumes, huit
de prose et trois de poésie. Ils nous laissent probablement peu de regrets
sur les destinées du reste, excepté, peut-être, la perte de ses drames
dont deux furent, nous dit-on, représentés avec succès à Madrid, du
vivant de Quevedo (4).

Adan de la Parra nous fait la peinture de son genre de vie, durant son emprisonnement, et nous le montre extrèmement actif. Le travail fut en effet sa principale
ressource, tout le temps qu'il fut enfermé à San Marco de Léon. *Semanario erudito*,
tom. I, pag. 65.

(1) Sedano, *Parnaso español*, tom. IV, pag. 31.

(2) Son neveu, dans une préface au second volume des poésies de son oncle
(Madrid, 1670, in-4°), affirme que son oncle mourut de deux abcès qui s'étaient
formés dans sa poitrine, durant sa dernière prison.

(3) *Obras*, tom. X. pag. 45, et N. Antonio, *Bibl. nova*, tom. I, pag. 463. On
trouve un nombre considérable de ses œuvres détachées et mélangées dans le
Semanario erudito, tom. I, III, VI et XV.

(4) Outre ces drames, dont les noms nous sont inconnus, il écrivit en collaboration avec Antonio Hurtado de Mendoza, et à la prière du comte-duc d'Olivares

Quant à ses poésies, autant que nous pouvons le savoir, il n'en publia aucune sous son nom, excepté les vers qui se trouvent dans ses pauvres traductions d'Épictète et de Phocylide. Mais dans l'excellente et curieuse collection de son ami, Pedro de Espinosa, intitulée : *Flores de poetas ilustres*, imprimée, lorsque Quevedo n'avait que vingt-cinq ans d'âge, il se trouve plusieurs de ses poésies de courte haleine. C'est là probablement qu'il apparut pour la première fois comme auteur ; et, fait digne de remarque, ces poésies, prises dans leur ensemble, annoncent les principaux traits de son futur caractère poétique. Deux ou trois de ces compositions telles que celle qui commence ainsi :

> Poderoso caballero
> Es Don Dinero. (1)

peuvent être considérées comme des essais des plus heureux. Quoiqu'il n'ait publié lui-même qu'un faible nombre de ses poésies, le total des vers trouvés à sa mort représente un chiffre encore assez grand : beaucoup plus grand, nous assure-t-on, qu'on ne put le découvrir, quelques années plus tard, parmi ses papiers (2). La cause probable de cette perte, c'est que, peu de temps avant sa mort, « il dénonça, d'après ce qu'on « nous raconte, toutes ses œuvres au Saint Tribunal de l'Inquisition, afin « que les parties qui conviendraient moins à une modeste réserve se « vissent ramenées, *comme elles le furent*, à une juste mesure, par un sage « et sérieux examen (3). »

On publia cependant celles de ses poésies qu'on put aisément trouver.

---

qui le traita plus tard si cruellement, une comédie intitulée : *Quien mas miente, medra mas : Qui plus ment, plus avance,* pour un splendide divertissement que ce ministre prodigue offrit à Philippe IV, la nuit de la Saint-Jean 1631. Voyez le récit que nous en possédons, dans ce que nous avons dit sur Lope de Vega, page 255 ci-dessus ; voir aussi page 256, note 1.

(1) Puissant seigneur — Est Don Argent, etc. C'est dans Pedro Espinosa, *Flores de poetas ilustres*, Madrid, 1605, in-4°, fol. 18.

(2) « Ni la vigesima parte de sus versos se ha salvado, cuando eran muchas las personas que los conocieron en vida del autor ; y cuando, merced à un trato intimo y continuo, los he tenido mil veces en mis manos. » « On n'a pas sauvé la vingtième partie de ses vers, et cependant un grand nombre de personnes les avaient connus, durant la vie de l'auteur, et moi-même, grâce à des relations continuelles et intimes, je les ai eus mille fois dans mes mains, » dit Gonzalez de Salas dans la préface de la première partie des *Musas de Quevedo*, 1648.

(3) Préface du tom. VII des *Œuvres*. La prière qu'il fit à son lit de mort, pour que presque toutes ses œuvres, imprimées ou manuscrites, fussent supprimées, est victorieusement rappelée dans l'Index expurgatoire de 1667, pag. 425.

La première partie le fut par son ami Gonzalez de Salas, en 1648, et le reste, dans un genre tout à fait négligé et incorrect, par son neveu Pedro Alderete, en 1670, sous le titre emphatique : *El Parnaso español, dividido en dos cumbres, con las nueve musas castellanas ;* collection extrêmement mélangée, où il n'est pas toujours aisé de déterminer comment les pièces particulières, dont une partie est composée, sont plutôt mises sous la protection d'une Muse que sous celle d'une autre. Les poésies sont courtes en général. Les sonnets, les romances sont en plus grand nombre que toute autre chose, quoiqu'il s'y trouve en abondance des *canciones* des odes, des élégies, des épîtres, des satires de toute espèce, des idylles, des *quintillas,* des *redondillas.* On y trouve, en outre, quatre intermèdes, *entremeses,* de peu de valeur, le fragment d'un poëme sur le sujet de *Roland Furieux,* dont l'intention est d'imiter le genre de Berni, mais qui tombe trop dans la caricature.

La plus longue des neuf divisions est celle qui se déroule sous le nom et sous l'autorité de *Thalie,* muse qui présidait à la comédie et à la grâce champêtre. Les traits saillants de toute la collection sont marqués par un sel piquant et comique, par une satire empreinte parfois d'imitations des anciens, en particulier de Juvénal et de Perse, mêlée le plus souvent de pointes, remplie de pensées alambiquées et d'allusions peu aisées à saisir, à l'époque de leur première apparition, et aujourd'hui tout à fait inintelligibles (1). Ses sonnets burlesques, à l'imitation de ce genre de poésies italiennes, sont les meilleurs qui aient été composés en langue castillane, et ont un piquant qui se trouve rarement uni à tant de finesse. Ses petites romances méritent aussi pour la plupart d'être placées au premier rang ; les quinze qu'il a écrites dans le rude dialecte des Gitanos, ont toujours fait depuis le charme des basses classes de ses compatriotes. On les entendait encore, il y a peu de temps, on les entend peut-être même aujourd'hui, chantées, avec d'autres poésies populaires, sur les guitares des paysans et des soldats dans toute l'Espagne (2). Dans la satire régulière, Quevedo a généralement suivi le

---

(1) « Los equivocos y las alusiones suyas son tan frequentes y multiplicados, aquellos y estas, ansi en un solo verso y aun en una palabra, que es bien infalible que mucho numero sin advertirse se haya de perder. » Ses équivoques et ses allusions sont si fréquentes et si multipliées les unes et les autres, dans un seul vers et même dans un seul mot, qu'il est presque infaillible qu'un grand nombre se perdent sans qu'on y fasse attention. » Telles sont les paroles de son éditeur, 1648. (*Obras,* tom. VII, *Elogios,* etc.)

(2) Elles se trouvent à la fin du septième volume de ses *OEuvres* et dans les

chemin frayé par Juvénal : et, dans celles qu'il écrivit contre les mœurs des Castillans et sur les dangers du mariage, il s'en montra un disciple hardi et heureux (1). La plupart de ses poésies amoureuses, la plupart de ses pièces sur des sujets religieux, spécialement celles qui ont un ton mélancolique, sont pleines de beauté et de tendresse (2). Une ou deux fois dans le genre didactique, il se montre non moins puissant que grave et sublime (3).

Outre la licence de quelques-uns de ses vers, l'obscurité et l'extravagance qui pénètrent encore plus loin, son principal défaut consiste dans l'emploi de mots et de phrases vulgaires et essentiellement peu poétiques. Ce défaut, autant que nous pouvons en juger maintenant, résulte en partie de la précipitation et de la négligence, en partie d'une théorie fausse. Il visait à la vigueur, et il tombait dans la rudesse et l'affectation. Nous ne devons pas le juger trop sévèrement. Quevedo a écrit beaucoup avec une facilité extraordinaire, mais il n'a jamais voulu imprimer : il confessait l'intention de corriger et de préparer ses poésies pour la presse, lorsqu'il aurait plus de loisir et l'esprit moins inquiet : ce temps, il ne le vit jamais arriver. Nous devons, par conséquent, plutôt nous féliciter de trouver tant de morceaux d'une finesse et d'une poésie si pure et si brillante, que nous plaindre d'y trouver répandus, en si grande quantité, des vers oiseux, défectueux et parfois inintelligibles.

Une fois, mais une fois seulement, Quevedo publia un petit volume de poésies que l'on a supposées être de lui, quoique dès l'origine elles n'aient pas paru telles. L'occasion était digne de son génie, et le succès répondit à l'occasion. Depuis quelque temps, la littérature espagnole était attaquée d'une espèce d'affectation ressemblant à l'euphuïsme qui dominait un peu plus tôt en Angleterre. Elle était désignée par le nom de *cultisme* ou style poli. Quand nous en viendrons à parler de ses partisans

---

Romances de Germania, de Hidalgo (Madrid, 1779, in-12, pp. 266-295). Parmi ces romances en bon castillan, il faut citer celle qui commence par *Padre Adan, no lloreis duelos* (tom. VIII, pag. 187), et celle qui s'ouvre par ces mots : *Dijo à la rana el mosquito* (tom. VII, pag. 514).

(1) *Obras*, tom. VII, pp. 192-200, et tom. VIII, pp. 533-550. La dernière est un peu forte, quoiqu'elle ne soit pas, sous ce point de vue, aussi mauvaise que son modèle.

(2) Voyez la cancion : *Pues quita al año primavero el ceño* (tom. VII, pag. 323) et quelques poésies de la muse Erato adressées à Filis, dame pour laquelle il professait sans doute une affection particulière.

(3) Particulièrement dans la silva, *Al Sueño*. tom. IX, pag. 296, et dans l'ode *A las estrellas*, pag. 338.

les plus distingués, nous aurons l'occasion d'expliquer pleinement son caractère et ses extravagances. Pour le présent il nous suffit de dire qu'à l'époque de Quevedo, cette manie à la mode, poussée jusqu'au fanatisme, était parvenue au plus haut degré de sa folie : que, saisissant son absurdité, il lança contre cette manie les traits d'un sanglant ridicule, dans plusieurs petites pièces de vers, telles que la plaisanterie intitulée : *Aguja para navegar cultos*, et la satire en prose *La culta latiniparla* (1).

Sentant que le mal s'enraçinait profondément dans le goût public et qu'on devait lui résister par des modèles d'un style poétique plus pur, il imprima, en 1631, la même année, où, dans le même but, il publiait une collection des poésies de Fr. Luis de Léon, un petit volume annoncé comme des *Poesias del Bachiller Francisco de la Torre*, personnage dont il avoue ne rien savoir, dans sa préface, et dont il avait accidentellement trouvé les manuscrits dans les mains d'un libraire, revêtus de l'approbation d'Alonso de Ercilla; ce qui lui faisait supposer que de la Torre était l'ancien poète espagnol cité par Boscan environ cent ans avant. Mais ce petit volume est un ouvrage d'une importance non médiocre. Il contient des sonnets, des odes, des *canciones*, des élégies et des églogues : plusieurs de ces pièces sont écrites avec une grâce et une simplicité antique, pleines de pensées exprimées dans un style naturel et facile, dans une versification des plus exactes et des plus harmonieuses. En un mot, c'est un des meilleurs volumes de mélanges de poésies en langue espagnole (2).

Il ne paraît pas qu'on ait conçu le soupçon, soit au moment de la première publication de ce volume, soit même longtemps après, que ces poésies aient pu être l'œuvre de tout autre écrivain que du personnage inconnu dont le nom apparaissait sur le titre. Mais, en 1753, D. Luis

---

(1) Il y a plusieurs poésies sur le *cultisme*. *Obras*, tom. VIII, pp. 82, etc. La *Aguja de Navegar cultos* est dans le tom. I, pag. 443. Elle est suivie immédiatement du *cathécisme* dont nous avons librement abrégé le titre bizarre.

(1) Il y a peut-être un peu trop d'imitation de Pétrarque et de l'école italienne, dans les poésies du bachelier Francisco de la Torre. Elles sont toutefois, je pense. non-seulement gracieuses et belles, mais elles sont pleines d'un esprit vraiment national, remplies de tendresse et d'un amour sincère pour la nature et le spectacle de la nature. Je n'en veux pour exemple que l'ode : *Alexis que contraria*, dans l'édition de Velazquez (pag. 17), et l'ode vraiment horatienne : *O tres y quatro veces venturosa* (pag. 44); la description de l'aurore et le sonnet au printemps (pag. 12). La première églogue et aussi presque toutes les *endechas*, en vers adoniques des plus harmonieux, ne doivent pas être négligées. Il y a également des compositions lyriques sans rime, avec les mètres anciens; elles ne sont pas toujours heureuses, mais elles ne sont jamais dénuées de beauté.

José Velazquez, auteur des *Origines de la poesia española*, publia une
seconde édition du dit volume et le réclama entièrement comme l'œuvre
de Quevedo (1). Cette réclamation a été fréquemment répétée depuis,
admise par les uns, niée par d'autres, sans que personne ait impartiale-
ment discuté les raisons sur lesquelles se fonde Velazquez, ni établi
leur validité (2).

Cette question est certainement une des plus curieuses parmi celles
qu'embrasse l'authenticité littéraire, mais il est aussi très-difficile de
la résoudre absolument. L'argument tiré de ce que les poëmes ainsi
publiés par Quevedo sont réellement l'œuvre d'un bachelier de la Torre
inconnu, se fonde, d'abord, sur leur approbation par Ercilla (3), approbation qui, alléguée et mentionnée par Valdivielso et même par Quevedo, n'a jamais été imprimée : ensuite, sur ce fait, que leur ton général
diffère des vers reconnus pour être de Quevedo, que toutes les pièces
roulent sur des sujets graves, qu'elles sont écrites dans un style sévère,
simple et pur, tandis que Quevedo lui-même se laissait aller assez fréquemment à l'afféterie, lors même qu'il tendait, sans aucun doute, par
ses œuvres, à neutraliser et à condamner ce défaut.

D'un autre côté on pouvait alléguer, que le prétendu bachelier de la
Torre n'était évidemment pas le bachelier de la Torre dont parlaient
Boscan et Quevedo, qui vivait du temps de Ferdinand et d'Isabelle, et
dont les vers rudes et informes se trouvent dans les vieux cancioneros

---

(1) *Poesias* que publia D. Francisco de Quevedo Villegas, chevalier de l'ordre
de Santiago, seigneur de la Torre de Juan Abad, sous le nom du bachelier Francisco de la Torre. On ajoute à cette seconde édition un discours où l'on montre
que le véritable auteur est le même D. Francisco de Quevedo, par D. Luis Joseph
Velazquez, etc. Madrid, 1753, in-4°.

(2) Quintana le nie dans la préface de ses *Poesias castellanas* (Madrid, 1807, in-12,
tom. I, pag. xxxix). D. Ramon Fernandez, ou D. Pedro Estala, en dit autant
dans la collection de *Poesias castellanas* (Madrid, 1808, in-12, tom. IV, pag. 40);
et, ce qu'il y a de plus remarquable, Wolf adopte la même opinion dans son *Jahrbücher der literatur* (Vienne, 1835, tom. LXIX, pag. 189). D'un autre côté, Baena,
dans sa *Vie de Quevedo* (*Hijos de Madrid*); Sedano, dans son *Parnaso español*; Lugan,
dans sa *Poetica*; Bouterweek, dans son *Histoire*; Martinez de la Rosa et Bohl de
Faber laissent la question intacte, sans produire des raisons ni pour ni contre.
Dans le texte et dans les notes qui l'accompagnent, nous avons fixé la question
en des termes clairs et précis; nous considérons Quevedo comme l'auteur véritable; s'il ne le fut pas, il savait qui il était et il déguisa son nom au public.

(3) Nous savons seulement sur le terme de la vie d'Ercilla, qu'il mourut vers
1595, trente-six ans avant la publication du Bachelier, et alors que Quevedo était
âgé seulement de quinze ans.

de 1511 à 1573 (1) : qu'au contraire la forme des poésies publiées par Quevedo, leur ton, leurs pensées, leurs imitations de Pétrarque et des anciens, leur versification et leur langue, à l'exception d'un petit nombre de vieux mots qu'on pouvait y avoir facilement insérés, tout appartenait à l'époque de leur apparition : que parmi les poésies reconnues de Quevedo, il y en a quelques-unes, du moins, prouvant qu'il était capable d'en écrire du genre de celles qu'on attribuait au bachelier de la Torre : enfin, que le nom de bachelier Francisco de la Torre est purement un déguisement ingénieux du propre nom de Quevedo, puisqu'il était bachelier d'Alcala, que son nom de baptême était Francisco, qu'il était le possesseur de la Torre de Juan Abad, où il résidait parfois, et qui lui avait été deux fois assignée comme lieu d'exil (2).

Il y a là, sans aucun doute, un mystère sur toute cette affaire, et un mystère qui ne sera probablement jamais éclairci. De sorte qu'il faut s'en tenir maintenant à l'une des deux conclusions : ou que les poésies en question sont l'œuvre d'un contemporain et ami de Quevedo dont il connaissait le nom qu'il cacha; ou qu'elles sont un choix tiré par lui-même du grand nombre de ses manuscrits inédits, en prenant celles qui pourraient le mieux déguiser leur origine, et les plus propres par leur soin, leur fini et leur bon goût, à blâmer la folie de l'affectation et la poésie à la mode dans son temps. Toutefois quel qu'en soit l'auteur, il y a une chose certaine c'est qu'elles ne sont pas indignes du génie d'un poète appartenant à l'époque brillante où elles parurent (3).

---

(1) Il n'est pas facile de dire quel fut le bachelier de la Torre dont parle Boscan. Velazquez (préf., pag. 5) pense que c'était le bachelier *Alonso* de la Torre, auteur de la *Vision deleytable*, qui florissait vers 1465 et dont nous avons parlé vol. I, pag. 381. Baena (*Hijos de Madrid*, tom. IV, pag. 169) croit que c'est peut-être *Pedro Diaz* de la Torre, mort en 1504, conseiller de Ferdinand et d'Isabelle. Mais, dans l'un et l'autre cas, le nom ne correspond pas avec celui de Quevedo qui s'appelait *Francisco* de la Torre. Et la forme, les pensées et le style d'un petit nombre des poésies de Pedro Diaz, insérées dans le *Cancionero* de 1573, ff. 124-127, n'ont aucune analogie avec les poésies publiées par Quevedo. Voir sur ce sujet le discours de réception, à l'Académie royale espagnole, de Fernandez Guerra y Orbe.

(2) Il y resta exilé pour six mois, en 1628. Il y avait été emprisonné, en 1620. *Obras*, tom. X, pag. 88.

(3) Une des circonstances douteuses qui entourent la première publication des œuvres du bachelier de la Torre, c'est qu'une des personnes qui donnaient les *aprobaciones* requises est Vander Hammen, qui composa pour le public une espèce

Les œuvres principales de Quevedo, celles sur lesquelles s'appuie le plus solidement sa réputation, tant en Espagne qu'au dehors, sont des œuvres en prose. Les plus graves et les plus sérieuses sont à peine venues à notre connaissance. Elles consistent en un traité sur la divine Providence, contenant un *Discurso sobre la inmortalidad del alma* ; en un traité adressé à Philippe IV, avec le titre singulier de *Politica de Dios y gobierno de Christo*, où l'auteur cherche à former un corps complet de philosophie politique, tiré de l'exemple du Sauveur ; en deux traités sur la vie sainte et sur la vie militante du chrétien ; en des biographies de saint Paul et de saint Thomas de Villeneuve. Toutes ces œuvres, avec les traductions d'Épictète et du faux Phocylide, les traductions d'Anacréon, de Sénèque, *de Remediis utriusque fortunæ*, du *Marcus Brutus*, de Plutarque et d'autres ouvrages analogues, semblent avoir été principalement les productions de ses souffrances et avoir constitué son occupation, durant les fatigantes heures de ses divers emprisonnements. Comme leurs titres l'indiquent, elles appartiennent à la théologie et à la métaphysique plutôt qu'à la littérature. Elles montrent parfois l'esprit et le style qui caractérisent ses poésies sérieuses : c'est le même amour du brillant, le même goût pour l'extravagance et l'hyperbole ; par moments on y trouve aussi des morceaux didactiques pleins de dignité et d'éloquence. Leur érudition, généralement abondante, est en même temps trop souvent pédantesque et fatigante (1).

Tel n'est pas le caractère de ses satires en prose. Ce sont elles qui l'ont fait vivre et qui le feront toujours vivre dans le monde. La plus longue porte pour titre : *Vida y aventuras del gran Tacaño ;* elle s'imprima, pour la première fois, en 1627. Elle appartient au genre de fiction qu'inventa Mendoza dans son *Lazarillo de Tormes ;* et elle a plus d'un trait caractéristique de cette classe d'ouvrages. Malgré la précipitation évidente et la négligence avec laquelle elle a été écrite, elle

---

de supercherie dont Quevedo fut accusé ; une espèce de vision imprimée encore aujourd'hui, comme étant de Quevedo, parmi les œuvres de Quevedo ; et l'autre, qui la donna au bachelier de la Torre, c'est Valdivielso, critique du dix-septième siècle, dont le nom se rencontre souvent dans ce temps, dont l'autorité est très-faible sur ce point, puisqu'il ne dit pas qu'il ait vu le manuscrit ni l'*approbation* ou *vie* d'Ercillas. Voir plus bas, ce que nous disons de Vander Hammen.

(1) Ces œuvres, en grande partie théologiques, métaphysiques et ascétiques, remplissent plus de six des onze volumes in-8° constituant les *Œuvres* de Quevedo, dans l'édition de 1791-94. Elles appartiennent toutes à la prose didactique.

témoigne plus de talent et plus d'esprit qu'aucun autre ouvrage de la même espèce, excepté le modèle déjà cité. Comme toutes les autres, cette composition nous dépeint la vie d'un aventurier, couard, insolent, fertile en ressources, né dans les rangs les plus bas et les plus infâmes de la société, et qui, différent de beaucoup d'autres de sa classe, ne s'élève jamais complétement au-dessus de sa condition primitive. Toutes ses grâces, son habileté, son esprit, ne sont capables que de le conduire, par accident, à quelque brillante position d'où il est immédiatement précipité par la découverte de son véritable caractère. Il y a des parties vraiment grossières. Une fois ou deux, conformément du moins aux principes de l'Église romaine, il arrive jusqu'au blasphème. Presque toujours le caractère de la caricature est soutenu, au milieu d'une multitude de pensées alambiquées, de pointes, de libertinages, d'acrimonie. Partout règnent l'esprit et le sarcasme le plus cruel contre tous les ordres et toutes les conditions de la société. Plusieurs de ses aventures amoureuses sont excellentes, plusieurs des désastres qu'il rappelle sont extrêmement amusants, mais il n'y a rien de réjouissant ; à peine est-il même possible de lire avec une réelle satisfaction les scènes de folie et de désordre des étudiants de l'Université, les fredaines des fripons de la capitale ou les aventures de vagabondage d'une compagnie d'acteurs ambulants. C'est une satire trop crue, trop amère et trop impitoyable pour être amusante (1).

---

(1) Watt, dans sa Bibliothèque, art. *Quevedo,* cite une édition du *Gran Tacaño,* de 1626, Saragosse ; mais je ne l'ai pas trouvée mentionnée ailleurs. Je n'en connais pas d'antérieure à 1627. Depuis ce temps il en a paru de nombreuses éditions, d'après l'original, tant en Espagne qu'à l'étranger. Il fut traduit en italien, par P. Franco, dès 1634 ; en français, par Genest, traducteur célèbre de ce temps, vers 1644 ; en anglais, par un anonyme, en 1657. Plusieurs autres versions ont été faites depuis, la dernière est celle de Paris, en 1843, par Germond de Lavigne. Cette traduction témoigne de la vigueur, mais le traducteur y a introduit des passages d'autres écrits de Quevedo et un conte de Salas Barbadillo. De plus, il y a fait une multitude d'additions sans importance, de changements, d'omissions, que le peu de décence de l'original rendait parfois désirables, d'autres fois, non. Joignez à cela qu'il y a mis une fin de son propre crû, d'un goût qui appartient plutôt à l'école sentimentale et extravagante de Victor Hugo qu'à celle de Quevedo. Il s'est fait aussi une traduction anglaise, contenue dans une collection des *OEuvres de Quevedo,* imprimée à Edimbourg, en trois vol. in-8°, 1798, et une autre en allemand dans le *Magazin der spanischen und portug. Litteratur de Bertuch* (Dessau, 1781, in-8°, tom. II) ; mais aucune d'elles ne se recommande par sa fidélité.

C'est là aussi le caractère du plus grand nombre de ses autres satires en prose, de celles surtout qui ont été écrites ou du moins publiées vers la même époque de sa vie, c'est-à-dire, dans l'intervalle compris entre ses deux longs emprisonnements, alors que le premier avait soulevé toute son indignation contre un état de société permettant une injustice aussi intolérable que celle qu'il avait soufferte, et avant que l'écrasante sévérité du dernier ait broyé sa santé et son courage. Au nombre de ces satires nous trouvons un traité intitulé : *El libro de todas las cosas y otras muchas mas*, attaque contre le pédantisme et le baragouinage; *El cuento de cuentas*, satire sanglante contre le ridicule abus des proverbes : et la *Pragmatica del tiempo*, satire dirigée apparemment contre tout ce qu'il y avait de plus élevé, dans la pensée de l'auteur, au moment où il la composait. Mais il nous faut passer sous silence ces ouvrages et un plus grand nombre d'autres de la même espèce, pour parler d'œuvres plus importantes et plus connues (1).

La première est intitulée, *Cartas del caballero de la Tenaza;* elle consiste en vingt-deux lettres d'un avare à son amante, dans lesquelles il se refuse à toute insinuation ou demande d'argent, à tout amusement impliquant la plus légère dépense. Rien ne surpasse leur dextérité, ni l'adresse et l'habileté par lesquelles l'avare s'inquiète de défendre et d'excuser le vice honteux que ses efforts ne font, après tout, que rendre plus ridicule et plus odieux (2).

La seconde a pour titre : *La fortuna con seso y la hora de todos.* C'est un apologue assez long où Jupiter, entouré des autres divinités du ciel, appelle la Fortune et lui demande compte des énormes injustices qu'elle commet dans les affaires du monde. Jupiter reçoit d'elle une défense non moins spirituelle qu'amusante; le père des dieux se détermine alors à faire l'expérience d'accorder, pendant une heure seulement, à chacun des êtres humains exactement ce qu'il mérite. Le fond de la fiction est, par conséquent, un exposé des scènes d'intolérable confusion qui règne alors, pendant une heure, dans les affaires du monde. Le médecin est

---

(1) Elles se trouvent dans les tom. I et II de l'édition de ses *OEuvres*, Madrid, 1791, in-8°.

(2) Les *Cartas del caballero de la Tenaza* s'imprimèrent, je crois, pour la première fois, en 1635. Nous en avons une excellente traduction dans le band I du *Magazin de Bertuch*, un littérateur des plus laborieux, un ami de Musaüs, de Vieland et de Gœthe, qui, par des traductions et par d'autres moyens, contribua beaucoup, entre 1769 et 1790, à développer en Allemagne l'amour de la littérature espagnole.

changé instantanément en bourreau : la femme qui fait des mariages est
mariée au fantôme hideux qu'elle cherchait à passer à une autre : dans
le grand concert des nations, entre la France et la Russie, par exemple, il
s'introduit une violence et un désaccord tels qu'à la fin, par ordre de Jupiter et du consentement de tous les autres dieux, l'empire de la Fortune
est restauré et les affaires reprennent la marche qu'elles avaient toujours
suivie. La majeure partie de cet apologue est écrite avec la plus
grande gaieté d'esprit et témoigne d'une invention des plus heureuses.
Mais l'absence de l'esprit sarcastique ordinaire de Quevedo fait soupçonner que cette composition ne s'imprima que quelques années après
sa mort, et qu'elle fut probablement écrite avant ses deux emprisonnements (1).

Mais tout ce qui manque de sévérité dans cette capricieuse fiction remplit surabondamment ses *Visions*, ses *Sueños*, au nombre de six ou sept,
dont quelques-unes semblent s'être publiées séparément, immédiatement
après sa persécution, et toutes ensemble, en 1635 (2). Rien n'offre plus
de liberté et de variété que leurs sujets et la manière de les traiter. L'un
s'appelle *El alguacil alguacilado*, satire contre les ministres inférieurs
de la justice. L'un d'eux est possédé du démon, et le diable se plaint

---

(1) Je ne connais pas d'édition de *La Fortuna con seso* antérieure à celle que je
possède et qui s'est imprimée, à Saragosse, en 1650, in-12. Nicolas Antonio déclare
que cette satire est une œuvre posthume ; je suppose que c'est la première. Elle
s'annonce comme une traduction du latin par Rifroscrancot Viveque Vasgel Dua-
cense, anagramme imparfaite du propre nom de Quevedo, Francisco Quevedo
Villegas.

(2) Un de ces *sueños* est daté de 1608 : *Las zahurdas de Pluton, Les écuries de
Pluton* ; mais aucun d'eux ne s'imprima, je crois, avant 1627. Tous les six appartenant certainement à Quevedo, s'imprimèrent en même temps dans une petite
collection qui parut, à Barcelone, en 1635, sous le titre de *Juguetes de la Fortuna*.
Ils furent traduits en français par Genest et imprimés, en 1641. En anglais, ils
furent librement rendus par sir Roger l'Estrange et publiés, en 1668, avec un succès
tel que la dixième édition in-8° s'imprimait, à Londres, en 1708, et nous n'hésitons
pas à croire qu'il y en eut d'autres. C'est là la base des traductions des *Visions*
dans les œuvres de Quevedo, publiées à Édimbourgh, 1798, vol. I, et dans les
Novelistas de Roscoe, 1832, tom. II. Toutes les traductions que nous avons vues
sont mauvaises. La meilleure est celle de l'Estrange. Elle est du moins la plus
animée ; mais elle n'est pas toujours fidèle, tantôt sciemment, tantôt par ignorance. La grande popularité de ses traductions est due probablement aux additions
hardies qu'il faisait au texte ; aux fréquents accommodements qu'il hasardait de
ses mordantes plaisanteries aux scandales et au goût de son temps, par des
allusions tout à fait locales et entièrement anglaises.

amèrement de son malheur d'être obligé d'habiter le corps d'une créature aussi infâme. Un autre a pour titre : *Visita de los chistes*, c'est un voyage dans l'empire de la Mort qui arrive, comme un tourbillon, environnée de médecins, de chirurgiens, et en particulier d'une immense multitude de bavards oiseux et de calomniateurs qu'elle conduit tous pour les montrer aux régions infernales, et que Quevedo déclare connaître déjà familièrement par les folies et les crimes auxquels ils l'avaient depuis longtemps accoutumé sur la terre. Mais on concevra probablement une idée plus distincte de la manière libre et hardie de traiter des matières pareilles, par le commencement de son *Sueño de las calaveras* ou *Juicio final* que par l'énumération des sujets et du contenu des *Visions*. C'est là que se présente en particulier un excellent spécimen de ce mélange du ton plaisant et solennel auquel Quevedo se livrait avec tant de complaisance.

« Parecióme pues que veia un mancebo que, discurriendo por el aire, « dabo voz de su aliento à una trompeta, afeando con su fuerza en parte « su hermosura. Halló el son obediencia en los marmoles, y oidos en los « muertos; y así al punto comenzó à moverse toda la tierra y à dar « licencia à todos los huesos que anduviesen unos en busca de otros. Y « pasando tiempo (aunque fue breve) vi à los que habian sido soldados « y capitanes levantarse de los sepulcros con ira, juzgandola por seña « de guerra; à los avarientos con ansias y congojas, recelando algun re-« bato; y à los dados à vanidad y gula, con ser aspero el son, lo tuvieron « por cosa de sarao o caza. Esto conocia yo en los semblantes de cada « uno, y no vi que llegase el ruido de la trompeta à oreja que se persua-« diese à lo que era. Después noté de la manera que algunas almas huian, « unas con asco y otras con miedo de sus antiguos cuerpos : à cuál « faltaba un brazo, à cuál un ojo, y dióme risa ver la diversidad de « figuras y admiróme la providencia en que, estando barajados unos con « otros, nadie por yerro de cuenta se ponia las piernas ni los miembros « de los vecinos. Solo en un cementerio me pareció que andaban des-« trocando cabezas, y que vi à un escribano que no le venia bien el « alma, y quiso decir que non era suya, por descartarse de ella. « Después ya que à noticia de todos llegó que era el dia del juicio, fué « de ver como los luxuriosos no querian que los hallasen sus ojos por « no llevar al tribunal testigos contra sí; los maldicientes las lenguas, « los ladrones y matadores gastaban los piés en huir de sus mismas « manos. Y volviéndome à un lado, vi à un avariento que estaba pre-« guntando à otro (que por haber sido embalsamado y estar lejos sus « tripas no hablaba, porque no habian llegado), si habian de resucitar

« aquel dia todos los enterrados, si resucitarian unos bolsones suyos.
« Riérame si no me lastimara à otra parte el afan con que un gran
« chusma de escribanos andaba huyendo de sus orejas, deseando no las
« llevar para no oír lo que esperaban ; mas solos fueron sin ellas los que
« acá las habian perdido por ladrones, que por descuido no fueron los
« mas. Pero lo que mas me espantó fué ver los cuerpos de dos ó tres mer-
« caderes que se habian vestido del almas las revés, y tenian todos los
« cinco sentidos en las uñas de la mano derecha (1). »

La casa de los locos de amor placée au nombre des *Visions* de Quevedo,
bien qu'elle soit l'œuvre de son ami Lorenzo Vander Hammen, à qui

---

(1) « Il me sembla que je voyais un jeune homme, fendant les airs et donnant
par son souffle de la voix à une trompette, enlaidissant, en partie sa beauté, par
la force avec laquelle il soufflait. Le son de la trompette trouva de l'obéissance dans
les marbres, des oreilles, chez les morts, et immédiatement toute la terre commença à s'ébranler et à permettre aux os d'aller à la recherche les uns des autres.
Un temps bien court s'écoula, et je vis ceux qui avaient été soldats et capitaines se
lever de leurs tombes avec colère, prenant ce son pour un signal de guerre ; les
avares, pleins d'angoisses et d'agitation par la crainte de quelque brusque attaque ; ceux qui étaient adonnés à la vanité, à la gourmandise, entendant un son
aigre, le prirent pour un motif de danse ou de chasse. Je reconnaissais ces impressions sur la figure de chacun, mais je ne vis pas que le bruit de la trompette arrivât
à une oreille, qui se persuadàt ce qu'il était. Je remarquai ensuite la manière dont
les âmes fuyaient leurs anciens corps, les unes avec horreur, les autres avec effroi.
A l'un il manquait un bras, à un autre, un œil ; cette diversité de figures me fit
rire. J'admirai leur intelligence : tous étaient mêlés les uns avec les autres, et
cependant personne ne faisait erreur de compte, et ne se mettait ni les jambes, ni
les membres du voisin. Dans un seul cimetière, il me sembla que les têtes se
troquaient ; je vis un notaire à qui l'âme ne convenait pas bien, et il voulut dire
que ce n'était pas la sienne pour s'en détacher. Quand il se fut répandu chez tous
la nouvelle que c'était le jour du Jugement, il fallut voir comment les luxurieux ne
voulaient pas que leurs yeux les trouvent, pour ne pas produire au tribunal des
témoins contre eux-mêmes ; les médisants, leurs langues ; les voleurs et les assassins fatiguaient leurs pieds à fuir de leurs mains mêmes. Je me retournai d'un côté,
et je vis un avare, demandant à un autre qui, ayant été embaumé, avait ses boyaux
loin de lui et ne parlait pas, parce qu'ils n'étaient pas arrivés, si tous les enterrés
devaient ressusciter ce jour-là, et si quelques-unes de ses bourses ressusciteraient.
J'aurais ri si, d'un autre côté, ne m'avaient fait pitié les efforts d'une multitude de
notaires pour fuir leurs oreilles, désirant ne pas en avoir afin de ne pas entendre ce
qui les attendait. Mais vinrent seulement sans elles ceux qui les avaient perdues
comme voleurs, et par négligence ce ne fut pas le plus grand nombre. Mais ce qui
m'effraya le plus, ce fut de voir les corps de deux ou trois marchands qui avaient
mis leur âme à l'envers, et qui avaient tous les cinq sens dans les ongles de la main
droite. »

elle est dédiée, manque certainement de cette liberté et de cette énergie qui caractérisent le *Sueño de las calaveras* (1). Mais cette remarque ne peut nullememcnt s'appliquer à la vision de *Las zahurdas de Pluton*, revue de tout ce qui peut s'appeler la canaille de l'enfer. *El mundo por de dentro*, et *El Entremetido, la Duena y el Soplon* sont aussi pleines du sarcasme le plus amer, versé sans ménagement par un homme à qui le monde et les lois du monde avaient témoigné si peu d'égards.

Dans ces *Sueños*, comme dans presque tout ce qu'a écrit Quevedo, se révèle un esprit hardi, original et indépendant. Son époque et les circonstances au milieu desquelles il se trouva placé, ont laissé leurs traces tant dans sa poésie que dans sa prose. Ainsi son long séjour en Italie semble s'apercevoir dans ses fréquentes imitations des poètes italiens et une fois, au moins, dans la composition d'un sonnet original en cette langue (2). Ses souffrances cruelles, durant ses différentes persécutions, se montrent partout dans l'amertume de ses invectives, et en particulier dans une de ses visions datée de la prison, écrite contre l'administration de la justice et contre l'ordre social de cette époque. L'influence du faux goût de son temps qu'il combattit résolûment dans plusieurs de ses formes, n'est pas moins apparente dans d'autres, et ne le tourmenta pas moins du désir d'être brillant, de dire des phrases prétentieuses ou frappantes, de s'exprimer par pointes et épigrammes. Malgré tout cela et malgré tous ses autres défauts, le génie de Quevedo s'élève de temps en temps et se révèle avec une grande puissance, Il n'avait cependant pas cette sûre perception du ridicule qui guidait, comme d'instinct, Cervantès, et lui donnait l'exacte mesure pour distribuer la satire, mais il la perçut rapidement et fortement. S'il se trompa souvent par l'exagération et la grossièreté à laquelle le portait sa nature, nous trouvons souvent, même dans les morceaux où ses défauts apparaissent le plus, des touches d'une beauté grave et tendre qui nous révèlent des facultés supérieures et des qualités meilleures que son talent extraordinaire. Tous ces traits ajoutent à l'effet

---

(1) Les six *Sueños* incontestables se trouvent dans le tome Ier de l'édition de Quevedo. Madrid, 1791. *La Casa de los locos de amor* est dans le tome II. Mais, comme N. Antonio (*Bibl. nova*, tom. I, pag. 462, et tom. II, pag. 10) dit que Vander Hammen est un auteur espagnol descendant d'une famille flamande, et assure qu'il l'écrivit lui-même, nous sommes obligés de l'exclure de la liste propre des œuvres de Quevedo.

(2) *Obras*, tom. VII, pag. 289.

de l'ensemble, sans nous réconcilier avec ces farces grossières et grave-
leuses qui se mêlent trop souvent à ses satires (1).

---

(1) Dix ans avant sa mort, Quevedo fut l'objet d'une attaque violente dans un
livre intitulé : *El Tribunal de la justa venganza*, imprimé à Valence, en 1635, in-12,
pag. 294, et écrit, disait-on, par le licencié Arnaldo Franco-Furt, probablement un
pseudonyme. C'est une critique sous forme de procès introduit régulièrement devant des juges, sur les œuvres satiriques publiées jusqu'alors par Quevedo. Excepté
les passages où les préjugés de l'auteur l'emportent sur son bon sens, le jugement
n'est pas plus sévère que le méritait la licence de Quevedo. L'auteur de ce livre ne
rend pas, toutefois, au génie ni au talent de Quevedo, la justice qui leur est due,
et la malignité personnelle perce en trop d'endroits.

En 1794, Sancho imprima, à Madrid, une traduction d'Anacréon avec des notes
par Quevedo, formant cent soixante pages. Elles ne comptent pas dans le onzième
volume in-8° des œuvres de Quevedo, qu'il complétait cette année-là. Ces pages
sont plutôt dans le style pur et classique du Bachelier de la Torre, que le même
nombre de pages reconnues dans ses œuvres pour être de Quevedo ; mais la traduction n'est pas très-serrée : l'esprit de l'original n'est pas aussi bien compris
que le saisit Estevan Manuel de Villegas dans ses *Eroticas*, dont nous parlerons plus
tard. La version de Quevedo est dédiée au duc d'Ossuna, son protecteur (Madrid,
1er avril 1609). Villegas ne publia son travail qu'en 1617 ; mais il n'est pas probable
qu'il eut la moindre connaissance du travail de Quevedo.

CHAPITRE XX

Le drame. — Madrid et ses théâtres. — Damian de Vegas. — Francisco de Tarrega. — Gaspar de Aguilar. — Guillen de Castro. — Luis Velez de Guevara. —
Juan Perez de Montalvan.

Le manque d'une grande capitale, centre commun des lettres et des
gens de lettres, se fit longtemps sentir en Espagne. Jusqu'au règne de
Ferdinand et d'Isabelle, la Péninsule, divisée en royaumes séparés,
occupée, dans des luttes continuelles, contre un ennemi acharné, n'avait
pas eu le loisir de penser à des projets qui appartiennent à une période
de paix. Même plus tard, quand la tranquillité intérieure fut rétablie,
les guerres étrangères, les intérêts grossissants de Charles-Quint en
Italie, en Allemagne, en Flandres, le retinrent si longtemps au dehors
qu'il n'eut qu'une faible tendance à calmer les réclamations rivales des
grandes cités, et la cour résida alternativement dans chacune d'elles,
ainsi que la chose se passait, depuis le temps de saint Ferdinand. Mais
il était déjà évident que la prépondérance dont Séville avait joui pendant un certain temps, s'était éclipsée. La Castille avait triomphé sur
elle, comme elle avait prévalu, dans la lutte plus importante, pour
donner une langue à la monarchie, et Madrid, résidence favorite de
l'Empereur, parce qu'il pensait que son climat convenait bien au traitement de ses douleurs, Madrid, commença, dès 1560, en vertu des dispositions de Philippe II, à être regardée comme la véritable capitale de
toute la monarchie espagnole (1).

Il n'y a pas de branche de la littérature espagnole sur laquelle cette
circonstance ait produit une influence aussi considérable que sur le
drame. En 1583, se jetaient, au même endroit où ils ont continué

---

(1) Quintana, *Historia de Madrid*, 1630, in-folio, liv. III, ch. xxiv-xxvi. Cabrera,
Hist. de Felipe II, Madrid, 1629, in-folio, liv. V, ch. ix, où il dit que Charles-
Quint avait la pensée de faire de Madrid sa capitale.

d'être depuis, les fondements de deux théâtres réguliers. A partir de 1590, si Lope de Vega n'était pas ce monarque absolu de la scène que nous dépeint Cervantès, il en dirigeait du moins l'esprit. Il en découla les conséquences naturelles. Sous l'influence de la noblesse qui se rendait en foule à la résidence royale, guidé par l'exemple d'un des écrivains et d'un des hommes les plus populaires qui aient jamais existé, le théâtre espagnol s'éleva comme une vapeur. Une école de poètes, accourus pour la plupart de Séville, de Valence et d'autres points de l'Espagne, éteignant ainsi, dans les cités qu'ils abandonnaient, l'espérance d'un théâtre indépendant, se groupa autour de Lope, dans la nouvelle capitale. Madrid vit soudainement se former une réunion d'écrivains dramatiques plus nombreuse et, à certains égards, plus remarquable qu'aucun autre corps semblable de poètes dans les temps modernes.

La période de cette transition du drame est bien marquée par une singulière comédie de province intitulée; *Comedia Jacobina*, imprimée à Tolède, en 1590, mais écrite quelques années auparavant, au dire de l'auteur. Elle était l'œuvre de Damian de Vegas, ecclésiastique de la dite cité, et avait pour sujet la bénédiction de Jacob par Isaac. Sa structure est simple, son action claire et sans embarras. Comme l'argument est religieux, il appartient sous ce rapport à la vieille école dramatique; comme d'un autre côté elle se divise en trois actes; qu'elle a un prologue, un épilogue, un chœur, beaucoup de poésie lyrique de diverses mesures, y compris des tercets et des vers blancs, elle n'est pas sans ressemblance avec les essais que tentaient à la même époque, sur la scène profane, Cervantès et Argensola. Sans intérêt dans l'intrigue, d'une versification sèche et dure, elle n'est pas entièrement dénuée de mérite poétique. Nous n'avons aucune preuve qu'elle ait été jamais représentée à Madrid, ni qu'elle ait été même connue sur la scène, hors des limites de Tolède, cité à laquelle l'auteur était fortement attaché et où il semble avoir toujours vécu (1).

---

(1) *La Comedia Jacobina* se trouve dans un curieux et rare volume de poésie religieuse, intitulé *Libro de poesia christiana, moral y divina* por el doctor Frey Damian de Vegas (Toledo, 1590, in-12, fol. 503). Il contient une poésie sur l'Immaculée Conception, grand sujet pour l'orthodoxie espagnole; un dialogue entre l'Ame, la Volonté et l'Intelligence, qui a dû être représenté; et une infinité de poésies religieuses soit lyriques, soit didactiques, un grand nombre dans le vieux mètre espagnol, un grand nombre suivant la métrique italienne; mais aucune de ces pièces n'est supérieure à tous les pauvres vers alors à la mode sur des sujets semblables.

Francisco de Tarrega, que nous pouvons suivre de 1591 à 1608, fut-il un de ceux qui vinrent primitivement de Valence à Madrid, afin d'écrire pour le théâtre, c'est incertain. Mais nous avons des preuves qu'il était chanoine de la cathédrale dans la première cité nommée, et qu'il était fort connu dans la nouvelle capitale, où ses comédies se jouèrent et s'imprimèrent (1). L'une d'elles est importante, parce qu'elle nous montre le mode de représentation de ce temps, ainsi que les particularités de son propre drame. Elle commence par une *loa*, qui dans cette circonstance et comme l'implique ce nom, est un véritable compliment, mais elle est, en même temps, une fine et ingénieuse romance à l'éloge des femmes laides. Vient ensuite ce qui s'appelle *El baile de Leganitos*, réunion populaire dans un des faubourgs de Madrid, qui donne son nom à une farce grossière, bâtie sur une dispute, au bout de la rue, entre deux laquais (2).

Quand l'auditoire est ainsi mis en bonne humeur, nous avons la comédie principale, intitulée : *La enemiga favorable*; drame héroïque extravagant, mais non sans intérêt, dont l'action se passe à la cour de Naples, et dont l'intrigue roule sur la jalousie du roi et de la reine de cette contrée. On sent l'effort tenté pour réduire l'action dans les limites probables de temps et d'espace. Mais le caractère de Laure, d'abord éprise du roi et l'excitant à empoisonner la reine, puis se présentant

_____

(1) Il est certain que le chanoine Tarrega vivait à Valence, en 1591 ; il écrivit onze comédies, dont deux nous sont connues seulement par leur titre. Les autres s'imprimèrent à Madrid, en 1614 et en 1616. Cervantès, dans la préface de ses comédies, 1615, en fait l'éloge comme d'un des meilleurs disciples de Lope « por « su discrecion é innumerables conceptos. » Par l'idée que nous en donne le chanoine de *D. Quichotte*, on voit que *la Enemiga favorable* était regardée comme la meilleure comédie de l'auteur. Le même jugement a été porté depuis. Voy. Rodriguez, *Biblioteca Valentina*. Valencia, 1747, in-fol., pag. 146. — Ximeno, *Escritores de Valencia*. Valencia, 1747, tom. I, pag. 240. — Furster, *Biblioteca Valentina*. Valencia, 1827, in-fol., tom. I, pag. 310. — *D. Quichotte*, Part. I, ch. XLVIII.

(2) Cette farce, fort semblable aux *entremeses* ou *saynetes* des temps modernes, a pour sujet une querelle entre deux laquais pour une fille de leur condition, querelle qui finit en ce que l'un des deux est à moitié noyé par l'autre dans une fontaine publique. Elle est tirée d'une romance fort ancienne où il est fait allusion à une rue qui devait s'ouvrir dans le ravin de Leganitos. Dans la farce, un des interlocuteurs parle de cette rue comme déjà ouverte. La fontaine y est habilement introduite ; c'est elle qui rendit fameux cet endroit de Leganitos. (Voyez Cervantès, *la Ilustre Fregona*, *D. Quichotte*, Part. II, ch. II et la note de Pellicer. Des circonstances pareilles se présentent souvent dans les parties populaires du vieux drame espagnol ; elles devaient produire un grand effet dans ce temps.

déguisée en champion, armé pour défendre cette même reine en danger
d'être mise à mort sur une fausse accusation d'infidélité, détruit toute
l'harmonie et toute la régularité du mouvement, et constitue une faute qui
s'étend sur toute la pièce. Il y a cependant des passages pleins d'animation, comme, dans le commencement, la scène si vive et si naturelle
où les courtisans s'élancent dans un combat de taureau qui est immédiatement mis en pièces, par suite du danger personnel qu'à couru le
roi ; il y a aussi des morceaux très-poétiques, tels que la première
entrevue de Laure et de Bélisardo qui finissent par se marier (1).
Toutefois l'impression que nous laisse toute cette comédie c'est que, si
Tarrega suivit la voie ouverte par Lope de Vega, il la suivit d'un pas
mal assuré et dans une intention un peu vague.

Gaspar de Aguilar était le rival de Tarrega, d'après ce que Lope
nous raconte (2). Il fut d'abord secrétaire du vicomte de Chelva, et
plus tard majordome du duc de Gandie, un des grands les plus distingués de la cour de Philippe III. Un poëme allégorique qu'Aguilar avait
composé pour célébrer le mariage de son dernier protecteur, trouva si
peu de faveur que le malheureux auteur, découragé et repoussé, mourut
de chagrin et de mortification. Il vécut probablement, comme Tarrega,
soit à Valence, soit à Madrid, composa quelques petits poëmes, dont un
entre autres, d'une certaine étendue, sur l'expulsion des Maures de
l'Espagne, s'imprima en 1610. La dernière date que nous ayons relative
à son infortunée carrière est de 1623.

Des neuf ou dix comédies qu'il publia, deux seulement méritent
d'attirer notre attention. La première, c'est *El mercader amante*, objet
des éloges de Cervantès qui, comme Lope de Vega, mentionne plus d'une
fois Aguilar avec beaucoup de respect. C'est l'histoire d'un riche marchand qui prétend avoir perdu toute sa fortune pour voir laquelle des
deux femmes, à la faveur desquelles il aspire, l'aime réellement pour lui
plutôt que pour son argent, et qui finalement épouse celle qui, dans une
si dure épreuve, se montre désintéressée. Cette pièce est précédée d'un

---

(1) *La enemiga favorable* est divisée en *trois journées*, appelées *actos;* elle
montre d'autre part qu'elle était construite sur le modèle des drames de Lope.
Tarrega écrivit aussi une comédie religieuse, intitulée : *Fondacion de la Orden
de la Merced*. C'est l'histoire d'un grand bandit devenu un grand saint ; elle semble
avoir suggéré à Caldéron sa *Devocion de la Cruz*.

(2) *Laurel de Apolo*, Madrid, 1630. in-4º, fol. 21, où Lope dit en parlant de
Tarrega : « Gaspar Aguilar *competia* con él en la dramatica poesia » : Gaspar
Aguilar rivalisait avec lui pour la poésie dramatique.

prologue ou *loa*, qui est dans ce cas une histoire piquante, se terminant par six couplets chantés, pour amuser les spectateurs, sur un homme qui a essayé, sans succès, plusieurs vocations, entre autres celles de maître d'armes, de poète, d'acteur, de cabaretier, menacé, dans son désespoir, de s'enrôler pour la guerre. Ni le commencement, ni la fin n'ont par conséquent aucun rapport avec le sujet de la pièce elle-même, qui est écrite dans un style animé, mais qui dénote parfois trop de mauvais goût, d'extravagance, et qui roule parfois sur des pensées alambiquées.

Il y a un caractère heureusement frappé, c'est celui de la dame qui perd le riche marchand par son avarice. Quand le marchand lui raconte la prétendue perte de sa fortune, perte qu'il semble supporter avec courage et fermeté, elle s'en va en disant :

> Dios me guarde de tal hombre,
> Que tan pronto se consuela,
> Que lo mismo hará de mi. (1)

Puis, dans le second acte, lorsqu'elle le congédie finalement, elle dit avec la même ironie.

> ¿ Quieres ver que no eres hombre,
> Pues el ser suyo has perdido,
> Y que de aquello que has sido
> No te queda sino el nombre?
> Haz luego un alarde aqui
> De tu pérdida notoria ;
> Toma cuenta à tu memoria,
> Pide à ti mismo por ti,
> Verás que no eres aquel
> A quien di mi corazon. (2)

Ce qu'il y a peut-être de plus remarquable dans ce drame, c'est que l'unité de lieu y est observée, et autant que possible, l'unité de temps : circonstance prouvant, par de pareilles restrictions, que

---

(1) Dieu me garde d'un pareil homme, — Qui se console si promptement ; — Il en fera autant de moi. (*Mercader amante*, Jornada I.)

(2) Voulez-vous voir que vous n'êtes pas un homme, — Puisque vous avez perdu tout votre être ; — Et que, de ce que vous avez été, — Il ne vous reste que le nom ? — Faites bientôt parade ici — De votre perte notoire ; — Demandez compte à votre mémoire ; — Interrogez vous-même sur vous, — Et vous verrez que vous n'êtes pas celui — A qui j'ai donné mon cœur (*Ibid.*, Jornada II).

la liberté de la scène espagnole n'était pas encore universellement reconnue.

Bien différente est, *La suerte sin esperanza,* comédie qui n'a qu'une action, mais dont la scène se passe à Saragosse, à Valence, sur la route qui sépare ces deux cités, et dont les événements racontés remplissent plusieurs années. Le héros, au moment même où il se marie par procuration, à Valence, se blesse accidentellement dans les rues de Saragosse. Il est porté dans la maison d'un étranger, et il tombe éperdument amoureux de la jeune et jolie sœur de son hôte. Le frère le menace d'une mort immédiate s'il ne l'épouse à l'instant. Notre amant cède à la crainte. Le mariage s'accomplit, et il part pour Valence. Chemin faisant, il avoue à son épouse sa malheureuse position et lui propose froidement de résoudre toutes les difficultés, en la mettant à mort. Il abandonne bientôt cette idée, et ils arrivent à Valence, où l'épouse, par une affection aveugle, sert son mari comme une esclave volontaire, et prend même soin d'un enfant qui lui est né de sa femme de Valence.

Suivent d'autres absurdités. A la fin elle est obligée de déclarer publiquement qui elle est. Son ingrat mari essaye alors de la tuer et croit y avoir réussi. Il est arrêté pour le dit assassinat; au même instant arrive le frère, réclamant son droit pour un combat singulier avec l'offenseur. Personne ne veut servir de second à cet infâme séducteur. Au dernier moment, la femme outragée elle-même et qu'on supposait morte, apparaît dans la lice, déguisée sous une armure complète, non pour protéger son criminel époux, mais pour venger son propre honneur et donner des preuves de courage. Le roi Ferdinand qui préside le combat, intervient; et l'étrange spectacle finit par le mariage de la femme aragonaise avec un ancien amant qu'on a vu à peine sur la scène; sort véritablement sans espérance, *suerte verdaderamente sin esperanza,* qui fait donner ce nom à une pièce aussi mal composée.

La poésie, sans-être absolument bonne, est meilleure que l'action. Elle est généralement facile, écrite en *quintillas* ou stances de cinq petits vers chacune, avec de longs morceaux dans la vieille mesure des romances. La scène du divertissement, sur le bord de la mer, près de Valence, où tous les personnages se réunissent pour la première fois, est fort belle, ainsi que plusieurs parties du dernier acte. En général, toute la comédie abonde en pointes, en jeux de mots; elle est tout à fait pauvre. Elle commence par une *loa* dont l'objet est de prouver l'empire universel de l'homme, et elle finit par un discours du roi Ferdinand à l'auditoire, où il déclare que rien ne lui cause plus de plaisir que de calmer toutes ces discordes des amants, excepté la conquête de Grenade.

L'un et l'autre, *loa* et discours, sont grotesques et inopportuns (1).

Un autre poète valencien, Guillen de Castro, est plus connu que chacun des deux auteurs que nous venons de mentionner. Comme eux, il était respecté dans sa propre patrie, mais il vint chercher fortune dans la capitale. Il était né d'une famille noble, en 1567, et il semble avoir été tout d'abord distingué, dans sa ville natale, comme homme de lettres. En effet, en 1591, il était membre des *Nocturnos*, une des plus prospères de ces fantastiques associations établies, en Espagne, à l'imitation des *Académias*, tant à la mode, en Italie, pendant quelque temps. Ses goûts littéraires se perfectionnèrent dans les réunions de cette société où il trouvait, parmi les membres, Tarrega, Aguilar et Artieda (2).

Sa vie ne fut cependant pas tout entière consacrée aux lettres. A un moment, nous le trouvons capitaine de cavalerie; dans un autre, il était tellement entré dans la faveur du comte de Bénévent, le munificent vice-roi de Naples, qu'il occupa une place importante qu'on lui confia dans ce gouvernement. Il fut si bien reçu, à Madrid, que le duc d'Ossuna lui donna une pension annuelle d'environ mille couronnes, à laquelle le favori régnant, le comte-duc d'Olivares, ajouta une pension royale. Mais son humeur inégale, son esprit de mécontentement et sa terrible obstination ruinèrent sa fortune : il fut bientôt obligé d'écrire pour vivre. Cervantès parle de lui, en 1615, comme d'un des auteurs dramatiques les plus populaires : en 1620, il assistait Lope dans la fête de la canonisation de saint Isidore, composait plusieurs des pièces qui furent représentées et remportait un des prix. Six ans plus tard, il gagnait encore péniblement sa subsistance, en écrivant des pièces pour le théâtre : en 1631, il mourait tellement pauvre, qu'il fut enterré par charité (3).

On n'a publié qu'un petit nombre des œuvres de ce poète, à l'exception de ses comédies, dont vingt-sept ou vingt-huit ont été imprimées entre 1614 et 1625. Elles appartiennent décidément à l'école de Lope, entre

---

(1) Les détails sur Aguilar se trouvent dans Rodriguez, pp. 148-149, et dans Ximeno, tom. I, pag. 255. Ce dernier, ainsi qu'il arrive souvent, n'a guère fait que donner un meilleur ordre aux matériaux réunis par Rodriguez. Neuf comédies d'Aguilar sont insérées dans les collections imprimées, à Valence, en 1614 et 1616, avec les comédies d'autres poètes. Nous possédons un exemplaire de la *Suerte sin esperanza*, sans date, ni pagination; elle nous paraît plus ancienne.

(2) Dans les notes de Cerdá y Rico à l'édition moderne de la *Diana* de Gil Polo (Madrid, 1802, pp. 515 et 919), il y a une notice sur cette Académie et une liste de ses membres.

(3) Rodriguez, pag. 177; Ximeno, tom. I, pag. 305; Furster, tom. I, pag. 255. Ce dernier est important et mérite d'être consulté sur ce sujet.

lequel et Guillen de Castro régna une amitié dont on peut suivre la trace, d'abord dans une dédicace d'une des comédies de Lope à Guillen de Castro, et dans plusieurs passages de ses *Mélanges*, vers l'époque de l'exil de Lope, à Valence : ensuite, dans un témoignage semblable de Guillen de Castro, exprimé de la même manière par un volume de ses comédies, dédié à Marcelle, fille favorite de Lope.

Les circonstances relatives à la condition personnelle de Guillen de Castro, à l'époque où il vivait, où il écrivait, ne se distinguent pas moins dans ses drames que les traits de son école poétique. Ses *Mal casados de Valencia* semblent révéler une histoire, pouvant être bâtie sur des faits de la connaissance particulière du poète. C'est une série d'intrigues amoureuses, analogues à celles des comédies de Lope, se terminant par la dissolution de deux mariages, sous l'influence d'une femme qui, déguisée en page, vit dans la même maison que son amant et sa femme, mais dont les machinations sont enfin découvertes, et qui a recours elle-même à l'expédient ordinaire de s'enfermer dans un couvent. Son *Don Quijote*, d'un autre côté, est tiré de la Première Partie du roman de Cervantès, conte aussi nouveau alors que toute autre fiction valencienne. Les amours de Dorothée et de Fernando, la folie de Cardenio, forment la base de l'intrigue principale. Le dénoûment consiste dans la conduite du chevalier, porté en cage, dans sa propre maison, par le curé et le barbier, comme il y est conduit par eux dans le roman. Quelques passages sont légèrement altérés, pour leur donner une tournure plus dramatique, le langage des principaux personnages, dans l'œuvre originale, est cependant souvent conservé, et les emprunts qu'on y a faits sont parfaitement reconnus. Ces deux drames sont surtout écrits en vieilles *redondillas*, et leur versification est des plus soignées. Il y a peu d'invention dans l'une et dans l'autre, et le premier acte de *Los mal casados de Valencia* est défiguré par un jeu d'esprit, à la mode sans doute, dans la société de l'époque, mais qui ne produit d'autre résultat dans la comédie qu'une triste série d'équivoques et de pointes (1).

Toute différente, quoique non moins caractéristique du temps, se présente sa comédie intitulée : *Piedad y Justicia*, histoire horrible d'un

---

(1) Ces deux comédies sont insérées dans le premier volume de ses *Comédies*, imprimées, en 1614. Nous avons le *Don Quichotte* dans une livraison séparée, sans pagination, sans date, avec de grossières gravures sur bois, telles qu'on en voit dans les vieilles publications espagnoles de cette espèce. Quand D. Quichotte se présente sur la scène pour la première fois, l'avis dit : « Don Quichotte entre monté sur Rossinante et vêtu comme le dit son histoire. » Les *redondillas* de cette

prince de Hongrie, condamné à mort par son père pour les crimes les plus atroces, mais délivré du supplice par la multitude, parce que sa loyauté a survécu à la ruine de tous les autres principes, et lui fait même refuser le trône que lui offraient les révoltés. Cette pièce est écrite dans une variété de mètres plus grande que celles dont nous venons de parler ; elle montre aussi plus de liberté de style et plus de mouvement. Son succès repose principalement sur le choix du sujet et sur le sentiment de loyauté, vertu héroïque, qui brilla primitivement dans les relations des rois d'Espagne avec leur peuple, vertu tellement exagérée, à ce moment, qu'elle détruisit un grand nombre des éléments qui constituaient ce qu'il y a de plus estimable dans le caractère national (1).

Santa Barbara ó Milagro del monte y martir del cielo appartient à une autre division du drame populaire créé par Lope de Vega. C'est une de ces comédies où l'amour humain et l'amour divin, sur des tons se ressemblant trop l'un à l'autre, se montrent dans leur plus brillante splendeur. Comme le reste des pièces appartenant à ce genre, elle est, ce n'est pas douteux, le résultat de la législation sévère du théâtre, à cette époque, et de l'influence du clergé qui avait établi cette législation. La scène se passe en Nicomédie, au troisième siècle, quand c'était encore un crime de professer le christianisme. Le sujet embrasse l'histoire de sainte Barbe, suivant la légende qui la fait contemporaine d'Origène, lequel apparaît, effectivement, sur la scène, comme un des principaux personnages. Au commencement du drame, l'héroïne déclare qu'elle est déjà, par le cœur, attachée à la nouvelle secte. A la fin, elle est martyre triomphante, emmenant avec

---

pièce, considérées comme poésie, sont excellentes ; exemple, les lamentations de Cardenio à la fin du premier acte :

Donde me llevan los pies	Où m'enlèvent les pieds
Sin la vida? El seso pierdo;	Sans la vie? Je perds l'esprit,
Pero? como serè cuerdo,	Mais, comme je serai sage
Si fuè traidor el Marques?	Si traître a été le Marquis?
¿ Que cordura, que concierto,	Quelle sagesse, quel concert,
Tendré yo, si estoy sin mi,	J'aurai, moi, si je suis sans moi,
Sin ser, sin alma y sin ti?	Sans être, sans âme et sans toi?
¡ Ay, Lucinda, que me has muerto !	Hélas, Lucinde, tu m'as donné la mort!

et ainsi de suite sur le même ton. Guérin de Bouscal, un des innombrables dramaturges français (*Puibusque*, tom. II, pag. 441) qui allaient librement puiser aux sources espagnoles, de 1630 à 1650, mit ce drame de Guillen sur la scène française, en 1638.

(1) Elle se trouve dans le second volume des *Comédies* de Guillen, et aussi dans la *Flor de las mejores doce comedias* (Madrid, 1652).

elle, par suite d'une profession publique de sa foi, non-seulement son amant, mais encore tous les principaux habitants de sa ville natale.

Une des scènes de cette comédie est particulièrement dans l'esprit et la foi des siècles où elle s'écrivait; et elle fut imitée plus tard par Caldéron. dans *El Magico prodigioso*. La sainte est représentée reléguée par son père, dans une tour où, seule, elle se livre à des méditations chrétiennes. Soudainement l'ennemi mortel du genre humain se présente à elle, sous l'habit d'un fashionnable et galant Espagnol. Il lui fait un récit de ses aventures, sous une ingénieuse allégorie, mais il ne parvient pas à déguiser assez effectivement la vérité pour qu'elle ne suspecte pas qui il est. Sur ces entrefaites, le père et l'amant entrent dans la prison. Pour le père, le mystérieux galant est tout à fait invisible, mais il est parfaitement vu par l'amant, dont la jalousie est ainsi excitée au plus haut degré. Le premier acte finit par la confusion et les reproches qu'un pareil état de choses devait nécessairement produire, et par la persuasion du père que l'amant devrait être plutôt dans une maison de fous, et qu'il ferait un triste mari pour sa fille si gentille (1).

Les plus importantes des comédies de Guillen de Castro, sont les deux qu'il composa sur le sujet de Rodrigue le Cid, intitulées *Los Mocedades del Cid*, et fondées l'une et l'autre sur les vieilles romances du pays, romances qui, suivant Francisco Santos et ce que nous savons aussi d'autre part, continuèrent à être chantées dans les rues, longtemps après l'époque de Guillen de Castro (2). Le premier de ces deux drames embrasse la première partie de la vie du héros. Elle commence par la scène solennelle où il est armé chevalier, par l'insulte faite immédiatement après à son vieux père, dans la chambre du conseil du roi : elle se continue par l'épreuve de l'esprit et du courage de Rodrigue, par la mort de l'orgueilleux comte Lozano qui a outragé le vénérable vieillard, en lui donnant un soufflet, événements tous conformes à la tradition des vieilles chroniques.

---

(1) Cette *Comedia de Santos* ne se trouve pas dans la collection des comédies de Guillen de Castro; toutefois, mon exemplaire (Madrid, 1729) la lui attribue ainsi que le catalogue de Huerta. En outre, l'évidence intrinsèque de sa versification et son style conclut hardiment à sa propriété. Les passages où l'héroïne parle du Christ, en l'appelant son amant et son époux, comme tous les morceaux analogues dans le vieux drame espagnol, sont blessants pour des oreilles protestantes.

(2) Francisco Santos, *la Verdad en el Potro y el Cid resuscitado* (Madrid, 1686, in-12, contient (pp. 9, 10, 51, 106, etc.) des romances sur le *Cid*, écrites, dit l'auteur, comme les aveugles les chantaient alors dans les rues. Le P. Sarmiento, qui les écrivait, un siècle après, assure le même fait ou des faits analogues.

Nous arrivons, maintenant, à la partie dramatique de l'action si heureusement inventée par Guillen de Castro : Chimène, la fille du comte Lozano, est représentée, dans le drame, comme éprise déjà du jeune chevalier. Il s'élève, par conséquent, une lutte entre le sentiment de ce qu'elle doit à la mémoire de son père et de ce qu'elle doit accorder à sa propre affection : lutte qui se continue, durant toute la pièce, et qui constitue son principal intérêt. Elle se présente, en effet, au roi, accablée d'une douleur violente qui lutte, par moment, avec succès, contre les mouvements de son cœur, et elle réclame la punition de son amant, conformément aux anciennes lois du royaume. Rodrigue se sauve, toutefois, par suite des prodigieuses victoires qu'il a gagnées sur les Maures, qui assiégeaient la ville, au moment où ces événements se passaient. Plus tard, la fausse nouvelle de la mort du Cid, habilement supposée, arrache à Chimène l'aveu de son amour, enfin, son plein consentement au mariage avec Rodrigue est obtenu, partie par des intimations divines, partie par le progrès naturel de son admiration et de son attachement, durant une série d'exploits accomplis en son nom, et pour la défense de son roi et de sa patrie.

Ce drame de Guillen de Castro fut plus connu en Europe qu'aucun autre de ses ouvrages, non-seulement parce qu'il est le meilleur d'entre eux, mais parce que Corneille, son contemporain, en fit la base de sa magnifique tragédie du *Cid* ; drame qui contribua plus que tout autre à fixer pour deux siècles le caractère du théâtre, sur tout le continent de l'Europe. Mais, quoique Corneille, sans oublier les vives discussions soulevées sur les unités sous l'influence du cardinal de Richelieu, ait introduit dans l'action de sa comédie des changements heureux et judicieux, il en fait cependant reposer le principal intérêt sur la lutte entre le devoir et l'amour de l'héroïne, création primitive du génie de Guillen de Castro.

Dans cette exposition, Corneille n'a pas montré plus d'énergie ni de puissance que son prédécesseur espagnol. Il tombe même parfois dans des erreurs considérables, qui sont entièrement de lui. Ainsi, pour renfermer la durée de l'action dans l'espace de vingt-quatre heures, au lieu de permettre qu'elle s'étendit durant quelques mois, comme le fait l'original, il commet l'absurdité de violenter les sentiments naturels de Chimène par rapport à la personne qui a tué son père, pendant que le corps inanimé de son père est encore devant ses yeux. Il change la scène de la querelle qui, dans Guillen de Castro, se passe en présence du roi, et il la rend moins grave et moins naturelle. Par une erreur de chronologie, il établit la résidence de la cour à Séville, deux siècles avant que cette cité fût arrachée aux Maures. En concentrant en général l'action dans

les limites conventionnelles qui commençaient à régner sur la scène française, Corneille a, c'est vrai, l'extravagance d'introduire, comme l'avait
fait Guillen, un épisode aussi déplacé que le miracle de saint Lazare,
tiré des vieilles romances, mais il a arrêté la marche libre et facile des
incidents et diminué leur effet général.

Guillen de Castro, au contraire, prenant les traditions nationales
telles qu'il les trouvait, s'est immédiatement concilié les sympathies de
son auditoire, a donné en même temps à son action la fraîcheur et la vie
d'une vieille romance, et répandu sur toute sa pièce une forte couche du
ton et du coloris national. C'est ainsi que la scène dans la salle du conseil royal, où le père du Cid est insulté par l'orgueilleux comte Lozano;
plusieurs scènes entre le Cid et Chimène, plusieurs autres entre ces deux
personnages et le roi sont tracées avec une grande habileté dramatique,
avec une véritable et naturelle ardeur poétique.

Le passage suivant, où le père du Cid l'attend, à la naissance du cré-
puscule, et à la place désignée pour leur réunion, après le duel, est aussi
caractéristique, sinon plus frappant, qu'aucun autre du drame; et il est
bien supérieur au passage correspondant dans la comédie française, où
il remplit les scènes v et vi du troisième acte.

> DIEGO.   No la ovejuela su pastor perdido,
> Ni el leon que sus hijos le han quitado
> Baló quejosa ni bramó ofendido,
> Como yo por Rodrigo. ¡ Ay hijo amado !
> Voy abrazando sombras, descompuesto,
> Entre la oscura noche que ha cerrado.
> Dile la seña y señaléle el puesto
> Donde acudiese en sucediendo el caso :
> ¿ Si me habrá sido inobediente en esto ?
> Pero no puede ser. ¡ Mil penas paso !
> Algun inconveniente le habrá hecho,
> Mudando la opinion, torcer el paso.
> ¡ Que helada sangre me revienta el pecho !
> ¿ Si es muerto, herido ó preso? ¡ Ay, cielo santo (1),

---

(1) DIEGO. Non, la tendre brebis qui a perdu son pasteur, — Ni le lion que ses
petits ont abandonné, — Ne fait entendre son bêlement plaintif ou son rugisse-
ment courroucé,— Comme je gémis, moi, sur Rodrigue. Hélas! fils bien-aimé ! —
Je marche en embrassant les ténèbres, en désordre — Au milieu de l'obscure
nuit qui a fermé le jour. — Je lui ai donné le signe, je lui ai indiqué l'endroit —
Où il devrait venir, si le fait arrivait. — S'il allait ne pas m'obéir ? — Mais cela
ne se peut. Mille terreurs m'assiègent !— Quelque accident lui aura fait — Changer
d'opinion et détourner ses pas. — Mon sang se glace et brise ma poitrine ! —
Serait-il mort, blessé, prisonnier? Juste ciel,

Y cuántas cosas de pesar sospecho!
¿ Qué siento? ¿ Es él? Mas no merezco tanto.
Será que corresponden á mis males
Los ecos de mi voz y de mi llanto.
Pero entre aquellos secos pedregales
Vuelvo á oir el galope de un caballo;
¡ Dél se apea Rodrigo! ¿ Hay dichas tales?
¡ Hijo!

CID.   ¡ Padre!

DIEGO.   ¿ Es posible que me hallo
Entre tus brazos? Hijo, aliento tomo
Para en tus alabanzas empleallo.
¿ Como tardaste tanto? Pues de plomo
Se puso mi deseo, y pues veniste,
No he de cansarte preguntando el cómo.
¡ Bravamente probaste! ¡ Bien lo hiciste!
Bien mis pasados brios imitaste!
Bien me pagaste el ser que me debiste!
¡ Toca las blancas canas que me honraste!
Llega la tierna boca á la mejilla
Donde la mancha de mi honor quitaste!
Soberbia el alma á tu valor se humilla,
Como conservador de la nobleza
Que ha honrado tantos reyes en Castilla. (1)

La seconde partie qui nous donne les aventures du siége de Zamora, l'assassinat du roi Sanche sous ses murs, le défi et les duels qui s'ensuivirent, n'a pas le même mérite que la première. Plusieurs passages, tels que les détails relatifs à la mort du roi, ne sont nullement susceptibles d'une représentation dramatique, tant il y a de grossièreté et de

_____

(1) Quels innombrables motifs de chagrin je soupçonne! — Quel sentiment m'agite? Est-ce lui? Mais non, je ne mérite pas tant de bonheur. — C'est que, peut-être, répondent à mes maux — Les échos de ma voix et de mes pleurs. — Mais du milieu de ces endroits secs et pierreux, — J'entends encore le galop d'un cheval. — Rodrigue met pied à terre! Aurai-je un tel bonheur? — Mon fils! LE CID. Mon père! DIEGO. Est-il possible que je me trouve — Dans tes bras? Mon fils, je prends haleine — Pour l'employer à tes louanges. — Pourquoi as-tu tardé? Des lenteurs — Mon désir éprouvait; mais puisque tu es venu, — Je n'ai pas à te fatiguer, en te demandant des pourquoi. — Tu as bravement fait tes preuves! tu t'es bien conduit! — Tu as bien imité mon ardeur d'autrefois! — Tu m'as bien payé la vie que tu me dois! — Touche les blancs cheveux que tu as honorés! — Viens toucher de tes lèvres affectueuses la joue — D'où tu as enlevé la tache à mon honneur! — Mon âme fière, devant ta valeur s'humilie, — Comme devant celui qui a conservé la noblesse — Que tant de rois de Castille avaient honorée. (*Mocedades del Cid*, première partie, *jornada* II.)

répugnance. Mais même dans ces endroits, comme dans d'autres morceaux plus heureux, Guillen de Castro a scrupuleusement suivi la croyance populaire sur l'âge héroïque qu'il représentait, tel qu'il était arrivé jusqu'à lui : par là il a donné à toutes ses scènes une vie et une réalité qu'il lui eût été difficile de leur donner autrement.

Effectivement, ce qui fait le plus grand charme de ce drame, c'est que les traditions populaires y sont partout semées de la manière la plus pittoresque, avec leur ton et leur caractère particuliers. Ainsi, l'insulte faite au vieux Laynez dans le conseil ; les plaintes de Chimène au Roi sur la mort de son père ; la conduite du Cid envers elle ; l'histoire du Lépreux ; la basse trahison de Vellido Dolfos ; les reproches de la Reine Urraque, du haut des murs de la ville assiégée ; le défi et les duels qui s'ensuivent (1) ; toutes ces scènes sont empruntées des vieilles romances ; souvent avec les mêmes mots, et généralement avec la même fraîcheur, le même esprit et leurs détails pittoresques. L'effet dut être immense sur un public castillan, toujours sensible à la puissance de la vieille poésie populaire, toujours excité, comme par un cri de bataille, lorsque les exploits des héros primitifs de la nation étaient rappelés à ses souvenirs (2).

Dans les autres drames de Guillen de Castro, nous trouvons les mêmes principes, les mêmes habitudes de composition théâtrale que dans les pièces que nous venons de citer. *El curioso impertinente* est tiré du conte que Cervantès imprima primitivement dans la première partie de son *Don Quichotte*. *El conde Alarcos* et *El conde d'Irlos* se trouvent dans les vieilles romances si belles qui portent ces noms. *Las maravillas de Babilonia* constituent une comédie religieuse où l'histoire de la chaste Suzanne et des deux vieillards occupe une place un peu trop large ; où le roi Nabuchodonosor est introduit broutant l'herbe, comme les bêtes des

---

(1) Cette accusation contre l'honneur de toute la ville de Zamora pour avoir donné asile au meurtrier du roi Don Sanche, tient une grande place dans la *Cronica general* (partie IV) ; dans la *Cronica del Cid*, dans le *Romancero antiquo ;* elle prend le nom de *el Reto de Zamora*, espèce de défi, conservé dans cette comédie de Guillen, et reconnu comme forme légale, depuis les *Partidas*. Part. VII, titre III, *De los Rieptos.*

(2) Les comédies de Guillen de Castro sur le Cid se sont réimprimées souvent, ce qui n'est arrivé à aucun autre de ses drames. Voltaire, dans sa préface au *Cid* de Corneille, dit que Corneille emprunta ses matériaux de Diamante. Mais c'est tout le contraire, Diamante écrivit après Corneille et dut beaucoup au tragique français, comme nous le verrons plus tard. La *Vie de Guillen de Castro*, par lord Holland, écrivain que nous avons déjà cité, voyez ci-dessus, est intéressante quoique incomplète.

champs (1). C'est ainsi que se manifeste partout le désir de satisfaire
aux exigences du goût national : c'est ainsi que Guillen de Castro se
montre évidemment, en tout, le disciple de Lope de Vega, et qu'il se distingue de tous ses rivaux par la douceur de sa versification, plutôt que
par des attributs plus saillants ou plus originaux.

Un autre des premiers disciples de Lope de Vega, reconnu comme tel,
à cette époque, par Cervantès, c'est Luis Velez de Guevara. Il était né à
Ecija, en Andalousie, en 1570, mais il vécut presque toujours, paraît-il,
à Madrid, où il mourut en 1644. Douze ans avant sa mort, il avait déjà
composé, nous dit-on, avec quelque fondement, quatre cents pièces pour
le théâtre. Comme ni la faveur du public ni celle de la Cour ne semblent
pas l'avoir abandonné, durant le reste de sa longue vie, nous pouvons
assurer qu'il fut un des auteurs de son temps qui recueillirent le plus
de succès (2).

Ses comédies n'ont, cependant, jamais été réunies pour la publication ;
il n'en est même arrivé qu'un petit nombre jusqu'à nous. Une de celles
qui nous ont été conservées est heureusement une des meilleures, si nous
devons juger de sa valeur relative par la sensation qu'elle produisit, lors
de sa première apparition, et par la place qu'elle a conservée depuis
dans l'estime nationale. Le sujet est tiré d'un passage bien connu de la
chronique de Don Sanche le Brave, lorsqu'en 1293, la ville de Tarifa,
près de Gibraltar, était assiégée par le frère rebelle du roi, le prince Don
Juan, à la tête d'une armée de Maures, et qu'elle était défendue par
Alonzo Perez, le chef de la grande maison des Guzman.

« Y, dit le vieux chroniqueur, D. Alonso Perez de Guzman, que la
« tenia, defendiósela muy bien, y el infante D. Juan tenia un mozo
« pequeño, hijo deste Alonso Perez, y envió decir à este D. Alonso Perez
« que le diesse la villa, sinon que le mataria el su hijo que él tenia, y
« D. Alonso Perez le dixo que la villa que la tenia por el Rey, y que non
« gela daria, que quanto por la muerte de su hijo, que él le daria el
« cuchillo con que le matasse ; y lançóles de encima del adarve un cuchillo
« y dijó que antes queria que le matassen aquel hijo y otros cinco si los

(3) *Las Maravillas de Babilonia* ne se trouve pas dans la collection des drames
de Guillen de Castro ; elle n'est pas mentionnée par Rodriguez ni par Furster. Mais
elle fait partie d'un volume intitulé : *Flor de las Mejores doce Comedias*, Madrid,
1652, in-4°.

(2) Nicolas Antonio, *Biblioteca nova*, tom. II, pag. 68, et Montalvan, *Para
todos*, dans son catalogue des auteurs dramatiques de ce temps (1632). Nous parlerons de nouveau de Guevara, comme auteur du *Diable boiteux, el Diablo cojuelo*.

« toviesse, que non darle la villa del Rey su señor, de que le hiciera
« omenaje, y el infante D. Juan con saña mandó matár el hijo ante él ;
« y con todo esto nunca pudó tomar la villa (1).

D'autres récits ajoutent à cette horrible histoire le détail suivant : après
avoir jeté sa dague, Alonso Perez étouffant sa douleur, se mit à prendre
son repas de midi avec sa femme. Le peuple voyant du haut des remparts
de la ville l'assassinat de l'innocent enfant, avait éclaté en cris d'horreur
et d'indignation, Alonso Perez se serait levé, mais apprenant la cause du
trouble, serait retourné tranquillement à table en disant seulement :
« Cuidé que los Moros entraban la Ciudad (2). »

Pour ce sacrifice de tous ses autres devoirs à la fidélité, sacrifice si
capable d'exalter l'imagination de l'époque où il vivait, Guzman reçut
une addition appropriée à ses armoiries, addition qu'on voit encore sur
l'écu de sa famille, et le surnom de *El Bueno* le bon, le fidèle, titre rarement oublié dans l'histoire d'Espagne, toutes les fois qu'il est fait mention de lui.

Tel est le sujet et en réalité la substance de la comédie de Guevara :
Mas pesa el Rey que la sangre, qui témoigne d'une grande habileté pour
donner aux événements une forme dramatique. Dès le début, le Roi D.
Sanche est représenté traitant son grand vassal, Alonso Perez de Guzman,
avec dureté et injustice, de sorte que l'héroïque fidélité du vassal ressort
encore plus au dénoûment du drame, et produit un effet plus brillant.
La scène où Guzman sort de la présence du Roi, irrité mais avec une
entière soumission à l'autorité royale : la scène entre le père et le fils, se

---

(1) « Don Alonso Perez de Guzman, qui l'occupait, la défendit fort bien, et l'in-
« fant D. Juan avait un petit serviteur, fils de cet Alonso Perez ; il envoya dire
« à cet Alonso Perez de lui rendre la ville ; que s'il ne la rendait pas, il lui tue-
« rait le fils qu'il avait. D. Alonso Perez lui répondit que pour la ville il la gardait
« pour le roi et qu'il ne la lui rendrait pas; que, quant à la mort de son fils, il lui
« donnerait le couteau pour le tuer. Et il leur lança de par-dessus les créneaux, un
« couteau, en leur disant qu'il voudrait voir immoler et ce fils et cinq autres, s'il les
« avait, avant de lui rendre la ville du roi son maitre, à qui il en avait fait hom-
« mage : l'Infant D. Juan, dans sa rage, fit massacrer l'enfant sous ses yeux, mais,
« malgré tout, il ne put jamais prendre la ville. » *Cronica de D. Sancho el Bravo,*
Valladolid, 1554, fol. 76.

(2) « Je croyais que les Maures entraient dans la ville. » Quintana, *Vida de
españoles celebres*, tom. I, Madrid, 1807, in-12,, pag. 51, doit être comparé avec
le passage de cette comédie. Martinez de la Rosa, dans son *Isabel de Solis*, donne
une peinture réelle ou imaginaire de la mort du jeune Guzman, et il présente la
conduite de son père comme pleine de tendresse. Mais la sévérité de la vieille
chronique est plus conforme à la vérité, et la comédie la suit ponctuellement.

soutenant mutuellement l'un l'autre, et se persuadant par la voix du devoir
et de l'honneur, qu'il vaut mieux se soumettre à tout plutôt que de livrer
la ville ; enfin la dernière scène où, après l'abandon du siége, Guzman
présente le cadavre de son enfant comme une preuve de sa fidélité et de son
obéissance à un injuste souverain, sont dignes d'être placées parmi les
meilleures des premières tragédies anglaises, et ne sont pas sans quelque
ressemblance avec des passages de Greene et de Webster. Comme expression d'une fidélité sans bornes, cette grande vertu des temps héroïques
de l'Espagne, ce drame excita l'admiration universelle et acquit une place
importante, non-seulement dans l'histoire du théâtre national, mais
encore au milieu de tout ce qui pouvait rehausser le caractère national.
Considéré sous chacun de ces points de vue, c'est un des spectacles les
plus sublimes et les plus grandioses de la scène moderne (1).

Dans le plus grand nombre de ses autres comédies, Guevara s'écarta
moins de la route frayée qu'il ne le fit dans cette composition profondément tragique. *La Luna de la Sierra*, par exemple, est une peinture poétique
de la loyauté, de la dignité, de la fermeté de caractère des classes inférieures du peuple espagnol, mises en relief dans la personne d'un laboureur, altier et indépendant, qui se marie avec une jeune beauté de ses
montagnes, mais qui a le malheur de la voir immédiatement poursuivie
par l'amour d'un personnage de haut rang, aux poursuites duquel elle
échappe par le recours franc et courageux de son mari à la reine Isabelle,
royale souveraine de l'offenseur (2). *El Ollero de Ocaña* est aussi une
comédie d'intrigue, se renfermant entièrement comme la précédente, dans
les limites du genre. *Reinar después de morir* est une tragédie pleine de
mélancolie, tendre comme une idylle, qui s'harmonise parfaitement avec
les destinées d'Inès de Castro, sur la triste histoire de laquelle elle se
fonde.

Dans les drames religieux de Guevara, nous avons, comme de coutume,
l'élément perturbateur des aventures d'amour mêlé à tout ce qu'il doit
y avoir de plus spirituel et de plus distinct de la souillure des passions
humaines. C'est ainsi que dans *Los tres mayores portentos*, nous lisons
toute l'histoire de saint Paul, apparaissant tout d'abord sur la scène.

_____

(1) L'exemplaire de cette comédie, dont je me suis servi, date de 1745, pour son
impression. Ainsi que beaucoup d'autres drames publiés de Guevara, elle est
pleine d'enflure et de *gongorisme*. Mais son style élevé et le ton grave qui y règne
partout lui ont toujours fait trouver de l'écho dans le caractère national.

(2) *La Luna de la Sierra* est la première comédie dans la *Flor de las Mejores
doce Comedias*, 1652.

comme épris de Marie Madeleine. Et dans *La Corte de Satanas*, nous avons également l'histoire de Jonas, annoncé comme fils de la veuve de Sarepta, et vivant à la cour de Ninive, sous les règnes de Ninus et de Sémiramis, au milieu d'atrocités qu'il semble impossible qu'on ait pu rappeler devant un auditoire respectable et chrétien.

Une fois Guevara dépassa les sages privilèges accordés au théâtre espagnol : son offense n'alla pas violer les règles du drame, mais porta contre l'autorité de l'Inquisition. Dans *El pleito del Diablo con el Cura de Madriléjos* qu'il composa avec Rojas et Mira de Mescua, il nous donne l'histoire d'une pauvre insensée, traitée de sorcière, qui n'échappa à la mort qu'en confessant qu'elle était possédée des démons, démons qu'on fit sortir de son corps sur la scène, devant le public, par des conjurations et des exorcismes. Cette histoire, selon toute apparence, se fonde sur des faits réels, et la comédie n'est pas moins curieuse par les détails étranges qu'elle renferme. Mais le crime de sorcellerie, son exhibition, son châtiment, appartenaient exclusivement au Saint-Office. Défense fut donc faite de représenter ou de lire le drame de Guevara, et il disparut bientôt entièrement de la connaissance du public. De pareils cas sont, toutefois, fort rares dans l'histoire du théâtre espagnol, quelle que soit la période de son existence (1).

Le plus prononcé, peut-être, des imitateurs de Lope de Vega, ce fut son biographe et son panégyriste, Juan Perez de Montalvan, fils d'un libraire du roi, et né, à Madrid, en 1602 (2). A l'âge de dix-sept ans, il était déjà licencié en théologie et écrivain dramatique de quelque succès : à dix-huit, il concourut avec les principaux poètes du temps pour la fête de la canonisation de saint Isidore de Madrid, et gagna, avec l'approbation de Lope, un des prix qui étaient offerts (3). Immédiatement après, il prit le grade de docteur en théologie, et, à l'exemple de son ami et de son maître, il entra dans la confrérie des prêtres de Madrid, et accepta des fonctions à l'Inquisition. En 1626, un opulent marchand du

---

(1) Les comédies dont nous venons de faire mention sont répandues dans différentes collections : *El Pleito del Diablo*, dans le volume que nous venons de citer ; *Flor de las mejores doce comedias*, la *Corte del Diablo*, dans le tome XXVIII des *Comedias escogidas*. Nous avons vu les *Tres Portentos*, tirée à part, sans date. Il y a en outre quinze comédies de Luis Veley de Guevara dans ladite *Colecion de Comedias escogidas*, dont nous parlerons plus tard.

(2) Baena, *Hijos de Madrid*, tom. III, pag. 157, où se trouve une Vie de Montalvan très-bien faite.

(3) Lope de Vega. *Obras sueltas*, tom. XI, pp. 501, 537, et tom. XII, pag. 424.

Pérou, avec lequel il n'avait eu aucune espèce de rapports, qu'il n'avait même jamais vu, lui envoya, des confins opposés du monde, une pension, comme à son aumônier particulier, pour prier pour lui, à Madrid, sans autre motif que son admiration pour son génie et ses écrits (1).

En 1627, il publia un petit volume sur la *Vida y purgatorio de San Patricio*, sujet populaire dans l'Église catholique, et sur lequel il écrivait maintenant, pour satisfaire probablement aux exigences de sa position ecclésiastique. Toutefois sa nature l'emporta malgré lui, et il ajouta à la légende ordinaire de saint Patrice un conte étrange, tout entier de son invention, mais si intimement soudé au sujet principal qu'il semble en faire partie, et qu'il réclame du lecteur le même intérêt et la même foi (2).

En 1632, il avait composé, dit-il, trente-six comédies et douze *autos* sacramentels (3); en 1636, immédiatement après la mort de Lope, il publia l'extravagant panégyrique que nous avons déjà mentionné. Ce fut probablement là le dernier ouvrage qu'il donna à la presse : peu de temps après son apparition, l'excès de travail le fit tomber dans un état de maladie désespéré, et il mourut, le 25 juin de l'année 1638, à peine âgé de trente-six ans ; un de ses amis rendit à sa mémoire les mêmes soins pieux que Montalvan avait rendus à la mémoire de son maître. Il réunit des poésies détachées et d'autres éloges sur lui, au nombre d'environ cent cinquante pièces d'auteurs du temps, connus et inconnus, et les publia sous le titre de : *Lagrimas panegiricas à la temprana muerte del gran poeta...*etc., *Juan Perez de Montalvan*. Collection pauvre, où se mêlent les noms d'Antonio de Solis, de Gaspar de Avila, de Tirso de Molina, de Calderón et d'autres auteurs de réputation, sans y trouver beaucoup de vers dignes de leurs auteurs ni du sujet (4).

La vie de Montalvan fut courte, mais brillante. Attaché tout d'abord à Lope de Vega par une amitié sincère, il continua jusqu'à sa mort d'être le plus ardent de ses admirateurs, et mérita, à plusieurs égards, le titre

---

(1) *Para todos*, Alcalá, 1661, in-4º, pag. 428.

(2) Comme livre de dévotion, il a eu plusieurs éditions ; la dernière est, je crois, de 1739, in-18.

(3) *Para todos*, 1661, pag. 529, 'écrit en 1632, où il parle aussi d'une *novela* picaresque, *Vida de Mal-Hagas* et d'autres livres déjà préparés pour la publication, et qui ne se sont jamais imprimés.

(4) *Larmes panégyriques sur la mort prématurée du grand poète D. J. Perez de Montalvan*, par Pedro Grande de Terra. Madrid, 1639, in-4º, fol. 164. Quevedo, ennemi de Montalvan, est le seul poète de renom qui ait été omis.

que lui décerna Valdivielso de *primogenito y heredero del ingenio de Lope*. Lope de son côté se montra sensible à l'hommage qui lui était si franche-ment offert : non-seulement il protégea et encouragea son jeune disciple, mais il le reçut presque comme un membre de sa maison et de sa famille. On va même jusqu'à dire que *El Orfeo*, poëme sur l'histoire d'Orphée et d'Eurydice, publié au mois d'août, 1624, par Montalvan pour rivaliser avec le poëme publié, sous le même titre, au mois de juin précédent par D. Juan de Jauregui, était, en réalité, l'œuvre de Lope lui-même, qui aurait ainsi voulu donner à son disciple un avantage sur son formidable compétiteur. Mais il est probable que ce n'est là qu'une des inventions scandaleuses de la génération suivante. Le poëme lui-même composé d'en-viron deux cent trente octaves, faciles et harmonieuses, comme si elles sortaient des mains de Lope, porte plutôt l'empreinte d'un jeune écrivain que d'un vieux poète. En outre, les vers qui le précédent et qui sont dédiés à Lope, ses louanges extravagantes, qui viennent plus tard, en parlant de son drame sur le même sujet, font, de la pensée de lui imputer la compo-sition du poëme, une grave offense à la noblesse de son caractère (1). Quoi qu'il en soit, Montalvan et Lope, nous le savons par différents pas-sages de leurs œuvres, furent constamment unis, et la sincère admiration du disciple fut payée de retour par la tendresse et la protection du maître.

Montalvan obtint ses principaux succès sur la scène, où sa popularité était si considérable que les libraires trouvèrent de leur intérêt d'impri-mer sous son nom des comédies qui ne lui appartenaient en rien (2). Il prépara lui-même, pour les éditer, deux volumes complets de ses œuvres dramatiques, volumes qui parurent en 1638 et 1639, et se réimprimèrent en 1652. Il avait en outre inséré primitivement plusieurs comédies dans un de ses volumes de romans, en avait imprimé un plus grand nombre, sous d'autres formes, comédies montant ensemble à une soixan-taine environ. Si elles ont été toutes publiées, comme celles qu'il publia lui-même, ce doit être durant les sept dernières années de sa vie (3).

Si nous prenons le premier volume de sa collection, revu vraisembla-

---

(1) *Orfeo en lengua castellana*, par J. P. de Montalvan. Madrid, 1624, in-4°; Nicolas Ant., *Bibl. nova*, tom. I, pag. 757, et Lope de Vega, *Comedias*, tom. XX. Madrid, 1629, où il dit dans la préface que l'*Orphée* de Montalvan contient tout ce qui peut contribuer à sa perfection.

(2) Ses plaintes sont aussi vives que celles de Lope et de Caldéron et peuvent se lire dans la préface du premier volume de ses comédies. Alcalà, 1638, in-4°, et dans son *Para todos*, 1661, pag. 169.

(3) La date du premier volume est de 1639, sur le titre, et de 1638, à la fin.

blement avec plus de soin que le second ; si nous l'examinons pour nous
éclairer sur les théories et le style du poète, nous comprendrons facilement
le caractère de ses drames. Six des comédies qu'il contient, ou la moitié
du volume, appartiennent au genre appelé de *capa y espada* ; tout leur
intérêt roule sur des scènes de jalousie, ou sur quelque intrigue de point
d'honneur. Elles sont généralement, comme celle qui porte le titre de *Cum-
plir con su obligacion*, construites sans grande habileté, quoiqu'elles ne
manquent pas d'intérêt. Elles contiennent toutes des morceaux pleins de
sentiment poétique dont l'effet disparaît sous d'autres morceaux où le
mauvais goût semble les défier. Cette remarque s'applique plus particulièrement à la comédie intitulée : *A lo hecho pecho*. Quatre des pièces res-
tantes roulent sur des sujets historiques. L'une d'elles porte sur la
suppression de l'Ordre des Templiers, suppression dont Raynouard, se
rapportant à Montalvan, à fait le sujet d'une des tragédies françaises qui
ont obtenu le plus de succès, dans la première moitié du dix-neuvième
siècle. Une autre peint Séjan, non pas tel que le représente Tacite, mais
tel qu'il apparaît dans *La cronica général de España*. Une troisième nous
montre Don Juan d'Autriche. Elle n'a d'autre *dénoûment* qu'une relation
que D. Juan nous donne lui-même de sa vie, pendant trois cents vers.
Sur les douze pièces, il se trouve une comédie singulière, spécimen extravagant des drames composés pour satisfaire aux réquisitions de l'Église ;
elle a pour base la légende relative à saint Pierre d'Alcantara (1).

Le dernier drame du volume, celui qui a joui d'une popularité constante, qui a été toujours joué, toujours imprimé, depuis sa première apparition, est celui qui a pour titre : *Los amantes de Téruel*. Il repose sur une
tradition reçue, dès le treizième siècle, à Téruel, ville d'Aragon où
vivaient les deux amants. Leur union était empêchée par la famille de la
dame et par la raison que la fortune du jeune homme n'était pas aussi
considérable qu'ils devaient l'exiger de lui. On lui accorde par conséquent
un certain nombre d'années pour acquérir la position qu'on demande
à tout aspirant à la main de la demoiselle. Le jeune homme accepte cette
offre ; il se fait soldat. Il se distingue par de brillants exploits, mais ils
restent longtemps inconnus. Enfin, après avoir réussi, il rentre dans sa
patrie, en 1217, comblé d'honneurs et de fortune. Mais il arrive trop tard.
La dame de son cœur s'est vue obligée de donner, malgré elle, la main à

---

(1) L'autre comédie religieuse de Montalvan, intitulée : *El Divino Nazareno
Samson*, contenant l'histoire de ce personnage, depuis sa lutte avec le lion jusqu'à
sa mort et la ruine du temple des Philistins, n'est pas aussi disparate que celle-ci.

son rival, la nuit même où il vient d'arriver à Téruel. Désespéré, dans son désappointement et sa douleur, il pénètre dans la chambre nuptiale et meurt aux pieds de son amante. Le lendemain la jeune femme est trouvée endormie en apparence, dans sa bière à l'église, lorsque les prêtres viennent pour célébrer le service funèbre, l'un et l'autre étaient morts, le cœur brisé : l'un et l'autre furent ensevelis dans le même tombeau (1).

Le récit de cette histoire avait produit une impression considérable sur l'imagination juvénile de Montalvan ; elle le porta à s'emparer de la tradition qui en formait la base, et à la convertir en drame ; il fait vivre ses amants du temps de Charles-Quint pour les rattacher à une époque des plus frappantes de l'histoire d'Espagne. Le premier acte s'ouvre par des scènes où se manifestent les difficultés et les dangers de la situation des deux amants. Isabelle, l'héroïne, exprime un attachement qui, après quelque anxiété et quelques déplaisirs, devient une passion tellement ardente qu'elle semble devoir être accompagnée des plus violents chagrins. Le père cependant, qui reconnait la vérité, consent à l'union, mais à la condition que, dans l'espace de trois ans, le jeune homme aura acquis lui-même une position digne d'une telle épouse. Les deux amants se soumettent volontiers, et le premier acte se termine avec des espérances de bonheur.

Le terme des trois ans est presque entièrement écoulé, avant le commencement du second acte, où nous trouvons le héros débarquant en Afrique pour prendre part à l'assaut si célèbre de la Goulette, à Tunis. Il fait mille actions d'éclat, mais elles restent inconnues et un profond découragement brise presque son cœur. A ce moment, il sauve la vie de l'Empe-

---

(1) Nous aurons l'occasion de revenir sur ce sujet, lorsque nous parlerons d'un long poëme publié par Juan Yague de Salas, en 1616. L'histoire dont se sert Montalvan se base sur une tradition déjà mise en scène, mais avec un mauvais plan, une intrigue mal nouée et une pauvre versification, par Andres Rey de Artieda, dans ses *Amantes*, en 1581, et par Tirso de Molina dans ses *Amantes de Teruel*, 1635. Ces deux comédies étaient oubliées depuis longtemps, lorsqu'un extrait de la première et toute la seconde parurent, dans le cinquième volume de la *Biblioteca* d'Aribau (Madrid, 1848). Ce volume contient trente-six comédies choisies de Tirso de Molina, avec une préface et d'estimables discussions sur la vie et les œuvres de l'auteur. Il résulte de la comparaison des *Amantes de Teruel* de Tirso de Molina avec la pièce de Montalvan, imprimée trois ans plus tard, que Montalvan dut énormément à son prédécesseur ; mais aussi qu'il ajouta de grandes beautés à sa composition ; qu'il donna à chacune des diverses parties un sentiment de tendresse que son cœur seul lui inspira sans aucun doute. (Aribau, *Biblioteca de Autores españoles*, tom. V, pp. xxxvii et 690.)

reur : ce dernier exploit est encore perdu, au milieu de la confusion du combat. Il persévère encore, énergiquement, héroïquement ; et stimulé par sa passion plus forte que la mort, le premier il monte sur les remparts de Tunis et pénètre dans la ville. Alors sa valeur est reconnue. Ses exploits oubliés sont même rappelés, et il reçoit, en une fois, la récompense accumulée de tous ses services et de tous ses sacrifices.

Au commencement du troisième acte, nous voyons qu'il est destiné au plus fatal désappointement. Isabelle qu'on a artificieusement persuadée de sa mort, se prépare, sous de sinistres présages, à remplir la promesse faite à son père d'en épouser un autre. La cérémonie a lieu, les témoins sont sur le point du départ, son amant apparaît devant elle. Il s'ensuit une douloureuse explication ; elle le laisse, pense-t-elle, pour longtemps. Mais son amant la suit jusque dans son appartement, et, dans l'agonie de sa douleur, il tombe inanimé, en exhalant des plaintes et des reproches contre lui-même autant que contre Isabelle. Un instant après le mari entre. Isabelle lui expose la scène dont il est témoin, et, incapable de soutenir plus longtemps une lutte si cruelle, elle s'évanouit et meurt, le cœur brisé, sur le corps de son amant.

Comme dans presque toutes les autres pièces de ce genre, il y a dans *Los Amantes de Téruel* beaucoup de choses qui nous blessent. Le rôle inévitable du gracioso est particulièrement déplacé ; il y a des relations interminables et le style sent parfois trop l'enflure. Malgré ces défauts, la pièce est écrite dans le véritable esprit de la tragédie. Et comme l'histoire était réputée authentique, lorsqu'elle fut représentée pour la première fois, elle produisit un effet immense. Vraie ou non, la simple narration des chagrins de deux jeunes cœurs qui s'aiment et dont la triste destinée n'est pas le résultat d'un crime, ne peut jamais être lue ou représentée sans exciter un intérêt véritable. Il y a des parties dans ce drame d'un caractère plus familier et plus domestique qu'on ne les trouve d'ordinaire sur le théâtre espagnol, en particulier la scène où Isabelle est assise avec ses femmes à son ennuyante broderie, durant l'absence de son amant ; celle de son découragement et de son déplaisir, avant la cérémonie nuptiale : et les passages de cette scène d'horreur qui termine le drame.

Les deux amants sont peints avec beaucoup d'habileté. Notre intérêt n'est jamais trompé : leurs caractères sont présentés et développés avec tant d'art que la catastrophe si triste n'a rien qui nous surprenne. Elle semble tenir plutôt de l'inévitable et irrésistible fatalité de l'antique tragédie grecque, dont la sombre couleur se répandait sur toute l'action, depuis le commencement jusqu'à la fin.

Quand Montalvan prend des sujets dans l'histoire, il observe, plus souvent que ses contemporains, la vérité historique. Dans deux drames sur la vie du prince D. Carlos, il introduit ce prince évidemment avec les couleurs qui lui correspondent, comme un jeune homme ingouvernable et insensé, dangereux pour sa famille et pour l'État. Si pour obéir aux croyances de son temps, le poète a représenté Philippe II, comme un monarque plus noble et plus généreux que nous pouvons penser qu'il l'a été, il n'a pas manqué de concevoir et d'exposer d'une manière frappante la sévérité, la prudence, la sagesse qui constituaient les traits saillants du caractère de ce roi (1). Don Juan d'Autriche, Henri IV de France, sont aussi heureusement dépeints et complètement soutenus dans les compositions où ils apparaissent respectivement comme principaux personnages (2).

Quant aux *Autos* de Montalvan, et il ne nous en reste que deux ou trois. nous ne pouvons pas tenir le même langage. Son *Polifemo*, par exemple, où le Sauveur et l'Église catholique sont placés d'un côté de la scène. tandis que le Cyclope arrive lui-même de l'autre, comme une allégorique représentation du judaïsme, est aussi extravagant et absurde que tout ce qui revêt ce caractère dans le théâtre espagnol. On peut appliquer la même observation à son *Escanderberg*, basé sur l'histoire du célèbre Iskander-Beg, figure moitié barbare, moitié chevaleresque, et sur sa conversion au christianisme, vers le milieu du quinzième siècle. Nous éprouvons, en effet, aujourd'hui, quelque difficulté à croire que des pièces comme la première où Polyphème joue de la guitare, où une île des premiers temps de la tradition hellénique s'enfonce dans la mer, au milieu d'une décharge de pétards et de fusées, ait pu jamais être nulle part représentée (3).

Mais Montalvan suivait Lope en toute chose, et, comme tous les autres écrivains dramatiques de son siècle, il était à l'abri d'une censure qui ne lui pardonnerait pas aujourd'hui, parce qu'il écrivait pour satisfaire aux exigences de son auditoire de Madrid (4). Il faisait de la *novela* ou conte,

---

(1) *El principe Don Carlos* est la première comédie dans le vingt-huitième volume des *Comedias escogidas,* 1667, et elle raconte la guérison miraculeuse du prince, atteint de folie ; l'autre, qui a pour titre : *El segundo Seneca de España,* est la première comédie dans son *Para todos.* Elle se dénoue par le mariage du roi avec Anne d'Autriche, et par la nomination de D. Juan comme généralissime de la ligue catholique.

(2) Henri IV apparaît dans la comédie *el Maréscal de Biron,* et D. Juan dans celle qui porte son nom.

(3) Ces deux *autos* se trouvent dans le *Para todos,* divertissement du cinquième jour.

(4) *Para todos,* préface.

la base principale de l'intérêt de ses drames, et se servait principalement
de la passion de la jalousie pour leur donner de la vie et du mouvement (1). Soumis à l'autorité de la Cour, il évita, nous dit-on, de représenter la rébellion sur la scène pour ne pas paraître l'encourager : il ne
voulut même pas introduire au théâtre des personnages d'un rang élevé,
dans des situations dégradantes, de crainte qu'on pût en déduire un sentiment de déloyauté ou le lui imputer. Il aurait avec plaisir, ajoute-t-on,
réduit ses actions aux vingt-quatre heures; limité chacune des trois
divisions de ses drames à trois cents vers, et consenti à ne laisser
jamais la scène vide dans aucun d'eux. Mais de pareilles règles ne lui
étaient point prescrites par la volonté du peuple, et il écrivait avec
trop de liberté et trop d'abandon pour s'inquiéter d'observer lui-même
ses théories plus que ne le faisait son maître (2).

Sa comédie intitulée, *La mas constante mujer*, une de ses pièces des
plus agréables par la fermeté et la tendresse du caractère de l'héroïne,
fut composée, nous dit-il, en quatre semaines, essayée par les acteurs en
huit jours, et représentée sans interruption, jusqu'à ce que les grandes
fêtes religieuses de la semaine sainte firent fermer les théâtres (3). *Las
dos venganzas*, avec toutes ses horreurs, se joua trente-et-un jours de
suite (4). *No hay vida como el honor*, une de ses tentatives les plus sobres,
se représenta simultanément, pendant quelque temps, sur les deux principaux théâtres de Madrid ; honneur que n'avait encore obtenu, dit-on,

---

(1) Le sujet du *Celoso extremeño* est un peu différent de celui de la *novela* du
même nom par Cervantès. Il lui doit cependant beaucoup, et il lui emprunte les
noms de plusieurs de ses personnages. A la fin de la comédie intitulée : *De un
castigo dos Venganzas*, drame rempli d'horreurs, Montalvan déclare que le sujet
est :

Historia tan verdadera	Histoire si véritable
Que no hay cincuenta semanas	Qu'il n'y a pas cinquante semaines
Que sucedio	Qu'elle est arrivée.

Presque toutes ses comédies sont fondées sur des événements intéressants et
pleins d'attraits.

(2) Pellicer de Tobar, dans les *Lagrimas panegiricas*, etc., nous explique les
théories littéraires de son ami Montalvan, pp. 146-152. Il affirme que, dans les
parties les plus graves de ses pièces, Montalvan employait *octavas, canciones,
silvas;* dans les endroits tendres, *decimas, glosas* et autres formes semblables ;
dans tout le reste, les *romances*. Il évitait surtout les dactyles et les vers blancs,
comme inconvenants et durs. Tout cela n'est qu'une amplification du système de
Lope dans son *Arte nuevo*.

(3) *Para todos*, 1661, pag. 508.

(4)   *ibid.*   *ibid*.   158.

aucune autre comédie espagnole, honneur qu'aucune autre n'obtint que longtemps après (1). En général, durant la période où se représentèrent ses drames et qui est l'époque de la vieillesse de Lope, il n'y eut pas d'auteur qui fut écouté, sur la scène, avec plus de plaisir, que Montalvan, son grand maître excepté.

Montalvan éprouva, cependant, ses peines et ses dégoûts, comme tous ceux dont le succès dépend de la faveur populaire. Quevedo, le plus inexorable satirique de son temps, attaqua la partie la moins heureuse d'une de ses œuvres d'imagination, avec toute la vivacité et l'aigreur de son caractère. Dans une autre occasion, où une comédie de Montalvan avait été sifflée, il lui écrivit une lettre de consolation par le titre, mais qui était en réalité la moins consolante qu'on puisse imaginer (2). Malgré tous ces motifs de découragement accidentel, la carrière de Montalvan peut, après tout, être considérée comme heureuse, et il est encore cité lui-même comme un des ornements du vieux théâtre national de son pays.

---

(1) C. Pellicer, *Origen de la Comedia*, tom. I, pag. 202.
(2) Quevedo, *Obras*, tom. XI, 1794, pp. 123-163. Ce fut alors qu'un anonyme, plein d'indignation, répondit à Quevedo par le *Tribunal de la justa Venganza* dont nous avons déjà parlé.

CHAPITRE XXI.

Continuation du théâtre. — Tirso de Molina. — Mira de Mescua. — Valdivielso. — Antonio de Mendoza. — Ruiz de Alarcon. — Luis de Belmonte et d'autres. — *El Diablo predicador*. — Opposition des érudits et de l'Église au drame populaire. — Longue lutte. — Triomphe du drame.

Un autre auteur qui chercha, dans ce temps, la faveur populaire sur la scène publique, c'est Gabriel Tellez, appartenant à l'état ecclésiastique, et plus connu sous le pseudonyme de Tirso de Molina, nom sous lequel il se déguisait, par manière d'acquit, lorsqu'il publiait des œuvres d'un caractère profane. Nous ne savons presque rien de sa vie, si ce n'est qu'il naquit à Madrid; qu'il fut élevé à Alcalá; qu'il entra dans l'Église, vers 1613, et qu'il mourut au couvent de Soria dont il était le supérieur, probablement au mois de février 1648. Suivant les uns, il avait soixante ans, au moment de sa mort, suivant d'autres, il en avait quatre-vingts (1).

Sous d'autres aspects, nous avons sur lui plus de détails. Comme auteur dramatique, il nous a laissé cinq volumes de comédies publiés entre 1616 et 1636. Un grand nombre d'autres pièces se trouvent en outre répandues dans ses autres ouvrages, ou ont été imprimées séparément par lui-même. Son talent semble avoir été décidément dramatique, mais le ton moral de ses intrigues descend plus bas que le commun, et plusieurs de ses compositions contiennent des passages d'une liberté telle qu'elles ont été proscrites par le confessionnal ou par l'Inquisition, et leurs exemplaires sont classés au nombre des livres espagnols les plus rares (2).

---

(1) *Deleytar aprovechando*, Madrid, 1765, 2 vol. in-4°, prologue; Baena, *Hijos de Madrid*, tom. II, pag. 267.

(2) De ces cinq volumes, contenant cinquante-neuf comédies, un grand nombre d'intermèdes et de romances dont la bibliothèque d'Aribau nous donne les titres (Madrid, 1848, tom. V, pag. xxxvi), je n'en ai jamais vu que quatre et je n'ai pu réunir que difficilement trente à quarante comédies séparées. Leur auteur dit cependant, dans la préface de ses *Cigarrales de Toledo* (1624), qu'il en avait écrit trois cents. Je crois qu'il y en a eu environ quatre-vingts d'imprimées.

Celles qui sont moins libres et moins offensantes, ont, toutefois, conservé leur place au théâtre, et sont des plus connues et des plus en faveur auprès du peuple.

La plus célèbre d'entre elles, surtout hors de l'Espagne, c'est *El burlador de Sevilla*, type primitif de ce Don Juan, connu sur toutes les scènes d'Europe, et que les basses classes d'Allemagne, d'Italie et d'Espagne ont entendu dans les théâtres de marionnettes et dans les romances populaires. Les premiers éléments de ce caractère, tracé historiquement, dit-on, d'après un membre de l'illustre famille des Tenorios, de Séville, avaient été exposés sur la scène par Lope de Vega, dans le second et le troisième acte de sa comédie intitulée : *El dinero es quien hace hombre*. Là, le héros montre une fermeté et une sérénité analogues, au milieu des plus épouvantables créations du monde invisible (1). Mais il n'y a rien de révoltant dans le caractère ainsi esquissé par Lope. Tirso de Molina, le premier, le présenta sur la scène avec toute son originale intrépidité, unie à une dépravation sans mélange, qui ne s'exerce que pour satisfaire ses égoïstes plaisirs ; unie à une âme froide et impitoyable, continuant ses moqueries, au milieu même des terreurs d'un châtiment surnaturel.

La conception de ce caractère est pittoresque, malgré l'atrocité morale qu'il implique. Aussi fut-il bientôt apporté à Naples ; de Naples, à Paris, où les acteurs italiens s'en emparèrent. La pièce ainsi produite n'était guère plus qu'une traduction italienne de la comédie de Tirso. Elle eut un grand succès, en 1656, sur les planches de cette compagnie alors à la mode, à la cour de France. Il s'en fit deux ou trois traductions françaises : et, en 1665, Molière donna son *Festin de Pierre* où, prenant non-seulement les incidents de Tirso, mais souvent même son dialogue, il fit connaître à toute l'Europe la fiction espagnole qui lui avait été jusqu'alors inconnue (2). Dès ce moment, le caractère étrange et bizarre, conçu par le poète espagnol, a fait le tour du monde, sous le nom de Don Juan, excitant une émotion répugnante et pleine d'horreur, qui marque les traits

---

(1) Il y a là des détails dans cette partie de la comédie de Lope, comme la mention de la statue de pierre qui marche, ne laissant, dans mon esprit, aucun doute que Tirso de Molina y a eu recours. La comédie de Lope se trouve dans le XXIV⁰ volume de sa collection (Saragosse, 1632). C'est un de ses drames qui n'ont cessé de se réimprimer et de se lire.

(2) Pour la manière dont cette fiction vraiment espagnole passa en France par l'Italie et comment, par Molière, elle se répandit dans toute l'Europe, voyez Parfaits, *Histoire du théâtre français* (Paris, in-12, tom. VIII, 1746, pag. 255 ; tom. IX, 1746, pp. 3 et 343 ; tom. X, 1747, pag. 420) ; Cailhava, *Art de la comédie* (Paris, 1786, in-8⁰, tom. II, pag. 175). Le *Libertine* de Shadwell (1676), est en substance

particuliers de sa conception, et qui confond toutes les théories de l'intérêt dramatique. Zamora, écrivain de la première moitié du dix-huitième siècle, en Espagne; Thomas Corneille, en France; Lord Byron, en Angleterre, sont les principaux poètes à qui il doit le plus sa renommée, quoique le génie de Mozart soit peut-être celui qui a le plus contribué à réconcilier la société élégante et cultivée avec ses sombres et dégoûtantes horreurs (1).

En Espagne, *El burlador de Sévilla*, n'a jamais été l'œuvre de Tirso de Molina favorite du public. Cette distinction appartient à la pièce qui porte pour titre, *Don Gil de las calzas verdes*, le spécimen peut-être le plus frappant de la comédie d'intrigue, en langue castillane. Doña Juana, son héroïne, femme de Valladolid, indignement abandonnée par son amant, le suit à Madrid, où l'infidèle est arrivé pour se préparer un mariage plus avantageux. A Madrid et durant les quinze jours que dure l'action, elle apparaît tantôt comme dame, sous le nom d'Elvire, tantôt comme cavalier, sous celui de Don Gil, mais jamais, jusqu'au dernier moment, sous son nom propre. Sous ces deux caractères supposés, elle confond tous les plans et toutes les intrigues de son amant infidèle : elle rend sa nouvelle maîtresse amoureuse de sa propre personne : elle s'écrit des lettres à elle-même, comme si c'était un cavalier qui les écrit, et comme si elles étaient écrites par une dame à un cavalier : elle passe tantôt pour son propre amant, tantôt pour d'autres personnages purement imaginaires.

A Valladolid, sa famille fait croire qu'elle est morte. Alors deux cavaliers arrivent à Madrid, l'un avec un but déterminé, l'autre conduit par le hasard, tous deux sont vêtus de vert, comme l'habit qu'elle porte. On les prend tous les trois pour un seul et même individu; et la confusion devient tellement incompréhensible, que son amant inquiet et son propre écuyer qui ne l'a jamais vue, à Madrid, qu'en habit d'homme, sont persuadés que c'est quelque esprit, venu parmi eux dans un costume vert, imposé

---

le même sujet, mais avec plus d'horreurs. Si je ne me trompe, *El Burlador de Sevilla* a servi de base à un petit drame qui se représente souvent sur le théâtre, en Amérique. La comédie de Shadwell est trop obscène pour être tolérée de nos jours. et son mérite littéraire est en outre bien faible.

(1) Cette popularité que la fiction de D. Juan a conservée, en Espagne, se manifeste dans des écrits récents dont les auteurs se sont inspirés d'elle et en particulier par les deux comédies de Zorilla, *Don Juan Tenorio* (1844), et ses deux poëmes, *el Desafio del Diablo* et *un Testigo de bronce* (1845), non moins dramatiques que les pièces de théâtre qui les avaient précédés.

par le destin, pour tirer une vengeance terrible des affronts qu'il a soufferts, lorsqu'il était uni au corps. A ce moment, quand la terreur et l'effroi
sont au comble, les rapports des diverses parties se découvrent et il
s'opère trois mariages, au lieu d'un qui allait se briser. Le serviteur qui
avait été si épouvanté, arrive à l'instant même où tout vient de se régler,
avec le chapeau rempli de bougies, ses habits couverts de petites images
des saints, et jetant de l'eau bénite sur la figure de tout le monde, il
s'écrie :

> ¿Hay quien rece por el alma
> De mi dueño, que penando
> Está dentro de sus calzas? (1)

Sa maîtresse se retourne tout à coup et lui demande ce qu'il fait :
le serviteur saisi d'effroi à la vue d'une femme au lieu d'un cavalier, mais
dont il reconnaît la voix et la tournure, s'écrie en frissonnant :

CARAMANCHEL.	Conjúrote por las llagas
	Del hospital de las bubas;
	Abrenuntio, arredro vayas
D. JUANA.	Necio, que soy tu Don Gil;
	Vivo estoy en cuerpo y en alma.
	¿No ves que trato con todos
	Y que ninguno se espanta?
CARAMANCHEL.	¿Y sois hombre ó sois mujer?
D. JUANA.	Mujer soy.
CARAMANCHEL.	Eso bastaba
	Para enredar treinta mundos (2).

Le principal caractère de cette comédie, c'est son intrigue extrêmement
ingénieuse et compliquée. Peu d'étrangers, pas un peut-être, ne com-
prendront toute cette intrigue, soit à la première lecture, soit à la première représentation. *Don Gil* a toujours été une des comédies les plus
populaires de la scène espagnole; et le spectateur le plus vulgaire et le
plus ignorant de l'auditoire des grandes villes d'Espagne ne trouve qu'a-
musement dans toutes ces subtilités et toutes ces complications.

---

(1) Y a-t-il quelqu'un qui prie pour l'âme — De mon maître, qui souffre —
Dans ses chausses?

(2) CARAMANCHEL. Je te conjure par les plaies — De l'hôpital des pestiférés ;
— Abrenuntio, arrière, va-t-en. — D. JUANA. Insensé, je suis ton D. Gill; — Je
suis vivant, en corps et en âme. — Ne vois-tu pas que j'ai commercé avec tout le
monde — Et que personne ne s'effraie? — CARAMANCHEL. Es-tu homme, es-tu
femme? — D. JUANA. Je suis femme. CARAMANCHEL. En voilà assez — Pour intri-
guer trente mondes.

Bien différente des deux pièces qui précèdent et, sous certains rapports, meilleure que l'une et l'autre, est la comédie de Tirso de Molina intitulée : *El vergonzoso en palacio*. Elle fut souvent jouée, dès sa première apparition, tant en Italie qu'en Espagne ; et suivant le récit de l'auteur, un prince de Castille remplit une fois le rôle du héros. Le sujet n'est pas à proprement parler historique, quoiqu'il soit basé en partie sur l'histoire de don Pedro, duc de Coïmbre qui, après avoir été régent de Portugal, fut définitivement dépouillé de son autorité, en 1449, et vaincu dans une révolte ouverte (1). Tirso de Molina le suppose retiré dans les montagnes, et là, sous le déguisement d'un berger, il élève son fils dans une complète ignorance de son rang. Ce fils est le héros de la pièce, sous le nom de Mireno. Doué de nobles sentiments et d'une intelligence supérieure à celle des campagnards au milieu desquels il vit, il soupçonne à moitié qu'il est d'une noble origine. Il s'échappe de la solitude et vient à la cour, déterminé à tenter fortune. Le hasard le favorise, il entre au service d'un favori du roi et gagne l'amour de sa fille, aussi libre et hardie, par suite de son excessive connaissance du monde, que son amant est humble et discret, par suite de son ignorance. Son rang se découvre et la comédie finit heureusement.

Une histoire de ce genre, même avec l'accompagnement ordinaire d'une intrigue, était trop légère et trop simple pour produire un grand effet. Mais le caractère du principal personnage, son développement graduel, l'ont rendu toujours agréable sur la scène espagnole, et cette préférence n'a rien de déraisonnable. Son noble orgueil, luttant contre les humbles circonstances où il se trouve lui-même placé ; le soupçon, auquel il ose à peine se laisser aller, que son rang est réellement égal à ses désirs, à ses aspirations, soupçon qui gouverne encore la règle de sa vie ; la modestie par laquelle il tempère ses pensées les plus ambitieuses, tous ces traits réunis forment un idéal des plus beaux et des plus sublimes du vieux caractère castillan (2).

Plusieurs des drames profanes de Tirso de Molina roulent principalement sur des événements récents et sur des faits historiques bien établis. Tel est sa *Trilogia de la hazañas de los Pizarros en el Nuevo Mundo y sus aventuras amorosas en la metrópoli* ; d'autres sont fondés sur des faits réels auxquels la fiction se mêle en plus forte dose, comme ces deux

---

(1) *Cronica de D. Juan el Segundo.*

(2) *Le Honteux à la Cour (Vergonzoso en Palacio)* s'imprima dès 1624, dans les *Cigarrales de Toledo* (Madrid, 1624, in-4°, pag. 100). La pièce tira son nom, je crois, du proverbe espagnol *Mozo vergonzoso no es para palacio.*

pièces sur l'élection et le pontificat de Sixte-Quint. Ses drames sacrés et ses autos ont autant d'extravagance que les compositions analogues des autres poètes de son temps : il n'était pas possible d'en avoir davantage.

Sa manière de traiter ses sujets semble très-capricieuse. Tantôt il commence ses comédies avec le naturel le plus grand, beaucoup de mouvement et de vie, comme celle où la scène s'ouvre par les accidents d'un combat de taureaux (1) ; tantôt par la confusion qui résulte du renversement d'une voiture (2) ; d'autres fois sans s'inquiéter, ce semble, de l'ennui qu'il produit, il interrompt la marche du premier acte par une relation longue d'environ quatre cents vers (3). Son début le plus caractérisque peut-être est celui de la pièce intitulée, *Amar por razon de estado*, où nous avons, dès l'ouverture, une scène devant le balcon d'une dame, une échelle de corde, un duel, et le tout plein de l'ardeur et du feu castillans. Ses défauts les plus sensibles sont une trop grande ressemblance dans les caractères et les incidents ; un usage trop fréquent du déguisement des femmes pour soutenir une intrigue ; l'indécence insupportable et peu nécessaire de plusieurs de ses sujets. Ce dernier défaut ressort encore plus par suite de la circonstance que Tirso était un ecclésiastique de réputation, fort honoré dans Madrid comme prédicateur. Ses qualités plus uniformes consistent en une heureuse puissance pour jeter de la gaieté dans la narration, en une connaissance extraordinaire du castillan, sa langue maternelle, en une versification des plus riches et des plus harmonieuses par toutes les variétés de mètres qu'exigeaient les spectateurs de la capitale, plus exigeants et plus scrupuleux, peut-être, en cela que pour toute autre condition accessoire du drame.

Quels que soient, cependant, la variété et le caprice des formes du drame dans Tirso de Molina, il n'en fut pas moins, en substance et toujours, un imitateur de Lope de Vega. C'est ainsi qu'il s'annonce lui-même de la manière la plus distincte, se glorifiant d'être de l'école à laquelle il appartient et se livrant, en même temps, à une ingénieuse et solide défense de ses principes et de ses pratiques, en opposition à l'école classique. Cette défense, digne de notre attention, se publiait douze ans avant l'apparition du *Cid* de Corneille, et devança, à Madrid, par un intervalle assez considérable, la remarquable querelle des unités occasionnée, à Paris, par cette tragédie, après 1636 (4), et qui devint postérieurement la

---

(1) « Todo es dar en una cosa. » C'est le tout de rencontrer une chose.
(2) « Por el sótano y el torno. » Par le souterrain et le tour.
(3) « Escarmientos para cuerdos. » Exemples pour des sages.
(4) *Cigarrales de Toledo*, 1624, pp. 183-188.

base des écoles dramatiques de Corneille, de Racine et de Voltaire.

Contemporain de ces événements et de ces discussions, vivait Antonio Mira de Mescua, bien connu, de 1602 à 1635, comme écrivain dramatique et fort loué par Cervantès et Lope de Vega. Il était né à Guadix, dans le royaume de Grenade, et, dans sa jeunesse, il devint archidiacre de la cathédrale de cette ville. En 1610, nous le voyons à Naples, à la cour poétique du comte de Lemos; en 1620, il remporta un prix, à Madrid, où il mourut, paraît-il, dans les fonctions d'aumônier de Philippe IV. Il composa des comédies profanes, des *autos*, des poésies lyriques. Mais ses œuvres n'ont jamais été réunies en collection, et ne se trouvent aujourd'hui qu'avec difficulté; un grand nombre de ses compositions légères ont été cependant insérées dans presque tous les recueils estimables de poésies nationales, publiés depuis cette époque jusqu'à nos jours.

Comme Tirso de Molina, Mira de Mescua était un ecclésiastique de réputation, mais il n'échappa pas aux tribulations communes aux écrivains dramatiques. Une de ses pièces, *La desgraciada Raquel*, fondée sur la fable qui représente Alphonse VIII comme ayant presque sacrifié sa couronne à sa passion pour une juive de Tolède, souffrit de grands changements, de la part de l'autorité, avant d'être jouée, bien qu'on eût permis à Lope de Vega de traiter tout au long le même sujet, de la même manière, dans le dix-neuvième livre de sa *Jérusalem Conquistada*. Mira de Mescua prit aussi part au drame intitulé : *El cura de Madrilejos*, dont la lecture et la représentation furent comme nous l'avons vu, prohibées, avant même son impression. Malgré tout, ce n'est pas là une raison pour supposer qu'il ne jouit pas de la considération ordinairement accordée aux écrivains dramatiques qui avaient du succès. Nous savons du moins qu'il eut de nombreux imitateurs. Son *Esclavo del diablo* servit non-seulement de modèle à Moreto pour sa reproduction dans *Caer por levantarse*, mais Calderon en usa librement, dans deux de ses pièces les plus connues. Son *Galan valiente y discreto* servit à Alarcon pour sa comédie: *El exámen de máridos*. Enfin, son *Palacio confuso* est le canevas original du *Don Sanche d'Aragon* de Corneille (1).

---

(1) Les détails sur Mira de Mescua ou Amescua, comme on le nomme quelquefois, sont aussi rares et aussi dispersés que ses œuvres. Rojas en fait mention dans son *Viage*, 1602. Nous avons de lui sa *Desgraciada Raquel*, imprimée et attribuée à Diamante, nous l'avons aussi dans un manuscrit autographe que la censure ecclésiastique mutila malheureusement, lorsqu'elle donna le permis pour la représentation, le 10 avril 1635. Guevara, dans *el Diablo cojuelo*, tranco VI, indique sa naissance et sa dignité ecclésiastique. Nicolas Antonio (*Bibl. nova*) lui donne des

Joseph de Valdivielso, un autre ecclésiastique de haute condition, était aussi, à la même époque, un écrivain dramatique. Il fut toujours attaché à l'insigne cathédrale de Tolède et lié au prince primat, le Cardinal-Infant, mais il vivait à Madrid, où il était membre de la même congrégation religieuse que Cervantès et Lope ; où il avait des rapports intimes avec les principaux littérateurs de l'époque. Il florissait de 1607 à 1633, comme on peut l'induire, durant toute cette période, de ses certificats d'approbation, de ses vers élogieux, mis en tête des œuvres de ses amis, à mesure qu'elles paraissaient. Ses propres publications sont entièrement religieuses ; celles qui étaient destinées à la scène forment un volume a part, imprimé en 1622, contenant douze *autos* et deux comédies religieuses.

Les douze *autos* semblent, par une évidence intrinsèque, avoir été écrits pour la ville de Tolède, et y avoir été certainement représentés, autant que dans d'autres villes d'Espagne. Ils sont un choix extrait d'un plus grand nombre et ils ont joui, ce n'est pas douteux, durant la vie de l'auteur, d'une grande popularité. Plusieurs la méritaient peut-être. *El hijo prodigo*, sujet longtemps favori partout où le drame sacré a été connu, est traité avec une habileté plus qu'ordinaire ; *Psiche y Cupido* est aussi mieux approprié à la pensée chrétienne que cette conception mystique ne l'était d'ordinaire par les poètes dramatiques espagnols ; *El arbol de la Vida*, est une allégorie bien soutenue, où la vieille lutte théologique entre la Justice divine et la Pitié divine s'élève avec toute la vieille énergie théologique : les scènes commencent dans le Paradis et finissent à l'apparition du Sauveur. Mais, en général, les *autos* de Valdivielso ne valent pas plus que ceux de ses contemporains.

Ses deux comédies ne sont pas meilleures. *El Nacimiento de la Mejor*, ainsi qu'on appelait souvent techniquement la Vierge, et *El Angel de la Guardia*, qui est encore une allégorie assez semblable à celle de *El arbol de la Vida*, sont deux informes et irrégulières compositions, même

---

éloges extravagants. Il ajoute que ses drames furent mis en collection et publiés réunis. C'est une erreur, si je ne me trompe ; comme ses poésies légères, ses pièces ne se trouvent que séparées ou dans des collections destinées à tout autre but. Quant à Mira de Mescua lui-même, voyez le catalogue à la fin du *Para todos* de Montalvan ; Pellicer, *Biblioteca*, tom. I, pag. 89. Le sujet de la *Desgraciada Raquel* repose sur une fable, et les censeurs du théâtre n'avaient pas à tant se troubler. *Castro Cronica de Don Sancho el Deseado, Alonso VIII*, etc. Madrid, 1665, in-fol. pp. 90, etc. Dans la *Navidad y corpus Christi festejados*, Madrid, 1664, in-4°, se trouvent deux *autos* par Mira de Mescua.

en les renfermant dans les larges limites permises au drame religieux. Une cause de leur succès, c'est qu'elles ont, plus qu'aucune autre des comédies sacrées de cette époque, le coloris et le ton de la vieille poésie. Cette remarque peut s'étendre aux *autos* de Valdivielso : l'un deux contient une parodie vive et animée de la romance bien connue sur la provocation de Zamora, après l'assassinat de Don Sanche le brave. Toutefois la position sociale de leur auteur, et peut-être les plaisanteries fines et gracieuses par lesquelles il flattait le mauvais goût du temps, doivent être prises en considération pour expliquer l'immense popularité dont il jouit incontestablement (1).

Une autre espèce de faveur échut en partage à Antonio de Mendoza, qui écrivit beaucoup pour la cour, entre 1623 et 1643. Ses œuvres, outre un grand nombre de romances et de courtes poésies adressées au duc de Lerme et à d'autres principaux personnages du royaume, contiennent une *Vie de la Vierge*, composée de huit cents *redondillas*; cinq comédies, auxquelles il faut en ajouter deux ou trois autres tirées de différentes collections de mélanges. Les poésies ont peu de valeur : mais les comédies sont meilleures. *Mas merece quien mas ama* a fourni des matériaux à Moreto pour son *Desden con el desden* : et c'est une comédie aimable, remplie de situations naturelles et dialoguée avec facilité. *El trato muda costumbres*, est une autre comédie pleine d'animation et de gaieté; enfin, *Amor con amor se paga*, qui a été considérée comme le chef-d'œuvre de l'auteur, mérita d'être jouée devant la cour par les filles d'honneur de la reine, qui remplirent tous les rôles, tant ceux d'hommes que ceux de femmes (2).

---

(1) Nicolas Antonio, *Bibl. nova*, tom. I, pag. 821. Les œuvres dramatiques que nous possédons sont *doce autos sacramentales y dos comedias divinas* por el maestro Josef de Valdivielso (Tolède, 1622, in-4º, 183 feuilles.) Comparez la vieille romance : *Ya cabalga Diego Ordoñez*, insérée dans le *Romancero* de 1550-1555 avec *la Cronica del Cid*, ch. LXVI; avec les *Cautivos libres*, fol. 25, et les douze *autos*, et vous verrez que les vieilles romances résonnaient toujours agréablement aux oreilles du peuple, et qu'elles avaient entièrement pénétré dans la poésie espagnole. Il y a un *nacimiento* de Valdivielso dans le *Navidad y corpus Christi*; mais il n'a rien que de faible et de mesquin.

(2) Ses œuvres ne furent réunies en collection que longtemps après sa mort, survenue en 1644. Elles s'imprimèrent alors sur un manuscrit trouvé dans la bibliothèque de l'archevêque de Lisbonne, Luis de Souza, sous le titre ampoulé de *El Fenix, Castellano D. Antonio de Mendoza renascido*, etc.; (Lisbonne, 1690, in-4º). Les seuls détails importants que nous ayons sur lui se lisent dans Montalvan, *Para todos*, et dans Nicolas Antonio, *Bibl. nova*, où il est appelé Antonio Hurtado

Ruiz de Alarcon, son contemporain, fut, durant sa vie, moins favorisé que Mendoza, quoiqu'il eût plus de mérite. Il était né dans la province de Tasco, au Mexique, mais il descendait d'une famille appartenant à Alarcon, dans la mère-patrie. Vers 1622, il habitait Madrid et assistait à la composition d'une comédie, écrite en l'honneur du marquis de Cañete pour ses victoires dans l'Arauco, et œuvre de neuf personnes. Il publia, en 1628, le premier volume de ses drames, et sur le titre il s'appelle *fiscal del real consejo de Indias*, fiscal du conseil royal des Indes, place à la fois honorable et lucrative. Il le dédia au public vulgaire, *publico vulgar*, sur un ton de mépris profond pour le public de Madrid : si cette dédicace nous donne à entendre qu'il fut maltraité sur la scène, elle nous prouve aussi que notre poète avait le sentiment assez énergique pour défier ses ennemis. Aux huit comédies contenues dans ce volume, il en ajouta douze autres, en 1635, avec un prologue, nous laissant peu douter que son mérite ne fût encore méconnu. Il nous dit, en effet, qu'il éprouva assez de difficulté pour revendiquer même la propriété d'un bon nombre de comédies qu'il avait écrites. Il mourut en 1639 (1).

Son *Domingo de Don Blas*, comédie appartenant au petit nombre de celles qui n'ont pas été comprises dans la collection qu'il fit lui-même imprimer, esquisse le caractère d'un gentilhomme que plonge dans le luxe et la mollesse la possession d'une immense fortune subitement gagnée sur les Maures, sous le règne d'Alphonse III de Léon; mais qui, à la voix du devoir, retrouve encore son énergie primitive, et manifeste le vieux caractère castillan dans toute sa fidélité et sa générosité. La scène où il refuse de risquer sa personne dans un combat de taureaux, pour le pur amusement de l'infant, est pleine de verve comique; elle contraste admirablement, d'abord, avec la scène où il court toute espèce de dangers, pour la défense du même prince, et, ensuite, plus admirablement encore, avec celle où il sacrifie le prince, parce qu'il a manqué à la fidélité qu'il devait à son père.

---

de Mendoza. C'est probablement par erreur : il ne semble pas avoir appartenu à l'illustre famille du Marquis de Santillane. Une seconde édition de ses œuvres a été donnée, avec de légères additions, à Madrid, en 1728, in-4°.

(1) Ces remontrances, ou du moins le ton avec lequel elles se firent, semblent avoir attiré sur Alarcon une série d'attaques de la part d'un grand nombre de poètes du temps : Gongora, Lope de Vega, Mendoza, Montalvan et d'autres. Voyez Puibusque, *Histoire comparée des littératures espagnole et française*, 2 vol. in-8°. Paris, 1843, tom. II, pp. 155, 164 et 430-437, livre écrit avec beaucoup de goût et une profonde connaissance du sujet; il obtint, en 1842, le prix de littérature.

Ganar amigos, gagner des amis, nous donne un autre exemple de ce principe de fidélité, à l'époque de Pierre le Cruel, monarque représenté dans ce drame, comme un sévère, mais juste administrateur de la justice, en ces temps de troubles profonds. Son ministre et favori, D. Pedro de Luna, est un des plus nobles caractères que nous offre toute la série du drame espagnol ; et ce caractère appartient au genre où Alarcon a plusieurs fois réussi.

El tejedor de Segovia est une comédie plus connue que les deux précédentes. Elle se divise en deux parties. Dans la première, le héros, Fernando Ramirez, est représenté victime de la plus cruelle injustice de la part de son souverain, qui a fait mettre son père à mort, sous une fausse imputation de trahison, et qui a réduit Ramirez lui-même à la misère, en le forçant à gagner sa vie, sous le déguisement d'un tisserand. Six années s'écoulent, et, dans la seconde partie, il apparaît encore, courroucé par de nouvelles offenses, associé à une bande de voleurs. A leur tête, il répand la terreur dans toute la chaîne du Guadarrama : en même temps il rend de si précieux services à son ingrat monarque, au moment décisif d'une bataille contre les Maures ; il arrache à son ennemi mourant de tels aveux, sur son innocence et sur celle de son père, qu'il rentre en grâce et devient, en style oriental, le principal personnage du royaume qu'il a reconquis. Fernando Ramirez est, en effet, un autre Charles de Mohr, mais il a l'avantage d'être placé dans une période du monde et dans un état de société où un pareil caractère est plus possible que dans l'époque où Schiller le conçut, quoiqu'on n'eût jamais dû le préparer pour la représentation, dans un drame qui a des prétentions à un but moral.

La verdad sospechosa est, d'un autre côté, évidemment écrite dans une pareille intention. Elle nous dépeint le caractère d'un jeune homme, fils d'un père très-honorable, lui-même d'autre part fort aimable et très-intéressant. Il arrive de l'Université de Salamanque, pour connaître le monde, à Madrid, mais avec l'incorrigible défaut de mentir. Tout le piquant du drame, et il y en a réellement beaucoup, consiste dans la prodigieuse facilité avec laquelle notre jeune homme invente toutes sortes de fictions, pour réaliser ses projets du moment ; dans l'ingéniosité avec laquelle il lutte contre le vrai courant des faits qui roule à chaque moment de plus en plus fort contre lui ; et dans le résultat final, où, personne n'ajoutant foi à ses paroles, il est réduit à la nécessité de dire la vérité et où, par une erreur qu'il se trouve maintenant dans l'impossibilité de persuader à personne avoir commise réellement, il perd la femme qu'il aime, et succombe sous le poids de la honte et du déshonneur.

Il y a dans ce drame des morceaux pleins d'animation ; tels sont la description de la vie des étudiants dans l'Université ; cèlle d'une fête brillante donnée à la dame sur les bords du Manzanarès. Ces peintures et les exhortations du père du jeune homme, dans la pensée de le guérir de son vice honteux; une grande partie du dialogue entre le héros de la pièce, si l'on peut lui donner ce nom, et son serviteur, sont des scènes excellentes. C'est de cette pièce que Corneille emprunta les matériaux pour son *Menteur* et qu'il jeta ainsi, en 1642, les fondements de la comédie classique française, sur une comédie d'Alarcon, comme six ans plus tôt, il avait jeté les fondements de la tragédie classique, sur le *Cid* de Guillen de Castro. Ruiz de Alarcon était, toutefois, si peu connu que Corneille suppose qu'il a profité d'une comédie de Lope de Vega. Il faut cependant rappeler que, quelques années plus tard, reconnaissant son erreur, il rendit justice à Alarcon et proclama tous ses droits, ajoutant qu'il donnerait volontiers ses deux comédies le mieux écrites, pour être l'auteur de celle dont il avait profité si librement.

Il ne serait pas difficile de trouver d'autres drames d'Alarcon montrant autant de jugement et d'esprit. Telle est la pièce intitulée : *Las paredes ojen, les murs entendent*, qui, par sa manière d'exprimer les tristes conséquences de la médisance et de la calomnie, pourrait être regardée comme la contre-partie de *La verdad sospechosa*. Telle est encore *El exámen de maridos* qui eut la fortune de passer sous les noms de Lope de Vega et de Montalvan, comme s'ils en étaient les auteurs véritables, et elle ne pourrait assurément discréditer ni l'un ni l'autre. A tout ce que nous avons déjà dit sur Alarcon, il nous suffira d'ajouter que son style est excellent, qu'il est généralement meilleur que le style du meilleur de ses contemporains. Moins riche, cependant, que celle de Tirso de Molina, plus attachée à la vieille mesure de la *redondilla* que celle de Lope de Vega, sa versification est plus pure que celle de ces deux poètes; elle est aussi plus simple et plus naturelle : de sorte qu'en résumé, Alarcon doit être rangé parmi les meilleurs écrivains dramatiques espagnols, durant la période la plus brillante du théâtre national (1).

---

(1) *Repertorio americano*, tom. III, pag. 61; tom. IV, pag. 93; Denis, *Chroniques de l'Espagne*, Paris, 1839, in-8°, tom. II, pag. 231. *Comedias escogidas*, tom. XXVIII, 1667, pag. 131. L'opinion erronée de Corneille sur la *Verdad sospechosa* se trouve dans son *Examen du Menteur*. En ce qui touche Alarcon, nous voulons ajouter seulement que dans la pièce *Nunca mucho costò poco*, il nous présente le caractère d'une nourrice âgée et impérieuse, caractère bien dessiné et produisant surtout son effet par l'emploi de mots et de phrases pittoresques, mais peu usités et archaïques.

D'autres écrivains, qui se consacrèrent à la composition dramatique, furent aussi connus qu'Alarcon durant leur vie, s'ils n'ont pas eu toujours la même valeur. Parmi eux nous devons mentionner Luis de Belmonte dont *le Renegado de Valladolid* et le *Dios es la mejor defensa* présentent un singulier mélange du genre sacré et du genre profane; Jacinto Cordero, dont la *Victoria por el amor* jouit longtemps de la faveur de la scène; Andrés Gil Enriquez, l'auteur d'une comédie charmante intitulée : *La red, la banda y el cuadro;* Diego Ximenez de Enciso qui composa de graves comédies historiques sur la vie de Charles-Quint à Saint-Just, et sur la mort de Don Carlos; Géronimo de Villaizan dont la comédie la meilleure est celle qui a pour titre : *A gran mal gran remedio;* et beaucoup d'autres tels que Felipe Godinez, Miguel Sanchez, Rodrigo de Herrera, qui jouirent, à un degré moins élevé, de la faveur des spectateurs et du public de Madrid (1).

Des écrivains distingués dans d'autres branches de la littérature se laissèrent aussi tenter par le succès des auteurs qui se consacraient au théâtre, dans le désir d'obtenir les brillantes récompenses qu'on leur décernait de tous côtés. Salas Barbadillo, qui avait composé de charmantes nouvelles et qui mourut en 1630, laissa, après lui, deux drames dont l'un est écrit, à ce qu'il prétend, dans le genre de Térence (2). Castillo Solorzano, mort dix ans plus tard, et qui s'était fait connaître dans la même branche de littérature que Barbadillo, est l'auteur d'une spirituelle comédie, basée sur l'histoire d'une dame qui, après avoir accepté, pour des motifs d'intérêt, un amant illustre, l'abandonne pour le domestique qu'on lui présente sous un déguisement, comme le vrai possesseur des biens pour lesquels elle avait accepté le maître (3). Gongora écrivit aussi une comédie et les fragments de deux autres qui nous sont encore con-

---

(1) Les comédies de tous ces auteurs font partie de l'immense collection intitulée : *Comedias escogidas*, Madrid, 1652-1704, in-4°, à l'exception des pièces de Sanchez et de Villaizan, qui existent séparées. Dans cette collection, il y a onze pièces de Belmonte et cinq de Godinez. Les compositions de Miguel Sanchez, si célèbre dans son temps, et qui mérita le surnom de *Divino*, se sont perdues presque toutes.

(2) Les comédies de Salas Barbadillo, intitulées : *Victoria de España y Francia, El Galan tramposo y pobre,* se trouvent dans ses *Coronas del Parnaso,* préparées pour la publication, au moment de sa mort. Mais elles ne s'imprimèrent que cinq ans après, en 1635, Madrid, in-12.

(3) Elle a pour titre : *El Mayorazgo* et se trouve, avec sa *loa,* dans *Los alivios de Casandra* de l'auteur, 1640.

servés dans la collection de ses œuvres (1). Quevedo, pour plaire au grand favori, au comte duc d'Olivares, prit part au moins à la composition d'un drame singulier, perdu aujourd'hui, s'il ne se conserve pas, sous un autre nom, dans les œuvres d'Antonio de Mendoza (2). Mais les circonstances les plus remarquables dans tous ces auteurs, c'est qu'ils appartiennent à l'école de Lope de Vega, et qu'ils rendent ainsi un vif témoignage de l'immense popularité dont son drame jouit dans leur temps.

En effet le théâtre était devenu d'un attrait si puissant que le clergé et la haute noblesse qui, par leur position sociale, se souciaient peu d'être connus comme auteurs dramatiques, composaient bien pour la scène, mais envoyaient leurs comédies aux acteurs ou à la presse, sous le voile de l'anonyme. Les auteurs de cette classe annonçaient généralement leurs drames comme écrits par *un ingenio de esta corte*. On pourrait réunir une collection assez considérable des pièces qui ne sont connues que par ce pseudonyme, masque signifiant souvent, il faut bien l'observer, les hautes prétentions de ceux qui voulaient en partie se cacher sous lui. Philippe IV, cet illustre amant des arts et des lettres, s'en servit, nous dit-on, quelquefois; et une tradition généralement admise nous apprend que *Dar la vida por sa dama* et *El Conde de Esex*, et peut-être une ou deux autres comédies lui appartiennent entièrement, ou qu'il a matériellement contribué à leur composition (3).

---

(1) Ce sont : *Las Firmezas de Isabela, el Doctor Carlino, la Comedia venatoria;* les deux dernières sont incomplètes et tout à fait allégoriques.

(2) La comédie que Mendoza et Quevedo écrivirent pour le comte-duc, avait pour titre : *Quien mas miente, medra mas, Plus on ment, plus on avance.* (C. Pellicer, *Origen del Teatro,* tom. I, pag. 177.) Elle est perdue, à moins qu'elle ne soit, comme je le soupçonne, la pièce qui est intitulée *Empeños del mentir, Embarras du mensonge,* insérée dans les œuvres de Mendoza, 1690, pp. 254, 296. On trouve aussi, parmi ces œuvres, 1791, vol. IX, quatre *entremeses* de Quevedo.

(3) Philippe IV cultivait les lettres. On assure qu'il existe, dans la Bibliothèque nationale de Madrid, deux de ses traductions manuscrites, l'une des *Guerres d'Italie,* de Francesco Guichardini ; l'autre, de la *Description des Pays-Bas,* de son neveu Luidgi Guichardini, et précédée d'un prologue fort bien écrit (C. Pellicer, *Origen,* tom. I, pag. 162; Huerta, *Teatro Hespañol.* Madrid, 1785, in-12, part. I, tom. III, pag. 159 ; Ochoa, *Teatro,* Paris, 1838, in-8°, tom. V, pag. 98.) *Don Enrique el Dolcente* est une comédie attribuée avec plus de fondement à Philippe IV. Ce prince prenait souvent une grande* part, ajoute-t-on, à l'improvisation des comédies, genre d'amusement bien connu à la Cour de Madrid et à la Cour, non moins splendide, du comte de Lemos, à Naples. (C. Pellicer, *Teatro,* tom. I, pag. 163, et J.-A. Pellicer, *Bib. de Traductores,* tom. I, pp. 90, 92.) C'est là que se trouve une description, dont nous avons déjà parlé, d'une de ces fêtes, à Naples, fête racontée par Estrada, un témoin oculaire.

Une des plus remarquables de ces *Comedias de un ingenio de esta corte* comédies d'un génie de cette ville, est celle qui porte pour titre : *El Diablo predicador*. L'action se passe à Lucques, et le but primitif semble avoir été la glorification de saint François et le développement de l'influence de ses disciples. Quoi qu'il en soit, dans le long discours d'introduction mis dans la bouche de Lucifer, ce potentat se représente comme des plus heureux : il a obtenu un tel triomphe sur ses plus grands ennemis que la pauvre communauté des franciscains, établis à Lucques, est sur le point d'être bannie de la ville par suite de l'universelle réprobation qu'il a soulevée contre eux. Son triomphe dure peu. Saint Michel descend du ciel, avec l'enfant Jésus dans ses bras, et requiert Satan lui-même de reconvertir immédiatement ces mêmes habitants dont il a endurci les cœurs; de reconstruire le couvent de la sainte confrérie qu'il a presque détruit; de rétablir les pauvres frères, poursuivis maintenant dans les rues à coups de pierres par les enfants, dans un état de sécurité et de respect plus sûr que celui dont ils jouissaient avant d'en avoir été dépouillés. Le charme de la pièce consiste dans la conduite du diable, pour réaliser la tâche ingrate qui vient de lui être imposée. A cet effet, il revêt l'habit des moines qu'il déteste; il va demander l'aumône pour eux; il surveille la construction d'un édifice plus grand et plus commode; il prêche, il prie, il fait des miracles : et tout cela avec la ferveur et l'onction la plus grande, pour se délivrer au plus tôt d'une affaire si amère et si désagréable pour lui, d'une entreprise dont il se plaint constamment dans des phrases équivoques, dans des a-parte pleins de rage, lui donnant assez de force pour exprimer une vexation qu'il ne peut entièrement comprimer, mais qu'il ne se hasarde pas à faire ouvertement connaître. Enfin il réussit; son œuvre haïssable est terminée, mais l'agent de cette œuvre est congédié, sans le moindre honneur. Au contraire, il se voit obligé, dans la dernière scène, d'avouer qui il est, et de confesser qu'après tout, il n'y a autre chose qui l'attende que les flammes de la perdition, où il s'enfonce visiblement, comme un autre D. Juan Tenorio, devant les spectateurs édifiés et pleins de componction.

L'action dure cinq mois. Il y a une intrigue secondaire qui trouble à peine le cours de l'histoire principale, et dont les personnages, l'héroïne elle-même, ont une figure charmante et pleine d'attraits. Le caractère du frère gardien du couvent des moines franciscains, simple, humble, confiant et soumis, est aussi admirablement dépeint. Il forme un contraste singulier avec celui du gracioso de la pièce, qui est menteur, lâche, glouton, ignorant et fourbe, personnage que Lucifer lui-même s'amuse à tourmenter par tous les moyens possibles, dès qu'il peut se séparer un moment de la grave entreprise qu'il est si désireux de terminer.

Dans plusieurs exemplaires primitifs, ce drame, qui caractérise d'une manière si frappante l'époque à laquelle il appartient, est attribué à Luis de Belmonte, dans d'autres, à Antonio de Coello. Plus tard on a affirmé, sans dire sur quelle autorité, qu'il avait été composé par Francisco Damian de Cornejo, moine franciscain. Mais tout cela n'est qu'incertitude. La seule chose qu'on puisse savoir c'est que, longtemps après son apparition, on le joua comme une œuvre de dévotion, favorable aux intérêts des franciscains, jouissant alors d'une grande influence en Espagne. Dans la dernière partie du dix-huitième siècle, l'état des choses était un peu changé, et la représentation publique en fut défendue pour un motif ou pour un autre. Vers 1600, il réapparut sur la scène et se joua encore, avec grand profit, dans toute l'Espagne; les moines franciscains allèrent même jusqu'à prêter leurs habits monastiques pour une représentation qu'ils jugeaient si honorable pour leur ordre. Elle fut de nouveau mise au ban de l'Inquisition, en 1804, et elle y resta jusqu'après la révolution politique de 1820, qui accorda la liberté absolue au théâtre (1).

L'école de Lope de Vega, à laquelle appartenaient les écrivains que nous venons d'énumérer et plusieurs autres encore, ne fut pas absolument accueillie par des applaudissements unanimes. Des hommes érudits refusèrent de temps en temps de se réconcilier avec elle; et des critiques sévères ou captieux trouvèrent, dans ses graves irrégularités, dans ses extravagances, de fréquentes occasions pour déchaîner contre elle leur esprit et leur mauvaise humeur. Alonso Lopez, communément appelé El Pinciano, dans sa *Filosofía poética, fundada en la doctrina de los antiguos*, traité modeste, imprimé vers 1596, démontre clairement, dans ses discussions sur la nature de la tragédie et de la comédie, qu'il était loin de donner son consentement aux formes du drame, qui commençaient à prévaloir alors sur le théâtre. Les Argensola qui, dix ans avant, avaient essayé d'introduire sur la scène, un autre type plus classique, se mon-

---

(1) C. Pellicer, *Origen*, tom. I, pag. 184, Note. *Supplément à l'Index*, etc. 1805; un excellent article de Louis de Vieil-Castel, dans la *Revue des Deux-Mondes* du 15 juillet 1840. On peut ajouter à ce que disent ces auteurs, la description si belle donnée par Blanco White dans ses admirables *Lettres de Doblado* (1822, pp. 163-169). Il avait été lui-même témoin d'une représentation du *Diablo predicador*, dans la basse-cour d'une pauvre auberge, où une vacherie servait de théâtre ou plutôt de scène, où les spectateurs qui payaient leur place un *cuarto*, un sou, étaient en plein air, sous un ciel brillant et étoilé.

trèrent, par conséquent, moins satisfaits de la tendance des esprits de leur
temps : l'un d'eux, Bartolomè, manifeste ouvertement son opinion dans
ses satíres didactiques. D'autres critiques se joignirent à eux, parmi
lesquels Artieda, dans son épître en vers adressée au marquis de Cuéllar ;
Villegas, le doux poète lyrique, dans la septième élégie; Cristobal de
Mesa, dans différents passages de ses poésies détachées et dans le prologue
de sa mal construite tragédie de *Pompeyo*. Si nous ajoutons à toutes ces
opinions la discussion scientifique sur la véritable forme de la tragédie
et de la comédie, insérée dans la troisième et la quatrième des *Tablas
poéticas* de Cascales, et une rude attaque contre tout le théâtre populaire
espagnol par Suarez de Figueroa, où il ne relève guère que ses folies, nous
aurons, sinon tout ce qui s'est dit sur ce sujet, du moins tout ce qui
mérite d'en être maintenant rappelé. Mais toutes ces critiques ont moins
d'importance que les principes franchement admis par Lope de Vega,
dans son *Arte nuevo de hacer comedias* (1).

L'opposition de l'Église, plus formidable que celle des savants du temps,
était mieux fondée, sous certains rapports; plusieurs drames étaient
indécents, un plus grand nombre étaient immoraux. L'influence ecclésiastique, comme nous l'avons vu, s'était donc déclarée, dès le principe, contre
le théâtre, tant pour ce motif que parce que le drame profane avait
supplanté les représentations dans les églises, représentations employées
par le clergé comme un des moyens de soutenir son influence sur la masse
du peuple. Tels furent, en effet, les griefs qui firent supprimer, en 1545,
les comédies de Torres Naharro, et adresser une pétition, en 1548, par
les Cortès à Charles-Quint, contre l'impression et la publication de toutes
les farces indécentes (2). Pendant longtemps, toutefois, on ne fit guère
que suspendre les représentations dramatiques, durant un deuil de cour
et dans d'autres occasions de calamité publique ou de trouble. C'était
là, peut-être, une pensée du clergé pour exercer son influence et arriver,

---

(1) El Pinciano, *Filosofia antiqua poética*, Madrid, 1596, in-4°, pag. 381, etc.;
Andres, Rey de Artieda, *Discursos, etc. de Artemidoro*, Çaragoça, 1605, in-4°,
fol. 87; C. de Mesa, *Rimas*, Madrid, 1611, in-12, feuillets 94, 145, 218 ; et son
Pompeyo, Madrid, 1618, in-12, avec sa Dédicace; Cascales, *Tablas poèticas*, Murcie, 1616, in-4°, Part. II ; C. S. de Figueroa, *Pasagero*, Madrid, 1617, in-12; Oli-
vio d'Esteban, M. de Villegas, *Eroticas*, Najera, 1617, in-4°, segunda parte, fol. 27 ;
Los Argensolas, *Rimas*, Saragosse, 1634, in-4°, pag. 447. J'ai disposé ces auteurs
par ordre de date parce que, dans ces cas, l'ordre du temps est important, et parce
qu'ils appartiennent tous, fait remarquable, à l'époque des succès de Lope, comme
auteur dramatique.

(2) *Don Quichotte*, Ed. Clémencin, tom. III, pag. 402. Note

dans le cours des événements, à des concessions plus considérables.

Mais à mesure que le théâtre s'élevait en importance par suite de la popularité de Lope de Vega, les discussions sur son caractère et sur ses conséquences devenaient plus graves. Peu d'années auparavant, en 1587, Philippe II consulta plusieurs savants théologiens du royaume sur la question de savoir s'il y avait urgence à supprimer tout à fait les représentations dramatiques. Après une longue délibération, il adopta l'opinion plus modérée d'Alonso de Mendoza, professeur de l'Université de Salamanque, et il se détermina à les tolérer encore, mais en les soumettant constamment à une censure préalable des plus strictes et des plus scrupuleuses. En 1590, l'historien Mariana, dans son traité *De spectaculis*, écrit avec grande ferveur et éloquence, attaqua d'une manière des plus vives tout ce qui concerne les théâtres, en particulier leurs costumes, leurs danses. Il donna ainsi une impulsion nouvelle à la discussion qui n'était pas encore tout à fait morte, lorsqu'en 1597, Philippe II, suivant la coutume de l'époque, ordonna la suspension des représentations publiques, à Madrid, par suite de la mort de sa fille, la duchesse de Savoie. A ce moment, ce monarque était vieux et infirme. Les ennemis du théâtre, parmi lesquels se trouvait Lupercio de Argensola, se réunirent autour de lui (1). La discussion se rétablit avec une ardeur nouvelle, et, en 1598, avant de rendre le dernier soupir, à l'Escurial, les yeux mourants fixés sur le grand autel, Philippe II proscrivit entièrement les représentations théâtrales.

Ce coup porté par l'Église ne produisit cependant que peu d'effet réel : seulement les poètes dramatiques se virent forcés de découvrir des moyens ingénieux, pour échapper à l'autorité qu'on voulait exercer contre eux, et le caractère des acteurs en fut sensiblement discrédité. Tirer le drame du champ où il était si bien retranché derrière la faveur universelle du public, c'était impossible. La ville de Madrid, déjà reconnue comme la capitale du royaume, demanda que les théâtres s'ouvrissent de nouveau. On donnait comme motif de la requête que plusieurs comédies religieuses avaient été représentées; qu'acteurs et spectateurs en avaient ressenti une telle influence; qu'ils avaient été tellement portés à la pénitence qu'en sortant du théâtre plusieurs étaient directement entrés dans des maisons religieuses (2). On alléguait aussi une autre raison, c'est que la

(1) Pellicer, *Biblioteca de traductores*, tom. I, pag. 2.

(2) En preuve des effets salutaires qui devaient résulter, supposait-on, de ces *Comedias de Santos*, nous lisons dans la préface du *Tratado de las Comedias*, par

contribution, payée par les compagnies d'acteurs aux hospices de Madrid. était de la plus haute importance pour l'existence de ces grands établissements de charité et de bienfaisance (1).

Frappé de pareils arguments, Philippe III convoqua, en 1600, et alors que les théâtres venaient à peine d'être fermés depuis deux ans, convoqua, dis-je, un conseil composé d'ecclésiastiques et de quatre des principales autorités laïques du royaume, et lui remit l'examen de toute cette affaire. Conformément à leur avis qui condamnait encore avec la plus grande rigueur les théâtres tels qu'ils avaient existé jusqu'à ce moment en Espagne, Philippe III permit de les ouvrir de nouveau, en diminuant toutefois le nombre des acteurs, prohibant toute immoralité dans les comédies, ne concédant des représentations que le dimanche et trois autres jours de la semaine, réclamés pour les fêtes de l'Église, si ces fêtes venaient à y tomber. Cette décision n'a presque pas été changée dans ses dispositions générales, et le théâtre espagnol, avec des changements accidentels et des additions de privilèges, a continué de rester, depuis, solide sur ses fondements. Parfois, il s'est fermé dans des temps de deuil public, comme il le fut, pendant trois mois, à la mort de Philippe III, comme il le fut encore, en 1665, par suite de la dévotion de la reine régente. mais il n'est jamais resté interrompu, pendant un long intervalle, jamais il n'a été appelé à lutter pour son existence !

La vérité est que, depuis le commencement du dix-septième siècle, le drame espagnol populaire était trop fort pour se soumettre soit à la critique classique, soit au contrôle ecclésiastique. Dans le *Viaje entretenido* d'Agustin de Rojas, acteur qui avait parcouru une grande partie de son pays, en 1602, visité Séville, Grenade, Tolède, Valladolid et beaucoup d'autres cités, nous trouvons que la comédie se jouait partout, même

---

Bisbe y Vidal, 1618, l'aventure d'une jeune fille à qui ses parents permirent d'aller voir la représentation de la 'Conversion de Marie Madeleine, plusieurs fois comme acte de dévotion, et que ses visites au théâtre finirent par rendre tellement éprise de l'acteur représentant la personne du Sauveur, qu'elle s'échappa avec lui, ou plutôt le suivit à Madrid.

(1) D'autres fois, il arrivait le contraire. Bisbe y Vidal affirme (fol. 98) que les hôpitaux faisaient les plus grands efforts pour soutenir les théâtres, afin d'en retirer plus tard du profit. Leurs sacrifices étaient même tels qu'ils s'appauvrissaient parfois par les spéculations auxquelles ils s'aventuraient. Il ajoute que de son temps, en 1618, vivait une personne, ancien magistrat de Valence, qui avait causé par ses avances et ses dépenses pour le théâtre, de telles pertes à l'hôpital de cette ville, qu'elle était entrée dans un couvent et avait légué toute sa fortune à l'hospice, afin de le dédommager des pertes qu'elle lui avait fait éprouver.

dans les plus petits villages; que le drame, dans toutes ses formes et dans toutes ses transformations, s'arrangeait et s'accommodait sur le goût public, pour devenir plus que tout autre chose l'amusement favori du peuple (1). En 1632, Montalvan, l'autorité la meilleure sur ce sujet, nous donne les noms d'une multitude d'écrivains dramatiques pour la Castille seulement. Trois ans plus tard, Fabio Franchi, un Italien, qui avait vécu en Espagne, publiait un éloge de Lope de Vega, où il énumère près de trente autres poètes dramatiques, et nous montre de nouveau l'influence complète qu'ils exerçaient sur la Péninsule. Par conséquent, on ne peut douter qu'à l'époque de sa mort, le nom de Lope ne fût le grand nom poétique, inondant de sa gloire toute l'immense étendue de sa patrie; que les formes du drame qu'il avait inventées ne fussent solidement établies, malgré les desseins d'une opposition heureuse, comme les formes du drame national et populaire dans toute l'Espagne (2).

---

(1) Rojas donne un amusant récit des sobriquets et des ressources de huit compagnies différentes d'acteurs ambulants, à commencer par la *Bululu,* composée d'une seule personne, et finissant par la *Compania,* qui en exigeait dix-sept (*Viage,* Madrid, 1614, in-12, fol. 51-53). Ces surnoms et ces distinctions se conservèrent longtemps en Espagne; dans l'*Estebanillo Gonzalez,* 1646, ch. VI, on en cite quatre.

(2) Sur la lutte de l'Église et du théâtre ; sur le triomphe de Lope et de son école, voyez C. Pellicer, *Origen,* tom. I, pp. 118-122 et 142-157 ; *Don Quichotte,* édition J. A. Pellicer, Partie II, ch. II, note ; Rojas, *Viage,* 1614, *Passion,* fol. 66, en observant qu'il écrivait en 1602; Montalvan, *Para todos,* 1661, pag. 543; Lope de Vega, *Obras sueltas,* tom. XXI, pag. 66, et plusieurs autres parties des vol. XX et XXI. Tous ces passages prouvent le triomphe de Lope et de son école: une lettre de Francisco Cascales à Lope de Vega, publiée en 1634, pour la défense des comédies et de leurs représentations ; la troisième de la seconde décade de ses *Épîtres* est fort curieuse. Son auteur la développe cependant sous la fausse hypothèse que les drames alors représentés n'offensaient en rien la morale.

CHAPITRE XXII

Caldéron. — Sa vie et ses œuvres. — Drames qui lui ont été faussement attribués. — Ses *autos* sacramentels. — Leur représentation. — Leur caractère. — *El divino Orfeo.* — Grande popularité de ces spectacles. — Ses comédies sacrées. *El Purgatorio de san Patricio.* — *La Dévocion de la Cruz.* — *El Magician prodigioso.* — Autres comédies du même genre.

Nous quittons Lope de Vega et son école, et nous arrivons maintenant à son grand successeur et rival, Pedro Caldéron de la Barca, qui, s'il n'inventa pas de nouvelles formes dramatiques, fut un poète si éminent et si national, obtint des succès si brillants qu'il doit nécessairement trouver une large place dans toutes les recherches relatives à l'histoire du théâtre espagnol.

Caldéron était né à Madrid, le 17 janvier de l'année 1600 (1), et un de ses amis réclame pour lui des liens de parenté avec presque tous les vieux rois des diverses monarchies espagnoles, et même avec la plus grande partie des têtes couronnées dans l'Europe de son temps (2). C'est une prétention absurde. La seule chose qu'il importe de connaître, c'est

(1) On a beaucoup disputé et commis de graves erreurs sur la date de la naissance de Caldéron. Mais un livre fort rare, intitulé *Obelisco funebre*, publié en son honneur par son ami Gaspar Agustin de Lara (Madrid, 1684, in-4°), livre composé immédiatement après la mort de Caldéron, établit distinctement, sur l'autorité de Caldéron lui-même, qu'il était né le 17 janvier 1600. Par là, tous les doutes disparaissent. L'extrait de baptême donné par Baena, *Hijos de Madrid*, tom. IV, pag. 228, dit seulement qu'il avait été baptisé le 14 février 1600. Mais comment cette cérémonie fut-elle si longtemps différée, contrairement à l'usage; ou comment une personne, dans la position de Vera Tassis y Villaroel qui, comme Lara, était un ami de Caldéron, a-t-elle pu placer la naissance du poète dans le mois de janvier, c'est ce qu'il nous est impossible de savoir, même par conjecture.

(2) Voyez la savante introduction généalogique de l'*Obelisco funebre* que nous venons de citer. Le nom de *Caldéron*, ainsi que nous le raconte l'auteur de ce livre, fut pris par la famille, dans le treizième siècle. L'un de ses membres, né prématurément, était cru mort. Pour s'assurer s'il vivait encore, on recourut à l'étrange

qu'il appartenait à une famille respectable, ayant dans la société une position qui permettait de lui donner aisément une grande culture intellectuelle. Son père était secrétaire de la chambre du Conseil des finances, sous Philippe II et sous Philippe III; et sa mère descendait d'une noble famille, venue longtemps avant des Pays-Bas. Une circonstance, peut-être des plus curieuses se rattachant à son origine, c'est le fait de voir les deux maîtres du théâtre espagnol, Lope de Vega et Caldéron, naître tous deux à Madrid, tandis que leurs deux familles sont primitivement originaires de la même petite et pitoresque vallée de Carriedo en Castille, où chacun d'eux possédait un fief de ses ancêtres (1).

A l'âge de neuf ans, il entra au collége des Jésuites et reçut d'eux un enseignement qui, comme celui que Corneille recevait à la même époque, avec la même méthode de l'autre côté des Pyrénées, imprima sa teinte sur toute sa vie et particulièrement sur ses dernières années. Après avoir quitté les Jésuites, il vint à l'Université de Salamanque, où il étudia avec distinction la théologie scholastique, la philosophie alors à la mode, le droit civil et le droit canonique. Mais quand il sortit de l'Université, en 1619, Caldéron avait déjà un nom comme écrivain dramatique; aussi, lorsqu'il arriva à Madrid, il semble avoir été, probablement par ce motif, connu de certaines personnes de la cour qui pouvaient favoriser son avancement et ses succès.

En 1620, il prit part, avec les esprits les plus distingués de son temps, au concours poétique, ouvert par la ville de Madrid, en l'honneur de saint

---

moyen de le plonger dans une marmite ou chaudron, *caldéron*, d'eau chaude. Il devint un homme illustre et obtint les faveurs de saint Ferdinand et d'Alphonse le Sage. Son surnom devint un honneur, et, à partir de cette époque, on mit cinq *calderones* dans les armes de la famille. L'addition de *de la Barca* s'ajouta plus tard, d'un terrain qui appartenait à un des possesseurs de la maison, mort dans une bataille contre les Maures. Alors les Calderon ajoutèrent à leur écu une tour et un gantelet et la devise : *Por la fé moriré*. C'étaient là les armes de notre poète au dix-septième siècle.

(1) Voyez la notice sur le père de Calderon, dans Baena, tom, I, pag. 305 ; celle de Caldéron lui-même, tom. IV, pag. 228; celle de Lope de Vega, tom. III, pag. 350. Lisez particulièrement les divers faits se rattachant à Calderon dans la fastidieuse introduction en prose de l'*Obelisco funèbre* et la partie poétique, qui ne l'est pas moins. L'esquisse biographique que nous a laissée son ami Vera Tassis y Villaroel, primitivement placée en tête du cinquième volume de ses Comédies, et, dans les éditions postérieures, en tête du premier volume, est pleine d'affectation, de pédanterie, et très-peu satisfaisante, comme la plus grande partie des notices des vieux auteurs espagnols.

Isidore, et il reçut, pour prix de ses efforts, les éloges publics de Lope de Vega (1). En 1622, il apparaît dans un second et plus grand concours, proposé par la capitale pour la canonisation du même saint. Il y gagna tout ce que pouvait gagner un seul individu, un prix unique avec des éloges encore plus grands et plus emphatiques de la part du personnage insigne qui présidait à cette solennité (2). Dans la même année, Lope de Vega publia un volume considérable contenant la description de toutes ces fêtes et de toutes ces réjouissances, et nous trouvons que le jeune Caldéron lui adressa, comme ami, certains vers gracieux que Lope, pour prouver qu'il acceptait le compliment, mit ensuite en tête de son livre. A partir de ce moment, nous perdons entièrement les traces de Caldéron comme écrivain, pendant dix ans, et la seule chose que nous savons de lui, c'est qu'il figure, en 1630, dans le *Laurel de Apolo* de Lope de Vega, parmi la multitude des poètes natifs de Madrid (3).

Une grande partie de ce temps semble avoir été remplie par le service dans les armées de son pays. Caldéron était du moins dans le Milanais, en 1625; il passa plus tard, nous le savons, dans les Flandres, déchirées par une guerre désastreuse que se livrait sans relâche la haine civile et religieuse. Durant toutes ses campagnes, Caldéron ne manqua pas d'observer avec soin les hommes et leurs mœurs. C'est ce que nous attestent les plans de plusieurs de ses comédies, les descriptions locales vives et animées dont elles abondent, ainsi que les caractères de ses héros qui ne

---

(1) Le sonnet qu'il composa à cette occasion se trouve dans Lope de Vega, *Obras sueltas*, tom. XI, pag. 432, et ses *Octaves*, à la page 491. Ces deux compositions sont fort remarquables, parce qu'elles appartiennent à un jeune homme de vingt ans. Les éloges de Lope, fort insignifiants, sont à la page 593 du même volume. On ne sait pas qui remporta les prix dans cette joûte littéraire de 1620.

(2) Les différentes compositions présentées par Caldéron, dans le concours du 17 mai 1622, sont insérées dans Lope de Vega, *Obras sueltas*, tom. XII, pp. 181, 239, 303, 363, 384. Lope dit, en parlant d'elles, à la page 413 : « Le prix fut donné « à Don Pedro Caldéron, qui savait gagner dans sa jeunesse des lauriers que les « cheveux blancs seuls savent d'ordinaire cueillir. » Les six ou huit poésies présentées par Caldéron, à ces deux concours poétiques sont très-estimables, non-seulement parce qu'elles sont les premières de ses œuvres qui nous restent ; mais aussi parce que ce sont les seuls spécimens que nous ayons de sa versification, si l'on excepte ses drames. Dans son *Don Quichotte,* Cervantès nous dit qu'en ce genre de concours, le premier prix était donné à la faveur ; le second, au rang du concurrent ; le troisième, à la justice, c'est-à-dire au mérite de l'ouvrage (Part. II, chap. XVIII). Caldéron obtint le troisième dans cette circonstance, pour une *cancion* ; le premier fut donné à Lope, le second à Francisco Lopez de Zarate.

(3) Silva VII.

font souvent que d'arriver de ces mêmes guerres et racontent leurs aventures, avec un air de réalité qui ne laisse aucun doute qu'ils parlent d'événements absolument vrais. Nous le retrouvons aussi dans la carrière des lettres qui lui convenait mieux. En effet Montalvan nous raconte, en 1632, que Caldéron était déjà l'auteur de plusieurs drames représentés avec applaudissements; qu'il avait gagné plusieurs prix dans des concours publics; qu'il avait écrit une grande quantité de vers lyriques, et qu'il avait commencé un poëme sur le déluge universel. Sa réputation, comme poète, était donc enviable, à l'âge de trente-deux ans, et elle ne pouvait qu'aller en augmentant (1).

Un auteur dramatique qui donnait de si belles espérances ne pouvait rester dans l'oubli, sous le règne de Philippe IV, surtout quand la mort de Lope de Vega, en 1635, laissait le théâtre sans maître. Aussi, en 1636, Caldéron fut formellement attaché à la Cour, avec l'obligation de fournir des drames pour les représentations des théâtres royaux; en 1637, il reçut un honneur plus distingué, et fut nommé chevalier de l'ordre de Santiago. Ces distinctions le rappelèrent plus d'une fois dans la vie militaire. En effet, il commençait à peine sa brillante carrière de poète, lorsqu'éclata, avec la plus grande violence, la révolte fomentée par la France, en Catalogne, et tous les membres des quatre grands ordres militaires du royaume furent requis, en 1640, de s'armer pour la lutte, et de soutenir l'autorité royale. Caldéron, en vrai chevalier, se présenta immédiatement pour remplir son devoir. Mais le roi, désireux de jouir de ses services au palais, le dispensa volontiers du service militaire et exigea de lui un autre drame. Le poète s'empressa de finir sa pièce intitulée : *Certamen de amor y celos* (2) et alla rejoindre l'armée. Il y servit loyalement, pendant la campagne, dans le corps de troupes commandées par le comte-duc d'Olivares en personne, et il y resta jusqu'à ce que la rébellion fût entièrement apaisée.

A son retour, le roi témoigna à Caldéron sa haute estime, en lui accordant une pension de trente couronnes d'or par mois, et le chargea

---

(1) *Para todos*, édition 1661, pp. 530-540. Mais ces esquisses se préparèrent en 1632.

(2) On a dit que Caldéron n'avait jamais donné à aucune de ses comédies le titre de *Certamen de amor y celos* (*Combat entre l'amour et la jalousie*) que Vera Tassis assigne à l'une d'elles. Mais c'est une erreur. On ne trouve pas, c'est vrai, de pièce avec ce titre, dans ses œuvres imprimées. L'avant-dernière sur la liste de ses comédies présentée par Caldéron lui-même au duc de Veraguas, en 1680, le porte cependant.

de toutes les dispositions des fêtes qu'allait donner la cour lors de l'entrée, dans Madrid, en 1649, de la nouvelle reine, Anne-Marie d'Autriche. Dès cette époque, Caldéron a constamment joui, à un haut degré, de la faveur royale, et, jusqu'à la mort de Philippe IV, il a exercé une grande influence sur tout ce qui concernait le drame, écrivant des comédies profanes pour les théâtres, et des *autos* pour l'Église, avec un succès et des applaudissements que rien n'interrompait.

En 1651, il suivit l'exemple de Lope de Vega et d'autres hommes de lettres de son temps, il entra dans une confrérie religieuse. Deux ans après, le roi lui donna une place de chapelain, dans la chapelle consacrée aux nouveaux rois, à Tolède, tombeau réservé pour la royauté et richement décoré, depuis l'époque de Henri de Transtamare. Mais on trouva que ses devoirs le tenaient trop éloigné de la cour pour les divertissements de laquelle il était devenu si important; en conséquence il fut nommé, en 1663, chapelain honoraire du roi, charge qui nécessitait régulièrement sa présence à Madrid. Il lui fut permis, en même temps, de conserver sa première place, on en ajouta même une seconde. Dans la même année, il se fit prêtre de la congrégation de saint Pierre dont il devint bientôt le chef, fonction importante qu'il remplit durant les quinze dernières années de sa vie, et qu'il exerça avec la plus grande douceur et la plus grande dignité (1).

Cette accumulation de bénéfices religieux n'eu pas pour effet d'interrompre d'aucune façon ses travaux dramatiques. Au contraire, elle contribua plutôt à le stimuler pour de plus grands efforts; sa renommée était telle maintenant que les cathédrales de Tolède, de Grenade, de Séville, lui demandaient constamment des drames religieux pour les représenter le jour de la Fête-Dieu, cette grande solennité pour laquelle il avait, pendant trente sept ans environ, fourni régulièrement des divertissements semblables, à la charge spéciale de la ville de Madrid. Tant pour ces services que pour ses services rendus à la cour, il fut richement récompensé, de sorte qu'il accumula une fortune considérable.

Après la mort de Philippe IV, arrivée en 1665, il semble avoir moins joui de la protection royale. Charles II avait un tempérament tout à fait opposé à celui de son prédécesseur. Antonio de Solis, l'historien, parle de Caldéron, et, faisant allusion à cette circonstance, il dit très-finement:

_____

(1) « Il sut parfaitement, dit Agustin Lara, concilier, par humilité et par pru-
« dence, les devoirs d'un fils obéissant avec l'amour d'un père. »

« il mourut sans Mécènes (1), » *murió sin Mecenas*. Calderón n'en continua pas moins d'écrire, comme avant, pour les théâtres publics, pour la cour et pour les églises, et de conserver, durant toute sa vie, l'extraordinaire et générale popularité de ses meilleures années. Il mourut, en 1681, le 25 mai, jour de la Pentecôte, au moment où toute l'Espagne retentissait de la représentation de ses *autos*, à la composition de plus d'un desquels il s'était consacré presque jusqu'aux derniers moments de sa vie (2).

Le lendemain, il fut porté, sans pompe, comme il l'avait demandé, à sa tombe, dans l'église de San-Salvador, par les prêtres de la congrégation dont il avait été si longtemps le président et à laquelle il laissait maintenant toute sa fortune. Peu de jours après, on lui fit des funérailles plus magnifiques pour satisfaire aux réclamations de l'admiration publique. A Valence, à Naples, à Lisbonne, à Milan, à Rome, ses compatriotes annoncèrent publiquement sa mort comme une calamité nationale (3). On éleva immédiatement à sa mémoire un monument dans l'église où il avait été enterré, mais, en 1840, ses restes furent transportés dans l'église plus splendide d'Atocha, où ils reposent maintenant (4).

---

(1) Approbation de l'*Obelisco funèbre* du 30 octobre 1683. Tout ce qui se rapporte à Calderón, dans ce rare volume, est fort important. C'est en effet l'œuvre d'un ami, composée, du moins pour la partie poétique, et d'après ce que nous en dit l'auteur lui-même, cinquante-trois jours après la mort de Calderón.

(2) *Estaba un auto entonces en los fines, como su autor* (*Obelisco*. Canto 1, strophe 22) : un *auto* touchait alors à sa fin, comme son auteur. — Voir aussi le sonnet à la fin du volume. Antonio de Solis, l'historien, nous dit dans une de ses lettres : « Il est mort, notre ami D. Pedro Calderón ; il a fini, comme finit, dit-on, « le cygne, en chantant : en effet, il était dans un danger des plus graves et il fit tout « ce qu'il put pour terminer le second auto du *Dia del corpus* ; il ne put cepen- « dant aller au delà de la moitié. D. Melchor de Léon le finit le mieux qu'il sut. » (*Cartas* de Nicolas Antonio et d'Antonio de Solis, publiées par Mayans y Siscar, Lyon, 1733, in-12, pag. 75). J'ai cité trois autorités contemporaines sur un fait si insignifiant, afin de montrer l'importance attachée à tout ce qui regardait Calderón et ses *autos*.

(3) Lara, dans ses *Advertencias*, parle d'*Éloges funèbres* imprimés à Valence. Vera Tassis en fait aussi mention, mais sans ajouter qu'ils étaient imprimés. Il serait fort intéressant d'en voir un exemplaire, puisqu'ils sont l'œuvre d'illustres gentilshommes de la maison du duc de Veraguas, grand ami de Calderón. Une analyse des dernières volontés du poète se trouve dans l'*Obelisco*, chant Ier, stroph. 32, 33.

(4) Baena, tom. IV, pag. 231, nous donne la description du monument primitif et la copie de son inscription. Dans le *Foreign Quaterly Review*, avril 1841, pag. 227, nous trouvons le récit de la translation des cendres du poète dans le couvent de

Calderón était remarquable, nous dit-on, par sa beauté personnelle qu'il conserva longtemps, par la sérénité et la tranquillité de son âme. Son portrait, gravé et publié peu de temps après sa mort, porte du moins une forte empreinte d'une contenance vénérable, à laquelle l'imagination ajoute facilement le regard brillant, la voix douce que lui donne son ami et son panégyriste, tandis que ses sourcils larges et admirablement arqués nous rappellent les traits les plus familiers de notre grand poète dramatique (1). Son caractère semble avoir été plein de bienveillance et de bonté. Dans sa vieillesse, il avait coutume de réunir autour de lui, à ce qu'on nous apprend, le jour anniversaire de sa naissance, ses amis à qui il racontait les aventures amusantes de son enfance (2). Durant toute la partie active de sa vie, il jouit de l'estime de la plupart des personnes distinguées de son temps qui, comme le comte-duc d'Olivares et le duc de Veraguas, semblent s'être attachées à lui tant par la douceur de son caractère que par la beauté de son génie et la grandeur de sa réputation.

Durant une vie prolongée pendant plus de quatre-vingts ans, et dont la presque totalité fut consacrée aux lettres, Calderón produisit un grand nombre d'ouvrages. Toutefois, à l'exception d'un panégyrique du duc de Medina de Rioseco, mort en 1647, d'un volume particulier d'*Autos* imprimé en 1676, il ne publia presque rien de ce qu'il avait écrit (3). Cependant, outre plusieurs longs ouvrages (4), il préparait pour les aca-

---

Notre-Dame d'Atocha. Pour honorer encore mieux la mémoire de Calderón, on essaya de publier sa vie et les poésies écrites à sa louange par Zamacola, Zorilla, Hartzenbusch, etc., par souscription, à Madrid, en 1840.

(1) Son panégyriste parle de son front large, *su frente espaciosa*, que l'on distingue bien sur la planche gravée en 1684, quoique dans les copies qui en ont été faites postérieurement par d'autres graveurs, ce trait de sa physionomie soit entièrement négligé :

Consideraba de su rostro grave	Il considérait dans sa figure grave
Lo capaz de la frente, la viveza	La largeur de son front, la vivacité
De los ojos alegres, lo suave	De ses yeux alertes, la douceur
De la voz, etc.	De sa voix, etc.

(Chap. i, xi, xli.)'

(2) Préface de l'*Obelisco*.

(3) La description de l'entrée de la nouvelle reine dans Madrid, en 1649, écrite par Calderón, fut néanmoins imprimée, mais ce fut sous le nom de Lorenço Ramirez de Prado qui, aidé de Calderón, arrangea tous les préparatifs de la fête en cette occasion.

(4) Les œuvres inédites de Calderón, suivant Vera Tassis, Lara et d'autres, sont : 1° *Discursos de los quatro Novisimos*, discours sur ce que les théologiens appellent les quatre fins dernières de l'homme : la Mort, le Jugement, l'Enfer et le Ciel. Lara raconte que Calderón lui avait lu trois cents octaves de ce poëme, qui devait

démies dont il était membre et pour les joûtes et concours poétiques si communs en Espagne, à cette époque, un grand nombre d'odes, de chansons, de romances et d'autres poésies qui ne contribuèrent pas peu à sa réputation parmi ses contemporains (1). Son frère imprima, toutefois, plusieurs de ses comédies, entre 1640 et 1674; mais on nous déclare formellement que Caldéron n'en envoya jamais aucune à l'impression (2).

---

en avoir cent de plus. Il est indubitablement perdu; — 2° *Tratado defendiendo la Nobleza de la Pintura*; — 3° Un autre traité, *Defensa de la Comedia*; — 4° Un autre sur le *Diluvio general*. Ces trois traités étaient probablement en vers, comme les Discours. Il n'y a pas de doute pour celui du Déluge : Montalvan et Lara en parlent comme d'un poëme; — 5° *Lagrimas que vierte un alma arrepentida à la hora de la muerte (Larmes que verse une âme repentante à l'heure de la mort)*. Ce dernier poëme a été imprimé, quoique donné comme inédit par Vera Tassis. C'est un petit poëme avec la mesure de la romance, que j'ai découvert dans un singulier volume où il parut probablement pour la première fois, et qui porte pour titre : *Avisos para la muerte, escritos por algunos ingenios de España, à la devocion de Bernardo de Obiedo, secretario de Su Majestad, etc.*, publicados por D. Luis Arellano. Valencia, 1634, in-18, 90 feuillets; réimprimé à Saragosse, en 1648, et souvent ailleurs. Il se compose de la contribution de trente poètes, au nombre desquels nous ne trouvons pas moins que Luis Velez de Guevara, Juan Perez de Montalvan, Lope de Vega Le refrain de la romance de Caldéron qui s'y trouve avec son nom en tête, c'est :

¡ O dolce Jesus mio!	O mon doux Jésus !
No entres, Señor, con vuestro	N'entrez jamais, Seigneur,
Siervo in juicio.	En jugement avec votre serviteur !

Les deux stances suivantes sont un heureux spécimen de toute cette composition :

¡ Oh quanto el nacer, o quanto	Oh! que la naissance
Al morir es parecido !	A la mort est semblable :
Pues se nascemos llorando,	Si nous naissons en pleurant,
Llorando tambien morimos.	En pleurant aussi nous mourons.
O dulce Jesus mio! etc.	O mon doux Jésus! etc.
Un gemido la primera	Un gémissement est le premier
Salva fue que al mundo hizimos	Salut que nous faisons au monde,
Y el ultimo vale que	Et le dernier adieu qu'au monde
Le hazemos es un gemido.	Nous disons, est un gémissement.
O dulce Jesus mio! etc.	O mon doux Jésus! etc.

Toutes les pièces de ce petit volume sont très-curieuses pour jeter quelque lumière sur les mœurs espagnoles, dans un siècle où un ministre d'État recherche un comfort spirituel par de tels moyens et à de pareilles sources.

(1) Lara et Vera Tassis, tous deux amis de Caldéron, assurent que le nombre de ses compositions détachées était très-considérable.

(2) Toute la collection se compose de quatre volumes, et Caldéron, dans la préface de ses *autos*, imprimés en 1676, semble admettre leur authenticité. Il s'abstient toutefois, avec une certaine prudence, de le déclarer directement, pour qu'on ne crût pas qu'il en autorisait la publication.

Si pour ses *autos* il s'écarta de ses habitudes ordinaires, ce fut contre son gré et seulement pour que leur caractère sacré ne fût pas altéré par une publication subreptice et imparfaite (1).

Pendant quarante-cinq années de sa vie, les presses regorgèrent d'œuvres dramatiques, portant son nom sur leur frontispice. Dès 1633, elles commencèrent à paraître dans des collections populaires; mais plusieurs de ces pièces ne lui appartenaient pas et le reste était tellement défiguré par la rédaction imparfaite qu'on en avait écrite, durant leur représentation, que Calderón nous raconte qu'il pouvait souvent à peine les reconnaître lui-même (2). Son éditeur et son ami, Vera Tassis, nous donne plusieurs listes de comédies, s'élevant à un total de cent quinze, imprimées par la cupidité des libraires de Calderón, sans qu'il y en ait une qui puisse réclamer l'honneur de lui appartenir, et il ajoute que beaucoup d'autres pièces, que Calderón n'avait jamais vues, partirent de Séville pour les possessions espagnoles de l'Amérique (3).

De pareils moyens finirent par produirent une telle confusion que le duc de Veraguas, chef illustre de la famille des Colomb et capitaine général du royaume de Valence, écrivit, en 1680, une lettre à Calderón pour lui demander la liste de ses drames, afin de réunir pour lui, comme son ami et son admirateur, une collection complète. La réponse du poète, se plaignant amèrement de la conduite des libraires, qui rendaient une pareille demande nécessaire, est accompagnée d'une liste de cent onze drames

---

(1) « Tout le monde sait, dit Lara, que Don Pedro n'envoya jamais aucune de « ses *comédies* à l'impression, et que toutes celles qui se publièrent s'imprimèrent « contre sa volonté (*Obelisco funèbre*, préface).

(2) Les premières de ces publications frauduleuses des comédies de Calderón sont celles que nous avons vues dans une collection fort rare de *Comedias compuestas por diferentes autores*, tom. XXV, Saragosse, 1633, in-4°. Là se trouve l'*Astrologo fingido* de notre poète. plein de variantes, d'omissions et d'erreurs d'autant plus surprenantes que l'éditeur Escuer proteste à chaque instant du soin et de la fidélité qu'il a apportés dans l'impression. (Voy. fol. 191, verso.) Dans la collection plus grande des Comédies, en quarante-huit volumes, collection commencée en 1652, il y a cinquante-trois comédies attribuées à Calderon, en tout ou en partie. Plusieurs ne sont certainement pas de lui, et presque toutes, autant que j'ai pu en juger, ont un texte scandaleusement altéré. Elles furent toutes imprimées avant 1679, c'est-à-dire deux ans avant la mort de Calderón, et avant qu'aucune d'elles ait obtenu une autorité suffisante pour sa publication.

(3) On pourrait ajouter un plus grand nombre de pièces à la liste des drames qu'on attribue à Calderón, comme par exemple, *El garrote mas bien dado*, insérée dans *El mejor de los mejores libros de comedias nuevas* (Madrid, 1653, in-4°) avec d'autres qui sont certainement authentiques.

et de soixante-dix *autos* sacramentels, dont il réclame la propriété (1). Ce catalogue constitue la base véritable pour connaître les œuvres dramatiques de Caldéron, jusqu'à nos jours. Toutes les comédies qui y sont mentionnées n'ont pas été trouvées. Neuf d'entre elles ne paraissent ni dans l'édition de Vera Tassis, en 1682, ni dans celle d'Apontès, en 1760 ; d'un autre côté on y en a ajouté quelques-unes qui ne se lisent pas sur la liste de Caldéron, et cela d'après des autorités, paraît-il, suffisantes. De telle sorte que nous avons maintenant soixante-treize *autos* sacramentels, avec leurs *loas* pour prologue (2), et cent huit *comédies* sur lesquelles la réputation de Caldéron, comme poète dramatique, est désormais solidement établie (3).

(1) Cette correspondance, aussi honorable pour Caldéron que pour le chef de la famille des Colomb, qui signait avec orgueil *El almirante Duque*, obéissant aux ordres que Colomb avait laissés à ses descendants (Navarrete, tom. II, pag. 229), se trouve dans l'*Obelisco funèbre* et dans le *Teatro español* de Huerta (Madrid, 1785, in-12, Part. II, tom. III). Les plaintes de Caldéron contre les libraires sont très-amères et très-justes. Dans une préface à ses *autos*, en 1676, il dit : « Que ces « fraudes privaient les hôpitaux et les maisons de charité, qui ne recevaient plus « qu'une petite quote-part des revenus des théâtres, d'une somme annuelle de « 26,000 ducats pour le moins. »

(2) Toutes ces *loas* ne sont pas de Caldéron ; il est même impossible de déterminer aujourd'hui celles qui le sont et celles qui ne le sont pas. *No son todas suyas*, dit une phrase de la préface dans l'édition de 1717.

(3) Vera Tassis assure, dans sa *Vie de Calderon*, que ce poète composa une centaine de *saynetes* ou petites farces ; cent *autos sacramentales* ; deux cents *loas* et plus de cent vingt *comédies*. Dans sa collection (Madrid, 1682-91, 9 vol. in-4°), il n'inséra que les comédies mentionnées dans le texte et un petit nombre d'autres, une douzaine peut-être, dont il voulait former un volume supplémentaire qui ne s'est jamais imprimé. Il n'en parut pas davantage dans l'édition d'Apontès (Madrid, 1760-63), onze volumes in-4° ; ni dans l'édition plus correcte publiée à Leipsick, en 1827-30, quatre vol. in-8°, par J.-J. Theil, intelligent admirateur de la littérature espagnole dans cette ville. Par conséquent, il est probable que leur nombre ne s'est pas beaucoup augmenté. Nous avons cependant les titres de neuf comédies reconnues par Calderon lui-même, qui ne se trouvent dans aucune de ces collections, et Vera Tassis nous donne les titres de huit autres, où suivant la mode du temps, Calderon, dit-il, n'écrivit qu'un acte. Un jour peut-être, en retrouvera-t-on quelques-unes. Nous serions certainement fort curieux d'en voir une, mais nous serions encore plus curieux devoir un de ces cent *saynetes* dont parle Vera Tassis et qui devaient être si remarquables par le sel de leurs *graciosos* que Calderon sut mettre en scène si heureusement. Mais il n'en existe aucun, quoique Huerta nous donne les titres de six ou sept dans son *Catalogue*. Les *autos* étaient la propriété de la ville de Madrid ; ils se représentaient annuellement, mais ils n'obtenaient qu'à la longue le permis d'imprimer (*Lara*, prologue). Ils furent publiés pour la pre-

Dans l'examen de cette immense quantité d'œuvres dramatiques de Caldéron, il sera surtout convenable de prendre, premièrement et en elles-mêmes, celles qui se distinguent tout à fait du reste, et qu'il jugea, lui-même, dignes d'être publiées par ses soins, je veux parler de ses *autos*, ou drames pour le jour de la Fête-Dieu. Ils ne sont pas indignes d'un examen spécial. Rien, en effet, dans la littérature dramatique d'une nation ne nous fait mieux connaître le caractère du peuple qui l'a produite, que cette branche de la littérature dans le théâtre espagnol. Or, parmi les poètes qui se sont consacrés à ce genre, nul n'a eu plus de succès que Caldéron.

Quant au caractère primitif et à la condition de ces *autos*, et à leurs rapports avec l'Église, nous en avons déjà parlé lorsque nous avons traité de Juan de l'Encina, de Gil Vicente, de Lope de Vega, de Valdivielso. Ces compositions furent, à partir du douzième et du treizième siècles, un des divertissements favoris de la masse du peuple. A l'époque où nous sommes arrivés, elles avaient grandi graduellement et avaient acquis une immense importance. Elles s'étaient répandues dans toute la Péninsule, et même dans les plus petits villages. C'est ce que nous voyons dans le *Viage entretenido* d'Agustin de Rojas (1), et dans la deuxième partie du *Don Quichotte*, où le chevalier errant est représenté faisant la rencontre d'un char transportant d'un village à un autre les acteurs pour la Fête du Saint-Sacrement (2). Tout cela avait lieu, il faut bien s'en souvenir, avant 1615. Dans les trentes années suivantes et principalement dans la dernière partie de la vie de Caldéron, le nombre et l'importance des *autos* avaient singulièrement augmenté, ils étaient représentés avec le plus grand luxe et à grand frais, dans les rues de toutes les villes les plus considérables : tant ils avaient d'importance pour l'influence du clergé :

---

mière fois, en 1717, en six volumes in-4° ; et ils remplissent le même nombre de volumes dans l'édition de Madrid, 1759-60, in-4°. Ce sont là toutes les éditions des œuvres dramatiques de Caldéron, excepté toutefois une espèce de contrefaçon de l'édition de Vera Tassis, imprimée, à Madrid, en 1726, et les pièces choisies et détachées qui se sont de temps à autre imprimées, soit en Espagne, soit ailleurs. Deux éditions ont été dernièrement entreprises : l'une en Espagne, en 1846; l'autre, à la Havane, en 1840; aucune d'elles ne s'est probablement terminée. Sur Caldéron, lisez le *Jahrbücher der literatur*, Vienne, tom. XVII, XVIII et XIX, 1822. Il s'y trouve une notice excellente à laquelle je dois beaucoup et qui mérite d'être imprimée séparément et conservée.

(1) Rojas, *Viage entretenido (Voyage divertissant)*, 1614, fol. 51-52 et ailleurs.

(2) *D. Quichotte*, édition Pellicer, Part. II, chap. II et les notes.

tant ils avaient d'attrait pour toutes les classes de la société, nobles, esprits cultivés et vile multitude.

En 1654, année où ils étaient arrivés à l'apogée de leurs succès, Tarsens de Somerdyck, voyageur hollandais accompli, nous en donne un récit, tel qu'il les avait vu représenter à Madrid (1). Le matin du jour de la fête, nous dit-il, il se fit une procession, comme celles qui avaient coutume de se faire du temps de Lope, à laquelle assistèrent le roi et la cour, sans distinction de rang, précédés par deux figures fantastiques de géants, et parfois par la forme grotesque de la *Tarasca*. C'est un de ces groupes qui, ayant été porté la nuit, à ce que nous raconte Francisco Santos dans une de ses charmantes nouvelles, d'une place où il avait été montré la veille à une autre où il devait être montré le lendemain, effraya tellement une compagnie de muletiers passant par hasard par cette dernière place, qu'ils soulevèrent tout le voisinage, comme si un monstre vivant était venu parmi eux pour ravager toute la contrée (2). Ces figures difformes et toute cette étrange procession, cette musique de hautbois, de tambourins, de castagnettes, ces bannières et ces étendards religieux accompagnaient le Saint-Sacrement, dans les rues, pendant quelques heures, et rentraient ensuite à l'église principale d'où on les congédiait.

Le soir on se réunissait de nouveau et l'on représentait les *autos*, tant ce jour que les jours suivants, devant les maisons des grands officiers d'État ; le public se tenait aux balcons d'où l'on pouvait voir la représentation, ou autrement dans les rues. Les géants et les Tarascas étaient amenés pour divertir la multitude ; la musique venait à son tour et l'on dansait ce que l'on voulait. Pour augmenter l'effet de la scène, on allumait des torches, quoique la représentation ne se donnât jamais que le jour. Le roi et la famille royale jouissaient de ce spectacle, assis sous un magnifique dais, placé vis-à-vis la scène disposée pour la circonstance.

---

(1) *Voyage d'Espagne*, Cologne, 1667, in-8° ; et Barbier, *Dictionnaire d'Anonymes*, Paris, 1824, in-8°, n° 19281. L'*auto* que vit le voyageur hollandais devait être sans aucun doute un *auto* de Calderón. En effet, Calderón, tant à ce moment que longtemps après, était exclusivement chargé de les écrire pour la ville de Madrid. Mme d'Aulnoy décrit elle-même cette procession splendide, qu'elle avait vue en 1679 (*Voyage*, édition de 1693, tom III, pp. 52-55), ainsi que l'*auto* impertinent ; c'est l'épithète qu'elle lui donne et qui s'y représenta cette année-là.

(2) La *Verdad en el potro* (*la Vérité sur le chevalet*), Madrid, 1686, in-12, pp. 291, 292. Le voyageur hollandais Somerdick avait entendu la même histoire ; mais il la raconte moins bien (*Voyage*, pag. 121). La Tarasca était, sans aucun doute, excessivement laide. Montalvan (*Comedias*, Madrid, in-4°, 1638, fol. 13), y fait allusion pour désigner un objet monstrueux et difforme.

Dès que les principaux personnages étaient assis, la *loa* se débitait ou se chantait; ensuite l'*entremes* comique, puis l'*auto* lui-même, et finalement quelque chose qui contribuait au divertissement général, soit musique, soit danse. Ce spectacle se continuait dans les différents quartiers de la la ville, tous les jours, durant un mois, pendant lequel les théâtres étaient fermés, et les acteurs qui en constituaient les compagnies étaient employés dans les rues aux services de l'Église (1).

De cette espèce de divertissements que Calderón composait pour Madrid. Tolède et Séville, il ne nous en reste, avons-nous dit, pas moins de soixante-treize. Tous sont allégoriques, et, par la musique et le spectacle dont ils abondent, ils se rapprochent tous, plutôt de l'opéra que de tout autre genre de drames alors connus en Espagne. Plusieurs d'entre eux nous rappellent par leur extravagance religieuse, la manière dont les divinités sont traitées dans les comédies d'Aristophane; d'autres, par leur animation et leur richesse, les poétiques mascarades des Ben Johnson. Ils offrent une grande variété de sujets, et leur structure révèle le travail et la dépense qu'ont dû exiger toutes leurs machines, les jours de représentation.

Si l'on y comprend la *loa* qui les accompagne, chacun des *autos* de Calderón est presque ou tout à fait aussi étendu que les comédies régulières qu'il a écrites pour le théâtre profane. Le titre de plusieurs d'entre eux indique leur sujet, tels que *Primero y segundo Isaac, La viña del Señor, Las Espigas de Ruth*; d'autres comme *El verdadero Dios Pan* et *La Primer flor del Carmelo* ne le donnent pas du tout. Tous sont remplis de personnages imaginaires, tels que le Péché, la Mort, le Mahométisme, le Judaïsme, la Justice, la Pitié, la Charité. Le but et la fin qu'ils se proposent tous, c'est de faire ressortir et de glorifier la doctrine de la présence réelle dans l'Eucharistie. Le grand ennemi de l'homme y remplit par conséquent une large place. Trop large, dit Quevedo, en ajoutant qu'il a fini du moins, par devenir un personnage plein de présomption et de vaine gloire, arrivant sur la scène admirablement vêtu et parlant comme si le théâtre était entièrement sa propriété (2).

Il devait y avoir nécessairement beaucoup d'uniformité dans la structure de drames pareils; rien n'est cependant plus étonnant que le génie avec lequel Calderón a varié ses allégories. Tantôt il les mêle avec l'histoire nationale, comme il l'a fait dans les deux *autos* sur *El santo rey*

---

(1) C. Pellicer, *Origen de la Comedia*, 1804, tom. I, pag. 258.
(2) Quevedo, *Obras*, 1791, tom. I, pag. 386.

D. Fernando; plus souvent il y mêle des incidents et des histoires des
Saintes Écritures, comme dans *La Serpiente de metal* et *El arca de Dios
cautiva;* toujours, quand il peut, il saisit l'occasion populaire de produire
un effet sur l'auditoire, comme il l'a fait après la construction complète
de l'Escurial et du Buen Retiro, après le mariage de l'infante Marie
Thérèse, événements qui contribuèrent chacun à lui fournir des matériaux pour un *auto* particulier. Presque tous renferment des passages
d'une poésie lyrique saisissante ; un petit nombre, en tête desquels, il faut
placer *La devocion de la misa,* portent les traces d'un libre usage des vieilles
romances.

Un des plus caractérisques de la collection, un de ceux qui se
distinguent par un mérite poétique considérable dans divers passages,
c'est *El divino Orfeo* (1). Il commence par l'entrée en scène d'un grand
char noir, en forme de barque, traîné le long de la rue jusqu'à l'estrade
où *l'auto* devait se jouer. Il portait le Prince des Ténèbres, en guise de
pirate, et l'Envie, comme pilote; l'un et l'autre avaient navigué, suppose-t-on, à travers une grande partie du chaos. Ils entendent au loin
une musique harmonieuse partant d'un autre char, qui s'avance du coté
opposé, en forme de globe céleste, couvert par les signes des planètes et
des constellations, et contenant Orphée qui représente, par allégorie,
le Créateur de toutes choses. Ce char est suivi d'un troisième figurant
le globe terrestre, dans lequel se trouvent les sept Jours de la semaine et la
Nature humaine, tous profondément endormis. Ces chars s'ouvrent, de
sorte que les personnages qu'ils contiennent peuvent descendre sur le
théâtre ou se retirer derrière la scène, à volonté. Les machines et les trucs
constituaient par eux-mêmes, dans ces autos, comme dans toutes les
représentations semblables, une partie importante de l'arrangement
scénique de ces spectacles, et le plus souvent la partie la plus importante,
dans l'opinion du public.

A leur arrivée sur la scène, le divin Orphée, avec sa poésie lyrique et
la musique correspondante, commence l'œuvre de la création, en employant toujours le langage emprunté des Écritures. Au moment convenable et à mesure qu'il avance, chaque Jour se présente lui-même, se
levant de son ancien lit, et revêtu de symboles indiquant la nature de
l'œuvre qui vient de s'accomplir. Après cela, la Nature humaine est
appelée de la même manière ; elle apparaît sous la forme d'une femme
pleine de beauté et qui n'est autre que l'Eurydice de la fable. Le plaisir

(1) Il est dans le quatrième volume de l'édition imprimée, à Madrid, en 1759.

habite avec elle dans le Paradis, et, dans l'extase de sa félicité, elle chante un hymne en l'honneur du Créateur, hymne basé sur le psaume cent trente-six. L'effet poétique de ce chant est détruit par une scène inopportune de galanterie allégorique, entre le divin Orphée et la Nature humaine.

Suivent la tentation et la chute; alors les Jours gracieux qui avaient jusque-là toujours accompagné la Nature humaine et répandu le bonheur sur son chemin disparaissent l'un après l'autre, et l'abandonnent à ses épreuves, à ses péchés. Elle est bientôt dévorée par le remords, et, dans son désir d'éviter les conséquences de sa faute, elle est conduite par la barque du Léthé au royaume du Prince des Ténèbres, qui dès sa première apparition sur la scène, n'a cessé de travailler avec son aide, l'Envie, à obtenir ce triomphe. Mais ce triomphe est de courte durée. Le divin Orphée, qui a représenté, pendant quelque temps, le caractère de notre Sauveur, arrive sur la scène, déplore la chute de la Nature humaine, et répète un chant d'amour et de regret, en s'accompagnant sur une harpe construite en forme de croix. Il s'arme ensuite de toute son omnipotence, et pénètre dans le royaume des ténèbres, au milieu des tonnerres et des éclairs, il renverse tous les obstacles, rachète la nature humaine de sa perdition et la place avec les sept Jours de la semaine, également rachetés, sur un quatrième char en forme de vaisseau et orné de manière à représenter l'Église chrétienne et le mystère de l'Eucharistie. Alors cette magnifique machine se met en mouvement et la représentation finit par les acclamations des acteurs du drame, auxquelles répondent les applaudissements des spectateurs qui, à genoux, souhaitent au bon navire un bon voyage et une heureuse arrivée un port désiré.

Ces *autos* sacramentels devaient produire un grand effet, ce n'est pas douteux. Les allégories de toute espèce qui, dès les temps primitifs, avaient eu tant d'attraits pour le peuple espagnol, continuaient encore de lui en offrir à un degré extraordinaire. Le spectacle imposant des *autos*, leur musique, leurs représentations à des époques solennelles de loisir, aux frais du gouvernement et avec la sanction de l'Église, leur donnaient sur la faveur populaire des droits dont n'avait jamais joui aucune autre forme d'amusement du peuple. On en écrivait, on en représentait partout, dans toute la Péninsule, et pour toutes les classes du peuple, parce que tous en demandaient partout. On peut voir, dans le *Viaje entretenido* de Rojas, combien ces représentations étaient humbles dans les villages et les hameaux. Rojas nous y donne la description d'un *auto* sur Caïn et Abel, où deux acteurs remplissaient tous les rôles (1). On peut le voir aussi dans

_____

(1) *Viaje*, 1614, fol. 35-37.

Lope de Vega (1), dans Cervantès (2), qui nous parlent de leurs *autos*, écrits par des barbiers et joués par des bergers. D'un autre côté, nous savons qu'à Madrid on n'épargnait aucune dépense pour augmenter leur solennité et leur effet, et que partout les autorités publiques leur accordaient leur appui et leur protection. Leur influence ne cessa jamais entièrement. En 1765, Charles III interdit leurs représentations publiques; mais la volonté du peuple, l'habitude contractée durant cinq siècles, ne pouvaient se briser ainsi immédiatement par un décret royal. Des *autos* ou des farces dramatiques religieuses qui leur ressemblent s'exécutent dans les villages les plus éloignés de la Péninsule : tandis que, dans les colonies· primitives de l'Espagne, des représentations du même genre et de la même nature, sinon précisément de la même forme, n'ont jamais été interrompues (3).

Quant aux *comedias devotas* et aux *comedias de santos*, Calderón en écrivit, en tout, treize ou quatorze. C'était nécessaire à son succès, il n'y a pas de doute, qu'il composât de pareilles pièces si demandées, à un certain moment de sa carrière dramatique. La mort de la Reine D. Isabelle, en 1644, celle du prince D. Baltasar Carlos, en 1646, firent suspendre les représentations publiques sur les théâtres et revivre la question de leur légitimité. On prescrivit de nouvelles règles sur le nombre des acteurs et sur leurs costumes : on essaya même de bannir de la scène toute comédie reposant sur la passion de l'amour, et spécialement toutes celles de Lope de Vega. Cette situation violente dura jusqu'en 1649, mais elle ne donna aucun résultat important. Les règles établies ne s'exécutèrent pas dans l'esprit qui les avait dictées. On annonça et l'on joua comme religieuses des comédies qui n'en avaient que le titre; d'autres, reli-

---

(1) *Comedias*, tom. IX, Barcelone, 1618, fol. 133. *El Animal de Ungria*.

(2) *D. Quichotte*, Part. 1, chap. xii.

(3) *Cartas de Doblado*, 1822, pp. 296, 301, 303, 309. Mme Calderón, *Vida en Mèjico*, Londres, 1843, lettres 38 et 39 ; Thompson, *Recuerdos de Mèjico*, New-York, 1846, in-8°, chap. ii. L'estime dont jouirent les *autos* jusqu'à une époque toute récente et même auprès d'ecclésiastiques fort respectables, peut se déduire de l'admiration que professait pour eux D. Martin Panzano, aumônier de l'ambassade d'Espagne à Turin, dans son traité en latin *De Hispanorum literatura* (Mantuæ, 1759, in-folio). C'est un livre écrit pour défendre les droits littéraires de l'Espagne ; en parlant des *autos* de Calderón, quelques années avant leur interdiction, il s'exprime ainsi : « Ce sont de vrais drames, *in quibus neque in inveniendo acumen, neque in disponendo ratio, neque in ornando aut venustas, aut nitor, aut majestas desiderantur*, dans lesquels la finesse d'invention, la sagesse du plan, la beauté, l'éclat et la majesté des ornements ne laissent rien à désirer. » Pag. lxxv.

gieuses par la construction extérieure étaient remplies d'intrigues amoureuses, aussi libres que toutes celles du genre profane. Par conséquent
toutes les tentatives pour contraindre le théâtre furent victorieusement
combattues ou éludées, spécialement par les représentations privées
dans les palais de la noblesse (1). Ces tentatives furent donc abandonnées
et le théâtre, avec ses vieux attributs, ses anciens moyens d'attraction, se
développa avec une extravagance et une popularité plus grandes que
jamais (2). C'est un fait qui résulte de la multitude des écrivains dramatiques qui devinrent célèbres, et de la circonstance qu'un grand nombre
de membres du clergé, tels que Tarrega, Mira de Mescua, Montalvan,
Tirso de Molina, Calderon. sans parler de Lope de Vega, si particulièrement exact dans l'accomplissement de ses devoirs comme prêtre, furent
tous des écrivains dramatiques des plus heureux (3).

(1) Ces représentations dans des maisons particulières furent longtemps en
vogue. Bisbe y Vidal (*Tratado*, 1618, chap. xviii) en parle comme étant fort communes à Barcelone. Dans ses attaques, d'ailleurs sévères, contre le théâtre, il les
traite avec indulgence et il reconnaît ainsi leur popularité et leur influence.

(2) Il n'est pas aisé de fixer avec exactitude la condition du théâtre, durant ces
quatre ou cinq années. Les auteurs dramatiques semblent avoir été arrêtés, plus
ou moins, sinon entièrement, dans leur course, pendant une partie de ce temps.
Nous en trouvons le récit dans Casiano Pellicer, *Origen de la Comedia*, tom. I,
pp. 216, 222, et tom II, pag. 135, ouvrage fort important, mais écrit avec peu de
méthode et mal digéré.

Suivant D. Juan Antonio Condé, l'historien, les matériaux furent réunis principalement par le père de l'auteur. Le savant éditeur de *Don Quichotte*, son fils, ne
sut pas les coordonner. Quelques notes et quelques détails sur la situation du
drame profane à cette époque peuvent aussi se lire dans la *Défense du Théâtre* par
Ulloa y Pereira, défense écrite probablement pour apprécier particulièrement le
fait, et qui ne s'imprima qu'avec l'édition de ses œuvres, à Madrid, en 1674, in-4°.
Il affirme qu'il n'avait jamais été sérieusement question de proscrire le théâtre;
que Philippe II ne pensa qu'à le régler, mais non à le supprimer (pag. 343). D. Luis
Crespi de Borja, évêque d'Orihuela et ambassadeur de Philippe IV à Rome, qui
avait tout d'abord favorisé le théâtre, prêcha, dans le carême de 1646, un sermon
furieux contre lui, sermon qui ne s'imprima que trois ans après. Il produisit une
sensation considérable. D. Andrés de Avila y Heredia, seigneur de la Garena, lui
répondit; mais il fut soutenu par le Père Ignacio Camargo. Toutes ces contro-
verses ne servirent à rien, pour arrêter ou favoriser les progrès de l'art dramatique
en Espagne.

(3) Le clergé écrivant des pièces libres et même immorales est un trait qui
caractérise bien l'état corrompu de la société espagnole, telle que nous la dépeint
souvent Mme d'Aulnoy dans son *Voyage en Espagne* (1679-80), livre curieux et
divertissant, où se retrace avec une grande habileté cet esprit religieux que nous
trouvons si souvent dans la littérature espagnole. C'est ainsi qu'en parlant de

Une des comédies religieuses de Caldéron, une des plus remarquables, c'est *El Purgatorio de San Patricio*. Elle est fondée sur un petit volume du même titre, composée par Montalvan dont nous avons déjà parlé, dans lequel les vieilles traditions d'une entrée dans le Purgatoire, par une grotte, dans une île de la côte d'Irlande, ou de l'Irlande elle-même, se trouvent unies à la fiction historique de Ludovico Enio, espagnol qui, à part sa conversion par saint Patrice, et une bonne fin, *acabar bien*, n'est pas meilleur qu'un autre don Juan Tenorio (1). Cette étrange comédie, où ces figures sont les principales, commence par un naufrage. saint Patrice et le mécréant Enio, sont jetés sur la côte, et se trouvent en Irlande ; le pécheur est sauvé par les vigoureux efforts du saint. Le roi du pays qui apparaît immédiatement sur la scène, est un athée, furieux contre la chrétienté. Après une exposition, assez poétique, des horreurs du sauvage paganisme, saint Patrice est envoyé comme esclave dans l'intérieur de l'île, afin d'y travailler pour ce maître brutal. Le premier acte finit par l'arrivée de saint Patrice à sa destination, où il est réconforté, au milieu de la plaine ouverte, après une fervente prière, par un ange qui lui annonce la volonté du ciel, pour qu'il convertisse ses oppresseurs.

Avant le commencement du second acte, trois années se sont écoulées ; pendant ce temps, saint Patrice a visité Rome, et a reçu formellement mission pour sa grande entreprise d'Irlande, où il apparaît maintenant,

---

l'usage constant du rosaire, habitude généralement répandue dans toute l'Espagne, se rattachant peut-être à l'origine du rosaire chez les mahométans, elle nous dit : « Ils sont toujours avec un rosaire à la main, dans la rue, quand ils tiennent une « conversation, quand ils jouent à *l'ombre*, quand ils font l'amour, quand ils rap- « portent quelque conte ou quelque scandale ; en un mot, ils marmottent toujours « leur chapelet toute la journée ; ils répètent leurs dévotions entre leurs dents « sans cesser un seul instant, même dans la réunion la plus grave et la plus « cérémonieuse. Avec quelle dévotion ils doivent le réciter, on peut bien le con- « clure de là ; mais en Espagne, la force de l'habitude est puissante. » (Édition 1693, tom II, pag. 124.)

(1) La *Vida y Purgatorio del glorioso san Patricio*, dont nous possédons un exemplaire (Madrid, 1739, in-18), fut un livre de dévotion fort populaire en France et en Espagne. La simple lecture de la comédie de Caldéron fait connaître que le poète emprunta beaucoup au livre. Wright, dans son charmant ouvrage sur *El Purgatorio de san Patricio* (Londres, 1814, in-12, pp. 156-159), suppose que le livre français est dû principalement à la comédie de Caldéron. Il est certain que les deux compositions se ressemblent beaucoup ; mais cette ressemblance résulte de ce que l'une et l'autre sont tirées du livre de Montalvan, qui est le véritable original. Voyez ci-dessus, pag. 352.

tout prêt à se mettre à l'œuvre. Il opère immédiatement des miracles
de toute espèce, et entre autres, il ressuscite un mort devant les spectateurs. Le vieux roi païen refuse encore de se convertir, à moins que le
Purgatoire, l'Enfer et le Paradis qu'on lui prêche, ne soient affirmés aux
sens d'un témoin bien connu. Cette faveur lui est divinement accordée
par l'intercession de saint Patrice. Une communication avec le monde
invisible s'ouvre au moyen d'une grotte sombre et profonde. Enio, l'espagnol mécréant, déjà converti par une vision alarmante, y entre et
devient le témoin de terribles mystères : après quoi il revient et il opère
la conversion du roi et de la cour, par une longue description de
ce qu'il a vu, description qui est l'unique catastrophe de la pièce.

Outre sa partie religieuse, *El Purgatorio de San Patricio*, a son
intrigue amoureuse, telle qu'elle existait dans le plus grand nombre des
drames profanes, et un *gracioso* aussi éhonté, aussi impudent que le plus
grossier personnage de ce genre (1). Mais l'ensemble de la pièce est
destiné à produire ce qu'on regardait alors comme un effet religieux, et
•il n'y a pas de motif de supposer qu'elle ait manqué son but. On y
trouve, cependant, de nombreux passages grotesques et inconvenants
sous le rapport du système de croyance : plusieurs morceaux sont d'une
métaphysique pesante; entre autres les deux discours d'Enio, chacun
d'environ trois cents vers; le premier composé du récit de sa vie coupable,
avant sa conversion, le second de la description de tout ce qu'il a vu
dans la grotte, avec l'absurde citation, pour établir la vérité, de quatorze
ou quinze moines comme autorités, moines obscurs et appartenant tous
à la période qui suivit celle où ils étaient mis en scène (2). Tel qu'il
est, *le Purgatoire de saint Patrice*, est ordinairement rangé parmi les

---

(1) Quand Enio se détermine à entrer dans la grotte du Purgatoire, il demande
formellement à son serviteur, qui est le *gracioso*, le comique de la pièce, de le
suivre. Le serviteur lui répond :

No he oido que ninguno	Personne, que je sache,
Vaya al infierno con mozo;	Ne descend en enfer avec un domestique
A mi aldea me he de ir,	Dans mon village je vais rentrer;
Alli vivo sin enojos,	Là je vis sans ennuis,
Y fantasma por fantasma,	Et fantôme pour fantôme,
Bastame mi matrimonio.	Il me suffit de mon mariage.

(*Comedias*, 1760, tom. II, p. 264.)

Il y a toutefois dans ce drame, si extravagant et si singulier, de nombreux passages très-beaux, pleins de solennité et de grandeur. Quand Enio va entrer dans
le monde infernal, il dit, avec l'énergie du Dante, qu'il marche sur les véritables
ombres des hommes.

(2) Voir les chap. IV et VI du *Purgatorio de san Patricio* de Montalvan.

meilleures pièces religieuses du théâtre espagnol du dix-septième siècle.

Sous beaucoup de rapports elle est cependant moins offensante que le drame plus célèbre qui porte pour titre : *La devocion de la Cruz*. Le sujet de ce dernier repose sur les aventures d'un homme dont la vie est un tissu de crimes énormes et atroces, et qui est néanmoins devenu l'objet de la faveur spéciale de Dieu, parce qu'il a toujours montré une espèce de respect extérieur pour tout ce qui avait la forme d'une croix ; d'un homme qui, mourant dans une lutte de bandits, comme un voleur, est encore, par suite de sa dévotion à la croix, miraculeusement rendu à la vie, confesse ses péchés, reçoit l'absolution et est transporté directement au ciel. Tout cet ensemble paraît être absolument une invention de Calderón ; le ton de ferveur poétique qui règne dans plusieurs de ses passages religieux, l'a toujours rendue une pièce favorite en Espagne, et, ce qui est plus remarquable encore, lui a fait trouver des admirateurs dans la chrétienté protestante (1).

El Magico prodigioso, qui repose sur l'histoire de saint Cyprien et qui est la même légende sur laquelle Milman a fondé son *Martir de Antioquia*, offre plus d'attraits qu'aucun des drames que nous venons de citer, et, comme *El Josef de las mujeres*, il nous rappelle le *Faust* de Gœthe. La pièce commence, après une de ces magnifiques descriptions des scènes de la nature auxquelles Calderón aime à se complaire, par un récit de Cyprien, encore non converti, où il raconte comment, un jour consacré au culte de Jupiter, il s'est écarté du tumulte et de la confusion régnant dans la cité d'Antioche, pour consacrer son temps aux recherches sur l'existence d'une suprême Divinité. Au moment où il semble arriver à des conclusions peu éloignées de la vérité, Satan, à qui un pareil résultat devait être particulièrement désagréable, interrompt ses études, et, sous l'habit d'un galant gentilhomme, il s'annonce comme un savant qui a par hasard perdu sa route. Par suite d'une mode peu rare parmi les étudiants des Universités d'Europe, au temps du poète, ce personnage offre de soutenir contre Cyprien une dispute sur un sujet quelconque.

---

(1) Elle a été admirablement traduite par A. W. Schlegel. Le drame de Tirso de Molina, *El condenado por desconfiado*, entre encore plus profondément dans la description de la foi religieuse particulière à ce siècle ; et, sur ce point, on peut la comparer avec la comédie de Calderón, qui lui est postérieure. Elle représente un saint ermite, appelé Paul, qui perd la faveur du Seigneur, uniquement pour avoir manqué de confiance en lui ; pendant qu'un Henri, Enrico, un voleur et un assassin, obtient cette faveur pour avoir déployé la foi la plus vive et la confiance la plus pleine, aux derniers moments d'une vie remplie des crimes les plus révoltants.

Cyprien choisit naturellement le sujet qui troublait ses pensées, et, après une longue et logique discussion, conformément à la discipline scholastique, il remporte une brillante victoire, mais non sans ressentir d'une manière assez vive la puissance et le génie de son adversaire, et sans exprimer son admiration sincère pour l'une et pour l'autre. L'esprit du mal, quoique battu, ne se décourage pas, il marche en avant, déterminé à essayer la puissance de la tentation.

Dans cette pensée, il introduit sur la scène Lélius, fils du gouverneur d'Antioche, et Florus, tous deux amis de Cyprien qui viennent se battre en duel, non loin du lieu de sa retraite actuelle, pour une belle dame, du nom de Justine, contre la pureté et l'innocence de laquelle l'esprit de tout mal est particulièrement enflammé. Cyprien intervient : les adversaires lui racontent leur querelle : il rend visite à Justine, chrétienne en secret, et qui se suppose la fille d'un prêtre chrétien. Malheureusement, Cyprien, au lieu de remplir sa commission, tombe éperdûment amoureux de Justine. Pendant ce temps, pour établir la parodie régulière de l'action principale, si ordinaire dans les comédies espagnoles, les deux laquais de Cyprien deviennent amoureux de la servante de Justine.

Maintenant commence, par conséquent, la complication d'une véritable intrigue espagnole, dont tout ce qui précède n'est qu'une préparation. Cette même nuit, Lélius et Florus, les deux rivaux primitifs pour l'amour de Justine, qui ne favorise ni l'un ni l'autre, viennent séparément sous sa fenêtre lui offrir une sérénade. Pendant qu'ils sont là, Satan les trompe tous deux, en leur inspirant la croyance certaine que la dame est malheureusement attachée à une autre personne. Quant à lui, sous la figure d'un galant, il descend de son balcon, devant leurs yeux, au moyen d'une échelle de corde, et, arrivé au bout, il s'enfonce dans la terre, entre eux deux. Comme aucun d'eux n'a vu l'autre, jusqu'après la disparition de Satan, qu'ils ont vu l'un et l'autre, chacun d'eux pense que l'autre est le rival favorisé, et un duel s'ensuit immédiatement. Cyprien s'interpose encore fort à propos, mais ne comprenant rien à la vision ou à l'échelle de corde, il s'étonne de trouver que l'un et l'autre renoncent à Justine, comme n'étant plus digne de leur estime. Ainsi finit le premier acte.

Dans les autres deux actes, Satan est encore un personnage actif et intrigant. Il apparaît sous différentes formes : la première, comme s'il venait d'échapper à un naufrage, puis comme un galant fashionnable, mais toujours avec des intentions perverses. Les chrétiens sont persécutés pendant ce temps par son influence. L'amour de Cyprien arrive jusqu'au

désespoir ; il vend son âme à l'Esprit du mal pour la possession de Justine
La tentation de la belle servante du Christ est poussée par tous les moyens
possibles ; en particulier par une superbe allégorie lyrique, où toutes les
choses qui l'environnent, oiseaux, fleurs, air embaumé, tout l'invite à
l'amour par les accents les plus séducteurs et les plus insinuants. Mais
partout la tentation échoue. Toute la puissance de Satan est défiée et
défaite par le pur esprit de l'innocence. Cyprien, aussi, cède et se fait
chrétien : avec Justine, il vient immédiatement devant le gouverneur déjà
exaspéré par la découverte qu'il vient de faire que son propre fils aime
la belle convertie. L'un et l'autre sont condamnés au supplice immédiat :
les serviteurs qui sont les bouffons, font à cette occasion quelques tristes
plaisanteries ; et la pièce finit par l'apparition de Satan lui-même, monté
sur un dragon, forcé de reconnaître la puissance de la divinité Suprême
qu'il a nié dans les premières scènes, et de proclamer, au milieu des tonnerres et des éclairs, que Cyprien et Justine jouissent déjà du bonheur dû
à leur glorieux martyre (1).

Peu de pièces, reproduisent, plus que celle-ci, les traits caractéristiques
du vieux théâtre espagnol ; un moins grand nombre montre encore d'une
manière plus évidente avec quel art les restrictions civiles étaient éludées
sur la scène, et par quels moyens on se conciliait l'Église, quand les spectateurs et le peuple ne perdaient rien de cet amusement défendu auquel ils
avaient été longtemps accoutumés par le drame profane (2). Calderón
écrivit quinze de ces comédies, si nous faisons entrer dans ce nombre son
Aurora in Copacabana, qui roule sur la conquête et la conversion des

---

(1) Une dissertation des plus intéressantes, quoiqu'un peu trop métaphysique,
fut, avec des remarques sur le mérite général de Calderón, publiée sur le caractère de cette comédie, par Karl Rosenkranz, à Leipsick, en 1829, in-12, sous le
titre de : *Ueber, Calderon's tragödie vom Wunderthatigen Magus (De la tragédie de
Calderón, le Magicien prodigieux.)*
(2) Le ton léger et presque mondain employé dans ce genre de comédies se voit
bien dans les paroles suivantes de la Vierge, donnant personnellement à saint Ilde-
fonse la chasuble avec laquelle il va dire la messe :

Este vestido en quien es	Cet ornement que tu revêts, auprès duquel
Todo el sol un astro oscuro,	Tout le soleil est un astre obscur,
Recibe, porque à mi fiesta,	Reçois-le, afin que pour ma fête
Salgas galan, que procuro	Tu sois magnifique ; je veux,
Como dama celebrada,	Comme une dame aimée,
Que te vistas à mi gusto.	Que tu sois vêtu selon mon goût.

(*Comedias*, 1760, tom. VI, p. 113.)

La légèreté du ton de ce passage est d'autant plus remarquable que le miracle
auquel il fait allusion a comblé de gloire la grande cathédrale de Tolède ; qu'on a

Indiens du Pérou, et sa *Virgen del Sacrario*, étrange collection de légendes, s'étendant durant l'espace de quatre siècles, pleines de l'esprit des vieilles romances et relatives à une image de la Vierge vénérée encore aujourd'hui dans la grande cathédrale de Tolède.

écrit à ce sujet de nombreux volumes, et que Murillo l'a reproduit dans une de ses plus grandes et meilleures toiles.

Figueroa (*Pasajero*, 1617, feuillets 104-106) dit avec beaucoup de vérité, au milieu de ses remarques sévères sur le théâtre de son temps, que les *comedias de santos* étaient construites de telle sorte que le premier acte contenait la jeunesse du saint avec ses folies et ses aventures d'amour; le second, sa conversion et sa vie exemplaire; le troisième, ses miracles et sa mort; mais que souvent les auteurs y mêlaient des histoires profanes et peu morales pour les rendre plus agréables. Il est certain qu'il y en a de toute espèce, et c'est un fait curieux dans une collection dramatique de quarante-huit volumes s'étendant sur une période de 1652 à 1704, de voir par quels moyens le théâtre s'efforçait de se concilier l'Église. Plusieurs de ces comédies sont entièrement pleines de saints, de démons, d'anges, de personnages allégoriques méritant bien la qualification de sermons, sous forme de drames, donnée au Phénix de l'Espagne (tom. XLIII, 1678), puisqu'elles sont en réalité plutôt des sermons que des comédies, tandis que d'autres sont purement profanes, et on n'y ajoute un ange ou un saint que pour couvrir leur immoralité, comme dans la *Defensora de la Reina de Hungria*, de Fernando de Zarate, tome XXIX, 1668.

Dans d'autres contrées chrétiennes de l'Europe, outre celles où l'Église romaine exerce son empire, cette espèce d'irrévérence pour les choses saintes s'est manifestée plus ou moins, chez des personnes se piquant elles-mêmes d'être religieuses. Les Puritains d'Angleterre, du temps de Cromwel, étaient fermement convaincus de l'intervention constante de la Providence dans leurs affaires; ils adressaient à Dieu des supplications, dans un esprit de dévotion non moins sincère que celui des Espagnols, manifesté dans leurs *autos* et leurs *comedias de santos*. Les uns et les autres se regardaient comme l'objet de l'attention spéciale du ciel, comme ayant des titres pour réclamer péremptoirement la faveur divine et pour faire les allusions les plus libres à tout ce qu'ils croyaient saint. Aucun peuple ne s'est toutefois considéré aussi absolument comme soldat de la foi que la nation espagnole, depuis ses guerres contre les Maures; aucun peuple n'a jamais cru avec autant de fermeté à l'intervention miraculeuse de la divinité dans la vie ordinaire; et par conséquent, aucun peuple n'a aussi constamment parlé des choses divines d'une manière aussi vulgaire et aussi familière. Nous trouvons des traces de ce sentiment et de ce caractère, à chaque pas, dans toute la littérature espagnole.

CHAPITRE XXIII.

En passant des comédies religieuses de Caldéron à ses comédies profanes, nous rencontrons tout d'abord une difficulté que nous avons déjà
sentie dans d'autres circonstances, celle d'une division en classes propres
et déterminées. C'est même un embarras de résoudre, dans chaque
exemple, si la pièce que nous considérons appartient ou non à l'une des
subdivisions religieuses de ses drames. *El magico prodigioso*, en effet,
est une comédie qui n'offre pas moins d'intrigue que la pièce *Antes que
todo es mi dama;* et *La Aurora de Capocabana* est aussi remplie de personnages spirituels et de miracles que si elle n'était pas, au fond, une
histoire amoureuse. Mais après avoir même écarté cette difficulté, comme
nous l'avons fait, par l'examen séparé de tous les drames de Caldéron
qu'on peut d'une manière ou d'une autre qualifier de religieux, il est
impossible d'établir pour le reste une classification déterminée.

La plupart d'entre eux, tels que *No hay cosa como callar*, sont entièrement des comédies d'intrigue, et appartiennent strictement à l'école des
comédies de cape et d'épée, de *capa y espada;* d'autres, telles que *Amigo,
Amante y Leal*, sont purement héroïques, tant dans leur structure que dans
leur ton. Un petit nombre d'autres, telles que *Amar despues de la muerte*
et *El medico de su honra*, appartiennent aux plus terribles inspirations de
la véritable tragédie. Deux fois, dans des directions différentes, nous
avons des opéras qui ne sont autre chose que des comédies du goût
national, avec addition de musique (1). Une fois nous rencontrons un

---

(1) *La Purpura de la Rosa* et *Las Fortunas de Andromeda y Perseo* sont deux
comédies tout à fait dans le goût national et avec beaucoup de chant. La dernière

drame burlesque, *Céfalo y Procris*, où Calderón, employant le langage du peuple, parodie une de ses pièces déjà représentées avec succès (1). Mais, dans la plus grande majorité des cas, les bornes des classes ne sont point respectées, et dans un grand nombre, plus de deux formes de drame se mêlent imperceptiblement dans chacune. Ce mélange apparaît spécialement dans les pièces dont les sujets sont empruntés de l'histoire sacrée ou profane, des fictions mythologiques ou des romans connus; il y règne alors fréquemment une confusion telle qu'il semble qu'elles aient été composées avec la pensée de mettre toute classification au défi (2).

Et cependant, au milieu même de cette confusion, on remarque un principe d'ordre, peut-être même une théorie dramatique. En effet, si nous exceptons *Luis Perez el Gallego*, offrant une série de tableaux pour peindre le caractère d'un bandit fameux, et quelques autres pièces représentées à la Cour, pour des circonstances particulières, avec la plus grande magnificence, tous les grands drames de Calderón font dépendre leur succès d'une intrigue bien compliquée et tissue d'incidents étranges et surprenants (3). Il l'avoue lui-même lorsqu'il déclare que l'une d'elles est :

> La novela mas notable
> Que en castellanas comedias,
> Sutil el ingenio traza
> Y gustoso representa. (4)

---

tirée des livres IV et V des *Métamorphoses d'Ovide*, se représenta devant la Cour avec un appareil théâtral magnifique. La première, composée en l'honneur du mariage de Louis XIV avec l'infante Marie-Thérèse, en 1660, est également empruntée à Ovide (*Métamorphoses*, liv. X). Dans la *loa* qui la précède, il y est dit expressément : « La comédie doit être *entièrement* en musique ; elle a pour objet *d'introduire* parmi nous un nouveau style, afin que les autres nations voient qu'elles ont des rivales dans les distinctions dont elles se vantent. » Les opéras n'eurent néanmoins aucun succès permanent en Espagne ; le contraire eut lieu en Portugal.

(1) *Celos aun al aire matan*. C'est la comédie que parodia Calderón sous le titre de *Cefalo y Procris*, et à laquelle il ajouta assez improprement l'histoire d'Érostrate et l'incendie du fameux temple de Diane, à Éphèse.

(2) Par exemple, *Las Armas de la Hermosura* sur l'histoire de Coriolan et *El mayor encanto amor*, sur celle d'Ulysse.

(3) Calderón était si célèbre pour ce qu'on appelle l'effet dramatique et les coups de théâtre, que l'expression *los lances de Calderón* avait fini par devenir un proverbe.

(4) La nouvelle la plus remarquable — Qu'en comédies castillanes — Le génie subtil trace — Et représente avec plaisir. (*El alcaide de si mismo*. Jornada II.)

et qu'il répète dans une autre :

> ¿ Es comedia de Don Pedro
> Calderon, donde ha de haber
> Por fuerza amante escondido
> O rebozada mujer? (1)

Calderón a sacrifié, autant que l'avait fait Lope de Vega, à ce principe de bâtir une fable pouvant inspirer le plus vif intérêt dans toutes ses parties. Les éléments de l'histoire ou de la géographie ne rencontrent pas un instant des limites ou des obstacles. Coriolan est un général qui a servi sous Romulus : Véturie, son épouse, est une des femmes enlevées par les Sabins (2). Le Danube qui devait être, au temps de Charles-Quint, aussi bien connu que le Tage d'un public madrilègne, est placé entre la Russie et la Suède (3). Jérusalem est sur les bords de la mer (4), et Hérodote a fait la description de l'Amérique (5).

Combien de pareilles choses étaient absurdes. c'est ce que Calderón savait aussi bien que tout autre. Une fois, en effet, il plaisante sur tout cela, un des bouffons de l'ancienne Rome qui va raconter une histoire, la commence ainsi :

> Un fraile, mas no es bueno,
> Porque aun no hay en Roma fraile (6).

La conservation du caractère national ou individuel, excepté peut-être quand il s'agit des Maures, est un sujet sans importance à ses yeux. Ulysse et Circé sont représentés, comme dans un salon de Madrid, réunissant une académie d'hommes et de femmes, et discutant des questions de galanterie métaphysique. Sainte Eugénie fait la même chose dans Alexandrie, au troisième siècle. Judas Macchabée, Hérode, le tétrarque de la Judée, Jupangui, inca du Pérou et Zénobie, ressemblent tous par leur physionomie générale, à autant d'Espagnols du temps de Philippe IV, et paraissent

---

(1) Est-ce une comédie de Don Pedro — Calderón, où il doit y avoir — Forcément un amant caché — Ou une femme déguisée? (*No hay burlas con el amor.* Jornada II.)

(2) *Armas de la Hermosura,* Jornada I, II.

(3) *Afectos de Odio y Amor,* Jornada II.

(4) *El mayor monstruo los zelos,* Jornada III.

(5) *La Virgen del Sagrario,* Jornada I. Le pieux prélat qui y paraît, qui parle de l'Amérique et qui cite Hérodote, est supposé vivre à une époque précédant de sept ou huit siècles la découverte de l'Amérique.

(6) Un moine, mais ce n'est pas un bon, — Puisqu'aujourd'hui il n'y a pas de moines à Rome. (*Los dos amantes de cielo,* Jornada III, etc.)

n'avoir jamais vécu ailleurs qu'à sa cour (1). Rarement se perdent l'intérêt et le charme d'un sujet dramatique, soutenu par une versification riche et harmonieuse, par de longues descriptions poétiques où les tournures phraséologiques les plus ingénieuses sont employées pour provoquer la curiosité et enchaîner l'attention.

Il n'y a pas de doute, ce n'est pas là cet intérêt dramatique auquel nous sommes accoutumés et dont nous apprécions tant la valeur : mais ce n'en est pas moins un intérêt dramatique, et qui produit aussi des effets dramatiques. Nous ne pouvons pas juger Calderón d'après les exemples de Shakespeare, pas plus qu'il ne convient de juger Shakespeare d'après les exemples de Sophocle. Les *Mille et une nuits arabes* ne sont pas moins brillantes, parce que les admirables fictions poétiques de Miss Edgeworth sont différentes. Les spectateurs polis de Madrid donnent encore la pleine mesure d'une intelligente admiration pour les drames de Calderón, comme le firent leurs ancêtres. Un pauvre alguazil, de garde sur le théâtre, pendant la représentation de *la Niña de Gomez Arias*, éprouva une telle illusion par l'habileté des acteurs, qu'au moment où une noble dame espagnole était enlevée pour être vendue aux Maures, il se précipita, sabre en main, au milieu d'eux, afin de les arrêter (2). C'est en vain qu'on soutiendrait que des drames produisant un pareil effet ne sont point dramatiques; le témoignage de deux siècles et de toute une nation prouve le contraire.

Admettant donc, que les comédies de Calderón sont réellement des drames, que leur base repose sur la structure de leurs plans, nous pouvons les examiner dans leur esprit, ou du moins dans l'esprit où elles ont été primitivement écrites. Et si, dans cette recherche de leur caractère et de leur mérite, nous fixons notre attention sur les différents degrés où l'amour, la jalousie, l'honneur fier et sensible, la loyauté, entrent dans leur composition, en donnant le mouvement et la vie à leurs actions respectives, nous ne pourrons manquer de nous former une opinion juste de ce qu'a fait Calderón pour le théâtre profane espagnol dans ses diverses branches.

En premier lieu, et en parlant de la passion de l'amour, une des pièces des plus saillantes de Calderón et qui se présente tout d'abord, dans la collection de ses œuvres, c'est la pièce qui porte pour titre *Amar despues*

---

(1) *El mayor encanto Amor*, Jornada II, *El Joseph de las Mugeres*, Jornada III, etc.
(2) Huerta, *Teatro español*, Part. II, tom I, prologue, pag. vii. *La Niña de Gomez Arias*, Jornada III.

de la muerte. Elle se base sur des événements arrivés pendant la rébellion des Maures de Grenade, révolte qui éclata en 1568. Quoique plusieurs passages portent les traces de l'histoire de Mendoza (1), la plus grande partie est évidemment empruntée de la narration demi grave, demi fabuleuse de Gines Perez de Hita, où les principaux détails sont rappelés comme des faits authentiques (2). L'action remplit environ l'espace de cinq années; elle commence trois ans avant la révolte complète des insurgés et finit avec leur destruction.

Le premier acte se passe dans la ville de Grenade, et explique l'intention des conspirateurs de secouer le joug espagnol devenu intolérable. Tusani, le héros, apparaît sur le premier plan dans la pièce par son attachement pour Clara Malec, dont le vieux père, deshonoré par la blessure d'un espagnol, cause la rébellion qui éclate un peu prématurément. Tuzani recherche alors l'insolent auteur de l'offense. Il s'ensuit un duel décrit avec une grande animation : duel qui est interrompu (3) et les adversaires se séparent pour renouveler le combat sur un théâtre plus sanglant.

Le second acte commence trois ans après, dans les montagnes, au sud de Grenade, où les insurgés sont fortement retranchés et où ils sont attaqués par Don Juan d'Autriche, représenté comme récemment arrivé de la grande victoire de Lépante, victoire qui n'arriva, ainsi que le savaient bien Calderón et son auditoire, qu'un an après la répression complète de la révolte. Le mariage de Tusani et de Clara venait à peine d'être célébré, quand, par une des chances de la guerre, le héros est séparé de

---

(1) Comparez les éloquents discours de Zaguer, dans Mendoza (édition de 1776, liv. I, pag. 29) et ceux de Malec, dans Calderón, Jornada I, ou la description des Alpujarras, dans la même Jornada, avec celle de Mendoza, pag. 43, etc.

(2) L'histoire de Tuzani se trouve aux chapitres XXII, XXIII, XXIV du second volume des *Guerres de Grenade* par Hita, et elle en constitue la meilleure partie. Hita rapporte que Tuzani lui-même la lui raconta, longtemps après, à Madrid, et il n'est pas par conséquent invraisemblable que la plus grande partie soit vraie. Calderón emploie bien les mêmes paroles, mais il dut y faire de notables changements pour la ramener à la forme dramatique. Toutefois, les faits sont les mêmes, et l'histoire originale appartient à Hita.

(3) Pendant qu'ils se battent dans une chambre, les portes fermées, il se produit tout à coup un grand bruit, on appelle du dehors. Alors Mendoza demande à son ennemi :

MENDOZA. Que haremos?	Que faire ?
TUZANI. Que muera el uno,	Que l'un meure,
Y abra luego el que viviere.	Et que celui qui survivra ouvre immédia-
MENDOZA. Decis bien.	Bien dit. [tement.

Clara. La forteresse où la cérémonie avait eu lieu, tombe tout à coup entre les mains des Espagnols. Clara qui y était restée est assassinée, dans la mêlée, par un soldat qui veut lui enlever ses riches bijoux de mariée. Tusani arrive bien à temps pour être témoin de sa mort, mais trop tard pour l'empêcher ou pour reconnaître l'assassin.

Dès ce moment la terreur est mise en scène. Tusani change de caractère ou paraît en changer en un instant, et toute sa nature de Maure est ébranlée dans ses fondements les plus profonds. A la surface il reste, c'est vrai, aussi calme qu'auparavant. Il se déguise avec soin sous une armure castillane, et se glisse dans le camp ennemi à la recherche d'une vengeance qui, par une résolution froide et terrible, témoigne de la violence d'une grande passion, et démontre aussi que toutes les autres viennent contribuer à en augmenter l'énergie concentrée. Les bijoux de Clara servent à mettre son amant sur les traces de l'assassin. Tusani s'assure parfaitement de sa propre victime, en écoutant avec sang-froid la description minutieuse de la beauté de Clara et des circonstances qui ont accompagné sa mort : et au moment où l'Espagnol finit en disant : *la atrevesé el pecho*, je lui ai traversé le cœur, Tusani s'élance sur lui comme un tigre et s'écriant : *¿ Fué como esta la puñalada?* Ce fut comme ce coup de poignard, il l'étend mort à ses pieds. Le Maure est entouré ; il est reconnu par les Espagnols comme le plus féroce de leurs ennemis : et en présence même de D. Juan d'Autriche, il se fait un passage, au milieu de tous et s'échappe dans les montagnes. Hita dit qu'il le connut plus tard personnellement.

Le mérite de cette douloureuse tragédie consiste dans la vive impression que produit en nous le contraste d'un amour pur et élevé avec les éléments barbares du siècle où il est placé. Le tout est bien idéalisé par la luxuriante imagination de Caldéron, mais les événements sont, au fond, empruntés de l'histoire et reposent sur des faits connus. Considéré sous ce point de vue, ce drame est une peinture solennelle de violences, de désastres, de rebellion désespérée, dont les terribles scènes sont animées par cet amour ardent qui a caractérisé l'Arabe partout où il s'est trouvé, et par cet élevé sentiment d'honneur qui ne le quitta pas même lorsqu'il dût, découragé et vaincu, se retirer peu à peu de ce riche empire dont il avait si longtemps joui, dans le midi de l'Europe. La rapidité du drame nous conduit en présence de ce que la guerre a de plus odieux et de plus révoltant, puisque nous voyons, de nos propres yeux, ses plus cruelles horreurs. Mais au milieu de tout ce tableau s'élève la figure de Clara, symbole des plus beaux de l'amour de la femme, devant la tendresse de laquelle semble au moins se calmer le tumulte des combats. En même temps, les caractères de Don Juan d'Autriche, de Lope de Figueroa (1), de Garcés d'une part, du vénérable Malec et du fier Tuzani de l'autre, nous éblouissent par la peinture du temps que Calderón nous retrace et des passions qui caractérisent si profondément deux nations des plus chevaleresques, toujours en lutte ouverte l'une contre l'autre.

La comédie, *Amar despues de la muerte* se base, en ce qui concerne son plan, sur l'amour passionné de Tuzani et de Clara, sans le moindre mélange de l'action de jalousie et sans autres questions s'élevant, dans le développement de cet amour, que celles qui naissent d'un point d'honneur exagéré. C'est une chose rare dans Calderón dont les drames offrent presque toujours une intrigue compliquée par l'addition de l'un ou l'autre de ces deux éléments, et arrivent tantôt à une fin tragique, tantôt à une conclusion heureuse.

Un des drames mixtes le plus connu et le plus admiré, c'est *El medico de su honra*, comédie dont la scène se passe du temps de Pierre le Cruel, dont le sujet ne semble pas reposer sur des faits connus, et où le caractère du monarque se présente avec une élévation que l'histoire ne confirme pas (2). Son frère, Henri de Transtamare, est représenté comme éperdûment épris d'une dame qui, malgré ses hautes prétentions, est donnée en mariage à Don Gutierre de Solis, espagnol de haut lignage et extrêmement sensible sur le point d'honneur. Elle est sincèrement attachée à lui,

---

(1) Le caractère de Lope de Figueroa peut servir d'exemple pour la manière dont se servait Calderón, afin de donner de la vie et de l'intérêt à ses comédies. Lope de Figueroa est un personnage historique, figurant souvent dans le second volume des *Guerres de Grenade* de Hita et ailleurs. Il commandait le bataillon dans lequel servait Cervantès, en Italie et probablement en Portugal, puisqu'il se trouvait dans le bataillon de Flandres, *tercio de Flandes*, un des meilleurs corps de troupe des armées de Philippe II. Lope de Figueroa apparaît encore, et d'une manière plus saillante, dans une autre comédie de Calderón intitulée : *El Alcalde de Zalamea*, la dernière de la collection ordinaire. Le principal personnage est un laboureur finement esquissé et copié en partie de Mendo, dans *El cuerdo en su casa*, de Lope de Véga. A la fin de la pièce, on dit que le fait est authentique, qu'il s'est passé en 1581, lorsque Philippe II s'avançait vers Lisbonne et probablement lorsque Cervantès passait par Zalaméa avec ledit régiment.

(2) Vers cette époque se manifesta la pensée décidée que nous attribuons à un sentiment excessif de loyauté et de chevalerie, de relever la mémoire de Pierre le Cruel des accusations portées par son chroniqueur D. Pedro Lopez de Ayala (Voyez tome I, chap. IX, p. 171). Nous en avons parlé, et nous en trouvons des traces dans Moreto et chez d'autres auteurs dramatiques, du règne de Philippe IV. Dans la *Niña de Plata*, de Lope de Vega, figure aussi le roi Don Pedro, mais avec un autre caractère que celui qu'on lui attribue généralement.

elle l'aime. Mais le prince est accidentellement conduit en sa présence : sa passion se ravive, il lui rend visite encore, malgré sa volonté expresse, et par inadvertance il laisse une dague dans son appartement. Les soupçons du mari sont excités, la dame inquiète veut détourner tout danger ultérieur, et, dans cette pensée, elle se met à écrire une lettre à son amant, lettre que son mari saisit avant qu'elle ne soit terminée. Sa résolution est immédiatement prise. Rien n'est plus profond et plus tendre que son amour, mais son honneur ne peut souffrir l'idée que sa femme ait eu, même avant son mariage, quelque intérêt avec un autre, et que cet autre ait pu, après le mariage, avoir avec elle une entrevue particulière. Aussi lorsque la femme revient de l'évanouissement où elle était tombée, au moment où son mari lui arrache l'équivoque commencement de sa lettre, elle trouve à ses côtés un papier contenant seulement ces mots terribles.

> El amor te adora, el honor te aborrece,
> Y asi el uno te mata, y el otro te avisa.
> Dos horas tienes de vida; christiana eres;
> Salva el alma, que la vida es impossible. (1)

A la fin de ce terme fatal de deux heures, Gutierre revient avec un chirurgien qu'il place à la porte de la chambre où il a laissé sa femme.

> GUTIERRE.   Asómate á su aposento;
> ¿ Qué ves en él ?
> LUDOVICO.   Una imágen
> De la muerte, un bulto veo
> Que sobre una cama yace :
> Dos velas tiene á los lados,
> Y un crucifigo delante ;
> Quién es no puedo decir,
> Que unos tafetanes
> El rostro tienen cubierto. (2)

Gutierre, par les menaces les plus violentes, le requiert d'entrer dans la chambre et de saigner à mort la personne qui s'est ainsi disposée elle-même pour son enterrement. Le chirurgien entre donc et accomplit la

_____

(1) L'amour t'adore, l'honneur t'abhorre ; — Ainsi l'un te tue et l'autre te prévient. — Tu as deux heures à vivre ; tu es chrétienne, — Sauve ton âme ; quant à la vie, c'est impossible (Jornada III).

(2) D. GUTIERRE. Parcours cette chambre ; — Qu'y vois-tu ? LUDOVICO. Une image — De la mort, je vois un corps — Gisant étendu sur un lit ; — Deux cierges brûlent à ses côtés, — Devant, se trouve un crucifix. — Qui est-ce ? Je ne peux le dire, — Des voiles de taffetas — Lui couvrent le visage. (Jornada III).

volonté du mari, sans la moindre résistance de la part de la victime. Mais quand on l'emmène hors de la maison, les yeux bandés, comme lorsqu'il y était entré, il imprime sa main sanglante sur la porte afin de pouvoir ensuite la reconnaître. et il va révéler immédiatement au roi les horreurs de la scène qui vient de s'y passer.

Le roi court à la demeure de Gutierre qui attribue à un accident la mort de sa femme, non qu'il ait le moindre désir de cacher la part qu'il y a prise, mais par suite d'une répugnance à expliquer sa conduite, en révélant des raisons où son honneur se trouve engagé. Le roi ne lui répond point directement, mais lui ordonne de se marier à l'instant même avec Léonore qui est là présente, à qui Gutierre avait promis sur l'honneur de se marier longtemps avant, et qui avait déjà porté au roi ses motifs de plainte contre sa fausseté. Gutierre hésite et demande ce qu'il devra faire, si le prince vient visiter en secret sa femme et qu'elle lui écrive ensuite ; cherchant par ces indices à informer le roi des causes réelles du sanglant sacrifice auquel il assistait et qu'il ne voulait pas se voir exposé à renouveler. Mais les ordres du Roi sont formels et péremptoires, et le drame finit par cette scène extraordinaire :

REY.	Para todo habrá remedio.
GUTIERRE.	¿Posible es que á esto le haya?
REY.	Si, Gutierre.
GUTIERRE.	¿ Cual, señor?
REY.	Uno vuestro.
GUTIERRE.	¿ Qué es ?
REY.	Sangrarla.
GUTIERRE.	¿ Qué decis ?
REY.	Que hagais borrar Las puertas de vuestra casa Que hay mano sangrienta en ellas.
GUTIERRE.	Los que de un oficio tratan Ponen, señor, á las puertas Un escudo de sus armas ; Trato en honor, y asi pongo Mi mano en sangre bañada (1)

(1) LE ROI. Il y aura remède pour tout. — D. GUTIERRE. Est-il possible qu'il y en ait pour ceci? — LE ROI. Oui, Gutierre. GUTIERRE. Lequel, Seigneur ? — LE ROI. Un des vôtres. GUTIERRE. Qui est? LE ROI. De la saigner. — GUTIERRE. Que dites-vous? LE ROI. De faire laver — Les portes de votre maison; — Il y a sur elles une main sanglante. — GUTIERRE. Ceux qui exercent un art — Mettent, seigneur, sur leurs portes, — Un écu de leurs armes. — Je m'occupe d'honneur; aussi, ai-je mis — Ma main baignée dans du sang —

A la puerta, que el honor
Con sangre, señor, se lava.

REY.
Dádsela, pues, à Leonor,
Que yo sé que su alabanza
La merece.

GUTIERRE.
Si la doy,
Mas mira que va bañada
En sangre, Léonor.

LEONOR.
No importa
Que no me admira ni espanta.

GUTIERRE.
Mira que mèdico he sido
De mi honra ; no está olvidada
La ciencia.

LEONOR.
Cura con ella
Mi vida en estando mala.

GUTIERRE.
Pues con esta condicion
Te la doy.

C'est incontestable, il n'y a que le théâtre espagnol où l'on puisse représenter une pareille scène : mais c'est aussi incontestable, malgré la violation de tout principe de morale chrétienne, elle est entièrement dans le caractère national, et elle a toujours été reçue avec applaudissements jusqu'à nos jours (1).

El pintor de su deshonra est un autre drame basé sur l'amour, la jalousie et le point d'honneur ; dans cette pièce, un mari sacrifie sa femme infidèle et son amant ; il reçoit encore les félicitations des pères de chacun d'eux qui, suivant l'esprit de chevalerie espagnol, approuvent non-seulement le sacrifice de leur propre enfant, mais offrent encore leur personne au mari offensé, pour le défendre contre les dangers auxquels il se trouverait exposé, par suite de l'assassinat qu'il vient de commettre (2). *A secreto agravio secreta venganza* est une troisième pièce appartenant à la même classe et finissant tragiquement comme les deux autres (3).

Sur ma porte, parce que l'honneur, — Avec le sang, seigneur, se lave. — LE ROI. Donne-la donc cette main, à Léonore ; — Je sais que ses qualités — La méritent. GUTIERRE. Oui, je la lui donne, — Mais, regarde, elle est baignée — Dans du sang, Léonore. LÉONORE. Peu m'importe, — Elle ne m'étonne ni ne m'épouvante. — GUTIERRE. Considère que j'ai été médecin — De mon honneur; mais je n'ai pas oublié — La science. LÉONORE. Guéris par elle — Ma vie, si elle est malade. — GUTIERRE. A cette condition, — Je te la donne. (Jornada III.)

(1) *El Medico de su honra, Comedias*, tom. VI.

(2) *El pintor de su deshonra, Comedias*, tom. XI.

(3) *A secreto agravio secreta Venganza, Comedias*, tom. VI. Caldéron affirme, à

Comme spécimen des effets de pure jalousie et de la puissance avec laquelle Calderón porte sur la scène ses terribles résultats, le drame intitulé : *El magor monstruo los celos y tetrarca de Jerusalem* (1), doit être préféré à tous ceux qu'il nous a laissés. Il a pour sujet l'histoire bien connue, tirée de Josèphe, sur la cruelle jalousie d'Hérode, le tétrarque de Judée, qui donna deux fois l'ordre de faire périr Marianne, sa femme, dans le cas où il n'échapperait pas vivant, lui-même, aux dangers auxquels il était exposée dans ses luttes successives contre Antoine et Octave, de crainte qu'après sa mort, elle ne fut possédée par un autre (2).

Dans les premières scènes du drame de Calderón, nous trouvons Hérode qui aime passionnément sa femme, alarmé par une prédiction lui annonçant qu'il doit détruire, de sa propre dague, ce qu'il aime le plus au monde, et que Marianne doit être sacrifiée au plus formidable des monstres. En même temps nous sommes informés que le tétrarque, dans l'excès de sa passion pour sa belle et aimable femme, n'aspire à rien moins qu'à la domination du monde, que se disputent alors entre eux Marc Antoine et César Octave, empire qu'il ne convoite, lui, que pour venir le déposer à ses pieds. Pour obtenir l'objet de ses désirs, il unit en partie son sort à la fortune d'Antoine, mais il succombe. Octave découvre son projet, il le mande en Égypte pour qu'il lui rende compte de son gouvernement. Parmi les dépouilles qui tombent, après la défaite d'Antoine, entre les mains de son rival, se trouve un portrait de Marianne. Le général romain en devient tellement épris que, malgré la fausse nouvelle de la mort de l'original, Hérode, à son arrivée en Égypte, trouve la peinture de sa femme retracée partout et Octave victime de l'amour et du désespoir.

La jalousie d'Hérode n'a maintenant d'égale que son amour sans limites ; voyant qu'Octave est sur le point de se porter sur Jérusalem, il se laisse aller à sa terrible influence. La crainte et la douleur l'aveuglent :

---

la fin, la véracité de ce fait, arrivé à Lisbonne peu de temps avant l'embarquement du roi D. Sebastien pour l'Afrique, en 1578.

(1) *Le plus grand Monstre, la Jalousie et le Tétrarque de Jérusalem, Comedias,* tom. V.

(2) Josephe, *de Bello judaïdo,* liv. I, chap. XVII-XXII, et *Antiquit. Judaïcæ.* liv. XV, chap. II, etc. Voltaire a pris la même histoire pour sujet de sa *Marianne,* représentée, pour la première fois, en 1724. Dans une brochure anonyme, publiée à Madrid, en 1828, in-18, et écrite par D. Augustin Duran, *De l'influence qu'a exercée la critique moderne sur la décadence de l'ancien théâtre espagnol,* on peut lire un excellent examen critique de la comédie de Calderón (pp. 106-112).

il envoie un vieil ami, un ami fidèle, avec l'ordre écrit de tuer Marianne, dans le cas où il viendrait à mourir, mais il ajoute avec tendresse :

> Pero no sepa que yo
> Soy el que morir la manda,
> No me aborrezca el instante
> Que pida al cielo venganza. (1)

Son fidèle serviteur veut lui adresser quelques réflexions ; Hérode l'interrompt :

> Calla
> Que sé que tienes razon,
> Pero no puedo escucharla. (2)

Puis, dans son désespoir, il s'écrie :

> Esferas altas,
> Cielo, sol, luna y estrellas,
> Nubes, granizos y escarchas,
> ¿ No hay un rayo para un triste?
> Pues si ahora no lo gastas,
> ¿ Para cúando, para cúando
> Son, Jupiter, tus venganzas? (3)

Marianne obtient secrètement communication des projets d'Hérode et, quand il arrive dans les environs de Jérusalem, elle demande avec grâce et succès sa vie à Octave, qui accorde avec plaisir une faveur à l'original du beau portrait qu'il a tant aimé inconnu. Il se montre même assez magnanime pour ne pas faire périr un rival que sa trahison laissait sans aucun droit à l'indulgence.

Dès que Marianne a la promesse assurée que son mari sera sauvé, elle se retire avec lui dans la partie la plus intime de son palais, et là, son amour blessé et outragé lui reproche ses desseins sur sa vie. Elle lui annonce en même temps sa résolution de se retirer dès ce moment, avec ses femmes, dans la solitude et le veuvage, en proie à une douleur perpétuelle. Mais cette même nuit Octave parvient à pénétrer dans sa retraite, afin de la protéger contre la violence de son mari dont il a, lui aussi,

---

(1) Mais qu'elle ne sache pas que c'est moi — Qui la condamne à mourir ; — Qu'elle ne m'abhorre pas au moment — Où elle demandera vengeance au ciel.

(2) Tais-toi, — Je sais que tu as raison, — Mais je ne peux l'écouter.

(3) Sphères sublimes, — Ciel, soleil, lune et étoiles, — Nuées, grêle, givre, — N'avez-vous pas un coup de foudre pour frapper un malheureux ? — Et si tu ne la lances pas maintenant, — Pour quand, pour quand, — Jupiter, réserves-tu ta vengeance? (Jornada II.)

découvert les projets. Marianne refuse d'admettre avec lui que son mari ait des desseins contre sa vie : elle défend son seigneur et maître, elle se défend elle-même avec amour et héroïsme. Elle veut fuir, Octave la poursuit et au même instant, Hérode entre. Il les suit; une lutte se déclare immédiatement. Les lumières sont éteintes ; dans la confusion Marianne tombe sous les coups que les bras de son mari adressaient à son rival. Ainsi s'accomplit la prédiction du commencement de la pièce que Marianne périrait par la dague de son mari, victime du plus redoutable des monstres, c'est-à-dire, suivant l'interprétation, de la jalousie.

Le dénoûment, quoique prévu, est habilement conduit à sa fin et il produit une impression profonde, soit sur le spectateur, soit même sur le lecteur. En effet, il ne semble pas que cette atroce et violente passion puisse être mise sur la scène à un degré plus terrible. La jalousie d'Othello, avec laquelle on l'a le plus aisément comparée, a quelque chose de moins noble, elle en appelle à des terreurs plus grossières. La jalousie d'Hérode n'a d'autre fondement, dès le principe, que la crainte de pressentir sa femme, après sa mort, en possession d'un rival qu'elle n'aura jamais vu, avant la mort de son mari ; jalousie étrange à laquelle il veut même sacrifier la vie d'une épouse vertueuse et innocente.

Malgré la différence des deux drames, ils offrent cependant plusieurs points accidentels de ressemblance. Ainsi, dans la comédie espagnole, nous avons une scène de nuit où les femmes de Marianne la déshabillent et lui chantent, pendant que ses pensées sont toutes pleines des pressentiments de sa destinée, ces vers d'Escrivá qui font partie des morceaux choisis de la vieille poésie espagnole, insérée dans le premier *Cancionero général*.

> Ven, muerte, tan escondida
> Que no te sienta venir,
> Porque el placer de morir
> No me vuelva à dar la vida (1).

Paroles charmantes qui nous rappellent immédiatement la scène qui précède la mort de Desdémone, lorsqu'elle parle avec Émilie qui la déshabille et qu'elle chante en même temps la vieille ballade du Saule : « *Willow, Willow.* »

---

(1) Viens, ô mort, mais si cachée — Que je ne te sente pas venir, — Afin que le plaisir de mourir — Ne vienne pas me redonner la vie. — Voyez aussi *Las Manos blancas no ofenden* de Calderón, Jornada II, où cette strophe est reproduite, et le *Cancionero general*, 1573, fol. 185. Lope de Vega en fit la glose (*Obras*, tom. XIII, p. 256), et Cervantès la cite (*Don Quichotte*, Part. II, chap. XXXVIII), tant elle a été admirée.

Nous nous rappelons encore la défense d'Othello par Desdémone jusqu'au moment de sa mort, dans la réponse de Marianne à Octave la pressant d'échapper avec lui à la violence de son époux.

> El labio mudo
> Quedó al veros, y al oiros
> Su aliento le restituyo,
> Animada para solo
> Deciros que algun parjuro,
> Aleve y traidor, en tanto
> Malquisto concepto os puso.
> Mi esposo es mi esposo; cuando
> Me mate algun error suyo,
> No me matará mi error
> Y lo será si dèl huyo.
> Yo estoy segura, y vos mal
> Informado en mi disgusto,
> Y cuando no lo estuviera,
> Matándome un puñal duro,
> Mi error no me diera muerte,
> Si no mi fatal influjo;
> Con que viene à importar menos
> Morir inocente, juzgo,
> Que vivir culpada à vista
> De las malicias del vulgo;
> Y asi, si alguna fineza
> He de deberos, presumo
> Que la mayor es volveros. (1)

Nous pourrions citer d'autres passages : quelque frappants qu'ils soient, ils n'augmentent en rien l'intérêt essentiel du drame. Cet intérêt consiste dans la peinture du caractère héroïque d'Hérode, emporté par une jalousie cruelle dont la beauté et l'innocence de sa femme ne

---

(1) Les lèvres restent — Muettes à votre vue; en vous entendant, — Mon âme reprend son haleine — Et s'anime seulement — Pour vous dire qu'un parjure, — Un audacieux et un traître a pu — Vous inspirer une pensée si funeste. — Mon époux, c'est mon époux; lors même — Qu'une de ses erreurs me tue, — Mon égarement ne me tuera pas, — Et cela en serait un que de le fuir. — Je suis tranquille et vous, vous êtes mal — Informé de mes malheurs, — Et si je ne l'étais pas, — Un dur poignard servirait à me tuer, — Mon erreur ne me donnerait point la mort, — Mais bien ma destinée fatale. — Il importe moins, en effet, — De mourir, selon moi, innocente, — Que de vivre coupable, exposée — Aux malices du vulgaire. — Et si, de quelque témoignage de délicatesse — Je vous suis redevable, je présume — Que le plus grand que vous puissiez me donner, c'est de vous en retourner. (Jornada III).

triomphent qu'au moment de sa mort. Au-dessus d'eux, la dague fatale est suspendue menaçante, comme l'inévitable fatalité de l'ancienne tragédie grecque que les spectateurs seuls voyaient, en assistant aux luttes inutiles des victimes, pour échapper à une destinée où chacun de leurs efforts les engageait de plus en plus.

D'autres drames de Caldéron se basent, pour leur succès, sur un haut sentiment de loyauté, sans le moindre mélange d'amour ou de jalousie, ou seulement à un faible degré. Le plus remarquable d'entre eux, c'est *El principe constante* (1). Il a pour sujet l'expédition contre les Maures d'Afrique, entreprise en 1438, par D. Fernando, infant du Portugal, expédition qui se termina par la déroute complète des envahisseurs devant Tanger, et par la captivité du prince lui-même, qui mourut dans un misérable esclavage, en 1443. Son corps resta pendant trente années au pouvoir des infidèles, jusqu'à ce qu'il fût enfin conduit dans sa patrie, à Lisbonne, et enseveli avec un profond respect comme les restes d'un saint et d'un martyr. Caldéron trouva cette histoire dans les vieilles et belles chroniques portugaises de Joan Alvarez et de Ruy de Pina. Mais il rendit volontaires les souffrances du prince, il donna ainsi au caractère de don Ferdinand le dévouement de Régulus, et en fit le sujet d'un drame profondément tragique, basé sur l'honneur d'un patriote chrétien (2).

---

(1) *Le Prince constant, Comedias*, tom. III. Cette pièce a été traduite en allemand par A. W. Schlegel, jouée et admirée sur les théâtres de Berlin, de Vienne, de Weimar, etc.

(2) *Coleeçáo de livros ineditos de Hist. portuguesa.* Lisboa, in-fol., tom. I, 1790, pp. 290-294, ouvrage excellent, publié par l'Académie de Lisbonne et édité par le savant Correa de Serra, ancien ministre de Portugal aux États-Unis. L'histoire de D. Ferdinand est aussi racontée par Mariana, *Historia* (tom. II, p. 345). Mais la source principale à laquelle puisa Caldéron, c'est, sans aucun doute, la *Vie de l'Infant*, par son sincère ami et serviteur Joan Alvarès, imprimée pour la première fois, en 1527. Il en a été fait un extrait, inséré avec de longs morceaux de l'original dans la *Leben des standhaften Prinzen, la Vie du Prince constant*, Berlin, 1827, in-8°. Pour éclaircissement à tout ce qui est relatif à ce prince, on peut encore lire une livraison de Schulze intitulée : *Ueber den standhaften Prinzen*, et imprimée à Weimar en 1811, in-12, au moment où la traduction de Schlegel, mise sur la scène, sous les auspices de Goëthe, était au milieu de ses succès sur le théâtre de Weimar, et que le rôle de D. Ferdinand était rendu avec beaucoup de talent par Wolf. Schulze exagère la valeur poétique du drame de Caldéron, *le Prince constant*, jusqu'à le placer à côté de la *Divine Comédie*. Mais il discute avec la plus grande habileté ses mérites comme œuvre dramatique, et il en explique les divers éléments historiques.

La première scène est d'une grande beauté lyrique : elle se passe
dans les jardins du roi de Fez dont la fille est éprise, suppose-t-on, de
Muley-Hassan, général en chef des troupes de son père. Immédiatement
après arrive Hassan, annonçant l'approche d'une flotte chrétienne com-
mandée par les deux infants du Portugal; Hassan est envoyé pour empêcher leur débarquement : il ne peut y réussir, et il est fait lui-même
prisonnier par don Ferdinand en personne. Suit un long dialogue entre
le captif et son vainqueur, entièrement composé d'une malheureuse
amplification d'une belle romance de Gongora : *Junto à mi casa vivia;*
dans le but d'expliquer l'attachement du général maure pour la fille du
roi, et la probabilité d'après laquelle, s'il continue d'être prisonnier, elle
se verra contrainte d'épouser le prince du Maroc. L'infant de Portugal,
dans sa générosité chevaleresque, met son prisonnier en liberté, sans
rançon. A peine l'a-t-il fait qu'il est attaqué par une forte armée aux
ordres du prince de Maroc, et qu'il tombe lui-même prisonnier.

Dès ce moment, commencent pour Ferdinand ces épreuves de patience
et de courage qui donnent le titre à ce drame. Tout d'abord le roi le traite
avec générosité. Il pense en faire l'échange pour Ceuta, forteresse importante, récemment conquise par les Portugais, et leur premier établissement en Afrique. Or, c'est là ce qui constitue le plus grand obstacle. Le
roi de Portugal, mort de douleur en recevant la nouvelle de la captivité
de son frère, a laissé, c'est vrai, une clause dans son testament spécifiant
la reddition de Ceuta et la rançon du prince; mais lorsque Henri, un de
ses frères, apparaît sur la scène et annonce qu'il vient remplir cet ordre
solennel, Ferdinand l'interrompt tout à coup dans sa proposition, et
révèle immédiatement toute l'énergie de son caractère.

> No prosigas, cesa,
> Cesa, Enrique ; porque son
> Indignas palabras esas,
> No de un portugués infante,
> De un maestro que profesa
> De Cristo la religion,
> Pero aun de un hombre lo fueran
> Vil, de un bárbaro sin luz
> De la fe de Cristo eterna (1).

(1) Ne continue pas, cesse, — Cesse, Henri; parce que — De telles paroles sont
indignes — Non-seulement d'un infant de Portugal, — D'un maître qui professe
— La religion du Christ; — Mais elles le sont même d'un homme — Vil, d'un barbare, sans lumières — De la religion éternelle du Christ. —

Mi hermano, que está en el cielo,
Si en su testamento deja
Esa cláusula, no es
Para que se cumpla y lea,
Sino para mostrar solo
Que mi libertad desca.
Y esa se busque por otros
Medios y otras conveniencias,
O apacibles o crueles;
Porque decir : Dése á Ceuta,
Es decir : Hasta eso haced
Prodigiosas diligencias.
Que un rey católico y justo
¿ Cómo fuera, cómo fuera
Posible entregar á un Moro
Una ciudad que le cuesta
Su sangre, pues fué el primero
Que con sola su rodela
Y una espada enarboló
Las quinas en sus almenas? (1)

Sur cette énergique et décisive résolution, dont la vieille chronique ne donne aucune indication, se fonde le reste du drame. Son enthousiasme profond est exprimé dans ces mots singuliers de l'infant en réponse à la question que renouvelle le roi maure : *Por qué no me das Ceuta?* Pourquoi ne me donnes-tu pas Ceuta? question à laquelle Ferdinand répond fermement et simplement : *Porque es de Dios, y no es mia*, parce qu'elle appartient à Dieu et non à moi. En conséquence de cette détermination finale, D. Ferdinand est réduit à la condition d'esclave ordinaire. Ce n'est pas un des incidents les moins émouvants du drame que de le voir au milieu des autres captifs portugais avec lesquels il va travailler, et qui

_____

(1) Mon frère, qui est au ciel, — A-t-il laissé dans son testament, — Cette clause; ce n'est pas — Pour qu'elle s'accomplisse et se lise, — Mais seulement pour montrer — Qu'il désire ma liberté. — Et cette liberté se recherche par d'autres — Moyens et d'autres mesures, — Ou douces ou cruelles. — Dire, en effet, qu'on rende Ceuta,— C'est dire : Faites à ce sujet — De prodigieuses diligences.— Si un roi est catholique et juste, — Comment lui serait-il, comment lui serait-il — Possible de livrer à un Maure — Une ville qui lui a coûté — Tant de sang; et c'est lui le premier — Qui, seulement armé de son bouclier — Et d'une épée, arbora — Les étendards sur ses tours ? (Jornada II.)

La lecture du *Prince constant* nous laisse à peine assez de temps pour rappeler que ce don Henri, un de ses principaux personnages, est aussi ce prince à l'esprit élevé et cultivé qui fit tant d'efforts pour pousser à la découverte des Indes Orientales.

ne le reconnaissent pas, se promettant la liberté par les efforts dont ils connaissent sa noble nature capable pour eux, lorsque l'échange, qu'ils regardent comme si raisonnable, l'aura rendu à leur patrie.

A ce moment, entre en jeu un autre ressort dramatique, la reconnaissance du général maure. Il offre à Ferdinand les moyens d'évasion : mais le roi découvre leurs relations et enchaîne son général par les liens d'une honorable fidélité, en le constituant seul gardien du prince. Cette mesure exige de don Ferdinand un nouveau sacrifice. Non-seulement, il conseille à son généreux ami de garder sa fidélité à son roi, mais il l'assure que d'autres moyens d'évasion lui seraient ils même offerts, il n'en prendrait aucun avantage, si, par une pareille conduite, l'honneur de son ami devait être en danger. Cependant les souffrances du prince infortuné s'augmentent par de cruels traitements, par des travaux intolérables, jusqu'à ce que ses forces se brisent. Il ne cède pas encore. Ceuta reste à ses yeux comme une place sacrée, sur laquelle la religion l'empêche d'exercer le contrôle qui pourrait lui rendre sa liberté. Le général maure et la fille du roi intercèdent d'un autre côté, mais en vain pour lui. Le roi est inflexible et don Ferdinand meurt enfin, par suite de privations, de misère et de douleur. Son âme reste inébranlable et son héroïque constance soutient notre intérêt pour sa destinée jusqu'à la dernière extrémité. Immédiatement après sa mort une armée portugaise arrive pour lui rendre sa liberté. Dans une scène nocturne, d'un grand effet dramatique, il apparaît à la tête des guerriers, revêtu du costume de l'ordre religieux et militaire, avec lequel il désirait être enterré, et une torche à la main, il leur désigne la victoire. Les Portugais obéissent à cet ordre surnaturel ; un entier succès en est la conséquence. Ce dénoûment merveilleux, qui délivre ses restes sacrés de la souillure des Maures, cadre fort bien avec le pathétique romantique et le sublime enthousiasme des scènes qui nous y conduisent.

CHAPITRE XXIV

Continuation de Caldéron. — Ses comédies de cape et d'épée — *Antes que todo es mi Dama.* — *La Dama duende.* — *La Banda y la Flor.* — Altérations de l'histoire. — Origine des idées exagérées de l'honneur et de l'autorité domestiques dans le drame espagnol. — Attaques contre Caldéron. — Ses allusions aux événements contemporains. — Le brillant de son style. — Sa longue influence au théâtre. — Caractères de ses drames poétiques et idéalisés.

Passons maintenant aux comédies de Caldéron qui caractérisent plutôt son temps que son génie particulier, je veux dire ses comédies de cape et d'épée, *comedias de capa y espada.* Caldéron nous en a laissé plusieurs de ce genre, et un assez bon nombre semblent être l'œuvre non de sa jeunesse, mais de son âge mur, alors que ses facultés étaient dans toute leur force et dans toute leur fraîcheur. On peut en compter jusqu'à trente, et l'on pourrait en ajouter encore davantage, si nous voulions comprendre dans cette classe plusieurs pièces, qui, avec un caractère différent, appartiennent cependant plutôt à cette division qu'à toute autre. Parmi les plus remarquables on en distingue deux intitulées : *Peor está que estaba,* et *Mejor está que estaba,* pièces que lord Bristol avait probablement traduites en anglais, dans ses comédies perdues et qui avaient pour titre : *Worse and Worse,* et *Better and Better* (1). *El astrologo fingido* que Dryden imita dans son *Mock astrologer* (2), *Guardate del agua mansa*

---

(1) Ces deux comédies, dit Downes (*Roscius Anglicanus*, Londres, 1789, in-8°, pag. 36) furent empruntées au théâtre espagnol par le comte de Bristol. Caldéron est, sans aucun doute, la source à laquelle il fait allusion. Les *Adventures of five hours,* de Tushe, insérée dans la *Collection de Dodsley,* vol. XII, est tirée de *Los Empeños de seis horas, les Embarras de six heures* de Caldéron. Il faut, toutefois, convenir qu'on trouve moins d'imitations espagnoles dans le théâtre anglais que dans le théâtre français.

(2) Dryden déclare avoir pris sa comédie du *Mock Astrologer,* le faux astrologue, du *Feint Astrologue* de Thomas Corneille (Scott, *Vie de Dryden,* Londres, 1808, in-8°, tom. III, pag. 229); mais Corneille l'avait tirée de l'*Astrologo fingido* de Caldéron.

et *Casa con dos puertas mala es de guardar*, sont des titres qui indiquent l'esprit de la classe entière à laquelle ces drames appartiennent, et dont ils sont des exemples parfaits.

Une autre pièce, appartenant à la même division, est celle qui porte pour titre : *Antes que todo es mi dama*. Un jeune cavalier arrive de Grenade à Madrid, et tombe immédiatement amoureux d'une dame, dont le père le prend pour une autre personne qui, destinée à sa fille, est déjà éprise ailleurs. D'étranges confusions se multiplient ingénieusement sur cette erreur d'où découlent naturellement d'étranges scènes de jalousie. Les deux jeunes gens se trouvent dans la maison de leurs dames respectives, offense mortelle pour l'honneur espagnol, dramatiquement considéré. Les choses sont poussées jusqu'à la plus dangereuse extrémité et jusqu'à la dernière confusion. Le principe sur lequel tant de drames espagnols reposent : *Mas facil sana una herida que no una palabra* (1), il est plus facile de guérir une blessure qu'une parole, est ici prouvé par des exemples abondants. Plus d'une fois le secret des dames est plutôt protégé que l'ami de l'amant, quoique l'ami se trouve, pour le moment, dans un danger mortel, circonstance qui donne son nom au drame. A la fin, la confusion s'éclaircit par une simple explication de toutes les parties sur l'erreur primitive ; un double mariage termine heureusement des scènes de confusion qui paraissaient fréquemment peu susceptibles d'un semblable dénoûment (2).

La dama duende (3), est un autre drame de Caldéron, plein de vie, d'esprit, d'ingénuité. L'action se passe le jour du baptême du prince Balthasar, héritier présomptif de Philippe IV, et né, comme on le sait, le 4 novembre 1629. La pièce elle-même se composa et se joua probablement bientôt après (4). Si nous en jugeons par le nombre de fois que Caldéron y fait de complaisantes allusions, nous ne pouvons douter que ce ne soit sa pièce favorite : si nous en jugeons par son mérite

---

(1) *Une blessure se guérit plus facilement qu'une parole.* Et dans *Amar despues de la muerte*, il est encore dit :

> Una herida mejor
> Se sana que una palabra.
>
> (*Comedias*, 1760, tom. 11, pag. 352.)

(2) *Antes que todo es mi Dama.*

(3) *La Dama duende, Comedias*, tom. III.

(4) *Oy el bautisma celebra — Del primero Balthasar.* — Aujourd'hui se célèbre le baptême — Du premier Balthasar (Jornada I).

intrinsèque, nous pouvons être sûrs que ce fut le drame favori du public (1).

Doña Angèle, l'héroïne de l'intrigue, veuve, jeune, belle et riche, vit, à Madrid, dans la maison de ses deux frères. Mais, par des circonstances relatives à ses propres affaires, elle vit tellement retirée que personne au dehors ne connaît le moindre de ces détails. Don Manuel, un ami de l'un des deux frères, arrive dans Madrid, pour le voir. Il approchait de la maison, quand une dame, entièrement cachée sous son voile, l'arrête, dans la rue, et le conjure, s'il est homme d'honneur, de l'empêcher d'être plus longtemps poursuivie par un gentilhomme qui la serre déjà de près. Cette dame est doña Angèle elle-même, et le jeune poursuivant, son propre frère, D. Luis, qui la presse par ce seul motif qu'il a observé qu'elle se cache avec soin de lui. Les deux cavaliers n'ayant aucune relation l'un avec l'autre, D. Manuel est venu en effet pour faire visite à l'autre frère, une dispute s'élève facilement. Il s'ensuit un duel qui est interrompu par l'arrivée du second frère, et par une explication de son amitié pour D. Manuel.

Maintenant Manuel est conduit chez eux, établi dans la maison des deux frères avec toute la courtoisie due à un hôte aussi distingué. Son appartement communique avec celui de doña Angèle par une porte secrète, connue d'elle seule et de sa domestique de confiance. Se trouvant ainsi près d'une personne qui a risqué sa vie pour sauver la sienne, doña Angèle se détermine à se mettre mystérieusement en communication avec elle.

Doña Angèle est jeune et imprudente. Une fois entrée dans l'appartement de l'étranger, elle est tentée d'y faire des espiègleries; elle y laisse des marques de son humeur capricieuse sur lesquelles on ne peut se méprendre. Le serviteur de D. Manuel pense que c'est un esprit malin, ou mieux une fée, se complaisant à ces jeux fantastiques, bouleversant les papiers particuliers de son maître; laissant des notes sur sa table; mettant la confusion parmi les meubles de la chambre, et, une fois même par accident, jetant dans l'obscurité ceux qui l'occupaient. Enfin, son maître lui-même est confondu. Une fois, il a saisi un instant cette dame

---

(1) Il y fait allusion huit fois au moins et peut-être plus; dans *Mañanas de abril y mayo*, dans *Agradecer y no amar*, dans *El Joseph de las Mugeres*, etc. Je remarque ce fait, parce que Caldéron parle rarement de ses comédies, et jamais de la manière dont il parle de celle-ci. *La Dama duende* est bien connue dans le *Répertoire français* par *l'Esprit follet*, de Hauteroche.

si espiègle, mais elle s'est échappée du côté de son appartement et ne sachant que penser de cette apparition, il s'écrie :

> Como sombra se marchó,
> Fantastica su luz fué,
> Pero como cosa humana
> Se dejò tocar y ver ;
> Como mortal se temiò,
> Receló como muger,
> Como ilusion se deshizo,
> Como fantasma se fué ;
> Si doy la rienda al discurso
> No sé, vive Dios, no sé
> Ni qué tengo de dudar
> Ni qué tengo de creer. (1)

Mais la capricieuse dame qui a si ingénument joué à l'amour avec le beau et jeune cavalier, est poussée trop loin par ses brillants succès. Elle finit par être découverte en présence de ses frères étonnés, et l'intrigue, une des plus compliquées et des plus gaies qui se voient au théâtre, se dénoue par l'explication du caractère jovial de doña Angèle et par son mariage avec don Manuel.

La Banda y la Flor (2) qu'une évidence intrinsèque fait placer en l'année 1632, est un autre spécimen heureux du genre de Caldéron, dans cette espèce de drames ; mais à la différence du dernier, l'amour et la jalousie constituent le fond principal de l'intrigue et de sa complication (3). L'action se passe à la cour du duc de Florence. Deux dames donnent au héros de la pièce l'une un ruban, l'autre, une fleur. Mais l'une et l'autre sont tellement voilées, lorsqu'elles lui font leur cadeau, qu'il est impossible de distinguer l'une de l'autre. Les erreurs résultant de ce que le galant attribue chacune de ces marques de faveur précisément à la dame

---

(1) Comme une ombre elle s'est envolée, — Fantastique a été sa lumière. — Mais, comme une forme humaine, — Elle s'est laissé voir et toucher. — Comme mortelle, on la craignit ; — Comme une femme, elle trembla ; — Comme une illusion, elle s'évanouit ; — Comme un fantôme, elle se dissipa. — Si je m'abandonne à mes conjectures, — Je ne sais, vive Dieu, je ne sais — Ni sur quoi je dois douter, — Ni ce que je dois croire. (Jornada II.)

(2) *L'Écharpe et la Fleur, la Banda y la Flor, Comedias*, tom. V, a été admirablement traduite en allemand par A W. Schlegel.

(3) Dans la première Jornada, se trouve une longue description du *Jura de Balthazar*, du serment de Balthazar, comme prince des Asturies. Cet événement s'accomplit en 1632, et Caldéron dut le mettre peu de temps après sur la scène, parce que l'intérêt de ces cérémonies ne dure qu'un moment.

à qui elle n'appartient pas, constituent la première série de troubles et de soupçons. Ces derniers s'augmentent encore par la conduite du grand duc qui, par suite d'une convenance de prince qui lui est propre, exige que le héros prodigue ses marques d'attention à une troisième dame. De telle sorte que les relations de l'amant arrivent au plus haut degré de confusion possible, jusqu'au moment où un danger soudain de sa vie arrache la déclaration involontaire de son véritable attachement à la dame qui l'aime, attachement auquel il répond de sa part avec une satisfaction assez sincère pour ne pas laisser de doute sur son affection. Par là la confiance se rétablit et le dénoûment est complètement heureux.

Il y a dans cette comédie, comme dans la plus grande partie des drames de Caldéron appartenant au même genre, une grande fraîcheur de coloris, une grande animation, une intonation vraiment castillane, pleine de courtoisie et de grâce. Lisida qui aime Henri, le héros, et qui lui donne la fleur, le trouve orné du ruban de sa rivale, et cette circonstance, jointe à d'autres, fait qu'elle l'accuse naturellement d'être dévoué à cette rivale. Cette accusation, il la repousse, et il explique l'apparence trompeuse par le motif qui le fait s'approcher d'une dame dans le seul but de rechercher l'autre. Le dialogue par lequel il se défend lui-même caractérise de la manière la plus vive le style de galanterie du drame espagnol, spécialement par ces tournures ingénieuses et ces répétitions de la même idée, sous différentes formes de langage, qui se développent de plus en plus et se condensent, à mesure que la pensée approche de son terme.

LISIDA.	Pues ¿como podeis negarme
	Lo mismo que yo estoy viendo?
ENRIQUE.	Negando que vos lo veis.
LISIDA.	¿No fuisteis en el paseo
	Sombra de su casa?
ENRIQUE.	Sí.
LISIDA.	¿Estatua de su terrero
	No os halló el alba?
ENRIQUE	Es verdad.
LISIDA.	¿No la escribisteis?
ENRIQUE.	No niego
	Que escribi (1).

_____

(1) LISIDA. Mais comment pouvez-vous me nier — Ce que je vois de mes yeux ? — HENRI. En niant que vous le voyez. — LISIDA. Ne fûtes-vous pas, dans la rue, — L'ombre de sa maison? HENRI. Oui. — LISIDA. L'aube ne vous trouva-t-elle pas — Comme une statue de sa terrasse? HENRI. C'est vrai. — LISIDA. Ne lui avez-vous pas écrit? HENRI. Je ne nie pas — Lui avoir écrit.

LISIDA.

¿ No fué la noche
De amantes deleites vuestros
Capa oscura ?

ENRIQUE.

Que la hablé
Alguna noche os confieso.

LISIDA. ¿ No es suya esa banda ?

ENRIQUE.

Suya
Pienso que fué.

LISIDA. Pues ¿ qué es esto ?

Si ver, si hablar, si escribir,
Si traer su banda al cuello,
Si seguir, si desvelar
No es amar, yo, Enrique, os ruego,
Me digais còmo se llama,
Y no ignore yo mas tiempo
Una cosa que es facil.

ENRIQUE.

Respóndaos un argumento :
El astuto cazador
Que en lo rápido del vuelo
Hace à un átomo de pluma
Blanco veloz del acierto,
No adonde la caza está
Pone la mira, advirtiendo
Que para que el viento peche,
Le importa engañar al viento.
El marinero ingenioso
Que al mar desbocado y fiero,
Monstruo de naturaleza,
Halló yugo y puso freno,
No al puerto que solicita
Pone la proa, que haciendo
Puntas al agua, desmiente

LISIDA. La nuit ne jeta-t-elle pas — Sur vos amoureux plaisirs — Son voile obscur ?
HENRI. Je lui ai parlé — Une certaine nuit, je vous le confesse. — LISIDA. Cette écharpe
ne lui appartient-elle pas ? — HENRI. Elle lui a appartenu, je pense. — LISIDA. Eh
bien donc, qu'est-ce que c'est ? — Si se voir, se parler, s'écrire, — Si porter ses couleurs à son cou, — Si suivre, si veiller, — Ce n'est pas aimer, je vous le demande,
Henri, — Dites-moi comment tout cela s'appelle, — Que je n'ignore pas plus longtemps — Une chose si facile. — HENRI. Qu'un exemple vous réponde : — Le prudent chasseur — Qui, dans la rapidité du vol, — Fait d'un atôme de plume — Le
but rapide du succès, — Ne fixe point son regard — Là où est l'objet de la chasse,
remarquant — Que, pour que le vent paie, — Il lui importe de tromper le vent.
— Le pilote ingénieux — Qui, à la mer emportée et courroucée, — Prodige de la
nature ! — A su imposer un joug et mettre un frein, — Ce n'est pas vers le port
désiré — Qu'il tourne la proue — Qui, luttant contre les vagues, triomphe —

Sus iras y toma puerto.
El capitan que esta fuerza
Intenta ganar, primero
En aquella toca al arma,
Y con marciales estruendos
Engaña à la tierra, que,
Mal prevenida del riesgo
La esperaba ; asi la fuerza
La da à partido al ingenio.
La mina qne en las entrañas
De la tierra estrenó el centro,
Artificioso volcaн,
Inventado Mongibelo,
No donde preñada oculta
Abismos de horror inmensos
Hace el efecto ; porque
Engañando al mismo fuego,
Aqui concibe ; allí aborta :
Alli es rayo, y aqui trueno.
Pues si es cazador mi amor
En las campañas del viento ;
Si en el mar de sus fortunas,
Inconstante marinero ;
Si es caudillo victorioso
En las guerras de sus celos ;
Si fuego mal resistido
En mina de tantos pechos ;
¿ Que mucho engañarse en mi
Tantos amantes afectos ?
Sea esta banda testigo ;
Porque volcan, marinero,
Capitan y cazador

De leurs colères et entre dans le port.— Le capitaine qui, une citadelle — Cherche à gagner, tout d'abord — Autour d'elle appelle aux armes, — Et par le fracas terrible de la guerre, — Il trompe la place qui, — Mal prévenue du danger, — L'attendait. Ainsi la force — Le cède au génie. — La mine qui, dans les entrailles — De la terre, comprime le centre, — Volcan artificiel, — Mongibel inventé, — Ce n'est pas où elle se cache, grosse — D'immenses abîmes d'horreur,— Qu'elle produit son effet ; parce que — Trompant le feu lui-même, — Ici elle s'allume, là elle éclate ; — Là elle est la foudre et ici le tonnerre. — Si donc mon amour est un chasseur — Dans les plaines du vent ; — Si dans la mer de ses fortunes, — Il est le pilote inconstant ; — S'il est le chef victorieux — Dans les guerres de sa jalousie ; — S'il est le feu auquel on ne peut résister — Dans la mine de tant de cœurs, — Pourquoi tromper en moi — Tant de sentiments amoureux ? — Que cette écharpe en soit un témoignage, — Et que volcan, pilote, — Capitaine et chasseur, —

En fuego, agua, tierra y viento,
Logre, tenga, alcance y tome
Mina, caza, triunfo y puerto. (*Dale la banda.*)

LISIDA.   Bien pensareis que mis quejas,
Mal lisonjeadas con esta,
Os remitan de mi agravio
Las sinrazones del vuestro.
No, Enrique, yo soy mujer
Tan soberbia, que no quiero
Ser querida por venganza,
Por tema, ni por desprecio.
El que á mi me ha de querer,
Por me ha de ser, no teniendo
Conveniencias en quererme
Mas que quererme. (Jornada II) (1)

Autant qu'on peut le conclure, peut-être, de tout ce qui a été dit sur le petit nombre de drames que nous avons examinés, les comédies de Caldéron sont presque toujours marquées au coin d'un grand génie. Des aventures extraordinaires, des retours de fortune inattendus, des déguisements, des duels, des méprises de tout genre, sont constamment mises en jeu et disposées pour augmenter la vivacité de l'intérêt qui s'attache aux personnages placés sur le premier plan de la scène. Plusieurs de ces sujets ne sont pas entièrement de son invention propre. La plupart sont empruntés aux livres du Vieux Testament, tels que la révolte d'Absalon qui finit par la représentation de ce prince infortuné, suspendu par sa chevelure et mourant, au milieu de plaintes amères sur sa propre beauté. Un petit nombre sont tirés de l'histoire grecque ou romaine, tels que *El segundo Escipion* et *Duelos de amor y lealtad*, appartenant, ce dernier, à l'histoire d'Alexandre-le-Grand. Un plus grand nombre sont extraits des *Métamorphoses* d'Ovide (2), tels que *Apolo y Climene* et les

---

(1) Au milieu du feu, de l'eau, de la terre et de l'air, — J'obtienne, je tienne, je touche et je prenne — Mine, chasse, triomphe et port. (*Il lui donne l'écharpe.*) — LISIDA. Penseriez-vous que mes plaintes, — Mal flattées par cette écharpe, — Me feraient négliger mon injure — Sur les mauvaises raisons des vôtres? — Non, Henri, je suis, moi, une femme — Si fière, que je ne veux pas — Être aimée par vengeance, — Par fantaisie, ni par mépris. — Celui qui doit m'aimer — Doit m'aimer pour moi, sans avoir — D'autres motifs de m'aimer — Que de vouloir m'aimer. (Jornada II.)

(2) Les comédies de Caldéron, tirées des *Métamorphoses*, sont, pour le moins, au nombre de six, circonstance digne de remarque, parce qu'elle révèle son goût et son penchant littéraires. Il ne semble pas avoir imité dans ses comédies d'autres auteurs anciens autant qu'Ovide, écrivain classique favori de l'Espagne. Six

Fortunas de Andromeda. Par occasion, mais rarement, Calderón semble avoir, avec un soin pénible, puisé ses matériaux à des sources obscures, comme dans *La Gran Cénobia*, pour laquelle il dut faire usage des récits de Trebellius Pollion et de Flavius Vopiscus (1).

Ainsi que nous l'avons déjà remarqué, Calderón ramène chaque objet à ses idées sur l'effet dramatique : de sorte que ce qu'il emprunte à l'histoire est mis en scène avec les brillants attributs du masque, aussi bien que presque tout ce qu'il tirait des riches ressources de sa propre imagination. Si le sujet choisi rentrait naturellement dans les formes uniques qu'il reconnaissait, il exposait les faits tels qu'il les trouvait. C'est ainsi que dans *El sitio de Breda*, il a mis un soin qui approche de la statistique, pour le récit de ce qui s'est passé en 1624 et 1625. Le drame tout entier est écrit en honneur du commandant général, Ambrosio Spinola qui lui avait fourni quelques détails curieux de la pièce (2), et qui assistait sans aucun doute à la représentation. On peut en dire autant sur *El postrer duelo de España*, comédie fondée sur le dernier combat qui ait eu lieu à Valladolid, avec l'autorisation royale, en présence de Charles-Quint, en l'année 1522 : événement qui, par la pompe de ses cérémonies, et son esprit chevaleresque, s'adaptait admirablement à la pensée de Calderón (3).

---

traductions des *Métamorphoses* ont été faites dans la Péninsule, avant l'époque de Calderón. Voyez *Don Quichotte*, édition Clémencin, tom. IV, 1835, pag. 407.

(1) Calderón ne remontait pas aux originaux, c'est possible; mais il prenait ses matériaux comme il les trouvait sous sa main. Toutefois, la comparaison de l'entrée triomphante d'Aurélien dans Rome, dans la troisième Jornada, avec les passages correspondants dans Trebellius, *De Triginta Tyrannis*, chap. XXIX, et dans Vopiscus, *Aurelianus*, chap. XXIII-XXIV, etc., donne à entendre qu'il les avait lus.

Calderón, ce n'est pas douteux, emprunta parfois aux écrivains dramatiques ses prédécesseurs. C'est ainsi que sa piquante comédie intitulée : *El Alcalde de Zalamea*, est basée sur les sujets des comédies: *La Fuente Ovejana* et *El mejor Alcalde el Rey*, la première appartenant à Lope et la seconde, à lui-même. Mais ces divers emprunts n'étaient pas, je le crois, fréquents.

(2) Telle est, par exemple, l'exacte énumération des troupes au commencement de la pièce. *Comedias*, tom. III, pp. 142-149.

(3) Elle finit par un anachronisme volontaire, c'est-à-dire la résolution de l'empereur d'en appeler au pape Paul III, pour faire abolir ces duels par le Concile de Trente. Il résulte des derniers vers que la pièce se représenta devant le roi, circonstance qui n'apparaît pas dans le titre. Ce duel est un de ceux que Sandoval décrit avec tant de détails. (*Hist. de Carlos V*, Anvers, 1681, in-folio, livre XI, §§ 8 et 9.)

Quand le sujet choisi ne rentrait pas pleinement, par ses propres incidents, dans sa théorie du drame, Caldéron l'accommodait à ses fins, avec autant de liberté que s'il était une création une et entière de son imagination. *Las armas de la hermosura* et *El mayor encanto amor* (1), en fournissent d'abondantes preuves. Il en est de même de *Afectos de odio y amor*, comédie où notre poète a tellement altéré les principaux actes de la vie de Christine de Suède, sa capricieuse contemporaine, qu'il n'est pas aisé de la reconnaître. La même remarque peut s'appliquer au caractère de Pierre d'Aragon, dans le drame intitulé : *Tres justicias en una*, et aux personnages de l'histoire portugaise que Calderon a su créer si admirablement dans ses *Gustos y disgustos* (2), et dans son *Principe constante*. Pour un lecteur anglais, sa comédie du *Cisma de Inglaterra*, sur la fortune et la destinée d'Anne de Bolen et du cardinal Wolsey, est probablement celle où l'histoire est le plus évidemment défigurée. En effet, le cardinal, après sa chute du pouvoir, apparaît sur la scène demandant son pain à Catherine d'Aragon, tandis que Henri VIII, se repentant, en même temps, du schisme religieux qu'il a provoqué, promet de donner en mariage sa fille Marie au roi d'Espagne, Philippe II (3).

Calderon n'est pas plus scrupuleux en matière de morale qu'en matière de faits. Duels et homicides se présentent constamment dans ses comédies, sous le plus léger prétexte, comme s'il ne pouvait s'élever la moindre question sur leur légitimité. L'autorité d'un père ou d'un frère pour mettre à mort la fille ou la sœur coupable d'avoir caché son amant dans sa chambre, est reconnue sans conteste (4). C'est là ce qui constitua

---

(1) *Las Armas de la Hermosura, Comedias*, tom. I, et *El mayor encanto amor, Comedias*, tom. V, sont des pièces sur l'histoire de Coriolan et d'Ulysse. Nous en avons déjà fait mention.

(2) Dans la préface du tome II de la traduction allemande de Calderon par Malsburg (Leipsick, 1819, in-12), il y a des observations fort justes, quoique un peu trop métaphysiques, sur la comédie *Gustos y Disgustos*, et sur l'usage que Calderon sut y faire de l'histoire originale portugaise.

(3) *Comedias*, 1760, tom. IV. Voyez aussi *Ueber die kirchentrennung von England* sur le schisme d'Angleterre, par P. W. V. Schmidt (Berlin 1819, in-12), opuscule excessivement curieux, mais trop élogieux, selon nous, en ce qui concerne le mérite de Calderon. Rien n'est plus capable de faire sentir la différence entre Shakespeare et Calderon, d'une manière plus forte, que la comparaison de cette pièce avec le grand drame historique, *Henri VIII*, du poète anglais.

(4) La moitié des comédies de Calderon sont des exemples évidents de ces duels et de l'opinion qu'on avait alors de l'honneur des femmes. Nous n'en citerons que deux : *Casa con dos puertas* et *El escondido y la Tapada*.

un titre de gloire au roi D. Pedro, pour avoir justifié Gutierre Alfonso Solis de l'atroce assassinat de sa femme. Léonore elle-même qui va entrer dans ce lit souillé de sang, ne désire, nous l'avons vu, se voir appliquer à elle-même d'autre mesure de justice que celle qui a été appliquée à l'innocente et belle victime dont le corps est étendu à ses pieds. Il est cependant impossible de lire plus longtemps Calderon sans s'apercevoir que son objet principal était d'exciter par le sujet et par son plan, un haut et vif intérêt; que, pour arriver à ses fins, il s'appuie presque constamment sur une exagération du point d'honneur. Or, ce sentiment, sous ses aspects les plus délicats et les plus raffinés, ne pouvait certainement pas donner le ton ni à la cour de Philippe IV, ni à celle de Charles II; il ne pouvait, malgré les puissants efforts de Calderon, jamais servir de règle de conduite, ni de base pour aucun commerce, sans ébranler tous les fondements de la société, sans empoisonner les meilleures et les plus intimes relations de la vie.

Ici nous nous trouvons pressés par cette question, quelle fut l'origine de ces idées extravagantes d'honneur et de droits domestiques que nous voyons dans le vieux drame espagnol, depuis les premières comédies de Torres Naharro, et qui apparaissent ainsi, au comble de l'exagération, dans les comédies de Calderon?

Rien n'est plus difficile que de répondre à cette question : comme à tout ce qui touche à l'origine et aux traditions du caractère national. Mais, laissant de côté, comme sans fondement, l'opinion parfois soutenue, que les vieilles idées espagnoles sur l'autorité domestique pourraient bien venir des Arabes, nous trouvons que les anciennes lois gothiques, dont la date remonte à une époque bien antérieure à l'invasion des Maures, et qui reflètent complètement le caractère national, jusqu'à ce qu'elles fussent remplacées par les *Partidas*, au quatorzième siècle, ces lois, dis-je, reconnaissaient le même système de cruauté et de rigueur que l'on trouve dans le vieux théâtre. Tout ce qui avait trait à l'honneur domestique était laissé par ce code, comme il l'est par Calderon, à l'autorité domestique. Le père a le pouvoir de mettre à mort la femme ou la fille, déshonorée dans sa maison. Si le père était mort, ce même pouvoir terrible était transféré au frère par rapport à la sœur, ou même à l'amant, si la personne qui l'offensait lui avait été fiancée.

Sans aucun doute, ces lois féroces, formellement restaurées et remises en vigueur sous le règne de saint Ferdinand, avaient cessé d'avoir aucune espèce de force au temps de Calderon. La mort donnée dans des circonstances qu'elles justifiaient pleinement n'en aurait pas été alors moins regardée comme un assassinat en Espagne, ainsi qu'elle l'aurait été dans toute autre nation civilisée de la chrétienté. Mais, d'un autre côté, ces lois virent leur action subsister, ce n'est pas douteux, pendant une durée de siècles plus grande que la période écoulée entre leur abrogation et l'époque de Caldéron et de Philippe IV. La tradition de leur puissance ne s'était pas encore perdue, par conséquent, dans le caractère du peuple, et la poésie se permettait de conserver ces terribles principes, longtemps après que leur action avait cessé d'être reconnue partout ailleurs (1).

On pourrait faire des remarques semblables sur les duels. Qu'il y en ait eu de fréquents, en Espagne, dans le quatorzième et le quinzième siècles et dans les siècles précédents, nous en avons d'abondantes preuves. Mais nous savons aussi que le dernier qui fut autorisé par la sanction royale, eut lieu durant la jeunesse de Charles-Quint, et ce n'est pas là une raison pour supposer que les rencontres particulières furent beaucoup plus communes entre caballeros, à Madrid, du temps de Lope de Vega et de Caldéron, qu'elles ne l'étaient à Londres ou à Paris (2). Mais les traditions qui s'étaient perpétuées depuis les temps où les duels dominaient, devinrent une garantie tout à fait suffisante pour un drame dont l'objet principal consistait à exciter un profond et impatient intérêt plus que toute autre chose. Aussi, dans une comédie de Barrios, se présente-t-il huit de ces duels, et dans une autre, douze (3) : spectacle qui, dans toute autre hypothèse, eût été absurde.

Peut-être que l'extravagance même de ces représentations les rendit comparativement inoffensives. Sous la dynastie de la maison d'Autriche, il était aussi incroyable qu'un frère mît à mort sa sœur par le simple motif qu'il l'avait trouvée dans sa chambre avec son amant, ou qu'une personne se battît avec un autre, dans la rue, purement parce qu'une dame ne voulait pas être suivie, qu'il n'y avait pas grand danger que l'exemple du théâtre devînt contagieux. Cependant on ne laissa pas passer la tendance immo-

---

(1) Fuero Juzgo, édit. de l'Académie. Madrid, 1815, in-fol., liv. III, titre IV, *leyes* 3, 5, 9. Il est utile de rappeler que ces lois étaient les vieilles lois gothes de l'Espagne, antérieures à l'an 700 de J.-C.; que c'étaient les lois des chrétiens non assujettis à la puissance arabe; qu'enfin l'Académie les publia telles qu'elles avaient été restaurées et remises en vigueur par saint Ferdinand, après la conquête de Cordoue, en 1241.

(2) Howel, en 1623, après avoir vécu une année à Madrid, dans des circonstances qui lui facilitèrent la connaissance de la bonne société, et au moment où les pièces de Lope de Vega étaient à l'apogée de leur faveur, dit : « Qu'on n'y entendit plus parler d'un défi durant un siècle. » *Lettres*, onzième édition. Londres, 1754, in-8º, liv. I, section III, lettre 32.

(3) Dans *El canto Junto al encanto* et dans *Pedir favor*.

rale du théâtre, même au moment où la réputation de Caldéron arrivait
à son apogée. Guerra, un de ses plus grands admirateurs, dans une
approbation placée en tête des comédies de Caldéron, en 1682, fait l'éloge
non-seulement de son ami, mais encore de la quantité considérable de
drames, au brillant succès desquels son ami avait tant contribué. En conséquence, la guerre contre le théâtre se ralluma, comme elle avait éclaté,
deux fois auparavant, du temps de Lope. Les imprudentes remarques de
Guerra furent l'objet de quatre attaques anonymes et de deux autres de la
part de personnes qui donnèrent leurs noms : Antonio Puente de Mendoza
et Navarro. Ce dernier s'y prit d'une manière assez étrange, et répondit
par le moyen de la presse à une défense de Guerra lui-même, qui n'avait
été répandue qu'en manuscrit. Toute cette discussion roulait sur l'autorité
de l'Église et des Pères plutôt que sur les intérêts de la morale publique
et de l'ordre social ; aussi finit-elle, comme avaient fini les attaques précédentes du même genre, par le triomphe du théâtre (1). Les comédies de
Caldéron et des autres écrivains de son école continuèrent à être représentées et admirées après, comme elles l'avaient été avant.

Caldéron, cependant, ne se reposa pas seulement sur l'intérêt que pouvait exciter une fable extravagante, remplie de duels et de violences
domestiques, mais il introduisit souvent des allusions flatteuses aux personnages de son temps ou à des événements passés qu'il pensait pouvoir
être agréables à ses spectateurs, tant de la cour que de la ville. Ainsi dans
la Banda y la Flor, le héros, récemment arrivé à Madrid, donne à son
maître, le duc de Florence, une brillante description, d'environ deux
cents vers, de la cérémonie du serment de fidélité au prince, D. Baltasar
Carlos, comme prince des Asturies, en 1632. Ce morceau , tant par
l'esprit qui le dicta que par les compliments qu'il contient pour le roi

---

(1) C'est une affaire qu'il n'était pas facile de régler, depuis les troubles déjà
mentionnés sous les règnes de Philippe II et de Philippe III, ainsi qu'on peut le
voir par l'approbation de Thomas d'Avellaneda du tom. XXII des *Comedias escogidas*. Ce personnage, ecclésiastique grave et distingué, jugea nécessaire d'abandonner le rôle de simple approbateur et de prendre la défense du théâtre contre
les attaques qu'il souffrait et qui étaient évidemment fort communes. Mais la querelle de 1682 à 1685, qui devint une rupture ouverte et violente, doit se lire dans
la *Apelacion al Tribunal de los Doctos*. Madrid, 1732, in-4°. C'est la défense de
Guerra, mentionnée dans le texte, et qui n'avait pas été imprimée jusqu'alors. Il
faut la lire aussi dans les *Discursos contra los que defienden el uso de las Comedias*,
par Gonzalo Navarro. Madrid, 1684, in-4° ; espèce de réponse au dernier ouvrage
cité, et à plusieurs du même genre.

et la famille royale, dut produire un assez grand effet sur la scène (1).
Dans *El escondido y la tapada*, nous avons encore une vive allusion au
siége de Valence, sur le Pô, en 1635 (2) ; et dans *No hay cosa como callar*,
se trouvent de fréquentes allusions à la victoire gagnée sur le prince de
Condé, à Fontarabie, en 1639 (3). Dans *Guardate del agua mansa*, on lit
une relation pompeuse de la réception publique de la seconde femme
de Philippe IV, à Madrid, en 1649. Caldéron fut employé, nous le savons,
pour une partie de cette cérémonie, celle qui consistait à donner des
inscriptions pour les monuments (4). *La púrpura de la rosa*, fondée sur la
fable de Vénus et d'Adonis, écrite en l'honneur de la paix des Pyrénées
et du mariage de l'infante avec Louis XIV, en 1659, renferme tout ce
qui pouvait être dit sur de pareils sujets par un poète favori, tant dans la
loa, qui nous a été heureusement conservée, que dans la comédie elle-
même (5). Rien de plus inutile que de multiplier les exemples. Caldé-

---

(1) La description de Philippe IV, à cheval, parcourant les rues de Madrid, nous
rappelle la promenade que Shakespeare fait faire à Bolingbroke, dans les rues de
Londres ; mais, dans cette comparaison, l'infériorité est du côté du poète espagnol (Jornada I). On peut voir, toutefois, combien Calderón était minutieux dans
les détails, en lisant le *Juramento del Principe Baltasar*, 1632, rédigé par D. Antonio Hurtado de Mendoza, document officiel imprimé pour la seconde fois à l'imprimerie royale, 1665, in-4°.

(2) La phrase est tout à fait espagnole ;

En Italia estaba, — Quando la *loca arrogancia* — Del Francès, sobre Valencia — Del
Po, etc. (Jornada I.)

(3) Il donne à la victoire plus d'importance qu'elle n'en eut réellement ; mais ses
allusions servent à démontrer qu'il n'avait pas la pensée d'irriter l'amour-propre
et l'intérêt des Français, tant il y avait de courtisanerie et de délicatesse dans le
ton de Calderón. C'est dans le tome X de ses comédies.

(4) Dans *Guardate del agua mansa*, la description de l'arc de triomphe dont
Calderón avait donné les figures et les ornements allégoriques, ainsi que les inscriptions latines et espagnoles, est fort étendue (Jornada III).

(5) Nous retrouvons encore ici l'esprit de courtisanerie du poète. Il insiste très-
soigneusement pour établir que la paix des Pyrénées et le mariage de l'infante *ne
sont pas* deux événements connexes ; que le mariage doit être considéré comme
une affaire *distincte*, traitée en même temps, mais tout à fait indépendante. L'auditoire était au courant et savait mieux ce qui en était.

Voyez le *Viage del Rey nuestro señor D. Felipe IV el Grande à la frontera de Francia*,
par Leonardo del Castillo. Madrid, 1667, in-4° ; ouvrage publié avec un caractère
et des prétentions officielles, où sont décrites les cérémonies à l'occasion du mariage de l'infante et de la conclusion de la paix. On voit que toutes les fois que
Calderón y fait allusion, il se conforme ponctuellement à la vérité historique. Nous
pouvons faire une remarque semblable sur *Tetis y Peleo*, pièce écrite évidemment

ron ne manque jamais de consulter la mode et le goût de la cour, autant que le véritable esprit national de son temps. C'est ainsi que dans *El segundo Escipion*, il se livre à une flatterie grossière envers le pauvre et imbécile Charles II, et le déclare l'égal de ce grand patriote que Milton reconnaît avoir été toute « la grandeur de Rome (1). »

Le style et la versification de Caldéron ont un mérite bien supérieur, quoiqu'il s'y mêle parfois des défauts de son siècle. Le brillant a été un de ses principaux objets et il l'a facilement atteint : il tombe fréquemment et même avec une intention apparente, dans cette ridicule folie de son temps, dans cet absurde espèce d'euphuisme que Gongora et son école appelèrent style cultivé, *culteranismo*. A ce genre appartiennent, par exemple, *Lances de amor y fortuna*, *Duelos de amor y lealtad*. Mais dans *Mañanas de abril y mayo*, *No hay burlas con el amor*, il verse au contraire le ridicule sur ce même style avec la plus grande sévérité. Dans les comédies charmantes de *La Señora y la criada* et *El secreto à voces*, il l'évite complètement. Caldéron ajoute ainsi un exemple de plus à tant d'autres d'hommes distingués qui se sont quelquefois accommodés eux-mêmes au caprice et à la mode de leur temps, et qui d'autres fois les ont attaqués et réfutés. Ses vers nous charment toujours par leur délicieuse mélodie : toujours Caldéron s'abandonne à la riche variété de mètres que lui offraient la poésie espagnole et la poésie italienne : octaves, tercets, sonnets, silves, lires : les différentes formes de *redondillas :* les romances avec leurs *assonances* et leurs *consonnances*. Il montre toujours une connaissance extraordinaire du langage qui s'élève parfois jusqu'au ton sublime du drame national, et qui d'autres fois, pour capter la faveur populaire, se laisse aller à des jeux de mots, à des plaisanteries tout à fait indignes de son génie (2).

Nous ne devons pas juger Caldéron comme le firent ses contemporains.

---

pour la même occasion et imprimée dans les *Comedias escogidas*, tom. XXIX, 1668. C'est un pauvre drame, composé par un écrivain obscur, Josef de Bolea, une des pièces que Castillo nous apprend avoir été représentées pour l'amusement du roi et de la cour durant ce voyage.

(1) Cette flatterie, à l'adresse de Charles II, est des plus désagréables, parce qu'elle est le fruit de la vieillesse du poète. Charles II, en effet, monta sur le trône, lorsque Caldéron avait déjà soixante-quinze ans. Après tout, elle est bien moins choquante que les compliments, presque blasphématoires, adressés à Philippe IV et à la reine, dans l'*auto* assez étrange, *El Buen Retiro*, joué le premier jour du Corpus Christi, après la construction de ce palais somptueux.

(2) Caldéron n'a jamais, croyons-nous, écrit des vers blancs. Lope de Vega l'a fait quelquefois.

Nous sommes à une distance trop éloignée de lui, mais nous pouvons le traiter avec impartialité et sans indulgence, ne dissimulant pas ses fautes, n'exagérant pas ses mérites. Nous devons examiner l'ensemble de ses efforts pour améliorer le théâtre, rechercher les progrès réels qu'il lui a fait faire, ou plutôt les changements qu'il a éprouvés dans ses mains, tant dans la partie comique que dans la partie tragique.

Calderón apparut, c'est certain, comme écrivain dramatique pour la scène espagnole, dans des circonstances particulièrement favorables. Conservant toutes les facultés au delà de l'âge ordinaire assigné à l'homme, il se vit capable de maintenir longtemps l'ascendant qu'il avait primitivement conquis. Son génie prit tout d'abord sa direction, et il la conserva jusqu'à la fin. A l'âge de quatorze ans, il avait composé, pour la scène, une pièce qu'il jugea digne, soixante ans plus tard, d'être inscrite sur la liste des drames qu'il donna à l'almirante de Castille (1). Il n'avait que trente-cinq ans, quand la mort de Lope de Vega le laissa sans rival. L'année suivante, il fut appelé à la cour de Philippe IV, le plus magnifique protecteur du théâtre espagnol que l'on ait jamais connu. Depuis ce moment, jusqu'à sa mort, les destinées du drame se trouvèrent dans ses mains, comme elles l'avaient été dans les mains de Lope. Quarante-cinq de ses grandes pièces, et probablement un plus grand nombre, se jouèrent sur de magnifiques théâtres, dans différents palais royaux, tant de Madrid que des environs. Plusieurs d'entre elles furent mises en scène avec une pompe extraordinaire et à grands frais : dans ce nombre sont compris, *Los tres mayores prodigios*, dont chacun des trois actes fut représenté en plein air, sur une scène différente et par une compagnie d'acteurs différente (2); *El mayor encanto amor*, joué sur un théâtre flottant que la dispendieuse extravagance du comte-duc d'Olivares avait fait construire sur l'étang artificiel, dans les jardins du Buen Retiro (3). Tous ces faits démontrent que le patronage, tant de la cour que de la capitale,

---

(1) *El carro del Cielo*, écrit à l'âge de quatorze ans, nous dit Vera Tassis, et que nous lirions maintenant avec le plus grand plaisir. Il faut croire qu'il est entièrement perdu.

(2) Le public restait aux mêmes places, bien qu'il eût trois scènes devant lui. La représentation dut être des plus brillantes, ainsi que l'explique la *loa* qui précède la comédie.

(3) Le fait est établi dans le titre, et il y est gracieusement fait allusion à la fin de la pièce :

Fué el agua tan dichosa	L'eau fut si heureuse
En esta noche felice	Dans cette nuit fortunée
Que merecia ser teatro.	Qu'elle mérita de servir de théâtre.

élevait Caldéron fort haut, comme le poète dramatique favori de son temps. Ce rang, il le conserva durant presque un demi-siècle. Il écrivit son dernier drame : *Hado y divisa*, basé sur les brillantes fictions de Boiardo et de l'Arioste, à l'âge de quatre-vingt-un ans (1). Caldéron n'était donc pas seulement le successeur de Lope de Vega, mais il jouissait du même genre d'influence populaire. Ils tinrent, eux deux, le sceptre du théâtre espagnol, pendant quatre-vingt-dix ans, et durant tout cet espace de temps, soit par le nombre de leurs imitateurs et de leurs disciples, soit principalement par leurs propres talents personnels, ils lui donnèrent toute l'étendue et la considération qu'il a toujours possédées.

Caldéron, cependant, ne réalisa et n'essaya même pas de grands changements dans la forme. Deux ou trois fois il prépara des drames qui devaient être entièrement chantés, ou chantés en partie, en partie parlés. Mais ces compositions mêmes, dans leur structure, n'étaient pas plus des opéras que toute autre comédie, elles ne furent qu'un luxe de cour qu'on essaya d'introduire, à l'imitation du véritable opéra que Louis XIV venait d'importer en France, cour avec laquelle la cour d'Espagne avait alors d'intimes relations (2). Ce furent là toutes ses réformes ; Caldéron n'introduisit sur la scène aucune forme nouvelle de composition dramatique. Il ne modifia pas non plus beaucoup les formes que Lope de Vega avait déjà établies et consacrées. Il montra toutefois plus d'exactitude technique dans la combinaison des incidents ; il disposa chacun des éléments avec plus d'habileté pour l'effet de la scène (3) ; il donna à l'ensemble une couleur nouvelle, et, à certains égards, une physionomie nouvelle. Son drame, plus poétique par le ton et les tendances, respire moins cet air de vérité et de réalité que l'on sent dans les pièces de son grand prédécesseur. Dans les parties les mieux réussies, et qui sont rarement répréhensibles par leur moralité, il semble que nous sommes comme transportés dans un autre monde, plus magnifique, où la scène

---

(1) Vera Tassis l'affirme. Voyez aussi F. W. V. Schmidt, *Ueber die Italienischen Heldengedichte*, sur l'épopée italienne. Berlin, 1820, in-12, pp. 269-280.

(2) Les deux réelles tentatives de Caldéron dans le genre de l'opéra nous sont déjà connues. Le *Laurel de Apolo* (*Comedias*, tom. VI) est intitulé *Fiesta de Zarzuela*, et dans elle « on y chante et on y joue » (Jornada I), est-il dit, parce qu'elle était probablement composée de chant et de récitatif. Nous parlerons des *zarzuelas* quand nous arriverons à Vances Candamo.

(3) Goëthe se rappelait cette qualité de Caldéron, dans ce qu'il dit à Eckerman (*Conversations avec Goëthe*. Leipsick 1837, tom. I, pag. 151).

est illuminée par une splendeur inconnue et surnaturelle, où les intérêts et les passions des personnages, qui passent devant nous, sont rendus avec tant de finesse qu'il ne nous faut pas peu animer et exciter nos propres sentiments, avant de pouvoir prendre un véritable intérêt aux scènes dont nous sommes témoins, ou éprouver de la sympathie pour leurs résultats. C'est en cela que Calderón triomphe. La légèreté de vie et l'animation qu'il a su répandre dans les divisions les plus gaies de ses drames, la tendresse émouvante qui pénètre leurs parties les plus graves et les plus tragiques, nous élèvent, sans que nous en ayons conscience, à une hauteur où ses brillantes représentations seules peuvent saisir notre imagination, où nous pouvons être intéressés et charmés, en nous trouvant nous-mêmes au milieu d'elles, non-seulement par la confusion des différentes formes du drame, mais encore par la confusion qui règne sur les propres limites de la poésie dramatique et de la poésie lyrique.

C'est à cette élévation de ton, à cet effort constant et nécessaire pour le soutenir, que nous devons la plus grande partie des qualités qui distinguent Calderón de ses prédécesseurs, et presque toutes les qualités qui constituent son caractère individuel, tant dans ses qualités que dans ses défauts. C'est là ce qui lui donne moins de facilité, de grâce et de naturel qu'à Lope ; c'est là ce qui prête à son style cet air maniéré qui, malgré la richesse merveilleuse et la fluidité de sa versification, nous fatigue parfois, et parfois nous choque. C'est là ce qui le conduit à se répéter lui-même, au point que plusieurs de ses personnages deviennent des caractères fixes ; que ses héros et leurs serviteurs, ses dames et leurs confidentes, ses vieillards et ses bouffons (1), semblent se reproduire, comme les figures masquées de l'ancien théâtre, pour représenter, avec les mêmes attributs et sous le même costume, les différentes intrigues de ses diverses comédies. C'est là ce qui le conduit, en un mot, à considérer l'ensemble du théâtre espagnol comme une forme, dans les limites de laquelle son imagination peut s'abandonner sans contrainte, dans laquelle grecs et romains, divinités du paganisme et fictions surnaturelles de la tradition chrétienne, tout, peut être admis selon la mode, le goût et les sentiments espagnols, et conduit, par une succession d'aventures ingénieuses et intéressantes, aux castastrophes qu'exige leur composition scénique.

---

(1) Le plus grand nombre des *graciosos* ou bouffons de Calderón sont des modèles du genre. Voyez surtout les pièces : *La Vida es sueño, El Alcaide de si mismo Casa con dos puertas, La Gran Zenobia, La Dama duende,* etc.

En développant cette théorie du drame espagnol, Caldéron, nous l'avons vu, réussit souvent, et souvent il se trompe. Quand il réussit, son succès n'a rien du caractère vulgaire. Alors, il ne met sous nos yeux que des modèles de beauté idéale, de perfection et de splendeur : qu'un monde où il ne peut entrer que les éléments les plus élevés du génie national. Là, le fervent mais grave enthousiasme du vieil héroïsme castillan ; les chevaleresques aventures de l'honneur moderne, de l'honneur de cour; les généreux dévouements de fidélité individuelle, les sacrifices d'amour plein de réserve, mais aussi plein de passion, qui, dans un état de société où il devait si rigoureusement échapper aux regards, était devenu une espèce de culte secret du cœur, tout semblait avoir trouvé sa place naturelle. C'est alors que Calderón, nous ayant transportés dans cette région enchantée, dont les brillantes impossibilités sont la création de son propre génie, appelle autour de lui ces gracieuses et aimables figures de Clara et de doña Angèle, ces mâles et héroïques figures de Tuzani, de Marianne, de D. Ferdinand, et il s'élève au plus haut degré qu'il ait jamais atteint ou qu'il se soit jamais proposé d'atteindre. Alors il place devant nous le grandiose spectacle d'un drame idéalisé, reposant sur les éléments les plus purs et les plus nobles du caractère national espagnol, un drame qui, avec tous ses défauts incontestables, est assurément un des phénomènes les plus extraordinaires de la poésie moderne (1).

_____

(1) Calderón, comme beaucoup d'autres auteurs espagnols, a été, nous l'avons vu, une mine pour les auteurs dramatiques des autres nations. Parmi les écrivains qui lui ont le plus emprunté, il faut citer Thomas Corneille et Gozzi. Le premier lui doit *les Engagements du hasard*, tirés de *los Empeños de un acaso ;* le *Feint Astrologue*, de *el Astrologo fingido ;* le *Geôlier de soi-même*, de *el Alcaide de si mismo ;* sa *Circé* et son *Inconnu* prouvent qu'il avait bien étudié les pièces à grand spectacle de Calderón. Le second tira de lui *Publico secreto*, de *Secreto à Voces*, son *Eco e Naricso*, de la comédie qui porte le même titre en espagnol; *Due notti affanose*, de *Gustos y Disgustos son no mas que imaginacion*. Il serait facile de multiplier les exemples et de citer d'autres emprunts, d'autres imitateurs.

CHAPITRE XXV

Le drame après Calderón. — Moreto. — *Comédies de Figuron.* — Rojas. — Comédies écrites par deux ou plusieurs auteurs. — Cubillo. — Leiva. — Cancer. — Antonio Enriquez Gomez. — Sigler. — Zarate. — Barrios. — Diamante. — La Hoz. — Matos Fragoso. — Solis. — Candamo. — *La Zarzuela.* — Zamora. — Cañizares et d'autres. — Décadence de la comédie espagnole.

L'époque la plus brillante du théâtre espagnol se place sous le règne de Philippe IV, qui s'étend de 1621 à 1665 : elle embrasse les quatorze dernières années de la vie de Lope de Vega et les trente-cinq années, les plus heureuses, de la vie de Calderón. Après cette période, un changement commence à devenir apparent. En effet, si l'école de Lope représente le drame dans la fraîcheur et la vigueur de la jeunesse, l'école de Calderón le personnifie dans l'âge de sa maturité et d'une décadence graduelle. Un pareil changement ne s'accentue pas énergiquement, durant la vie de Calderón. Au contraire, tant qu'il vécut, et surtout durant le règne de son grand protecteur, le déclin de la poésie dramatique, en Espagne, est peu visible ; néanmoins, malgré la multitude de ses disciples, au milieu des cris d'admiration qui le suivirent sur la scène, on pouvait distinguer les symptômes de ses destinées futures.

De tous ceux qui partagèrent la faveur du public avec leur grand maître, nul ne se plaça plus près de lui que D. Agustin Moreto, poète dont nous ne savons presque rien, si ce n'est qu'il vivait retiré dans une maison religieuse de Tolède, de 1657 à 1669, époque de sa mort (1).

---

(1) Tous ces maigres détails, constituant tout ce que nous savons de Moreto, sont entièrement dus à Ochoa (*Teatro español,* Paris, 1838, in-8°, tom. IV, pag. 248). Quant à la suggestion de cet écrivain, indiquant que Moreto prit probablement part à la mort violente de Baltasar Elisio de Medinilla, pleuré par Lope de Vega, dans une élégie, insérée au premier volume de ses œuvres, elle ne paraît pas appuyée sur des preuves suffisantes : elle s'accorde même mal avec l'estime qu'accordèrent à Moreto, Lope de Vega, Valdivieso et d'autres amis intimes de Medinilla. Quant aux œuvres de Moreto, nous avons ses *Comedias,* tom. I, Madrid, 1677, dont Nicolas

Trois volumes de ses comédies et un plus grand nombre de pièces détachées, qui n'ont jamais été réunies en collection, s'imprimèrent cependant de 1654 à 1681. Moreto, toutefois, semble ne les avoir regardées lui-même, durant la plus grande partie de ce temps, que comme de plausibles extravagances ou comme autant de péchés. Elles revêtent toutes les formes connues dans le siècle auquel elles appartiennent : comme les drames de Calderón, chaque forme se confond imperceptiblement avec le caractère d'une autre. Le théâtre n'était pas alors aussi scrupuleusement surveillé qu'il l'a été : et le petit nombre de comédies religieuses que Moreto nous a laissées, se rattachent généralement à des événements bien connus dans l'histoire. Telle est sa comédie intitulée : *Los mas dichosos hermanos*, contenant l'histoire des *Siete durmientes* d'Éphèse, depuis le moment où ils furent enfermés dans la grotte, jusqu'à celui où ils se réveillèrent de leur miraculeux repos de deux siècles (1). Un petit nombre de ses compositions appartiennent au genre héroïque, telles que *Rey valiente y justiciero y rico hombre de Alcalá*, drame plein de vigueur et de génie sur le caractère de Pierre le Cruel, bien que la vérité historique, comme dans toutes les comédies où ce personnage apparaît, n'y soit pas plus fidèlement respectée. Les drames de Moreto, en général, appartiennent au vieux genre chevaleresque, et, quand ils ne lui appartiennent pas, pour s'accommoder au goût de son temps, il leur donne plusieurs des traits caractéristiques de cette forme vraiment nationale.

Sur un seul point, Moreto opéra, sinon un changement dans la manière de conduire le drame de ses prédécesseurs, du moins un progrès. Plus qu'eux, il se consacra à la peinture des caractères, et souvent il y réussit

---

Antonio cite une édition de 1654. Tom. II, Valence, 1676. Tom. III, Madrid, 1681, tous in-4°. Nous avons encore une douzaine de ses comédies, non comprises dans aucun de ces volumes. Calderón, dans son *Astrologo fingido*, imprimé pour la première fois par son frère, en 1637, fait allusion au *Lindo Don Diego* de Moreto ; de sorte que Moreto était encore connu, comme poète, avant cette date. Dans les *Comedias escogidas de los mejores Ingenios*, tom. XXXVI, Madrid, 1671, nous avons une *Santa Rosa del Peru*, dont les deux premiers actes sont, dit-on, son dernier ouvrage. Un troisième acte a été ajouté par Lancini, sans indiquer que Moreto avait écrit la première partie. Cette vieille collection de comédies choisies en contient quarante-six, attribuées en tout ou en partie à Moreto.

(1) *Los mas dichosos hermanos (les Frères les plus heureux)*. C'est la première comédie du troisième volume. Elle ne peut se comparer avec la belle légende de Gibbon ; mais elle témoigne d'une intention de conserver la vérité historique, en la mêlant aux incidents qui l'accompagnent, plus accentuée qu'elle ne l'est d'ordinaire dans les vieilles comédies espagnoles.

mieux qu'eux. Sa première comédie dans ce genre, *La tia y la sobrina*, s'imprima vers 1654. Les caractères sont celui d'une veuve extrêmement désireuse de se marier et follement jalouse des charmes de sa nièce, et celui d'un officier fat et présomptueux qui trompe la vieille femme par sa flatterie, pendant qu'il gagne l'affection de la plus jeune. Une observation curieuse, c'est que l'idée de ce drame, le plus ancien du genre appelé de *figuron*, à cause du rôle principal qu'y joue une *figure* peu noble et distinguée, se trouve encore dans Lope de Vega, qui a, comme sous l'avons vu, tracé presque directement ou indirectement chacune des formes de composition dramatique qui se sont définitivement établies ur la scène espagnole (1).

La seconde tentative de Moreto dans ce même genre est encore plus connue : *El lindo Don Diego*, phrase qui est devenue un proverbe national. Elle trace avec une force extraordinaire le caractère d'un petit-maître, qui croit que chaque dame qui le regarde doit tomber immédiatement éprise de lui. La première esquisse nous le montre à sa toilette du matin, et témoignant un sincère mépris pour les sentiments du véritable et sensible amant, lequel refuse de prendre de pareils soins frivoles de sa personne. C'est une peinture pleine de vie et de vérité. La pièce se termine par le châtiment mérité. Notre damoiseau berné finit par épouser une fille de chambre rusée, qui s'est fait passer à ses yeux pour une riche comtesse.

Plusieurs des comédies de Moreto, telles que *Trampa adelante*, ont reçu le titre de *comédias de gracioso*, parce que le rôle du *gracioso*, du bouffon, constitue le caractère sur lequel roule l'action. Une fois, pour le moins, Moreto a composé une farce burlesque de peu de valeur, en prenant pour sujet les exploits du Cid. En général, le ton de ses pièces est celui de la vieille comédie d'intrigue : parfois il doit beaucoup, pour le plan, à ses prédécesseurs, et en particulier à Lope; mais dans presque toutes ses imitations, et peut-être dans chacune, il a surpassé ses modèles, et le drame qu'il a écrit a remplacé sur la scène la pièce qu'il a imitée (2).

---

(1) *Comedias* de Lope de Vega, tom. XXIV. Saragosse, 1641, fol. 16.

(2) *La tia y la sobrina* est prise de la comédie de Lope intitulée : *De cuando acá nos vino*, et la pièce *No puede ser*, de *El mayor imposible*. Sur ces imitations de Moreto et sur d'autres, on peut lire d'excellentes remarques de Martinez de la Rosa (*Obras*, Paris, 1827, in-12, tom. II, pp. 443-446). Mais toutes les excuses alléguées en faveur du poète ne peuvent l'excuser d'un plagiat tel que celui du *Valiente Justiciero*, pris, dans son intégralité, de l'*Infanzon de Illescas*, de Lope. Cependant, Moreto améliore d'ordinaire son modèle. Cancer y Velasco, poète contemporain,

C'est ce qui lui est arrivé pour la meilleure de toutes ses comédies, *El desden con el desden*. Il en doit l'idée à Lope dont la pièce *Milagros del desprecio* est depuis longtemps oubliée, comme pièce à jouer, tandis que le drame de Moreto conserve sa place sur la scène espagnole, dont elle est un des plus brillants ornements (1). Le plan est des plus simples et des mieux combinés. Diane, héritière du comte de Barcelone se rit de l'amour, et refuse le mariage, sous quelque forme qu'on le lui présente. Son père, dont les projets sont détruits par cette conduite déraisonnable, invite les princes voisins, les plus nobles et les plus charmants, à venir à sa cour, ils se livrent à des tournois et à d'autres joûtes chevaleresques pour gagner sa faveur. Diane, malgré tout, les traite tous avec une égale froideur et même avec un impertinent dédain, jusqu'à ce qu'elle reste enfin piquée et surprise de la conduite du comte d'Urgel, et de sa négligence apparente pour ses charmes. Cette négligence est habilement mise par le poète sur le compte d'un égal mépris de sa part pour tout ce qui est amour, mais en réalité elle ne sert qu'à déguiser une profonde et sincère passion pour Diane.

Le charme de la pièce consiste dans l'esprit poétique avec lequel cette situation est développée. Le caractère du *gracioso* est bien tracé, bien défini : comme dans le plus grand nombre des comédies espagnoles, ce bouffon est le confident de son maître, et son habileté contribue matériellement à l'action. Dès le début, après avoir appris de son maître la position de ses affaires et le caractère de la dame, il lui donne son avis par les vers suivants qui résument tout l'argument du drame.

> Atento, señor, he estado,
> Y el suceso no me admira (2),

---

dans une espèce de jeu d'esprit satirique, représente Moreto assis et tenant une liasse de vieilles comédies, pour voir ce qu'il peut habilement en dérober, et dépouillant ce qu'il a pris (*Obras,* Madrid, 1761, in-4°, pag. 113). Or, cette attaque de Cancer est injuste, non-seulement pour l'honnêteté de Moreto, mais même pour son talent.

(1) En 1664, Molière imitait le *Desden con el Desden* dans sa *Princesse d'Élide,* représentée, à Versailles, avec la plus grande magnificence, par ordre de Louis XIV, devant la reine et sa mère, toutes deux princesses espagnoles. Le compliment adressé au roi était magnifique ; mais Molière ne réussit pas dans son rôle et la pièce ne fut plus jouée. La comédie originale de Moreto est toutefois connue partout où l'on parle la langue espagnole. Il en existe une bonne traduction allemande fréquemment mise en scène sur les théâtres de ce pays.

(2) Attentif, seigneur, j'ai été, — Et le succès n'a rien qui m'étonne, —

Porque eso, señor, es cosa
Que sucede cada dia ;
Mira : siendo yo muchacho
Habia en mi casa vendimia,
Y por el suelo las uvas
Nunca me daban codicia ;
Pasò este tiempo, y despues
Colgaron en la cocina
Las uvas para el invierno ;
Y yo viéndo las arriba,
Rabiaba por comer dellas :
Tanto que trepando un dia
Por alcanzarlas, cai,
Y me quebré las costillas ;
Este es el caso, él por él.

Il y a une scène excellente, où le comte croyant avoir fait impression sur le cœur de la dame, lui confesse sincèrement son amour, pendant que Diane qui n'est pas encore entièrement subjuguée, se détourne et le traite avec son dédain accoutumé. Le comte se relève avec une adresse plus grande que la sienne, et proteste que toute sa confession n'est qu'une partie du jeu qu'ils sont convenus de jouer. Mais cet aveu confirme la passion de la dame qui devient enfin irrésistible et le dénoûment s'ensuit immédiatement. Elle s'avoue coupable d'un amour désespéré et elle épouse le comte.

Contemporain de Moreto, et presque aussi heureux que lui parmi les premiers écrivains dramatiques, brille Francisco de Rojas, qui florissait durant la plus grande partie de la vie de Calderon, et qui peut bien lui avoir survécu. Il était né à Tolède, avait été fait chevalier de l'ordre de Santiago. en 1641, mais on ignore l'année de sa mort. On publia deux volumes de ses comédies, en 1640 et en 1645 ; dans le prologue du second, il parle de la publication d'un troisième qui n'a jamais paru, de sorte que nous n'avons encore que les vingt-quatre comédies contenues dans ces deux volumes et quelques autres imprimées séparément, à différentes

---

C'est là, en effet, seigneur, une chose — Qui arrive chaque jour. — Regardez : J'étais tout enfant ; — Dans ma maison, on faisait la vendange, — Les raisins jonchaient le sol — Et n'excitaient jamais mon envie. — Ce moment se passa, puis — On suspendit dans la cuisine — Les raisins pour l'hiver ; — Et moi, les voyant en haut, — Je rageais d'en manger. — Et tant, qu'un jour, grimpant — Pour les atteindre, je tombai, — Et je me brisai les côtes. — Voilà le cas, trait pour trait (Jornada I).

époques (1). Francisco de Rojas appartient décidément à l'école de Caldéron, si ce n'est qu'il commença trop tôt sa carrière pour être un simple
imitateur. Quant à son mérite poétique, il occupe la première place après
Moreto, s'il ne l'a pas pour l'habileté dramatique. Il est tout à fait incorrect et inégal. Ses comédies intitulées : *No hay ser padre siendo rey*, et
Los aspides de Cléopatra, sont aussi pleines d'extravagance que le drame
héroïque espagnol peut en comporter; tandis que d'un autre côté, *Lo que
son mujeres* et *Entre bobos anda el juego* sont les pièces qui produisent le
plus d'effet dans le genre des comédies d'intrigue (2).

Sa composition la meilleure, celle qui a toujours conservé sa place
sur la scène, c'est *Del rey abajo ninguno* ou Garcia del Castañar. L'action
se passe dans les temps de trouble d'Alphonse XI, temps reproduits à
certains égards avec beaucoup de vérité historique. Don Garcia, le héros,
est un fils de Garci Bermudo. Ce dernier a conspiré contre le père du
monarque régnant, et, eu égard à cette circonstance, Garcia vit, déguisé,
comme un paysan, à Castañar, près de Tolède, très-riche, mais sans
inspirer le moindre soupçon au gouvernement. Dans un moment de
grand embarras, où le roi s'apprête à prendre Algésiras sur les Maures et
demande, dans ce but, de libres contributions à ses sujets, les offrandes
de Garcia sont telles qu'elles attirent particulièrement l'attention. Le
roi s'inquiète de savoir qui est ce riche et loyal paysan. La réponse qu'on
lui fait excite encore plus peut-être sa curiosité. Il se décide à le visiter
incognito, à Castañar, accompagné seulement de deux ou trois courtisans
favoris. Garcia reçoit cependant la nouvelle privée de l'honneur qui
l'attend, mais une erreur dans la description le fait se tromper sur la
personne et prendre l'un des serviteurs pour le roi lui-même.

C'est sur cette méprise que roule tout le plan. Le courtisan que Garcia
suppose mal à propos être le roi s'éprend de doña Blanca, épouse de

---

(1) Les deux volumes des comédies de Rojas se réimprimèrent à Madrid, en
1680, in-4o. Les licences et les priviléges sont datés du même jour. L'éditeur du
premier, qui le dédia à un grand seigneur, est la même personne à qui le second
est dédié par l'imprimeur des deux. Les *autos* de Rojas se trouvent dans les *Autos,
loas*, etc., 1655, et dans *Navidad y corpus Christi Festejados*, de Pedro de Robles,
1664. Généralement parlant, ils ne sont pas meilleurs que ceux de ses contemporains.

(2) Son *Persiles y Sigismunda* est tiré de la nouvelle de Cervantès portant le
même titre. D'un autre côté, son *Casarse por vengarse* a été pris sans cérémonie
par Lesage pour l'histoire intitulée : *Le Mariage de Vengeance (Gil Blas*, liv. IV,
chap. IV). Lesage, il est vrai, ne négligeait jamais une bonne occasion de ce
genre.

Garcia. Il cherche à pénétrer la nuit dans sa chambre, en pensant que son mari est absent, et il est découvert par le mari lui-même. Alors commence, par conséquent, la lutte entre la loyauté et l'honneur espagnols. Garcia ne peut penser à se venger sur une personne qu'il croit être le roi, il ne conçoit pas le plus léger soupçon sur sa femme qu'il sait lui être sincèrement et profondément attachée. Mais l'apparence la plus éloignée d'une intrigue demandait alors une satisfaction sanglante. Il se détermine par conséquent à faire mourir sa femme qui l'aime. Au milieu de ses défiances et de ses délais, Blanca s'échappe et arrive à la cour au moment où Garcia lui-même y est appelé pour recevoir les plus grands honneurs qu'on puisse conférer à un sujet. En présence du roi, Garcia découvre nécessairement son erreur, en élevant les yeux sur la personne royale; dès ce moment, les faits lui paraissent parfaitement clairs et sa conduite devient parfaitement simple. Il passe immédiatement dans l'antichambre. D'un seul coup il étend sa victime à ses pieds, il rentre, montre sa dague ensanglantée et présente comme défense unique et suffisante la narration de tout ce qui est arrivé, déclarant, ce qui donne le nom à la pièce, que personne au-dessous du roi, *Del Rey abajo ninguno*, ne peut se permettre de se placer entre lui et les droits de son honneur,

Peu de drames ont dans la langue espagnole une expression plus poétique, peu encore ont un ton plus national. Le caractère de Garcia est peint avec une grande vigueur, avec des traits des plus vifs et des plus fins. Celui de son épouse est également bien dessiné, et il respire la douceur et la patience. La figure du bouffon elle-même offre encore un spécimen, plus heureux que d'ordinaire, de cette espèce de parodie en rapport avec sa position. Il s'y trouve aussi des descriptions excellentes. On peut y lire une charmante peinture de la vie champêtre, telle qu'on pouvait l'imaginer, dans les circonstances les plus favorables, aux plus beaux jours de l'Espagne. A la fin du deuxième acte, il y a une scène piquante, entre Garcia et le courtisan, au moment où ce dernier cherche à pénétrer secrètement dans la chambre de son épouse, scène qui nous fait assister à la lutte entre la fidélité et l'honneur espagnols, et qui est tracée avec un pittoresque et une vigueur qui laissent peu à désirer. En un mot, si l'on excepte les meilleures comédies de Lope de Vega et de Caldéron, la pièce de Rojas, *Del rey abajo ninguno*, est une de celles qui produisent le plus d'effet parmi les vieux drames du théâtre espagnol (1).

---

(1) *Del Rey abajo ninguno* a été souvent imprimée avec le nom de Caldéron, qui aurait pu être satisfait de se voir considéré comme son auteur. Or, il n'y a pas le

Rojas a été très-connu en France. Thomas Corneille a imité et presque traduit une de ses comédies. Scarron, dans son *Jodelet*, en a fait autant avec la pièce intitulée, *Donde hay agravios no hay celo*. Ainsi donc, la seconde comédie, qui a conservé sa place sur la scène française, est due à l'Espagne, comme l'avaient été, longtemps avant, la première tragédie et la première comédie (1).

De même que plusieurs autres écrivains dramatiques espagnols, Francisco de Rojas prépara plusieurs de ses comédies en collaboration avec d'autres. Franchi, dans son éloge sur Lope de Vega, qui s'abandonna à cette pratique comme pour tout le reste, se plaint de ce système et reconnaît qu'un drame ainsi composé ressemble plus à une conspiration qu'à une comédie, et que de pareils ouvrages devaient nécessairement, dans leurs différentes parties, avoir des inégalités et des dissemblances. Mais ce n'était pas là l'opinion générale du siècle. Cette plainte n'est pas toujours fondée, nous le savons, non-seulement par l'exemple de Beaumont et de Fletcher, en Angleterre, mais encore par le succès qui a couronné la composition d'un grand nombre de drames, en France, dans le dix-neuvième siècle, drames écrits par plus d'une personne. Il ne faut pas oublier aussi qu'en Espagne, la structure du drame national, son sujet, avaient une telle importance, les caractères avaient des attributs tellement particuliers que de pareilles associations pouvaient arriver au succès plus aisément que sur toute autre scène. En un mot, ces collaborations y ont été plus communes que partout ailleurs (2).

D. Alvaro Cubillo de Aragon qui parle de Moreto, comme d'un de ses contemporains, et qui fut peut-être connu, même avant lui, comme un

---

moindre doute sur la personne qui l'a composée. Elle se trouve parmi les comédies détachées de Rojas, et non dans les volumes de la collection de ses œuvres.

(1) La comédie de Thomas Corneille, *Don Bertrand de Cigarral (OEuvres*, Paris, 1758, in-12, tom. I, pag. 209), et ses obligations à Rojas sont reconnues dans la dédicace. Le *Jodelet* de Scarron (*OEuvres*, Paris, 1752, in-12, tom. II, pag. 73), est une comédie pleine d'animation, entièrement copiée sur Rojas. Scarron empruntait constamment au théâtre espagnol.

(2) Trois personnes se réunissaient fréquemment pour la composition d'un drame qu'elles se partageaient, conformément à la division régulière en trois *Jornadas*. Dans la grande collection des comédies, imprimée dans la dernière moitié du dix-septième siècle, en quarante-huit volumes, nous trouvons, je crois, environ trente comédies écrites de cette façon. Deux sont l'œuvre de six personnes. Une, en l'honneur du marquis de Cañete, est l'ouvrage de neuf poètes différents. Elle ne se rencontre dans aucune collection; elle est imprimée séparément et mieux qu'à l'ordinaire. Madrid, 1622, in-4°.

écrivain dramatique en renom, dit, en 1634, qu'il avait déjà écrit cent comédies. Mais tout ce grand nombre de compositions est maintenant perdu, à l'exception des dix pièces qu'il a publiées lui-même et de deux ou trois autres, publiées, sans son autorisation, si nous en jugeons par ses plaintes. Dans celles qu'il édita lui-même, est comprise *El rayo de Andalucia*, en deux parties, et empruntée des vieilles romances sur les infants de Lara, drame fort admiré dans son temps. *Las muñecas de Marcela*, comédie simple, basée sur le premier amour enfantin d'une jeune fille, la remplaça depuis entièrement. Une de ses pièces : *El Señor de Noche Buenas* s'imprima d'abord sous le nom de D. Antonio de Mendoza. Cubillo réclama immédiatement ses titres à ce drame; malgré tout, après la mort de l'un et de l'autre, il fut inséré de nouveau dans les œuvres de Mendoza, preuve frappante de la grande négligence, si longtemps commune en Espagne, relativement à la qualité d'auteur.

Aucune des comédies de Cubillo ne brille par un grand mérite poétique, quoique plusieurs d'entre elles soient agréables, faciles et naturelles. La meilleure, c'est *La perfecta casada* : le caractère noble et sincère de l'héroïne est tracé de main de maître, avec une véritable conception de tout ce qu'il y a d'aimable dans la nature de la femme. Deux de ses comédies religieuses, d'un autre côté, respirent une extravagance et une absurdité plus qu'ordinaire. L'une d'elles, *San Miguel*, contient, au premier acte, l'histoire de Caïn et d'Abel; au second celle de Jonas; au troisième, celle du roi visigoth, Bamba, avec une espèce de conclusion distincte, sous forme de vision, où sont retracés les temps de Charles-Quint et de ses trois successeurs (1).

La scène espagnole, a mesure que nous avançons dans la vie de Caldéron, devient de plus en plus inondée d'auteurs dramatiques, tous pleins d'ardeur dans leurs luttes pour obtenir la faveur populaire. L'un d'eux était D. Antonio, ou comme d'autres l'appellent, D. Francisco de Leiva, dont le *Mucio Escevola* est le drame le plus absurdement construit et la

(1) Les comédies de Cubillo que nous avons vues sont au nombre de dix, dans son *Enano de las Musas* (Madrid, 1654, in-4º); cinq dans les *Comedias escogidas*, imprimées vers 1660, et deux ou trois dispersées çà et là. Le *Enano de las musas* forme la collection de ses œuvres, contenant des romances, des sonnets, un poëme allégorique sur *la Corte del Leon*, publié vers 1625, nous dit D. Nicolas Antonio, et qui dut plaire, puisqu'il eut plusieurs éditions. Mais aucune des compositions poétiques de Cubillo ne vaut ses comédies. Voyez la préface et la dédicace de l'*Enano*, et la liste des auteurs dramatiques publiée par Montalvan, à la fin de son *Para todos*.

comédie historique la plus étrange, tandis que son *El honor es lo primero* et sa *Dama Presidente* nous offrent des comédies des plus agréables, assaisonnées de petits contes et d'apologues ingénieux, écrits avec la plus grande finesse et un naturel charmant (1). Un autre de ces auteurs dramatiques, c'était Cancer y Velasco dont les poésies sont plus connues que les comédies, et dont la *Muerte de Baldovinos* rentre dans la caricature et la farce grossière, plus hardiment qu'on ne le tolérait d'ordinaire sur le théâtre d'une capitale (2). Parmi les autres écrivains dramatiques, nous trouvons : Antonio Enriquez Gomez, fils d'un juif portugais, qui inséra, dans ses *Academias morales de las Musas* (3), quatre comédies, toutes de peu de valeur, à l'exception de celle qui porte pour titre : *A lo que obliga el honor;* Antonio Sigler de Huerta qui composa la pièce intitulée : *No hay bien sin ajeno daño;* et Zabaleta qui, après avoir lancé une attaque satirique des plus vives contre le théâtre, ne voulut pas se refuser le plaisir d'écrire pour lui (4).

---

(1) Il y a quelques comédies de Leiva dans la collection de Duran et dans les *Comedias escogidas;* nous en possédons quelques autres de détachées. Nous ne savons pas, toutefois, combien il en avait écrit et nous n'avons point de détails sur sa vie. On l'appelle quelquefois Francisco de Leiva. Peut-être y a-t-il eu deux auteurs avec le même prénom.

(2) *Obras* de D. Geronimo Cancer y Velasco, Madrid, 1761, in-4°. La première édition date de 1651, et Nicolas Antonio place sa mort en 1654. La *Muerte de Baldovinos* est dans l'*Index de l'Inquisition* de 1790, ainsi que son *Bandolero de Flandres.* Une comédie, composée en collaboration avec Pedro Rosete et Antonio Martinez, a évidemment pour but de se concilier la faveur de l'Église et est très-bien combinée dans cette intention. Elle a pour titre : *El mejor representante san Gines,* et se trouve dans le tome XXIX des *Comédies choisies,* 1668. San Gines était un acteur romain, converti au christianisme; il souffrit le martyre, en présence des spectateurs, pour avoir été appelé à jouer une comédie écrite par Polycarpe et ingénieusement construite pour la défense des chrétiens. La tradition est certainement assez absurde, mais le drame peut être entièrement lu avec intérêt, et plusieurs parties offrent un vrai plaisir. L'intrigue amoureuse s'y mêle avec une habileté profonde. Cancer n'écrivit qu'une ou deux fois, je crois, des pièces sans collaborateurs. Douze de ses comédies sont certainement composées avec Moreto, Matos Fragoso et d'autres. Elles font toutes partie de la *Collection des Comédies choisies.*

(3) *Academias morales de las Musas,* Madrid, in-4°, 1660; il en existe d'autres éditions imprimées, à Barcelone, en 1704, in-4°.

(4) *Flor de las mejores Comedias,* Madrid, 1652, in-4°; Baena, *Hijos de Madrid,* tom. III, pag. 227. Un grand nombre des comédies de Zabaleta se trouvent dans le volume XLVIII des *Comedias escogidas,* 1652. Une d'elles, *El hijo de Marco Aurelio,* relative à la vie de l'empereur Commode, fut jouée, en 1664, et reçue avec peu de faveur, suivant ce que l'auteur lui-même nous raconte. On se plaignait

Si de ces écrivains nous passons au petit nombre de ceux dont les succès sont plus fortement marqués, le premier qui se présente avant tous les autres, c'est Fernando de Zarate, poète qui s'égare parfois, en suivant la mode et le mauvais goût du temps, mais qui leur résiste aussi parfois et lutte contre eux. Ainsi, dans la meilleure de ses comédies, *A lo que obligan los celos*, il n'y a pas la moindre trace de gongorisme, tandis que cette folie, éminemment espagnole, se rencontre sans cesse dans un autre de ses drames, excellent sous certains rapports : *Quien habla mas obra menos*, et même dans *La presumida y la hermosa*, qui a continué de se représenter jusqu'a nos jours (1).

Un autre écrivain dramatique de cette époque, c'est Miguel de Barrios, un de ces infortunés enfants d'Israël qui, sous la terreur de l'Inquisition, cacha sa religion et eut à souffrir les excessives rigueurs de l'incrédulité, par suite de l'intolérance jalouse qui poursuivait partout les Juifs. Sa famille était portugaise, mais il était né lui-même en Espagne, et avait longtemps servi dans les armées espagnoles. Toutefois, pendant qu'il se trouvait en Flandres, les tentations pour avoir la conscience tranquille l'assaillirent aussi fortement. Il s'enfuit à Amsterdam, où il mourut, en professant ouvertement la foi de ses pères, vers l'année 1699. Ses comé-

---

qu'elle ne reposât pas sur la vérité historique. Zabaleta entreprit alors une Vie de cet empereur, traduite, dit-il, d'Hérodien ; mais qui ne se recommande ni par la fidélité de la version, ni par la pureté du style. Cette vie reste longtemps incomplète, jusqu'à ce qu'un matin, en 1664, il se réveille et se trouve entièrement aveugle, et il cherche, comme celui qui regarde d'une hauteur, une occupation conforme à sa tristesse et à sa solitude. Sa comédie avait été imprimée, en 1658, dans le tome X des *Comédies choisies* ; il compléta son histoire pour la justifier, la publia en 1666, et se qualifia dans le titre de *Chroniqueur de Sa Majesté (Cronista de Su Majestad)*. Cette histoire n'eut pas plus de succès que n'en avait eu sa comédie. Dans le *Vejamen de Ingenios* de Cancer, où l'on parle de l'insuccès d'une autre pièce de Zabaleta (*Obras* de Cancer, Madrid, 1761, in-4o, pag. 111), est insérée une épigramme fort aigre et très-mordante sur la laideur du poète. Elle revient à dire que si la pièce coûtait cher au prix payé pour un billet, la figure de l'auteur indemnisait de cette perte quiconque le regardait.

(1) Les comédies de Zarate se trouvent plus facilement, je crois, dans les *Comedias escogidas*, où vingt-deux des siennes sont insérées ; la première dans le tome XV, 1661, et la *Presumida y la Hermosa* dans le tome XXIII, 1666. L'*Index Expurgatoire* de 1792, pag. 288, donne à entendre que Fernando de Zarate est la même personne que Antonio Enriquez Gomez. Erreur née sans doute de ce que une comédie d'Enriquez Gomez, qui était juif, s'imprima avec le nom de Zarate, comme il en avait eu plusieurs autres publiées sous le nom de Calderón. Voyez *Amador de los Rios, Judios de España* (Madrid, 1848, in-8o) et la traduction française de ce livre, donné en 1860 par J.-G. Magnabal (Paris, in-8o).

dies s'imprimèrent vers 1665 ; la seule qui mérite d'être connue, c'est son *El español en Oran* : elle est trop longue, mais ne manque pas de mérite (1).

D. Juan Bautista Diamante doit être placé au nombre de ces écrivains qui composaient des drames spécialement accommodés au goût du peuple, pendant que Calderón était encore à l'apogée de sa réputation. Le nombre en est considérable. Il en a lui-même formé une collection en deux volumes, publiés de 1670 à 1684 : il en reste encore d'autres disséminés dans des brochures et dans des manuscrits (2). Ils réunissent toutes les variétés de ton alors en faveur : les uns sont religieux, comme *Sancta Teresa de Jesus* : d'autres historiques, comme *Maria Estuarda*. Ceux-ci sont empruntés aux vieilles traditions nationales, comme *El cerco de Zamora*, roulant sur le même sujet que la seconde partie du *Cid* de Guillen de Castro, tout en étant moins poétique. Ceux-là sont des *zarzuelas*, ou drames principalement chantés, et dont le spécimen le meilleur de Diamante est la composition d'*Alfeo y Aretusa*, écrit avec une *loa* divertissante en l'honneur du connétable de Castille. La plus grande partie appartient au genre de *cape et d'épée*, plus qu'à tout autre : aucun d'eux ne se distingue toutefois par un mérite supérieur. Un de ceux qui ont attiré le plus l'attention, hors de l'Espagne, c'est *El honrador de su padre*, comédie dont le sujet porte sur la dispute entre le Cid et le comte Lozano et qui, par une erreur de Voltaire, a été longtemps regardé comme le modèle du *Cid* de Corneille, tandis que c'est l'inverse qui est la vérité. La pièce de Diamante ne s'est produite, en effet, que vingt ans environ après la grande tragédie française, et elle lui doit beaucoup (3). Comme la plus

---

(1) Son *Coro de las Musas*, à la fin duquel viennent d'ordinaire se placer ses comédies, s'imprima à Bruxelles, in-4°, en 1655 et 1672. L'exemplaire que je possède est de la première édition : il a appartenu à M. Southey et porte la note manuscrite suivante, note tout à fait caractéristique : « Parmi les manuscrits « Lansdwone, se trouve un volume de poésies de cet auteur qui, nouveau chré-« tien, fut assez heureux pour venir dans un pays où il pouvait s'avouer juif. » Nous avons sur lui une longue notice dans Barbosa, *Biblioteca Lusitana*, tom. III, pag. 464, et une plus longue dans *Amador de los Rios, Judios de España*, Madrid, pag. 608. Traduction française de J.-G. Magnabal, pag. 539.

(2) Les comédies de Diamante forment deux volumes in-4°, Madrid 1670 et 1674. Le premier en contient huit avec un foliotage continu, puis quatre autres, chacune avec un foliotage distinct. Toutes les douze lui appartiennent cependant, puisque, dans la *Tassa* et dans la table des matières, il est question des douze pièces du volume.

(3) *Le Cid*, de Corneille, date de 1636, et *El Honrador de su Padre* de Diamante,

grande partie des dramaturges de son temps, Diamante est un disciple de Caldéron, et il incline du côté le plus romantique de son caractère et de son école. Diamante, comme la plupart des poètes espagnols de tous les temps, finit sa carrière dans la retraite religieuse : l'époque précise de sa mort n'est pas bien connue; on la place avec probabilité vers la fin du dix-septième siècle.

Negligeant des écrivains dramatiques tels que Monroy, Monteser, Cuellar et un grand nombre d'autres qui florissaient dans la seconde moitié du dix-septième siècle, nous arrivons à une comédie charmante intitulée : *El castigo de la miseria*, composée par D. Juan de la Hoz, natif de Madrid, fait chevalier de l'ordre de Santiago en 1653, régidor de Burgos, en 1657, élevé ensuite aux plus hauts emplois de la cour, où il vivait encore en 1689. Combien a-t-il écrit de comédies, on ne nous l'a pas dit, et la seule que l'on connaisse, c'est son *Castigo de la miseria*. Elle se base sur le troisième conte de Maria de Zayas, du même nom et auquel sont empruntés et l'esquisse générale et tous les principaux incidents (1). Le caractère de l'avare est dessiné d'une manière plus complète et plus poétique dans le drame que dans le roman. Aussi la comédie de Diamante est-elle un des meilleurs spécimens de la comédie de caractère du théâtre espagnol, et peut-elle soutenir, à certains égards, la comparaison avec *l'Aulularia de Plaute* et *l'Avare* de Molière.

La peinture de l'avare par une de ses connaissances, au premier acte, finissant par ces mots *fué el quien inventó aguar el agua*, est une peinture excellente : et, jusqu'à la dernière scène où l'avare va chercher un

---

paraît pour la première fois dans le tome XI des *Comedias escogidas*, dont le permis d'imprimer est de 1658. On peut douter que Diamante ait écrit pour le théâtre, avant 1636, puisqu'on ne trouve aucune de ses comédies imprimée avant 1657. Nous lisons dans le tome XXIII des *Comédies choisies*, 1662, une autre comédie sur le sujet du Cid, imitée en partie de celle de Diamante et portant presque le même titre : *El Honrador de sus Hijos*. L'auteur est Francisco Polo dont nous savons seulement qu'il composa ce drame, d'un mérite très-faible, ayant pour sujet le mariage des filles du Cid avec les comtes de Carrion, les mauvais traitements qu'elles reçoivent de leurs maris, etc.

(1) Huerta, qui réimprima *El Castigo de la Miseria* dans le premier volume de son *Teatro Hespañol*, exprime un doute sur l'inventeur de cette histoire. Est-ce Hoz, est-ce Maria de Zayas? Mais il ne peut s'élever de difficultés sur ce point. Les *Novelas* s'imprimèrent à Saragosse en 1637, in-4°, et leur *approbation* est datée de 1635. Voyez aussi Baena, *Hijos de Madrid*, tom. III, pag. 271. Dans la préface des comédies de Candamo (Madrid, tom. I, 1722), Hoz écrivit, dit-on, le troisième acte du *San Bernardo* de Candamo, que cet auteur laissa incomplet à sa mort, en 1704. Si le fait est vrai, La Hoz dut arriver à un âge fort avancé.

sorcier qui lui fasse recouvrer, par ses conjurations, son argent perdu, son caractère se maintient constamment et se développe parfaitement (1). C'est toujours un avare et, qui plus est, un avare espagnol. La moralité est meilleure dans le conte en prose; l'intrigante qui trompe l'avare et le fait se marier avec elle, devient, comme lui, la victime de ses crimes. Dans le drame, au contraire, elle en profite et elle finit par triompher. C'est un renversement étrange de la pensée originale qu'il n'est pas facile d'expliquer. Quant au mérite poétique, il ne peut y avoir de comparaison entre les deux compositions.

Juan de Matos Fragoso, Portugais qui vivait, à Madrid, à la même époque que Diamante et La Hoz, et qui mourut en 1692, jouit auprès du public d'une réputation égale à la leur, bien qu'il ait souvent écrit dans le mauvais goût du siècle. Il n'imprima jamais plus d'un volume de ses drames, de sorte qu'il faut maintenant chercher les autres principalement dans les brochures séparées et dans des collections formées pour d'autres objets que le prétendaient les auteurs particuliers qui s'y trouvent réunis.

La plus connue de ses comédies, c'est *El yerro del entendido*, basée sur le roman de *El curioso impertinente*, de la première partie de *Don Quichotte*. Son drame intitulé : *La dicha por el desprecio*, est une fable dramatique bien disposée; et sa pièce, *El sabio en su retiro y villano en su rincon* passe communément pour le meilleur de ses ouvrages.

El Redentor cautivo, dans la composition duquel il fut aidé par un autre auteur bien connu de son temps, Sébastien de Villaviciosa, est, sous beaucoup d'aspects, plus pittoresque et plus attrayante. Le sujet, dit-il, est une histoire véritable. Certainement, c'est un fait des plus déchirants, fondé sur un incident fort commun durant les guerres barbares qui éclatèrent entre les chrétiens d'Espagne et les Maures d'Afrique, restes d'une haine implacable de dix siècles (2). Une dame espagnole est emmenée en

(1) La première de ces scènes est surtout tirée des *Novelas*, édition 1617, p. 86. Mais la scène avec l'astrologue est de l'invention exclusive du poète, et entièrement digne de Ben Jonson. Ajoutons, toutefois, que le troisième acte de la comédie est artistiquement superflue, puisque l'action finit en réalité au second. D'un autre côté, il serait fort regrettable de l'en détacher, tant il a de grâce et d'animation.

(2) Nous avons déjà fait connaître les comédies de Lope et de Cervantès dépeignant la cruelle condition des chrétiens espagnols en Algérie, et plus loin nous parlerons de la grande influence que cet état de choses exerça sur le roman espagnol. Rappelons que beaucoup d'autres drames se fondaient sur ce même sujet, outre ceux dont nous avons fait mention. Un des plus frappants est la comédie de Moreto offrant certains points de ressemblance avec celle dont nous parlons dans le texte. Elle a pour titre : *El Azote de su patria. (Comedias escogidas*, tom. XXXIV,

captivité par une compagnie de maraudeurs maures qui sont descendus sur la côte pour la piller, et qui se sont échappés immédiatement avec leur proie. Son amant, au désespoir, la suit, et le drame consiste dans le récit de leurs aventures, jusqu'à ce qu'ils se retrouvent l'un et l'autre, et qu'ils obtiennent leur liberté. A cette histoire mélancolique se mêle une espèce d'intrigue subalterne qui donne le nom à la pièce, et caractérise l'état du théâtre, les exigences du public ou du moins celles de l'Église. On découvre qu'une grande statue du Sauveur, en bronze, est tombée entre les mains des infidèles. Les chrétiens captifs offrent immédiatement l'argent qui leur avait été envoyé pour leur propre liberté, afin de la racheter de leurs mains et d'éviter un pareil sacrilège. Les Maures finissent par consentir à la livrer, en échange de son poids en or. Quand la valeur de trente pièces d'argent, primitivement payées pour la personne du Sauveur lui-même, a été comptée dans l'un des plateaux de la balance, elle se trouve l'emporter sur le poids de la statue massive mise dans l'autre plateau, et il reste encore assez d'argent pour obtenir la liberté des captifs, qui, offrant le prix de leur rançon, avaient effectivement offert leur propre vie, comme ils le supposaient. La pièce finit par ce miracle triomphant. Comme tous les autres drames de Fragoso, ce dernier est écrit dans une grande variété de mètres, disposés avec une rare habileté et pleins de douceur et d'harmonie (1).

Le dernier des bons écrivains pour le théâtre espagnol avec tous ses

---

1573); elle est remplie des cruautés exercées par un renégat valencien qui semble avoir été un personnage historique.

(1) Dans les *Comedias escogidas*, il y en a pour le moins vingt-cinq composées en tout ou en partie par Matos Fragoso : la première est insérée dans le tom V, 1653. De la fin de sa comédie *Pocos bastan si son buenos*, (tom XXXIV, 1670) et de quelques autres descriptions locales qui s'y trouvent, on peut conclure, sans aucune espèce de doute, que Matos Fragoso était en Italie, que cette pièce se composa à Naples, et qu'elle fut représentée devant le vice-roi d'Espagne. Un volume des comédies de Fragoso, intitulé premier volume, s'imprima à Madrid, in-4°, en 1758. La collection de Duran en contient quelques autres de détachées, mais ce ne sont pas les meilleures. Villaviciosa écrivit une partie du *Solo el piadoso es mi hijo*, du *El letrado del Cielo*, du *El Redentor cautivo*, et de plusieurs autres. L'apologue du Barbier, dans le second acte de la dernière comédie que nous venons de citer, est pris, je crois, d'une comédie de Leiva, mais rien ne me porte à l'affirmer positivement. Du reste la chose était trop ordinaire pour faire l'objet d'une mention particulière, excepté pour jeter incidemment un peu de jour sur l'état moral bien connu de la littérature espagnole. La vie de Fragoso se trouve dans Barbosa, tom II, p. 685-697. On a dix-huit comédies dans des brochures séparées, outre les pièces contenues dans les *Comedias escogidas*.

vieux attributs, c'est D. Antonio de Solis, l'historien du Mexique. Il était né le 18 juillet 1610, à Alcalà de Henarès, et avait terminé ses études à l'Université de Salamanque où, à l'âge de dix-sept ans, il avait composé un drame. Cinq années plus tard, il avait donné au théâtre sa *Gitanilla*, basée sur la nouvelle de Cervantès, ou plutôt sur une comédie de Montalvan empruntée du même conte. C'est une fiction gracieuse qui s'est reproduite constamment, sous une forme ou sous une autre, depuis qu'elle est sortie pour la première fois de la main du grand maître. *Un loco hace ciento* est une amusante comédie de *figuron* de Solis, jouée bientôt après devant la cour; elle a moins de mérite, et elle doit beaucoup à *El Lindo Don Diego* de Moreto. D'un autre côté, son *Amor al uso, Amour à la mode,* qui lui appartient en propre, est une des excellentes comédies de la scène espagnole, et a fourni des matériaux à une des meilleures pièces de Thomas Corneille.

En 1642, Solis prépara, pour des fêtes célébrées à Pampelune, un divertissement sur la fable d'Orphée et d'Eurydice, où le ton du théâtre national espagnol est fantastiquement confondu avec le génie de l'antique mythologie grecque, avec plus de désordre même qu'il n'est ordinaire dans des cas semblables. La pièce finit d'une manière contraire à la tradition universellement admise, par le rachat d'Eurydice des régions infernales et par l'annonce d'une seconde partie qui devait suivre, et dont la conclusion devait être tragique; promesse qui n'a jamais été remplie, comme plusieurs autres de la même espèce, dans la littérature espagnole.

Sa réputation augmentant, Solis se vit nommer attaché à l'un des secrétariats d'État : pendant qu'il remplissait ses fonctions, il composa un drame allégorique, partie ressemblant à une moralité de l'époque primitive du théâtre, partie aux mascarades modernes, en l'honneur de la naissance d'un prince : cette pièce se joua au palais du Buen Retiro. Le titre de cet opéra assez mauvais, mais non dépourvu de poésie, c'est *Triunfos de amor y fortuna;* Diane et Endymion, Psyché et Vénus, la Félicité et l'Adversité sont au nombre des personnages les plus dramatiques. Le ton de l'honneur et de la galanterie s'y maintient d'une manière aussi constante que si la scène se passait à Madrid; que si les caractères étaient pris sur le public qui assistait à la représentation. Une circonstance des plus curieuses, c'est que la *loa*, l'*entremes* et le *saynete* dont la pièce était primitivement accompagnée, poésies entièrement écrites par Solis lui-même, y sont encore conservés. (1)

---

(1) Les *Triunfos de amor y fortuna* parurent, dès 1660, dans le tom XIII des *Comédies choisies.*

Solis continua, dans cette voie, à être, durant la plus grande partie de sa vie, un des écrivains favoris tant du théâtre particulier du roi que des théâtres publics de la capitale. Les drames qu'il produisit se distinguent presque tous uniformément par l'habile complication de leurs intrigues, qui ne sont pas toujours originales, par une pureté de style, une harmonie de versification qui lui sont tout à fait propres. Ainsi que beaucoup d'autres poètes espagnols, il finit par regarder comme coupables de pareilles occupations et, après une longue délibération, il se décida pour une vie de retraite religieuse, et se soumit à la tonsure. Dès ce moment il renonça au théâtre. Il refusa même d'écrire des *autos sacramentales,* lorsqu'on l'en chargea, dans l'espoir qu'il deviendrait facilement, tant pour la renommée que pour la fortune, le successeur de son grand maître. Il appliqua toute son intelligence à la méditation religieuse et aux études historiques, et il semble avoir vécu content, même dans la retraite et la pauvreté, jusqu'à sa mort, qui arriva en 1686. Un volume de poésies diverses, publiées après sa mort, poésies écrites dans toutes les formes alors à la mode, a peu de valeur, si l'on en excepte un petit nombre de divertissements dramatiques, parmi lesquels plusieurs se distinguent par le caractère et le charme qu'ils offrent (1).

Peu après Solis, quoique en partie son contemporain, florissait D. Francisco de Bances Candamo. C'était un gentilhomme d'une famille ancienne, né, en 1662, dans les Asturies, ce véritable sol de l'antique noblesse espagnole. Son éducation avait été soignée, sinon littéraire. Il fut envoyé tout jeune à la cour, où il reçut d'abord une pension et où il obtint, plus tard, des emplois importants dans l'administration des finances, emplois dont il remplit, nous dit-on, les devoirs avec beaucoup de zèle et d'honnêteté. A la fin la faveur de la cour l'abandonna; il mourut, en 1704, dans un tel état de misère qu'il dût être enterré à la charge d'une confrérie religieuse de l'endroit même où il avait été envoyé en disgrâce.

---

(1) Les *varias poesias* de Solis furent éditées par Juan de Goyeneche, qui les fit précéder d'une biographie du poète fort mal écrite, et publiées, à Madrid, en 1695, in-8°. Ses comédies furent publiées pour la première fois, à Madrid, en 1681, dans le tom XLVII des *Comedias escogidas.* La *Gitanilla,* type tiré, avons-nous dit, de Cervantès, se retrouve dans la *Spanish gypsey,* la Gitane espagnole, de Rowley et Middleton; dans la *Preciosa,* charmant drame allemand par A. Wolff; dans Victor Hugo, *Notre-Dame de Paris.* Le *Spanish student,* du professeur Longfellow, offre en outre certaines ressemblances avec elle, ressemblances que l'auteur lui-même paraît reconnaître.

Ses comédies, ou plutôt deux volumes de ses drames, s'imprimèrent en 1722. Quant à ses autres poésies qu'il légua en grande quantité au duc d'Albe, nous savons seulement que, longtemps après la mort de leur auteur, on en vendit une liasse pour quelques maravédis, et qu'une collection très-peu considérable de toutes celles qu'on put recueillir de différentes sources s'imprima dans un petit volume, en 1729 (1). Celles de ses comédies qui ont le plus de valeur roulent sur des sujets historiques (2). Telles sont : *La restauracion de Buda* et *Por su rey y por su dama*. Il écrivit pour le théâtre sous d'autres formes ; plusieurs de ses drames sont même curieux par cette circonstance qu'ils sont ornés de *loas* et d'*entremeses* servant, dans l'origine, à les rendre plus agréables à la multitude. Presque tous ses plans sont ingénieux, et, quoique embrouillés, ils offrent encore plus de régularité dans leur structure qu'il n'était ordinaire à cette époque. Leur style est plein d'enflure et de présomption ; malgré leur caractère ingénieux, le défaut de vie et de mouvement est tellement saillant dans le plus grand nombre de ces comédies qu'il les empêche de produire de l'effet sur la scène.

Candamo, toutefois, doit être remarqué comme ayant donné une impulsion décisive à une forme de drame déjà connue avant son temps, mais qui servit plus tard à introduire le véritable opéra, je veux parler de la *zarzuela*, qui tire son nom d'une des résidences royales, près de Madrid où ces pièces étaient représentées avec la plus grande splendeur, pour l'amusement de Philippe IV et par ordre de son frère, l'infant D. Ferdinand (3). C'étaient, en réalité, des comédies de genres divers, plus ou

---

(1) Les comédies de Candamo, sous le titre de *Poesias comicas, obras postumas*, s'imprimèrent, à Madrid, en 1772, deux volumes in-4°. Ses mélanges poétiques, *Poesias lyricas*, s'éditèrent à Madrid, dans un volume in-12, sans date sur le titre, mais la dédicace est de 1729, les *licencias* de 1720, et la *fe de erratas* qui doit être la dernière du tout, de 1710. Ces dates diverses montrent la confusion qui règne, en cette matière, dans les livres espagnols ; confusion poussée à l'extrême dans le volume qui nous occupe. En effet, il porte pour titre : *Poésies lyriques*, et il contient des idylles, des épitres, des romances, trois chants d'un poëme épique sur l'expédition de Charles-Quint contre Tunis ; neuf autres restèrent manuscrits parmi les papiers que l'auteur laissa au duc d'Albe. La vie de Candamo, placée en tête du volume, est pauvrement écrite. Huerta (*teatro*, partie III, tom II, p. 196) dit qu'il acheta lui-même une grande partie des poésies, y compris six chants de son poëme épique pour deux réaux (0 fr. 56) ; elles formaient partie, sans aucun doute, des manuscrits laissés au duc d'Albe.

(2) C'est ainsi qu'il les appelle lui-même avec complaisance au commencement de son *Cesar Africano*.

(3) Tout d'abord on ne fit qu'introduire quelques airs dans les drames ; peu à peu

moins courtes, plus ou moins longues, intermèdes ou comédies complètes, toutes dans le goût de la nation et accompagnées toutes de musique.

La première tentative pour introduire des représentations dramatiques, avec accompagnement de musique, fut faite, nous l'avons vu, vers 1630, par Lope de Vega, dans l'églogue *Selva sin Amor*, entièrement chantée et qui se représenta, devant la cour, avec des splendides décorations, préparées par Cosmo Lotti, architecte italien; « chose, dit le poète, entièrement nouvelle en Espagne. » Vinrent bientôt après de petites pièces, les *tonadillas*, espèce d'intermèdes, chantés au lieu des romances, dans les entr'actes des comédies et dont Benevente fut le plus heureux compositeur, avant 1645, année où ses œuvres se publièrent pour la première fois. Mais la plus ancienne comédie regulière, entièrement chantée fut la *Púrpura de la Rosa* de Calderón, représentée, au théâtre du Buen Retiro, devant la cour, en 1659, à l'occasion du mariage de Louis XIV avec l'infante Marie Thérèse. C'était une espèce d'hommage rendu aux personnages distingués de France, venus en Espagne, en l'honneur de cette grande solennité, et pour lesquels on ne trouva rien de plus galant qu'un amusement analogue aux opéras de Quinault et de Lulli, qui constituaient alors le divertissement le plus favori de la cour de France.

Dès ce moment, et, comme c'était naturel, s'explique la tendance d'introduire le chant sur la scène espagnole, tant dans les comédies régulières que dans des farces de toute espèce, tendance qui apparaît clairement dans Matos Fragoso, dans Antonio de Solis et dans la plus grande partie des écrivains contemporains de la seconde partie de la vie de Calderón. Enfin, sous la direction de Diamante et de Candamo, il se développa une forme particulière du drame. Les sujets s'empruntaient généralement à l'antique mythologie, comme ceux de *Circé* et d'*Aréthuse* : et, quand ils ne lui étaient pas dus, comme *El nacimiento de Christo* de Diamante, ils étaient traités d'une manière entièrement semblable

---

toute la pièce se chanta. (Ponz, *Viaje de España*, tome VI, p. 152 : Signorelli, *Storia dei teatri Napole*, 1813, in-8°, tom. IX, p. 194.) Une de ses *zarzuelas* où les parties chantées se distinguent du reste, se trouve dans les *Ocios de Ignacio Alvarez Pellicer*, *de Toledo*, s. l., 1635, in-4°, p. 26. La tendance à l'imitation de l'opéra italien est visible tant dans le sujet, *La Venganza de Diana*, que dans la manière de le traiter, dans la mise en scène, mais elle n'a aucun mérite poétique. Un petit volume d'Andrès Davila y Heredia, (Valence, 1676, in-12), intitulé : *Comedia sin música* semble, comme ce titre l'indique, composé pour couvrir de ridicule l'introduction et les commencements de l'opéra, en Espagne. Mais ce n'est qu'une satire en prose, peu importante à tous égards. Voyez ce que nous avons dit sur cette matière, chap. xiv, xvii, xxiii, etc.

à celle qu'on observait dans la disposition de leurs prédécesseurs mythologiques.

De cette forme du drame à celle du véritable opéra italien, il n'y avait
qu'un pas, et un pas très-aisé à faire. En effet, du moment où la famille
de Bourbon succéda à la branche d'Autriche sur le trône d'Espagne, le
caractère national, si requis auparavant, pour tout ce qui apparaissait sur
la scène espagnole, cessa de jouir de la faveur de la cour et des hautes
classes de la société. Par conséquent, vers 1705, il s'établit, dans Madrid,
un spectacle analogue à un opéra italien, spectacle qui, avec des alterna-
tives diverses, tantôt suspendu tantôt négligé, a toujours maintenu depuis
son existence précaire, et sur lequel les vieilles *zarzuelas* et leurs naturelles farces musicales ont de plus en plus été découragées, jusqu'à ce
qu'elles aient enfin cessé de se faire entendre dans leur forme primitive (1).

Un autre poète vivant dans ce temps et qui composa des drames
marquant le déclin du théâtre espagnol, c'est Antonio de Zamora. Il
semble avoir été primitivement acteur, puis attaché au Conseil des Indes,
et enfin à la maison royale. Sa carrière dramatique commence avant
l'année 1700, puisqu'il ne mourut qu'après 1730 et qu'il obtint probablement son principal succès, sous le règne de Philippe V, devant lequel ses
comédies continuèrent à se représenter quelquefois, au théâtre du Buen
Retiro, jusqu'en 1744.

Ses drames ont été publiés dans une collection de deux volumes, avec
une dédicace solennelle et une consécration à la mémoire de leur auteur,
dans l'idée de rendre à César ce qui appartient à César. Il n'y en a
que seize, tous plus longs qu'ils ne l'étaient d'ordinaire, dans les plus
beaux jours du théâtre espagnol, et en général d'une composition très-
lourde et pesante. Les pièces qui roulent sur des sujets religieux sont, à
l'exception de celle de *Judas Iscariote*, trop remplies d'horreurs pour être
amusantes. La meilleure de toutes est sans aucun doute celle qui porte
pour titre : *No hay plazo que no se cumple, ni deuda que no se pague*,

---

(1) Voyez la *Selva sin Amor* et sa préface, imprimée par Lope de Vega à la fin
de son *Laurel de Apolo*, Madrid, 1630, in-4°. — Benavente, *Jocoseria*, 1645, et
Valladolid, 1653, in-12, où ces pièces sont intitulées : *Entremeses cantados* : Caldéron, *La purpura de la rosa* : Luzan, *Poetica*, liv. 14, ch. I. Diamante, *El laberinto
de Creta*, imprimé dès 1667, dans les *Comedias de Escogidas*, tom. XXVII; Parra,
El teatro español, poëme lyrique, 1802, in-8°, notes, p. 295 ; C. Pellicer, *Origen
del teatro*, tom. I, p. 268, et Esteban Arteaga, *Teatro musicale, italiano*, Bologne,
in-8°, t. I, 1785, p. 241. Ce dernier ouvrage est un excellent livre écrit par un des
jésuites espagnols, expulsés par Charles III, et mort à Paris, en 1799. La seconde
édition de 1783-88 est la meilleure et la plus complète.

imitation évidente, mais habile, du *Don Juan Tenorio* de Tirso de Molina ; drame remarquable où les pas de la statue de marbre s'entendent avec un effet plus solennel que dans aucune autre des nombreuses comédies faites sur le même sujet.

Malgré le mérite de cette comédie, malgré la valeur de deux ou trois autres pièces, il faut bien admettre que les drames de Zamora, au nombre de quarante environ, qui nous restent, et dont la plupart ont été représentés avec succès devant la cour, sont réellement fastidieux. Ils abondent en avis aux acteurs, ils impliquent l'usage le plus imparfait des trucs et des machines, deux fâcheux symptômes de décadence de la littérature dramatique. Cependant Zamora écrit avec facilité et prouve qu'en des circonstances plus favorables, il aurait pu marcher avec plus de succès sur les traces de Caldéron, qu'il avait évidemment pris pour son modèle. Mais il va trop loin, et pendant qu'il s'applique à l'imitation des anciens maîtres, il tombe dans leurs défauts et dans leurs extravagances, sans leur prendre cette vive originalité et cette invention merveilleuse qui constituent leur puissance particulière (1).

D'autres écrivains suivirent la même direction, mais avec moins de succès encore, ce sont Pedro Francisco Lanini, Antonio Martinez, Pedro de Rosete, Francisco de Villegas (2). Mais l'auteur qui continua de marcher le plus longtemps dans la voie ouverte par Lope de Vega et par Caldéron, c'est D. José de Cañizares, poète madrilègne, né en 1676, et qui commença d'écrire pour le théâtre, à peine âgé de quatorze ans. Il fut un des auteurs les plus favoris du public, pendant quarante années environ ; son succès se prolongea bien avant dans le dix-huitième siècle, puisqu'il ne mourut qu'en 1750. Toutes ses comédies appartiennent aux formes antiques (3).

---

(1) *Comedias* de Antonio de Zamora, Madrid, 1744, 2 vol. in-4°. Le permis d'imprimer ces comédies comprend aussi le droit d'éditer ses œuvres lyriques qui n'ont, je crois, jamais paru. Sa vie se trouve dans Baena, tom. I, p. 177 : nous avons aussi d'autres détails dans L. P. Moratin, *Obras*, édition de l'Académie, tom. II, préface, pp. 5-8.

(2) Ces comédies et beaucoup d'autres, aujourd'hui oubliées entièrement, se trouvent dans la vieille collection des *Comedias de Escogidas*, publiée de 1652 à 1704, dans les derniers volumes. Il y en a neuf de Lanini ; dix-huit de Martinez ; onze de Rosete et autant de Villegas. Je ne crois pas qu'il y en ait une seule méritant d'être retirée de l'oubli où elles sont toutes plongées.

(3) Les comédies de Cañizares, qu'on a pu réunir, forment deux volumes ; il en existe un grand nombre d'autres détachées, et beaucoup se sont perdues. Moratin, dans son catalogue, donne les titres de soixante-dix environ. Nous avons des détails sur lui dans Baena, tom. III, p. 69 ; dans Huerta, *Teatro español*, part. I, tom. II, p. 347.

Le petit nombre de celles qui roulent sur des sujets historiques ne manquent pas d'intérêt, telles que : *Las cuentas del gran capitan Carlos V* : *Sobre Tunis* ; et *El pleito de Hernan Cortès*. La meilleure de ces tentatives en ce genre c'est toutefois *El picarillo en España* racontant les aventures d'une espèce de Falconbridge, Frederico de Bracamonte qui, sous le règne de D. Juan II, découvrit les îles Canaries et les gouverna pendant quelque temps, comme s'il en était le véritable roi. En général, Cañizares a plus de succès dans les comédies de caractère, inaugurées peu de temps, avant son époque, par Moreto et Rojas, et communément désignées, nous l'avons déjà dit, sous le titre de *comedias de figuron*. Ses spécimens les plus heureux dans ce genre sont : *La mas illustre fregona*, extraite de la nouvelle de Cervantès du même nom ; *El montañés en la corte* et *Domine Lucas*, tableaux de mœurs de la vie de son temps, sujets choisis sur cette noblesse déchue, pauvre et orgueilleuse, qui infestait alors la cour de Madrid (1).

Malgré ses succès partiels comme poète, malgré la popularité qu'ils lui donnèrent parmi les acteurs, Cañizares manifeste, plus clairement qu'aucun autre de ses prédécesseurs ou de ses contemporains, les signes de la décadence du drame. En parcourant les soixante-dix ou les quatre-vingts comédies qu'il nous a laissées, nous nous rappelons sans cesse les tours et les temples du midi de l'Europe, construits, durant le moyen-âge, avec les ruines et les fragments des édifices plus nobles qui les ont précédés, et prouvant en même temps la magnificence du siècle où ces constructions furent primitivement élevées, et la décadence du temps dont de pareilles reliques et de semblables fragments constituent la gloire principale. Les plans, les intrigues et les situations des drames de Cañizares sont généralement empruntés à Lope de Vega, à Caldéron, à Moreto, à Matos Fragoso, à d'autres de ses prédécesseurs illustres auxquels il recourait, sous la garantie des nombreux exemples qu'offrait la scène espagnole, comme à ces riches et vieux monuments qui peuvent

---

(1) Le *Domine Lucas* de Cañizares n'offre aucune ressemblance avec la gracieuse et divertissante comédie écrite sous le même titre par Lope de Vega, dans le dix-septième volume de ses comédies, en 1621, basée, dit-il, sur un fait positif, et réimprimée, à Madrid, en 1841, avec une préface dans laquelle sont attaqués de la manière la plus vive, non-seulement Cañizares, mais encore plusieurs auteurs contemporains de Lope. Le *Domine Lucas* de Cañizares mérite, cependant, d'être lu, particulièrement dans une édition contenant en outre deux de ses *entremeses* improprement appelés *sainetes*. — Le tout nouvellement arrangé pour une représentation au Buen Retiro, à l'occasion du mariage de l'infante Marie-Louise, avec l'archiduc Pierre Léopold, en 1765.

encore fournir aux exigences du siècle des matériaux que le siècle
lui-même ne peut plus longtemps tirer de ses propres ressources (1).

Il serait facile d'ajouter les noms d'un grand nombre d'écrivains dramatiques du théâtre espagnol qui, contemporains de Cañizares, eurent,
comme lui, leur part dans la décadence du drame national, ou qui contribuèrent à son déclin. Tels furent Juan de Vera y Villaroel, Inez de la
Cruz, Melchior Fernandez de Léon, Antonio Tellez de Azevedo, et d'autres
moins connus durant leur vie et depuis longtemps complètement oubliés.
Des écrivains de cette espèce n'ont pas exercé une influence réelle sur le
caractère du théâtre auquel ils étaient eux-mêmes attachés. Le théâtre
resta, presque toujours, dans les propres limites que lui avaient tracées
Lope de Vega et Caldéron, poètes qui, par un singulier concours de
circonstances, conservèrent, tant qu'il demeura dans leurs mains sécu-
lières, un contrôle incontestable sur lui, durant leur vie, et qui, après
leur mort, ont laissé imprimé sur lui un caractère qui ne s'est jamais
effacé, jusqu'à ce qu'il ait cessé d'exister entièrement (2), pour se perdre
dans le théâtre moderne.

---

(1) L'habitude d'en user avec la plus grande liberté à l'égard des auteurs qui les
avaient précédés, était des plus ordinaires et des plus anciennes sur la scène espagnole. Cervantès disait, en 1617, dans son *Persiles et Sigismonde*, liv. III, ch. II,
que certaines compagnies avaient des poètes expressément chargés de refondre les
vieilles comédies. Tant d'autres l'avaient fait avant lui que Cañizares semble échapper par là à toute espèce de blâme. Il n'en est pas moins certain que personne n'a
poussé ce genre de plagiat aussi loin que lui.

(2) Voyez l'appendice I.

CHAPITRE XXVI.

Caractères du drame espagnol. — L'auteur ou le directeur. — Les écrivains dramatiques. — Les acteurs, leur nombre, leur succès, leur condition. — Représentations pendant le jour. — La scène. — La cour, les parterres, les gradins, les loges, les places. — L'auditoire. — Billets d'entrée, les affiches. — Représentations, romances, loas, jornadas, entremeses, saynetes et danses. — Romances et couplets chantés et dansés. — Jacaras, sarabandes et alemanas. — Caractère populaire de cet ensemble. — Grand nombre d'auteurs et de comédies.

Le trait caractéristique le plus saillant, sinon la plus important, du drame espagnol, à l'époque de ses plus brillants succès, c'est son caractère national. Dans toutes ses formes si variées, y compris les drames religieux, dans toutes ses nombreuses ressources subsidiaires, jusqu'à la récitation des vieilles romances et au spectacle des danses populaires, le drame espagnol s'adresse lui-même, au peuple du pays qui l'a produit, plus qu'aucun autre théâtre des temps modernes. L'Église, comme nous l'avons vu, intervient par moments pour lui imposer silence ou pour le contenir. Le drame se trouvait toutefois trop profondément enraciné dans la faveur universelle pour être modifié, même par un pouvoir qui dominait presque tout dans l'État. Aussi durant tout le dix-septième siècle, siècle qui suivit immédiatement la sévère législation de Philippe II et ses efforts pour contrôler le caractère de la scène, le drame espagnol se trouve réellement dans les mains du peuple, et écrivains et acteurs sont ce que la volonté du peuple veut qu'ils soient (1).

A la tête de chaque compagnie d'acteurs se trouvait leur Auteur, *un*

---

(1) Mariana, dans son traité *De Spectaculis*, chap. VII (*Tractatus septem Coloniæ Agrippinæ*, 1600, in-folio), insiste beaucoup pour qu'on ne permît pas aux acteurs, de la classe et du caractère bas et grossiers qu'il décrit, de jouer dans les églises, ni de représenter ailleurs les comédies sacrées, pour que l'on ferme ces théâtres les dimanches. Mais toutes ces réclamations ne produisirent aucun effet sur la passion populaire.

autor. Ce nom venait du temps de Lope de Rueda, où l'écrivain des farces grossières alors en faveur réunissait autour de lui une compagnie de comédiens, pour représenter, sur les places publiques, des compositions qu'on devrait plutôt appeler des dialogues dramatiques que des drames véritables. Cette pratique fut bientôt imitée en France où Hardy l'*Auteur* de sa propre compagnie, comme il s'appelait lui-même, produisit, en 1600 et 1630, environ, cinq cents farces ou comédies grossières, empruntées le plus souvent à Lope de Vega et à tous les autres auteurs les plus populaires en Espagne, à cette époque (1). Pendant que Hardy s'élevait à l'apogée de son triomphe et préparait la voie à Corneille, le chanoine de *Don Quichotte* avait déjà reconnu, en Espagne, l'existence de deux espèces d'auteurs : les auteurs qui écrivaient et les auteurs qui jouaient (2), distinction familière, depuis le moment de l'apparition de Lope de Vega et qui n'a jamais ensuite été oubliée. En un mot, depuis ce temps, acteurs et directeurs furent rarement des écrivains dramatiques, tant en Espagne que dans les autres pays (3).

Les relations entre les poètes dramatiques et les directeurs et les acteurs, ne furent pas, dans la Péninsule ibérique, plus agréables qu'ailleurs. Figueroa, familier avec ce sujet, prétend que les écrivains dramatiques étaient obligés de flatter les chefs des compagnies, pour obtenir d'être entendus du public, et qu'ils étaient souvent traités avec dureté et dédain, surtout quand leurs comédies se lisaient et s'admettaient au théâtre, en présence des acteurs qui devaient les représenter (4). Solorzano, poète dramatique lui-même, raconte les mêmes faits ; il y ajoute

---

(1) Quant à Hardy et à sa carrière extraordinaire, basée presque entièrement sur le théâtre espagnol, voyez les *Parfait* ou tout autre historien du théâtre français. Corneille, dans ses *Remarques sur Mélite*, avoue qu'au commencement de sa carrière, il n'eut d'autres guides que le sens commun, l'exemple de Hardy et de quelques autres auteurs non moins irréguliers que lui. L'exemple de Hardy porta Corneille à rechercher directement, en Espagne, les matériaux de ses drames.

(2) *D. Quichotte*. P. 1, chap. xlviii. La *primera dama*, ou l'actrice qui remplissait les premiers rôles, s'appelait l'*autora*. Guevara, *Diablo Cojuelo*, tranco V.

(3) Villegas fut un des derniers écrivains auteurs et directeurs en même temps. Il composa, nous est-il dit, cinquante-quatre comédies et mourut vers 1600 (Rojas, *Viage*, 1614, fol. 21). Après lui, l'exemple le plus remarquable est celui de Diamante, qui fut acteur avant d'écrire pour le théâtre, et qui mourut vers 1700. L'*auteur*-directeur était parfois ridiculisé dans les pièces que sa compagnie représentait, ainsi qu'il arrive dans les *Tres Edades del Mundo*, de Luis de Guevara, où cet auteur est lui-même le *gracioso*. *Comedias escogidas*, tome XXXVIII, 1672.

(4) *Pasagero*, 1617, ff. 112-116.

même l'histoire d'un poète qui ne fut pas seulement abusé avec dureté, mais traité encore avec inhumanité par une compagnie de comédiens, au caprice desquels leur *auteur* ou directeur l'avait abandonné (1). Lope de Vega et Caldéron, eux-mêmes, ces esprits privilégiés de leur temps, se plaignent amèrement de la manière dont ils sont joués et fraudés dans leur réputation et leurs droits d'auteur, tant par les directeurs que par les libraires (2). A la fin du drame, l'auteur annonçait parfois son nom, et, avec une humilité plus ou moins affectée, il déclarait que l'œuvre lui appartenait (3). Mais cette coutume n'était pas générale. C'était, cependant, une règle uniforme, quand on s'adressait à tout le public, et cette règle se négligeait rarement à la fin de la comédie, de saluer l'auditoire du titre grave et flatteur de *Sénat*.

La condition des acteurs ne semble pas avoir été non plus une condition digne d'être enviée par les poètes dramatiques. Leur nombre et leur influence devinrent cependant, bientôt imposants, par suite de la grande impulsion donnée au drame, au commencement du dix-septième siècle. Quand Lope de Vega apparut pour la première fois, à Madrid, comme écrivain dramatique, les seuls théâtres qu'il trouva n'étaient autres que deux cours, en plein air, dépendant de certaines compagnies

---

(1) Dans la *Garduña de Sevilla*, vers la fin, et dans le *Bachiller Trapaza*, ch. xv, Cervantès, près de finir son *Coloquio de los Perros*, raconte une histoire à peu près semblable. Tout cela prouve que les acteurs maltraitaient assez les auteurs.

(2) Voyez la préface et la dédicace de l'*Arcadia* de Lope, et d'autres passages marqués dans sa biographie; la lettre de Caldéron au duc de Veraguas; sa *Vie* par Vera Tassis, etc.

(3) C'est ainsi que Mira de Mescua dit en terminant *La muerte de San Lorenzo*, *Comedias escogidas*, tom IX, 1657, p. 157.

Para escarmiento de muchos :	Pour l'exemple du grand nombre :
Y aqui acaba la comedia	Et ici finit la comédie
De Nabal, cuyo prodigio	De Nabal, miracle que
Escribiò Mira de Mescua	Mira de Mescua composa,
Perdonad las faltas nuestras.	Pardonnez-nous nos fautes.

D. Francisco de Leiva termine son *Amadis y Niquea* par les paroles suivantes : *Comedias escogidas*, tom. XL, 1675, fol. 118.

Y Don Francisco de Leiva	Et Don Francisco de Leiva
Hoy rendido à los pies vuestros	Aujourd'hui rendu à vos pieds,
No os pide vitor, os pide '	Ne vous demande pas des bravos, il vous demande
Perdon de sus muchos yerros.	Pardon de ses nombreuses erreurs.

En général, comme dans la *Mayor Venganza* d'Alvaro Cubillo ; dans *Caer para levantarse* de Matos, Cancer et Moreto, on annonçait simplement l'auteur ou les auteurs, apparemment pour protéger les droits d'auteur, si peu respectés dans le dix-septième siècle.

d'acteurs ambulants, jugeant parfois de leur intérêt de visiter la capitale. Avant sa mort, il existait à Madrid, outre ces théâtres publics dans les cours, plusieurs scènes d'une grande magnificence dans les palais royaux, et une multitude de compagnies d'acteurs, comprenant en tout près de mille personnes (1). Un demi-siècle plus tard, à la mort de Caldéron, moment où le drame espagnol avait pris tout son développement, la passion pour ces représentations s'était tellement répandue dans chaque partie du royaume qu'il y avait à peine, nous dit-on, un village qui ne possédât une espèce de théâtre (2). Bien plus, la passion pour les représentations dramatiques devint si grande et si irrésistible que, malgré le scandale qu'elle souleva, des comédies profanes, d'une composition vraiment équivoque, furent représentées par des acteurs des théâtres publics, dans quelques-uns des principaux monastères du royaume (3).

Par conséquent, dans un si grand nombre de compagnies d'acteurs, luttant tous pour obtenir la faveur du public, certains devinrent célèbres. Parmi les plus distingués, nous trouvons Agustin de Rojas Villandrando, qui écrivit le *Viaje entretenido* d'une compagnie de comédiens; Roque de Figueroa et Rios, tous deux favoris de Lope; Pinedo, comblé d'éloges par Tirso de Molina; Alonso de Olmedo et Sébastien Prado, rivaux qui se disputaient les applaudissements du public, au temps de Caldéron; Juan Rana, le meilleur acteur comique, sous les règnes de Philippe III et de Philippe IV, et qui charmait son public par ses bons mots improvisés; les deux Morales et Josefa Vacca la femme de l'aîné; Barbara Coronel l'amazone, qui préféra paraître sous le costume d'homme; Maria de

---

(1) *D. Quichotte*, édit Pellicer, 1797, tom. IV, p. 110, note. Il y est dit qu'il existait environ trois cents compagnies d'acteurs, en Espagne, vers 1636; ce qui paraît impossible si l'on pense que ces compagnies se composaient de personnes vivant de la profession d'acteurs. Pantoja, *Sobre Comedias*, Murcie, 1814, in-4°, tom. I, p. 28.

(2) Pellicer, *Origen de las Comedias*, 1804, tom. I, p. 185.

(3) *Ib.*   *Ib.*   pp. 226-228. Lorsque Philippe III visita Lisbonne en 1619, les Jésuites représentèrent devant lui une comédie, partie en latin, partie en portugais, dans leur collége de San Antonio. Un récit de cette représentation nous est conservé dans la *Relacion de la Real tragi-comedia con que los padres de la compañia de Jesus recibieron à la Majestad católica*, etc., par Juan Sardina Mimosa, etc., Lisbonne, 1620, in-4°, auteur qui n'est autre, je crois, qu'Antonio de Sousa. Ajoutez que Mariana *(De spectaculis*, ch. VII*)* dit que les *entremeses* et autres spectacles destinés aux entr'actes des comédies, jouées dans les maisons les plus religieuses, étaient souvent d'un caractère grossier et inconvenant; assertion qu'il reproduit presque avec les mêmes mots dans son traité *De Rege*, liv. III, ch. XVI.

Cordova, si vantée par Quevedo et par le comte de Villamediana; Maria Caldéron qui, comme mère du second D. Juan d'Autriche, figura autant dans les affaires d'État que sur les planches du théâtre. Tous ces acteurs jouirent avec d'autres, ce n'est pas douteux, d'une réputation aussi éphémère que brillante, seule récompense en général de ceux de leur classe qui se distinguent le plus. Ils jouirent peut-être même de cette réputation à un degré aussi élevé qu'aucune des personnes qui ont paru sur la scène, dans des temps plus modernes (1).

Considérés comme corps, les acteurs espagnols semblent n'avoir été rien de respectable. En général ils sortaient des rangs les plus bas et les plus vulgaires de la société : la bassesse de leur extraction était même telle qu'il leur fut, par cette raison, un moment interdit d'avoir des femmes dans leurs compagnies (2). Le peuple sympathisait, cependant, avec eux; parfois même, quand leur conduite leur attirait quelque châtiment, il les protégeait de vive force contre le bras de la justice. Mais, entre 1644 et 1649, leur nombre devint réellement considérable, dans la métropole; ils ne constituèrent pas moins de quarante compagnies remplies de gens désordonnés et de vagabonds, dont le caractère ne fit que compromettre les priviléges du théâtre, qui échappa avec difficulté aux restrictions introduites par leur vie licencieuse (3). Une preuve de leur con-

---

(1) C. Pellicer, *Origen*, tom. II, *passim*, et Mme d'Aulnoy, *Voyage en Espagne*, édit, 1693, tom. I, p. 97. Un des acteurs les plus connus de ce temps, c'était Sébastien Prado que nous avons mentionné. Il était chef d'une compagnie qui vint en France, après le mariage de Louis XIV avec Marie-Thérèse, en 1659, et y donna plusieurs représentations pour le plaisir de la nouvelle reine ; preuve de plus de la faveur et de l'étendue dont jouissait alors la littérature espagnole. (C. Pellicer, tom. I, p. 39). Maria de Cordova est aussi citée avec admiration, non-seulement par les auteurs dont nous avons parlé, mais encore par Caldéron, au commencement de la *Dama Duende*; il l'appelle Amaryllis. Quant au nom des autres acteurs renommés du dix-septième siècle, voyez *D. Quichotte*, édit. Clémencin, part. II, chap. II, note.

(2) Alonso, *Mozo de Muchos amos*, part. I, Barcelone, 1625, fol. 141. Un peu avant, en 1618, Bisbe y Vidal parle d'une femme remplissant fréquemment sur la scène les rôles d'homme (*Tratado de Comedias*, f. 50). Des avis aux acteurs dans la pièce de Leiva, *Amadis y Niquea* (*Comedias escogidas*, tom. XIV, 1675), il ressort que le rôle d'Amadis devait presque toujours être joué par une femme.

(3) C. Pellicer, *Origen*, tom. I, p. 183, tom. II, p. 29; et Navarro Castellanos, *Cartas apologéticas contra las Comedias*, Madrid, 1684, in-4°, pp. 256-258. « Ac-
« ceptez mes conseils, dit Sancho à son maître, après la malheureuse aventure
« contre le char des cours de la mort; conseil qui vous engage à ne jamais vous
« commettre avec des comédiens, gens favorisés. J'ai vu, moi, un acteur saisi par

duite déréglée se trouve dans les résultats. Plusieurs d'entre eux frappés de componction de leurs propres et choquants excès, cherchèrent à la fin un refuge dans la vie religieuse, tels que Prado qui devint un prêtre plein de dévotion ; et Francisca Balthasara, qui mourut ermite, tout à fait en odeur de sainteté, et qui fournit plus tard le sujet d'une comédie religieuse (1).

Les acteurs avaient en outre beaucoup de peine. Ils étaient obligés d'apprendre un grand nombre de pièces pour satisfaire aux demandes de nouveautés, demandes plus exigeantes sur la scène espagnole que partout ailleurs. Leurs répétitions étaient pénibles, et leur auditoire peu endurant. Cervantès assure que leur vie était plus dure que celle des gitanos (2), et Rojas, qui savait tout ce qu'on peut savoir sur ce sujet, affirme que les esclaves d'Alger avaient une condition meilleure que la leur (3).

Ajoutez à tout cela qu'ils étaient pauvrement payés, et que leurs directeurs étaient presque toujours endettés. Mais, comme d'autres formes de vie vagabonde, l'affranchissement de toute contrainte rendait cette existence attrayante pour un assez grand nombre de personnes indépendantes, dans un pays comme l'Espagne, où il était difficile de trouver une liberté d'aucune espèce. Cet attrait ne fut cependant pas de longue durée. Le théâtre déchut de son importance et de sa popularité, aussi rapidement qu'il s'était élevé. Longtemps avant la fin du siècle, il cessa d'encourager ou de protéger un nombre d'oisifs capable de soutenir ses succès (4), et, sous le règne de Charles II, il ne fut pas facile de réunir trois compagnies pour les fêtes célébrées à l'occasion de son mariage (5).

_____

« deux morts, et en sortir libre et sans frais ; que votre grâce sache que ce sont
« des gens gais et de plaisir ; tout le monde les favorise, les protége, les aide, les
« estime ; surtout s'ils appartiennent à des compagnies royales et privilégiées.
« Tous ou le plus grand nombre, par leurs costumes et leur maintien, ressemblent
« à des princes. » *D. Quichotte*, part. II, ch. II, avec la note de Clémencin.

(1) C. Pellicer, *Origen de la Comedia y del histrionismo en España*, tom. II, pag. 53 et ailleurs.

(2) Dans la nouvelle du *El licenciado Vidriera*.

(3) Rojas, *Viage,* 1614, fol. 138. Les acteurs vivaient tellement au jour le jour qu'on les payait tous les soirs, après la représentation :

Un representante cobra	Un acteur perçoit
Cada noche lo que gana,	Chaque soir ce qu'il gagne,
Y el autor paga, aunque	Et l'auteur paie lors même
No haya dinero en la caja.	Qu'il n'a pas d'argent dans la caisse.

El mejor representante, Comedias escogidas, tom. XXIX, 1668, p. 299.

(4) *Pondus iners reipublicæ atque inutile*, dit Mariana (*De Spectaculis*, chap. IX).

(5) Hugalde y Parra, *Origen del Teatro*, pag. 312.

Cinquante ans auparavant, vingt se seraient disputé cet honneur.

Durant toute la période de succès du drame espagnol, les représentations eurent lieu pendant le jour. Sur les scènes des différents palais où, d'après ce que dit Howell qui vivait à Madrid, en 1623 (1), les représentations se donnaient une fois par semaine, les choses se passaient autrement. Les comédies religieuses et les *autos*, et tout ce qui tendait à un effet réellement populaire, se représentaient pendant le jour, à deux heures de l'après-midi, durant l'hiver, à trois heures, durant l'été, et chaque jour de la semaine (2). Jusqu'au milieu du dix-septième siècle environ, la mise en scène et les dispositions théâtrales en général furent probablement aussi bonnes qu'elles l'étaient en France, au moment de l'apparition de Corneille, elles furent peut-être même meilleures. Mais dans la dernière partie, la scène française prit une avance incontestable sur celle de Madrid, et madame d'Aulnoy s'amuse beaucoup en racontant à ses amies que le soleil en Espagne était fait de papier huilé, et que dans la comédie d'*Alcina*, elle a vu les diables grimper tranquillement aux échelles pour sortir des régions infernales et prendre leurs places sur la scène (3). Les comédies qui exigeaient de plus grands préparatifs et plus de machines s'appelaient *comedias de ruido*, comédies de bruit, ou drames à spectacle. Elles sont traitées avec peu de respect par Figueroa et par Luis Velez de Guevara, qui regardaient comme indigne d'une inspiration poétique, de faire dépendre le succès d'une pièce de moyens si mécaniques (4).

La scène elle-même, sur les deux principaux théâtres de Madrid, ne s'élevait qu'un peu au-dessus du niveau de la cour où elle était dressée ; il n'y avait pas de place pour un orchestre séparé : toutes les fois qu'on en avait besoin, les musiciens se présentaient sur le devant de la scène. Immédiatement après, en face de la scène, étaient disposés des bancs, réservant les meilleures places pour ceux qui avaient pris des billets personnels ; derrière eux, une partie inoccupée de la cour où les rangées de peuple étaient obligées de se tenir en plein air. La multitude était généralement grande, et les personnes qui la composaient prenaient de leur

(1) *Familiar Letters*. Londres, 1754, in-8°, liv. I, section III, Lettre 18.

(2) C. Pellicer, *Origen*, tom. I, pag. 220. Aarsens, *Voyage*, 1667, pag. 29.

(3) *Relation du Voyage d'Espagne* par Mme la comtesse d'Aulnoy. La Haye, 1693, in-12, tom. III, pag. 21, la même comtesse qui écrivit les gracieux contes de fées. Elle était en Espagne de 1679 à 1680. Aarsens nous donne les mêmes détails, quinze ans auparavant. *Voyage*, 1667, pag. 59.

(4) Figueroa, *Pasagero*, et Guevara, *El Diablo Cojuelo*.

posture debout et de leur rude maintien, le nom d'infanterie ou de mousquetaires, *mosqueteros*. Ils constituaient la plus formidable et la plus turbulente partie de l'auditoire, celle qui décidait généralement du succès des pièces nouvelles (1). Un d'entre eux, cordonnier de son métier, exerçait, en 1680, un empire suprême, dans la cour, sur les opinions de ceux qui l'entouraient, et il nous rappelle le critique fabricant de malles, dans Addisson (2). Un autre, à qui l'on offrait cent réaux pour qu'il favorisât une comédie qu'on allait représenter, répondit fièrement qu'il voulait voir d'abord si elle était bonne ou mauvaise; et, après tout, il la siffla (3). Parfois les auteurs eux-mêmes s'adressaient à ce public, à la fin de la pièce, et s'abaissaient jusqu'à demander les applaudissements de la partie la plus grossière de l'auditoire. Mais c'était rare (4).

Derrière les bruyants mousquetaires s'élevaient les *gradas* ou gradins, pour les hommes, et la *cazuela*, où les femmes étaient strictement enfer-

---

(1) C. Pellicer, *Origen*, tom. I, pag. 53, 55, 63 et 68.

(2) Mme d'Aulnoy, *Voyage*, tom. III, pag. 21. — *Spectator anglais*, n° 235.

(3) Aarsens, *Relation à la fin de son Voyage*, 1667, pag. 60.

(4) Don Manuel Morchon, à la fin de sa pièce *Victoria del Amor* (*Comedias escogidas*, tom. IX, 1657, pag. 242, s'exprime ainsi :

Mosqueteros tan honrados,	Mousquetaires si honorables,
Don Manuel Morchon os pide	Don Manuel Morchon vous demande,
Rendido, apacible y blando,	Soumis, paisible et doux.
Le deis de limosna un vitor,	De lui donner pour aumône un bravo,
Cuando no por el trabajo,	Si ce n'est pas pour le travail,
Siquiera por el deseo	Que ce soit du moins pour le désir
Que muestra de agradaros.	Qu'il montre de vous être agréable.

De même, Antonio de Huerta, parlant de ses *Cinco Blancas de Juan Espera en Dios* (*Comedias escogidas*, tom. XXXII, 1669, pag. 179), leur dit :

Y si merece un vitor,	Et si elle mérite un bravo,
De limosna nos le den	Qu'ils nous en fassent l'aumône
Los señores mosqueteros,	Messieurs les mousquetaires,
Si es que ha parecido bien.	Si tant est qu'elle leur paraisse bonne.

On ne devait pas s'attendre à tant de condescendance de la part d'Antonio de Solis. Il s'abaisse cependant jusqu'à elle. A la fin de son *Doctor Carlino* (*Comedias*, 1716, pag. 262), il s'adresse aux mousquetaires et il leur dit :

Y aqui espiro la comedia,	Ici expire la comédie,
Si tuviere algun acierto,	Si elle a quelque succès,
Den para interrarla un vitor,	Qu'ils lui accordent, pour l'enterrer,
Los señores mosqueteros.	Messieurs les mousquetaires, un bravo.

Tous ces faits prouvent la grande influence que les *mousquetaires* exerçaient sur le théâtre dans ses plus beaux jours. Au dix-huitième siècle, nous les revoyons gouverner absolument tout.

mées, et où elles se voyaient pressées les unes contre les autres. Au-dessus de toutes ces différentes classes étaient disposés les *desvanes* et les *aposentos*, balcons et loges, dont les ouvertures comme celles d'une boutique régnaient sur les trois côtés de la cour, en différents étages. Ces places étaient occupées par les personnes des deux sexes qui pouvaient se donner ce luxe, et qui les jugèrent assez fréquemment d'une si grande importance qu'elles les transmirent, comme un héritage, de génération en génération (1). Ces *aposentos* étaient, en réalité, des appartements commodes, et les dames qui s'y rendaient, venaient généralement avec un masque. En effet, ni acteurs, ni public, n'avaient toujours cette décence que la modestie de la partie la plus distinguée de la société de la capitale aurait pu volontiers supporter (2).

C'était regardé comme une distinction d'avoir une entrée libre au théâtre ; et des personnes, à qui le prix d'une entrée importait peu, faisaient de pénibles efforts pour l'obtenir gratuite (3). Ceux qui payaient, payaient en deux fois ; à la porte d'entrée, où le directeur percevait ses droits en personne, et à l'intérieur, où un ecclésiastique faisait la collecte de ce qui revenait aux hôpitaux, sous le nom modeste d'aumônes (4). L'auditoire était souvent turbulent et injuste. Cervantès le donne à entendre, et Lope de Vega s'en plaint ouvertement. Suarez de Figueroa raconte que cris, pétards, sonnettes, clefs et sifflets, tout était mis en réquisition lorsqu'il désirait faire du vacarme. Benavente, dans une *loa*, débitée au commencement d'une campagne théâtrale, à Madrid, par Roque, l'ami de Lope de Vega, demanda d'être délivré de la mauvaise humeur de toutes les diverses

---

(1) Aarsens, *Relation*, pag. 59 ; Zavaleta, *Dia de fiesta por la tarde*, Madrid, 1660, in-12, pp. 4, 8, 9 ; C. Pellicer, tom. I ; Mᵐᵉ d'Aulnoy, tom. III, pag. 22.

(2) Guillen de Castro, *Los mal casados de Valencia*, jornada II. Un fait digne de remarque, c'est que les traditions du théâtre espagnol se conservent fidèles à leur origine. Les loges s'appellent encore *aposentos* ; le parterre, *patio* ou *coral* ; *mosqueteros*, ceux qui le remplissent et qui réclament leurs priviléges, en qualité de successeurs de ceux qui occupaient autrefois la vieille basse cour. Quant à la *cazuela*, Breton de los Herreros, dans sa spirituelle *Satira contra los abusos en el arte de la declamacion teatral* (Madrid, 1834, in-12), s'exprime ainsi :

Tal vez alguna insipida mozuela	Parfois une insipide donzelle
De ti se prende ; mas si el Patio brama	S'éprend de toi ; mais si le Parterre brame
Que te vale un rincon de la *Cazuela* ?	De quoi te sert un coin du Paradis ?

Mais cette partie du théâtre est plus respectable et plus convenable qu'elle ne l'était au dix-septième siècle.

(3) Zabaleta, *Dia de Fiesta por la tarde*, pag. 2.

(4) Cervantès, *Viage al Parnaso*, 1784, pag. 148.

classes de spectateurs, depuis la brillante société des *aposentos*, jusqu'aux *mousquetaires*, qui occupaient la cour. Il est vrai qu'il ajoute avec une dignité dédaigneuse qu'il craint peu les sifflets qu'il sait devoir suivre une pareille défiance (1). Quand l'auditoire voulait applaudir, il criait : *Victor*, et il n'était pas moins tumultueux et indocile que lorsqu'il sifflait (2). Au temps de Cervantès, quand la représentation était terminée, si la comédie avait eu du succès, l'auteur se plaçait à la porte et recevait les félicitations de la multitude qui sortait : plus tard, son nom était affiché et placardé aux angles des rues, avec l'annonce de son triomphe (3).

Cosme de Oviedo, directeur bien connu à Grenade, employa le premier, les affiches, pour annoncer la pièce qui allait être représentée. C'était vers l'an 1600. Cinquante ans après, la condition des comédiens était encore si humble que l'un des principaux d'entre eux parcourait la ville, et posait lui-même les affiches, qui étaient probablement écrites et non imprimées (4). A une époque des plus reculées, les acteurs semblent avoir donné aux comédies représentées le titre que les drames espagnols ont presque uniformément porté, durant le dix-septième siècle et même plus tard, celui de *comedias famosas*. Il faut cependant excepter de cette remarque Tirso de Molina, qui s'amusa plus d'une fois à donner à ses

(1) Cervantès, préface de ses comédies ; Lope, préface de plusieurs de ses pièces. Figueroa, *Pasagero*, 1607, p. 105. Benavente, *Jocoseria*, Valladolid, 1653, in-12, fol. 81. Un des moyens employés par le public pour exprimer son mécontentement consistait, nous dit Cervantès, à jeter des concombres aux acteurs.

(2) Mme d'Aulnoy, *Voyage*, tom. I, p. 55. Tirso de Molina, *Deleitar aprovechando*, Madrid, 1765, in-4°, tom. II, p. 333. A la fin d'une comédie, les auteurs, surtout ceux du second ordre, demandaient des bravos à tout l'auditoire, comme nous l'avons vu demander quelquefois, mais rarement aux *mousquetaires*. Diego de Figueroa, à la fin de son *Hija del mesonero*. (*Comedias escogidas*, tom. XIV, 1662, p. 182) en demande, comme une aumône, *Dadle un vitor de limosna ;* Rodrigo Enriquez dans : *Sufrir mas por querer menos* (tom. X, 1658, p. 182), le demande, en plaçant le mot de *Victor* à la fin de la comédie, de manière que les spectateurs le répétaient sans qu'on eût commencé à le leur demander, c'est ce qui arrive dans le *Amado y Aborrecido* de Calderón et dans la *Difunta pleiteada* de Francisco de Rojas. En général, quand on le demandait, c'était plutôt comme un droit que comme une faveur. Une seule fois, dans la *Lealtad contra su Rey* de Juan de Villegas (*Comedias escogidas*, tom. X, 1658) deux acteurs eurent l'impertinence de demander des applaudissements pour eux-mêmes et non pour l'auteur. Cette plaisanterie fut sans doute bien reçue.

(3) Cervantès, *Viage*, 1784, p. 138, *Novelas*, 1783, tom. I, p. 40.

(4) Rojas, *Viage*, 1614, fol. 71 ; Benavente, *Jocoseria*, 1653, fol. 78 ; Alonso, *Mozo de Muchos amos*, tom I, fol. 137, où l'on voit que les affiches placardées dans Séville, jusqu'en 1624, étaient manuscrites.

pièces jouées avec succès le titre de *comedias sin fama* (1), comédies sans renommée. Mais ce n'était là, en réalité, qu'une pure et simple formule, trop bien comprise du public qui n'avait pas besoin d'une excitation spéciale, pour accourir aux divertissements du théâtre, vers lequel il était tout naturellement porté. Plusieurs des spectateurs se rendaient de bonne heure pour s'assurer de bonnes places; ils s'amusaient à manger des fruits ou des gâteaux que les marchands leur vendaient dans la cour, ou à suivre les mouvements des dames rieuses, enfermées derrière la balustrade de la *cazuela*, et qui n'étaient que trop disposées à folâtrer avec tous leurs voisins. D'autres arrivaient tard, et si c'étaient des personnes ayant quelque autorité ou quelque importance, les acteurs attendaient leur arrivée, jusqu'au moment où les désordres et les murmures du parterre les obligeaient à commencer (2).

Avant même que la multitude eût été apaisée par la récitation de quelque romance favorite ou par quelque chant populaire sur la guitare, un des acteurs les plus respectables, souvent même le directeur lui-même, s'avançait sur la scène, et, suivant les termes consacrés, *echaba la loa* (3) forme de prologue particulière à l'Espagne, dont nous trouvons d'abondants spécimens, au temps déjà de Torres Naharro qui les appelait *introitos*, ouvertures, introductions qui subsistèrent jusqu'à la chute définitive du vieux drame. Il s'en trouve en tête de tous les *autos* de Lope de Vega et de Calderón, et, quoique dans la multitude de comédies profanes du théâtre espagnol, des *loas* appropriées ne soient pas plus longtemps régulièrement rattachées à chacune d'elles, nous en rencontrons parfois dans les drames de Tirso de Molina, de Calderón, d'Antonio de Mendoza et d'un assez grand nombre d'autres écrivains dramatiques.

Les meilleures de ces *loas* sont celles d'Agustin de Rojas, son *Viage entretenido* en est plein; celles de Quiñones de Benavente sont insérées dans sa *Jocoseria*. Elles revêtent différentes formes; elles sont dramatiques, narratives ou lyriques; sont écrites sur divers sujets et en mesures

---

(1) C'est le titre qu'il donne à *Como han de ser los Amigos, Amar por razon de estado*, et à plusieurs autres de ses pièces. Remarquez que d'autres fois une comédie s'intitulait : *La gran Comedia*. Il y en a douze de ce genre dans le tome XXXI des *Mejores comedias que hasta oy han salido*, Barcelone, 1638.

(2) Mme d'Aulnoy, *Voyage*, tom. III, p. 22, et Zabaleta, *Dia de fiesta por la tarde*, 1660, pp. 4-9.

(3) *Cigarrales de Toledo*, Madrid, 1624, in-4°, p. 99. On trouve une multitude de détails sur les *loas* dans Pinciano, *Filosofia antigua*, Madrid, 1596, in-4°, p. 413, et dans Salas, *Tragedia antigua*, 1683, in-4°, p. 184.

diverses. Une des *loas* de Tirso de Molina est consacrée à l'éloge des belles dames présentes à la représentation (1). Une de celles de Mendoza est en l'honneur de la prise de Breda et flatte la vanité nationale sur les récents succès du marquis d'Espinola (2). Rojas en consacre une aux gloires de Séville où il la compose, et il la fait servir comme d'introduction pour se concilier à lui-même et à sa compagnie la faveur du public, devant lequel il allait donner des représentions (3). Une *loa* de Sanchez n'est autre qu'une peinture burlesque des acteurs qui devaient jouer dans la pièce qu'on allait représenter ensuite (4). Celle de Bena- vente, débitée par Roque de Figueroa, au moment où il allait commencer la série de ses représentations à la cour, est consacrée à une des- cription piquante de l'habileté de sa compagnie et à l'annonce reten- tissante des nouveaux drames qu'elle est capable de représenter (5).

Graduellement les *loas*, dont l'objet principal était de se concilier la faveur du public, prirent de plus en plus la forme dramatique populaire : elles finirent, comme quelques-unes de Rojas, de Mira de Mescua, de Mo- reto et de Lope de Vega (6), par n'avoir qu'une différence peu sensible avec les farces qui les suivaient (7). Cependant, elles furent presque tou-

(1) La loa du *Vergonzoso en palacio* est en *décimas redondillas*, en dizains de huit syllabes.

(2) Il raconte les nouvelles reçues au palais *(Obras* de Mendoza, Lisbonne, 1690, in-4°, p. 78). Elle était débitée, c'est possible, comme introduction à la pièce bien connue de Caldéron, *El Sitio de Breda.*

(3) Quatre personnes paraissent dans cette *loa*, dont une partie est chantée. — Vers la fin, arrive Séville, qui leur accorde la permission de donner des représen- tations dans sa cité, *Viage*, 1614, ff. 4-8.

(4) *Lira poetica* de Vicente Sanchez, Saragosse, 1688, in-4°, p. 47.

(5) *Jocoseria*, 1653, ff. 77-82. Dans une autre, il parodie quelques-unes des vieilles romances des plus familières (fol. 43, etc.), et il le fait d'une manière qui devait bien amuser les *Mousquetaires* ; pratique assez commune dans les pièces légères du théâtre espagnol, dont la plus grande partie s'est perdue. Nous en trouvons des exemples dans les *entremeses* de *Melisendra* par Lope *(Comedias,* tom. I, Valladolid, 1609, p. 333), et dans deux drames burlesques insérés parmi les *Comedias escogidas,* tom. XLV, 1679. Le premier a pour titre : *Traicion en pro- pria sangré,* c'est une parodie des romances des *infants de Lara* ; le second est intitulé : *El amor mas verdadero,* parodie des romances de *Durandarte* et de *Be- lerma.* Ces deux parodies sont pleines d'extravagances et de folies, mais elles mon- trent les tendances du goût populaire qui n'était pas meilleur.

(6) Ces *loas,* si curieuses, sont insérées dans un volume fort rare, intitulé : *Autos sacramentales, con quatro comedias nuevas y sus loas y entremeses.* Madrid, 1655, in-4°.

(7) Une *loa* intitulée : *El cuerpo de guardia,* par Luis Enriquez de Fonseca et

jours accommodées aux circonstances particulières qui les faisaient naître ou aux exigences bien connues des spectateurs. Plusieurs sont accompagnées de chants et de danses ; d'autres finissent par de grossières pantomimes (1). Elles sont donc aussi variées dans leur ton que dans leurs formes, et par cette circonstance, autant que par leur facilité et leur grâce nationales, elles finirent par devenir une partie importante de toutes les représentations dramatiques.

La première *jornada* ou acte de la représentation principale suivait la *loa*, comme cela va sans dire, quoique, dans certaines circonstances, une danse vint s'interposer. Dans d'autres, Figueroa se plaint d'avoir été obligé d'écouter encore une romance, avant qu'il fût permis de commencer le drame régulier qu'il était venu entendre (2), tant étaient impérieux les goûts du public pour la partie la plus légère et la plus amusante. A la fin du premier acte, et quoique précédé parfois d'une autre danse, commençait le premier des deux *entremeses*, sorte de *muletas*, « béquilles » comme les appelle l'éditeur de Benavente, « données aux comédies pesantes pour les empêcher de tomber ».

On ne peut trouver rien de plus gai, ni de plus libre que ces divertissements favoris du public, généralement écrits en castillan le plus pur et dans un esprit vraiment national (3). Tout d'abord ce n'étaient que des farces ou des fragments de farces empruntés de Lope de Rueda et de son école ; mais après Lope de Vega, Cervantès et d'autres écrivains composèrent pour le théâtre des *entremeses* mieux appropriés aux changements de caractère qu'avaient subis les drames de leur temps (4). Les

---

représentée par une société d'amateurs, à Naples, le soir de la fête de Noël, en 1669, en honneur de la reine d'Espagne, est un long *sainete*, et du même goût. Elle est réunie à une autre *loa* et à des *bayles*, des danses diverses fort curieuses ; elle fait partie d'une comédie dont Viriathe est le sujet, et qui a pour titre : *El Anibal español*. Elle est insérée dans une collection de poésies de l'auteur, poésies du genre italien, mais moins qu'on ne pouvait l'attendre d'un Espagnol, qui avait vécu et écrit en Italie. Fonseca publia le volume contenant toutes ces œuvres, à Naples, en 1683, et l'intitula *Ocios de los estudios*, volume qui ne mérite pas une grande attention, mais qui ne doit pas être entièrement négligé.

(1) Rojas, *Viage*, ff. 189-193.

(2) *Cigarrales de Toledo*, 1624, pp. 104 et 403. Figueroa, *Pasagero*, 1607, fol. 109.

(3) Sarmiento, l'historien critique et littéraire, dans une lettre déjà citée, *Declamacion contra las abusos de la lengua castellana* (Madrid, 1793, in-4°, p. 149), déclare « qu'il ne sut jamais ce qu'était la langue castillane, avant d'avoir lu les « *entremeses* »

(4) Lope, dans son *Arte nuevo de hacer comedias*, explique avec la plus grande

sujets furent généralement choisis parmi les aventures des plus basses classes de la société dont ils ridiculisaient les mœurs et les folies. Dans l'origine, plusieurs compositions de ce genre finirent trop souvent par de ces actes dont on se plaint dans un des dialogues de Cervantès, par des coups et des blessures (1). Plus tard, ils devinrent plus poétiques, et il s'y mêla des allégories, du chant et de la danse : ils prirent ainsi réellement la forme et le ton qui offraient, pensait-on, le plus d'attrait. Rarement leur longueur excédait quelques minutes, et leur objet n'était autre que de soutenir l'attention de l'auditoire, supposé trop fatigué par la gravité et le sérieux de l'action qui les précédait (2). Ils n'avaient, cependant, à proprement parler, aucun rapport avec cette action : quoique, dans une circonstance, Caldéron ait ingénieusement fait servir un de ces *entremeses* à la gracieuse conclusion d'un des actes du drame principal (3).

Le second acte était suivi d'un autre *entremes* semblable, avec danse et musique (4). Après le troisième, la partie poétique du divertissement se terminait par un *saynete* ou morceau *bonne bouche*, ainsi appelé par Benavente, qui le premier leur donna ce nom par lequel seul ils différaient des *entremeses*. Les meilleurs *saynetes* furent composés par Cancer, Deza, Avila et par Benavente lui-même, en un mot, par les auteurs qui avaient eu le plus de succès dans les *entremeses* (5). A la fin de tout venait une danse nationale, qui ne manquait jamais de charmer les spectateurs de toutes

---

clarté l'origine des *entremeses*. Il y en a plusieurs de lui, dans le premier et dans le troisième volume de la collection de ses comédies ; d'autres se trouvent dans ses *Obras sueltas*. Presque tous sont amusants. Les *entremeses* de Cervantès sont à la fin de ses comédies, 1615.

(1) *Novelas*, 1783, tom. II, p. 441. *Coloquio de los Perros*.

(2) On en trouve un grand nombre dans la *Jocoseria* de Quiñones de Benavente. Ceux de Cancer sont dans les *Autos*, etc., 1655, cités dans la note 6, p. 474 ci-dessus.

(3) *El castillo de Lindabridis*, fin du premier acte. Il y a là un *entremes* intitulé : *La Castañera*, fort divertissant par son dialogue et sa grâce, mais dont le sujet, assez inconvenant, se trouve dans le chapitre XV du *Bachiller Trapaza*.

(4) Mme d'Aulnoy, tom. I, p. 56.

(5) C. Pellicer, *Origen*, tom. I, p. 277. Les *entremeses* de Cancer se trouvent dans ses *OEuvres*, Madrid, 1761, in-4°. Ceux de Deza y Avila, dans ses *Donaires de Terpsicore*, 1663 ; et ceux de Benavente, dans son *Jocoseria*, 1653. Le volume de Deza y Avila, portant le titre de tome premier, mais le seul qui ait paru, je crois, est presque entièrement rempli par de légères et courtes compositions pour le théâtre, sous les noms de *bayles, entremeses, saynetes, mogigangas*, ces dernières étaient une espèce de pantomimes. Plusieurs de ces compositions sont bonnes, elles caractérisent toutes l'état du théâtre, vers le milieu du dix-septième siècle.

les classes, et qui servait à les faire rentrer chez eux de bonne humeur, quand tout le spectacle était fini (1).

La danse constitua, dès l'origine, ce n'est pas douteux, une partie importante des spectacles dramatiques, en Espagne, même dans les représentations religieuses. Cette importance s'est perpétuée jusqu'à nos jours, et c'était naturel. D'après les premières données de l'histoire, d'après les traditions de l'antiquité, la danse était le divertissement favori des habitants rudes et grossiers du pays (2). Même dans les temps modernes, la danse a été, en Espagne, ce que la musique a été, en Italie, la passion dominante de la nation entière. Par conséquent, elle a trouvé sa place dans les drames de Juan de l'Encina, de Gil Vicente, de Torres de Naharro ; et, dès l'époque de Lope de Rueda et de Lope de Vega, elle apparaît tantôt dans une partie, tantôt dans plusieurs, dans tous les spectacles dramatiques. Une preuve charmante des futiles motifs qui la firent introduire se trouve dans la *Gran sultana* de Lope de Vega où l'un des acteurs dit :

> No hay mujer española que no salga
> Del vientre de su madre, bailadora (3).

et il donne immédiatement une preuve de la vérité de son assertion.

Plusieurs de ces danses et probablement presque toutes celles qui étaient introduites sur la scène, étaient accompagnées de dialogues, ce qui les fit appeler par Cervantès : *Danzas habladas*, danses parlées (4).

---

(1)   Al fin con un bailecito   A la fin avec une petite danse
        Iba la gente contenta.   Le public s'en allait content.
              Rojas, *Viage*, 1614, f. 48.

(2) Les *Gaditanæ puellæ* furent très-célèbres. Sur tout le sujet des vieilles danses espagnoles, voyez les notes de Juvénal par Ruperti, Leipsick, 1801, in-8o, satire XI, vers 162-164 ; et la curieuse discussion de Salas, *Nueva idea de la tragedia antigua*, 1633, pp. 127-128 ; Gifford, dans ses remarques sur le passage de Juvénal (*Satires de Decimus Junius Juvenalis*, Philadelphia, 1803, in-8o, vol. II, pag. 159), pense que le poète fait allusion, ni plus ni moins, au *fandango*, formant encore aujourd'hui les délices de la société espagnole de tout rang, et que, par ces mots *testarum crepitus*, il entend le bruit des castagnettes qui accompagnait la danse.

(3) Il n'y a pas de femme espagnole qui ne sorte, — Danseuse, du ventre de sa mère (Jornada III). Tout le monde dansait. Le duc de Lerme, qui fut premier ministre de Philippe IV et ensuite cardinal, était, dit-on, le meilleur danseur de son temps. *Don Quichotte*, édit. Clémencin, tom. VI, 1839, pag. 72.

(4) *Danzas habladas* sont les expressions singulières données à une pantomime mêlée de chant et de danse, dans *Don Quichotte*, Part. II, chap. xx. Les *bayles* de Fonseca, dont il est parlé dans une note précédente, sont un excellent spécimen de ce qu'étaient la danse et le chant, sur la scène espagnole, vers la moitié

Telles étaient les célèbres *jacaras*, romances parlées dans le dialecte des gitanos, tirant leur nom des fanfarons qui les chantaient, et qui rivalisèrent un moment avec les *entremeses* réguliers pour se partager la faveur du public (1). Telles étaient aussi les fameuses *zarabandas*, danses gracieuses mais voluptueuses, connues dès l'année 1586, qui tirèrent leur nom, suivant Mariana, d'une espèce de diable femelle qui apparut à Séville, quoique d'autres prétendent qu'elles dérivent d'un personnage semblable, apparu, à Guayaquil, en Amérique (2). Une autre danse pleine d'une agitation folâtre à laquelle se mêlait fréquemment l'auditoire, s'appelait *La Alemana*, probablement à cause de son origine germanique. C'était une des danses dont Lope de Vega, qui les aimait lui-même beaucoup, regrettait toujours la désuétude (3). Une autre portait le nom de *Don Alonso el Bueno*, ainsi nommée de la romance qui l'accompagnait. D'autres s'appelaient : *El caballero, la Carreteria, las Gambetas, Hermano Bartolo, la Zapateta* (4).

Toutes ces danses étaient libres et même licencieuses. Guevara assure

---

du dix-septième siècle. Un d'entre eux est une lutte allégorique entre l'Amour et la Fortune ; un autre, une discussion sur la jalousie ; un troisième roule sur les obséquiosités ridicules d'un certain Pero Grullo, espèce de paysan qui, pour obtenir l'amour d'une dame, fait sonner devant elle une bourse pleine d'argent. Tous les trois sont écrits dans la mesure des romances ; aucun d'eux n'a plus de cent vingt vers, et leur mérite se réduit à des plaisanteries grossières et sans sel.

(1) Plusieurs d'entre elles sont vraiment brutales, telles que celles qui se trouvent à la fin de *Crates y Hiparchia*, Madrid, 1636, in-12 ; une autre, dans *El Enano de las Musas*, et plusieurs, dans *La ingeniosa Helena*. Les meilleures sont celles de Quiñones de Benavente dans *Jocoseria*, 1653, et de Solis, dans ses *Poesias*, 1716. Dans l'origine, on distinguait les *bailes* des *danzas*, sans que l'on puisse bien reconnaître sur quoi se fondait cette distinction, à moins que ce ne soit en ce que les danses étaient plus graves et plus décentes. Voyez *Don Quichotte*, Part. II, chap. XLVIII, note de Pellicer, note contredite en partie par celle de Clémencin sur le même passage.

(2) Covarrubias, au mot *Zarabanda*. Pellicer, *Don Quichotte*, 1797, tom. 1, pp. CLIV-CLVI, et tom. V, pag. 102. Il existe une liste des nombreuses romances chantées avec la sarabande dans une satire fort curieuse intitulée : *La vida y la muerte de la Zarabanda, mujer de Anton Pintado*, 1603. Les romances se publient, est-il supposé, sur la prière de la défunte (C. Pellicer, *Origen*, tom. I, pp. 129-131, 136-138). Lopez Pinciano, dans sa *Filosofia antigua poética*, 1596, pp. 418-420, décrit la Sarabande, et manifeste le dégoût que lui causaient son manque de décorum et son peu de décence.

(3) *Dorotea*, acte I, scène V.

(4) On trouve d'autres noms de danses dans le *Diablo Cojuelo*, tranco I, noms inventés tous, est-il dit, par le diable boiteux lui-même. Toutefois, les noms cités dans le texte sont les principaux. Voyez aussi Covarrubias, article *Zapato*.

qu'elles étaient toutes de l'invention de Diable ; et Cervantès, dans une de
ses farces, reconnaît que la *Zarabanda*, la plus sujette à la censure, ne devait
pas avoir de meilleure origine (1). Lope de Vega, toutefois, n'était pas
si sévère dans son jugement. Il déclare que les danses, accompagnées de
chant, étaient bien meilleures que les *entremeses*, qui n'étaient distribués,
ajoute-t-il dédaigneusement, qu'à des hommes affamés, voleurs et
braillards (2). Mais quelles que soient les opinions individuelles sur ces
danses, elle furent cause de grands scandales, et, en 1621, elles ne conservèrent leur place au théâtre que par une vigoureuse manifestation de
la volonté populaire, en opposition à la volonté du gouvernement. Quoi
qu'il en soit, elles furent restreintes et modifiées pour un certain temps,
aucune d'elles ne fut encore absolument bannie du théâtre, à l'exception
de la licencieuse Sarabande. Le plus grand nombre de ceux qui fréquentaient les théâtres pensèrent, avec un de leurs principaux directeurs, que
les danses étaient le sel des comédies, et que le théâtre n'a rien de bon
sans elles (3).

Considéré sous toutes ses formes, avec tous les attraits subsidiaires de
ses romances, *entremeses*, *sainetes*, danses et musiques, le vieux drame
espagnol était essentiellement un divertissement populaire, gouverné par
la volonté du peuple. Dans tout autre pays et dans les mêmes circonstances, il se serait à peine élevé au-dessus de la condition où l'avait
laissé Lope de Rueda, alors qu'il n'était qu'un amusement pour les dernières classes du peuple. Mais les Espagnols ont toujours été un peuple
poétique. Il y a du roman dans leur histoire primitive ; et dans leurs
mœurs et leur costume, un pittoresque qu'on ne peut confondre. Un
enthousiasme profond se trouve, comme une veine d'un minerai riche et
pur, au fond de leur caractère, et le produit de leurs passions violentes
et de leur imagination originale apparaît partout visible, au milieu des
éléments qui s'agitent à leur surface. La même énergie, la même imagination, les mêmes sentiments exaltés qui, au quatorzième, au quinzième
et au seizième siècles, produisirent les plus variées et les plus riches
romances populaires des temps modernes, n'étaient ni calmés, ni éteints, au
dix-septième. Le même caractère national qui, sous Saint-Ferdinand et

___

(1) Cuevas de Salamanca. Il y a un curieux *baile entremesado* de Moreto, sur
le sujet de Don Rodrigo et La Cava, dans les *autos*, etc., 1655, fol. 92, et un autre
intitulé : *El Medico*, dans les *Ocios de Ignacio Alvarez Pellicer*, 1685, in-4°,
pag, 51.
(2) Voyez *La gran Sultana*, que nous avons déjà citée.
(3) C. Pellicer, *Origen*, tom. I, pag. 102.

ses successeurs, repoussait le croissant maure, dans les pleines de l'Andalousie, et trouvait l'expression de son ivresse dans une poésie d'une douceur et d'une énergie si remarquables, ce caractère conservait encore son
activité sous les Philippes, et demandait, dirigeait, contrôlait une littérature dramatique, issue du génie national et de la condition des masses
populaires, et qui, dans la variété de toutes ses formes, reste essentiellement et particulièrement espagnole.

Sous une impulsion si forte et si profonde, le nombre des auteurs
dramatiques dut être naturellement grand. Dès 1605, quand le théâtre,
tel que l'avait constitué Lope de Vega, ne comptait guère plus de quinze
ans d'existence, nous pouvons voir aisément, par les discussions de la
première partie du *Don Quichotte*, quelle large place il tenait déjà dans
les intérêts du temps. Le prologue que Cervantès mit en tête de ses
comédies, en 1615, nous démontre, avec la dernière évidence, que son
caractère et ses succès étaient déjà solidement établis et que les meilleurs
auteurs dramatiques avaient déjà fait leur apparition. Même avant eux,
des drames avaient été composés dans les dernières classes de la société.
Villegas nous raconte qu'un tailleur de Tolède en avait écrit plusieurs.
Guevara nous en dit autant d'un tondeur de brebis d'Ecija; et Figueroa,
d'un marchand bien connu de Séville; faits s'accordant tous avec les représentations données dans le *Don Quichotte*, au sujet du berger Chrysostôme,
et avec tout ce qui concerne les aventures et les conversations des acteurs
dans le *Viaje entretenido* de Rojas (1). Dans cet état de choses, le nombre
des écrivains dramatiques allait en augmentant, hors de toute proportion,
avec leur augmentation dans les autres pays. C'est ce qui résulte de
la liste donnée par Lope de Vega, en 1630; par Montalvan, en 1632,
qui ne compte pas moins de soixante seize poètes dramatiques, vivant
dans la Castille seule; et par Nicolas Antonio, vers 1660. Par conséquent
nous pouvons regarder le théâtre, durant tout ce siècle, comme une
partie du caractère populaire en Espagne, comme étant devenu, dans le
sens propre du mot, un théâtre plus vraiment national qu'aucun autre
de ceux qui se sont produits dans les temps modernes.

Ce qu'il fallait naturellement prévoir, c'est que par un mouvement
pareil, donné et soutenu par toutes les forces du génie national, un patronage ou une opposition accidentelle devait produire peu d'effet, et

---

(1) Figueroa, *Pasagero*, 1617, fol. 105; Villegas, *Eroticas;* Najera, 1617, in-4°,
tom. II, pag. 29; *Diablo Cojuelo,* tranco V; Figueroa, *Plaza universal*, Madrid,
1733, in-fol. discurso 91.

c'est ce qui arriva. Les autorités ecclésiastiques le regardèrent toujours de mauvais œil; elles opposèrent même parfois une résistance directe à ses progrès, mais sa puissance et son impulsion étaient si fortes qu'il renversa chaque fois leur opposition, comme un léger obstacle. Les séductions du patronage ne l'affectèrent pas davantage. Philippe IV le favorisa et le soutint, pendant quarante années environ, avec une magnificence princière. Il construisit pour lui des salles splendides dans ses palais; il composa des pièces; il joua des drames improvisés. Le favori tout puissant, le comte duc d'Olivares, pour flatter les penchants du roi, inventa de nouvelles splendeurs de luxe scénique, telles que de magnifiques théâtres flottants sur le cours du Tormès, et sur les nappes d'eau des jardins du Buen Retiro. Tous les divertissements royaux semblent, en réalité, prendre, pour un temps, une certaine tournure dramatique, ou tendre vers elle. Mais le caractère populaire du théâtre lui-même n'en est nullement altéré, nullement affecté : les comédies, jouées sur les théâtres royaux, devant les principaux personnages du royaume, sont encore les mêmes qui se représentaient devant le peuple, dans les cours de Madrid. Plus tard, quand arrivent d'autres temps et d'autres princes, le vieux drame espagnol abandonne les châteaux et les palais où il avait été si longtemps flatté, avec le même air, aussi peu courtisan, que celui qu'il avait manifesté primitivement en y entrant (1).

La même impulsion qui l'avait fait si puissant sous d'autres rapports, remplit le vieux théâtre espagnol d'un nombre presque incroyable de drames chevaleresques, héroïques, de drames religieux, d'*autos* sacramentels, d'*entremeses* et de farces, de tout nom et de toute espèce. Leur total général, au commencement du dix-huitième siècle, d'après les calculs, dépassait trente mille, dont quatre mille huit cents, d'auteurs inconnus, avaient été réunis par une seule personne, à Madrid (2). Leur caractère

---

(1) Mme d'Aulnoy, qui sortait fraîchement du théâtre de Racine et de Molière, alors le plus cultivé et le plus délicat de toute l'Europe, parle avec admiration des théâtres royaux d'Espagne, tout en versant un ridicule assez mordant sur les théâtres ouverts au public (*Voyage*, édition de 1693, tom. III, pag. 7 et ailleurs). Toutefois, les rois adoptèrent un moyen de protection qui ne devait pas être fort agréable aux acteurs, s'il était souvent employé; je veux parler de la défense de représenter une pièce sur les théâtres publics autrement qu'en présence du roi. C'est ce qui arriva pour la comédie de Geronimo de Villaysan, *Sufrir mas por querer mas*. (*Comedias por diferentes autores*, tom. XXV, Saragosse, 1633, fol. 145-146.)

(2) Schack, *Histoire de la littérature dramatique en Espagne*. Berlin, 1846. tom. III, in-8°, pp. 22-24, œuvre du plus grand mérite.

et le mérite de toutes ces compositions sont, comme nous l'avons vu, excessivement variés. De plus, la circonstance d'avoir été toutes substantiellement écrites pour un seul objet et sous un même système d'opinions, leur a donné un air de ressemblance, très-fortement prononcé, qu'elles n'auraient pas eu autrement. En effet, il ne faut jamais oublier que le drame espagnol, dans ses formes les plus élevées et les plus héroïques, était un divertissement populaire, autant qu'il y en avait dans les farces et les romances. Son objet n'était pas seulement de plaire à toutes les classes, mais de leur plaire à toutes également, tant à ceux qui payaient trois maravédis et se tenaient, pressés les uns contre les autres, sous un soleil brûlant, dans la basse-cour, qu'à ceux qui, par leur rang et leur richesse, pouvaient se délecter dans leurs somptueuses loges du haut, et que le spectacle pittoresque du public du *patio* n'amusait pas moins que le jeu des acteurs sur la scène. Peu importait à cette masse du peuple que la fable qu'elle voyait représenter fût probable ou non, c'était pour elle un sujet de peu d'intérêt. Il était nécessaire que la pièce fût intéressante, et, par-dessus tout, il fallait qu'elle fût espagnole. Voilà pourquoi, le sujet appartînt-il à l'histoire grecque ou romaine, à l'Orient ou à la mythologie, les personnages qui le représentaient étaient toujours castillans, selon le goût du dix-septième siècle, et mus par les notions de la galanterie castillane et du point d'honneur espagnol.

On peut en dire autant des costumes. Coriolan était vêtu comme don Juan d'Autriche. Aristote se présentait sur la scène avec une perruque frisée et des boucles aux souliers, comme un abbé espagnol. Madame d'Aulnoy raconte que le diable qu'elle avait vu était vêtu comme un autre gentilhomme castillan, à l'exception que ses bas étaient couleur de feu, et qu'il portait des cornes (1). Toutefois, quel que soit le costume des acteurs; quelle que soit la confusion de l'histoire et de la géographie dans la pièce; que l'héroïsme se dégrade même par la caricature, dans le plus grand nombre de cas, les situations dramatiques étaient encore habilement préparées : le sujet, au milieu des épisodes et des incidents, devenait de plus en plus intéressant, à mesure qu'il se développait; et le résultat général c'est que, si nous sommes parfois fortement choqués, nous sommes plus souvent fâchés d'être arrivés à la fin, et, en nous reportant en arrière, nous sentons que nous avons été presque toujours émus et souvent charmés.

Le théâtre espagnol, par ses attributs et son caractère, est par consé-

---

(1) Mme d'Aulnoy, *Voyage en Espagne*, édit. 1693, tom. I, pag. 55.

quent un théâtre exceptionnel et unique. Il ne suit pas les exemples
antiques ; l'esprit de l'antiquité ne pouvait en effet avoir que peu de traits
communs avec des matières aussi modernes que le christianisme et le
roman. Il n'emprunta rien au drame français, ni au drame italien : il était
en effet bien plus avancé que l'un et l'autre, lorsque son caractère définitif n'était pas encore développé, mais même établi. Quant à l'Angleterre, si Shakespeare et Lope de Vega sont contemporains, s'il existe
entre eux des points de ressemblance, aussi piquants à marquer que diffi-
ciles à expliquer, il n'en est pas moins hors de doute, qu'ils n'ont eu, ni
eux ni leur école, aucune influence l'un sur l'autre. Par conséquent, le
drame espagnol est entièrement national. Ses meilleurs sujets sont tirés
des chroniques et des traditions familières à l'auditoire qui les écoutait ;
sa versification, si remarquable, rappelait, par sa douceur et son énergie,
les accents qui lui avaient si souvent fait battre le cœur, dans les premiers
épanchements du génie national. Malgré tous ses défauts, le vieux drame
espagnol, fondé sur les grands traits du caractère national, s'est maintenu dans la faveur populaire, aussi longtemps que ce caractère a existé
avec ses attributs originaux. Tel qu'il nous reste, il constitue encore une
des parties les plus frappantes et les plus intéressantes de la littérature
moderne.

APPENDICES.

APPENDICE G.

Sur le Buscapié.

(Voyez chap. xii, page 187, note 2.)

On a beaucoup parlé, dans ces soixante-dix dernières années et surtout récemment (1847-1849), sur un pamphlet intitulé : *El Buscapié*, que certaines personnes supposent avoir été écrit par Cervantès, immédiatement après la publication de la première partie de son *Don Quichotte*. Le sujet, sans avoir une grande importance, ne manque cependant pas d'intérêt; aussi indiquerons-nous les principaux faits qui s'y rapportent et qui sont, croyons-nous, les suivants :

Dans la vie de Cervantès, écrite par Vicente de los Rios, et qui précède la magnifique édition du *Don Quichotte*, publiée par l'Académie espagnole, en 1780, il est affirmé qu'à l'apparition de la première partie de ce roman, en 1605, le public, selon une tradition jusqu'alors peu rappelée, je crois, le public, dis-je, l'aurait reçue avec une certaine froideur et une certaine censure, et que l'auteur, lui-même, aurait publié un libelle *anonyme* intitulé : *El Buscapié*. Dans ce travail, il aurait fait une plaisante critique de son *Don Quichotte*, aurait insinué que c'était la satire déguisée de plusieurs personnages importants et bien connus, sans toutefois indiquer, par le signe le plus léger, quels pouvaient être ces personnages : qu'en conséquence la curiosité du public avait été étrangement excitée, et que le *Don Quichotte* avait obtenu l'attention nécessaire pour assurer son succès.

Dans une note ajoutée à cette affirmation traditionelle, (p. cxci) nous avons une lettre de D. Antonio Ruydiaz, personnage dont on ne sait rien ou presque rien, excepté ce que nous en témoigne don Vicente lui-même, nous déclarant que c'était un homme instruit et digne de foi. Dans cette lettre, à la date du 16 décembre 1775, don Antonio affirme avoir vu, environ seize ans auparavant, un exemplaire du *Buscapié*, dans la maison du comte de Salceda et l'avoir lu; que c'était un petit volume *anonyme*, *imprimé* à Madrid, en bons caractères, mais mauvais papier : qu'il avait la prétention d'avoir été composé par une personne, ayant négligé d'acheter ou de lire le *D. Quichotte*, peu de temps après sa première publication, mais qui, l'ayant enfin acheté et lu, avait été remplie d'admiration, frappée de son mérite et avait résolu en conséquence de le faire connaître : que le *Buscapié* déclarait que les caractères du *Don Quichotte* étaient, en quelque sorte imaginaires, mais qu'il insinuait qu'ils avaient certains rapports avec les projets et les galanteries de l'empereur Charles-Quint et de plusieurs des principaux personnages de son gouvernement : que le comte de Salceda était mort : que l'exemplaire du *Buscapié* en question avait été seulement prêté à ce noble seigneur, par une personne inconnue à l'auteur de la lettre, et qu'il ne pouvait donner de plus longs détails à ce sujet.

Ce récit si différent, comme on peut l'observer, de la tradition mentionnée dans le texte auquel il se rapporte, pour tout ce qui regarde surtout l'empereur Charles-Quint, ne parut aucunement satisfaisant. Pellicer, entre autres doutes fort graves, doute que Cervantès ait écrit ce pamphlet, lors même que tout le reste de ce qui s'y relate serait vrai. (*D. Quichotte*, édit. 1797, tom. I. p. xcvii). Navarrete se range à l'opinion qu'il a dû y avoir quelque erreur dans toute cette affaire; que Cervantès n'a jamais pu avoir la pensée de faire allusion à l'empereur de la manière dont on parle. (*Vida de Cervantès*, 1819, § 105, etc.). Depuis, Clémencin a suggéré l'idée que l'exemplaire du *Buscapié* que Ruydiaz disait avoir vu, pouvait bien être une tromperie habilement faite au comte de Salceda, *rico y goloso*, riche et friand, en matière de livres. (Édit. du *D. Quichotte*, tom. IV, 1835, p. 50). En effet, les allusions à Charles-Quint sont par elles-mêmes si absurdes; et le fait inconnu, lorsque l'Académie publia son édition en 1780, de *quatre* éditions de la première partie du *Don Quichotte*, données l'année même de sa première publication, éditions demandées pour satisfaire l'impatiente curiosité du public, est une preuve si décisive de la popularité de son succès, dès son apparition, que l'on ne tarda pas à croire que ni Cervantès, ni personne autre n'avaient écrit un pareil *Buscapié*. La discussion cessa donc à ce sujet, excepté pour ceux qui s'intéressaient aux moindres détails de la vie de Cervantès.

Mais, en 1847, le sujet fut repris de plus belle. Don Adolfo de Castro, jeune écrivain de l'Andalousie, fort adonné aux recherches sur la littérature espagnole primitive, auteur de plusieurs ouvrages historiques assez curieux et qui prouvent ses succès, déclara qu'il venait de trouver accidentellement un exemplaire du *Buscapié*. Il le publia, en 1848, à Cadix, en un petit volume in-12 qu'il accompagna de notes fort savantes. Le texte, en grand caractère, remplit quarante-six pages, et les notes en remplissent cent quatre-vingt-huit. Si elles avaient été imprimées dans le même caractère que le texte, elles en auraient occupé au moins deux cent cinquante.

Dans la préface, don Adolfo de Castro déclare que le *Buscapié* qu'il publie a été imprimé d'après une copie manuscrite, qui avait appartenu à la bibliothèque de D. Pascual de Gandara, avocat de la ville de San Fernando, bibliothèque apportée, il n'y avait guère plus de trois mois apparemment après la mort de son maître, pour être vendue, à Cadix, résidence de D. Adolfo ; que le titre du manuscrit, œuvre de Cervantès sans aucun doute, est : « *El muy donoso librillo llamado Buscapié donde, demás de su mucha y excelente dotrina, van declaradas todas aquellas cosas escondidas, declaradas en el ingenioso hidalgo don Quijote de la Mancha, que compuso un tal de Cervántes Saavedra* ; — que le manuscrit en question n'est pas de la main de Cervantès, mais que c'est, d'après une note qui suit le titre, une copie faite à Madrid, le 27 février 1606, par Agustin de Molina, fils de Gonzalo Argote de Molina, et qu'il avait ensuite appartenu au duc de Lafoës, de la famille royale de Bragance ; — qu'il ne contient aucune allusion peu respectueuse à l'empereur Charles-Quint pour qui Cervantès, dans l'opinion de Castro, professait une sincère' admiration ; — que, suivant l'approbation de Gutierre de Cetina, du 27 juin 1605, et suivant celle de Tomas Gracian Dantisco, du 6 août suivant, le livre était prêt pour l'impression, mais qu'en réalité il ne fut pas imprimé, sans quoi il eût été complètement inutile de prendre une copie du manuscrit l'année suivante ; — que l'objet vrai et réel du *Buscapié* était, non d'attirer l'attention sur le *Don Quichotte*, mais de défendre l'ouvrage contre les attaques de plusieurs personnes d'une érudition reconnue, et qui, au dire de don Adolfo de Castro, l'avaient attaqué avec une extrême sévérité.

Dans le *Buscapié* qui suit immédiatement ces observations, Cervantès se représente un jour sur sa mule, suivant la route de Tolède. Il venait de traverser le pont de ce nom, lorsqu'il voit arriver vers lui un bachelier, monté sur un mauvais roussin, et tomber l'un et l'autre à terre, au milieu d'une lutte entre la bête et le cavalier pour savoir si elle avancerait ou non. Cervantès aide courtoisement l'étranger à se relever : alors, après quelques mots échangés, ils conviennent de laisser passer ensemble, à l'ombre des arbres voisins, la chaleur du jour qui fondait sur eux. Le bachelier, personnage imprudent, compagnon peu sensé, et tout à fait difforme, sort deux livres en guise de passe-temps. Le premier contenait *Los versos espirituales* de Pedro de Enzinas, dont tous deux font l'éloge, et Cervantès parle de l'auteur comme d'une connaissance personnelle. Le second est le *Don Quichotte* que le bachelier traite avec beaucoup de légèreté : Cervantès, un peu déconcerté par un pareil dédain, soutient en termes généraux que c'est un livre de mérite. Il ne fait pas toutefois connaître au bachelier qu'il en est l'auteur, et il place sa défense sur ce terrain : que le livre est une heureuse tentative pour bannir du monde l'institution de la chevalerie.

Mais le vain et un peu bavard bachelier préfère raconter des histoires soit sur lui-même, soit sur son père ; et ce n'est qu'avec difficulté que Cervantès le ramène à *Don Quichotte*. Le bachelier l'attaque alors comme un livre absurde, reconnaissant l'existence d'une chevalerie errante, au moment de sa publication, et, par conséquent, au moment même où ils s'occupent de lui. Cervantès admet entièrement le fait, le défend et allègue, pour preuve de sa vérité, les exemples de Suero de Quiñones et de Charles-Quint. De son côté, le bachelier atteste qu'il éprouverait une vive joie qu'il en fût réellement ainsi, parce qu'alors il deviendrait lui-même roi, et qu'il gagnerait une princesse ou un royaume, comme l'avaient fait, avant lui, d'autres chevaliers ; et il dit tout cela dans un langage aussi insensé que celui du héros de Cervantès, et lui ressemble beaucoup par moments. Cervantès réplique, et maintient l'existence réelle et positive de la chevalerie errante de son temps, par les exemples d'Olivier de la Marche et d'autres, aussi impropres que ceux de Quiñones et de l'empereur Charles-Quint, déjà cités par lui. La discussion continue jusqu'au moment où éclate une lutte entre le roussin du bachelier et la mule de Cervantès ; lutte fort semblable à celle qui survint entre Rossinante et les bidets des rouliers galiciens, au quinzième chapitre de la première partie du *Don Quichotte*, lutte qui se termine par la déroute et la démolition de la bête du bachelier. Cet incident interrompt la conversation des deux voyageurs, met fin au livre, et Cervantès laisse son infortuné bachelier se tirer de son embarras le mieux qu'il peut.

En terminant la lecture de cet agréable jeu littéraire, nous sommes vivement frappés par cette circonstance, que le *Buscapié* que nous venons de lire qui se reconnaît, à chaque page, pour l'*œuvre de Cervantès* et se déclare n'*avoir jamais été imprimé*, jusqu'en 1848, n'a rien de commun avec le *Buscapié anonyme* dont un exemplaire *imprimé* se vit, suppose-t-on, vers l'année 1759 ; fait important qui implique une contradiction formelle et complète de tout ce qui s'est dit ou supposé sur ce sujet, avant son apparition, et qui simplifie singulièrement la question. Il faut procéder comme si le *Buscapié* n'avait jamais été mentionné jusque-là, et examiner le livre, actuellement publié par don Adolfo de Castro, comme si le récit de D. Vicente de Los Rios et la lettre de Ruydiaz n'avaient jamais existé.

Une autre idée qui se présente, c'est l'étrangeté du fait que l'exemplaire d'un pareil livre, non anonyme, reconnu pour avoir été écrit par l'esprit le plus grand et le plus populaire de sa nation, ait pu n'attirer, durant deux siècles et demi, l'attention de personne; que, durant ce même espace de temps, il ait voyagé de Madrid à Lisbonne et de Lisbonne en Espagne, tandis que, durant les soixante-dix dernières années, un *Buscapié* a été l'objet de tant de travaux et de recherches.

L'histoire même du manuscrit qui s'est maintenant imprimé et qui nous est offert, n'est guère plus satisfaisante, en tant que narration d'un fait. Ce manuscrit est supposé avoir appartenu à trois personnes, sur chacune desquelles il nous faut dire quelques mots.

D'après D. Adolfo de Castro, on lit en tête du manuscrit la note ou avis suivant : *Copióse de otra copia, el año de* 1606, *en Madrid,* 27 *de hebrero, año dicho. Para el Señor Agustin de Molina, bijo del muy noble señor, (que sancta gloria haya,) Gonzalo Zatieco de Molina, un caballero de Sévilla.* Ce Gonzalo Zatieco de Molina, Argote de Molina que nous avons eu souvent l'occasion de mentionner (voyez tom I, chap. V, p. 75 et suivantes) était mort comme le prouve l'extrait de décès, en 1606, c'est hors de doute. Une copie manuscrite de ses documents bien connus pour la rédaction de l'histoire de Séville, et que possède aujourd'hui un de mes amis, renferme des notices et des détails sur sa vie, réunis apparemment par le curieux qui les copia primitivement. Ils nous apprennent que Gonzalo Argote de Molina, par un codicille, en date du 5 juillet 1597, laisse à sa fille, à son frère et à ses deux sœurs le patronage d'une chapellenie qu'il avait fondée dans une chapelle, disposée par ses ordres pour son tombeau, dans l'église de Santiago, à Séville (1) : ils nous disent aussi que cette chapelle fut terminée en 1600, et qu'on y plaça une inscription indiquant que c'était là le tombeau d'Argote de Molina, provincial de la Sainte Hermandad,

---

(1) Dans un autre acte du 5 juillet 1597, il « laisse le patronage d'une chapelle « fondée par lui dans la dite église, à doña Francisca Argote de Molina y Mexia, « sa fille, et après elle, à doña Isabel de Argote, et à doña Geronima de Argote, « ses sœurs, et à leurs enfants et descendants, et à Juan Argote de Mexia, son « frère et à ses enfants, etc. »

et Vingt-quatre, ou Regidor de Séville (1). D'où il résulte, ainsi que
d'autres données, qu'Argote de Molina mourut entre 1597 et 1600. Mais
comment se fait-il qu'aucun de ses enfants ne soit mentionné dans le
codicille de 1597, spécifiant le soin de cette chapelle et le patronage du
tombeau de sa famille, après sa propre mort? C'est une question à laquelle répond fort bien Ortiz de Zuñiga, la meilleure autorité sur ce
point : en parlant d'Argote de Molina et de ses manuscrits, et il en possédait quelques-uns, Zuñiga affirme bien que Molina avait eu des enfants, mais il ajoute qu'ils étaient morts avant lui; que leur perte avait
tellement empoisonné les dernières années de sa vie que sa raison en
avait été un peu troublée (2). Que dire alors de cet « Agustin » qui
avait fait, assure-t-on, la copie du *Buscapié* de D. Adolfo de Castro,
en 1606, *après* la mort de son père Argote, lequel était décédé, comme
on vient de le voir, sans laisser aucun enfant (3).

La seconde marque que porte ce manuscrit, c'est l'indication d'avoir
appartenu à la bibliothèque du duc de Lafoès : l'inscription qui l'affirme
est en portugais et sans date (4). Or est-il vraisemblable qu'un pareil
manuscrit soit resté ignoré dans une collection si précieuse? Est-il
vraisemblable que D. Juan de Bragance, un des hommes les plus distingués et les plus éclairés de son temps, qui naquit en 1719 et mourut en
1806; qui fut l'ami du prince de Ligne, de Marie-Thérèse et de Frédéric-
le-Grand, qui fonda l'Académie de Lisbonne, dont il fut le directeur jusqu'à sa mort; dans la famille de qui vivait Correa de Serra, et qui réunissait, tous les soirs, dans son salon, les principaux écrivains et les littérateurs de son pays; est-il vraisemblable, dis-je, qu'un ouvrage reconnu
pour être de Cervantès, à l'égard duquel l'Académie royale espagnole
avait prescrit, depuis 1780, toute espèce de recherches, soit resté dans
la bibliothèque d'un personnage pareil, sans attirer, durant sa longue
vie, soit sa propre attention, soit celle des savants qui l'entouraient?

---

(1) Dans cette chapelle se trouve l'inscription suivante : *Esta capilla mayor y
entierro es de D. Gonzalo Argote de Molina, provincial de la Hermandad del
Andalucia, y veinte cuatro que fué de Sevilla, y de sus herederos. Acabóse año
de 1600.* Il acheta ce privilége huit cents ducats, le 28 janvier 1586.

(2) Il eut des enfants qui le précédèrent dans la tombe. Leur regret le rendit
malheureux, la dernière partie de sa vie; il troubla son jugement qui, plein de
hauteur, élevait ses pensées à une plus grande fortune. (*Anales de Sevilla,* folio
1677, p. 706.)

(3) Varflora, *Hijos de Sevilla,* nº II, p. 76, s'exprime ainsi : *Murió sin dejar
hijos ni caudales, y con algunas señas de demente.*

(4) *Da livreria do Senhor Duque de Lafões.*

Finalement, quant au troisième et dernier possesseur présumé de ce manuscrit du *Buscapié*, est-il vraisemblable que ce manuscrit ait ainsi couru, d'un point à un autre, sans être reconnu par personne, jusqu'à ce qu'il ait trouvé sa place dans un coin obscur de la collection d'un avocat andalous, don Pascal de Gandara ; et cela, en plein dix-neuvième siècle, alors que Navarrete et Clémencin maintenaient dans toute sa vivacité la discussion du dix-huitième à son égard ; qu'il n'ait rien su de l'importance et de la valeur de cet ouvrage, ou bien que, connaissant l'un et l'autre, il ait voulu le dérober aux yeux de tout le monde ?

Voilà pour ce qui regarde l'évidence extrinsèque que nous avons, je crois, examinée dans l'ensemble, qui ne laisse pas de nous inspirer de graves soupçons, et de nous donner peu de satisfaction. L'évidence intrinsèque ne nous paraît pas plus satisfaisante.

En premier lieu, le *Buscapié* en question est une imitation de Cervantès, plus serrée qu'il ne l'aurait vraisemblablement faite de lui-même. Il commence comme le prologue de *Persiles et Sigismonde* où la conversation que Cervantès prétend s'être engagée avec un étudiant en médecine qui voyageait, semble avoir servi de modèle à l'entretien qu'il se représente avoir engagé avec le bachelier voyageur du *Buscapié*; elle se continue par l'examen d'un ou de deux auteurs contemporains, par des allusions à d'autres, dans le style de l'examen de la bibliothèque de *Don Quichotte*, et se termine par un parallèle achevé avec l'histoire des muletiers et de leurs bêtes ; diverses parties nous rappellent les différents ouvrages de Cervantès, et l'*Adjunta al Parnaso* plus souvent que tout autre. Dans bien des cas les phrases semblent avoir été directement empruntées de Cervantès. C'est ainsi qu'en faisant l'éloge d'un auteur il est dit dans le *Buscapié* : « se atreve à competir con las mas famosas de Italia » (p. 20) phrase que Cervantès applique à Rufo, à Ercilla et à Viruès, dans le *Don Quichotte*. Ailleurs (p. 22) Cervantès dit de lui même, en parlant à la troisième personne de l'auteur du *Don Quichotte* « su autor està mas cargado de desdichas que de años » expressions qui ressemblent fortement à la phrase si belle qu'il s'applique à lui-même, comme auteur de la *Galatée*. Dans un autre endroit (p. 10) il est dit que les cris du jeune bachelier à sa mule étaient aussi perdus que « si los echase al pozo « Airon ò à la sima de Cabra » allusion dont Cervantès fit un usage des plus propres dans l'*Adjunta al Parnaso*, où il engage les mères qui auraient des enfants méchants de les menacer, en leur disant : que le poète viendra et les jettera avec ses mauvais vers « à la sima de Cabra ó al pozo Airon » grottes naturelles dans les royaumes de Grenade et de Cordoue, sur lesquelles on avait longtemps cru et raconté d'étranges histoires. (*Semanario pintoresco*, 1839, p. 25 ; *Diccionario de la Académia*, 1726, au mot *Airon* ; *D. Quijotte*, édit. Clémencin, tom IV, p. 237 ; Miñano, *Diccionario geografico*.) Mais il n'est pas besoin de continuer les comparaisons. Le *Buscapié* est plein de phrases et de tournures de ce genre ; les unes sont heureusement choisies et fort bien adaptées à la place nouvelle qu'elles occupent, telles que les trois allusions aux paroles de Cervantès, dans le *Don Quichotte*, pour « echar del mundo los libros de caballerias » (voyez ci-dessus vol. II p. 187, note 2. D'autres, comme celles que nous venons de citer, sont maladroitement introduites et se rapportent moins bien à leur sujet qu'à l'endroit où elles se trouvent primitivement appliquées. Mais, bien ou mal choisies, bien ou mal appliquées, ces phrases n'ont jamais ou n'ont que rarement, dans le *Buscapié*, l'apparence d'une coïncidence accidentelle, résultant de la négligence d'un auteur qui se répète lui-même. Elles semblent plutôt des mots et des phrases choisis avec grand soin ; elles sont ainsi employées pour donner un air de contrainte aux passages où elles se trouvent ; démontrer que les tours de l'écrivain s'exécutent, pour ainsi dire, dans un cercle étroit ; prêter un air, aussi invraisemblable qu'il est possible, à la hardiesse et au mouvement si libre qui constituent si éminemment le caractère de Cervantès.

En outre le *Buscapié* renferme de nombreuses allusions à des auteurs obscurs, à des jeux littéraires depuis longtemps oubliés. Mais, à part une exception peu importante et qui semble s'annoncer pompeusement avec ce caractère (p. 12, note B), il n'y en a pas, je crois, qui échappent à la singulière érudition de D. Adolfo de Castro dont les notes étendues, accommodées au texte avec une scrupuleuse exactitude, obligent le lecteur de croire que ce texte semble autant avoir été approprié aux notes que les notes l'ont été au texte. Alors comme aujourd'hui cette conjecture paraît se confirmer par une légère négligence, consistant dans le nom de Pedro Enzinas, cité tant dans le texte que dans les notes. Le nom de cet auteur des *Versos spirituales*, imprimés à Cuença, en 1596, est uniformément écrit *Ezinas* sans *n*, (*Buscapié*, pp. 19-21, note 1.) Cette inadvertance peu importante qu'un copiste put aisément commettre, en 1606, ou don Adolfo, en 1847, lorsqu'il transcrivait le dit nom du livre imprimé qu'il avait sous les yeux, n'aurait certainement pas été commise, on pourrait parier un contre mille, s'il n'y avait eu, entre eux deux, d'autre relation que celle qu'on reconnaissait. Un peu plus loin, il se rencontre encore une autre erreur, résultat de l'excessive et profonde érudition de Castro. Dans le texte du *Buscapié* on cite le vieux proverbe castillan : « Al buen callar llaman *sage* (p. 26), et dans la note (L) l'éditeur nous dit que ce proverbe, reproduit ici par Cervantès, peut se lire aussi dans le *Comte*

Lucanor (1) et dans d'autres vieux livres ; que plus tard il se corrompit et devint « Al buen callar llaman Sancho ». Mais l'idée que Cervantès cita ce proverbe, dans sa forme ancienne, par ignorance ou pour ne pas employer la forme supposée corrompue, cette idée, dis-je, ne repose sur aucun fondement. Le proverbe se trouve dans la forme corrompue, suivant D. Adolfo de Castro, dans les *Cartas de Garay*, 1553 ; et dans la *Coleccion de refranes* du savant Commendador griego Hernan Nuñez, en 1555, et dans Cervantès lui-même, *Don Quichotte*, partie II, chap. 45, Sancho Panza est fortement blâmé par son maître pour les proverbes qu'il débite sans fin : Sancho promet de ne pas en dire d'autre, mais il ouvre immédiatement la bouche et il lance ce dernier. Je crois plutôt que le mot *sage*, usité jusqu'au temps de Juan de Mena, avait déjà disparu du langage de la bonne société, avant la naissance de Cervantès. Nebrija le titre déjà de vieux mot, avant 1500. (*Diccionario de la Académia*, 1739.)

La dernière réflexion que je ferai sur la légitimité du *Buscapié* publié par D. Adolfo de Castro, c'est que, tout en offrant dans le titre d'expliquer « todas las cosas ocultas y reconditas » du *Don Quichotte*, il n'éclaircit rien en réalité; que déclarant qu'il a été écrit par Cervantès, pour sa défense contre de savants adversaires, il n'en cite aucun; qu'il se borne à le défendre légèrement et sur le ton de la plaisanterie contre les attaques du jeune bachelier, attaques qu'il admet comme vraies et fondées, et dont il se justifie en alléguant que la chevalerie errante est encore florissante et vivante en Espagne, accusation qu'aucun homme sensé et instruit ne pouvait être supposé faire : défense pleine d'esprit, tant par ses disparates que par son absurdité.

On pourrait dire encore que Cervantès, dans le *Buscapié*, parle avec peu d'estime d'Alcalà de Hénares, sa ville natale, qu'il semble avoir toujours honorée (pp. 13, 14.) ; qu'il représente son bachelier imaginaire se moquant évidemment des difformités corporelles de sa propre personne (pp. 24, 25, 28, 29) : qu'il parle avec peu de respect de la pusillanimité de son père (pp. 27, 28, 34), et d'une manière peu en rapport avec le tact délicat et la connaissance profonde de la nature humaine, qualités qui caractérisent si fortement l'auteur du *Don Quichotte*.

Nous n'irons pas plus loin. Le petit traité publié par D. Adolfo de

---

(1) Je soupçonne D. Adolfo de Castro d'avoir commis ici une autre légère erreur. Après avoir lu la note, j'ai eu l'occasion de relire le *Comte Lucanor*, tout en conservant son observation dans ma mémoire et je n'ai trouvé nulle part le proverbe sous aucune des deux formes. Il y a des écrivains de date plus récente qui ont dit : *Al buen callar llaman santo*, mais ils sont forts rares.

Castro est, à l'exception de deux ou trois passages un peu forts, une composition littéraire fort piquante et fort ingénieuse (1). Il témoigne partout d'un talent aimable, d'une grande familiarité avec les œuvres de Cervantès et d'une familiarité non moins intime avec la littérature du temps où vivait Cervantès lui-même. Si c'est l'œuvre de Castro, il aura probablement eu l'intention de déclarer plus tard qu'elle lui appartient en propre : et il peut être assuré qu'en agissant ainsi il ajoutera un laurier de plus à sa couronne littéraire, sans en arracher aucun à celle de Cervantès. S'il ne l'a pas composée, il s'est alors trompé, je crois, sur le caractère du manuscrit, acquis dans des circonstances qui l'ont porté à le croire ce qu'il n'est pas. Quoi qu'il en soit, je ne lui trouve pas des preuves suffisantes pour faire passer le *Buscapié* comme l'œuvre de Cervantès, et par conséquent de motifs suffisants pour qu'il mérite d'être placé d'une manière durable sous la protection de ce grand nom.

Cette question de la légitimité ou non légitimité du *Buscapié* a suscité une polémique entre Adolfo de Castro et Ticknor. Le premier a publié deux articles, le 10 et 18 octobre 1855 dans le journal *El Heraldo*. Ticknor a repris chacune des assertions dans des réponses, publiées par les traducteurs espagnols. Elles nous ont paru trop longues pour les insérer dans notre édition. Nous nous contentons de les indiquer, et de donner l'opinion de Pascal de Gayangos qui résume le débat : il s'exprime en ces termes : « Le *Buscapié* est, selon nous, un jeu littéraire du Sr. Castro qui se proposa, sans aucun doute, de se divertir aux dépens de ses nombreux amis et confrères dans l'étude des lettres. Il y a une certaine vanité littéraire à leurrer ceux qui s'estiment critiques, et s'appellent maîtres en ces matières ; vanité qui n'a rien de répréhensible lorsqu'il est question d'une trouvaille supposée, n'affectant en rien, comme celle dont il s'agit présentement, les croyances historiques et religieuses de notre pays. C'est à ce sentiment que semble avoir cedé le Sr. Castro, et si, comme nous l'avons entendu affirmer, quelques-uns de nos littérateurs ont cru, dans le principe, que le *Buscapié* était effectivement l'œuvre de l'immortel Cervantès, le Sr. Castro a dû être bien payé et bien content ; quoique d'autres gens de lettres, plus incrédules ou plus versés dans les mystères de notre langue et de notre littérature, aient bientôt découvert son espiéglerie.

---

(1) Ils ont été supprimés, je crois, dans la traduction de Mis Thomasina Ross qui parut dans le *Magazine* de Bentley (Londres, août et septembre 1848) et dans la traduction par *un membre de l'Université de Cambridge*, publiée à Cambridge, en 1849, avec des notes fort judicieuses, partie originales, partie extraites des notes de Castro.

APPENDICE H.

Sur les diverses éditions, traductions et imitations du
DON QUICHOTTE

(Voyez chap. xii: page 191, note 1; page 194, note 2; page 200 note 1.)

Tout ce qui se rapporte au *Don Quichotte* de Cervantès inspire un tel intérêt que j'ai voulu indiquer ici les diverses éditions, traductions et imitations qui en ont été faites. Elles serviront pour donner la juste mesure de sa popularité extraordinaire, non-seulement en Espagne, mais encore dans toute la chrétienté.

La première édition de la Première Partie du *Don Quichotte*, dont j'ai un exemplaire, s'imprima sous ce titre : « El ingenioso hidalgo, don « Quijote de la Mancha compuesto por Miguel de Cervantes Saavedra, « dirigido al duque de Béjar, marqués de Gibraleon, etc., año 1605. Con « privilegio, etc., Madrid, por Juan de la Cuesta, 4°. » Dans la même année, il en parut trois autres éditions : une à Madrid, une à Lisbonne, une troisième à Valence. Ces éditions et celle de Bruxelles, en 1607, sont les cinq éditions uniques, publiées avant que l'auteur pensât à corriger quelques-unes des erreurs et des fautes de l'imprimeur; mais, comme nous l'avons dit dans le texte, il ne le fit que très-imparfaitement et avec une grande négligence. Entre autres changements introduits on remarque celui de ne pas diviser le volume en quatre parties, comme il l'était auparavant : quoique, en supprimant cette subdivision, Cervantès ne prit pas même le soin d'en faire disparaître les preuves, ainsi qu'on peut le voir à la fin des chapitres viii, xiv, et xxvii, où se termine respectivement chacune de ces parties, puisqu'il subsiste encore, dans toutes les éditions modernes, des traces de la première division. Ces corrections et les divers changements qu'il jugea à propos d'apporter dans l'orthographe des mots parurent, pour la première fois, dans l'édition de Madrid, en 1608. in-4°, dont je possède aussi un exemplaire. Cette édition, un peu meilleure que la première, est encore très-ordinaire; mais comme elle contient les uniques corrections que Cervantès apporta dans le texte, elle est plus estimée et plus recherchée que l'autre, et elle a servi de type à toutes les bonnes impressions qui se sont faites postérieurement. Après elle, vient l'édition de Milan, 1610, et une seconde édition de Bruxelles, 1611, antérieures, toutes deux, à la publication de la Seconde Partie, en 1615. De sorte qu'en neuf ou dix ans, il se publia huit éditions de la Première Partie du *Don Quichotte*, ce qui dénote un succès plus grand que celui des œuvres de Shakespeare ou de Milton, de Racine ou de Molière, auteurs du même siècle qui peuvent lui être décemment comparés.

La première édition de la Seconde Partie du *Don Quichotte*, aussi mal imprimée que la première édition de la Première Partie, est intitulée : « Segunda Parte del ingenioso hidalgo Don Quijote de la Mancha, por « Miguel de Cervantes Saavedra, autor de su Primera Parte, dirigida à « D. Pedro Fernandez de Castro, conde de Lemos, etc., año 1615. Con « privilegio. En Madrid, por Juan de la Cuesta, 4°. » Elle s'imprima aussi séparément, à Valence, en 1616; à Bruxelles, en 1616; à Barcelone, en 1617; à Lisbonne, en 1617. Depuis il n'a paru, que nous sachions, aucune édition séparée (1).

Ainsi donc, il s'est fait, comme nous l'avons vu, huit éditions de la Première Partie, en dix ans, et cinq de la seconde, en deux. Les deux Parties réunies parurent, en 1617, à Barcelone, deux volumes in-8°. Depuis cette époque le nombre des éditions a été considérable, tant en Espagne qu'en pays étranger : il y en a près de cinquante qui ont de l'importance, et cinq d'entre elles méritent d'être particulièrement mentionnées : — 1° L'édition de Tonson, Londres, 1738, quatre volumes in-4°, publiée sur les instances de lord Carteret, pour complaire à la reine, et contenant la vie de Cervantès par Mayans y Siscar, déjà connue. C'est la première tentative pour publier le *Don Quichotte*, ou pour écrire avec soin la vie de son

---

(1) Un fait curieux, c'est que l'Index expurgatoire de 1667, p. 794 et celui de 1790, p. 51, ne relèvent que des lignes du chap. xxxvi et ne touchent en rien au reste de l'ouvrage. Les deux lignes ainsi relevées disaient que *las boras de caridad hechas con espiritu debil, nada aprovechan, ni serven de cosa algana*. Elles sont soigneusement effacées dans mon exemplaire de la première édition. Cervantès, par conséquent, n'était pas sur un terrain si solide lorsqu'il affirmait que son *Don Quichotte* ne contenait pas même une pensée qui ne fût vraiment et rigoureusement chrétienne. (Chap. xx, Première Partie.)

auteur. — 2° La magnifique édition de l'Académie espagnole, Madrid,
1780, quatre volumes in-folio; le texte est rétabli avec assez d'habileté; il
est enrichi de quelques notes, d'une vie de Cervantès, d'une analyse ou
plutôt d'un extravagant éloge ou défense du *Don Quichotte* par Vicente
de los Rios. Cet éloge a été plusieurs fois réimprimé, malgré le sentiment
de désapprobation qui se manifesta, surtout pour l'admiration sans bornes
de Vicente de los Rios, admiration qui fit naître des adversaires, au
nombre desquels il faut placer un Espagnol des plus résolus, du nom de
Valentin Foronda. Ce dernier imprima, à Londres, en 1807, un petit
volume de notes des plus captieuses sur le *Don Quichotte*, notes écrites
sous forme de lettres, entre 1793 et 1799, sous le titre de : *Observaciones
sobre algunos puntos de la obra de Don Quijote por T. E...* Clémencin nous
donne le nom de l'auteur, dans son édition de *D. Quichotte*, tom. I,
page 305 : sans cela il nous serait totalement inconnu. — 3° L'édition extraordinaire publiée en deux volumes in-4°, à Salisbury, en
Angleterre, en 1781. Elle est accompagnée d'un troisième volume de
notes, d'index des noms propres, des mots les plus remarquables, des
variantes, le tout en espagnol par le Rév. John Bowle, curé d'un petit
village, près de Salisbury. Il y avait consacré quatorze années d'un travail
opiniâtre, afin d'en préparer l'impression. Comme base de son système
d'annotation, il avait étudié les vieux auteurs espagnols et italiens, et
particulièrement les vieux romanceros et les livres de chevalerie; il avait
fini sa tâche, ou du moins daté sa Préface et sa Dédicace du 23 avril,
jour anniversaire de la mort de Cervantès. Peu de livres offrent une
érudition plus réelle et en même temps une prétention moindre que le
troisième volume de cette édition. Il a servi en réalité de base véritable et
de fondement solide à tout ce qui s'est entrepris depuis avec succès pour l'explication et l'éclaircissement du *Don Quichotte*. Sous ce rapport, on doit
plus à Bowle qu'à tout autre éditeur ou annotateur, Clémencin excepté. —
4° L'édition de Juan Antonio Pellicer, gentilhomme aragonais, donnée à
Madrid, 1797-98, cinq volumes in-8°. Suivant Latassa (*Biblioth. Nov.
Arag.*, tom. VI, p. 319), il employa vingt ans à la préparer. Les notes de
cette édition contiennent un grand nombre de détails curieux, mais elles
ne sont pas toujours opportunes; les notes relatives au texte sont peu
nombreuses et n'expliquent qu'une faible partie des difficultés que ce
texte offre. Il faut observer aussi que Pellicer doit à Bowle plus qu'il ne
le reconnaît, et qu'il commet souvent de graves erreurs sur des points de
fait. — 5° L'édition de D. Diego Clémencin, Madrid, 1833-39, six volumes
in-4°, est un des plus complets commentaires qui se soient publiés sur un
auteur quelconque ancien ou moderne. Il est écrit aussi avec beaucoup

de goût, avec une saine critique pour presque tout ce qui regarde le mérite de Cervantès : il est exempt aussi de cette aveugle admiration pour Cervantès qui caractérise l'édition de Vicente de los Rios et celle de l'Académie. Son principal défaut c'est une excessive extension ; d'un autre côté, il est rare de trouver un point, quelque obscur qu'il soit, que le commentateur n'ait point élucidé. Le système de Clémencin est celui qu'avait inauguré Bowle; et l'érudition consciencieuse qui sert à le développer semble ne laisser presque rien à désirer dans ce genre d'annotations.

Le *Don Quichotte* n'est pas moins connu, dans les autres pays, qu'il ne l'est en Espagne. Une remarque curieuse c'est que, jusqu'en 1700, il s'imprima autant d'éditions de l'ouvrage complet en pays étrangers que dans la Péninsule, et que la série des traductions ne s'est pas interrompue depuis la première publication. La première version française date de 1620; depuis cette époque, il s'en est fait six ou sept autres : y compris la pauvre traduction de Florian, qui a été le plus lue, et l'excellente traduction de Louis Viardot, Paris, 1836, deux volumes in-8°, admirablement illustrée par le pinceau de Granville. Elle n'en a pas moins été traitée avec une excessive rigueur par F. B. F. Tiédermann, dans une brochure intitulée, *Don Quichotte et la tâche de ses traducteurs* (Paris, 1847, in-8°). La plus ancienne qui existe en anglais, c'est la traduction de Skelton, 1612-1620, dont il écrivit la première moitié, quelques années auparavant, en quarante jours, dit-il lui-même dans sa dédicace. Elle fut suivie d'une autre traduction, dans un style vulgaire, sans exactitude, et grossier, par John Philips, neveu de Milton, en 1687; d'une autre, par Motteux, en 1712; d'une autre, par Jarvis, en 1742, à laquelle Smollet eut trop librement recours pour la sienne, en 1755. Wilmot en donna aussi une, en 1774; finalement un anonyme en édita une, en 1818; et il profita de toutes celles de ses prédécesseurs. Le plus grand nombre de ces traductions se sont réimprimées plusieurs fois, mais la meilleure et la plus agréable de toutes, quoique un peu trop libre, c'est la traduction de Motteux, édition d'Édimbourg, 1822, cinq volumes in-12, avec notes et éclaircissements, pleins d'esprit et de grâce, par M. J. G. Lockhart. Il n'y a pas de nation étrangère qui ait travaillé pour Cervantès et son *D. Quichotte* autant que l'Angleterre, tant par ses éditions de l'original que par ses traductions. Notons en passant qu'en 1654, Edmond Gayton, jeune homme d'un esprit des plus vifs, que Wood traite cependant d'une manière peu digne de lui, publia à Londres un petit volume intitulé : *Pleasant notes upon Don Quixote, notes piquantes sur Don Quichotte*, le meilleur ouvrage de cet auteur et qui mérita les honneurs de la réimpression dans le siècle suivant. Ce fut, sans doute, la grâce charmante de la composition qui lui valut cette faveur, plutôt que les explications qu'il donne des difficultés ou des passages obscurs de l'original. Une partie de cet ouvrage se trouve en vers, et l'ensemble se fonde sur la traduction de Skelton.

Toutes les nations ont cherché les moyens de jouir de la lecture du *Don Quichotte*; aussi avons-nous des traductions en latin, italien, allemand, danois, russe, polonais et portugais. Mais la meilleure de toutes est, sans contredit, la traduction allemande de Ludwig Tieck, faite avec une liberté, une énergie extraordinaires, et une intelligence de son auteur des plus profondes. Il en a paru quatre éditions, de 1815 à 1831 : elle s'élève au-dessus de toutes les autres cinq versions allemandes, commençant par une tentative imparfaite, en 1669. Nous devons ajouter ici peut-être que, dans les cinquante dernières années du dernier siècle, il a paru un plus grand nombre d'éditions de l'original, en Allemagne, que dans toute autre contrée étrangère.

Quant aux imitations qui se sont faites hors de l'Espagne, nous n'en citerons que trois. La première c'est une *Vie de Don Quichotte*, plaisamment traduite en vers hudibrastiques, *Life of Don Quixote, merrily translated into hudibrastic verse*, par Edward Ward, Londres, 1711, deux volumes in-8°; pauvre tentative, remplie de jeux de mots grossiers qui ne se trouvent pas dans l'original. La seconde a pour titre : *Don Silvio de Rosalva*, par Wieland, 1764, deux volumes, dont l'objet est de répandre le ridicule sur la croyance aux fées et aux agents surnaturels : c'est le premier ouvrage de l'auteur dans le genre romantique, et un de ceux qui n'ont jamais eu grand succès. La troisième est un curieux poëme, en douze chants, par Méli, le meilleur des poètes siciliens, qui se proposa de raconter, dans la langue de son pays, l'histoire de *Don Quichotte*, en octaves faciles, avec la légèreté héroï-comique de l'Arioste. Mais entre autres idées malheureuses, il a fait de Sancho un personnage des plus versés dans la mythologie grecque et dans l'érudition des classiques anciens. Le poëme occupe les tomes III et IV des *Poésies siciliennes* de Meli, Palerme, 1787, cinq volumes in-12. Toutes ces tentatives, ainsi que le *Sir Launcelot Graves* de Smollet et le *Female Quixote* de Lenox, publiées, toutes deux, en 1763, sont des imitations directes du *Don Quichotte*, et sous ce point de vue, elles offrent de véritables échecs. *Hudribras* de Butler, première édition, 1663-1678, livre plein de grâce, de sel et de vivacité, est peut-être la composition qui se rapproche le plus du modèle et le plus grand effort qu'ait pu faire l'esprit humain dans le champ de l'imitation.

Don Quichotte a été souvent mis en scène sur le théâtre espagnol : dans une comédie de Francisco de Avila, publiée à Barcelone, en 1617 ; dans

deux pièces de Guillen de Castro, 1621 : dans une de Caldéron, qui est
perdue ; dans d'autres drames par Gomez Labrador, Francisco Marti,
Valladares, Melendez Valdès, et plus récemment par Ventura de la Vega.
Nous avons parlé de plusieurs d'entre elles en traitant du drame : elles
ont eu peu de succès. (*Don Quichotte*, tom. IV, 1835, p. 397, note,
édition Clémencin.)

Quant aux imitations espagnoles, à part la tentative d'Avellaneda,
en 1614, je n'en connais aucune, durant le premier siècle. La popularité
de l'œuvre originale ne s'était pas ravivée ; mais après cette époque, nous
en avons plusieurs. La première appartient à Cristobal Anzarena : elle
a pour titre : *Empressas literarias del ingeniosissimo Cavallero, Don
Quixote de la Manchuela*, Séville, in-12, sans indication d'année, bien
qu'elle paraisse imprimée en 1767. Son but est de ridiculiser le goût
littéraire de son temps ; après avoir dépeint l'éducation du héros, il
annonce et promet une seconde partie, qui n'a jamais paru. Un autre
travail est intitulé : *Adiciones a Don Quixote, por Jacinto Maria Delgado*,
Madrid, in-12, sans date ; il parut, selon toute apparence, immédiatement
après le dernier. Il raconte la vie de Sancho, après la mort de son maître :
il le suppose au service du duc et de la duchesse d'Aragon, qui lui incul-
quent, fort peu gracieusement, l'idée qu'il est baron. Un autre, par Alonso
Bernardo Ribero y Sarrea, intitulé : *El Quixote de la Cantabria*,
Madrid, 1792, deux volumes in-12, décrit les voyages d'un certain
Pelayo, à Madrid, son séjour dans la capitale, son retour dans les montagnes qui l'ont vu naître ; son étonnement et sa surprise de ce que les
Basques ne sont nulle part regardés comme les seuls vrais nobles, les
seuls gentilshommes sur la terre. Un quatrième, c'est la *Historia de
Sancho Panza*, Madrid, 1793-98, deux volumes in-12. C'est une tentative malheureuse pour donner une certaine importance à Sancho, comme
personnage distinct et indépendant, après la mort de Don Quichotte.
Il est fait alcade du village où il est né : il joue un rôle dans la capitale, et finit par être jeté en prison : triste dénoûment des aventures de
l'écuyer, finissant mal sa vie si joyeuse et si divertissante. Une cinquième
imitation est celle de D. Juan Francisco Siñeriz, sous ce titre : *El
Quixote del siglo XVIII*, Madrid, 1839, quatre volumes in-12. C'est la
peinture d'un philosophe français qui, accompagné de son écuyer,
parcourt la terre, afin de régénérer le genre humain. Il rentre dans sa
patrie, au moment où se terminait la Révolution française, qui avait
éclaté pendant qu'il était en Asie. Il est guéri de sa manie philosophique,
en contemplant les résultats de cette terrible convulsion politique. Le
livre est lourd, diffus, d'un style aussi peu attrayant que le sujet. Peut-

être y a-t-il eu d'autres imitations du *Don Quichotte*, en Espagne ; mais aucune d'elles n'a, que je sache, ni grande valeur, ni grand mérite.

Cette énumération, tout incomplète qu'elle est, des différentes éditions, traductions et imitations qui, durant deux siècles, se sont produites dans les différentes contrées de l'Europe, ne nous donne encore qu'une mesure imparfaite de l'espèce et du degré de succès dont jouit cet ouvrage extraordinaire. Bien plus, des milliers de personnes qui ne l'ont jamais lu, qui n'ont jamais entendu parler de Cervantès, n'en connaissent pas moins les noms de Don Quichotte et de Sancho Pansa, qui leur sont aussi familiers que les mots les plus vulgaires de la vie commune. On peut donc affirmer qu'aucun autre auteur des temps modernes, n'a joui, sans aucun doute, d'une pareille gloire, ni d'autant de renommée.

Il n'y a presque rien à ajouter, disent les traducteurs espagnols, à la savante dissertation que Ticknor consacre aux principales éditions du *Don Quichotte*, en prouvant par elles la popularité et le succès qu'il obtint immédiatement, et comment la lecture en devint bientôt générale dans toute l'Europe. Ticknor cite quatre éditions de la Première Partie, publiées toutes, en l'année 1605. Nous pouvons en ajouter une autre de Valence, distincte de celle que connaissait et décrivait Brunet. Il y a quelques années nous en avons vu une autre à la Haye, au pouvoir d'un amateur de livres espagnols, elle était de Pampelune ou de Barcelone. Celle de Valence, à laquelle nous faisons allusion, est un volume in-8, de 768 pages et 16 feuilles de préliminaires (1). Elle est imprimée par

---

(1) A ces divers ouvrages sur le *Don Quichotte*, nous pouvons ajouter : La *Hija de Cervantes. Loa* de D. J. Eugenio de Hartzenbusch, pour la représentation donnée sur le théâtre du Principe, le 23 avril 1861, à Madrid. — *La Estafeta de Urganda*, par D. Nicolas Diaz de Benjumea, Londres, 1861. — *El Quijote y la Estafa de Urganda*, par D. Francisco Maria Tubino, Séville, 1862 in-8. La magnifique édition de luxe et la petite édition populaire d'*El ingenioso Hidalgo Don Quijote de la Mancha, impreso en Argamasilla de Alba*, 1863.—*Demonstrationes criticas para los lectores del Ingenioso hidalgo*, etc., par D. Zacarias de Acosta, sur l'édition ci-dessus, et *Los Reparos à unas demonstrationes criticas*, réponse de D. Juan Eug. de Hartzenbusch, insérées les unes et les autres dans le *Musco universal*, de Madrid, 1864. — *Datos para ilustrar el Quijote*, série d'articles qui ont paru dans *la Concordia* de 1863, par D. Aureliano Fernandez Guerra y Orbe. *Huellas de Cervantes*. Mémoire présenté à l'Académie espagnole, en 1864. — *Cervantes, Marino*, article de la Revista de España, tome VIII, 1869, por D. Cesareo Fernandez Duro. — *Observaciones* sobre las editiones primitivas del ingenioso hidalgo, D. Quijote de la Mancha, por D. José Maria Asensio, Revista de España, tome IX, 1869. — Un discours de D. Juan

Pedro Patricio Mey : mais, à la différence de l'autre, elle a sur le titre au-dessus de la date, une petite gravure sur bois, représentant un cavalier armé d'une lance et prêt à l'attaque.

---

de Valera, prononcé dans la séance publique de l'Académie espagnole du 24 septembre 1864, *Sobre el Quijote y Sobre las diferentes maneras de comentarle y juzgarle.* — Enfin, les diverses oraisons funèbres, prononcées, depuis plus de dix ans, dans l'église des religieuses Trinitaires de Madrid, le jour anniversaire de la mort de Cervantès, sous le titre de *Oracion funebre por encargo de la Real Academia Española y en las honras de* MIGUEL DE CERVANTES, *y demas ingenios españoles.* — *La sepultura de Miguel de Cervantès*, memoria escrita por encargo de la Academia española y leida à la misma por su director el marqués de Molins. — Madrid. — Rivadeneyra, 1870

En France, M. Emile Chasles a consacré une longue et attrayante étude à l'auteur de *D. Quichotte* , sous ce titre : *Michel de Cervantès*, sa vie, son temps, son œuvre politique et littéraire. Paris, Didier, in-8°, 1866. *D. Quichotte* a été mis sur la scène, au théâtre du Gymnase, par une pièce de ce nom ; et au théâtre lyrique, dans un opéra comique. M. Damas Hinard a traduit cette œuvre de Cervantès. Après lui et après Louis Viardot, Furne a donné une nouvelle traduction de *Don Quichotte*, et, après les illustrations espagnoles, M. Gustave Doré a exercé son talent, dans une magnifique édition publiée par Hachette. Paris, deux volumes in-folio. (*Note du traducteur.*)

APPENDICE I.

Sur les premières collections des anciennes comédies espagnoles.

(Voyez chap. xxv, page 462, note 2.)

Deux grandes collections de comédies, et plusieurs de plus petites, ressemblant beaucoup l'une à l'autre, tant par le caractère de leur contenu que par la forme de leur publication, parurent sur divers points de l'Espagne, durant le dix-septième siècle, de la même manière qu'avaient paru les *Romanceros*, un siècle auparavant. Ces collections méritent une mention spéciale, parce qu'elles montrent la physionomie particulière du drame espagnol, avec tous ses traits distinctifs, et qu'elles fournissent des matériaux importants pour son histoire.

De la première collection, dont le titre principal semble avoir été : *Comedias de diferentes autores*, il serait, je le suppose, impossible d'en former aujourd'hui une collection complète ou même voisine de l'être. Je n'en possède que trois volumes, et je n'ai trouvé des notices satisfaisantes que sur deux autres. Le premier de ces cinq volumes est le tome XXV de la collection; il s'imprima, à Saragosse, en 1633, par Pedro Escuer. Comme presque tous les volumes pareils des vieux dramaturges espagnols, il est en petit in-4°, et contient douze pièces. Sept d'entre elles ont été attribuées à Montalvan, alors à l'apogée de sa gloire, comme auteur contemporain; une autre, à Calderon, s'élevant alors au plus haut degré de sa grande réputation. Mais l'une des sept pièces attribuées à Montalvan appartient à son maître, Lope de Vega.; et quant à celle de Calderon, elle est imprimée d'après un texte grossièrement corrompu. Le tome XXIX s'imprima, à Valence, en 1636, et le XXXII⁰, à Saragosse, en 1640; mais je n'ai vu ni l'un ni l'autre.

Le XXXIe, imprimé, à Barcelone, en 1638, contient douze pièces, sans nom d'auteur, quoique les personnes qui en ont écrit la plus grande partie soient encore aujourd'hui bien connues. Le XLIIIe, imprimé, à Saragosse, en 1650, contient des pièces de Caldéron, de Moreto, de Solis, et quelques autres d'auteurs moins connus, pour arriver au nombre régulier de douze. Il est assez singulier qu'une collection pareille, se composant d'au moins quarante-trois volumes, soit aujourd'hui si peu connue. Le fait n'en existe pas moins. L'Inquisition et le confessional s'employèrent activement à la faire disparaître, dans la dernière partie du dix-septième siècle, alors que, sous l'imbécile Charles II, le théâtre était déçu de sa splendeur. De sorte que la collection la plus vieille et la plus grande des pièces publiées en Espagne, la seule dont la possession est aujourd'hui l'objet de tous nos désirs, est la seule qui ait été détruite et annihilée presque complètement.

La collection qui vient ensuite est celle qui porte pour titre : *Comedias nuevas escogidas de los mejores autores*, titre qui ne s'applique pas fort strictement à plusieurs des volumes de cette collection, plus heureuse néanmoins que la précédente. Elle est cependant très-rare. Je n'en ai jamais vu une collection absolument complète. Je possède toutefois quarante-un volumes des quarante-huit dont elle se compose, et j'ai des notices assez exactes du contenu des sept volumes restants.

Le premier de ces volumes se publia, en 1652, et le dernier, en 1704. Mais, dans la dernière partie de cette période qui s'écoule entre ces deux dates, le théâtre tomba dans une décadence telle qu'ayant publié, dès le principe, deux ou trois volumes chaque année, il n'en parut aucun durant les vingt-trois ans qui suivirent la mort de Caldéron, en 1681, à l'exception du dernier de la collection, le quarante-huitième. Cette collection contient cinq cent soixante-quatorze *comédies*, de toutes formes et avec tous les traits caractéristiques du vieux drame espagnol ; un petit nombre d'entre elles sont accompagnées de leurs *loas*, de leurs *entremeses*. Trente-sept de ces drames sont anonymes, et le reste, c'est-à-dire, cinq cent trente-sept pièces, appartiennent à cent trente-huit auteurs différents.

La distribution des pièces, dans cette collection, est, on peut le reconnaître, fort inégale. Caldéron, le plus célèbre et le plus heureux compositeur dramatique de son époque qu'il illustra, n'y compte que cinquante-trois pièces. Aucune d'elles ne s'imprima, en tout ou en partie, avec son autorisation ; aucune d'elles, autant que j'ai pu le juger. en les comparant aux éditions authentiques de ses œuvres, ne l'a été d'après un texte épuré et correct. Moreto, l'auteur dramatique le plus populaire, après Calderon, en a quarante-six, insérées toutes de la même manière : probablement toutes sans son consentement, puisqu'il renonça à la scène, comme à une occupation coupable, et qu'il se retira dans un monastère, en 1657. Matos Fragoso, qui vivait un peu plus tard, en a quarante-trois ; Fernando de Zarate, vingt-deux ; Antonio Martinez, dix-huit ; Mira de Mescua, dix-huit ; Zavaleta, seize ; Rojas, seize ; Luis Velez de Guevara, quinze ; Cancer, quatorze ; Solis, douze ; Lope de Vega, douze ; Diamante, douze ; Petro de Rosete, onze ; Belmonte, onze ; Francisco de Villegas, onze. Plusieurs autres auteurs en ont un plus petit nombre ; soixante-neuf auteurs, dont presque tous les noms ne nous sont pas autrement connus, et dont les pièces ne sont probablement pas authentiques, n'en ont qu'une.

Que les drames de cette collection appartiennent tous aux auteurs auxquels ils sont attribués ; qu'il y ait un tel soin dans leur désignation qu'elle puisse être prise pour une autorité généralement suffisante, c'est ce qu'il n'est pas permis de supposer un moment. Treize au moins des comédies portant le nom de Calderon ne lui appartiennent pas ; et l'une connue pour être sortie de sa plume, *La Banda y la Flor*, est imprimée anonyme dans le trentième volume, sous le titre de *Hacer del amor agravio*. Une autre, *Amigo, amante y leal*, est insérée deux fois ; l'une, dans le tome IV, 1653, et l'autre, dans le tome XVIII, 1662 : elles diffèrent considérablement l'une de l'autre, et aucune n'est imprimée d'après un texte authentique.

On peut faire des remarques pareilles sur cette négligence relativement à tous les autres auteurs. Plusieurs des comédies de Solis sont imprimées deux fois ; une l'est même trois fois. Dans deux volumes consécutifs, le XXVᵉ et le XXVIᵉ, nous trouvons le *Lorenzo me llamo*, de Matos Fragoso, pièce fort connue et fort populaire en son temps. Par conséquent, cette collection peut être considérée, sous tous les rapports, ainsi que la précédente, comme une pure spéculation de libraire, collection éditée sans le consentement des auteurs, dont les œuvres étaient pillées sans scrupule et parfois même, nous avons pu le reconnaître, sans le moindre égard pour leurs plaintes et leurs réclamations. L'indécence et le scandale, avec lequel ce pillage s'exécutait, ressortent des faits que nous venons d'établir, de beaucoup d'autres que nous pourrions citer, et surtout du suivant. Le *Vencimiento de Turno*, du tome XII, s'attribue hardiment à Calderon, dans le titre : mais il est rendu encore à son véritable auteur, Manuel del Campo, dans les derniers vers.

Malgré tous ces défauts, ces grandes collections et les volumes détachés que publiaient, de temps en temps, les libraires et les impri-

meurs, tels que Mateo de la Bastida, en 1652 ; Manuel Lopez, en 1653 ;
Juan Valdes, en 1655 ; Robles, en 1664 ; Zafra y Fernandez, en 1675 ;
ouvrages dont je me suis servi pour donner l'histoire du théâtre dans
le texte, nous offrent une peinture fidèle et animée du drame espagnol,
durant le dix-septième siècle. En effet, les pièces qu'ils contiennent,
sont celles qui se jouent partout sur la scène nationale : et ces collections
nous les représentent moins souvent dans la forme que les auteurs leur
avaient donnée, que dans la forme dont les directeurs les façonnaient
pour la représentation scénique, pillées par des copistes, annotées jusque
dans le théâtre, par des libraires pillards.

Outre les cinq volumes ici décrits par Ticknor de la collection de
comédies généralement appelée de *Varios*, la *antigua* ou la *de fuera*,
pour la distinguer de la collection plus moderne des *escogidas*, commencée
en 1652, et dont toutes les parties s'imprimèrent à Madrid, nous pouvons citer les volumes suivants : le XXXe, imprimé à Saragosse, en 1636 ;
le XXXIIIe, à Valence, en 1642 ; le XXXVIIIe, à Huesca, en 1634 ; le XLIe,
dont l'année et le lieu nous sont inconnus, parce que le titre manque
dans l'exemplaire que nous citons ; le XLIIe, à Saragosse, en 1650 ;
le XLIVe, à Saragosse, en 1652. De sorte que la seconde collection, commençant où finit la première, pourrait, quoique avec une numération
distincte, être considérée comme formant une nouvelle série, comme
étant une continuation de la première. Il ne manque pas cependant de
personnes qui, vu l'excessive rareté des volumes de cette collection, sont
portées à croire, que tous ces volumes ne s'imprimèrent pas, et qui
pensent que les libraire des provinces, séduits par le gain que faisaient
sans doute ceux de la capitale, publiaient de temps en temps des
volumes avec une numération de fantaisie. Il ne faut pas en effet oublier
que rien n'est aussi rare chez les bibliophiles que les volumes de
comédies ; et très-peu de personnes peuvent se vanter d'avoir complété
la seconde et moins rare des deux collections. C'est pourquoi nous
allons donner la description du petit nombre de volumes que nous
avons pu en voir et dont quelques-uns ont été déjà décrits par Schack,
dans son *Geschichte der dramatischer literatur und kunst in Spanien*.

*Parte veinte y cinco de comedias recopiladas de diferentes autores è
ilustres poetas de España, dedicadas a diferentes personas. En el hospital
real y general de Nuestra Señora de Gracia de la ciudad de Zaragoza*, 1632,
à costa de Pedro Esquer, mercader de libros.

Como se engañan los ojos, de Juan de Villegas.

No hay vida como la honra, de Montalvan.

Amor, lealtad y amistad,   id.

El capitan Belisario, de Montalvan.

Los celos en el caballo, de Enciso.

El gran Séneca de España, Felipe II, de Gaspar de Avila.

La mas constante mujer, de Montalvan.

Sufrir mas por querer mas, de Villaizan.

De un castigo dos Venganzas, de Montalvan.

El amante astrologo, de Caldéron.

El mariscal de Viron, de Montalvan.

El discreto porfiado, de D. Juan de Villegas.

Parte veinte y ocho de comedias de varios autores. En Huesca, por Pedro Bluson, impresor de la Universidad, año de 1634, à costa de Pedro Esquer, mercader de libros. Le volume est imcomplet, il ne contient que quatre des douze comédies qui le composaient; la troisième, *La industria contra el poder, y el honor contra la fuerza;* la septième, *El celoso extremeño;* la huitième, *Un castigo en tres venganzas;* la douzième, *La Cruz en la sepultura.*

D. Agustin Duran nous a fourni les renseignements d'où il résulte que les autres pièces contenues dans ce vingt-huitième volume sont : la première, *La despreciada querida;* la deuxième, *El labrador venturoso;* la quatrième, *El Palacio confuso;* la cinquième, *La Porfia hasta el temor;* la sixième, *El juez de su causa;* la neuvième, *El Principe D. Carlos;* la dixième, *El Principe de los Montes;* la onzième, *El Principe Escanderberg.*

Parte veinte y nueve, o sea doce comedias famosas de varios autores; Valencia, por Silvestre Esparsa, 1636, in-4°. Cette vingt-neuvième partie contient les comédies suivantes :

Un gusto trae mil disgustos, de Montalvan.

La dama duende, de Caldéron.

El galan valiente y discreto, de Mira de Mescua.

Hay verdades que en Amor, de Lope.

Aborrecer lo que quiere, de Montalvan.

Venga lo que viniere, de Villaizan.

Olimpa y Viveno, de Montalvan.

El guante de Doña Blanca, de Lope.

Casarse por vengarse, de Caldéron.

La Toquera Vizcayna, de Montalvan.

Persiles y Sigismunda, de Rojas.

Casa con dos puertas, de Caldéron.

Parte treinta de comedias famosas de varios autores, Zaragoza en el hospital real y general de Nuestra Señora de Gracia, año 1636, in-4°. Cette trentième partie contient :

Lo que son juicios del cielo.

La doncella de labor, de Montalvan.

La dama duende, de Caldéron.

La vida es sueño,   id.

Ofender con las finezas, de Jeronimo de Villaizan.

La mentirosa verdad, de Juan de Villegas.

El marido hace mujer, de Antonio de Mendoza.

Casarse por vengarse, de Francisco de Rojas.

El privilegio de las mujeres, de Montalvan.

Persiles y Sigismunda, de Rojas.

El guante de Doña Blanca, de Lope.

El catalan Serralonga (sic), de Coello, Rojas et Luis Velez de Guevara.

Ainsi qu'il est facile d'en faire la remarque, les comédies contenues dans cette trentième partie, se trouvaient déjà imprimées dans la partie précédente, publiée à Valence. C'est une preuve de ce que nous avons déjà dit sur l'espèce d'indépendance avec laquelle ces volumes se donnaient au public.

Parte treinta y una de las mejores comedias que hasta oy han salido, recogidas por el doctor Francisco Torivio Ximenez. Y a la fin va la comedia de Santa Madrona, *intitulada* La viuda tirana, y conquista de Barcelona. *En Barcelona, 1638, en la imprenta de Jaime Romeu, à costa de Juan Sapera, mercader de libros.* Elle contient les pièces suivantes, sans indiquer les noms des auteurs :

Darles con la entretenida, de D. Luis de Belmonte.

Con quien vengo, vengo, de Caldéron.

Celos, honor y cordura.

Contra valor no hay desdicha, de Lope de Vega.

El silencio agradecido.

El conde de Sex, de D. Antonio Coello.

El valeroso Aristomenes Messenio, du Maestro Alfaro.

El valiente negro en Flándes, de Andres de Claramonte.

Los amotinados en Flándes, de D. Luis Velez de Guevara.

Santa Isabel, reina de Portugal, de Rojas.

Los Trabajos de Job, du docteur Felipe Godinez.

Santa Madrona, la viuda tirana, y conquista de Barcelona.

Parte treinta y dos, con doce comedias de diferentes autores, dedicada al illustrissimo señor D. Juan Martin de Villanueva, conde de San Clemente, señor de las villas de Asso, Bisinbre y del lugar de Sanol. Con licencia en Zaragoza, por Diego Dormer. Año MDCXL, à costa de Giusepe Ginobart mercader de libros. — Aprobacion. Deste Colegio de San Vicente Ferrer, de Zaragoza, à 12 de mayo de 1640. — Licencia, en Zaragoza, à XIII de junio de MDCXL; 442 pages in-4°. Elle contient les comédies suivantes :

Obligados y ofendidos, de D. Francisco de Rojas.
El duque de Memoransi, du Dr. Martin Peyron y Queralt.
Virtudes vencen señales, de Luis Velez de Guevara.
Donde hay valor, hay honor, de D. Diego de Rojas.
El enemigo engañado, de Lope de Vega Carpio.
Las tres mujeres en una, du Dr. Remon.
Amor, ingenio y mujer, de D. Pédro Caldéron.
El sufrimiento del honor, de Lope de Vega Carpio.
El caballero sin nombre, du Dr. D. Antonio Mira de Mescua.
Los desagravios de Cristo, de D. Alvaro Cubillo.
El santo sin nacer, y martir sin morir, du Dr. D. Antonio Mira de Mescua.
Basta intentarlo, du Dr. Felipe Godinez.

Parte treinta y tres, de doce comedias famosas de varios autores, dedicadas al muy illustre señor D. Antonio de Cordoba y Aragon etc., *en Valencia, 1642, por Claudio Macé, à costa de Juan Sonsoni, mercader de libros.*

Los trabajos de Tobias, de Rojas.
Morir pensando matar,   id.
Vida y muerte del falso Mahoma, de Rojas.
Mira al fin, de D. Pedro Rosete.
El gran Tamerlan de Persia, de Lope de Vega Carpio.
Ello es hecho, de D. Pedro Rosete.
El valiente sevillano, 1° parte, de D. Rodrigo Ximenez de Enciso.
                              2° parte,   id.
La victoria por la honra, de Lope de Vega Carpio.
El buen vecino,   id.
Santa Margarita, de D. Diego Ximenez de Enciso.
La mayor hazaña de Carlos V,   id.

Parte cuarenta y dos de comedias de diferentes autores, Zaragoza, 1650, in-4°.

No hay burlas con el amor, de D. Pédro Caldéron.
El secreto à voces,   id.
El pintor de su deshonra,   id.
Manasès, rey de Judea, de D. Juan de Horozco.
Del Rey abajo ninguno, de D. Pedro Caldéron.
La hija del aire, de D. Antonio Enriquez Gomez.
Transformaciones de Amor, de Villaizan.
Lo dicho hecho, de D. Antonio Coello.
El mayor desengaño, du maestro Tirso de Molina.

El prisionero mas valiente.

El labrador mas honrado, de tres ingenios.

Los celos de Carrizales.

Parte cuarenta y tres de comedias de diferentes autores, Zaragoza, 1650.

Los martires de Cordoba, de Antonio de Castro.

El demonio en la mujer, y Primera parte del Rey Angel de Sicilia, de Juan de Moxica.

El principe demonio y Secunda parte del rey Angel de Sicilia, id.

La desdicha de la voz, de D. Pedro Caldéron.

Hacer cada uno lo que debe, de D. Jeronimo Cuellar.

La mas hidalga hermosura, de tres ingenios.

Palmerin de Oliva, du Dr. Juan Perez de Montalvan.

Lo que merece un soldado, de D. Agustin de Moreto.

Amparar al enemigo, de D. Antonio de Solis.

Las academias de Amor, de D. Cristobal de Morales.

El padre de su enemigo, de Juan de Villegas.

A un tiempo rey y vasallo, de tres ingenios.

Il y a à la fin des stances de Cancer, sous le titre de *Pintura de una dama*.

Parte cuarenta y cuatro de comedias de diferentes autores. En Zaragoza por los herederos de Pedro Lanaja y Lamarca, impresores del reino de Aragon y de la Universidad, año de 1652.

Los amantes de Téruel, du Dr. Juan Perez de Montalvan.

El guante de Doña Blanca, de Lope de Vega Carpio.

La mas constante mujer, de Montalvan.

El mas impropio verdugo por la mas justa venganza, de Rojas.

El divino portugués, san Antonio de Padua, de Montalvan.

De un castigo dos venganzas,   id.

El mariscal de Viron,   id.

Sufrir mas por querer mas, du Dr. Villaizan.

Ofender con las fuerzas, du licencié D. Jeronimo de Villaizan.

El juramento ante Dios, de l'alfèrez Jacinto Cordero.

El villano en su rincon, de Lope.

Enfin, de Schack, dans l'ouvrage que nous avons cité, décrit un volume de comédies, qui, si l'on en juge par le titre, appartient à la même collection, quoiqu'on ne puisse voir quel est son numéro. Il a pour titre : *Doce comedias de varios autores, los titulos de los cuales van en la siguiente oja. Con licencia, empreso en Tortosa en la emprenta de Francisco Martorell, año de* 1638. Il contient les comédies suivantes :

La hija de Geptea (tragédie),

El santo sin nacer y martir sin morir que es san Ramon Nonat.

El primer Conde de Orgaz y servicio bien pagado.

El cerco de Tùnez y ganada de la Goleta por el emperador Carlos V, du licencié Sanchez, natif de Piedrahita.

La isla barbara, de Lope de Vega.

El renegado Zanaga, du licencié Bernardino Rodriguez, vicaire de Santibañez, diocèse de l'évêché de Coria.

El corsario Barbaroja y huerfano desterrado, 2ᵉ parte, du licencié Juan Sanchez, natif de Piedrahita.

Los celos de Rodamonte, du Dr. Mira de Mescua.

La bienaventurada madre Santa Teresa de Jesus, de Luis Velez de Guevara.

El cerco de Tremecen, de D. Guillen de Castro.

El espejo del mundo, de Luis Velez de Guevara.

Doña Inès de Castro (tragédie), du licencié Mexia de la Cerda.

NOTES ET ADDITIONS

CHAP. I, *note* 1, page 6. — Le premier *Index expurgatoire* formel date de l'année 1559. Il fut imprimé à Valladolid par Sébastien Martinez, in-4°. En voici le titre : *Cathalogus librorum qui prohibentur mandato illustrissimi et reverendissimi D. D. Fernandi de Valdès, Hispalensis Archiepiscopi, Inquisitoris Generalis Hispaniæ, nec non et supremi sanctæ ac generalis Inquisitionis senatus.* Dans la préface ou avis qui précède l'ouvrage, l'Inquisiteur Valdès dit qu'il est arrivé à la connaissance du Tribunal que certaines personnes n'observent pas les prescriptions de Sa Sainteté, spécifiées dans plusieurs brefs ; qu'elles lisent et introduisent dans ces royaumes des livres interdits, sous prétexte qu'elles ignorent quels sont ceux qui sont douteux, désapprouvés ; quels auteurs sont hérétiques, quels auteurs ne le sont pas, et qu'alors on s'est décidé à en dresser une liste... etc. Cet *Index* s'est réimprimé, avec des additions et des règles générales, à Madrid, en 1583 et 1584, in-4°, lorsque D. Gaspar de Quiroga, archevêque de Tolède, était Inquisiteur général.

CHAP. I, *note* 1, page 9. — Voyez l'*Historia de los protestantes españoles y de su persecucion en tiempo de Felipe II*, par D. Adolfo de Castro, Cadix, 1851, in-4°, livre où les lecteurs trouveront, comme dans un autre ouvrage plus récent, intitulé : *Examen critico de las Causas de la decadencia de España,* des détails nouveaux et curieux sur les procédés de l'Inquisition, et sur le soin singulier que le Saint-Office mettait à détruire et à anéantir la liberté de pensée, même dans les choses les plus communes et les plus triviales.

CHAP. II, *note* 1, page 15. — Il existe plusieurs éditions de cet ouvrage, non citées par Nicolas Antonio, ni par Latassa. La première est de Valladolid, 1555, in-folio, caractères gothiques, à deux colonnes. La seconde, de Saragosse, 1562, in-folio, par Agustin Millan et aux frais de Miguel de Suelves, caractères gothiques, à deux colonnes. Cette dernière est ornée, sur le titre, d'une gravure sur bois représentant le marquis de Pescara, à cheval, accompagné de deux pages tenant leur lance. La même gravure est reproduite au commencement du livre. On voit en outre, sur la seconde feuille, un écu des armes du comte d'Aranda, à qui Vallès dédia son ouvrage. Cette édition est suivie de la *Conquista de Africa,* par Diego de Fuentes ; de celle de *La de Sena* par le même, et de la *Verdadera narracion de un desafio qué pasó en Italia entre un cavallero aragones llamado Marco*

Antonio Lunel, y otro Castillano nombrado D. Pedro de Tamayo, natural de Avila. Les trois traités forment une composition distincte, bien que compris dans le foliotage général du livre, comprenant en tout cent soixante feuillets et cinq de préliminaires.

La troisième édition est d'Anvers, 1568, par Juan Latio, in-8°, et enfin la quatrième est de la même ville, année 1570, librairie de Philippo Nutio.

Vallès publia en outre la *Cronica de los Reyes católicos* avec des additions et des proverbes, à Saragosse, en 1549, in-4°, chronique dont parle longuement Mayans, dans son *Specimen Bibliothecæ*, pag. 47.

CHAP. II, *note* 2, page 19. — Ce ne fut pas Alonso de Ulloa qui ajouta le premier la *Conversion de Boscan*, puisqu'elle paraît dans l'édition de ses œuvres, donnée à Medina del Campo, par Pedro de Castro, in-4°, 239 feuillets, et dans celle d'Anvers (1544) qui est plus complète que les deux précédentes. C'est un in-12 espagnol de 398 feuillets et de douze de préliminaires. Dans le *Colophon*, on lit ce qui suit : « Ces œuvres de Juan Boscan et quelques-unes de Garcilaso de la Vega, outre « qu'elles sont augmentées de beaucoup d'autres productions qui n'avaient jamais « été imprimées jusqu'à aujourd'hui, sont de plus corrigées, expurgées de fautes « nombreuses que la négligence des employés a fait laisser dans l'impression ; de « sorte qu'elles paraissent maintenant avec plus de correction, plus complètes et « mieux ordonnées que toutes les éditions imprimées jusqu'à ce jour. Elles se sont » imprimées, etc. » Dans cette édition, sans foliotage, la *Conversion de Boscan* se trouve au commencement, à la suite de la table.

CHAP. II, *note* 1, page 21. — La première édition du *Cortesano* de Boscan n'est pas de l'année 1549, comme l'auteur le suppose par erreur. Brunet et les autres bibliographes n'en connaissent, il est vrai, aucune d'antérieure. Pour nous, nous pouvons en indiquer pour le moins cinq. La première se publia à Barcelone, en 1534, in-folio. Nous en copions le titre, à la lettre, pour la satisfaction des érudits en matière de bibliographie : *Los cuatro libros del Cortesano, compuestos en italiano por el conde Balthasar Castellon, con privilégio imperial por diez años.* A la fin : *Aqui se acaban los quatro libros del Cortesano, compuestos en italiano por el conde Balthasar Castellon, y traducidos en lengua castellana por Boscan, imprimidos en la noble cibdad de Barcelona, por Pedro Montpezat, imprimidor, à 2 del presente mes de abril 1534,* in-folio, gothique.

La seconde est aussi de Barcelone, 1535, in-4° ; il en existe une autre de Tolède, 1539, in-4°, sans nom d'imprimeur, 199 feuillets ; nous en avons une de Salamanque, de Pedro Tovans, 1540, in-4°, de 164 feuillets ; elles sont toutes en lettres gothiques. On nous en a cité une autre de Tolède, 1542 ; nous n'avons pu la voir. Ces cinq éditions sont donc antérieures à celle qui est citée de 1549. Elles ne furent probablement pas les seules, à cause de la faveur qui accueillit l'ouvrage.

Il faut avertir que le *Cortesano* fut compris dans l'*Index expurgatoire* de 1612, bien qu'il ne l'eût pas été dans ceux de 1559 et de 1583. Entre autres passages supprimés, on remarque au livre II, chap. v, celui où Micer Antonio, faisant allusion aux portes d'un certain palais de Rome, ayant la faculté, suivant la croyance vulgaire, d'entendre et de parler, représente Alexandre VI, comme ayant été pape par force, c'est-à-dire *Papa VI*, qu'on peut aussi interpréter par *Papa vi* ; et où il ajoute que son successeur, Nicolas V, fut un pape de peu de valeur pour l'Église : *Nicolas Papa nihil valet,* en interprétant ainsi les initiales *Nich Papa V.*

Le livre de Castiglione traduit par Boscan eut, comme on pouvait le supposer, des imitateurs en Espagne. En 1561, D. Luis Milan, Valencien d'une illustre naissance et gentilhomme de la maison du duc de Calabre, publia son *Cortesano*. C'est un volume in-8° de 240 feuillets, sans foliotage, y compris les trois qui composent la préface ou l'épître dédicatoire à Philippe II. Il n'a pas de titre, et l'impression commence au verso du premier feuillet, comme il arrive dans certains livres du quinzième siècle.

C'est un volume des plus rares; nous n'en avons vu qu'un seul exemplaire, dans la bibliothèque de Don Bartolomé José Gallardo. Il n'a ni licence, ni approbation, ni préliminaires d'aucune espèce, à l'exception de la susdite épître dédicatoire au roi.

Il est divisé en six *jornadas* (journées) où sont décrites, avec la plus vive exactitude, les mœurs particulières de ce temps, la cour du duc de Calabre, vice-roi de Valence, et de son épouse, la reine Germaine. La première contient la description d'une chasse faite par le duc et la duchesse, accompagnés de leurs courtisans, parmi lesquels figure notre auteur. Les autres se rapportent aux danses, tournois, joûtes poétiques, fêtes et réjouissances. Là sont décrits avec la plus grande ponctualité les armes des chevaliers, leurs habits, les harnais, les entreprises et les devises des dames et des galants. Sur ce point, ce livre est précieux et plus intéressant que celui de Castiglione, dépeignant des mœurs qui ne se répandirent jamais généralement en Espagne.

Là sont insérées des poésies diverses, *canciones, villancicos, redondillas*, éparses çà et là, et d'autres qui, par leur forme et leur fonds, nous rappellent très-souvent les œuvres du *Cancionero general*. De telle sorte que, si nous ne savions que l'auteur vivait du temps de Philippe II, nous pourrions les croire écrites quarante ans avant. Tout l'ouvrage est sous la forme d'un dialogue, excessivement piquant par moments, mais toujours gai et animé. Au nombre des interlocuteurs, apparaît un certain Gilote, bouffon ou truand du duc, qui joue le rôle du comique ou *gracioso*. Les autres personnages sont : Doña Ana Dicastillo, un chanoine appelé Ester ou Ster, D. Luis Margarite, Doña Violente Mascó, Joan Fernandez de Heredia, l'orateur Pedro Mascó, D. Francisco Fenoller, Balthasar Mercader, Berenguer de Aguilar, Luis Vich et d'autres, tous bien connus dans ces temps. A part quelques idiotismes provençaux, fort excusables chez un écrivain né et élevé à Valence, le *Cortesano* est écrit dans un langage châtié et pur, les vers sont faciles et l'ensemble du travail est extrêmement agréable. Quant à l'auteur, Luis Milan, nous ne savons que le peu que nous disent de lui Nicolas Antonio (*Bibliot. Nova*, tom. II, pag. 42); Ximeno (*Escritores del reino de Valencia*, tom. I, page 137); Cerdà y Rico, dans ses notes sur le *Canto de Turia*, pag. 365 et suivantes. Ce fut un grand musicien, et si habile dans l'art de toucher les instruments à cordes, qu'on le surnomma *Orphée*. On raconte qu'appelé par le roi D. Juan III de Portugal, ce dernier le retint à sa cour et fut tellement épris de son habileté qu'il le fit son gentilhomme, et lui assigna sept mille crusades de rente. Il composa un ouvrage intitulé : *El Maestro o musica de vihuela*, imprimé deux fois à Valence, 1534 et 1535, in-4° oblong, livre curieux et dont on peut tirer, comme de celui qu'écrivit Francisco Salinas (*De Musica*, liv. VIII, Salmant., 1577, in-folio), de nombreux détails pour l'histoire de notre poésie populaire. En effet, l'un et l'autre de ces auteurs nous ont conservé le premier vers d'un grand nombre de romances et de chants qu'on chercherait vainement dans les collections imprimées ou manuscrites.

CHAP. II, *note* 1, page 22. — A ce que dit notre auteur sur Boscan et sur ses poésies, nous ajouterons que sa veuve ne put les recueillir toutes. Dans des *Cancioneros* manuscrits, nous avons souvent trouvé des compositions qui lui sont attribuées. On peut en dire autant des œuvres de son ami et compagnon Garcilaso. Dans un manuscrit du temps, qui avait appartenu au célèbre antiquaire aragonais Vicencio de Lastanosa, et contenant ses poésies, en même temps que celles de Boscan, nous en avons lu plusieurs qui ne se trouvent pas dans les éditions imprimées. Telles sont les suivantes :

VILLANCICO

Nadi puede ser dichoso,
Señora, ni desdichado
Sino que os aya mirado
  Porque la gloria de veros
En esse punto se quita,
Que se piensa mereceros.
  Asi que sin conoceros
Nadi puede ser dichoso,
Señora, ni desdichado,
Sino que os aya mirado.

Et les vers suivants que le même poète adressa à Boscan, parce que, se trouvant en Allemagne, il avait dansé à une noce :

La gente s'espanta toda,
Que hablar à todos distes;
Que un milagro que hezistes
Hubo de ser en la boda.
Pienso que aveys de venir,
Se vays por eso camino,
A tornar el agua en vino,
Como el dançar en reyr.

En 1566, un écrivain, appelé Sébastien de Cordoba Sazedo, dont nous savons seulement qu'il fut habitant d'Ubeda, eut la belle idée de traduire à *lo divino* les œuvres de Boscan et de Garcilaso, tâche à laquelle il consacra douze années consécutives, suivant l'expresion de Herrera, alors chanoine de la collégiale d'Ubeda, dans une lettre qui précède cette œuvre. Ce travail s'imprima à Saragosse, chez Juan Soler, en 1577. Nicolas Antonio dit bien que ce fut en 1575; mais il doit se tromper, puisque le permis d'imprimer est du 10 février 1577. Il forme un volume grand in-8°, de 267 feuillets, sans compter les douze de préliminaires et les trois de la table.

L'auteur, qui dédia son ouvrage à D. Diego de Covarrubias, évêque de Ségovie, raconte qu'après avoir passé, comme on dit, une grande partie de sa vie dans les fleurs, à lire des choses profanes et à en composer de semblables, il lut les œuvres de Juan Boscan et de Garcilaso de la Vega. Il s'éprit de leur style élevé et suave et se demanda si, en dévotion, elles pouvaient avoir autant de douceur. Elles étaient pleines, en effet, de pensées des plus ingénieuses et des plus profondes, mais si profondes à ses yeux qu'il les considérait comme pernicieuses et nuisibles à un haut degré, principalement pour les jeunes gens et les femmes sans expérience. Il commença d'en traduire quelques-unes, et, satisfait de son travail, il continua de s'y occuper, jusqu'à ce qu'il eût terminé sa longue tâche. Il employa toujours le même mètre et les mêmes consonnances, et parfois, il prit des vers entiers de ses modèles. Comme spécimen de ses efforts nous allons donner sa *Mar de Lagrimas* répondant à la *Mar de Amor* de Boscan :

El sentir de mi sentido
Tan sin él a navégado
Que en el arena encallado
Del mundo esta sumido,
Del puerto desconfiado,
Pero como en si boluió
El piloto, que sintiendo
Al peligro se entregó,
Con gemidos demandó
Celestial favor y aliento.

Estaua sin se mover
Mi barca à·los altos dones,
Sepultada en las pasiones
De falso y vano querer,
Que ciega los corazones.
Del mundo y carne los vientos,
Trabucada en el escoria
La tenián sin alientos,
Fundados sus pensamientos
En un viento de vanagloria.

Como sin agua se vido,
Y en arena sin humor
Represéntole el temor
Que el navio esta perdido
Sin lagrimas de dolor.
Y el ser y las fuerças juntas
Que quedaban en su alma,
Aunque, ya casi difuntas
Leuantaban sus flacas puntas
De tan miserable calma.

Y la verde vestidura
De vertud, que no consiente
Que desmaye el penitente,
Envistio con mi tristura,
Monstrando me un Dios clemente
Y un rompido corazon,
Me mostro de un soberano,
Hombre y Dios que en su passion
Hizo suma redempcion
Dando fuerça al ser humano.

La lettre de D. Diego de Mendoza à Boscan est mise sous le nom de Luis de Vera, et les lettres adressées à l'Almirante le sont à Cristobal de Villaroel, tous les deux amis de l'auteur, comme on peut le déduire des sonnets élogieux qui précèdent l'ouvrage. L'églogue de Garcilaso, commençant par *El dulce lamentar de dos pastores*, est aussi traduite à *lo divino* de la même même manière, ainsi que les deux autres. La seconde commence ainsi :

En medio del inuierno está templada
El agua dulce desta clara fuente
Y en verano mas que nieve elada
Y en este pecho todo es accidente.
En el estio soy la nieve fria,
Y en medio del invierno fuego ardiente.
Lo flaco me da fuerça y valentía,
Y siento en mi lo fuerte acovardarse ;
Con los fauores pierdo la osadia.

Albanio et Salicio sont transformés en *Seluano*, qui signifie la partie sensuelle de l'homme, et en *Racinio* qui est la raison : Camèla est devenue *Celia* ou l'âme, et le pasteur Nemoroso se trouve converti en gracioso, personnifiant la grâce divine, dont la force et la vertu servent à l'homme pour se vaincre lui-même. Les ducs d'Albe, dont l'églogue contient l'éloge, sont le Christ, les patriarches et les rois de sa race, et au lieu du vieux Sévère, si loué par Garcilaso, on introduit saint Joseph.

Cordoba ne fut pas l'unique poëte de ce temps qui paraphrasa les vers de Boscan et de Garcilaso. En 1628, D. Juan de Andosilla de Larramendi, né à Madrid, quoique originaire de la Navarre, publia un poëme sous ce titre : *Christo nuestro señor en la Cruz, hallado en los versos de Garcilaso de la Vega, sacados de diferentes versos y unidos con ley de centones, in-4º.* Voyez Alvarez y Baena, *Hijos de Madrid*, tom. III, p. 190 et suivantes, où une partie de l'œuvre est copiée.

CHAP. II, *note 2, page 24.*— Quoique l'auteur ait déjà traité de Villegas et de sa traduction castillane, dans la note du tome Ier, page 437, il nous a paru convenable d'ajouter quelques détails sur sa personne. Pedro Fernandez de Villegas, traducteur du *Dante*, naquit à Burgos, en 1453, comme il le dit lui-même dans la glose à la sixième strophe du premier chant : « Pero allende de la gran debda « de devocion que todo christiano al tal dia XXV de marzo deve, yo, Pero Fer- « nandez de Villegas, interpretador muy inorante de este poeta, tengo mayor « causa de devocion. y de ser en él mas devoto regraciador à Deos, porque en « tal dia nasci à XXV de março, dia de la Anunciacion de nuestra Señora, año « de mill y quatro cientos y cincuenta tres, que fue tiempo muy señalado de tur- « baciones en esta cibdad de Burgos ; fué mi padrino que me sacó de pila, Alonso « Perez de Vivero, contador mayor, y luego el dia siguiente le fizo matar el « maestre de Santiago, D. Alvaro de Luna ; por el cual el rey D. Juan segundo « de este nombre, fizo prender al dicho Maestre, y dende a pocos dias, por este « caso y por otros de que era havido por culpado, le mandó cortar la cabeza en « Valladolid por justicia y pregones. » Son père et sa mère appartenaient à la noblesse, et, comme il le dit lui-même dans un autre endroit, le plus grand nombre de ses ancêtres étaient dans les rangs de la milice et parmi les connétables. Pour lui, il prit son grade de docteur en théologie, fut peu de temps après ordonné prêtre, et passa à Rome, où nous le trouvons en 1485, à l'âge de trente-deux ans.

En 1490, il fut élu abbé de Cervatos ; en 1507, archidiacre de Burgos, en même temps que son frère était nommé chanoine de la dite église. Il mourut en 1525, d'après l'inscription gravée sur sa tombe ; il est enterré dans une des chapelles de la cathédrale de Burgos. Le Sr. Monge, dans son *Manual del Viajero en la catedral de Burgos* (1843, in-4º), prétend que Villegas, le traducteur de Dante, mourut le 6 décembre 1536, à l'âge de 84 ans. Villegas traduisit les vingt-quatre premiers chants du *Dante*, par ordre de D. Jeanne d'Aragon, fille naturelle du roi D. Ferdinand, et femme du connétable D. Bernardino Fernandez de Velasco. Il n'avait pas accompli sa tâche, quand la mort ravit ses protecteurs. Aussi dédiat-il son œuvre à dona Julienne d'Aragon leur fille, et femme du comte de Haro, D. Pedro Fernandez de Velasco.

Outre cette traduction et la traduction des œuvres poétiques qui se trouvent à la fin, l'archidiacre composa en latin une instruction pour les prêtres : *Instruccion de Sacerdotes*, ainsi qu'il le déclare dans la glose de la strophe quinzième du chant II : « Segund mas largo se dice en nuestro tratadillo de los clerigos, « llamado *Flos sacramentorum*. » Immédiatement après la conquête du royaume de Naples, il composa un autre livre, qui dut être fort curieux d'après le sujet. Il le cite dans la strophe dix-neuvième du chant x, où après avoir parlé de Manfred et de la cour de Charles, roi de France, il ajoute : « Segund que yo ove escripto « mas largamente à la reyna nuestra señora, Doña Isabel, de gloriosa recordacion, « al tiempo que con marivillosas victorias se ganó el reino de Napoles, faziendo re- « lacion à su real majestad de todos los possedores de aquel reyno, y cosas grandes « y estrañas acaescidas en él desde el año de mill y dozientos fasta entonces. »

L'original de sa traduction du *Dante* se conserve, nous a-t-on assuré, dans la sainte église de Burgos. Peut-être est-ce sa traduction du *Paradis* en quintillas, accompagnée d'un commentaire diffus, dont nous avons vu l'original au nombre des manuscrits du comte de Oñate.

Chap. II, *note 1*, page 25. — Une autre *Vie de Garcilaso*, mais plus étendue, et contenant des faits nouveaux ou peu connus, vient d'être publiée par D. Eustaquio Navarrete, dans le tome XVI de la *Coleccion de documentos ineditos para la Historia de España*, des Sres. Baranda et Salvá.

Chap. II, *note 1*, page 32. — Le commentaire de Fernando de Herrera, sur les œuvres de Garcilaso, imprimé à Séville, en 1580, fournit la matière à un pamphlet satirique des plus mordants, qu'on ne trouve qu'entre les mains des plus curieux bibliophiles, et que l'on connait sous le titre de *Carta del licenciado Prete Jacopin*. Son auteur était l'almirante D. Luis Enriquez, fils d'un autre D. Luis Enriquez, également almirante, quoique d'autres l'attribuent à D. Pedro Fernandez de Velasco, connétable de Castille. Nous avons entendu dire qu'Herrera répondit par un autre pamphlet, non moins piquant, intitulé : *Respuesta à la carta de Prete Jacopin*. Nous n'avons pu parvenir à le voir.

Chap. III, *note 1*, page 37. — Parmi les poètes qui marchèrent avec le plus d'ardeur et de succès sur les traces de Boscan et de Garcilaso, et qui contribuèrent le plus efficacement à introduire et à enraciner la nouvelle école, il faut compter Diego Ramirez Pagan, poète distingué et auteur d'une *Floresta de varia poesia*, divisée en trois parties et imprimée à Valence, chez Juan Navarro, le 19 décembre 1562, in-8°, caractères gothiques, de 199 feuillets, sans foliotage. Déjà dans les notes du premier volume de cette traduction (pag. 530), nous avons eu l'occasion de citer le dit livre. Nous en avons même extrait une élégie que son auteur composa sur la mort de Torres Naharro. Mais, comme d'un autre côté, ce livre est presque inconnu, qu'on n'en sait d'autres détails que ceux de Cerdá y Rico, dans ses notes à la *Diana enamorada*, de Gaspar Gil Polo, nous allons en donner ici un résumé.

Des trois parties en lesquelles l'auteur divise sa *Floresta*, la première se compose presque entièrement d'élégies, d'épitaphes et d'autres poésies funèbres écrites sur la mort de rois, de personnages célèbres, ou d'amis du poète. Parmi ces compositions se trouve une élégie en tercets et plusieurs sonnets sur la mort de l'empereur Charles-Quint, adressés à la princesse D. Jeanne, sa fille ; une autre en latin, sur la mort de Doña Guiomar d'Aragon, fille de D. Alphonse d'Aragon, duc de Cardona et de Segorbe, et femme de D. Fadrique de Tolède ; une, sur la mort du maréchal de Léon, adressée à D. Diego Lopez de Aguilera, son fils ; à D. Juan de Mendoza, général des galères espagnoles ; à son propre frère, Jéronimo Ramirez, pour le consoler de la mort de son père, Miguel Ramirez ; à la ville de Valence, sur la mort de D. Francisco Buil ; d'autres enfin, sur la mort de

Juan Fernandez Heredia, Francisco de Gracia, Montemayor, Boscan, Garcilaso, etc.
poètes, ses contemporains, liés d'amitié avec lui, et avec qui il était en correspondance. Voici les deux compositions en l'honneur de Boscan et de Garcilaso :

Sur la mort de Boscan.

Boscan, despues que en paz sana y entera
Del terreno y mortal lodo saliste,
Y allá contigo esta la primavera
Y las musas al cielo conduxiste.
 Las abexas por miel dan ruvia cera,
Ya el campo de sus flores no se viste,
Y calla Philomena en la ribera,
Y la corneja anuncia canto triste.
 Apolo en medio el dia ya se esconde
Su acha dexa amor, el arco dexa,
Y solo aqui sospira, eco responde.
 La vida y el placer sin ti se quexa,
Huyen aves del aire, y no sé adonde
Del monte y la ciudad la paz se altera.

Sur la mort de Garcilaso de la Vega, fils du célèbre Garcilaso de Figueroa.

¡ O del arbol mas bello y mas gracioso
Que ha producido aca fertil terreno,
Rico pimpollo, ya de flores lleno,
Y a par de otra cualquier planta glorioso!
 El mismo viento airado y tempestuoso
Que a tu tronco tan lexos del ameno
Patrio Tajo arranco, por prado ajeno
Te deshojó con soplo pressuroso.
 Y una misma tambien piadosa mano
Os traspuso en el cielo, à do las flores
De ambos producen ya agradable fruto.
 No os llore, como suele, el mundo en vano ;
Mas consagreos altar, offrezca olores
Con rostro alegre y con semblante enxuto.

Grande devait être en effet l'admiration que Ramirez Pagan eut pour Boscan et
pour Garcilaso, surtout pour ce dernier, puisque dans l'épître dédicatoire de la
seconde partie de sa *Floresta*, adressée à Doña Leonor Galvez, il s'exprime ainsi :
« Aquel importante varon, Garcilaso de la Vega, cuyos escriptos assi se aventajan
« á todos los de nuestros tiempos, como el oro mas subido de quilates a todos
« los metales baxos y escuros. » Cet homme important, Garcilaso de la Vega, dont
« les écrits l'emportent sur tous ceux de notre temps, comme l'or le plus pur sur
« les métaux vils et obscurs. »

La seconde partie, adressée au prince de Melito, duc de Francavila, contient des poésies dévotes et morales et, dans ce nombre, un long poëme en quintillas, décrivant la passion et glorieux martyre que souffrirent les chartreux de l'Annonciade de Londres, dans les années 1535 et les six qui suivirent : *La passion y glorioso martyrio que padescieren los cartuxos de la Anunciada de Londres, en los años de 1535, y seys siguientes.* Dans la troisième, dédiée à Doña Leonor Galvez, on remarque plus de variété ; il y a des églogues à l'imitation de Virgile, dont une, intitulée : *Piscatoria,* raconte les amours allégoriques de Silvano, pasteur et pécheur et de Minerve, déesse de la sagesse. Là se trouvent aussi diverses épitres en vers que le poète, sous le nom de Dardanius, adresse à la dame de ses pensées, du nom de Marfira ; des odes, des gloses, des villancicos, à la manière des anciens poètes espagnols ; enfin un très-beau poëme en octaves, intitulé *Tropheo de amor y de damas.* Là, sont décrites l'une après l'autre sous les couleurs les plus vives, les dames de Valence et de Murcie, qu'il désigne par leurs noms, comme dans les trophes suivantes :

A Doña Beatriz os mostraria
Si in peligro su vista no pusiesse,
¿ Y quien por tanto bien no se pondria
Al peligro mayor quel mundo diesse ?
El mismo Dios de amor peligraria
De su mayor herida si la viesse :
Mas aunque en verla ardays en vivo fuego,
Tengo al que no la mira por mas ciego.

Las cejas en dos arcos vivos puestas
Disparan dos saetas encendidas,
No es mucho entrarse por los ojos estas
De tales ojos dos siendo salidas.
Mas alma y condiciones tan honestas
Bastan á reformar descomedidas
Passiones del dañoso humano zelo
Y al casto y limpio amor os sube a buelo.

Otra doña Maria Çanoguera,
Ved si beldad de un rostro os enamora ;
Que como se internece al sol la cera,
Y en las asquas la nieve poco mora,
Al pecho mas elado en tal manera
Recrea, abrasa y muere esta señora,
Que sin causar dañoso pensamiento,
Morireys por la ver cada momento.

Abrid los ojos, y vereys aquella
Doña Isabel de quien Tarya se admira,
Pellicer, la mas sabia, honesta y bella
De quantas Phebo en sa ribera mira.
No tiene el mundo tal que merescella
Pudiesse, y a esta causa se retira ;
Mas donde ella se halla, alla se encierra
Todo el bien y valor questá en la tierra.

El arnes de Milan quien le vistiesse
De vuestra mano, ¡ o doña Catherina !

No ay tiro de metal que le hiriesse
Con tan segura y rica jazerina :
Amor, sabiduria e interesse
A vuestro acatamiento assi se inclina
Ques accessoria en vos suma belleza :
Tan perfecta os formó naturaleza.

La alta doña Hieronyma Ribellas
Acaba la tercera compania
Como remate y fin de las mas bellas
Por cauo del aviso y cortesia.
Sus votos me entregaron todas ellas ;
Ninguna en lo contrario consentia :
Todas dizen que amor, es verdadero,
En un solo lugar se habla entero.

Bien qu'il fût un des plus ardents partisans de la nouvelle école, et passionné
pour la métrique italienne, goût dont nous trouvons d'abondants exemples dans
ses poésies, au point même d'y lire un sonnet alternativement composé en toscan
et en espagnol, le poète ne fut pas néanmoins entièrement insensible aux charmes
de notre vieille poésie. C'est ce que prouve la glose suivante sur l'ancienne romance ¡ *Oh Belerma !* et beaucoup d'autres que nous pourrions citer.

Dos muertes se han concertado
En traerme al fin postrero :
Las heridas que me han dado,
Y otra que si della muero
Parto bienaventurado.

Pues si de amor va pagada
Mi muerte en la tierra yerma,
Como digo à ti mi amada ;
« O Belerma, o Belerma
Por mi mal fuiste engendrada. »

No es mucho desatinar
Con la sobrada alegria
Que vida y desesperar
Hazen glorioso el dia
Del morir por bien amar.

Y assi al fin de la jornada
Digo, no en quexa de ti,
Sino en ver mi fe estremada,
« Que siete años te servi
Sin alcanzar de ti nada. »

Tome licion de querer
El que no sabe ques pena,
Que della suele nascer
La gloria que amor ordena
Al que quiere engrandecer.

En buen estado me halla
La muerte y fin de mis dias,
Pues por dañarme escusalla,

« Agora que me querias
Muero yo en esta batalla. »

Que morir desengañado
De tu fingida aficion,
Es fin bienaventurado
Y prueva de un corazon
Sufrido y determinado.

Que un rio caudal derrama
Por mis ojos sin moverte
Y en este suelo por cama
« No me peso de mi muerte
Aunque temprano me llama. »

A mas llega mi amistad
Que adonde llego el bivir,
Y aun es de tanta verdad
Que la acabara el morir
Con grande difficultad.

Pues en esta tierra brava
Ni de heridas de muerte
Ni de bivir me acordava
« Mas pesame que de verte
Y de servirte dexava. »

Y aun el no servite creo
Que de acabar me es mas parte,
Pues los ojos del desseo
Te miran, y en contemplarte
Hago cuenta que te veo.

Como capitan que gana
Para su rey la vitoria
Servi, « y rogalde de gana
Que tenga de mi memoria
Una vez en la semana »

Lo que mas pretendo aqui
Es su servicio y honor;
Que acordandose de mi
Ningun extrangero amor
Juzgara digno de si.

Que pues la vida arriscava
(Y es lo menos que se pierde)
Y a mas mi fe la obligava,
« Dezilde que se le acuerde
De quan cara me costava. »

O si se hallasen artes
De poder esta alma enferma
Y el cuerpo hecho mil partes
Rescatar una Belerma
Por mil muertos Durandartes.

Muerte sus filos ensaya
Mas passa en azeros finos
De una vez toda la raya :
« A Dios, à Dios Montesinos
Quel coraçon me desmaya. »

Toma la mayor herida
La mano, toma, señora,
De amores la homicida :
Que no fueran las de agora
Parte en quitarme la vida.

Con que sera descontada
La muerte que amor me ha dado;
Que esso traya esta vengada,
« Pues traygo el braço cansado
Y la mano del espada. »

No quiero mayor descuento
Que ser vos della ocasion
A cuyo merescimiento
Se enflaqueze la razon
Y amayna el entendimiento.

Y queda tan bien pagada
Ques ganancia conoscida,
Aunque al fin de la jornada
« La vista tengo perdida
Mucha sangre derramada. »

Mas de entender no he perdido
Que, en mis heridas bañado,
Mas cantidad que he vertido
De sangre, me han mejorado
En gloria que he merescido.

Ya no se quexa ni habla
Mi lengua los males mios
Porque si à quexar se entabla,
« Los sentidos tengo frios
Y se me quita el habla. »

Mas, reyna, no tengas duda
Que estando tu en mis enojos
Presente, por darme ayuda,
Te hablarian mis ojos
Callando la lengua muda ;

De donde tanta abundancia
De lagrimas veo salir
Que el morir sera ganancia
« Y ojos que me vieron yr
Nunca me veran en Francia. »

Contad, primó, la ocasion
De mi desdichada guerra
Y dareys (como es razon)
El cuerpo à la fria tierra,
Y à Belerma el corazon.

Dezilde que no se aparta
De mi alma sa figura;
Dalde en mi nombre esta carta,
« Pues que quiere mi ventura
Que deste mundo me parta. »

Ya mi luz me va dexando
Sin partirse de su estrella,
Pues si el alma bive amando
Biviendo en alma tan bella
Mas bivira que caminando.

Venga ya la honroso palma,
Sepultadme entre estos pinos
Y aunque me dexays en calma,
« A Dios, à Dios, Montesinos,
Que ya se me sale el alma. »

Quant à l'auteur Diego Ramirez Pagan, nous n'avons sur son compte d'autres détails que les quelques traits, en fort petit nombre, qu'il nous donne lui-même dans ses poésies. Il était, paraît-il, natif de Murcie. En effet, dans un sonnet en l'honneur d'Antonio de Padilla, chevalier de Baeza, on lit les vers suivants :

> Que ya de la ribera de *Segura*
> Nuevo milagro vemos en Valencia.

et dans un autre du capitaine Joan de Diaz Cardenes, habitant de Murcie, pendant qu'il était prisonnier à Alger :

> Vengan en la ribera de Segura
> Y cedan à Dardanio humildementa.

En outre dans l'*Histoire du marquis de Pescara*, composée par maître Vallès (voyez ci-dessus, p. 513), nous trouvons un sonnet en l'honneur de Diego Ramirez, de Murcie, qui est sans doute le même que Diego Ramirez Pagan.

Il étudia à Alcala, où il fut ordonné prêtre. Il prit ensuite le grade de docteur en théologie, et obtint plus tard le titre de *poeta laureado* de son Université. Dès l'âge le plus tendre, il se consacra au culte de la poésie et il composa un grand nombre de vers, tant en latin qu'en espagnol, « qui lui vinrent les uns et les au-« tres, dit-il, avec la plus grande facilité », quoiqu'il ajoute ailleurs : « je m'adon-« nai aux vers lascifs et badins, tantôt pour faire preuve d'esprit, tantôt pour plaire « à des amis. » Il habita le plus ordinairement Valence, sous la protection du duc de Segorbe, illustre Mécène de ce temps, dont il habitait le palais, comme aumônier et comme confesseur de ses filles. On ignore l'année de sa naissance, ainsi que celle de sa mort. Mais le portrait sur bois, qui accompagne sa *Floresta* et qui est dû au pinceau du célèbre valencien Juan de Juanes, laisse supposer qu'il avait cinquante ans, en 1562. Il offrit un second volume de la *Floresta* contenant, avec la description du tremblement de terre ressenti à Murcie, toutes les épitres d'Ovide traduites en vers castillans, et une apologie ou une invective contre les hérésies, mais il ne parvint pas à les publier.

CHAP. III, *note* 1, page 39. — Juan Lopez de Velasco, auteur d'un *Tratado de ortografía y pronunciacion castellana*, imprimé à Burgos, en 1582, in-8º, livre curieux et rare, publia, en 1573, à Madrid, chez Pierre Cousin, in-8º, les œuvres de Castillejo, qu'il avait auparavant corrigées et expurgées par ordre du Saint-Office. Il en fit autant, la même année, à l'égard de la *Propalladia*, de Torres Naharro et du *Lazarillo de Tormes*. De sorte que se corrigeaient en même temps trois des productions des plus remarquables du génie espagnol; il faut aussi avertir que le susdit Lopez de Velasco porta ses ciseaux, avec si peu de mesure et de soin, sur certaines œuvres du poète de la Manche, que, s'il venait au monde, il ne les reconnaîtrait pas pour être sorties de sa plume. *El dialogo de las concidiones de las mujeres*, dont nous avons vu des éditions de Venise (1544 goth. de 61 feuillets) et une autre de Tolède, chez Juan de Ayala (1546, in-4º), est barbarement mutilé; de plus on a enlevé toute la partie relative aux religieuses. Le *Sermon de amores*, que le même Castillejo publia, sous le pseudonyme de Fr. Nidel, de l'ordre du Christ, et qui s'imprima en 1542, fut sans doute trouvé trop hardi et trop libre pour être inséré parmi ses œuvres. Nous venions d'écrire cette note, lorsque est tombé dans nos mains un exemplaire du *Sermon de amores*. Nous l'avons comparé avec le *Capitulo de amor* qui se trouve parmi les œuvres de Castillejo (édit. de 1573, p. 203, et édit. de 1598, fol. 83, verso). Il résulte de cette comparaison que le premier est en substance le même que le second, mais considérablement mutilé.

La mort de Castillejo a été fixée par les uns en 1596. On suppose qu'il mourut à l'âge de cent deux ans. On se trompe sur cette date qui est celle de la mort de Fr. Cristobal de Castillejo, moine bénédictin, mort cette année-là, à Valde-iglesias au monastère des bénédictins et non des chartreux, comme l'avance par erreur notre auteur. Cette erreur si palpable que propagea, pour la première fois, le P. Fr. Crisostomo Henriquez dans son *Phœnix reviviscens, sive ordinis scriptorum Angliæ et Hispaniæ series*, Bruxelles, 1626, in-4º, a été reproduite depuis par de nombreux écrivains et entre autres par Ticknor, ainsi que le démontre clairement l'érudit Ferdinand Wolff, aux travaux et à la saine critique duquel la littérature espagnole est si redevable. Castillejo mourut en 1556, dans un monastère des environs de Vienne où il s'était retiré, ainsi que le prouve l'inscription sépulcrale qu'on y a découverte. Voyez le Sitzungsberichte des kaiserlichen, académie des Wissenschaften, mars 1849, pp. 292-311.

Il est probable que l'édition de Madrid de 1573 n'est pas la première des œuvres de Cristobal de Castillejo. Dans la licence du Conseil, qui précède la dite impression, il est dit formellement que le conseil de la Sainte et Générale Inquisition leva la défense qui était faite de ne pouvoir le lire, « alzó la prohibicion que estaua puesta para no se poder leer. » Le *Dialogo de los condiciones de las mujeres* fut réimprimé à Alcalá par Andrès Sanchez de Ezpeleta, en 1615, in-8º, avec l'*Historia de los dos leales amadores Piramo y Tisbe* du même auteur. Le susdit imprimeur avait réédité, l'année précédente, le *Dialogo entre la verdad y la lisonja* et le *Discurso de la vida de Corte*.

Quant à la comédie de *Costanza* qui était à l'Escurial, D. Bartolomé Gallardo nous a transmis sur elle les détails suivants :

« Elle se trouvait dans un volume MS. de *papiers divers*, petit format. C'était un brouillon tellement bâtonné et confus que le P. Piedralabes qui remplissait alors les fonctions de secrétaire, m'assura que personne n'était jamais parvenu à la lire. Pour moi, durant les jours que j'ai vécu au monastère même de l'Escurial, je n'ai pu qu'avec beaucoup de peine déchiffrer quelques passages de la comédie, lire rapidement une ou deux colonnes et tirer de toute la pièce quelques observations par ci par là. La déchiffrer entièrement, la lire toute eût été un grand travail exigeant beaucoup plus de temps que je ne pouvais consacrer *illic* et *tunc* à cette unique étude. Mais toutes les difficultés s'aplanirent : le bibliothécaire, avec la permission du prieur, le P. Lopez, me prêta le manuscrit pour qu'à Madrid, à mon temps et loisir, je pusse l'étudier et en prendre une copie pour moi et une autre pour le monastère. »

Bartolomé Gallardo perdit l'original, en passant de Séville à Cadix, avec le Gouvernement constitutionnel, en 1823. Dans sa lettre, après avoir raconté comment il la perdit avec les copies et les observations que la lecture lui avait suggérées, il ajoute :

« Je reviens à la farce de *La Costanza*. On a bien parlé d'elle depuis que le marquis de Valdeflorez l'a citée dans les *Origenes de la poesia española*, mais personne ne nous a dit ce qu'elle est. Ce silence confirme l'assertion donnée plus haut que personne n'était parvenu à la lire. Moratin, qui semble vouloir nous fournir sur elle plus de détails, n'y parvint pas non plus ; on le reconnaît, l'unique chose qu'il vit, ce sont, je crois, mes observations que j'ai perdues.

« *La Costanza* est une comédie du goût de Ménandre, écrite avec cette grâce piquante qui caractérise toutes les œuvres de Castillejo. Si l'on devait tirer son titre de sa moralité, le titre qui conviendrait le mieux c'est *La Costanza o las edades encontradas* ou les âges opposés. Ses personnages sont en effet différents d'âge et d'inclination ; c'est une *vieille* mariée à un *jeune homme*, ou une *jeune fille* mariée à un *vieux*. L'objet moral de la farce est de mettre en scène et de faire parler les personnages, dans de pareils contrastes. Castillejo le fait avec cette grâce et ce piquant qu'on pouvait attendre de son grand génie et de sa profonde connaissance du cœur humain. »

On peut compléter cette notice biographique de D. P. Gayangos par les détails que nous donne sur Cristobal de Castillejo, D. Cayetano Alberto de la Barrera y Leirado dans son Catalogo Bibliografico y Biografico del teatro antiguo español. (Madrid Revadeneyra , 1860.)   (*Note du traducteur*).

CHAP. III, *note* 3, page 42. — Nous connaissons cinq éditions des œuvres de ce poète, la première de Grenade, 1582, in-8º; la seconde et troisième, aussi de Grenade, en 1588 et 1594 ; la troisième, de Lisbonne, par Miguel de Lira, 1592 ; la quatrième et la cinquième de Grenade, par Sebastian de Mena, 1599, in-8º.

CHAP. IV, *note* 1, page 47. — Nous ne croyons pas qu'il y ait d'autre raison d'attribuer à Fr. Juan de Ortega le *Lazarillo de Tormes* que la raison donnée par le P. Sigüenza dans son *Historia de la Orden de San Jeronimo*, tom. II, p. 184, col. 1. Il s'exprime en ces termes : « Dizen que, siendo estudiante en Salamanca, man-
« cebo, como tenia un ingenio tan galan y fresco, hizo aquel librillo que anda por
« ahí, llamado *Lazarillo de Tormes*, mostrando en un sujeto tan humilde la pro-
« priedad de la lengua castellana y el decoro de las personas que introduze con tan
« singular artificio y donaire, que meresce ser leydo de los que tienen buen gusto.
« El indicio de esto fue averle hallado el borrador en la celda, de su propia mano
« escrito. » On dit que, lorsqu'il était étudiant à Salamanque, encore jeune, il avait un esprit si gai, si frais, qu'il composa ce petit livre qui circule par ici sous le titre de *Lazarillo de Tormes*. Il montra sur un si humble sujet la propriété de la langue castillane et le charme des personnages qu'il y introduit, avec un artifice et une grâce si particulière, que ce livre mérite d'être lu de tous ceux qui ont un bon goût. L'indice de ce fait, c'est qu'on a trouvé le brouillon dans sa cellule, écrit de sa propre main.

CHAP. IV, *note* 1, page 50.—Le fait attribué à D. Diego de Mendoza d'avoir jeté par-dessus le balcon le courtisan qui l'avait insulté est inexact. Ce que fit Mendoza, ce fut de lui arracher la dague avec laquelle il voulait le blesser et de la lancer dans les corridors du palais. Cela résulte d'une lettre que cet illustre seigneur adressa au cardinal Espinosa pour s'excuser du fait, lettre qui se trouve parmi les manuscrits de la Bibliothèque Nationale, et que ne dut pas lire, tout en la citant (fol. XLVIII), l'auteur de la *Vie de Mendoza*, placée en tête de l'édition de sa *Guerre de Grenade*. En voici la traduction :

Illustrissime et révérendissime seigneur, le gouverneur de Breda, pendant le séjour de l'empereur Charles V au palais, saisit l'alcalde Ronquillo, à Valladolid.

Gutierrez Lopez de Padilla défia dans le palais, et tua, à Alcaudete, Don Diego Pacheco.

Le duc de Gandie et Luis de La Cueva mirent la main à l'épée, devant l'empereur Charles V, à Saragosse.

Le marquis du Vasto et le vice-roi de Naples mirent la main à l'épée, devant l'empereur Charles V.

Le commandeur d'Alcantara et M. de la Relusa (dans d'autres copies de la Palusa et de la Palissa) se donnèrent des coups de couteau, dans le cabinet secret, pendant que le roi était sous sa tente, au camp d'Aix.

Le duc de l'Infantado donna un grand coup de couteau à un alguazil, devant l'empereur Charles V, en allant à cheval, dans une escorte, parce qu'il avait touché son cheval de sa baguette, en disant : « En avant, Messeigneurs; ordre du César !» Ordre fut donné de saisir le duc; alors de nombreux seigneurs se détachèrent de l'escorte et allèrent accompagner le duc. Quant à l'alguazil, l'empereur le fit raser et envoyer aux galères, sans solde. Sur l'intervention et sur les prières du duc, il lui pardonna et le duc lui-même fut mis en liberté. Acte dont se réjouirent beaucoup les grands qui, à cause de cette grâce, baisèrent avec le duc la main royale de l'empereur.

Don César d'Avalos et Don Juan d'Avalos son fils frappèrent Hernando de la Vega, en présence de la reine, Doña Isabelle de Valois.

Don Baltasar de la Cerda et D. Luis de Tolède, frère de D. Pedro de Tolède, marquis de Villafranca, se querellèrent devant la même reine, à Bayonne, lorsqu'elle vint, en Espagne, conduite par le duc d'Albe, épouser D. Ferdinand III.

Juan de Véga, étant président de Castille, mit la main à l'épée contre D. Diégo Manrique, dans l'antichambre du roi.

A Valladolid, le comte de Tendilla, le vieux, enleva une doncella de la maison de D. Juan de Mendoza, pendant son séjour à la cour, et le marquis de Mondejar, son fils, étant président du conseil des Indes, emmena la fiancée dans la maison de la comtesse de Rivadavia, à Valladolid, et le comte et D. Juan de Mendoza se battirent, à coups de couteau, pour ce motif, devant le roi.

Le duc de Frias et D. Juan de Silva allèrent se battre en duel, dans le champ du roi, près des portes du palais.

Figueroa, étant membre du conseil, s'enivra à Ratisbonne, et comme on l'en plaisantait, quelques jours après, devant le roi, il attaqua un gentilhomme de la chambre à coups de poignard, parce qu'il n'avait pas d'autre arme.

Le secrétaire Antonio de Eraso dit *vous* à Gutierre Lopez, pendant qu'ils étaient au conseil, et pour ce motif, ils se battirent à coups de couteau.

Je pourrais produire ici, Illustrissime Seigneur, de nombreux exemples de personnes à l'égard desquelles on a dissimulé, et qui ont été très-promptement rétablies dans leurs maisons, sans être taxés de folie; seul, D. Diego de Mendoza est entré par une autre porte, puisque, à l'âge de soixante-quatre ans, en se défendant, *il a jeté un poignard dans les corridors du palais*, manque de respect le plus faible, sans pouvoir aller plus loin, sans dépasser les bornes de la raison. Et afin qu'on ne me prenne pas pour un conteur d'histoires, ce que je déteste, je cesse de produire d'autres exemples. Si ceux que j'ai donnés ne suffisent pas, j'enverrai mon muet; il parlera, je le sais, pour tous.

Je ne peux cependant m'empêcher de rappeler à V. I. que l'année dernière, 1531, l'alcalde Morquecho s'empara du comte de Sastago, dans l'antichambre du roi, pour un manque de respect et une désobéissance à un ordre de la reine. Ce comte était capitaine des gardes, on le retint un jour en prison, et on ne lui infligea point d'autre punition.

Dans cette même année de 1531, le mercredi 17 septembre, au matin, deux régidors de Cadix se prirent de querelle, dans la cour du palais. L'un s'appelait Francisco Gonzalès de Angulo, avait plus de soixante-dix ans; aussi portait-il une canne et non une épée. L'autre se nommait D. Estevan Chiston Santonis de Florencia qui épousa la nièce d'un Anglais, devint fort riche, à Cadix, où il était venu fort pauvre d'Angleterre. Ce dernier prit la canne des mains de Francisco de Angulo et l'en frappa à satiété. Non loin de là se trouvait un fils de Angulo, du même nom que son père et avocat. Il s'avança au milieu de la rixe, et dès qu'il reconnut qu'il s'agissait de son père, il attaqua le sieur D. Estevan et lui donna des coups de poignard dans la figure. On rétablit la paix entre eux, la garde fut envoyée par ordre du duc de l'Infantado, D. Juan de Mendoza, major-dome major; D. Francisco et D. Estevan furent saisis et jetés en prison; on laissa le père libre de rentrer chez lui. On condamna D. Francisco à mort par le couteau, et de plus à quatre mille ducats d'amende. La peine de mort s'exécuta jusqu'à la sortie de prison, en la forme accoutumée ; le condamné était déjà sur l'échafaud, les yeux bandés et attaché à la sellette; le bourreau n'avait plus qu'à frapper son coup, lorsqu'arriva le pardon du roi, en considération de ce que le fait avait eu lieu pour la défense de l'honneur paternel. D. Francisco fut réintégré dans la prison, d'où il sortit peu de temps après; on lui fit remise de l'amende de quatre mille ducats. Le duc de l'Infantado, juge du procès, les fit se donner la main tous les trois et se lier d'amitié.

Outre ces exemples, si modernes et si notoires, je me dispense de dire à votre Illustrissime Seigneurie qu'ayant été mis aux arrêts, dans sa maison, par ordre de Sa Majesté, sans autre crime que celui que V. I. connaît, un homme d'ancêtres aussi connus que moi, et avec la note de voir déjà parler sur les murs, celui qui doit faire de ma personne une grande démonstration, je me suis trouvé dans la nécessité de les rapporter tous, afin que, par leur connaissance et par celle de mes représentations, on prenne la résolution la plus digne de tous. V. I. examinera, je l'en supplie, m s raisons, et je crois que son bon cœur, sa vertu, son savoir, n'inspireront au cœur de S. M. aucun sentiment contre ma réputation et ma personne ; elle maudira, je l'espère, les dangereux desseins qui m'ont valu les égards correspondant à mes obligations pour le service de S. M. Que la bonté du ciel se conserve et prospère pour V. I., durant des années remplies de vertus, pour l'exemple de tous et comme je le désire. De ma demeure, ce jourd'hui, lundi 20 septembre 1579.

Postuda. — Tout ce contenu est de ma mauvaise *nota* et *cabeza*, sans être de mon écriture. Je supplie V. I. de le considérer comme tel. — Illmo, et Reverendmo señor, de V. I. le très-humble serviteur, D. DIEGO DE MENDOZA. —

Nous avons lu une autre lettre du même D. Diego de Mendoza, adressée à Ruy Gomez de Silva, favori de Philippe II, en réponse à une lettre où ce favori lui demandait des nouvelles de la guerre de Grenade. Elle est remarquable par son laconisme.

« La de V. E. del 27 de passado recivi à los dos de este, y cumpliendo con lo que me mando en darle aviso de el estado de la guerra, para que V. E. lo dé à S. M. Digo que el Sr D. Juan oye, y el duque bulle, y Luis Quixada riñe, y el Presidente propone, y el Arçobispo bendice, y Muñatones guarduña, y el marqués de Mondejar, mi sobrino, esta allà; que no hace falta aca. »

La lettre de V. Ex. du 27 du mois dernier, je l'ai reçue le deux de ce mois-ci. Je vais remplir les ordres que vous me donnez de vous informer de l'état de la guerre, afin que V. Ex. puisse le rapporter à S. M. Je dis donc que le Sr D. Juan écoute ; le duc s'agite ; Luis Quixada querelle ; le président propose ; l'Archevêque bénit ; Muñatones fouine et le marquis de Mondejar, mon neveu, est là-bas ; il ne fait pas défaut ici.

CHAP. IV, *note* 1, page 53.— Le capitaine Pedro de Salazar écrivit un livre intitulé : *Historia y primera parte de la guerra que D. Carlos, emperador de los Romanos, rey de España y Alemania, movió contra los principes y ciudades rebeldes del reyno de Alemania y successos que tuvo.* Il fut imprimé à Naples, par Juan Pablo Ságanappo, en 1548, 85 feuillets, caractères gothiques, à deux colonnes. C'est, d'après Nicolas Antonio (*Bibl. Nova*, édit. Bayer, tom. II, p. 235), l'ouvrage que Diego Hurtado de Mendoza critiqua dans sa charmante lettre du *Bachiller de Arcadia.* Un fait digne de remarque, c'est que le dit ouvrage, dont nous avons vu une seconde édition, donnée à Séville, en 1552, par Dominico de Robertis, sous un titre assez altéré, est adressé au prince D. Philippe, fils de Charles V, et non à la duchesse d'Albe, comme le dit Mendoza : « Y pensando pa- « sarla como doblon de plomo, vino tambien cargada con un libro vuestro dirigido,

« quando menos à la ilustrisima señora duquesa de Alva ; en el qual se relata la
« vitoria habida contra los Saxones. » Paroles qui nous portent à croire que Pedro
de Salazar écrivit un autre livre sur le même sujet, livre qui n'est pas arrivé jusqu'à nous. En effet, dans un passage de sa mordante satire, il s'exprime ainsi :
« Qu'on vienne me dire que ce fut un mauvais détail que celui d'insérer dans ce
« livre le nombre des étendards et des bannières qui se gagnèrent dans la bataille
« et les dimensions des uns et des autres, et vous verrez comme je leur tirerai les
« moustaches. Grands dieux, quant à moi, il me semble que les drapeaux furent,
« dans ce livre, ce que sont les épices, les assaisonnements et le sucre dans les
« potages : sans ces condiments, tout ce que l'on mange n'a ni goût ni saveur; de
« même le livre, sans ces peintures, n'aurait pas de quoi amuser les enfants :
« en effet, un livre sans images est comme un temple de luthériens qui n'a ni
« crucifix, ni saint sur lequel on puisse tourner les yeux. » Pag. 211.

Outre la lettre de D. Diego de Mendoza à Pedro de Salazar, nous en avons vu
une autre, réponse de ce dernier, dit-on, et qui est de lui sans aucun doute. Dans
celle qui est imprimée, D. Diego cherche à défendre le capitaine des reproches
que lui adressent ses ennemis; et dans la lettre inédite, dont nous nous rappelons
d'avoir vu une copie, d'une écriture contemporaine, à la Bibliothèque du British
Museum, Salazar se montre très-reconnaissant envers D. Diego de Mendoza et
réfute les arguments de ses détracteurs.

La Carta de los Catariberas n'est pas l'œuvre de D. Diego Hurtado de Mendoza,
et n'a aucun rapport avec celle du Bachiller de Arcadia. Son auteur est le
Dr Eugenio Salazar y Alarcon, qui l'écrivit à Tolède, le 15 avril 1570, pendant
que la cour se trouvait dans cette ville, et qu'il prétendait à une vare de corrégidor. Il l'adressa à D. Juan Hurtado de Mendoza, seigneur du Fresno de Torote et
habitant de Madrid, « caballero muy aventajado » et bon poète qui, entre autres ouvrages, composa en vers : El buen placer trobado en trece discantes de octava
rima, Alcalá 1580, in-8º. Eugenio de Salazar fut précisément le fils du capitaine
Pedro de Salazar, que D. Diego de Mendoza critiqua sous le pseudonyme de
Bachiller de Arcadia, et comme Eugenio lui-même adressa sa Carta de los Catariberas, à D. Juan Hurtado de Mendoza, cousin de D. Diego, il en est résulté que
l'une et l'autre lettres ont été attribuées au même auteur. Cette question se trouve
longuement traitée et éclaircie par des notes des plus curieuses dans le numéro 3
du Criticon de D. Bartholomé José Gallardo. Ce dernier y publie intégralement
la lettre d'Eugenio de Salazar, telle quelle se trouve dans le manuscrit original de
ses poésies, conservé dans la Bibliothèque de l'Académie royale d'Histoire.

CHAP. IV, note 1, page 54.— D. Diego de Mendoza composa en outre un Dialogo
entre Caronte y el ánima de Pedro Luis de Farnesio, hijo del papa Paulo III,
dont l'original appartient à la Bibliothèque Colombine et dont nous devons une
copie à l'attention délicate de notre ami D. Adolfo de Castro. C'est un travail remarquable. A propos de D. Diego de Mendoza, voyez ce que dit cet écrivain dans
une note étendue sur le Buscapié de Cervantès, pp. 60-76. Ses lettres officielles,
dont on trouve une bonne collection à la Bibliothèque nationale de Madrid et dans
celle de Salazar, réunie aujourd'hui à la Bibliothèque de l'Académie royale d'Histoire, sont un modèle du genre.

CHAP. V, note 4, page 66. — Dans un volume manuscrit de la Bibliothèque de Salazar réunie aujourd'hui à celle de l'Académie royale d'Histoire (Miscelaneas, nº 44)

on conserve un *colloquio* du Dʳ Villalobos. Si nous en jugeons par son épigraphe, où l'on peut lire *Sexta y ultima collacion*, il dut faire sans doute partie d'un ouvrage plus étendu, qu'on ne parvint pas à imprimer. Les interlocuteurs sont Villalobos lui-même et un certain Bustamante. Le sujet roule sur une question de médecine traitée dans un style familier et badin qu'adoucissent encore des contes, des plaisanteries, comme tous les ouvrages du même auteur. Dans le même volume se trouvent aussi diverses lettres, les unes en castillan, les autres en latin, adressées à l'archevêque de Tolède, D. Alonso de Fonseca. Le bon médecin y donne des preuves de sa bonne humeur et il y décrit, avec un vernis et une grâce qui lui sont propres, des événements de la cour de l'Empereur qu'il accompagnait d'ordinaire dans ses voyages, lorsqu'il était en Espagne. Nous allons donner ici une partie d'une de ces lettres fort remarquable :

Despues que el otro dia escrive à V. S. se halló esta ciudad preñada de tantos juegos y fiestas, que no cabiendo en el vientre, unos ha parido à pares y aun a diezes, y otros ha movido echados ante de su tiempo. El primer juego de los principales fue el jueves xIIII deste mes, en que por la mañana se quemaron xIII hombres y mujeres, con otra multitud de statuas, y obo muchos reconciliados, y aunque *id per locum factum est miseris tamen patientibus* serio prevertebatur. Aqui pagan muy bien a los officiales que se introduzen en los actos destos juegos : mas yo de mala gana fuera persona en esta escena.

En este mismo dia à la tarde huvo un gran juego de cañas, en que S. M. salió el mas esmerado jugador de todos y el mas gentil hombre. No faltan sino que le adoren todas las damas de Valencia, que son tantas y tan gentiles como adelante verá V. S. quidquid dicant alterius partes assentatores. A otro dia viernes se hizo aborto de la procession y fiestas del corpus Christi, en que ovo tantas representaciones tam bien echas que no se podrian escrivir (1). En acabando de comer se escomenzaron los juegos : S. Magd. y la Reina miravan de una ventana y todas las otras ventanas miraban à esta la cosa la mas adornada y pomposa que nunca los vivos vieron. En la procession iba innumerable numero de personas y muy gran cosa de reliquias, y muy gran riqueza de cosas sagradas de oro y de plata y de piedras preciosas. Acabóse de entrar toda la procession en la Seu de noche, donde se cree que estarian cien mill personas, y dos millones de candelas encendidas, que si no mirarà con tanta apretura, pareciera cosa del cielo. El sabado adelante fué la fiesta de las damas de Valencia, que sino la escureciera la nueva de Italia que llegó entonces, fuera cosa preclarissima. Serian mas de ciento y ochenta damas de la ciudad las que se juntaron en la sala, que como grandes avenidas de rios se sorbieron y derribaron à las de la Reyna. Avia entre ellas ciento y cincuenta ropas de brocado pelo y de oro tirado, y dellas avia tam hermosas que no se puede mas dezir, y todas à una mano, tam dulces, para tractar con ellas, que no parecen cosa humana, sino mas adelante; dançarian por maravilla setenta dellas, y duró la fiesta desde las cinco de la tarde hasta la media noche, y . . . quien pudiere. Deste maravilloso spectaculo no tomó mucho gusto el Emperador, porque estava muy sentido de la muerte de tantos y tales criados. De esto no podemos dezir sino que es *yra et ultió Domini in transgressores et utinam non seviat in consentientes.* Alla sabrà, V. S. mas por estenso como pasó todo en la mar. De Valencia, Domingo de mañana, 17 de mayo, en presencia del secretario y de Pero Gonzalez. — Ilustrisimo Sr. — Los manos de V. S. besa, el Dr. de Villalobos.

En 1528, pendant le séjour de l'Empereur à Valence, on reçut la nouvelle de la déroute de notre escadre et de la mort de D. Ugo de Moncada, défaite à laquelle il est fait allusion dans la lettre du Dʳ Villalobos. Dans une autre lettre adressée

_____

(1) A propos de ces représentations, voir l'article sur Gleichen dans le journal français le *Temps*, du 2 mars 1869. (*Note du traducteur.*)

au même archevêque de Tolède, il lui raconte un voyage fait avec l'Empereur et l'Impératrice, et lui rapporte un événement des plus gracieux, qui lui arriva avec la camerera mayor, dame portugaise. Il met le récit sous la forme d'un dialogue, comme si c'était une farce ou un intermède. A la fin d'une œuvre en latin du Dr Francisco de Villalobos, intitulée : *Congressiones vel duodecim principiorum liber nuper editus*, imprimée à Salamanque, chez Lorenzo de Liom de Deis, 1514, in-fol., et dédiée au premier médecin, Fernando Alvarez, se trouvent plusieurs de ses lettres familières, écrites en latin, à divers personnages de la cour du roi catholique (*Ejusdem doctoris epistolæ quædam familiares de vita ejus et fortuna parum tangentes*). Deux sont adressées à son père, à la date de 1598, l'une de Zamora ; l'autre, de Santa Maria del Campo, 1507 ; deux, à Gonzalez de Moros, 1501 et 1507 ; à Garcia de Tolède, 15 avril 1508 ; au Dr Parra, 23 juillet 1598 ; à D. Fadrique de Tolède, duc d'Albe et marquis de Coria, 1er mars 1509 ; à D. Cosme de Tolède, évêque de Plasencia, 9 mars 1509, 20 janvier et 10 octobre 1510. On y trouve, comme dans les autres, qu'il dit avoir publiées à la suite de son commentaire sur Aristote, des détails fort curieux non-seulement sur la vie de leur auteur, mais encore pour l'histoire des mœurs du temps. Il raconte parfois de piquantes anecdotes, des contes gracieux des seigneurs qu'il visitait. Il nous peint avec franchise sa vie domestique, motif qui lui fait ajouter en terminant : *Hortor quoque lectores ne quis audeat ea ad sermonem traducere patrium.*

CHAP. V, *note* 1, page 69.— Durant tout le seizième siècle et pendant une partie du siècle suivant, il fut fort à la mode d'écrire sous la forme de dialogue. Le capitaine Diego de Salazar, le même personnage à qui Mendoza adressa sa célèbre et si piquante lettre du Bachelier d'Arcadie, mit en dialogue un *Tratado de arte militar*, reproduisant une conversation tenue, selon lui, à Burgos, par le grand capitaine et le duc de Najera, dans l'hôtel de ce dernier, où il était logé.

Y como a mi, dice el autor, cupiesse, y parte no pequeña, del dolor de su muerte (de la del grand capitan, ocurrida en 1515), como à uno de sus servidores, assi por haver militado prosperamente debaxo de su bandera, como por aver recibido parte de sus acostumbradas mercedes ; y por esto haviendole sido y tenido obligacion de particular servidor ; y aviendome la fortuna con la muerte privado del uso de tan amador señor, me parece no poder tomar mejor remedio que gozar con la memoria de las cosas que por èl fueron prosperamente hechas y agudamente dichas y sabiamente disputadas ; y por que no hay cosa mas fresca de las que de èl me acuerdo que el razonamiento que poco tiempo a que passó con el illustrissimo D. Pedro Manrique de Lara, duque de Najera y conde de Treviño, donde largamente en las cosas de la guerra, estuvo con él en disputa, y en todas las cosas aguda y prudentemente por él demandado, y sabiamente por el Gran Capitan respondido ; lo qual todo me ha parecido reduzir à la memoria y escrèvirlo, porque leyendolo sus amigos y servidores, refresquen en sus ánimos la memoria de sa virtud, y los otros se duelan por no aver intervenido en su tiempo, para deprender muchas cosas utiles, no solamente al habito militar, mas à la vida politica, que entendian las cosas de la guerra por dos tan sapientissimos hombres preguntadas y respondidas : por que si con el ver no las alcanzaron, con el leer las deprendan. Quiero dezir que tornando el gran capitan de las partes de Italia, donde gran tiempo avia victoriosamente militado, como lugarteniente général del catholico rey d'España, D. Fernando de Aragon, y estando en Burgos, fué por el illustrissimo sobre dicho duque à su posada solemnemente convidado, adonde muchos parientes y amigos del un señor y del otro convinieron ; en la qual cosa al gran capitan por el duque fué rogado que por tres o quatro dias le pluguiesse reposar por tener occasion de largamente se informar de algunas cosas que de tal hombre se podian deprender, etc.

L'ouvrage a pour titre : *Tratado de Re militari*, et au-dessous de certaines armes : *Tratado de cavalleria hecho a manera de dialogo que passò entre los illustrissimos señores* Don Gonçalo Fernandez de Cordova, *llamado* Gran Capitan, *duque de Sessa*, etc., y Don Pedro Manrique de Lara, *duque de Najera ; en el qual se contienen muchos exemplos de grandes principes y señores y excellentes avisos y figuras de guerra, muy provechosos para caballeros, capitanes y soldados*. Et à la fin : « Acabóse la presente obra en casa de Miguel de Eguya, a XII dias del mes de mayo, año de MDXXXVI años ; » fol., caractères gothiques, de 66 feuillets et 2 de préliminaires. Il existe une édition postérieure, de Bruxelles, 1590, in-4°.

Malgré l'affirmation de Salazar, on a des motifs pour douter que son œuvre soit, comme il l'annonce, un résumé de la conversation du Grand Capitaine. On y trouve en effet des morceaux entiers extraits du *Libro dell'arte de la guerra*, de Machiavel, livre écrit aussi sous forme de dialogue entre Fabricio Colonna et Cosme de Rosellar, gentilhomme florentin.

Diego Nuñez de Alba imprima aussi à Cuença, 1589, les *Dialogos de la vida del soldado, en que se cuenta la conjuracion y pacificacion de Alemania, con todas las batallas que en ella acontecieron en los años de* 1567 ; œuvre d'une lecture agréable et d'une diction des plus soignées. Bernardino de Escalante publia ses *Dialogos del arte militar*, Madrid, 1583, in-4°. C'est dans la même forme que sont écrits les traités militaires de Sancho de Londoño, *Discurso militar*, etc., Madrid, 1593, in-4° ; de Francisco de Valdés, *Espejo y disciplina militar*, Bruxelles, 1586, in-4° ; les traités sur l'art d'écrire d'Iziar (1553, in-4°) et de Pedro de Madariaga (1565, in-8°), tous deux basques ; la *Rhetorica* de Juan de Guzman, divisée en quatorze convites d'orateurs (Alcalá, por Joan Iñiquez de Lequerica, 1589, in-8°), et l'ouvrage que composa sur le même sujet le célèbre Pinciano : *Philosophia antiqua poetica*, Madrid, 1596, in-4°. Francisco de Miranda y Villafañe publiait, à Salamanque, 1582, petit in-8°, ses *Dialogos de la fantastica filosofia de los tres en uno compuestos*, suivis du *Dialogo de las letras y armas* et du *Dialogo del honor*, œuvres où, laissant de côté certains préjugés de cette époque, on remarque une érudition peu commune et une saine critique. Plus tard, Francisco Nuñez de Velasco imprimait un ouvrage presque sur le même sujet et aussi en forme de dialogue. Là il discute, avec une singulière érudition et dans un style pur et châtié, laquelle des deux carrières est préférable et plus noble, de celle des lettres ou de celle des armes : *Dialogos de contencion entre la milicia y la ciencia*, Valladolid, 1614, in-4°. Enfin le Dr Francisco de Avila, chanoine de la collégiale de Belmonte, publia, en 1576, Alcalà, chez Juan de Lequerica, in-8°, les *Dialogos en que se trata de quitar la presumpcion y brio al hombre a quien el favor y prosperidad del mundo tienen vanoglorioso y soberbio, y de esforçar y animar al que su trabajo y adversidad tienen fatigado y afligido*. Ce traité estimable, du genre didactique, est écrit dans un style simple, propre et pur. Son auteur se propose, avec l'aide des lettres divines et humaines, de sentences, de propos, d'opinions, comme aussi de contes et d'anecdotes adoucissant la narration, de modérer la présomption excessive de ceux qui, favorisés de la fortune ou chéris du peuple, deviennent orgueilleux à l'excès ; de donner de la force à ceux qui, croyant manquer des avantages du corps ou des biens de la fortune, s'affaiblissent et se découragent aussi à l'excès. A cet effet, dans tous les dialogues au nombre de vingt-six, il introduit deux interlocuteurs dont l'un est toujours le *Desengaño*, la désillusion.

Nous pourrions citer encore un plus grand nombre d'ouvrages, tous écrits au seizième siècle, sous forme de dialogues ou d'entretiens : mais ceux dont nous avons parlé ci-dessus suffisent pour prouver à quel point le genre didactique était cultivé parmi nous.

CHAP. V, *note* 4, page 69.— L'édition princeps de la *Silva de varia leccion*, donnée en 1542, ne contient en effet que trois parties ; l'édition de 1547 en a une de plus, ajoutée par son auteur, et celle de Saragosse, 1555, deux autres ajoutées par un anonyme. Le livre se réimprima à Anvers, Martin Nucio, 1555, in-8° ; Lyon, 1556, et ailleurs. Les éditions plus modernes ont fait disparaître le chapitre relatif à la papesse Jeanne.

CHAP. V, *note* 1, page 70.—Quoi qu'en disent Nicolas Antonio, Brunet et d'autres, les *Dialogos* de Pero Mejia s'imprimèrent, pour la première fois, à Séville, en 1548 et non en 1547, comme 'dit notre auteur, puisque le permis d'imprimer placé en tête de la dite édition, que nous avons sous les yeux, est du 12 février 1548. C'est un volume petit in-8°, en caractères gothiques et de 90 feuillets. A la fin on peut lire : « Fueron impressos los presentes dialogos en la muy noble y muy leal ciudad de Sevilla, por Dominico de Robertis, à XXII dias de agosto de MD y XLVIII años. » L'édition de Séville, de 1562, aussi in-8°, en caractères gothiques, de 152 feuillets, porte en tête un permis d'imprimer, accordé à Francisco Mejia « fils de Pedro Mejia, défunt. »

CHAP. V, *note* 2, page 70. — Dans la bibliothèque de l'Université de Saragosse, on conserve deux volumes in-fol. de l'écriture de Jeronimo Ximenez de Urrea. Ce sont le second et le troisième volume d'un livre de chevalerie, intitulé, à ce qu'il paraît, *Don Clarisel de las Flores*. Le second commence ainsi : « De lo que avino « al cavallero indiano con unos cavalleros que del profaçavan, y de la cruda y es- « pantosa batalla que con Celadonte el Silbano huvo. » C'est un des livres les plus remarquables qui se sont écrits dans ce genre : il y a des morceaux véritablement intéressants. Le style en est pur, châtié, dégagé, et les vers sont assez bons pour figurer dans le *Cancionero general*. Les suivants peuvent en servir de preuve :

> Faz, Amor, lo que quisieres
> Por fuerça o por traicion :
> Que mi vida esta en mi mano,
> Miedo no te tiene, non.
>
> No tienes que ver en ella
> Que se rije por razon,
> Et si e de tomar amores,
> An de ser por eleccion
>
> Y con ojos claros libres
> Serè amador sin amor,
> Galan enamorado,
> Libre é quito de pasion.

CHAP. V, *note* 1, page 78. — A l'appui de l'observation que fait ici notre auteur, nous ajouterons que dans les ouvrages en dialogue de ce temps, les interlocuteurs sont généralement des personnes connues et versées dans la matière dont il est question. Ainsi, dans la *Rhétorique* de Juan de Guzman (convite 1°), sont introduits D. Luis Gaytan de Vozmediano et Frederico Furió Ceriol, tous deux écrivains bien connus, dont le dernier composa un excellent traité de politique, sous le titre de

El Concejo y Consejeros de principes, Anvers, Martin Nucio, MDLIX, in-8°. Dans les dialogues militaires de Francisco Valdès, l'un des interlocuteurs est D. Sancho de Londoño, colonel des armées espagnoles en Flandres, et auteur de divers traités sur l'art militaire.

CHAP. V, *note* 2, page 78.— A ce que dit Ticknor, sur le manuscrit du *Dialogo de las lenguas*, qui servit à Mayans pour son impression et auquel manquait un ou plusieurs feuillets; à ce que nous avons déjà dit sur ce fait, dans les notes du premier volume, pag. 600, ajoutons les détails suivants. Nous avons eu l'occasion de parcourir, à Londres, le manuscrit qui s'y conserve dans la bibliothèque du British Museum, comme provenant de la bibliothèque de Mayans. Nous avons cru alors que c'était lui qui avait pu servir pour l'impression. Nous l'avons trouvé en tout conforme à l'imprimé; il y manque aussi un ou plusieurs feuillets; la seule différence, c'est que, dans plusieurs endroits, on a supprimé un ou plusieurs mots, toutes les fois qu'il était question du pape ou de ses cardinaux. La copie de Londres, plus ancienne que les deux copies conservées dans notre bibliothèque Nationale, dut sans aucun doute être expurgée par quelque inquisiteur ou quelque autre personne autorisée par le Saint-Office.

CHAP. V, *note* 2, page 78.— Sur Juan de Valdès, on peut voir un excellent article de M. le marquis de Pidal, dans la *Revista Hispano-Americana*, tom. I, pp. 18-30. Valdès, fut, paraît-il, secrétaire des lettres latines de l'Empereur; d'autres disent secrétaire du vice-roi de Naples; il eut un frère du nom d'Alphonse. Tous deux, assure-t-on, naquirent à Cuença, et étaient fils d'un D. Hernando de Valdès, chevalier d'illustre naissance, habitant de la dite ville. Outre le *Dialogo de las lenguas*, Juan Valdès composa plusieurs autres ouvrages, défendus par l'Inquisition, tels que : *Tratado utilisimo del beneficio de Jesu Christo*, que d'autres attribuent à un moine de S. Séverin; *Comentario o declaracion breve y compendiosa à la epistola de S. Pablo à los romanos, muy saludable para los cristianos*, Venecia, 1556, in-8°; *Los Salmos de David en lengua castillana*, sans date; *Dos dialogos, uno de Mercurio y Caron y otro de Lactancio y un archediano sobre el saco de Roma*. Tous ces ouvrages, comme ceux de Reinaldo Gonzalez de Montes et d'autres analogues, ont été réimprimés, dans ces derniers temps, par des amateurs désireux de les sauver de l'oubli.

CHAP. V, *note* 4, page 79.— Francisco Nuñez de Velasco, auteur des *Dialogos de contencion entre la milicia y la ciencia*, déjà cités (pag. 534), traitant, dans le deuxième dialogue intitulé de l'*Autoridad*, de la corruption de la langue castillane, note plusieurs vocables italiens introduits de son temps dans notre langue. « C'est « ainsi, dit-il, que je ne peux tolérer qu'un grand nombre de personnes pour se « targuer de curieux et de savants, introduisent et mêlent dans notre langue des « mots étrangers, et surtout des mots italiens, disant pour *un tropel de gente, una* « *tropa*, que pour dire *hizieronse tantas compañias*, ils disent : *hizòse leva de* « *tanta gente*; d'autres qui se vantent d'être habiles praticiens et de dire : « *estringa* pour *agujeta, escarpe* pour *çapato, estival* pour *bota de calçar, varreta* « pour *gorra, fazoleto* pour *lienço de narices, estrada* pour *camino, estala* pour « *cavalleriza, osteria* pour *meson, esgazo* pour *vado del rio*, et de *ay esguazar* pour « *vadear, piñata* pour *olla, lençol* pour *sauana*, etc., pag. 347.

CHAP. VI, *note* 2, page 84.— Les quatre premiers livres de la *Cronica general* de

Florian de Ocampo se réimprimèrent, à ce qu'il paraît, en 1544 ou 1545, deux ans après la publication de la première édition. Ils forment un volume in-4°, caractères gothiques. L'imprimeur, dont le nom n'est pas donné, dit, dans l'avis préliminaire, que, la première édition étant in-folio et peu maniable, il s'était résolu, sur la prière de plusieurs amis, à les réimprimer, sous une forme plus commune et plus vulgaire.

CHAP. VI, *note* 2, page 85. — Pero Mejia écrivit en outre une histoire des *Comunidades* de Castille, histoire qui ne s'est pas imprimée, mais dont il existe de nombreuses copies. On a des raisons de croire qu'elle faisait partie de sa *Cronica de Carlos V*, qu'il laissa incomplète, la mort l'ayant saisi au moment où il allait raconter le couronnement de l'Empereur, à Rome. En parlant de son *Historia de las comunidades*, Antonio Ferrez del Rio, dans son récent ouvrage sur la *Decadencia de España* (Madrid, 1850, in-8º), s'exprime en ces termes : « La partie consa- » crée aux *Comunidades* de Castille, extraite de sa chronique, est plus que suffi- « sante pour former un volume séparé. L'œuvre reste inédite : elle brille par la « pureté du langage, et sa narration a quelque chose de la majesté de Tite Live. « L'auteur a de la méthode et sait donner de l'intérêt à son histoire. Quant à la « catégorie d'impartial, il n'y monte pas même de loin, tant il se travaille pour « encenser en même temps son Achille et son Mécènes, puisque c'est le même « personnage qui l'inspire et qui le paie. »

CHAP. VI, *note* 3, page 91. — Ici notre auteur tombe dans l'erreur en confondant deux œuvres distinctes et séparées d'Oviedo, les *Batallas y Quinquagenas* et les *Quinquagenas*. Ces dernières sont écrites en vers et en prose et se composent de cinquante stances *en estilo comun y nuevo*; chaque stance de cinquante vers, accompagnée d'une espèce de commentaire en prose où sont expliqués et amplifiés es idées et les faits qui s'y trouvent exprimés. Sans aucun doute, la copie de la première de ces deux œuvres, que notre célèbre D. Martin Navarrete remit à M. Prescott, ne parlait pas de l'existence d'une autre composition distincte d'Oviedo, avec un titre presque semblable. Cette omission, jointe à une certaine confusion, sensible dans la notice qu'en donne Clémencin dans son *Elogio de la Reina Catolica*, pp. 123, 124, induisit en erreur l'érudit anglo-américain, et par conséquent Ticknor. Mais tous ces points et beaucoup d'autres relatifs à la vie politique et littéraire d'Oviedo, se trouvent complètement éclaircis par l'académicien D. José Amador de los Rios, dans sa *Vida y Escritos de Oviedo*, pour servir d'introduction à l'*Historia general de Indias* qu'a réimprimée l'Académie Royale d'Histoire de Madrid, pp. XCIII-XCVIII.

CHAP. VI, *note* 4, page 95. — Avant que Ramusio publiât, en italien, la *Relacion de la conquista del Peru*, écrite par Francisco de Jerez, elle avait été déjà imprimée deux fois en castillan; la première, à Séville, 1534; in-fol. goth., par Bartolomé Perez; la seconde, à Salamanque, en 1547, par Juan de Junta, conjointement avec la première partie de l'*Histoire générale des Indes* du capitaine Gonzalo Fernandez de Oviedo.

Les vers qui se trouvent à la fin, loin d'être mauvais et inopportuns, sont du plus grand intérêt. En effet, ils contiennent non-seulement l'éloge de l'auteur de l'ouvrage, mais encore des détails très-circonstanciés sur sa famille et sur ses services. De leur contexte, il résulte que Francisco de Jerez naquit à Séville et fut fils de Pedro, honnête citoyen de Jerez; qu'il quitta cette ville pour se rendre aux Indes, à l'âge de quinze ans, en 1519; qu'il y passa vingt ans, dont dix-neuf, dans la pauvreté; que dans la vingtième année, par un de ces coups de fortune, si communs dans ces temps parmi la gent aventurière qui se rendait au Nouveau-Monde, il dut se rendre puissant, puisqu'il rentra dans sa patrie avec cent dix arrobes d'argent. Il fut bon soldat, et, sans avoir jamais exercé aucune fonction militaire, il s'acquit la réputation d'homme de cœur, plein d'expérience des affaires de la guerre; il reçut plusieurs blessures, une, entre autres, qui occasionna la fracture d'une jambe Comme preuve de la générosité de son caractère et de sa charité pour les pauvres, on cite le fait d'avoir, peu de temps après son débarquement, dépensé quinze cents ducats en aumônes, sans compter d'autres fortes sommes qu'il répartissait en secret aux gens nécessiteux.

Tous ces faits résultent des vers dont nous parlons, supprimés dans la réimpression de 1547, d'où les copia Barciá (*Historiadores primitivos de Indias*, tom. III), et la composition se trouva réduite à quelques strophes formant à peine un sens. Quel en était l'auteur, pour quelle raison les fit-on disparaître de l'édition de Salamanque? Ce sont là des points que nous discuterons plus loin, après avoir offert à nos lecteurs les strophes supprimées, telles qu'elles se trouvent dans l'édition principale de 1534 et que voici :

Della salen, a ella vienen
Ciudadanos labradores,
De pobres hechos señores,
Pero ganan lo que tienen
Por buenos conquistadores :
Y pues para lo escrevir
Sè que no puede complir
Memoria, papel ni mano,
De un mancebo Sevillano
Que he visto quiero dezir.

Entre los muchos que han ydo
(Hablo de los que han tornado)
Ser este el mas señalado,
Porque he visto que ha venido
Sin tener cargo, cargado :
Y metiò en esta colmena
De la flor blanca, muy buena,
Ciento y diez arrobas buenas,
En nueve caxas bien llenas,
Segun vimos y se suena.

Ha veinte años que esta allà,
Los diez y nueve en pobreza,
Y en uno quanta riqueza
Ha ganado y trae acà
Ganò con gran fortaleza;
Peleando y trabajando
No durmiendo, mas velando,
Con mal comer y beber :
Ved si merece tener
Lo que ansi ganò burlando.

Tanto otro allà estuviera
Sin que alla nada ganarà :
Sin dubda desconfiara
Y sin nada se volviera,
Sin que mas tiempo esperara :
De modo que su ganancia
Procediò de su constancia,
Que quiso con su virtud
Proveer su senectud
Con las obras de su infancia,

Con ventura, que es juez
En cualquiera qualidad,
Se partiò desta cuidad
En quinze años de su edad;
Y ganò en esta jornada
Traer la pierna quebrada
Con lo demas que traia
Sin otra mercaderia
Sino su persona armada.

Sobre esta tanta excelencia
Ay mil malos enbidiosos,
Maldizientes, mentirosos,
Que quieren poner dolencia
En los hombres virtuosos;
Con esta embidia mortal,
Aunque es su natural,
Dizen dèl lo que no tiene,
De embidia de como viene :
Mas no le es ninguno igual.

Y porque en un hombre tal
Hemos de hablar forçado
Deue ser muy bien mirado
Porque no se hable mal
En quien debe ser honrado ;
Y pues yo, que escrivo, quiero
Ser autor muy verdadero
Porque culpado no fuesse
Antes que letra escriviesse
Me he informado bien primero.

Y he savido que su vida
Es de varon muy honesto,
Y que mil vezes la ha puesto
En arrisco tan perdida ;
Quanto està ganada en esto.
Y bien parece en lo hecho
Que quien de tan gran estrecho
Ha salido con victoria,
Bien merece fama y gloria
Con el mundano provecho.

Es de un Pedro de Jerez
Hijo, ciudadano honrado :
Yo en mi vida le he hablado
Sino fue una sola vez
De passo y arrebatado :
Al hijo nunca lo vi
Mas por lo que dèl oi,
Y por quien es, merece ;
Muy poquito me parece
Lo que en su favor escrivi.

Dizen me ques sin reproche
Milite sabio en la guerra
Y en su tierra y no su tierra,
Dizen que nunca una noche
Sin obrar virtud se encierra :
Y que desde do ha partido
Hasta ser aqui venido,
Tiene en limosna gastados
Mil y quinientos ducados
Sin los mas que da escondido.

Esto he querido escrivir
Para vuestra magestad,
Porque si alguna maldad
De embidia van à decir,
Sepa de mi la verdad :
Y estos ales el buen Rey
Es obligado por ley
Honrar y favorecellos,
Y juntamente con ellos
Domine, memento mei.

Y porque *estoy obligado*
Que he de escrevir las hazañas
De los de vuestras Españas,
Cada hecho señalado
En nuestras partes ó estrañas :
Pareciendome esta cosa
Digna de escrevir en prosa
Y en metro, comodo la embio,
Tomesse el intento mio,
Si no va escrita sabrosa.

Les mots soulignés dans la dernière strophe semblent indiquer que l'auteur de ces vers était chroniqueur de l'Empereur pour les choses des Indes. A cette époque, nous ne connaissons d'autre historien remplissant ces fonctions que le capitaine Gonzalo Fernandez de Oviedo y Valdes qui les obtint en 1532. D'autre part, il résulte de la vie de ce capitaine, écrite par D. José Amador de los Rios pour servir d'introduction à la nouvelle édition de ses œuvres publiées par l'Académie Royale d'Histoire, que Oviedo se trouvait à Séville, de retour des Indes, au printemps de 1534; il y a donc une raison suffisante de croire que lui, et non un autre, est l'auteur des vers à la louange de Francisco de Jerez. Il n'est pas aussi facile de deviner le motif qui fit supprimer, dans l'édition de 1547, toute cette partie qui peut être personnelle et qui retombe en même temps, en gloire et en estime, sur la personne de Jerez. D. José Amador de los Rios, qui semble avoir ignoré ce fait, incline à croire que la réimpression de l'*Historia general de las Indias*, publiée à Salamanque par Juan de Junta, ne se fit pas sous les yeux d'Oviedo et de son consentement (pag. LXXIV). Mais est-il permis de croire qu'un imprimeur qui publiait de nouveau *corrigida y aumentada*, l'œuvre d'Oviedo, et y ajoutait la *Relacion de la conquista del Perú* par Francisco de Jerez, prît sur lui de supprimer, non pas toutes les strophes, mais seulement celles se rapportant à son auteur ? Il nous paraît plus raisonnable de supposer qu'Oviedo mit la main à la nouvelle édition, et que, pour des motifs qui nous sont inconnus, il fit enlever ce qu'il avait dit lui-même, treize ans auparavant, à l'éloge de son ami Francisco de Jerez. Oviedo fut un homme d'un esprit difficile et d'une humeur versatile ; rien d'étonnant, par conséquent, qu'ami de Jerez, à un certain moment, jusqu'au point d'écrire les vers élogieux insérés dans la première *Relacion*, il n'ait depuis changé son amitié en froideur, et qu'il n'ait supprimé ou fait supprimer ce qu'il avait dit auparavant en son honneur.

Autre fait relatif à Francisco de Jerez et à son histoire, qui ne mérite pas d'être passé sous silence. La même année qu'il publiait sa *Relacion*, il s'imprimait à Séville, chez Bartolomé Perez, une autre relation anonyme des mêmes événements, sous le titre : *La Conquista del Perú llamada* (sic) *la Nueva Castilla. La qual tierra por divina voluntad fue maravillosamente conquistada*, etc. Il est à supposer que ce fut là la première relation donnée à la presse, sous forme de gazette, d'un événement aussi étrange que surprenant, relation que Francisco de Jerez développa et publia plus tard, pour satisfaire l'anxiété et la curiosité du public. L'ouvrage si rare auquel nous faisons allusion se trouve au *British Museum* de Londres; il se compose de huit feuillets in-folio, caractères gothiques, à deux colonnes. Il fait partie de la riche collection de livres de toutes les langues, réunie par l'infatigable bibliophile le Right, Hon. Thomas Grenville, et léguée à cet établissement, à l'époque de sa mort. La relation plus étendue de Jerez se compose de quarante-cinq feuillets, en caractères gothiques et aussi à deux colonnes.

CHAP. VII, *note 4*, page 98.— Ce livre de Fr. Marcelo de Lebrija, commandeur de la Puebla, dans l'ordre d'Alcantara, fils du célèbre humaniste Ælio Antonio Nebrissense, est un volume in-folio de quatre-vingt-dix-huit feuillets, sans foliotage, sans date, ni lieu d'impression, quoique le genre du caractère et l'espèce du papier puissent faire conjecturer que ce fut vers l'année 1545. Nous ne savons de son auteur que le peu qu'il nous en raconte lui-même dans ses œuvres. Il fut gentilhommme de la maison des ducs d'Albe; fort protégé par le cardinal D. Fr. Juan de Tolède, évêque de Burgos, de 1539-50. Il revenait des Flandres sur la flotte qui portait Charles V, avec le grand commandeur de Léon, D. Francisco de Toledo, D. Luis de Cordoba, le duc de Sesa et d'autres chevaliers, lorsque le navire qui les portait échoua sur les bancs des Flandres. Un autre navire l'aborda, lui rompit un de ses flancs, et ceux qui se trouvaient dessus se sauvèrent par une faveur spéciale de la divine Providence. Cet événement fit sur Marcelo une impression telle que, désirant trouver une autre manière de vivre loin du tumulte et du bruit de la cour ; de fuir les joûtes, tournois, fêtes et réjouissances en d'autres temps si agréables pour lui et maintenant si fastidieuses, il résolut de se retirer dans sa commanderie, retraite pour laquelle il sollicita et obtint la permission de son maître, le Grand Commandeur. Il avait quarante ans lorsqu'il composa la première partie de son œuvre, c'est-à-dire la *Triaca del alma*. Dans l'avis au lecteur qui termine la *Triaca de Tristes* et tout l'ouvrage, il s'excuse de n'avoir pu mettre la dernière main à ses poésies, par suite des nombreuses occupations que l'empereur lui avait confiées. C'étaient les fonctions de juge des chevaliers et des personnes de l'ordre d'Alcantara, dont il était le visiteur général ; la surveillance des travaux et de la construction du célèbre couvent du dit ordre ; la reconstruction du pont d'Alcantara. Ce dernier travail se termina en 1543, ainsi

que le constate l'inscription latine placée sur le dit pont et qu'ont copiée à la lettre D. Alonso de Torres, Tapia, dans leur *Cronica de la Orden de Alcantara*
(Madrid, 1763, tom. I, pag. 160) et d'autres auteurs. Par conséquent, la *Triaca*
dut se composer entre les années 1517, où son auteur revint de Flandres en Espagne, et 1543, où il l'avait terminée et préparée pour l'impression.

Marcelo de Lebrija ne fut pas un grand poète ; il n'en possédait pas les qualités :
toutefois, son livre est écrit dans un langage pur et châtié. Pour preuve de son
style grave et sévère, sans être emphatique, défaut dans lequel tombèrent la plus
grande partie des poètes qui suivirent les traces de Juan de Mena, nous copierons
ici trois strophes du prologue qui précède tout l'ouvrage, et où il dit à son
père :

> O OElio Antonio Nebrissa nombrado,
> En artes maestro, profundo en saber ;
> Con ellas mostrastes el vuestro valer
> Por ser de las sciencias muy acompañado;
> De bienes mundanos no ovistes cuydado.
> Aquestos dexastes y su escura niebla
> Por dar luz à España, qui estaba en tiniebla
> Con el vuestro ingenio, por Dios inspirado.

> Son vuestras obras de tal qualidad
> Que quanto mas tiempo passare por ellas
> Seran mas eternas, polidas'y bellas,
> Muy resplandecientes con auctoridad,
> E vuestra sapiença que da claridad
> A todos los siglos sera muy notoria,
> Sin que perezca tan clara memoria
> Con fama tan digna de immortalidad.

> Vos fuiste la fuente de toda sapiença
> De do al universo tal fruto ha emanado
> Que en todas las sciencias no hallo letrado
> Que no deua daros continua obediençia ;
> Y tanto es el saber de vuestra eloquencia
> Que puesto que saben que soy vuestro hijo,
> A vos comparado soy grano de mijo,
> Y aun menos, porque ay mayor differencia.

CHAP. VII, *note* 2, page 99. — En l'année 1554, on imprima à Tolède une traduction anonyme en prose de l'*Amphitryon* de Plaute, sous ce titre : *Comedia
de Plauto, llamada* Amphitryon, *traducida del latin en lengoa castellana. Agora
nuevamente impresa en muy dulce* apazible y sentencioso estilo; 1554. A la fin :
*Fué impresa la presente obra en la imperial cibdad de Toledo, en casa de Juan de
Ayala*, en el año de MDLIIII (in-4°, caractère gothique).

Dans une courte préface, l'auteur reconnaît s'être servi des traductions déjà
faites par le Dr Villalobos et le maestro Oliva.

On imprima aussi à Anvers, 1555, in-8°, une traduction anonyme du *Miles gloriosus* de Plaute.

Nous pourrions en citer beaucoup d'autres qui ne s'imprimèrent pas et qui,
selon toute probabilité, ne se représentèrent pas non plus, preuve évidente du
peu d'influence qu'elles exercèrent sur la formation et le développement du théâ-

tre national, dont les tendances ont toujours été populaires. Elles appartiennent presque toutes à l'époque de Charles-Quint. Sous le même règne, un écrivain excessivement extravagant, Vasco Diaz Tanco del Fragenal, dont nous nous proposons de parler,-tant de lui que de ses œuvres, dans le 3ᵉ volume de cette traduction, ch. XXIX, composa, outre les trois tragédies d'*Absalon*, d'*Amon* et de *Saul* et de *Jonathas*, citées par Moratin dans son *Catalogo de Piezas dramaticas*, du nᵒ 30 au 33ᵉ, plusieurs autres pièces. Il nous en donne lui-même la liste dans la préface du *Jardin del Alma christiana*, imprimé à Valladolid, en 1552. En voici les titres :

Comedia *Justina*, onde ay xı modos de metrificar ;
—   *Potenciana*, la cual trato de los bruxos ;
—   *Dorothea*, de los milagros de Santiago ;
La farsa *Benedicta*, de la natividad de Jesu Christo ;
—   *Aretina*, del mismo natal por otro estilo e arte ;
—   *Patricia*, que trata de lo quaresmo et del ayuno ;
La *Embaxada del angel Gabriel à nuestra señora* ;
La *Embaxada de los clerigos probres al Papa en Roma* ;
La *Embaxada de los concejos al Rey estando ausente* ;
La *Destruycion de Jerusalen por Nabuchodonosor* ;
La *Captura de Jerusalen por Vespasiano y Tito* ;
La *Empresa de Jerusalen por Constantino el Magno* ;
La *Entrada de Jerusalen por Godofredo de Bullon*.

Il composa aussi, ajoute-t-il, des *autos quadragesimales*, extraits des Évangiles et de l'Écriture Sainte, pour des représentations pendant tout le Carême. Ce sont les autos suivants :

El auto del *Baptismo celebrado en el rio Jordan* ;
—   de la *Tentacio en el desierto* ;
—   de   *Abraham quando llevo a su hijo a sacrificar* ;
—   de la *Chananea que pedio salud para su hijo* ;
—   de   *Sancta Susaña como fué acusada falsamente* ;
—   de   *Como Jesu Xp̄o sanò al ciego* ;
—   de   *Cuando Herodes mando degollar à San Juan* ;
—   de la *Samaritana que estava al pozo* ;
—   de la *Resurescion de Lazaro, como Xp̄o le resucitó* ;
—   del *Consejo de los judios sobre la passion de Xp̄o* ;
—   de   *Como Jesu Xp̄o entro en Jerusalen con clamores* ;
—   de   *Como Xp̄o echó los cambiadores del Templo* ;
—   de la *Cena postrera de Xp̄o con sus discipulos* ;
—   de la *Prison de Xp̄o en el huerto* ;
—   de   *Como Jesu Xpo fué acusado y crucifigado* ;
—   de   *Como Judas desesperado se ahorcó* ;
—   de la *Resurescion de Jesu Xp̄o*, muy complido, por estilo muy estraño
y muy regocijado.

Il parle aussi de trois entretiens, *colloquios*, qui pouvaient bien avoir aussi quelque chose de dramatique ; le premier, de la *Violencia*, sur les choses vues de son temps ; le second, de l'*Esfuerço belico*, sur les exploits des Espagnols ; et le troisième, de la *Loca osadia*, sur les événements étranges qui se sont accomplis.

Aucune des œuvres dramatiques de cet écrivain si fécond et si extraordinaire n'est parvenue jusqu'à nous, n'a pas été même, que nous sachions, imprimée. La perte n'est pas grande, sans doute, si l'on considère le style ridiculement affecté que l'auteur emploie dans ses autres ouvrages, ainsi que l'extravagance de ses idées. Dans un exemplaire des *Triunfos* du dit poète, que nous avons vu il y a quelques années, se trouvent quelques feuilles imprimées, avec les titres suivants : 1° *Terno dialogal autual* de Vasco Dias Tánco de Frexenal, dedicado al Illmo. Sr. D. Pedro Velasco, condestable de Castilla ; 2° *Terno comediario* de Vasco, etc., dirigido al muy magnifico Sr. D. Juan de Aragon, castellano de Amposta, prior de la Caballeria de San Juan, en el inclito reino de Aragon ; 3° *Terno farsario autual* de Vasco, etc., enderezado al illustre y catholico Sr. D. Juan Puertocarrero, marqués de Villanueva, chaque titre étant accompagné d'un petit argument en prose et d'un certain nombre de redondillas.

Chap. VII, *note* 2, page 102.— Pour confirmer les assertions que notre auteur avance fort à propos, dans divers passages de ce chapitre, sur la lenteur avec laquelle le théâtre national marchait à sa perfection, surtout du temps qui s'écoule de Torres Naharro à Lope de Rueda, nous citerons ici les titres de certaines pièces parvenues à notre connaissance et qui furent tout à fait inconnues à Moratin. Plusieurs de ces compositions sont aussi incultes que les églogues de Juan del Encina, que leurs auteurs prirent sans doute pour modèle ; d'autres témoignent de plus de perfection, appartiennent à l'école plus féconde de Torres Naharro et aux imitations de la *Celestine*. Il en est dont nous n'avons pu indiquer que l'existence ou l'endroit où elles se trouvent, afin que les savants qui ont du goût pour notre vieux théâtre puissent les examiner, les étudier et les apprécier suivant leur mérite respectif.

1511.

« Egloga de unos pastores hecha por el dicho Martin de Herrera con dos vil- « lancetes que se cantan à canto de organo ó a los tonos que abaxo se diran. « Y un romance de labradores con su mudanza, y otro villancete en latin de « cortesanos, con su mudanza, para tañer, cantar, danzar. Item otra cancion mas « comun con su mudanza sobre el llanto que se hizo en Tremezen ; lo qual todo se « hace para que cada qual se goce segun su condicion de la nueva acquisicion y « divinal victoria que de la insigne cibdad de Oran uvo el illustre reverendisimo « y muy vitorioso señor el señor cardenal despaña, arzobispo de Toledo. »

Cette composition dramatique, écrite, paraît-il, à l'imitation des pièces de Juan del Encina, se trouve à la fin d'un poëme descriptif intitulé : *Istorias de la divinal vitoria y nueve adquisicion de la muy insigne cibdad de Oran, hecha por el illustrissimo y muy vitorioso dignissimo gran capitan contra los africanos el señor D. Fray Francisco Ximenez cardenal de España, arçobispo de Toledo, etc., dirigidas al muy magnifico Sr. D. Pedro de Ayala obispo de Canaria, dean de la Santa Iglesia de Toledo, trobadas por Martin de Herrera,* in-fol., caractère gothique, dix-huit feuillets, sans foliotage, sans indication d'année, ni de lieu d'impression. On peut croire cependant que cet ouvrage s'est imprimé en 1510 ou 1511, au plus tard. Il manque à notre exemplaire la partie du titre relative à des vers sur la conquête de Jérusalem ; il y manque aussi malheureusement l'églogue qui n'a été citée par aucun bibliographe à notre connaissance. L'auteur dit, dans le prologue : « Par

« conséquent il m'a paru convenable d'écrire succinctement en vers, genre de style
« le plus beau, une courte relation du dit mystère et de cette immortelle victoire,
« pour ceux qui l'ignorent, afin qu'ils célèbrent et louent celui sans lequel les
« moyens et les instruments de puissance manquaient à cet effet, conformément
« aux lettres que l'illustrissime, révérendissime et très-victorieux seigneur, car-
« dinal d'Espagne, prince romain, écrivit, à celles que d'autres de ses serviteurs
« écrivirent, le secrétaire Illan, le maestro de Caçalla et Miguel de Herrera,
« lieutenant de ses gens d'armes; à ce qui est établi d'une manière plus diffuse
« par la relation du très-révérend S. D. Fr. Francisco Ruyz, évêque de Cibdad
« Rodrigo, témoin oculaire, et le premier de cette ambassade de retour en Cas-
« tille, etc..., » et plus loin : « Pour ce motif, commençant pour les plus gros-
« siers et les plus ignorants, je mets, à la fin, une églogue de bergers; églogue
« qui, avec ses personnages et son spectacle, se représenta dans la ville d'Alcala,
« accompagnée de certains villancetes, afin que tout le monde puisse goûter et
« jouir d'une chose qui ne doit pas se passer sous silence, ni se dissimuler par
« aucun catholique. Pour donner son complément d'éloges et de louanges à celui
« qui les mérite, tous les membres de notre corps ne pourraient suffire, lors
« même qu'ils se convertiraient en langues. Aussi les susdits bergers, par leurs
« expressions grossières et leurs incultes raisons, par d'autres descriptions plus
« habiles que ma composition, relatent toujours la vérité du fait, tel qu'il a eu
« lieu, pronostiquent certains points de l'avenir, qui leur sont parfois révélés et
« qui sont cachés aux sages et aux savants. Ces églogues, ces romances, ces vil-
« lancetes, débités ainsi à la lettre, sans être mis en acte, sans spectacle, sans
« intonation, sans accord de six voix musicales; sans ces dénoûments, ces per-
« sonnages, ces mouvements rustiques, tels que je l'ai dit, ne sont pas à voir, parce
« que, par un pareil artifice, on ne prétend pas rassasier l'oreille, mais les yeux et
« l'intelligence, afin que les volontés et les esprits de ceux qui entendent ces faits
« soient bien informés. »

Il finit et traite de la conquête de Jérusalem, en disant : « De même je ne man-
« querai pas de parler incidemment du sujet que me fournira cette autre matière,
« je veux dire la victoire semblable et divine que Vespasien et son fils Titus rem-
« portèrent sur la grande cité de Jérusalem. C'est vers cette fin que tendent et
« marchent tous ces commencements. Votre Seigneurie aimera autant ce sujet,
« quoique ancien, que le moderne, tant pour les théories contemplatives qui y
« trouvent leur application; les actes de la passion de notre rédempteur appliqués
« à la lettre du texte de saint Jean, que pour d'autres maximes théologales, mo-
« rales et exemples de l'Écriture sainte, et comme pronostics et présages de cette
« dernière victoire, la reconquête de cette grande cité et du Saint Sépulcre, que
« nous verrons de nos jours, sous la même forme que la conquête d'Oran. »

1522.

Comédia llamada **Clariana**, *nuevamente compuesta, en que se refiéren por heroyco
estilo los amores de un cavallero moço llamado Clareo con una dama noble de Valencia dicha* **Clariana**. *Assi mismo una egloga pastoril entre des pastores* Julio y
Louzinio, *à la muerte de una pastora llamada Julia; compuesta por un vecino de
Toledo, y por el dirigida al duque de Gandia.*

Valencia, por Maestro Juan Jofre, al mole de la Rovella : acabose a IX de mayo

del año de nuestra reparacion MDXXII, in-4° de vingt-deux feuillets, sans foliotage, caractère gothique. La comédie est écrite en prose avec mélange de vers.

1535.

Auto llamado de Clarindo, *sacado de las obras del captivo por* Antonio Diez,
*librero sordo, y en partes añadido y enmendado. Es obra muy sentida y graciosa
para se representar.* Elle se divise en trois journées, et les acteurs qui y entrent
sont : Clarindo, *caballero* ; Clarissa, *doncella* ; Floriana, *domestique :* Florinda, *dame* ;
Antonica, *domestique* ; Estor, *serviteur* ; Coristan, *idem* ; Pandulpho, *bouffon* ;
Alicano et Raimundo, *pères des dames ;* Felecin, *caballero* ; un berger nommé Vidal
ouvre la scène et se présente en chantant :

ROMANCE

A tan alla va la luna
Como el sol à media noche :
Mirando lo está la Reina
Del mas alto corredore.
Peine de oro en la mano,
Y el agua hasta la cinta,
De los sus ojos lloraba,
Y el buen Conde no venia.
¡ Que tripis y contra puntos

Para en boca de tinaja :
Amphion y Orpheo juntos
No me llevaron ventaja !
Es gran plazer
Quien tiene de comer,
Buena cama en que dormir,
Y tambien buena mujer
Para en descanso vevir.

La farce. qui appartient au genre des *Célestines*, n'a que peu ou point d'artifice ;
l'action en est extrêmement simple. Clarindo, jeune et galant cavalier, est épris
de Clarisse, fille d'Aliano, et il n'a pu encore lui déclarer sa passion. Il soupçonne qu'un autre jeune cavalier de ses amis, Felecin, fait la cour à Clarisse ; il
appelle son serviteur Estor, et le charge de vérifier auprès de Coristan, page de
Felecin, si son maître est décidément épris de la même dame, bien qu'il ap-
prenne, quelques moments après, que Felecin aime Florinde. amie et parente de
Clarisse. Aliano et Raimundo, pères des demoiselles, prennent la résolution de les
mettre toutes deux dans un couvent, dont l'abbesse est leur tante. En effet, on les
y transporte, non sans quelque résistance de leur part ; leur vocation religieuse ne
semble pas fort développée. Les amants désespérés, s'adressent à leurs serviteurs :
ceux-ci leur font faire connaissance d'une célèbre sorcière :

Una mujer viejecilla ;
Si ella quiere, à deshora
Revuelve toda la villa
Con conjuros :
A los que estan mas seguros
Haze andar en el invierno,
Ella hace fragar muros
A los diablos del infierno.
Tiene poder
De hazer aparecer

En poblado y desierto
Para sus hechos hazer,
En su figura hombres muertos
Sin dubdar.
Si quiere quajar la mar,
Hasta dentro à Calicù
Trae siempre à su mandar
Al capitan Belzébú,
Si favor
Ella os quiere dar, etc.

Les deux amants ont une entrevue avec la sorcière ; celle-ci leur offre son appui
et les ressources de sa science diabolique. En effet, elle parvient à voir les deux
recluses, dans une procession près de leur couvent, elle obtient de chacune d'elles

un cheveu de la tempe droite; elle le donne aux deux amoureux. Par là se réalisent les enchantements de la vieille; folles d'amour, les deux jeunes filles s'échappent du couvent et vont, sans pouvoir résister, partout où leur caprice et leur aveugle passion les emportent.

Ce volume curieux appartient à la bibliothèque si choisie du marquis de Pidal. C'est un in-4°, en caractères gothiques, sans indication d'année, ni de lieu d'impression; mais le caractère et le papier nous font soupçonner qu'il s'imprima à Tolède, vers 1535.

1537.

Farça à manera de tragedia de como passò un hecho en amores de un cavallero y una dama. La présente tragédie s'imprima dans la très-noble cité de Valence, en 1537, in-8°, caractères gothiques, douze feuillets. (Bibliothèque Grenvil., Catalogue, tom. II, page 241).

1552

Segunda ædition de la comedia de Preteo y Tibaldo, *llamada* Disputa y remedio de amor; *en la qual se tratan subtiles sentencias por quatro pastores :* Hilario, Preteo, Tibaldo y Griseno; y *dos pastoras* Polindra y Belisa, *compuesta por el comendador Peralvarez de Ayllon, agora de nuevo acabada por Luys Hurtado de Toledo; va añadida una egloga silviana entre cinco pastores, compuesta por el mis, mo autor.* C'est un petit volume in-8°, de cinquante-six feuillets, imprimé en gothique. A la fin on lit : « En Valladolid, impresso con licencia por Bernardino « de Sancto Domingo. »

Dans le prologue au curieux lecteur, Luis Hurtado de Tolède dit qu'étant tombée dans ses mains la dite : « Sapientissima y pastoril comedia, embiada de un « amigo tan sabio, como en virtudes exercitado, y viesse el heroyco estilo que « llevava, con facilidad en bocablos y bivacidad de se sentencias, se movió con « christiano zelo à communicarla à los desseosos del exemplario y remedio del « amor, aunque su anciano y sabio auctor, por la muerte que todo lo ataja, no « acabó lo començado ni corrigió lo hecho. » Plus loin il ajoute « que les deux « cent vingt strophes dont elle se compose, il les trouva avec plus de facilité et « d'exemple que les trezientas de Juan de Mena. »

L'argument de la comédie est éxtrémement simple : il se réduit, comme l'indique le titre, aux plaintes d'un berger du nom de Tibalde, qui, épris de Polindra, découvre que ses parents l'ont déjà mariée à un autre berger laid et bossu, mais riche. Un si grand malheur le réduit au désespoir. Hilario et Preteo, ses amis cherchent à le consoler, le dernier surtout, dont les bonnes raisons lui persuadent d'oublier l'objet de sa passion.

> Si el coraçon està lastimero
> De grave dolor que assi te atormenta,
> Es menester que el ánima sienta
> Los consejos que decirte quiero.
>
> Huye, Tibaldo, la ociosidad;
> Que solamente los desocupados
> Andan metidos en estos cuydados,
> En estas querencias de gran vanidad.

Ansi que quien quiere tener libertad
Nunca esté solo ni ocioso un momento :
Del ocio se cria el mal pensamiento
Que crece y recrece con la soledad.

 Pues eres, Tibaldo, dispuesto garçon,
Con otros zagales devries procurar
Tirar à la barra, correr y saltar;
Que son exercicios que olvidan passion;
Jugar à la chueca, jugar al monjon,
A vezes luchar con otros pastores;
No luches contino con estos dolores
Pues dellos se causa tan gran perdicion.

 Date à prazeres, procura alegria,
No estés contino en tan gran reventejo,
A bota cuchar que es gran regozijo,
Devries procurar jugar, algun dia,
Podrias, si quisiesses, à tu fantasia,
Dalle holgura de mas apetito,
En ver como nasce el cordero cabrito,
Y como mejora el hato y la cria.

Il lui persuade ensuite de se livrer au noble exercice de la chasse ou à celui
de la pêche, et, si ces exercices ne lui suffisent pas, de se faire soldat ou d'aller
aux Indes :

 Entra à soldada ò hazte soldado,
Con tal que no sea aqui en esta tierra;
Que con otra guerra se vence esta guerra,
Y este cuydado con otro cuydado.

 Y pues que Polindra te aparta y desvia,
Auséntate luego y apártate lexos,
Y assi podrà ser que amansen tus quexos
Y aquesta tu pena y grande agonia.
Vete à segar al Andaluzia,
O vete à las Indias, questà el mar en medio,
Y en esto podràs hallar gran remedio,
Si fuesse que tú, yo assi lo hariá.

 Quando mas pena, mas ansia sintieres
Por quien te causò tan fuerte cuydado,
Finge que tienes en vella desgrado
Y que por otra sospiras y mueres.
Haz que aborreces aquello que quieres;
Que muchas veces me ha acontecido
Fingirme que duermo, y hallarme dormido :
Asi harás tù, si aquesto hizieres.

 La ymagination està manifiesto
Que haze prouecho y haze gran daño,
Que cuando aojado estava esotro año
El físico mucho hablaua de aquesto.
Tibaldo, Tibaldo, remediate presto,
Y pues que careces de toda esperança,

Tray de contino en tu imaginança
Que es mal dispuesta, que tiene mal gesto,

　No tomes por gloria mirar su figura ;
Si está muy compuesta, entonces te tira ;
Lo malo que tiene, aquello le mira,
Y finge ques fea su gran hermosura ;
Y si todavia te diere tristura
Este desseo perverso, maldito,
Allá en la villa están las de Egypto ;
Haz que te caten mala ventura.

　Quando el amor está repartido
En mas de un lugar, no pena tan fuerte ;
Y si en arroyos el agua se vierte,
Bien se vadea el rio crescido ;
La madre que ha dos hijos parido,
Aunque la muerte del uno le duela,
Menos lo siente y mas se consuela
Que no siendo uno, si mas no tenia.

O pese no à diez, Tibaldo, contigo,
Que andas como hombre questá sentenciado,
Reparte en mas de una tu pena y cuydado
Que piérdese amor con solo un abrigo.
Si quieres remedio, harás lo que digo,
Vete á toros, á bayles, á bodas,
Y escoje quien quieres, Tibaldo, entre todas,
Si luego las quieres vente conmigo.

Sourd à ces raisons, Tibalde les réfute une par une en ces termes :

　Tambien me parece que dizes aqui
Que piense ques fea y ques mal dispuesta,
A esto, Preteo, te do por repuesta
Que estás hecho un cesto muy fuera de ti.
¿ No sabes, grosero, que quando la vi
Su ser se imprimió assi en mis entrañas,
Que no ay artificio ni fuerças ni mañas
Quen me pensamiento la aparten de mi ?

　Con solo Polindra podria el amor
Herir y matar, mostrar su crueza,
Y quien se venciere de ver su belleza
Tendrá por consejo suffrir su dolor.
No tiene cosa sin mucho primor
Ques en estremo su gran hermosura,
Por ver la lindeza de tal criatura
Haré dar gracias à su Criador.

　No tiene Polindra segunda ninguna,
Ni para su tiple se halla tenor ;
Esta escuresce con su resplandor
Lo claro acá baxo, dexando la luna ;

Mas poder tiene que no la fortuna.
No ay sino aquel à quien ella mira;
Ella da vida aquel que no tira,
Y entre las lindas es sola una,

 Es claro luzero entre las estrellas,
Gran capitana entre gente menuda;
Ella es la prima de toda la muda,
Mayor que otras lumbres son sus centellas.
La ques mas loçana, si està entrellas
Lastima es ver qual ellas estàn;
La pena que da con la que otras dan
Es grande agravio con chicas querellas.

 Es una imágen que no tiene par;
No sé, Preteo, si la has bien mirado;
Todo el concejo se está desbanado
Al tiempo que ven que sale à baylar;
Pues cuando rebuelve con un ojear,
No bastan mil armas à aquel quella mira,
Una saeta tan fuerte le tira,
Que pierde esperança de nunca sanar.

 Puesta Polindra entre otras zagalas
Es como àguila puesta entre aves;
Que ver sus meneos, sus autos suaves,
La mas y mas bella deshaze sus galas.
Ansi que con vella abaxan sus alas
Aquellas que piensan tener mas donayre;
Que su meneo, sa gracia, su ayre
No tiene par en fiestas ni en salas.

 Todas de embidia la quierren ver muerta,
Viendo que antella diablos semejan;
Si los zagales huelgan, trebejan,
Todo se viene à hazer à su puerta:
Si corren la vaca, es cosa muy cierta
Que lan de correr donde ella la vea;
Qualquier regozijo que haze el aldea,
Todo en su nombre se hazs y concierta.

Lorsque Tibalde a terminé cette longue énumération, où il n'oublie pas de faire entrer Virginie, Lucrèce, Cornélie, Porcia, et beaucoup d'autres dames des temps anciens, Polindra paraît sur la scène, accompagnée de sa sœur Bélise. Elle se rencontre avec Tibalde et il s'établit alors, entre les deux personnages, le dialogue suivant, plein d'animation et de sentiment:

POLINDRA:

Dime, Tibaldo, ¿tu eres vision,
Que siempre te topo en la encrucijada?
Por Dios que me dexes; que estoy ya casanda
De ver tan captiva tu vana porfia;

Y pues que conoces que ya no soy mia,
No me importunes, pues no puedo nada.

TIBALDO :

Mucho te precias en que eres ajena;
Bien hazes, pues tienes esposo dispuesto.
¿ Qué hombre, que gracia, qué ayre, qué gesto,
Qué andar, qué corcova, do no oy cosa buena?
¡ O como lucha, sin falta, sin pena !
Su habla, su risa parece ques lloro,
Hombre de paja que ponen al toro ;
Las piernas hinchadas, la pança rellena.

¿ Es desembuelto en el apriscar,
O tiene gracia en cosa que haga ?
A quanto se allega todo lo estraga,
Y pone gran asco en velle ordeñar :
Pues tú bien lo has visto, Polindra, baylar,
No me lo niegues, si tengo razon,
Que quando bayla, parece curron
Quen dalle del pié le hazen rodar.

Pues en festejar de nuestra quadrilla,
No hay otro que mate de amores à todas,
Yo te aseguro que el dia de tus bodas
A el terné embidia y à ti gran manzilla;
Parece que tiene dolor de costilla,
Que siempre se abaxa con su gran corcova ;
Mi fe, Polindra, bien fuyste tù boba
Pues este escogiste en toda la villa.

POLINDRA :

Como hombre grosero, Tibaldo, as ablado,
Pues en quanto dizes me hazes afrenta :
Griseño es mi esposo, y yo soy contenta;
Mas no le escogi, que tal me lo han dado.
Y en ver, aunque es feo, ques bien criado.
Le hize señor de mi libertad,
Y allende de aquesto, es harta beldad
Ver ques muy rico y en todo abastado.

Tiene de puercos gran hato, gran cria,
Ovejas, corneros de lana merina,
Muchos tocinos y mucha cecina,
Y házia le sierra muy gran praderia ;
Allà en el estremo y en la tierra fria
Tiene molinos y viñas muy ciertas,
Colmenas, cortijos, exidos y huertas ;
¿ Quién su riquieza contar te podria?

Tiene en el soto camuesa, aceytuna;
Quien no le quisiesse assaz seria loca,

> Pues que me tiene à qué quieres boca,
> Comigo en arreos no yguala ninguna ;
> De lo que me sobra, yo sè quien ayuna ;
> De todos los bienes estoy abastada,
> De leche, manteca, de queso, quajada,
> Mas tengo que puede quitarme fortuna.

L'arrivée de Griseño, l'époux de Bélise, met fin à son raisonnement et produit une altercation entre le mari et Tibalde, jusqu'au moment où survient Preteo, qui finit par rétablir la paix. Tibalde plus tranquille, connaissant le caractère honorable et la bonne nature de Griseño, se retire en exprimant les raisons suivantes :

> Bien sabes que viendo qualquiera muger
> El apetito, ques sensual,
> Se enciende, y consiente, conforme à brutal,
> Con su sentido à virtud offender :
> La clara razon no tiene tal ser,
> Antes deshecha lo malo y lascivo
> Teniendo desseo con gusto mas vivo
> A lo gratis dato que vino à conoscer.

> Assi quando amor à mi me prendiò
> Por tu Polindra, de mi tàn amada,
> Sola su gracia me fué demostrada :
> Aquesta con fuerça mi pecho rompiò,
> Con el amor tan rezio tiró
> Hiriò la razon, y no el apetito ;
> Por donde el mi amor està en lo infinito
> Quel alma con alma es lo que amo yo.

> No temas, Griseño, està muy seguro
> Que tu Polindra jamàs puede errar ;
> Ni pienses quel cuerpo le puede mandar
> Otro que tù, que en mi tienes muro ;
> Porque su amor, que en mi tiene puro ;
> Es por hazer lo que es obligada,
> Pagando la paga, que nunca es pagada,
> Por ser muy mayor la deuda, te juro.

> No tiene memoria Polindra ni yo
> De cuerpos mortales que à cuestas traemos,
> Solo de dentro hablamos y vemos,
> Por ser su morada del que nos hiriò ;
> Assi mi afficion jamas fecundò
> En à Polindra ni à ti os offender,
> Ni por un deleyte y breve plazer
> Cortar dulze hilo que tanto durò.

La comédie finie, suit au verso du folio quarante-trois, l'*Egloga Silviana, del galardon de amor, por Luis Hurtado compuesta y acabada*. Les acteurs sont Silvano, Quirino, Lascivo, bergers ; Silvia et Rosedo, son époux. Elle se divise en quatre actes, et le sujet ressemble beaucoup à la comédie précédente. Le berger Silvano est éperdument épris de Silvia, récemment fiancée à Rosedo, mariage qui lui fait abandonner son troupeau et errer par monts et par vaux. Quirino et Lascivo cherchent à le consoler. Silvia est jalouse de Rosedo qu'elle a surpris un matin, au point du jour, apostrophant l'Aurore, comme si c'était une jeune bergère. Mais l'erreur se dissipe, la chose s'explique : elle fait la paix avec lui. Enfin Silvia et son époux se présentent, au moment où Silvano, évanoui, est sur le point de rendre le dernier soupir. Tous deux ont pitié de lui, et Rosedo prie son épouse de remédier autant que possible à un mal si cruel.

ROSEDO :

Escuchame, Silvia; si estas obligada,
Dale consuelo, mi honra guardando :
No pienses que en celos te voy igualando,
Segun fué de Aurora la fiesta passada.

SILVIA :

Bien se parece, Rosedo, señor,
Que si me amaras no quisieras tal.

ROSEDO :

Aunque te amo, remedia su mal,
Que un tiempo gusté este crudo dolor,
Sanalle has con solo mostralle favor ;
Que si su amor está en lo infinito,
Su cuerpo está libre, pues el apetito,
Huyó por vencido y no vencedor.

SILVIA :

Que yo soy contenta de amor à los dos
Puesto que al uno estoy subjectada.

Dans cette églogue, comme dans tous les autres ouvrages de Luis Hurtado, on remarque une grande facilité et une grande légèreté de versification, une pureté et une limpidité de style extraordinaires. Rien de plus remarquable que les strophes où Silvano se plaint de l'amour :

Contento me estaba con mi soledad,
Folgaba en los bosques seguir mi ganado,
Contento se estaba mi hato apartado,
Quitólo Cupido con su crueldad.
Dexàrasme à solas con mi ceguedad ;
Assi avias, Cupide, de hacerme amador,
Tratàndome siempre con tanto rigor,
Que nunca me diste un rato vagar.

Y pues no quesiste, Cupido, dolerte
Y menospreciaste mi debil estado,
Recebe y acoge mi hato y ganado ;
Que yo quiero en todo satisfacerte.
Y vos coraçon, que siendo tan fuerte,
Rendistes las armas à Silvia, donzella,
Es bien procureys de obedecella :
Ella ha mandado que os dedes la muerte.

A solas te queda, cayado, comigo,
Pues solo me has sido leal compañero ;

Vos, pedernal y yesca y esquero,
Yd vos con Dios, buscad vuestro abrigo ;
Vos fiel gaban que estando comigo,
Librastes un cuerpo de muchas eladas,
En pago que aquesto muy muchas vegadas
Hezistes, fincades aqui sin abrigo.

    Vos, buen çurron, que à tanto recado
Truxistes mi pobre mantenimiento,
Pues no es menester vuestro regimiento,
Quedad y dexadme ya desamparado ;
Vos, miera que ovistes contino cuydado
Sanar mis ovejas, si alguna enfermaba,
Pues poca señal à mi aprovechaba,
Fincad por el suelo tambien derramado.

    Y vos, probrezillo y triste ganado
Que fuystes guardado de aqueste pastor,
Llegado es el tiempo cuando con sabor
Podeis recrearos en pasto vedado ;
Ya no escuchays su canto acordado
Al son de su dulce çampoña de avena,
A do canticando sufria su pena,
Pensando seria su mal remediado.

Quant à Peralvarez de Ayllon, l'auteur de la comédie, nous n'en savons presque rien. Nicolas Antonio le cite deux fois dans sa *Bibliothea nova* (tom. II, p. 44 et 169), mais sans nous tirer d'embarras sur sa patrie, sur l'époque où il florissait. C'est en vain que nous avons eu recours à Caro de Torres, Andrade et aux autres auteurs qui ont écrit l'histoire des ordres militaires ; aucun d'eux n'a compris son nom parmi les commandeurs. Ce Peralvarez de Ayllon est peut-être le même que Peralvarez Ayllon dont on trouve des compositions dans le *Cancionero general* (Anvers, 1573, fol. 388-91). S'il en est ainsi, il faut le mettre au nombre des premiers écrivains qui ont cultivé le genre dramatique en Espagne. Sa comédie n'est pas, il est vrai, divisée en actes, comme celles de Torres Naharro ; elle a plus de ressemblance avec les autos de Juan de l'Encina, avec les conversations pastorales de Lope de Rueda et d'autres ; elle réunit néanmoins les principales conditions du drame. Nicolas Antonio nous apprend qu'elle s'imprima pour la première fois, à Tolède, en 1552, et les mots *seconde édition* que porte l'exemplaire que nous avons sous les yeux, nous portent à croire qu'il n'était pas dans l'erreur. Malgré toutes nos recherches, il ne nous a pas été possible de voir cette première édition. Le papier et le caractère de cette seconde édition nous portent à croire qu'il s'écoula un long intervalle entre l'une et l'autre.

Quant à l'éditeur Luis Hurtado, libraire à Tolède, nous en avons déjà parlé. Outre le *Palmerin de Inglaterra*, il traduisit en castillan les *Métamorphoses* d'Ovide, las *Transformaciones de Ovidio* ; il composa une *Historia de San Joseph* en octaves, œuvre citée par Nicolas Antonio (Tolède, 1598, in-8°) et que nous n'avons pu voir. Il publia en outre les deux comédies *Cortes de la muerte* et *Cortes del casto amor*, attribués à Miguel de Carvajal.

1553.

Los colloquios satiricos, con un colloquio pastoril y gracioso al cabo de ellos, hecho por Antonio de Torquemada, *secretario del illustrissimo Señor Don Antonio Alfonso Pimentel, conde de Benavente. Dirigidos al muy illustre y muy excelente Señor Don Alonso Pimentel, primogenito y successor en su casa y estado,* etc. Mondoñedo, chez Agustin de Paz, imprimeur, 1553, in-8°, caractères gothiques, de 236 feuillets et 8 de préliminaires.

Ces entretiens sont au nombre de six : 1° des dangers corporels du jeu ; 2° des obligations des médecins et des pharmaciens pour l'accomplissement de leurs devoirs ; 3° des excellences et de la perfection de la vie pastorale ; 4° du désordre dans le boire et le manger ; 5° du désordre dans les vêtements ; 6° de l'honneur du monde. Dans la discussion de chacun de ces points, l'auteur se montre plutôt homme du monde que moraliste sévère. Il adoucit le dialogue par des bons mots et des anecdotes ; ce qui uni aux charmes du style, à la pureté de la diction, rend la lecture de l'ouvrage extrêmement agréable et piquante.

A la fin de ces entretiens et formant, pour ainsi dire, une partie distincte du livre, on lit ce qui suit : *Colloquio pastoril, en que se tratan los amores de un pastor llamado Torcato con una pastora llamada Belissia : el cual da cuenta dellos à otros dos pastores llamados Filonio y Grisaldo, quexandose del agravio que recibio de su amiga ; fol.* 152-236. La différence entre ce dialogue et les six précédents, qui ne sont en réalité que des discours didactiques, sous forme de dialogue, c'est qu'il présente les conditions d'une comédie et qu'il finit peut-être par être mis en action. L'argument est fort simple. Les bergers Filonio et Grisaldo commencent par causer des fêtes célébrées dans une localité voisine, à l'occasion des noces de Silveida ; ils se plaignent de l'injustice faite à leur compagnon Melibée, à qui le juge n'a pas donné la guirlande de fleurs, prix de la lutte qu'il méritait, dans leur opinion, mieux que son rival Talemon. Ils en viennent ensuite à parler d'un autre berger Torcato, naguère gai et joyeux et devenu tout à coup triste et mélancolique. Filonio l'a vu, dit-il, tout récemment « faible, pâle, les yeux caves, ayant la figure de la « mort même plutôt que celle d'un homme qui est en vie, » *flaco, amarillo, con « ojos sumidos, mas figura de la misma muerte que de hombre que tiene vida.* » Souvent, ajoute-t-il, il l'a importuné de ses questions, et Torcato n'a jamais voulu lui faire connaître la cause de ses maux. Touchés de compassion, les deux bergers se décident à aller à la recherche de Torcato : ils le trouvent dans une vallée, au moment où il se lamentait à haute voix et éclatait en plaintes amères contre une bergère infidèle. Ils s'approchent de lui, et, à force de prières importunes, ils lui persuadent de leur déclarer la cause de ses peines. Alors Torcato leur raconte comment il avait vu Bélisia, dans un combat de taureaux, comment il avait été épris de sa beauté, comment il avait cherché une occasion favorable pour lui déclarer son amour, dans l'espoir d'un sentiment réciproque ; comment, après un certain laps de temps, après une absence forcée, afin d'aller chercher de la nourriture pour son troupeau, il avait à son retour trouvé l'amour de Belisia changé en froideur et dédain. Il leur raconte ensuite un rêve qu'il avait eu : il lui semblait voir la Fortune assise sur un char d'or et d'ivoire, traîné par vingt-quatre licornes. Elle était accompagnée de quatre jeunes personnes ; la Raison, la Justice, le Caprice et le libre Arbitre, pauvrement parées que la puissante déesse frappait et maltraitait parfois, en leur mettant son pied sur leur cou. Le geste de la Fortune était tantôt souriant, tantôt effrayant et terrible. Elle adresse un long raisonnement à Torcato et lui démontre l'injustice de ses plaintes, puisque, étant inconstante et

mobile de sa nature, il ne lui appartient pas de remédier à son mal. Apparaît ensuite la Mort, sur un char noir, traîné par des éléphants. Elle est accompagnée des
trois parques inexorables. La Mort lui adresse également des paroles de blâme de
ce que, n'ayant pas voulu venir lorsqu'il l'invoquait dans son désespoir, il l'avait
injuriée en paroles. Un raisonnement semblable lui est tenu par le Temps, assis
sur un char de diamants, traîné par six griffons. Enfin se présente la Cruauté, sur
un char traîné par douze dragons épouvantables, tenant d'une main une épée nue,
et de l'autre conduisant Belisia qui, obéissant aux ordres de sa maîtresse, se jette
sur l'amant infortuné : lui ouvre la poitrine, avec son épée, en arrache le cœur ; se
complaît dans son agonie et se moque de sa douleur.

L'entretien se termine par des vers que chantent les trois bergers réunis, vers
prouvant, avec les autres répandus dans toute la composition, que Torquemada
n'était pas un poéte vulgaire.

CHAP. VII, *note* 3, page 103. — La première édition des comédies de Lope de
Rueda est de 1567 (Valence, chez Joan Mey, place de la Yerba). C'est un petit
volume in-8°, imprimé en caractères gothiques, de cinquante feuillets paginés, et
un servant de frontispice ou de titre. Ce n'est là toutefois que la première partie,
ou plutôt ses deux comédies la *Eufémia* et la *Armelina*. Viennent après, avec le
même papier et le même caractère, mais avec une pagination différente, *las segundas
dos comedias del excellente poeta y representante Lope de Rueda*, etc., c'est-à-dire,
les comédies intitulées *Los Engañados* et la *Medora*, cinquante-six feuillets. En tête
de la première partie se trouve un sonnet d'Amador de Loaysa « en l'honneur des
« comédies de Lope de Rueda » et, en tête de la seconde, un autre, de Timoneda
lui-même, sur le même sujet. A la fin de la comédie des *Los Engañados* et avant
Medora, on lit un sonnet de Francisco de Ledesma sur la mort de l'auteur. La censure de la première partie, confiée à Fr. Juan Blas Navarro, est du 7 octobre 1566,
tandis que celle de la seconde porte la date du 17 octobre ; indice que les deux
parties s'imprimèrent séparément.

Quant à la mort de Lope de Rueda, nous devrons nécessairement l'avancer
d'une année, puisqu'en 1566, Timoneda, son éditeur, y fait déjà allusion.

Juan de Timoneda introduisit des corrections importantes dans les œuvres de
son ami, ce n'est pas douteux. Dans la lettre satisfactoire au prudent lecteur, qui
précède les deux premières comédies, il s'exprime ainsi : « De las quales (come-
« dias), por este respecto, se han quitado algunas cosas no licitas y mal sonantes,
« que algunos en vida de Lope havran oydo. Por tanto miren que no soy de cul-
« par, que mi buena intencion es la que me salva. » De même dans la lettre qui
précède la seconde partie, en énumérant les travaux de son édition, il dit : « El
« primero fué escrevir cada una dellas dos vezes, y escreviéndolas (como su autor
« no pensasse imprimirlas), por hallar algunos descuydos, ó gracias por mejor
« dezir, en poder de simples, negras ó lacayos reyterados, tuve necessidad de
« quitar lo que estaba dicho dos vezes en alguna dellas, y poner otros en su
« lugar. Despues de yrlas à hacer leer al theologo que tenia deputado para que
« las corrigiesse y pudiessen ser impressas, y por fin y remate el depósito de mi
« pobre bolsillo. »

Quant au *Deleytoso*, ouvrage des plus rares, nous en avons un exemplaire sous
nos yeux. Voici le titre : *El Deleitoso, compendio llamado* El Deleitoso, *en el cual
se contienen muchos pasos graciosos del excellente poeta y gracioso representante Lope*

Rueda, por poner en principios y entre medias de colloquios y comedias ; réunis par Joan de Timoneda. Au-dessous se trouve le portrait de Lope de Rueda, gravé sur bois. C'est le même que le portrait qu'on voit sur d'autres de ses ouvrages, publiés par Timoneda ; au verso, un sonnet de cet éditeur en l'honneur de l'ouvrage et des acteurs. A la fin on lit dans le *Colophon* : « Impressos con licencia en la inclyta « ciudad de Valencia, en casa de Joan Mey. Año MDLXVII. » C'est un volume in-8° de trente feuillets, sans pagination aucune, imprimés en caractères ordinaires.

CHAP. VII, *note 2, page* 109. — *La tabla de los pasos graciosos,* etc., se trouve également à la fin de l'édition princeps des *Colloquios.* (Valence, Joan Mey, 1567, in-8°.)

CHAP. VII, *note* 1, *page* 111.— Le *Dialogo sobre la invencion de las calças,* etc., se trouve aussi à la fin de l'édition princeps des comédies de Lope de Rueda (Valence, Joan Mey, 1567, in-8°). Vu la grande rareté du dit livre de l'une et l'autre édition, nous avons jugé à propos de le reproduire intégralement.

PERALTA, *lacayo* — FUENTES, *lacayo.*

PERALTA.

Señor ¿ Fuentes, que mudança
Haveys hecho en el calçado
Con que andays tan abultado?

FUENTES.

Señor calças à la usança.

PERALTA.

Pensé quera verdugado.

FUENTES.

Pues yo dellas no me corro ;
¿ Que han de ser como las vuessas?
Hermano ya no usan dessas

PERALTA.

Mas ¿ que las echais de aforros
Que ansi se paran tan tiessas?

FUENTES.

 Desso poco, un sayo viejo,
Y toda una ruyn capa,
Que desto calça no escapa.

PERALTA.

Pues si van à mi consejo,
Echaran una gualdrapa.

FUENTES.

Y aun otros mandan poner
Copia de paja y esparto,
Porque les abulten harto.

PERALTA.

Essos deben de tener
De bestias quiça algun quarto.

FUENTES.

Pondránse qualquiera alhaja
Por traer calça gallarda.

PERALTA.

Cierto, yo no sé qué aguarda,
Quien va vestido de paja,
De hacerse alguna albarda.

FUENTES.

Otros dan en invençion,
Que reyr me hacen de gana,
Y es que una calça galana,
Como si fuesse colchon,
La hazen henchir de lana.
Que temo no se les haga
A los que por hermosura
Disimulan tal colchura
En las nalgas qualque llaga,
Mas no sea matadura.

PERALTA.

No : que si ellas tienen peso,
Pues dan muestra verdadera
Que hazen corta en gran manera,
Es muy gentil contrapeso
Traer la bolsa ligera.

FUENTES.

Pues no sé como ser pueda.
Si cuestan tanto dinero,
Que un rapaz, un escudero,
Trayga una calça de seda
Mejor que algun cauallero.

PERALTA.

Y aun esso me espanta mas,
Que el cauallero trabaje,
Vestir conforme al linaje
Y que el que lleva detràs,
Os ponga duda si es paje.
Al que ha llegado à trobar
Calças de tan ruyn talle,
Y no debe de quedalle
Trage alguno por provar,
Ni seso para inventalle.

FUENTES.

Yo sé quien va medio enfermo
De andar tan justo atado.
Tan enhiesto y estirado,
Que me parece estafermo.
Quando lo veo parado.

PERALTA.

Voyme; que no me contenta
Este modo de vivir.

FUENTES.

¿ Como ?¿ Por que os quereis yr ?

PERALTA.

Porque no dize à mi renta
Tan loco y caro vestir.

FUENTES.

Un par os podeis llevar,
Que con poco las haréys ,
Diez de raxa, raso seys.

PERALTA.

Tate, tanto han de costar,
Peralta, no las calzeys,
Guárdame Dios del demonio.

FUENTES.

¿ Porque no quereis usallas ?

PERALTA.

Porque si he de pagallas,
Que tado mi patrimonio
No basta para aforrallas ;
Y aun vos, si os dais mal govierno
En esto de andar galano,
Podra ser, Fuentes hermano,
Que por andar al moderno,
Os ture siempre el verano.

CHAP. VII, note 2, page 112. — *Ralph Royster Doyster* est le titre d'une comédie anglaise, la plus ancienne que l'on connaisse dans cette langue; elle a été composée vers l'annnée 1551; son auteur fut Nicolas Udall, recteur de l'école d'Eton, et plus tard de celle de Westminster.

Gammer Gurton's Needle où l'aiguille de Gammer Gurton, tel est le titre d'une comédie écrite par l'évêque Still et représentée, à Cambridge, en 1566.

CHAP. VIII, note 1, page 126. — En 1768, D. Antonio Armona, corregidor de Madrid, plein de goût pour ce genre de littérature et grand chercheur de papiers et de notices, compila avec le secours des documents existant dans les archives de cette corporation, un ouvrage intéressant qu'il intitula : *Memorias cronológicas sobre el origen de la representacion de las comedias de España y particularmente en Madrid, desde que, por haberse hecha publica esta diversion, empezó à merecer las atenciones del Gobierno.*

Pellicer ne semble pas en avoir eu connaissance, voilà pourquoi nous en traduisons deux paragraphes sur l'origine des théâtres du Principe et de la Cruz.

« Il résulte d'un certificat donné par le trésorier des hôpitaux que, le 17 octobre 1579,
« les délégués de l'Hôpital Général, de celui de la Passion et ses agrégés, achetèrent
« une maison et un terrain dans la rue de la Croix, où ils établirent le premier *corral*.
« Ensuite les confrères des mêmes hôpitaux achetèrent deux terrains, dans la rue du
« Principe, et l'on y établit le second *corral* : telle est l'origine des deux théâtres du
« Principe et de la Cruz. Le licencié Jimenez Ortiz, du Conseil Royal, qui était déjà, en
« 1584, juge protecteur des théâtres et hôpitaux, et ce fut, parait-il, le premier, par
« ordonnance du 15 février de la même année, enjoignit et notifia aux auteurs de comé-
« dies de ne s'absenter aucunement de Madrid, ainsi qu'aux autres comiques de leurs
« troupes, sous les peines qu'il édicta, en cas de contravention ou de violation de cet

« ordre, afin d'éviter par là le préjudice qui pourrait être causé aux hôpitaux.

« Tels sont les commencement des deux colysées du dernier tiers du seizième siècle.

« Leur propriété, leurs profits appartenaient aux hôpitaux, à l'hôpital général, à celui de
« la Passion, à celui des exposés, à celui des abandonnés. Ils étaient régis par des com-
« missaires que nommaient les confréries, chacune le sien, choisis parmi leurs membres
« respectifs. Ils devaient veiller tant à l'entretien des *corrales* et de leur mobilier qu'à
« la bonne perception et au recouvrement de leurs intérêts. Ces commissaires concluaient
« les fermages annuels, s'entendaient avec les auteurs des troupes comiques et avec un
« musicien guitariste. Il y avait, en outre, un autre commissaire remplissant les fonctions
« de receveur-contrôleur, il prenait le compte et le nombre des places de chaque
« jour, réglait l'avoir liquide revenant à chaque hôpital, et laissait en réserve un petit
« fonds pour les travaux et les réparations les plus nécessaires.

« En 1608, le licencié Juan de Tejada, du conseil de Sa Majesté, et successeur du
« licencié Jimenez Ortiz au jury protecteur, fut le premier qui dicta des règles de gou-
« vernement et de police pour les *corrales*, et dès ce moment leurs juges les appelèrent :
« théâtres. »

CHAP. VIII, *note* 1, page 128. — Dans le temps qui s'écoule entre Lope de
Rueda et l'école dramatique de Valence, à laquelle appartenait lui-même Lope de
Vega, ce véritable fondateur du théâtre national, il se fit de nombreux essais,
ignorés de nos critiques, gisant sans examen dans la poussière de nos archives et
de nos bibliothèques, et qu'il conviendrait de compulser afin de constituer avec eux
l'histoire générale de notre théâtre. Nous voulons faire allusion à ce nombre infini
de compositions dramatiques, plus ou moins parfaites, écrites partie en latin partie
en castillan, représentées dans les collèges des jésuites ou dans les couvents de
religieux, pour célébrer soit l'arrivée d'un évêque, soit l'élection d'un prieur ou
d'un abbé, soit la béatification ou la canonisation d'un saint de l'ordre, soit enfin
quelque fête solennelle de l'Eglise. Dans le temps où le latin était la langue des
cours et des académies, où les savants s'en servaient pour leurs écrits, au point
que Sigüenza et d'autres écrivains crurent devoir s'excuser d'employer le castillan,
il n'est pas étonnant de voir en vogue ce genre de représentations. Comme c'est
naturel, l'élément classique y domine, composées qu'elles sont par des hommes
érudits, des maîtres de latin, des professeurs d'humanités. Toutefois, on y observe,
de temps en temps, une certaine tendance à se populariser par l'introduction de
caractères pris parmi les basses classes de la société, et que les acteurs rendaient
en s'exprimant toujours en castillan. Nous parlerons d'abord d'une de ces comédies en deux langues, dont l'auteur est, paraît-il, Juan de Valence, originaire de
Hoja, prébendier de Malaga. Elle a pour titre : *Nincusis, comœdia de divite epulone :*
elle est composée à l'imitation des comédies de Térence, et son sujet est la parabole de Lazare et du riche avare. Dans cette pièce, écrite en vers latins, les bouffons Facetus et Tricongius s'expriment en castillan ou dans un latin macaronique,
criblé de solécismes. Ainsi au commencement de la scène IV de l'acte III, Tricongius dit : « Est hoc el locum del ensayo ? » et Facetus lui répond : « Locum ? Essum
« scam nombrem tibi. » Ligurinus, le cuisinier, parle en roman, ainsi que les
autres personnages subalternes du drame. Les entrées de chaque acte (præcen-
siones) sont également en vers castillans.

Juan de Valence florissait sous le règne de Charles V : ses œuvres ne sont pas
imprimées. Il fut le maître du chanoine D. Bernardo de Aldrete, auteur des
« *Antiguedades de España y Africa* » et des *Origines de la langa castillana ;* d'Alfonso de Torres, de Malaga, d'Antonio de Hojeda et d'autres. Dans le même volume

manuscrit, volume qui est, selon toute apparence, le cahier original de ses vers, se trouve son poëme *Pyrene*, dont parle Nicolas Antonio et qui traite *De robore, ac firmitudine quæ Hespani et Galli montibus tantum Pyreneis disiuncti muniunt oppida vicina. Deque Nympha Pyrene, quæ inter utrosque media eos laudat, mox ipsorum dissidiis dolet, ac postremo eosdem ad pacem oriendam adhortatur.* Le sujet de ce poëme,, composé sans doute pour célébrer la paix entre l'Espagne et la France, et d'autres poésies latines en l'honneur des Espagnols, morts au combat naval de Lépante, nous font connaître que leur auteur vivait encore en 1571.

Dans la bibliothèque des pères jésuites de Madrid, réunie tout récemment à celle de l'Académie Royale d'Histoire, se trouvent divers volumes manuscrits d'autos, d'entretiens, de farces et de comédies, jouées en diverses circonstances, dans les colléges de la Compagnie de Jésus. La plus grande partie appartiennent au dernier tiers du seizième siècle. Nous insérons ici une liste des plus remarquables, pour l'importance qu'elles peuvent avoir relativement à l'histoire du théâtre national.

Tragædia Naamani. — Personnages : Naaman, Uxor, Nuncius, Custos, Rex, Gastrimargus, Vagaus, Phœlotinus, Famulus, Elizeus, Giezi, Bulupus, Callitus, *Moralidades*, Sophia, Nemosine, Aglae. Elle se divise en cinq actes, de quatre scènes chacun au moins ; elle est écrite, partie en latin, partie en castillan. Le premier interprète s'adresse au public, dans le premier de ces idiomes ; le second prononce une harangue castillane, en prose et en vers ; le troisième explique le sujet de la tragédie, en faisant de la morale. Il y a une conclusion en vers.

Auto de la oveja perdida. — Interlocuteurs : Custodio, Cristobal, Pedro, Miguel ; tous bergers. Il y a en outre un personnage allégorique, appelé Apétito, disputant la brebis à Custodio qui la défend ; mais à la fin il est vaincu. Cet auto est différent de celui que Juan de Timoneda composa sur le même sujet.

Auto del Santisimo Sacramento. — Interlocuteurs : Trois Indiens, Brésil, Japon, et Mexique qui entrent en chantant ; la Foi et trois bergers ; Custodio, Cortés et Consuelo.

Triumphus Circuncisionis. — Interlocuteurs : Torbio, Hernando, galant ; Ontoria et Mercader, letrados ; un étudiant et son maître.

Tragædia Jezabelis. — Interlocuteurs : Helias, Achabus, six prophètes, un homme du peuple, appelé Jacob ; Joseph, Hircanus, Nuncius, puer, Angelus, Nuboth, Jezabel, un gouverneur, un alguacil, Thamar, Noemi, Gehu et soldats. Cinq actes.

Tragædia patris familias de Vinca. — Interlocuteurs : Esaias, Anas, Caifas, Siméon, Ruben, un géant, un pigmée, un philosophe profane, Jérémie, des ouvriers, saint Jean-Baptiste, un alcalde. Cinq actes.

Auto de la Gallofa, sobre la parabola de la Cena. — Personnages : l'Amour, la Jalousie, deux serviteurs, un père orgueilleux, un avare, un luxurieux, des pauvres, un boiteux, un manchot, un aveugle, un sourd. En castillan.

Comædia quæ inscribitur Margarita. Elle se représenta devant un évêque de Salamanque, mais on ne dit pas qui c'était.

Trajicomædia Nabolis Carmelitidis. — Interlocuteurs : David, Abiathar, Poliphagus, Palemon, Thyrsis, Baltus, Despotismus, Nuncius, Comes, Nabal, Gamidus, Joabus, milites, famuli. Elle est écrite partie en latin, partie en castillan. Elle commence par la romance suivante :

Triste estaba Abigail,	Mayon era el alegria
Llena de angustia y cuidado,	Que fuera el dolor passado.
Cuando le vinieron cartas	Los pastores se alegraron
De Davied el esforçado,	De Nabal el lazerado,
Que la pidé por mujer	Viendo la dichosa suerte
Por estar della pagado.	Del señor con que an topado,
Las bodas se celebraron	Comedido y liberal
Con plazer mas que doblado.	Y con todos bien hablado.

Egloga de Filis y la iglesia Segoviana, représentée devant Don Andrès Pacheco, évêque de Ségovie, en 1588. — Interlocuteurs : Spiritus superbiæ, Plutus, divitiarium deus, Cupido, Emoporus, Metrodorus, mercatores, Idomeneus, Marcellus, Fabius adolescentes ; le licencié Eugenio Orellana, Teophilas, cantor unus, pastor cum agno et aliis pastoribus, puer albus et niger, pastores Geranius, Damon, Sylvanus, Amartana. En latin et en castillan.

Parabola Samaritani. — Interlocuteurs : Morguto, Maluco, Jorgino, un pécheur, un lévite, un Samaritain, un aubergiste. Tous les personnages, excepté deux, s'expriment en castillan.

Actio que inscribitur Nepotiana. Etait présent à sa représentation D. Alvaro de Mendoça, évêque d'Avila, en l'année 1572. Interlocuteurs : Gometius, Ventura, Ponotus, un official et sa fille, Horacio Bonesi, Melendez et un bachelier.

Tragædia quæ inscribitur Vicentina. Elle a sa *præfatio jocularis* ou loa dans laquelle paraissent Soletran, Mendoça, Cancaya et D. Lope. Le sujet de la tragédie est le martyre des saintes vierges Sabina et Christeta. Le lieu de la scène Avila del Rey ; les interlocuteurs : Christiana Nobilitas, Veritas, Furor, Gentilitas, Dacianus, Vincentius, Amor, Testidorus, Mopsus, Menalcas, Palemon, satellites. Dasippus, Sabina, Christelas, Victæus, Dictæus. Philachus, chœur de Juifs. Cinq actes de cinq scènes chacun. La tragédie finit par une exhortation à l'assistance.

Actio pueritiæ. — Interlocuteurs : Nepos, Asotus, Juventus, Orthophilus, Scciphus, senex ; Hierothis, puer ; Fervor, Socordia, Timor.

Actio quæ inscribitur Examen Sacrum, églogue. — Interlocuteurs : Leucos, Eusebia, Daphnis, Cuidado, Scrupulus et Manios. Elle est suivie d'un intermède, entremes ou *actio intercalaris*, où apparaissaient Enero, un escribano, Mengo et Congosto. En castillan.

Tragædia quæ inscribitur Regnum Dei, représentée au collége de Ségovie, en l'année 1574.

Comedia del triunfo de la fortuna. — Interlocuteurs : Salisio, la Vérité, le Mensonge, la Désillusion, la Fortune, des Sauvages, le Monde, deux rois, six hallebardiers ou soldats, deux pages, la Vanité, autres deux pages. L'auteur de cette comédie fut Tomas de Villacastin, jésuite, auteur de divers ouvrages dont on trouve le titre dans Nicolas Antonio.

Comedia del niño constante ou *Historia de Chichacate* et *Chicatera.*

Dialogo de la gloriosa y bienaventurada virgen y martyr Santa Cecilia y San Tiburcio y Valeriano, glorieux martyrs, suivi de l'*auto de la Virtud.*

Coloquio del primer estudiante y mayorazgo trocado entre el P. Salas (¿José Antonio Gonzalez?) *y el beato Luys Conzaga de la Compañia de Jésus.* — Personnages : La Marquise, Rodolphe, D. Francisco, Peroto et domestiques, D. Ferrante, la

Chasteté, le Mépris, un roi d'armes, le duc de Mantoue, un secrétaire, Aurélia, le Christ, l'Obéissance. En roman, et divisé en trois journées.

Coloquio de la escolástica triunfante y la nueva Babylonia, par le P. Salas.

El Soldado estudiante, ou *la niñez del P. Gonzaga*.

El coloquio de la estrella del mar, 1575.

El casamiento dos veces y hermosura de Raquel, auto sacramental.

La comedia de los dos Juanes, S. Juan Evangelista y San Juan Bautista, 1586.

Auto de Mardocheo, représentée dans la grande Canarie, en 1576.

Tragædia quæ inscribitur Jeptæ.

Comedia llamada *Varia fortuna de Oloseo*. — Interlocuteurs : Oloséo, roi ; Sévère, un vieillard ; Iberio, un jeune homme ; Alisco, Amphriso, Justo, Marcelo, Fulgencio, Lelio, Celio, Ortelio, Henado, le Mensonge, la Gloire mondaine, la Musique, deux étudiants, Lucinde et Vitelius ; deux pages, Arsenio et Lucinde. En roman.

Desposorio espiritual de la iglesia mexicana y el pastor Pedro, églogue représenté, le jour de la consécration de l'évêque de Mexico, D. Pedro de Moya Contreras, le 5 décembre 1574. — Interlocuteurs : l'Eglise Mexicaine, la Foi, l'Espérance, la Charité, la Grâce, bergères ; Pedro, Prudente, Justino, Modesto, bergers ; un bouffon, divers chanteurs. En roman. L'auteur est Juan Perez Ramirez, prêtre.

Colloquio, représenté à Séville devant l'Illme, cardinal D. Rodrigo de Castro, lorsqu'on le nomma protecteur de l'Annonciate, en 1587. Personnages : Palacio, Rusticidad, Moïse, un ange, un jeune homme, la Prophétie, deux bergers. Il est divisé en deux actes de cinq scènes chacun.

Dialogo de prestantissima scientiarum elligenda, composée par le P. Juan de Pineda et le P. Andres Rodriguez, à Grenade. — Interlocuteurs : Polilogo, Dubitancio, Juliano, Sophista, Sabio, Logiteo, Apollo, Marco, Teodoro. En trois actes, et à la fin un entr'acte ou intermède, où figurent Palermo, Villafuerte, Lazarillo.

Dialogo composé à Grenade, par le P. Andrés Rodriguez, *De metodo studendi*. — Interlocuteurs : Solercio, Fantastico, Jocundo, Falacio, Fidelio, Decurio, Delator Didascalo, Infausto et un villageois. Il y a en outre un prologue entre Colmenares, Peñalosa, Villalobos et Ojeda ; un entr'acte entre Infausto, Jocundo, Bernabé et un villageois. Ce dialogue est en trois actes.

Dialogo hecho en Sevilla por el P. Francisco Jimenez, á la venida del padre visitador à las escuelas. — Interlocuteurs : Deux jeunes gens pour le prologue, El Engaño, Studiosus adolescens, Desiodosus, Honestus labor ; Decurio, un alguacil, Cupido, Honor, Gaudium, Somnus, Apollo, Maseloqueda, un cuisinier. En trois actes.

Triunfo del Sabio. — Personnages : Sabio, Fuerte, Soberbio, Engaño, Fantasma, Ignorancia, Injusticia, Verdad, Justicia, Desengaño. Trois actes et un intermède.

Comédie allégorique : *La Bachilleria engaña*. Interlocuteurs : Jupiter (l'Entendement) ; Pallas (la Sagesse) ; Muse (le Baccalauréat) ; Aragne (l'Oisiveté) ; Anfrisio, serviteur de Jupiter ; D. Luis, un étudiant ; D. Fernando, un étudiant ; D. Félix, un soldat ; Blitizi, serviteur de D. Luis ; Mosquete, serviteur de D. Félix.

Les pièces dramatiques dont nous venons de donner les titres, et beaucoup d'autres que nous pourrions citer, ne se recommandent en général ni par leur invention, ni par leur mérite. Si nous les avons mentionnées, c'est uniquement parce que nous croyons que toute histoire de l'art dramatique, en Espagne, sera incomplète si on ne les apprécie comme elles le méritent, et elles et d'autres compositions analogues. Presque toutes appartiennent, à peu d'exceptions près, au genre classique, modifié, il est vrai, suivant le temps et les circonstances, par l'introduction de l'élément populaire. Le genre classique s'y conserve toutefois avec ténacité et pendant longtemps, malgré sa disparition totale, par des auteurs à qui l'étude des humanités, le maniement des classiques fait naturellement regarder, avec un certain mépris, tout ce qui n'était pas calqué sur les modèles de l'antiquité. Depuis longtemps Lope de Vega avait popularisé la comédie, lui avait prescrit de nouvelles règles, et l'avait en tout assujettie aux caprices du public, véritable juge en ces matières ; et cependant dans les collèges des jésuites, dans certain coin obscur de la Péninsule, il se représentait un grand nombre de drames, mélange informe des anciens autos et de la comédie allégorique, écrits pour un auditoire éclairé, se complaisant à entendre sur la scène la langue du Latium. Ce sont là les considérations qui nous ont porté à indiquer l'existence de ces compositions dramatiques.

CHAP. IX, page 130. — Nous n'avons pas voulu introduire dans le texte de ce ce chapitre les modifications que les traducteurs espagnols y ont apportées par suite de la publication de documents inédits sur les persécutions de F. Luis de Léon. Ne voulant pas non plus priver le lecteur de la connaissance de détails si intéressants nous les traduisons dans cette note.

« Le crédit de F. Luis de Léon et les honneurs qu'il accumula, lui gagnèrent un grand nombre d'ennemis, qui trouvèrent facilement le moyen de l'inquiéter et de troubler son repos. Les principaux d'entre eux étaient les frères dominicains de Salamanque, avec lesquels il eut continuellement, c'est notoire, de vives discussions, aux conférences tenues dans les cours de l'Université. C'étaient tous des rivaux qu'il avait vaincus, dans les concours publics, pour les fonctions qu'il avait obtenues et qui ne pouvaient, par conséquent, lui pardonner ses triomphes. A de tels adversaires, il suffit d'une occasion favorable pour l'attaque : le premier prétexte dont ils s'emparèrent fut une traduction faite par Luis de Léon des *Cantiques de Salomon*, en langue castillane, cantiques qu'il considérait comme une composition bucolique. A ce grief, on vint ajouter que, dans les conférences qu'il faisait dans sa chaire, il avait dit que la traduction de la *Vulgate* était susceptible de correction. Finalement on estima que, tandis qu'il inclinait vers les idées nouvelles et dangereuses, par allusion au luthéranisme, d'autre part on remarquait en lui une certaine tendance à interpréter judaïquement les Écritures : on lui imputait aussi d'avoir du sang juif dans les veines ! accusation grave et délicate aux yeux des Espagnols, qui se sont toujours estimés vieux chrétiens, sans le moindre mélange d'hérésie (1).

La première dénonciation ou accusation portée contre lui, eut lieu à Salamanque,

_____

(1) *Documentos ineditos*, tom. X, pp. 6, 12, 10, 146-147, 210, 207, 449-467.

devant les commissaires du Saint Office, le 17 décembre 1571. Durant longtemps toutes les diligences se pratiquèrent, suivant les règles mystérieuses et sombres de ce tribunal, et dans le secret le plus profond. Pendant l'instruction du procès, on entendit près de vingt témoins, dont les déclarations se consignèrent par écrit : on donna en même temps des commissions rogatoires pour en entendre d'autres, à Grenade, à Valladolid, Murcie, Carthagène, Arévalo et Tolède ; toutes les démarches indiquaient qu'on cherchait à donner au procès, par son mystère, son uniformité et l'attention qu'on y apportait, le caractère d'une vaste conspiration ourdie contre une personne dont on jugeait l'instruction et les opinions dangereuses (1).

Enfin le voile se déchire ; le 6 mars 1572, Léon fut cité devant le tribunal de Salamanque, et accusé d'avoir traduit en langue vulgaire le *Cantique des Cantiques*. On passait sous silence les autres chefs pour les produire suivant qu'on le jugerait convenable. Sa réponse, qui d'après ce mode de procédure recevait la dénomination technique mais injuste de « confession » fut claire, noble et explicite. Il déclara, sans hésiter un instant, qu'en effet il avait fait la traduction dont on l'accusait ; mais qu'il l'avait faite pour une religieuse à laquelle il l'avait lui-même remise, et qu'il était ensuite venu la reprendre lui-même en personne ; que cependant et sans qu'il le sut un frère lai, qui prenait soin de sa cellule, en avait tiré une copie ; et que de cette manière sa traduction s'était répandue et publiée; qu'il avait fait en vain toutes les recherches les plus minutieuses pour recouvrer les différentes copies manuscrites qui couraient et empêcher leur circulation; qu'enfin le mauvais état de sa santé l'avait jusqu'alors empêché de finir un autre travail qu'il avait commencé, c'est-à-dire, une traduction latine du même livre, dont les notes et éclaircissements montreraient ses véritables opinions, au point de ne laisser aucun doute sur son accord avec les doctrines de l'Église. Il confessa en même temps qu'il se soumettait humblement et sans condition aucune à l'autorité du Saint Office, et il déclara son ferme propos de professer, d'aimer et de défendre toujours les doctrines et les dogmes de la foi catholique (2).

La cause ainsi entendue, s'il n'y avait eu d'autre motif que le motif déjà cité et manifesté, on aurait probablement sursis, et on n'en aurait plus parlé, mais les choses ne se passèrent pas ainsi. Ses ennemis personnels, sans le moindre scrupule de conscience, répandirent le bruit que ses études bibliques et celles de son ami Arias Montano pouvaient être dangereuses pour l'Église. Ce dernier grief fit poursuivre la procédure avec plus de vigueur. L'affaire fut portée au tribunal de Valladolid; le 27 mars 1572, Fr. Luis de Léon fut arrêté, incarcéré dans les prisons secrètes de l'Inquisition de la dite ville, où on le priva pendant longtemps même de l'usage d'un couteau de table, où on ne lui fournit ni une feuille de papier, ni un livre qu'avec l'autorisation formelle des juges chargés de son procès. On accumula contre lui de nouvelles accusations, constamment répandues par ses

---

(1) *Documentos ineditos*, tom. X, pp. 26, 31, 74, 78, 81, 92. — Les choses en arrivèrent au point qu'on demanda des déclarations jusque dans la ville de Cuzco au Pérou, ville où était parvenue, à ce qu'il paraît, une copie manuscrite de sa version du *Cantique des cantiques* (p. 505).

(2) *Ib.*

persécuteurs; mais toutes étaient si vagues, reposaient sur de si faibles fondements que les crimes qu'on lui imputait se réduisirent enfin à la traduction dont nous avons parlé plus haut et à ses paroles sur la *Vulgate*.

Fr. Luis de Léon réfuta avec clarté, simplicité et franchise toutes les accusations dressées contre lui. Plus de cinquante fois, il fut appelé devant le tribunal, et les différentes défenses qu'il prononça dans ces occasions, défenses qui existent encore, écrites toutes de sa main, remplissent plus de cent feuilles dans un langage pur et correct. Elles ne se distinguent pas moins par la richesse d'éloquence, qui règne généralement dans tous ses écrits, que par la finesse extraordinaire, que par l'esprit dont il avait alors besoin pour détruire les calomnies de ses ennemis acharnés (1). Enfin, après avoir épuisé toutes les ressources de la sagacité cléricale, infructueusement dépensées pendant cinq ans, pour briser son âme aussi douce et aussi tranquille que ferme et inébranlable, les sept juges prononcèrent l'arrêt définitif le 28 septembre 1576. Quatre votèrent pour qu'il fût soumis à la question de la torture, afin de tirer au clair ses intentions sur les points mis en avant dans l'accusation et la défense; mais pour que, vu l'état de santé du prisonnier, la torture fût modérée « moderado el tormento » et qu'avec les données obtenues par ce moyen, on continuât l'instruction du procès. Deux opinèrent pour qu'il fût blâmé dans la salle du tribunal, pour avoir, en des temps pareils, eu l'audace de soulever des questions pouvant susciter des dangers et des scandales; pour qu'il déclarât ensuite, en présence de l'Université réunie en assemblée complète, que certaines des propositions répandues dans ses écrits étaient douteuses et malsonnantes, et que dorénavant on lui interdit l'exercice de ses fonctions. Un seul réclama le droit de manifester son opinion par écrit; mais on n'a jamais pu savoir s'il le fit ou non, ni quel fut son sentiment sur un sujet si délicat.

Tous ses juges, même ceux qui penchaient le moins pour la douceur, durent être persuadés par le langage et l'aspect du prisonnier, par le peu de solidité des preuves alléguées contre lui, qu'en aucune manière et en aucun temps il n'avait abandonné la foi, ni les croyances de l'Église romaine. Et cependant les plus doux proposaient pour châtiment le plus léger, la dégradation et le déshonneur d'un religieux savant, vertueux et modeste; les plus durs se décidaient pour un acte d'horrible cruauté, dont une personne aussi faible et aussi valétudinaire n'aurait assurément pas pu supporter les effets. Le tribunal de la Suprême Inquisition, résidant à Madrid, consulté en ce cas, procéda avec sa froideur accoutumée et sa prudence impassible, dans l'arrêt définitif. Il ne tint aucun compte de la sentence de Valladolid, qu'il considéra comme non avenue. Le 7 décembre 1576, il déclara solennellement que l'accusé Fr. Luis de Léon était absous de l'instance du jugement « absuelto de la instancia del juicio »; l'engageant dans l'avenir à la circon-

---

(1) Dans toutes les affaires du Saint Office on communiquait à l'accusé les déclarations des témoins, mais non leurs noms. Fr. Luis de Leon lisait celles de ses ennemis, et par leur caractère et leur ton, il calculait quels pouvaient en être les auteurs. C'est ainsi qu'il les nomma simultanément et les traita parfois avec la sévérité que méritaient leur fausseté et leur injustice. Dans tout le procès il montra la candeur de son âme, la simplicité de son cœur, son intelligence éclairée et sa fermeté singulière. (*Documentos*, tom. X, pp. 317, 326, 357, 368-371, 423, 495, etc.)

spection en de telles matières; lui marquant le temps, le lieu et la manière de les traiter, même avec la modération et la réserve nécessaires pour éviter le scandale, et ne pas donner prise aux erreurs : décrétant en outre la suppression de sa traduction du *Cantique des Cantiques* en langue vulgaire. Cette sentence fut communiquée à l'intéressé dans la forme ordinaire, puis il fut mis en liberté, avec les avis accoutumés de ne conserver ni haine, ni mauvaise volonté contre aucune des personnes qu'il soupçonnerait avoir fait des déclarations contre lui, de garder le silence le plus complet, sur tout ce qui était relatif à son procès, sous peine d'excommunication et des autres châtiments qui deviendraient nécessaires. F. Luis de Léon jura de remplir ponctuellement toutes ces conditions, et il faut croire qu'il tint parole (1).

Tel fut le dénouement de ce procès singulier, dont les détails curieux, détails démontrant la sagacité, la constance et la faiblesse des scrupules de l'Inquisition dans ses procédures, alors même qu'il ne s'agissait que d'une simple vérification; la cruauté avec laquelle elle châtiait les hommes les plus distingués et les plus religieux, sur le soupçon le plus vague qu'ils se laissaient aller à la tendance de discuter des questions capables de troubler le moins possible les croyances et la foi des Espagnols, de réveiller des doutes ou des opinions pouvant mettre en danger l'empire absolu de l'Église sur les consciences et même sur les relations sociales et domestiques. La loyauté même et la franchise avec laquelle un homme, comme F. Luis de Léon courbe sa tête devant le sombre et féroce tribunal, en présence duquel il est appelé, dont il reconnaît sincèrement et humblement la juste autorité, aux résolutions duquel il se soumet complètement, est une douloureuse preuve de l'état de prostration et d'abattement auquel étaient alors réduits les hommes les plus illustres et les plus instruits : triste présage de la dégradation et de la décadence de l'esprit national, brisé et opprimé par le despotisme religieux.

CHAPITRE XI, page 167.— Durant son séjour à Valladolid, et en même temps qu'il préparait pour la presse, sa première partie du *Quichotte*, Cervantès composait un autre livre qui lui est attribué avec quelque fondement. C'est une description fort détaillée des fêtes données, à Valladolid, à l'occasion de la naissance de Philippe IV. L'ouvrage a pour titre : *Relacion de lo succedido en la ciudad de Valladolid desde el punto del felicissimo nacimiento del principe D. Felipe Dominico Victor, nuestro señor, hasta que se acabaron las demostrationes de alegria que por él se hicieron;* Valladolid, chez Juan Godines de Millis, 1605, in-4° de 50 feuillets. Écrit avec une certaine négligence, cet ouvrage offre parfois des traits caractéristiques, et certaines formes d'expression particulières au célèbre auteur du *Quichotte*.

CHAP. XII, *note* 1, page 189. — Avant tous les auteurs mentionnés dans ce chapitre, comme ayant blâmé la lecture des livres de chevalerie, nous avons le témoignage de Gonzalo Fernandez de Oviedo. Ce dernier, bien qu'il eût contribué

(1) *Documentos,* tom. X, pp. 351-257. La sentence du Conseil de la Suprême Inquisition portait seulement les quatre paraphes des ministres de ce grand et précieux tribunal, où le secrétaire signait uniquement de ses noms et prénoms.

lui-même à leur propagation, en traduisant et peut-être en inventant le *Libro del esforzado caballero Claribalte*, ne laisse pas de s'exprimer ainsi qu'il suit dans ses *Quinquagenas*.

> Santo consejo seria
> Que dexasen de leer
> Y tambien de se vender
> Esos libros de *Amadis*.

Puis il ajoute : « Ha cresçido el libro de Amadis tanto y en tanta manera, que es « un linage el que de èl en libros vanos ha procedido, mas copioso aun que el de « los Rojas, y ha cresçido tanto, que tiene ya hijos y nietos, y tanta multitud de « fabulas extrañas que parece que las mentiras e fabulas griegas van pasando à « España, y asì van cresçiendo como espuma, et quanto mas cresçe menos valor « tienen tales ficciones, aunque no para los libreros é empresores ; porque antes « les compran esos desparates é se los pagan, que no los libros auténticos é « provechosos. »

Chap. XIV, *note* 1, page 231. — Monsieur le marquis de Pidal, dans un article inséré au tome XI de la *Revista de Madrid*, page 384, sur l'intéressante question de savoir si « Tomé de Burguillos et Lope de Vega sont une même personne » propose quelques doutes à cet égard, et prouve par deux textes, l'un manuscrit et l'autre imprimé, l'existence d'un poète nommé Tomé de Burguillos, contemporain de Lope de Vega.

Chap. XV, *note* 2, page 247. — Il existe, dans les bibliothèques publiques et particulières, un grand nombre de comédies de l'écriture même de Lope de Vega. Quelques unes d'entre elles n'ont jamais été imprimées, telles que le *Brasil restituido*, composition en mémoire de la recouvrance de cette colonie, en 1625, manuscrit que nous avons vu avec d'autres, il y a quelques années à Londres, chez un amateur plein de goût pour la littérature espagnole. On en conserve aussi trois volumes au Musée Britannique ; lors de la dernière exposition générale de l'Industrie à Londres, ils ont été exposés avec le *Cancionero de burlas*, exemplaire unique ; avec la *Doctrina cristiana* du P. Cordoba, éditée à Mexico, en 1544, in-4°, livre considéré, par erreur, comme la première impression faite en Amérique ; avec le célèbre volume de *Tirant lo Blanch*, et plusieurs autres de nos perles littéraires qu'on y estime si haut. Les dits volumes de Lope de Vega, portant respectivement les numéros 10329, et *Egerton* 547, 548, contiennent les comédies suivantes, autographes : *Las bizarrias de Belisa*, terminée à Madrid le 24 mai 1634 ; *Lo que ha de ser*, le 2 septembre 1624 ; *Hay verdades que en amor*, le 12 novembre 1625, avec l'approbation de Vargas Machuca, du 4 février 1626 : *Sin secreto no hay amor*, du 18 juillet 1626, avec l'approbation de Vargas Machuca, du 11 août de la même année, et le permis d'imprimer de Joan de Salinas. Dans une note de Lope lui-même, le public est prévenu que le rôle de Celio sera rempli par l'acteur Tapia : *La competencia en los nobles*, le 16 novembre 1625 ; *Argel fingido*, sans date ; *El yugo de Christo*, auto sacramentel.

Dans la bibliothèque de l'Exme Sr, duc d'Osuna, il se conserve plusieurs de ces comédies ; les Sres Baranda y Salvá en ont déjà publié la liste dans le premier volume de la *Coleccion de documentos ineditos*. M. le marquis de Pidal en possède une intitulée : *La encomienda mal guardada*, du 19 avril 1610, et représentée sous le titre de : *La buena guarda*. D. Salustiano Olózaga en possède trois : *La prueba de los amigos*, Tolède, le 12 septembre 1604 ; *Carlos V en Francia*, Tolède, le 20 novembre 1604, et la *Batalla del honor*, Madrid, le 18 avril 1608 ; enfin D. Agustin Duran, de Madrid, et D. Angel Iznardi, de Cordoue, en possèdent plusieurs autres dont les titres nous sont inconnus. Il serait à désirer qu'en publiant l'édition du théâtre de Lope, préparée par D. Manuel Ribadeneyra, éditeur, à qui les lettres espagnoles doivent tant pour sa *Biblioteca de autores españoles*, la meilleure et la plus considérable de toutes celles qui se sont publiées jusqu'à ce jour, ont eut sous les yeux ces comédies et plusieurs autres de ce célèbre poète. En effet, ses œuvres imprimées sont d'ordinaire remplies de fautes que la négligence des copistes et des imprimeurs y a laissées.

‚CHAP. XV, page 249. — A ce que dit notre auteur sur la *Coleccion de comedias de Lope*, composée de vingt-huit volumes, nous ajouterons l'indication des exemplaires que nous avons vus ; car elle est rare, mais pas si rare qu'on le croit généralement. Il y en a deux, à Madrid ; l'une à la Bibliothèque Nationale, l'autre à la bibliothèque de l'Université : en outre D. Agustin Duran, littérateur distingué, en possède une autre. A Londres, nous en avons vu trois ; l'une au musée Britannique, l'autre, chez lord Holland, et la troisième, chez sir John Labouchère. Dernièrement, il s'en est vendu un exemplaire en Allemagne ; il avait appartenu à la bibliothèque du célèbre Tieck. On nous assure qu'il en existe aussi un exemplaire à la bibliothèque Impériale de Paris. Nous avons entendu parler d'un autre appartenant à D. Vicente Salvá, à Valence. L'exemplaire de l'Académie Royale Espagnole est incomplet.

CHAP. XV, *note* 2, page 252. — D. Francisco de Vances Càndamo, dans sa défense des représentations scéniques intitulées : *Theatro de los theatros de los pasados y presentes siglos : historia escenica griega, romana y castellana*, ouvrage écrit pour défendre les comédies, et dont nous avons l'original sous les yeux, attribue l'invention de ces comédies à D. Diego de Enciso. « C'est lui, dit-il, qui « commença celles qu'on nomme de *capa y espada* : il fut suivi ensuite par « D. Pedro Rosete, D. Francisco de Rojas, D. Pedro Calderon de la Barca, et par « les plus modernes, D. Antonio de Solis et D. Agustin de Salazar, tous dignes « des plus grands éloges. »

CHAP. XV, *note* 1 page 255. — Philippe IV eut des troupes de comédiens à lui, ne donnant des représentations que dans son palais et dans les résidences royales. Le marquis d'Heliche fut le premier qui fit tracer, dans le colysée du Buen Retiro, les changements de scène, les fausses machines et les apparences théâtrales. Plus tard, quand l'almirante de Castille fut grand majordome, on en vint, dit D. Francisco de Vances Candamo, dans le livre déjà cité, à un tel point de magnificence « que le regard se pâme au théâtre, en voyant comme l'art usurpe tout l'empire « de la nature, parce que les lumières convexes, les lignes parallèles, servant le « pinceau qui s'empare de ses meilleures couleurs, elles savent donner de la con- « cavité à la surface plane d'une toile, et rapprochent les distances les plus gran- « des avec une propriété merveilleuse. Jamais n'a été si loin l'appareil scénique, « ni l'harmonieuse beauté de la musique. »

CHAP. XVII, *note* 3, page 279. — Nous avons vu plusieurs éditions de ce livre faites pendant le seizième siècle; l'une à Burgos, 1537, in-8°, caractères gothiques, par Juan de Junta; elle est généralement réunie à l'*Historia del conde Ferran Gonzalez* et à celle de *Los siete infantes de Lara*, qui parurent, la même année, chez le même imprimeur; l'autre, à Saragosse, chez Juana Milian, veuve de Pedro Hardoyn, du 15 mai 1540, in-4°, caractères gothiques; une troisième, à Séville, sans date, paraissant aussi ancienne sinon plus que les deux premières. Il s'en est imprimé, en outre, une infinité dans le dix-huitième siècle et dans le siècle actuel. Ce livre a été aussi recherché et aussi lu par le peuple qu'ont pu l'être la *Historia de Carlo-magno y de sus doce pares*, celle de *Oliveros de Castilla y Artus de Algarbe*; celle de *Roberto el diablo*, celle des *Hazañas de Bernardo del Carpio*, et tant d'autres qui constituent encore aujourd'hui le grand fonds de la littérature populaire.

Il existe, toutefois, un livre en langue arabe fort peu connu, ressemblant tellement au notre par sa structure et sa forme, qu'il faut, selon nous, lui assigner une même origine. Il a pour titre : *Quissat chariat Tudur, gua ma cana min haditsiha· maà-l-munachem, gua-l-áalem gua-n-nadham fi hadhrati Harun Er-Raxid*, c'est-à-dire : « Histoire de la jeune Théodore et de ce qui lui arriva avec un astro-
« logue, un uléma et un poète, à la cour d'Haroun al Raschid. » En voici le sujet :
Un opulent négociant et droguiste, de Bagdad, acheta une esclave toute jeune et l'éleva avec un soin tout particulier. Il lui enseigna non-seulement les travaux et les soins particuliers à son sexe, mais encore les sciences les plus abstraites et les plus occultes. Les dispositions de la jeune fille étaient telles, ses progrès furent si grands qu'elle arriva, en peu de temps, au dernier degré de perfection et de sagesse. Avec le temps, le négociant, qui professait pour son esclave et pupille l'amour le plus tendre, se vit réduit à la misère, par suite de spéculations aventureuses qui lui enlevèrent d'un seul coup toutes les richesses. Dans cet embarras, il se décida, mais non sans avoir auparavant consulté son esclave même, ses amis et ses parents les plus proches, à l'offrir au Calife, et à subvenir à ses besoins, avec le prix qu'il lui en donnerait. A cette fin, il la revêtit de ses plus beaux atours, l'orna de ses plus riches joyaux, sollicita une audience et se présenta avec elle à la cour du Calife. Là il exposa le motif qui l'amenait, les diverses qualités qui ornaient son esclave, les sciences qu'elle possédait, et finit par demander dix mille deniers d'or. Le Calife, à la vue de Théodore, fut vivement épris de sa beauté; toutefois, il trouva exorbitant le prix que le marchand en demandait : il proposa de la soumettre à un examen rigoureux, offrit de payer les dix mille doubles demandés, si elle réussissait dans ses épreuves, et dans le cas contraire d'en donner seulement mille, prix qui lui paraissait juste et raisonnable. Le marchand accepta sa proposition. Haroun al Raschid fit venir en sa présence un célèbre docteur, appelé Ibrahim (le roman espagnol l'appelle Abraham le Troubadour) le plus grand savant de ses royaumes, et deux autres personnages, l'un grand théologien et moraliste, l'autre philosophe, et passé maître dans les sept arts libéraux. Tous les trois furent vaincus par la savante jeune fille, dans la dispute ou lutte ouverte, en présence du Calife et de sa cour. D'où il résulta finalement que le Calife paya non-seulement les dix mille doubles demandées, mais par un de ces traits de détachement généreux que les écrivains arabes se plaisent tant à lui attribuer, il renonça à l'esclave et en fit don u négociant.

Comme on le voit, le sujet est le même que dans la nouvelle espagnole, sans autre différence que la substitution d'un marchand chrétien des contrées de la Hongrie, ce qui est par là même assez invraisemblable, au marchand de Bagdad; que de placer la scène à Tunis; de changer Haroun al Raschid en Miramolin Almanzor, personnage figurant si souvent dans nos légendes et nos vieilles chroniques; que de substituer enfin tout naturellement aux questions de métaphysique et de théologie musulmane, des questions analogues, tirées de la religion et du dogme chrétien. Tout le reste, tout ce qui touche particulièrement à la science des astres, à la médecine, à l'histoire naturelle, à la botanique suit, dans le conte castillan, le même ordre que dans la légende arabe; le plus souvent les questions et les développements sont les mêmes : de sorte que les deux récits ne permettent pas de douter qu'ils n'appartiennent, l'un et l'autre, à une commune origine.

La ressemblance et la presque identité des deux productions ainsi établies, il nous reste à rechercher laquelle des deux fut écrite la première et donna naissance à l'autre, si c'est la version arabe ou la version latine. Nous disons la latine, parce que si on ne la trouve pas, que nous sachions, sous cette forme, il est à présumer qu'elle la revêtit, et que la version castillane ne se donna que plus tard, sous le règne de Charles-Quint, comme semble l'indiquer la mention de Tunis, ville peu connue de nos Espagnols, avant les temps de cet empereur, ainsi que d'autres détails de langue et de style qu'il serait trop long d'énumérer. Que l'ouvrage se soit composé pendant le moyen-âge, c'est ce que prouvent et la rance et vieille érudition qui s'y trouve répandue, érudition en tout conforme aux connaissances de ces temps, ainsi que les noms des douze signes du zodiaque, exprimés en latin.

Suivant Nicolas Antonio, c'est un certain Alphonse qui passe pour être l'auteur du livre. Mais cet auteur ne nous dit rien sur cet écrivain, et l'on ignore jusqu'à la simple circonstance de savoir si *Alphonse* fut son nom ou son prénom. On ne sait pas non plus à quel royaume il appartient; en effet, l'érudit Latassa le place bien au nombre des écrivains aragonais, vers l'année 1500, mais il ne dit pas sur quels fondements il se base pour le faire, ne donne d'autres indications sur son œuvre que le petit nombre de celles qu'il a trouvées dans Nicolas Antonio, et il avoue modestement qu'il n'a jamais vu ce livre. (Bibliot. Antig., de escrit. arag., tom. II, p. 134) Aucune des éditions que nous avons vues ne porte le nom d'auteur, par conséquent il faut croire ou que cet intelligent bibliographe en a vu une qui le portait, ou qu'il n'avait connu l'ouvrage qu'en manuscrit. C'est à cette dernière opinion que nous engage à nous ranger le caractère vague avec lequel il le cite, en l'appelant *prosaicum poema*, et le défaut d'indication de l'imprimeur, du lieu et de l'année de la publication.

Ces considérations nous enhardissent à proposer une conjecture qui n'est pas, selon nous, tout à fait dénuée de sens. Au commencement du douzième siècle, florissait à Huesca, un Juif nommé Rabbi Moseh : il abjura le judaïsme, à l'âge de quarante-quatre ans, changea son nom en celui de Pedro, auquel il ajouta le patonymique d'*Alphonse*, parce que son parrain avait été le roi d'Aragon, D. Alphonse le Batailleur, appelé aussi l'Empereur, et non comme le dit par erreur Rodriguez de Castro. (*Bibl. esp.*, tom. I, pag. 19,) et comme le répète par inadvertance D. José Amador de los Rios (*Estudios sobre los judios*, pag. 245.) D. Aphonse VI de Léon et premier de Castille. Ce Pedro Alfonso écrivit, entre autres traités pour réfuter la religion qu'il venait d'abjurer et la religion mahométane, une œuvre fort remarquable, peu connue parmi nous, et dont on a fait deux éditions. (Voyez tom. I, pag. 68, note 3). L'ouvrage est intitulé : *Proverbiorum, seu clericalis disciplinæ libri tres* ; ce n'est pas, ainsi que plusieurs l'ont cru, un traité de sciences et de philosophie, mais un livre divertissant, comme il y en avait tant dans le moyen-âge, plein de contes et d'apologues. Le mot *clericus* n'avait pas alors la signification qu'on lui a donnée plus tard ; par *clerico*, en vieux castillan *clergo* et *crego*, en français *clerq*, on entendait un homme de lettres, un *letrado*, un homme instruit, sens que donne souvent à ce mot l'auteur du *Libro de Alejandro*. Un grand nombre des contes de Pedro Alfonso sont traduits de l'arabe, langue dans laquelle il était très-versé. Plus tard, l'infant D. Juan Manoel, en reproduisait plusieurs dans son *Comte Lucanor*, en même temps que d'autres, extraits aussi de livres arabes : argument de plus contre ceux qui prétendent que la littérature populaire des Arabes espagnols n'influa d'aucune manière sur la nôtre. Il n'y aurait rien d'extraordinaire que l'original arabe de l'*Historia de la doncella Théodor* tombant entre les mains d'Alfonso, il ne l'ait traduite en latin, en l'altérant, et que plus tard l'œuvre latine n'ait été traduite en castillan, avec des variantes encore plus grandes. A cela nous devons ajouter que le conte arabe a toutes les formes et le style particulier à ce genre d'ouvrages populaires, et que, dans l'exemplaire que nous en possédons, le livre est attribué à Abu Bequer Al-waràc, célèbre écrivain du second siècle de l'egire, et auteur d'autres contes et d'autres traités du même style ; circonstance écartant jusqu'au soupçon que l'ouvrage pouvait avoir été premièrement écrit en latin, et qu'il avait été ensuite traduit en castillan.

CHAP. XVII, *note* 3, page 300. — Voyez sur cet auteur dramatique ce que nous avons déjà dit dans les notes du premier volume, page. 597 Les détails sur Lucas Fernandez auraient plus convenablement figuré dans le chapitre qui traite des origines de notre théâtre entre Juan del Enzina et Bartolomé de Torres Naharro.

CHAP. XVIII, *note* 1, page 306. — Rien n'est plus curieux que la manière dont le capitaine Andrès Rey de Artieda, ridiculise Lope et les auteurs dramatiques de son école, dans une de ses épitres adressées au marquis de Cuellar. en disant :

> A el calor del grand señor de Delo
> Se levantan del polvo poetillas
> Con tanta habilidad, que es un conşuelo.
>
> Y es una de sus grandes maravillas
> Ver como una comedia escribe un triste
> Que ayer sacó Minerva de mantillas.
>
> Mas como en viento su invencion consiste,
> *En ocho dias y en menos espacio,*
> Conforme es su caudal la adorna y viste.
>
> ¡O quán al vivo nos compara Oracio
> Con los sueños frenéticos de enfermo
> Quanto escribe en su triste cartapacio.
>
> Galeras vi una vez ir por el yermo
> Y correr seis cavallos por la posta,
> Desde el canal de Chipre hasta Palermo.

> Poner dentro de Vizcaya à Famagosta,
> Junto de las Alpes à la Persia y Media,
> Y Alemania pintar larga y angosta :
>
> Como estas cosas representa Heredia,
> A pedimiento de un amigo suyo,
> *Que en seis horas compone una comedia.*

C'est de cette manière déguisée que Lope et les poètes dramatiques de son école sont attaqués par Cristobal de Mesa dans ses *Rimas* ; par Manuel de Villegas, dans ses *Eroticas* ; par Cristobal Suarez de Figueroa, dans le *Pasajero*, et par Antonio Lopez de Vega, dans son *Perfecto señor, dialogo secundo de las letras.*

CHAP. XVIII, *note* 1, page 313. — Monsieur le marquis de Pidal possède un volume de lettres originales de Lope au duc de Sesa, son protecteur; reste sans doute de la nombreuse collection, existant à une autre époque dans les archives de cette maison. Leur importance n'est pas aussi grande qu'on pourrait le croire, elle l'est assez cependant pour nous faire désirer leur publication. C'est là que Lope donne au duc le nom de Lucinde.

CHAP. XVIII, *note* 1, page 315. — Un fait digne de remarque, c'est qu'au milieu d'une popularité méritée, Lope ait eu à souffrir aussi les traits de l'envie. En 1617, un certain Pedro Torres Ramila, maître de grammaire latine à l'Université d'Alcalà. publia, sous le titre de *Spongia*, une amère critique de quelques œuvres de Lope, Il y fut répondu plus tard, sous le pseudonyme de Julio Columbario, par un écrivain natif et habitant de Madrid, du nom de Francisco Lopez de Arguilar, dans un livre intitulé : *Exspostulatio spongiæ à Petro Turriano Ramila nuper evulgatæ. Pro Lupo à Vega Carpio, Poetarum Hispaniæ Principe : auctore Julio Columbario* B, M, D, L, P. *Item Oneiropœgnion et varia illustrium virorum Poemata ; in laudem eiusdem Lupi a Vega* V. C, *Tricassibus* (Troyes en Champagne) *sumptibus Petri Chevillot.* Anno MDCXVIII, cum privilegio Regis : in-4°, 62 feuillets et 16 de préliminaires. Ce traité est suivi d'un autre, avec ce titre : *Magistri Alphonsi Sanctii. V. eruditissimi, et Sacræ Linguæ in Complutensi Academia professoris publici Primarii Appendix ad exspostulationem spongiæ*, huit feuillets sans aucun foliotage. C'est un livre rare et peu connu, dont parlent, mais fort imparfaitement, Nicolas Antonio (Bibl. Nov., tom. II, 243), et Alvarez Baena (*Hijos de Madrid*, tom. II, pag. 186). Ce dernier ajoute qu'il se publia en Espagne, sans en indiquer l'année, et puis, en France, en 1618. L'édition que nous avons sous les yeux et que nous avons décrite ci-dessus, quoique précédée du permis d'imprimer, *Extrait du privilège du Roi*, concédé à Pierre Chevillot, libraire de Troyes, porte tous les indices d'avoir été faite en Espagne. L'ouvrage de Torres Ramila, que nous n'avons pu voir malgré nos recherches les plus actives, se publia sous le pseudonyme de *Trepus Ruitanus Lamira*, et s'imprima, paraît-il, à Paris; en effet, au nombre des poésies latines contre son auteur, contenues dans l'*Exspostulatio*, on en trouve une, au verso du feuillet 39, avec ce titre : *In eundem, de stribiliginibus Parisiis abstersis, et pagellis emendatiis ibidem excussis.*

La critique des écrits de Lope dut être sanglante : les passages qu'en publia pour sa réfutation, le même Francisco Lopez de Aguilar, nous font voir que l'*Arcadia*, la *Dragontea*, la *Angélica*, la *Jérusalen*, et tout son théâtre en général, furent le but des colères du pédagogue. Dans un de ces morceaux, il s'exprime ainsi : *Cum ille tandem non solum animo tui invisendi, sed exponendi ob oculos Schedarum merces et a tanto viro valdè alienas quippé non putidas, haud arte politas, nulla constanti judicii structura compositas, nec ut tu mente laborares bile absit; absit, sed ut prudenter admonitus, ex eis deculeres fuliginem, pumice œquares tubercula, et adamussim Grammatices perpendiculus corrigendas, committere non gravarere.* Dans un autre passage, il s'annonce lui-même comme *acerrimus notœ propugnator quâ inurit Hispaniam didacissimus poetarum, quod immerentem laudet immodicè.*

Lopez de Aguilar ne fut pas non plus manchot, dans sa réponse à Torres Ramila. Vers la fin de 1617, il publia, à Madrid, un mémoire, que nous avons vu, sous le pseudonyme de Franciscus Antididascalus, sous formes de conclusions pour une thèse qu'il devait soutenir, dans une certaine académie littéraire de la capitale sur la question suivante : *Utrum Petrus de Torres grammaticus sit censendus, cum nec latine nec grammoticè sciat.* Il en publia aussi un second du même style, adressé au père maître Fr. Hortensio Paravicino. Dans l'ouvrage présent, Aguilar épuisa non-seulement les ressources de son esprit contre l'audacieux écrivain qui osait s'attaquer ainsi à l'idole nationale, mais il appela à son aide plusieurs de ses amis, tous admirateurs de Lope et qui, dans plusieurs pièces de poésie latine, ridiculisèrent l'infortuné Ramila, avec une virulence et un emportement dont il y a, fort heureusement, peu d'exemples dans la critique littéraire de notre patrie. Voyez la pièce intitulée : *Ramiliæ Tumidi atque infelicis grammatici Tumulus*, pag. 42. La dissertation d'Alfonso Sanchez, sur le même sujet, est plus digne, et témoigne de connaissances plus grandes en esthétique et en littérature générale.

Montalban parle d'Aguilar dans son *Indice de los ingenios de Madrid*, et Baena, dans ses *Hijos de Madrid*, tom. II, pag. 186. Ce dernier écrivain place sa naissance en 1634, mais c'est une erreur pour 1584 ou 1594.

CHAP. XIX, *note* 1, page 325. — Dans le Cancionero général de Hernando del Castillo, comme dans ceux de Lope de Estuñiga, de Juan Fernandez de Ixar et d'autres encore inédits (voyez nos notes au tom. Ier de cette traduction, pag. 56 et suivantes) se trouvent fort souvent des poésies d'un auteur appelé Fernando de la Torre, qui florissait du temps du roi D. Juan II, et qui fut grand ami de l'évêque de Burgos, D. Alonso de Carthagène. Parmi les manuscrits de l'Académie royale d'Histoire, collection Salazar, Miscelanéas, num. 44, se trouve une lettre de ce Fernando de la Torre à un de ses amis. Il lui fait part de la mort de l'évêque de Burgos, D. Alonso de Carthagène, cause, dit-il, de ce qu'il n'a pas rempli sa commission, à l'égard de D. Pedro de Carthagène « pour avoir, comme c'était na-
« turel, ressenti une profonde tristesse et une vive peine d'une perte aussi grande
« par la mort du très-magnifique et très-angélique seigneur l'évêque de Burgos,
« *son frère.* » Plus loin il ajoute : « Quoiqu'il n'ait pas laissé de grandes richesses
« à ses parents, puisqu'il les dépensait en une infinité d'œuvres pieuses et dans
« son magnifique état, il les laissa bien établis dans cette ville, et avec de nom-
« breux parents, amis et serviteurs; et comme ils sont, grâces à notre Seigneur,
« hommes en toutes choses, ainsi que vous le savez, et surtout *dans les armes*
« qu'ils ont pour office. »

Nous avons donné cette légère indication sur un poète, Fernando de la Torre, distinct du bachelier La Torre Alfonso, auteur de la *Vision deleitable*, non parce que nous croyons que le fait puisse avancer le moins du monde une question si obscure et si débattue, mais parce que les auteurs qui attribuent les poésies publiées par Quevedo, à un poëte du quinzième siècle, paraissent ignorer qu'il en a existé un autre, du nom de Fernando de la Torre. En outre, il n'y a pas le moindre doute que si Quevedo a trouvé réellement les dites poésies et les a données à la presse, il n'ait du y faire des corrections fort importantes : le style n'est plus en effet celui du quinzième siècle, et le tour des pensées n'est pas non plus celui des poëtes dont les œuvres se trouvent dans les Cancioneros.

CHAP. XIX, *note* 1, page 333. — Ce n'est pas une entreprise facile de juger Quevedo. Pour les uns, c'est l'emblème de la plaisanterie et de la joie; pour les autres, c'est un penseur profond, un philosophe éminent. Rien n'est plus impossible que de déterminer avec certitude le caractère général de ses écrits. Qui en effet, après avoir lu un chapitre de son *Gran Tacaño*, de la *Visita de los chistes*, ou ses *Cartas del caballero de la Tenaza*, pourra s'imaginer que l'auteur de ces peintures faciles, légères, pleines de grâce, peut l'être également de la *Vida de Marco Bruto*, et d'autres écrits de morale et de philosophie? Quels points de contact peut-il y avoir entre ses romances burlesques et ses letrillas, faisant jaillir de toutes parts le sel comique et la plaisanterie fine, et ses odes, ses sonnets, ses autres poésies où règnent la pompe, la gravité, l'intonation la plus élevée? Si à ces contradictions apparentes, résultat naturel d'un génie créateur, sachant s'accommoder à toutes les situations et à tous les genres, on rattache sa vie agitée et turbulente, l'injuste persécution dont il fut victime, le peu de détails qui nous restent de lui, et surtout le langage obscur de plusieurs de ses compositions, on comprendra facilement combien est ardue la tâche de juger un écrivain, doué de semblables qualités et qui a de tels mérites. Dans le *Gran Tacaño*, il se propose de peindre la vie *picaresque*, et il le fait avec tant d'art et tant de supériorité que plusieurs de ses tableaux sont parfaits ; que le chapitre où il raconte les événements de l'hôtellerie de Cercedilla peut se comparer à de nombreux chapitres du *Quichotte*. Dans la *Fortuna con Seso,* il se montre profond moraliste, en même temps qu'homme d'état; il suffit de lire la peinture qu'il y fait des intérêts opposés, des vues ambitieuses des principaux souverains de l'Europe, pour le qualifier d'éminent politique, d'homme connaissant à fond l'histoire, la civilisation, les mœurs et les ressources de chacune de ces nations. Dans le prologue à la *Culta Latiniparla*, il trace à grands traits l'origine et la formation de la langue castillane, il fait preuve d'une érudition peu commune en son temps, et d'une grande connaissance des langues savantes. Il n'excite pas moins d'admiration dans ses poésies où il parcourt, pour ainsi dire, toutes les cordes de la lyre, avec la même grâce et le même bonheur. Parfois il intéresse, il enchante, toujours presque il divertit et amuse.

Quevedo a été considéré par quelques personnes comme un écrivain satirique, constamment occupé à verser le ridicule sur les vices de son époque, sur l'immoralité d'une cour corrompue, et à se venger des outrages faits à sa personne et à sa réputation. Selon nous, il faut donner à ses mordantes satires une origine plus noble et plus élevée. En lançant ses traits contre un orgueilleux favori, arbitre, pour ainsi dire, des destinées de la monarchie, Quevedo se proposa de dénoncer au public ses excès, ses folies ; de le renverser du sommet où il s'était placé. Il fut le journaliste de l'opposition dans son temps où il n'y avait pas de journaux; où il n'était pas facile de traiter certaines matières autrement que par mémoires présentés au Roi, par papiers imprimés circulant clandestinement, ou bien par des poésies dans lesquelles, habilement et d'une main déguisée, on obtenait l'objet de ses désirs. C'est là ce que fit Quevedo, en déclarant immédiatement une guerre ouverte à tous ses adversaires, en s'adressant à toutes les ressources que lui offraient son génie et sa verve mordante. En agissant ainsi, il ne fut pas seulement stimulé, nous ne pouvons le croire, par l'unique désir de venger d'anciens outrages; nous croyons, au contraire, que ce qui eut une part assez grande dans sa conduite, ce fut le sentiment des maux qui menaçaient sa patrie, la conviction intime qu'elle marchait à pas de géant à la prostration, et vers la ruine à laquelle elle fut réduite plus tard, sous le règne de Charles II.

On regrette de ne pas avoir une bonne vie de Quevedo, une édition complète et correcte de ses œuvres, où séparant ce qui lui appartient de ce qu'on lui attribue, on analyse complétement ce qui reste, où l'on trouve réunies toutes les productions de son génie. Heureusement que ce désir, commun à tous les amis des lettres, va être satisfait, grâce aux efforts, aux veilles et aux connaissances profondes d'un écrivain distingué. Avant peu, le public jouira d'une édition complète des œuvres de D. Francisco Gomez de Quevedo Villegas, dans la *Biblioteca de autores españoles* du Sr Ribadeneyra.

CHAP. XXI, *note 3, page 373.* — D. Juan Antonio de Vera y Zuñiga, dans son *Panegirico por la poésia*, ouvrage rare et curieux, donne le sonnet suivant, comme étant de Philippe IV :

> Es la muerte un efeto poderoso,
> Firme su proceder mal entendido ;
> Amada de Mitriades vencido,
> Temida de Pompeyo victorioso ;

> Es la muerte un antidoto dudoso
> Al veneno del misero rendido,
> Que de propias desdichas sacudido,
> Libra en eterno sueño su reposo.

> Puerto donde la nave, combatida
> De la saña del mar contrario y fuerte,
> Piensa tener propicia la acogida.

> Es un bien no estimado de tal suerte,
> Que todo le que vale nuestra vida
> Es porque tiene necessaria muerte.

Dans la bibliothèque provinciale de Cadix, nous dit notre ami D. Adolfo de Castro, se conserve une autre composition poétique de ce monarque, entièrement écrite avec des titres de comédies.

CHAP. XXII, *note 4, page 386.* — Il faut ajouter à cette liste des œuvres de D. Pedro Calderón de la Barca le *Discurso métrico-ascético sobre la inscripcion* Psalle, et Sile, *que está grabada en la verja del choro de la Santa iglesia de Toledo*, éditée en 1741, par D. Antonio Fernandez de Acevedo, et une *Elegia en*

la muerte del infante Don Carlos, dédiée à l'Infant Cardenal, et commençant
ainsi :

> ¡ Oh ! rompa ya el silencio el dolor mio,
> Y en lágrimas y quejas desatado,
> Al mar corra y al viento, que bien fio
>
> Del mar hoy y del viento mi cuidado ;
> Pues patrimonio son del mar y el viento
> A un tiempo lo gemido y lo llorado.

Cette dernière pièce, de cent douze tercets des plus beaux, s'imprima in-4º,
sans indication de lieu, ni d'année d'impression. Malgré l'assertion de Vera Tassis,
les *Lágrimas que vierte una alma arrepentida* s'imprimèrent aussi à part; puisque nous avons sous les yeux une édition qui se dit la troisième, donnée à Madrid
par Antonio Muñoz del Valle, 1771, in-4º. On a aussi de lui d'autres poésies détachées qui se trouvent dans des collections de l'époque : on peut citer entre autres
les magnifiques redondillas, que le libraire Alfay inséra dans ses *Poesias varias
de varios ingenios*. Sarragosse, 1657, in-4º, adressées *à unos ojos*. On a aussi
de lui un sonnet louangeux dans les *Elogios épicos* que publia, en 1673, D.
Lope Bustamente Cuevas y Zuñiga, in-4º, à Madrid.

CHAP. XXII, *note* 3, page 389. — Ce que dit l'auteur dans la dernière partie de
cette note sur une édition des comédies de Caldéron « qui commença de se publier
à Madrid, en 1846, et qui probablement ne se terminera pas » mérite une rectifi-
cation. Ticknor fait évidemment allusion à la collection de cet auteur, publiée par
Rivadeneyra et annotée par D. Juan Eugenio Hartzenbusch. Or, il y a déjà trois
volumes d'imprimés, et nous n'avons aucune raison de craindre que le quatrième
et dernier ne le soit pas bientôt. Alors nous aurons l'édition la plus correcte, la
plus complète et la meilleure de toutes celles que nous connaissons.

CHAP. XXII, *note* 1, page 396. — Un des écrivains qui prirent avec le plus d'ardeur la défense des représentations scéniques, ce fut D. Francisco Bances Candamo, auteur dramatique assez renommé, et dont nous parlerons plus tard. Dans
un de ses ouvrages intitulé : *Theatro de los theatros de los pasados y presentes
siglos; Historia essénica griega, romana y castellana*, ouvrage inédit et original
que nous avons en nos mains, il se montre champion ardent du théâtre, et il réfute
par d'abondantes raisons les arguments du P. Camargo et d'autres qui écrivirent
contre les comédies. Dans sa préface, il dit qu'il se croyait appelé par vocation et
par devoir à défendre le théâtre, puisque S. M. avait daigné dernièrement le
nommer, par décret royal, l'unique écrivain de ses royales fêtes. Aussi remplit-il
son rôle d'une manière complète, en réfutant, une par une, les assertions du savant
jésuite; il adoucit en même temps sa narration par des anecdotes relatives à l'état
du théâtre de son temps, et à des détails sur le théâtre ancien. Pour donner une
idée de sa manière de traiter la question, nous allons traduire ici le passage du
chapitre où il compare les représentations mimiques des grecs avec les représentations analogues alors usitées en Espagne.

Ce même genre de spectacle, mais sans ces turpitudes qui, dans l'antiquité rendirent
l'applaudissement coupable et le rire abominable, est présentement en usage en
Espagne. En beaucoup d'endroits du royaume de Tolède, nous voyons aujourd'hui, dans

les fêtes les plus solennelles, s'exécuter ces danses mimiques, à la candeur de leurs
compatriotes, qui en appellent *histoire* toute la composition. Et comme nous le dirons
en son lieu, notre rude et primitive comédie castillane n'est véritablement pas sans une
grande ressemblance avec les premiers jeux scéniques de Rome, jeux si innocents dont
parle Tite-Live. D'abord on écrivait, dans un roman négligé, sous forme de narration,
l'événement, ancien ou moderne, qu'on voulait représenter. Ce roman, un musicien le
chante à haute et intelligible voix, de sorte que l'auditoire le comprenne ; puis il nomme
les personnages introduits sur la scène, habillés avec la plus grande propriété possible,
et portant un masque, à la manière des anciens histrions. Ils ne représentent ni n'articu-
lent aucune parole, mais leurs mouvements et leurs gestes, que la mauvaise expression
de leurs rudes artifices rend ridicules, dans la sincérité de leur rhétorique naturelle,
signifient tout ce que chante le musicien, et chaque personnage fait le mouvement qui le
concerne dans le fait qui se chante. Leurs mouvements n'ont rien de déshonnête, ni de
vil, comme ceux des anciens mimes ; parce qu'ils n'imitent pas comme eux des personnes
viles, ni des actions légères. Loin de là, et ce qu'il y a de plus louable, c'est qu'ils
introduisent, dans leurs histoires, des faits et des personnages héroïques ; et ce qu'il y a
de plus gracieux, c'est de voir ces rustres revêtir une majesté qu'ils ne connaissent pas,
et rendre les actions les plus extravagantes telles qu'elles se présentent. Il y a quelques
jours, sur la demande d'un caballero d'une localité d'Esquivias, d'un esprit fin et piquant,
j'ai écrit une de ces compositions qu'ils appellent histoires, assez vivement excité du
curieux appétit de la voir. J'ai choisi par hasard le secours de Vienne, et la bataille
rangée remportée par la Sainte Ligue ; c'est un des plus grands événements que les esprits
les plus curieux ont lus dans les histoires et les annales du monde. De ma vie je n'ai
passé un moment plus agréable, je n'ai vu de joie plus bruyante, ni de rire s'épancher
plus naturellement de l'âme, à l'aspect de S. M. l'empereur, du roi de Pologne, du
Scipion hongrois, le grand Charles de Lorraine, muettement représentés par ces grossiers acteurs, si défigurés dans la propriété des costumes qu'ils s'efforçaient de représenter, et si mutilés dans les actions par lesquelles ils voulaient les reproduire. Mais
lorsque je vis sortir le grand visir qui fuyait, le sultan donnant des signes d'une extrême
douleur, et enjoignant de le pendre, l'ensemble des Maures mal vêtus et exécutant cet
ordre, l'excès de la joie me fit de la peine, parce que le rire fut dangereux, tant dans sa
durée que dans sa violence. J'avoue qu'il n'y aurait pas eu de sainete d'un goût plus
agréable, ni mieux vu de tous les spectateurs, joué par ces hommes, s'il n'avait
pas couru le risque d'avoir été composé d'avance. Quand on cherche le rire on rencontre parfois l'admiration. Pas de grâce qui charme autant étudiée que naturelle. Les
choses mal exécutées ne sont risibles qu'autant que les acteurs les trouvent bien faites ;
l'erreur étudiée sera science, mais non grâce.

Nous avons aussi une expression vivante des anciens mimes, dans les danses de
matassins usitées aujourd'hui en Espagne. Elles y sont si récentes qu'elles y ont été
importées par les compagnies d'acteurs espagnols qu'emmena en France pour son amusement et comme doux souvenir de sa patrie bien-aimée, la reine si chrétienne, Marie-
Thérèse d'Autriche, glorieuse infante d'Espagne. Les Français les avaient reçues des
Italiens, grands maîtres en gestes et mouvements, chez lesquels se distingua, plus que
les autres, un acteur qui, dans les troupes, comme on les appelle en France, du roi
Louis XIV, faisait le bouffon. C'était un Italien de nation, et il avait nom Scaramouche.
Ces acteurs d'aujourd'hui ne font pas non plus de mouvements déshonnêtes, mais ils
les font les plus risibles possible. Ils tachent de se rencontrer deux, de nuit, feignant
d'avoir peur l'un de l'autre, puis ils se rejoignent. Comme pour se détromper, ils se
font des caresses, se reconnaissent, dansent ensemble, se fâchent de nouveau, se battent
avec des épées de bois, se donnent des coups, au son de la musique, s'étonnent plaisamment d'une vessie gonflée, apparaissant par hasard au milieu d'eux ; ils s'en approchent,
s'en éloignent, y sautent dessus, la crèvent, se croient morts au bruit qu'elle fait en
éclatant. Et aussi de suite d'autres inventions de ce genre, deux à deux, quatre à quatre

et plus, comme ils veulent; traduisant par la danse et les gestes une action qui fait rire, mais qui n'offre rien de vil.

Ces mimes finirent par obtenir une telle faveur qu'ils formèrent une espèce d'introduction légère pour entamer la plaisanterie qu'ils imitaient, comme nous l'avons fait, nous aussi, avec les matassins. Mais favorisés à l'excès par le rire du peuple, ils sortirent des entr'actes de la tragédie et de la comédie, où ils occupaient la place de nos intermèdes, formèrent des compagnies à part, eurent leurs poëmes, et ils parvinrent à un art tel qu'ils eurent aussi leurs affiches, et que les poètes, qui devaient être joués, osèrent y faire mettre leurs noms. Les mimes de la Grèce, lorsqu'ils commencèrent, dès l'origine, à seconder les gestes de la voix, dit Francisco de Cascales, dans ses *Tablas poeticas*, représentaient une espèce de comédie ancienne en prose, pour servir d'introduction plaisante. Ce genre de représentation nous est aussi resté, dans certains jeux, usités en Andalousie, dont je vais donner ici la forme, pour les comparer avec les anciens, dans le siècle présent, faire voir que le monde a toujours été le même, et qu'il y a peu d'inventions, quelque nouvelles qu'elles paraissent, qui ne se présentent plutôt à la mémoire des hommes qu'à leurs discours. Dans les différentes localités du royaume de Séville, quand les jeunes gens et les jeunes filles se réunissent, dans leurs loisirs, ils se livrent à diverses espèces de jeux qui leur servent pour déclarer rustiquement leurs passions, sous la métaphore qu'ils représentent : l'amour rend en effet les plus grossiers, ingénieux pour s'expliquer sous la forme qu'ils peuvent le faire. Tels sont le soldat, l'anneau, le prieur et d'autres plus heureux qu'ils ne devaient l'être, comme le jeu du *palillo* et de l'*alfiler*, que connaît celui qui les sait, et qu'il vaut mieux que ne les connaisse pas, celui qui ne les sait pas. Après avoir épuisé ces jeux, les jeunes gens les plus habiles, pour passer une partie des nuits, représentent en prose des espèces d'intermèdes. Ils confèrent d'abord entre eux et celui qui sait le jeu dit à chacun ce qu'il doit faire. Plusieurs de ces contes, ainsi dialogués, ont leur genre d'invention qui ne manque pas d'un certain charme. Je raconterai avec les expressions les plus décentes possible, un de ces jeux que j'ai vu à Ossuna : je l'ai choisi pour le comparer avec les mimes antiques dont parle Scaliger, nous apprenant que les sujets étaient d'ordinaire, chez les Lacédémoniens, le vol de fruits et d'autres objets semblables. Dans le jeu dont je parle, on faisait donc apparaître un étudiant dévoré par la faim et qui rencontrait une vigne sur sa route ; il y entrait et se félicitait de la trouver sans personne ; il se répandait en éloges sur le raisin, genre de fruit servant à la fois d'aliment et de boisson. Il en mangeait avec avidité, et donnait à son visage le caractère le plus inquiet et le plus famélique. A ce moment, survenait le gardien de la vigne, armé de son arquebuse, fort en colère, et voulant le tuer. Le pauvre étudiant s'humiliait et exprimait la peur avec toutes les plus grandes simagrées qu'il pouvait inventer, mais le garde inexorable n'écoutait aucune supplication et exigeait l'argent des raisins mangés. L'étudiant s'excusait sur sa pauvreté et sur l'impossibilité de lui donner satisfaction ; le garde de lui dire que, puisqu'il ne pouvait les payer, il ne devait pas les emporter, après les avoir ainsi mangés, et qu'il cherchât à les rendre, serait-ce par une colique, qu'il aurait ainsi accompli son devoir. L'étudiant se disculpait sur ce qu'il n'était pas préparé à cet effet, mais l'arquebuse le menaçant, il était obligé de feindre la honteuse action de restituer les raisins, et l'auditoire de voir son rire provoqué par les mouvements de crainte et d'effort. Le garde alors était tout fier, mais compatissant aussi à la situation de l'étudiant, il entamait avec lui une conversation. L'étudiant, avec l'humilité et la soumission la plus grande, lui demandait une prise de tabac, et tout à fait rendu en la prenant, il embrassait le garde, lui enlevait son escopette. Faisant alors l'un les mêmes gestes impératifs, et l'autre, les mêmes gestes timides que son adversaire avait faits auparavant, il l'obligeait de manger les raisins que l'étudiant avait laissés. L'invention est peu propre, c'est contre ma nature que je l'ai rapportée, pour faire voir jusqu'à quel degré ces jeux ressemblent aux premiers mimes de l'antiquité; en effet la prose est leur langue, leurs sujets font rire, ils imitent le laid. Ce n'est pas sur ce point seulement qu'ils ont voulu imiter les obscènes

représentations antiques, ʾmais encore par l'indécence abominable, dans laquelle se
plaît, en ces jeux, la malicieuse simplicité de ces campagnards. J'ai vu aussi un autre de
ces grossiers intermèdes, où l'on introduisait une femme que l'on supposait être la femme
d'un sculpteur. On frappait de grands coups à sa porte et un homme entrait pour chercher son mari. La femme répondait qu'il n'était pas chez lui; l'homme disait qu'il était
sacristain d'un village voisin, qu'un des saints placé sur le rétable s'était cassé une jambe,
qu'il l'apportait pour que son mari la lui remit, et qu'il serait ainsi forcé de le lui laisser
chez lui. Là-dessus, il appelait ses compagnons pour entrer le saint avec le plus grand
soin, conformément aux ordres de la maîtresse de la maison. Sur les mains jointes de ces
quatre vigoureux jeunes gens était porté un cinquième debout, droit et immobile, comme
une statue, recouvert d'un drap de lit de la tête aux pieds; ils le lui avaient mis, disaient-ils,
contre la poussière du chemin. Ils recommandaient le plus grand soin pour le saint, et le
plus bref délai, pour la réparation; ils le laissaient là, et sacristain et faux porteurs s'en
allaient. La femme, poussée par sa curiosité naturelle, voulait voir la statue et ce qui lui
manquait, elle enlevait le drap de lit et laissait alors le deshonnête jeune homme tout nu,
exposé aux yeux des jeunes filles et des femmes de toute condition, qui applaudissaient
avec un rire des plus inconvenants. C'était là certainement un spectacle aussi obscène,
aussi abominable et aussi sacrilége en partie que tout ce que nous pouvons rencontrer
dans la hideuse barbarie des païens.

CHAP. XXV, *note* 1, page 450. — L'avis de l'Index expurgatoire de 1790, qui figure
aussi dans d'autres index précédents, relatif au fait que *Fernando de Zarate* est le
même qu'*Antonio Enriquez Gomez*, mérite d'être pris en considération, parce que
l'Inquisition ne se trompait pas d'ordinaire sur des faits de ce genre. Il n'y a rien
d'extraordinaire à ce que l'écrivain juif, désirant voir ses comédies se répandre et
se jouer en Espagne, et soupçonnant qu'il ne pourrait y réussir si les inquisiteurs
venaient à se douter qu'elles étaient de lui, n'ait, en conséquence, pris un nom
supposé. Quant à Fernando de Zarate, auteur dramatique, nous n'en savons rien.
Il y eut bien un écrivain de ce nom, religieux augustin et maître en théologie à
l'Université d'Ossuna, cité par Nicolas Antonio et par Alvarez Baena (*Hijos de
Madrid*, tom. II, p. 38), or non-seulement il n'écrivit aucune comédie, mais il
florissait bien longtemps avant Enriquez Gomez.

CHAP. XXVI, *note* 3, page 477. — Philippe IV fut très passionné pour la danse.
Juan de Esquivel, dans un livre intitulé : *Discursos sobre el arte del danzado*,
Séville, Juan Gomez de Blas, 1642, in-12, dit de lui : « El Rey nuestro señor à
« cuya obediencia se postran los dilatados terminos del mundo, aprendió
« este arte, y quando le obra, es con la mayor eminencia, gala y sazon que puede
« percibir la imaginacion mas atenta. » (fol. 5). C'est un livre curieux et assez rare,
où sont écrites les diverses manières de danser à la cour, usitées à cette époque.
On y cite des maîtres célèbres dans cet art, tel que Antonio de Almenda, habitant
de Madrid, qui fut maître de danse de Philippe IV; Jose Rodriguez Tirado, qui
tenait école à Séville; Antonio de Burgos, Juan de Pastrana et d'autres. Au verso
du folio 30, il dit que : « Jacara, rastro, zarabanda y tárraga son una misma
cosa. » L'auteur parle toujours avec dédain des belles danses populaires qu'il
appelle *danzas*, indigne d'être apprises par des caballeros et des gens de cour. Au
chapitre XII, folio 44, verso, il s'exprime ainsi : « Todos los maestros aborrecen à
« los de las danzas *de cascabel*, y con mucha razon porque es muy distinta à la *de
« quenta* y de muy inferior lugar, y ansi ningun maestro de reputacion y con

« escuela abierta, se ha hallado jamas en semejantes chapandacas y si alguno lo
« ha hecho, no habrá sido teniendo escuela, ni llegado á noticia de sus discipulos,
« porque el que lo supiese rehusará serlo de alli adelante, porque la danza *de*
« *cascabel* es para gente que puede salir á dançar por las calles, y á estas danças
« llama par gracejo Francisco Ramos, la tarasca del dia de Dios, etc. »

FIN

TABLE DES MATIÈRES

TABLE DES MATIÈRES

Page.

APPENDICES.

FIN DE LA TABLE

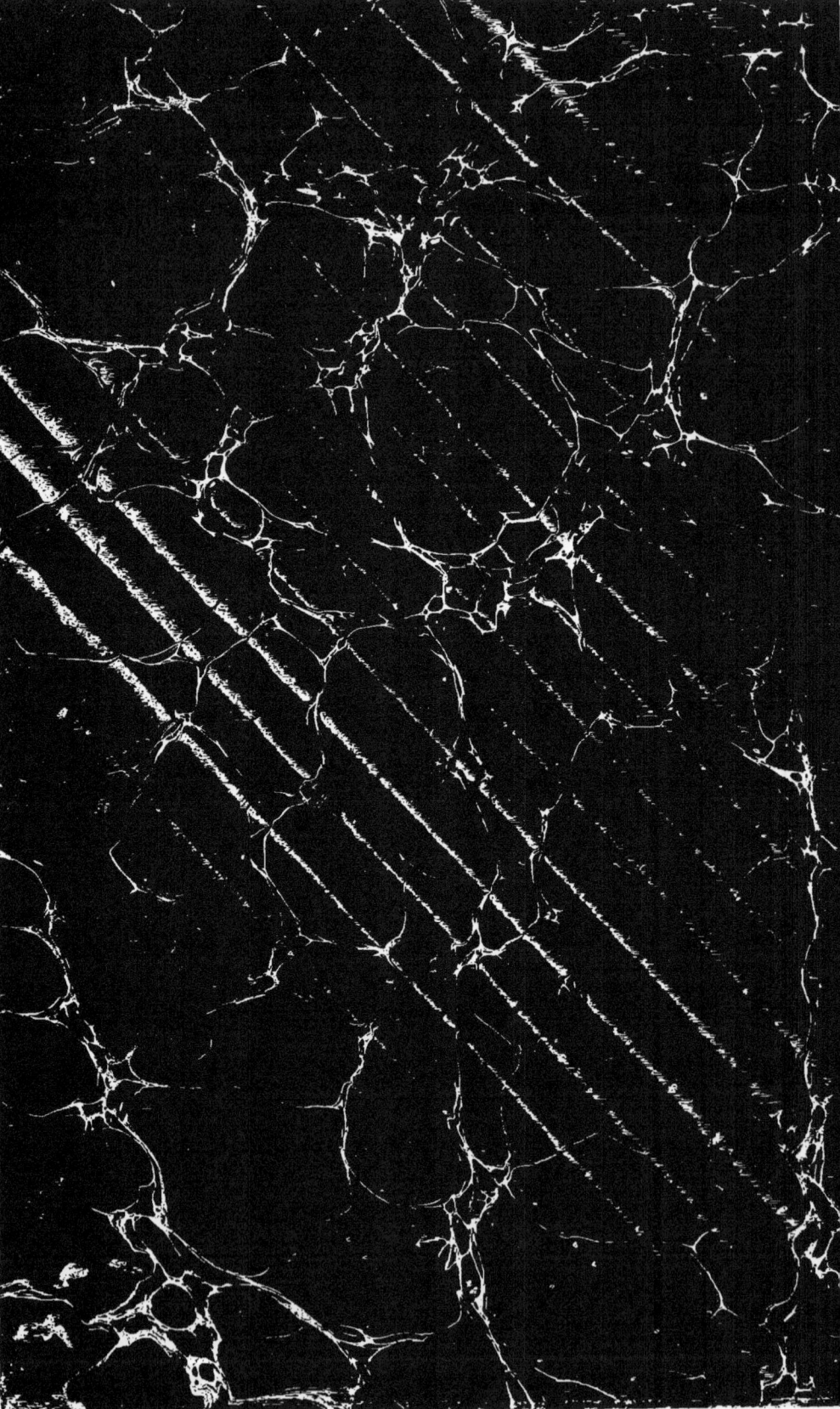

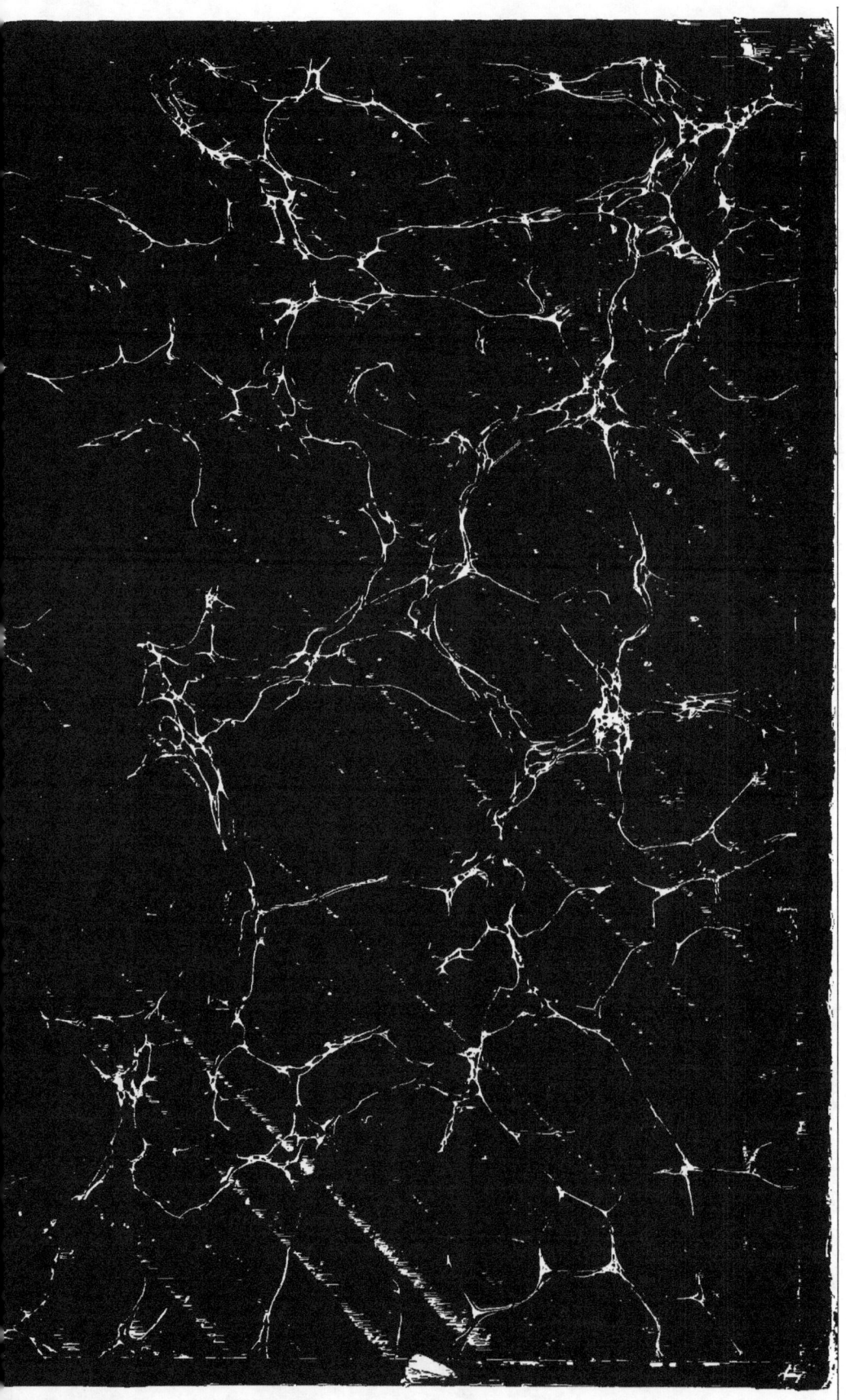

www.ingramcontent.com/pod-product-compliance
Lightning Source LLC
Chambersburg PA
CBHW052343020726
47503CB00001B/87